BASTEI
LÜBBE
STARS

Von David Baldacci sind bei Bastei Lübbe Taschenbücher erschienen:

12763 Der Präsident (Absolute Power)
12976 Das Labyrinth (Total Control)
14348 Die Versuchung
14626 Die Wahrheit
14715 Die Verschwörung
15117 Das Versprechen
15290 Der Abgrund
15398 Das Geschenk

Über den Autor:

David Baldacci ist der Autor von bislang elf internationalen Bestsellern: *Der Präsident*, *Das Labyrinth*, *Die Versuchung*, *Die Wahrheit*, *Die Verschwörung*, *Das Versprechen*, *Der Abgrund*, *Das Geschenk*, *Im Bruchteil der Sekunde*, *Mit jedem Schlag der Stunde* und *Die Wächter*. Seine Bücher erschienen in mehr als 40 Sprachen, in mehr als 80 Ländern und in mehr als 50 Millionen Exemplaren. Damit ist er einer der erfolgreichsten und bekanntesten Thriller-Autoren weltweit. Dabid Baldacci lebt mit seiner Familie im amerikanischen Bundesstaat Virginia, in der Nähe von Washington, D.C.

David Baldacci

Im Bruchteil der Sekunde

Roman

Aus dem Amerikanischen von
Till R. Lohmeyer und Christel Rost

BASTEI LÜBBE STARS

BASTEI LÜBBE STARS
Band 77312

Vollständige Taschenbuchausgabe
der im Gustav Lübbe Verlag erschienenen Hardcoverausgaben

Bastei Lübbe Stars und Gustav Lübbe Verlag
in der Verlagsgruppe Lübbe

Titel der Originalausgaben: »Split Second« und »Hour Game«

Lektorat: Helmut W. Pesch
Titelbild: © Photodisc / getty-images
Umschlaggestaltung: Bettina Reubelt
Satz: Dörlemann Satz, Lemförde
Druck und Verarbeitung: GGP Media GmbH, Pößneck
Printed in Germany, Februar 2009
ISBN 978-3-404-77312-1

Meinem Vater, der größten Inspiration,
die einem Sohn zuteil werden kann

PROLOG September 1996

Es dauerte nur den Bruchteil einer Sekunde, doch für Sean King, den Agenten des Secret Service, war es der längste Sekundenbruchteil seines Lebens.

Sie befanden sich auf Wahlkampfreise und hatten in einem Nest Station gemacht, das so abgelegen war, dass man hätte glauben können, es sei nur über Satellitentelefon zu erreichen. Ein Nullachtfünfzehn-Hotel, ein kurzes Treffen mit lokalen Anhängern und Politgrößen. Sean musterte die Menge, während ihm sein Ohrstöpsel in unregelmäßigen Abständen unwichtige Informationen in den Gehörgang wisperte. Es war drückend schwül in dem großen Versammlungssaal, und es wimmelte nur so von aufgeregten Menschen, die mit »Wählt-Clyde-Ritter«-Plakaten herumfuchtelten. Immer wieder wurden dem unentwegt lächelnden Kandidaten Babys entgegengestreckt. King hasste das, weil sich hinter den kleinen Körpern problemlos Handfeuerwaffen verstecken ließen, bis es zu spät war. Doch ein Kind folgte auf das andere, und Clyde küsste sie alle. King, der das potenziell brandgefährliche Spektakel mit gespannter Aufmerksamkeit überwachte, hatte das Gefühl, in seinem Magen entstehe spontan ein akutes Geschwür.

Die Menge rückte näher, direkt an die Samtkordel, die als Absperrung diente und die Tabuzone markierte. King reagierte darauf, indem er ein Stück näher an Ritter heranrückte. Er streckte den Arm aus und legte seine Hand leicht auf den verschwitzten Hemdrücken, um den Kandidaten im Falle eines Falles sofort zu Boden reißen zu können. Dass er sich unmittelbar *vor* ihn stellte, war nicht gut möglich, schließlich gehörte der Kandidat dem *Volk*. Ritter verhielt sich immer gleich: Er schüttelte Hände, winkte, lächelte, sonderte rechtzeitig eine zitierbare Äußerung für die 18-Uhr-Nachrichten ab und spitzte auch schon wieder die Lippen, um das nächste dralle Baby zu küssen. Und die ganze Zeit über stand King schweigend dabei, die Hand auf dem schweißdurchtränkten Hemd, ließ die Menge nicht aus den Augen und hielt nach möglichen Gefahren Ausschau.

Weiter hinten im Saal ertönte ein Zwischenruf, den Ritter humorvoll parierte. Sein Witz kam an, die Leute lachten, oder doch wenigstens die meisten. Es gab allerdings auch einige unter den Besuchern, die Ritter und die Politik, die er vertrat, hassten. Gesichter lügen nicht, jedenfalls nicht für jene, die gelernt haben, sie zu lesen. King konnte Mienen ebenso gut lesen, wie er mit einer Pistole umgehen konnte. In seiner gesamten beruflichen Laufbahn hatte er kaum jemals etwas anderes getan, als die Herzen und Seelen von Männern und Frauen an ihren Augen und an ihrer Körpersprache abzulesen.

Zwei Männer waren ihm aufgefallen. Sie standen keine vier Meter von ihm entfernt auf der rechten Seite und sahen aus wie potenzielle Unruhestifter. Allerdings trugen sie beide kurzärmelige Hemden und enge Hosen, in denen sich keine Waffen verbergen ließen, sodass sie nicht ganz so hoch auf der Risikoskala einzuordnen waren. Attentäter zogen normalerweise unförmige, weite Kleidung und kleine Handfeuerwaffen vor. Dennoch murmelte King ein paar Worte in sein Mikrofon, um Kollegen auf seine Beobachtung aufmerksam zu machen. Dann glitt sein Blick kurz zu der großen Uhr an der rückwärtigen Wand des Versammlungssaals. Es war 10.32 Uhr. In wenigen Minuten würden sie bereits auf dem Weg ins nächste Städtchen sein, wo das Händegeschüttel, die genormten politischen Statements, das Abküssen von Babys und Mienenlesen wieder von vorne anfing.

Ein neues Geräusch, ein neuer Anblick erregte Kings Aufmerksamkeit, etwas vollkommen Unerwartetes, und er, der hinter dem wahlkämpfenden Ritter der Menge gegenüberstand, war der einzige Mensch im Raum, der es sehen konnte. Ein, zwei, drei Herzschläge lang – viel zu lange – konnte er seine Augen nicht davon lösen, aber wer wollte ihm daraus, dass er von diesem Anblick nicht loskam, einen Vorwurf machen?

Jeder, wie sich herausstellen sollte, einschließlich er selbst.

King hörte das *Peng*. Es klang wie ein zu Boden gefallenes Buch. Er spürte die Feuchtigkeit an seiner Hand, dort, wo sie Ritters Rücken berührt hatte. Nur handelte es sich jetzt nicht mehr nur um Schweiß. Ein stechender Schmerz durchzuckte seine Hand. Das Projektil hatte ihm an der Stelle, wo es aus dem Körper des Kandidaten ausgetreten war, ein Stück von seinem Mittelfinger abgerissen, bevor es in die Wand hinter ihm einschlug. Als Ritter umfiel, kam sich King vor wie ein dahinrasender Komet, der trotz seiner Höllengeschwindigkeit noch eine Milliarde Lichtjahre Wegstrecke vor sich hat.

Gekreisch klang aus der Menge, doch gleich darauf schien es sich in ein nicht enden wollendes, seelenloses Stöhnen aufzulösen. Gesichter dehnten sich zu Fratzen, wie man sie sonst nur im Karneval sieht. Dann, schlagartig und mit der Wucht einer explodierenden Granate, schien alles vor Kings Augen zu verschwimmen. Füße hasteten vorbei, Körper wanden sich, und von allen Seiten drang Geschrei auf ihn ein. Die Menschen schoben, zogen, zerrten und duckten sich mit einem einzigen Ziel: Nichts wie fort von hier! Und in Kings Kopf wiederholte sich immer wieder ein einziger Gedanke: Nie ist das Chaos größer, als wenn vor den Augen einer arglosen Menge der Tod schnell und gewaltsam zuschlägt.

Der Kandidat lag vor ihm auf dem Hartholzboden. Die Kugel war direkt durchs Herz gegangen. King riss sich vom Anblick des soeben Verstorbenen los und fixierte den Schützen, einen hoch gewachsenen, gut aussehenden Brillenträger in einer Tweedjacke. Der Smith-&-Wesson-Revolver, Kaliber 44, war noch immer auf die Stelle gerichtet, an der Ritter eben noch gestanden hatte, als warte er darauf, dem Opfer, sofern es sich wieder aufrappeln sollte, den Fangschuss zu geben. Die Sicherheitsleute versuchten, sich durch die außer Rand und Band geratene Menge zu kämpfen, kamen aber nicht durch, sodass King und der Mörder wie isoliert einander gegenüberstanden.

King richtete seine Pistole auf die Brust des Attentäters. Ohne Warnung und ohne den Killer auf seine ihm von der amerikanischen Verfassung eingeräumten Rechte hinzuweisen, drückte er ab, wie es ihm die Pflicht gebot – einmal, und gleich danach ein zweites Mal, obwohl der erste Schuss schon gereicht hätte. Der Mann brach an Ort und Stelle zusammen und sagte kein einziges Wort; es war, als habe er damit gerechnet, für seine Tat sterben zu müssen, und diese Bedingung stoisch akzeptiert, wie es sich für einen guten Märtyrer gehört. Und alle Märtyrer lassen Menschen wie King zurück, die fortan mit dem Vorwurf leben müssen, dass sie die Tat zugelassen haben. Im Grunde waren an jenem Tag drei Menschen gestorben – und einer von ihnen war King.

Sean Ignatius King, geboren am 1. August 1960, starb am 26. September 1996 in einem Ort, von dem er bis zu diesem letzten Tag seines Lebens nicht einmal den Namen kannte. Und doch erging es ihm viel schlimmer als den anderen Gefallenen: Sie wurden sorgfältig in ihre Särge gebettet und fortan von ihren Lieben betrauert – oder zumindest von jenen, die das liebten, wofür die Toten gestanden hatten. Dem baldigen Ex-Agenten King war solches Glück nicht beschieden: Seine denkwürdige Bürde blieb auch nach seinem Tod noch quicklebendig.

KAPITEL 1 Acht Jahre später

Die Wagenkolonne bog auf den von Bäumen beschatteten Parkplatz ein, hielt an und spuckte zahlreiche Menschen aus, denen sichtlich zu heiß war und die alle müde und entsprechend schlecht gelaunt wirkten. Die kleine Armee marschierte auf den hässlichen, weiß verputzten Backsteinbau zu. Das Gebäude hatte zu verschiedenen Zeiten schon den verschiedensten Zwecken gedient. Derzeit beherbergte es ein verlottertes Bestattungsunternehmen, das nur deshalb noch florierte, weil es in einem Umkreis von fast fünfzig Kilometern das einzige war und die Toten natürlich irgendwo hin mussten. Dem Anlass entsprechend ernst dreinblickende Herren in schwarzen Anzügen standen neben den aufgebahrten, ebenso schwarzen Särgen. Ab und zu traten Trauernde aus der Tür und schluchzten still in vorgehaltene Taschentücher. Ein alter Mann in einem zerlumpten Anzug, der ihm viel zu groß war, und mit einem schmierigen, ramponierten Stetson saß vor dem Eingang auf einer Bank und schnitzte. Es war genau der richtige Ort für eine solche Szenerie: Ein Inbild ländlicher Provinzialität, wo es nichts als Stock-Car-Rennen und das ewige Geleier von Country-Balladen gab.

Als der Tross, in dessen Mitte feierlich ein großer, gut aussehender Mann schritt, an ihm vorbeikam, blickte der Alte neugierig auf, schüttelte den Kopf und grinste, wobei er die wenigen nikotinfleckigen Zähne zeigte, die ihm noch verblieben waren. Dann zog er einen Flakon aus seiner Tasche, nahm einen erfrischenden Schluck und wandte sich wieder seiner Schnitzkunst zu.

Im Gleichschritt folgte dem hoch gewachsenen Mann eine Frau Anfang dreißig. Früher hatte das Gürtelholster mit der schweren Pistole unangenehm an ihrer Hüfte gescheuert und die Haut darunter wund gerieben. Zur Behebung des Problems hatte sich die Frau an dem kritischen Punkt eine zusätzliche Schicht Stoff in die Bluse genäht. Eine gewisse Irritation war zwar immer noch geblieben, aber damit konnte sie leben, wie mit anderen Irritationen auch. Sie hatte zufällig gehört, wie einige ihrer männlichen Kollegen darüber witzelten, dass eigentlich alle weiblichen Agenten links und rechts Schulterholster tragen sollten, denn dann sähen sie auch ohne teure Brustoperationen knackig aus – nun ja, an Testosteronmangel hatte ihr Gewerbe noch nie gelitten.

Die Agentin Michelle Maxwell lebte stets auf der Überholspur. Noch gehörte sie nicht zum inneren Kreis der Leibwächter im Weißen Haus, die den Präsidenten der Vereinigten Staaten bewachten, aber viel fehlte ihr dazu nicht mehr. Obwohl sie erst knapp neun Jahre beim Secret Service war, hatte sie es bereits zur Einsatzleiterin gebracht. Die meisten Agentinnen und Agenten verbrachten zehn Jahre mit Fahndungsarbeit im Außendienst, ehe sie wenigstens schichtweise im Personenschutz eingesetzt wurden – Michelle Maxwell aber war es gewohnt, früher ans Ziel zu kommen als andere.

Ihre derzeitige Aufgabe war sozusagen die Generalprobe vor dem fast sicheren Ruf ins Weiße Haus, und Michelle war beunruhigt. Dieser Aufenthalt war nicht eingeplant gewesen – es hatte also kein Vorab-Team und nur begrenzte Hintergrundinformationen gegeben. Andererseits hatte so eine Reiseplanänderung in letzter Sekunde den Vorteil, dass niemand vor Ort mit dem Besuch rechnen konnte.

Vor dem Haupteingang legte Michelle dem hoch gewachsenen Mann resolut die Hand auf den Arm und bat ihn zu warten, bis sie und ihre Leute das Gebäude überprüft hätten.

Im Leichenschauhaus war es still. In der Luft hing der Geruch von Tod und Verzweiflung, konzentriert vor allem in jenen Nischen des Leidens vor den Särgen in den verschiedenen Aufbahrungsräumen. An bestimmten Schlüsselstellen auf dem Weg ihres Schützlings hatte Michelle Agenten postiert – »Füße verteilt«, wie es im Jargon der Dienste hieß. Wenn man es richtig anstellte, wirkte bereits die einfache Postierung eines Bewaffneten mit Sprechfunkgerät im Eingangsbereich eines Gebäudes Wunder.

Sie sprach ein paar Worte in ihr Walkie-Talkie, und der hoch gewachsene Mann, John Bruno, wurde hereingeführt. Michelle geleitete ihn durch den Flur, verfolgt von Blicken aus den einzelnen Aufbahrungsnischen. Ein Politiker im Wahlkampf und sein Tross waren wie eine Herde Elefanten: Nirgendwo konnten sie leise auftreten. Wo sie mit ihrer Horde von Leibwächtern, Stabschefs, Sprechern, Redenschreibern, PR-Leuten, Assistenten und anderen Hilfskräften durch die Landschaft stampften, wuchs bald kein Gras mehr. Sie boten eine Show, die, wenn sie nicht gerade zum Lachen reizte, so doch zumindest erhebliche Sorgen um die Zukunft des Landes erweckte.

John Bruno bewarb sich um das Amt des Präsidenten der Vereinigten Staaten von Amerika und hatte nicht die geringste Chance, gewählt zu werden. Der Mann, dem man seine fünfundsechzig Lebensjahre ganz und gar nicht ansah, kandidierte für keine der großen Parteien, sondern als Unabhängiger. Dank der Unterstützung eines kleinen, aber lautstarken Prozentsatzes von Wählern, der so gut wie alles satt hatte, was der politischen Mitte lieb und teuer war, war es ihm gelungen, sich in jedem einzelnen Bundesstaat für die Präsidentschaftswahlen zu qualifizieren. Und damit stand er unter dem Schutz des Secret Service, wenngleich die Zahl der ihm zugebilligten Sicherheitskräfte nicht so hoch war wie die der aussichtsreicheren Kandidaten. Michelles Aufgabe bestand darin, dafür zu sorgen, dass Bruno bis zur Wahl am Leben blieb. Mittlerweile zählte sie die Tage.

John Bruno, ein knallharter ehemaliger Staatsanwalt, hatte sich im Laufe seines Lebens eine Menge Feinde gemacht, von denen sich zurzeit keineswegs alle hinter Schloss und Riegel befanden. Seine politische Botschaft war simpel: Er verkündete, er wolle das Volk von der Last der Regierung und der Verwaltung befreien und dem freien Unternehmertum freie Hand lassen. Und was war mit den Armen und Schwachen, die in einer Gesellschaft ungezügelten Wettbewerbs unter die Räder kamen? Nun ja, bei allen anderen Arten auf dieser Erde gingen die Schwachen eben zugrunde, während die Starken obsiegten – warum also sollte das ausgerechnet beim Homo sapiens anders sein? Es war im Wesentlichen diese Einstellung, die dem Kandidaten Bruno jede Siegeschance nahm. Amerika liebte seine starken Kerle, war aber nicht bereit, sich jemanden an die Spitze zu wählen, der keinerlei Mitleid mit den Mühseligen und Beladenen an den Tag legte – schließlich war es durchaus möglich, dass diese eines Tages die Mehrheit bildeten.

Die Schwierigkeiten begannen, als Bruno mit seinem Stabschef, zwei Assistenten, Michelle und dreien ihrer Sicherheitskräfte im Schlepptau die Leichenhalle betrat. Die Witwe, die vor dem Sarg ihres Ehemanns saß, blickte abrupt auf. Da sie verschleiert war, konnte Michelle ihre Miene nicht erkennen, ging jedoch davon aus, dass sie die Horde von Eindringlingen in die heiligen Hallen mit Überraschung quittierte. Die alte Dame erhob sich und zog sich, sichtbar zitternd, in eine Ecke zurück.

Unvermittelt drehte sich der Kandidat zu Michelle um und fauchte sie an: »Er war ein guter Freund von mir, und ich habe nicht vor, hier eine Truppenparade zu veranstalten. Raus mit Ihnen! Verschwinden Sie!«

»Ich bleibe«, fauchte Michelle zurück. »Nur ich.«

Bruno schüttelte den Kopf. Es kam immer wieder zu solchen Konfrontationen zwischen ihnen. Er wusste, dass seine Kandidatur ein hoffnungsloses Unterfangen war – und hängte sich gerade deshalb umso mehr ins

Zeug. Seine Kampagne war ein brutaler Parforceritt – und die Logistik seiner Bewachung ein Albtraum.

»Nein, das ist eine Privatsache!«, blaffte er und warf einen Blick auf die zitternde alte Frau in der Ecke. »Mein Gott, Sie erschrecken sie ja zu Tode. Das ist einfach widerlich.«

Michelle versuchte es noch einmal, aber Bruno ließ sich nicht von seinem Vorhaben abbringen. Unter Verwünschungen drängte er sie alle wieder aus dem Raum. Was sollte ihm in einer Leichenhalle schon passieren? Sollte ihn etwa die achtzigjährige Witwe des Verstorbenen plötzlich anspringen? Oder der Tote wieder lebendig werden? Michelle spürte, dass ihr Schützling ernsthaft zornig war, weil sie ihn wertvolle Wahlkampfminuten kostete. Aber die Idee, hierher zu kommen, war schließlich nicht auf ihrem Mist gewachsen – nur interessierte Bruno dieses Argument in seiner gegenwärtigen Stimmung überhaupt nicht.

Keinerlei Erfolgschancen – und doch bildete sich dieser Mann weiß Gott was ein. Am Wahltag würden ihm die Wähler, einschließlich Michelle, einen Denkzettel erteilen, der einem Tritt in den Hintern gleichkam.

Sie machte einen Kompromissvorschlag: zwei Minuten für ihr Team zur Durchsuchung des Raumes. Bruno stimmte zu, und ihre Männer schwärmten sofort aus. Insgeheim kochte Michelle vor Wut, sagte sich aber, es sei besser, noch ein paar Pfeile im Köcher zu behalten für die wirklich bedeutsamen Schlachten, die noch auf sie zukamen.

Hundertzwanzig Sekunden später kamen ihre Leute wieder heraus und berichteten, dass alles in Ordnung sei. Der Raum hatte nur eine Tür, durch den man ihn betreten und verlassen konnte. Keine Fenster. Außer der alten Dame und dem Toten sei niemand anwesend. Die Raumtemperatur sei kühl. Das war nicht perfekt, ging aber in Ordnung. Michelle nickte dem Kandidaten zu. Bruno sollte sein Tête-à-tête mit dem Verstorbenen haben, und danach konnte die Karawane weiterziehen.

Bruno betrat die Leichenhalle, schloss die Tür hinter sich und ging auf den offenen Sarg zu. An der gegenüberliegenden Wand befand sich ein zweiter, allerdings leerer Sarg. Von einem hüfthohen Berg wunderschöner Blumen umgeben, ruhte der Sarg mit dem Verstorbenen auf einer Art Sockel, der mit einem vorhangartigen weißen Stoff verkleidet war. Bruno erwies dem Toten seine Reverenz, murmelte »Mach's gut, Bill!«, und wandte sich dann der Witwe zu, die inzwischen wieder auf ihren Stuhl zurückgekehrt war. Er ging vor ihr in die Knie, und sie reichte ihm die rechte Hand. Bruno drückte sie sanft.

»Es tut mir Leid, Mildred, wirklich sehr Leid. Er war ein guter Mann.«

Die Trauernde sah ihn unter ihrem Schleier hervor an, lächelte und schlug den Blick wieder nieder. Brunos Gesichtsausdruck veränderte sich. Er sah sich vorsichtig um, obwohl die einzige andere Person im Raum nicht mehr in einem Zustand war, der es ihr ermöglicht hätte, zu lauschen. »Du erwähntest noch etwas anderes, worüber du mit mir unter vier Augen sprechen wolltest«, sagte Bruno.

»Ja«, bestätigte die Witwe mit leiser Stimme.

»Ich fürchte, ich habe nicht viel Zeit, Mildred. Worum geht es denn?«

Wie zur Antwort legte sie die linke Hand auf seine Wange, und dann berührten ihre Finger plötzlich seinen Hals. Bruno zog eine Grimasse, als er den scharfen Stich spürte, der seine Haut durchdrang. Einen Augenblick später sank er bewusstlos zu Boden.

KAPITEL 2

Michelle ging im Flur auf und ab, sah auf ihre Armbanduhr und lauschte der tristen Musik, die über eine Lautsprecheranlage das gesamte Gebäude erfüllte. Wer noch nicht todtraurig, deprimiert oder gar selbstmordgefährdet hierher kommt, ist nach fünfminütiger Berieselung mit dieser Musik auf jeden Fall so weit, dachte sie. Dass Bruno die Tür hinter sich geschlossen hatte, ärgerte sie maßlos, aber sie hatte es ihm durchgehen lassen. Eigentlich war es ihr untersagt, eine Schutzperson auch nur eine Sekunde lang aus den Augen zu lassen, doch die Realität schlug den Vorschriften immer wieder Schnippchen. Zum fünften Mal fragte sie einen ihrer Mitarbeiter: »Sind Sie sich absolut sicher, dass der Raum sauber ist?« Der Mann nickte.

Sie wartete noch ein paar Augenblicke, dann ging sie zur Tür und klopfte an. »Mr Bruno? Wir müssen weiter, Sir!« Als sie keine Antwort bekam, seufzte sie unhörbar auf. Michelle wusste, dass die anderen Agenten ihres Kommandos, die allesamt mehr Dienstjahre auf dem Buckel hatten als sie, genau aufpassten, wie sie sich verhielt. Nur sieben Prozent der annähernd 2400 Agenten im Außendienst waren Frauen, und nur ganz wenige bekleideten Führungspositionen. Nein, leicht war ihr Job bestimmt nicht.

Sie klopfte wieder. »Sir?« Sekunden tickten vorbei, ohne dass etwas geschah. Michelle spürte, wie sich ihre Magenmuskeln anspannten. Sie drehte am Türknopf und blickte ungläubig auf. »Die ist ja abgeschlossen!«

Ein Kollege starrte sie an, genauso perplex wie sie. »Na, dann hat er sich offenbar eingeschlossen.«

»Mr Bruno, ist alles in Ordnung?« Michelle hielt kurz inne und setzte dann hinzu: »Sir, entweder Sie antworten mir jetzt, oder wir kommen rein.«

»Augenblick noch!« Das war unverkennbar Brunos Stimme.

»Okay, Sir, aber wir müssen jetzt definitiv los.«

Nach zwei weiteren Minuten schüttelte Michelle den Kopf und klopfte erneut an die Tür. Keine Antwort. »Sir, wir haben bereits Verspätung.« Sie warf Fred Dickers, Brunos Stabschef, einen Blick zu und sagte: »Fred, wollen Sie 's mal versuchen?«

Dickers und sie hatten sich schon vor längerer Zeit zusammengerauft. Da sie jeden Tag an die zwanzig Stunden miteinander auskommen mussten, blieb ihnen auch nicht viel anderes übrig. Dass sie ständig gleicher Meinung waren, hieß dies noch lange nicht, und so weit würde es auch nie kommen, doch in der aktuellen Frage stimmten sie überein.

Dickers nickte und rief: »John! Ich bin's, Fred. Wir müssen jetzt wirklich weiter. Sind schon verdammt spät dran.« Er klopfte an die Tür. »John, hörst du mich?«

Wieder spürte Michelle ihre Magenmuskulatur. Irgendetwas war hier faul. Sie winkte Dickers beiseite und klopfte selber wieder an. »Warum haben Sie die Tür abgeschlossen, Sir?« Keine Antwort. Auf Michelles Stirn bildete sich ein erster Schweißtropfen. Sie zögerte einen Moment, dachte scharf nach und brüllte dann gegen die Tür: »Sir, Ihre Frau ist am Telefon! Eines Ihrer Kinder hat einen schweren Unfall gehabt!«

Die Antwort ließ ihr einen kalten Schauer über den Rücken laufen. »Augenblick noch!«

»Brecht die Tür auf! Brecht die Tür auf!«, schrie sie die anderen Agenten an.

Sie warfen sich mit den Schultern dagegen, ein Mal, zwei Mal. Dann gab die Tür nach, und sie stürmten den Raum.

Einen Raum, der leer war – bis auf einen Toten.

KAPITEL 3

Ein Trauerzug hatte sich in Bewegung gesetzt und rollte langsam die alleeartige Zufahrt entlang, die zur Straße führte. Er umfasste nur etwa ein Dutzend Fahrzeuge. Noch ehe der letzte Wagen das Gelände verlassen hatte, stürmten Michelle und ihr Team aus dem Haupteingang des Bestattungsinstituts und schwärmten in alle Richtungen aus.

»Sperren Sie das gesamte Gebiet ab!«, befahl sie den Agenten, die vor Brunos Wagenkolonne postiert waren. Dann sprach sie in ihr Walkie-Talkie: »Ich brauche Verstärkung, egal woher. Hauptsache, sie kommt sofort. Und verbinden Sie mich mit dem FBI.« Ihr Blick fiel auf den letzten Wagen des abfahrenden Trauerzugs. Ihr war klar, dass wegen dieses Vorfalls Köpfe rollen würden, vor allem ihr eigener. Doch im Augenblick dachte sie nur an eines: John Bruno musste wieder her, und zwar vorzugsweise lebendig.

Aus den Transportern der Medien quollen Reporter und Fotografen. Obwohl John Bruno bewusst gewesen war, dass sich ein paar Fotos von ihm am Sarg des Verstorbenen gut gemacht hätten, und trotz entsprechender Interventionen von Seiten Fred Dickers' hatte er Rückgrat bewiesen und der Presse den Zugang zur Leichenhalle untersagt. Jetzt brach die Meute los, mit der vollen Wucht ihrer journalistischen Leidenschaft: Hatte sie sich zuvor murrend gefügt, witterte sie nun eine Story von weitaus größerer Brisanz, als sie der Beileidsbesuch eines Präsidentschaftskandidaten am Sarg eines alten Freundes je hätte bieten können.

Ehe die Reporter Michelle erreichten, packte diese einen Uniformierten am Arm, der auf sie zugelaufen war und offenbar auf Instruktionen wartete. »Sind Sie ein Kollege aus dem Ort?«, fragte sie ihn.

Er nickte. Seine Augen waren weit aufgerissen, das Gesicht bleich. Der Mann sah aus, als würde er gleich in Ohnmacht fallen oder sich zumindest in die Hosen machen.

Michelle deutete auf die Straße. »Wessen Trauerzug ist das?«

»Harvey Killebrews. Sie bringen ihn zum Friedhof.«

»Halten Sie den Zug auf!«

Der Mann stierte sie dusselig an. »Aufhalten? Ich?«

»Jemand ist entführt worden. Und das da...« Wieder deutete Michelle in die Richtung, in der der Trauerzug verschwunden war. »Das da wäre eine optimale Gelegenheit, den Entführten aus dem Weg zu schaffen – meinen Sie nicht?«

»Ach ja«, erwiderte der Mann langsam. »Das könnte wohl sein.«

»Also sorgen Sie dafür, dass jedes einzelne Fahrzeug gründlich durchsucht wird, vor allem der Leichenwagen.«

»Der Leichenwagen? Aber entschuldigen Sie, Ma'am, da ist doch Harvey drin!«

Michelle musterte seine Uniform. Er war nur ein Hilfspolizist, aber sie konnte es sich jetzt nicht leisten, wählerisch zu sein. Nach einem Blick auf das Namensschildchen an seiner Brust sagte sie sehr ruhig: »Officer Simmons, wie lange sind Sie schon im... äh... im Wach- und Schließgewerbe tätig?«

»Ungefähr einen Monat, Ma'am. Aber ich bin berechtigt, Waffen zu tragen. Bin Jäger, schon seit meinem achten Lebensjahr. Schieß Ihnen die Flügel von 'ner Mücke weg, wenn's drauf ankommt.«

»Sehr gut.« Einen Monat! So, wie der Bursche aussah, glaubte sie ihm noch nicht einmal das. »Okay, Simmons, hören Sie zu: Ich halte es für gut möglich, dass der Entführte bewusstlos ist – und für den Transport eines Bewusstlosen wäre ein Leichenwagen doch genau das Richtige, meinen Sie nicht auch?« Er nickte, anscheinend begriff er endlich, worauf sie hinauswollte. Ihr Mund verzog sich, und ihre Stimme klang nun knallhart wie ein Pistolenschuss. »Und jetzt ab mit Ihnen! Sie stoppen umgehend diesen Leichenzug und durchsuchen die Fahrzeuge!«

Simmons rannte sofort los. Michelle befahl einigen ihrer Leute, ihm bei dem Einsatz zu helfen und dafür zu sorgen, dass alles glatt ging. Eine andere Gruppe schickte sie in die Leichenhalle, die gründlich durchsucht werden sollte. Es war nicht ganz auszuschließen, dass Bruno irgendwo im Gebäude versteckt worden war.

Sie kämpfte sich durch die Reporter- und Fotografenmeute und bestimmte das Bestattungsinstitut zu ihrer Einsatzzentrale. Dann telefonierte sie wieder, studierte Landkarten der Umgebung und koordinierte die Fahndung. Sie legte einen inneren Ring um den Tatort mit einem Radius von einer Meile um das Bestattungsinstitut herum fest. Und dann kam der Anruf, den sie gerne vermieden hätte, der sich aber nicht länger hinausschieben ließ: Sie wählte die Nummer ihrer Vorgesetzten und sprach die Worte aus, die von nun an untrennbar mit ihrem Namen und ihrer gescheiterten Karriere beim Secret Service verbunden bleiben sollten.

»Hier spricht Agentin Michelle Maxwell, Einsatzleiterin Personenschutz John Bruno. Wir haben – *ich habe* – unsere Schutzperson verloren … ja, *verloren*. John Bruno ist offenbar entführt worden. Die Fahndung läuft, die örtlichen Polizeibehörden und das FBI sind informiert.« Sie hatte das Gefühl, das Fallbeil sause bereits auf ihren Nacken zu.

Michelle schloss sich dem Trupp an, der auf der Suche nach Bruno das Bestattungsinstitut vom Keller bis zum Dachgeschoss durchkämmte und dabei das Interieur buchstäblich in seine Einzelteile zerlegte. Ein solches Vorgehen am Tatort vor Eintreffen der Spurensicherung war, milde ausgedrückt, problematisch. Aber sie konnten sich jetzt nicht über die bevorstehenden Ermittlungen den Kopf zerbrechen; sie mussten den vermissten Kandidaten suchen.

In der Leichenhalle, aus der Bruno verschwunden war, wandte sich Michelle an einen der Männer, die den Raum vor Brunos Eintritt überprüft hatten. »Wie, zum Teufel, konnte das passieren?«, fuhr sie ihn an.

Der Angesprochene war ein Secret-Service-Veteran und ein guter Mann obendrein. Ungläubig schüttelte er den Kopf. »Der Raum war sauber, Mick«, sagte er. »Echt sauber.«

Bei der Arbeit kam es immer wieder vor, dass Michelle »Mick« genannt wurde. Sie hatte nichts dagegen: Irgendwie war sie auf diese Weise den Jungs näher, ihnen ähnlicher, und das war – wie sie sich zähneknirschend eingestand – gar nicht so übel.

»Haben Sie die Witwe überprüft? Sie befragt?«

Der Mann sah sie skeptisch an. »Sollten wir etwa eine alte Frau in die Mangel nehmen, deren Ehemann zwei Meter weiter im Sarg liegt? Wir haben ihre Handtasche angesehen, ja, aber eine intime Leibesvisitation war nun wirklich nicht angebracht.« Er atmete tief durch. »Wir hatten exakt zwei Minuten Zeit. Jetzt nennen Sie mir mal irgendwen, der so einen Job in zwei Minuten perfekt erledigen kann.«

Michelle versteifte sich, als ihr die Bedeutung dieser Worte bewusst wurde. Alle Beteiligten würden versuchen, die eigene Haut und den Pensionsanspruch zu retten. Im Nachhinein sah es verdammt schwach aus, dass sie nur zwei Minuten für die Sicherheitsüberprüfung genehmigt hatte. Michelles Blick fiel auf den Türknopf, mit dem die Tür von innen verriegelt worden war.

Zwei Meter weiter im…? Sie sah sich nach dem kupferfarbenen Sarg um und ließ den Bestattungsunternehmer rufen, der kurz darauf zu ihr kam. Er war jetzt noch viel blasser, als bei Leuten seiner Zunft gemeinhin üblich. Michelle fragte ihn, ob es sich bei dem Toten tatsächlich um Bill Martin handele. Ja, sagte der Mann.

»Und Sie sind sich ganz sicher, dass die Frau an seinem Sarg seine Witwe war?«

»Was für eine Frau?«, wollte er wissen.

»Eine Frau in Schwarz saß hier im Raum. Sie war verschleiert.«

»Ich weiß nicht, ob diese Frau Mrs Martin war oder jemand anders. Ich habe sie nicht hereinkommen sehen.«

»Ich brauche Mrs Martins Telefonnummer. Außerdem dürfen weder Sie noch Ihre Angestellten das Gebäude verlassen, bis das FBI eingetroffen ist und seine Ermittlungen abgeschlossen hat.«

Der Mann wurde noch blasser im Gesicht – sofern das überhaupt möglich war. »Das FBI?«

Michelle ließ ihn gehen, und ihr Blick fiel auf den Sarg und den Fußboden davor. Sie bückte sich, um ein paar Rosenblütenblätter aufzuheben, die heruntergefallen waren. Dabei geriet ihr Kopf auf Augenhöhe mit dem Sockel, auf dem der Sarg ruhte. Michelle beugte sich über die Blumen und zog vorsichtig den vorhangartigen Stoff beiseite, der den Sockel verdeckte. Eine Vertäfelung kam zum Vorschein. Michelle klopfte dagegen. Es klang hohl. Nachdem sie sich Handschuhe übergestreift hatte, hob sie mit einem Kollegen eines der Holzpaneele ab und legte einen Hohlraum frei, in dem sich problemlos ein ausgewachsener Mann verstecken konnte. Michelle schüttelte den Kopf über sich selbst. Das hatte sie gründlich versiebt.

Einer ihrer Leute trat zu ihr und zeigte ihr ein technisches Gerät in einem durchsichtigen Plastikbeutel. »Eine Art digitales Tonbandgerät«, sagte er.

»Brunos Stimme! Damit haben sie uns also geleimt!«

»Sie müssen eine Rede von ihm oder so etwas mitgeschnitten haben. Den Ausruf ›Augenblick noch!‹ hielten sie dann offenbar für am besten geeignet, uns noch eine Weile zu vertrösten, weil er auf alle möglichen Fragen Antwort gibt. Sie haben ihn mit Ihrer Bemerkung über Brunos Kinder ausgelöst. Irgendwo muss noch eine Wanze versteckt sein …«

»… weil das Gerät ja sonst auf meinen Ruf hin nicht angesprungen wäre«, ergänzte Michelle.

»Genau.« Der Mann deutete auf die gegenüberliegende Wand, wo gerade ein Teil der gepolsterten Verkleidung entfernt worden war. »Da hinten ist eine Tür, die zu einem geheimen Durchgang führt.«

»Dann sind sie also dort hinaus.« Michelle gab dem Agenten den Plastikbeutel zurück. »Stellen Sie das Gerät wieder genau dort hin, wo Sie es gefunden haben. Ich habe keine Lust, mich vom FBI darüber aufklären zu lassen, dass man an einem Tatort nichts verändern darf.«

»Es muss doch einen Kampf gegeben haben«, sagte der Agent. »Wie ist es möglich, dass wir keinen Ton gehört haben?«

»Na wie schon, bei dieser Totenmusik, die hier überall plärrt?«, gab Michelle scharf zurück.

Sie betraten den verborgenen Gang. Die rollbare Bahre mit dem leeren Sarg war an der Tür zurückgelassen worden, die nach draußen hinter das Gebäude führte. Nach der Rückkehr in die Leichenhalle ließ Michelle noch einmal den Bestattungsunternehmer kommen und zeigte ihm den Gang.

Der Mann wirkte völlig perplex. »Davon habe ich nichts gewusst«, sagte er.

»Wie bitte?«, fragte Michelle ungläubig.

»Wir arbeiten hier erst seit zwei Jahren – das heißt, seitdem das einzige andere Bestattungsinstitut weit und breit dicht gemacht hat. Das Gebäude konnten wir nicht übernehmen, weil es unter den Hammer kam. Das Haus hier war schon alles Mögliche, bevor wir es anmieteten und in ein Bestattungsunternehmen umwandelten. Die gegenwärtigen Eigentümer haben nur einige wenige bauliche Verbesserungen vorgenommen. Gerade dieser Raum hier, die Leichenhalle, ist kaum verändert worden. Von dieser Tür und dem Gang dahinter hatte ich keine Ahnung.«

»Sie vielleicht nicht, aber jemand anders«, erwiderte Michelle schroff. »Am Ende des Gangs befindet sich eine Tür, die nach draußen führt, zur Rückseite des Gebäudes. Wollen Sie mir weismachen, dass Sie auch von dieser Tür keine Ahnung haben?«

»Der rückwärtige Teil des Hauses dient als Lager. Man kommt durch mehrere Türen von innen da rein.«

»Haben Sie da hinten ein Fahrzeug stehen sehen?«

»Nein, aber da komme ich ja auch nie hin.«

»Ist sonst jemandem irgendetwas aufgefallen?«

»Da muss ich mich erst erkundigen.«

»Nein, *ich* werde mich erkundigen.«

»Ich versichere Ihnen, dass wir ein absolut seriöses Unternehmen sind.«

»Sie haben geheime Gänge und Außentüren im Haus, von denen Sie keine Ahnung haben. Haben Sie denn keine Angst vor Einbrechern und dergleichen?«

Er sah sie mit leerem Blick an und schüttelte den Kopf. »Wir sind hier nicht in der Großstadt. Hier hat es noch nie ein Verbrechen gegeben.«

»Mit dieser Glückssträhne ist es jetzt vorbei. Können Sie mir Mrs Martins Telefonnummer geben?«

Er gab sie ihr, doch als sie die Nummer wählte, ging niemand an den Apparat.

Eine Weile lang stand Michelle mutterseelenallein mitten im Raum. Ihre ganze Arbeit, all die Jahre, in denen sie sich und allen anderen bewiesen hatte, dass sie ihr Fach beherrschte – alles für die Katz! Ihr blieb nicht einmal der Trost, mit ihrem Körper eine dem Kandidaten zugedachte tödliche Kugel abgefangen zu haben. Michelle Maxwell war nun Geschichte – und wusste genau, dass ihre Rolle beim Secret Service ebenfalls Geschichte war. Mit ihrer Karriere war es aus und vorbei.

KAPITEL 4

Der Trauerzug wurde angehalten und jedes Fahrzeug durchsucht, auch der Leichenwagen. Bei dem Toten handelte es sich tatsächlich um Harvey Killebrew, einen treu sorgenden Vater, Großvater und Ehemann, was jeder bestätigen konnte, der den Leichnam nach der Öffnung des Sarges sah. Die Trauergäste waren nahezu ausnahmslos Herrschaften älteren Semesters, die angesichts der vielen bewaffneten Männer sichtlich verängstigt waren. Obwohl keiner von ihnen auch nur im Entferntesten den Eindruck erweckte, ein Entführer zu sein, wurde die gesamte Kavalkade samt Leichenwagen zum Bestattungsinstitut zurückbeordert.

Hilfspolizist Simmons wandte sich an einen Secret-Service-Agenten, der gerade seinen Wagen bestieg, um die Karawane zurückzugeleiten, und fragte ihn: »Was soll ich jetzt tun, Sir?«

»Ich brauche jemanden, der die Straße hier im Auge behält. Sie halten jeden an, der aus der Stadt raus oder in die Stadt rein will, und überprüfen sorgfältig seine Papiere. Sobald es möglich ist, schicken wir Ihnen Verstärkung. Bis dahin ist das Ihr Job, verstanden?«

Simmons wirkte hochgradig nervös. »Das ist ’n echt dickes Ding, was?«

»Das ist das dickste Ding Ihres Lebens, mein Junge. Hoffentlich geht es gut aus. Leider habe ich da meine Zweifel.«

Neal Richards, auch er ein Agent, stieß zu ihnen und sagte: »Ich bleibe auch hier, Charlie. Ich halte es nicht für ideal, ihn hier allein zu lassen.«

Charlie sah seinen Kollegen prüfend an und fragte ihn: »Sind Sie sicher, Neal, dass Sie nicht mit zurück zum Rudel wollen? Keine Lust?«

Richards lächelte grimmig und erwiderte: »Ich habe keine Lust, Michelle Maxwell jetzt über den Weg zu laufen. Ich bleib bei dem Jungen hier.« Er kletterte in den Lieferwagen neben Simmons, der das Gefährt quer zur Fahrtrichtung parkte und damit die Straße blockierte. Sie sahen noch den sich allmählich entfernenden Trauergästen und Sicherheitsagenten nach und konzentrierten sich dann auf die Umgebung. Kein Mensch war zu sehen. Simmons' Hand umklammerte fest den Griff seiner Dienstpistole, wobei die schwarzen Lederhandschuhe quietschende Geräusche von sich gaben. Dann beugte er sich vor, drehte mit der Linken den Ton des Polizeifunks lauter, sah den altgedienten Secret-Service-Agenten nervös an und sagte: »Ich weiß, dass Sie mir wahrscheinlich nichts sagen dürfen – aber was ist da hinten eigentlich passiert?«

Richards würdigte ihn keines Blickes. »Stimmt, das kann ich Ihnen nicht sagen.«

»Ich bin hier aufgewachsen«, sagte Simmons, »und kenne wirklich jeden Quadratmeter in der Gegend. Wenn ich jemanden rausschmuggeln wollte, würde ich 's über den Waldweg probieren, der einen knappen Kilometer weiter von der Straße abzweigt. Wenn Sie diese Abkürzung nehmen und auf der anderen Seite wieder rauskommen, haben Sie mir nichts, dir nichts sieben oder acht Kilometer Vorsprung.«

Jetzt sah Richards ihn doch an und sagte mit gedehnter Stimme: »Ach ja, sind Sie sich da ganz sicher?« Er lehnte sich etwas zur Seite und griff in seine Jackentasche.

Sekundenbruchteile später sackte Secret-Service-Agent Neal Richards mit dem Gesicht voran auf dem breiten Sitz des Lieferwagens zusammen. In der Mitte seines Rückens war ein kleines rotes Loch, und der Kaugummistreifen, den er gerade aus seiner Jackentasche gezogen hatte, steckte noch zwischen den verkrampften Fingern seiner rechten Hand. Simmons drehte sich um. Hinten, auf der Ladefläche, schraubte eine Frau den Schalldämpfer von einer kleinkalibrigen Pistole. Sie hatte sich in einer Nische unter dem doppelten Boden des Fahrzeugs versteckt gehalten. Das Rauschen des Polizeifunks hatte das leise Klappern übertönt, das sich beim Herauskrabbeln nicht vermeiden ließ. »Kleinkaliber Dumdum«, sagte sie. »Ich wollte, dass es im Körper stecken bleibt. Macht nicht so eine Schweinerei.«

Simmons lächelte. »Dieser Charlie hatte schon Recht, das ist echt ein dickes Ding.« Er nahm dem toten Agenten das Sprechfunkgerät ab und warf es mit Schwung in den angrenzenden Wald. Dann fuhr er los, stadtauswärts, und bog nach ungefähr einem Kilometer in einen verkrauteten Waldweg ein. Die Leiche von Agent Richards warfen sie in eine überwucherte Schlucht gleich neben dem Pfad. Simmons hatte den Mann nicht belogen: Dieser Weg war die ideale Fluchtroute. Nach weiteren hundert Metern und zwei Kurven erreichten sie eine aufgelassene Scheune mit offen stehendem Tor und teilweise eingefallenem Dach. Simmons fuhr hinein, sprang aus dem Wagen und schloss die Tore. Neben ihnen stand ein weißer Pickup.

Die Frau, die hinten aus dem Lieferwagen stieg, sah jetzt nicht mehr wie eine alte Witwe aus. Sie war blond, jung, schlank, aber durchtrainiert und trug Jeans und einen weißen Pulli. Sie hatte in ihrem kurzen Leben schon viele Falschnamen benutzt, gegenwärtig war sie »Tasha«. Simmons war schon gefährlich genug, doch Tasha war absolut tödlich, denn sie verfügte über die wichtigste Eigenschaft des eiskalten Killers: Sie hatte kein Gewissen.

Simmons zog seine Uniform aus und stand nun in Jeans und T-Shirt da. Er griff sich ein Schminkköfferchen, das im Laderaum des Lieferwagens verstaut war, streifte die Perücke, die dazu passenden Koteletten und Augenbrauen sowie die anderen Accessoires seiner Gesichtsmaske ab. Er war es gewesen, der sich in dem Hohlraum unter Bill Martins Sarg verborgen gehalten hatte. Er hatte Tasha geholfen, John Bruno hinauszutragen, und war danach in die Rolle von »Officer Simmons« geschlüpft.

Als Nächstes holten sie die große Kiste, in der Bruno lag, von der Ladefläche. Für den Fall, dass sich jemand dafür interessiert hätte, besagte die Deckelaufschrift, dass sich Fernmeldegeräte darin befanden. Vor dem Rückfenster des Pickups stand ein großer Werkzeugkasten. Tasha und Simmons legten Bruno dort hinein, schlossen den Deckel und sperrten den Kasten ab. Deckel und Seitenwände enthielten einige Luftlöcher, außerdem war das Innere gepolstert. Mit Heuballen, die in einer Ecke der Scheune gestapelt waren, bedeckten die beiden den Werkzeugkasten, jedenfalls zum größten Teil. Dann sprangen sie in die Kabine, setzten sich Kappen mit der Aufschrift »John Deere«, einer Firma für Landwirtschaftsmaschinen, auf, starteten den Motor und ließen die Scheune hinter sich. Über einen anderen verkrauteten Wald- und Wiesenweg erreichten sie nach etwa drei Kilometern wieder eine größere Landstraße.

Ein unaufhaltsamer Strom von Streifenwagen, schwarzen Limousinen und schweren Geländewagen kam ihnen entgegen, alle zweifellos unterwegs zum Tatort. Ein junger Polizist lächelte der hübschen Frau auf dem Beifahrersitz des Pickups im Vorbeifahren sogar zu. Tasha bedachte ihn mit einem schmachtenden Blick und winkte zurück, während der entführte Präsidentschaftskandidat noch immer bewusstlos im Werkzeugkasten unter dem Heu lag.

Drei Kilometer Vorsprung hatte der alte Mann, der am Eingang des Bestattungsinstituts gesessen hatte, als die Wahlkampftruppe des Kandidaten vorgefahren war. Er hatte seine Schnitzerei beendet und war ein paar Minuten bevor das Gelände von Michelle Maxwell weiträumig abgeriegelt worden war, davongefahren. Jetzt saß er allein in seinem uralten Buick mit dem röhrenden Auspufftopf. Seine Kollegen hatten ihn gerade über den problemlosen Abtransport des Politikers informiert. Einziges Opfer dabei war ein Secret-Service-Agent. Er hatte das Pech gehabt, sich mit einem Mann zusammenzutun, den er offensichtlich für vollkommen harmlos hielt.

Jetzt ging es endlich los! Endlich, nach all der Zeit und den enormen Vorarbeiten, ging es jetzt los!

Die Freude darüber ließ ihn strahlen.

KAPITEL 5

Der rote Ford Explorer hielt tief im Wald neben einem großen Blockhaus aus Zedernholz, das sich durchaus sehen lassen konnte: Obwohl nur von einem einzigen Menschen bewohnt, war es eher eine repräsentative Lodge als ein einfaches Familienquartier fürs Wochenende. Der Fahrer stieg aus und reckte sich. Es war noch früh am Tage; gerade erst war die Sonne aufgegangen.

Sean King stieg die breite, handgezimmerte Holztreppe empor, schloss die Tür auf und begab sich sofort in die Küche, um Kaffee aufzusetzen. Während der durchlief, sah King sich um, betrachtete mit Zufriedenheit die passgenauen Ecken und Balken sowie das ausgewogene Größenverhältnis zwischen Fenster- und Wandflächen. Nahezu vier Jahre lang hatte er nur in dem kleinen Wohnwagen gehaust, der hier auf dem sechs Hektar großen Waldgrundstück in den Blue Ridge Mountains, etwa sechzig Kilometer westlich von Charlottesville gelegen, abgestellt war. Das Haus hatte er in dieser Zeit fast ohne jede Hilfe selbst gebaut.

Das Mobiliar bestand aus Ledersesseln, üppigen Polstersofas, Holztischen, Orientteppichen, kupfernen Lampen, schmucklosen Regalen mit ausgewählter Literatur, aus Öl- und Pastellbildern, die überwiegend von Künstlern aus der Umgebung stammten, sowie einer Fülle von anderen Gegenständen, die man im Laufe eines Lebens sammelt oder erbt. Und King, der mit seinen mittlerweile vierundvierzig Jahren schon mindestens zwei Leben hinter sich hatte, verspürte nicht die geringste Lust, sich noch ein weiteres Mal neu zu erfinden.

Er ging ins Obergeschoss und über den Holzsteg, der um das ganze Haus herum lief, in sein Schlafzimmer. Auch hier hatte alles seine Ordnung, alles war an seinem Platz, und kein Millimeter Raum war verschwendet worden.

King zog seine Polizistenuniform aus und ging unter die Dusche, um sich den Schweiß einer arbeitsreichen Nacht abzuspülen. Er rasierte sich, wusch sich die Haare und ließ die Operationsnarbe an seinem Mittelfinger vom heißen Wasser aufweichen. An das kleine Souvenir aus seiner Zeit als Secret-Service-Agent hatte er sich längst gewöhnt.

Wäre er beim Service geblieben, so würde er jetzt vermutlich statt in einem schönen Holzhaus im malerischen Herzen Virginias in einem schuhschachtelgroßen Appartement in einer stumpfsinnigen Schlafsiedlung jenseits des Washingtoner Beltway wohnen und wäre nach wie vor mit seiner einstigen Frau verheiratet. Mit Sicherheit würde er sich um diese Morgenstunde nicht für den Gang in die eigene florierende Anwaltspraxis fertig machen, und mit absoluter Sicherheit wäre er kein ehrenamtlicher Hilfspolizist, der einmal pro Woche in seiner ländlichen Heimatgemeinde den Nachtdienst übernahm. Stattdessen müsste er alle Nase lang irgendwo hinfliegen und irgendwelchen Politikern dabei zuschauen, wie sie grinsten und logen und Kleinkinder küssten, sich endlos in Geduld üben und jeden Moment darauf gefasst sein, dass jemand versuchte, seinen Schützling umzubringen. Was für eine groteske Existenz, samt Vielflieger-Bonus und so vielen Aufputschtabletten, wie er wollte!

Er zog sich Anzug und Krawatte an, kämmte sich die Haare, trank seinen Kaffee auf der verglasten Veranda vor der Küche und las dabei die Zeitung. Die erste Seite wurde beherrscht von der Berichterstattung über die Entführung John Brunos und die Fahndungsarbeit des FBI. King las alles sorgfältig durch und merkte sich die wichtigsten Einzelheiten. Dann schaltete er den Fernsehapparat ein, suchte und fand einen Nachrichtensender und bekam gerade noch mit, wie eine Reporterin über den Tod des altgedienten Secret-Service-Agenten Neal Richards berichtete. Er hinterließ eine Frau und vier Kinder.

Das war alles zweifellos tragisch und traurig, doch wenigstens kümmerte sich der Secret Service um die Hinterbliebenen. Neal Richards' Familie konnte mit voller Unterstützung rechnen. Den Verlust wog das zwar nicht auf, doch es war wenigstens etwas.

Die Reporterin berichtete weiter, dass seitens des FBI bisher noch keine Stellungnahme vorläge. »Kein Wunder«, sagte King zu sich selbst; das war absolut nicht üblich. Dennoch würde über kurz oder lang irgendwas durchsickern. Irgendjemand würde den Mund nicht halten, ein Bekannter würde mit dem Aufgeschnappten zu einem Bekannten bei der *Post* oder der *Times* rennen, und damit wüsste alle Welt Bescheid. Auch wenn diese Informationen mit der Wirklichkeit nicht mehr viel zu tun hätten. Der Medienmoloch hatte einen unstillbaren Appetit, und keine Organisation konnte es sich leisten, ihn am ausgestreckten Arm verhungern zu lassen, nicht einmal das FBI.

Er richtete sich auf und starrte die Frau auf dem Fernsehbildschirm an, die neben einer Gruppe von Leuten vor einem Podium stand. Das war die Secret-Service-Seite der Affäre, das spürte er instinktiv. Er kannte diese Sorte nur allzu gut. Die Frau wirkte professionell und souverän und verfügte über jene gespannte Wachsamkeit, die King nur allzu vertraut war. Und da war noch etwas in ihrem Ausdruck, etwas, was er sich zunächst nicht erklären konnte. Ein inneres Feuer auf jeden Fall, das hatten sie ja alle in dieser Branche, der eine mehr, der andere weniger. Aber da war noch etwas – ein unterschwelliger Trotz vielleicht?

Der Secret Service unterstütze das FBI in jeder Hinsicht, sagte einer der Männer, und selbstverständlich würden auch interne Untersuchungen angestellt. King wusste, dass diese Aufgabe von einer speziellen Kommission übernommen würde – er hatte das nach der Ermordung Ritters alles am eigenen Leib erfahren müssen. Wenn er die bürokratische Doppelzüngigkeit richtig interpretierte, so bedeutete dies, dass man die Schuldigen längst ausgemacht hatte. Sie würden öffentlich bekannt gegeben, sobald die beteiligten Parteien sich darüber einig waren, mit welchem Unterton man die entsprechenden unangenehmen Nachrichten verkaufen wollte.

Die Pressekonferenz war vorbei. Die Frau entfernte sich vom Podium und stieg in einen schwarzen Pkw. Auf Anordnung des Service stehe sie für Fragen der Presse nicht mehr zur Verfügung, sagte die Berichterstatterin – nicht ohne sie freundlicherweise vorher noch als Michelle Maxwell zu identifizieren, Leiterin der Personenschutzeinheit, die John Bruno verloren hatte.

Wieso führen sie sie dann überhaupt der Presse vor, fragte sich King. Warum vor dem Raubtierkäfig mit frischem Fleisch herumwedeln? Es dauerte nur Sekunden, bis ihm die Antwort einfiel: Der künftige Sündenbock brauchte ein Gesicht. Der Secret Service hatte mehrfach bewiesen, dass er seine Leute zu schützen verstand. Es war ja nicht das erste Mal, dass seine Agenten Mist gebaut hatten. Man beurlaubte sie, nahm sie damit aus der Schusslinie und versetzte sie später auf einen anderen Posten. In diesem Fall verhielt es sich offenbar anders: Wahrscheinlich war der politische Druck so stark, dass Köpfe rollen mussten, oder zumindest einer. »Hier, liebe Leute, hier habt ihr die Verantwortliche« – so oder so ähnlich mochte man an zuständiger Stelle gedacht haben. »Packt sie euch ruhig, auch wenn die Ergebnisse der offiziellen Untersuchungen noch auf sich warten lassen.« Mit einem Mal verstand King den unterschwelligen Trotz in den Zügen der Frau. Sie wusste genau, was gespielt wurde. Die Lady war Zuschauerin bei ihrer eigenen Hinrichtung und fühlte sich nicht wohl in dieser Rolle.

King schlürfte seinen Kaffee, mampfte eine Scheibe Toast und sagte zu der bereits von der Bildfläche verschwundenen Agentin: »Kein Wunder, dass dich das alles ankotzt, Michelle. Sie schicken dich auf jeden Fall in die Wüste, da kannst du Gift drauf nehmen.«

Plötzlich erschien Michelle Maxwell wieder im Bild, und man erfuhr mehr über ihren Hintergrund. Die Frau war als ehemaliges Mitglied der amerikanischen Studentenmannschaften im Basketball *und* in der Leichtathletik nicht nur ein sportliches Ass, sondern auch ein akademisches Schwergewicht: In nur drei Jahren hatte sie ihr Kriminalistik-Studium an der Georgetown University durchgezogen. Und als wäre dies alles noch nicht genug, hatte sie ihre beachtlichen sportlichen Talente noch in einer weiteren Sportart unter Beweis gestellt und bei den olympischen Spielen eine Silbermedaille im Rudern gewonnen… Eine akademisch gebildete Sportlerin, in der Tat sehr anregend, dachte King. Michelle Maxwell hatte ein Jahr lang bei der Polizei in ihrem Heimatstaat Tennessee gearbeitet, sich dann dem Secret Service angeschlossen und dort die Karriereleiter doppelt so schnell wie üblich erklommen. Im Augenblick jedoch spielte sie die schöne Rolle des Sündenbocks.

Und schön ist sie, auch als Sündenbock, dachte King – und stockte. Schön? Ja, und doch verriet das Bild auch maskuline Qualitäten. Da war zum Beispiel ihr energischer, fast ein wenig ausladender Gang. Oder ihre beeindruckende Schulterbreite – kein Wunder bei so viel Ruderei. Oder ihre markante Kieferpartie, die auf eine sich immer wieder durchsetzende, verbissene Hartnäckigkeit deutete. Dennoch wies sie auch unleugbar feminine Züge auf. Sie war über eins fünfundsiebzig groß, trotz der breiten Schultern schlank und hatte hübsche, zarte Kurven. Ihr glattes, schwarzes Haar trug sie schulterlang, noch den Vorschriften des Service entsprechend, aber doch schick. Sie hatte hohe, kräftige Wangenknochen und grün schimmernde, intelligente Augen, denen garantiert nur sehr wenig entging. Ohne einen solchen Röntgenblick konnte man im Secret Service gleich einpacken.

Der Gesamteindruck, den Michelle Maxwell vermittelte, war nicht der einer klassischen Schönheit. Aber man erkannte deutlich, dass sie das Mädchen war, das schon immer schneller und gescheiter war als alle Jungen. In der High School waren höchstwahrscheinlich alle männlichen Wesen ganz versessen darauf gewesen, sie entjungfern zu dürfen, aber King war überzeugt, dass das niemandem gelungen war – es sei denn zu Maxwells eigenen Bedingungen.

Na ja, sagte er in Gedanken zu der Frau auf dem Bildschirm, es gibt ein Leben nach dem Service… Du kannst noch einmal von vorn anfangen und dich unter anderen Vorzeichen neu profilieren. Du kannst, allen Unkenrufen zum Trotz, sogar ein halbwegs glückliches Leben führen. Nur vergessen wirst du nicht können. Tut mir Leid für dich, Michelle Maxwell, aber auch in diesem Punkt spreche ich aus Erfahrung…

Er sah auf seine Armbanduhr. Es war höchste Zeit. Sein Brotberuf rief nach ihm: Testamente und Pachtverträge ausfertigen und sich die Arbeit nach dem gültigen Stundensatz bezahlen lassen. Das war zwar nicht annähernd so spannend wie seine frühere Tätigkeit, doch in dieser Phase seines Lebens hatte Sean King überhaupt nichts gegen langweilige Routinearbeit einzuwenden. Was er an Aufregungen schon hinter sich hatte, reichte noch für mehrere weitere Leben.

KAPITEL 6

King fuhr sein Lexus-Cabriolet mit offenem Verdeck aus der Garage und trat zum zweiten Mal innerhalb von acht Stunden die Fahrt zur Arbeit an. Die kurvenreiche Bergstraße bot atemberaubende Ausblicke; hier und da zeigte sich Wild. Verkehr gab es kaum, jedenfalls nicht, bevor er auf den Highway Richtung Stadt einbog. Seine Kanzlei lag an der Main Street, die ihren Namen zu Recht trug, war sie doch die einzige einigermaßen ernst zu nehmende Straße im Herzen von Wrightsburg, einer kleinen und relativ jungen Gemeinde auf halbem Wege zwischen den erheblich größeren Städten Lynchburg und Charlottesville.

Er stellte den Wagen auf dem Parkplatz hinter dem zweistöckigen, aus weißem Klinker erbauten Haus ab, in dem das »Anwaltsbüro und Notariat King & Baxter« untergebracht war, wie das Firmenschild am Eingang stolz verkündete. King hatte an der nur dreißig Autominuten entfernten Universität von Virginia Rechtswissenschaften studiert, bis er nach zwei Jahren den Bettel hinschmiss und sich für eine Karriere beim Secret Service entschied. Damals hatte er sich nach einem Leben gesehnt, das mehr Aufregung versprach als jenes, das ihm ein Stapel juristischer Lehrbücher und die sokratische Methode bieten konnten. Er konnte sich nicht beklagen: Sein Quantum an Abenteuern hatte er gehabt.

Nachdem sich der durch die Ermordung Clyde Ritters aufgewirbelte Staub gelegt hatte, war King aus dem Secret Service ausgeschieden, an die Universität zurückgekehrt, hatte sein Studium abgeschlossen und eine Ein-Mann-Kanzlei in Wrightsburg eröffnet. Inzwischen hatte er einen Geschäftspartner gefunden und sich in jeder Hinsicht eingelebt: Er war ein angesehener Jurist und mit vielen prominenten und einflussreichen Bürgern der Region befreundet. Er diente seiner Gemeinde als ehrenamtlicher Hilfspolizist und auf anderen Gebieten. Als einer der begehrtesten Junggesellen weit und breit ging er mit Frauen aus, die ihm gefielen, und ließ es bleiben, wenn sie ihm nicht gefielen. Er verfügte über einen großen, sehr gemischten Bekanntenkreis und einen kleinen harten Kern echter Freunde. Seine Arbeit machte ihm Spaß, er genoss seine Freizeit und ließ sich ansonsten kaum aus der Ruhe bringen. Sein Leben bewegte sich in einem sorgfältig aufgebauten, unspektakulären Rahmen, und er war damit vollkommen zufrieden.

Als er aus dem Lexus stieg, erblickte er die Frau und überlegte, ob er nicht schleunigst wieder hinter dem Steuer verschwinden sollte, aber es war bereits zu spät. Sie hatte ihn gesehen und kam sofort auf ihn zu.

»Hallo, Susan«, sagte er und holte seine Aktentasche vom Beifahrersitz.

»Sie sehen müde aus«, sagte sie. »Ich weiß wirklich nicht, wie Sie das alles schaffen.«

»Was schaffen?«

»Tagsüber viel beschäftigter Anwalt, nachts Polizist.«

»Freiwilliger Hilfspolizist, Susan, und das nur einmal in der Woche. Ehrlich gesagt, das Aufregendste, was vergangene Nacht passiert ist, war, dass ich einem Opossum ausweichen musste. Fast hätte ich es erwischt.«

»Ich wette, dass Sie beim Secret Service tagelang ohne Schlaf auskommen mussten. Wie aufregend, aber sicherlich auch furchtbar anstrengend!«

»Nein, eigentlich nicht«, sagte er und machte sich auf den Weg ins Büro. Sie folgte ihm.

Susan Whitehead war Anfang vierzig, geschieden, attraktiv, reich und offenbar fest entschlossen, ihn zu ihrem vierten Ehemann zu machen. King hatte sie bei ihrer letzten Scheidung anwaltlich vertreten und kannte daher aus erster Hand ihre unglaubliche Launenhaftigkeit und Rachsucht. Seine Sympathien lagen eindeutig beim armen Gatten Nummer drei, einem schüchternen, verschlossenen Mann, der hoffnungslos unter ihrer Knute gestanden hatte. Eines Tages war er ausgebrochen und hatte sich in Las Vegas vier Tage lang dem Suff, dem Spiel und dem Sex hingegeben – und das war der Anfang vom Ende gewesen. Inzwischen war er ärmer, aber zweifellos auch glücklicher. King hatte nicht die geringste Lust, an seine Stelle zu treten.

»Ich gebe am Samstagabend eine kleine Dinnerparty und würde mich sehr über Ihren Besuch freuen«, sagte Susan.

Er rief sich seinen Terminkalender ins Gedächtnis, stellte fest, dass er am Samstagabend noch nichts vorhatte und sagte, ohne mit der Wimper zu zucken: »Tut mir Leid, aber da bin ich schon ausgebucht. Trotzdem vielen Dank. Vielleicht ein andermal.«

»Sie sind oft ausgebucht, Sean«, erwiderte sie leise. »Ich hoffe doch sehr, dass irgendwann mal eine Lücke für mich frei ist.«

»Ein Anwalt und seine Klientin sollten sich persönlich nicht zu nahe kommen, Susan, das ist nicht gut.«

»Aber ich bin doch gar nicht mehr Ihre Klientin.«

»Trotzdem, es ginge nicht gut, glauben Sie mir.« Er stand jetzt vor der Haustür und schloss auf, bevor er hinzufügte: »Ich wünsche Ihnen einen schönen Tag.« Dann ging er hinein, verharrte einige Sekunden lang im Foyer, atmete erleichtert auf, als er merkte, dass sie nicht hinter ihm hergefegt kam, und ging die Treppe zu den Büroräumen hinauf. Er war fast immer der Erste am Arbeitsplatz. Sein Partner, Phil Baxter, war der Strafverteidiger der Kanzlei, während King sich auf die anderen Gebiete konzentrierte: Testamente, Stiftungen, Immobilien, Geschäftsverträge – lauter ständig sprudelnde Geldquellen.

In stillen Ecken und Winkeln rund um Wrightsburg hatte sich viel verborgener Wohlstand eingenistet. Filmstars, schwerreiche Unternehmer, Schriftsteller und andere betuchte Seelen waren hier zu Hause. Sie liebten die Gegend wegen ihrer landschaftlichen Schönheit, ihrer Einsamkeit, ihrer Diskretion und wegen der örtlichen Infrastruktur in Form von guten Restaurants, guten Einkaufsmöglichkeiten, einer lebendigen Kulturszene und einer Universität von Weltrang im benachbarten Charlottesville.

Phil Baxter war kein Frühaufsteher – das Gericht öffnete ja auch erst um zehn Uhr –, aber er arbeitete oft bis spät in die Nacht. King war das genaue Gegenteil: Normalerweise war er um fünf Uhr nachmittags zu Hause, bosselte in seiner Werkstatt herum, ging zum Fischen oder fuhr mit dem Boot hinaus auf den See gleich hinter seinem Haus. Von daher passten sie recht gut zusammen.

King öffnete die Bürotür und trat ein. Die Sekretärin, die in Personalunion auch als Empfangsdame fungierte, war um diese Zeit ebenfalls noch nicht da; es war noch nicht einmal acht Uhr.

Der umgestürzte Stuhl war das Erste, was ihm auffiel, und gleich danach die vielen Dinge, die eigentlich auf den Schreibtisch der Sekretärin gehörten, nun aber kreuz und quer über den Boden verstreut lagen. Automatisch glitt seine Hand zu seinem Pistolenholster – nur trug er keines bei sich, und er erst recht keine Pistole. Das Einzige, was er mit sich führte, war ein von ihm selbst aufgesetzter Testamentsnachtrag in seiner Aktentasche, doch mit dem konnte er allenfalls die künftigen Erben erschrecken. Also hob er einen massiven Briefbeschwerer vom Boden auf und blickte sich um. Das, was er als Nächstes sah, ließ ihn erstarren.

Vor der Tür zu Baxters Büro befand sich eine Blutlache auf dem Boden. King ging ein paar Schritte darauf zu, den Briefbeschwerer schlagbereit in der Hand. Mit der anderen Hand holte er sein Handy aus der Tasche, wählte 911, gab klar und deutlich seine Beobachtungen zu Protokoll und steckte das Mobiltelefon wieder ein. Er wollte schon die Tür zum Büro öffnen, da fiel ihm gerade noch rechtzeitig ein, dass er keine Fingerabdrücke verwischen durfte. Also zog er ein Taschentuch aus der Hosentasche. Vorsichtig drehte er den Türknopf. Seine Muskeln waren angespannt, zum Angriff bereit, und doch sagte ihm sein Instinkt, dass der Raum leer war. Er spähte in das noch dunkle Zimmer und knipste mit dem Ellenbogen das Licht an.

Die Leiche lag direkt vor ihm auf der Seite. Eine Schusswunde mitten in der Brust und die entsprechende Austrittswunde auf dem Rücken waren die einzigen erkennbaren Verletzungen. Der Tote war nicht Phil Baxter, sondern ein anderer Mann – ein Mann, den King gut kannte, sehr gut sogar. Und sein gewaltsamer Tod war dazu angetan, Sean Kings friedliche Existenz in ihren Grundfesten zu erschüttern.

Er hatte die ganze Zeit die Luft angehalten, nun atmete er aus. Schlagartig war ihm klar, was nun auf ihn zukam. »Jetzt geht das alles wieder von vorne los«, murmelte er.

KAPITEL 7

Der Mann saß in seinem Buick und beobachtete, wie Polizeifahrzeuge vor Kings Kanzleigebäude vorfuhren und die Uniformierten ins Haus stürmten. Sein Äußeres hatte sich, seit er nach dem Abtransport von John Bruno die Rolle des alten Schnitzers vor dem Bestattungsinstitut aufgegeben hatte, sehr verändert. An jenem Tag hatte er einen Anzug getragen, der ihm um zwei Nummern zu groß war, und dementsprechend klein und abgezehrt ausgesehen. Auch die schlechten Zähne, der Schnurrbart, der Flachmann, die Schnitzerei und der Batzen Kaugummi im Mund hatten zu der raffinierten Inszenierung gehört, die auf ihn aufmerksam machen sollte. Jeder, der ihn so sah, bekam einen unauslöschlichen Eindruck von ihm und seinem Wesen – und zwar einen in jeder Hinsicht falschen. Und genau das war der Zweck der Übung gewesen.

Inzwischen hatte er sich wesentlich verjüngt, um etwas mehr als dreißig Jahre vielleicht. Ebenso wie King hatte er sich neu erfunden. Er kaute an einem Butterbrötchen, schlürfte schwarzen Kaffee und dachte in aller Ruhe darüber nach, wie King wohl auf die Entdeckung der Leiche in seinem Büro reagiert hatte. Am Anfang natürlich mit einem heillosen Schrecken, dann vielleicht verärgert, aber nicht überrascht – nein, überrascht bestimmt nicht, wenn man es genau bedachte.

Der Mann schaltete das Radio ein, das immer auf den lokalen Sender eingestellt war, und erwischte gerade noch die Acht-Uhr-Nachrichten. Sie begannen mit dem

Entführungsfall Bruno, der derzeit vermutlich überall auf der Welt für Schlagzeilen sorgte und in Amerika, zumindest vorübergehend, selbst den Ereignissen im Nahen Osten und den Football-Ergebnissen die Schau stahl.

Während sich der Mann Butter und Sesamkörner von den Fingern leckte, berichtete der Reporter über Michelle Maxwell, die Einsatzleiterin beim Secret Service, die inzwischen offiziell beurlaubt worden war. Er wusste, was das bedeutete: Sie stand bereits mit einem Fuß im Grab ihrer Karriere.

Die Frau war also erst einmal weg vom Fenster – zumindest offiziell. Aber inoffiziell? Weil er diese Frage nicht beantworten konnte, hatte er sich ihre Züge genau eingeprägt, als sie an jenem Tag an ihm vorübergegangen war. Es war nicht auszuschließen, dass er es noch einmal mit ihr zu tun bekommen würde. Ihr Hintergrund war ihm inzwischen bestens vertraut, doch je mehr Informationen er über sie besaß, desto besser. Eine Frau wie diese verkroch sich in einer solchen Situation entweder daheim im stillen Kämmerlein und pflegte ihre Verbitterung – oder aber sie ging in die Offensive und scheute dabei auch vor Risiken nicht zurück. Nach dem Wenigen zu schließen, das er von ihr gesehen hatte, durfte die zweite Möglichkeit die wahrscheinlichere sein.

Er konzentrierte sich wieder auf die Szenerie vor seinen Augen. Während erst ein weiterer Streifenwagen und dann der Kombi der Spurensicherung auf dem kleinen Parkplatz vor dem Haus hielten, näherten sich noch andere Leute der Kanzlei. Sie schienen dort zu arbeiten oder hatten gerade ihre Geschäfte geöffnet und den Aufmarsch der Polizei beobachtet. Ein solches Ereignis hatte die kleine, rechtschaffene Landmetropole Wrightsburg vermutlich noch nie erlebt. Die uniformierten Polizisten schienen kaum zu wissen, was sie tun sollten. Der Mann im Buick, der an seinem Brötchen kaute, fand seine Beobachtungen geradezu herzerfrischend. Wie lange hatte er darauf warten müssen! Jetzt wollte er die Sache auch genießen. Und immerhin war dies alles ja erst der Anfang…

Erneut fiel sein Blick auf die Frau, die vor dem Kanzleigebäude stand. Susan Whitehead war ihm bereits aufgefallen, als sie King auf dem Parkplatz angesprochen hatte. Wer war sie? Eine Freundin? Nein, eher wohl eine Möchtegern-Geliebte, wenn er den Verlauf der Begegnung richtig beurteilte. Er hob seine Kamera und machte ein paar Aufnahmen von ihr. Eigentlich rechnete er damit, dass King herauskam, um frische Luft zu schnappen, aber dem war offenbar nicht so. King hatte bei seinen nächtlichen Patrouillen eine ganz schöne Strecke zurückgelegt. Es gab so viele Nebenstraßen, einsame Nebenstraßen, die man befahren konnte – und da draußen, in der Tiefe der Wälder, konnte einem weiß Gott was auflauern. Andererseits – wo war ein Mensch heutzutage schon vollkommen sicher?

Im Kofferraum seines Wagens und darin wiederum in einer Tasche mit Reißverschluss befand sich ein ganz besonderer Gegenstand, der an einen ganz besonderen Platz gehörte. Die Gelegenheit, ihn dort abzuliefern, war jetzt optimal.

Der Mann warf die Überreste seines Frühstücks in eine Mülltonne auf dem Bürgersteig, legte den ersten Gang ein, steuerte seinen verrosteten Buick mit dem röhrenden Auspuff auf die Straße und fuhr davon. Im Vorbeifahren warf er noch einen Blick auf Kings Kanzlei und hob übermütig den Daumen. Als er Susan Whitehead passierte, die nach wie vor auf den Eingang des Gebäudes starrte, dachte er: Vielleicht besuch ich dich bald mal – ziemlich bald sogar.

Der Buick entschwand und ließ eine zu Tode erschrockene Gemeinde Wrightsburg hinter sich zurück.

Die erste Runde war nun offiziell vorbei. Der Mann im Buick konnte den Beginn der zweiten kaum erwarten.

KAPITEL 8

Walter Bishop, ein Mann, der in der Hierarchie des Secret Service einen sehr hohen Rang einnahm, ging unruhig auf und ab, während Michelle Maxwell an einem Tischchen saß und ihm zusah. Sie befanden sich in einem kleinen Konferenzraum tief im Innern eines Washingtoner Regierungsgebäudes. All die Menschen, die hier arbeiteten, waren noch ganz benommen von den Ereignissen der letzten Tage und Stunden.

»Sie sollten eigentlich froh darüber sein, dass man Sie nur beurlaubt hat, Maxwell«, sagte Bishop über seine Schulter.

»O ja, ich bin hin und weg, dass Sie mir meine Waffe und meine Dienstmarke abgenommen haben … Ich bin doch nicht blöd, Walter. Das Urteil ist längst gefällt. Ich bin weg vom Fenster.«

»Die Untersuchung ist noch nicht abgeschlossen – sie hat gerade erst angefangen.«

»Stimmt. Jahre meines Lebens werden durchs Klo gespült.«

Er drehte sich ruckartig um und fuhr sie an: »Ein Präsidentschaftskandidat wird praktisch vor Ihrer Nase gekidnappt – ein absolutes Novum in der Geschichte des Secret Service. Herzlichen Glückwunsch! Sie sollten froh sein, dass Sie nicht vor einem Erschießungskommando landen. Es gibt durchaus ein paar Länder, in denen das in solchen Fällen üblich ist.«

»Glauben Sie nicht, dass ich das nachvollziehen kann, Walter? Diese Geschichte bringt mich schier um.«

»Interessante Wortwahl. Neal Richards war ein guter Agent.«

»Auch das weiß ich!«, gab sie scharf zurück. »Konnte ich vielleicht ahnen, dass dieser Hilfspolizist in der Sache mit drinsteckt? Es gibt niemandem im Service, dem das mit Neal mehr an die Nieren geht als mir.«

»Sie hätten Bruno unter keinen Umständen allein in diesen Raum gehen lassen dürfen. Hätten Sie sich ganz einfach an die Grundregeln unseres Gewerbes gehalten, wäre nichts passiert. Zumindest hätte die Tür so weit offen bleiben müssen, dass Sie den Mann hätten im Auge behalten können. Man lässt seinen Schützling niemals aus den Augen, *nie!* Das ist in Dienstanweisung 101 klipp und klar ausgeführt.«

Michelle schüttelte den Kopf. »Im Einsatz, wenn es drunter und drüber geht, muss man manchmal eben Kompromisse schließen, um alle Beteiligten bei Laune zu halten.«

»Es ist nicht Ihr Job, die Leute bei Laune zu halten! Ihre Aufgabe ist es, für deren Sicherheit zu sorgen!«

»Wollen Sie damit sagen, es hat noch nie den Fall gegeben, dass sich eine Schutzperson allein in einem Raum aufhielt? Das ist doch eine Ermessensfrage, die der Agent oder die Agentin vor Ort entscheiden muss.«

»Ich sage nur, dass eine Ermessensentscheidung mit solchen Folgen wie im vorliegenden Fall ein absolutes Novum ist. Die Verantwortlichkeit ist klar, Michelle, da helfen keine Ausreden. Brunos Partei ist in hellem Aufruhr. Einige Idioten behaupten sogar, der Secret Service sei dafür bezahlt worden, den Kandidaten aus dem Verkehr zu ziehen.«

»Das ist doch absurd!«

»Das weiß ich genauso wie Sie, aber wenn man genug Leute hat, die so ein Gerücht herausposaunen, dann setzt es sich über kurz oder lang auch in der Öffentlichkeit durch.«

Michelle hatte während des Gesprächs auf der Stuhlkante gesessen. Jetzt lehnte sie sich zurück und sah Bishop an. Sie wirkte ruhig und gefasst.

»Dann sind wir uns also einig. Ich übernehme die volle Verantwortung für das, was geschehen ist. Meinen Leuten kann kein Vorwurf gemacht werden; sie haben sich lediglich an ihre Befehle gehalten. Ich war die Einsatzleiterin, und ich habe den Karren in den Dreck gefahren.«

»Gut, dass Sie das sagen. Mal sehen, was ich für Sie tun kann.« Er machte eine Pause, ehe er hinzufügte: »Dass Sie freiwillig den Dienst quittieren werden, kommt für Sie wohl nicht in Frage…«

»Nein, Walter, wirklich nicht. Und nur, damit Sie sich nichts vormachen: Ich werde mir einen Rechtsanwalt nehmen.«

»Ja, selbstverständlich werden Sie das tun! Wir sind ja in Amerika! In diesem Land kann sich jeder, der gescheitert ist, einen Anwalt nehmen und aus seiner eigenen Inkompetenz noch Geld rausschlagen! Ganz schön eingebildet, kann ich nur sagen.«

Michelle musste unvermittelt heftig blinzeln, um die Tränen zurückzuhalten. Die scharfe Zurechtweisung traf sie tief – zumal sie selbst bis zu einem gewissen Grade der Meinung war, sie verdient zu haben. »Es geschieht nur zu meinem eigenen Schutz, Walter«, sagte sie. »Wären Sie an meiner Stelle, Sie würden genauso handeln.«

»Ja, ja, da haben Sie Recht.« Bishop steckte die Hände in die Taschen und blickte demonstrativ zur Tür.

Michelle erhob sich. »Darf ich Sie noch um einen einzigen Gefallen bitten?«

»Natürlich dürfen Sie – obwohl dazu schon eine unglaubliche Unverfrorenheit gehört…«

»Da sind Sie nicht der Erste, dem so was auffällt«, gab Michelle kühl zurück. Bishop ersparte sich eine Antwort und sah sie erwartungsvoll an. »Ich würde gerne den gegenwärtigen Stand der Ermittlungen erfahren.«

»Der Fall liegt jetzt beim FBI.«

»Weiß ich. Aber der Secret Service muss auf dem Laufenden gehalten werden.«

»Wird er auch, aber diese Informationen sind den Mitarbeitern des Service vorbehalten.«

»Was so viel heißt wie: Ich gehöre nicht mehr dazu?«

»Jetzt hören Sie mir mal gut zu, Michelle. Ich war von Beginn an skeptisch, als der Service damals anfing, gezielt weibliche Mitarbeiter anzuwerben. Ich meine, da gibt man einen Haufen Geld aus, um so eine Agentin auszubilden – und dann heiratet sie plötzlich, kriegt Kinder und scheidet aus dem Dienst. Die ganze Ausbildung, das Geld, die Zeit – alles vergebliche Liebesmüh!«

Michelle glaubte, ihren Ohren nicht trauen zu können, verzichtete aber auf einen Kommentar.

»Als Sie dann an Bord kamen, da hab ich meine Meinung geändert. Dieses Mädchen, dachte ich, hat alles, was wir brauchen. Sie waren die Vorzeigefrau des Secret Service – die Beste und die Gescheiteste.«

»Und entsprechend hoch waren die Erwartungen.«

»Das gilt für jeden Agenten. Man setzt allerhöchste Erwartungen in ihn, verlangt von ihm praktisch Perfektion.« Bishop hielt kurz inne und fuhr dann fort: »Ich weiß, dass Ihre Leistungsbilanz vor dieser Angelegenheit makellos und Ihr weiterer Aufstieg so gut wie vorprogrammiert war. Ich weiß, dass Sie eine tolle Agentin sind – aber jetzt haben Sie einen unverzeihlichen Fehler begangen. Wir haben eine Schutzperson verloren und einer unserer Agenten sein Leben. Ich würde das nicht unbedingt fair nennen, aber so ist es nun mal – die beiden Betroffenen sind noch ärmer dran als Sie.« Wieder hielt er inne, und sein Blick schien sich plötzlich in der Ferne zu verlieren. »Sie können beim Service bleiben, irgendeine Aufgabe wird sich für Sie finden. Aber Sie werden diese Geschichte niemals vergessen. Sie wird Ihnen von jetzt an jeden Tag, jede Minute präsent sein, bis an Ihr Lebensende, und das wird Ihnen viel mehr wehtun und viel schlimmer für Sie sein als alles, was der Service Ihnen antun könnte, glauben Sie mir.«

»Sie scheinen sich Ihrer Sache sehr sicher zu sein.«

»Ich war mit Bobby Kennedy im Ambassador Hotel. Ich war damals ein blutiger Anfänger bei der Polizei in Los Angeles und hatte die Aufgabe, dem Secret Service ein paar Hintergrundinformationen aus der lokalen Szene zu besorgen, als Robert Kennedy vorbeikam. Und da stand ich plötzlich und sah vor mir auf dem Boden den Mann verbluten, der Sekunden vorher noch auf dem besten Weg war, Präsident der Vereinigten Staaten zu werden. Seit jenem Tag frage ich mich, was ich hätte tun können, um dieses Ereignis zu verhindern. Das war für mich einer der Hauptgründe dafür, dass ich Jahre später zum Service ging. Ich glaube, ich wollte das irgendwie wieder gutmachen.« Ihre Blicke trafen sich. »Aber es ist mir nicht gelungen. Und Sie – nein, Sie werden auch niemals vergessen können.«

KAPITEL 9

Da die Medien ihr Haus in Virginia belagerten, nahm sich Michelle ein Hotelzimmer in Washington, D. C. Sie nutzte die Atempause zu einem informativen Mittagessen mit einer Freundin, die zufällig FBI-Agentin war. Dass Secret Service und FBI einander auf Augenhöhe begegneten, war nicht selbstverständlich, galt doch das FBI in Justizkreisen, verglichen mit den anderen Sicherheitsbehörden, als das einzig wahre Schwergewicht – was Michelle jedoch nicht daran hinderte, ihren Kollegen vom FBI immer mal wieder unter die Nase zu reiben, dass ihre Behörde ursprünglich von sieben ehemaligen Secret-Service-Agenten gegründet worden war.

Beide Frauen gehörten überdies der Gruppe WIFLE an, *Women in Federal Law Enforcement*. Dabei handelte es sich um eine Unterstützungsvereinigung für Frauen in sicherheitsrelevanten Diensten. Es gab regelmäßige Treffen und Jahreshauptversammlungen. Obwohl ihre männlichen Kollegen sie immer wieder damit aufzuziehen versuchten, hatte Michelle von ihrer Mitgliedschaft sehr profitiert, wenn sie am Arbeitsplatz mit frauenspezifischen Themen konfrontiert wurde.

Die Freundin konnte ihre Nervosität angesichts der Begegnung mit Michelle kaum verbergen. Aber Michelle hatte ihr vor Jahren zum Gewinn einer Silbermedaille bei den Olympischen Spielen verholfen und damit einen Bund geschmiedet, der praktisch durch nichts zu zerstören war.

Bei Caesar's Salad und Eistee erfuhr Michelle nun, was die Ermittlungen bisher erbracht hatten. Simmons gehörte der Wach- und Schließgesellschaft an, die mit der Beaufsichtigung des Bestattungsinstituts betraut war. Eigentlich hätte er an diesem Tag keinen Dienst gehabt, denn es waren nur nächtliche Patrouillen vereinbart. Simmons – der natürlich einen falschen Namen trug – war nach der Tat verschwunden, und die Unterlagen im Büro der Wach- und Schließgesellschaft gaben nichts über ihn her. Alle Angaben zur Person waren falsch. Die Sozialversicherungsnummer war gestohlen, der Führerschein und sämtliche Zeugnisse professionell gefälscht. Der Mann war erst vor knapp einem Monat eingestellt worden. Die Spur »Simmons« hatte sich bislang als eine einzige Sackgasse erwiesen.

»Als er auf mich zugerannt kam, hielt ich ihn für einen unbedarften Hilfspolizisten«, sagte Michelle. »Also habe ich ihm Anweisungen erteilt und ihn auf Posten geschickt. Wir haben nicht einmal seinen Lieferwagen durchsucht. Ich habe ihm also direkt in die Hände gespielt und ihm einen unserer Männer quasi ans Messer geliefert.« Zutiefst erschüttert barg Michelle ihr Gesicht in den Händen. Dann riss sie sich zusammen, schob sich eine Gabel voll Salat in den Mund und kaute so heftig darauf herum, dass ihr die Zähne wehtaten.

»Bevor sie mich dann aus dem Verkehr gezogen haben, bekam ich noch mit, dass Neal Richards mit einem Dumdum-Geschoss ermordet worden ist. Das heißt, selbst wenn wir eines Tages die mutmaßliche Tatwaffe finden sollten, wird es kaum möglich sein, den ballistischen Beweis zu führen.«

Die Freundin stimmte ihr zu und berichtete nun, dass der Lieferwagen in einer verlassenen Feldscheune gefunden worden war. Derzeit wurde er auf Fingerabdrücke und andere mikroskopische Spuren hin untersucht, doch bisher war noch nichts Wesentliches dabei herausgekommen.

Mildred Martin, die Frau des Verstorbenen, hatte man zu Hause angetroffen, wo sie in aller Seelenruhe im Garten arbeitete. Sie hatte geplant gehabt, das Bestattungsinstitut am Abend zusammen mit Familienmitgliedern und Freunden zu besuchen. Sie hatte John Bruno weder angerufen noch ihn gebeten, von dem Toten Abschied zu nehmen. Hätte Bruno jedoch, dessen Mentor und guter Freund ihr verstorbener Mann gewesen war, von sich aus diesen Wunsch geäußert, so hätte er jederzeit kommen können – so einfach sei das gewesen, meinte Mildred Martin gegenüber den ermittelnden Beamten.

»Aber warum hat Bruno dann seinen Terminplan in letzter Sekunde über den Haufen geworfen, bloß um Mrs Martin zu treffen?«, fragte Michelle. »Für uns kam das wie ein Blitz aus heiterem Himmel.«

»Seine Mitarbeiter berichten, Mildred Martin habe ihn am Vormittag angerufen und ihn gebeten, zu diesem Bestattungsinstitut zu kommen. Sein Stabschef Fred Dickers gab zu Protokoll, dass Bruno nach dem Anruf sehr aufgeregt gewesen sei.«

»Na ja, schließlich war ein guter Freund von ihm gestorben.«

»Aber Dickers sagte, Bruno sei schon vorher von Martins Tod informiert gewesen.«

»Dann steckt also deiner Meinung nach mehr dahinter?«, fragte Michelle.

»Wie man's nimmt. Jedenfalls hat sie sich einen Zeitpunkt ausgesucht, zu dem nur wenige Leute in der Leichenhalle waren. Und dann waren da noch verschiedene Bemerkungen Brunos nach dem Anruf, die Dickers vermuten lassen, dass es bei dieser Begegnung um mehr ging als nur um eine letzte Reverenz gegenüber einem verstorbenen Freund.«

»Und das war dann vermutlich der Grund dafür, dass er mich mehr oder weniger genötigt hat, ihn da allein reingehen zu lassen.«

Die Freundin nickte. »Es ist anzunehmen, dass Bruno keine Mithörer bei seinem Gespräch mit der Witwe haben wollte – was immer sie ihm zu sagen hatte.«

»Aber Mildred Martin behauptet doch, sie habe ihn gar nicht angerufen.«

»Irgendjemand hat sich als Mildred Martin ausgegeben, Michelle.«

»Und wenn Bruno nicht gekommen wäre?« Sie beantwortete ihre Frage gleich selbst. »Dann wären die Entführer einfach wieder gegangen. Und wenn ich bei ihm geblieben wäre, hätten sie gar nicht erst versucht, ihn zu entführen, und Neal Richards …« Ihre Stimme war kaum noch zu verstehen. »Was gibt's sonst noch Neues?«, fragte sie ihre Freundin.

»Wir glauben, dass die Tat von langer Hand geplant wurde. Ich meine, die Täter mussten eine Vielzahl von Schritten aufeinander abstimmen und haben die Sache dann absolut perfekt durchgezogen.«

»Ohne Informanten in Brunos Wahlkampftruppe ist das kaum vorstellbar. Woher sonst hätten sie seine Terminplanung kennen sollen?«

»Von seiner offiziellen Wahlkampf-Website zum Beispiel. Der Auftritt vor seinem Abstecher zum Bestattungsinstitut war ja schon eine ganze Weile vorher festgelegt worden.«

»Mist! Ich hatte ihn ausdrücklich darum gebeten, seine Termine nicht übers Internet bekannt zu geben. Eine Kellnerin in einem der Hotels, in dem wir übernachteten, wusste mehr über Brunos Reisepläne als wir, weil sie zufällig ein Gespräch zwischen ihm und seinem Stab mitbekommen hatte. Uns hat man immer erst in allerletzter Minute informiert.«

»Ich muss dir ehrlich sagen, ich weiß gar nicht, wie man unter solchen Umständen überhaupt noch ordentliche Arbeit leisten kann.«

Michelle blickte ihr in die Augen. »Und wenn man Brunos Mentor zum geeigneten Zeitpunkt hat sterben *lassen?* Ich meine, sein Tod war ja wohl das auslösende Ereignis.«

Ihre Freundin nickte bereits. »Bill Martin war schon

ziemlich alt und litt an einer Krebserkrankung im letzten Stadium. Er ist nachts in seinem Bett gestorben. Unter diesen Umständen hat man die Todesursache nicht überprüft, und es wurde natürlich auch keine Autopsie durchgeführt. Der Arzt hat einfach die Todesurkunde ausgefüllt und unterschrieben, und das war's dann auch schon. *Nach* den Ereignissen hat man die Leiche jedoch sofort beschlagnahmt und toxikologisch untersuchen lassen.«

»Und? Hat man was gefunden?«

»Große Mengen an Roxanol, also flüssiges Morphium, das er gegen die Schmerzen einnahm, und mehr als einen Liter Mumifizierungsflüssigkeit, unter anderem. Keinen Mageninhalt, weil der bei der Leichenöffnung entfernt wurde. Unterm Strich also nicht gerade eine heiße Spur.«

Michelle sah ihre Freundin skeptisch an. »Aber hundertprozentig scheinst du davon nicht überzeugt zu sein.«

Die Freundin zögerte, dann zuckte sie mit den Schultern. »Mumifizierungsflüssigkeit dringt in alle größeren Gefäße ein, in Hohlräume und in feste Organe. Von daher lassen sich exakte Aussagen kaum treffen. Angesichts der Umstände dieses Todesfalls entnahm die Gerichtsmedizinerin jedoch auch eine Probe aus dem Zentralhirn, in das Mumifizierungsflüssigkeit normalerweise nicht vordringt. Und dort fand sie eine Spur Methanol.«

»Methanol! Aber das ist doch Bestandteil von solchen Konservierungsmitteln, oder? Und was bedeutet es, wenn die Mumifizierungsflüssigkeit ins Hirn gelangt ist?«

»Ja, das ist genau der Punkt, worüber wir uns den Kopf zerbrechen. Und falls du es noch nicht weißt – es gibt unterschiedliche Mumifizierungsflüssigkeiten. Teure enthalten weniger Methanol und dafür mehr Formaldehyd. Billige, wie jene, mit der Martin behandelt wurde, haben einen hohen Gehalt an reinem Methanol. Hinzu kommt, dass Methanol in vielen Dingen enthalten ist, zum Beispiel in Wein und Likör. Martin war angeblich ein schwerer Trinker, was das Methanol im Hirn erklären könnte, aber sicher war sich die Gerichtsmedizinerin nicht. Auf jeden Fall hätte es bei einem todkranken Mann wie Bill Martin keiner besonders großen Dosis Methanols bedurft, um ihn umzubringen.«

Michelles Freundin zog eine Akte hervor und blätterte sie durch. »Bei der Autopsie wurden auch organische Schäden wie eingeschrumpfte Schleimhäute und Risse in der Magenwand festgestellt – lauter Kennzeichen für eine Methanolvergiftung. Außerdem war der völlig verkrebste Körper bestrahlt und mit Chemotherapie behandelt worden – alles in allem ein furchtbares Chaos für die Gerichtsmedizinerin. Als wahrscheinliche Todesursache nimmt sie Kreislaufversagen an – aber es gibt natürlich eine Vielzahl von Gründen, aus denen ein so alter, todkranker Mann an Kreislaufversagen sterben kann.«

»Trotzdem ist das eine ganz schön raffinierte Idee, jemanden mit Methanol umzubringen, von dem man weiß, dass er vermutlich ohne Autopsie einbalsamiert wird«, erwiderte Michelle.

»Da läuft's einem kalt den Rücken herunter, ehrlich gesagt.«

»Er muss ermordet worden sein«, fuhr Michelle fort. »Die Täter konnten nicht einfach abwarten und darauf hoffen, dass Martin genau zum richtigen Zeitpunkt stirbt und in der Leichenhalle aufgebahrt wird, wenn Bruno zufällig gerade in der Nähe ist.« Sie dachte kurz nach. »Gibt es schon eine Liste mit Verdächtigen?«

»Das kann ich dir beim besten Willen nicht sagen. Die Ermittlungen laufen ja noch, und ich habe dir schon viel mehr verraten, als ich eigentlich darf. Gut möglich, dass ich irgendwann an den Lügendetektor muss wegen dieser Sache.«

Als die Rechnung kam, griff Michelle sofort zu. Auf dem Weg hinaus fragte die Freundin sie: »Und was hast du jetzt vor? Tauchst du erst einmal ab? Oder suchst du dir einen anderen Job?«

»Abtauchen ja, neuer Job nein, jedenfalls jetzt noch nicht.«

»Was dann?«

»Ich bin nicht bereit, meine Karriere im Service kampflos aufzugeben.«

Die Freundin musterte sie aufmerksam. »Diesen Blick kenne ich doch. Woran denkst du?«

»Ich denke daran, dass du beim FBI bist und daher besser nicht erfährst, was in meinem Kopf vorgeht. Du sagst ja selber, dass sie dich vielleicht zu einem Lügendetektortest zwingen werden.«

KAPITEL 10

Der schlimmste Tag in Sean Kings Leben war der 26. September 1996 gewesen, der Tag, an dem Clyde Ritter starb, just in dem Augenblick, da sich Secret-Service-Agent King hatte ablenken lassen. Der zweitschlimmste Tag war zu seinem Bedauern der heutige. In seinem Büro drängten sich Polizisten, FBI-Agenten und die Spezialisten der Spurensicherung, stellten zahllose Fragen und bekamen kaum Antworten. Zu ihren forensischen Beutezügen gehörte auch, dass sie von King, seinem Partner Phil Baxter sowie beider Sekretärin Fingerabdrücke abnahmen – um alle Eventualitäten auszuschließen, wie sie betonten. King wusste nur allzu gut, dass man das so oder so interpretieren konnte.

Auch die Lokalpresse war inzwischen eingetroffen. Glücklicherweise kannte er die Reporter alle persönlich; sie ließen sich ohne weitere Nachfragen mit den vagen Antworten, die er ihnen gab, abspeisen. Die überregionale Presse würde auch nicht mehr lange auf sich warten lassen, denn der Ermordete war für sie aus einem ganz bestimmten Grund hochinteressant. Dies jedenfalls vermutete King – und als plötzlich einige Herren vom U. S. Marshals Service vor seiner Tür standen, fand er seine Vermutung bestätigt.

Der Tote, ein gewisser Howard Jennings, war in Kings Anwaltskanzlei als Rechercheur, Korrektor und Verwalter von Treuhandkonten beschäftigt gewesen – eine Art Mädchen für alles sozusagen. Sein Büro befand sich im Untergeschoss des Kanzleigebäudes. Jennings war ein stiller, fleißiger Mann, der sehr zurückgezogen lebte. Wie er seinen Lebensunterhalt bestritt, war alles andere als außergewöhnlich – und doch war er in einem bestimmten Punkt ein hochinteressanter Fall.

Jennings war in das Zeugenschutzprogramm WITSEC aufgenommen worden. Der achtundvierzigjährige studierte Betriebswirt, dessen richtiger Name natürlich nicht Jennings lautete, war in früheren Jahren unter anderem als Erbsenzähler einer kriminellen Vereinigung im Mittleren Westen tätig gewesen, die sich im illegalen Glücksspiel tummelte, mit Erpressungen und Geldwäsche in Erscheinung trat und ihren Forderungen dadurch Nachdruck zu verleihen wusste, dass sie zahlungsunwilligen Opfern die Häuser anzündete und/oder sie zusammenschlagen, verstümmeln und gelegentlich sogar ermorden ließ. Ein hoch komplizierter Fall, der eben deswegen sowie aufgrund der oft tödlichen Brutalität der angewandten Methoden weit über die Region hinaus Aufmerksamkeit erregt hatte.

Jennings hatte bald erkannt, wohin der Hase lief, und entscheidend dazu beigetragen, dass eine Bande höchst gefährlicher Verbrecher im Knast landete. Einigen der Schlimmsten unter ihnen war es jedoch gelungen, durch die Maschen des landesweiten Fahndungsnetzes zu schlüpfen. Sie liefen nach wie vor frei herum, und deshalb war Jennings in das Zeugenschutzprogramm aufgenommen worden.

Jetzt war er tot, und King war klar, dass ihm dieser Fall noch eine ganze Menge Kopfzerbrechen bereiten würde. In seiner Zeit als Agent einer Bundesbehörde war er an diversen gemeinsamen Aktionen von WITSEC, dem Secret Service und den U. S. Marshals beteiligt gewesen. Nach dem Vorstellungsgespräch, den üblichen Fragen und der Überprüfung seiner Unterlagen war bei King der Verdacht entstanden, Jennings könne ein WITSEC-Mann sein. Sicher war er sich dessen nicht, denn die Verantwortlichen hätten ihm niemals die Identität eines ihrer

Schützlinge enthüllt. Dennoch war der Verdacht geblieben, ein Verdacht, den King allerdings niemals laut geäußert hatte. Er gründete sich auf den auffallenden Mangel an Referenzen, die Jennings vorgelegt hatte, sowie auf Lücken in seinem Lebenslauf. Solche Dinge deuteten darauf hin, dass jemand versucht hatte, sein früheres Leben vollkommen auszulöschen.

King galt nicht als Tatverdächtiger im Fall Jennings. Jedenfalls sagte man ihm das – und das bedeutete natürlich, dass er für die Ermittler ziemlich weit oben auf ihrer Liste stand. Wenn ich ihnen erzähle, dass ich Jennings für einen WITSEC-Mann halte, stehe ich womöglich bald vor einem Geschworenengericht, dachte er und beschloss, bis auf Weiteres den Dummen zu spielen.

Den Rest des Tages verbrachte er damit, seinen Partner zu beruhigen. Baxter war ein großer, bulliger Ex-Football-Spieler, der nach einer erfolgreichen Sportkarriere zu einem aggressiven, hoch qualifizierten Strafverteidiger avanciert war. An Leichen in seinem Büro – eine alles andere als angenehme Form des »sudden death« – war er freilich nicht gewöhnt. King dagegen hatte im Secret Service jahrelang mit Geldfälschern und Betrügern im Bereich der organisierten Kriminalität zu tun gehabt und im Dienst auch schon Menschen getötet. Von daher konnte er mit einem Mordfall erheblich besser umgehen als sein Partner.

Mona Hall, die Dame vom Empfang, hatte er nach Hause geschickt. Sie war vom Typ her eher zart besaitet und nervös; der Anblick von Blut und Leiche hätte ihr nicht gut getan. Allerdings war sie erwiesenermaßen auch eine hoch begabte Klatschtante. King hegte nicht den geringsten Zweifel daran, dass abenteuerliche Spekulationen über die mörderischen Geschehnisse in der Kanzlei King & Baxter längst die Drähte im örtlichen Telefonnetz glühen ließen. In einem ruhigen Ort wie Wrightsburg konnten solche Ereignisse monate-, wenn nicht jahrelang für Gesprächsstoff sorgen.

Das Bürogebäude war von den Ermittlern versiegelt worden und wurde rund um die Uhr bewacht. Die Anwaltskanzlei King & Baxter sah sich daher gezwungen, ihre juristischen Aktivitäten vorübergehend von den Privathäusern der beiden Partner aus zu betreiben. Daher schleppten die beiden am Abend kartonweise Akten und andere Arbeitsunterlagen aus dem Haus in ihre Autos. Während der stiernackige Phil Baxter in seinem ebenfalls überdimensionierten Geländewagen davonfuhr, blickte King, an die Motorhaube seines Lexus gelehnt, zu seinem Büro hinauf. Es war hell erleuchtet, denn die Ermittler hatten ihre Arbeit noch nicht abgeschlossen. Im Schweiße ihres Angesichts durchsuchten sie die Räumlichkeiten Zentimeter um Zentimeter nach Indizien, von denen sie sich Aufschluss darüber erhofften, wer Howard Jennings eine Kugel in die Brust geschossen hatte. Hinter dem Gebäude zeichnete sich am Abendhimmel die Bergkulisse ab. Dort oben, dachte King, steht das Haus, das ich mir auf den Ruinen meines Lebens errichtet habe. Das war eine verdammt gute Therapie für mich. Und nun?

Er fuhr heim und fragte sich, was der nächste Morgen bringen würde. In der Küche aß er einen Teller Suppe, während im Fernsehen die Nachrichten liefen. Er sah sich selber auf der Mattscheibe, hörte Berichte über seine Vergangenheit beim Secret Service einschließlich seines unehrenhaften Abgangs, über seine Karriere als Anwalt in Wrightsburg sowie ein Sammelsurium an Spekulationen über den Tod von Howard Jennings. Er schaltete das Fernsehgerät aus und versuchte sich auf die mitgebrachte Arbeit zu konzentrieren, was ihm jedoch nicht gelang. Immer wieder schweiften seine Gedanken ab. Am Ende saß er in seinem gemütlichen Arbeitszimmer, umgeben von seiner ihm so vertrauten juristischen Fachliteratur und langweiligen Dokumenten, und starrte Löcher in die Luft. Doch plötzlich fuhr er ruckartig aus seinen Grübeleien auf.

Er schlüpfte in Shorts und Sweater, griff sich eine Flasche Rotwein und einen Plastikbecher, stieg die Treppe hinunter, die zu dem überdachten Bootsschuppen hinter dem Haus führte, und bestieg sein Jet-Boot, das dort neben seinem Segelboot und seiner Sea-Doo, einer Art Wassermotorrad, untergebracht war. Außerdem besaß er ein Kajak und einen Kanadier. Der knapp einen Kilometer breite und etwa 13 Kilometer lange See mit seinen vielen Engstellen und Buchten war ein beliebtes Freizeitparadies für Wassersportler und Fischer. In seinen Tiefen tummelten sich Sonnenbarsche, Gestreifte Seebarsche und Katfische.

Inzwischen war jedoch der Sommer vorüber, und die Saisongäste waren längst abgereist. Kings Boote befanden sich auf elektrischen Hebebühnen. Er ließ das Jet-Boot zu Wasser, stellte den Motor an und drehte die Lichter auf. Dann gab er Gas und fuhr ungefähr drei Kilometer weit hinaus. Dabei sog er die frische Luft ein und ließ die kühle Brise über sich hinwegstreichen. In einer menschenleeren Bucht stellte er den Motor ab, ankerte, schenkte sich einen Becher Rotwein ein und dachte über seine Zukunft nach, die auf einmal wieder alles andere als rosig aussah.

Eines stand fest: Wenn sich die Nachricht verbreitete, dass eine vom WITSEC-Zeugenschutzprogramm betreute Person in seiner Anwaltskanzlei ermordet worden war, würde er wiederum landesweit in den Schlagzeilen stehen. King hatte einen Horror davor. Beim letzten Mal hatte ein Revolverblatt behauptet, eine Gruppe gewalttätiger Politradikaler habe ihn bestochen, bei dem Attentat auf Clyde Ritter im entscheidenden Augenblick mal kurz wegzuschauen. Immerhin, es gab in Amerika Gesetze gegen Verleumdung und üble Nachrede, und mit denen war nicht zu spaßen: Er hatte sich juristisch zur Wehr gesetzt und einen erklecklichen Schadensersatz erstritten. Das Geld war ihm beim Hausbau sowie beim beruflichen und persönlichen Neuanfang sehr zupass gekommen. Die

Rufschädigung hatte es allerdings niemals wett machen können – wie wäre das auch möglich gewesen?

Er setzte sich aufs Bootsdeck, streifte sich Schuhe und Kleider ab, sprang ins dunkle Wasser, blieb eine Zeit lang unten und tauchte dann, nach Sauerstoff schnappend, wieder auf. Das Wasser des Sees war wärmer als die Luft.

Seine Karriere als Secret-Service-Agent war mit der Freigabe des Videobands eines lokalen Fernsehsenders, auf dem das Attentat auf Clyde Ritter aufgezeichnet worden war, schlagartig zu Ende gewesen. Aus den Bildern ging eindeutig hervor, dass King den Blick länger als erlaubt abgewandt hatte. Man sah, wie der Attentäter seine Pistole zog, zielte, schoss und Ritter tötete – und Leibwächter Sean King blickte während des gesamten Vorgangs traumverloren in eine andere Richtung. Der Film zeigte sogar, dass einige Kinder schneller auf die Waffe in der Hand des Täters reagierten als King, der viel zu spät merkte, was hier gespielt wurde. Damals hatten die Medien King zum Hauptschuldigen gestempelt – zum einen angestachelt von dem empörten Aufschrei des Ritter-Lagers, zum anderen aber auch, weil sie sich um keinen Preis Voreingenommenheit gegen einen ungeliebten Kandidaten nachsagen lassen wollten.

Er konnte sich noch an die meisten Schlagzeilen erinnern: »Leibwächter sieht weg, während Präsidentschaftskandidat stirbt« – »Altgedienter Personenschützer versagt« – »Leibwächter schläft – Schützling tot«. Am schlimmsten für King aber war, dass er nach dem Attentat von den meisten seiner Kollegen geschnitten wurde.

Seine Ehe war unter dem Stress zerbrochen, auch wenn man gerechterweise sagen musste, dass es schon vorher nicht mehr besonders gut um sie gestanden hatte. King war viel öfter unterwegs als zu Hause gewesen, und immer wieder war es vorgekommen, dass man ihn von einer Stunde auf die andere abkommandiert hatte und er abreisen musste, ohne zu wissen, wann er wieder zurückkehren würde. Unter diesen Umständen hatte er seiner Frau den ersten und auch noch den zweiten Seitensprung verziehen. Nach dem dritten freilich trennten sie sich, und als sie nach dem Zusammenbruch seiner Welt rasch in die Scheidung einwilligte, konnte King nicht von sich behaupten, dass er ihr viele Tränen nachweinte.

Wie dem auch sein mochte, er hatte die Affäre überstanden und sein Leben neu geordnet. Aber was kam nun auf ihn zu?

Langsam kletterte er wieder an Bord seines Motorboots, wickelte sich ein Handtuch um den Bauch und fuhr zurück. Doch statt direkt zum Bootsschuppen zu fahren, drehte er Motor und Lichter ab und glitt in eine kleine Bucht ein paar Hundert Meter von seinem Anlegeplatz entfernt. Dort ließ er geräuschlos den kleinen Telleranker zu Wasser, damit das Boot nicht ans schlammige Ufer trieb.

An der Rückseite seines Hauses zitterte ein Lichtkegel hin und her. Er hatte Besuch. Entweder, dachte King, schnüffeln da Reporter herum – oder aber der Mörder von Howard Jennings sucht sich sein nächstes Opfer.

KAPITEL 11

Leise watete er an Land, zog seine Kleider wieder an und kroch in die dunklen Schatten des Ufergebüschs. Der Lichtkegel wurde hin und her geschwenkt, als durchkämme jemand das Gelände, das auf der Ostseite an sein Grundstück anschloss. King schlich sich zur Frontseite seines Hauses, die von einer dichten Baumreihe abgeschirmt wurde. Ein blaues, ihm unbekanntes BMW-Cabriolet parkte auf der Zufahrt. Schon wollte er sich den Wagen näher ansehen, als ihm einfiel, dass es vielleicht doch besser wäre, dies nicht ganz unbewaffnet zu tun. Mit einer hübschen großkalibrigen Pistole in der Hand würde er sich viel sicherer fühlen.

Er schlüpfte ins dunkle Haus, holte die Waffe und ging durch eine Seitentür wieder hinaus. Dass der Lichtstrahl inzwischen verschwunden war, beunruhigte ihn. Er kniete nieder und lauschte. Keine fünf Meter rechts von ihm knackte laut ein Ast. Dann hörte er einen Schritt, gefolgt von einem zweiten. Er spannte alle Muskeln an. Die Pistole war entsichert.

Er schnellte vor und traf den Eindringling ziemlich tief und ziemlich hart. Beide stolperten und fielen. King landete auf dem Körper des anderen und hielt ihm die Pistole vors Gesicht.

Nur – es war kein Er. Es war eine Sie! Und auch sie hatte eine Pistole, mit der sie auf King zielte. Die Läufe der beiden Waffen berührten sich fast.

»Was, zum Teufel, treibst *du* denn hier?«, fragte er wütend, als er sein Gegenüber erkannte.

»Wälz dein Gestell von mir runter und lass mich Luft holen, dann erklär ich 's dir«, fauchte die Frau ihn an.

Er ließ sich Zeit, und als sie die Hand ausstreckte, um sich von ihm hochziehen zu lassen, übersah er sie geflissentlich.

Sie trug einen Rock, eine Bluse und eine kurze Jacke. Der Rock war während des Zusammenpralls fast bis zum Nabel hochgerutscht. Während sie sich aufrappelte, zog sie ihn wieder herunter.

»Fällst du immer so über deine Besucher her?«, fragte sie spitz, steckte die Pistole wieder in ihr Hüftholster und klopfte sich den Staub von den Kleidern.

»Die meisten meiner Besucher schnüffeln nicht heimlich auf meinem Grundstück herum.«

»Ich hab geklingelt, aber nichts hat sich gerührt.«

»In solchen Fällen geht man wieder und probiert es später noch mal. Hat dir das deine Mutter denn nicht beigebracht?«

Sie verschränkte die Arme über der Brust. »Wir haben uns lange nicht gesehen, Sean.«

»Ach, wirklich? Ist mir gar nicht aufgefallen. War wohl zu sehr mit meinem neuen Leben beschäftigt.«

Sie sah sich um. »Das sehe ich. Hübsch hast du 's hier.«

»Was willst du hier, Joan?«

»Einen alten Freund besuchen, der bis zum Hals in der Scheiße steckt.«

»Echt? Wen denn?«

Sie lächelte spröde. »Ein Mord in deiner Kanzlei. Das ist doch wohl Scheiße, oder?«

»Stimmt. Meine Frage galt eher dem ›alten Freund‹.«

Sie nickte und deutete auf das Haus. »War 'ne lange Fahrt. Ich hab mal was von der berühmten Gastfreundschaft des Südens gehört. Wie wär's, wenn du mir davon 'ne Kostprobe servieren würdest?«

Ihm war eher danach zumute, einen Warnschuss über ihren Kopf abzufeuern. Aber es gab nur eine Möglichkeit herauszufinden, was Joan Dillinger vorhatte: Er musste auf ihr Spielchen eingehen. »Was für eine Gastfreundschaft?«

»Nun, es ist schon fast neun, und ich habe noch nicht zu Abend gegessen«, sagte sie. »Fangen wir damit an, alles andere wird sich ergeben.«

»Da tauchst du nach all den Jahren unangemeldet hier auf und erwartest von mir, dass ich dir gleich was zu essen koche? Ganz schön mutig.«

»Das sollte dich inzwischen eigentlich nicht mehr wundern, oder?«

Während er das Essen zubereitete, sah sich Joan, in der Hand ein Glas Gin Tonic, das Sean ihr gegeben hatte, im Haus um. Dann hockte sie sich auf die Anrichte in der Küche und fragte: »Was macht dein Finger?«

»Der tut weh, wenn mich jemand richtig fertig macht – so eine Art Stimmungsring. Und dass du 's nur weißt – im Augenblick pocht er höllisch.«

Sie ging auf den Seitenhieb nicht ein. »Sieht echt toll aus hier. Wie ich höre, hast du das Haus selbst gebaut.«

»War 'ne gute Beschäftigungstherapie.«

»Ich wusste gar nicht, dass du Zimmermann bist.«

»Ich hab schon in der Schule immer wieder mal was gebaut – für Leute, die es sich leisten konnten. Später hab ich mir dann gesagt, verdammt, das kannst du doch auch für dich selber tun.«

Sie aßen am Küchentisch, von dem aus sich ein großartiger Blick über den See bot. Dazu tranken sie eine Flasche Merlot, die King aus dem Weinkeller geholt hatte. Unter anderen Umständen wäre es eine sehr romantische Szene gewesen.

Nach dem Essen nahmen sie ihre Weingläser und gingen ins Wohnzimmer mit seiner hohen Decke und seinen Fensterfronten. Als King sah, dass Joan vor Kälte zitterte, drehte er den Gaskamin an und warf ihr eine Wolldecke zu. Dann saßen sie auf Ledersofas einander gegenüber.

Joan streifte ihre hochhackigen Schuhe ab, zog die Beine an und legte die Decke darüber. Dann hob sie ihr Glas und prostete King zu. »Das Essen war fabelhaft.« Sie schnupperte am Bukett. »Und wie ich sehe, gehört auch der Beruf des Kellermeisters zu deinen Referenzen.«

»Okay, dein Bauch ist jetzt voll, und beschwipst genug bist du auch. Was willst du hier?«

»Wenn ein ehemaliger Agent plötzlich in einen Kriminalfall verwickelt ist, der umfangreiche Ermittlungen nach sich zieht, wird man einfach neugierig.«

»Dann hat man dich also geschickt?«

»In meiner Position kann ich mich selber schicken.«

»Also bist du inoffiziell hier – oder sollst du bloß für den Service spionieren?«

»Ich würde meine Mission als inoffiziell betrachten. Ich würde gerne deine Seite der Geschichte kennen lernen.«

King umklammerte sein Glas und unterdrückte den Wunsch, es ihr an den Kopf zu werfen. »Ich habe keine eigene ›Seite‹ in dieser Geschichte. Der Mann hat eine Zeit lang für mich gearbeitet – nicht sehr lange übrigens. Er ist ermordet worden. Heute fand ich heraus, dass er im Zeugenschutzprogramm war. Wer ihn umgebracht hat, weiß ich nicht. Mehr gibt es dazu nicht zu sagen.«

Joan antwortete nicht, sondern starrte eine Weile lang nur ins Feuer. Dann erhob sie sich, tappte zum Kamin, kniete davor nieder und strich mit der Hand über die gemauerte Einfassung.

»Zimmermann *und* Maurer?«

»Nein, den hat ein Kaminbauer gemacht. Ich kenne meine Grenzen.«

»Sehr erfreulich. Die meisten Männer in meiner Bekanntschaft würden nicht einmal zugeben, dass sie welche haben.«

»Danke. Aber ich möchte immer noch wissen, warum du hier bist.«

»Mit dem Secret Service hat das gar nichts zu tun. Dafür aber umso mehr mit dir und mir.«

»Es gibt kein ›dir und mir‹.«

»Aber es gab mal eines. Wir haben jahrelang gemeinsam im Service gearbeitet. Wir haben miteinander geschlafen – und wenn die Dinge ein bisschen anders gelaufen wären, hätte sich vielleicht sogar ein etwas dauerhafteres Arrangement ergeben. Abgesehen davon: Wenn an meinem Arbeitsplatz ein Mensch ermordet würde, der im Zeugenschutzprogramm ist, und wenn infolgedessen meine Vergangenheit ans Licht gezerrt würde, dann wäre ich froh und glücklich, wenn du bei mir vorbeikämst und fragen würdest, wie ich mit all dem fertig werde.«

»Ich glaube nicht, dass ich das täte.«

»Wie dem auch sei, das ist jedenfalls der Grund für mein Kommen. Ich wollte sehen, wie es dir geht und wie du mit all dem zurechtkommst.«

»Es freut mich, dass meine bedauernswerte Lage dir die wunderbare Gelegenheit geboten hat, mir dein mitfühlendes Wesen vorzuführen.«

»Sarkasmus passt wirklich nicht zu dir, Sean.«

»Es ist schon spät, und du hast noch die lange Rückfahrt nach Washington vor dir.«

»Stimmt. Sie ist sogar *zu* lang.« Nach einer kurzen Pause fügte Joan hinzu: »Du hast anscheinend 'ne ganze Menge Zimmer hier im Haus.«

Sie stand auf und setzte sich direkt neben ihn, für sein Gefühl unangenehm direkt. »Du siehst immer noch so fit aus, als wolltest du bei der Geiselbefreiertruppe vom FBI anheuern«, sagte sie und ließ ihren Blick voller Bewunderung über seinen durchtrainierten, eins vierundachtzig großen Körper gleiten.

Er schüttelte den Kopf. »Für solche Jobs bin ich zu alt. Meine Knie sind ramponiert, die eine Schulter auch.«

Joan seufzte, wandte den Blick ab und strich sich eine verirrte Haarsträhne hinters Ohr. »Ich bin gerade vierzig geworden.«

»So geht es vielen. Das ist doch kein Weltuntergang.«

»Für einen Mann nicht, da hast du Recht. Für eine unverheiratete Frau ist das kein schönes Alter.«

»Du siehst doch super aus, super für dreißig, super für vierzig. Und du hast deine Karriere.«

»Hätte nicht gedacht, dass ich so lange durchhalte.«

»Du hast länger durchgehalten als ich.«

Sie stellte ihr Weinglas ab und sah ihn an. »Das war leider ein Fehler.«

Verlegenes Schweigen. Schließlich sagte King: »Es ist schon so lange her. Schnee von gestern.«

»Das nehme ich dir nicht ab. Ich sehe doch, wie du mich anschaust.«

»Was hast du erwartet?«

Sie griff nach ihrem Weinglas und leerte es in einem Zug. »Du hast wirklich keine Ahnung, wie schwer es mir gefallen ist, hierher zu kommen. Ich habe ungefähr zehn Mal meine Meinung geändert. Und eine geschlagene Stunde gebraucht, bis ich mich endlich entscheiden konnte, was ich anziehen soll. Hat meine Nerven mehr strapaziert als das Sicherheitsbrimborium bei der Amtseinführung eines Präsidenten.«

So hatte sie damals nicht geredet, jedenfalls nicht, soweit er sich erinnerte. Ihr Markenzeichen war immer ein überbordendes Selbstbewusstsein gewesen. Mit den Jungs vom Service hatte sie ein kumpelhaftes Verhältnis – ganz so, als wäre sie nicht nur selber einer von der Bande, sondern gleich ihr Anführer.

»Es tut mir Leid, Sean, aber ich glaube, dass ich nicht ein einziges Mal ›tut mir Leid‹ gesagt habe.«

»Unterm Strich war es meine Schuld. Schwamm drüber.«

»Das ist sehr nett von dir.«

»Ich kann nicht ewig einen Groll mit mir herumtragen, dazu fehlen mir die Zeit und die Energie. So wichtig ist das für mich nicht.«

Sie schlüpfte in ihre Schuhe, stand auf und zog sich ihre Jacke über. »Du hast Recht, es ist schon spät, und ich muss mich auf den Weg machen. Entschuldige, wenn ich dein *wunderbares* Leben gestört habe. Und außerdem bitte ich um Vergebung dafür, dass ich mir solche Sorgen um dich gemacht habe und deshalb extra hergekommen bin.«

King setzte zu einer Antwort an, hielt dann aber inne. Erst als Joan bereits zur Tür ging, seufzte er und sagte: »Du hast zu viel getrunken, um jetzt noch nach Hause zu fahren, mitten in der Nacht, und dann noch über diese kurvenreichen Nebenstrecken. Das Gästezimmer ist ganz oben auf der rechten Seite. Im Schrank ist ein Schlafanzug, und du hast ein eigenes Bad. Wer zuerst aufsteht, setzt Kaffee auf.«

Sie drehte sich um. »Ist das dein Ernst? Fühl dich zu nichts verpflichtet.«

»Glaub mir, das weiß ich. Zumindest sollte ich mich nicht verpflichtet fühlen. Bis morgen Früh also.«

Ihr Blick schien zu sagen: Bist du dir wirklich ganz sicher, dass du mich nicht doch noch vor Tagesanbruch besuchen wirst? King wandte sich ab und ging.

»Wo willst du denn hin?«, fragte sie.

»Ich hab noch was zu tun. Gute Nacht.«

Joan ging hinaus und holte ihre Reisetasche aus dem Auto. Als sie wieder ins Haus kam, war Sean King nirgends zu sehen. Sein eigenes Schlafzimmer befand sich offenbar am Ende des Flurs. Sie huschte hinüber und warf einen Blick hinein. Das Zimmer war dunkel und leer. Langsam stieg sie hinauf ins Gästezimmer und schloss die Tür hinter sich.

KAPITEL 12

Michelle Maxwells Arme und Beine bewegten sich mit äußerster Effizienz – jedenfalls nach ihrer eigenen Einschätzung und unter Berücksichtigung der erheblich gesenkten Leistungsnormen dieser nacholympischen Zeiten. Ihr Boot durchschnitt die Wasser des Potomac. Die Sonne ging auf, und die Luft war bereits schwül; ein heißer Tag kündigte sich an. Hier in Georgetown hatte ihre Ruderkarriere begonnen. Ihre muskulösen Oberschenkel und Schultern brannten vor Anstrengung. Sie hatte alle anderen Boote weit hinter sich zurückgelassen, ob es sich nun um Kanadier, Kanus oder sonst wie vergleichbare Wasserfahrzeuge handelte, darunter auch eines mit einem Fünf-PS-Motor.

An einem der Bootshäuser, die das Ufer des Flusses säumten, zog sie das Boot an Land, bückte sich und atmete lang und tief durch. Die in ihrem Blut zirkulierenden Endorphine sorgten für ein angenehmes Hochgefühl. Eine halbe Stunde später saß sie in ihrem Land Cruiser und war unterwegs zu dem Hotel in der Nähe von Tysons Corner, Viriginia, in das sie sich zurückgezogen hatte.

Es war immer noch früh am Tage, und der Verkehr hielt sich in Grenzen – oder besser: relativ in Grenzen für ein Gebiet, in dem normalerweise ab fünf Uhr morgens alle Highways dicht sind. Im Hotel duschte sie und streifte sich T-Shirt und Boxershorts über – ein tolles Gefühl, so ohne unbequeme Schuhe, ohne Strümpfe und ohne scheuerndes Pistolenholster. Nach einigen Streck- und Dehnübungen und nachdem sie ihre müden Glieder kräftig abgerubbelt hatte, bestellte Michelle sich ein Frühstück und warf sich, bevor der Zimmerservice an ihre Tür klopfte, noch schnell einen Morgenmantel über. Bei Pfannkuchen, Orangensaft und Kaffee zappte sie sich durch die Vormittagsprogramme der Fernsehsender, um zu erfahren, was es Neues im Entführungsfall Bruno gab. Welch eine Ironie! Sie war an jenem Tag Einsatzleiterin gewesen und musste sich nun via CNN über den Fortgang der Ermittlungen informieren. Als plötzlich auf der Mattscheibe ein Mann auftauchte, der ihr bekannt vorkam, hörte sie auf zu zappen. Die Szene spielte in Wrightsburg, Virginia. Zahllose Reporter und Kameraleute standen um den Mann herum, der alles andere als glücklich darüber wirkte.

Michelle brauchte eine Weile, bis sie ihn einordnen konnte: Ach ja, dachte sie, Sean King! Sie selbst war ungefähr ein Jahr vor dem Attentat auf Clyde Ritter zum Secret Service gekommen. Was danach aus Sean King geworden war, wusste sie nicht, und es hatte für sie auch nie eine Veranlassung gegeben, es in Erfahrung zu bringen. Doch als sie jetzt Näheres über den Mordfall Jennings hörte, erwachte ihre Neugier. Ein Grund dafür war rein physischer Natur: King war ein sehr gut aussehender Mann. Hoch gewachsen, gut gebaut, mit dichtem, kurz geschnittenem schwarzem Haar, das an den Schläfen schon deutlich ergraute. Sie schätzte ihn auf Mitte vierzig. Er hatte ein Gesicht, das erst mit Falten richtig gut aussieht; sie verliehen ihm eine Attraktivität, wie er sie in den Zwanzigern oder Dreißigern vermutlich nie besessen hatte, weil er damals zu sehr dem Klischee des hübschen Knaben entsprach. Mehr noch als Kings angenehmes Äußeres jedoch fesselte Michelle der Fall Jennings, über den sie jetzt die ersten, noch sehr unvollständigen Einzelheiten erfuhr. Irgendetwas war an diesem Mord seltsam, irgendetwas, das sie im Augenblick noch nicht benennen konnte.

Sie schlug die neueste Ausgabe der *Washington Post*

auf, die ihr mit dem Frühstück aufs Zimmer geliefert worden war, blätterte sie durch und fand einen kurzen, aber recht informativen Bericht über den Fall, in dem auch auf Kings Vergangenheit, das Ritter-Fiasko und dessen Folgen eingegangen wurde. Nachdem sie den Artikel gelesen hatte, suchte sie wieder den Mann auf dem Bildschirm und spürte plötzlich eine tiefe innere Verbundenheit mit ihm. Beide hatten sie bei ihrer Arbeit schwere Fehler gemacht und entsprechend teuer dafür bezahlen müssen. King hatte offenbar ein gänzlich neues Leben angefangen – und zwar mit Erfolg.

Ich frage mich, ob es mir auch nur annähernd so gut wie ihm gelingen wird, wieder auf die Beine zu kommen, dachte Michelle.

Aus einem Impuls heraus rief sie eine ihrer Vertrauenspersonen im Service an. Der junge Mann war kein Agent, sondern in der Verwaltung tätig. Für alle Agenten im Außendienst waren gute Beziehungen zur Verwaltung unerlässlich, denn nur dort wusste man mit der ausufernden Bürokratie umzugehen, von der die meisten Behörden wie von einer Seuche befallen waren. Der junge Mann bewunderte Michelle grenzenlos und hätte vor Freude quer durch die Lobby Purzelbäume geschlagen, wenn sie sich zu einem Kaffee mit ihm herabgelassen hätte. Sie ließ sich in der Tat herab – allerdings um den Preis, dass er ihr Kopien von diversen Akten und andere Unterlagen mitbrachte. Anfangs schwankte er noch – er fürchte, Schwierigkeiten zu bekommen, sagte er, doch Michelle brauchte nicht lange, um ihn zu überreden. Es gelang ihr sogar, ihm die Zusage abzuringen, dass er ihre Beurlaubungspapiere noch eine Weile liegen ließ – auf diese Weise konnte sie sich über ihren Namen und ihr Passwort noch mindestens eine Woche lang Zugang zur Datenbank des Secret Service verschaffen.

Sie trafen sich in einem kleinen Café in der Innenstadt. Dort nahm Michelle die Unterlagen in Empfang und drückte den jungen Mann aus Dankbarkeit an sich –

ein kleines bisschen länger, als es sich gehörte, und genauso lang, wie es nötig war, um sich auch weiterhin seiner Dienste zu versichern. Schließlich hatte sie beim Eintritt in den Secret Service ihre Zugehörigkeit zur Weiblichkeit nicht an der Garderobe abgegeben. Sie war zwar gewissermaßen nur eine Waffe unter vielen, dafür aber, wenn man sie wohlüberlegt einsetzte, viel wirkungsvoller als ihre .357er-Pistole.

Als sie eben wieder in ihr Fahrzeug steigen wollte, hörte sie, wie jemand ihren Namen rief. Sie drehte sich um und erkannte einen Agenten, den sie auf der Karriereleiter übersprungen hatte. Sein Blick sprach Bände: Er strahlte vor Schadenfreude.

»Wer hätte das gedacht?«, begann er mit Unschuldsmiene. »Ihr Stern ging auf wie eine Rakete. Ich begreife immer noch nicht, wie Sie das zulassen konnten, Michelle! Ich meine, wie Sie den Mann da einfach so in einem Raum, den Sie vorher nicht gründlich durchsucht hatten, allein lassen konnten. Was haben Sie sich bloß dabei gedacht?«

»Wahrscheinlich gar nichts, Steve.«

Er gab ihr einen Klaps auf den Arm, der etwas härter als unbedingt nötig ausfiel. »Lassen Sie bloß den Kopf nicht hängen. Die werden ihre Superfrau nicht fallen lassen. Sie kommen schon wieder ins Geschäft – vielleicht als Personenschützer von Lady Bird Johnson unten in Texas, vielleicht auch bei den Fords. Das heißt, Sie verbringen sechs Monate des Jahres in Palm Springs und sechs in Vail, und jeden Tag gibt's was zum Naschen. Natürlich, unsereinen hätte man in so einem Fall gleich einen Kopf kürzer gemacht und dann vergessen, arme Hunde, die wir sind. Aber wer behauptet schon, das Leben sei fair?«

»Es wird Sie vielleicht überraschen, aber wenn das alles vorbei ist, bin ich wahrscheinlich nicht mehr dabei.«

Er grinste über das ganze Gesicht. »Na, dann ist das Leben vielleicht doch einmal fair. Passen Sie auf sich auf!« Er wandte sich zum Gehen.

»Ach, Steve?« Er drehte sich um. »Ich hoffe doch, dass Sie die Hausmitteilung erhalten haben. Nächste Woche steht eine Überprüfung sämtlicher Laptops an. Vielleicht sollten Sie vorher diesen Pornokram löschen – Sie wissen schon, von der Website, die Sie sich im Büro immer zu Gemüte führen. Könnte sein, dass Sie sonst Ihre Sicherheitsüberprüfung in den Sand setzen. Und wer weiß, vielleicht kommt sogar Ihre Frau dahinter. Und da wir gerade beim Thema sind: Glauben Sie wirklich, dass ein paar dicke Titten und stramme Ärsche ein solches Risiko wert sind? Ich meine, ist das nicht eher was für Sechzehnjährige?«

Steves Grinsen war plötzlich wie weggewischt. Er zeigte ihr den Stinkefinger und stakste davon.

Michelle fühlte sich von der Begegnung so erheitert, dass sie erst wieder aufhörte zu grinsen, als sie vor ihrem Hotel vorfuhr.

KAPITEL 13

Sie breitete die Unterlagen auf ihrem Bett aus, las sie sorgfältig durch und machte sich dabei Notizen. Wie sich herausstellte, hatte King eine Bilderbuchkarriere im Secret Service hinter sich und konnte eine lange Liste von Empfehlungen vorweisen – bis eben zu jenem schicksalhaften Tag, an dem er sekundenlang nicht aufgepasst hatte und Clyde Ritter dafür mit seinem Leben bezahlen musste.

Am Anfang seiner Laufbahn war King sogar einmal schwer verwundet worden. Es ging um Geldfälscherei. Ein Haus sollte gestürmt und durchsucht werden, doch der Einsatz misslang. King wurde von einer Kugel in die Schulter getroffen und tötete danach zwei Männer. Und Jahre später tötete er Ritters Mörder – wenn auch um ein paar Sekunden zu spät. Insgesamt hatte er also im Rahmen seiner dienstlichen Tätigkeit drei Personen erschossen.

Michelle hatte im Training Tausende von Magazinen geleert, aber selbst während ihrer kurzen Zeit als Polizistin in Tennessee niemals auf Menschen geschossen. Sie fragte sich oft, wie man sich nach einem gezielten Todesschuss fühlen mochte. Veränderte man sich nach einem solchen Ereignis? Legte man danach alle Hemmungen ab oder wurde man so übervorsichtig, dass man für den Job nicht mehr taugte?

Clyde Ritters Mörder war ein gewisser Arnold Ramsey gewesen, Professor am Atticus College und ein Mann, der zuvor weder als Gewalttäter in Erscheinung getreten war noch irgendwelche Verbindungen zu radikalen politischen Organisationen besaß. Verbal hatte er allerdings, wie man später erfuhr, aus seiner Abneigung gegen Ritter nie einen Hehl gemacht. Zurück blieben eine Ehefrau und eine Tochter. Kein leichtes Schicksal für das Kind, dachte Michelle. Wie sollte sie sich verhalten, wenn man sie nach ihrer Herkunft fragte? Hi, mein Vater war ein politischer Attentäter wie John Wilkes Booth und Lee Harvey Oswald. Er wurde vom Secret Service erschossen. Und was macht dein Daddy?

Außer Ramsey war niemand im Zusammenhang mit der Tat verhaftet worden. Nach offizieller Lesart hatte er als Einzeltäter gehandelt.

Nachdem sich Michelle durch den Papierkram gearbeitet hatte, nahm sie das Videoband zur Hand, das ebenfalls zu den Beweismaterialien gehörte, steckte es in den Recorder und stellte den Fernsehapparat an. Dann setzte sie sich, lehnte sich zurück und betrachtete die Szene, die bei Ritters Wahlkampfveranstaltung von einem lokalen Fernsehteam aufgenommen worden war. Man sah das Hotel, den Kandidaten, der Hände schüttelte und die verschiedensten Leute begrüßte. Der Film sollte sich später als der letzte Nagel zu Kings Sarg erweisen. Obwohl alle Anstrengungen unternommen wurden, solche Fehler künftig auszuschließen, hatte der Secret Service entschieden, den Film nicht zu internen Ausbildungszwecken freizugeben. Wahrscheinlich war er den Zuständigen einfach zu peinlich, dachte Michelle.

Sie spannte sich an, als sie sah, wie der selbstbewusst und zuversichtlich wirkende Clyde Ritter und sein Tross den bis zum Bersten mit Menschen gefüllten Saal betraten. Michelle wusste kaum etwas über den damaligen Kandidaten, nur so viel, dass Ritter als Fernsehprediger begonnen und sich damit eine goldene Nase verdient hatte. Tausende von Menschen aus dem ganzen Land hatten ihm Geld geschickt, große und kleine Summen. Gerüchten zufolge sollten ihm zahlreiche wohlhabende ältere Damen, die meisten von ihnen Witwen, ihre gesamten Ersparnisse überlassen haben, nur weil er ihnen versprach, sie würden dafür in den Himmel kommen. Mit harten Fakten beweisen ließen sich diese Geschichten freilich nicht, sodass die öffentliche Empörung sich in Grenzen hielt. Ritter gab dann das quasi-religiöse Leben auf, kandidierte für den Kongress und wurde in irgendeinem Südstaat – in welchem, wusste Michelle nicht mehr – auch gewählt. Sein Abstimmungsverhalten in Fragen der Rassenintegration und der Bürgerrechte war dubios, und seine religiösen Vorstellungen waren hanebüchen. Trotzdem besaß Ritter in seinem Staat eine große Anhängerschaft, die ihn heiß und innig liebte, und der allgemeine Verdruss der Wähler über die Programme der etablierten Parteien war landesweit so groß, dass er sich entschloss, als unabhängiger Kandidat in den Präsidentschaftswahlkampf zu ziehen. Das ehrgeizige Vorhaben endete dann allerdings mit einer Kugel in seinem Herzen.

Neben Ritter stand sein Wahlkampfmanager, dessen Akte sich Michelle ebenfalls angesehen hatte. Sidney Morse war der Sohn eines prominenten Rechtsanwalts aus Kalifornien, der die Erbin eines großen Vermögens geheiratet hatte. Der Junge war etwas aus der Art geschlagen, betätigte er sich doch als Stückeschreiber und Theaterregisseur, bevor er seine beachtlichen künstlerischen Talente auf der politischen Bühne auszutoben begann. Er erwarb sich landesweit Ansehen als Manager regelrechter Wahlschlachten, die er als Medienspektakel inszenierte: viel optisches und akustisches Brimborium und keinerlei inhaltliche Substanz. Aber seine Erfolgsrate war erstaunlich hoch, was, wie Michelle meinte, wahrscheinlich mehr über die Einfalt der Wähler als über die Qualitäten der Kandidaten aussagte.

Morse war zu einer Art politischem Feuerwehrmann avanciert, den man bei Bedarf mieten konnte. Für welche politische Richtung er sich engagierte, war ihm egal, solange das Geld und das Umfeld stimmten. Ritters Kampagne schloss er sich erst an, als diese längst in Fahrt gekommen war und einen ausgebufften Steuermann benötigte. Morse galt als brillant, durchtrieben und, wenn erforderlich, rücksichtslos. Alle Lager stimmten darin überein, dass er Ritters Wahlkampf nahezu perfektionierte. Und ganz offensichtlich bereitete es ihm ein geradezu diebisches Vergnügen, das politische Establishment mit dem Schreckgespenst eines dritten, von den beiden großen Parteien unabhängigen Kandidaten in seinen Grundfesten zu erschüttern.

Nach der Ermordung Ritters galt Morse dann allerdings politisch als Ausgestoßener, und es ging rapide mit ihm bergab, auch geistig und seelisch. Vor einem Jahr war er in eine staatliche Heilanstalt für psychisch Kranke eingewiesen worden, und so, wie es aussah, würde er den Rest seines Lebens dort verbringen müssen.

Michelles Muskeln spannten sich erneut an, als sie Sean King unmittelbar hinter dem Kandidaten auftauchen sah. In Gedanken zählte sie die Secret-Service-Agenten, die sich zu diesem Zeitpunkt im Raum aufhielten, und stellte mit einiger Verwunderung fest, dass es so viele gar nicht waren. Bei ihrem Einsatz für Bruno waren es dreimal so viele gewesen. King war der einzige Agent in unmittelbarer Nähe Ritters. Sie fragte sich, wer sich damals diese miserable Logistik ausgedacht hatte.

Michelle Maxwell, einst wissbegierige Studentin der Geschichte des Secret Service, wusste, dass sich dessen Aufgabengebiet erst im Laufe der Zeit herauskristallisiert und entwickelt hatte. Es hatte dreier tragischer Präsidentenmorde bedurft – an Abraham Lincoln, James Garfield und William McKinley –, bis sich der Kongress endlich substanziell mit der Frage des Präsidentenschutzes befasst und eine entsprechende gesetzliche Grundlage geschaffen hatte. Teddy Roosevelt war der erste Amtsinhaber gewesen, der sich eines umfassenden Schutzes durch den Secret Service erfreuen konnte, wenngleich die Verhältnisse damals bei weitem noch nicht so kompliziert waren wie später. Noch Ende der Vierzigerjahre wurde für Harry Truman, Franklin Roosevelts neu gewählten Vizepräsidenten, erst dann ein persönlicher Leibwächter abgestellt, nachdem einer seiner Mitarbeiter überzeugend dargelegt hatte, dass ein Mann, den nichts als ein Herzschlag vom Amt des mächtigsten Menschen der Erde trennte, durchaus Anspruch auf zumindest einen professionellen Personenschützer hatte, der mit der Pistole in der Hand auf ihn aufpasste.

Shakehands, Begrüßungen... Michelle beobachtete den Agenten King und sah, dass er sich absolut den Vorschriften entsprechend verhielt. Sein Blick war ständig in Bewegung – ein Verhalten, das der Service seinen Mitarbeitern eindrillte. Einmal hatte der Service einen Wettkampf mit anderen Sicherheitsbehörden ausgetragen. Es ging darum, welcher der Dienste am besten erkennen konnte, ob jemand lügt oder nicht. Der Secret Service hatte klar gewonnen, und Michelle wusste, warum. Ein Agent, dem eine Schutzperson anvertraut war, verbrachte den größten Teil seiner Zeit damit, sich allein von der äußeren Erscheinung eines Menschen her in dessen innerste Gedanken und Motive hineinzuversetzen.

Und dann kam der entscheidende Augenblick. Irgendetwas rechts von King lenkte seine Aufmerksamkeit ab. Die Frage, was dieses Etwas sein mochte, regte Michelle sofort zu Spekulationen an, sodass sie die nächste Szene gar nicht mitbekam: Ramsey zog seine Waffe und schoss. Erst der Knall ließ sie erkennen, dass ihre Aufmerksamkeit ebenso abgelenkt worden war wie die Kings. Sie ließ das Band zurücklaufen, und diesmal konnte sie genau verfolgen, was geschah: Ramseys Hand glitt in seine Jackentasche, wobei die Bewegung zum Teil von einem Ritter-Plakat verdeckt wurde, das er in der anderen Hand hielt. Erst, als Ramsey bereits auf Ritter zielte und gleich darauf auch abdrückte, war die Waffe deutlich erkennbar. King zuckte zusammen – vermutlich in dem Moment, als ihn die Kugel, die Ritters Körper durchschlagen hatte, in den Finger traf. Ritter brach zusammen, und es kam zu einer Art Massenhysterie. Der Kameramann, von dem das Band stammte, war offenbar in die Knie gesunken. Michelle sah bruchstückhaft menschliche Rümpfe und dann Beine, die in alle Richtungen davonstoben. Durch die in heller Panik fliehenden Menschen wurden andere Leibwächter und Sicherheitsbeamte an die Wände gedrückt. Es dauerte nur Sekunden – und kam Michelle doch vor wie eine Ewigkeit. Und dann musste der Kameramann sich wieder aufgerappelt haben, denn plötzlich erschien wieder Sean King auf der Bildfläche.

Seine linke Hand war blutüberströmt. Mit der Rechten hatte er seine Pistole gezogen und richtete diese nun auf den Attentäter, der ebenfalls seine Waffe noch in der Hand hielt. Wenn in unmittelbarer Nähe ein Schuss fällt, besteht die normale menschliche Reaktion darin, zusammenzuzucken, sich auf den Boden fallen zu lassen und sich nicht mehr zu rühren. Bei der Ausbildung im Service wurde einem beigebracht, wie man diese Impulse überspielen konnte. Wenn ein Unbekannter einen Schuss abgab, reagierte man folgendermaßen: Man packte sich sofort die Schutzperson und versuchte, sie so schnell wie möglich aus der Gefahrenzone zu bringen, was oft so viel bedeutete wie: Man trug oder schleppte sie eigenhändig fort. King tat dies im Fall Ritter nicht – wahrscheinlich deshalb, so interpretierte Michelle jedenfalls seine Reaktion, weil er sich einem Mann mit einer Pistole in der Hand gegenübersah.

King schoss einmal, zweimal, ganz ruhig, wie es den Anschein hatte. Er sagte dabei kein Wort – zumindest schien es Michelle so. Als Ramsey umfiel, stand King einfach da und starrte auf den ermordeten Kandidaten. Andere Agenten, deren Trainingsreflexe noch intakt waren, packten Ritter, schleppten ihn davon und ließen King im Regen stehen.

Was mag ihm in diesem Moment durch den Kopf gegangen sein? Michelle hätte es nur allzu gern gewusst.

Sie spulte das Band zurück und sah es sich noch einmal von vorn an. Da war das *Peng!*, als Ramsey schoss... nur, da war vorher noch ein anderes Geräusch. Wieder spulte sie zurück und spitzte die Ohren. Da war es! Es klang wie »piep« oder »pling«, wie eine Art Gong- oder Glockenschlag. Genau, wie ein Klingelzeichen. Das Geräusch kam genau aus der Richtung, in die King starrte. Außerdem war es Michelle, als höre sie ein leichtes Rauschen oder Surren.

Rasch dachte sie nach. Eine Glocke in einem Hotel bedeutete meistens, dass ein Fahrstuhl zum Halten kommt. Und das Rauschen konnte von sich öffnenden Fahrstuhltüren stammen. Der Plan des Raumes, in dem Ritter ermordet worden war, zeigte eine ganze Reihe von Fahrstuhlschächten. Angenommen, eine Fahrstuhltür hätte sich geöffnet und Sean King hätte in dem Fahrstuhl etwas wahrgenommen? Doch warum hatte er das dann nicht zu Protokoll gegeben? Und warum hatte außer ihm niemand etwas gesehen? Und zu guter Letzt: Warum war bei den Ermittlungen niemand zu ähnlichen Schlüssen gekommen wie sie – die sie nichts weiter getan hatte, als sich das Videoband mehrmals anzusehen – und hatte entsprechend nachgehakt? Sie fragte sich, warum sie sich so sehr für Sean King und sein inzwischen acht Jahre zurückliegendes Waterloo interessierte. Ja, ich *bin* neugierig, gestand sie sich ein. Nach dieser tagelangen Untätigkeit muss ich unbedingt wieder etwas *tun*. Ich brauche Action...

Michelle dachte nicht mehr lange nach. Sie packte spontan ihre Reisetasche, beglich die Rechnung und verließ das Hotel.

KAPITEL 14

Sean King war genauso früh aufgestanden wie Michelle Maxwell und hatte sich ebenfalls aufs Wasser begeben. Allerdings saß er nicht in einem Einer, sondern in einem Kanadier, und er kam beträchtlich langsamer voran als Michelle. Der See war spiegelblank um diese Tageszeit, und es herrschte absolute Stille. Zeit und Ort waren geradezu ideal zum Nachdenken, und dazu gab es ja nun auch reichlich Anlass. Doch es sollte nicht sein.

Er hörte jemanden seinen Namen rufen und blickte auf. Joan Dillinger stand auf der hinteren Terrasse seines Hauses, rief nach ihm und hielt eine Tasse in die Höhe; vermutlich befand sich Kaffee darin. Joan trug den Pyjama, der in seinem Gästezimmer bereit zu liegen pflegte. King paddelte zurück, ließ sich allerdings Zeit dabei. Dann schritt er langsam zum Haus hoch, wo Joan ihn an der Hintertür begrüßte.

Sie lächelte. »Du warst offenbar früher auf als ich – nur, Kaffee war noch keiner aufgesetzt. Aber das geht schon in Ordnung. Ich bin daran gewöhnt, für solche Dinge selbst zu sorgen.«

Er nahm den Kaffee an, und da sie darauf bestand, ihm ein Frühstück zu richten, setzte er sich an den Tisch und beobachtete sie. Joan huschte barfüßig und immer noch im Schlafanzug durch seine Küche und spielte offenbar ganz gelassen die Rolle des glücklichen Hausdrachens. King erinnerte sich, dass sie eine der härtesten Agentinnen war, die der Secret Service je hervorgebracht hatte. Ihrer Weiblichkeit hatte das gleichwohl keinen Abbruch getan, und es hatte intime Momente gegeben, in denen sie sexuell buchstäblich außer Rand und Band geraten war.

»Am liebsten Rührei, hab ich Recht?«

»Ja, das ist okay«, erwiderte er.

»Brötchen, ohne Butter?«

»Ja.«

»Mein Gott, du bist wirklich leicht berechenbar.«

Kann schon sein, dachte er und riskierte selbst eine Frage: »Gibt's was Neues im Fall Jennings? Oder bin ich nicht vertrauenswürdig?«

Joan, die gerade dabei war, Eier aufzuschlagen, hielt abrupt inne. »Das ist Sache des FBI, das weißt du doch.«

»Es gibt Amtshilfe. Man redet miteinander…«

»Nicht mehr so wie früher, ehrlich. Und viel lief auch damals nicht.«

»Also hast du keine Ahnung…« So, wie er es sagte, klang es vorwurfsvoll.

Joan verzichtete auf eine Antwort. Stattdessen verquirlte sie die Eier, legte das Brötchen auf den Toaster und tischte ihm das Frühstück schließlich auf, perfekt mit Tafelsilber, Serviette und frischem Kaffee. Dann setzte sie sich ihm gegenüber, nippte an einem Glas Orangensaft und sah King beim Essen zu.

»Isst du denn gar nichts?«, fragte er.

»Ich achte auf meine Figur – anscheinend als Einzige hier.«

War es nur seine Einbildung, oder streifte tatsächlich ihr Fuß ganz leicht sein Bein unter dem Tisch?

»Was hast du denn erwartet? Dass wir nach acht Jahren sofort wieder miteinander ins Bett steigen?«

Sie warf den Kopf zurück und lachte. »Solche Fantasien kamen gelegentlich vor, ja.«

»Du bist verrückt, weißt du das? Nachweisbar, meine ich, mit Brief und Siegel.« Er meinte es vollkommen ernst.

»Und dabei hatte ich doch eine ganz normale Kindheit! Vielleicht bin ich nur verrückt nach einem Schattenmann, der mit Schießeisen herumfuchtelt.«

Jetzt war es klar: Ihr Fuß *hatte* sein Bein berührt. Er war sich deshalb sicher, weil der Fuß noch immer da war und sich allmählich intimeren Teilen seiner Anatomie näherte.

Joan beugte sich vor. Ihr Blick war nicht gefühlvoll, sondern raubtierhaft. Sie wollte ihn, hier und jetzt, auf dem Küchentisch, mitten auf seinem berechenbaren Rührei. Sie stand auf, schlüpfte aus der Schlafanzughose und enthüllte ein hauchdünnes weißes Höschen. Dann öffnete sie langsam und mit Überlegung die Pyjamajacke, als wolle sie ihn bei jedem Knopf dazu provozieren, ihr Einhalt zu gebieten. King tat nichts dergleichen. Er sah einfach weiter zu, bis die Jacke ganz offen war. Joan trug keinen BH. Sie ließ das Kleidungsstück in Kings Schoß fallen und fegte mit der anderen Hand das Geschirr vom Tisch.

»Es ist schon viel zu lange her, Sean. Komm, lass uns was dagegen tun.« Sie kletterte auf den Tisch, legte sich mit gespreizten Beinen auf den Rücken und lächelte ihn an. Er hatte sich erhoben, stand wie ein Turm vor ihr und ihrer verführerischen Beinahe-Nacktheit.

»Nullachtfuffzehn, was?«, fragte er.

»Was soll das heißen?«

Sein Blick fixierte die Deckenlampe. »Zu 'ner anständigen Dreipunktlandung passt deine Unterwäsche nicht.«

»Ach, was Sie nicht sagen, Mr King! Der Tag hat doch gerade erst angefangen!«

Ihr Lächeln schwand, als King die Schlafanzugjacke aufhob und vorsichtig über ihre intimeren Regionen drapierte.

»Ich zieh mich jetzt an«, sagte er, »und es würde mich freuen, wenn du unterdessen den Saustall hier aufräumen könntest.«

Er ging und hörte sie hinter sich her lachen. Als er die

Treppe hinaufgestiegen war, rief sie ihm nach: »Endlich bist du erwachsen geworden, Sean! Ich bin zutiefst beeindruckt!«

Er schüttelte den Kopf und fragte sich ernsthaft, aus welcher Irrenanstalt sie ausgebrochen war.

»Danke fürs Frühstück!«, rief er zurück.

Als King geduscht und angezogen die Treppe wieder herunterkam, klopfte es an der Tür. Er sah aus dem Fenster und stellte zu seiner Überraschung fest, dass draußen ein Streifenwagen, ein Kleinbus der U. S. Marshals und ein schwarzer Geländewagen vorgefahren waren. Er öffnete die Tür.

Todd Williams, der Chef der örtlichen Polizei, war ihm persönlich bekannt – schließlich war er, King, einer von Todds ehrenamtlichen Hilfspolizisten. Todd war es sichtlich peinlich, als einer von zwei FBI-Agenten vortrat und King mit einer Geste, die aussah, als zöge er ein Springmesser, seine Dienstmarke präsentierte.

»Sean King? Nach unseren Informationen sind Sie im Besitz einer Handfeuerwaffe, die auf Ihren Namen registriert ist.«

King nickte. »Ich bin ehrenamtlicher Hilfspolizist. Die Öffentlichkeit sieht es ganz gern, wenn wir bewaffnet sind, damit wir im Falle eines Falles mit den bösen Buben fertig werden. Und?«

»Dann zeigen Sie das gute Stück mal her. Offen gesagt: Wir wollen es mitnehmen.«

King warf Todd Williams einen fragenden Blick zu. Der sah ihn an, zuckte mit den Schultern und trat dann einen großen, symbolischen Schritt zurück.

»Haben Sie einen Durchsuchungsbefehl?«, fragte King.

»Sie waren früher Agent einer Bundesbehörde. Wir haben gehofft, dass Sie sich kooperativ verhalten werden.«

»Ich bin außerdem Rechtsanwalt, und wir Anwälte

sind nicht gerade für unser kooperatives Verhalten bekannt.«

»Es liegt an Ihnen. Ich habe das Dokument bei mir.«

King hatte in seiner Agentenzeit die gleichen Tricks angewendet. Seine »Durchsuchungsbefehle« waren oft nichts weiter als sorgfältig zusammengefaltete Fotokopien eines Kreuzworträtsels aus der *New York Times* gewesen. »Dann zeigen Sie es mir bitte«, forderte er.

Der FBI-Mann tat, wie ihm geheißen. Das Dokument war echt. Sie wollten seine Dienstpistole.

»Darf ich fragen, warum?«

»Fragen dürfen Sie«, sagte der Agent.

Jetzt trat der Beamte vom U. S. Marshal Service vor. Er war ungefähr fünfzig Jahre alt, etwa eins fünfundneunzig groß und hatte die Figur eines Profiboxers: breite Schultern, lange Arme, gewaltige Pranken.

»Schluss mit dem Geplänkel, okay?«, sagte er zu dem Agenten, bevor er sich an King wandte. »Die Pistole soll daraufhin untersucht werden, ob sie zu dem Projektil passt, das in Jennings' Leiche gefunden wurde. Ich gehe davon aus, dass das für Sie kein Problem ist.«

»Sie glauben, dass ich Howard Jennings in meinem Büro erschossen habe – und ausgerechnet auch noch mit meiner eigenen Dienstwaffe? Wie käme ich dazu? Aus Bequemlichkeit? Oder weil ich zu geizig bin, mir eine andere Knarre zu besorgen?«

»Wir müssen alle Möglichkeiten überprüften«, sagte der Mann friedlich. »Als Secret-Service-Agent kennen Sie doch das Prozedere.«

»Ex-Agent, wenn ich bitten darf.« Er drehte sich um. »Ich hole die Waffe.«

Der Riese legte ihm die Hand auf die Schulter. »Nein. Sie zeigen den Kollegen, wo sie sich befindet.«

»Das heißt, ich soll sie in mein Haus lassen, damit sie frisch-fröhlich Indizien für eine Anklage gegen mich sammeln können?«

»Ein Unschuldiger hat nichts zu verbergen«, fauchte

der Marshal zurück. »Abgesehen davon: Niemand wird herumschnüffeln. Großes Pfadfinder-Ehrenwort!«

Einer der FBI-Agenten folgte King ins Haus. Verwundert registrierte er im Vorbeigehen das Chaos in der Küche.

»Mein Hund spielt ab und zu verrückt«, erklärte King.

Der Mann nickte. »Ich habe einen schwarzen Labrador. Er heißt Trigger. Was haben Sie für einen?«

»'ne Pitbull-Hündin. Sie heißt Joan.«

Sie gingen in sein Arbeitszimmer. King schloss die Kassette auf, in der er die Pistole aufbewahrte, und überließ es dem FBI-Mann, den Inhalt zu inspizieren. Der Agent steckte die Waffe in einen Plastikbeutel, stellte King eine Quittung aus und folgte ihm dann wieder bis vor die Haustür.

»Tut mir Leid, Sean«, sagte Todd. »Ich weiß, dass das alles nur Mist ist.« King fiel auf, dass es nicht so klang, als sei der wackere Polizeichef von seinen eigenen Worten überzeugt.

Die Fahrzeuge mit den Männern fuhren wieder ab, und Joan kam, jetzt vollständig bekleidet, die Treppe herunter.

»Was wollten die denn von dir?«

»Spenden sammeln für den Bullenball.«

»Ach nee. Giltst du als Tatverdächtiger oder was?«

»Sie haben meine Dienstwaffe mitgenommen.«

»Du hast doch ein Alibi, oder?«

»Ich war auf Streife. Habe niemanden gesehen, und niemand hat mich gesehen.«

»Jammerschade, dass ich nicht früher gekommen bin! Wenn du dein Blatt besser ausgespielt hättest, hätte ich dir ein tolles Alibi geben können.« Joan hob die rechte Hand und legte die linke auf eine imaginäre Bibel. »Mr King ist unschuldig, Euer Ehren, weil meine Wenigkeit zurzeit des besagten Mordes von besagtem Mr King auf dem Küchentisch gehörig durchgevögelt wurde.«

»Ich glaube, du träumst.«

»Davon hab ich geträumt, stimmt. Aber jetzt glaube ich, dass ich zu spät gekommen bin.«

»Joan, tu mir bloß einen einzigen Gefallen: Verlass mein Haus.«

Sie trat einen Schritt zurück und blickte ihn forschend an. »Du machst dir doch nicht etwa ernsthafte Sorgen, oder? Die ballistische Untersuchung wird nichts ergeben, und damit ist die Sache gegessen.«

»Meinst du?«

»Ich denke doch, dass du die Pistole auf deiner Streifenfahrt dabeihattest.«

»Natürlich. Meine Steinschleuder ist kaputt.«

»Wie witzig. Du hast schon immer blöde Witze gerissen, wenn du hochgradig nervös warst.«

»Ein Mann ist gestorben, Joan. Er lag tot in meinem Büro. Besonders komisch finde ich das nicht.«

»Ich kann mir schlecht vorstellen, dass die Tat mit deiner Pistole begangen wurde – es sei denn, du bist selber der Mörder.« Als er nicht antwortete, fuhr Joan fort: »Hast du der Polizei irgendwas verschwiegen?«

»Ich habe Jennings nicht umgebracht – falls du das denkst.«

»Denke ich gar nicht. Dazu kenne ich dich zu gut.«

»Na ja, die Menschen ändern sich. So was kommt vor.«

Sie nahm ihre Reisetasche auf. »Hättest du was dagegen, wenn ich noch mal vorbeikäme?«, fragte sie und fügte schnell hinzu: »Wenn ich schwören würde, so was nicht wieder zu tun.« Sie warf einen Blick auf die Bescherung in der Küche.

»Warum hast du das denn getan?«, fragte King.

»Vor acht Jahren habe ich etwas verloren, das mir sehr lieb und teuer war. Heute Morgen habe ich versucht, es mit einem Schlag wiederzubekommen – und zwar auf eine Art und Weise, die an Dummheit und Peinlichkeit kaum noch zu überbieten ist.«

»Und aus welchem Grund sollten wir uns wiedersehen?«

»Weil es da was gibt, das ich dich fragen wollte.«

»Dann raus mit der Sprache.«

»Nein, nein, diesmal nicht. Ein andermal. Ich melde mich.«

Nachdem Joan abgefahren war, räumte King in der Küche auf. Binnen weniger Minuten war alles wieder picobello. Nur allzu gern hätte er sein Leben ebenso schnell wieder in Ordnung gebracht. Allerdings hatte er das Gefühl, dass noch erheblich mehr zu Bruch gehen würde, bis diese Geschichte ausgestanden war.

KAPITEL 15

Mit einem Flugtaxi flog Michelle nach North Carolina. Da sie keinen Dienstausweis und keine Dienstmarke, sondern nur noch ihren Waffenschein vorlegen konnte, durfte sie ihre Pistole und das kleine Messer, das sie stets bei sich führte, nicht mit in die Kabine nehmen. Beide wurden aber im Laderaum mitgeführt und ihr nach der Landung wieder ausgehändigt. Die nach dem 11. September 2001 eingeführte Regel, sämtliche Waffen an Flughäfen zu konfiszieren, war inzwischen wieder etwas gelockert worden. Michelle nahm sich einen Mietwagen und fuhr in das kleine Städtchen Bowlington, das etwa achtzig Kilometer östlich der Grenze zu Tennessee im Schatten der Great Smoky Mountains lag. Die Fahrt dauerte ungefähr eine Stunde. Von dem Ort selber war, wie sie rasch feststellte, nicht mehr viel übrig. Die Textilindustrie, die diesen Landstrich einst wohlhabend gemacht hatte, war längst zusammengebrochen. Ein alter Mann an der Tankstelle erklärte Michelle, warum.

»Heutzutage wird das ganze Zeug für 'n Appel und 'n Ei in China oder Taiwan hergestellt, nicht mehr in den guten alten Vereinigten Staaten von A.«, klagte er. »Hier gibt's nicht mehr viel.« Wie um seinem Kommentar Nachdruck zu verleihen, spuckte er einen Schwall Kautabak in ein Einweckglas. Er drehte an der alten Registrierkasse, bis es klingelte, gab Michelle das Wechselgeld für ihre Limonade heraus und fragte sie, was sie in diese Gegend führe. Doch Michelle legte sich nicht fest. »Bin nur auf der Durchreise«, sagte sie.

»Na ja, Ma'am, so viel zum Durchfahren gibt's auch nicht mehr«, erwiderte er.

Sie setzte sich wieder in ihren Wagen und fuhr durch die großenteils verlassene und verarmte Stadt. Immer wieder sah sie alte Menschen; sie saßen entweder auf den durchhängenden Veranden neben der Haustür, oder sie schlichen durch ihre kleinen, vernachlässigten Gärten. Als sie ihr Ziel erreicht hatte, fragte sie sich unwillkürlich, was Clyde Ritter vor acht Jahren wohl veranlasst haben mochte, ausgerechnet hier auf seiner Wahlkampfreise Station zu machen. Wahrscheinlich hätte er auf einem Friedhof mehr Stimmen abstauben können.

Das Fairmount-Hotel lag einige Kilometer vom Stadtzentrum entfernt. Dass es bessere Tage gesehen hatte, war eine völlig unzureichende Untertreibung – es schien überhaupt nur noch von einer einzigen windschiefen Strebe vor dem Einsturz bewahrt zu werden. Das sieben Stockwerke hohe, über hundert Jahre alte Gebäude wurde von einem mannshohen Eisengitterzaun umschlossen und präsentierte sich als architektonisches Sammelsurium, in dem einerseits die amerikanische Neugotik mit ihren Scheintürmchen, Balustraden und Türmen, andererseits durch die mit Stuck verzierten Wände und das rote Ziegeldach auch mediterrane Stilelemente vertreten waren.

Die überwältigende Hässlichkeit des Gesamteindrucks übersteigt jegliche Vorstellungskraft, dachte Michelle.

Am Zaun waren mehrere Schilder mit der Aufschrift »Zutritt verboten« angebracht. Michelle konnte aber weit und breit kein Wachhäuschen und keine Patrouille sehen. Dafür entdeckte sie an der Längsseite des Hotels ein Loch im Zaun. Ihr Secret-Service-Training hinderte sie daran, sofort hindurchzuschlüpfen; erst wollte sie die Umgebung erkunden.

Das Gelände war rundherum ziemlich eben, mit Ausnahme eines Hanges auf der Rückseite des Gebäudes, der zum Zaun hin abfiel. Michelle lächelte, nachdem sie den Winkel zwischen Hang und Zaun kritisch geprüft hatte. Sie war zwei Jahre hintereinander Staatsmeisterin im Hoch- und Weitsprung gewesen. Mit einem anständigen Rückenwind und bei entsprechender Ausnutzung des Hanges könnte sie den verdammten Zaun vielleicht sogar überspringen. Noch vor zehn Jahren hätte sie es wahrscheinlich einfach versucht – aus Jux und Tollerei. Sie setzte ihren Inspektionsgang fort und beschloss, auch den angrenzenden Wald mit einzubeziehen. Plötzlich hörte sie das Geräusch fließenden Wassers und ging ihm nach.

Der Wald wurde immer dichter, doch nach ein paar Minuten hatte Michelle die Geräuschquelle ausfindig gemacht. Am Rande eines senkrecht abfallenden Steilufers stehend, blickte sie auf einen in ungefähr zehn Meter Tiefe strömenden, nicht sehr breiten Fluss hinunter. Schmale Felsvorsprünge sowie hier und da kleinere, rundliche Felsbrocken ragten aus der Uferwand hervor. Im nächsten Augenblick löste sich auch schon ein mittelgroßer Stein, der hinunterkollerte, platschend im tiefen Wasser landete und von der Strömung mitgerissen wurde. Michelle lief ein Schauer über den Rücken; sie war nicht ganz frei von Höhenangst. Rasch drehte sie sich um und kehrte im schwindenden Schein der Abendsonne zum Gelände des Fairmount-Hotels zurück.

Sie schlüpfte durch das Loch im Zaun und suchte sich einen Weg zu dem pompösen Haupteingang, der allerdings abgeschlossen und zusätzlich mit einer Kette gesichert war. Ein Stück weiter, auf der linken Seite des Gebäudes, entdeckte sie jedoch ein großes Fenster, dessen Scheibe herausgebrochen war. Hier konnte sie problemlos in das Haus einsteigen. In der Annahme, dass der Strom abgeschaltet war, hatte sie eine Taschenlampe mitgenommen. Die knipste sie nun an und begann mit ihrer Inspektion. Die Räume, durch die sie kam, waren feucht und schimmelig und zentimeterhoch mit Staub bedeckt. Außerdem wimmelte es von Ungeziefer – jedenfalls ließ das ständige Scharren und Kratzen, das zu hören war, dies vermuten. Michelle sah umgestürzte Tische, Zigarettenkippen, leere Schnapsflaschen und gebrauchte Kondome. Das aufgelassene Hotel diente offensichtlich der kleinen Minderheit der Untersiebzigjährigen von Bowlington als veritabler Nachtclub.

Unter den Akten, die ihre Freundin ihr überlassen hatte, war auch ein Grundriss des Hotels gewesen. Mit dessen Hilfe fand Michelle den Weg zum Foyer und von dort auch zu jenem Versammlungssaal, in dem Clyde Ritter erschossen worden war. Er war inzwischen mit Mahagoni vertäfelt; an der Decke hingen protzige Kronleuchter, und der Boden war mit schwerer burgunderfarbener Auslegeware bedeckt. Als sie die Tür schloss, wurde es plötzlich so still, dass Michelle froh darüber war, die Pistole an ihrem Gürtelhalfter zu spüren. Ihre .357er-Dienstpistole, die sie hatte abgeben müssen, hatte sie durch eine gepflegte SIG-9-Millimeter ersetzt. Alle Bundesagenten besaßen eine private Zweitwaffe.

Michelle hatte das Fairmount-Hotel nicht nur deshalb aufgesucht, weil sie eine morbide Neugier befriedigen wollte. Es war vielmehr eine Reihe seltsamer Parallelen, die ihr Interesse geweckt hatten.

Ähnlich wie die Ermordung Clyde Ritters hatte auch die Entführung des Präsidentschaftskandidaten John Bruno in einem obskuren Provinznest stattgefunden, einem Ort überdies, der gar nicht einmal so weit entfernt von Bowlington lag. Beide Taten waren in einem alten Gebäude verübt worden, auch wenn es sich im Fall Bruno um ein Bestattungsinstitut und im Fall Ritter um ein Hotel handelte. Im Fall Bruno mussten die Täter über Insider-Informationen verfügt haben – und nach allem, was sie bisher über den Mordfall Ritter herausgefunden hatte, wuchs in Michelle die Überzeugung, dass auch hier ein Insider mit von der Partie gewesen sein musste. Vielleicht konnte sie hier etwas herausfinden, das ihr in ihrer eigenen misslichen Lage weiterhalf; zumindest hoffte sie das. Auf jeden Fall war es um Längen besser, als im Hotel herumzusitzen und Trübsal zu blasen.

Michelle hockte sich auf einen kleinen Tisch in der Ecke und vertiefte sich in die Akte. Auf einem Lageplan waren die jeweiligen Positionen aller Beteiligten an jenem verhängnisvollen Tag eingetragen. Sie ging zu der Stelle, an der, unmittelbar hinter Clyde Ritter, Sean King gestanden hatte. Ihr Blick schweifte durch den Raum. Sie prägte sich ein, wo die anderen Leibwächter positioniert gewesen waren – der erste, der zweite, der dritte. Die Menge hatte sich hinter einem Seil gedrängt, und Clyde Ritter hatte sich hinübergebeugt, um seinen Anhängern die Hände zu schütteln. Verschiedene Mitglieder des Wahlkampfteams waren quer über den Raum verteilt: Sidney Morse stand gegenüber von Ritter auf der anderen Seite der Absperrung. Michelle hatte Morse auf dem Videofilm gesehen; auch er war, wie alle anderen, schreiend davongelaufen. Doug Denby, Ritters Stabschef, hatte an der Tür gestanden. Arnold Ramsey, der Attentäter, hatte sich von hinten her langsam nach vorne gearbeitet, bis er unmittelbar vor seinem Opfer stand. Er trug ein »Friends-of-Clyde«-Plakat. Selbst für Michelles trainiertes Auge hatte er auf dem Videofilm völlig harmlos ausgesehen.

Auf der rechten Seite erblickte Michelle die Fahrstuhltüren, eine neben der anderen. Noch einmal versuchte sie sich in Sean King hineinzuversetzen – sah nach links, sah nach rechts, den Raum in präzise imaginäre Planquadrate unterteilend. Sie tat, als spräche sie in ein Halsmikrofon, und streckte die Hand aus, als berühre sie Ritters verschwitztes Hemd. Dann sah sie nach rechts und hielt den Blick dort, in Gedanken die Sekunden zählend, genauso lange wie King damals. Nur die Fahrstuhltüren waren an dieser Stelle bemerkenswert. Das leise »Pling«, das sie gehört hatte, musste von dort gekommen sein.

Ein lautes Krachen ließ sie zusammenfahren, automatisch zur Pistole greifen und in alle Ecken des Raumes zielen. Sie keuchte vor Schreck und zitterte derartig, dass sie sich auf den Boden setzen musste. Ihr war speiübel. Schnell wurde ihr bewusst, dass ein Geräusch wie dieses in einem alten, leer stehenden Hotel wahrscheinlich gar nichts Ungewöhnliches war: Vielleicht war irgendwo ein Stück von der Deckenvertäfelung heruntergefallen, vielleicht hatte sich auch ein Eichhörnchen ins Haus verirrt und irgendetwas umgestoßen. Das Timing war allerdings mörderisch gewesen. Michelle konnte nicht umhin, King dafür zu bewundern, dass er in einer ebensolchen Situation die Geistesgegenwart besessen hatte, trotz seiner eigenen Verwundung noch die Pistole zu ziehen und einen bewaffneten Mann zu erschießen. Hätte *ich* das geschafft, fragte sie sich. Hätte ich die Schmerzen in meiner Hand ertragen, mich von dem allgemeinen Chaos nicht anstecken lassen und noch gezielt schießen können? Nachdem sie die Situation auf ihre Weise nachvollzogen hatte, stieg ihr Respekt für King ganz erheblich.

Sie riss sich zusammen, sah sich die Fahrstuhltüren genauer an und wandte sich dann wieder der Akte zu. Auf dem Flug hatte sie sich näher mit den Unterlagen beschäftigt und dabei unter anderem herausgefunden, dass die Fahrstühle auf dieser Seite während der Veranstaltung mit Ritter vom Secret Service aus Sicherheitsgründen abgestellt worden waren. Also musste man davon ausgehen, dass es eigentlich gar keinen Glockenschlag gegeben haben konnte. Und doch hatte sie einen gehört – und Kings Aufmerksamkeit war genau i der entsprechenden Richtung abgelenkt worden. Später hatte er zwar behauptet, es habe sich um einen Routineblick im Rahmen seiner Beobachtungspflicht gehandelt, doch Michelle fragte sich, ob nicht mehr dahinter steckte. Sie betrachtete ein Foto, das den Versammlungssaal zur Zeit des Attentates zeigte. Der Teppichboden war erst später gelegt worden. Zur Tatzeit bestand der Boden aus Holz. Michelle stand auf, nahm ihr Messer zur Hand und schnitt den

Teppichboden an einer bestimmten Stelle auf. Sie zog das etwa quadratmetergroße Stück zurück und beleuchtete den darunter liegenden Holzboden mit ihrer Taschenlampe.

Die dunklen Flecken waren noch zu sehen. Blut ließ sich aus Holz kaum noch herausbekommen, deshalb hatte sich die Hotelleitung offenbar für den Teppichboden entschieden. Das ist das Blut von Sean King und das von Clyde Ritter, dachte sie, auf ewig miteinander vermischt... Sie ging zu der Wand, vor der King damals gestanden hatte. Die Kugel, die ihn verwundet und Ritter getötet hatte, war dort eingeschlagen und natürlich längst entfernt worden. Die gepolsterte Wandverkleidung von damals war inzwischen durch die massive Mahagonivertäfelung ersetzt worden – auch in diesem Falle eine Art Abdeckung, als wollten die Hoteleigner damit die Ereignisse ungeschehen machen. Funktioniert hatte es nicht, denn das Hotel war schon bald nach Ritters Tod geschlossen worden.

Durch eine Tür hinter dem Empfang betrat Michelle das ehemalige Büro. Eine Wand war auf ganzer Länge mit einem hohen Aktenschrank verstellt, und auf den Schreibtischen lagen noch immer Papiere, Kugelschreiber und andere Büroutensilien herum. Es sah so aus, als wäre das Hotel von einer Minute zur anderen mitten in der Arbeitszeit geschlossen worden. Zu Michelles Verblüffung war der Aktenschrank noch voller Ordner. Sie nahm einige davon heraus und blätterte sie durch. Das Hotel hatte zum Zeitpunkt der Ermordung Ritters längst über eine Computeranlage verfügt, doch hatte man die wichtigsten Dokumente zur Sicherheit ausgedruckt und abgeheftet. Mit Hilfe ihrer Taschenlampe suchte Michelle die Unterlagen für 1996 heraus und fand auch schnell jene, die sich unmittelbar auf den Tag des Ereignisses bezogen. Wie sich herausstellte, enthielt der Schrank nur Material aus dem Jahr 1996 sowie von Anfang 1997. Michelle vermutete, dass sich bei der Schließung des Hotels niemand für die Räumung verantwortlich gefühlt hatte. Wenn die Dokumente im Laufe der Ermittlungen beschlagnahmt worden waren, so hatte man sie danach offensichtlich zurückgegeben.

Ritters Wahlkampftross hatte sich nur für eine Nacht im Fairmount-Hotel einquartiert. Den Buchungsunterlagen zufolge hatte King in Zimmer 304 gewohnt.

Über die Haupttreppe stieg Michelle in die zweite Etage hinauf. Da sie keinen Generalschlüssel gefunden hatte, behalf sie sich mit ihrem elektronischen Dietrich, und die Tür war in Nullkommanichts geöffnet. Für einen ausgebildeten Geheimagenten waren derlei Übungen Routine. Das Zimmer selbst bot – außer dem zu erwartenden Durcheinander – wenig Interessantes. Es gab eine Verbindungstür zum benachbarten Zimmer 302, in dem es genauso chaotisch aussah.

Sie ging wieder hinunter ins Erdgeschoss und wollte das Hotel schon verlassen, als ihr ein Gedanke kam. Sie kehrte ins Büro zurück und suchte nach den Personalakten der Hotelangestellten. Die waren allerdings leider nicht hier zu finden.

Michelle überlegte, konsultierte noch einmal den Zimmerplan, fand die Hausverwaltung und machte sich auf die Suche danach. Der große Raum war mit Regalen vollgestellt; des Weiteren befanden sich dort mehrere leere Ausgabeschalter und ein Schreibtisch. Michelle durchsuchte zunächst ihn und dann den großen Aktenschrank, der dahinter an der Wand stand. Dort endlich fand sie, was sie finden wollte: ein Klemmbrett mit den Namen und Adressen des Hauspersonals. Das Papier war angeschimmelt und von der Feuchtigkeit wellig geworden. Sie nahm die Liste an sich und kehrte ins Büro zurück. Dort suchte und fand sie ein Telefonbuch, das jedoch völlig veraltet war und ihr vermutlich kaum noch weiterhelfen konnte. Als sie wieder ins Freie trat, stellte sie überrascht fest, dass es schon dunkel war und sie über zwei Stunden in dem Gebäude verbracht hatte.

Sie nahm sich ein Zimmer in einem Motel und überprüfte anhand des dort ausliegenden Telefonbuchs die Namen und Adressen der Hotelangestellten auf der Liste. Drei Personen lebten nach wie vor in oder in der Nähe von Bowlington; ihre Anschriften hatten sich nicht verändert. Unter der ersten Nummer meldete sich niemand, weshalb sich Michelle damit begnügen musste, eine Nachricht auf dem Anrufbeantworter zu hinterlassen. Bei den beiden anderen Anschlüssen war sie erfolgreicher: Es meldeten sich zwei Frauen, die damals als Zimmermädchen im Fairmount-Hotel gearbeitet hatten. Michelle gab sich als Dokumentarfilmerin aus, die an einem Projekt über politische Attentate arbeitete und Leute interviewen wollte, die mit dem Fall Ritter vertraut waren. Zu ihrer Überraschung erklärten sich beide Frauen sofort damit einverstanden, an einem solchen Film mitzuwirken. Na ja, dachte Michelle, so überraschend ist diese spontane Bereitschaft nun auch wieder nicht: Was haben die Leute in diesem Kaff denn sonst zu tun? Sie vereinbarte mit den beiden Frauen Termine für den nächsten Tag. Dann fuhr sie zu einem Schnellimbiss im Western-Stil, wo innerhalb von zehn Minuten drei Kerle mit Cowboy-Hüten auf den Köpfen mit ihr anzubandeln versuchten. Als der dritte sie anmachte, hatte sie die Nase voll: In der einen Hand ihren Cheeseburger, zeigte sie dem Möchtegern-Verehrer mit der anderen ihre Pistole und sah vergnügt zu, wie er das Weite suchte. Ach, wie schön, so beliebt zu sein, dachte sie.

Nach dem Essen brachte sie ein paar Stunden in ihrem Motelzimmer damit zu, die Fragen vorzubereiten, die sie den beiden Frauen am nächsten Tag stellen wollte. Unterbrochen wurde sie vom Rückruf des dritten Zimmermädchens, das ebenfalls zu einem Treffen bereit war. Vor dem Einschlafen fragte sich Michelle, wohin ihre Aktivitäten wohl führen mochten und was sie eigentlich damit bezweckte. Sie hatte keine Ahnung.

Draußen vor dem Motel fuhr der alte Buick mit dem noch immer röhrenden Auspufftopf vor. Der Fahrer stellte den Motor ab, stieg aber nicht aus, sondern fixierte die Tür zu Michelle Maxwells Zimmer, und dies mit einer solchen Intensität, dass man hätte meinen können, er sei imstande, durch die Wände zu schauen, ja vielleicht sogar direkt in den Kopf der jungen Secret-Service-Agentin hinein.

Der kommende Tag versprach interessant zu werden. Er hatte nicht damit gerechnet, dass Michelle Maxwell hier auftauchen würde, um eine Art Privatermittlung durchzuführen. Doch nachdem sie nun einmal da war, musste er möglichst elegant mit dem Problem fertig werden. Er hatte die Liste seiner Opfer sorgfältig zusammengestellt und nicht die geringste Lust, sie willkürlich zu erweitern. Allerdings mussten alle Pläne grundsätzlich immer wieder an sich verändernde Umstände angepasst werden. Es blieb abzuwarten, ob Maxwell ebenfalls auf die Liste gehörte.

Es gab noch viel zu tun, und eine neugierige junge Secret-Service-Agentin konnte sich durchaus zu einer Gefahrenquelle entwickeln, wenn man ihr nicht rechtzeitig Einhalt gebot. Er erwog, ob er sie sofort töten sollte, und tastete schon mal unter dem Sitz nach seiner Lieblingsmordwaffe. Doch kaum hatte er sie gefunden und die Finger bereits um das harte Metall gelegt, überlegte er es sich anders und lockerte seinen Griff wieder.

Nein, es fehlte an der richtigen Vorbereitung. Außerdem konnte Maxwells sofortiger Tod unabsehbare Komplikationen nach sich ziehen. Das war einfach nicht sein Stil. Michelle Maxwell durfte gerne noch einen Tag länger leben. Er ließ den Motor an, legte den ersten Gang ein und fuhr davon.

KAPITEL 16

Die ersten beiden ehemaligen Zimmermädchen aus dem Fairmount-Hotel brachten Michelle nicht weiter. Das Attentat war das bei weitem bedeutendste Ereignis, das sich sowohl in der Stadt als auch im Leben der beiden jemals zugetragen hatte. In den Gesprächen mit der »Filmemacherin« Michelle überboten sie sich gegenseitig in den abwegigsten Verschwörungstheorien, waren aber außerstande, auch nur einen einzigen handfesten Beweis dafür ins Feld zu führen. Michelle hörte sich das alles höflich an und ging dann wieder ihrer Wege.

Die dritte Adresse, die sie aufsuchte, war ein bescheidenes, aber gepflegtes, von der Straße ein wenig zurückgesetztes Haus. Loretta Baldwin erwartete Michelle auf der breiten Veranda. Baldwin war eine schlanke Afroamerikanerin in den Sechzigern. Sie hatte hohe, markante Wangenknochen, einen ausdrucksvollen Mund und trug eine Brille mit Metallfassung, deren Gläser ihre blitzenden, vor Energie und Unternehmungslust sprühenden braunen Augen vergrößerten. Sie saß kerzengerade auf ihrem Stuhl und verstand sich auf die Kunst, jemanden von oben bis unten zu mustern, ohne dass die Betroffenen es merkten. Ein Blick, auf den jeder Secret-Service-Agent stolz sein könnte, dachte Michelle. Baldwins Hände waren lang und schmal und mit hervortretenden Adern durchzogen. Als die beiden Frauen einander begrüßten, registrierte die sportliche Michelle überrascht, welche Kraft im Händedruck der Älteren lag. Sie setzte sich in den Schaukelstuhl neben Loretta und akzeptierte dankend das Glas Eistee, das ihr angeboten wurde.

»Ist das 'n großer oder 'n kleiner Film, den Sie da drehen, meine Liebe?«

»Es ist ein Dokumentarfilm, also nur ein kleiner.«

»Also haben Sie wahrscheinlich keine heiße Rolle für mich, oder?«

»Na ja, wenn Ihr Interview nicht rausgeschnitten wird, dann doch, dann sind Sie jedenfalls dabei. Wir kommen dann zurück und drehen die betreffende Stelle. Zurzeit bin ich noch am Recherchieren und bei den Vorgesprächen.«

»Nein, Schätzchen, ich wollte wissen, ob das ein *bezahltes* Engagement ist.

»O nein. Nein, davon kann gar keine Rede sein. Wir haben nur einen winzigen Etat.«

»Schade. Es gibt nicht viele Jobs hier in der Gegend, wissen Sie.«

»Das kann ich mir denken.«

»Früher war das anders.«

»Früher – als das Hotel noch in Betrieb war?«

Baldwin nickte und schaukelte langsam im auffrischenden Wind. Es war kühl geworden, und Michelle wäre jetzt eine heiße Tasse Kaffee lieber gewesen als der Eistee.

»Mit wem haben Sie denn bisher schon gesprochen?«, wollte Loretta wissen und lachte, als Michelle ihr die Namen nannte. »Die Mädels haben keine Ahnung, sag ich Ihnen, nicht die geringste Ahnung. Hat die kleine Miss Julie Ihnen erzählt, dass sie dabei war, als Martin Luther King erschossen wurde?«

»Ja, das hat sie erwähnt. Ich muss sagen, eigentlich kam sie mir dafür ein bisschen zu jung vor.«

»Na und ob! Die kennt Martin Luther King genauso wenig wie ich den Papst.«

»Was können Sie mir denn über jenen Tag im Hotel berichten?«

»Das war ein Tag wie jeder andere – außer natürlich,

dass wir alle wussten, wer da kommen würde, Clyde Ritter nämlich. Ich kannte ihn ja schon aus dem Fernsehen und so, und außerdem lese ich jeden Tag meine Zeitung. Seine politische Einstellung entsprach ungefähr jener von George Wallace, bevor er sein Damaskus erlebte. Trotzdem war Ritter sehr erfolgreich mit seinem Wahlkampf – und das sagt so ungefähr alles aus, was man über dieses Land wissen muss.« Mit einem amüsierten Ausdruck in den Augen sah sie Michelle an und fragte: »Haben Sie ein so gutes Gedächtnis oder halten Sie das, was ich Ihnen erzähle, für so unwichtig, dass Sie 's gar nicht aufschreiben wollen?«

Erschrocken zog Michelle einen Schreibblock aus ihrer Tasche und begann sich Notizen zu machen. Außerdem stellte sie einen kleinen Kassettenrekorder vor Loretta auf den Tisch und fragte: »Haben Sie etwas dagegen?«

»Iwo! Wenn mich einer vor Gericht zieht, hab ich kein Geld. Kein Besitz – das ist noch immer die beste Versicherung für einen armen Menschen.«

»Was haben Sie an jenem Tag gemacht?«

»Dasselbe wie an allen anderen Tagen. Die Zimmer geputzt.«

»Für welches Stockwerk waren Sie zuständig?«

»Für mehrere! Es meldete sich ja immer irgendwer krank. Meistens musste ich zwei Etagen ganz allein putzen. Damals auch, die erste und die zweite. Und als ich damit fertig war, sah es so aus, als müsste ich gleich wieder von vorne anfangen.«

Michelle horchte auf. Kings Zimmer lag im zweiten Stock. »Demnach hielten Sie sich also nicht im Erdgeschoss auf, als die Schüsse fielen?«

»Wieso? Hab ich das gesagt?«

Michelle sah sie irritiert an. »Nicht direkt. Aber Sie sagten, dass Sie beim Putzen waren.«

»Ist es gesetzlich verboten, mal runterzugehen und sich diesen Zirkus da unten anzugucken? Man will ja schließlich wissen, was los ist.«

»Dann waren Sie also in dem Raum, in dem Ritter erschossen wurde?«

»Nein, aber ich stand direkt vor der Tür draußen. In dem Flur da unten war ja 'ne Besenkammer für Putzmittel und so 'n Zeug, und ich musste mir dort was holen, verstehen Sie?« Michelle nickte. »Die Direktion wollte ja nicht, dass wir Zimmermädchen uns da unten aufhielten. Denen wäre es doch am liebsten gewesen, wenn die Gäste von uns gar nichts erfahren hätten. Trotzdem haben sie sich eingebildet, dass immer alles picobello sauber sein musste; irgendwie komisch, nicht wahr?« Ja, meinte Michelle, das meine sie auch. »Also, der Saal, in dem Ritter erschossen wurde, war der Stonewall-Jackson-Room. Benannt nach einem General der Konföderierten im Bürgerkrieg. So was wie einen Abraham-Lincoln- oder einen Ulysses-S.-Grant-Room gibt es bei uns hier im Süden natürlich nicht.«

»Verstehe.«

»Schön, ich hab also kurz in den Stonewall-Jackson-Room reingeschaut und den Mann gesehen. Hat immerzu irgendwelche Hände geschüttelt und so aalglatt dahergeredet und jedem, mit dem er gesprochen hat, tief in die Augen geschaut. War ja vorher Fernsehprediger gewesen, das hatte ich gelesen. Mir war schon klar, wie er an die vielen Spenden und Stimmen gekommen ist, der hatte eben das gewisse Etwas. Aber aus der Sicht einer Farbigen hab ich mir schon gedacht, dass dieser Clyde Ritter in den Stonewall-Jackson-Room passt wie die Faust aufs Auge und dass er wahrscheinlich sogar in der Jefferson-Davis-Suite übernachtet und sich dort ausgesprochen wohl gefühlt hat. Aber so 'n Präsident wär der nie geworden, und meine Stimme hätte der auch nicht gekriegt.«

»Das kann ich gut verstehen. Ist Ihnen außer Ritter noch irgendjemand aufgefallen?«

»Ich erinnere mich an einen Polizisten, der vor der Tür stand und niemanden reinließ. Ich musste sozusagen um ihn rumgucken. Wie gesagt, ich konnte Ritter sehen und auch den Mann, der gleich hinter ihm stand, ganz dicht an ihm dran.«

»Agent Sean King vom Secret Service.«

Loretta Baldwin sah ihr streng ins Gesicht. »Jawohl, genau der! Das klingt so, als würden Sie ihn kennen.«

»Nicht persönlich. Aber ich hab eben schon viel recherchiert.«

Loretta musterte Michelle von oben bis unten und schaffte es, dass die Jüngere schließlich errötete. »Sie tragen keinen Ring. Wollen Sie mir etwa weismachen, dass es keine passenden Männer gibt, die ein hübsches junges Ding wie Sie haben wollen?«

Michelle lächelte. »Meine Arbeitszeiten sind echt wahnsinnig. So was mögen Männer nicht.«

»Ach weißt du, Schätzchen, Männer mögen gar nichts, außer ein warmes Essen und ein Bier vor sich auf 'm Tisch, wenn sie Hunger oder Durst haben. Sie wollen, dass man sie in Ruhe lässt bei dem Blödsinn, den sie anstellen, und ganz viel Freizeit wollen sie und einen warmen Körper, wenn sie gerade scharf drauf sind, und kein Gequatsche danach.«

»Sie haben sie ja ganz gut durchschaut.«

»Dazu gehört doch nicht viel, oder?« Sie hielt einen Moment lang inne. »Ja, er sah echt gut aus, dieser Mann. Aber als er dann geschossen hat, sah er nicht mehr gut aus.«

Michelle spitzte die Ohren. »Sie haben gesehen, wie es passiert ist?«

»Ja. Da war dann auch gleich die Hölle los. Unglaublich. Der Polizist an der Tür drehte sich um, weil er sehen wollte, was da passiert war, aber er wurde einfach über den Haufen gerannt, und die Leute trampelten über ihn hinweg. Ich selber stand starr da wie eine Salzsäule. Ich hab schon früher Schüsse gehört und, als ich jung war, auch selber geschossen, um Tiere oder unerwünschte Eindringlinge zu vertreiben und so. Aber das da, das war ganz anders. Dann hab ich gesehen, wie King den Ramsey erschossen hat. Und dann haben sie schnellstens den

Ritter aus dem Saal gezerrt, obwohl der schon mausetot war, das sah doch ein Blinder. Und dieser King stand da und starrte auf den Boden – wie ... wie ...«

»Als ob er selber gestorben wäre«, ergänzte Michelle.

»Genau! Woher wissen Sie das?«

»Ich kenne jemanden, der was Ähnliches durchgemacht hat. Haben Sie übrigens, kurz bevor Ritter erschossen wurde, ein Geräusch gehört, das Agent King abgelenkt haben könnte?« Um Lorettas Erinnerung nicht zu beeinflussen, verzichtete Michelle darauf, zu erwähnen, dass sie die Glocke eines Fahrstuhls meinte.

Loretta Baldwin dachte über die Frage nach, schüttelte dann aber den Kopf. »Nein, nicht dass ich wüsste. Es war natürlich sehr laut, man hörte so alles Mögliche. Aber ich sag Ihnen, was ich getan hab: Ich bin durch den Flur gepest und hab mich in der Besenkammer verkrochen. Vor lauter Angst hab ich mich erst nach einer Stunde wieder hinausgewagt.«

»Noch mal zurück zu der Zeit *vor* dem Anschlag: Da haben Sie doch noch im zweiten Stock sauber gemacht?«

Loretta warf ihr einen kritischen Blick zu. »Warum fragen Sie mich nicht gleich das, was Sie wissen wollen? Da können wir uns 'ne Menge Zeit sparen!«

»Schon gut, ja. Haben Sie auch im Zimmer von Agent King sauber gemacht?«

Loretta nickte. »Der ganze Tross hatte ja vor dem Attentat schon ausgecheckt. Aber ich hatte die Namen der Gäste alle auf meiner Liste. Jawohl, ich habe Kings Raum vor der Schießerei noch gereinigt – und das war auch dringend nötig, sag ich Ihnen!« Sie sah Michelle viel sagend an.

»Wieso? Hat er einen Saustall hinterlassen?«

»Nicht direkt. Aber in dem Zimmer müssen in der Nacht – wie soll ich sagen – gewisse ›Aktivitäten‹ stattgefunden haben. Glaub ich jedenfalls.« Bei diesen Worten zog Loretta eine Augenbraue hoch.

»Aktivitäten?«

»Aktivitäten, ja.«

Michelle hatte auf der Kante des Schaukelstuhls gesessen. Jetzt lehnte sie sich zurück. »Aha«, sagte sie. »Ich verstehe.«

»Die müssen sich aufgeführt haben wie wilde Tiere. Ein schwarzes Spitzenhöschen hing sogar noch an der Deckenlampe! Ich weiß nicht, wie das da raufgekommen ist – und will es auch gar nicht wissen.«

»Haben Sie eine Ahnung, wer das zweite Tierchen war?«

»Nein, aber ich denke mir, da braucht man nicht weit zu suchen, Sie verstehen?«

Michelle kniff die Augen zusammen und dachte über die Bemerkung nach.

»Ja, ich glaube schon«, sagte sie schließlich und wechselte das Thema. »Ihnen ist nicht zufällig aufgefallen, dass kurz vor der Tat jemand den Fahrstuhl verlassen hat?«

Loretta sah sie verständnislos an. »Glaub mir, Schätzchen, ich hab damals nicht auf irgendwelche Fahrstühle geachtet.«

Michelle warf einen Blick auf ihren Notizblock. »Nach meinen Unterlagen wurde das Hotel in der Zwischenzeit geschlossen.«

»Ja, es machte ziemlich bald nach der Ermordung von Clyde Ritter dicht. War ja nicht gerade eine gute Werbung fürs Haus. Auch für mich war's schlecht, ich hab seither keinen festen Job mehr gehabt.«

»Ich habe gesehen, dass man das Gelände eingezäunt hat.«

Loretta zuckte mit den Schultern. »Da gibt's immer wieder Leute, die alles mitnehmen wollen, was nicht niet- und nagelfest ist, und bekiffte Jungs, die ihre Mädchen da reinschleppen, um sie ungestört … na ja, Sie wissen schon.«

»Gibt es irgendwelche Pläne für eine Wiedereröffnung?«

Loretta schnaubte verächtlich. »Eher wird der Laden abgerissen.«

»Wissen Sie, wem er derzeit gehört?«

»Nein. Das ist bloß ein großes, altes, leeres Nichts, so ähnlich wie das ganze Kaff hier.«

Michelle stellte noch einige weitere Fragen, bedankte sich dann und verabschiedete sich. Ehe sie ging, gab sie Loretta Baldwin noch etwas Geld für ihre Hilfe.

»Sagen Sie mir rechtzeitig, wenn Sie mit der Kamera kommen. Und wann der Film gesendet wird. Ich will das natürlich sehen.«

»Ich geb Ihnen sofort Bescheid, wenn wir so weit sind.«

Michelle ging zu ihrem Wagen und stieg ein. Einen Termin hatte sie noch.

Als sie losfuhr, hörte sie ein Geräusch wie von einem knatternden Auspufftopf, der in Kürze abfallen würde. Sie blickte auf und sah auf der Straße vor dem Haus einen uralten, rostzerfressenen Buick vorbeituckern. Der Fahrer war kaum zu erkennen. Diese Karre ist gewissermaßen ein Symbol für die ganze Stadt, dachte sie. Hier geht alles zu Bruch.

Der Fahrer des Buick hatte Michelle unauffällig beobachtet. Als ihr Wagen aus der Grundstückseinfahrt auf die Straße rollte, warf er einen Blick auf Loretta: Sie schaukelte in ihrem Stuhl, zählte ihr Geld und strahlte über das ganze Gesicht.

Er hatte die gesamte Unterredung mit einem in der Antenne seines Wagens verborgenen Lautverstärker aufgezeichnet und die beiden Frauen außerdem mithilfe eines starken Teleobjektivs fotografiert. Das Gespräch war hochinteressant gewesen, in ganz persönlicher Hinsicht sogar außerordentlich aufschlussreich. Da hatte sich also das Zimmermädchen Loretta damals in der Besenkammer versteckt! Wer hätte gedacht, dass das nach all den Jahren noch ans Licht käme? Dennoch war diese Entdeckung vorerst zweitrangig.

Langsam wendete er und setzte den Buick auf Maxwells Fährte. Er war sich ganz sicher, dass sie noch einmal zum Fairmount-Hotel zurückkehren würde, und da er ihr Gespräch mit Loretta Baldwin belauscht hatte, wusste er auch, warum.

KAPITEL 17

Sean King saß am Schreibtisch in seinem Büro und bearbeitete eine Akte, als er vor der Tür Schritte hörte. Da weder sein Partner noch seine Sekretärin an diesem Tag in die Kanzlei kommen wollten, sprang er auf, bewaffnete sich mit einem Brieföffner und öffnete die Tür.

Die Männer erwiderten seinen Blick und wirkten finster entschlossen. Todd Williams, den Polizeichef von Wrightsburg, und den riesenhaften U. S. Marshal kannte King bereits. Hinzu kamen zwei Herren, die ihm ihre FBI-Ausweise präsentierten. King bat die Besucher herein und führte sie in den kleinen Konferenzraum neben seinem Büro.

Der Marshal beugte sich in seinem Sessel vor. Sein Name sei Jefferson Parks, sagte er – nicht »Jeff«, sondern »Jefferson«, wie er ausdrücklich betonte. Abgesehen davon, zöge er es vor, als »*Deputy* Marshal Parks«, angesprochen zu werden. »U. S. Marshals sind politische Beamte. Die wirkliche Arbeit machen die Deputys.«

Er hielt einen Plastikbeutel in die Höhe, in dem sich eine Pistole befand. »Dies ist die Waffe, die wir bei Ihnen zu Hause abgeholt haben«, sagte er mit leiser, tonloser Stimme.

»Wenn Sie es sagen…«

»Es ist Ihre Pistole. Die lückenlose Verwahrung ist amtlich dokumentiert.«

King sah Williams an, der bestätigend nickte.

»Okay«, sagte er. »Und Sie wollen sie mir nun zurückgeben, weil…«

»O nein, wir geben sie Ihnen *nicht* zurück«, sagte einer der FBI-Agenten.

»Wir haben die Kugel, die Jennings tötete, aus der Wand im Büro Ihres Partners rausgepult«, fuhr Parks fort. »Sie war ummantelt und daher kaum verformt. Außerdem haben wir die Geschosshülse gefunden. Der Schuss, mit dem Howard Jennings getötet wurde, ist aus Ihrer Pistole abgefeuert worden. Felder, Züge, sogar die Geschossaustrittspuren – alles stimmt überein.«

»Und ich sage Ihnen, dass das unmöglich ist!«

»Warum?«

»Eine Frage: Um welche Uhrzeit ist Jennings gestorben?«

»Der Gerichtsmediziner meint, zwischen ein und zwei Uhr in der Nacht, bevor Sie die Leiche in Ihrem Büro gefunden haben«, erwiderte Parks.

»Um diese Zeit war ich auf Streife – und die Pistole steckte in meinem Holster.«

»Dürfen wir das als Geständnis interpretieren?«, warf einer der beiden FBI-Agenten ein.

Kings Blick ließ keinen Zweifel daran, was er von dieser Bemerkung hielt.

Parks nahm ihn zur Kenntnis und sagte: »Wir haben Ihre Bewegungen in jener Nacht überprüft. Ihr Fahrzeug wurde zur mutmaßlichen Todeszeit von Jennings in der Main Street beobachtet.«

»Dann war ich wahrscheinlich gerade dort. Die Innenstadt gehört zu meiner Tour, also ist es ganz logisch, wenn jemand dort meinen Wagen gesehen hat. Aber Sie haben keinen Zeugen, der mich um diese Zeit in meinem Büro gesehen hat, denn dort war ich nicht.«

Einer der FBI-Agenten wollte dazu etwas sagen, doch als Parks ihm seine Pranke auf den Arm legte, verzichtete er darauf.

»Darüber brauchen wir mit Ihnen jetzt nicht zu diskutieren«, sagte Parks. »Aber wir haben eine positive ballistische Untersuchung vorliegen – und die ist in Verbindung mit Ihrem beruflichen Hintergrund so viel wert wie ein Fingerabdruck.«

»Nein, nicht ganz. Sie beweist nicht, dass ich mich am Tatort aufgehalten habe.«

»Aber Ihre Waffe war am Tatort, und Sie zumindest in der Nähe. Das sind knallharte Beweise.«

»Indizien sind das, sonst gar nichts«, konterte King.

»Es hat schon Verurteilungen gegeben, bei denen die Beweislage erheblich dürftiger war«, fauchte Parks.

»Wir hätten Sie auf metallische Spurenelemente untersuchen sollen, als wir die Waffe bei Ihnen abholten«, sagte einer der FBI-Männer.

»Hätte nichts gebracht«, erwiderte King. »Ich habe meine Waffe in der Nacht, bevor Sie kamen, benutzt. Die mikroskopischen Metallspuren in meiner Haut hätten daher gestammt.«

»Sehr praktisch«, sagte der Agent.

Parks sah King in die Augen. »Darf ich Sie fragen, zu welchem Zweck Sie Ihre Waffe benutzt haben? Sie waren schließlich nicht im Dienst.«

»Irgendjemand schlich um mein Haus herum. Dachte ich.«

»Und? Stimmte das?«

»Nein, es war nur eine alte Bekannte.«

Parks' Blick verriet, dass er ihm nicht über den Weg traute. Dennoch entschloss er sich, die Angelegenheit vorerst nicht weiter zu verfolgen.

»Können Sie mir mein Tatmotiv nennen?«, fragte King.

»Der Mann arbeitet für Sie. Vielleicht hat er was geklaut – oder vielleicht herausgefunden, dass Sie Ihre Klienten beklauen, und versucht, Sie damit zu erpressen. Also haben Sie ein Treffen mit ihm arrangiert und ihn bei dieser Gelegenheit erschossen.«

»Hübsche Theorie – nur hat weder er mir was geklaut, noch habe ich meine Klienten beklaut, denn ich habe keinen direkten Zugriff auf ihr Vermögen. Überprüfen Sie 's!«

»Und ob wir das tun werden! Aber das sind ja nur zwei denkbare Möglichkeiten. Kann auch sein, Sie haben auf irgendeine Weise Wind davon bekommen, dass Jennings von WITSEC betreut wird, und nicht dichtgehalten, sodass es die falschen Leute erfahren haben.«

»Und die haben ihn mit *meiner* Pistole umgebracht, die in *meinem* Holster steckte?«

»Oder Sie haben's selber getan und Kopfgeld kassiert.«

»Dann bin ich also ein bezahlter Killer.«

»Wussten Sie, dass Jennings im Zeugenschutzprogramm war?«

King zögerte einen Augenblick zu lang, zumindest nach seiner persönlichen Einschätzung. »Nein.«

»Hätten Sie was dagegen, einen Lügendetektortest zu machen?«

»Diese Frage muss ich nicht beantworten.«

»Ich versuche ja nur, Ihnen zu helfen«, sagte Parks. »Sie haben immerhin schon zugegeben, zur Zeit der Ermordung von Jennings im Besitz der Mordwaffe gewesen zu sein.«

»Ihnen ist hoffentlich klar, dass Sie mich nicht über meine Rechte belehrt haben. Von daher dürfte von dem, was ich Ihnen bisher mitgeteilt habe, ohnehin nichts gerichtsverwendbar sein.«

»Sie sind weder festgenommen noch angeklagt«, erläuterte einer der FBI-Agenten. »Von daher sind wir nicht verpflichtet, Sie über irgendetwas zu belehren.«

»Und wenn man uns in den Zeugenstand ruft«, ergänzte Parks, »brauchen wir bloß zu wiederholen, was Sie in unserer Gegenwart gesagt haben.«

»Hörensagen, mehr ist das nicht«, gab King zurück. »Und ich glaube nicht, dass Sie dafür eine Ausnahmegenehmigung bekommen, denn so was fällt unter den Vorbehalt der Voreingenommenheit. Der Prozess würde sofort platzen.«

»Sie sind nicht auf Strafrecht spezialisiert, oder?«, fragte Parks.

»Nein, wieso?«

»Weil das, was Sie eben gesagt haben, völlig unausgegorener Mist war.«

Kings Zuversicht schwand, und man sah es ihm an. Parks ließ nicht locker.

»Dann nehmen Sie also Ihre Aussage zurück, dass die Waffe während der Tatzeit in Ihrem Besitz war?«

»Bin ich festgenommen?«

»Das mag von Ihrer Antwort auf meine Frage abhängen.«

King erhob sich. »Von jetzt an unterhalten wir uns nur noch in Anwesenheit meines Anwalts. Und der ist Strafrechtler.«

Auch Parks stand nun auf, und einen Augenblick lang hatte King das Gefühl, der Riese wolle über den Tisch langen und ihn erdrosseln. Aber der grinste nur und reichte den Plastikbeutel mit der Pistole an einen der beiden FBI-Agenten weiter.

»Ich bin sicher, wir sehen uns wieder«, sagte er in freundlichem Ton. »Ich darf Sie lediglich bitten, den Bezirk vorerst nicht zu verlassen, das würde mich gar nicht freuen.«

Die Besucher machten sich auf den Weg zum Ausgang. King nutzte die Gelegenheit, Williams beiseite zu ziehen.

»Todd«, sagte er, »warum spielt Parks hier die erste Geige? Normalerweise lässt sich das FBI so einen Fall doch nicht aus der Hand nehmen?«

»Der Tote war im Zeugenschutz. Parks ist ein ziemlich hohes Tier im Marshals Service. Ich glaube sogar, dass er es war, der Jennings in unsere Gegend geschickt hat. Und jetzt macht man es ihm zum Vorwurf, dass er tot ist. Ich glaube, er hat in Washington ein paar Strippen gezogen.« Todd fühlte sich sichtlich unwohl in seiner Haut. Flüsternd fuhr er fort: »Hör mal, Sean, ich glaube ja keine Sekunde daran, dass du in diese Geschichte verwickelt bist…«

»Und du wolltest gerade *aber* sagen, stimmt's?«

Todds Unbehagen wuchs zusehends. »... aber ich hielte es für das Beste...«

»... wenn ich meine Pflichten als Hilfspolizist für die Dauer der Ermittlungen ruhen ließe?«

»Ich danke dir für dein Verständnis.«

Nachdem Todd gegangen war, ließ King sich wieder an seinem Schreibtisch nieder. Was ihn beunruhigte, war, dass man ihn nicht auf der Stelle verhaftet hatte. Die Indizien hätten dafür ohne weiteres ausgereicht. Und wie war es möglich, dass Jennings mit der Waffe, die in jener Nacht in seinem Holster steckte, umgebracht worden war? King hatte dafür zwei mögliche Erklärungen, und als ihm die zweite einfiel, schoss er die andere in den Wind. Wie hatte er nur so begriffsstutzig sein können? Joan Dillinger!

Er griff zum Telefon und rief einen alten Freund in Washington an. Der Mann, der nach wie vor beim Secret Service arbeitete, hatte während der gesamten Ritter-Affäre unbeirrt auf Kings Seite gestanden. Nach ein paar Worten über persönliche und berufliche Dinge fragte ihn King, wie es Joan Dillinger gehe.

»Kann ich dir leider nicht sagen.«

»Ach was! Ich dachte, ihr zwei arbeitet eng zusammen.«

»Haben wir. Bis sie gegangen ist.«

»Gegangen? Sie arbeitet nicht mehr im Washingtoner Büro?«

»Nein, nein, sie hat den Dienst quittiert.«

King hätte fast das Telefon fallen lassen. »Joan ist nicht mehr beim Secret Service?«

»Sie hat uns vor ungefähr einem Jahr verlassen. Arbeitet jetzt bei einer privaten Sicherheitsfirma als Beraterin und macht angeblich 'nen Haufen Kies. Braucht aber wahrscheinlich auch jeden Cent. Du weißt ja, Joan lebt gern auf großem Fuße.«

»Hast du zufällig ihre Telefonnummer?« King notierte sich die Antwort.

»Du hast ja wahrscheinlich von unserem Pech gehört«, fuhr sein alter Kumpel fort. »Es ist wirklich zum Kotzen. Die Maxwell war echt gut, eine absolute Vorzeigeagentin.«

»Ich hab sie im Fernsehen gesehen. Ist wohl jetzt der Sündenbock, stimmt's? Bin 'ne Art Experte auf dem Gebiet.«

»Du kannst das mit deinem Fall kaum vergleichen. Maxwell hat sich eine furchtbare Fehleinschätzung geleistet. Außerdem war sie Einsatzleiterin und du nur Fußvolk.«

»Ach, erzähl mir doch nichts! Wie oft haben wir draußen vor der Tür gestanden, während der Kerl, auf den wir aufpassen sollten, sich drinnen mit einer Frau amüsiert hat, die nicht seine eigene war! Diese Damen haben wir auch nicht auf Waffen durchsucht, oder? Und ich kann mich auch nicht erinnern, dass jemals einer von uns auf dem Bettvorleger direkt daneben stand.«

»Ist ja auch niemals was Schlimmes passiert.«

»Aber das war nicht unser Verdienst.«

»Okay, ich will mich jetzt nicht weiter darüber auslassen – muss auf meinen Blutdruck achten! Du willst dich also mit Joan in Verbindung setzen?«

»Ja, ich hab sogar das Gefühl, dass ich sie schon sehr bald sehen werde.«

KAPITEL 18

Michelle kehrte zum Fairmount-Hotel zurück, schlüpfte durch das Loch im Zaun und ging ohne weitere Umwege noch einmal ins Büro. King hatte in Zimmer 304 gewohnt. Nach Loretta Baldwins Anspielung war es ratsam, sich in der Nähe umzusehen. Michelle erinnerte sich an die Verbindungstür und überprüfte daher den Gast, der damals Zimmer 302 gebucht hatte.

»Verdammt«, sagte sie, als sie den Namen auf dem Meldeschein las. In Zimmer 302 hatte J. Dillinger genächtigt. Ob damit *Joan* Dillinger gemeint war? Sie war Dillinger ein paar Mal begegnet. Die Frau hatte im Secret Service eine Karriere gemacht, wie sie zuvor kaum einer ihrer Geschlechtsgenossinnen gelungen war – und dann Knall auf Fall den Dienst quittiert. Michelle erinnerte sich, dass die Dame sogar ihr Respekt eingeflößt hatte, was definitiv nicht oft vorkam. Joan Dillinger ging der Ruf voraus, in Stresssituationen kühler, zäher und draufgängerischer zu reagieren als alle anderen Agenten, männliche und weibliche gleichermaßen. Brennend vor Ehrgeiz, hatte sie den Service verlassen, um im privaten Sicherheitsgewerbe noch einmal ganz groß herauszukommen.

Im Dienst hatte sie jedenfalls zu Michelles Vorbildern gehört.

Und Joan Dillinger sollte die andere Hälfte bei jenem »tierischen« Akt gewesen sein, von dem Loretta Baldwin gesprochen hatte? War die »eiserne Lady«, die Michelle so bewundert hatte, identisch mit jener Frau, deren schwarzes Spitzenhöschen damals von der Deckenlampe baumelte? War Kings Blackout bei der Bewachung Clyde Ritters etwa die Folge schierer körperlicher Erschöpfung nach einer Liebesnacht mit Joan, die so wild gewesen war, dass sogar ihre Reizwäsche fliegen lernte? Michelle war sich ziemlich sicher, dass ihre Vermutung stimmte, denn auf dem Meldeschein war für »J. Dillinger«, genau wie bei King, die Anschrift der Secret-Service-Zentrale in Washington vermerkt.

Michelle steckte die beiden Meldescheine in ihre Handtasche, ging zum Stonewall-Jackson-Saal und sah sich jenen Eingang näher an, vor dem Loretta Baldwin Zeugin der ersten Ermordung eines amerikanischen Präsidentschaftskandidaten nach fast dreißig Jahren geworden war. An der Stelle, wo Loretta damals gestanden hatte, blieb Michelle nun selbst stehen, dann betrat sie den Saal und schloss die Tür. Wieder war es so still, dass sie ihren eigenen Herzschlag hören konnte.

Sobald sie wieder draußen war und der Lobby zustrebte, verschwand das Gefühl. Normale Geräusche kehrten zurück, und ihr hektisch pochendes Herz war nicht mehr zu hören. Sie fragte sich, ob es im Stonewall-Jackson-Saal spuken mochte. Ging dort vielleicht der höchst empörte Geist von Clyde Ritter um? Am Ende des Flurs fand sie die Besenkammer, in der sich Loretta damals angeblich versteckt hatte. Sie war ziemlich groß, und drei der vier Wände waren mit Regalen voll gestellt.

Michelle stieg die Treppe in den zweiten Stock hinauf und leuchtete mit ihrer Taschenlampe in alle Ecken und Winkel. Schließlich öffnete sie die Tür zu Zimmer 302 und ging hinein. Sie versuchte, sich vorzustellen, wie Joan Dillinger leise an die Verbindungstür klopfte und von Sean King eingelassen wurde. Durchaus möglich, dass nach ein paar Drinks und ein bisschen Secret-Service-Klatsch Joans Höschen zur Deckenlampe hinaufgesegelt war und die beiden sich eine sinnlich-heiße Nacht gegönnt hatten.

Sie verließ das Zimmer wieder und kehrte zum Treppenhaus zurück. Vor einem der Fenster war eine große Müllrutsche angebracht worden; hier hatte offensichtlich jemand angefangen aufzuräumen, dann aber seine Bemühungen ebenso offensichtlich wieder eingestellt. Michelle beugte sich hinaus und brauchte eine Zeit lang, bis sich ihre Augen an das Sonnenlicht gewöhnt hatten. Die Rutsche endete unten in einem Container, der mit allerlei Unrat gefüllt war, insbesondere mit alten Matratzen, Vorhängen und Teppichbodenresten, die samt und sonders total verrottet aussahen.

Michelle stieg wieder ins Erdgeschoss hinab, blieb dort stehen und dachte nach. Die Treppen führten noch weiter hinunter, in den Keller. Sie konnte sich nicht vorstellen, dass es da unten noch etwas Interessantes zu finden gab. Außerdem lehrte einen jeder billige Horrorfilm, dass man sich nie und nimmer freiwillig in Kellerräume vorwagen sollte – es sei denn… nun, es sei denn, man war eine bewaffnete Agentin des Secret Service! Michelle zog ihre Pistole und machte sich auf den Weg treppabwärts. Im Kellerflur war der Teppichboden zerschlissen, und es stank nach Schimmel und Fäulnis. Eine kleine Tür fiel ihr erst auf, nachdem sie bereits daran vorbeigegangen war. Michelle ging zurück, öffnete die Tür und leuchtete hinein. Es handelte sich um einen großen Warenaufzug, von dem sich nicht sagen ließ, ob er nicht nur mit dem Erdgeschoss, sondern auch mit sämtlichen sieben Stockwerken verbunden war. Das Fairmount-Hotel war, so viel wusste sie inzwischen, ein sehr altes Gebäude. Durchaus möglich, dass über diesen Aufzug Wäsche und andere Platz raubende Dinge hinauf- und hinuntertransportiert wurden. Bedienungsknöpfe an der Wand verrieten, dass der Warenaufzug mit Strom betrieben worden war. Der Flaschenzug im Innern des Schachts ermöglichte die Benutzung des Aufzugs auch bei Stromausfällen.

Michelle ging weiter durch den Hauptflur des Kellers, bis ihr ein Haufen Schutt den Weg versperrte. An dieser Stelle war die Decke eingestürzt – das alte Gemäuer fiel buchstäblich in sich zusammen. Wenn nicht bald jemand mit der Abrissbirne kam, würde sich der Aufwand erübrigen.

Sie brauchte dringend frische Luft und Sonnenlicht! Michelle trabte die Treppe hinauf. Plötzlich wurde sie von einem grellen Lichtstrahl geblendet, und eine Stimme bellte ihr ins Ohr: »Stehen bleiben! Wachdienst! Ich bin bewaffnet und jederzeit bereit, von der Waffe auch Gebrauch zu machen.«

Michelle hob die Hände, in der einen die Pistole, in der anderen die Taschenlampe. »Ich bin Agentin des Secret Service.« Sie sagte es automatisch und vergaß dabei, dass sie sich gar nicht mehr ausweisen konnte.

»Secret Service? Okay. Ich bin Marshal Matt Dillon.«

»Können Sie diese Lampe wegnehmen?«, bat Michelle. »Die blendet ja furchtbar!«

»Legen Sie die Pistole auf den Boden«, sagte die Stimme. »Ganz brav und ohne Fisimatenten.«

»Okay, mach ich«, erwiderte Michelle. »Aber passen Sie bloß auf, dass Sie dabei nicht aus Versehen abdrücken und mich umlegen.«

Als sie sich wieder aufrichtete, bewegte sich der Lichtstrahl von ihren Augen fort.

»Was tun Sie hier? Das ist Privateigentum.«

»Ach ja?« Sie spielte die Naive.

»Das Gelände ist eingezäunt, und überall stehen Schilder, Lady!«

»Tja, die muss ich wohl übersehen haben.«

»Was hat der Secret Service denn hier unten im Keller zu suchen? Können Sie sich im Übrigen ausweisen?«

»Können wir nicht ans Tageslicht hinausgehen? Ich komme mir vor, als hätte ich sechs Stunden Höhlenforschung hinter mir.«

»Gut, aber lassen Sie die Waffe auf dem Boden liegen. Ich hebe sie selber auf.«

Sie verließen das Hotel. Draußen konnte Michelle sich ihr Gegenüber etwas genauer ansehen. Es handelte sich um einen mittelgroßen, durchtrainierten Mann mittleren Alters mit kurzem, grau meliertem Haar. Er trug die Uniform eines privaten Wachdiensts.

Er starrte Michelle an, hielt noch immer seine Pistole auf sie gerichtet und schob sich mit der anderen Hand die ihre in seinen Hosenbund. »Okay, Sie wollten mir Ihre Dienstmarke zeigen. Aber selbst wenn Sie tatsächlich beim Secret Service sind – Sie haben hier nichts verloren.«

»Erinnern Sie sich an den Fall Clyde Ritter? An den Politiker, der vor acht Jahren etwa in diesem Hotel ermordet wurde?«

»Ob ich mich erinnere? Ich lebe seit meiner Geburt in dieser Gegend, Lady. Das war das einzige aufregende Ereignis, das es hier je gegeben hat!«

»Nun, ich bin gekommen, um mir den Schauplatz anzusehen. Ich bin noch nicht lange beim Service, und was damals hier passiert ist, gehört zu den Szenarien, die wir in unserem Ausbildungszentrum immer wieder üben... Ich meine natürlich, wie man so was vermeidet. Ich war einfach neugierig und wollte mir persönlich einen Eindruck verschaffen. Also bin ich extra von Washington hier hergefahren, nur um feststellen zu müssen, dass der Laden inzwischen geschlossen ist. Eine kleine Ortsbesichtigung kann ja trotzdem nichts schaden, dachte ich.«

»Klingt halbwegs plausibel. Kann ich jetzt bitte Ihre Dienstmarke sehen?«

Michelle dachte einen Augenblick nach. Sie nahm die Hand ans Kinn – und berührte dabei ein Stückchen Metall. Sie zog die Anstecknadel mit dem Secret-Service-Signet aus dem Jackenaufschlag und hielt sie dem Wachmann hin. Alle Agenten des Service trugen solche Nadeln, damit sie sich gegenseitig als Kollegen erkennen konnten. Um Fälschungen vorzubeugen, wurde die Farbe regelmäßig geändert. Das morgendliche Anstecken der Nadel war ihr so in Fleisch und Blut übergegangen, dass sie sich auch nach ihrer Suspendierung vom Dienst noch daran hielt.

Der Wachmann betrachtete die Nadel von allen Seiten und gab sie ihr dann zurück.

»Meine Dienstmarke und meinen Ausweis hab ich im Motel gelassen«, erklärte sie.

»Okay, ich denke, das genügt. So wie der übliche Mob, der in leer stehende, verrammelte Hotels einbricht, sehen Sie ohnehin nicht aus.« Der Wachmann machte Anstalten, Michelle ihre Pistole zurückzugeben, zögerte dann aber plötzlich. »Einen Moment noch – würden Sie bitte Ihre Handtasche öffnen?«

»Warum?«

»Damit ich sehen kann, was drin ist, darum.«

Widerstrebend händigte sie ihm die Tasche aus. Während der Wachmann sie inspizierte, fragte Michelle: »Wem gehört das Gelände denn jetzt?«

»So was wird Leuten wie mir nicht mitgeteilt. Ich mache nur meine Runden und sorge dafür, dass sich hier keine Unbefugten herumtreiben.«

»Wird das Objekt denn rund um die Uhr bewacht?«

»Woher soll ich das denn wissen? Ich schiebe bloß meine Schicht, und damit hat's sich.«

»Was haben die Eigentümer denn mit dem Kasten vor? Wollen sie ihn abreißen lassen?«

»Keine Ahnung, aber wenn sie noch viel länger warten, bricht er von alleine zusammen.«

Er zog die beiden Meldescheine aus ihrer Handtasche und betrachtete sie. »Könnten Sie mich vielleicht darüber aufklären, wozu Sie die brauchen?«

Michelle bemühte sich, so naiv wie möglich dreinzuschauen. »Ach, die! Na ja, ich kenn die beiden zufällig. Sie waren damals hier, als Ritter erschossen wurde. Ich ... ich ...« Sie zögerte und ergänzte dann in wenig überzeugendem Ton: »Ich dachte, ich könnte ihnen diese Scheine mitbringen, als eine Art Souvenir.«

Der Wachmann blickte ihr unverwandt in die Augen. »Als Souvenirs? Verdammt, ihr Agenten habt vielleicht perverse Vorstellungen.« Er steckte die beiden Meldescheine wieder an Ort und Stelle und gab Michelle Handtasche und Pistole zurück.

Der Wachmann blickte ihr nach, als sie zu ihrem Wagen zurückkehrte. Er wartete noch ein paar Minuten, dann verschwand er wieder im Hotel. Als er nach zehn Minuten wieder herauskam, hatte sich sein Äußeres drastisch verändert. Michelle Maxwell ist sehr clever, dachte er. Wenn sie so weitermacht, kann es leicht passieren, dass sie noch auf meiner Liste landet. Er war hierher gekommen und hatte die Wachmann-Nummer abgezogen, weil er wissen wollte, was sie herausgefunden hatte. Die Namen auf den Meldescheinen waren zwar interessant – aber keinerlei Überraschung: Sean King und J. Dillinger. Was für ein reizendes Pärchen!

Buick-Mann stieg in seinen Wagen und fuhr davon.

KAPITEL 19

»Deputy Marshal Parks, was kann ich denn heute für Sie tun? Was halten Sie davon: Ich gestehe ein paar Ordnungswidrigkeiten, büße sie mit ein paar Stunden Sozialarbeit ab, und die Sache ist gegessen?«

King saß auf seiner Veranda und hatte zugesehen, wie der Gesetzeshüter aus seinem Wagen kletterte und die Treppen zum Eingang hinaufstieg. Der große Mann trug Jeans und eine blaue Windjacke, auf der ironischerweise der Schriftzug »FBI« prangte. Seinen Schädel bedeckte eine Baseballkappe mit den Initialen DEA, dem Namen der Drogenbehörde.

Parks interpretierte Kings Blick richtig und sagte: »Die trage ich seit meiner Zeit als Beamter der Bundespolizei in Washington. Man kriegt dieses Zeug ja von allen Behörden beinahe nachgeschmissen – einer der wenigen Vorteile, die wir in der Strafverfolgung haben. Die besten Sachen für mein Geld bekomme ich bei der DEA.« Er setzte sich in den Schaukelstuhl neben King und rieb sich die Knie.

»Als junger Mann fand ich es toll, so groß zu sein – in der High School war ich Star der Football- und der Basketballmannschaft und hatte die angenehme Pflicht, reihenweise die Cheerleaderinnen aufs Kreuz zu legen. Von dem Geld, das ich beim Football verdient habe, konnte ich sogar das College zahlen.«

»Welches?«

»Notre Dame. Ich war praktisch bei jedem Spiel dabei, zwar nie von Anfang an, aber immerhin.«

»Kompliment.«

Parks hob die Schultern. »Jetzt, wo ich älter bin, ist das mit der Größe nicht mehr so toll. Ein Dauerschmerz am Steiß, die Knie, das Hüftgelenk, die Schultern – nehmen Sie, was Sie wollen, irgendwo in meiner Anatomie zwickt und zwackt ständig was.«

»Und wie gefiel Ihnen das Bullendasein in unserer Hauptstadt?«

»Sagen wir 's mal so: Bei den Marshals gefällt es mir viel besser. Die Zeit bei der Polizei war ungut, da lief manches ziemlich beschissen.«

King hob seine Bierflasche. »Sind Sie so weit außer Dienst, dass Sie sich ein Bier genehmigen dürfen?«

»Nein, aber ich würde ganz gerne eine rauchen. Muss endlich was gegen diese frische, kräftigende Bergluft tun. Grässlich. Ich begreife nicht, wie ihr das hier draußen aushaltet.«

Parks zog ein Zigarillo aus seiner Hemdtasche, zündete es mit einem Feuerzeug aus Perlmutt an und ließ den Verschluss wieder zuschnappen. »'n netten Fleck haben Sie sich hier ausgesucht«, sagte er.

»Danke.« King musterte ihn misstrauisch. Wenn Parks die Untersuchung im Fall Jennings zusätzlich zu seinen anderen beruflichen Verpflichtungen leitete, dann hatte er viel zu tun und verfolgte mit seinem Erscheinen garantiert einen bestimmten Zweck.

»Nette Anwaltskanzlei, nettes Haus, nettes Städtchen. Netter, fleißiger Kerl, der sogar ehrenamtlich für die Gemeinschaft tätig ist.«

»Ich bitte Sie! Gleich werde ich rot.«

Parks nickte. »Nun ja, in diesem Land werden dauernd Menschen von netten, erfolgreichen Leuten um die Ecke gebracht, insofern kümmert mich das alles herzlich wenig. Außerdem mag ich diese netten Kerle sowieso nicht besonders. Sind für mich alle irgendwie Weicheier.«

»Ich war nicht immer so nett. Und es würde mir auch gar nicht schwer fallen, den alten Schweinehund wieder hervorzuholen. Um ehrlich zu sein: In mir brodelt's. Wie in einem Vulkan kurz vor dem Ausbruch.«

»Das lässt wenigstens hoffen. Aber versuchen Sie ja nicht, an die guten Seiten in mir zu appellieren.«

»Und warum halten Sie mich eigentlich für so nett? Schließlich ist meine Pistole die Mordwaffe.«

»Ja, das stimmt.«

»Würde Sie meine Theorie zu diesem Sachverhalt interessieren?«

Parks warf einen Blick auf seine Armbanduhr. »Aber gewiss doch! Vorausgesetzt, Sie können noch einen Moment an sich halten und mir eine von diesen Flaschen holen. Komisch, aber ich bin seit ein paar Sekunden nicht mehr im Dienst.«

King verschwand im Haus und kam mit einer geöffneten Flasche Bier wieder heraus. Der Marshal lehnte sich in seinem Stuhl zurück, legte seine Schuhe Größe Kindersarg auf das Geländer der Veranda und nahm zwischen zwei Zigarillozügen einen tiefen Zug aus der Flasche.

Er blickte in die untergehende Sonne und kam dann wieder zur Sache. »Ihre Theorie zur Pistole?«

»Zu der Zeit, als Jennings ermordet wurde, hatte ich die Waffe bei mir. Nach Ihrer Auskunft war es die Tatwaffe.«

»Daran gibt es kaum was zu deuteln«, bestätigte Parks. »Ehrlich gesagt, wenn Sie wollen, kann ich Ihnen auf der Stelle Handschellen anlegen.«

»Aber da ich Jennings nicht getötet habe, ist mir ziemlich klar, dass ich meine Pistole eben doch nicht auf meinem Streifengang dabeihatte.«

Parks musterte ihn kritisch. »Wollen Sie Ihre Aussage ändern?«

»Nein. An den sechs Tagen in der Woche, an denen ich die Pistole nicht brauche, bewahre ich sie in einer Kassette auf. Da ich allein lebe, schließe ich diese Kassette nicht immer ab.«

»Ganz schön blöde.«

»Eines können Sie mir glauben: Nach dieser Geschichte wandert sie in einen Tresor unter der Erde.«

»Weiter im Text.«

»Theorie Nummer eins: Irgendjemand nimmt mir meine Knarre weg und legt stattdessen eine identische Pistole in die Kassette. Mit dieser fahre ich dann Streife. Dieselbe Person erschießt Jennings, legt die Tatwaffe wieder in die Kassette zurück und nimmt dafür das Double wieder an sich. Theorie Nummer zwei: Jennings wird mit einer Pistole erschossen, die mit meiner so gut wie identisch ist. Der Täter tauscht sie dann mit meiner richtigen in der Kassette aus, sodass die Waffe, die Sie ballistisch untersuchen, tatsächlich die Tatwaffe ist.«

»Die Seriennummer der Pistole, die wir untersucht haben, entsprach der Waffe, die auf Ihren Namen registriert ist.«

»Dann spricht alles für meine erste Theorie.«

»Wollen Sie damit sagen, dass Ihnen irgendjemand schon vor längerer Zeit die Pistole entwendet hat, um ein identisches Double herzustellen, und dass er dann später diesen Austausch vornahm, um den Eindruck zu erwecken, Jennings sei mit Ihrer Pistole erschossen worden?«

»Das will ich damit sagen, ja.«

»Wollen Sie mir weismachen, dass ein ehemaliger Sicherheitsbeamter seine eigene Waffe nicht erkennt?«

»Es handelt sich um eine in großen Stückzahlen hergestellte Neun-Millimeter-Pistole, nicht um ein verrücktes Museumsstück mit Diamantenverzierung. Ich habe diese Waffe damals bekommen, als ich zur Polizei kam. Ich trage sie einmal in der Woche, lasse sie praktisch immer im Holster und kümmere mich sonst nicht weiter darum. Wer sie nachgemacht hat, wusste aber genau, was er tat, denn die Kopie stimmte in der Gewichtsverteilung genau mit meiner Waffe überein und lag auch so in der Hand.«

»Und warum sollte jemand so großen Wert darauf

legen, ausgerechnet Ihnen diese Tat in die Schuhe zu schieben?«

»Na ja, dass Mörder versuchen, ihre Taten anderen unterzuschieben, soll ja gelegentlich vorkommen, oder? Ich meine, das ist wahrscheinlich sogar der springende Punkt. Jennings hat für mich gearbeitet. Vielleicht hat der Täter genau darauf spekuliert, dass der Verdacht auf mich fällt. Dass Sie und Ihresgleichen denken, ich hätte Jennings beim Stehlen überrascht oder er mich. Motiv, im Besitz der Tatwaffe, kein Alibi. Ich sehe schon, wie die Giftspritze aufgezogen wird…«

Parks stellte seine Quadratlatschen wieder auf den Boden und beugte sich vor. »Sehr interessant«, sagte er. »Aber jetzt hören Sie sich mal meine Theorie an: Es gab eine ganze Reihe von zwielichtigen Gestalten, die Jennings ans Leben wollten. Deshalb war er ja auch im Zeugenschutzprogramm. Vielleicht haben Sie das gewusst und ihn für 'n Batzen Bares verraten. Ihr Auftraggeber, wer immer das sein mag, hat dann den Spieß umgedreht, indem er Ihre Waffe benutzte und Sie damit gewissermaßen auf dem Präsentierteller als Täter servierte. Was halten Sie davon?« Parks ließ King nicht aus den Augen.

»Auch das wäre eine Möglichkeit«, gab King zu.

»Juhu!«, sagte Parks, leerte die Bierflasche, drückte sein Zigarello aus und stand auf. »Wie verhält sich die Medienmeute?«

»Nicht so schlimm, wie ich dachte. Die meisten haben wohl meine Adresse noch nicht herausgefunden. Wenn es so weit ist, sperr ich ganz einfach am Fuße des Hügels die Straße ab und stelle ein paar Warnschilder auf. Wer sich nicht daran hält, wird erschossen.«

»Das ist *mein* Job. Für *meinen* inneren Schweinehund.«

»Ich hab Ihnen doch gesagt, dass ich kurz vorm Explodieren bin.«

Parks ging die Treppe hinunter zu seinem Wagen.

»Wieso nehmen Sie mich eigentlich nicht fest?«, rief King ihm hinterher.

Parks öffnete die Wagentür. »Nun ja, hauptsächlich wohl deshalb, weil an Ihrer Theorie Nummer eins vielleicht doch was dran ist. Vielleicht haben Sie ja wirklich ein Double im Holster gehabt, als Jennings mit Ihrer Pistole getötet wurde.«

»Hätte nicht gedacht, dass Sie meine Theorie so einfach akzeptieren.«

»Ich behaupte nicht, dass Sie Jennings *nicht* umbringen ließen und diesen Waffentausch selbst inszeniert haben. Meine Lieblingsthese ist immer noch die, dass Sie ihn ans Messer geliefert haben und dass der echte Killer Sie dafür in die Pfanne hauen will.« Parks senkte kurz den Blick und sah auf den Boden. »Bisher ist noch nie ein Schützling des WITSEC-Programms, der sich an die Regeln hielt, ermordet worden. Das war ein großes Plus in unseren Verhandlungen mit potenziellen Kronzeugen. Davon kann jetzt keine Rede mehr sein. Außerdem war ich der Mann, der Jennings betreut und in dieses Kaff gelotst hat. Wenn Sie ihn also tatsächlich in die Falle haben tappen lassen, werde ich persönlich den Knast aussuchen, in dem Sie landen, und Sie können Gift darauf nehmen, dass es ein Knast sein wird, wo Sie drei Stunden nach der Einlieferung winselnd um Ihre Hinrichtung betteln werden, Schweinehund hin oder her.« Parks setzte sich hinters Steuerrad, tippte an den Schirm seiner DEA-Baseballkappe und fügte zum Abschied hinzu: »Ich wünsche Ihnen noch einen schönen Abend!«

KAPITEL 20

Am nächsten Tag verließ King Wrightsburg schon früh, kämpfte sich durch den morgendlichen Stoßverkehr und erreichte gegen zehn Uhr vormittags Reston, Virginia. Das neunstöckige Bürogebäude war noch ziemlich neu und bisher nur etwa zur Hälfte vermietet. Vor einigen Jahren war der gesamte Komplex von einer Internet-Firma angemietet worden. Dass sie weder über Produkte noch über Profite verfügten, hinderte die Eigentümer nicht daran, den verfügbaren Büroraum üppigst auszustatten. Danach waren sie erstaunlicherweise pleite. Die Umgebung war sehr angenehm: Es gab Läden und Restaurants im nahe gelegenen Reston Town Center. Gut gekleidete Kunden frequentierten teure Geschäfte. Durch die verstopften Straßen quälten sich die Verkehrsteilnehmer ihren Zielen entgegen. Über allem lag eine Atmosphäre der Dynamik, des Vorwärtsstrebens. King hatte dafür jedoch keinen Sinn. Er hatte sich etwas in den Kopf gesetzt und wollte es erledigen. Danach stand die sofortige Rückkehr in die ländliche Idylle der Blue Ridge Mountains auf dem Programm.

Im Obergeschoss des Gebäudes residierte inzwischen eine Firma, die schlicht und einfach als *Agency* bekannt war. Unter diesem Namen war sie auch im Handelsregister eingetragen und konnte ihn von daher kommerziell verwenden – wahrscheinlich sehr zum Unmut der CIA. Die *Agency* war eine der führenden Privatdetekteien und Sicherheitsfirmen im Lande. King fuhr im firmeneigenen Fahrstuhl hinauf und winkte dabei in die Überwachungskameras. In einem kleinen Wartezimmer neben der Lobby wurde er von einem Typ empfangen, der aussah, als trage er Waffen und sei auch jederzeit bereit, davon Gebrauch zu machen. King wurde durchsucht und musste, bevor man ihn zum Empfang ließ, auch noch durch einen Metalldetektor gehen. Die Lobby war geschmackvoll eingerichtet. Außer einer aufmerksamen Dame am Empfangstisch, die seinen Namen notierte und dann an ihrem Telefon eine Nummer wählte, war niemand anwesend.

Ein modisch gekleideter junger Mann mit breiten Schultern und gelocktem schwarzem Haar, der einen Kopfhörer trug und ein auffallend arrogantes Benehmen zur Schau trug, geleitete ihn zu einer Tür, öffnete sie, ließ ihn eintreten und machte sie hinter ihm wieder zu. King sah sich in dem Büro um. Es war ein Eckzimmer mit vier Fenstern, die alle stark getönt waren, obwohl hier im Obergeschoss allenfalls Vögel oder Zeitgenossen in bedrohlich niedrig fliegenden Flugzeugen hätten hereingucken können. Insgesamt wirkte es klar und ruhig und, bei allem Understatement, unverkennbar von Wohlstand geprägt.

Eine Seitentür ging auf, und eine Frau trat ein. King konnte sich nicht entscheiden, ob er sie mit einem saloppen »Hallo!« begrüßen oder bewusstlos schlagen und auf ihrem Schreibtisch erdrosseln sollte.

»Ich finde es rührend, dass du dich durch den Berufsverkehr gekämpft hast, um mich zu besuchen«, sagte Joan. Sie trug einen dunklen Hosenanzug, der ihrer Figur schmeichelte – was freilich eine Reihe anderer denkbarer Kostümierungen auch getan hätte. Der elegante Schnitt und die zehn Zentimeter hohen Pfennigabsätze machten sie indessen größer, als sie war.

»Danke, dass du dir die Zeit genommen hast, mich zu sehen.«

»Das ist nur fair, wenn man berücksichtigt, wie viel du *von mir* kürzlich gesehen hast. Trotzdem hat es mich sehr überrascht, so bald schon wieder von dir zu hören.«

»Nun, dann steht es eins zu eins zwischen uns, denn ich kann dir gar nicht sagen, wie geschockt ich war, als ich erfuhr, dass du nicht mehr beim Service bist.«

»Hab ich dir das bei meinem Besuch nicht erzählt?«

»Nein, Joan, ausgerechnet das hast du unerwähnt gelassen.«

Sie setzte sich auf ein kleines Ledersofa, das an einer Wand stand, und forderte ihn mit einer Handbewegung auf, es ihr gleichzutun. Auf dem Tisch vor ihr stand ein Kaffeeservice. Während King Platz nahm, schenkte sie ein.

»Auf die Eier und das getoastete Brötchen kannst du verzichten«, sagte er und fügte nach einer kurzen Pause hinzu: »Sowie auf das Spitzenhöschen.« Dass Joan auf diese Bemerkung hin errötete, verblüffte ihn.

»Ich gebe mir alle Mühe, diese Szene aus meinem Gedächtnis zu verdrängen«, erwiderte sie ruhig.

King nippte an seinem Kaffee und sah sich um. »Hübsches Plätzchen hier, alle Achtung! Sag mal, hatten wir beim Service überhaupt Schreibtische?«

»Nein, weil wir keine brauchten. Entweder wir rasten in schnellen Autos durch die Gegend …«

»… oder wir schoben Dienst und standen uns dabei die Beine in den Bauch.«

Joan lehnte sich zurück und sah sich nun ebenfalls in ihrem Büro um. »Ja, es ist ganz nett, aber eigentlich bin ich so oft gar nicht hier. Normalerweise sitze ich in irgendeinem Flugzeug.«

»Immerhin kannst du First oder Business Class fliegen. Militärflugzeuge gehen einem auf den Rücken, den Hintern und den Magen. Haben wir damals zur Genüge ausprobiert.«

»Erinnerst du dich noch an die Flüge in der *Air Force One?*«

»So was vergisst man nicht.«

»Die fehlen mir jetzt richtig.«

»Dafür verdienst du einen Haufen Geld.«

»Du wahrscheinlich auch.«

Er verlagerte sein Gewicht und balancierte die Kaffeetasse auf der Handfläche. »Ich weiß, dass du viel zu tun hast, also lass uns zur Sache kommen. Ein U. S. Deputy Marshal namens Jefferson Parks hat mich aufgesucht. Er leitet die Ermittlungen im Mordfall Howard Jennings – du weißt schon, der Mann im Zeugenschutzprogramm. Parks war der Typ, der, als du kürzlich bei mir warst, meine Dienstwaffe konfisziert hat.«

Joan sah ihn neugierig an. »Jefferson Parks?«

»Du kennst ihn?«

»Der Name kommt mir ziemlich bekannt vor. Die haben also deine Waffe ballistisch untersucht? Und danach war alles okay?«

»Nein, leider nicht. Es hat alles gepasst. Howard Jennings wurde mit meiner Pistole getötet.«

King hatte sich seine Formulierungen auf der Fahrt genau zurechtgelegt. Er wollte wissen, wie Joan darauf reagierte. Sie verschüttete fast ihren Kaffee. Entweder hatte sie ihre schauspielerischen Talente gewaltig aufgemöbelt – oder aber die Reaktion war echt.

»Das *kann* nicht stimmen«, sagte sie.

»Das habe ich auch gesagt. Glücklicherweise sind sich der Marshal und ich insoweit einig, als wir beide die Möglichkeit nicht ausschließen, dass jemand anders meine Pistole als Mordwaffe benutzt haben könnte, während ich der Meinung war, sie stecke in meinem Holster.«

»Und wie soll er das angestellt haben?«

King erläuterte ihr mit wenigen Sätzen seine Austauschtheorie. Er hatte erwogen, sie zu verschweigen, war jedoch zu dem Schluss gekommen, dass es dafür keine Veranlassung gab. Außerdem interessierte ihn auch in diesem Fall Joans Reaktion, vor allem, weil er davon sein weiteres Vorgehen abhängig machen wollte.

Joan schwieg und dachte nach – etwas länger, als King es eigentlich für notwendig gehalten hätte.

»Das würde aber eine aufwändige Planung und entsprechend viel Raffinesse erfordern«, sagte sie schließlich.

»Und Zugang zu meinem Haus. Die Täter hätten die Pistole ja rechtzeitig vor dem Eintreffen der Polizei wieder in meine Kassette legen müssen. Du weißt ja, wann die Bullen kamen – an dem Vormittag, als *du* da warst.«

Er trank seine Tasse Kaffee aus und schenkte sich gleich noch einmal ein. Joan kochte vor Wut. Er wollte auch ihr nachgießen, doch sie lehnte ab.

»Dann bist du also hierher gekommen, um mir mitzuteilen, dass ich dich deiner Meinung nach ins Messer hab laufen lassen?«, fragte sie ihn steif.

»Ich behaupte nur, dass irgendjemand das getan hat, und ich habe dir gerade erklärt, wie es meines Erachtens geschehen sein kann.«

»Das hättest du mir auch am Telefon sagen können.«

»Ja, aber du hast mich mit deinem Besuch beehrt, und dafür wollte ich mich revanchieren. Immerhin habe ich mich vorher telefonisch angemeldet.«

»Ich habe dir keine Falle gestellt, Sean.«

»Dann bin ich ja fein heraus. Ich rufe gleich Parks an und erzähle ihm die gute Nachricht.«

»Du kannst manchmal ein richtiges Arschloch sein, Sean, weißt du?«

Er stellte seine Kaffeetasse ab und rückte ganz nahe an Joan heran. »Ich red jetzt mal Klartext, damit wir uns nicht missverstehen: In meinem Büro liegt ein Toter, erschossen mit meiner Dienstwaffe. Ich habe kein Alibi, und es gibt da einen verdammt scharfen Marshal, der mir vielleicht meine Austauschtheorie abkauft, aber keineswegs von meiner Unschuld überzeugt ist. Dieser Mann würde keine einzige Träne vergießen, wenn man mich für den Rest meines Lebens einlochen oder mich mithilfe eines Käfergifts ins Jenseits befördern würde. Und da tauchst plötzlich wie ein Blitz aus heiterem Himmel du auf, besuchst mich und vergisst doch tatsächlich mir zu sagen, dass du nicht mehr beim Secret Service bist. Du entschuldigst dich wortreich, bist katzenfreundlich und erreichst schließlich, dass ich dich bei mir übernachten lasse. Am nächsten Morgen tust du dein Bestes, um mich auf dem Küchentisch zu verführen – aus Gründen, die ich mir bis heute nicht erklären kann. Es kann dir ja wohl nicht allein darum gegangen sein, eine acht Jahre alte Wunde wieder aufzureißen. Während ich draußen auf dem See bin, bist du in meinem Haus allein. Und meine Dienstpistole hat sich, als sie am späteren Vormittag abgeholt wird, auf mysteriöse Weise in eine Mordwaffe verwandelt. Nun kann es ja sein, Joan, dass ich grundsätzlich argwöhnischer bin als Otto Normalverbraucher, aber ich müsste schon an der Herz-Lungen-Maschine hängen und künstlich beatmet werden, wenn mich diese Kette von Ereignissen kalt lassen sollte. Ein leichter Verfolgungswahn muss da schon gestattet sein.«

Sie sah ihn mit geradezu aufreizender Gelassenheit an. »Ich habe dir deine Pistole nicht weggenommen, und ich kenne auch keinen Menschen, der das getan haben könnte. Beweisen kann ich das allerdings nicht. Ich gebe dir mein Wort, das ist alles.«

»Was für eine unbeschreibliche Erleichterung!«

»Ich habe dir gegenüber niemals behauptet, dass ich noch beim Service arbeite. Das hast du einfach vorausgesetzt.«

»Du hast mit keinem Wort erwähnt, dass du den Dienst quittiert hast!«, gab er scharf zurück.

»Du hast mich mit keinem Wort danach gefragt!« Sie zögerte kurz und setzte hinzu: »Und außerdem war das nicht mein Bestes!«

King blickte sie verwirrt an. »Was?«

»Du hast gesagt, ich hätte mein Bestes getan, um dich zu verführen. Nur fürs Protokoll: Das war nicht mein Bestes.«

Sie lehnten sich beide zurück und schwiegen. Anscheinend fehlten ihnen die Worte oder die Atemluft. Oder beides.

»Okay«, sagte King nach einer Weile, »wie immer das Spielchen heißen mag, das du mit mir spielst, mach ruhig weiter so. Der Mord an Jennings wird mich nicht umbringen, denn ich habe ihn nicht begangen.«

»Ich auch nicht, und ich versuche auch nicht, ihn dir anzuhängen. Aus welchem Grund auch?«

»Wenn ich das wüsste, wäre ich wohl kaum hier, oder?« King erhob sich. »Danke für den Kaffee. Nächstes Mal lass die Blausäure draußen, ich krieg davon Blähungen.«

»Ich habe dir schon einmal gesagt, dass ich dich aus einem ganz bestimmten Grund besucht habe.« Er starrte sie an. »Aber ich bin dann einfach nicht mehr zu einer Erklärung gekommen, was wahrscheinlich daran lag, dass mich unsere Wiederbegegnung nach all den Jahren doch stärker beeindruckt hat, als ich mir das vorgestellt hatte.«

»Und was war das für ein Grund?«

»Ich wollte dir ein Angebot machen.« Rasch fügte sie hinzu: »Ein *geschäftliches* Angebot, wohlgemerkt.«

»Worum geht es?«

»Es geht um John Bruno«, erwiderte sie.

King kniff die Augen zusammen. »Was hast du mit einem abgängigen Präsidentschaftskandidaten am Hut?«

»Unsere Firma verdankt mir einen entsprechenden Auftrag: Wir sollen herausfinden, was ihm zugestoßen ist. Anstelle unseres Standardhonorars habe ich diesmal allerdings eine andere Zahlungsvereinbarung ausgehandelt, und zwar folgende: Unsere Spesen werden alle ersetzt, der Tagessatz ist aber deutlich niedriger. Allerdings ist die Prämie im Falle eines Erfolgs äußerst lukrativ.«

»Was? Ein Finderlohn? Im Ernst, Joan ...«

»Ja, und zwar in Höhe von einigen Millionen Dollar, präzise ausgedrückt. Und da *ich* es war, die diesen Auftrag an Land gezogen habe, bekomme ich sechzig Prozent. Unsere Firma hält sich an die Devise, dass der, der die Beute schlägt, sie auch fressen darf.«

»Wie hast du das denn gedeichselt?«

»Na, du weißt ja, dass ich keine schlechte Karriere im Service hinter mir habe. Und seit ich hier arbeite, habe ich ein paar ziemlich happige Fälle auf höchster Ebene lösen können, darunter die Entführung eines Mannes, der auf der *Fortune*-Liste der fünfhundert reichsten Männer der Welt steht.«

»Gratuliere. Komisch, dass ich davon nie was gehört habe.«

»Wir arbeiten eben diskret. Für die, auf die 's ankommt, spielen wir allerdings in der höchsten Liga, und die wissen darüber Bescheid.«

»Millionen, Mann... Ich hätte nicht gedacht, dass parteilose Kandidaten über eine solche Kriegskasse verfügen.«

»Ein großer Teil des Geldes kommt aus einer speziellen Versicherung. Außerdem stammt Brunos Frau aus einer sehr betuchten Familie, und über fehlende Wahlkampfspenden konnte er sich auch nicht beklagen. Und da sie nun keinen Kandidaten mehr haben, für den sie das Geld ausgeben könnten, wollen sie eben mich bezahlen. Damit habe ich kein Problem.«

»Aber im Fall Bruno laufen doch offizielle Ermittlungen.«

»Na und? Das FBI besitzt kein Monopol auf die Aufklärung von Verbrechen. Ganz abgesehen davon traut das Bruno-Lager den Behörden nicht über den Weg. Wenn du deine Zeitung gelesen hast, dürftest du wissen, dass manche von ihnen sogar glauben, der Service habe ihren Kandidaten in eine Falle gelockt.«

»Dasselbe hat man damals über mich und Ritter behauptet«, sagte King. »Es ist heute genauso verrückt wie damals.«

»Eröffnet uns aber eine großartige Chance.«

»Uns? Was hab denn ich damit zu schaffen?«

»Wenn du mir hilfst, Bruno wieder zu finden, zahle ich dir vierzig Prozent von meinen Einnahmen. Das ist auf jeden Fall eine siebenstellige Summe.«

»Ich bin bestimmt nicht reich, Joan. Aber angewiesen bin ich auf dieses Geld auch nicht.«

»Aber ich. Ich habe den Service vor dem fünfundzwanzigsten Dienstjahr verlassen, das heißt, meine Pensionsansprüche halten sich in Grenzen. Hier in der Firma bin ich jetzt seit einem Jahr, verdiene sehr viel mehr Geld und hab das meiste davon auf die hohe Kante gelegt. Aber es macht mir nicht viel Spaß. Beim Service habe ich geackert wie andere in vierzig Berufsjahren. Weiße Strände, ein Katamaran und in der Hand einen exotischen Cocktail – so sehe ich meine Zukunft, und dieser Job wird mir die Tür dazu öffnen. Was dich betrifft, so brauchst du vielleicht nicht unbedingt das Geld, dafür aber dringend ein Erfolgserlebnis! Statt immer nur Negativschlagzeilen über dich zu bringen, sollten die Zeitungen dich zur Abwechslung mal zum Helden der Nation ausrufen.«

»Du bist jetzt also meine PR-Agentin, was?«

»Ich glaube, du brauchst eine, Sean.«

»Wieso kommst du gerade auf mich? Eure Firma hat doch genug eigene Ressourcen, um mit so einem Job klar zu kommen.«

»Die alten Hasen hier im Hause sind stinksauer, dass ausgerechnet ich den Job an Land gezogen habe, und zur Zusammenarbeit nicht bereit. Der Rest ist zu jung, zu akademisch und zu unerfahren im Gelände. Du hast in deinem vierten Jahr im Service bereits den größten Geldfälscher-Ring der Nordhalbkugel ausgehoben, und das auch noch von der Außenstelle in Louisville, Kentucky, aus. Genau diese Art von Ermittlertalent brauche ich. Außerdem ist es ganz hilfreich, dass du nur etwa zwei Autostunden von dem Kaff entfernt wohnst, wo Bruno entführt wurde.«

King ließ seine Blicke durch das Büro schweifen. »Ich bin hier doch nicht mal angestellt.«

»Ich kann mir die Leute, mit denen ich zusammenarbeiten will, nach Belieben aussuchen.«

Er schüttelte den Kopf. »Ich hab jahrelang nicht mehr in dieser Branche gearbeitet.«

»Das ist wie Fahrrad fahren: So was verlernt man nicht, Sean.« Joan beugte sich vor und sah King in die Augen. »Im Übrigen würde ich dir dieses Angebot sicher nicht machen, wenn ich dich gerade erst in eine Falle gelockt hätte, um dir einen Mord anzuhängen. Ich brauche dich, um an die Moneten zu kommen – und die will ich mir auf gar keinen Fall entgehen lassen.«

»Ich habe meine Kanzlei.«

»Dann nimm dir halt Urlaub. Wahrscheinlich dauert es ohnehin nicht lange, bis wir Bruno finden. Und betrachte es mal unter diesem Gesichtspunkt: Es wird aufregend, mal was ganz anderes. Vielleicht nicht genau wie in den alten Zeiten, aber wer weiß, vielleicht kommen ja neue Zeiten…« Ihre Hand berührte leicht die seine, und sonderbarerweise empfand er diese Geste als wirklich verführerisch, sehr viel mehr, als es der armselige Stunt auf dem Küchentisch gewesen war. »Außerdem kannst du mir ja vielleicht auch beibringen, wie man einen Katamaran segelt«, fügte Joan leise hinzu. »Davon hab ich nämlich keine Ahnung.«

KAPITEL 21

Loretta Baldwin lag in der Badewanne und ließ sich vom heißen Wasser die fröstelnden Glieder wärmen. Im Badezimmer war es dunkel – so mochte sie es, kuschelig wie im Mutterschoß. Sie lachte leise in sich hinein. Es ließ sich einfach nicht unterdrücken, wenn sie daran dachte – an die junge Frau, die sie besucht hatte und angeblich einen Film über Clyde Ritter drehen wollte, als ob das irgendwen interessieren würde. Das Mädchen war wahrscheinlich von der Polizei oder von einer Privatdetektei. Loretta konnte nicht begreifen, warum jemand diese alte Clyde-Ritter-Geschichte wieder aufwärmen wollte. Doch ganz egal, sie würde jeden Cent des Geldes, das dabei für sie heraussprang, ohne mit der Wimper zu zucken annehmen. So wie sie all die Jahre lang Geld genommen hatte. Die Fragen der jungen Frau hatte sie übrigens alle korrekt beantwortet – der springende Punkt war nur, dass sie nicht die richtigen Fragen gestellt hatte! Zum Beispiel die Frage, was Loretta gesehen hatte, als sie sich in der Besenkammer verbarg. Und welche Nerven es sie gekostet hatte, das Ding aus dem Hotel herauszuschmuggeln. Aber in dem Chaos nach dem Attentat hatte kein Mensch auf Loretta Baldwin geachtet. Sie war eben nur ein Zimmermädchen, eines von vielen, und daher nahezu unsichtbar. Dabei kannte sie Schleichwege aus dem Hotel, von denen selbst der Secret Service nichts wusste.

Zuerst hatte sie mit dem, was sie gefunden und gesehen hatte, zur Polizei gehen wollen, doch bald schon ihre

Meinung geändert. Warum sich mit Behörden und dergleichen abgeben? Außerdem war sie es leid, ihr Leben damit zu verschwenden, den Dreck anderer Leute wegzuputzen. Und was diesen Clyde Ritter betraf, so hielt sie ohnehin nichts von ihm. Ein Kerl wie der war im Grab weit besser aufgehoben, weil er dort sein Gift nicht mehr versprühen konnte.

Sie hatte es also getan. Sie hatte diesem Menschen einen anonymen Brief geschickt, in dem sie ihre Beobachtungen schilderte, zum Beweis eine Fotografie beigelegt und schließlich den Zahlungsmodus festgesetzt. Seither floss das Geld, und Loretta hatte im Gegenzug geschwiegen. Der Kerl hatte bis zum Schluss nicht erfahren, wer ihn erpresste. Sie hatte sich auch alle Mühe gegeben, ihre Spuren zu verwischen – verschiedene Postfächer, Decknamen und ein guter Freund, der allerdings inzwischen gestorben war. Geldgierig war Loretta eigentlich nicht gewesen. Unter dem Strich war die Summe nämlich gar nicht so hoch, doch da Loretta in all den Jahren nur noch sporadisch Arbeit gefunden hatte, kamen ihr die regelmäßigen Zahlungen gerade recht. Sie konnte ihr Haus behalten, ihre Rechnungen zahlen, sich ab und zu was Hübsches kaufen und gelegentlich auch mal ihrer Familie aushelfen. O ja, das war wirklich gut gelaufen.

Diese junge Dame! Nicht einmal gefragt hatte sie... Doch wie hätte sie auch auf die entscheidenden Fragen kommen sollen? Aber selbst dann – Loretta hätte ihr ohnehin nicht die Wahrheit gesagt, genauso wenig wie die Besucherin ihr die Wahrheit gesagt hatte. Wenn die eine Dokumentarfilmerin war, dann bin ich Marlene Dietrich! Diesmal musste Loretta Baldwin so heftig lachen, dass sie kaum noch Luft bekam.

Nachdem sie sich wieder beruhigt hatte, dachte sie ein wenig nüchterner über ihre Lage nach. Ihre Quelle war inzwischen versiegt, und sie konnte nichts dagegen tun. Alles ging einmal zu Ende. Immerhin hatte sie das Geld nicht mit vollen Händen ausgegeben, sondern einiges davon in dem Bewusstsein, dass ihre goldene Gans nicht ewig Eier legen würde, gut aufgehoben. Es würde noch eine Weile reichen – und wer weiß, vielleicht würde ihr ja irgendwann wieder eine Gans über den Weg laufen. Die junge Frau hatte ihr schließlich auch Geld gegeben, das war schon mal ein Anfang. Loretta Baldwin war eine echte Optimistin.

Das Telefon klingelte und schreckte sie aus ihren Wachträumen. Da sie sich inzwischen gründlich aufgewärmt hatte, öffnete sie die Augen und traf Anstalten, die Badwanne zu verlassen. Vielleicht war ja schon die nächste goldene Gans am Apparat?

Sie schaffte es nicht mehr zum Telefon.

»Erinnerst du dich an mich, Loretta?«

Der Mann stand über ihr. In den Händen hielt er eine Eisenstange mit abgeflachtem Ende.

Sie wollte schreien, aber er drückte sie mit der Stange unter Wasser und hielt sie fest. Für eine Frau ihres Alters war Loretta ziemlich stark, aber doch bei weitem nicht stark genug. Ihre Augen wurden immer größer, ihr Körper zuckte und wand sich. Sie packte die Eisenstange; Wasser spritzte aus der Wanne und ergoss sich über den Fußboden. Schließlich musste sie einatmen, ihre Lungen füllten sich mit Wasser, und danach war es schnell vorbei.

Er nahm die Eisenstange fort und betrachtete Lorettas Züge. Ihre schrumpelige Leiche lag auf dem Wannenboden, ihre erloschenen Augen starrten ihn an. Das Telefon hatte aufgehört zu klingeln, und es herrschte absolute Stille im Haus. Er verließ das Badezimmer, suchte und fand Lorettas Handtasche und kehrte wieder ins Bad zurück. Er nahm das Geld heraus, das Michelle Maxwelle der Frau gegeben hatte – fünf Zwanzigdollarnoten, die sorgfältig in einer Innentasche verstaut waren. Dann hebelte er Lorettas Leiche mit der Eisenstange aus der Wanne, öffnete ihr mit seinen behandschuhten Fingern den Mund, stopfte ihr die Banknoten zwischen die

Zähne, drückte den Mund wieder zu und ließ den leblosen Körper los, der sofort wieder in die Wanne glitt. Die Enden der Zwanzigdollarscheine ragten aus Lorettas Mund heraus. Kein sonderlich attraktiver Anblick, aber ein höchst passender Abgesang auf eine Erpresserin, dachte er.

Er nahm sich Zeit für eine gründliche Durchsuchung ihrer Habseligkeiten. Den einen, entscheidenden Gegenstand, der ihm gehörte und den Loretta damals an sich genommen hatte, fand er allerdings nicht. Wer zuletzt lacht, lacht am besten, dachte er und fragte sich, ob Loretta ihn über ihren Tod hinaus zum Narren halten wollte. Aber sie lag reglos in ihrer Badewanne, den Mund voll gestopft mit Geld. Wer lachte hier wohl als Letzter?

Er ergriff seine Eisenstange und verließ das Haus auf demselben Weg, auf dem er es betreten hatte.

Der Buick sprang an und röhrte los. Dieses Kapitel seines Lebens, eine lange Zeit schwärende Wunde, war nun endgültig abgeschlossen. Eigentlich, dachte er, müsste ich Michelle Maxwell einen Dankesbrief schicken – unter anderem, vielleicht. Wenn sie nicht Loretta Baldwin ausfindig gemacht und interviewt hätte, wäre ich nie dahinter gekommen, wer mich da jahrelang erpresst hat. Loretta hatte nicht zu seinem ursprünglichen Plan gehört. Sie war ihm gleichsam zufällig in die Hände gefallen – eine einmalige Gelegenheit, die er sich natürlich nicht hatte entgehen lassen können.

Mit dem Kaff Bowlington und seiner Umgebung hatte er nun fürs Erste abgeschlossen. Loretta Baldwin wünschte er eine schöne Ewigkeit in der Hölle, sollte sie dort für ihre Verbrechen büßen. Irgendwann werden wir uns bestimmt wiedersehen, dachte er – und, wer weiß, vielleicht bringe ich sie dann noch einmal um.

Na, wenn das kein guter Gedanke war!

KAPITEL 22

Lustlos warf King die Leine ins Wasser und holte sie langsam wieder ein. Er stand auf dem Anleger hinter seinem Haus. Erst vor knapp einer Stunde war die Sonne aufgegangen. Die Fische wollten nicht anbeißen, doch ihm war das egal. Die Berge um ihn herum allerdings schienen seine unergiebigen Bemühungen mit finsterer Konzentration zu beobachten.

Joans Angebot an ihn entsprang zweifellos einem ganzen Bündel aus schwer durchschaubaren Motiven. Fragte sich nur, ob darunter auch eines war – von der finanziellen Seite einmal abgesehen –, das ihm einen Vorteil brachte? Wahrscheinlich nicht. Bei Joans Plänen standen stets ihre eigenen Interessen im Vordergrund; insofern wusste man bei dieser Frau wenigstens immer ziemlich genau, woran man war.

Was Jefferson Parks betraf, so fühlte sich King bei weitem weniger sicher in seinem Urteil. Der Marshal mochte einen aufrichtigen Eindruck machen, doch der konnte auch nur Fassade sein, wie das bei Gesetzeshütern oft genug der Fall war. King kannte sich da aus. Er hatte sich in seiner Zeit als Ermittler beim Service ja selbst auf solche Spielchen eingelassen. King zweifelte nicht daran, dass der Mörder von Howard Jennings letztlich den vollen Zorn des Riesen zu spüren bekommen würde. King ging es hauptsächlich darum, nicht selber zu Parks' Zielscheibe zu werden.

Sanfte Wellen plätscherten an die Anlegerpfähle. King blickte auf und suchte nach der Ursache. Ein Ruderboot glitt über die Wasseroberfläche, vorangetrieben von einer Frau, die sich hart in die Riemen legte. Sie war schon so nahe, dass King die Arm- und Schultermuskulatur sehen konnte, die sich unter dem eng anliegenden Tank Top abzeichnete. Als sie ihre Fahrt verlangsamte und das Boot auf ihn zutreiben ließ, kam ihm irgendetwas an ihr sehr bekannt vor.

Sie sah sich um und tat überrascht, als sei ihr gar nicht bewusst gewesen, dass sie dem Ufer schon so nahe war.

»Hallo«, sagte sie und winkte.

Er winkte nicht zurück, sondern nickte nur kurz und warf seine Angel wieder aus. Dass der Schwimmer unweit ihres Bootes aufs Wasser traf, war reine Absicht.

»Ich hoffe, ich vergraule Ihnen nicht die Fische«, sagte die Frau.

»Hängt davon ab, wie lange Sie hier bleiben wollen.«

Sie zog die Knie an. Sie trug schwarze Lycra-Shorts. Ihre Oberschenkelmuskeln waren lang und wirkten wie Kabelstränge unter der Haut. Sie befreite das Haar, das sie zu einem Pferdeschwanz zusammengebunden hatte, und wischte sich mit einem Handtuch über das Gesicht. Dann sah sie sich genauer um. »Junge, Junge, ist das schön hier!«

»Deshalb kommen auch immer wieder Touristen her«, sagte er vorsichtig. »Wo kommen Sie denn her?« Obwohl er angestrengt nachdachte, war es ihm noch nicht gelungen, sie einzuordnen.

Sie deutete nach Süden. »Ich bin mit dem Wagen zu dem Naturpark da unten gefahren und habe dort mein Boot zu Wasser gelassen.«

»Das sind ja fast zwölf Kilometer!«, rief King. Die Frau war noch nicht einmal außer Atem.

»Ich mache so was öfter.«

Das Boot hatte ihn fast erreicht. Und jetzt, endlich, erkannte King, um wen es sich handelte. Er konnte seine Verblüffung kaum verbergen.

»Darf ich Ihnen eine Tasse Kaffee anbieten, Agentin Maxwell?«

Sie spielte im ersten Moment die Überraschte, schien dann aber einzusehen, dass solche Spiegelfechtereien unter den herrschenden Umständen nicht nur überflüssig, sondern geradezu lächerlich waren.

»Wenn es Ihnen nicht zu viele Umstände bereitet.«

»Von einem in Ungnade gefallenen Agenten zum anderen – nein, das macht keine Umstände!«

King half ihr, das Boot an Land zu ziehen. Michelle betrachtete die überdachten Liegeplätze und die dazugehörigen Gerätekammern. Kings Motorboot, sein Kanadier, die Sea-Doo und die anderen Boote waren auf Hochglanz poliert, Werkzeuge, Taue, Leinen und andere Ausrüstungsgegenstände sorgfältig aufgestapelt, aufgehängt oder anderweitig verstaut.

»Ordnung ist das halbe Leben?«, fragte Michelle.

»Ja, darauf lege ich Wert«, sagte King.

»Ich bin im Privatleben eher schlampig.«

»Das höre ich ungern.«

Gemeinsam gingen sie ins Haus.

Sean goss ihnen Kaffee ein, und sie setzten sich an den Küchentisch. Michelle hatte ein Harvard-Sweatshirt über ihr Tank Top gestreift und war in eine dazu passende Sporthose geschlüpft.

»Ich dachte, Sie hätten an der Georgetown-Universität studiert«, sagte King.

»Diesen Anzug habe ich von den Olympiavorbereitungen in Boston. Wir trainierten auf dem Charles River.«

»Ach ja, richtig, die Olympischen Spiele. Ganz schön aktive Frau.«

»*Mir* gefällt das so.«

»Na ja, *so* aktiv sind Sie ja nun auch nicht mehr. Ich meine, Sie haben genug Zeit für frühmorgendlichen Wassersport und für Besuche bei ehemaligen Secret-Service-Agenten.«

Michelle lächelte. »Dass ich aus reinem Zufall hier vorbeigekommen bin, nehmen Sie mir also nicht ab?«

»Der Sweatsuit war das entscheidende Indiz. Er verrät

mir, dass Sie darauf spekuliert haben, das Boot irgendwo zu verlassen, *bevor* Sie wieder zu Ihrem Wagen zurückkehren. Außerdem bezweifle ich, ob Sie zwölf Kilometer gerudert wären, wenn Sie nicht genau gewusst hätten, dass ich zu Hause bin – Olympiateilnahme hin oder her. Heute Morgen klingelte bei mir mehrfach das Telefon, in Abständen von jeweils etwa dreißig Minuten, und wenn ich ranging, wurde sofort aufgelegt. Ich bin mir ziemlich sicher, dass Sie ein Handy im Boot haben.«

»Einmal Ermittler, immer Ermittler, wie?«

»Ich bin nur froh, dass ich zu Hause bin und Sie in Empfang nehmen konnte. Es wäre mir nicht recht, wenn Sie hier auf dem Gelände herumwandern würden. Das haben kürzlich andere getan, und ich muss sagen, dass ich das einfach nicht leiden kann.«

Michelle setzte ihre Tasse ab. »Ich bin in den letzten Tagen auch ein wenig herumgewandert.«

»Ach ja? Wie schön für Sie!«

»Und zwar unten in North Carolina, in einem Städtchen namens Bowlington. Ich glaube, Sie kennen es.«
Jetzt stellte auch King seine Tasse ab. »Das Fairmount-Hotel gibt es noch, aber es ist geschlossen.«

»Wenn Sie mich fragen: Man sollte ihm den Gnadenschuss geben, es von seinen Leiden erlösen.«

»Da war eine Sache, die ich nie begriffen habe. Vielleicht können Sie mich aufklären?«

»Ich tu, was ich kann«, gab King zurück. »Ich meine, ich habe ja sonst nicht viel, womit ich mir die Zeit vertreiben kann, deshalb bitte ich Sie: Lassen wenigstens *Sie* sich von mir helfen.«

Michelle ignorierte den sarkastischen Unterton. »Es geht um die Verteilung der Leibwächter im Saal. Sie hatten nicht genügend Leute damals, das ist mir, glaube ich, klar. Aber wie diese wenigen Leute platziert waren, das war schlichtweg katastrophal. In einem Radius von drei Metern um die Schutzperson waren Sie der einzige Agent!«

King nippte an seinem Kaffee und betrachtete dann seine Hände.

»Ich weiß, das ist eine riesige Zumutung«, fuhr Michelle, um Verständnis bemüht, fort. »Ich tauche hier mir nichts, dir nichts auf und fange an, Ihnen Fragen zu stellen. Sagen Sie mir einfach, wenn Sie mich loswerden wollen. Ich werde sofort gehen.«

King zögerte, dann zuckte er mit den Schultern. »Wieso sollte ich Sie rauswerfen? Sie haben ja inzwischen am eigenen Leib erfahren, wie das ist. Bei der Bruno-Entführung, meine ich. So ein Schicksal macht uns gewissermaßen zu Leidensgefährten.«

»Gewissermaßen, ja.«

»Was wollen Sie damit sagen?«, erwiderte er gereizt. »Dass ich mehr Mist gebaut habe als Sie und dass Sie mit mir nicht in einen Topf geworfen werden wollen?«

»Meiner Meinung nach habe ich erheblich mehr Mist gebaut als Sie. Ich war immerhin Einsatzleiterin. Ich habe zugelassen, dass sich eine Schutzperson aus meinem Blickfeld entfernt hat. In meinem Fall gab es keine Schießerei, und ich musste auch keinen Attentäter erschießen, während um mich herum die Hölle losbrach. Sie haben sich ein paar Sekunden lang ablenken lassen – wahrscheinlich ein unverzeihlicher Fehler für einen Secret-Service-Agenten. Aber ich habe von Anfang an alles falsch gemacht. Ich denke, *Sie* sollten sich dagegen wehren, mit *mir* in einen Topf geworfen zu werden.«

Kings Miene entspannte sich, und seine Stimme klang wieder etwas ruhiger. »Wir hatten damals nur knapp halb so viele Leute wie sonst bei solchen Anlässen üblich. Zum Teil ging das auf Ritters Wunsch zurück, zum Teil lag es an der Regierung. Ritter war unbeliebt, und alle Welt wusste, dass seine Siegeschancen gleich null waren.«

»Wollte Ritter denn nicht so viel Sicherheit wie möglich?«

»Er traute uns nicht«, sagte King. »Für ihn waren wir

Repräsentanten des Apparats, der Regierungsbürokratie, Insider also. Er selber war, obwohl er im Kongress Sitz und Stimme hatte, ein Außenseiter – und zwar ein extremer mit seinem verschrobenen Wahlprogramm und diesen radikalen Gefolgsleuten. Ich schwör's Ihnen, er glaubte sogar, dass wir ihn ausspionierten! Daher war es für ihn nur folgerichtig, dass er uns von allen Informationen ausschloss. Immer wieder kam es vor, dass er seinen Terminplan in letzter Minute änderte, ohne sich vorher mit uns abzusprechen. Bob Scott, unseren Einsatzleiter, hat das schier in den Wahnsinn getrieben!«

»Das kann ich mir vorstellen. Aber so deutlich stand das nicht im offiziellen Untersuchungsbericht.«

»Warum auch? Sie hatten ja ihren Verantwortlichen, und damit basta.«

»Warum die Sicherheitsvorkehrungen an jenem Tag so miserabel waren, ist damit aber immer noch nicht ganz geklärt.«

»Mit mir schien Ritter einigermaßen auszukommen – warum, weiß ich nicht. Politisch gab es jedenfalls keine Übereinstimmung zwischen uns. Aber ich behandelte ihn höflich. Manchmal erzählten wir uns sogar Witze, und wenn Ritter überhaupt einem von uns halbwegs vertraute, dann wohl am ehesten mir. Konsequenterweise habe ich im Einsatz auch immer direkt hinter ihm gestanden, praktisch seine Kehrseite abgeschirmt. Nur dort duldete er überhaupt Leibwächter. Er war felsenfest davon überzeugt, dass ihn alle Welt liebte und dass ihm niemand etwas antun würde. Dieses falsche Gefühl der Sicherheit resultierte wahrscheinlich aus seiner Zeit als Prediger. Seinem Wahlkampfmanager, einem Kerl namens Sidney Morse – ein ganz besonders ausgefuchster Typ übrigens –, gefiel das auch nicht. Er schätzte die Risiken wesentlich realistischer ein als Ritter und wusste genau, dass draußen im Lande genug Leute herumliefen, die seinem Kandidaten möglicherweise ans Leder wollten. Morse legte großen Wert darauf, dass zumindest ein

Agent immer unmittelbar in Ritters Nähe war. Die anderen aber hatten im Hintergrund zu bleiben, irgendwo am Rande.«

»Und waren daher, als der Schuss fiel und eine Panik ausbrach, praktisch keinerlei Hilfe.«

»Sie haben das Video gesehen, nehme ich an.«

»Ja. Wie dem auch sei, die Positionierung der Agenten war jedenfalls nicht Ihre Schuld. Meiner Meinung nach hätte da der Einsatzleiter mehr Rückgrat zeigen müssen.«

»Bob Scott war ein ehemaliger Armeeoffizier, der in Vietnam gedient hatte und dort sogar in Kriegsgefangenschaft geraten war. Ein guter Mann eigentlich, aber wenn Sie mich fragen, neigte er dazu, die falschen Schlachten zu schlagen. Er hatte damals auch massive persönliche Probleme. Zwei Monate vor Ritters Ermordung hatte seine Frau die Scheidung eingereicht. Bob wollte auch nicht mehr im Personenschutz tätig sein, sondern lieber wieder als Ermittler arbeiten. Ich glaube, er hat es immer bedauert, dass er aus dem Militärdienst ausgeschieden war – die Uniform passte einfach besser zu ihm als ein Anzug. Es kam vor, dass er salutierte statt guten Tag zu sagen, und er sagte immer ›vierzehn Uhr‹, ›fünfzehn Uhr‹ und so weiter, wie beim Militär üblich. Er konnte sich nicht daran gewöhnen, dass man beim Service ›zwei Uhr nachmittags‹ sagt. Der militärische Stil lag ihm einfach sehr viel mehr.«

»Was ist denn eigentlich aus ihm geworden?«

»Er hat den Dienst quittiert. Der Hauptzorn richtete sich damals gegen mich, doch wie Sie schon sagten, war letztlich ja der Einsatzleiter verantwortlich. Er hatte genug Dienstjahre auf dem Buckel, weshalb er sich um seine Pension keine Sorgen machen musste. Ich habe den Kontakt zu ihm verloren. Bob gehört nicht zu den Leuten, die mir Weihnachtskarten schicken würden.« King machte eine Pause und setzte dann hinzu: »Außerdem war er ein bisschen zu schießwütig.«

»Ein Waffennarr? Nun, das ist bei ehemaligen Soldaten ja nicht ungewöhnlich. Alle Dienste haben solche Typen auf der Gehaltsliste.«

»Bei Bob war das aber schon ein bisschen krankhaft. Mit dem hätte die Waffenlobby Reklame machen können.«

»War er zur Zeit des Attentats im Hotel?«

»Ja. Manchmal war er bei solchen Veranstaltungen schon mit dem Voraustrupp unterwegs in die nächste Stadt. Damals blieb er aber in Bowlington – warum, weiß ich nicht. Es war ja wirklich ein gottverlassenes Kaff.«

»Ich hab auch Sidney Morse auf dem Video gesehen. Er stand unmittelbar neben Ritter.«

»Ja, das war immer so. Ritter hatte die schlechte Angewohnheit, sich nie an irgendwelche Zeitvorgaben zu halten. Morse hielt ihn daher am kurzen Zügel.«

»Ich hab den Eindruck, dieser Morse hatte auch sonst die Zügel in der Hand, oder?«

»Ja, das stimmt. Zu Beginn des Wahlkampfs war ein gewisser Doug Denby Ritters Stabschef und damit de facto auch sein Wahlkampfmanager. Als die Kampagne dann richtig in Fahrt kam, brauchte Ritter einen erfahrenen Full-Time-Manager, und da war Morse genau der Richtige. Sein Einstieg wirkte auf Ritters Wahlkampf wie ein Energieschub. Morse war ein umtriebiger, theatralischer Dicker mit einem Motor, der niemals still stand. Mit der linken Hand stopfte er sich dauernd irgendwelche Schokoriegel in den Mund, mit der Rechten hing er am Handy, bellte Befehle und bearbeitete die Medien. Geschlafen hat er, glaube ich, nie. Denby spielte unter Morse nur noch die zweite Geige. Verdammt, ich glaube, dass sogar Ritter Respekt vor ihm hatte.«

»Wie kamen Morse und Bob Scott miteinander aus?«

»Sie stimmten nicht in allen Sachfragen überein, aber sonst ging es ganz gut. Wie ich schon sagte, Bob steckte damals mitten in einer Scheidungskrise, und Morse hatte einen jüngeren Bruder – Peter, wenn ich mich recht erinnere –, der in irgendwelche üblen Machenschaften verwickelt war und Sidney damit ganz schön belastete. Dieser private Stress verband die beiden. Sie kamen daher ganz gut miteinander aus. Weniger gut klappte es zwischen Morse und Doug Denby. Doug war ein Mann der ernsten Themen, ein Südstaatler der alten Schule mit Ansichten, die vielleicht vor fünfzig Jahren dem Zeitgeist entsprachen, Morse dagegen war ein Überflieger von der Westküste, ein Showman, der dafür sorgte, dass Ritter zum Medienereignis wurde, in allen Talkshows auftrat, ein produktiver Wirbelwind. Es dauerte nicht lange, und die ernsten Themen im Wahlkampf wurden zugunsten der Showeffekte zurückgedrängt. Ritter hatte keine realistische Siegeschance, aber er war ein großer Schmierenkomödiant, was bei einem Fernsehprediger ja nahe liegt, und es gefiel ihm zunehmend, dass sein Gesicht und sein Name jetzt immer größer rauskamen. Soweit ich das mitbekommen habe, bestand die Hauptstrategie darin, die großen Parteien und ihre Spitzenkandidaten tüchtig zu verunsichern – und das gelang ihnen auch, dank Morse. Später dann wollten sie den einen oder anderen Kuhhandel mit der Gegenseite abschließen. Am Ende hat Ritter nur noch das getan, was Morse ihm vorgab.«

»Und das hat Denby offenbar gewurmt. Was ist aus ihm geworden?«

»Keine Ahnung. Wo bleiben ehemalige Stabschefs schon ab? Da ist alles möglich.«

»Sie hatten die Frühschicht. Gehe ich fehl in der Annahme, dass Sie deshalb am Abend zuvor schon zeitig zu Bett gegangen sind?«

King starrte sie eine Weile lang wortlos an. Dann sagte er: »Nach Feierabend war ich mit ein paar Kollegen von meiner Schicht noch im Fitnessraum des Hotels. Wir haben dann ziemlich früh zu Abend gegessen – ja, und danach bin ich ins Bett gegangen. Warum interessiert Sie das, Agentin Maxwell?«

»Bitte nennen Sie mich Michelle. Ich hab Sie nach der

Ermordung von Jennings im Fernsehen gesehen und hatte schon vorher im Service von Ihnen gehört. Nach dem, was mir passiert ist, wollte ich plötzlich mehr darüber wissen, wie es damals bei Ihnen war. Ich spürte eine Verbindung zwischen uns.«

»Komische Verbindung«, gab Sean spöttisch zurück.

»Wer waren die anderen Agenten, die damals auf Ritter aufgepasst haben?«

Er musterte sie kritisch. »Warum wollen Sie das wissen?«

Sie erwiderte seinen Blick mit Unschuldsmiene. »Vielleicht kenne ich den einen oder anderen von ihnen. Ich könnte sie aufsuchen und mit ihnen reden. Herausfinden, wie sie mit den Ereignissen damals fertig geworden sind.«

»Das steht garantiert in irgendwelchen Berichten. Lesen Sie 's dort nach.«

»Wenn Sie 's mir erzählen würden, könnte ich mir eine Menge Zeit sparen.«

»Was Sie nicht sagen!«

»Na gut. War Joan Dillinger damals auch in Ihrem Team?«

King stand auf, ging zum Fenster und spähte hinaus. Als er sich umdrehte und Michelle wieder ansah, hatte sich seine Miene verdüstert. »Sagen Sie, sind Sie verwanzt? Entweder Sie ziehen sich jetzt aus und beweisen mir das Gegenteil, oder Sie hüpfen sofort wieder in Ihr Boot und rudern zur Hölle – oder jedenfalls fort von hier und aus meinem Leben!«

»Ich bin nicht verwanzt. Aber wenn Sie 's für nötig halten, ziehe ich mich aus.« Vergnügt fügte sie hinzu: »Ich könnte aber auch in den See springen – elektronische Geräte und Wasser passen bekanntlich nicht so gut zusammen …«

»Was wollen Sie von mir?«

»Ich hätte gerne eine Antwort auf meine Frage. War Joan damals auch in Ihrem Team?«

»Ja! Aber nicht in der gleichen Schicht.«

»Also war sie am Tag X auch im Hotel?«

»Ich hab den Eindruck, Sie kennen die Antwort längst. Was soll also die Fragerei?«

»Darf ich das als ›ja‹ interpretieren?«

»Interpretieren Sie es, wie Sie wollen.«

»Haben Sie mit ihr die Nacht verbracht?«

»Nächste Frage – und zwar eine gute, denn es ist Ihre letzte.«

»Also gut: Kurz bevor der Schuss fiel, öffnete sich die Fahrstuhltür. Wen oder was haben Sie da gesehen?«

»Ich weiß nicht, wovon Sie reden.«

»Sie wissen es ganz genau. Kurz bevor Ramsey schoss, habe ich die Glocke eines Fahrstuhls gehört. Das hat Sie abgelenkt. Diese Fahrstühle hätten eigentlich abgestellt sein sollen. Wer oder was immer in diesem Fahrstuhl gewesen ist, hat, als die Tür aufging, sekundenlang Ihre gesamte Aufmerksamkeit beansprucht, und deshalb konnte Ramsey auf Ritter feuern, ohne dass Sie es mitbekamen. Ich hab mich beim Service kundig gemacht: Die Ermittler, die sich das Video ansahen, haben ebenfalls ein Geräusch gehört. Im offiziellen Abschlussbericht ist davon keine Rede mehr, aber ich habe gestern noch ein bisschen herumtelefoniert. Sie sind bei den Verhören nach dem Geräusch befragt worden und haben geantwortet, Sie hätten zwar etwas gehört, aber nichts gesehen, und könnten es sich nur mit einem Defekt am Fahrstuhl erklären. Die Ermittler sind der Sache nicht weiter nachgegangen, weil sie ihren Sündenbock ja schon hatten. Ich dagegen bin überzeugt, dass Sie auch etwas gesehen haben – oder, genauer gesagt, *jemanden*.«

Kings Reaktion bestand darin, dass er die Tür zu hinteren Terrasse öffnete und Michelle unmissverständlich zum Gehen aufforderte.

Sie erhob sich und stellte ihre Kaffeetasse ab. »Immerhin konnte ich meine Fragen anbringen. Auch wenn sie nicht alle beantwortet wurden.«

Sie ging an ihm vorbei und blieb stehen. »Sie haben

Recht. Sie und ich sind auf alle Zeiten miteinander verbunden: Wir sind die beiden schlechten Agenten, die im entscheidenden Moment versagt haben. Was mich betrifft, so bin ich das nicht gewöhnt. Ich war sonst immer die Beste, bei allem, was ich angepackt habe. Und was Sie angeht – ich wette, bei Ihnen verhält sich das genauso.«

»*Goodbye*, Agentin Maxwell. Ich wünsche Ihnen alles Gute.«

»Es tut mir Leid, dass unsere erste Begegnung einen solchen Verlauf nehmen musste.«

»Unsere erste und hoffentlich auch letzte.«

»Nur eines noch: Obwohl der offizielle Untersuchungsbericht nichts darüber aussagt, haben Sie die Möglichkeit, dass die Person im Fahrstuhl Sie ablenken sollte, mit Sicherheit auch selber schon erwogen.«

King antwortete nicht.

»Ich finde das sehr interessant«, sagte Michelle und sah sich um.

»Sie finden offensichtlich viele Dinge sehr interessant«, gab King unwirsch zurück.

»Dieses Haus hier…«, schwärmte Michelle und deutete auf die hohe Decke, die schimmernden Balken, den blank gewienerten Fußboden. Alles war blitzsauber. »Dieses Haus hier ist wunderschön. Das ist eine absolut *perfekte* Schönheit.«

»Da sind Sie nicht die Erste, die das sagt.«

»Ja«, sagte sie, als hätte sie ihn gar nicht gehört. »Es ist schön, aber es sollte warm und gemütlich sein.« Sie drehte sich um und sah ihn an. »Aber das ist es nicht. Es ist in höchstem Maße zweckmäßig, stimmt's? Jeder Gegenstand steht an seinem Platz, wie auf einer Bühne, aufgebaut von jemandem, der den Drang verspürt, alles unter Kontrolle zu haben, und dabei diesem Haus die Seele genommen hat – oder zumindest nicht zugelassen hat, dass die eigene Seele sich hier verwirklichen konnte.« Michelle schlang die Arme um sich selbst. »Ja, es ist kalt hier. Sehr kalt.« Sie wandte den Blick ab.

»Mir gefällt es so«, erwiderte er knapp.

Sie musterte ihn kritisch. »Wirklich, Sean? Ich gehe jede Wette ein, dass Sie das früher anders gesehen haben.«

Er beobachtete, wie sie mit ihren langen Beinen energischen Schritts zum Anleger hinunterging. Sie schob ihr Boot ins Wasser und war schon bald nur mehr ein kleiner Fleck auf der Oberfläche des Sees.

King hatte ihr die ganze Zeit nachgesehen, nun aber schlug er die Tür so heftig zu, dass sie krachend ins Schloss fiel. Wieder in der Küche, entdeckte er etwas unter ihrer Kaffeetasse. Es war ihre Visitenkarte. Auf der Vorderseite stand ihre Dienstanschrift beim Secret Service, auf die Rückseite hatte sie ihre private Telefonnummer sowie ihre Handynummer gekritzelt. Sein erster Impuls war, die Karte wegzuwerfen. Aber er gab ihm nicht nach. Er behielt sie in der Hand, während draußen auf dem See der Fleck kleiner und kleiner wurde, bis Michelle Maxwell hinter einer Biegung verschwand und endgültig nichts mehr von ihr zu sehen war.

KAPITEL 23

John Bruno lag auf einem schmalen Feldbett und starrte an die Zimmerdecke. Eine Fünfundzwanzig-Watt-Birne war die einzige Lichtquelle. Sie würde eine Stunde lang brennen und dann ausgehen. Wenn sie danach wieder anging, brannte sie vielleicht nur zehn Minuten lang. Es gab keinen regelmäßigen Rhythmus. Der Beleuchtungsterror war zum Wahnsinnigwerden; er nahm ihm die Kraft und diente einzig und allein dem Zweck, ihn mürbe zu machen. Und das war ihm auch schon gelungen.

Bruno trug einen trübgrauen Jogginganzug. Seine Wangen bedeckte ein stoppeliger Mehrtagebart, denn welcher Gefängniswärter, der seine fünf Sinne beisammen hatte, würde einem Gefangenen schon einen Rasierapparat geben? Zum Waschen hatte er einen Eimer und ein Handtuch; beides wurde ausgewechselt, während er schlief. Seine Mahlzeiten wurden in unregelmäßigen Abständen durch einen Schlitz in der Tür geschoben. Nicht ein einziges Mal hatte er seine Entführer gesehen, wusste weder, wo er sich befand, noch, auf welchem Weg er hier hergekommen war. Seine Versuche, mit der unsichtbaren Gestalt, die ihm das Essen durch den Schlitz schob, ins Gespräch zu kommen, waren erfolglos geblieben, sodass er sie nach einer Weile aufgegeben hatte.

Seine Mahlzeiten, das hatte er inzwischen herausgefunden, waren oft mit Drogen versetzt, die ihn in Tiefschlaf versetzten, gelegentlich aber auch Halluzinationen hervorriefen. Doch wenn er gar nichts aß, würde er verhungern – also aß er. Nie durfte er seine Zelle verlassen, was seine Bewegungsfreiheit auf zehn Schritte hin und zehn Schritte zurück einschränkte. Um bei Kräften zu bleiben, behalf er sich mit Liegestützen und Situps auf dem kalten Boden. Er wusste nicht, ob er unter ständiger Überwachung stand, und es war ihm auch relativ gleichgültig. Schon gleich zu Beginn seiner Gefangenschaft hatte er an Flucht gedacht, doch inzwischen war er überzeugt, dass ein Entkommen unmöglich war.

Angefangen hatte das alles in dieser Leichenhalle und mit Mildred Martin – oder besser: einer Frau, die sich als Mildred ausgegeben hatte. Zum hundertsten Male verfluchte er sich insgeheim selbst, weil er nicht auf Michelle Maxwells Rat gehört hatte. Egomane, der er war, verfluchte er allerdings auch Michelle Maxwell, weil sie nicht mit größerem Nachdruck darauf bestanden hatte, ihn in diese Halle zu begleiten.

Wie lange er sich schon in diesem Verlies aufhielt, wusste er nicht. Während seiner Bewusstlosigkeit hatte man ihm all seine Habseligkeiten, einschließlich der Armbanduhr, weggenommen. Auch den Grund für die Entführung kannte er nicht. Ob es mit seiner Präsidentschaftskandidatur oder mit seiner früheren Tätigkeit als Staatsanwalt zu tun hatte? Er hatte keine Ahnung. Dass es dafür ganz andere Gründe geben mochte, war ihm bisher nicht in den Sinn gekommen. Anfangs hatte er auf eine schnelle Befreiung gehofft, aber mittlerweile schätzte er seine Chancen realistischer ein. Die Leute, die ihn gekidnappt hatten, wussten ganz genau, was sie taten. Er hatte seine Erwartungen schließlich auf die schwache Hoffnung auf ein Wunder reduziert, doch als Stunde um Stunde und Tag um Tag verstrichen, begann auch diese Hoffnung zu schwinden. Er dachte an seine Frau, seine Kinder und seine Präsidentschaftskandidatur, und er hatte sich damit abgefunden, dass sein Leben an diesem unwirtlichen Ort zu Ende gehen und seine Leiche vielleicht niemals gefunden würde. Es war ihm lediglich ein Rätsel, warum man ihn überhaupt so lange am Leben ließ.

Er drehte sich auf den Bauch. Er konnte nicht einmal mehr die trübe Funzel ertragen.

Der Mensch, der am Ende des Flurs in einer anderen Zelle einsaß, befand sich schon viel länger in Gefangenschaft als John Bruno. Die Verzweiflung in seinen Augen und sein in sich zusammengesunkener Körper zeigten an, dass er längst jede Hoffnung aufgegeben hatte. Essen, sitzen, schlafen und irgendwann wahrscheinlich sterben – so sah die düstere Zukunft aus. Der Mensch zitterte und wickelte sich in eine Wolldecke.

In einem anderen Teil der großen unterirdischen Anlage gab sich ein Mann einer interessanten Beschäftigung hin. Seine unbändige Energie und seine Hoffnungen standen in krassem Gegensatz zu der Verzweiflung seiner Gefangenen.

Schuss um Schuss feuerte er auf eine menschliche Silhouette ab, die in dem schalldichten Raum in gut dreißig Meter Entfernung als Zielscheibe hing, und jeder Schuss wäre im Ernstfall tödlich gewesen. Der Mann war zweifellos ein hervorragender Schütze.

Er drückte auf einen Knopf. Das Ziel kippte um und wurde von der motorisierten Anlage in Richtung des Schützen transportiert. Der ließ sofort eine neue Zielscheibe auffahren, diesmal in der größtmöglichen Entfernung. Er schob ein neues Magazin in seine Waffe, setzte Augen- und Ohrenschützer auf, zielte und feuerte, insgesamt vierzehn Schuss in weniger als fünfundzwanzig Sekunden. Als die Zielscheibe diesmal zurückkam, lächelte er befriedigt. Nicht ein einziger Schuss war danebengegangen. Er steckte seine Waffe ein und verließ den Schießstand.

Der nächste Raum, den der Mann betrat, war kleiner als der Schießstand und ganz anders aufgeteilt. Auf Regalen, die vom Fußboden bis zur Decke reichten, lagerten alle Arten von Zündern, Zündkabeln und anderen Gegenständen. Wer immer die Absicht hatte, etwas in die Luft zu sprengen, und zwar so effizient und nachhaltig wie möglich, fand hier, was dazu erforderlich war. In der Mitte des Raumes stand ein großer Arbeitstisch. An diesem nahm der Mann nun Platz und begann, Drähte, Transistoren, Zeitzünder, Sprengkapseln und C-4-Plastiksprengstoffe in komplizierte Geräte zu verwandeln, die verheerende Explosionen verursachen konnten. Er war mit der gleichen Konzentration und Liebe zum Detail bei der Sache wie zuvor auf dem Schießstand.

Bei seiner Arbeit summte er vor sich hin.

Eine Stunde später begab er sich in einen dritten Raum, der sich grundlegend von den anderen beiden unterschied. Einem unbefangenen Betrachter, der weder die Waffen- und Sprengstofflager noch die Verschläge der menschlichen Verfügungsmasse, sondern nur das Interieur dieses Raumes zu sehen bekommen hätte, wäre nichts Unheimliches oder Böses aufgefallen. Es handelte sich um ein ganz normales Studio, in dem nichts fehlte, was ein Künstlerherz für seine Kreativität in praktisch jedem Medium begehren mochte. Das Einzige, was fehlte, war natürliches Licht – kein Wunder, denn sämtliche Räumlichkeiten lagen viele Meter unter der Erdoberfläche. Die künstliche Beleuchtung im Studio war jedoch akzeptabel.

An einer Wand waren Hängeregale angebracht, in denen schwere Mäntel und Stiefel, Spezialhelme, dicke Handschuhe, rote Warnlichter, Äxte, Sauerstofftanks und anderes Gerät lagerten, alles sorgfältig aufgeräumt und gestapelt. Diese Ausrüstung wurde vorerst nicht benötigt, aber es war gut, auf jedwede Eventualität vorbereitet zu sein. Jetzt übereilt zu handeln konnte katastrophale Folgen zeitigen, Geduld war das oberste Gebot. Trotzdem fieberte der Mann dem Augenblick entgegen, da sich alles zusammenfügen und er endlich würde sagen können: Es ist geschafft. Tja, Geduld…

Wieder setzte er sich an einen Tisch und arbeitete zwei Stunden lang mit voller Konzentration – sägte und schnitzte, malte und baute auf und stimmte alles aufeinander ab. Seine Werke würden niemals die Ausstellungsräume eines Museums von innen sehen oder auch nur eine Privatsammlung schmücken – dennoch waren sie für diesen Mann ebenso wichtig wie die größten Meisterwerke der Kunstgeschichte. All seine Arbeit fügte sich letztlich zu *seinem* krönenden Meisterwerk zusammen, und wie viele Werke der alten Meister hatte auch seines Jahre der Mühe gekostet.

Der Mann fuhr in seiner emsigen Arbeit fort – und zählte die Stunden bis zur Vollendung seiner größten Leistung.

KAPITEL 24

Michelle saß an ihrem Laptop und surfte durch die Datenbestände des Secret Service. Einige interessante Informationen hatte sie bereits gefunden. Sie hatte sich in die Materie vertieft und arbeitete konzentriert, doch als ihr Handy plötzlich klingelte, sprang sie sofort vom Bett auf und griff danach. Auf dem Display erschien die Meldung, dass die Anruferidentifikation gesperrt sei. Da sie hoffte, King könne am Apparat sein, meldete sie sich trotzdem. Er war es tatsächlich, und sie freute sich über seine ersten Worte.

»Wo wollen wir uns treffen?«, fragte sie ihn als Antwort.

»Wo sind Sie denn jetzt?«

»In einer etwas merkwürdigen Frühstückspension unweit der Route 29, schätzungsweise sieben oder acht Kilometer von Ihnen entfernt.«

»Im Winchester?«, fragte er.

»Genau.«

»Nettes Plätzchen. Hoffentlich gefällt's Ihnen dort.«

»Ja, durchaus.«

»Ungefähr zwei Kilometer vor dem Winchester befindet sich ein Gasthof namens ›The Sage Gentleman‹.«

»Ja, ich weiß. Ich bin daran vorbeigefahren. Sieht ganz gemütlich aus, wie ein Club.«

»Ist auch einer. Können wir uns dort zum Lunch treffen, um halb eins vielleicht?«

»Gerne. Übrigens, Sean: Schön, dass Sie mich angerufen haben.«

»Warten Sie ab, was ich Ihnen mitzuteilen habe. Dann können Sie sich immer noch bedanken.«

Sie trafen sich auf der breiten Veranda, die das alte, im viktorianischen Stil errichtete Haus umgab. Sean King trug einen Trenchcoat, einen grünen Rollkragenpullover und beigefarbene Hosen, Michelle Maxwell einen langen schwarzen Faltenrock und einen weißen Sweater. Dank ihrer modischen Stiefeletten wirkte sie größer, als sie war; es fehlten nur noch ein paar Zentimeter an Kings Gardemaß. Das dunkle Haar fiel ihr über die Schultern, und entgegen ihrer Gewohnheit hatte sie sogar ein wenig Make-up aufgelegt. Die Arbeit beim Secret Service war denkbar ungeeignet für Modegags. Die Leibwächter waren jedoch verpflichtet, ihre Garderobe und ihre äußere Erscheinung generell den jeweiligen Gegebenheiten anzupassen, was, da die Schutzpersonen oft an offiziellen Empfängen mit gut gekleideten, wohlhabenden Gästen teilnahmen, nicht immer leicht war. Im Secret-Service-Jargon sprach man daher von »Millionärsklamotten für einen Arbeiterlohn«.

King deutete auf den dunkelblauen Toyota Land Cruiser mit Dachgepäckträger, der auf dem Parkplatz stand. »Ist das Ihrer?«

Michelle nickte. »Ich treibe in meiner Freizeit viel Sport. Mit dem Fahrzeug komme ich überall hin und kann alles mitnehmen, was ich brauche.«

»Sie sind Agentin beim Secret Service. Wann haben Sie da Freizeit?«

Sie suchten sich einen Tisch im hinteren Teil des Restaurants. Da es nicht sehr voll war, saßen sie praktisch für sich und konnten sich ungestört unterhalten.

Als der Ober kam und fragte, ob er die Bestellung aufnehmen dürfe, antwortete Michelle automatisch: »*Yes, Sir.*«

King lächelte darüber, erklärte es ihr aber erst, als der Ober sich entfernt hatte.

»Ich habe Jahre gebraucht, um mir das abzugewöhnen.«

»Abzugewöhnen? Was?«

»Jeden Mann, vom Kellner bis zum Präsidenten, mit *Sir* anzureden.«

Michelle zuckte mit den Schultern. »Tu ich das? Ist mir noch nie aufgefallen.«

»Kein Wunder, das steckt einem in den Knochen. Wie so viele andere Gewohnheiten.« Er sah sie nachdenklich an. »In einem Punkt sind Sie mir immer noch ein Rätsel.«

Die Andeutung eines Lächelns überflog ihr Gesicht. »Nur in einem? Das ist ja nicht gerade schmeichelhaft...«

»Warum geht so eine Intelligenzbestie wie Sie ausgerechnet zur Polizei oder zu den Diensten? Nicht, dass ich das für ehrenrührig hielte, aber ich kann mir gut vorstellen, dass Sie durchaus andere Möglichkeiten gehabt hätten.«

»Das muss eine genetische Veranlagung sein, glaube ich. Mein Vater, meine Brüder, meine Onkel und meine Vettern sind alle bei der Polizei. Mein Vater ist der Polizeichef von Nashville. Ich wollte immer das erste Mädchen in der Familie sein, das auch zur Polizei geht. Ich hab ein Jahr lang Polizeidienst in Tennessee geschoben. Danach entschloss ich mich, aus der Familientradition auszubrechen, und hab mich beim Service beworben. Ich wurde angenommen – na, und der Rest ist Geschichte.«

Der Kellner brachte das Essen, und Michelle ließ es sich schmecken. King blieb zunächst noch bei seinem Bordeaux.

»Sie sind wahrscheinlich nicht zum ersten Mal hier, hab ich Recht?«, fragte sie zwischen zwei Bissen.

King nickte, leerte sein Glas und begann nun ebenfalls zu essen. »Ich komme oft mit Klienten, Freunden oder Anwaltskollegen hierher«, sagte er. »Es gibt aber in unserer Gegend genug andere Lokale, die ebenso gut sind wie dieses hier – oder sogar besser. Sie liegen zum Teil ganz versteckt in irgendwelchen abgelegenen Schlupfwinkeln.«

»Sind Sie eigentlich Strafverteidiger?«

»Nein. Ich mache in Testamentsvollstreckungen, Stiftungen, Verträgen und dergleichen.«

»Macht Ihnen das Spaß?«

»Es reicht für die Stromrechnung. Sicher nicht der aufregendste Job, den ich mir vorstellen kann, aber die Aussicht hier ist einfach unschlagbar.«

»Das stimmt, es ist wirklich wunderschön hier. Ich kann gut verstehen, dass Sie sich hierher zurückgezogen haben.«

»Es hat alles seine Vor- und Nachteile. Manchmal verfällt man der trügerischen Vorstellung, man lebe hier auf einer Insel der Seligen, und der ganze Stress und Kummer dieser Welt könne einem nichts anhaben.«

»Aber der verfolgt einen überallhin, nicht wahr?«

»Zweitens kann man sich einreden, dass man hier seine Vergangenheit vergessen und ein neues Leben beginnen kann.«

»Aber das haben Sie doch getan?«

»Das war mal so. Aber die Zeiten sind vorbei.«

Michelle tupfte sich mit der Serviette den Mund ab. »Okay, warum wollten Sie mich treffen?«

King hob sein leeres Weinglas. »Warum trinken Sie nicht auch ein Schlückchen? Sie sind doch nicht im Dienst.«

Nach kurzem Zögern nickte sie.

Eine Minute später waren die Gläser gefüllt. Nachdem sie ihr Mahl beendet hatten, schlug King vor, sich in eine kleine Lounge zu begeben, die sich an das Restaurant anschloss. Dort ließen sie sich in zwei weichen, alten Ledersesseln nieder und atmeten das Aroma teuren Zigarren- und Pfeifentabaks, angereichert mit dem Duft antiquarischer, ledergebundener Bücher in wurmstichigen Walnussholzregalen, die dicht an dicht die Wände säumten. Hier waren sie ganz unter sich. King hielt das Glas in das Licht, das durch das Fenster fiel, und schnupperte am Bukett, bevor er den ersten Schluck nahm.

»Guter Tropfen«, sagte Michelle, nachdem auch sie davon probiert hatte.

»Geben Sie ihm noch zehn Jahre, und Sie kommen nie mehr auf die Idee, dass das derselbe Wein ist.«

»Ich kenne nur den Unterschied zwischen Korken und Schraubverschluss, sonst hab ich von Weinen keine Ahnung.«

»Das war mein Stand vor acht Jahren. Bier war mir damals sogar lieber – und ließ sich auch besser mit meinem Einkommen vereinbaren.«

»Dann sind Sie also ungefähr zu der Zeit, als Sie den Dienst beim Service quittiert haben, vom Bier zum Wein übergegangen?«

»Ja, damals gab es viele Veränderungen in meinem Leben. Ein Freund von mir war ein exzellenter Sommelier. Er hat mir alles beigebracht, was ich wissen musste. Wir sind ganz methodisch vorgegangen: Zuerst haben wir uns durch die französischen Weine gearbeitet, dann durch die italienischen. Wir haben sogar kalifornische Weißweine verkostet, obwohl mein Freund in diesem Punkt ein arger Snob war. Für ihn zählten eigentlich nur die Roten.«

»Hmm, ich frage mich, ob Sie der einzige Weinconnoisseur sind, der schon Menschen getötet hat. Irgendwie passt das nicht recht zusammen, finden Sie nicht auch?«

King senkte sein Glas und blickte sie leicht amüsiert an. »Muss man zart besaitet sein, um bei Ihnen als Weinkenner durchzugehen? Wissen Sie eigentlich, wie viel Blut schon um des Weines willen vergossen worden ist?«

»Meinen Sie beim Trinken oder beim Reden darüber?«

»Spielt das eine Rolle? Tot ist tot, oder?«

»Das dürften Sie besser wissen als ich.«

»Wenn Sie meinen, dass man danach einfach eine Kerbe in seinen Gewehrkolben schneidet, und das wär's, dann liegen Sie falsch.«

»Nein, das meine ich nicht. Ich dachte eher an eine Kerbe in Ihrer Seele.«

King stellte sein Glas ab. »Wie wär's mit einem Informationsaustausch?«

»Ich bin dabei – innerhalb vernünftiger Grenzen.«

»Quid pro quo. Jeweils Gleichwertiges.«

»Und wer beurteilt das?«

»Ich mach's Ihnen leicht und fange einfach an.«

Michelle lehnte sich zurück. »Na, da bin ich aber neugierig. Wie kommen Sie darauf?«

»Ich denke, wir können uns auf den gemeinsamen Nenner einigen, dass Sie den Albtraum, den Sie gerade durchleben, genauso wenig mögen wie ich den meinen vor acht Jahren.«

»Ja. Sie haben von Leidensgefährten gesprochen.«

»Joan Dillinger war damals im Fairmount-Hotel.«

»In Ihrem Zimmer?«

King schüttelte den Kopf. »Sie sind dran.«

Michelle dachte erst nach, bevor sie antwortete. »Okay. Ich habe mit einem der Zimmermädchen gesprochen, die damals im Hotel arbeiteten. Die Frau heißt Loretta Baldwin.« King sah sie verwirrt an. »Loretta erzählte mir, dass am Morgen, als sie Ihr Zimmer reinigte, ein schwarzes Spitzenhöschen an der Deckenlampe hing.« Michelle machte eine kurze Pause und fuhr dann, ohne mit der Wimper zu zucken, fort: »Ich gehe davon aus, dass dieses Höschen nicht Ihnen gehört hat. Sie sehen mir nicht aus wie einer, der selbst so was trägt.«

»Nein. Ich trage generell keine schwarze Unterwäsche.«

»Waren Sie damals nicht verheiratet?«

»Wir lebten getrennt. Meine Frau hatte die ärgerliche Angewohnheit, mit anderen Männern zu schlafen, wenn ich unterwegs war – also praktisch immer. Wenn ich mich richtig entsinne, brachten die sogar schon ihre Schlafanzüge und Zahnbürsten mit ins Haus. Ich hab mich damals echt abgeschrieben gefühlt.«

»Schön, dass Sie das heute ins Lächerliche ziehen können.«

»Hätten Sie mich vor acht Jahren danach befragt, wäre ich nicht so auskunftsfreudig gewesen. Dass die Zeit alle Wunden heilt, würde ich zwar nicht unterschreiben, aber nach einer Weile nimmt man alles nicht mehr so ernst.«

»Dann hatten Sie damals also eine... na, sagen wir mal: eine Affäre mit Joan Dillinger?«

»Damals sah es sogar nach ein bisschen mehr aus. Eigentlich blöde, wenn man heute darüber nachdenkt. Joan ist keine Frau für was Festes.«

Michelle beugte sich vor. »Um noch einmal auf diesen Fahrstuhl zurückzukommen...«

King unterbrach sie. »*Sie* sind dran! Ich hab's bald satt, Sie dauernd daran erinnern zu müssen.«

Michelle seufzte und lehnte sich wieder zurück. »Okay, Joan Dillinger ist nicht mehr beim Service.«

»Das zählt nicht, weil ich es schon weiß. Sonst noch was?«

»Loretta Baldwin sagte mir, dass sie sich nach dem Attentat in einer Besenkammer am anderen Ende des Flurs versteckt hat.«

Das schien King zu interessieren. »Warum?«

»Sie hatte Todesangst und ist davongelaufen, so wie alle anderen auch.«

»Nicht alle«, korrigierte King trocken. »Ich bin ziemlich genau an Ort und Stelle stehen geblieben.«

»Die Sache mit dem Fahrstuhl...«

»Warum hacken Sie denn schon wieder darauf herum?«, gab er in scharfem Ton zurück.

»Weil da etwas war, das Sie offenbar sehr interessiert hat! Und zwar so sehr, dass Sie den Attentäter, der unmittelbar vor Ihnen stand, erst erkannten, als er bereits geschossen hatte.«

»Ich habe einfach weggeschaut.«

»Glaub ich nicht. Ich habe ein Geräusch auf dem Videofilm gehört, und es klang wie ein haltender Fahrstuhl. Ich bin überzeugt davon, dass in dem Moment, als die Türen aufgingen, irgendjemand oder irgendetwas Ihre

Aufmerksamkeit erregte – und erst wieder losließ, als Ramsey schoss.« Michelle hielt inne und fügte dann hinzu: »Und da die Fahrstühle vom Secret Service abgestellt worden waren, gehe ich davon aus, dass es ein Agent oder eine Agentin gewesen sein muss, denn jeder andere Mensch wäre doch daran gehindert worden. Ich wette sogar, dass die betreffende Person Joan Dillinger war, und ich wette außerdem, dass Sie sie aus irgendeinem Grund decken. Hätten Sie die Güte, mir mitzuteilen, ob ich mit meinen Annahmen vollkommen daneben liege?«

»Selbst wenn Sie Recht hätten, würde das doch keinerlei Rolle spielen. Ich habe Mist gebaut, und Ritter musste deshalb sterben. Da gibt es keine Ausreden, das sollte Ihnen inzwischen ja bekannt sein.«

»Aber angenommen, Sie wären *mit voller Absicht* abgelenkt worden. Dann sähe die Geschichte schon wieder ganz anders aus.«

»Wurde ich aber nicht.«

»Woher wollen Sie das wissen? Warum sonst sollte jemand ausgerechnet zum Zeitpunkt des Anschlags den Fahrstuhl benutzen?« Michelle beantwortete ihre Frage gleich selbst: »Weil Ramsey wusste, dass der Fahrstuhl eintreffen würde, weil er die Person darin kannte und weil ihm klar war, dass diese Person Sie ablenken und ihm damit die Chance geben würde, Ritter zu töten. Deshalb. Ramsey hat auf den Fahrstuhl gewartet. Seine Ankunft war für ihn das Zeichen, den tödlichen Schuss abzugeben.«

Michelle lehnte sich zurück. Ihre Miene verriet eher Trotz als Triumph, ähnlich wie auf der Pressekonferenz, die King im Fernsehen verfolgt hatte.

»Das ist unmöglich, glauben Sie mir. Es war nichts als schlechtes Timing, allerdings das schlechteste Timing, das man sich vorstellen kann.«

»Es dürfte Sie kaum überraschen, wenn ich Ihnen das nicht abnehme.«

King saß da und schwieg – so lange, dass Michelle sich schließlich erhob. »Vielen Dank für das Mittagessen und die Einführung in die Weinkunde. Aber Sie können mir nicht weismachen, dass ein intelligenter Kerl wie Sie sich nicht jeden Morgen, wenn er in den Spiegel schaut, die Frage stellt: Was wäre, wenn?«

Sie war im Begriff zu gehen, als ihr Handy klingelte. »Wie bitte? Ja, am Apparat. Wer? Mmm, ja, das stimmt, ich habe mich mit ihr unterhalten. Wer hat Ihnen diese Nummer gegeben? Meine Karte? Ja, das ist richtig. Aber ich verstehe nicht, warum Sie mich anrufen…« Sie hörte eine Weile zu, dann wurde sie plötzlich käseweiß im Gesicht. »Oh, das wusste ich nicht. Mein Gott, das tut mir Leid! Wann ist das denn passiert? Ich verstehe. Ja, danke. Haben Sie eine Nummer, unter der ich Sie erreichen kann?« Sie beendete das Gespräch, kramte einen Kugelschreiber und einen Zettel aus ihrer Handtasche, notierte die Nummer und sank langsam in den Ledersessel neben King.

Er sah sie fragend an. »Ist was? Geht es Ihnen gut?«

»Nein, mir geht es *nicht* gut.«

Er beugte sich vor und legte ihr beruhigend eine Hand auf die zitternde Schulter. »Was ist passiert, Michelle? Wer hat Sie angerufen?«

»Diese… diese Frau, mit der ich mich unterhalten habe… Die damals in dem Hotel arbeitete…«

»Sie meinen das Zimmermädchen, Loretta Baldwin?«

»Das eben war ihr Sohn. Er hat meine Visitenkarte gefunden, die ich seiner Mutter gegeben hatte.«

»Und warum ruft er Sie an? Ist Loretta etwas zugestoßen?«

»Sie ist tot.«

»Wie ist das passiert?«

»Sie ist ermordet worden. Ich habe sie doch über die Ermordung Ritters befragt – und jetzt ist sie tot. Ich kann mir nicht vorstellen, dass es da einen Zusammenhang gibt – aber andererseits kann ich mir auch nicht vorstellen, dass es keinen Zusammenhang gibt.«

King sprang so unerwartet auf, dass sie erschrak.

»Haben Sie noch Benzin im Tank?«

»Ja«, sagte sie und blickte ihn verstört an. »Wieso?«

King schien mit sich selber zu sprechen. »Ich rufe ein paar Leute an und gebe ihnen Bescheid …«

»Wem geben Sie Bescheid?«

»Ich sage alle anderen Termine für heute ab und teile den Leuten mit, dass ich unerwartet verreisen muss.«

»Wo wollen Sie denn hin?«

»Nicht nur ich – wir beide, Sie und ich. Wir fahren nach Bowlington, North Carolina, und finden heraus, warum Loretta Baldwin nicht mehr am Leben ist.«

Er drehte sich um und ging zur Tür. Michelle folgte ihm nicht, sondern blieb völlig verdattert sitzen.

King drehte sich erneut um und fragte: »Was ist?«

»Ich glaube eigentlich nicht, dass ich noch mal dort hinfahren möchte.«

King kehrte zu ihr zurück und baute sich mit strenger Miene vor ihr auf. »Sie haben mich ohne jede Voranmeldung aufgesucht und mir eine Reihe sehr intimer Fragen gestellt. Sie wollten Antworten haben, und ich habe sie Ihnen gegeben. Okay, ab sofort bin ich auch offiziell an der Sache interessiert, genau wie Sie.« Er machte eine Pause, dann schrie er sie an: »Los, Agentin Maxwell, fahren wir! Ich kann nicht den ganzen Tag auf Sie warten!«

Michelle sprang automatisch auf und sagte ebenso automatisch: »*Yes, Sir.*«

KAPITEL 25

Als er in den großen Geländewagen stieg, musterte King mit einem schnellen Rundblick den Innenraum und konnte sein Entsetzen nicht verbergen. Er hob zusammengeknülltes Stanniolpapier vom Boden auf und musste feststellen, dass es noch ein großes Stück von einer Tafel bereits alt gewordener Schokolade enthielt. Auf den Rücksitzen lagen die verschiedensten Gegenstände kunterbunt durcheinander: Wasser- und Schneeski, diverse Ruder und Paddel, Turnsachen, Hosen, Stöckelschuhe und einige Röcke, Jacken, Blusen sowie eine Strumpfhose, die noch in der Originalverpackung steckte. Des Weiteren fanden sich Jogginganzüge, Bücher und ein Branchentelefonbuch für Nordvirginia, leere Mineralwasser- und Energy-Drink-Dosen sowie eine Remington-Flinte und ein Karton mit Muscheln in dem Chaos. Und bei alldem handelte es sich nur um das, was King sehen konnte. Der Himmel allein wusste, was sich *darunter* noch alles verbarg. King stieg der Geruch nach verfaulten Bananen in die Nase.

Er streifte Michelle mit einem Seitenblick. »Schreiben Sie sich das in Ihr Notizbuch: *Ich werde Sean King niemals und unter keinen Umständen zu mir einladen.*«

Sie sah ihn an und lächelte. »Ich habe Ihnen doch gesagt, dass ich schlampig bin.«

»Michelle, so etwas geht weit über normale Schlamperei hinaus. Das hier ist eine mobile Mülldeponie, die totale Anarchie auf Rädern.«

»Was sind wir heute philosophisch! Und nennen Sie mich bitte Mick.«

»›Mick‹ ist Ihnen lieber als ›Michelle‹? Michelle ist ein eleganter, klassischer Name. Mick klingt nach einem ehemaligen Boxer mit weicher Birne, der zum Türsteher in betresster Uniform und mit falschem Lametta auf der Brust mutiert ist.«

»Der Secret Service ist nach wie vor eine Männerdomäne. Man muss sich damit arrangieren.«

»Fahren Sie die Leute nur ein einziges Mal mit dieser Karre durch die Gegend, und man wird Sie nie wieder für eine Frau halten, selbst wenn Sie Gwendolyn hießen.«

»Okay, ich hab's verstanden. Was versprechen Sie sich von dem Trip nach Bowlington?«

»Wenn ich das wüsste, würde ich wahrscheinlich gar nicht hinfahren.«

»Wollen Sie sich das Hotel ansehen?«

»Weiß ich noch nicht. Ich war seit damals nicht mehr dort.«

»Verständlich. Ich weiß auch nicht, ob ich jemals imstande sein werde, in diese Leichenhalle zurückzukehren.«

»Weil wir gerade beim Thema sind: Gibt's was Neues im Fall Bruno?«

»Nein. Keine Lösegeldforderung. Überhaupt keine Forderung, gar nichts. Ich frage mich, wie jemand sich die Mühe machen kann, einen John Bruno zu entführen und dabei die Ermordung eines Secret-Service-Agenten in Kauf nimmt – und möglicherweise auch die Ermordung des Mannes, dem Bruno seine letzte Reverenz erweisen wollte –, und dann fängt er überhaupt nichts mit seiner Beute an.«

»Ja, richtig. Bill Martin, der Verstorbene im Sarg. Ich glaube, er wurde ebenfalls ermordet.«

Sie sah ihn fragend. »Wie kommen *Sie* darauf?«

»Es ist kaum vorstellbar, dass die Täter eine derart aufwändige Planung mit der Hoffnung verbunden haben, der Mann könne zufällig genau zum rechten Zeitpunkt abkratzen. Wie soll das denn sonst gelaufen sein? Der

Mann stirbt, und die Täter organisieren das Verbrechen innerhalb weniger Tage, weil Bruno gerade zufällig in der Nähe ist. Nein, nein, auch Bill Martin muss ermordet worden sein.«

»Ihre Analyse ist beeindruckend. Ich hab schon gehört, dass Sie ein echtes Ass waren.«

»Ich war viel länger Fahnder als Leibwächter. Jeder Kerl in unserem Gewerbe reißt sich schier die Beine aus, damit er in den Personenschutz aufsteigt und am besten gleich bis ins Weiße Haus, aber kaum hat er ’s geschafft, will er am liebsten umgehend wieder zur Ermittlung zurückversetzt werden.«

»Woran liegt das, Ihrer Meinung nach?«

»Unmögliche Arbeitszeiten, keinerlei Privatleben. Man steht einfach herum und wartet darauf, dass plötzlich irgendwer losballert. Ich hab das ziemlich gehasst, aber ich hatte nicht unbedingt eine Alternative.«

»Waren Sie denn jemals im Weißen Haus tätig?«

»Ja. Ich habe jahrelang hart arbeiten müssen, um dahin versetzt zu werden. Insgesamt war ich zwei Jahre dort. Im ersten Jahr war es noch toll, im zweiten dann schon nicht mehr so sehr. Ich war unentwegt auf Achse, hatte ständig mit den größten Egomanen der Weltgeschichte zu tun und wurde behandelt wie einer, der in der Hierarchie noch zwei Stufen unterhalb vom Gärtner angesiedelt ist. Ganz besonders hatten es mir jene Mitarbeiter des Stabes angetan, die einem wie Zwölfjährige vorkommen, von Tuten und Blasen keine Ahnung haben und uns Sicherheitsleute bei jeder sich bietenden Gelegenheit in die Pfanne hauen wollen. Ironie des Schicksals: Ich war erst ganz kurz vor dem Anschlag auf Ritter vom Weißen Haus zu seiner Wahlkampftruppe versetzt worden.«

»Meine Güte, das klingt ja unheimlich ermutigend, wenn ich bedenke, dass ich auch Jahre meines Lebens vergeblich darauf hingearbeitet habe, ins Weiße Haus zu kommen.«

»Ich will Ihnen gar nicht davon abraten. In der *Air Force One* mitzufliegen – das ist schon eine großartige Sache. Und wenn dir der Präsident der Vereinigten Staaten persönlich erklärt, dass er deine Arbeit zu schätzen weiß, dann hört sich das verdammt gut an. Ich sage bloß eines: Schenken Sie dem ganzen Geschwätz, das um diesen Job gemacht wird, keinen Glauben. In vielerlei Hinsicht ist es eine Personenschutzaufgabe wie jede andere auch. Als Ermittler hast du wenigstens ab und zu noch die Möglichkeit, ein paar Ganoven eigenhändig zu verhaften.« King hielt inne und sah zum Fenster hinaus. »Apropos Ermittler: Kürzlich hat sich Joan Dillinger wieder bei mir gemeldet und mir ein Angebot gemacht.«

»Was für ein Angebot?«

»Ich soll ihr helfen, John Bruno zu finden.«

Michelle hätte fast die Kontrolle über ihren Wagen verloren. »Wie bitte?«

»Ihre Firma ist von den Anhängern John Brunos beauftragt worden, den Entführten ausfindig zu machen.«

»Entschuldigen Sie mal, aber weiß sie denn nicht, dass das FBI den Fall an sich gezogen hat?«

»Na und? Die Bruno-Leute können beauftragen, wen sie wollen.«

»Warum sollen ausgerechnet Sie da mitmachen?«

»Joan hat mir das erklärt, aber ich kaufe ihr ihre Begründung nicht so recht ab. Ich weiß es also nicht.«

»Und – machen Sie mit?«

Er sah sie an. »Was meinen Sie? Soll ich?«

Sie streifte ihn mit einem schnellen Blick. »Wieso fragen Sie mich?«

»Sie trauen dieser Frau nicht über den Weg, nicht wahr? Wenn Joan Dillinger bei der Ermordung Ritters ihre Finger im Spiel hatte und nun schon wieder in einen Kriminalfall um einen unabhängigen Präsidentschaftskandidaten verwickelt ist… Das klingt doch sehr interessant, oder? Also: Soll ich oder soll ich nicht, *Mick?*«

»Spontan würde ich sagen: Nein, tun Sie ’s nicht.«

»Weil ich am Ende der Gelackmeierte sein könnte?«

»Ja, genau.«

»Und wenn Sie Ihre Spontaneität mal beiseite lassen? Wäre Ihr zweiter Gedanke dann nicht viel hinterhältiger und eigennütziger als der erste?«

Sie sah ihn an, bemerkte die Ironie in seiner Miene und lächelte schuldbewusst: »Okay, mein zweiter Gedanke wäre: Ja, tun Sie 's.«

»Weil ich dann ein Insider wäre und alles, was bei den Ermittlungen herauskommt, brühwarm an Sie weitergeben könnte.«

»Na ja, nicht alles. Wenn Sie und Joan Ihre Affäre wieder aufwärmen sollten, dann interessieren mich die Einzelheiten herzlich wenig.«

»Keine Angst. Schwarze Witwen fressen ihre Männchen auf. Ich bin beim ersten Mal gerade noch davongekommen.«

KAPITEL 26

Von Wrightsburg brauchten sie etwas über zwei Stunden bis zum Haus von Loretta Baldwin. Polizeifahrzeuge waren nirgends zu sehen, doch war die Tür mit dem gelben Absperrband der Polizei versiegelt.

»Da können wir kaum rein«, sagte Michelle.

»Stimmt. Was ist mit Lorettas Sohn?«

Sie kramte die Nummer aus ihrer Handtasche und wählte. Der Sohn meldete sich, und sie vereinbarten ein Treffen in einem Café in der Innenstadt.

Michelle wollte gerade wieder losfahren, als King sie aufhielt.

»Warten Sie mal eben«, sagte er, sprang aus dem Wagen, ging die Straße auf und ab und verschwand hinter dem nächsten Häuserblock aus Michelles Blickfeld. Ein paar Minuten später kam er hinter dem Haus der Verstorbenen wieder zum Vorschein und stieg zu Michelle ins Auto.

»Was sollte das alles?«, wollte sie wissen.

»Nichts. Allerdings weiß ich jetzt, dass Loretta Baldwin ein recht hübsches Plätzchen besaß.«

Auf der Fahrt in die Innenstadt fiel ihnen auf, dass an mehreren größeren Straßenkreuzungen Streifenwagen standen. Die Verkehrspolizei überprüfte alle Fahrzeuge samt Insassen aufs Genaueste. Am Himmel über ihnen sahen sie einen Hubschrauber, der immer wieder hin und her flog.

»Was ist denn da schon wieder los?«, fragte Michelle.

King stellte das Autoradio an und suchte einen Lokalsender. Kurze Zeit später erfuhren sie aus den Nachrichten, dass zwei Häftlinge aus einem nahe gelegenen Gefängnis ausgebrochen waren und die Polizei eine Großfahndung nach ihnen eingeleitet hatte.

Sie fanden das Café, und Michelle suchte einen Parkplatz, hielt auch schon, besann sich dann aber plötzlich eines anderen.

»Was ist los?«, fragte King.

Sie deutete in eine Nebenstraße, in der zwei Streifenwagen der Stadtpolizei standen. »Ich glaube nicht, dass die nach den Ausbrechern suchen«, sagte sie. »Die wollen vielmehr *uns* eine Falle stellen.«

»Na schön, dann rufen Sie eben diesen Sohn noch einmal an. Sagen Sie ihm, dass Sie mit dem Mord an seiner Mutter nichts zu tun haben. Wenn er reden will, kann er das auch am Telefon.«

Michelle seufzte und fuhr weiter, bis sie einen halbwegs abgeschiedenen Platz fand. Dort fuhr sie rechts ran, rief Lorettas Sohn an und sagte ihm, was King ihr geraten hatte. »Ich will nur eines wissen: Wie wurde Ihre Mutter umgebracht?«

»Warum soll ich Ihnen das erzählen?«, erwiderte der Sohn. »Sie haben meine Mama besucht – und als Nächstes erfahre ich, dass sie nicht mehr am Leben ist.«

»Wenn ich vorgehabt hätte, Loretta zu ermorden, dann hätte ich bestimmt nicht meinen Namen und meine Telefonnummer bei ihr herumliegen lassen, oder?«

»Das kann ich doch nicht wissen. Vielleicht stehen Sie auf irgendwelche Abartigkeiten.«

»Ich habe Ihre Mutter besucht, um mich mit ihr über den Mordfall Ritter von vor acht Jahren zu unterhalten. Sie hat mir gesagt, dass sie nur sehr wenig darüber weiß.«

»Warum wollten Sie das denn wissen?«

»Aus historischen Gründen. Sind die Bullen eigentlich gerade bei Ihnen?«

»Welche Bullen?«

»Hören Sie auf, mich verscheißern zu wollen! Sind sie da oder nicht? Ja oder nein!«

»Nein.«

»Okay, dann gehe ich einfach mal davon aus, dass Sie mich anlügen. Ich sage Ihnen jetzt, was ich von der Sache halte: Ich glaube, mein Gespräch mit Ihrer Mutter über das Attentat auf Ritter hat vielleicht jemand anderen auf die Idee gebracht, sie umzubringen.«

»Wegen Ritter? Das ist doch Blödsinn! Der Mann, der das damals getan hat, wurde doch erschossen.«

»Woher wollen Sie wissen, dass er allein gehandelt hat?«

»Woher, zum Teufel, *soll* ich das denn wissen?«

»Genau. Also, noch einmal: Wie ist Ihre Mutter getötet worden?«

Am anderen Ende der Leitung herrschte Schweigen.

Michelle beschloss, es mit einer anderen Strategie zu versuchen. »Hören Sie, ich habe Ihre Mutter ja nur kurz kennen gelernt. Aber sie war mir sehr sympathisch. Sie machte keine großen Umstände und sagte gerade heraus, was sie dachte. So eine Haltung nötigt mir Respekt ab. Ihre Mutter war eine außerordentlich lebenskluge Frau, auch wenn sie das unter einer ziemlich harten Schale verbarg.«

»Da haben Sie Recht«, sagte der Sohn, »und jetzt fahren Sie zur Hölle.« Er legte auf.

»Verdammt«, sagte Michelle. »Ich dachte schon, ich hätte ihn so weit.«

»Haben Sie auch. Er wird zurückrufen. Geben Sie ihm nur ein bisschen Zeit, bis er die Bullen los ist.«

»Sean, er hat mich gerade zur Hölle geschickt.«

»Er ist eben nicht gerade die Feinfühligkeit in Person. Ein Kerl halt. Mit uns muss man ein wenig Geduld haben. Wir können nicht drei Dinge auf einmal tun wie ihr Frauen. Bei uns muss immer schön eines nach dem anderen kommen.«

Es dauerte ungefähr eine halbe Stunde, dann klingelte Michelles Handy erneut.

Sie warf King einen Blick zu. »Wie konnten Sie das so genau wissen?«

»Wir Kerle fliegen nun mal auf eine gute Telefonstimme. Außerdem haben Sie genau das Richtige über seine Mutter gesagt – und auf unsere Mamis lassen wir nichts kommen.«

»Okay«, sagte Lorettas Sohn am Telefon. »Man hat sie in ihrer Badewanne gefunden. Sie wurde ertränkt.«

»Ertränkt? Woher weiß man, dass es kein Unfall war? Vielleicht hatte sie ja einen Herzinfarkt?«

»Jemand hat ihr den Mund mit Geld voll gestopft, und das Haus ist von oben bis unten durchwühlt worden. Das sieht für mich nicht nach einem Unfall aus, verdammt noch mal.«

»Das Haus durchwühlt und den Mund mit Geld voll gestopft?«, wiederholte Michelle, und King zog die Brauen hoch.

»Ja, hundert Dollar in fünf Zwanzigdollarnoten. Ich habe Mama selber gefunden. Als ich am Abend bei ihr anrief, ging sie nicht an den Apparat. Von mir zu ihr sind es ungefähr siebzig Kilometer. Also bin ich losgefahren, um nach ihr zu sehen. Und dann dieser Anblick! O verflucht!« Seine Stimme brach.

»Es tut mir Leid. Und entschuldigen Sie bitte, dass ich Sie noch gar nicht nach Ihrem Namen gefragt habe.«

»Tony. Tony Baldwin.«

»Mein aufrichtiges Beileid, Tony. Ich habe Ihre Mutter besucht, um mit ihr über den Mord an Ritter zu sprechen. Ich interessiere mich für den genauen Tatablauf. Ihre Mutter hatte an jenem Tag Dienst, und da sie nach wie vor in Bowlington lebte, bin ich zu ihr gefahren. Ich habe mich auch mit zwei anderen ehemaligen Zimmermädchen unterhalten, die Namen kann ich Ihnen geben. Mehr habe ich nicht getan, ich schwöre es Ihnen.«

»Okay, ich glaub Ihnen. Haben Sie eine Ahnung, wer es gewesen sein kann?«

»Noch nicht. Aber das will ich rauskriegen, das hat bei mir jetzt allerhöchste Priorität.«

Sie bedankte sich bei Tony Baldwin und beendete das Gespräch.

»Den Mund mit Geld voll gestopft…«, wiederholte King nachdenklich.

»Das war das Geld, das sie von mir hatte!«, erklärte Michelle bedrückt. »Ich habe ihr die fünf Zwanzigdollarnoten für die Beantwortung meiner Fragen gegeben.«

King rieb sich das Kinn. »Okay, ein Raubmord war es also nicht. Die Täter hätten das Geld sonst mitgenommen. Aber sie haben das Haus durchwühlt. Sie haben etwas gesucht.«

»Aber ihr die Scheine in den Mund zu stopfen! Mein Gott, ist das grässlich!«

»Vielleicht nicht so grässlich wie eine Aussage.«

Sie sah ihn fragend an.

»Was für eine Aussage?«

»Eine tödliche – für beide. Wer hätte das gedacht?«

»Was meinen Sie damit?«

»Kann ich Ihnen leider nicht sagen.«

»Warum nicht, verdammt noch eins?«

»Weil ich noch ein bisschen darüber nachdenken muss, deshalb. Das ist eben mein Arbeitsstil.«

Michelle warf frustriert die Arme hoch. »Mein Gott, Sie können einen wirklich verrückt machen!«

»Danke, ich tue mein Bestes.« King sah eine Zeit lang zum Fenster hinaus, bevor er sich wieder rührte. »Okay, das ist eine Kleinstadt hier. Über kurz oder lang werden wir Verdacht erregen, vor allem, weil überall Polizisten herumwuseln. Fahren wir also ein Stück raus und suchen uns eine Bleibe. Hingehen können wir erst am späten Abend.«

»Hingehen? Wohin denn?«

Er sah sie an. »Ich kann genauso nostalgisch sein wie jeder andere.«

Michelle verzog das Gesicht. »Fällt es eigentlich allen Anwälten so schwer, auf eine direkte Frage eine direkte Antwort zu geben?«

»Na gut, ich denke, es ist an der Zeit, dem Fairmount-Hotel einen Besuch abzustatten. Ist Ihnen das direkt genug?«

KAPITEL 27

Sie näherten sich dem Hotel von hinten und achteten darauf, den Schutz der dicht stehenden Bäume nicht zu verlassen. Sie waren identisch gekleidet und bewegten sich synchron. Am Waldrand blieben sie stehen und suchten mit ihren Blicken das freie Gelände zwischen Wald und Hotelzaun ab. Als sie sicher waren, dass sich kein Mensch dort aufhielt, verließen sie ihre Deckung, rannten zum Zaun und kletterten hinüber. Einer der beiden zog eine Pistole. Ihr nächstes Ziel war die Rückseite des Hotels. Sie fanden einen Nebeneingang, brachen die Tür auf und waren Sekunden später im dunklen Innern des Gebäudes verschwunden.

Sean King und Michelle Maxwell parkten ein gutes Stück vom Hotel entfernt und gingen den Rest der Strecke zu Fuß. Kurz bevor sie das Gebäude erreichten, mussten sie im angrenzenden Wald Deckung suchen, weil der Polizeihubschrauber mit seinem rastlos über den Boden streifenden Suchscheinwerfer über ihre Köpfe hinwegbrauste.

»Das ist ja richtig aufregend«, sagte Michelle, als sie wieder aus dem Wald herauskamen und auf den Zaun zugingen. »Abwechslungshalber mal auf der anderen Seite der Fahndung zu stehen, das hat schon was für sich.«

»Ja, ja, ich spüre einen Kick nach dem anderen. Allein schon die Vorstellung, ich müsste jetzt zu Hause bei einem schönen Glas Viognier vor dem Kaminfeuer sitzen und Proust lesen… Aber nein, ich kann ja stattdessen frohgemut durch die reizvolle Umgebung von Bowlington, North Carolina, schleichen und mit einem Polizeihubschrauber Haschmich spielen.«

»Erzählen Sie mir nicht, dass Sie zum Wein Proust lesen!«, erwiderte Michelle.

»Na gut, nur dann, wenn im Sportfernsehen nichts los ist.«

Sie waren jetzt näher an das Hotel herangekommen, und King ließ seinen Blick über die ramponierte Fassade schweifen. »Dieser Kasten kam mir schon damals so vor, als hätte ihn Frank Lloyd Wright im Heroinrausch entworfen.«

»Ganz schön hässlich«, stimmte Michelle ihm zu.

»Nur, damit Sie einen Begriff von Clyde Ritters ästhetischen Vorstellungen bekommen: Er fand das Fairmount-Hotel wunderschön.«

Das Loch im Zaun, durch das Michelle bei ihren vorherigen Besuchen gestiegen war, hatte man inzwischen geflickt. Sie waren daher gezwungen, über den Zaun zu klettern. King sah nicht ohne Neid, mit welcher Eleganz Michelle diese Aufgabe bewältigte. So würde er es wahrscheinlich nicht schaffen. Seine Befürchtungen wurden sogleich bestätigt, denn er wäre um ein Haar auf die Nase gefallen, weil sein Fuß sich auf der anderen Seite in einer der Maschen verfing. Michelle gab ihm kommentarlos Hilfestellung und ging dann voran zum Hotel. Sie betraten das Gebäude an der gleichen Stelle wie Michelle bei ihrem ersten Besuch.

Sie zog eine Taschenlampe hervor. King hob jedoch warnend die Hand. »Moment! Sagten Sie nicht, das Haus würde bewacht?«

»Ja, aber ich habe den Nachtwächter nirgends gesehen, als wir hereinkamen.«

Kings Blick verriet Argwohn. »Sie sagten, soweit ich mich erinnere, dass Sie bei Ihrem zweiten Besuch dem Nachtwächter begegnet sind. Beim ersten haben Sie niemanden getroffen.«

»Kann sein, dass er damals gerade auf der anderen Seite seinen Rundgang machte. Wahrscheinlich wird bloß auf dem Gelände regelmäßig patrouilliert.«

»Ja, wahrscheinlich«, erwiderte King und nickte ihr zu. Michelle knipste die Taschenlampe an, und sie machten sich auf den Weg zur Lobby.

»Der Stonewall-Jackson-Saal liegt gleich hier am Ende des Flurs«, sagte Michelle.

»Ach nein? Darauf wäre ich nie gekommen …«

»Tut mir Leid, Sean. Ich dachte nur, bei Ihnen ist es schon so lange her, und ich war gerade erst hier.«

»Schon gut, war nur eine dumme Bemerkung von mir.«

»Wollen Sie ihn sich ansehen?«

»Später vielleicht. Zuerst will ich noch was anderes überprüfen.«

»Die Besenkammer, in der sich Loretta Baldwin versteckt hat?«

»Große Geister haben oft die gleichen Gedanken. Passen Sie bloß auf, demnächst fangen Sie noch an, einen anständigen Wein zu trinken und dazu gute Literatur zu lesen, die Sie zum Denken anregt. Und vielleicht – nur vielleicht! – kommen Sie sogar so weit, dass Sie tatsächlich Ihr Auto sauber machen. Vorausgesetzt, Sie haben ein oder zwei Jahre lang nichts anderes zu tun.«

Sie standen nun vor der Besenkammer und zogen die Tür auf. King ließ sich von Michelle die Taschenlampe geben, ging hinein und sah sich um. Im hintersten Winkel richtete er den Lichtstrahl auf eine schmale Spalte im Mauerwerk, dann drehte er sich um und sagte zu Michelle: »Loretta war klein?«

»Ja, und fast nur Haut und Knochen.«

»Dann hat sie sich problemlos da hinten verkriechen können. Sie hat nicht zufällig erwähnt, wo genau sie sich hier versteckt hat?«

»Nein, aber sie hätte sich praktisch überall hier verbergen können.«

King schüttelte den Kopf. »Wenn ich unter Schock stehe, weil ich gerade einen Mord miterlebt habe, um mich herum die Hölle losbricht und alles schreit und kreischt und rennt… Wenn ich in diesem Zustand in einer Besenkammer Zuflucht suche, dann würde ich mich dort so weit hinten wie nur irgend möglich verkriechen. Das macht man einfach instinktiv, so wie man sich in der Nacht manchmal die Bettdecke über die Ohren zieht. Loretta konnte zu dem Zeitpunkt ja noch nicht einmal wissen, was da eigentlich los war. Im schlimmsten Fall hätte sich ja sogar ein Kerl mit einer Knarre in der Hand ebenfalls hier verstecken können und…« Er brach mitten im Satz ab und starrte an die Stelle, wo sich Loretta seiner Meinung nach verborgen haben musste.

»Was ist, Sean?«

King schüttelte nur den Kopf. »Ich bin mir nicht sicher.« Er verließ die Besenkammer und schloss die Tür hinter sich.

»Okay, wohin jetzt?«, wollte Michelle wissen.

Er atmete tief durch. »Zum Stonewall-Jackson-Saal.«

Dort ging Michelle dann schweigend mit ihrer Taschenlampe neben King her, der den ganzen Raum sorgfältig abschritt und sehr aufmerksam musterte. Schließlich blieb sein Blick an der Stelle hängen, wo er vor acht Jahren gestanden hatte. Erneut atmete er tief durch und schien wieder in dieselbe Rolle wie damals zu schlüpfen. Seine Hand legte sich auf den imaginären Rücken eines verschwitzten Clyde Ritter, der sich sein Jackett ausgezogen hatte.

King durchlebte noch einmal jenen verhängnisvollen Septembertag im Jahre 1996. Sein Blick musterte prüfend die imaginäre Menschenmenge, potenzielle Störenfriede, Babys, die geküsst werden sollten, das Drängen von hinten und Ritters Reaktion darauf. Er ertappte sich sogar dabei, wie er wieder etwas in sein Mikrofon murmelte und seine Beobachtungen meldete. Er warf einen Blick auf die Uhr an der Wand gegenüber, obwohl dort keine mehr hing und er sie in der Dunkelheit ohnehin nicht hätte erkennen können. Nur noch drei Minuten, dann war das Bad in der Menge vorüber. Verrückt, wenn man genauer darüber nachdachte. Hätte Ramsey sich verspätet oder Ritter die Veranstaltung nur ein paar Minuten früher beendet – nichts wäre geschehen. Und sein eigenes Leben hätte einen völlig anderen Verlauf genommen.

Er war sich dessen selbst nur halb bewusst, als sein Blick hinüberglitt zu der Reihe der Aufzüge. Und er hörte den Glockenschlag, wieder und immer wieder. In seiner Vorstellung gingen auch die Türen unablässig auf und zu. Ihm war, als würde er in dieses Vakuum hineingesogen.

Der Knall ließ ihn vor Schreck zusammenfahren. Trotzdem glitt seine Hand sofort an das Pistolenholster, und er zog die imaginäre Waffe. Er blickte auf die Stelle, wo Ritter am Boden lag, nachdem er umgefallen war. Dann blieb sein Blick an Michelle hängen. Sie stand am Eingang, die Taschenlampe in der Hand. Sie hatte soeben mit Wucht die Tür zugeschlagen.

»Tut mir Leid«, sagte sie. »Ich wollte nur Ihre Reaktion testen. Ich glaube, das hätte ich nicht tun sollen.«

»Nein, wirklich nicht«, sagte King mit Nachdruck.

Sie kam zu ihm. »Was haben Sie gerade gedacht?«

»Wären Sie überrascht, wenn ich jetzt antworten würde: ›Ich weiß es nicht so genau‹?«

»Raus mit der Sprache, es kann sehr wichtig sein.«

Er dachte noch einen Augenblick nach. »Nun, ich entsinne mich, dass ich diesen Arnold Ramsey anstarrte. Sein Gesichtsausdruck passte nicht zu einem Mann, der soeben einen Präsidentschaftskandidaten erschossen hat. Er wirkte weder ängstlich noch herausfordernd, auch nicht wütend oder geistesgestört.«

»Wie denn dann?«

King starrte sie an. »Überrascht, Michelle. So als ob er gar nicht damit gerechnet hätte, Ritter zu töten.«

»Okay, das ergibt nun wirklich keinen Sinn. Er hatte

den Mann doch gerade erschossen. Woran erinnern Sie sich sonst noch?«

»Nachdem Ritter weggetragen worden war, kam Bobby Scott zu mir und guckte sich meine Verletzung an.«

»Unter diesen Umständen eine recht bemerkenswerte Reaktion.«

»Nun ja, er wusste ja nicht, was geschehen war, sondern nur, dass er einen verwundeten Agenten hatte. Was wirklich passiert war, kam uns erst später zu Bewusstsein.«

»Sonst noch was?«

King betrachtete den Fußboden. »Als ich später hinausgeführt wurde, gingen Bobby und Sidney Morse draußen im Flur aufeinander los. Es war noch ein Dritter dabei, ein Mann, den ich aber nicht erkannte. Morse war ungefähr eins fünfundsiebzig groß und über zwei Zentner schwer, das meiste davon reines Fett. Daneben der Ex-Marinesoldat Bob Scott, gebaut wie eine Eiche. Das war schon ein Anblick. Zu jedem anderen Zeitpunkt hätte ich mich vor Lachen gekringelt.«

»Worüber haben die beiden sich denn gestritten?«

»Ritter war tot, und Scott war schuld daran – ich bin sicher, dass Bobby von Morse genau diesen Vorwurf zu hören bekam.«

»Haben Sie später noch mal mit den beiden zu tun gehabt? Oder mit einem von ihnen?«

»Nur noch mit Bobby, anlässlich verschiedener öffentlicher Anhörungen, die danach stattfanden. Unter vier Augen haben wir nie wieder miteinander gesprochen. Ich wollte ihn immer anrufen und ihm sagen, wie Leid mir das alles tat, aber ich habe es nie getan.«

»Ich habe gelesen, dass Sidney Morse in eine Heilanstalt eingeliefert worden ist.«

»Ja. Ich glaube, Ritters politische Ziele waren ihm im Grunde egal. Für Morse war alles Show, ein einzige riesige Bühneninszenierung. Er kam ja ursprünglich auch aus dem Show-Business. Einmal bekam ich mit, wie er zu jemandem sagte, wenn es ihm gelänge, einen Typen wie Ritter ins nationale Rampenlicht zu befördern, dann würde er – Morse – zu einem Idol.«

Michelle sah sich um und schauderte. »Es ist so still hier drin. So ähnlich muss es in einem Grab sein.«

»Ist es ja in gewisser Weise auch. Zwei Menschen sind hier gestorben.«

»Ich bin froh, dass es nicht drei waren.«

Waren es doch eigentlich, dachte King. Oder?

Mit dem Lichtstrahl ihrer Taschenlampe zog Michelle einen Strich über den Boden. »Das Absperrseil, das die Zuschauer zurückhalten sollte, war hier, oder?« King nickte. »Demnach musste es ziemlich lang sein – von der Wand dort bis ungefähr dreißig Zentimeter hinter der Wand des Aufzugsschachts. Und aus dem Video geht hervor, dass es diagonal verlief. Wissen Sie noch, wer das Seil aufgestellt hat?«

»Das dürfte der Service gewesen sein.«

»Also der Einsatzleiter, Bob Scott?«

»Ich glaube nicht, dass sich Bobby mit solchen Details befasst hat.«

»Woher wissen Sie dann so genau, dass es der Service war?«

King zuckte mit den Schultern. »So sicher bin ich mir da auch nicht. Ich weiß nur, dass Ritter und ich hinter dem Seil stehen sollten.«

»Genau.« Michelle reichte King die Lampe und stellte sich an die Stelle, an der King gestanden und zum Fahrstuhl gesehen hatte. »Okay, wenn das Seil dort war und Sie hier, dann waren Sie der Einzige im Raum, der die Aufzüge sehen konnte. Es sieht ganz so aus, als wäre das bewusst so arrangiert worden. Und im Übrigen hat der Fahrstuhl Ihre Aufmerksamkeit bestimmt noch einmal abgelenkt.«

»Jetzt hören Sie doch endlich mit diesem Fahrstuhl auf!«, fuhr King sie an. »Ich frage mich, warum ich überhaupt hierher gekommen bin. Ritter war ein Idiot. Ich bin heilfroh, dass er tot ist.«

»Er war immerhin Präsidentschaftskandidat, Sean. Ich mochte John Bruno auch nicht, aber ich habe ihn bewacht, als wäre er der Präsident der Vereinigten Staaten.«

»Sie können sich Ihre Lektionen über die Grundsätze des Personenschutzes sparen«, erwiderte er verärgert. »Ich habe schon Präsidenten geschützt, da haben Sie noch Ihre Zeit damit verplempert, wegen einer lächerlichen Metallplakette um die Wette zu rudern.«

»Gehört es zu den Grundsätzen des Personenschutzes«, erwiderte Michelle langsam, »dass man in der Nacht vor einem Einsatz eine Kollegin vögelt und deshalb kein Auge zutut? Wenn ja, dann muss ich den in meinem Handbuch übersehen haben.«

»Ja, der steht gleich neben der Regel, dass man Schutzpersonen nicht unbewacht in einem Raum allein lässt«, konterte er. »Den haben Sie gleich mit übersehen.«

»Ich hoffe, Joan war es wert.«

»Loretta Baldwin hat Ihnen das von dem Höschen an der Deckenlampe ja erzählt. Ziehen Sie daraus Ihre eigenen Schlüsse.«

»Auf jeden Fall war es eine Fehlentscheidung. Ich hätte mit Ihnen vor einem Einsatz *nicht* geschlafen, egal wie groß die Versuchung gewesen wäre. Nicht, dass da überhaupt eine gewesen wäre.«

»Danke, gut zu wissen… *Mick*.«

Michelle ließ nicht locker. »Tatsache ist, dass ich die Ablenkung viel eher akzeptieren kann als die Bumserei vor dem Einsatz.«

»Sehr interessant, das alles… Aber was wollen Sie eigentlich? Wollen Sie, dass wir uns hier umsehen, oder wollen Sie weiter mein Privatleben und meine Entscheidungen unter die Lupe nehmen?«

»Vorschlag zur Güte: Warum hauen wir nicht einfach ab?«, sagte Michelle abrupt. »Ich habe die Atmosphäre hier drin jetzt satt.«

Sie marschierte aus dem Saal. King schüttelte müde den Kopf und folgte ihr langsam.

Als er den Raum verließ, war von Michelle bereits nichts mehr zu sehen. King rief nach ihr und leuchtete mit der Taschenlampe in die Dunkelheit. Endlich erfasste sie der Lichtkegel und holte sie aus den Schatten. »Michelle! So warten Sie doch! Sie brechen sich noch den Hals, wenn Sie ohne Licht hier rausrennen!«

Die Arme vor der Brust gekreuzt, blieb sie stehen und zog ein finsteres Gesicht. Dann aber, ganz plötzlich, spannten sich alle ihre Muskeln, und ihr Kopf fuhr herum. King sah einen Schemen aus der Dunkelheit auftauchen und hörte Michelle aufschreien. Sofort rannte er auf sie zu. Im Strahl seiner Taschenlampe erschienen zwei Männer und gingen auf Michelle los.

»Pass auf!«, brüllte King. Noch ehe er bei ihr war, flog die Pistole, die einer der beiden Männer gezückt hatte, nach einem exakt platzierten Tritt Michelles in hohem Bogen durch die Luft. Als Nächstes krachte ihr linker Fuß in das Gesicht des zweiten Angreifers; der Kerl flog rückwärts gegen die Wand und sackte zusammen. Wie eine Tänzerin, die einer sorgfältig einstudierten Choreographie folgt, wirbelte sie herum und streckte mit einem bösen Nierentritt auch den ersten Angreifer nieder. Beide Männer versuchten, sich wieder aufzurappeln, doch Michelle versetzte dem einen mit einem Ellbogenschlag in den Nacken den endgültigen K. o., während King den anderen mit der Taschenlampe niederschlug.

Schwer atmend sah er sie an. Michelle kramte in ihrer Handtasche, förderte ein Paar Handschellen zu Tage und fesselte damit die beiden Bewusstlosen aneinander. Diese Frau ist nicht einmal ins Schwitzen geraten, dachte King.

Michelle blickte auf und sah seinen fragenden Blick. »Schwarzer Gürtel. Vierter Grad«, sagte sie.

»Ja, natürlich«, erwiderte King und richtete die Taschenlampe auf die beiden Männer, die noch immer ihre blaue Gefängniskluft trugen. »Sieht so aus, als hätten wir die ausgebüxten Knackis erwischt. Konnten wahrscheinlich noch keine neuen Klamotten finden.«

»Ich sag der Polizei Bescheid, den Gefallen können wir den Kollegen hier vor Ort ruhig tun. Anonym natürlich.« Sie zog ihr Handy aus der Tasche.

»Hey, Michelle?«

»Ja?«

»Ich wollte dir nur sagen, dass ich mich mit einer großen starken Frau als Leibwächterin sehr sicher fühle.«

Nachdem Michelle die Polizei benachrichtigt hatte, kehrten die beiden auf dem schnellsten Wege zu ihrem Land Cruiser zurück. Schon knatterte über ihnen wieder der Hubschrauber vorbei, diesmal unterwegs zum Hotel. Michelles Blick folgte dem Flug und der Lichtschneise, die die Scheinwerfer durch den Wald schnitten.

Da sah sie ihn. Sie hielt die Luft an.

Ein Lastwagen war zu erkennen, der in einer Nebenstraße parkte, und darin saß ein Mann, dessen Gesicht kurz von den Helikopterscheinwerfern angestrahlt wurde. Kaum war der Lichtkegel über ihn hinweggestrichen, war auch der Mann nicht mehr zu sehen. Michelle hörte, wie der Laster angelassen wurde und gleich darauf mit hoher Geschwindigkeit davonfuhr.

Sie sprang in den Land Cruiser und rief King zu, er solle sich beeilen.

»Was ist denn los?«, schrie er zurück und warf die Tür zu, während Michelle noch mit dem Wagenschlüssel herumfummelte.

»In dem Laster saß ein Mann, hast du ihn nicht gesehen?«

»Nein.«

»Aber du hast den Laster abfahren hören?«

»Bei dem Lärm, den der Hubschrauber gemacht hat? Wer war der Kerl denn?«

»Er sah anders aus, denn er muss, als ich ihn zum ersten Mal sah, verkleidet gewesen sein – und vielleicht war er ja jetzt auch wieder verkleidet. Aber seine Augen konnte ich ganz deutlich sehen. Augen lügen nicht. Er war es, ich kann's beschwören!«

»Ja, *wer* denn nun?«

»Officer Simmons, der Hilfspolizist bei dem Bestattungsinstitut! Der Mann, der John Bruno entführt und Neal Richards getötet hat!«

King sah sie verblüfft an. »Bist du dir da auch ganz sicher?«

Michelle legte den ersten Gang ein und fuhr los. »Ja, ganz sicher.« Sie wendete den Wagen und wollte gerade in die Nebenstraße einbiegen, um den Laster zu verfolgen, als mit einem Mal eine ganze Schar von Streifenwagen auffuhr und ihr den Weg versperrte.

Michelle hämmerte mit den Fäusten aufs Lenkrad ein. »Verdammt, verdammt, verdammt! Ausgerechnet jetzt müssen diese Provinzbullen aufkreuzen!«

Die Tür eines Streifenwagens öffnete sich, und ein Mann stieg aus. King schüttelte den Kopf und sagte: »Das sind keine Dorfpolizisten, Michelle.«

Der Mann marschierte gleich zur Fahrerseite und bedeutete Michelle, ihr Seitenfenster herunter zu drehen. Als sie seiner Anweisung Folge geleistet hatte, beugte er sich hinein, musterte zuerst sie und dann King.

»Hätten Sie bitte die Güte, das Fahrzeug zu verlassen?«, sagte Jefferson Parks.

KAPITEL 28

Das Verhör dauerte fast die ganze Nacht. Michelle bat inständig, sie wieder auf freien Fuß zu setzen; sie wolle unbedingt den Mann in dem Lastwagen ausfindig machen. Doch die Polizei ging darauf nicht ein. Die Gesetzeshüter hatten eindeutig andere Prioritäten, und als Michelle erklärte, dass es sich möglicherweise sogar um den Entführer von John Bruno handle, wurden ihre Mienen immer skeptischer. »Das kann warten!«, verfügte der Sheriff abschließend.

Die nächste Stunde war äußerst unangenehm für sie. Walter Bishop vom Secret Service machte sie regelrecht zur Schnecke. Er war, nachdem die Polizei von North Carolina ihn über Michelles Festnahme informiert hatte, mit der nächsten Maschine eingeflogen, um ihr eine Standpauke zu halten.

»Als ich Ihnen kürzlich deutlich machte«, donnerte er mit Stentorstimme, »wie glücklich Sie sich schätzen können, dass Sie nach wie vor dem Service angehören dürfen, da dachte ich, Sie würden Ihre Lehre daraus ziehen. Aber was tun Sie? Schnüffeln in Angelegenheiten herum, die Sie nichts angehen! Ich kann mir nicht vorstellen, wie man einen noch größeren Mist bauen könnte als Sie!« Sein Blick wanderte zu King. »Oh, entschuldigen Sie, das war ein Irrtum, da Sie neuerdings ja die Gesellschaft eines unserer legendären Versager suchen! Sie sollten gemeinsam einen Verein gründen – den Club der Nieten! Einen *King* für den Vereinsvorsitz haben Sie ja schon, stimmt's, Sean?«

King hatte Bishop schon während seiner aktiven Zeit

im Service verabscheut, und nach der Ermordung Ritters war Bishop einer derjenigen gewesen, die am lautesten »Kreuziget ihn!« geschrien hatten. Die Jahre, die seither verstrichen waren, hatten die Gefühle des ehemaligen Agenten in keiner Weise mäßigen können.

»Vorsicht, Walt!«, sagte King. »Einen Beleidigungsprozess hab ich schon gewonnen. Ich kann auch einen Verleumdungsprozess gewinnen. Und ich kann Ihnen gar nicht sagen, was für einen Heidenspaß es mir machen würde, Ihre mickrigen Weichteile in ein Einmachglas…«

»Jetzt reicht's!«, brüllte Bishop.

»Ich bin nicht mehr beim Service, also sparen Sie sich Ihre theatralischen Auftritte für jemanden auf, der Sie noch für voll nimmt – vorausgesetzt, Sie finden einen.«

»Ich verbiete Ihnen, in diesem Ton mit mir zu reden!«

»Lieber rede ich mit einem Haufen Pferdemist, als dass ich auch nur noch eine Minute meines Lebens auf so einen billigen Armleuchter wie Sie verschwende!«

»Ich habe immerhin noch nie einen Präsidentschaftskandidaten abkratzen lassen, bloß weil ich den Kopf gerade in meinem Arsch stecken hatte!«

»Ihr Kopf steckt doch nie woanders als in Ihrem Arsch. Meiner kommt wenigstens ab und zu mal zum Luftholen raus!«

Das Gespräch glitt von da an rapide in noch tiefere Niederungen ab, bis schließlich praktisch alle, die sich im Polizeigebäude aufhielten, einschließlich der Häftlinge, die die Ohren spitzten, um sich nur ja kein Wort entgehen zu lassen.

Michelle hatte noch nie erlebt, dass es jemand wagte, dermaßen despektierlich mit Walter Bishop zu reden, und bei so einigem, was aus Kings Mund kam, musste sie an sich halten, um nicht laut loszulachen. Ihr kam es vor, als habe er in den vergangenen acht Jahren einen Riesenvorrat an Verbalinjurien angesammelt, nur um ihn bei dieser Gelegenheit loszuwerden.

Nachdem Bishop wutentbrannt wieder nach Washington abgedampft war, gesellten sich Jefferson Parks und der Sheriff von Bowlington zu Michelle und Sean, die sich gerade einen miserablen Kaffee aus dem Automaten zu Gemüte führten.

»Was tun Sie eigentlich hier?«, fragte King Parks.

Der Deputy Marshal war sichtlich aufgebracht. »Ich hatte Sie ausdrücklich darum gebeten, den Bezirk nicht zu verlassen. Und dann sagen mir meine Leute, dass Sie sich nicht nur in einem anderen Staat aufhalten, sondern auch noch in der Stadt herumschnüffeln, in der Clyde Ritter das Zeitliche gesegnet hat. Und um dem Ganzen noch die Krone aufzusetzen, erfahre ich, dass Ihre Begleiterin« – er nickte in Richtung Michelles – »in einen hiesigen Mordfall verwickelt ist. Noch einmal von vorne: Sie haben den Bezirk verlassen, nachdem ich Sie ausdrücklich um das Gegenteil gebeten hatte, weil …«

»Ich stand ja nicht unter Arrest«, unterbrach King ihn wütend. »Und außerdem ist es ja nicht so, dass ich meine Pensionsansprüche versilbert hätte und damit auf die Fidschi-Inseln abgehauen wäre. Ich bin lediglich in einem Land Cruiser voller Sportartikel und angefressener Müsliriegel nach North Carolina gefahren. Toll, was?«

»Außerdem hatten wir das Glück, Ihre ausgebüxten Häftlinge wieder einzufangen«, ergänzte Michelle. »Wir haben Ihnen also einen Dienst erwiesen.«

»Das erkenne ich durchaus an«, sagte der Sheriff. »Trotzdem würde ich gerne mehr über Ihre Beziehung zu der verstorbenen Ms Baldwin wissen. Dies ist der erste Mord hier in Bowlington seit – nun ja, seit dem Fall Ritter, und Sie werden sich denken können, dass ich alles andere als erfreut darüber bin.«

Michelle schilderte ein weiteres Mal ihr Gespräch mit Loretta.

Der Sheriff rieb sich das Kinn und zerrte seinen Hosenbund hoch. »Ich werde daraus einfach nicht schlau«, sagte er. »Loretta hat Ihnen doch offensichtlich nichts erzählt, was irgendwen hätte belasten können.«

»Ja, das stimmt.« Michelle hatte ein bisschen geflunkert und die Geschichte mit dem schwarzen Spitzenhöschen und den »Aktivitäten« in Kings Zimmer in der Nacht vor dem Anschlag verschwiegen, was King mit einem dankbaren Blick quittierte. »Ich bin mir daher nicht sicher, ob die Tat überhaupt in Verbindung mit meinem Besuch zu sehen ist. Es könnte sich auch um einen Riesenzufall handeln.«

»Und das Geld in ihrem Mund? Sie sagten, Sie hätten es ihr gegeben?«

Michelle nickte. »Ich nehme jedenfalls an, dass es die fünf Zwanzigdollarnoten waren, die ich ihr für ihre Hilfe gegeben hatte.«

Nach einer Pause fügte sie hinzu: »Mit Lorettas Tod habe ich nichts zu tun.«

Der Sheriff nickte. »Wir haben Ihr Alibi bereits überprüft. Man hat Sie zum Zeitpunkt des Mordes in Virginia gesehen.«

»Was also ist das Motiv?«, fragte Parks und hob die Hände, als alle ihn ansahen. »Sie haben uns eben ein Verbrechen ohne Motiv geschildert – es sei denn, die Dame hatte Feinde, von denen Sie nichts wissen. Natürlich kann es auch ein Zufallstäter gewesen sein, aber rein gefühlsmäßig halte ich das für unwahrscheinlich. Dieses Geld im Mund: Das war etwas Persönliches.«

Der Sheriff schüttelte den Kopf. »Loretta Baldwin war absolut keine Frau, die persönliche Feinde gehabt hätte. Na gut, sie hatte eine scharfe Zunge, und bei dem, was sie so tratschte, traf sie meistens mitten ins Schwarze. Aber das waren doch alles nur Kleinigkeiten. Wegen so was bringt man keinen Menschen um.«

»Na ja, so genau lässt sich das nie sagen«, bemerkte King. »Was für Sie eine Kleinigkeit ist, kann für jemand anders sehr wichtig sein.«

Der Sheriff nickte, wirkte aber nicht überzeugt. »Vielleicht.« Er erhob sich. »Okay, ich habe Ihre Aussagen. Sie können gehen.«

Bevor sie das Polizeigebäude verließen, wandte sich Michelle noch einmal an den Sheriff. »Können Sie mir sagen, wem das Fairmount-Hotel derzeit gehört?«

»Nach meinen letzten Informationen hat es eine japanische Firma gekauft. Sie will es angeblich in ein Golfhotel umwandeln.« Er lachte. »Ich glaube nur, die Leute haben ihre Hausaufgaben nicht gemacht. Das Gelände, das zum Hotel gehört, ist zwar ziemlich groß, besteht aber überwiegend aus Feuchtgebieten. Und allenfalls eine Hand voll Leute hier in der Gegend weiß doch, was ein Golfhotel überhaupt ist.«

»Kennen Sie den Namen der Wach- und Schließgesellschaft, die das Hotel bewacht?«

Der Sheriff sah sie verwirrt an. »Was für eine Wach- und Schließgesellschaft?«

Michelle ließ sich ihre Überraschung nicht anmerken und kehrte wieder zu King und Parks zurück.

»Wie sind Sie eigentlich so schnell hierher gekommen?«, wollte King von Parks wissen.

»Meine Leute sind Ihnen gefolgt.«

»Das ist reine Zeitverschwendung, glauben Sie mir.«

»Ja, bisher war es ziemlich langweilig.«

Jetzt meldete sich Michelle zu Wort. »Heute Abend ist etwas geschehen, Marshal, das zwar mit dem Mord an Loretta Baldwin nichts zu tun hat, sehr wohl aber, wie ich meine, mit dem Verschwinden von John Bruno.«

»Bruno?« Parks sah sie fragend an. »Was, zum Teufel, hat denn John Bruno mit dieser Sache zu tun?«

Michelle berichtete ihm von dem Mann im Lastwagen.

Er schüttelte den Kopf. »Wie wollen Sie sich da so sicher sein? Sie haben ihn doch kaum gesehen – und das bei äußerst schlechten Lichtverhältnissen.«

»Ich bin Agentin des Secret Service. Gesichter zu studieren und wiederzuerkennen gehört zu meinen wichtigsten Aufgaben.«

Parks wirkte noch immer skeptisch. »Na gut, dann teilen Sie Ihre Beobachtung dem FBI mit, die Ermittlungen liegen bei denen. Ich versuche lediglich herauszufinden, wer einen meiner Zeugen ermordet hat…« Sein Blick fiel auf King. »Und außerdem versuche ich, diesen Burschen hier im Auge zu behalten.« Seine Stimme klang wie Donnergrollen. »Aber er macht es mir, weiß Gott, nicht leicht.«

»Wollen Sie vielleicht, dass ich still und brav abwarte, bis Sie genügend Beweise zusammengeklaubt haben, um mich an den Galgen zu bringen?«

»Dafür, dass ich Sie jederzeit verhaften kann, reichen die Beweise jetzt schon aus. Führen Sie mich also nicht in Versuchung.« Sein finsterer Blick traf beide, King und Michelle. »Ich darf also davon ausgehen, dass Sie wieder ins gute alte Virginia zurückkehren?«

»Nun ja«, sagte King, »vom guten alten Bowlington habe ich jedenfalls definitiv die Nase voll.«

KAPITEL 29

»Dann glaubst du mir also auch nicht.«

Der Morgen graute. Michelle und King befanden sich auf der Rückfahrt nach Wrightsburg.

»Was?«, fragte King.

»Dass ich Simmons in diesem Laster gesehen habe!«

»Doch, ich glaube dir. Du hast den bestimmt gesehen.«

Sie blickte ihn überrascht an. »Na ja, Parks hat mir eindeutig nicht geglaubt. Warum tust du es?«

»Weil ein Secret-Service-Agent niemals ein Gesicht vergisst.«

Sie lächelte. »Ich wusste doch, dass es mir in deiner Gesellschaft gefallen würde. Aber da ist noch etwas, Sean. Es gibt offenbar gar keine Wach- und Schließgesellschaft in Bowlington. Der Kerl, der mich im Fairmount überrumpelt hat, war demnach gar nicht echt.«

Kings Blick verriet Beunruhigung. »Es könnte der Mörder von Loretta gewesen sein, Michelle.«

»Ich weiß, das hätte ins Auge gehen können.«

»Wie sah der Mann denn aus?« Michelle beschrieb ihn, und King meinte: »Klingt nach einem Allerweltsgesicht ohne besondere Merkmale.«

»Das war vermutlich Absicht. Also wieder eine Sackgasse? Das kommt mir in diesem Fall langsam wie ein ständig wiederkehrendes Thema vor.«

Am späten Vormittag bogen sie in die Zufahrt zu Kings Haus ein. Seine Miene verdüsterte sich, als sie oben auf dem Hügel ankamen.

»Au, verdammt!«, rief er bei dem Anblick, der sich ihm bot. Vor dem Haus lief eine sichtlich verärgerte Frau auf und ab. Es war Joan Dillinger.

Auch Michelle hatte sie inzwischen erkannt. »Unsere hoch geschätzte Ms Dillinger macht keinen sehr glücklichen Eindruck auf mich.«

»Ich weiß, dass du sie im Verdacht hast, aber bleib cool. Die Dame ist ein harter Brocken.«

Michelle nickte.

King stieg aus dem Wagen und ging auf Joan zu.

»Ich habe versucht, dich telefonisch zu erreichen«, sagte sie.

»Ich war unterwegs«, erklärte King.

Als sie Michelle aus dem Land Cruiser steigen sah, war sie erkennbar perplex. Ihr misstrauischer Blick wanderte von King zu Michelle. »Sie sind Agentin Maxwell?«

»Ja. Wir sind uns vor Jahren, als Sie noch beim Service waren, mal über den Weg gelaufen.«

»Ja, natürlich. Na, und in jüngster Zeit haben Sie ja für einen ganz gehörigen Wirbel in der Presse gesorgt.«

»Stimmt«, erwiderte Michelle. »Und ich könnte gut und gerne darauf verzichten.«

»Das glaube ich Ihnen unbesehen«, sagte Joan. »Was für eine Überraschung, Sie hier anzutreffen«, fügte sie hinzu, ohne den Blick von King zu wenden. »Ich wusste gar nicht, dass Sie und Sean sich kennen.«

»Das hat sich erst vor kurzem ergeben«, erklärte King.

»So, so!« Joan berührte Michelle am Ellbogen. »Michelle, würden Sie uns bitte entschuldigen? Ich habe etwas Wichtiges mit Sean zu besprechen.«

»Kein Problem, ich bin sowieso ziemlich fertig.«

»Ja, das ist ein Effekt, den Sean auf viele Frauen hat. Bei manchen schlägt das direkt auf die Gesundheit.«

Die beiden Frauen starrten einander an, und jede hielt dem Blick der anderen stand. »Danke für den Tipp, aber ich kann schon auf mich selbst aufpassen«, sagte Michelle.

»Davon bin ich überzeugt. Aber mit der richtigen Konkurrenz könnte es passieren, dass Sie ganz plötzlich aus dem Rennen fliegen.«

»Das ist mir, ehrlich gesagt, noch nie passiert.«

»Mir auch nicht. Es heißt, dass es beim ersten Mal wirklich unter die Haut geht. Man vergisst es nicht.«

»Ich werd's mir merken. Vielleicht merken Sie es sich auch.«

»*Good-bye*, Michelle«, sagte Joan und fügte mit Eisesstimme hinzu: »Und besten Dank auch, dass Sie mir gestatten, Ihnen Sean abzunehmen.«

»Ja, besten Dank auch, *Mick*«, murmelte King zwischen zwei Atemzügen.

Michelle fuhr ab, und King ging die Treppe hinauf. Joan blieb ihm direkt auf den Fersen, sodass er die weiß glühende Hitze ihrer Wut geradezu im Nacken spüren konnte. Wie ein Delinquent auf dem Weg zur Hinrichtung war der Vergleich, der ihm einfiel, und in diesem Augenblick war er leider nur allzu passend.

Joan setzte sich an den Küchentisch, während King Teewasser aufsetzte. Ihre Miene verriet, dass sie immer noch vor Zorn schäumte. »Würdest du mir jetzt bitte erklären, was das mit dir und Michelle Maxwell auf sich hat?«

»Hab ich doch schon. Sie ist ein neues Phänomen in meinem Leben.«

»Ich glaube nicht an solche Phänomene. Sie verliert John Bruno, und kurz darauf steht sie vor deiner Tür?«

»Was geht dich das an?«

»Was mich das angeht? Bist du wahnsinnig? Ich ermittle im Entführungsfall Bruno, und da tauchst du plötzlich in Begleitung der verantwortlichen Einsatzleiterin auf.«

»Sie hat mich besucht, weil wir beide, sie und ich, einen Präsidentschaftskandidaten verloren haben und weil sie Erfahrungen mit mir austauschen wollte. Das ist alles. Bruno spielt in dieser Gleichung eigentlich gar keine Rolle.«

»Du musst schon entschuldigen – aber mein Quatschometer klingelt so laut, dass es schon ein paar Springfedern raushaut.«

»Es ist die reine Wahrheit, ob du mir das nun abnimmst oder nicht.« Er hielt eine leere Tasse hoch und fragte freundlich: »Tee? Du siehst aus, als könntest du einen brauchen. Ich habe Earl Grey, Pfefferminz oder den bewährten, alten Lipton.«

»Ich pfeif auf deinen Tee!«, rief Joan. »Wo kommt ihr beide her?«

King behielt seinen gelassenen Tonfall bei. »Ach, so ungefähr aus dem Jahr 1996.«

»Wie bitte?«

»Nur ein kleiner Spaziergang in die Erinnerung.«

»1996?« Sie sah ihn ungläubig an. »Wart ihr etwa in Bowlington?«

»Bingo! Milch und Zucker?«

»Was, zum Teufel, hattet ihr da zu suchen?«

»Tut mir Leid, aber für diese Geheimhaltungsstufe hast du, glaub ich, noch keine Freigabe.«

Joan schlug mit der Faust auf den Tisch. »Hör jetzt auf mit dem Scheiß und rück raus mit der Sprache!«

King ließ den Tee vorübergehend Tee sein und starrte sie an. »Das geht dich wirklich einen feuchten Kehricht an – es sei denn, du sagst mir, dass du dich aus Gründen, von denen ich nichts weiß, für das Attentat auf Ritter interessierst.«

Sie sah ihn argwöhnisch an. »Was soll das bedeuten, verdammt noch mal?«

»Warum erklärst *du* nicht *mir*, was das zu bedeuten hat?«

Joan lehnte sich zurück, atmete tief durch und fuhr mit der Hand durch ihr zerzaustes Haar. »Weiß sie, dass wir die Nacht vorher gemeinsam verbracht haben?«

»Es kommt nicht darauf an, was sie weiß oder nicht weiß. Das geht nur uns beide an, dich und mich.«

»Ich weiß noch immer nicht, worauf das alles hinaussoll, Sean. Warum wühlst du die ganze Geschichte wieder auf?«

»Das weiß ich möglicherweise selber nicht. Und vielleicht will ich es auch gar nicht wissen. Also vergessen wir den ganzen Mist, Schwamm drüber, man soll keine schlafenden Hunde wecken, okay? Das Arschloch Ritter ruhe in Frieden, einverstanden?« Er schenkte Tee ein und reichte ihr eine Tasse. »Hier, Pfefferminztee, trink ein Schlückchen …«

»Sean …«

Er packte sie am Arm und beugte sich dicht zu ihr herab. »Trink jetzt deinen Tee!«

Seine leise, fast flüsternde Stimme und der durchdringende Blick schienen sie zu beruhigen. Sie nahm die Tasse auf und nippte daran. »Das tut gut. Danke.«

»Keine Ursache. Aber nun zu deinem Angebot bezüglich Bruno. Angenommen, ich sage ja. Was wäre der erste Schritt in unserer kleinen Partnerschaft?«

Obwohl Joan noch immer sehr aufgebracht wirkte, nahm sie eine Akte aus ihrem Diplomatenköfferchen und überflog den Inhalt. Dann holte sie tief Luft, was offenbar einen reinigenden Effekt auf sie hatte, und sagte: »Wir brauchen Fakten. Deshalb habe ich eine Liste mit den Namen aller Personen vorbereitet, die wir befragen müssen.« Sie schob ihm einen Zettel zu, und King sah ihn sich an. »Und wir müssen zum Tatort und der Sache von dort aus nachgehen.«

King hatte die Liste überflogen. »Okay, ziemlich gründliche Arbeit. Alle Beteiligten von Mrs Bruno über Mrs Martin bis hinunter zum Gärtner und zum Butler …« Ein Name fiel ihm besonders auf. »Sidney Morse?«

»Angeblich befindet er sich in einer psychiatrischen Klinik in Ohio. Klären wir erst einmal, ob das stimmt. Ich nehme an, du würdest ihn wieder erkennen?«

»Ich glaube nicht, dass ich Sidney Morse je vergessen werde. Hast du bestimmte Theorien?«

»Darf ich diese Neugier als Zustimmung betrachten?«

»Betrachte sie als ein Vielleicht. Also, wie steht's mit den Theorien?«

»Bruno hatte viele Feinde. Gut möglich, dass er nicht mehr am Leben ist.«

»Wenn das stimmt, sind die Ermittlungen zu Ende, bevor sie richtig begonnen haben.«

»Nein. Meine Abmachung mit dem Bruno-Lager besagt, dass ich herausfinden soll, was ihm zugestoßen ist. Ich kriege mein Geld unabhängig davon, ob er tot oder lebendig aufgefunden wird.«

»Gut ausgehandelt. Ich sehe, du hast nichts von deinem alten Biss verloren.«

»Die Arbeit bleibt die gleiche, auch wenn Bruno tot sein sollte. Ja, in diesem Fall ist sie sogar noch schwieriger. Ich werde für die Aufklärung bezahlt, egal, was diese Aufklärung letztlich ergibt.«

»Gut, das habe ich kapiert. Wir sprachen über Theorien.«

»Dann hör zu: Angenommen, der politische Gegner hat Bruno kidnappen lassen, um die Wahlen zu seinen eigenen Gunsten zu beeinflussen. Soweit ich das überblicke, war Brunos Wählerschaft groß genug, um ihn zum Zünglein an der Waage zu machen – je nachdem, welchen der beiden anderen Kandidaten er im Falle eines Falles unterstützt hätte.«

»Ich kann mir eigentlich kaum vorstellen, dass eine der beiden großen Parteien hinter der Entführung steckt. So was kommt vielleicht in irgendwelchen Bananenrepubliken vor, aber doch nicht bei uns.«

»Einverstanden, diese These ist ziemlich weit hergeholt.«

King nippte an seinem Tee und sagte: »Dann wenden wir uns lieber wieder den üblichen Beweggründen von Übeltätern zu, ja?«

»Man hat ihn entführt, um Geld zu erpressen. Dann müsste über kurz oder lang eine Lösegeldforderung eintreffen.«

»Oder er ist von einer kriminellen Gang gekidnappt worden, der er in seiner Zeit als Staatsanwalt das Wasser abgegraben hat.«

»In diesem Fall werden wir wahrscheinlich seine Leiche niemals finden.«

»Gibt es konkrete Verdachtsmomente in dieser Richtung?«

Joan schüttelte den Kopf. »Hatte ich auch erst vermutet, aber nein, da ist nichts. Von den drei schlimmsten Gangs, die mit Brunos Hilfe zerschlagen wurden, läuft zurzeit kein Mitglied frei herum. Er hat dann später in Philadelphia – also nach seiner Zeit in Washington – auch noch ein paar lokale Banden aufs Korn genommen, aber die sind kaum über ihre Stadtviertel hinausgekommen und haben von Logistik und Infrastruktur her auch außer Pistolen, Messern und Handys kaum etwas zu bieten. Denen fehlen sowohl der Grips als auch die Mittel, einen Präsidentschaftskandidaten quasi unter den Augen des Secret Service zu entführen.«

»Gut, dann schließen wir also Feinde aus seiner Staatsanwaltszeit genauso aus wie politische Gegner. Bleibt das rein finanzielle Motiv. Ist Bruno so viel wert, dass sich das Risiko lohnt?«

»Er allein nicht. Aber wie ich schon sagte: Die Familie seiner Frau hat Geld. Sie sind keine Rockefellers, aber immerhin. Eine Million Dollar Lösegeld könnten sie wohl aufbringen, mehr allerdings nicht.«

»Na ja, das klingt nach sehr viel Geld, aber so weit wie früher kommst du mit einer Million heute auch nicht mehr.«

»Ach, wie gerne ich das selber ausprobieren würde!«, seufzte Joan und warf dann wieder einen Blick in ihre Akte. »Brunos Partei ist auch nicht unvermögend – trotzdem gäbe es viele Ziele, die noch erheblich lukrativer wären …«

»… und außerdem nicht vom Secret Service bewacht werden«, ergänzte King.

»Genau. Mir kommt's fast so vor, als hätten die Täter einfach nur die...«

»... Herausforderung gesucht? Einfach um dem Secret Service eins auszuwischen?«

»Ja.«

»Dann müssten sie aber Insiderkenntnisse haben. Irgendeinen Mitarbeiter Brunos.«

»Ich habe da gewisse Möglichkeiten, an solche Informationen heranzukommen. Auf jeden Fall werden wir das überprüfen müssen.«

»Sehr schön. Aber als Nächstes gehe ich erst einmal unter die Dusche.«

»Die Vergangenheit zu erforschen ist offenbar ein dreckiges Geschäft«, kommentierte Joan trocken.

»Da könntest du Recht haben«, erwiderte King und stieg die Treppe hoch.

»Willst du mich wirklich hier allein und unbeaufsichtigt lassen?«, rief sie ihm nach. »Ich könnte ja eine Atombombe in deinem Sockenfach verstecken, und dann wäre hier die Hölle los.«

King ging in sein Schlafzimmer. Die Tür zum Badezimmer stand offen. Er ging hinein, machte Licht, drehte die Dusche an und trat ans Waschbecken, um sich die Zähne zu putzen. Als ihm einfiel, dass Joan vielleicht auf dumme Gedanken kommen könnte, gab er der Tür einen Stoß – und spürte im selben Augenblick, dass sie viel schwerer war als erwartet. Es war, als habe man sie mit einem Gewicht beschwert.

King erschrak und war sofort alarmiert. Vorsichtig zog er die Tür ein Stück zu sich heran und spähte um die Ecke. In diesem Moment führte das erhöhte Gewicht dazu, dass sich die Tür selbstständig machte, vollends herumschwang und krachend ins Schloss fiel. King hörte es nicht. Seine Aufmerksamkeit galt allein der Ursache für die zusätzliche Belastung.

Sean King hatte in seinem Leben schon viele Dinge gesehen, die einem den Schlaf rauben konnten. Doch der Anblick der in ganz Wrightsburg bekannten Gesellschaftsdame Susan Whitehead, seiner ehemaligen Klientin, die mit einem großen Messer in der Brust an seiner Badezimmertür hing und ihn aus toten Augen anstarrte, hätte ihm um ein Haar den Boden unter den Füßen weggezogen.

KAPITEL 30

Drei Stunden später beendete die Spurensicherung ihre Arbeit, und der Leichnam von Susan Whitehead wurde abtransportiert. Polizeichef Williams ging zu King, der auf der Treppe saß, und sagte: »Wir sind jetzt fertig, Sean. So, wie es aussicht, wurde sie gegen fünf Uhr morgens umgebracht. Wie man mir sagte, geht sie um diese Zeit oft spazieren. Wir nehmen an, dass man sie dabei überfallen und sofort getötet hat. Deshalb gab es auch keine Blutlache in deinem Badezimmer. Sie ist irgendwo anders verblutet. Hast du mir irgendetwas zu sagen?«

»Ich war nicht hier. Als ich sie fand, war ich gerade erst aus North Carolina zurückgekommen.«

»Das meine ich nicht. Ich behaupte nicht, dass *du* Ms Whitehead getötet hast.«

Die Betonung auf dem Wort *du* war deutlich genug, um King aufblicken zu lassen. »Ich habe sie auch nicht töten *lassen*, wie du eben so schön durch die Blume angedeutet hast.«

»Ich tue nur meine Arbeit, Sean. Wir haben es hier mit einer Serie von Kapitalverbrechen zu tun. Momentan gibt es niemanden, der über jeden Verdacht erhaben wäre. Ich hoffe, du hast Verständnis dafür. Ich weiß, dass Ms Whitehead deine Klientin ist.«

»Sie *war* meine Klientin. Ich war ihr Scheidungsanwalt, das ist alles.«

»Na gut, aber du musst meine Fragen schon entschuldigen. In der Stadt wird nämlich allerhand gemunkelt…« King sah ihn erwartungsvoll an. »Nun ja, es gibt da Gerüchte, dass du und Ms Whitehead … dass ihr beide, wie soll ich sagen? Dass ihr euch gelegentlich getroffen habt. Stimmt das?«

»Nein. Kann sein, dass sie an einer Beziehung interessiert gewesen wäre, aber ich war's nicht.«

Williams runzelte die Stirn. »War das ein Problem für dich? Ich meine, ich weiß ja, wie diese Frau sich manchmal aufgeführt hat. Ziemlich einnehmend, um es milde auszudrücken …«

»Sie wollte was von mir, und ich wollte nichts von ihr. So einfach war das.«

»Und mehr steckt nicht dahinter, bist du dir da sicher?«

»Sag mal, was bezweckst du denn mit dieser Fragerei? Willst du beweisen, dass ich diese Frau hab umbringen lassen, weil ich mit ihr kein Verhältnis haben wollte? Jetzt mach mal einen Punkt …«

»Ich weiß, es klingt verrückt, aber es ist nun mal so – die Leute reden halt …«

»Ja, vor allem bei uns hier in der Gegend.«

»Außerdem war Ms Whitehead eine sehr prominente Persönlichkeit. Sie hatte viele Freunde.«

»Viele *bezahlte* Freunde.«

»Ich würde das an deiner Stelle nicht an die große Glocke hängen, Sean, wirklich nicht.« Er hielt einen durchsichtigen Plastikbeutel hoch, in dem sich der Zettel befand, den der Täter der unglücklichen Ms Whitehead auf die Brust geheftet hatte. »Fällt dir dazu etwas ein?«, fragte er.

King warf einen Blick auf den Zettel und hob die Schultern. »Nur dass diese Nachricht von jemandem stammt, der bei der Ermordung Ritters dabei war oder einiges darüber weiß. An deiner Stelle würde ich den Wisch dem FBI überlassen.«

»Danke für den Hinweis.«

Williams entfernte sich, und King rieb sich die Schläfen. Er erwog gerade, ein Bad in reinem Bourbon zu nehmen und die Hälfte davon auszutrinken, als das Telefon klingelte. Es war Phil Baxter, sein Partner aus der Kanzlei.

»Ja, es stimmt, Phil. Sie ist tot… ja, hier in meinem Haus, es war ein grauenhafter Schock, das kann ich dir sagen. Du, es kann sein, dass du im Büro ein paar Sachen für mich erledigen musst… Ich… *wie bitte?*« Kings Miene verdüsterte sich. »*Was* sagst du da, Phil? Du möchtest dich selbstständig machen? Darf ich fragen, warum? Ach ja, ich verstehe… Nun, wenn's so ist. Tu, was du nicht lassen kannst!« Er legte auf.

Sekunden später klingelte das Telefon schon wieder. Diesmal war es seine Sekretärin, Mona Hall, die ihm ihre Kündigung übermitteln wollte. Sie könne nicht mehr für ihn arbeiten, jammerte sie, sie habe einfach zu viel Angst. Immer wieder Tote… und dann das Geschwätz der Leute, die behaupteten, er, King, sei in diese Morde verwickelt. Nicht, dass sie davon auch nur ein Wort glaube, aber er wisse ja, wo Rauch sei, da sei auch…

Er hatte gerade wieder aufgelegt, als er eine Hand auf seiner Schulter spürte. Es war Joan.

»Noch mehr Probleme?«

»Mein Partner verdrückt sich, so schnell er kann, und meine Sekretärin hat ebenfalls gerade den Rückzug angetreten. Davon abgesehen, ist alles in bester Ordnung.«

»Es tut mir Leid, Sean.«

»Was kann ich schon anderes erwarten? Um mich herum fallen die Leute tot um. Ich würde auch vor mir davonlaufen.«

»Ich laufe vor niemandem davon. Tatsache ist, dass ich deine Hilfe jetzt noch viel dringender benötige als vorher.«

»Ach, wie schön das ist, gebraucht zu werden!«

»Ich bleibe noch ein paar Tage hier in der Gegend, vereinbare Befragungstermine und betreibe ein paar Hintergrundrecherchen. Ruf mich an, und zwar möglichst bald. Wenn du nicht mit mir zusammenarbeiten willst, muss ich weiter. Mir steht ein Privatflugzeug zur Verfügung. Ich möchte dir helfen, diese Geschichte durchzustehen, und ich glaube, Arbeit ist das beste Mittel dazu.«

»Warum, Joan? Warum willst du mir helfen?«

»Nenn es meinetwegen Rückzahlung einer längst überfälligen Schuld.«

»Du schuldest mir gar nichts.«

»Ich schulde dir mehr, als du denkst. Das ist mir jetzt erst so richtig klar geworden.«

Sie gab ihm ein Küsschen auf die Wange, drehte sich um und ging.

Wieder klingelte das Telefon, und King riss den Hörer ans Ohr. »Jaaa?«, sagte er gereizt.

Diesmal war es Michelle. »Ich weiß Bescheid. In einer halben Stunde bin ich bei dir.« Er sagte nichts. »Wie geht es dir, Sean, bist du okay?«

Er trat zum Fenster und sah, wie Joan davonfuhr. »Mir geht's gut, danke.«

King duschte im Gästebad und zog sich dann an den Schreibtisch in seinem Arbeitszimmer zurück. Mit gerunzelter Stirn konzentrierte er sich auf den Text jener Nachricht, die an Ms Whiteheads Leiche befestigt gewesen war, und schrieb sie aus dem Gedächtnis nieder.

Déjà vu, Sir Kingman. Versuchen Sie, wenn Sie können, sich daran zu erinnern, wo Sie am wichtigsten Tag Ihres Lebens waren. Ich weiß, Sie sind ein kluges Köpfchen, aber auch schon ein bisschen eingerostet, deshalb werden Sie wohl einen kleinen Tipp brauchen. Hier ist er: Punkt 10.32 Uhr vormittags 26091996. Wache schieben, Füße verteilen – schon mal gehört? Freue mich auf ein baldiges Treffen.

Punkt 10.32 Uhr am 26. September 1996 war Clyde Ritter ermordet worden. Was konnte diese Nachricht bedeuten? King dachte so angestrengt darüber nach, dass er gar nicht hörte, wie Michelle den Raum betrat.

»Sean, alles in Ordnung?«

Er sprang auf und stieß einen Schrei aus. Michelle kreischte auf und zuckte zurück.

»Mein Gott, hast du mich erschreckt«, sagte sie.

»Erschreckt – dich? Mensch, Frau, hast du noch nie was von Anklopfen gehört?«

»Doch. Ich habe geklopft, fast fünf Minuten lang. Aber es kam keine Antwort.« Ihr Blick fiel auf das Blatt Papier auf dem Schreibtisch. »Was ist denn das?«

Er beruhigte sich. »Eine Nachricht von jemandem aus meiner Vergangenheit.«

»Wie weit zurück?«

»Sagt dir das Datum 26. 9. 1996 was?«

Und ob ihr das was sagte. Nach kurzem Zögern reichte er ihr den Zettel.

Michelle las den Text, dann blickte sie auf und fragte: »Von wem könnte das stammen?«

»Von der Person, die Susan Whiteheads Leiche hierher geschafft und in meinem Badezimmer deponiert hat. Das kam alles miteinander. Der oder die Betreffende legte offenbar großen Wert darauf, dass ich diese Nachricht auch finde.«

»Ist die Frau hier getötet worden?«

»Nein. Die Polizei glaubt, dass sie heute im Morgengrauen überfallen und ermordet wurde. Erst dann hat man sie hierher geschafft.«

Michelle musterte noch einmal die Nachricht. »Weiß die Polizei von dieser Notiz?«

Er nickte. »Die haben das Original. Ich hab mir den Text aus dem Gedächtnis zusammengestoppelt.«

»Hast du irgendwelche Vorstellungen, wer ihn geschrieben haben könnte?«

»Ja, mehrere, aber keine erscheint mir plausibel.«

»War Joan noch hier, als du die Leiche gefunden hast?«

»Ja, aber sie hat damit nichts zu tun.«

»Das weiß ich, Sean, ich wollte damit nichts andeuten. Wie bist du mit ihr verblieben?«

»Ich werde sie anrufen und ihr sagen, dass ich noch über das Bruno-Angebot nachdenke und mich dann wieder bei ihr melden werde.«

»Und was geschieht jetzt?«

»Wir fahren noch einmal nach Bowlington.«

Michelle sah ihn überrascht an. »Ich dachte, du willst mit dem Fairmount-Hotel nichts mehr zu tun haben.«

»Das hat durchaus seine Richtigkeit. Aber mich interessiert, wovon ein arbeitsloses Zimmermädchen gelebt und wer ihr Geld in den Rachen gestopft hat.«

»Aber du weißt nicht, ob das mit der Ermordung Ritters zusammenhängt.«

»O doch. Aber jetzt kommt die letzte Frage, die große Preisfrage.« Michelle sah ihn erwartungsvoll an. »Und die lautet: Wen oder was hat Loretta Baldwin in dieser Besenkammer gesehen?«

KAPITEL 31

»Freut mich, dass Sie gekommen sind«, sagte Joan.

Jefferson Parks setzte sich ihr gegenüber an den Tisch. Ihr Treffen fand im Speisesaal des einfachen Hotels statt, in dem Joan untergekommen war. Er sah sie argwöhnisch an. »Es ist schon eine Weile her …«

»Sechs Jahre«, sagte sie. »Der Fall in Michigan, der von einer gemeinsamen Task-Force bearbeitet wurde. Der Secret Service und die U. S. Marshals hatten das Privileg, dem FBI die Koffer tragen zu dürfen.«

»Wenn ich mich recht entsinne, haben Sie damals den entscheidenden Durchbruch erzielt und das dann auch allen Beteiligten deutlich unter die Nase gerieben.«

»Klappern gehört zum Handwerk – das scheint mir besonders zu liegen. Und wäre ich ein Mann gewesen, hätte ich mich um die entsprechende Anerkennung auch nicht extra bemühen müssen.«

»Na, na, das ist doch wohl nicht Ihr Ernst?«

»Und ob, Jefferson, das *weiß* ich. Soll ich Ihnen ein paar Beispiele zitieren? Da fallen mir auf Anhieb mindestens tausend ein. Sie liegen mir direkt auf der Zunge.«

»Und mindestens eine Tonne Säure dazu«, murmelte Parks unhörbar. Laut sagte er: »Und weshalb wollten Sie mich sprechen?«

»Es geht um den Fall Howard Jennings«, sagte Joan.

»Was ist damit?«

»Ich habe mich lediglich gefragt, wie weit er gediehen ist. Höfliche Anfrage unter Kollegen.«

»Ich kann nicht mit Ihnen über eine laufende Untersuchung reden. Das wissen Sie.«

»Aber Sie können mir gewiss das eine oder andere erzählen, das weder vertraulich ist noch Ihre Ermittlungen gefährdet, bislang aber auch noch nicht an die Öffentlichkeit gedrungen ist.«

Parks zuckte die Achseln. »Ich glaube, ich verstehe nicht ganz, worauf Sie hinauswollen.«

»Ein Beispiel: Sie haben Sean King nicht verhaftet – vermutlich deshalb, weil Sie trotz einiger Indizien, die auf ihn als Täter zu deuten scheinen, nicht an seine Schuld glauben. Möglicherweise verfügen Sie auch über Fakten, die in eine andere Richtung weisen. Und bei Susan Whitehead kommt er als Täter erst recht nicht in Frage, weil er gar nicht in der Nähe des Tatorts war. In diesem Fall waren es nach meinen Erkenntnissen sogar *Sie*, die ihm ein Alibi verschafft haben.«

»Woher wollen Sie das wissen?«

»Ich bin Ermittlerin, also habe ich ermittelt«, erklärte Joan.

»Howard Jennings und Susan Whitehead müssen nicht unbedingt von derselben Person getötet worden sein. Es ist nicht auszuschließen, dass die beiden Verbrechen überhaupt nichts miteinander zu tun haben.«

»Das glaube ich genauso wenig wie Sie. Mir scheint, dass diese beiden Verbrechen, so unterschiedlich sie sein mögen, eine ganze Menge gemeinsam haben.«

Parks schüttelte müde den Kopf. »Ich weiß, ich weiß … Sie sind eine Intelligenzbestie, und ich bin ein Dummkopf. Je mehr Sie reden, desto weniger verstehe ich, was Sie eigentlich sagen wollen.«

»Nehmen wir einmal an, Jennings' Ermordung hängt gar nicht damit zusammen, dass er im Zeugenschutz war. Gehen wir stattdessen mal davon aus, er wurde umgebracht, weil er für Sean King arbeitete.«

»Warum?«

Joan ignorierte die Frage. »Susan Whitehead wurde ermordet und danach in Seans Haus geschafft. In keinem der beiden Fälle lässt sich eindeutig beweisen, dass Sean der Mörder war, und im Fall Whitehead hat er sogar ein Alibi.«

»Was ihm im Fall Jennings allerdings fehlt«, konterte der Deputy Marshal, »ganz abgesehen davon, dass der Mord mit seiner Pistole begangen wurde.«

»Ja, da hat er diese Austauschtheorie, die Sie ihm offenbar abnehmen.«

»Ich sage dazu weder Ja noch Nein. Hier ist noch eine Theorie: Jennings wurde von seinen früheren Kumpanen umgebracht, und die haben versucht, King den Mord in die Schuhe zu schieben: seine Waffe, kein überzeugendes Alibi, die Leiche in seinem Büro – eine klassische Falle.«

»Aber wie konnten sich die Täter da so sicher sein?«, fragte sich Joan laut.

»Sicher worüber?«

»Dass Sean in dieser Nacht kein Alibi hatte! Er war im Dienst und hätte zum Beispiel ohne weiteres einen Notruf bekommen können, dem er hätte nachgehen müssen. Dann hätte er ein Alibi gehabt. Und wenn ihn jemand zum Zeitpunkt des Mordes gesehen hätte, genauso.«

»Es sei denn«, erwiderte Parks, »dem oder den Tätern war seine gewohnte Runde bekannt, und sie haben gewartet, bis King in der Innenstadt war. Dort wurde er nämlich um die Mordzeit gesehen.«

»Ja, gut, aber trotzdem: Hätte er unterwegs jemanden getroffen oder in der Zeit, als er sich in der Innenstadt aufhielt, einen Anruf bekommen, wäre sein Alibi hieb- und stichfest und jeder Verdacht gegen ihn abwegig.«

»Was uns worauf schließen lässt?«, fragte Parks.

»Dass es den alten Kumpanen von Jennings relativ egal sein dürfte, ob Sean King wegen dieses Mordes verhaftet wird oder nicht. Außerdem gehen nach meiner Erfahrung Verbrecher, die anderen was in die Schuhe schieben wollen, nicht so nachlässig vor. Angenommen, sie haben sich tatsächlich die Mühe gemacht, Seans Pistole zu klauen und ein detailgetreues Double davon herzustellen, dann Jennings mit dem Original zu erschießen und es wieder in Seans Haus zurückzubringen – in diesem Fall hätten sie sicherlich auch den Ort und den Zeitpunkt für den Mord so sorgfältig ausgewählt, dass Sean kein Spielraum für ein Alibi geblieben wäre. Kurzum, es leuchtet mir nicht ein, dass die Sache mit der Waffe so penibel geplant, beim Alibi aber so nachlässig verfahren wurde. Das wäre ein geradezu schizophrenes Verhalten, wie es einem bei Mördern nicht oft begegnet.«

»Nun ja, King hätte das aber auch alles selber arrangieren können, um uns auf eine falsche Spur zu lenken.«

»Mit welchem Motiv? Er hat sich sein Leben hier sehr nett eingerichtet. Warum sollte er all das aufs Spiel setzen?«

»Na schön, ich weiß jetzt, worauf Sie rauswollen. Aber wieso interessieren Sie sich so für diesen Fall?«

»Sean und ich waren mal Kollegen. Sagen wir 's so: Ich schulde ihm noch was. Suchen Sie also ruhig weiter nach Ihrem Mörder – ich werde mich mal anderswo umsehen.«

»Und wo? Schon eine Idee?«

Joan wandte den Blick ab. »Ideen hat ja wohl jeder«, sagte sie und brach abrupt das Gespräch ab.

Nachdem Parks gegangen war, nahm Joan den Zettel aus ihrer Geldbörse. Sie hatte einen der örtlichen Polizisten dazu gebracht, dass er sie, während King und Polizeichef Williams anderweitig beschäftigt waren, eine Kopie von der Notiz machen ließ, die an Susan Whiteheads Leiche gefunden worden war. Nachdem sie sie noch einmal durchgelesen hatte, entnahm sie ihrer Brieftasche einen anderen Zettel, den sie all die Jahre über aufbewahrt hatte. Vorsichtig entfaltete sie ihn und starrte auf die wenigen Worte, die darauf geschrieben standen.

Diese Notiz hatte Sean, wie sie glaubte, am Morgen jenes verhängnisvollen Tages in ihrem Zimmer im Fairmount-Hotel für sie hinterlassen. Sie hatte nach ihrer turbulenten Liebesnacht ausgeschlafen, während King zum Dienst ging. Beim Aufwachen hatte sie den Zettel gefunden. Er enthielt eine Bitte, und sie hatte diese Bitte erfüllt, auch wenn damit ein berufliches Risiko verbunden war. Aber sie war schon immer eine Draufgängerin gewesen. Als dann der Mord geschah, dachte sie, was für ein aberwitziger, furchtbarer Zufall das gewesen sei. Später hatte sie sich gefragt, worum es Sean an jenem Morgen wirklich gegangen sein mochte. Dafür, dass sie nie nachgefragt und auch sonst kein Wort darüber verloren hatte, gab es einen ganz einfachen Grund: Ihre Karriere wäre schlagartig beendet gewesen.

Die Entwicklung der letzten Tage warf nun ein völlig neues Licht auf die damaligen Ereignisse, und für Joan Dillinger stellte sich die Frage, wie sie damit umgehen sollte.

KAPITEL 32

Als King zu Michelle in ihren Land Cruiser stieg, sah er sich erstaunt um.

»Du hast deinen Wagen gereinigt?«

»Ach, ich habe bloß ein bisschen aufgeräumt«, gab sie nonchalant zurück.

»Michelle, es blitzt hier vor Sauberkeit, und außerdem riecht es gut.«

Ihre Nase kräuselte sich. »Da lagen ein paar alte Bananen rum. Ich weiß gar nicht, wie die hier reingekommen sind.«

»Du hast das doch nicht deshalb getan, weil ich dich so zusammengestaucht habe?«

»Mach keine Witze! Ich hatte bloß... äh, bloß endlich mal Zeit dafür.«

»Wie auch immer, ich weiß es zu schätzen.« Dann fiel ihm etwas ein. »Wo hast du denn den ganzen Kram gelassen? Du warst doch gar nicht zu Hause.«

Jetzt wirkte sie verlegen. »Ich glaube nicht, dass du mein Hotelzimmer sehen willst.«

»Nein, das glaube ich auch nicht.«

In Bowlington trafen sie sich mit Tony Baldwin und sahen sich mit dessen und des örtlichen Sheriffs Genehmigung in Loretta Baldwins Haus um.

»Wovon hat Ihre Mutter gelebt? Bekam sie Rente?«, fragte King, während er die hübsche Einrichtung bewunderte.

»Nein, sie war erst einundsechzig«, sagte Tony.

»Hat sie gearbeitet?« Tony schüttelte den Kopf, während Kings Blick über die Möbel und Teppiche glitt und an diversem nettem Nippes hängen blieb. Die Küchengeräte waren wesentlich jünger als das Haus, und in der Garage stand ein ziemlich neuer Pkw der Marke Ford.

King sah Tony in die Augen. »Also, ich geb's bald auf. Haben Sie Ihre Mutter unterstützt, oder hat sie was von einem reichen Verwandten geerbt?«

»Ich habe vier Kinder. Ich weiß kaum selber, wie ich zurechtkommen soll.«

»Dann hat sie vermutlich Sie unterstützt?«

Tony fühlte sich sichtlich unbehaglich.

»Nun kommen Sie schon, Tony«, sagte Michelle. »Wir wollen doch bloß rausfinden, wer Ihre Mutter auf dem Gewissen hat.«

»Okay, okay. Ja, sie hatte Geld. Woher sie 's hatte, weiß ich nicht, und ich wollte sie auch nicht danach fragen. Wenn du so viele hungrige Mäuler zu stopfen hast… Na, dann schaust du einem geschenkten Gaul nicht ins Maul, oder?«

»Hat sie jemals erwähnt, wo das Geld herkam?« Als Tony wieder nur den Kopf schüttelte, stellte King gleich die nächste Frage: »Wann ist Ihnen dieser Geldsegen zum ersten Mal aufgefallen?«

»Weiß ich nicht genau. Auf jeden Fall ist es schon Jahre her, dass sie mir das erste Mal Geld schickte.«

»Wie viele Jahre? Denken Sie nach, es ist wichtig.«

»Vielleicht sechs oder sieben Jahre.«

»Wann hat sie im Fairmount aufgehört?«

»Das hat doch schon bald nach dem Mord an Ritter dicht gemacht.«

»Und seitdem? Hatte sie einen Job?«

»Nichts Dauerhaftes, und in den letzten Jahren gar keinen. Sie hat ihr ganzes Leben lang immer nur irgendwelche Scheißjobs gehabt«, erklärte Tony trotzig. »War an der Zeit, dass sie 's mal locker anging.«

»Ihre Mutter hat also niemals auch nur angedeutet,

woher das Geld kam? Hat sie vielleicht Freunden oder anderen Familienmitgliedern gegenüber was verlauten lassen?«

»Von den Verwandten stand ich ihr am nächsten. Freunde – ich weiß nicht. Doch, einen sehr guten Freund hatte sie, Oliver Jones, aber der ist schon tot. Vielleicht hat sie ihm was erzählt.«

»Können wir mit dessen Familie reden?«

»Er hatte keine. Hat seine ganze Sippe überlebt und ist vor einem Jahr selber gestorben.«

»Fällt Ihnen sonst noch irgendetwas ein?«

Tony dachte ein Weilchen lang nach, und plötzlich änderte sich seine Miene. »Doch, ja, Weihnachten voriges Jahr hat sie was gesagt, das klang ein bisschen merkwürdig.«

»Und was war das?«

»Na ja, in den fünf oder sechs Jahren davor hatte Mama immer hübsche Geschenke für die Kinder, nur voriges Jahr nicht. Da hat meine kleine Jewell sie gefragt, warum. Ob denn die Oma sie nicht mehr lieb hätte? Sie wissen ja, wie Kinder so sind. Na, und da sagte Mama so was wie: ›Schätzchen, alles Gute geht mal zu Ende.‹ Oder so was Ähnliches jedenfalls.«

Michelle und King wechselten einen viel sagenden Blick. Dann fragte King: »Ich nehme an, die Polizei hat das Haus gründlich durchsucht.«

»Von oben bis unten. Nichts gefunden.«

»Keine Belege für eingereichte Schecks, keine Kontoauszüge oder alte Briefumschläge, die einen Hinweis darauf geben könnten, wo das Geld herkam?«

»Nein, nichts dergleichen. Mama mochte keine Banken. Sie hat fast alle ihre Geschäfte mit Bargeld abgewickelt.«

King war ans Fenster gegangen und sah hinaus. »Sehr gepflegt, der Garten. Ihre Mutter muss sich gut um ihn gekümmert haben.«

Tony grinste. »Sie liebte Blumen. Jede freie Minute hat

sie dafür geopfert. Einmal in der Woche hab ich ihr im Garten geholfen. Sie konnte stundenlang da draußen sitzen und nur ihre Blumen anschauen.« Er wollte noch etwas sagen, überlegte es sich jedoch anders und fragte stattdessen: »Wollen Sie mal mit hinaus und sich die Blumen ansehen?« King wollte schon den Kopf schütteln, doch Tony fügte schnell hinzu: »Wissen Sie, heute ist ohnehin mein Gartentag. Normalerweise wäre Jäten angesagt. Ich weiß ja, dass sie 's nicht mehr sehen kann, aber sie hat immer großen Wert darauf gelegt.«

Michelle lächelte und sagte in mitfühlendem Ton: »Ich liebe Gärten, Tony.« Sie gab King einen sanften Stoß in die Rippen.

»Richtig, ich auch«, bemerkte der ohne große Begeisterung.

Während Tony Baldwin auf einem Beet Unkraut jätete, schlenderten Michelle und King durch den Garten und bewunderten die Blumen.

»Der geheimnisvolle Geldsegen setzte kurz nach Ritters Tod ein.«

»Genau. Du denkst also an Erpressung?«

King nickte. »Obwohl ich mich frage, wie sie jemanden bloß deswegen erpresst haben kann, weil sie ihn oder sie vielleicht in der Besenkammer gesehen hat.«

»Da kämen ja wohl auch nur Leute in Frage, die aus demselben Grund wie Loretta dort Zuflucht gesucht hätten, nämlich aus purer Angst.«

»Nein, da muss mehr dran sein. Erinnerst du dich noch an diese Kammer? Ich war der Meinung, die Baldwin müsse sich ganz hinten versteckt haben, weil sie damit rechnete, dass jeden Moment ein Kerl mit einer Waffe reinstürmt und ...« Er hielt mitten im Satz inne und sah Michelle mit weit aufgerissenen Augen an.

»Was willst du sagen? Dass sie *tatsächlich* gesehen hat, wie jemand mit einer Waffe reinkam?«

»Oder mit irgendwas anderem. Weshalb sonst hätte

sie misstrauisch werden sollen? Da liefen doch wahrscheinlich Dutzende von Leuten durch die Gegend und suchten in ihrem Schock nach irgendeinem Schlupfwinkel, in dem sie sich verstecken konnten.«

»Aber weshalb mit einer Waffe?«

»Warum nicht? Ein Kerl, der unmittelbar nach einem Mordanschlag eine Waffe in einer Besenkammer verstecken will, ist für mich jedenfalls verdächtiger als einer, der eine Brille oder ein Bündel Geldscheine verstecken will. Eine Waffe brandmarkt ihn von vornherein als potenziellen Mitverschwörer. Aber exerzieren wir das mal von A bis Z durch: Der Kerl hat also eine Waffe. Er fürchtet, dass er beim Verlassen des Hotels angehalten und durchsucht werden könnte. Also rennt er, als gleich nach dem Anschlag die Hölle losbricht, in diese Besenkammer und versteckt seine Knarre dort, ohne zu wissen, dass Loretta ihn dabei beobachtet. Vielleicht hat er von vornherein geplant, die Pistole dort zu deponieren. Kann sein, dass er sie später abholen will, vielleicht liegt es aber auch in seiner Absicht, dass die Polizei sie findet – vor allem dann, wenn sie keine Rückschlüsse auf den Tathergang zulässt. Auf jeden Fall stopft er seine Waffe zwischen ein paar Handtücher oder sonst irgendwo hin und haut ab. Loretta kommt aus ihrem Versteck und nimmt das Ding an sich. Vielleicht will sie die Pistole erst der Polizei übergeben, ändert dann aber ihre Meinung und beschließt, es mit einer Erpressung zu versuchen. Da sie im Hotel arbeitet und sich auskennt, findet sie bestimmt einen unbewachten Ausgang. Kann natürlich auch sein, dass sie die Pistole zunächst einmal woanders versteckt und sich erst später holt.«

Michelle versuchte Kings Argumentation nachzuvollziehen. »Schön, dann hat sie also die Waffe, und sie hat den Kerl gesehen – und wenn sie nicht weiß, wer es ist, dann lässt sich das leicht herausfinden. Sie kontaktiert ihn anonym, wahrscheinlich mit einem Foto der Waffe und einem Hinweis darauf, wo sie ihn gesehen hat, und fängt an, ihn zu melken ... Das klingt verdammt plausibel, Sean, und alles andere passt auch.«

»Und deshalb ist ihr Haus von oben bis unten durchwühlt worden. Auf der Suche nach der Waffe.«

»Glaubst du wirklich, sie hat das Ding hier behalten?«

»Du hast doch gehört, was Tony gesagt hat: Sie mochte keine Banken. Wahrscheinlich gehörte sie zu jenen Menschen, die alles, was ihnen irgend wichtig ist, immer in Reichweite haben wollen.«

»Die nächste Preisfrage lautet also: Wo ist die Waffe jetzt? Ob Lorettas Mörder sie gefunden hat?«

»Eventuell müssen wir das ganze Haus zerlegen.«

»Das bringt wahrscheinlich nichts. Wer eine Waffe einmauert, hat sie eben nicht ständig in Reichweite – es sei denn, es gibt irgendwo ein leicht zugängliches Geheimfach.«

»Stimmt.« King ließ seinen Blick geistesabwesend über den kleinen Garten schweifen. An einem bestimmten Fleck blieb er hängen, glitt weiter und kehrte wieder zurück. Eine Reihe von sieben Hortensiensträuchern hatte seine Aufmerksamkeit erregt, sechs rosablühende und, in der Mitte, einer mit blauen Blüten.

»Hübsche Hortensien«, rief er Tony zu.

Der gesellte sich zu ihm und wischte sich die Hände an einem Lappen ab. »Ja, die hat Mama am meisten geliebt, wahrscheinlich noch mehr als ihre Rosen.«

King sah ihn neugierig an. »Das ist interessant. Hat sie jemals erklärt, warum?«

Tony sah ihn fragend an. »Warum was?«

»Warum ihr die Hortensien lieber waren als die Rosen.«

»Glaubst du wirklich, dass es darauf ankommt, Sean?«, fragte Michelle.

Tony rieb sich das Kinn. »Also jetzt, wo Sie mich fragen – sie hat mir mehr als einmal erzählt, ihre Hortensien wären für sie geradezu unbezahlbar.«

King warf Michelle einen bedeutsamen Blick zu, dann starrte er auf die blaue Hortensie und rief: »Verdammt!«

»Was hast du?«, fragte Michelle.

»Die gewagteste Vermutung, die man sich vorstellen kann. Trotzdem, es könnte hinhauen. Schnell, Tony, haben Sie eine Schaufel?«

»Eine Schaufel? Wozu?«

»Ich wollte schon immer wissen, warum Hortensien mal rosa, mal blau blühen.«

»Da ist nix Geheimnisvolles dran. Manche Leute glauben, es handele sich um verschiedene Sorten, aber das stimmt nicht unbedingt. Ich meine, man kann zwar rosa und blaue Hortensien kaufen, aber es geht auch anders: Du kannst die rosafarbenen auch in blaue verwandeln, indem du den pH-Wert und damit den Basengehalt des Bodens erhöhst. Umgekehrt geht das auch, nur musst du dann eben den pH-Wert senken, das heißt den Boden saurer machen. Da für die Farbe der Blüten der Aluminiumgehalt entscheidend ist, kann man auch ein spezielles Mittel beigeben, ich glaube, es heißt Aluminiumsulfat. Manche Leute vergraben sogar Eisenspäne, Konservendosen oder rostige Nägel im Boden und verwandeln auf diese Weise rosa Hortensien in blaue.«

»Ich weiß, Tony. Deshalb brauche ich die Schaufel.«

Tony holte das Werkzeug aus der Garage, und King fing an, den Mutterboden rund um die blaue Hortensie abzutragen. Es dauerte nicht lang, und seine Schaufel stieß klirrend an etwas Hartes. Und gleich darauf zog King den Gegenstand aus dem Boden.

»Nette Eisenquelle«, sagte er und hielt die rostige Pistole in die Höhe.

KAPITEL 33

Nachdem sie den armen Tony, dem es regelrecht die Sprache verschlagen hatte, im Garten seiner Mutter allein gelassen hatten, machten King und Michelle Pause in einem kleinen Restaurant.

»Okay«, sagte Michelle, »ich gebe offiziell zu Protokoll, dass ich von deinen Fähigkeiten als Detektiv und Gärtner beeindruckt bin.«

»Glück für uns, dass Stahl einen Anteil Eisen enthält, sonst hätten wir die Waffe nie gefunden.«

»Die Sache mit der Pistole und der Erpressung ist mir jetzt klar – und damit auch das Motiv für Loretta Baldwins Ermordung. Was ich aber immer noch nicht begreife, ist, warum der Mörder ihr das Geld in den Mund gestopft hat.«

King fingerte an seiner Kaffeetasse herum. »Ich hab mal in einer gemeinsamen Ermittlungsgruppe mit dem FBI an einem Fall in Los Angeles gearbeitet. Da haben russische Banden in einem Gebiet von etwa zweieinhalb Quadratkilometern von jedem Geschäft Schutzgelder erpresst und außerdem einen betrügerischen Geldverleih betrieben – deshalb wurden wir in die Ermittlungen einbezogen. Ein paar von diesen Leuten standen gegen Bargeld auf unserer Informantenliste, getreu dem Motto, dass man Feuer am besten mit Feuer bekämpft. Eines Tages fanden wir diese Informanten im Kofferraum eines Autos. Die Leichen waren regelrecht durchsiebt von Einschusslöchern, ihre Münder mit Heftklammern verschlossen. Wir zogen die Klammern raus und stellten fest, dass die Münder mit Banknoten voll gestopft waren, vermutlich mit denselben, die wir den Burschen gegeben hatten. Die Botschaft war eindeutig: Wer redet, stirbt und frisst den Judaslohn, der zu seinem Tod geführt hat.«

»Dann wäre das Geld in Lorettas Mund also symbolisch zu verstehen? Ein allerletztes Schweigegeld, sozusagen?«

»So kommt's mir vor.«

»Moment mal! Ihr Sohn meint, seit einem Jahr ungefähr sei kein Geld mehr gekommen. Der Erpresste war aber immer noch in der Gegend – sonst hätte er Loretta ja kaum umbringen können. Wieso hat er seine Zahlungen eingestellt? Und warum hat Loretta Baldwin sich das bieten lassen und ist am Ende nicht doch noch zur Polizei gegangen?«

»Na ja, der Mordfall Ritter lag ja immerhin schon sieben Jahre zurück. Was hätte sie den Bullen denn erzählen sollen? Dass sie einen Gedächtnisverlust hatte und ihr gerade alles wieder eingefallen wäre? Ach ja, und hier ist übrigens die Pistole …?«

»Kann gut sein, dass sich der Erpresste das auch gedacht und deshalb nicht mehr bezahlt hat. Weil ihre Waffe stumpf geworden war und sie keinen Druck mehr auf ihn ausüben konnte.«

»Wie auch immer. Jedenfalls scheint er erst vor kurzer Zeit herausgefunden zu haben, dass Loretta die Erpresserin war, und hat dann späte Rache genommen.«

Michelle wurde blass und umklammerte plötzlich Kings Arm. »Als ich mit ihr sprach, erzählte sie mir, dass sie sich in dieser Besenkammer versteckt hatte. Dass sie dort jemanden gesehen hat, erwähnte sie allerdings nicht. Glaubst du etwa …?«

King begriff sofort, was sie beunruhigte. »Vielleicht hat euch irgendwer belauscht. Oder sie hat es nach eurem Gespräch auch noch jemand anderem erzählt.«

»Nein, das ist kaum möglich, weil sie schon kurz nach unserem Gespräch umgebracht wurde. Aber wir waren doch ganz alleine auf ihrer Veranda! Trotzdem muss uns jemand belauscht haben. Mein Gott, wahrscheinlich bin ich daran schuld, dass sie ermordet wurde!«

King packte ihre Hand. »Nein, bist du nicht! Der Kerl, der sie in ihrer Badewanne unter Wasser gedrückt hat, ist der Schuldige.«

Michelle schloss die Augen und schüttelte den Kopf.

Kings Tonfall wurde streng. »Hör zu, es tut mir ja Leid, was mit Loretta passiert ist. Aber wenn sie ihren späteren Mörder jahrelang erpresst hat, dann hat sie sich auf ein sehr gefährliches Spiel eingelassen, und zwar aus eigenem Entschluss. Sie hätte ebenso gut rechtzeitig zur Polizei gehen und die Pistole dort abliefern können.«

»Das sollten wir jetzt tun.«

»Das werden wir auch, obwohl die Seriennummer abgefräst wurde und das gute Stück in schlechtem Zustand ist. Aber vielleicht können die Jungs in der kriminaltechnischen Abteilung beim FBI noch irgendwelche Erkenntnisse daraus ziehen. In Charlottesville gibt's ein FBI-Büro. Dort geben wir das Ding auf dem Heimweg ab.«

»Und wie geht's weiter?«

»Wenn jemand am Tag des Mordes an Clyde Ritter eine Waffe in der Besenkammer des Fairmount-Hotels versteckt hat – was sagt dir das?«

Michelle ging ein Licht auf. »Dass Arnold Ramsey wahrscheinlich kein Einzeltäter war.«

»Genau. Und deshalb fahren wir jetzt dorthin.«

»Wohin?«

»Zum Atticus College. Wo Ramsey Professor war.«

KAPITEL 34

Die schönen, gepflasterten Alleen und die eleganten, mit Efeu überwachsenen Gebäude des kleinen Atticus Colleges schienen zu einem Ort, der politische Attentäter hervorbrachte, kaum zu passen.

»Von dieser Hochschule hatte ich vor Ritters Ermordung noch nie etwas gehört«, sagte Michelle, während sie ihren Land Cruiser langsam über den Campus steuerte.

King nickte. »Und mir war nicht klar, wie nahe es an Bowlington liegt.« Er warf einen Blick auf seine Uhr. »Wir haben nur eine halbe Stunde gebraucht.«

»Was hat Ramsey hier gelehrt?«

»Politische Wissenschaften unter besonderer Berücksichtigung der amerikanischen Wahlgesetzgebung. Sein persönliches Interesse galt allerdings eher radikalen politischen Theorien.« Michelle sah ihn verblüfft an. »Nach dem Mord an Ritter«, fuhr er erklärend fort, »hab ich sozusagen meine eigene Doktorarbeit über Arnold Ramsey geschrieben.« Er sah Michelle von der Seite an. »Wenn du einen schon über den Haufen schießt, dann solltest du dir hinterher wenigstens die Zeit nehmen, etwas mehr über ihn zu erfahren.«

»Das klingt ein bisschen gefühllos, Sean.«

»So ist es nicht gemeint. Ich wollte einfach wissen, warum ein anscheinend respektabler College-Professor einen ziemlich bescheuerten Präsidentschaftskandidaten erschießt, der ohnehin keine Chance hat, gewählt zu werden. Warum einer wie Ramsey für so was sein eigenes Leben opfert.«

»Ist das im Laufe der Ermittlungen nicht nach allen Regeln der Kunst untersucht worden?«

»Nicht so gründlich, wie dies wohl im Falle eines wirklich aussichtsreichen Kandidaten geschehen wäre. Davon abgesehen waren, glaube ich, alle Beteiligten daran interessiert, diese unappetitliche Angelegenheit so schnell wie möglich hinter sich zu bringen.«

»Nach dem offiziellen Untersuchungsbericht war Ramsey ein Einzeltäter.«

»Was, gemessen an unseren neuesten Erkenntnissen, anscheinend ein Trugschluss war.« King starrte aus dem Fenster. »Trotzdem – ich weiß nicht. Es ist schon so lange her. Wahrscheinlich hätten wir uns den Besuch hier sparen können.«

»Aber jetzt sind wir schon mal da, also tun wir unser Bestes. Vielleicht entdecken wir ja was, das allen anderen entgangen ist. Ich darf dich an die blaue Hortensie erinnern.«

»Vielleicht entdecken wir aber auch was, das besser unentdeckt bliebe.«

»Das halte ich aber für keine gute Einstellung.«

»Du meinst, die Wahrheit sollte auf jeden Fall und immer ans Licht kommen?«

»Du nicht?«

King zuckte die Achseln. »Ich bin Jurist. In solchen Dingen fragst du lieber einen richtigen Menschen.«

Sie fragten sich von Pontius zu Pilatus durch, bis sie schließlich im Büro von Thornton Jorst saßen. Er war schlank und von mittlerer Größe und schien ungefähr Anfang fünfzig zu sein. Eine Brille mit dicken Gläsern und seine bleiche Haut verliehen ihm einen ausgesprochen professoralen Anstrich. Er war nicht nur ein Kollege, sondern auch ein Freund des verstorbenen Arnold Ramsey gewesen.

Jorst saß hinter einem heillos unaufgeräumten und völlig überladenen Schreibtisch, auf dem sich die aufgeschlagenen Bücher und die dicken Manuskripte nur so türmten. Der Laptop, der ebenfalls auf dem Schreibtisch stand, war geradezu symbolisch belegt mit Low-Tech-Utensilien: Notizblöcke, Bleistifte, Buntstifte. Die Bretter der großen Bücherregale, die drei Wände des Büros verstellten, hingen unter dem Gewicht der beeindruckend dicken Werke, die sich auf ihnen angesammelt hatten, bedrohlich durch. King studierte gerade die Zeugnisse und Urkunden, die an der einzigen freien Wand hingen, als Jorst eine Zigarette in die Höhe hielt. »Sie erlauben? Das Allerheiligste eines Professors ist einer der wenigen Orte, wo man sich noch eine anstecken darf.«

King und Michelle nickten zustimmend.

»Das war ja eine Überraschung, als ich hörte, dass Sie beide sich nach Arnold erkundigen wollten.«

»Normalerweise rufen wir vorher an und vereinbaren einen Termin«, sagte King.

»Aber wir waren gerade in der Gegend und wollten die günstige Gelegenheit nicht ungenutzt verstreichen lassen«, fügte Michelle hinzu.

»Wenn Sie mir noch mal Ihre Namen nennen könnten?«

»Ich bin Michelle Stewart, und das ist Tom Baxter.«

Jorst beäugte King. »Sie müssen schon entschuldigen, aber Sie kommen mir bekannt vor.«

King grinste. »Das sagt jeder. Offenbar hab ich das klassische Durchschnittsgesicht.«

»Komisch«, meinte Michelle. »Ich wollte nämlich gerade sagen, dass *Sie* mir irgendwie bekannt vorkommen, Professor Jorst. Aber mir fällt einfach nicht ein, woher.«

»Ich bin ziemlich häufig im Lokalfernsehen zu sehen, vor allem jetzt, wo die Wahlen näher rücken«, erklärte Jorst rasch. »Zwar weiß ich meine Anonymität zu schätzen, doch hin und wieder fünfzehn Minuten Ruhm und öffentliche Anerkennung zu genießen, tut dem Ego ganz gut.« Er räusperte sich und sagte dann: »Soviel ich verstanden habe, arbeiten Sie an einem Dokumentarfilm über Arnold?«

Michelle lehnte sich zurück und setzte selber eine Gelehrtenmiene auf. »Nicht nur über ihn, sondern ganz allgemein über politisch motivierte Attentate, allerdings unter einem besonderen Aspekt. Unsere Hypothese lautet, dass es ziemlich deutliche Unterschiede unter den Attentätern gibt, die es auf Politiker abgesehen haben. Manche handeln ausschließlich aus geistiger Verwirrung heraus oder weil sie ein persönliches Leid mit dem Opfer assoziieren. Andere wiederum begehen ihre Taten aus tiefster philosophischer Überzeugung oder sogar, weil sie glauben, etwas Gutes zu tun. Mitunter betrachten sie den Mord an einem Wahlbeamten oder an einem Kandidaten sogar als patriotische Tat.«

»Und nun wollen Sie von mir wissen, in welche dieser Kategorien Arnold einzuordnen war?«

»Als Freund und Kollege von ihm haben Sie sicher viel darüber nachgedacht«, sagte King.

Jorst musterte ihn scharf durch die Rauchwölkchen hindurch. »Nun ja, ich gebe zu, dass mich die Frage, was Arnold zu diesem Attentat getrieben hat, in all den Jahren nicht losgelassen hat. Allerdings bin ich nicht der Meinung, dass man ihn problemlos in irgendeine Schublade stecken kann, weder in die ideologische noch in die motivationale.«

»Deshalb wollen wir uns ja auch mit seinem Hintergrund und vor allem mit der Zeit unmittelbar vor seiner Tat beschäftigen«, erklärte Michelle. »Vielleicht hilft uns das weiter.«

Jorst warf einen Blick auf seine Armbanduhr.

»Entschuldigen Sie«, meinte Michelle, »haben Sie jetzt eine Vorlesung?«

»Nein. Um ehrlich zu sein, ich hab sogar Forschungsurlaub. Ich versuche, mein neuestes Buch fertig zu schreiben. Also, schießen Sie los.«

Michelle zog einen Stift und einen Notizblock hervor. »Fangen wir doch am besten mit Ramseys Vergangenheit an«, schlug sie vor.

Jorst lehnte sich auf seinem Stuhl zurück und fixierte die Zimmerdecke. »Arnold hat in Berkeley den Hattrick abgeliefert – B. A., M. A., Promotion, und das alles außerdem noch als Jahrgangsbester. Darüber hinaus fand er auch noch die Zeit, an den Protesten gegen den Vietnamkrieg teilzunehmen, seine Einberufung öffentlich zu verbrennen und bei Bürgerrechts-Demonstrationen mitzumarschieren. Er hat bei Sit-ins und Lie-ins mitgemacht, wurde verhaftet, hat sein Leben riskiert und so weiter. Er hatte mit Abstand die besten akademischen Referenzen, die jemals ein Professor an diesem Fachbereich vorweisen konnte, und bekam sehr schnell eine feste Anstellung.«

»War er beliebt bei seinen Studenten?«, fragte King.

»Weitgehend schon, denke ich. Auf jeden Fall beliebter als ich bei meinen.« Jorst lachte leise in sich hinein. »Meine Zeugnisse fallen sehr viel strenger aus als die meines verstorbenen, viel beweinten Kollegen.«

»Ich nehme an, dass sich seine politischen Überzeugungen sehr deutlich von denen Ritters unterschieden?«, fragte Michelle.

»In diese Kategorie fielen neunundneunzig Prozent aller Amerikaner – Gott sei Dank, kann ich nur sagen. Dieser Ritter war ein Fernsehprediger, der irregeleiteten Menschen im ganzen Land das Geld aus der Tasche zog. Wie kann sich ein solcher Mensch um den Job im Weißen Haus bewerben? Da schämt man sich ja für sein eigenes Land.«

»Klingt, als hätten Ramseys Ansichten auf Sie abgefärbt«, kommentierte King.

Jorst hüstelte und versuchte es wiederum mit einem leisen Lachen. »In der Frage, was von einem möglichen Präsidenten Clyde Ritter zu halten sei, stimmten Arnolds und meine Einschätzung vollkommen überein. Worin wir uns allerdings erheblich unterschieden, das war die Frage, wie man auf Ritters Kandidatur reagieren sollte.«

»Ramsey hat also mit seinen Gefühlen nicht hinter dem Berg gehalten?«

»Überhaupt nicht.« Jorst stippte seine Zigarette aus und zündete sich sofort eine neue an. »Ich erinnere mich noch, wie er durch mein Büro stakste, sich mit der Faust in die Handfläche schlug und über das Bewusstsein einer Bevölkerung herzog, die drauf und dran war, einem Mann wie Ritter politischen Einfluss auf nationaler Ebene einzuräumen.«

»Aber er musste doch wissen, dass Ritter keine Chance hatte, Präsident zu werden.«

»Darum ging es nicht. Wichtiger, wenngleich viel weniger offensichtlich, waren die Kungeleien hinter der Szene. Ritter hatte in den Meinungsumfragen eine kritische Masse an Zustimmung erreicht. Das machte sowohl die Republikaner als auch die Demokraten allmählich sehr nervös. Nach den Umfragewerten konnte er problemlos die staatliche Wahlkampfkostenerstattung in Anspruch nehmen und war auch für landesweit ausgestrahlte Fernsehdebatten qualifiziert. Und was immer man sonst von Ritter halten mochte – *reden* konnte er. Er war aalglatt und kam bei einem gewissen Wählerpotenzial sehr gut an. Dazu kam, dass er, von seinem eigenen Präsidentschaftswahlkampf abgesehen, noch eine unabhängige Parteienkoalition zusammengeschustert hatte, die in vielen größeren Bundesstaaten eine Reihe von Kandidaten aufstellte. Es ging um die verschiedensten Ämter, und es sah so aus, als könnten viele Kandidaten der großen Parteien ernsthafte Probleme bekommen.«

»Inwiefern?«, fragte King.

»Bei vielen Wahlen im ganzen Land hat seine Liste die traditionelle Stammwählerschaft der großen Parteien gespalten. Damit war seine Truppe in etwa dreißig Prozent der in Frage kommenden Sitze das Zünglein an der Waage. Und wenn jemand plötzlich mit solchen politischen Pfunden wuchern kann, nun, dann …«

»Dann kann er sich teuer verkaufen?«, schlug King vor.

Jorst nickte. »Wie teuer sich Ritter schließlich verkauft

hätte, kann natürlich niemand sagen, denn mit seinem Tod war der Partei bekanntlich jeder Wind aus den Segeln genommen. Da sind die großen Parteien gerade noch mal mit einem blauen Auge davongekommen. Arnold war, so sehe ich das, fest davon überzeugt, dass Ritter, wenn niemand ihm Einhalt gebot, letzten Endes alles zerstören würde, wofür Amerika steht.«

»Und dabei wollte er nicht tatenlos zusehen«, sagte King.

»Offenbar nicht – schließlich hat er den Mann ja erschossen«, erwiderte Jorst trocken.

»Hat er jemals davon gesprochen, dass er so etwas vorhatte?«

»Nein. Das habe ich den Ermittlern damals schon gesagt. Sicher, er kam hier rein und schimpfte und schäumte über Ritter, aber er hat bestimmt niemals eine Drohung oder so was ausgestoßen. Er hat lediglich von seiner verfassungsmäßig garantierten Redefreiheit Gebrauch gemacht. Arnold hatte ein Recht auf seine eigene Meinung.«

»Aber kein Recht, deswegen zu morden.«

»Ich wusste nicht einmal, dass er eine Waffe besaß.«

»War er noch mit anderen Professoren hier am College befreundet?«, fragte Michelle.

»Nein, eigentlich nicht. Vor Arnold hatten viele hier einen Heidenrespekt. Lehranstalten wie Atticus verfügen gewöhnlich nicht über solche akademischen Schwergewichte.«

»Hatte er Freunde außerhalb der Uni?«

»Keine, von denen ich wüsste.«

»Und unter seinen Studenten?«

Jorst fasste King scharf ins Auge. »Sie müssen schon entschuldigen, aber das kommt mir eher wie eine Erforschung seiner Persönlichkeit vor und nicht wie eine Dokumentation über seine Mordmotive.«

»Es ist wohl ein bisschen von beidem«, erwiderte Michelle rasch. »Ich meine, es ist schwer, die Motive zu verstehen, wenn man den Mann selbst nicht begreift und wie er auf die Idee kam, einen Anschlag auf Ritter auszuüben.«

Jorst überlegte eine Weile, dann zuckte er die Achseln. »Wenn Arnold versucht haben sollte, irgendwelche Studenten da mit hineinzuziehen, dann wäre mir das jedenfalls vollkommen neu.«

»Er war verheiratet, als er starb?«, fragte Michelle.

»Ja, aber er lebte getrennt von seiner Frau Regina. Sie hatten eine Tochter namens Kate.« Jorst stand auf und ging zu einem Regal, in dem zahlreiche Fotografien standen. Eine davon reichte er ihnen. »Die Ramseys in glücklicheren Zeiten«, kommentierte er.

King und Michelle betrachteten die drei Menschen auf dem Bild.

»Regina Ramsey ist sehr schön«, bemerkte Michelle.

»Ja, das war sie.«

King sah auf. »War?«

»Sie ist tot. Selbstmord. Ist noch nicht lange her.«

»Das hab ich nicht gewusst«, erklärte King. »Sie sagten, sie lebten getrennt?«

»Ja. Regina wohnte in einem kleinen Häuschen nicht weit von hier, als Arnold starb.«

»Hatten sie das gemeinsame Sorgerecht für Kate?«, fragte Michelle.

»Ja. Ich weiß nicht, wie es damit ausgesehen hätte, wenn sie sich hätten scheiden lassen. Als Arnold tot war, hat Regina natürlich das alleinige Sorgerecht übernommen.«

»Warum hatten sie sich getrennt?«, fragte Michelle.

»Das weiß ich nicht. Regina war schön und schon in ihrer Jugend eine sehr gute Schauspielerin. Im College studierte sie Theaterwissenschaften und machte auch einen guten Abschluss. Es war sicher ihr Ziel, ihre Leidenschaft zum Beruf zu machen. Dann aber lernte sie Arnold kennen, verliebte sich in ihn, und alles kam anders, als sie es sich vorgestellt hatte. Ich bin sicher, dass sie viele Verehrer hatte, aber Arnold war ihre große Liebe. Manchmal denke ich, dass sie sich umgebracht hat, weil sie das Leben ohne ihn nicht mehr ertragen konnte.« Jorst machte eine Pause und fügte dann leise hinzu: »Damals hielt ich sie für glücklich. Inzwischen bin ich eher anderer Meinung.«

»Aber *mit* Ramsey konnte sie anscheinend auch nicht leben«, kommentierte King.

»Arnold hatte sich verändert. Seine akademische Karriere hatte ihren Höhepunkt überschritten. Er hatte seine Begeisterung für die Lehre verloren und war in eine Depression verfallen. Diese tiefe Melancholie hat der Ehe vielleicht geschadet. Doch als Regina ihn verließ, wurden seine Depressionen noch schlimmer.«

»Vielleicht hat er mit dem Attentat auf Ritter versucht, die Ideale seiner Jugend wieder aufleben zu lassen«, sagte Michelle. »Weltveränderung. Eingang in die Geschichtsbücher als Märtyrer.«

»Vielleicht. Unglücklicherweise hat er dabei sein Leben verloren.«

»Wie hat die Tochter auf die Tat ihres Vaters reagiert?«

»Kate war vollkommen am Boden zerstört. Ich kann mich erinnern, dass ich sie an dem Tag, an dem es geschah, gesehen habe. Der Schock stand ihr ins Gesicht geschrieben, das werde ich nie vergessen. Und ein paar Tage später hat sie im Fernsehen diese verfluchte Videoaufzeichnung aus dem Hotel gesehen. Da war ja alles drauf: Wie ihr Vater Ritter erschoss und der Leibwächter ihren Vater. Ich habe es auch gesehen. Es war entsetzlich, und…« Jorst hörte auf zu reden und heftete seinen Blick auf King. Langsam verhärtete sich seine Miene, und schließlich erhob er sich. »Sie haben sich eigentlich gar nicht so sehr verändert, Mr King. Also, ich weiß nicht, was hier eigentlich gespielt wird – aber ich lasse mich nicht gerne belügen. Ich erwarte von Ihnen, dass Sie mir sofort mitteilen, warum Sie wirklich gekommen sind und was Sie mit Ihren Fragen erreichen wollen.«

King und Michelle wechselten einen Blick, dann sagte King: »Ich will nicht lang um den heißen Brei herum reden, Professor Jorst. Wir haben kürzlich Indizien gefunden, die den Schluss nahe legen, dass Arnold Ramsey an jenem Tag nicht allein gehandelt hat und dass noch ein zweiter Attentäter – oder potenzieller Attentäter – im Hotel war.«

»Das ist unmöglich. Wenn das stimmte, dann wäre es schon viel früher entdeckt worden.«

»Eher nicht«, erklärte Michelle. »Nicht, wenn genügend einflussreiche Leute dafür gesorgt haben, dass die Sache unter dem Teppich blieb. Man hatte ja einen Mörder.«

»Und einen Secret-Service-Agenten, der im entscheidenden Moment versagt hatte«, ergänzte King.

Jorst ließ sich wieder auf seinen Stuhl fallen. »Ich… ich fasse es nicht. Aber was sind denn das für Indizien?«, fragte er neugierig.

»Darüber können wir im Augenblick noch nicht sprechen«, antwortete King. »Aber ich hätte die lange Fahrt hierher bestimmt nicht unternommen, wenn ich der Meinung wäre, es würde sich nicht lohnen, der Sache nachzugehen.«

Jorst zog ein Taschentuch hervor und wischte sich damit übers Gesicht. »Na schön, ich nehme an, es sind schon merkwürdigere Sachen passiert. Ich meine, Sie brauchen sich bloß Kate Ramsey anzusehen.«

»Was ist mit ihr?«, hakte Michelle sofort nach.

»Sie hat dieses College hier besucht… Man sollte doch meinen, dass dies der letzte Ort wäre, an dem sie hätte studieren wollen. Ich war einer ihrer Professoren. Sie war ebenso brillant wie ihr Vater und wäre überall angenommen worden. Aber nein, sie kam ausgerechnet hierher.«

»Wo ist sie jetzt?«, fragte King.

»Sie hat eine Postgraduiertenstelle am Virginia Commonwealth University's Center for Public Policy in Richmond. Die politikwissenschaftliche Fakultät dort gehört zu den besten im ganzen Land. Ich habe ihr selbst eine Empfehlung geschrieben.«

»Hatten Sie den Eindruck, dass sie ihren Vater hasst wegen seiner Tat?«

Professor Jorst nahm sich Zeit, bevor er diese Frage beantwortete. »Sie hat ihren Vater geliebt. Und doch hat sie ihn vielleicht auch gehasst – dafür, dass er sie im Stich gelassen hat, dass ihm seine politischen Überzeugungen sozusagen wichtiger waren als seine Liebe zu ihr. Ich sage das wohlgemerkt als reiner Laie, denn ich bin kein Psychologe. Obwohl sich schließlich herausgestellt hat, dass der Apfel nicht weit vom Stamm fällt.«

»Wie meinen Sie das?«, fragte Michelle.

»Sie nimmt an Demonstrationen teil, schreibt Protestbriefe, tritt gegenüber Regierungsmitgliedern und Bürgerrechtlern als Lobbyistin auf, schreibt Artikel für alternative Zeitschriften – alles genauso wie einst ihr Vater.«

»Das heißt, sie mag ihren Vater gehasst haben, weil er sie verlassen hat, aber inzwischen eifert sie ihm nach und versucht sogar, ihn zu übertreffen?«

»Sieht ganz so aus.«

»Und wie war die Beziehung zu ihrer Mutter?«, fragte King.

»Ziemlich gut. Obwohl sie ihre Mutter zum Teil wohl auch für die Ereignisse verantwortlich gemacht hat.«

»Weil sie nicht für ihren Mann da war? Weil er sich, wenn sie für ihn da gewesen wäre, vielleicht gar nicht zum Äußersten hätte treiben lassen?«, hakte King nach.

»Ja.«

»Sie haben also Regina Ramsey nach dem Tod ihres Mannes nicht mehr gesehen?«, fragte Michelle.

»Doch, selbstverständlich«, erwiderte Jorst schnell, zögerte dann aber. »Auf jeden Fall bei Arnolds Beerdigung. Später dann auch, als Kate hier studierte, und auch noch bei ein paar anderen Gelegenheiten.«

»Was war die Todesursache bei ihr, wissen Sie das noch?«

»Eine Überdosis Schlaftabletten.«

»Sie hat nicht wieder geheiratet?«, forschte King weiter.

Jorst wurde ein wenig blass. »Nein… nein, das hat sie nicht.« Er fasste sich wieder und bemerkte die fragenden Blicke der beiden. »Entschuldigen Sie, aber das alles geht mir nach wie vor ziemlich an die Nieren. Ich war mit der Familie schließlich eng befreundet.«

King betrachtete noch einmal die Menschen auf der Fotografie und studierte ihre Gesichter. Kate Ramsey musste zum Zeitpunkt der Aufnahme etwa zehn Jahre alt gewesen sein. Ihre Züge verrieten Intelligenz und Liebe. Sie stand zwischen ihren Eltern und hielt beide an der Hand. Eine nette, liebevolle Familie – zumindest nach außen hin.

Er gab Jorst das Foto zurück. »Fällt Ihnen noch etwas ein, das uns weiterhelfen könnte?«

»Nicht, dass ich wüsste.«

Michelle gab ihm einen Zettel, auf den sie ihre Telefonnummern gekritzelt hatte. »Nur für den Fall, dass Ihnen doch noch etwas einfällt«, sagte sie.

Der Professor blickte versonnen auf den Zettel. »Wenn das wahr ist, was Sie sagen, wenn es noch einen zweiten Attentäter gab – was wäre denn dessen Aufgabe gewesen? Hätte er vielleicht einspringen sollen im Fall, dass Arnold sein Ziel verfehlte?«

King antwortete mit einer Gegenfrage: »Oder hätte an diesem Tag vielleicht noch jemand anders sterben sollen?«

KAPITEL 35

King und Michelle riefen im Center for Public Policy in Richmond an und erfuhren, dass Kate derzeit verreist sei, aber in ein paar Tagen zurückerwartet werde. Daraufhin fuhren sie wieder nach Wrightsburg. In der Innenstadt hielt King auf dem Parkplatz eines Lebensmittelgeschäfts der gehobenen Mittelklasse.

»Ich hab das Gefühl«, erklärte er, »dass ich dir ein tolles Essen und eine gute Flasche Wein schulde, nachdem ich dich dermaßen durch die Gegend gezerrt habe.«

»Hat jedenfalls mehr Spaß gemacht, als mit einer Pistole im Anschlag in irgendwelchen Durchgängen zu stehen, während drinnen im Saal ein Politiker um Stimmen buhlt.«

»Braves Mädchen. Du lernst dazu.« King starrte durch die Windschutzscheibe, in Gedanken offenbar ganz woanders.

»Dieser Blick«, sagte Michelle, »kommt mir bekannt vor. Was geht dir denn gerade durch dein kluges Köpfchen?«

»Jorst hat doch mehrfach betont, wie glücklich sich Atticus schätzen konnte, einen Mann von Ramseys Rang zu haben, erinnerst du dich? Das klang so, als ob Berkeley-Absolventen und andere hochkarätige Experten nicht jeden Tag an kleinen und relativ unbedeutenden Unis wie Atticus anklopfen.«

»Ich erinnere mich. Und?«

»Nun, ich hab mir Jorsts Diplome angesehen, die in seinem Büro hängen. Er hat gute Schulen und Universitäten besucht, aber nicht eine von ihnen gehört auch nur zu den zwanzig besten im Land. Und ich wette, die anderen Professoren in diesem Fachbereich waren ebenfalls keine Superstars wie Ramsey – und das war wohl auch der Grund dafür, dass sie vor ihm so einen Respekt hatten.«

Michelle nickte nachdenklich. »Warum ist also so ein brillanter Experte und Berkeley-Absolvent an einem College wie Atticus gelandet?«

King sah sie an. »Genau! Wenn ich raten müsste, würde ich sagen, dass es in Ramseys Vergangenheit irgendeinen dunklen Punkt gegeben hat. Vielleicht aus seinen rebellischen Zeiten. Und vielleicht liegt darin auch der Grund dafür, dass ihn seine Frau schließlich verlassen hat.«

»Aber man wird doch seinen Hintergrund nach dem Attentat gründlichst durchleuchtet haben. Dabei hätte so etwas doch herauskommen müssen, oder?«

»Kommt immer darauf an, wie gründlich solche Dinge verschleiert werden. Außerdem muss es zum Zeitpunkt des Anschlags schon Ewigkeiten her gewesen sein. Die Sechzigerjahre waren eine wilde Zeit.«

Während sie durch die Regalreihen des Lebensmittelmarktes schlenderten und die Zutaten fürs Abendessen zusammensuchten, fiel Michelle auf, dass die anderen gut situierten Kunden im Laden sich abwandten, miteinander tuschelten und King mit scheelen Blicken bedachten. Als sie an der Kasse anstanden, tippte Sean dem Mann vor ihm, der ihn geflissentlich zu ignorieren versuchte, auf die Schulter.

»Charles, wie geht's?«

Der Mann drehte sich um und erbleichte. »Oh, Sean, ja, gut. Und dir? Ich meine…« Der Mann wirkte von seiner eigenen Frage peinlich berührt, doch Sean behielt sein Lächeln bei.

»Beschissen, Charles, einfach beschissen. Aber auf dich kann ich mich doch bestimmt noch verlassen, nicht wahr? Hab dich doch vor ein paar Jahren in dieser unangenehmen Geschichte mit dem Finanzamt ganz gut rausgepaukt, weißt du noch?«

»Wie? Was? Oh, ich… Ah, da draußen steht Martha und wartet. Mach's gut, Sean.«

Charles hastete davon und stieg in einen Mercedes-Kombi mit einer sehr distinguiert wirkenden, weißhaarigen Frau auf dem Fahrersitz, die ihren Mund zu schließen vergaß, als ihr Gatte ihr brühwarm von seiner Begegnung berichtete. Sichtlich empört fuhr sie davon.

Als Michelle und King mit ihren Einkaufstüten das Geschäft verließen, sagte sie: »Sean, das tut mir wirklich Leid für dich.«

»Ach, die guten Zeiten mussten ja irgendwann mal ein Ende haben.«

In seinem Haus bereitete er ein üppiges Mahl, das mit Caesar's Salad und Krabbenbrot als Vorspeise begann, gefolgt von Schweinefilet in einer Sauce aus Pilzen und Schalotten, dazu ein Kartoffelpüree mit reichlich Knoblauch. Zum Nachtisch gab es Schokoladen-Eclairs. Dabei saßen sie auf der hinteren Veranda, von der aus man auf den See hinaus blickte.

»Kochen kannst du also. Kann man dich auch als Partybegleitung mieten?«, frotzelte Michelle.

»Wenn die Bezahlung stimmt«, konterte er.

Michelle hob ihr Weinglas. »Guter Tropfen.«

»Das will ich meinen, er hat gerade das richtige Alter. Der liegt schon seit sieben Jahren in meinem Keller. Gehört zu meinen Lieblingsweinen.«

»Ich fühle mich geehrt.«

Sean wies auf den Anleger. »Wie wär's nachher mit einer Spritztour auf dem See?«

»Für Wassersport bin ich immer zu haben.«

»Im Gästezimmer liegen verschiedene Badeanzüge rum.«

»Merk dir eines, Sean, was mich betrifft: Ohne meine Sportsachen gehe ich nirgendwohin.«

King lenkte die große rote Sea-Doo 4TEC, die aussah wie ein Motorrad, und Michelle saß hinter ihm, die Arme um seine Taille geschlungen. Sie fuhren etwa fünf Kilometer weit hinaus, dann warf King im seichten Wasser einer Bucht einen kleinen Anker. Sie saßen auf der Sea-Doo, und King blickte in die Runde.

»Noch sechs Wochen oder so, und die Farben hier sind echt sehenswert«, meinte er. »Außerdem gefällt es mir, wenn die Sonne hinter den Bergen untergeht. Das sieht toll aus.«

»Okay, dann wird's jetzt aber Zeit, dass ich mir dieses Festmahl wieder abstrampele.« Michelle zog ihre Schwimmweste aus, Trainingsjacke und Trainingshose folgten. Darunter trug sie knallrote Lycra-Shorts und ein dazu passendes Workout-Top.

King ertappte sich dabei, wie er Michelle offenen Mundes anstarrte. Der wundervolle Bergblick hatte plötzlich seine Faszination verloren.

»Probleme?«, fragte Michelle mit einem Seitenblick.

»Ich doch nicht«, erwiderte er und wandte rasch den Blick ab.

»Wer zuletzt drin ist…« Sie tauchte ins Wasser und wieder auf. »Willst du nicht auch reinkommen?«

Er zog sich aus, sprang ins Wasser und tauchte neben Michelle wieder auf.

Sie spähte zum Ufer. »Was glaubst du, wie weit es ist?«

»Hundert Meter vielleicht. Warum?«

»Ich überlege, ob ich nicht mal bei einem Triathlon mitmache.«

»Mein Gott – warum überrascht mich das eigentlich schon gar nicht mehr?«

»Schwimmen wir um die Wette«, schlug sie vor.

»Kein Problem für mich.«

»Ganz schön macho, was?«

»Nein, ich meine, es ist kein Problem für mich, dass du mühelos gewinnen wirst.«

»Woher willst du das wissen?«

»Du bist Olympiateilnehmerin, und ich bin ein Rechtsanwalt mittleren Alters mit steifen Knien und einem gestutzten Flügel, weil ich im Dienst für die Allgemeinheit mal angeschossen wurde. Du wirst dir vorkommen, als würdest du mit deiner eigenen Großmutter, der man noch Bleigewichte an die Füße gebunden hat, um die Wette schwimmen.«

»Das werden wir ja sehen. Du könntest am Ende über deine eigene Leistung staunen. Drei – zwei – eins – los!« Sie zog davon. Ihre Armschläge schnitten sauber durch das warme, flache Wasser.

King schwamm ihr nach und holte sie erstaunlich leicht ein. Kurz vor dem Ufer schwammen sie sogar Seite an Seite, und Michelle lachte, als er spielerisch nach ihrem Bein fasste. Sie erreichten das Ufer gleichzeitig. King legte sich auf den Rücken und rang nach Luft, als reiche die gesamte Atmosphäre nicht zur Stillung seines Bedarfs.

»Okay, ich staune über meine eigene Leistung«, keuchte er. Als er den Kopf drehte und Michelle ansah, ging ihm ein Licht auf. Sie atmete nicht einmal schneller.

»Du Mistbiene hast dich überhaupt nicht angestrengt!«

»Doch, doch… Aber ich musste natürlich auf den Altersunterschied und dergleichen Rücksicht nehmen.«

»Okay, das reicht…«

Er sprang auf und rannte, als sie kreischend davonlief, hinter ihr her. Michelle musste so sehr lachen, dass King sie mühelos einholte. Er packte sie, schwang sie über seine Schulter, watete mit ihr in den See, bis ihm das Wasser bis zur Taille reichte, und tauchte sie feierlich unter. Spuckend und noch immer lachend tauchte sie wieder auf.

»Und was sollte das jetzt?«

»Dir zeigen, dass ich zwar schon über vierzig bin, aber noch lange kein toter Mann.«

Am Anleger ließ King die Sea-Doo von der Hebebühne aus dem Wasser liften und fragte Michelle: »Wie bist du eigentlich vom Basketball und Laufen aufs olympische Rudern gekommen?«

»Laufen gefiel mir besser als Basketball, aber dabei hat mir das mannschaftliche Element gefehlt. Einer meiner Freunde am College war Ruderer; durch ihn bin ich dazu gekommen. Offenbar hab ich ein natürliches Talent für diesen Sport. Auf dem Wasser ging mir nie die Kraft aus, da war ich wie eine Maschine. Und das Hochgefühl, das dich überkommt, wenn du alles, was in dir steckt, in diese Riemen legst, das war schon unvergleichlich. Ich war die Jüngste in unserem Team. Als ich anfing, hat mir kaum einer was zugetraut, aber denen hab ich, glaub ich, das Gegenteil bewiesen.«

»Das hast du meines Erachtens immer wieder getan. Vor allem dann auch im Secret Service.«

»War auch kein Zuckerschlecken.«

»Ich hab keine Ahnung von deinem Sport. Wie hieß deine Spezialdisziplin genau?«

»Vierer mit Steuerfrau. Vier Frauen rudern sich die Lunge aus dem Leib, und eine fünfte, die Steuerfrau, sagt die Schlagzahl an. Das erfordert absolute Konzentration.«

»Und wie war das bei den Olympischen Spielen?«

»Das war die absolut tollste und gleichzeitig nervenaufreibendste Zeit meines Lebens. Ich war so aufgeregt, dass ich vor unserem ersten Rennen kotzen musste. Aber als wir dann die Silbermedaille gewannen und die goldene nur um Haaresbreite verfehlten – das war das wahnsinnigste Gefühl der Welt. Ich war im Grunde ja noch ein Teenager und kam mir vor, als hätte ich den Gipfel meines Lebens bereits erreicht.«

»Und heute? Bist du immer noch der Meinung?«

Michelle lächelte. »Nein. Ich hoffe, die beste Zeit meines Lebens liegt noch vor mir.«

Sie duschten und zogen sich trockene Kleidung an. Als Michelle wieder herunter kam, saß Sean am Küchentisch und beschäftigte sich mit ihren Notizen.

»Interessante Lektüre?«, fragte Michelle und zog einen Kamm durch ihr nasses Haar.

Sean hob den Blick. »Unser Interview mit Jorst. Ich frage mich, ob er nicht doch mehr weiß, als er uns erzählt hat. Außerdem bin ich sehr neugierig darauf, was wir von Kate Ramsey erfahren werden.«

»Falls sie mit uns spricht.«

»Richtig.« Er gähnte. »Darüber denken wir morgen nach. Es war ein langer Tag.«

Michelle sah auf ihre Uhr. »Ja, es ist spät geworden. Ich glaube, ich mach mich auf den Weg.«

»Hör mal, wieso bleibst du heute Nacht nicht einfach hier? Du kannst in dem Gästezimmer schlafen, in dem du grade geduscht hast«, fügte er rasch hinzu.

»Ich hab doch ein Quartier. Kein Grund, mich zu bemitleiden, ich bin schon groß.«

»Trotzdem tust du mir Leid, weil der Müllhaufen aus deinem Fahrzeug jetzt in deinem Hotelzimmer liegt. Vielleicht wohnt ja was da drinnen, und dieses Irgendwas könnte mitten in der Nacht rauskriechen und sich über dich hermachen.« Er lächelte und sagte dann ruhig: »Bleib da.«

Sie schenkte ihm ihrerseits ein Lächeln und einen Augenaufschlag, den er als sehr viel sagend empfand. Es mochte aber auch an dem Wein liegen, den er getrunken hatte.

»Danke, Sean. Ich nehme das Angebot an. Ich bin wirklich ziemlich erledigt. Gute Nacht.«

Langsam stieg sie die Treppe hinauf. Er sah ihr nach. Die langen, sehnigen Beine gingen in einen hübschen, straffen Po über. Der Rücken verengte sich in Höhe der olympischen Schultern zu einem schmalen Hals und… ach, verflucht! Als Michelle im Gästezimmer verschwand, seufzte King tief und versuchte verzweifelt, nicht mehr an das zu denken, woran er ständig so verzweifelt dachte.

Er machte einen Rundgang durchs Haus und vergewisserte sich, dass alle Türen und Fenster fest verschlossen waren. Er hatte bereits beschlossen, das Haus mit einer Alarmanlage sichern zu lassen – etwas, das ihm zuvor hier draußen nie auch nur in den Sinn gekommen wäre; meistens schloss er ja nicht einmal die Haustür ab. O je, diese Zeiten waren nun wohl endgültig vorüber.

Am oberen Ende der Treppe blieb er stehen und starrte auf die Tür zum Gästezimmer. Dahinter lag eine schöne junge Frau im Bett. Und wenn er sich nicht vollkommen täuschte, dann würde er, wenn er diese Tür öffnete und das Zimmer betrat, die Nacht über bleiben dürfen. Andererseits … Bei seinem derzeitigen Glück war es ebenso gut möglich, dass ihm Michelle, sobald er zur Tür hereinkam, ohne Umschweife in die Eier schoss. Unschlüssig blieb er stehen und dachte nach: Will ich wirklich mit dieser Frau ein Verhältnis anfangen? Bei all dem, was ich derzeit um die Ohren habe? Die Antwort war ziemlich eindeutig, auch wenn er sie nur unwillig akzeptierte.

Er trottete in sein eigenes Schlafzimmer.

Am Fuße des Hügels, dort, wo die Zufahrt zu Kings Haus abzweigte, hielt der alte Buick. Die Scheinwerfer waren bereits abgestellt, jetzt erstarb auch das Geräusch des Motors. Der röhrende Auspuff war repariert worden, weil der Fahrer nicht mehr aufzufallen wünschte. Die Wagentür öffnete sich, der Mann stieg aus und spähte durch die Bäume hinauf zu der Silhouette des Hauses, in dem kein Licht mehr brannte. Nun öffneten sich auch die hinteren Türen des Buicks, und zwei weitere Personen stiegen aus: »Hilfspolizist Simmons« und seine mörderische Gefährtin Tasha. Simmons wirkte ein wenig nervös, Tasha dagegen zu jedem Abenteuer bereit. Der Buickfahrer wirkte lediglich vollkommen konzentriert. Er warf seinen Kumpanen einen Blick zu und nickte. Dann gingen sie alle drei auf das Haus zu.

KAPITEL 36

King erwachte aus dem Tiefschlaf, als sich eine Hand über seinen Mund legte. Zuerst sah er die Pistole, dann das Gesicht.

Michelle legte einen Finger auf ihre Lippen und flüsterte ihm ins Ohr: »Ich habe Geräusche gehört. Ich glaube, es ist jemand im Haus.«

King zog sich an und deutete mit fragendem Blick auf die Tür.

»Ich glaube, auf der Rückseite, im Erdgeschoss. Wer könnte das sein? Hast du eine Ahnung?«

»Ja – vielleicht jemand, der mir die nächste Leiche bringt.«

»Hast du Wertsachen im Haus?«

Er wollte schon den Kopf schütteln, hielt dann jedoch inne. »Verdammt! Die Waffe aus Lorettas Garten! Sie liegt in meiner Kassette im Arbeitszimmer.«

»Glaubst du wirklich…?«

»Ja, garantiert.« Er nahm den Hörer vom Telefon, um die Polizei anzurufen, legte jedoch gleich wieder auf.

»Sag's nicht«, flüsterte Michelle. »Die Leitung ist tot.«

»Wo ist dein Handy?«

Sie schüttelte den Kopf. »Ich glaube, ich habe es in meinem Wagen liegen gelassen.«

Sie schlichen die Treppe hinunter und lauschten dabei auf weitere Geräusche, die den Eindringling verraten mochten.

Alles war dunkel und still. Der ungebetene Gast konnte überall lauern und jederzeit zuschlagen.

King sah Michelle an und flüsterte: »Nervös?«

»Ein bisschen gruselig, ja. Was tust *du* denn, wenn's brenzlig wird?«

»Ich hol mir eine Kanone, die größer ist als die von dem anderen Kerl.«

Unten an der Treppe, die in den Keller führte, ertönte ein lautes Scheppern.

Michelle sah King an. »Okay, keine Konfrontation, schlage ich vor. Wir wissen nicht, wie viele es sind, und kennen ihre Waffen nicht.«

»Einverstanden. Aber wir müssen Lorettas Pistole holen. Hast du deine Autoschlüssel?«

Sie hob sie in die Höhe. »Ich hab schon weiter gedacht als du.«

»Ich fahre. Sobald wir hier raus sind, rufen wir die Polizei.«

Während Michelle ihm Deckung gab, schlüpfte King in sein Arbeitszimmer und holte die Pistole aus der Kassette. Dann schlichen sie zur Tür und verließen das Haus durch den Haupteingang.

Sie stiegen in den Land Cruiser, und King steckte den Schlüssel ins Zündschloss.

Der Schlag traf ihn von hinten, und er fiel auf die Hupe, die zu plärren anfing.

»Sean …«, schrie Michelle, doch ihre Stimme wurde abgewürgt, genauso wie die Atemluft. Eine Ledergarotte wand sich um ihren Hals und schnitt ihr in die Haut.

Verzweifelt versuchte sie, ihre Finger unter den Riemen zu schieben, doch er war schon zu straff gespannt. Ihre Lungen schienen zu bersten, ihre Augen quollen aus den Höhlen, ihr Gehirn schien in Flammen zu stehen. Aus dem Augenwinkel sah sie, dass King über dem Steuerrad zusammengesunken war; an seinem Hals rann Blut herunter. Dann spürte sie, wie der Lederriemen gedreht und noch straffer gezogen wurde. Eine Hand schob sich über den Vordersitz und griff nach der rostigen Pistole. Die Hecktür klappte auf und wieder zu, Schritte entfernten sich. Aber ihr Mörder ließ nicht von ihr ab und wollte offenbar sein Werk vollenden.

Gnadenlos schnitt die Garotte in ihren Hals, fester und immer fester. Michelle stemmte ihre Füße gegen das Armaturenbrett, versuchte, sich aufzubäumen und ein wenig Abstand von der Person zu gewinnen, die sich alle Mühe gab, sie umzubringen. Dann ließ sie sich wieder fallen, inzwischen schon halb erstickt. Die dröhnende Hupe machte sie schier taub, und der Anblick des bewusstlosen, blutenden King ließ ihre Situation nur noch hoffnungsloser erscheinen. Noch einmal gelang es ihr, den Rücken durchzubiegen, und diesmal knallte ihr Kopf ins Gesicht ihres Peinigers. Er schrie auf, und der Riemen um ihren Hals lockerte sich, wenn auch nur minimal. Michelle riss die Arme zurück und versuchte, Haare auszureißen, Haut zu zerkratzen oder Augenhöhlen zu finden, in die sie ihre Finger bohren konnte. Es gelang ihr tatsächlich, den Angreifer bei den Haaren zu packen, und sie riss daran mit aller Kraft, die ihr verblieben war, aber der Druck auf ihre Kehle ließ nicht nach. Sie verkrallte sich in seinem Gesicht, doch dann wurde ihr der Kopf gewaltsam nach hinten gerissen, sodass sie fast über den Sitz gezogen wurde. Der bricht mir den Hals, dachte Michelle noch, dann verließen sie die Kräfte, ihre Muskeln wurden schlaff, und ihr Körper rutschte wieder nach vorn.

Jetzt spürte sie auf einmal den Atem des Menschen, der sie unter Aufbietung all seiner Kräfte unbedingt töten wollte. Verzweiflung und Todesangst trieben ihr Tränen ins Gesicht.

Der heiße Atem war nun direkt in ihrem Ohr. »So, jetzt stirb mal schön!«, zischte die Stimme. »Verrecke sanft!«

Der höhnische Ton verlieh ihr neue Kräfte. Michelles Finger schlossen sich um ihre Pistole. Sie richtete den Lauf nach hinten, gegen die Lehne ihres Sitzes, und ihr Zeigefinger krümmte sich um den schmalen Metallbogen des Auslösers. Ihre Kraft war so gut wie erschöpft, aber ein letzter Rest an Willensstärke verblieb. Da sie wusste, dass sie eine zweite Chance nicht bekommen würde, konnte sie nur beten, dass die Richtung stimmte.

Der Schuss ging los. Die Kugel durchschlug den Sitz und bohrte sich in menschliches Fleisch. Das Nächste, was Michelle hörte, war ein kurzer Aufschrei, gefolgt von einem schmerzvollen Stöhnen. Unmittelbar danach lockerte sich der mörderische Riemen um ihren Hals und fiel schlaff von ihr ab. Endlich befreit, rang Michelle nach Luft, sog sie in tiefen Zügen ein. Ihr schwindelte, und ihr Magen revoltierte. Sie stieß die Wagentür auf und stürzte zu Boden.

Sie hörte, wie die Hecktür geöffnet wurde. Der Mann kletterte hinaus, eine Hand auf seine blutende Seite gepresst. Michelle rappelte sich auf und hob ihre Waffe, doch der Angreifer trat mit aller Kraft gegen den linken Türflügel. Michelle wurde getroffen und fiel wieder hin. Ihre Wut kannte nun keine Grenzen mehr. Wieder sprang sie auf und nahm den Angreifer ins Visier. Im selben Augenblick drehte der Kerl sich um und lief davon.

Michelle kam nicht sofort zum zweiten Schuss. Von Übelkeit überwältigt fiel sie auf die Knie, und als sie aufblickte, dröhnte ihr der Kopf, und ihre Sehkraft war getrübt. Statt einem sah sie drei Männer davonlaufen. Sie feuerte sechs Mal, jedes Mal mehr oder weniger auf den gleichen Schemen.

Alle sechs Schüsse gingen weit daneben. Sie hatte auf ein Trugbild gezielt, nicht auf den Mann aus Fleisch und Blut, der sein Möglichstes getan hatte, sie umzubringen.

Die Schritte entfernten sich rasch. Gleich darauf wurde ein Motor angelassen, und ein Auto raste, Kies und Erde aufwirbelnd, davon.

Michelle keuchte noch einmal auf, dann brach sie zusammen.

KAPITEL 37

Es dauerte lange, bis der Dauerton der Hupe endlich die Aufmerksamkeit einer vorbeifahrenden Polizeistreife erregte. Der Beamte fand Sean King und Michelle Maxwell bewusstlos vor und sorgte dafür, dass sie nach Charlottesville ins Krankenhaus gebracht wurden. King erholte sich als Erster. Zwar blutete seine Kopfwunde stark, doch hatte sich sein Schädel als so hart erwiesen, dass ihm weitere Schäden erspart geblieben waren. Michelles Genesung, so viel stand fest, würde etwas mehr Zeit in Anspruch nehmen. Vor der Behandlung ihrer akuten Verletzungen bekam sie eine Narkose. Als sie daraus erwachte, saß King mit einem Verband um seinen Kopf neben ihr.

»Meine Güte, du siehst schrecklich aus«, sagte sie mit schwacher Stimme.

»Das ist alles, was ich zu hören kriege, nachdem ich stundenlang auf diesem verdammten Stuhl gehockt und darauf gewartet habe, dass die Prinzessin aufwacht? – ›Meine Güte, du siehst schrecklich aus‹?«

»Entschuldige. Es ist wirklich schön, dein Gesicht zu sehen. Ich bin so froh, dass du lebst – ich wusste nicht, wie schwer deine Verletzungen waren.«

Er betrachtete die Würgemale an ihrem geschwollenen Hals. »Wer immer das war – er hat dich ganz schön zugerichtet. Hast du jemanden erkennen können?«

»Nein. Ich weiß nur, dass es ein Mann war.« Dann fügte sie hinzu: »Ich hab ihn getroffen.«

»Du hast was?«

»Ich hab auf ihn geschossen, durch den Sitz durch.«

»Wo hast du ihn getroffen?«

»In die Seite, glaube ich.«

»Die Polizei wartet schon auf deine Aussage. Meine hat sie bereits. Das FBI und Deputy Marshal Parks sind auch hier. Ich habe ihnen auch schon von der Pistole unter dem Hortensienstrauch erzählt und von meiner These berichtet, dass Loretta Baldwin jemanden erpresst haben muss.«

»Ich fürchte, dass sie von mir nicht viel Neues erfahren werden.«

»Die Gangster müssen mindestens zu zweit gewesen sein: Einer, der mit seinem Verhalten dafür gesorgt hat, dass wir das Haus verließen, und ein anderer, der in deinem Wagen auf uns wartete. Sie haben einkalkuliert, dass ich die Pistole mitnehmen und ihnen dadurch die Sucherei ersparen würde. Irgendwer muss uns beschattet haben, als wir in Lorettas Garten waren. Kann sein, dass die Kerle uns sogar beim Ausgraben der Waffe beobachtet und dann gleich beschlossen haben, sie sich zurückzuholen.«

»Sie müssen zu dritt gewesen sein, denn im Auto waren zwei.« Michelle machte eine Pause, dann fragte sie: »Die Pistole aus Lorettas Garten haben sie mitgehen lassen, oder?«

»Ja. Dumm gelaufen. Wir hätten sie sofort beim FBI abliefern sollen. Aber das haben wir nicht, so einfach ist das.« King seufzte und legte ihr die Hand auf die Schulter. »Das war knapp, Michelle, sehr knapp.«

»Ich hab gekämpft, so gut ich konnte.«

»Das weiß ich. Dass ich noch lebe, habe ich dir zu verdanken. Ich stehe in deiner Schuld.«

Bevor Michelle antworten konnte, ging die Tür auf, und ein junger Mann trat ein. »Agentin Maxwell?« Er wies sich als Mitarbeiter des Secret Service aus. »Sobald Sie aus dem Krankenhaus entlassen sind und mit der Polizei gesprochen haben, werden Sie mich nach Washington begleiten.«

»Warum?«, fragte King.

Der Mann ignorierte ihn. »Nach Auskunft der Ärzte können Sie von Glück sagen, dass Sie noch am Leben sind.«

»Ich glaube nicht, dass Glück dabei im Spiel war«, erklärte King.

»Warum soll ich wieder nach Washington?«, fragte Michelle.

»Sie sind ab sofort ins Washingtoner Büro versetzt.«

»Das ist Walter Bishops Handschrift«, meinte King.

»Dazu kann ich wirklich nichts sagen.«

»Ich weiß. Deshalb hab *ich* es gesagt.«

Der junge Mann wandte sich wieder an Michelle. »Ich werde hier sein, wenn Ihre Entlassung ansteht.« Er nickte King kurz zu und verließ das Zimmer.

»War 'ne schöne Zeit«, sagte King zu Michelle. »Nur ein bisschen kurz.«

Michelle fasste nach seiner Hand und drückte sie. »Hey, ich komme ja wieder! Ich hab was dagegen, dass du dich ewig allein vergnügst.«

»Aber jetzt ruhst du dich erst mal aus, okay?«

Sie nickte. »Sean?« Er sah sie an. »Gestern Abend ... das Schwimmen und so ... Das war schön. Ich glaube, wir haben das beide gebraucht. Vielleicht können wir das ja irgendwann wiederholen.«

»Bestimmt, Michelle! War mir ein Vergnügen, deinen Hintern unter Wasser zu drücken.«

King hatte Michelles Zimmer gerade verlassen, als ihm im Korridor eine Frau in den Weg trat. Joan wirkte ebenso besorgt wie aufgebracht. »Ich hab eben erst erfahren, was euch zugestoßen ist. Alles okay mit dir?« Ihr Blick war auf seinen Kopfverband gerichtet.

»Mir geht's gut.«

»Und Agentin Maxwell?«

»Ebenfalls. Danke für die Nachfrage.«

»Und dir fehlt wirklich nichts, bist du dir sicher?«

»Ganz sicher, Joan!«

»Schon gut, schon gut, reg dich nicht auf.« Sie deutete in ein Zimmer neben dem Flur, in dem sich zurzeit niemand aufhielt. Sie setzten sich auf zwei der dort stehenden Stühle.

»Wie ich höre, hast du eine Waffe im Haus dieser Frau gefunden«, sagte Joan mit ernster Miene.

»Ja, verdammt, woher weißt du denn das schon wieder? Ich habe das doch nur der Polizei erzählt.«

»Dass ich jetzt in der freien Wirtschaft arbeite, heißt nicht, dass ich bei meinem Ausscheiden aus dem Secret Service meine kriminalistischen Fähigkeiten abgegeben hätte. Aber sag mal, stimmt das mit der Pistole überhaupt?«

King zögerte, dann sagte er: »Ja. Ja, es stimmt.«

»Und woher stammt sie, deiner Ansicht nach?«

»Ich habe meine Theorien, bin aber momentan nicht sehr mitteilsam.«

»Schön, dann spring ich mit meiner eigenen Theorie ein: Die Frau war Zimmermädchen im Fairmount-Hotel, hatte einen Revolver in ihrem Garten versteckt und ist eines gewaltsamen Todes gestorben, wobei man ihr auch noch Geld in den Mund gestopft hat. Sie hat die Person, der die Waffe gehörte, erpresst. Und diese Person war möglicherweise an dem Mordanschlag auf Ritter beteiligt.«

Verblüfft starrte King sie an. »Teufel auch, was hast du für Quellen?«

»Tut mir Leid, auch meine Mitteilsamkeit ist gerade aufgebraucht. Du hast also die Waffe gefunden, sie wieder verloren und bist dabei um ein Haar umgebracht worden.«

»Eigentlich hat's Michelle viel schlimmer erwischt als mich. Mich haben sie bloß bewusstlos geschlagen. Bei ihr haben sie sich offenbar alle Mühe gegeben, sie zu töten.«

Der Blick, mit dem Joan ihn bei diesen Worten bedachte, war merkwürdig. »Glaubst du, das hat irgendetwas mit John Brunos Verschwinden zu tun?«, fragte sie brüsk.

Er machte aus seiner Verwunderung keinen Hehl. »Wie denn? Bloß, weil Ritter und Bruno beide Präsidentschaftskandidaten waren? Das ist ja wohl ein bisschen weit hergeholt.«

»Vielleicht. Aber komplizierte Sachverhalte haben oft einen sehr einfachen Kern.«

»Danke für die kriminalistische Belehrung. Ich werde sie sicher beherzigen.«

»Vielleicht brauchst du sogar einen Grundkurs. Du ziehst schließlich mit der Frau durch die Gegend, die Brunos Entführung überhaupt erst möglich gemacht hat.«

»Sie hat Bruno ebenso wenig kidnappen lassen, wie ich Ritter habe erschießen lassen.«

»Fakt ist, dass ich Brunos Verschwinden aufklären möchte und beim derzeitigen Stand der Dinge niemanden von einem Verdacht ausschließen kann, auch deine liebe Freundin Michelle nicht.«

»Na, großartig. Im Übrigen ist sie nicht meine ›liebe Freundin‹.«

»Okay, was dann?«

»Ich gehe bloß ein paar Spuren nach, und sie hilft mir dabei.«

»Wie schön! Freut mich, dass du eine Mitarbeiterin gefunden hast, denn mich scheinst du ja komplett abgeschrieben zu haben. Bietet dir die Maxwell ebenfalls eine Million Dollar, wenn du den Fall löst, oder darfst du bloß mal kurz in ihr Bettchen hüpfen, bevor sie dir den Laufpass gibt?«

Er sah ihr in die Augen. »Du willst doch wohl nicht behaupten, dass du auf sie eifersüchtig bist?«

»Doch, vielleicht, Sean. Aber davon abgesehen: Ich denke, ich habe zumindest eine Antwort auf mein Angebot verdient.«

King sah vage in die Richtung, in der Michelles Krankenzimmer lag, doch als Joan seinen Arm berührte, drehte er sich wieder zu ihr um.

»Ich muss zusehen, dass ich in dieser Angelegenheit vorankomme. Außerdem – man weiß ja nie: Vielleicht stoßen wir dabei sogar auf die *wahre* Lösung im Fall Ritter.«

»Ja, ja, vielleicht«, gab er zurück.

»Also, bist du nun dabei oder nicht? Ich muss das wissen. Und zwar jetzt gleich.«

Er dachte einen Moment lang nach, dann nickte er. »Ich bin dabei.«

KAPITEL 38

Sie flogen mit einer Privatmaschine nach Dayton, Ohio, und fuhren von dort aus zu einer staatlichen Nervenklinik, die etwa dreißig Minuten nördlich des Flughafens lag. Joan hatte vorher angerufen und die erforderliche Besuchserlaubnis für Sidney Morse erhalten. »Es war gar nicht so schwierig, wie ich dachte«, berichtete sie King auf der Fahrt. »Obwohl die Frau gelacht hat, als ich ihr sagte, wen ich besuchen will. Sie meinte, wir könnten ja kommen, aber es würde uns nicht viel helfen.«

»Wie lange ist Morse schon dort?«, fragte King.

»Ein Jahr ungefähr. Er wurde von seiner Familie eingeliefert. Genau gesagt, von seinem Bruder, Peter Morse. Ich nehme an, dass es keine anderen Verwandten gibt.«

»Ich dachte, Peter Morse würde von der Polizei gesucht. War er nicht auch auf Drogen?«

»*War* ist das entscheidende Wort. Und er war nie im Knast, was dem Einfluss seines Bruders zu verdanken sein dürfte. Offenbar hat Sidney dafür gesorgt, dass Peters Strafregister gelöscht wurde, und als der große Bruder anfing zu spinnen, hat ihn der kleine in die staatliche Nervenklinik gebracht.«

»Warum ausgerechnet in Ohio?«

»Sidney hat anscheinend vor seiner Einlieferung bei seinem Bruder hier gelebt. Schätze, er war schon so weit durchgeknallt, dass er nicht mehr alleine zurechtkam.«

King schüttelte den Kopf. »Brutal, wie einem das Schicksal mitspielen kann! Innerhalb von zehn Jahren wird aus einem der einflussreichsten Strippenzieher des Landes der Insasse eines Irrenhauses.«

Kurze Zeit später saßen King und Joan in einem kleinen Besucherzimmer der trostlosen Institution. Durch die Flure hallte Gewimmer, Geschrei und lautes Schluchzen, und zusammengesunkene Gestalten, die schon lange ihren Verstand verloren hatten, hockten in Rollstühlen. In einem Aufenthaltsraum gegenüber der Rezeption am Haupteingang sah sich eine kleine Gruppe von Patienten eine Fernsehshow an. Schwestern, Ärzte und Pfleger schlichen, von der bedrückenden Umgebung anscheinend aller Energien beraubt, in ihren Kitteln die Korridore auf und ab.

King und Joan erhoben sich gleichzeitig, als ein Mann im Rollstuhl hereingeschoben wurde. Der junge Pfleger nickte ihnen zu. »Okay, hier ist Sid.«

Der junge Mann kniete sich vor Morse auf den Boden und tätschelte ihm die Schulter. »Okay, Sid, diese Leute hier wollen mit dir reden, kapiert? Okay, sprich mit ihnen.« Der Pfleger grinste, als er das sagte.

Er stand wieder auf, und Joan fragte: »Gibt es, äh, irgendwas, das wir wissen… oder vermeiden sollten?«

Der junge Mann lächelte und entblößte dabei eine Reihe schiefer Zähne. »Nicht bei Sid. Den wirft nichts mehr um.«

King war außerstande, seinen Blick von dem menschlichen Wrack abzuwenden – einem Mann, der acht Jahre zuvor noch eine der größten Meisterleistungen der amerikanischen Politik vollbracht hatte. Morse hatte etwas abgenommen, war aber immer noch fett. Man hatte ihm den Kopf kahl rasiert, doch trug er einen kurzen, grau gesprenkelten Bart. King hatte einen rasiermesserscharfen Blick in Erinnerung, dem nichts entging. Jetzt waren die Augen leblos. Vor ihnen saß zweifellos Sidney Morse – oder besser gesagt: das, was von ihm übrig geblieben war, nicht viel mehr als seine Hülle.

»Und wie lautet die Diagnose?«, fragte er.

»Dass er nie wieder hier rauskommt«, sagte der Pfleger und stellte sich selbst als Carl vor. »Sein Verstand ist völlig hin, wie weggeblasen, der kommt nicht wieder. Also, Leute, ich bin da hinten am Ende des Gangs. Ihr braucht mich nur zu holen, wenn ihr fertig seid.« Carl entfernte sich.

Joan warf King einen Blick zu. »Ich kann es kaum fassen«, sagte sie. »Sicher, ich wusste, dass sein Ruf und seine Karriere nach dem Mord an Ritter schwer angeschlagen waren, aber dass er dermaßen auf den Hund kommt – nein, das hätte ich mir nicht vorstellen können.«

»Vielleicht kam es schubweise. In acht Jahren kann viel passieren, schau dir bloß mich an. Sidney war nach dem Debakel mit Ritter völlig erledigt. Kein Mensch wollte ihn mehr. Er wurde depressiv. Und vielleicht hat ihn sein kleiner Bruder, als sie dann unter einem Dach lebten, gerade in der kritischsten Phase an schwere Drogen gebracht. Ich kann mich erinnern, dass Sidney mir damals im Wahlkampf einmal erzählte, der Drogenkonsum seines Bruders habe ihm schon eine Menge Unannehmlichkeiten eingetragen. Er meinte, Peter sei sehr erfinderisch bei der Geldbeschaffung für seine Sucht. Ein ausgesprochen gewieftes Früchtchen.«

King kniete vor Morse nieder. »Sidney? Sidney, erinnern Sie sich an mich? Ich bin Sean King. Agent Sean King«, fügte er hinzu.

Es kam keine Reaktion. Ein Speichelfaden rann aus dem Mund des Mannes und blieb an seiner Unterlippe hängen. King warf Joan einen Blick zu. »Sein Vater war ein bekannter Anwalt«, sagte er, »und seine Mutter so was wie eine reiche Erbin. Ich frage mich, was aus all dem Geld geworden ist.«

»Vielleicht geht's für die Betreuung hier drauf.«

»Nein, die Klinik ist staatlich, keine teure Privateinrichtung.«

»Vielleicht hat ja sein Bruder die Finger drauf. Es ist ja

anzunehmen, dass sie beide geerbt haben, und jetzt besitzt Peter alles. Abgesehen davon – wer interessiert sich für die Brüder Morse? Ich bin hier, weil ich John Bruno finden will.«

King wandte sich wieder Morse zu. Der Mann im Rollstuhl hatte sich nicht gerührt. »Mein Gott, schau dir diese Schnittnarben in seinem Gesicht an.«

»Selbstverstümmelung. Manche Geistesgestörte neigen dazu.«

King stand kopfschüttelnd auf.

»Hey, habt ihr das Spiel mit ihm gespielt?«, fragte eine aufgeregte Fistelstimme.

Sie drehten sich um. Hinter ihnen stand ein zwergenhafter, magerer Mann, der ein verschlissenes Plüschkaninchen in den Armen hielt. Er war so klein, dass er wie ein Kobold wirkte. Außer einem schlabberigen Bademantel schien er nichts am Leib zu tragen. Joan wandte den Blick ab.

»Das Spiel«, sagte das Männlein und sah sie mit einer Kindermiene an. »Habt ihr's schon gespielt?«

»Was denn, mit ihm?«, fragte King und deutete auf Morse.

»Ich bin Buddy«, sagte der Mann, »und das hier ist auch Buddy.« Er hielt das zerlumpte Kaninchen in die Höhe.

»Freut mich, dich kennen zu lernen, Buddy«, sagte King. Sein Blick richtete sich auf das Plüschtier. »Und dich auch, Buddy. Ihr kennt also Sid?«

Buddy nickte heftig. »Spielen, das Spiel!«

»Das Spiel, richtig. Warum zeigst du mir nicht, wie's geht? Kannst du das?«

Wieder nickte Buddy und grinste. Dann lief er in eine Ecke des Zimmers, wo eine Schachtel mit allerhand Krimskrams stand. Er wühlte darin herum, suchte und fand einen Tennisball und kam damit zurück. Dann pflanzte er sich ein gutes Stück vor Morse auf und hielt den Ball hoch. »Okay, ich werfe den…«

Buddys Blick schien plötzlich jedes Ziel zu verlieren.

Mit aufgerissenem Mund und ausdruckslosen Augen, den Ball und sein Kaninchen festhaltend, stand er da.

»Den Ball«, half King ihm weiter. »Du wirfst *den Ball*, Buddy.«

Buddy kam wieder zu sich. »Okay, ich werfe den Ball.« Er machte eine regelrechte Show daraus, schraubte sich in die Höhe wie ein Spitzenspieler der Basketballliga und entblößte dabei wesentlich mehr von seiner Anatomie, als King oder Joan sehen wollten. Als er den Ball endlich losließ, flog der langsam und präzise auf Morses Kopf zu, doch Sekundenbruchteile vor dem scheinbar unvermeidbaren Aufprall schoss Morses rechte Hand hoch und fing ihn auf. Gleich darauf sank die Hand wieder herab, hielt den Ball aber nach wie vor fest. Buddy hüpfte im Kreis herum und machte dann eine Verbeugung. »Das Spiel«, sagte er.

Er ging zu Morse und versuchte, ihm den Ball abzunehmen, doch dessen Finger gaben ihn nicht frei. Buddy, ein Bild des Jammers, wandte sich den Besuchern zu. »Nie gibt er ihn zurück! Er ist gemein! Gemein, gemein, gemein!«

Carls Kopf erschien in der Tür. »Alles klar hier? Oh, hallo, Buddy.«

»Er will mir den Ball nicht wiedergeben«, winselte Buddy.

»Schon gut, beruhige dich.« Carl schlenderte zu Morse, nahm ihm den Ball ab und gab ihn Buddy. Der drehte sich zu King um und hielt ihm den Ball entgegen. »Du bist dran!«

King sah Carl fragend an, der grinste und sagte: »Schon okay. Es ist bloß eine Reflexbewegung. Die Ärzte hier haben einen langen lateinischen Namen dafür. Es ist das Einzige, was Sid noch kann. Die anderen machen sich einen Mordsspaß draus.«

King zuckte mit den Schultern und warf Morse den Ball sachte zu, und wieder fing der Mann im Rollstuhl ihn auf.

»Kriegt Sid denn auch mal Besuch?«, fragte Joan Carl.

»Anfangs ist sein Bruder öfter gekommen, aber inzwischen war er schon ziemlich lange nicht mehr da. Ich glaube, Sid war mal ’ne ziemliche Berühmtheit, denn als er eingeliefert wurde, waren einige Reporter hier. Die blieben aber nicht lange, als sie sahen, in welchem Zustand er war. Und jetzt kommt niemand mehr. Er sitzt bloß noch in seinem Rollstuhl herum.«

»Und fängt den Ball«, ergänzte Joan.

»Genau.«

Als Joan und King gingen, lief Buddy ihnen hinterher. Er hielt ihnen den Tennisball entgegen. »Den könnt ihr haben, wenn ihr wollt. Ich habe noch ganz viele andere.«

King nahm den Ball. »Danke, Buddy.«

Buddy hielt sein Kaninchen hoch. »Buddy auch Danke sagen.«

»Danke, Buddy.«

Der Zwerg sah Joan an und hob das Kaninchen noch höher. »Buddy Kuss?«

King gab Joan einen sanften Rippenstoß. »Na los, er ist doch niedlich.«

»Was krieg ich denn dafür?«, flüsterte Joan ihm zu, beugte sich dann aber vor und gab Buddy, dem Kaninchen, mit gespitzten Lippen ein Küsschen auf die Plüschwange. Dann fragte sie Buddy, den Zwerg: »Du bist also mit Sidney befreundet? Mit Sid, meine ich?«

Buddy nickte so heftig, dass er mit dem Kinn gegen die Brust stieß.

»Er hat das Zimmer neben mir. Willst du ’s sehen?«

King sah Joan an. »Wenn wir schon mal hier sind…«

»Wer A sagt, muss auch B sagen«, erwiderte sie achselzuckend.

Buddy nahm Joan bei der Hand und führte sie den Gang hinunter. King und Joan hatten keine Ahnung, ob sie sich ohne Pfleger überhaupt hier aufhalten durften, doch niemand hielt sie an. Vor einem Zimmer blieb Buddy stehen und klatschte mit der Hand gegen die Tür. »Das ist mein Zimmer. Wollt ihr’s sehen? Is klasse!«

»Bestimmt«, sagte Joan. »Vielleicht hast du sogar noch ein paar Buddys drin.«

Buddy machte die Tür auf – und schloss sie sofort wieder. »Ich mag's nicht, wenn fremde Leute meine Sachen angucken«, sagte er und starrte sie ängstlich an.

King stieß einen langen, schicksalsergebenen Seufzer aus. »Okay, Buddy, du wohnst hier – dein Haus, deine Regeln.«

»Ist das Sids Zimmer?« Joan deutete auf die Tür zur Linken.

»Nö, das da.« Buddy öffnete die Tür rechts neben seiner.

»Ist das auch okay, Buddy?«, fragte King. »Dürfen wir da reingehen?«

»Ist das auch okay, Buddy? Dürfen wir da reingehen?«, wiederholte Buddy und strahlte die beiden an.

Joan warf einen Blick in den Flur, sah aber niemanden, der sie hätte beobachten können. »Ich glaub schon, dass es okay ist, Buddy. Warum bleibst du nicht draußen und stehst Schmiere?« Sie schlüpfte ins Zimmer. King folgte ihr und schloss die Tür. Buddy blieb draußen im Flur; seine Miene verriet plötzlich panische Angst.

King und Joan besahen sich das spartanische Quartier. »Sidney Morses Sturz war tief und unwiderruflich«, bemerkte Joan.

»So ist es oft«, sagte King geistesabwesend, während er das Zimmer musterte. Der Uringestank war durchdringend. King fragte sich, wie oft hier wohl die Bettwäsche gewechselt wurde. In einer Ecke stand ein kleiner Tisch, auf dem sich mehrere Fotografien befanden, alle ungerahmt. King nahm sie in die Hand. »Vermutlich sind scharfe Gegenstände aus Glas und Metall hier nicht erlaubt.«

»Morse sieht nicht so aus, als könne er noch Selbstmord begehen. Er kann ja praktisch gar nichts mehr.«

»Man kann nie wissen. Er könnte den Tennisball verschlucken und dran ersticken.« King betrachtete die Fotografien. Eine zeigte zwei Jungen im Teenageralter, und einer der beiden hielt einen Baseballschläger. »Die Brüder Morse«, sagte er. »Im Highschool-Alter, schätze ich.« Er sah sich das nächste Foto an. »Und das dürften ihre Eltern sein.«

Joan trat zu ihm und betrachtete die Fotos ebenfalls. »Die Mutter sieht ziemlich hausbacken aus.«

»Hausbacken, aber reich. Das macht für viele Leute einen gewaltigen Unterschied.«

»Der Vater sah sehr gut aus.«

»Ein prominenter Anwalt, wie gesagt.«

»Die Jungen kamen beide auf den Vater raus«, sagte Joan, nachdem sie das Bild etwas genauer betrachtet hatte. »Sidney war damals schon stämmig, hat aber nett ausgesehen. Und Peter auch… gut gebaut, die gleichen Augen wie sein Bruder.« Ihr fiel die selbstbewusste Pose auf, in der Peter Morse den Baseballschläger hielt. »Wahrscheinlich war er ein Star auf der High School, war mit achtzehn auf dem Höhepunkt seiner Karriere, und danach ging's nur noch bergab. Drogen und so weiter.«

»Da wäre er nicht der Erste.«

»Wie alt mag er heute sein?«

»Ein bisschen jünger als Sidney, so etwa Anfang fünfzig.«

Joan betrachtete Peters Gesicht. »Ein Ted-Bundy-Typ. Gut aussehend und charmant, doch sobald du nicht aufpasst, schlitzt er dir die Kehle auf.«

»Erinnert mich an gewisse Frauen in meinem Leben.«

In einer Ecke stand eine Schachtel. King durchsuchte den Inhalt und stieß auf zahlreiche vergilbte Zeitungsausschnitte. Die meisten davon befassten sich mit Sidneys eindrucksvoller Karriere.

Joan lugte King über die Schulter. »Nett von seinem Bruder, ihm die Erinnerungen an bessere Zeiten zu überlassen – auch wenn Sidney damit nichts mehr anfangen kann.«

King sagte nichts und blätterte weiter in der Ausschnittsammlung. Dann hob er unvermittelt einen arg zerknitterten Artikel in die Höhe. »Hier geht es um Sidneys frühen Ruhm als Theaterregisseur. Ich erinnere mich, dass er mir davon erzählt hat. Er hat wirklich all diese aufwendigen Produktionen inszeniert – obwohl ich nicht glaube, dass er damit jemals was verdient hat.«

»Na, und wenn schon. Der Sohn einer reichen Mutter kann sich solche Spielereien leisten.«

»Na ja, irgendwann hat er 's geschmissen und sich eine richtige Brotarbeit gesucht. Wobei man sagen muss, dass er Ritters Wahlkampf auch nicht viel anders als eine Theaterproduktion inszeniert hat.«

»Sonst noch was, bevor wir die ›Spur‹ Sidney Morse offiziell und endgültig zur Sackgasse erklären?«, fragte Joan.

»Wollen wir nicht noch unterm Bett nachsehen?«, fragte King zurück.

Joan sah ihn von oben herab an. »Das ist ein Job für Jungs.«

King seufzte, bückte sich, warf einen vorsichtigen Blick unters Bett und richtete sich schnell wieder auf.

»Und?«, fragte sie.

»Das interessiert dich nicht. Komm, wir gehen.«

Als sie aus dem Zimmer traten, wartete Buddy auf sie.

»Vielen Dank für deine Hilfe, Buddy«, sagte Joan. »Du warst echt Spitze.«

Aufgeregt sah er sie an. »Kuss für Buddy?«

»Ich hab ihm doch schon einen gegeben«, erinnerte sie ihn höflich.

Buddy verzog das Gesicht, als wolle er gleich weinen. »Nein, für *diesen* Buddy.« Er zeigte auf sich selbst.

Joan klappte der Unterkiefer herunter. Dann warf sie King einen Hilfe suchenden Blick zu.

»Tut mir Leid, das ist ein Job für Mädchen«, sagte er grinsend.

Joan starrte den Mitleid erregenden Zwerg an und fluchte lautlos in sich hinein. Dann packte sie ihn unvermittelt und platzierte einen dicken Schmatzer mitten auf seinen Mund.

Sie drehte sich um, wischte sich über den Mund und machte sich mit den Worten: »Was man für eine Million nicht alles tut!« auf den Weg zum Ausgang.

»Tschüs, Buddy«, sagte King und folgte ihr.

Überglücklich und mit rudernden Armbewegungen winkte Buddy ihnen nach und sagte: »Tschüs, Buddy.«

KAPITEL 39

Das Privatflugzeug landete in Philadelphia, und eine halbe Stunde später näherten sich King und Joan bereits dem Haus von John und Catherine Bruno, das in einem wohlhabenden Vorort an der berühmten Main Line lag. Sie fuhren an efeuumrankten Backsteinbauten und Villen mit großen Gärten vorbei.

King fragte Joan: »Die Familie ist also seit jeher vermögend?«

»Ausschließlich die Frau. John Bruno wuchs in New York auf, in Queens, und stammt aus ärmlichen Verhältnissen. Später zog seine Familie nach Washington, D. C. An der Georgetown-Universität hat er Jura studiert. Gleich nach dem Examen fing er als Staatsanwalt in Washington an.«

»Hast du Mrs Bruno schon kennen gelernt?«

»Nein. Ich wollte dich dabeihaben. Erster Eindruck und so, du weißt schon.«

Ein Hausmädchen lateinamerikanischer Herkunft – in gestärkter Uniform samt dazugehöriger Spitzenschürze und unterwürfiger Haltung – führte sie in den riesigen Salon. Bevor sie sich wieder entfernte, fehlte nur noch der Knicks. King schüttelte den Kopf über den antiquierten Auftritt, konzentrierte sich dann aber sogleich auf die kleine Frau, die in diesem Augenblick den Salon betrat.

Eine hervorragende First Lady, wenn es drauf ankäme, schoss es King durch den Kopf. Catherine Bruno war Mitte vierzig, zierlich, vornehm, würdevoll, gebildet – ein wahres Vorzeigeexemplar für blaues Blut und gute Manieren. Doch schon auf den zweiten Blick revidierte er seinen ersten Eindruck und sagte sich, dass Mrs Bruno viel zu sehr von sich selbst eingenommen war, eine Einschätzung, die er auch dadurch bestätigt fand, dass die Frau ihm ständig über die Schulter sah, wenn sie mit ihm sprach, so als wolle sie ihr kostbares Augenlicht nicht auf jemanden verschwenden, der nicht zur Aristokratie gehörte. Sie fragte King nicht einmal, warum er einen Verband um den Kopf trug.

Joan dagegen gelang es sehr schnell, Mrs Bruno dazu zu bringen, dass sie ihr in die Augen sah. An Joans Ader für stürmische Auftritte konnte King sich noch gut erinnern – er hatte sie immer mit Tornados in einer Suppendose verglichen. Er musste ein Lächeln unterdrücken, als seine Partnerin das Heft in die Hand nahm.

»Wir haben keine Zeit zu verlieren, Mrs Bruno«, sagte Joan. »Die Polizei und das FBI haben zwar alles richtig gemacht, sind aber bisher nur zu minimalen Ergebnissen gekommen. Je länger Ihr Mann verschwunden bleibt, desto geringer wird die Chance, ihn lebend aufzufinden.«

Mrs Brunos hochfahrender Blick bekam sofort Bodenhaftung. »Nun, deshalb haben Johns Leute Sie ja angeheuert, oder? Damit Sie ihn finden und sicher zurückbringen.«

»Genau. Meine Ermittlungen laufen auf Hochtouren, aber ich brauche Ihre Hilfe.«

»Ich habe alles, was ich weiß, der Polizei gesagt. Erkundigen Sie sich dort.«

»Ich würde Ihnen lieber selbst ein paar Fragen stellen.«

»Warum?«

»Weil sich daraus möglicherweise Anschlussfragen ergeben könnten, auf die die Polizei nicht gekommen ist.«

Und weil wir mit eigenen Augen sehen wollen, dachte King, ob du nicht lügst, dass sich die Balken deiner Villa biegen.

»Na schön, fangen Sie an.« Mrs Bruno machte keinen Hehl daraus, dass sie das ganze Prozedere zutiefst anwiderte. King kam plötzlich der Verdacht, sie könne eine Affäre haben und die Auffindung ihres Gatten sei in Wirklichkeit das Allerletzte, was sie sich wünschte.

»Haben Sie den Wahlkampf Ihres Mannes unterstützt?«, fragte Joan.

»Was ist denn das für eine Frage?«

»Eine, auf die wir eine Antwort haben wollen«, erwiderte Joan freundlich. »Sehen Sie, wir versuchen mögliche Motive, potenzielle Verdächtige und viel versprechende Spuren zu entdecken.«

»Und was hat das mit der Frage zu tun, ob ich Johns politische Ambitionen unterstütze?«

»Nun, wenn Sie das tatsächlich getan haben, dann kennen Sie vielleicht Namen und erinnern sich an vertrauliche Unterhaltungen mit Ihrem Mann, in denen Dinge zur Sprache gekommen sind, die für diesen Teil seines Lebens wichtig waren. Wenn Sie von alldem dagegen nichts mitbekommen haben, müssen wir uns anderswo umsehen.«

»Je nun, ich kann nicht behaupten, dass ich von Johns politischer Karriere begeistert gewesen wäre. Ich meine, er hatte ohnehin keine Chance, das wussten wir doch alle. Und meine Familie…«

»War dagegen?«, soufflierte King.

»Wir sind keine Familie von *Politikern.* Unser Ruf ist makellos. Meine Mutter bekam damals fast einen Herzinfarkt, als ich einen Staatsanwalt so unsolider Herkunft heiratete, der obendrein auch noch zehn Jahre älter ist als ich. Aber ich liebe John. Trotzdem war und ist es nicht immer leicht, einen Mittelweg zu finden. In den Kreisen meiner Familie goutiert man gewisse Dinge einfach nicht. Ich kann also nicht sagen, dass ich in politischen Angelegenheiten seine Vertraute war. Als Staatsanwalt jedoch genoss John einen einwandfreien Ruf. Er hat einige äußerst schwierige Fälle zum Abschluss gebracht, sowohl in Washington als auch später in Philadelphia, wo wir uns kennen lernten. Dadurch wurde er landesweit bekannt. Dass er dann auf die Idee kam, seinen Hut in den politischen Ring zu werfen, lag wohl daran, dass er in Washington dauernd mit Politikern zu tun hatte. Daran änderte auch sein Umzug nach Philadelphia nichts. Seine politischen Ambitionen sind nicht die meinen, aber ich bin seine Frau und habe ihn daher in der Öffentlichkeit unterstützt.«

Joan und King stellten nun Standardfragen, auf die Catherine Bruno Standardantworten gab, die ihnen kaum weiterhalfen.

»Es fällt Ihnen also niemand ein, der Ihrem Mann Böses gewünscht hätte?«, fragte Joan.

»Abgesehen von jenen, die er als Staatsanwalt gerichtlich verfolgte, niemand, nein. Es gab Todesdrohungen und solche Dinge, aber nicht in der letzten Zeit. In der Zeit zwischen seiner Tätigkeit als Generalstaatsanwalt in Philadelphia und dem Beginn seiner politischen Karriere arbeitete er übrigens mehrere Jahre lang als Anwalt in einer privaten Kanzlei.«

Joan, die sich Notizen machte, merkte auf. »Welche Kanzlei war das?«

»Die hiesige Niederlassung der Washingtoner Kanzlei Dobson, Tyler & Reed mit Sitz in der Market Street, also in der City. Eine sehr angesehene Firma.«

»Was waren dort seine Aufgaben?«

»Darüber hat er mit mir nie gesprochen. Und ich habe ihn nie gefragt. Es hat mich nicht interessiert.«

»Aber es ging wohl um Prozesse?«

»Mein Mann war immer dann am glücklichsten, wenn er eine große Bühne für seine Auftritte hatte. Daher halte ich es für sehr wahrscheinlich, dass es um Prozesse ging.«

»Über bestimmte Sorgen und Probleme hat er mit Ihnen nicht gesprochen?«

»Er war der Meinung, die Kampagne liefe ganz gut. Er

machte sich im Übrigen keinerlei Illusionen, was seine Siegeschancen betraf. Es ging ihm lediglich darum, seine Ansichten unters Volk zu bringen, ein Beispiel zu setzen.«

»Was hatte er nach den Wahlen vor?«

»Darüber haben wir nie ernsthaft gesprochen. Ich ging immer davon aus, er würde zu Dobson & Tyler zurückkehren.«

»Können Sie uns irgendetwas über sein Verhältnis zu Bill Martin sagen?«

»John hat den Namen hin und wieder erwähnt, aber das war eigentlich vor meiner Zeit.«

»Und Sie haben keine Ahnung, warum sich Bill Martins Witwe mit Ihrem Mann hätte treffen wollen?«

»Nicht die geringste. Wie ich schon sagte, diese Verbindung stammte aus der Zeit vor unserer Ehe.«

»Es war für Sie beide die erste Ehe?«

»Für ihn ja, für mich nicht.« Sie ließ es dabei bewenden.

»Und Sie haben Kinder?«

»Ja, drei. Für sie ist das alles sehr schlimm. Und für mich auch. Ich möchte bloß John wiederhaben.« Wie auf ein Stichwort begann sie zu schniefen. Joan zog ein Papiertaschentuch hervor und reichte es ihr.

»Das wollen wir alle«, erklärte Joan, wobei sie zweifellos an die Dollarmillionen dachte, die ihr Brunos Rückkehr einbringen würde. »Und ich werde nicht ruhen, bis ich dieses Ziel erreicht habe. Vielen Dank, Mrs Bruno. Wir bleiben in Verbindung.«

Sie verabschiedeten sich und fuhren zurück zum Flughafen.

»Was meinst du?«, fragte Joan unterwegs. »Witterst du irgendwo Unrat?«

»Mein Eindruck: eine hochnäsige Ziege, die mehr weiß, als sie uns erzählt. Doch das, was sie uns verschweigt, kann sich auch auf ganz andere Dinge beziehen und mit Brunos Entführung gar nichts zu tun haben.«

»Oder eben doch.«

»Das politische Tamtam scheint sie nicht gerade zu begeistern, aber welche Ehefrau mag das schon? Sie hat drei Kinder, und wir haben keinen Grund zu der Annahme, dass sie weder die Kinder noch ihren Mann liebt. Das Geld der Familie gehört ihr. Was hat sie davon, wenn sie ihn kidnappen lässt? Sie müsste ja einen Teil des Lösegelds zahlen!«

»Ohne Lösegeldforderung zahlt sie nichts. Und wenn er nicht mehr lebt oder nicht mehr auftaucht und für tot erklärt wird, ist sie wieder frei und kann jemanden aus ihren eigenen Kreisen heiraten, der die Finger von der schmutzigen Politik lässt.«

»Das stimmt«, gab King zu. »Wir wissen einfach noch nicht genug.«

»Das kommt schon noch.« Joan schlug ihren Hefter auf und sah ihre Notizen durch. Ohne aufzublicken sagte sie: »Der Überfall auf dich und die Maxwell fand ungefähr gegen zwei Uhr morgens statt. Da sieh mal einer an! Ich dachte, ich wäre was Besonderes, und dabei lädst du alle möglichen Frauen ein, bei dir zu übernachten.«

»Sie hat im Gästezimmer geschlafen, genau wie du.«

»Und wo hast *du* geschlafen?«

Er überhörte das. »Wer steht als Nächstes auf unserer Liste?«

Joan klappte den Hefter zu. »Da wir gerade hier sind, würde ich ja gern dieser Anwaltskanzlei Dobson & Tyler einen Besuch abstatten, aber die sollten wir vorher erst noch überprüfen. Also geht's jetzt weiter zu Mildred Martin.«

»Was wissen wir über sie?«

»Ihrem Mann treu ergeben, und der hat in Washington mit John Bruno zusammengearbeitet. Meine bisherigen Ermittlungen schließen nicht ganz aus, dass Bruno als Staatsanwalt in Washington mit fraglichen Methoden gearbeitet hat und Martin für ihn den Kopf hinhalten musste.«

»Seine Witwe dürfte also nicht unbedingt ein Fan von Bruno sein, oder?«

»Richtig. Bill Martin hatte Lungenkrebs im Endstadium, der bereits auf die Knochen übergegriffen hatte. Er hatte höchstens noch einen Monat zu leben. Irgendwem passte das nicht in den Zeitplan, weshalb da nachgeholfen wurde.« Joan schlug einen anderen Hefter auf. »Ich habe mir die Ergebnisse der Autopsie Bill Martins verschafft. Die Mumifizierungsflüssigkeit war überall verteilt, sogar bis in die Glaskörperflüssigkeit, an der man Vergiftungen sonst relativ leicht entdeckt, weil sie beim Tod nicht geliert oder gerinnt wie zum Beispiel Blut.«

»Glaskörperflüssigkeit? Ist das die Flüssigkeit, in die der Augapfel eingebettet ist?«, fragte King.

Joan nickte. »Bei der Untersuchung einer Probe aus dem Zentralhirn wurde ein erhöhter Methanolwert festgestellt.«

»Na ja, wenn der alte Knabe Alkoholiker war, wäre das nichts Ungewöhnliches. Methanol ist sowohl in Whisky als auch in Wein enthalten.«

»Wieder richtig. Ich hab es nur erwähnt, weil es im Autopsiebericht steht. Allerdings ist Methanol auch in der Mumifizierungsflüssigkeit enthalten.«

»Und wenn sie wussten, dass es keine Autopsie geben und die Leiche einbalsamiert würde …«

»… dann hätte die Einbalsamierung das vorhandene Methanol überdecken oder zumindest den untersuchenden Pathologen in die Irre führen können«, vollendete Joan den Satz.

»Der perfekte Mord?«

»Den gibt es nicht, wenn wir beide in dem Fall ermitteln«, gab Joan lächelnd zurück.

»Was soll uns denn nun Mildred Martin deiner Meinung nach erzählen können?«

»Wenn John Bruno seinen Terminplan geändert hat, um sich mit einer Frau zu treffen, die sich Mildred Martin nannte, dann muss er doch gedacht haben, die richtige

Mrs Martin hätte ihm etwas Wichtiges mitzuteilen. Soweit ich Bruno beurteilen kann, tut der nämlich nichts, wovon er sich keinen Nutzen verspricht.«

»Kann aber auch schief gehen. Und was bringt dich auf die Idee, Mrs Martin könne ausgerechnet *uns* gegenüber auspacken?«

»Weil ich mich über sie informiert und dabei herausgefunden habe, dass sie ebenfalls säuft und für gut aussehende Männer, die ihr ein bisschen Honig ums Maul schmieren, durchaus nicht unempfänglich ist. Versteh das bitte als Wink mit dem Zaunpfahl. Und wenn irgend möglich, nimm doch diesen Verband ab – du hast so schöne Haare.«

»Und welche Rollc spielst du?«

Sie lächelte süßlich. »Die herzlose Hexe. Diese Rolle beherrsche ich perfekt.«

KAPITEL 40

Nach der Landung mieteten sich King und Joan einen Wagen. Am frühen Abend trafen sie bei Mildred Martin ein. Das Haus war bescheiden und stand in einer Umgebung, in die sich Leute aufs Altenteil zurückzogen, die nicht eben mit Reichtümern gesegnet waren. Bis zu dem Bestattungsinstitut, in dem John Bruno entführt worden war, waren es nur etwa acht Kilometer.

Sie klingelten und klopften an die Haustür, doch niemand machte auf.

»Versteh ich nicht«, sagte Joan. »Ich hab vorher angerufen.«

»Versuchen wir 's doch mal beim Hintereingang. Du hast gesagt, sie trinkt. Vielleicht hockt sie ja im Garten und düdelt sich einen an.«

Sie fanden Mildred Martin tatsächlich in dem kleinen Garten hinter dem Haus. Die Witwe saß an einem Tischchen aus Korbgeflecht auf der holperigen Terrasse, deren uraltes Ziegelpflaster mit Moos überwuchert war. Sie schlürfte einen Drink, rauchte eine Zigarette und bewunderte ansonsten ihren Garten. Sie musste etwa fünfundsiebzig Jahre alt sein und hatte das von unzähligen Runzeln und Falten durchzogene Gesicht der lebenslangen Raucherin und Sonnenanbeterin. Ihr dünnes Kleid aus bedrucktem Stoff und die Sandalen passten zu der warmen Abendbrise. Mildred Martins Haar war gefärbt; die vorherrschende, vom grau nachwachsenden Ansatz grell abstechende Farbe war eine Art Orange. In der Luft hing der Zitronengeruch eines Mittels zum Fernhalten von Mücken und anderen Insekten. Er stieg aus einem Eimerchen unter dem Tisch auf, in dem die Substanz vor sich hin kokelte.

Nachdem Joan und King sich vorgestellt hatten, sagte Mildred: »Ich sitze gern hier hinten, trotz der verdammten Stechmücken. Um diese Jahreszeit leuchtet der Garten geradezu.«

»Wir sind Ihnen sehr dankbar, dass Sie uns empfangen«, sagte King höflich. Er hatte Joans Vorschlag befolgt und seinen Kopfverband abgenommen.

Mildred Martin bedeutete ihnen mit einer Handbewegung, sich zu ihr an den Tisch zu setzen, und hielt ihr Glas in die Höhe. »Ich halte mich an Gin und trinke nicht gern alleine. Was darf ich Ihnen holen?« Ihre Stimme war tief und grummelnd, gezeichnet von jahrzehntelangem Alkohol- und Tabakkonsum.

»Einen Screwdriver«, erwiderte Joan mit einem raschen Seitenblick auf King. »Den mag ich einfach.«

»Scotch mit Soda«, sagte King. »Kann ich Ihnen behilflich sein?«

Mrs Martin lachte herzlich auf. »O ja, wenn ich vierzig Jahre jünger wäre, dann könnten Sie mir behilflich sein.« Mit einem schelmischen Lächeln und schon ein wenig wackelig auf den Beinen ging sie ins Haus.

»Die Trauerzeit scheint bereits vorüber zu sein«, meinte King.

»Sie waren sechsundvierzig Jahre verheiratet und hatten eine gute Beziehung, wie es heißt. Ihr Mann war um die achtzig, schwer krank und litt ständig Schmerzen. Da gab's vielleicht nicht viel zu betrauern.«

»Bill Martin war Brunos Mentor. Wie kam es dazu?«

»John Bruno hat für Martin gearbeitet, als er in Washington als Strafverfolger anfing. Martin hat ihm gezeigt, wo's langging.«

»Bei der Generalstaatsanwaltschaft?«, fragte King.

»Genau«, erwiderte Joan.

King sah sich um. »So, wie's hier aussieht, sind die Martins nicht sonderlich wohlhabend.«

»Der Öffentliche Dienst zahlt nicht grade die Welt, wie wir beide wissen. Und Bill Martin hat keine reiche Erbin geheiratet. Sie haben sich erst nach seiner Pensionierung hier niedergelassen. Seine Frau stammt von hier.«

»Abgesehen von nostalgischen Anwandlungen wüsste ich nicht, was einen an diesen Ort zurückziehen könnte.«

Mrs Martin erschien mit einem Tablett, auf dem die Drinks standen, und setzte sich wieder zu ihnen. »Also, ich nehme an, Sie wollen gleich zum Thema kommen. Ich habe schon mit der Polizei gesprochen. Ich werde Ihnen kaum etwas sagen können, denn ich habe von solchen Dingen keine Ahnung.«

»Das können wir gut verstehen, Mrs Martin«, sagte King. »Aber wir wollten Sie dennoch persönlich kennen lernen und uns mit Ihnen unterhalten.«

»Na, was ein Glück! Und nennen Sie mich bitte Millie. Mrs Martin ist meine Schwiegermutter, und die ist schon seit dreißig Jahren tot.«

»Okay, Millie. Wir wissen, dass Sie mit der Polizei gesprochen haben und dass man bei Ihrem Mann eine Autopsie vorgenommen hat.«

»Oh, das war eine komplette Zeitverschwendung.«

»Warum denn das?«, fragte Joan in scharfem Tonfall.

Mildred fasste sie genau ins Auge. »Weil ihn niemand vergiftet hat! Er war ein alter Mann mit Krebs im Endstadium, und er ist friedlich in seinem Bett eingeschlafen. Wenn ich nicht in meinem Garten tot umfallen kann, dann möchte ich auch auf diese Weise sterben.«

»Sie wissen von dem Anruf bei John Bruno?«

»Ja, und ich habe der Polizei schon gesagt, dass nicht ich es war, die ihn angerufen hat. Sie haben meine Anrufe überprüft. Anscheinend haben sie mir nicht geglaubt.«

Joan beugte sich vor. »Der springende Punkt bei dieser Geschichte ist, dass John Bruno nach dem Anruf angeblich sehr aufgeregt war. Können Sie uns das erklären?«

»Wie sollte ich, wenn ich ihn doch gar nicht angerufen habe? Gedankenlesen gehört leider nicht zu meinen Talenten, sonst wäre ich eine reiche Frau.«

Joan ließ nicht locker. »Betrachten Sie 's mal von einer anderen Seite, Millie. John Bruno und Ihr Ehemann standen sich früher mal sehr nahe, aber das war lange vorbei. Doch da wird Bruno angerufen – angeblich von Ihnen – und um ein Treffen gebeten, und das nimmt er sehr ernst. Das heißt doch, dass die Anruferin etwas gesagt haben muss, was diese Wirkung hervorgerufen hat, irgendetwas, das John Bruno mit Ihnen oder mit Ihrem Mann in Verbindung brachte.«

»Na ja, vielleicht hat diese Frau ihm einfach nur erzählt, dass Bill tot ist. Ich hoffe doch, dass ihn das nicht kalt gelassen hat. Immerhin waren die beiden mal befreundet.«

Joan schüttelte den Kopf. »Nein, das kann es nicht gewesen sein. John Bruno wusste bereits Bescheid über den Tod Ihres Mannes, das ist verbürgt. Er hatte nicht vor, die Leichenhalle aufzusuchen – bis eben dieser Anruf kam.«

Mrs Martin verdrehte die Augen. »Nun ja, das überrascht mich überhaupt nicht.«

»Warum nicht?«, fragte King.

»Ich will nicht um den heißen Brei herumreden. Ich war keineswegs begeistert von John Bruno. Bill dagegen verehrte ihn und hätte bald die Erde angebetet, über die Bruno geschritten ist. Er war beinahe fünfundzwanzig Jahre älter als Bruno und hat sich ihm gegenüber wie ein Mentor verhalten. Ich will nun keineswegs behaupten, dass Bruno in seinem Beruf nicht gut gewesen wäre. Sagen wir 's mal so: John Bruno tat nur das, was den Interessen von John Bruno diente, alle anderen Menschen konnten ihm gestohlen bleiben. Ein Beispiel: Er ist nur zwanzig Minuten entfernt von seinem soeben verstorbenen Mentor und besitzt nicht einmal so viel Anstand, seinen Wahlkampf für einen Beileidsbesuch zu unterbrechen. Jedenfalls so lange nicht, bis er diesen Anruf kriegt – der dann angeblich von mir kam. Mehr braucht man über diesen Mann eigentlich nicht zu erfahren!«

»Ich schließe daraus, dass Sie ihn nicht unbedingt zum Präsidenten gewählt hätten«, sagte King lächelnd.

Mildred Martin antwortete mit einem tiefen, kehligen Lachen und legte ihre Hand auf die seine. »Ach, Süßer, Sie sind so was von niedlich, dass ich Sie glatt in mein Regal setzen und den ganzen Tag lang angucken könnte.« Sie ließ ihre Hand, wo sie war.

»Sie sollten ihn erst mal richtig kennen lernen«, erklärte Joan trocken.

»Ich kann's kaum erwarten.«

»Mochten Sie John Bruno von Anfang an nicht, oder gab es einen bestimmten Anlass dafür?«, fragte Joan.

Mrs Martin nahm ihr leeres Glas auf und kaute auf einem Eiswürfel herum. »Was wollen Sie damit sagen?«

Joan senkte den Blick auf die Notizen, die vor ihr lagen. »Zu der Zeit, da Ihr Mann als Generalstaatsanwalt in Washington arbeitete, kam es zu einigen Unregelmäßigkeiten, die dazu führten, dass eine Reihe von Gerichtsurteilen revidiert und mehrere Anklagen zurückgezogen wurden. Das hat unangenehmes Aufsehen erregt.«

Mrs Martin zündete sich eine Zigarette an. »Das ist schon so lange her. Ich kann mich kaum noch daran erinnern.«

»Denken Sie darüber nach, das fällt Ihnen bestimmt wieder ein«, beharrte Joan in belehrendem Tonfall. »Vielleicht könnten Sie auch darauf verzichten, sich gleich wieder einen einzuschenken? Es geht schließlich um etwas sehr, sehr Wichtiges.«

»Na, na, nun mach mal halb lang«, sagte King. »Millie tut uns schließlich einen Gefallen. Sie braucht uns gar nichts zu erzählen, wenn sie nicht will.«

Mrs Martin tätschelte wieder seine Hand. »Danke, Süßer.«

Joan stand auf. »Ich mach dir einen Vorschlag: Du führst die Befragung zu Ende, während ich eine Zigarette rauchen gehe und den *entzückenden* Garten bewundere.« Sie nahm Mildreds Zigarettenpäckchen vom Tisch. »Was dagegen, wenn ich eine schnorre?«

»Nur zu, Süße, warum soll ich denn alleine sterben?«

»Ja, warum eigentlich, *Süße?*«

Joan entfernte sich. King sah Mrs Martin an und spielte den peinlich Berührten. »Sie ist manchmal etwas bissig.«

»Bissig? Das ist eine geschminkte Kobra in hochhackigen Schuhen. Ist sie wirklich Ihre Chefin?«

»Ja. Und ich lerne eine Menge von ihr.«

Mildred Martin sandte Joan, die ihre Zigarettenasche an einem Rosenstrauch abstreifte, einen bösen Blick hinterher. »Vergiss in ihrer Gegenwart bloß nie, deinen Reißverschluss festzuhalten, mein Junge, sonst wachst du eines Morgens auf, und dir fehlt ein wichtiger Körperteil.«

»Werd's mir merken. Aber um noch mal darauf zurückzukommen, was sie über die geschäftlichen Dinge gesagt hat – ich hätte schwören können, Mildred, dass Sie dazu Ihre eigene Meinung haben, oder? War's nicht sogar so, dass Ihr Mann letztlich aufgrund dieser Unregelmäßigkeiten den Hut nehmen musste?«

Die Witwe hob das Kinn, obwohl ihre Stimme zitterte. »Er hat die Schuld auf sich genommen, weil er der Chef war und ein ehrenwerter Mann. Heutzutage gibt's nicht mehr viele Männer wie Bill Martin.«

»Das heißt, er hat die Schuld auf sich genommen, obwohl er gar nicht verantwortlich war?«

»Ich brauche noch einen Drink, sonst brech ich mir wieder 'ne Krone raus an dem verdammten Eis«, sagte sie und machte Anstalten aufzustehen.

»Sie haben Bruno die Schuld gegeben, nicht wahr? Er hat Washington verlassen, bevor es zum Eklat kam, und Ihrem Mann die Karriere ruiniert – und wurde sogar noch zum Generalstaatsanwalt in Philadelphia befördert. Dort hat er eine Reihe von hochkarätigen Prozessen gewonnen und sich danach in einer lukrativen Privatkanzlei betätigt. Und das alles zusammen gipfelte schließlich in seiner Bewerbung um die Präsidentschaft.«

»Ich sehe, Sie haben Ihre Hausaufgaben gemacht.«

»Aber Ihr Ehemann hielt weiterhin große Stücke auf ihn – er hat Ihre Meinung nicht geteilt, oder?«

Mrs Martin lehnte sich wieder in ihrem Stuhl zurück. »Bill war ein guter Anwalt, aber außerordentlich schlecht im Beurteilen von menschlichen Charakteren. Eins muss ich Bruno lassen: Er hat immer das Richtige gesagt und getan. Wissen Sie, dass er hier angerufen und Bill erzählt hat, er werde sich um die Präsidentschaft bewerben?«

King sah sie überrascht an. »Wirklich? Wann war das?«

»Vor zwei Monaten. Ich war am Telefon, und es hat mich schier umgehauen, als ich seine Stimme hörte. Am liebsten hätte ich ihm meine Meinung gesagt, aber dann hab ich doch den Mund gehalten. Und so haben wir miteinander geplaudert wie gute alte Freunde. Er hat mir genau erzählt, was er alles Großartiges vollbracht hat und was für ein wunderbares Leben er in der High Society von Philadelphia führt. Ich hätte kotzen können. Dann hab ich den Hörer an Bill weitergegeben, und die beiden schwatzten eine Weile miteinander. John Bruno wollte weiter nichts als angeben und es meinem Mann so richtig unter die Nase reiben, wie weit er es im Vergleich zu ihm gebracht hatte.«

»Ich dachte eigentlich, John Bruno hätte schon seit Jahren keinen Kontakt mehr zu Ihnen gehabt.«

»Stimmt. Es war auch nur dieser eine Anruf, und der war verdammt ärgerlich und überflüssig.«

»Hat Bill damals irgendetwas gesagt, was John Bruno später dazu hätte verleiten können, in diese Leichenhalle zu kommen?«

»Nein. Bill hat kaum was gesagt. Er war damals schon sehr schwach. Und ich habe bestimmt nichts zu Bruno gesagt, was den hätte aufregen können. Obwohl ich die allergrößte Lust dazu hatte, das können Sie mir glauben.«

»Über diese Geschichte bei der Generalstaatsanwaltschaft?«

»Unter anderem.«

»Gab es dafür jemals irgendeinen Beweis?«

»John Bruno war Jurist, der hat seine Spuren gut verwischt. So einer hinterlässt keine Duftmarken. Als die Schweinerei rauskam, war er schon längst über alle Berge.«

»Dann nehme ich an, dass Ihnen sein Verschwinden nicht sonderlich Leid tut.«

»John Bruno kann von mir aus zur Hölle fahren. Genau genommen hoffe ich sogar, dass er dort schon ist.«

King beugte sich vor, und diesmal war er es, der seine Hand auf ihre legte. »Millie, hören Sie gut zu. Obwohl die Autopsie Ihres Mannes zu keinem schlüssigen Ergebnis geführt hat, gibt es doch Hinweise darauf, dass er vergiftet wurde, vielleicht mit Methanol. Wissen Sie, diese Art der Vergiftung hätte durch die Einbalsamierung verschleiert werden können. Sein Tod und die Aufbahrung seiner Leiche in diesem Beerdigungsinstitut haben die ganze Sache doch erst ins Rollen gebracht. Wer immer John Brunos Entführung plante, hätte das nicht dem Zufall überlassen können. Ihr Mann musste zu einer bestimmten Zeit dort sein, und das heißt, dass er an einem bestimmten Tag sterben musste.«

»Das haben die Typen vom FBI auch gesagt, aber ich sag's noch mal: Niemand hätte Bill vergiften können. Das hätte ich gemerkt. Ich war jeden Tag bei ihm.«

»Sie ganz allein? Ihr Mann war schwer krank, bevor er starb. Hatten Sie keine Hilfe? Hat niemand nach ihm gesehen? Hat er irgendwelche Medikamente eingenommen?«

»Hat er. Und die hat das FBI alle mitgenommen und analysiert und doch nichts gefunden. Ich habe dasselbe gegessen wie er, das gleiche Wasser getrunken. Und mir geht's gut.«

King lehnte sich zurück und seufzte. »Irgendwer hat sich in diesem Beerdigungsinstitut für Sie ausgegeben.«

»Das hab ich gehört. Na ja, Schwarz steht mir gut. Passt prima zu meiner neuen Haarfarbe.« Sie heftete ihren Blick auf Kings zur Hälfte geleertes Glas. »Wollen Sie noch einen?« Er schüttelte den Kopf, und sie fügte hinzu: »Bill trank auch am liebsten Scotch, bis ganz zum Schluss. Das war eine der wenigen Freuden, die ihm noch geblieben waren. Hat sich sogar einen eigenen Vorrat an fünfundzwanzig Jahre altem Macallan gehalten.« Sie lachte leise in sich hinein. »Er hat jeden Abend einen gekriegt. Ich hab den Whisky einfach mit einer großen Spritze in seinen Ernährungsschlauch gespritzt. Das Essen war ihm nicht so wichtig, aber auf seinen abendlichen Scotch hat er sich gefreut, und so ist er immerhin achtzig geworden. Das ist doch gar nicht schlecht.«

»Ich wette, Sie haben immer einen hübschen Vorrat im Haus.«

Sie lächelte. »In unserem Alter – was bleibt einem da noch?«

King blickte auf sein Glas hinab. »Und Sie? Trinken Sie auch Scotch?«

»Nie. Ich rühr das Zeug nicht an. Wie ich schon sagte – ich stehe auf Gin. Scotch schmeckt mir zu sehr nach Farbverdünner. Trinkt man am besten, wenn man sich die Nebenhöhlen ausputzen will.«

»Auf jeden Fall vielen Dank, Millie. Wir bleiben in Verbindung. Einen schönen Abend noch.« King stand auf und drehte sich um. Er suchte Joan und sah sie mit ihrem Drink und einer Zigarette in der Hand im Garten stehen – und hielt mitten in der Bewegung inne.

Farbverdünner?

Er wirbelte wieder herum. »Millie, würden Sie mir bitte Bills privaten Scotch-Vorrat zeigen?«

KAPITEL 41

Es war der Scotch – oder zumindest Bill Martins geheimer Vorrat –, den gegenüber dem FBI zu erwähnen Mildred Martin nie für nötig gehalten hatte. Ein relativ einfacher Test im Polizeilabor erwies, dass der Flascheninhalt mit Methanol versetzt worden war.

King und Joan saßen auf dem Revier herum, während Mrs Martin noch einmal gründlich befragt wurde.

Joan sah King an. »Du kannst von Glück reden, dass sie dir deinen Drink aus ihrem eigenen Vorrat eingeschenkt hat.«

Er schüttelte den Kopf. »Wie ist die vergiftete Flasche ins Haus gelangt?«

Ein Mann in einem braunen Anzug kam auf sie zu. »Ich glaube, das haben wir klären können.«

Er gehörte zu den FBI-Agenten, die den Fall bearbeiteten. Joan kannte ihn gut.

»Hallo, Don«, sagte sie. »Das ist Sean King. Don Reynolds.«

Die beiden Männer schüttelten einander die Hände. »Wir sind euch beiden sehr dankbar für diesen Coup«, sagte Reynolds. »Ich wäre nie auf den Scotch gekommen. Allerdings hat sie uns auch nichts von dem Geheimversteck ihres Ehemanns erzählt. Das andere Zeug hatten wir schon vorher untersucht.«

»Die Ehre gebührt eigentlich allein Sean, obwohl ich das nur ungern zugebe«, erklärte Joan lächelnd. »Und ihr wisst jetzt auch schon, wie der manipulierte Scotch ins Haus gekommen ist?«

»Vor ein paar Monaten hatten die Martins eine Haushaltshilfe. Sie sollte vor allem Bill helfen, der schon sehr hinfällig war.«

»Das hatte Mildred Martin vorher auch noch nicht erwähnt?«, fragte King ungläubig.

»Sie sagt, sie hätte es nicht für wichtig gehalten. Die Frau, meint sie, hätte Bill nie seine Medikamente oder sonst irgendwas verabreicht, obwohl sie dazu berechtigt gewesen sei. Mildred wollte das lieber selber tun. Und da die Frau schon lange vor Martins Tod wieder gegangen war, hielt Mildred diese Episode für unerheblich.«

»Wo kam die Frau denn her?«

»Das ist es ja. Sie ist einfach eines Tages aufgetaucht, behauptete, sie wisse, dass die beiden wegen Bills Zustand Hilfe gebrauchen könnten und dass sie eine ausgebildete Pflegekraft sei und nicht zu viel verlangen würde, weil sie die Arbeit brauche. Sie konnte sich ausweisen und hatte Zeugnisse, mit denen sie ihre Behauptungen belegen konnte.«

»Und wo ist diese entgegenkommende Dame jetzt?«

»Sie erzählte, sie hätte einen festen Job in einer anderen Stadt gekriegt, und damit hatte sich 's. Hat sich nie wieder blicken lassen.«

»War aber offensichtlich doch noch mal im Haus«, bemerkte Joan.

Reynolds nickte. »Nach unserer Vermutung muss sie einen Tag vor Martins Tod ins Haus gekommen sein und die Flasche so manipuliert haben, dass sein nächster Drink auch garantiert sein letzter war. Die Scotchflasche, die ihr gefunden habt, enthielt große Mengen von Methanol, Nun braucht Methanol allerdings im Stoffwechsel ziemlich lange, bis die Giftwirkung einsetzt. Man rechnet gemeinhin mit zwölf bis vierundzwanzig Stunden. Wäre Martin jung und gesund gewesen und hätte man ihn sofort gefunden, dann hätte er es womöglich noch in ein Krankenhaus geschafft und wäre mit dem Leben davongekommen. Aber er war weder jung noch gesund, sondern ohnehin schon todkrank. Hinzu kam, dass die Martins kein gemeinsames Schlafzimmer hatten. Nachdem Mildred ihrem Mann durch die Sonde seinen letzten Drink eingeflößt hatte, müssen sehr bald die Schmerzen gekommen sein. Außerdem wog er allenfalls noch fünfundvierzig Kilo. Normalerweise sind hundert bis zweihundert Milliliter Methanol nötig, um einen Erwachsenen umzubringen. Um Bill Martin zu töten, brauchte man aber wahrscheinlich nicht einmal annähernd so viel.«

Reynolds schüttelte den Kopf und lächelte matt. »Es ist eine böse Ironie, dass sie es ihm ausgerechnet in den Scotch geschüttet haben. Der enthält nämlich Äthanol, ein Gegengift zum Methanol, weil sie beide an das gleiche Enzym andocken. Allerdings war dermaßen viel Methanol in der Flasche, dass das Äthanol niemals dagegen angekommen wäre. Bill Martin hat vielleicht noch vor Schmerzen geschrien, aber seine Frau hat nichts gehört – zumindest sagt sie das. Also wird er wohl die ganze Nacht dagelegen haben, bis es endlich vorbei war. Selber aufstehen und Hilfe holen konnte er nicht, da er längst ans Bett gefesselt und ein Pflegefall war.«

»Mildred dürfte mit Gin abgefüllt gewesen sein. Sie bechert ja selber ganz gerne«, bemerkte King.

»Diese Krankenschwester hat offenbar die Gepflogenheiten im Hause Martin gründlich studiert«, fügte Joan hinzu. »Sie wusste, dass beide tranken und getrennte Schlafzimmer hatten. Und als sie dann auch noch herausfand, dass Bill Scotch trank und seinen eigenen Vorrat hatte, den Mildred nie anrührte, da stand ihr Mordplan fest. Um jedwedem Verdacht vorzubeugen, kam es jetzt nur noch darauf an, dass sie bereits möglichst lange vor der Tat aus dem Blickfeld der Martins verschwand.«

Reynolds nickte. »Man hätte Bill natürlich auch auf andere Weise umbringen können. Entscheidend für die Täter war jedoch, dass niemand auf die Idee kam, eine Autopsie durchführen zu lassen. Sie hätte nämlich den Zeitplan für die Aufbahrung und Beerdigung durcheinander gebracht. Er musste also in seinem Bett sterben – und das geschah ja dann auch. Mildred hat ihn dort gefunden und prompt angenommen, er sei eines natürlichen Todes gestorben. Ein friedlicher Tod kann es allerdings nicht gewesen sein, sagen die Ärzte. Methanol verwandelt sich in Formaldehyd. Das ist giftig und oxydiert schließlich zu Ameisensäure – und die ist noch sechsmal tödlicher als Methanol.«

»Dann war Martin im Grunde genommen schon einbalsamiert, bevor er in diese Leichenhalle kam«, sagte King.

»Stimmt. Nach Aussagen der Mitarbeiter John Brunos standen an diesem und am nächsten Tag mehrere Wahlkampfauftritte in der näheren Umgebung auf dem Terminkalender ihres Chefs. Die Regeln des Bestattungsinstituts sehen vor, dass eine Leiche zwei Tage lang öffentlich aufgebahrt wird. Martin starb an einem Montag und wurde noch am Abend vom Bestattungsunternehmen abgeholt. Am Mittwoch und Donnerstag war die Leiche aufgebahrt, das Begräbnis sollte am Freitag stattfinden. Und John Bruno kam am Donnerstag.«

»Immer noch ein ziemlich knapper Zeitplan«, sagte Joan.

Reynolds zuckte mit der Schulter. »Wahrscheinlich der beste, der ihnen einfiel. Wie hätten sie John Bruno sonst in die Leichenhalle lotsen sollen? Sie konnten ihn schließlich nicht zu den Martins ins Haus bitten. Leichenhalle oder gar nichts, dürfte die Parole geheißen haben. Das war riskant, klar, aber es hat funktioniert.«

»Und die Überprüfung dieser Krankenschwester hat nichts gebracht, oder?«, fragte Joan.

Reynolds schüttelte den Kopf. »Um ein Klischee zu gebrauchen: Sie ist spurlos verschwunden.«

»Beschreibung?«

»Ältere Frau, mindestens fünfzig. Mittlere Größe, ein wenig untersetzt. Sie hatte mausbraunes Haar, schon ein wenig grau, obwohl das reingefärbt worden sein könnte.

Und jetzt kommt das Beste: Sie hat sich Mildred als Elizabeth Borden vorgestellt.«

»Elizabeth Borden!«, rief King. »Wie in dem Kindervers von Lizzie Borden, die ihrer Mutter mit vierzig Axthieben den Schädel zertrümmert hat?«

»Das müssen Leute mit einem sehr makabren Sinn für Humor sein«, meinte Reynolds.

Joan sah ihn streng an. »Meinetwegen, dann sind es eben intelligente Mörder, die sich in der Kriminalgeschichte auskennen. Mörder sind sie trotzdem.«

»Nochmals vielen Dank für eure Hilfe«, erwiderte Reynolds. »Ich weiß nicht, wohin uns diese Spur noch führen wird, aber immerhin haben wir jetzt mehr in der Hand als vorher.«

»Was passiert nun mit Mildred Martin?«, fragte King.

Reynolds zuckte erneut die Achseln. »Wegen Dummheit kann man niemanden verhaften. Wär's anders, müsste man die halbe Bevölkerung einsperren. Wenn wir nicht doch noch konkrete Hinweise finden, die sie belasten, wird ihr gar nichts passieren. Wenn sie an der Ermordung ihres Mannes beteiligt gewesen wäre, hätte sie sicher den Scotch verschwinden lassen.« Er wandte sich an Joan. »Ich habe gehört, dass du im Auftrag von John Brunos Familie in seinem Fall ermittelst. Cool. Ich weiß, dass du keinen Blödsinn machen wirst, und immerhin hast du schon was entdeckt, was uns entgangen ist. Wenn du also irgendwas brauchst, lass es mich wissen.«

»Komisch, dass du das erwähnst – ich hab nämlich schon eine ganze Liste bei mir«, erwiderte Joan.

Während sie mit Reynolds verhandelte, beobachtete King Mildred Martin, wie sie aus dem Verhörzimmer kam. Sie sah vollkommen verändert aus. War sie bei ihrem ersten Treffen gesellig, witzig und voller Lebensfreude gewesen, so hatte es nun den Anschein, als würde sie ihrem verstorbenen Mann bald ins Grab folgen.

Als Reynolds gegangen war, blickte Sean Joan fragend an. »Wohin jetzt?«

»Jetzt gehen wir in die Leichenhalle.«

»Dort hat das FBI doch schon alles gründlich unter die Lupe genommen.«

»O ja, genauso wie bei Mildred Martin. Und außerdem mag ich Beerdigungen und Leichenhallen. Da hört man immer den delikatesten Klatsch über die teuren Dahingegangenen – und zwar meistens aus den Mündern ihrer *Freunde*.«

»Joan, du bist wirklich eine Zynikerin.«

»Ich geb's zu. Das ist eine meiner attraktivsten Eigenschaften.«

KAPITEL 42

Die Polizei brachte Mildred Martin nach Hause und fuhr wieder ab. Am Ende der Straße verschmolz ein schwarzer Mittelklassewagen, besetzt mit zwei hellwachen FBI-Agenten, mit der Dunkelheit.

Die alte Frau stolperte ins Haus und schloss die Tür hinter sich ab. Sie brauchte dringend einen Drink. Warum hatte sie das bloß getan? Alles war perfekt gewesen, und dann hatte sie es ruiniert. Aber sie hatte es wieder in Ordnung gebracht. Ja, bestimmt. Alles war okay. Sie griff nach der Ginflasche und füllte ihr Glas, wobei sie beinahe ganz auf Tonic verzichtete.

Sie trank das Glas in einem Zug halb leer, und ihre Nerven beruhigten sich allmählich wieder. Alles wird wieder ins Lot kommen, dachte sie. Ich bin eine alte Frau – was kann mir das FBI da schon anhaben? Die haben nichts gegen mich in der Hand, es wird schon alles gut gehen.

»Mildred, wie geht's Ihnen?«

Sie ließ das Glas fallen und stieß einen schrillen Schrei aus.

»Wer ist da?« Sie drückte sich rückwärts gegen die Barvitrine.

Der Mann trat ein Stück vor, blieb aber weiterhin im Schatten.

»Ihr alter Freund.«

Sie blinzelte in seine Richtung. »Ich kenne Sie nicht.«

»Natürlich kennen Sie mich. Ich bin derjenige, der Ihnen half, Ihren Mann umzubringen.«

Sie hob das Kinn. »Ich habe Bill *nicht* umgebracht.«

»Nun, Mildred, dann war es eben das Methanol, das Sie ihm eingeflößt haben. Und Sie haben auf meine Bitte hin Bruno angerufen.«

Sie sah nun genauer hin. »Das… das waren Sie?«

Er trat noch ein Stück näher. »Ich habe Ihnen zu Ihrer Rache an John Bruno und obendrein noch zu neuem Wohlstand durch die Lebensversicherung verholfen. Außerdem habe ich eine Methode gefunden, mit der Sie Ihren armen kranken Mann von seinen Qualen befreien konnten. Als einzige Gegenleistung erwartete ich von Ihnen, dass Sie sich an die Regeln hielten. Mehr habe ich nicht verlangt. Aber Sie haben mich enttäuscht.«

»Ich weiß nicht, wovon Sie reden«, sagte sie mit bebender Stimme.

»Von den Regeln, Mildred. Von *meinen* Regeln. Und diese Regeln sahen nicht vor, dass Sie ein zweites Mal zur Polizei gebracht und noch einmal vom FBI verhört werden.«

»Daran sind diese Frau und der Mann schuld, die hier plötzlich auftauchten und Fragen gestellt haben.«

»Ja, King und Dillinger, ich weiß, ich weiß«, sagte der Mann freundlich. »Sprechen Sie weiter.«

»Ich… ich habe doch bloß mit ihnen geredet. Hab ihnen erzählt, was Sie mir gesagt hatten. Über Bruno, meine ich. Genau das, was Sie mir gesagt hatten.«

»Sie waren anscheinend zu offenherzig. Aber nun machen Sie schon, Mildred, erzählen Sie mir alles.«

Die alte Frau zitterte nun von Kopf bis Fuß.

»Beruhigen Sie sich«, sagte er beschwichtigend. »Und trinken Sie erst mal noch einen.«

Mildred goss Gin in ein neues Glas, stürzte ihn sofort hinunter und schenkte sich gleich noch einmal nach. »Ich… wir haben über Scotch geredet. Ich hab ihm erzählt, wie gerne Bill seinen Scotch trank, und das ist alles, ich schwör's.«

»Und das Methanol hatten Sie in die Whiskyflasche geschüttet?«

»Ja, in Bills Lieblingsscotch. In den Macallan.«

»Warum haben Sie das getan, Mildred? Wir haben Ihnen das Methanol gegeben, und Sie sollten es über die Spritze in seine Magensonde befördern. Ganz einfach und sauber. Sie hätten nur unsere Anweisungen zu befolgen brauchen.«

»Ich weiß, aber… Ich konnte das einfach nicht. *So nicht.* Ich wollte, dass es so aussieht, als gäbe ich ihm seinen Scotch, genauso wie immer. Verstehen Sie? Deshalb hab ich 's in die Flasche gemixt und ihm dann erst gegeben.«

»Schön, aber warum haben Sie den Scotch danach nicht in den Ausguss geschüttet und die Flasche weggeworfen?«

»Das wollte ich ja, aber ich hatte Angst, es könnte mich jemand dabei beobachten. Ich schmeiß ja oft leere Flaschen weg, aber ich weiß auch, dass manche Nachbarn der Meinung waren, ich hätte Bill wegen der Lebensversicherung umgebracht. Vielleicht hätte man meinen Müll durchsucht. Und selbst wenn ich die Flasche ausgewaschen und zerschlagen hätte – die Polizei hätte wahrscheinlich sogar noch an den Scherben Spuren feststellen können. Ich seh mir doch immer diese Gerichtsreportagen im Fernsehen an, da kenn ich mich aus! Also hab ich mir gedacht, es ist besser, Mildred, du lässt alles so, wie's ist. Und außerdem…« Sie begann leise zu schluchzen. »Außerdem wollte ich mit diesem Zeug einfach nichts mehr zu tun haben. Ich… ich hab mich schuldig gefühlt, wegen Bill.«

»Aber King und Dillinger gegenüber haben Sie den Scotch erwähnt, und die brauchten dann nur noch zwei und zwei zusammenzuzählen. Warum haben Sie den beiden nicht einfach den Scotch gezeigt, der hier in der Barvitrine steht?«

»Das war kein Macallan. Ich… ich hatte Angst. Ich hatte dem Mann erzählt, dass ich die Flasche immer noch habe. Das ist mir einfach so rausgerutscht. Ich meine, alles war so prima gelaufen, und dann schreit er plötzlich, ich soll ihm die Flasche zeigen! Ich dachte, wenn ich ihm nicht die richtige zeige, wird er misstrauisch…«

»Das wäre er zweifellos auch geworden. Herrgott, Sie haben wirklich alles vor diesen vollkommen fremden Leuten ausgeplaudert.«

»Der Herr war ein echter Gentleman«, sagte sie trotzig.

»Ja, natürlich… Also haben die beiden die Flasche mitgenommen und den Inhalt analysieren lassen. Wobei herauskam, dass sie Gift enthielt. Wie haben Sie das der Polizei erklärt?«

»Ich hab gesagt, eine Krankenschwester wäre ins Haus gekommen«, erwiderte Mildred mit selbstzufriedener Miene, »und ich hätte sie eingestellt, damit sie sich um Bill kümmert. Also muss sie diejenige gewesen sein, die Gift in die Flasche befördert hat. Ich hab ihnen sogar ihren Namen verraten.« Sie machte eine Pause und fuhr dann schwungvoll fort: »Elizabeth Borden. Kapiert? Lizzie Borden.« Sie lachte gackernd. »Raffiniert, was?«

»Erstaunlich. Und das haben Sie sich alles auf dem Weg zum Polizeirevier ausgedacht?«

Sie leerte ihr Glas, steckte sich eine Zigarette an und stieß den Rauch aus. »Ich war schon immer eine Schnelldenkerin. Wahrscheinlich hätte ich sogar einen besseren Anwalt abgegeben als mein Mann.«

»Wie haben Sie diese Frau für ihre Dienste bezahlt – oder besser: Was haben Sie der Polizei über die Zahlungsweise erzählt?«

»Zahlungsweise?«

»Ja, Zahlungsweise. Sie haben ihnen ja wohl nicht weismachen wollen, diese Krankenschwester habe umsonst gearbeitet, oder? Derart fromme Seelen sind im realen Leben nur äußerst selten zu finden.«

»Die Bezahlung? Ach, na ja, ich sagte… ich meine, ich habe mich da nicht so genau ausgedrückt.«

»Wirklich? Und die Bullen haben nicht nachgehakt?«

Sie tippte ihre Zigarettenasche auf den Fußboden und zuckte die Achseln. »Nein, haben sie nicht. Sie haben mir geglaubt. Ich bin doch nur eine alte, trauernde Witwe. Es ist alles bestens.«

»Mildred, ich will Ihnen sagen, was diese Leute jetzt ohne jeden Zweifel tun: Sie überprüfen die Abbuchungen von Ihrem Konto, um festzustellen, wie Sie ›Lizzie‹ bezahlt haben, werden aber keine entsprechenden Zahlungen finden. Als Nächstes werden sie sich bei Ihren ›neugierigen‹ Nachbarn nach dieser Frau erkundigen und erfahren, dass sie nie gesehen wurde. Und dann wird das FBI Ihnen einen weiteren Besuch abstatten, und der wird garantiert sehr unangenehm sein.«

Sie wirkte plötzlich besorgt. »Glauben Sie wirklich, dass die das alles überprüfen?«

»Die Leute vom FBI sind nicht dumm, Mildred – im Gegensatz zu Ihnen.«

Er trat noch näher. Nun sah sie, was er bei sich trug: eine Eisenstange.

Sie schrie auf, doch er war mit einem Satz bei ihr, stopfte ihr einen Knebel in den Rachen und verklebte Mund und Hände mit Isolierband. Dann packte er sie bei den Haaren, zerrte sie den Flur hinunter und stieß eine Tür auf. »Ich war so frei, Ihnen ein Bad einzulassen, Mildred. Ich möchte, dass Sie hübsch sauber sind, wenn man Sie findet.«

Er warf sie in die volle Badewanne, sodass das Wasser auf allen Seiten überschwappte. Mildred versuchte sich wieder herauszuziehen, doch er stieß sie mit der Stange zurück und drückte sie unter Wasser. Da ihr Mund verklebt und ihre Lungen rauchgeschädigt waren, hielt sie nicht einmal halb so lange durch wie Loretta Baldwin. Der Mann holte eine Flasche Scotch aus der Vitrine, goss sie über der Wanne aus und zerschlug sie dann an Mildreds Kopf. Zum Schluss riss er das Isolierband von ihrem Mund, klappte ihn auf und stopfte ihn mit Dollarscheinen voll, die er aus ihrem Portemonnaie genommen hatte.

Kann man sich denn heutzutage auf gar niemanden mehr verlassen, dachte er.

Er blickte auf sie hinab und sagte: »Du kannst froh sein, dass du schon tot bist, Mildred. Sei froh, dass dir meine Wut erspart bleibt, denn die übersteigt momentan wirklich *jegliches Maß!*«

Schon bei seiner ursprünglichen Planung hatte er erwogen, auch Mildred zu töten, dann aber davon Abstand genommen, um keinen zusätzlichen Verdacht zu erregen. Inzwischen bereute er die Entscheidung, Mildred zunächst verschont zu haben. Ein Glück nur, dass ihr schuldhaftes Verhalten keinerlei Rückschlüsse auf ihn zuließ. Andererseits konnte den Ermittlern nicht verborgen bleiben, dass Loretta Baldwin und Mildred Martin von ein und derselben Hand getötet worden waren. Das gefiel ihm nicht, ließ sich aber nun nicht mehr ändern und würde bei den Ermittlungsbehörden wahrscheinlich eher für Verwirrung als für Klarheit sorgen. Voller Verachtung starrte er die tote Frau in der Wanne an. *Du dumme Kuh!*

Er verließ das Haus durch die Hintertür und warf einen Blick zum Ende der Straße, wo, wie er wusste, verdeckte Ermittler des FBI in der Dunkelheit herumlungerten. »Kommt und holt sie euch, Jungs«, murmelte er. »Jetzt könnt ihr sie haben.«

Wenige Minuten später wurde der alte Buick gestartet und glitt die Straße hinunter.

KAPITEL 43

Das private Düsenflugzeug, das Joan gemietet hatte, bot den Komfort eines vornehmen Clubs. Die Ausstattung bestand aus Mahagoniverkleidung, Ledersitzen, einem Fernsehapparat, kompletter Kombüse, Bar und Flugbegleiter. Sogar ein kleiner Ruheraum, in den sich Joan für ein Schläfchen zurückgezogen hatte, gehörte dazu. King saß in seinem Sitz und war ebenfalls eingenickt. Nachdem ihnen der Besuch der Leichenhalle keine weiteren Erkenntnisse gebracht hatte, befanden sie sich nun auf dem Weg nach Washington. Bevor sie ihre Ermittlungen fortsetzten, wollte Joan in ihrem Büro nach dem Rechten sehen.

Die Maschine befand sich bereits im Landeanflug, als Joan aus dem Schlafraum gestürmt kam. »Ma'am, bitte bleiben Sie sitzen und schnallen Sie sich an!«, rief der Steward. Sie strafte ihn mit einem vernichtenden Blick und rannte weiter bis zu Kings Sitz.

»Sean, wach auf!« Sie schüttelte ihn, aber King rührte sich nicht. Joan setzte sich breitbeinig auf seinen Schoß und begann ihn zu ohrfeigen. »He, wach auf, verdammt noch mal!«

Endlich kam er zu sich, noch immer ziemlich groggy. Als er sah, wer da barfuß, mit hochgezogenem Rock und gespreizten Beinen auf seinem Schoß saß, sagte er: »Himmel, Joan, geh runter von mir. Ich habe mich nicht um die Mitgliedschaft im Mile-High-Club beworben.«

»Du Idiot! Es geht um Mildred Martin.«

Sean richtete sich kerzengerade auf, und Joan kletterte von ihm herunter, setzte sich in den Sessel neben ihm und schnallte sich an.

»Nun red schon!«, forderte er sie auf.

»Mildred hat dir doch gesagt, dass John Bruno vor einiger Zeit bei ihnen angerufen hätte, um Bill Martin von seiner Präsidentschaftskandidatur zu erzählen? Und dass sie selber mit ihm gesprochen hätte?«

»Richtig. Und?«

»Na, du kennst doch jetzt die Stimme dieser Frau. Sie klingt wie ein Nebelhorn. Glaubst du wirklich, dass John Bruno, wenn er diese Stimme erst kurz zuvor gehört hat, auf eine Fremde reinfällt, die sich als Mildred Martin ausgibt?«

King schlug mit der flachen Hand auf die Armlehne. »Du hast Recht! Ich meine, wie soll ein Mensch, der nicht fünfzig Jahre lang gequalmt und gesoffen hat, diese Stimme nachmachen können?«

»Und der keine Rachenmandeln so groß wie Golfbälle hat.«

»Das Weib hat uns also belogen. Sie hat Bruno tatsächlich selber angerufen und ihn gebeten, sich in dieser Leichenhalle mit ihr zu treffen.«

Joan nickte. »Und das ist noch nicht alles. Ich hab Agent Reynolds vom FBI angerufen. Der war uns gegenüber auch nicht ganz ehrlich. Das FBI hat Mildreds Geschichte nämlich von Anfang an für erfunden gehalten. Er überprüft gerade noch eine Angelegenheit, die endgültig klären wird, ob Mildred mit drinhängt oder nicht. Es geht ums Geld. Die Martins waren ja nun nicht gerade sehr wohlhabend. Die Frage ist: Wie konnten sie sich dann eine Pflegerin leisten?«

»Keine Ahnung. Vielleicht hat's ja doch gereicht.«

»Gut, vielleicht, und dann hätten sie aufgrund ihres Alters Anspruch auf teilweise Kostenerstattung durch die Krankenversicherung gehabt.«

King schaltete sofort. »Und das wäre dann bei Medicare in den Akten! Aber was ist, wenn Mildred keine Unterstützung beantragt hat und behauptet, sie hätte die Frau aus eigener Tasche bezahlt…«

Joan spann seinen Gedanken fort: »Dann müsste das Geld von ihrem Konto abgebucht worden sein. Und genau das überprüft Reynolds gerade. Als er Mildred nach der Bezahlung dieser Frau befragte, ist sie schwer ins Schwimmen geraten. Um nicht ihr Misstrauen zu wecken, hat er nichts dazu gesagt. Aber seine Agenten überwachen die Straße, in der sie wohnt – keine Angst, sie halten sich dezent im Hintergrund, damit sie nichts merkt. Er will vermeiden, dass sie uns womöglich noch durch die Lappen geht.«

»Wenn das alles stimmt, dann dürfte Mildred sogar wissen, wer Bruno gekidnappt hat.«

Das Flugzeug landete und rollte aus. Im gleichen Moment klingelte Joans Telefon.

»Ja.« Sie lauschte eine Minute lang, bedankte sich, schaltete das Handy ab und wandte sich grinsend King zu. »Meine Güte, das FBI kann manchmal wirklich zaubern. Kein Antrag bei Medicare, keine Schecks an die Pflegerin und keine Bargeldabhebungen. Das Tollste aber ist, dass Bill Martin eine Lebensversicherung über eine halbe Million Dollar hat, mit Mildred als einziger Begünstigter. Da die Versicherung jedoch schon vor vielen Jahren abgeschlossen wurde, sieht das FBI darin allerdings noch kein unmittelbares Mordmotiv. Schließlich hätte Mrs Martin nur noch wenige Monate warten müssen und das Geld nach dem natürlichen Tod ihres Mannes ohnehin bekommen. Die FBI-Leute sind schon unterwegs, um Mildred abzuholen. Sie hat übrigens tatsächlich bei John Bruno angerufen, wahrscheinlich von einer Telefonzelle aus.«

»Es will mir einfach nicht in den Kopf, dass sie ihren Mann des Geldes wegen umgebracht haben soll. Sie scheint ihn doch sehr gern gehabt zu haben.«

»Sean, du magst ja hochintelligent und gebildet sein – aber von Frauen, mein Süßer, verstehst du wirklich überhaupt nichts.«

KAPITEL 44

Als Michelle Maxwell im Washingtoner Büro des Secret Service zum Dienst antrat, wurde ihr erklärt, sie habe mindestens einen Monat lang ausschließlich Schreibtischarbeiten zu erledigen.

»Bei mir haben sich zwei Wochen Urlaub angesammelt. Die möchte ich jetzt nehmen«, teilte sie ihrem Vorgesetzten mit, doch der schüttelte nur den Kopf. »Warum nicht?«, fragte sie nach. »Es sieht ja wirklich nicht so aus, als würde hier ein Berg von Aufgaben auf mich warten.«

»Tut mir Leid, Mick, Order von ganz oben.«

»Walter Bishop?«

»Tut mir Leid, kann ich nicht sagen.«

Michelle marschierte umgehend in Bishops Büro, um ihn zur Rede zu stellen. Was hatte sie schon zu verlieren?

Seine erste Reaktion war nicht gerade viel versprechend. »Raus!«, brüllte er.

»Zwei Wochen Urlaub, Walter. Der ist längst fällig, und ich will ihn jetzt nehmen.«

»Sie geruhen zu scherzen, was? Ich will, dass Sie hier bleiben, wo ich Sie im Auge behalten kann.«

»Ich bin kein Kind, auf das man aufpassen muss.«

»Sie können noch von Glück sagen, dass nicht alles viel schlimmer gekommen ist. Übrigens, ein guter Rat von mir: Halten Sie sich von Sean King fern.«

»Was, wollen Sie mir jetzt auch noch vorschreiben, mit welchen Freunden ich mich treffe?«

»Freunde? Wo der sich aufhält, gibt's ständig Tote. Sie hätte es auch beinahe erwischt.«

»Ihn auch!«

»Ach ja? Da hab ich aber was anderes gehört. Er hat bloß eins über den Schädel bekommen. Ihnen hätte man dagegen um ein Haar die Luft abgedreht.«

»Sie schießen weit am Ziel vorbei, Walter.«

»Erinnern Sie sich nicht? Nach Ritters Ermordung gab es Gerüchte, King sei fürs Wegsehen bezahlt worden.«

»Und trotzdem hat er den Mörder erschossen? Wie passt das denn zusammen?«

»Wer weiß? Aber schauen Sie sich doch nur mal an, wie dieser Mann heute lebt. Er wohnt in einem großen Haus und verfügt offenbar über sehr viel Geld.«

»O ja. Und hat nun einen brillanten Plan entwickelt, sich dieses schöne Leben gründlich zu ruinieren…«

»Vielleicht hat er ja jemanden geärgert. Jemanden, mit dem er vor acht Jahren einen Kuhhandel abgeschlossen hat, und der jetzt Geld von ihm verlangt.«

»Das ist doch Schwachsinn!«

»Meinen Sie? Ich glaube, Ihr Urteil ist ernsthaft getrübt, bloß weil der Kerl gut aussieht und weil ihm dauernd irgendwas zustößt. Wenn Sie endlich wieder professionell zu denken beginnen, könnte Ihr klarer Blick vielleicht zurückkehren. Aber bis dahin bleiben Sie hier am Schreibtisch und wetzen sich bei der Hockerei meinetwegen Splitter in den Hintern.«

Das Telefon klingelte, und Bishop griff zum Hörer.

»Ja? Was? Wer hat…?« Sein Gesicht lief plötzlich puterrot an. Er knallte den Hörer wieder auf die Gabel. »Sie können Ihren Urlaub haben«, sagte er leise und ohne Michelle dabei anzusehen.

»Wie bitte? Ich verstehe Sie nicht.«

»Machen Sie sich einen faulen Lenz. Und holen Sie sich, bevor Sie gehen, noch Ihre Hundemarke und Ihren Ballermann ab. Und jetzt raus aus meinem Büro, verschwinden Sie, verflucht noch mal!«

Michelle ging, bevor die höheren Mächte ihre Meinung noch einmal ändern konnten.

Im selben Gebäude, das eine verwirrte Michelle Maxwell soeben samt Pistole und Dienstmarke verließ, saßen mehrere Männer mit verbiesterten Gesichtern in einem Konferenzraum zusammen. Gemeinsam repräsentierte das Gremium den Secret Service, das FBI und den U. S. Marshal Service. Der Mann am Kopfende des Tisches legte gerade den Telefonhörer auf.

»Okay, Maxwell ist jetzt offiziell in Urlaub.«

»Also an der langen Leine, sodass sie sich daran aufhängen kann?«, fragte der Mann vom FBI.

»Vielleicht, vielleicht auch nicht.« Der Mann am Kopfende blickte von einem zum anderen. »Also, was meinen Sie, meine Herren?«

Jefferson Parks setzte seinen Softdrink ab und dachte über die Frage nach. »Sehen wir uns doch noch einmal die Fakten an. Zwischen Loretta Baldwin und dem Attentat auf Clyde Ritter gibt es möglicherweise eine Verbindung. Nach allem, was King der Polizei erzählt hat, könnte jemand die Waffe, die King in ihrem Garten gefunden hat, in der Besenkammer des Fairmount-Hotels versteckt haben und dabei von Baldwin beobachtet worden sein. Sie hat diese Person erpresst, und diese wiederum hat sie schließlich umgebracht.«

Der Mann am Kopfende des Tisches war der Direktor des Secret Service. Er schien von dieser Theorie herzlich wenig zu halten. »Das hieße dann wohl, dass Arnold Ramsey kein Einzeltäter war.«

»Überlegen Sie mal Folgendes«, warf der Vertreter des FBI ein. »Angenommen, King hat Loretta Baldwin umgebracht. Sie könnte ja *ihn* erpresst haben. Er erfährt von Maxwell, wer sie ist, und legt sie um. Dann gräbt er die Pistole aus, nur um sie bei nächstbester Gelegenheit bequemerweise wieder zu verlieren.«

Parks schüttelte den Kopf. »Für den Zeitpunkt des Mordes an Baldwin hat King ein Alibi. Und aus welchem Grund sollte er eine Waffe in dieser Besenkammer versteckt haben? Er hat Arnold Ramsey erschossen. Und als man ihm und Maxwell diese ausgegrabene Waffe klaute, wurde er verwundet und sie beinahe getötet. Abgesehen davon steht seine bürgerliche Existenz nach dieser Affäre und den vielen Morden neuerlich auf der Kippe.«

»Sie halten ihn also für unschuldig?«

Parks richtete sich kerzengerade auf. Die lässige Haltung des unbefangenen Burschen vom Lande war wie weggeblasen, und seine Stimme klang auf einmal schneidend. »Nein, nicht unbedingt! Ich bin schon lange genug in diesem Beruf, um zu merken, wenn jemand mir gegenüber nicht aufrichtig ist. Dass King etwas verbirgt, ist mir klar – ich weiß nur nicht was. Allerdings habe ich eine Theorie. Vielleicht hängt er doch irgendwie mit drin bei diesem Mord an Ritter und hat Ramsey erschossen, um Spuren zu verwischen.«

Nunmehr schüttelte der Direktor den Kopf. »Wie soll das denn gelaufen sein? Was hätte ihm Ramsey denn als Bezahlung bieten können? Er war bloß Professor an einem zweitklassigen College. Und ich denke doch, dass King nicht ohne Entlohnung zum Verräter geworden wäre. Oder aus politischen Gründen.«

»Über Kings politische Überzeugungen ist uns nichts bekannt, oder? Sie haben ja alle das Video gesehen. Er hat im entscheidenden Moment Ritter nicht im Auge gehabt.«

»Nach seiner Aussage war es reine Konzentrationsschwäche.«

Parks schien das nicht zu überzeugen. »*Nach seiner Aussage*, ja. Und wenn er absichtlich abgelenkt wurde?«

»Dann hätte er uns das doch gesagt.«

»Nicht, wenn er jemanden gedeckt hat, und nicht, wenn er von Anfang an in ein mögliches Komplott eingeweiht war. Und was die Bezahlung betrifft – was glauben Sie, wie viele Feinde Clyde Ritter hatte und wie viele einflussreiche Bonzen es in den anderen Parteien gab, die es liebend gerne gesehen hätten, wenn Ritter noch vor der Wahl aus dem Verkehr gezogen worden wäre? Glauben

Sie, unter denen hätte sich keiner finden lassen, der bereit gewesen wäre, für Kings ›Konzentrationsschwäche‹ ein paar Milliönchen locker zu machen? King lässt sich eine Weile lang wegen der angeblichen ›Ablenkung‹ an den Pranger stellen, dann aber sackt er seine Millionen ein und macht sich ein feines Leben damit.«

»Na schön, aber wo sind die ganzen Millionen?«

»Er besitzt ein großes Haus, fährt ein tolles Auto, führt ein sorgloses, bequemes Leben«, konterte Parks.

»Er hat einen Verleumdungsprozess gewonnen und Schmerzensgeld bekommen«, sagte der Direktor, »und zwar eine ganz erkleckliche Summe. Ich kann's ihm nicht mal verübeln, denn es wurde ein Haufen Mist über ihn verbreitet. Er war ja auch nicht irgendein x-beliebiger Versager. Der Mann hatte zuvor beinahe schon jeden Preis gewonnen, den der Service verleiht. Er wurde sogar zweimal bei Schießereien verwundet.«

»Schön, er war ein guter Agent. Aber auch aus guten Agenten werden manchmal schlechte Agenten. Und was das Geld betrifft: Er schmeißt einfach das Schmerzensgeld mit dem Blutgeld zusammen, wer will das schon auseinander tüfteln? Haben Sie seine finanzielle Situation überprüft?«

Der Direktor lehnte sich zurück. Er wirkte jetzt nicht mehr ganz so selbstsicher.

»Und wie soll das nun eigentlich mit der Entführung von John Bruno zusammenhängen?«, fragte der FBI-Agent. »Haben Sie nicht behauptet, da gäbe es eine Verbindung?«

»Ja, und da wir gerade bei den anderen Taten sind«, sagte Parks, »wie hängt das alles mit Howard Jennings zusammen, der unter meiner Obhut stand?«

»Machen wir 's doch nicht komplizierter, als es ist«, sagte der FBI-Agent. »Vielleicht gibt's da ja gar keine Verbindungen. Womöglich haben wir es sogar mit drei völlig verschiedenen Fällen zu tun – dem Fall Ritter, dem Fall Bruno und Ihrem WITSEC-Mord.«

»Bleibt die Frage, warum King und Maxwell in allen drei Fällen immer wieder eine Rolle spielen«, sagte der Direktor. »Betrachten Sie 's doch mal von folgender Seite: Vor acht Jahren hat King versagt oder ist zum Verräter geworden, und wir haben einen Präsidentschaftskandidaten verloren. In diesem Jahr versagt Maxwell, und wir haben genau das gleiche Ergebnis.«

»Nicht genau das gleiche«, korrigierte Parks. »Clyde Ritter wurde erschossen, John Bruno gekidnappt.«

Der Direktor beugte sich vor. »Der Sinn und der Zweck dieser in aller Eile zusammengestellten gemeinsamen Task-Force bestehen darin, diesen ganzen Augiasstall so schnell wie möglich auszumisten. Wir können nur hoffen und beten, dass er sich nicht noch zu einem riesigen Skandal auswächst. Sie, Parks, haben ohnehin schon ein besonderes Auge auf die beiden, also machen Sie weiter und tun, was Sie für richtig halten.«

»Die zweite unbestimmte Größe ist Joan Dillinger«, sagte Parks. »Ich komme mit diesem Weib einfach nicht klar.«

Der Direktor grinste. »Da sind Sie nicht der Erste, der das sagt.«

»Das ist es nicht allein. Kürzlich hab ich mich mit ihr unterhalten, und da hat sie was sehr Merkwürdiges gesagt. Sie meinte, sie sei Sean King noch was schuldig. Was und wofür, das wollte sie mir nicht sagen. Aber sie hat sich alle Mühe gegeben, mich von seiner Unschuld zu überzeugen.«

»Na, so ungewöhnlich wäre das nicht – sie waren immerhin Kollegen.«

»Richtig, und vielleicht sogar mehr als das. Und sie gehörten *beide* der Einheit an, die Ritter schützen sollte, nicht wahr?«, sagte Parks und ließ die Frage offen im Raum stehen.

Die Stirn des Direktors war jetzt streng gerunzelt. »Joan Dillinger war einer der besten Agenten, die wir jemals hatten.«

»Schön, und jetzt arbeitet sie für so eine großkotzige Privatfirma. Sie ermittelt in der Entführung von Bruno, und wenn sie ihn findet, kriegt sie garantiert eine Menge Geld. Nach meinen Erkenntnissen hat die gute Frau Sean King gebeten, ihr bei den Ermittlungen zu helfen, und das macht der bestimmt nicht umsonst.« Nach einer Pause fügte Parks hinzu: »Kein Problem, jemanden zu finden, wenn man schon weiß, wo er steckt.«

»Was soll denn das schon wieder heißen?«, fragte der Direktor in scharfem Ton. »Dass zwei ehemalige Agenten des Secret Service einen Präsidentschaftskandidaten gekidnappt haben und sich nun ein Vermögen dafür zahlen lassen wollen, dass sie ihn wieder herbeischaffen?«

»Sie haben's erfasst«, erklärte Parks unumwunden. »Ich nehme doch an, man erwartet hier nicht von mir, dass ich die Dinge beschönige und Ihnen nur erzähle, was Sie hören wollen. Das liegt mir nicht. Aber wenn Sie wollen, kann ich Ihnen einen anderen Marshal schicken.«

»Und Sie glauben wirklich, King hätte Howard Jennings umgebracht?«, fragte der Direktor wütend.

»Das weiß ich wirklich nicht. Ich weiß bloß eins: Kings Waffe passt, und er war in der Nähe des Tatorts und hat kein richtiges Alibi.«

»Ziemlich dumm für jemanden, der einen Mord plant.«

»Oder ziemlich clever, denn es könnte ja sein, der Richter und die Geschworenen denken genauso wie Sie und glauben, der Mord wäre ihm angehängt worden.«

»Und Kings Motiv für den Mord an Jennings?«

»Na, wenn King und Dillinger die Entführung von John Bruno geplant haben und Jennings ihnen bei seiner Arbeit für King auf die Schliche gekommen ist – wäre das nicht ein schönes Mordmotiv?«

Minutenlang herrschte Schweigen in der Männerrunde, bis der Direktor es mit einem langen Seufzer brach. »Schön, wir haben sie jetzt alle unter Beobachtung. King, Maxwell und Dillinger – eine höchst unwahrscheinliche Dreierbande, wenn man so darüber nachdenkt. Gehen Sie jetzt wieder an Ihre Arbeit, und halten Sie uns auf dem Laufenden.«

Parks sah vom einen zum anderen. »Okay, aber rechnen Sie nicht damit, dass Sie morgen Früh schon Ergebnisse auf dem Tisch haben. Und erwarten Sie nicht nur Ergebnisse, die Ihnen in den Kram passen.«

»Im Augenblick«, sagte der Direktor, »warten wir einfach nur drauf, dass jemand den gordischen Knoten zerschlägt.« Und als er sah, dass Parks sich zum Gehen wandte, fügte er noch hinzu: »Und wenn dann einer mit dem Schwert kommt und zuschlägt, Marshal, dann passen Sie auf, dass Sie nicht direkt drunterstehen.«

Im Parkhaus sah Jefferson Parks eine Frau, die gerade ihr Fahrzeug bestieg.

»Agentin Maxwell«, sprach er sie an, und Michelle kletterte wieder aus ihrem Land Cruiser. »Ich höre, Sie treten einen wohlverdienten Urlaub an.«

Michelle sah ihn befremdet an. Dann dämmerte ihr, was gespielt wurde. »Hatten Sie da etwa Ihre Finger drin?«

»Wo wollen Sie denn hin? Nach Wrightsburg?«

»Warum wollen Sie das wissen?«

»Wie geht's Ihrem Hals?«

»Gut. Ich kann wieder jederzeit losschreien. Aber Sie haben meine Frage nicht beantwortet. Sind Sie der Grund dafür, dass man mich hat laufen lassen?«

»Vielleicht, obwohl ich mich eher wie ein Pfand als wie ein Grund fühle. Falls Sie tatsächlich nach Wrightsburg fahren … Würden Sie mich mitnehmen?«

»Warum?«

»Klug wie Sie sind, können Sie sich die Antwort doch denken, oder?« Beim Einsteigen bemerkte er: »Sieht ganz so aus, als wären Sie und Sean King seit neuestem miteinander befreundet.«

»Ich mag ihn. Er ist ein anständiger Kerl.«

»Obwohl Sie seinetwegen beinahe umgebracht wurden.«

»Dafür kann er ja nichts.«

»Na ja, nehmen wir 's mal an.«

Der Tonfall veranlasste Michelle zu einem strengen Seitenblick auf ihn, doch der Hüter des Gesetzes hatte sich schon abgewandt und sah zum Fenster hinaus.

KAPITEL 45

Sie hielten sich gerade in einem Hotel in Washington auf, als Joan Dillinger die Nachricht von dem Mord an Mildred Martin erreichte. Sie rief sofort King in seinem Zimmer an und berichtete ihm davon.

»Ach, verdammt!«, rief er. »Das ist schon die zweite potenzielle Zeugin, die uns verloren geht!«

»Dir ist doch klar, was das bedeutet, Sean?«

»Ja. Wer Loretta Baldwin ermordet hat, hat auch Mildred Martin auf dem Gewissen.« Sarkastisch fügte er hinzu: »Es sei denn, man hält es für möglich, dass zwei verschiedene Mörder ihre Opfer auf ein und dieselbe Weise umgebracht hätten.«

»Damit steht fest, dass Mrs Martin gelogen hat. Sie hat bei John Bruno angerufen, sie hat ihren Mann vergiftet, und die Lizzie-Borden-Geschichte war nichts weiter als ein Märchen. Aber warum wurde *sie* dann umgebracht?«

Auf diese Frage hatten sie beide keine Antwort.

Es war später Vormittag, als sie wieder nach Wrightsburg fuhren. Mit Michelle und Parks, die versprachen, beim Chinesen etwas zu essen zu kaufen, hatten sie vereinbart, sich bei King zu Hause zum Lunch zu treffen.

Auf der hinteren Terrasse ließen sie es sich schmecken und diskutierten die neuesten Entwicklungen.

»Ich dachte mir, nach einer so intensiven Ermittlungstätigkeit müssten Sie einen ordentlichen Hunger haben«, erklärte Parks und steckte sich ein Stück Hühnchen süßsauer in den Mund. »Vom FBI höre ich, dass Sie sich in der Angelegenheit Bruno sogar unter die Vielflieger begeben haben.«

»Viel geflogen, aber ohne viele neue Erkenntnisse«, antwortete King.

Joan nahm sich ein paar Minuten Zeit, um Michelle und Parks über die Gespräche mit Mildred Martin und Catherine Bruno sowie das missglückte Interview mit Sidney Morse zu informieren.

»Klingt, als hätte Peter Morse das große Los gezogen«, sagte Michelle. »Wo steckt er jetzt eigentlich?«

»In Ohio bestimmt nicht«, erwiderte King. »Wahrscheinlich hat er sich eine kleine Insel in der Sonne gesucht.«

»Klingt wunderbar«, kommentierte Joan. »Das wäre auch was für mich.«

Parks blätterte in seinen Notizen und sagte: »Okay, Michelle hat mir über Ihre Gespräche mit Ramseys Freund am Atticus College berichtet, mit diesem Horst.«

»Jorst«, korrigierte Michelle.

»Richtig. Aber dabei scheint auch nicht viel herausgekommen zu sein.«

»Für Ramsey war Clyde Ritter offensichtlich ein Problem«, sagte King.

»Nur ein politisches Problem?«, fragte Parks. »Oder waren auch noch andere Dinge im Spiel?«

King zuckte die Achseln. »Ramsey war ein überzeugter Vietnamkriegsgegner und ist dafür auf die Straße gegangen. Er hat in Berkeley studiert und war ein Radikaler mit Turbolader, zumindest in seiner Jugend. Ritter, der ehemalige Fernsehprediger, war ebenso rechts wie Ramsey links. Verdammt, hätte Ritter eine Waffe gehabt, dann hätte er Ramsey wahrscheinlich zuerst erschossen!«

»Ich glaube, wir sollten uns diesen Thornton Jorst noch mal etwas genauer ansehen«, sagte Michelle. »Was er uns erzählt hat, klang alles sehr logisch – ein bisschen zu logisch eben. Als wolle er uns genau das erzählen, was wir seiner Meinung nach hören wollten. Und außerdem war da was an seinem Verhalten, das nicht so recht ins Bild passte.«

»Interessant«, sagte Joan und nippte an ihrem Tee.

»Wir werden uns im Übrigen auch um Kate Ramsey kümmern, sobald sie wieder in Richmond ist«, fügte Michelle hinzu.

»Was ist aus deiner Versetzung nach Washington geworden?«, fragte King.

»Man hat mich zunächst mal beurlaubt.«

»Wie schön«, sagte Joan. »Zu meiner Zeit war der Service nicht so entgegenkommend.«

»Ich glaube, dahinter steckt unser lieber Marshal hier.«

Alle starrten Parks an, der aussah, als wäre ihm die Sache sehr peinlich. Er legte seine Essstäbchen nieder und trank einen Schluck Wein. »Guter Tropfen.«

»Das will ich doch hoffen«, sagte King.

»Teuer?«

»Der Preis hat nur selten was mit der Qualität eines Weines zu tun. Diese Flasche kostet schätzungsweise fünfundzwanzig Dollar, aber selbst wenn Sie dreimal so viel anlegen, werden Sie kaum einen besseren Bordeaux finden.«

»Auf dem Gebiet musst du mich unbedingt weiterbilden, Sean«, sagte Joan. »Es klingt so beeindruckend.« Sie richtete ihren Blick auf Parks. »Also, Jefferson, nun lassen Sie uns mal wissen, welcher Überlegung wir die großherzige Befreiung der Agentin Maxwell zu verdanken haben?«

Parks räusperte sich. »Okay, ich sag's Ihnen offen und ehrlich. Einverstanden? Von Geheimniskrämerei und verdeckten Operationen halte ich sowieso nicht viel.«

»Klingt toll. Ich bin ganz Ohr.«

»Trag nicht so dick auf, Joan«, sagte King und sagte, an Parks gewandt: »Schießen Sie los, Marshal.«

»FBI, Secret Service und die Marshals haben eine gemeinsame Task-Force gebildet, die herausfinden soll, was es mit dem Verschwinden von John Bruno, mit den Morden an Howard Jennings, Susan Whitehead, Loretta Baldwin und nun auch noch Mildred Martin auf sich hat. Aus der Art und Weise, wie Baldwin und Martin zu Tode gekommen sind, schließen wir, dass beide von der gleichen Person oder den gleichen Personen umgebracht wurden.«

»Richtig«, sagte Michelle, »das ist nur logisch. Baldwin gehört zum Fall Ritter und Martin zum Fall Bruno. Wenn also zwischen den Morden an Baldwin und Martin eine Verbindung besteht, dann besteht auch eine Verbindung zwischen den Fällen Ritter und Bruno.«

»Vielleicht«, sagte Parks vorsichtig. »Ich ziehe lieber keine voreiligen Schlussfolgerungen.«

King stand auf und ging ins Haus. Als er nach kurzer Zeit zurückkehrte, reichte er Parks ein Stück Papier. Es war das Gedächtnisprotokoll der Botschaft, die er an Susan Whiteheads Leiche gefunden hatte. King warf Joan einen Blick zu. Sie zuckte zusammen, erhob sich dann jedoch sofort und schaute Parks über die Schulter, um ihrerseits die Notiz zu lesen.

Parks sah auf. »Die Kollegen vom FBI hatten mir schon von diesem Zettel erzählt. Wie lautet Ihre Meinung dazu?«

»Dass es sich bei dem ganzen Schweinkram vielleicht in irgendeiner Weise um mich dreht«, erwiderte King.

»Wache schieben und Füße verteilen?«, zitierte Parks.

»Secret-Service-Jargon«, meinte Michelle.

»Klingt für mich, als handle es sich um einen Racheakt«, folgerte Parks.

»Und es geht um das Attentat auf Ritter«, sagte Joan.

»Ramsey hat sein Ziel getroffen, und Sean hat Ramsey erschossen«, stellte Parks fest und fragte misstrauisch: »Wer bleibt da übrig, um Rache zu nehmen?«

»Denken Sie an die Waffe in Loretta Baldwins Garten«,

sagte King. »Vielleicht waren an jenem Tag zwei Attentäter im Hotel. Den einen hab ich erschossen, der andere ist davongekommen – oder hat sich das zumindest eingebildet, bis Loretta anfing, ihn zu erpressen. Wenn ich den Kaffeesatz richtig lese, dann ist der Kerl jetzt aktiv geworden und hat Loretta den Höchstpreis für ihre Machenschaften zahlen lassen – genauso wie Mildred Martin, weil sie im Fall Bruno alles vermasselt hat.«

Parks schüttelte den Kopf. »Soll das heißen, der Kerl wäre hinter Ihnen her? Warum ausgerechnet jetzt? Und wozu Bruno und die Martins mit hineinziehen? Bringt doch bloß einen Haufen Scherereien. Verstehen Sie mich nicht falsch, aber wenn dieser Irre *Ihnen* was hätte heimzahlen wollen, dann hätte er Sie doch bei diesem Überfall umbringen können. Michelle wurde ja auch beinahe erdrosselt.«

»Ich glaube nicht, dass die Täter Sean in dieser Nacht umbringen wollten«, sagte Joan und wandte sich an Michelle. »Was Sie betrifft, dachten sie offenbar anders.«

Michelle legte die Hand auf ihre Kehle. »Sehr tröstlich.«

»Ich tröste normalerweise niemanden«, sagte Joan. »Das ist meistens nur Zeitverschwendung.«

Parks lehnte sich zurück. »Okay, gehen wir einfach mal davon aus, dass es zwischen den Fällen Bruno und Ritter eine Verbindung gibt. Das würde die Morde an den Martins und an Loretta Baldwin erklären. Der Mord an Susan Whitehead könnte lediglich dazu gedient haben, ein imaginäres Ausrufezeichen hinter die Botschaft an Sie zu setzen, Sean. Aber wie passt Howard Jennings in diese Geschichte?«

»Er hat für mich gearbeitet«, sagte King und überhörte für den Augenblick die innere Stimme, die ihm sagte, dass es Parks längst um wesentlich mehr ging als darum, Jennings' Mörder zu finden. »Vielleicht hat das ja schon gereicht. Ich glaube, Susan Whitehead wurde nur deshalb umgebracht, weil der Mörder sie mit mir gesehen hat, möglicherweise an dem Morgen, bevor ich Jennings' Leiche fand. Er wollte mir diese Botschaft übermitteln und beschloss, eine Leiche dranzuheften … eine krankhafte Argumentationshilfe, wenn ich das mal so sagen darf.«

»Das würde ich Ihnen unbesehen abnehmen, wenn Jennings meinetwegen Ihr Nachbar gewesen wäre. Aber er war im Zeugenschutz.«

King überlegte kurz und sagte dann: »Okay, was halten Sie von folgender Version: Jennings geht aus irgendeinem Grund, sagen wir, um noch etwas zu erledigen, spätabends in die Kanzlei. Dort überrascht er zufällig diesen Wahnsinnigen, der gerade mein Büro durchsucht. Und dafür wird er abgeknallt.«

Parks rieb sich das Kinn und wirkte offenkundig nicht überzeugt, während Joan nachdenklich nickte.

»Klingt plausibel«, sagte sie. »Um aber noch mal auf das Rachemotiv zu kommen: Rache an Sean wofür? Weil er Ritter sterben ließ?«

»Vielleicht ist unser Mörder ja ein Wahnsinniger aus Ritters politischem Umfeld«, sagte Michelle.

»Dann hat er seine Wut aber lange im Zaum gehalten«, sagte King.

»Denk nach, Sean«, drängte Joan. »Es muss da jemanden geben …«

»Ich habe kaum jemanden von Ritters Leuten gekannt. Gerade mal Sidney Morse und Doug Denby – und vielleicht noch zwei, drei andere.«

»Morse können wir vergessen«, sagte Joan, »den haben wir mit eigenen Augen gesehen. Der sitzt in der Klapse und fängt nur noch Tennisbälle.«

»Und davon mal abgesehen«, sagte King, »wenn der Kerl, hinter dem wir her sind, derselbe ist, der die Waffe in der Besenkammer versteckt hat, von Loretta Baldwin erpresst wurde und sie schließlich ermordete – dann kann es sich unmöglich um jemanden aus Ritters Lager handeln.«

»Sie meinen, er hätte dann ja die Gans umgebracht, die ihm goldene Eier legte?«, sagte Parks.

»Richtig. Auch deswegen können wir Sidney Morse ausschließen, selbst wenn er noch normal wäre. Für Doug Denby gilt das Gleiche. Die beiden hätten einfach kein Motiv gehabt.«

»Was ist mit Bob Scott, dem Einsatzleiter?«, warf Michelle ein und war auf einmal ganz aufgeregt.

»Aber das ergibt doch auch keinen Sinn!«, sagte King. »Scott hätte doch seine Waffe nicht zu verstecken brauchen, ihn hätte doch keiner durchsucht! Und selbst wenn … Es wäre ja eher aufgefallen, wenn er *nicht* bewaffnet gewesen wäre.«

Michelle schüttelte den Kopf. »Nein, ich wollte auf seine Karriere hinaus. Mit Ritters Tod war er ja ebenso erledigt wie du. Das wäre doch ein Rachemotiv. Weiß denn einer von euch, wo Scott sich jetzt aufhält?«

»Das lässt sich rausfinden«, sagte Joan.

King runzelte die Stirn. »Die Waffe, die ich bei Loretta Baldwin gefunden habe, erklärt das nicht, genauso wenig wie ihre Ermordung. Sie hat jemanden erpresst und wurde deswegen umgebracht. Aber dieser Jemand kann nicht Bobby Scott gewesen sein, denn der hätte ja keinen Grund gehabt, eine Waffe zu verstecken.«

»Okay«, sagte Parks, »sieht so aus, als könnten wir auch Scott abhaken. Kommen wir doch noch mal auf diesen Denby zurück. Was war seine Aufgabe?«

»Er war Clyde Ritters Stabschef«, sagte Joan.

»Und wo ist er heute? Irgendein Anhaltspunkt?«, fragte Parks.

»Nein«, antwortete Joan und wandte sich an King. »Oder weißt du was?«

»Ich hab Denby seit Ritters Tod nicht mehr gesehen. Er ist irgendwie total in der Versenkung verschwunden. Von den großen Parteien wollte ihn keine mehr haben. Seine Partnerschaft mit Ritter machte ihn später wohl zu einer Art Paria.«

»Ich weiß, es klingt höchst unwahrscheinlich, wenn man den jeweiligen ideologischen Hintergrund berücksichtigt«, sagte Michelle. »Aber ich frage mich trotzdem, ob Denby und Arnold Ramsey sich vielleicht gekannt haben.«

»Das sollten wir überprüfen, ja«, meinte Parks.

»Unsere Verdächtigenliste wächst und wächst«, bemerkte Joan, »und dabei wissen wir noch nicht einmal, ob diese vielen Ermittlungsstränge überhaupt miteinander verknüpft sind.«

King nickte. »Es gibt zahlreiche Möglichkeiten. Wenn wir diese Nuss knacken wollen, müssen wir an einem Strang ziehen und zusammenarbeiten. Ich denke, der Marshal und Michelle sind dabei, aber was ist mit dir?«, fragte er Joan.

Sie lächelte spröde. »Natürlich bin ich dabei. Solange alle Beteiligten sich darüber im Klaren sind, dass meine Teilnahme ein bezahltes Gastspiel ist.«

KAPITEL 46

Sie legten die Kabel exakt aus und verbanden sie dann mit den Sprengkapseln, die zielgerichtet an Stellen platziert waren, die schweres Gewicht trugen. Sie gingen langsam und methodisch vor, denn in diesem kritischen Augenblick blieb für Fehler keinerlei Spielraum.

»Mit drahtlosen Zündkapseln ginge alles viel leichter«, sagte »Hilfspolizist Simmons« zu dem anderen Mann. »Dann müssten wir diese verdammten Kabel nicht mit rumschleppen.«

Buick-Mann unterbrach seine Arbeit, drehte sich um und sah den anderen an. Sie trugen beide batteriebetriebene Lämpchen an ihren Plastikhelmen, denn sie arbeiteten in vollkommener Dunkelheit. Sie hätten sich ebenso gut weit unter der Erde befinden können.

»Und sie sind ebenso unzuverlässig wie Handys im Gegensatz zu Festnetztelefonen, vor allem, wenn die Signale Tausende von Tonnen Beton durchdringen müssen. Tu einfach, was man dir sagt.«

»Ich meine ja bloß«, maulte Simmons.

»Ich brauche keine weitere Meinung, vor allem nicht von dir. Du hast mir schon genug Scherereien gemacht. Ich hielt dich eigentlich für einen Profi.«

»Ich *bin* ein Profi.«

»Dann fang endlich an, dich wie einer zu verhalten! Ich hab die Schnauze voll von Amateuren, die kopflos hin und her laufen, statt meine Anweisungen zu befolgen.«

»Ha, Mildred Martin rennt nicht mehr hin und her, dafür hast du ja gesorgt.«

»Ja, und lass dir das eine Lehre sein.«

Der leistungsstarke tragbare Generator wurde in einer Ecke aufgestellt, und Buick-Mann begann Steuerung, Kabel und Treibstofftanks zu überprüfen.

Simmons fragte: »Bist du sicher, der gibt genug Strom für uns? Ich meine, für alles, was du vorgesehen hast? Das braucht eine Menge Saft.«

Buick-Mann würdigte ihn keines Blickes. »Mehr als genug. Im Gegensatz zu dir weiß ich genau, was ich tue.« Er deutete mit einem Schraubenschlüssel auf eine große Rolle Elektrokabel. »Vergewissere dich, dass die Kabel richtig verbunden sind. Und zwar an jeder Stelle, die ich dir genannt habe.«

»Aber du überprüfst das natürlich noch mal.«

»Natürlich«, lautete die knappe Antwort.

Simmons betrachtete das komplizierte Schaltbrett, das am anderen Ende des Raumes installiert war. »Nettes Ding, das hier. Das Beste, was zu haben ist.«

»Schließ es einfach an, wie ich 's dir gesagt habe«, erwiderte Buick-Mann kurz.

»Was ist 'ne Party ohne Lichter und Lärm, stimmt's?«

Sie begannen, schwere Kisten auf Gepäckkarren hereinzurollen. Dann packten sie sie aus und stapelten den Inhalt sorgfältig in einer anderen Ecke des höhlenartigen Raums.

Der jüngere Mann begutachtete einen der Gegenstände aus den Kisten. »Die hast du aber prima hingekriegt.«

»Sie mussten so präzise wie möglich sein. Ich mag keine Ungenauigkeiten.«

»Wie wahr, wie wahr…«

Simmons hob eine weitere schwere Kiste an. Plötzlich verzog er sein Gesicht und hielt sich die Seite.

Buick-Mann entging das nicht: »Das hast du nun davon, dass du versucht hast, Maxwell zu strangulieren, statt sie einfach zu erschießen«, sagte er. »Bist du denn nie auf den Gedanken gekommen, dass eine Secret-Service-Agentin bewaffnet sein könnte?«

»Ich mag's, wenn meine Opfer meine Anwesenheit spüren. Das ist eben *meine* Art.«

»Solange du für mich arbeitest, wirst du ›deine Art‹ der meinen unterordnen. Du hast Glück gehabt, dass dich die Kugel bloß gestreift hat.«

»Hättest du mich denn einfach dort liegen und verrecken lassen, wenn mich die Kugel ernsthaft verletzt hätte?«

»Nein. Ich hätte dich erschossen und dich von deinen Qualen erlöst.«

Simmons starrte seinen Gefährten an. »Ja, ich glaube, das hättest du wirklich getan.«

»Darauf kannst du dich verlassen.«

»Jedenfalls haben wir die Pistole wieder, und das ist das Wichtigste.«

Der Buick-Mann hielt bei seiner Arbeit inne und sah Simmons unverwandt in die Augen. »Die Maxwell macht dir Angst, was?«

»Ich hab vor niemandem Angst, schon gar nicht vor einer Frau.«

»Sie hat dich beinahe erschossen. Es war reines Glück, dass es dich nicht erwischt hat.«

»Das nächste Mal wird sie mir nicht entwischen.«

»Dann streng dich mal an. Denn wenn du sie entwischen lässt – mir kommst du nicht davon.«

KAPITEL 47

Am folgenden Morgen teilte sich die Gruppe auf. Joan wollte Dobson & Tyler aufsuchen, die Anwaltskanzlei in Philadelphia, in der John Bruno gearbeitet hatte, und danach dessen politische Mitarbeiter interviewen. Auch Parks machte sich auf den Weg, ohne indes den anderen mitzuteilen, dass er bei der Task-Force in Washington Bericht erstatten wollte.

Bevor sie sich trennten, zog Michelle Joan beiseite.

»Sie haben doch auch zu Ritters Leibwächtern gehört. Können Sie sich noch an Bob Scott erinnern – und wenn, an welche Einzelheiten?«

»Nein, kaum noch. Ich war erst kurz zuvor in diese Abteilung versetzt worden. Ich kannte Bob daher nur ganz flüchtig. Und nach dem Attentat wurden wir ja praktisch alle gleich wieder versetzt.«

»Sie sind erst später dazugestoßen? Hatten Sie eigens um diese Versetzung gebeten?« Michelle ließ Joan nicht aus den Augen.

»Die meisten guten Dinge im Leben werden einem nicht kostenlos auf dem Tablett serviert. Da muss man sich schon selber darum bemühen.« Michelles Blick driftete unbeabsichtigt ab und fand King, der gerade mit Parks sprach. Joan lächelte. »Ich sehe, Sie verstehen mich ganz genau. Ein guter Rat für Ihre weiteren Ermittlungen mit Sean: Er hat einen unglaublich guten Riecher, neigt aber manchmal zum Draufgängertum. Halten Sie sich an seine Anweisungen – aber passen Sie auch ein bisschen auf ihn auf.«

»Keine Sorge«, sagte Michelle und wandte sich zum Gehen.

»Und noch was, Michelle. Ich hab's durchaus ernst gemeint, als ich sagte, dass diese Leute, hinter denen wir her sind, darauf pfeifen, ob du lebst oder ins Gras beißt. Vergessen Sie also Ihre eigene Sicherheit nicht, wenn Sie Sean den Rücken freihalten. Ich möchte nicht, dass Ihnen etwas zustößt. Mir ist natürlich nicht entgangen, dass Sean Ihre Nähe zu schätzen weiß.«

Michelle drehte sich wieder um. »Tja, einige von uns haben einfach Schwein, nicht wahr?«

Joan saß bereits wieder in ihrem Wagen und war unterwegs, als sie in ihrem Büro anrief und ihren Mitarbeitern folgende Instruktionen erteilte: »Besorgen Sie mir detailliertes Hintergrundmaterial über Robert C. Scott, ehemaliger Secret-Service-Agent und Einsatzleiter bei Clyde Ritter im Jahr 1996. Ermitteln Sie auch seinen gegenwärtigen Aufenthaltsort. Dasselbe bitte über einen Mann namens Doug Denby, der damals Ritters Stabschef war. Und alles bitte so schnell wie möglich.«

King und Maxwell fuhren nach Richmond, um Kate Ramsey aufzusuchen, die inzwischen zur Virginia Commonwealth University zurückgekehrt war und sich zu einem Treffen bereit erklärt hatte. Das Center for Public Policy lag an der Franklin Street im Herzen des mitten in der Stadt gelegenen Campus und war in einem wunderschön restaurierten Sandsteingebäude untergebracht. Die ganze Straße bestand aus solchen Häusern. Sie repräsentierten den alten Reichtum der Hauptstadt Virginias, der einer längst vergangenen Ära entstammte.

Kate Ramsey holte sie im Foyer ab und führte sie in ein privates Büro voller Bücher und Papiere. Poster an den Wänden legten Zeugnis ab von Protestaktionen und anderen Aktivitäten. Plakate von musikalischen Veranstaltungen und eine Auswahl von Sportgeräten passten ebenfalls zum Image einer jugendlichen Dozentin.

King besah sich das heillose Durcheinander, flüsterte Michelle zu, sie müsse sich hier doch wie zu Hause fühlen, und bekam statt einer Antwort einen Ellbogenstoß in die Rippen.

Kate Ramsey war von mittlerer Größe und besaß die Figur und die straffen, schlanken Muskeln einer Läuferin. Vier verschiedene Paar Joggingschuhe in einer Ecke ihres Büros bestätigten diesen Eindruck. Das blonde Haar hatte sie zu einem Pferdeschwanz zurückgebunden. Ihre Kleidung entsprach dem üblichen College-Stil: ausgeblichene Jeans, Sneakers und eine kurzärmelige Bluse von Abercrombie & Fitch. Sie schien ausgeglichener und selbstbewusster zu sein als andere Frauen in ihrem Alter und blickte den beiden Besuchern sehr offen in die Augen, als sie sich ihnen gegenüber an ihren Schreibtisch setzte.

»Okay, Thornton hat mich schon angerufen. Sie können sich also das Märchen vom Dokumentarfilm über politische Attentäter sparen.«

»Das war ohnehin nicht unsere Glanzrolle«, gab Michelle unumwunden zurück. »Und mit der Wahrheit tun wir uns alle ja viel leichter, nicht wahr?«

Kate Ramseys Blick glitt zu King, der ihn nervös erwiderte. Immerhin hatte er den Vater dieser jungen Frau erschossen. Was erwartete sie von ihm? Dass er sagte: *Es tut mir Leid?*

»Sie sehen nicht schlecht aus für Ihr Alter«, sagte sie. »Anscheinend ist es Ihnen in den vergangenen Jahren recht gut ergangen.«

»In jüngster Zeit nicht so sehr. Und deshalb sind wir auch hier, Kate. Ich darf Sie doch Kate nennen, oder?«

Die junge Frau lehnte sich zurück. »Das ist tatsächlich mein Name, *Sean*.«

»Ich weiß, diese Situation ist unglaublich peinlich…«

Sie fiel ihm ins Wort. »Mein Vater hat seine Wahl selber getroffen und den Mann getötet, den Sie bewachten. *Ihnen* blieb gar keine andere Wahl.« Sie machte eine Pause und holte tief Luft. »Es ist acht Jahre her. Ich will

Ihnen jetzt nichts vormachen. Ja, damals habe ich Sie gehasst. Ich war ein vierzehnjähriges Mädchen, und Sie hatten mir meinen Vater weggenommen.«

»Und heute?«, warf Michelle ein.

Kate behielt King im Auge. »Heute bin ich eine erwachsene Frau und sehe die Dinge erheblich klarer. Sie haben getan, was Sie tun mussten. Und ich genauso.«

»Ihnen dürfte kaum etwas anderes übrig geblieben sein«, bemerkte King.

Sie beugte sich vor und fing an, die Gegenstände auf ihrem Schreibtisch umherzurücken. King fiel auf, dass sie die Dinge – einen Bleistift, ein Lineal und dergleichen – immer wieder von Neuem in Neunzig-Grad-Winkeln anordnete. Ihre Hände waren unablässig in Bewegung, auch wenn sie King und Michelle dabei niemals aus den Augen ließ.

»Thornton sagte, es gebe neue Beweise, die darauf hindeuten, dass mein Vater nicht allein gehandelt hat. Was sind das für Beweise?«

»Das können wir Ihnen leider nicht sagen«, antwortete Michelle.

»Na, toll! Sie können mir das nicht sagen, erwarten aber, dass ich Ihnen Rede und Antwort stehe.«

»Wenn damals wirklich noch jemand anders beteiligt war, dann müssen wir herausfinden, wer«, sagte King. »Ich denke, das wäre auch in Ihrem Interesse.«

»Warum? An den Tatsachen würde es nichts ändern. Mein Vater hat Clyde Ritter erschossen. Dafür gab es hundert Augenzeugen.«

»Das stimmt«, sagte Michelle, »aber inzwischen haben wir Grund zu der Annahme, dass das nur ein Teil der Geschichte war.«

Kate lehnte sich in ihrem Schreibtischsessel zurück. »Was genau wollen Sie denn von mir wissen?«

»Alles, was Sie uns über die Ereignisse erzählen können, die dem Mord an Clyde Ritter vorausgingen«, erklärte Michelle.

»Na ja, wenn Sie meinen, er kam eines Tages zu mir und verkündete, er wolle jetzt zum Mörder werden, dann haben Sie sich getäuscht. Ich war zwar damals noch fast ein Kind, aber in so einem Fall hätte ich wohl trotzdem jemand anders ins Vertrauen gezogen.«

»Wirklich?«, fragte King.

»Was soll die Frage?«

King zuckte mit den Schultern. »Er war Ihr Vater. Professor Jorst sagte uns, Sie hätten ihn geliebt. Vielleicht hätten Sie doch mit niemandem darüber gesprochen.«

»Ja, vielleicht«, sagte Kate wie beiläufig und fing wieder an, Bleistift und Lineal herumzuschieben.

»Gut, gehen wir mal davon aus, dass er seine Absichten nicht angekündigt hat. Was gab es sonst noch? Hat Ihr Vater irgendetwas Verdächtiges oder Ungewöhnliches geäußert?«

»Nach außen hin war mein Vater ein brillanter Professor, doch unter dem Lack verbarg sich ein unverbesserlicher Radikaler, der nach wie vor in den Sechzigerjahren lebte.«

»Können Sie das etwas präzisieren?«

»Er neigte zu Verbalradikalismen, in die man allerhand Verdächtiges hätte hineininterpretieren können.«

»Okay, kommen wir zu Konkreterem: Haben Sie irgendeine Ahnung, woher Ihr Vater die Waffe hatte, mit der er Ritter erschoss? Das konnte nämlich niemals ermittelt werden.«

»Diese Frage hat man mir schon damals gestellt. Ich konnte sie damals nicht beantworten und kann es auch heute nicht.«

»Na gut«, sagte Michelle. »Erinnern Sie sich an Besucher in den Wochen vor dem Mord an Ritter? Tauchten da plötzlich Leute auf, die Sie nicht kannten?«

»Arnold hatte nur wenige Freunde.«

King legte den Kopf schief und fragte: »Sie nennen ihn jetzt *Arnold?*«

»Ich kann ihn nennen, wie ich will.«

»Er hatte also nur wenige Freunde. Glauben Sie, da war ein potenzieller Attentäter dabei?«, fragte Michelle.

»Schwer zu sagen, zumal ich nicht mal wusste, dass Arnold einer war. Attentäter neigen normalerweise nicht dazu, ihre Absichten lauthals herauszuposaunen, oder?«

»Manchmal schon«, gab King zurück. »Professor Jorst sagte, Ihr Vater sei öfter zu ihm ins Büro gekommen und habe sich maßlos über Clyde Ritter aufgeregt, der Mann ruiniere das ganze Land und so weiter. Haben Sie selber auch solche Ausbrüche erlebt?«

Kate reagierte auf die Frage, indem sie aufstand und zum Fenster ging, aus dem man auf die Franklin Street hinabsah. Draußen fuhren Autos und Fahrräder vorbei. Auf den Treppen vor dem Eingang des Gebäudes saßen Studenten.

»Was spielt das denn heute noch für eine Rolle? Ob ein Mörder oder zwei oder drei oder hundert – das ist doch scheißegal!« Sie drehte sich um und starrte die beiden an, die Arme trotzig über dem Busen verschränkt.

»Vielleicht haben Sie Recht«, erwiderte King. »Aber andererseits könnte es die Tat Ihres Vaters erklären.«

»Er hat diese Tat begangen, weil er Clyde Ritter und alles, wofür der stand, hasste«, erklärte sie nachdrücklich. »Den Drang, das Establishment in seinen Grundfesten zu erschüttern, hat er nie ganz verloren.«

Michelle warf einen Blick auf die politischen Poster an den Wänden. »Professor Jorst sagte uns, Sie seien, was die ›Erschütterung des Establishments‹ betrifft, in die Fußstapfen Ihres Vaters getreten.«

»Vieles, was mein Vater getan hat, war gut und richtig. Und welcher Mensch mit Verstand würde einen Kerl wie Ritter nicht verabscheuen?«

»Da gibt's leider einige«, sagte King.

»Ich habe alle Berichte und Reportagen gelesen, die hinterher über den Fall erschienen sind. Mich wundert, dass niemand ein Fernsehspiel draus gemacht hat. Vermutlich war die Geschichte nicht interessant genug.«

»Man kann jemanden ja auch hassen, ohne ihn gleich umzubringen. Ihr Vater war allen Berichten zufolge ein leidenschaftlicher Mann mit festen Grundsätzen. Dennoch ist er nie zuvor als Gewalttäter hervorgetreten.« Bei diesen Worten zuckte Kate mit den Augen. King bemerkte es, setzte jedoch seine Ausführungen fort: »Selbst zur Zeit des Vietnamkriegs, als er ein zorniger junger Mann war, der ohne weiteres hätte zur Waffe greifen und jemanden erschießen können, blieb Arnold Ramsey friedlich. Angesichts dieser Vorgeschichte wäre es durchaus plausibel gewesen, wenn sich Ihr Vater – ein Professor mittleren Alters in gesicherter Position und mit einer Tochter, die er sehr liebte – *dagegen* entschieden hätte, seinen Hass auf Ritter in eine Gewalttat münden zu lassen. Dass es schließlich doch so weit kam, wird man wohl anderen Faktoren zuschreiben müssen.«

»Welchen zum Beispiel?«

»Man könnte sich vorstellen, dass ihn jemand anders, eine Person, die er hoch achtete, darum gebeten hat, mit ihr gemeinsam Ritter zu töten.«

»Das ist unmöglich. Mein Vater hat Ritter allein erschossen.«

»Und wenn der andere kalte Füße bekam und deshalb keinen Schuss abgab?«

Kate setzte sich wieder an ihren Schreibtisch, und ihre flinken Finger begannen erneut das geometrische Spiel mit Bleistift und Lineal. »Haben Sie Beweise dafür?«, fragte sie, ohne den Blick zu heben.

»Und wenn wir welche hätten? Würde das Ihr Gedächtnis auffrischen? Würde Ihnen dann noch etwas einfallen?«

Kate wollte etwas sagen, besann sich dann aber anders und schüttelte den Kopf.

Kings Blick fiel auf ein Foto, das in einem Regal stand. Er erhob sich und nahm es in die Hand. Das Bild zeigte Kate und ihre Mutter Regina. Es war jüngeren Datums als das Foto in Jorsts Büro, denn Kate sah bereits aus wie neunzehn oder zwanzig. Regina war immer noch eine schöne Frau, doch ihr Blick wirkte müde und traurig. Vermutlich spiegelten sich die tragischen Ereignisse in ihrem Leben darin wider.

»Ich nehme an, Ihre Mutter fehlt Ihnen.«

»Natürlich. Was ist denn das für eine Frage?« Kate nahm ihm das Foto ab und stellte es wieder ins Regal.

»Soweit ich weiß, lebten Ihre Eltern getrennt, als Ihr Vater starb.«

»Na und? Viele Ehen gehen kaputt.«

»Haben Sie irgendeine Vermutung, aus welchem Grund die Ehe Ihrer Eltern zerbrach?«, fragte Michelle.

»Vielleicht hatten sie sich auseinander gelebt. Mein Vater war ein radikaler Sozialist. Meine Mutter war Republikanerin. Vielleicht lag's daran.«

»Aber das war doch schließlich schon immer so gewesen, oder?«, meinte King.

»Wer will das schon so genau wissen? Sie haben nie viel darüber gesprochen. Meine Mutter war in ihrer Jugend anscheinend eine tolle Schauspielerin mit großartigen Zukunftsaussichten. Sie hat diesen Traum aufgegeben und stattdessen meinen Vater geheiratet und ihn in seiner Karriere unterstützt. Vielleicht hat sie diesen Entschluss später irgendwann bereut. Vielleicht war sie der Meinung, ihr Leben vertan zu haben. Ich weiß es wirklich nicht, und es ist mir eigentlich auch egal.«

»Nun, ich kann mir vorstellen, dass der Tod Ihres Vaters seine Frau sehr bedrückt hat. Vielleicht hat sie deshalb Selbstmord begangen.«

»Dann hätte sie sich dazu aber jahrelang Zeit gelassen.«

»Sie glauben also, es gab einen anderen Grund?«, fragte King.

»Darüber habe ich mir aber nun wirklich noch keine Gedanken gemacht, okay?«

»Das nehme ich Ihnen nicht ab, Kate. Ich wette, Sie denken sogar sehr viel darüber nach.«

Kate schlug sich eine Hand vor die Augen. »Das Gespräch ist beendet. Verschwinden Sie!«

In der Franklin Street, auf dem Weg zu Michelles Wagen, sagte King: »Irgendwas weiß sie.«

»Ja«, stimmte Michelle ihm zu. »Die Frage ist nur – wie kriegen wir 's aus ihr raus?«

»Sie ist sehr reif für ihr Alter. Aber ihr geht auch eine Menge im Kopf rum.«

»Ich frage mich, wie nahe sie und Thornton Jorst sich stehen. Er hat ihr sofort alles über uns erzählt.«

»Das habe ich mich auch schon gefragt. Aber ich glaube nicht, dass sie ein Verhältnis miteinander haben.«

»Er ist wohl eher so eine Art Ersatzvater?«, schlug Michelle vor.

»Kann sein. Und Väter tun normalerweise alles, um ihre Töchter zu beschützen.«

»Und was tun wir nun?«, fragte Michelle.

»Wir haben Kate Ramsey zweifellos arg durcheinander gebracht. Sehen wir mal, wohin sie uns führt.«

KAPITEL 48

Joan erfuhr einige interessante Dinge über John Bruno von den Mitarbeiterinnen aus seiner Anwaltskanzlei in Philadelphia. Keine von ihnen hatte viel Gutes über Catherine Bruno zu sagen.

»So hoch, wie die die Nase trägt, ist es ein Wunder, dass sie bei Regen nicht ertrinkt«, sagte eine Sekretärin über die blaublütige Mrs Bruno.

Joan nahm auch noch eine andere Frau in der Kanzlei in die Mangel. Sie hatte mit John Bruno bereits in seiner Anfangszeit als Staatsanwalt in Washington zusammengearbeitet, erinnerte sich noch gut an Bill und Mildred Martin und hatte vom Tod der beiden in der Zeitung gelesen.

»Bill war eigentlich kein typisches Mordopfer«, sagte die Frau sichtlich erschüttert. »Er war so nett und vertrauensselig.«

Joan hakte sofort nach. »Vertrauensselig, ja, das war er. Selbst dann, wenn er 's vielleicht besser nicht gewesen wäre.«

»Also, ich verbreite ungern Klatschgeschichten wie ein Schulmädchen…«

»Wir sind beide erwachsen und können Geschichten erzählen, wo und wann wir wollen«, ermunterte Joan die Frau. »Vor allem dann, wenn es der Gerechtigkeit dient.«

Die Frau schwieg.

»Sie haben also bei der Generalstaatsanwaltschaft in Washington wirklich für beide gearbeitet, für Bill Martin und für John Bruno?«

»Ja. Ja, das hab ich.«

»Und welchen Eindruck hatten Sie von den beiden?«

»Bill war zu nett für seine Position. Das haben alle gesagt – natürlich nicht zu ihm. Und was John Bruno betrifft – also, wenn Sie mich fragen, so passte seine Persönlichkeit perfekt zu seinem Beruf.«

»Hart, rücksichtslos. Ohne Scheu, die Regeln ein bisschen zu verbiegen, wenn's der Sache diente?«

Die Frau schüttelte den Kopf. »Nein, das würde ich nicht sagen. Hart war er bestimmt, aber ich habe nie erlebt, dass er die Grenze überschritten hätte.«

»Und doch hab ich gelesen, dass es damals eine Menge Probleme bei der Generalstaatsanwaltschaft gab.«

»Das stimmt. Ich sagte ja schon, Bill war manchmal zu nachgiebig. Und es gab tatsächlich ein paar Staatsanwälte, die tatsächlich die Grenze überschritten. Aber das taten damals auch viele Polizisten, das kann ich Ihnen sagen. Erpresste Geständnisse und dergleichen waren an der Tagesordnung. Ich weiß noch, in der Zeit der großen Demonstrationen Ende der Sechziger-, Anfang der Siebzigerjahre kam es immer wieder vor, dass Polizisten Beweise fälschten und Leute wegen angeblicher Verbrechen verhafteten, die in Wirklichkeit gar nicht geschehen waren. Sie schüchterten die Bürger ein und erpressten sie. Es war schlimm, richtig schlimm. Eine wahre Schande.«

»Aber Bruno hat sich an alldem nicht beteiligt, sagen Sie?«

»Wenn er es getan haben sollte, dann hab ich nichts davon mitbekommen.«

»Kannten Sie auch die Frau von Bill Martin, Mildred?«

»Die war eine Marke für sich. Wollte immer über ihre Verhältnisse leben. Ein Fan von Bruno war sie bestimmt nicht.«

»Das hab ich auch schon gehört. Es würde Sie also nicht wundern, wenn sie Bruno verleumdet und Lügengeschichten über ihn erzählt hätte?«

»Überhaupt nicht. Das war typisch für sie. Sie wollte ihren Mann immer als hart durchgreifenden Gesetzeshüter sehen und hat wohl insgeheim gehofft, das würde ihn – und mit ihm sie selbst – groß rausbringen, will sagen, ans große Geld. Aber so war Bill eben nicht – John Bruno dagegen schon. Ich glaube, sie war neidisch.«

Joan lehnte sich zurück und nahm sich die Zeit, die neue Information zu verarbeiten. Dabei ließ sie die Frau nicht aus den Augen. Sie schien die Wahrheit zu sagen. Und wenn das stimmte, fiel ein ganz neues Licht auf den Fall.

»Wären Sie überrascht, wenn Sie hörten, dass Mildred Martin beim Tod ihres Mannes und vielleicht auch bei John Brunos Verschwinden die Hände im Spiel hatte?«

»Bei Bill schon. Ich glaube, sie hat ihn wirklich geliebt. Aber bei Bruno?« Sie zuckte die Achseln. »Mildred konnte grässlich rachsüchtig sein.«

»Könnten Sie das ein bisschen genauer erklären?«

»Wenn sie die Gelegenheit dazu gehabt hätte, dann hätte sie Bruno erschossen, ohne mit der Wimper zu zucken.«

Joan flog wieder nach Virginia und stieg in ihren Wagen. Sie war gerade im Begriff, das Flughafengelände zu verlassen, als ihr Telefon klingelte. Ihr Büro meldete die Ergebnisse ihrer Anfrage über den jeweiligen Aufenthaltsort von Bob Scott und Doug Denby. Der Bericht war alarmierend. Die großartige Detektei mit all ihren teuren Ressourcen und Kontakten auf höchster Ebene war nicht im Stande gewesen, Bob Scott ausfindig zumachen. Der ehemalige Secret-Service-Agent war seit einem Jahr etwa wie vom Erdboden verschluckt. Man hatte seine Spuren bis nach Montana verfolgen können, wo er anscheinend von den Erträgen seiner Scholle gelebt hatte. Danach jedoch hatte niemand mehr etwas von ihm gehört oder gesehen. Er war schon seit Jahren geschieden, war kinderlos, und seine Exfrau, längst in zweiter Ehe verheiratet, hatte keine Ahnung, wo er sich aufhalten mochte. Joans Mitarbeiter hatten sogar ihre Quellen im

Secret Service angezapft, doch auch der konnte nicht weiterhelfen. Die Schecks mit den Rentenzahlungen, die Scott immer an die Adresse in Montana geschickt worden waren, kamen seit einem Jahr regelmäßig mit dem Vermerk »unzustellbar« zurück.

Doug Denby war leichter aufzutreiben gewesen. Er hatte eine Erbschaft gemacht – ausgedehnte Ländereien und eine beträchtliche Summe Geldes –, war in seinen Heimatstaat Mississippi zurückgekehrt und genoss gegenwärtig sein Leben als Großgrundbesitzer weitab von den Niederungen der Politik. Er lief jedenfalls nicht durch die Gegend und brachte einen Menschen nach dem anderen um.

Joan stellte ihr Handy ab und wollte gerade in den Highway einbiegen, als es schon wieder klingelte. Diesmal war es Jefferson Parks.

»Eins kann ich Ihnen sagen«, meinte der Deputy Marshal. »Sie haben immer noch viele Bewunderer im Secret Service. Ich bekam immer nur zu hören, wie großartig Sie sind. Es war einfach zum Kotzen.«

Joan lachte. »Diese Wirkung übe ich auf viele Männer aus.«

»Glück gehabt?«

»Nicht viel. John Brunos Kanzlei und sein Wahlkampfbüro waren mehr oder weniger Sackgassen.«

»Was haben Sie als Nächstes vor?«

»Ich weiß es noch nicht genau. Die Suche nach Bob Scott war bisher auch erfolglos. Er ist seit einem Jahr spurlos verschwunden.«

»Okay, ich mache Ihnen einen Vorschlag: Wir sind zwar bloß eine altmodische, kleine und unterfinanzierte Justizbehörde und verfügen nicht über diesen tollen Schnickschnack wie ihr in der freien Wirtschaft, aber soll ich nicht doch mal von meiner Seite aus versuchen, den Burschen zu finden?«

»Wir sind Ihnen für jede Unterstützung dankbar«, erwiderte Joan freundlich.

»Ich habe allerdings den Eindruck, dass King Scott nicht für verdächtig hält. Sicher, Scott könnte wegen des Mordes an Ritter was gegen King haben, aber selbst hatte er nicht das geringste Motiv, Ritter umzulegen und damit seine eigene Karriere zu ruinieren. Und dann ist da ja noch die Sache mit dieser Pistole.«

»Darüber hab ich mir auch schon den Kopf zerbrochen. Sean hat mir erzählt, die Waffe, die er in Loretta Baldwins Garten fand, sei ein kurzläufiger Revolver Kaliber .38 gewesen. Wird auch Bulldog-Revolver genannt.«

»Und?«

»Diese Waffe gehört beim Secret Service nicht zum Inventar. Das heißt, ein bewaffneter Scott mag kein Misstrauen erregt haben – ein *doppelt bewaffneter* wäre aber bei einer Durchsuchung sehr wohl aufgefallen, vor allem, wenn die zweite Waffe ein Bulldog gewesen wäre.«

Parks war noch nicht überzeugt. »Aber wieso soll er zwei Waffen bei sich gehabt haben? Er hätte Ritter doch auch mit seiner eigenen Pistole erschießen können.«

»Und wenn ein dritter Möchtegern-Attentäter – Ramseys Partner nämlich – kalte Füße gekriegt, gar nicht geschossen und Bob Scott, dem Insider, die Knarre untergeschoben hat, bloß um sie loszuwerden oder weil er dachte, Scott würde keinen Verdacht erregen? Kann sein, dass Scott es in diesem Fall mit der Angst zu tun bekam, weil er plötzlich *zwei* Waffen hatte. Also hat er die eine in dieser Besenkammer versteckt, und dabei hat Loretta Baldwin ihn beobachtet ...«

»... und später ihre Erpressung darauf aufgebaut. Okay, das wäre ein Motiv für Scott gewesen, sie zu ermorden. Aber wir dürfen nicht vergessen, dass ihm Ritters Tod seine Karriere ruiniert hat. Warum sollte er *ihn* umbringen?«

Joan seufzte. »Warum tut man überhaupt etwas? Wegen Geld! Außerdem spricht der Umstand, dass Scott verschwunden ist, nicht unbedingt für seine Unschuld.«

»Was wissen Sie denn sonst noch über ihn?«

»Vietnam-Veteran, bevor er zum Service ging. Möglicherweise hat er da einen Knacks bekommen und seither irgendeine Altlast mit sich rumgeschleppt. Außerdem galt er als Waffennarr. Kann sein, dass er umgekippt ist, auf die dunkle Seite sozusagen. Das ist nie gründlich untersucht worden. Der offizielle Untersuchungsbericht ging von der Einzeltäterthese aus. Wir sind die Ersten, die den Fall von allen Seiten unter die Lupe nehmen.«

»Höchste Zeit, würde ich sagen. Ich melde mich, sobald ich Neues weiß. Sind Sie jetzt unterwegs zu King?«

»Ja. Oder zu dem Hotel in der Nähe, wo ich ein Zimmer genommen habe. Es heißt Cedars.«

»Dann bis später«, sagte Parks.

Joan fuhr weiter und machte sich allerlei Gedanken. Sie machte sich so viele Gedanken, dass sie weder den Wagen bemerkte, der ihr folgte, noch den Fahrer, der sie nicht mehr aus den Augen ließ.

KAPITEL 49

Am späten Nachmittag verließ Kate Ramsey im Trainingsanzug ihr Büro, stieg in einen VW-Käfer und fuhr davon. Michelle und King folgten ihr in diskretem Abstand zum Bryan Park am Rande von Richmond. Dort stieg Kate aus und streifte den Trainingsanzug ab. Darunter trug sie Shorts und ein langärmeliges T-Shirt. Nach ein paar raschen Stretchübungen lief sie los.

»Na, toll«, sagte King. »Jetzt kann sie sich mit sonst wem treffen, und wir bekommen nichts davon mit.«

»Doch.« Michelle kletterte auf den Rücksitz ihres Geländewagens.

King wandte sich um. »Was machst du denn da?«

Sie packte ihn an der Schulter und drehte ihn wieder zurück. »Behalt deine Augen da vorne, Mister.«

Sie zog sich aus. »Ich hab immer eine Tasche mit meinen Laufsachen unter dem Rücksitz. Man weiß ja nie, wann einen der Drang überkommt.«

Kings Blick flatterte unwillkürlich zum Rückspiegel, in dem zuerst ein langes Bein auftauchte und dann ein zweites. Lange Hosen glitten herab, und an ihrer Stelle wurden Shorts über muskulöse Waden und Schenkel gezogen, die wie gemeißelt aussahen.

»Ach, ja«, sagte er und wandte den Blick ab, als Michelle sich aus ihrer Bluse zu schälen begann, »man kann nie wissen, wann einen dieser merkwürdige alte Drang überkommt.« Er sah zum Fenster hinaus und beobachtete, wie Kate Ramsey mit raumgreifenden Schritten Meter um Meter hinter sich ließ. Sie war schon beinahe außer Sicht.

»Michelle, du solltest dich beeilen, wenn du sie noch einholen …«

Er brach ab, als er hörte, wie die Hecktür geöffnet und wieder geschlossen wurde. Dann sah er Michelle in Jogging-Bustier, Shorts und Laufschuhen mit wirbelnden Beinen und rhythmisch bewegten Armen übers Gras flitzen. Mühelos verringerte sie die Entfernung zwischen sich und Kate. King konnte ihr nur noch verdutzt hinterherstarren.

»Verfluchte Olympiasportler«, murmelte er vor sich hin.

Michelle achtete zunächst sorgfältig darauf, außerhalb von Kates Blickfeld zu bleiben. Erst als sie sicher war, dass die junge Frau tatsächlich bloß zum Laufen hergekommen war, änderte sie ihre Taktik. Statt Kate nur zu beschatten, wollte sie die Gelegenheit beim Schopf packen und noch einmal mit ihr reden. Als sie sie einholte, sah Kate zu ihr herüber, runzelte die Stirn und lief prompt noch schneller. Michelle passte sich rasch an und lief Schritt um Schritt neben ihr her. Schließlich legte Kate einen Sprint ein, doch als Michelle immer noch mühelos mithielt, wurde sie endlich langsamer.

»Was wollen Sie?«, fragte sie mit deutlich angespannter Stimme.

»Mit Ihnen reden.«

»Wo ist denn Ihr Freund?«

»Der hat's nicht so mit dem Laufen.«

»Ich hab Ihnen alles gesagt, was ich weiß.«

»Wirklich, Kate? Sehen Sie, ich will bloß versuchen, Sie zu verstehen. Ich möchte Ihnen helfen.«

»Hängen Sie hier bloß nicht die gute Freundin raus, klar? Wir sind hier nicht in einem lahmen Fernsehkrimi, in dem sich plötzlich alle verbrüdern.«

»Stimmt. Wir befinden uns im realen Leben und mittendrin in einer undurchsichtigen Affäre, in deren Verlauf schon mehrere Menschen ihr Leben verloren haben oder gekidnappt wurden. Wir wollen wissen, was da eigentlich gespielt wird, und dem oder den Tätern das Handwerk legen. Und meiner Meinung nach können Sie uns dabei helfen.«

»Ich kann weder Ihnen noch sonst wem helfen.«

»Sie haben's doch noch nicht mal versucht.«

Kate blieb stehen. Die Hände in die Hüften gestemmt, sog sie kurzatmig die Luft ein und bedachte Michelle mit wütenden Blicken. »Was wissen Sie denn überhaupt schon? Von mir haben Sie jedenfalls nicht die geringste Ahnung.«

»Deshalb bin ich ja hier. Ich will mehr erfahren. Ich möchte alles wissen, was Sie mir zu erzählen bereit sind.«

»Sie kapieren's einfach nicht, was? Ich hab das alles hinter mir gelassen. Ich will diese Phase meines Lebens nicht noch einmal durchmachen müssen.« Sie begannen erneut zu laufen. »Und außerdem weiß ich sowieso nichts.«

»Woher wollen Sie denn das so genau wissen? Haben Sie alle Details genau abgeklopft? Hat man Ihnen jede nur erdenkliche Frage gestellt? Wurde allen potenziellen Spuren nachgegangen?«

»Hören Sie, ich versuche so wenig wie möglich an die Vergangenheit zu denken, okay?«

»Dann ist das also ein klares Nein.«

»Würden Sie denn dauernd darüber nachdenken, wenn es um *Ihren* Vater ginge?«

»Ich würde auf jeden Fall nicht versuchen, mich vor der Wahrheit zu verstecken, Kate. Haben Sie denn überhaupt jemals mit irgendjemandem über das alles gesprochen? Wenn nicht, höre ich Ihnen gerne zu. Wirklich.«

Als Michelle Tränen über Kates Wangen rollen sah, legte sie ihr die rechte Hand auf die Schulter. Die beiden Frauen blieben stehen, und Michelle führte Kate zu einer Bank. Sie setzten sich.

Kate wischte sich mit einer Hand über die Augen und

starrte dann stur ins Nichts. Michelle saß daneben und wartete geduldig.

Als Kate schließlich zu sprechen begann, kamen die Worte zögernd und leise. »Ich hatte grade Algebra, als sie kamen und mich aus der Klasse holten. Eben hatte ich noch x-plus-y-Aufgaben gelöst, und eine Minute später ist mein Dad eine landesweite Sensation. Wissen Sie, was das für ein Gefühl ist?«

»Als ob die ganze Welt zusammenbräche?«

»Ja«, sagte Kate leise.

»Konnten Sie denn mit Ihrer Mutter darüber reden?«

Kate machte eine wegwerfende Geste. »Was gab's da schon zu reden? Sie hatte meinen Vater bereits verlassen. Es war ihre Entscheidung.«

»So haben Sie das gesehen?«

»Wie hätte ich 's sonst sehen sollen?«

»Sie müssen doch irgendeine Vermutung haben, aus welchem Grund sich Ihre Eltern trennten. Ich meine, über das hinaus, was Sie uns schon erzählt haben.«

»Mein Vater wollte die Trennung nicht, das weiß ich.«

»Es geschah also auf Initiative Ihrer Mutter. Und Sie sagen, Sie kennen den Grund nicht – jedenfalls keinen anderen als den, dass sie das Gefühl hatte, ihr Leben mit Ihrem Vater sei vergeudete Zeit gewesen?«

»Eines weiß ich genau: Als meine Mutter ging, war *sein* Leben im Grunde zu Ende. Er hat sie angebetet. Es hätte mich nicht überrascht, wenn er sich umgebracht hätte.«

»Nun, vielleicht hat er das ja.«

Kate starrte sie an. »Und sozusagen Clyde Ritter mit in den Tod genommen?«

»Zwei Fliegen mit einer Klappe geschlagen.«

Kate betrachtete ihre Hände. »Es hat angefangen wie ein Märchen. Mein Vater war zu seinen Collegezeiten ein politischer Aktivist. Bürgerrechtsdemonstrationen, Friedensmärsche, Sit-ins, er hat alles von A bis Z mitgemacht. Meine Mutter war Schauspielerin, eine Schönheit auf dem Sprung zum großen Star. Und dann haben sie sich ineinander verliebt. Mein Vater war groß und gut aussehend und gescheiter als alle anderen, und er wollte so viel Gutes tun. Er war ein nobler Charakter, wirklich. Er hatte Tiefgang. Sonst kannte meine Mutter nur Schauspieler, Bühnenleute, viele, viele aufgeblasene Typen darunter. Mein Vater war ganz was anderes. Er hat nicht bloß eine Rolle gespielt, sondern er zog hinaus und riskierte sein Leben, um eine bessere Welt zu schaffen.«

»Da kann eine Frau schon schwach werden«, sagte Michelle ruhig.

»Meine Mutter hat ihn geliebt, das weiß ich. Ich habe das alles von ihr und ihren Freunden gehört. Und ich hab ein paar Tagebücher aus ihrer College-Zeit gefunden. Sie haben sich wirklich geliebt. Deshalb begreife ich auch nicht, warum es am Ende doch nicht funktioniert hat. Wenn man andererseits bedenkt, wie verschieden sie waren, hat die Beziehung vielleicht sogar länger gedauert, als für die beiden gut war. Aber wenn sie bei ihm geblieben wäre, dann hätte mein Vater diese Tat vielleicht nie begangen.«

»Und es ist gut möglich, dass er sie nicht allein begangen hat, Kate. Das versuchen wir herauszufinden.«

»Sie und Ihre neuen Beweise, über die Sie nicht reden dürfen«, erwiderte Kate verächtlich.

»Eine Pistole«, erklärte Michelle mit fester Stimme. Kate schien überrascht, sagte jedoch nichts. »Eine Pistole wurde gefunden, von der wir glauben, dass sie am Tag des Mordes an Ritter im Fairmount-Hotel versteckt wurde. Wir sind der Meinung, dass sich ein zweiter Attentäter im Haus befand, der aber nicht geschossen hat.«

»Warum nicht?«

»Das wissen wir nicht. Vielleicht hat er die Nerven verloren. Vielleicht hatte er mit Arnold Ramsey vereinbart, dass sie die Tat gemeinsam begehen, im entscheidenden Moment aber dann gekniffen und alle Verantwortung Ihrem Vater aufgebürdet.« Michelle machte eine Pause und fügte dann ruhig hinzu: »Vielleicht hat dieser

Zweite Ihren Vater sogar überhaupt erst zu dieser Tat überredet. Und wenn das stimmt, dann haben Sie vielleicht etwas gehört oder gesehen, das uns weiterhelfen kann.«

Kate sah wieder auf ihre Hände hinab und zupfte nervös an ihren Fingernägeln herum. »Mein Vater hatte nur wenige Besucher und keine richtigen Freunde.«

»Wenn ihn also tatsächlich jemand besucht hat, dann wäre Ihnen das sicher aufgefallen«, sagte Michelle in suggestivem Ton.

Kate schwieg so lange, dass Michelle schon erwog, aufzustehen und zu gehen. Dann sagte sie: »Es muss etwa einen Monat vor dem Mord an Ritter gewesen sein.«

Michelle erstarrte. »Was?«

»Es war so gegen zwei Uhr morgens, jedenfalls eine verrückte Zeit. Ich hatte geschlafen, wurde aber von irgendeinem Geräusch geweckt. Wenn ich bei meinem Vater war, schlief ich immer oben im ersten Stock. Er blieb oft die ganze Nacht lang wach. Zuerst dachte ich, ich hätte ihn reden gehört, aber die Stimme klang ganz anders als seine. Ich hab mich zum Treppenabsatz geschlichen. In Dads Arbeitszimmer brannte Licht, und ich hörte ihn mit jemandem sprechen. Das heißt, eigentlich hat diese andere Person gesprochen und mein Vater nur zugehört.«

»Was hat sie gesagt, diese andere Person? Moment – es war ein Mann, ja?«

»Ja.«

»Was hat er gesagt?«

»Ich konnte mir keinen rechten Reim darauf machen. Ich hörte, wie der Name meiner Mutter fiel. ›Was würde Regina denken?‹ So ungefähr hörte es sich an. Und dann antwortete mein Vater, die Zeiten hätten sich geändert. Dass Menschen sich ändern. Und dann sagte der andere etwas, das ich nicht hören konnte.«

»Haben Sie ihn gesehen?«

»Nein. Dads Arbeitszimmer hatte eine Außentür. Durch die muss er gegangen sein.«

»Was haben Sie sonst noch gehört?«

»Nichts. Sie sprachen plötzlich leiser. Wahrscheinlich fiel ihnen ein, dass ich aufwachen könnte. Ich überlegte, ob ich runtergehen und nachsehen sollte, wer das war, aber ich hatte Angst.«

»Hat Ihr Vater den Besucher jemals erwähnt, seinen Namen genannt oder sonst etwas?«

»Nein. Und ich wollte nicht, dass er erfuhr, dass ich gelauscht hatte, deshalb hab ich ihn nie gefragt.«

»Hätte es jemand aus dem College sein können?«

»Nein. Ich glaube, dann hätte ich die Stimme erkannt.« In Kates Verhalten lag jetzt etwas, das Michelle nicht gefiel, eine gewisse Verstohlenheit, doch sie beschloss, nicht darauf einzugehen.

»Haben Sie vielleicht gehört, dass der Mann Ritters Namen erwähnte? Oder irgendetwas anderes in dieser Richtung?«

»Nein! Deshalb hab ich der Polizei auch nichts davon erzählt. Ich… ich hatte Angst davor. Mein Vater war tot, und ich wusste nicht, ob noch ein anderer daran beteiligt war. Ich wollte keine schlafenden Hunde wecken.«

»Außerdem hatte der Mann Ihre Mutter erwähnt, und Sie dachten, das könnte ein schlechtes Licht auf sie werfen.«

Kate sah sie mit wehem Blick an, ihre Augen waren verschwollen. »Die Leute können die schlimmsten Dinge schreiben und behaupten. Damit kann man Menschen zerstören.«

Michelle nahm ihre Hand. »Ich verspreche, dass ich alles nur Erdenkliche tun werde, um diesen Fall zu lösen, ohne weiteren Schaden anzurichten. Sie haben mein Wort drauf.«

Kate drückte Michelles Hand. »Ich weiß nicht warum, aber ich glaube Ihnen. Meinen Sie wirklich, Sie können nach so vielen Jahren noch die Wahrheit herausfinden?«

»Ich werde mir die allergrößte Mühe geben.«

Michelle stand auf und wollte schon gehen, da sagte

Kate: »Ich habe meinen Vater geliebt, und ich liebe ihn immer noch. Er war ein wirklich guter Mensch. Sein Leben hätte nicht so enden dürfen. Aber dass es so endete, das gibt einem das Gefühl, als gäbe es für die, die übrig geblieben sind, keine Hoffnung mehr.«

In Michelles Ohren klang es wie das Bekenntnis einer Lebensmüden. Sie setzte sich wieder und nahm die junge Frau in den Arm. »Hören Sie zu, Kate. Es war das Leben Ihres Vaters. Er konnte damit tun, was er wollte. Für Sie und Ihr Leben gilt genau das Gleiche. Sie haben so viel ertragen, so viel erreicht – da sollten Sie auch mehr erhoffen können als andere. Ich sag das nicht nur so daher, Kate, ich meine es ernst.«

Endlich erlaubte Kate sich ein schüchternes Lächeln. »Danke.«

Michelle joggte zu ihrem Fahrzeug zurück und stieg ein. King fuhr, und sie berichtete ihm von ihrem Gespräch mit Kate Ramsey.

King schlug mit der Hand gegen das Steuerrad. »Verdammt! Es gab also wirklich noch einen anderen! Der Kerl, der mit ihrem Vater geredet hat, könnte ohne weiteres der Mann sein, der mit der Waffe in die Besenkammer kam.«

»Okay, spielen wir das mal durch. Es gab zwei Attentäter, aber nur einer hat die Sache durchgezogen bis zum bitteren Ende. Wurde er absichtlich im Stich gelassen oder nicht? Hat der Zweite kalte Füße bekommen oder Ramsey eine Falle gestellt?«

King schüttelte den Kopf. »Wenn es Absicht war und er schon vorher wusste, dass er nicht schießen würde – warum hätte er dann den Revolver überhaupt ins Hotel mitnehmen sollen?«

»Vielleicht haben sie sich vor der Tat getroffen, und der Zweite musste zumindest so tun, als wolle er bei der Stange bleiben – sonst wäre Ramsey womöglich misstrauisch geworden.«

»Ja, das wäre eine Möglichkeit. Wie dem auch sei, wir müssen jetzt Ramseys Hintergrund ausleuchten, bis hin zu seiner Studentenzeit wahrscheinlich. Wenn der zweite Mann Regina Ramsey kannte und Arnold Ramsey davon sprach, dass die Zeiten sich geändert hätten, dann liegt der Schlüssel vermutlich in der Vergangenheit.«

»Dann kommen wir vielleicht auch dahinter, warum ein Superstar aus Berkeley an einem kleinen College mitten in der Pampa unterrichtet hat.«

Michelle schlüpfte wieder auf den Rücksitz. »Fahr weiter. Ich zieh mich wieder um.«

King heftete seinen Blick auf die Straße, doch seinen Ohren entging kein noch so leises Rascheln der Kleider, die aus- und angezogen wurden. »Nebenbei bemerkt«, sagte er, »ist das bei dir so üblich, dass du dich in Gesellschaft fremder Männer bis auf die Haut ausziehst?«

»So fremd bist du mir gar nicht. Und wirklich, Sean, ich fühle mich sehr geschmeichelt.«

»Geschmeichelt? Weshalb?«

»Du hast heimlich gelinst.«

KAPITEL 50

Am späten Nachmittag trafen sie sich wieder alle vier in Kings Haus. Parks stellte einen großen Karton mit Akten auf den Küchentisch. »Das ist bei unserer Suche nach Bob Scott rausgekommen«, sagte er zu Joan.

»Das ging aber schnell«, bemerkte sie.

»Was glauben Sie wohl, mit wem Sie 's zu tun haben? Mit einer Micky-Maus-Behörde?«

King sah Joan an. »Du überprüfst Scott? Ich hab dir doch gesagt, er kann mit der Sache nichts zu tun haben.«

Sie erwiderte seinen Blick. »Ich verifiziere manche Dinge lieber selbst. Keiner von uns ist unfehlbar.«

»Leider waren wir deshalb so schnell«, gab Parks ein wenig verlegen zu, »weil diese Doofies praktisch jedes Blatt Papier in die Akte gestopft haben, das unter dem Namen Bob Scott abgelegt war. Wahrscheinlich ist das meiste davon völlig nutzlos. Aber hier haben Sie 's.« Er setzte seinen Hut auf. »Ich mach mich wieder auf die Socken. Wenn's was Neues gibt, ruf ich an, und von Ihnen erwarte ich das Gleiche.«

Nachdem er gegangen war, nahmen die anderen drei ein rasches Abendessen auf der hinteren Terrasse ein, und Joan berichtete, was sich bei der Überprüfung von Doug Denby ergeben hatte.

»Er ist also aus dem Schneider«, sagte Michelle.

»Sieht so aus, ja.«

King wirkte verwirrt. »Und die Frau, mit der du in der Kanzlei in Philadelphia gesprochen hast, hat tatsächlich behauptet, Bruno wäre in seiner Zeit als Generalstaatsanwalt in Washington absolut sauber geblieben?«

»Meiner Meinung nach hat sie die Wahrheit gesagt.«

»Dann war das, was uns Mildred Martin über Bruno erzählt hat, nichts weiter als ein Haufen Lügen.«

»Also, *das* glaube ich unbesehen«, bemerkte Joan und warf einen Blick in die Küche, wo der Karton mit den Akten noch auf dem Tisch stand. »Wir müssen die Unterlagen durchsehen, die Parks uns gebracht hat.«

»Damit kann ich ja gleich mal anfangen«, sagte Michelle. »Da ich Scott nicht kannte, werde ich wohl auch keine Zeile überspringen, was euch beiden leicht passieren könnte.« Sie entschuldigte sich und machte sich an die Arbeit.

Joan ließ ihren Blick über das Wasser gleiten. »Es ist wirklich wunderschön hier, Sean. Du hast dir einen guten Platz für deinen Neuanfang ausgesucht.«

King trank sein Bier aus und lehnte sich zurück. »Möglich, dass ich mir bald wieder einen neuen Platz suchen muss.«

Joan sah ihn an. »Hoffen wir, dass dir das erspart bleibt. Kein Mensch sollte mehr als einmal ganz von vorne anfangen müssen.«

»Was ist mit dir? Du hast gesagt, dass du eventuell aussteigen willst.«

»Um mich mit meinen Millionen auf eine einsame Insel zurückzuziehen?« Sie lächelte, doch es wirkte ein wenig resigniert. »Träume werden nur selten wahr. Vor allem in meinem Alter.«

»Aber wenn du John Bruno findest, machst du den großen Reibach.«

»Das Geld ist nur ein Teil des Traums.«

Als King sie überrascht ansah, wandte sie schnell den Blick ab.

»Gehst du oft segeln?«, fragte sie.

»Im Herbst, wenn die Motorboote weg sind und Wind aufkommt.«

»Na, wir haben Herbst. Also wäre doch jetzt eigentlich die beste Zeit dafür.«

King betrachtete den klaren Himmel und spürte die angenehme Brise auf der Haut. Bis zum Einbruch der Dunkelheit blieben ihnen noch zwei Stunden. Sekundenlang musterte er Joan intensiv, dann sagte er: »Ja, jetzt wäre eigentlich die beste Zeit dafür.«

King zeigte Joan, wie man das Ruder des Segelboots bediente. Für den Fall, dass der Wind sich legte, hatte er am Heck einen 5-PS-Motor angebracht. Sie nahmen Kurs auf die Mitte des Sees und ließen sich dort treiben.

Joan bewunderte die Bergkette, die sich um den See herum zog und noch immer in vollem Grün stand, obwohl man die Kühle des Herbstes in der Luft bereits spürte.

»Hättest du jemals gedacht, du könntest nach all den Jahren in Hotels und Flugzeugen und diesen vielen durchwachten Nächten an einem Ort wie diesem landen?«, fragte sie.

King zuckte die Achseln. »Ehrlich gesagt, nein. Ich hab nie so weit vorausgedacht. Ich hab immer mehr dazu geneigt, im Hier und Jetzt zu leben.« Dann fügte er nachdenklich hinzu: »Inzwischen denke ich eher langfristig.«

»Und wohin führen dich deine langfristigen Gedanken?«

»Nirgendwohin, bis sich dieser mysteriöse Fall nicht aufgeklärt hat. Das Dumme ist nur: Selbst wenn wir ihn lösen, ist der Schaden wohl nicht wieder gutzumachen. Durchaus möglich, dass ich von hier wegziehen muss.«

»Du willst weglaufen? Das klingt aber gar nicht nach dir, Sean.«

»Manchmal ist es klüger, seine Zelte abzubrechen und weiterzuziehen. Man kriegt die ewigen Kämpfe satt, Joan.«

Er setzte sich neben sie und übernahm das Ruder. »Der Wind wechselt. Ich kreuze wieder hinein. Der Baum schwenkt dann rüber. Ich sag's dir, wenn du dich ducken musst.«

Nach dem Manöver überließ er Joan wieder das Ruder, blieb aber neben ihr sitzen. Sie trug einen Hosenanzug, hatte jedoch die Schuhe ausgezogen und die Hosenbeine bis über die Knie hochgekrempelt. Die Zehennägel an ihren kleinen Füßen waren rot lackiert.

»Vor acht Jahren hast du deine Zehennägel immer violett angemalt, oder?«

Sie lachte. »Rot kommt nie aus der Mode, aber vielleicht schafft Violett bald ein Comeback. Es schmeichelt mir sehr, dass du dich daran erinnerst.«

»Du hast nichts als violette Zehennägel und eine .357 getragen.«

»Ach komm, sei still, es war eine böse, unwiderstehliche Kombination.«

Er lehnte sich zurück und ließ seinen Blick schweifen.

Sie schwiegen eine ganze Weile lang. Joan sah ihn immer wieder nervös von der Seite an, während King tunlichst jeden Blickkontakt mied. »Hast du jemals daran gedacht, mich um meine Hand zu bitten?«, fragte sie.

Er sah sie erstaunt von der Seite an. »Ich war damals verheiratet, Joan.«

»Das weiß ich. Aber ihr hattet euch getrennt, und deine Ehe war praktisch im Eimer.«

Er senkte den Blick. »Okay, schon möglich, dass mir das klar war, aber ich war mir nicht sicher, ob ich einen zweiten Versuch wagen wollte. Außerdem hielt ich es für so gut wie unmöglich, dass zwei Secret-Service-Agenten jemals in der Lage sein könnten, eine gute Ehe zu führen. Dieser Beruf ist einfach zu verrückt.«

»Ich hab damals ernsthaft darüber nachgedacht, dich zu bitten.«

»Mich um was zu bitten?«

»Um deine Hand.«

»Du bist doch immer wieder für Überraschungen gut. Du wolltest mich wirklich bitten, dich zu heiraten?«

»Verlangt irgendwo ein Gesetz, dass der Mann den Antrag machen muss?«

»Und wenn schon – du hättest sicher keine Probleme damit, so einen Paragraphen in Stücke zu reißen.«

»Ich mein's ernst, Sean. Ich war verliebt in dich. So sehr sogar, dass ich oft mitten in der Nacht zitternd aufgewacht bin und Angst hatte, es wäre plötzlich alles wieder vorbei und du könntest dich wieder mit deiner Frau versöhnen.«

»Das wusste ich nicht«, sagte er leise.

»Was hast du für mich empfunden? Ich meine, wirklich empfunden?«

Er wirkte verlegen. »Soll ich ehrlich sein? Ich war erstaunt, dass du mich an dich herangelassen hast. Du standest doch auf einem Podest, beruflich ebenso wie privat.«

»Also, was war ich für dich? Eine Trophäe, die man an die Wand nagelt?«

»Nein, eher dachte ich, das wäre meine Rolle.«

»Ich bin nicht durch alle Betten gehüpft, Sean. Ich hatte auch keinen solchen Ruf.«

»Nein, du hattest den Ruf einer eisernen Lady. Ich kannte keinen einzigen Agenten, der nicht einen Heidenrespekt vor dir gehabt hätte. Es gab eine Menge harter Kerle, die eine Höllenangst vor dir hatten.«

Joan schlug den Blick nieder. »Hast du nicht gewusst, dass Ballköniginnen oft die einsamsten Geschöpfe sind? Als ich beim Service anfing, waren Frauen immer noch völlig ungewöhnliche Erscheinungen in diesem Beruf. Wenn ich Erfolg haben wollte, musste ich besser ›meinen Mann stehen‹ als alle Männer. Ich musste mir je nach der Situation eigene Regeln setzen. Heute ist es schon anders, aber damals blieb mir wirklich keine andere Wahl.«

Er berührte ihre Wange und drehte ihr Gesicht zu sich. »Und warum hast du 's nicht getan?«

»Warum hab ich was nicht getan?«

»Mich um meine Hand gebeten.«

»Das hatte ich vor, aber dann ist was dazwischengekommen.«

»Was?«

»Clyde Ritter wurde ermordet.«

Diesmal wandte King den Blick ab. »Ich war also beschädigte Ware?«

Sie griff nach seinem Arm. »Ich glaube, du kennst mich wirklich nicht besonders gut. Es war viel schlimmer.«

Er sah sie wieder an. »Wie meinst du das?«

King konnte sich nicht erinnern, Joan Dillinger je so nervös erlebt zu haben ... außer an jenem Vormittag um 10.32 Uhr, als Ritter gestorben war. Langsam griff sie in ihre Hosentasche, zog ein Stück Papier heraus und reichte es ihm.

King entfaltete den Zettel und las, was darauf geschrieben stand.

Die letzte Nacht war wunderbar. Jetzt darfst du mich überraschen, schlimme Lady. Im Fahrstuhl, Punkt 10.30 Uhr.
In Liebe, Sean

Das Papier war ein Briefbogen aus dem Fairmount-Hotel.

King blickte auf und sah, wie Joan ihn anstarrte.

»Wo hast du das her?«

»Es wurde morgens um neun Uhr unter der Tür meines Zimmers im Fairmount durchgeschoben.«

Verblüfft sah er sie an. »An dem Tag, an dem Ritter erschossen wurde?« Sie nickte. »Und du hast gedacht, ich hätte das geschrieben?« Wieder nickte sie. »All die Jahre über hast du geglaubt, ich hätte möglicherweise etwas mit Ritters Ermordung zu tun?«

»Sean, so versteh doch, ich wusste nicht, was ich denken sollte.«

»Und du hast nie jemandem davon erzählt?«

Sie schüttelte den Kopf. »Ebenso wie du nie jemandem erzählt hast, dass ich im Fahrstuhl war.« Sie sprach jetzt sehr leise. »Und du hast doch gedacht, *ich* hätte etwas mit Ritters Ermordung zu tun, nicht wahr?«

Er leckte sich die Lippen und wandte den Blick ab. Der Zorn stand ihm ins Gesicht geschrieben. »Man hat uns beide reingelegt, oder?«

»Ich habe den Zettel an der Leiche gesehen, die in deinem Haus gefunden wurde. Der Text verriet, dass der Autor der Zeilen hinter dem Attentat auf Ritter steckte. Kaum hatte ich ihn gelesen, da war mir klar, dass wir *beide* benutzt worden waren. Die Person, die den Zettel im Fairmount geschrieben hat, hat uns so gekonnt gegeneinander ausgespielt, dass uns gar nichts anderes übrig blieb, als zu schweigen. Zumindest einer von uns wäre sonst in Verdacht geraten, vielleicht sogar wir beide. Aber es gab einen kleinen Unterschied. Ich konnte die Wahrheit nicht sagen, weil ich dann hätte erklären müssen, was ich in diesem Fahrstuhl zu suchen hatte. Und in dem Fall wäre meine Karriere sofort zu Ende gewesen. Ich habe also aus Eigennutz geschwiegen. Du hingegen hast aus einem anderen Grund den Mund gehalten.« Sie legte die Hand auf seinen Ärmel. »Sag, Sean, warum hast du das getan? Du musst doch geglaubt haben, ich sei dafür bezahlt worden, dich abzulenken. Und trotzdem hast du die ganze Schuld auf dich genommen. Du hättest den Ermittlern doch erzählen können, dass ich im Fahrstuhl war. Warum hast du das nicht getan?« Sie holte tief Luft. »Ich muss das jetzt wirklich wissen.«

Das grelle Geräusch des klingelnden Mobiltelefons ließ sie beide zusammenfahren.

King meldete sich. Es war Michelle.

»Kate Ramsey hat angerufen. Sie will uns etwas Wichtiges mitteilen, aber nur persönlich. Sie will uns auf halbem Wege in Charlottesville treffen.«

»Okay, wir kommen sofort zurück.« Er schaltete das Handy ab, übernahm das Ruder und steuerte das Boot wortlos zurück. Er sah Joan nicht an, und Joan fehlten zum ersten Mal in ihrem Leben die Worte.

KAPITEL 51

Michelle und King trafen Kate Ramsey in der Cafeteria Greenberry im Einkaufszentrum Barracks Road in Charlottesville. Sie holten sich an der Theke drei Portionen Kaffee und setzten sich damit an einen Tisch im Hintergrund. Zu dieser späten Stunde hielten sich nur noch wenige Kunden in der Cafeteria auf.

Kates Augen waren verquollen, sie wirkte antriebslos und zurückhaltend, fast schon unterwürfig. Mit gesenktem Blick fingerte sie an ihrer Kaffeetasse herum. Als King ihr ein paar Strohhalme zuschob, sah sie überrascht auf.

»Nun legen Sie schon Ihre rechten Winkel«, sagte er mit freundlichem Lächeln. »Das wird Sie beruhigen.«

Kate nahm die Strohhalme entgegen, und ihre Miene entspannte sich. »Das hab ich schon gemacht, als ich noch ein kleines Kind war. Ist auf jeden Fall besser, als dauernd Zigaretten zu rauchen.«

»Sie haben uns also was Wichtiges zu erzählen«, sagte Michelle.

Kate sah sich um. In der näheren Umgebung saß nur eine einzige Person, die in einem Buch las und sich dabei Notizen machte, offensichtlich ein Student.

Mit gesenkter Stimme sagte Kate: »Es geht um den Besucher meines Vaters, von dem ich Michelle erzählt hab«, erklärte sie mit Blick auf King.

»Schon gut, sie hat mich informiert«, sagte King. »Schießen Sie los.«

»Also, ich habe da doch noch was aufgeschnappt. Ich meine, ich hätt's Ihnen vielleicht schon eher erzählen sollen, aber ich dachte immer, ich müsse mich verhört haben. Vielleicht hab ich das aber gar nicht.«

»Und was war das?«, fragte King eifrig.

»Ein Name. Ein Name, den ich erkannt habe.«

King und Michelle wechselten einen kurzen Blick.

»Warum haben Sie uns das nicht gleich erzählt?«, fragte Michelle.

»Sagte ich doch schon! Weil ich dachte, ich hätte mich verhört. Außerdem wollte ich ihn nicht in Schwierigkeiten bringen. Dass mein Vater sich mitten in der Nacht heimlich mit einem Fremden unterhält und dann auch noch dieser Name fällt – also, ich war vierzehn, und mir kam das nicht geheuer vor. Aber ich wusste, dass er niemals was Illegales tun würde.«

»Wessen Name wurde denn genannt?«, fragte King.

Kate holte sehr tief Luft, und King sah, dass sie jetzt Knoten in die Strohhalme machte.

»Der Name, den der Fremde erwähnte, war Thornton Jorst.«

Erneut wechselten Michelle und King einen bedeutungsvollen Blick.

»Sind Sie sich sicher?«, fragte Michelle. »Sie haben den Namen Thornton Jorst gehört, aus dem Mund des Unbekannten?«

»Nein, hundertprozentig bin ich mir eben nicht sicher – aber welcher andere Name hätte es sonst schon sein können? Er klingt ja nicht gerade wie John Smith. Für mich jedenfalls klang's nach Thornton Jorst.«

»Wie hat Ihr Vater denn auf den Namen reagiert?«

»Das hab ich nicht deutlich genug gehört. Aber er sagte so was wie: Es wäre gefährlich, sehr gefährlich, und zwar für sie beide.«

King dachte nach. »Demnach handelte es sich bei dem Fremden also nicht um Thornton Jorst, das scheint festzustehen. Aber sie haben über ihn gesprochen.« Er legte Kate eine Hand auf die Schulter. »Erzählen Sie uns von Jorsts Verhältnis zu Ihrem Vater.«

»Sie waren Freunde und Kollegen.«

»Kannten sie sich schon, bevor sie ans Atticus College kamen?«, fragte Michelle.

Kate schüttelte den Kopf. »Nein, ich glaube nicht. Zumindest haben sie niemals davon gesprochen. Allerdings haben sie beide in den Sechzigerjahren studiert. Damals haben die Leute im ganzen Land verrückt gespielt. Komisch ist nur eins.«

»Was?«, fragte King.

»Also, manchmal kam es mir so vor, als würde Thornton meine Mutter besser kennen als meinen Vater. Als hätten sie sich schon vorher gekannt.«

»Hat Ihre Mutter jemals etwas in dieser Richtung angedeutet?«

»Nein. Thornton kam erst nach meinen Eltern ans Atticus. Er war Junggeselle und hatte nie eine richtige Freundin, nach allem, was ich weiß. Meine Eltern waren sehr nett zu ihm. Ich glaube, er hat meiner Mutter Leid getan. Sie hat immer mal wieder eine Kleinigkeit für ihn gebacken und sie ihm dann rübergebracht. Sie waren wirklich gute Freunde, und ich mochte ihn sehr. Er war fast wie ein Onkel für mich.«

»Kate«, sagte Michelle langsam, »glauben Sie, Ihre Mutter …«

Die junge Frau unterbrach sie. »Nein, ein Verhältnis hatten sie bestimmt nicht. Ich war damals zwar noch reichlich jung, aber das hätte ich gemerkt.«

King schien diese Antwort nicht zu überzeugen, doch ging er nicht mehr darauf ein, sondern fragte: »Erwähnte dieser unbekannte Besucher nicht auch den Namen Ihrer Mutter – Regina hieß sie, nicht wahr?«

»Ja. Er muss beide gekannt haben, meinen Vater und meine Mutter. Aber wissen Sie, ich glaube wirklich nicht, dass Thornton mit diesen Geschichten etwas zu tun hat. Er ist einfach nicht der Typ, der bewaffnet durch die Gegend rennt und Mordpläne schmiedet. Er mag ja nicht so genial sein oder nicht so tolle akademische Leistungen vorweisen können wie mein Vater, aber er ist ein guter Prof.«

King nickte. »Richtig, er hatte weder die geistige Brillanz Ihres Vaters noch einen Doktortitel von Berkeley. Und trotzdem sind beide am gleichen College gelandet. Wissen Sie, warum?«

»Warum?« Kates Tonfall klang abweisend.

Michelle legte nach: »Wir fragen uns, warum Ihr Vater nicht an einer besseren Uni gelehrt hat, sagen wir in Harvard oder Yale. Außer seiner Dissertation in Berkeley hat er schließlich noch vier Bücher geschrieben, die angeblich zu den zehn besten Werken auf ihrem Gebiet gehören. Er war ein echter Gelehrter, eine Koryphäe.«

»Vielleicht wollte er einfach nur an eine kleine Uni«, sagte Kate.

»Oder es gab etwas in seiner Vergangenheit, das einer Berufung an die ganz großen Unis im Wege stand«, bemerkte King.

»Das glaube ich nicht«, sagte Kate. »Das wäre doch allgemein bekannt.«

»Nicht unbedingt. Nicht, wenn es aus seinem offiziellen Lebenslauf getilgt wurde und nur noch einigen wenigen einflussreichen Personen bekannt war, auf die es aber im akademischen Klüngel nun mal ankommt. Sie haben ihm daraus möglicherweise einen Strick gedreht, und so landete er am Atticus, das sich zweifellos glücklich schätzte, einen so guten Mann zu kriegen, auch wenn es da ein paar dunkle Stellen in seiner Vergangenheit gab.«

»Haben Sie irgendeine Ahnung, um was es sich gehandelt haben könnte?«, fragte Michelle.

Kate gab keine Antwort.

»Schauen Sie«, sagte King, »wir sind nicht drauf aus, Ihrem Vater noch mehr anzuhängen. Er möge in Frieden ruhen. Aber wenn der Unbekannte, mit dem er in jener Nacht sprach, mitverantwortlich an dem Mord an Ritter war, dann soll er auch dafür bezahlen. Der Schlüssel zu ihm liegt möglicherweise in der Vergangenheit Ihres Vaters. So, wie ich das gegenwärtig sehe, kannte dieser Kerl Ihren Vater aus früheren Zeiten und wusste wahrscheinlich auch, aus welchem Grund Arnold Ramsey der Zugang zu den Harvards dieser Welt verwehrt blieb – immer vorausgesetzt, er wurde tatsächlich abserviert.«

»Kate«, sagte Michelle, »Sie sind unsere einzige Hoffnung. Wenn Sie uns nicht alles sagen, was Sie wissen, wird es uns sehr, sehr schwer fallen, die Wahrheit herauszufinden. Und ich glaube doch, dass auch Sie die Wahrheit wissen wollen, sonst hätten Sie uns kaum angerufen.«

Kate schwieg und dachte nach. Schließlich seufzte sie und sagte: »Okay, okay, da war was. Meine Mutter hat es mir erzählt, relativ kurz bevor sie sich umbrachte.«

»Worum ging es, Kate?«, half ihr Michelle weiter.

»Sie sagte, mein Vater sei einmal verhaftet worden, bei einer Demonstration – ich glaube, gegen den Vietnamkrieg.«

»Weshalb? Wegen ungebührlichen Benehmens oder was?«, fragte King.

»Nein, er soll jemanden getötet haben.«

King beugte sich näher zu ihr. »Wen und auf welche Weise, Kate?«, fragte er. »Sagen Sie uns alles, woran Sie sich erinnern können.«

»Ich hab's nur von meiner Mutter gehört, und sie hat sich nicht allzu deutlich ausgedrückt. Gegen Ende ihres Lebens hat sie ziemlich viel getrunken.« Kate zog ein Taschentuch heraus und betupfte sich die Augen.

»Ich verstehe, wie schwer Ihnen das fällt, Kate«, sagte King. »Aber es wird sicher leichter, wenn Sie darüber sprechen.«

»Soweit ich es verstanden habe, ging es um einen Polizisten oder um einen anderen Offiziellen. Er starb während so einer Anti-Kriegs-Demonstration, die völlig aus dem Ruder lief, in Los Angeles, sagte Mutter, glaube ich. Mein Vater wurde deswegen verhaftet. Es sah schlecht für ihn aus, aber dann hat sich das Blatt plötzlich gewendet. Meine Mutter meinte, irgendwelche Anwälte hätten sich des Falls angenommen. Am Ende wurde die Anklage fallen gelassen. Mutter sagte, die Polizei hätte die Beweise ohnehin getürkt. Sie hätte einen Sündenbock gesucht, und da hätten sie eben meinen Vater genommen. Sie war ganz sicher, dass Dad nichts verbrochen hatte.«

»Aber der Fall wurde doch bestimmt in den Zeitungen breitgetreten«, bemerkte Michelle.

»Ich weiß nicht, ob überhaupt was darüber in den Zeitungen stand. Irgendwo aber wurde der Vorfall doch vermerkt, denn er schadete offensichtlich Dads Karriere. Ich hab die Geschichte nachgeprüft. Berkeley hat Dad noch promovieren lassen, aber nur ungern. Ich glaube, es blieb ihnen nichts anderes übrig, weil er schon alle Scheine beisammen und die Dissertation bereits abgeschlossen und eingereicht hatte. Der Vorfall ereignete sich kurz vor der letzten Prüfung und sprach sich in akademischen Kreisen herum, sodass ihm alle Türen verschlossen blieben, wo immer er sich danach auch bewarb. Meine Mutter sagte, er hat's überall versucht und sich immer so gerade über Wasser gehalten, bevor er den Job am Atticus bekam. Natürlich hat er in diesen Jahren auch all die Bücher geschrieben, die in der Fachwelt so gut ankamen. Im Rückblick denke ich, mein Vater war so verbittert über den Boykott der großen Unis, dass er sogar dann am Atticus geblieben wäre, wenn man ihn schließlich doch noch an ein besseres College berufen hätte. Er war ein sehr loyaler Mensch, und Atticus hatte ihm eine Chance gegeben.«

»Haben Sie eine Ahnung, wie Ihre Eltern die mageren Jahre überstanden haben?«, fragte King. »Hat Ihre Mutter gearbeitet?«

»Hier und da mal, aber nichts von Dauer. Sie hat meinem Vater bei seinen Büchern geholfen, Recherchen für ihn gemacht und so. Aber wie sie sich durchgeschlagen haben, weiß ich beim besten Willen nicht.« Kate rieb sich die Augen. »Warum? Worauf wollen Sie hinaus?«

»Ich frage mich«, erwiderte King, »was das für Anwälte waren, die damals Ihrem Vater beigesprungen sind. Hatte er betuchte Eltern?«

Kate wirkte verblüfft. »Nein, mein Vater stammte von einer Milchvieh-Farm in Wisconsin. Meine Mutter kam aus Florida. Sie waren beide ziemlich arm.«

»Umso rätselhafter wird die Geschichte. Aus welchem Grund helfen ihm dann diese Anwälte? Und ich frage mich auch, ob Ihre Eltern in den schwierigen Jahren aus einer unbekannten Quelle finanziell unterstützt wurden.«

»Das könnte schon sein«, meinte Kate. »Aber ich habe keine Ahnung, welche Quelle das war.«

Michelle sah King an. »Du meinst, der nächtliche Besucher in Ramseys Arbeitszimmer könnte etwas mit dem Zwischenfall in L. A. zu tun haben?«

»Überleg doch mal Folgendes: Da passiert diese Sache in L. A., und Arnold Ramsey wird dafür eingebuchtet. Aber angenommen, er war nicht allein? Angenommen, es war noch jemand anders beteiligt, jemand mit guten Verbindungen? Damit ließe sich das plötzliche Auftauchen schicker Anwälte erklären. Ich kenne meine Zunft – normalerweise arbeiten meine Kollegen nicht für einen Gotteslohn.«

Michelle nickte. »Das wäre auch eine Erklärung dafür, warum der Unbekannte Regina Ramsey erwähnt hat. Vielleicht hat er sich auf die früheren Auseinandersetzungen mit staatlichen und anderen Autoritäten bezogen, um Ramsey dazu zu bringen, zur Waffe zu greifen und den Kampf wieder aufzunehmen.«

»Mein Gott, das ist doch alles kaum zu fassen«, sagte Kate, die aussah, als wolle sie gleich anfangen zu weinen. »Mein Vater war ein genialer Kopf. Er hätte in Harvard oder Yale oder Berkeley lehren sollen. Und da fabriziert die Polizei ein paar Lügen, und alles ist zerstört. Kein Wunder, dass er sich gegen das Establishment aufgelehnt hat. Wo bleibt denn da die Gerechtigkeit?«

»Es gibt keine«, sagte King.

»Ich weiß noch genau, wie es war, als sie es mir gesagt haben. Dass er diesen Anschlag auf Ritter gemacht hatte und … und dass er tot war.«

»Sie sagten, Sie hätten damals gerade Mathe gehabt«, meinte Michelle.

Kate nickte. »Ich bin auf den Flur rausgegangen, und da standen Thornton und meine Mutter. Mir war sofort klar, dass was Schlimmes passiert sein musste.«

King sah sie verdutzt an. »Thornton Jorst begleitete Ihre Mutter? Warum?«

»Er war doch derjenige, der Mom die Nachricht überbracht hatte. Hat er Ihnen das denn nicht erzählt?«

»Nein, hat er nicht«, sagte Michelle nachdrücklich.

»Wieso wusste er schon vor Ihrer Mutter Bescheid?«, fragte King zweifelnd.

Kate sah ihn verwirrt an. »Das weiß ich nicht. Ich ging immer davon aus, er hätte es aus dem Fernsehen erfahren.«

»Um welche Zeit haben sie Sie denn aus dem Unterricht geholt?«, fragte King.

»Um welche Zeit? Ich … ich weiß nicht. Das ist schon so lange her.«

»Denken Sie nach, Kate. Es ist wichtig.«

Sie schwieg eine Minute lang, dann sagte sie: »Also, es war am Vormittag, eine ganze Weile vor dem Mittagessen, das weiß ich noch. Vielleicht so gegen elf Uhr.«

»Ritter wurde genau um 10.32 Uhr ermordet. Dass die Fernsehsender die Nachricht mit allen Einzelheiten, einschließlich der Identität des Mörders, schon eine halbe Stunde später gebracht haben können, ist völlig ausgeschlossen.«

»Und Jorst muss ja Ihre Mutter auch noch abgeholt haben«, meinte Michelle.

»Nun, sie wohnte ohnehin in der Nähe der Schule. Atticus ist ja nicht weit entfernt von Bowlington, nur eine halbe Stunde mit dem Auto. Mom wohnte sozusagen auf dem Weg.«

Michelle und King wechselten besorgte Blicke.

»Das geht doch dann gar nicht, oder?«, fragte Michelle.

»Was? Was meinen Sie?«, fragte Kate.

King stand wortlos auf.

»Wo wollen Sie denn hin?«, fragte ihn Kate.

»Wir werden Professor Jorst besuchen«, gab er zurück. »Ich glaube, er ist uns einige Informationen schuldig geblieben.«

»Also, wenn er Ihnen nicht erzählt hat, dass er damals mit in die Schule gekommen ist, dann hat er Ihnen sicher auch nichts von ihm und meiner Mutter erzählt.«

King starrte sie an. »Was war mit den beiden?«

»Vor Moms Tod waren sie und Thornton liiert.«

»Liiert?«, fragte King. »Aber Sie sagten doch, Ihre Mutter hätte Ihren Vater geliebt.«

»Zu diesem Zeitpunkt war Arnold schon fast sieben Jahre tot. Die Freundschaft zwischen Thornton und meiner Mutter blieb bestehen und hatte sich allmählich verwandelt.«

»Verwandelt? In was?«, fragte King.

»In die Absicht zu heiraten.«

KAPITEL 52

Michelle hatte die Unterlagen über Bob Scott erst zur Hälfte durchgesehen, als der Anruf von Kate Ramsey gekommen war, und da Joan vermutete, dass Michelle nicht so bald zurückkehren würde, nahm sie den Karton mit ins Hotel und studierte den Inhalt dort weiter. Nach dem Gespräch mit King brauchte sie eine Ablenkung; die Sache war ihr an die Nieren gegangen.

Parks hatte keinen Witz gemacht – der Inhalt des Kartons präsentierte sich als ein fürchterliches Durcheinander. Trotzdem blätterte sie pflichtbewusst jede Seite um und las sorgfältig jedes Dokument durch, bis ihr klar wurde, dass es nicht den richtigen Bob Scott betraf. Nach zwei Stunden bestellte sie beim Zimmerservice einen Imbiss und eine Kanne Kaffee. Sie rechnete damit, noch eine ganze Zeit lang zu bleiben, zumal sie keine Ahnung hatte, wann Sean und Michelle zurückkehren würden. Einmal begann sie Kings Nummer zu wählen, brach den Anruf aber vorzeitig ab.

Joan hatte sich fast schon bis zum Boden des Kartons durchgearbeitet, als ihre Aufmerksamkeit plötzlich neu entfacht wurde. Sie nahm einen Stoß Papiere heraus und breitete sie auf ihrem Bett aus. Es schien um einen Haftbefehl für einen gewissen Robert C. Scott zu gehen, der auf eine Adresse in Tennessee ausgestellt war. Der Name der Gemeinde sagte Joan nichts, aber soweit sie es beurteilen konnte, ging es um ein Waffendelikt. Besagter Bob Scott besaß ein paar Flinten, die er nicht besitzen durfte. Ob es der richtige Bob Scott war, blieb nach wie vor unklar, doch immerhin wusste sie, dass der Bob Scott, den sie suchte, ein Waffennarr gewesen war.

Je mehr sie las, desto neugieriger wurde sie. Die U. S. Marshals waren, wie oft in solchen Fällen, ersucht worden, im Auftrag der ATF, der Behörde für Alkohol, Tabak und Feuerwaffen, den Haftbefehl zu vollstrecken. Das war vermutlich auch der Grund, warum die Unterlagen letztlich bei Parks gelandet waren. Und wenn Bob Scott etwas mit dem aktuellen Fall zu tun hatte, dann musste es einen Zusammenhang mit dem Fall Ritter geben. Hatten sie nicht alle über eventuelle Querverbindungen zwischen den Fällen Bruno und Ritter spekuliert? Auch die Morde an Loretta Baldwin und Mildred Martin schienen dafür zu sprechen. Trotzdem blieb es ein Rätsel, wie all diese Personen in zwei so ganz und gar unterschiedliche Fälle verwickelt sein konnten. Wo war der gemeinsame Nenner? Wo? Es machte Joan schier verrückt, dass die Antwort vielleicht längst klar erkennbar war, sie alle aber den Wald vor lauter Bäumen nicht sahen.

Ihr Handy klingelte. Es war Parks.

»Wo sind Sie jetzt?«, fragte er.

»Im Hotel Cedars. Ich habe mir die Akte Scott angesehen und bin da, glaube ich, auf was recht Interessantes gestoßen.« Sie berichtete ihm von dem Haftbefehl.

»Verdammt! Ist er ausgeführt worden?«

»Ich weiß nicht. Eher nein, denn wenn Scott verhaftet worden wäre, müsste das ja irgendwo festgehalten worden sein, und wir wüssten davon.«

»Wenn der Kerl wegen Verstoßes gegen die Waffengesetze gesucht wurde, dann ist er vielleicht doch der Irre, der hinter der ganzen Sache steckt.«

»Aber wie passt er zu den anderen Vorkommnissen? Das ergibt doch keinen Sinn.«

»Da haben Sie Recht«, sagte Parks müde. »Wo stecken King und die Maxwell?«

»Sie wollten mit Kate Ramsey reden. Sie hat angerufen und behauptet, sie hätte noch mehr Informationen für sie. Sean und Michelle wollten sich in Charlottesville mit ihr treffen.«

»Na ja, wenn Arnold Ramsey tatsächlich noch einen Komplizen hatte, dann könnte der nächtliche Besucher Bob Scott gewesen sein. Der perfekte Verschwörer! Ein Insider aus der unmittelbaren Umgebung Ritters. Ein klassisches Trojanisches Pferd sozusagen.«

»Wie wollen Sie denn nun weiter vorgehen?«

»Ich meine, wir schnappen uns ein paar Jungs und ziehen los, um das alles zu überprüfen. Kein schlechter Fund, Joan. Vielleicht sind Sie ja doch so gut, wie die alle behaupten.«

»In Wirklichkeit bin ich sogar noch besser, Marshal.«

Kaum hatte Joan das Gespräch beendet, fuhr sie zusammen, als hätte sie einen Stromschlag bekommen. »Ach du meine Güte!«, rief sie und starrte ihr Handy an. »Das darf doch nicht wahr sein!« Und dann wiederholte sie ganz langsam: »Das Trojanische Pferd.«

Es klopfte an der Tür. Joan öffnete, und die Bedienung trug das Tablett herein.

»Soll ich es da drüben abstellen, Ma'am?«

»Ja«, sagte Joan automatisch, gedanklich voll absorbiert von ihrer neuen Erkenntnis. »Danke.«

»Soll ich Ihnen den Kaffee gleich einschenken?«

»Nein, schon gut.« Sie unterschrieb die Rechnung und wandte sich ab. »Vielen Dank.«

Sie wollte eben eine Telefonnummer wählen, als sie spürte, dass jemand hinter ihr stand. Sie drehte sich um, hatte jedoch nicht einmal mehr die Zeit zu schreien, bevor alles um sie herum schwarz wurde.

Die junge Frau stand neben der am Boden liegenden Joan Dillinger und blickte auf sie hinab. Dann bückte sich Tasha und machte sich ans Werk.

KAPITEL 53

Es war schon spät in der Nacht, als King und Michelle am Atticus College ankamen. Das Gebäude, in dem sich Thornton Jorsts Büro befand, war abgeschlossen. Im Verwaltungsgebäude überredete Michelle den jungen Mann, der die Aufgabe des Nachtportiers übernommen hatte, ihr Jorsts Privatadresse zu geben. Jorst wohnte nur etwa eineinhalb Kilometer vom Campus entfernt in einer Allee, in der sich ein hübsches Backsteinhäuschen ans andere reihte. Offenbar lebten hier auch viele andere Professoren. Als King seinen Lexus am Straßenrand parkte, sahen sie keinen Wagen in Jorsts Auffahrt stehen, und im Haus brannte kein Licht. Sie gingen zur Haustür und klopften, doch niemand öffnete. Sie sahen sich in dem kleinen Garten auf der Rückseite um, doch auch dort war kein Mensch zu sehen.

»Kaum zu glauben«, sagte Michelle, »aber Jorst muss im Fairmount-Hotel gewesen sein, als Ritter erschossen wurde. Eine andere Erklärung gibt es nicht, es sei denn, jemand hätte ihn aus dem Hotel angerufen und ihm von dem Mord erzählt.«

»Na, das werden wir ihn fragen. Aber *wenn* er dort war, muss er schleunigst verduftet sein, bevor das ganze Gebäude abgeriegelt wurde. Anders hätte er Regina und Kate Ramsey nie so schnell informieren können.«

»Glaubst du, er wird zugeben, dass er im Hotel war?«

»Wir werden's sehen. Ich frage ihn garantiert danach. Und nach Regina Ramsey.«

»Wieso hat er nicht schon bei unserem ersten Gespräch erwähnt, dass sie heiraten wollten?«

»Weil er nicht wollte, dass wir davon erfahren. Was mich natürlich noch misstrauischer macht.« King sah Michelle an. »Bist du bewaffnet?«

»Mit allem Drum und Dran, Revolver und Ausweis. Warum fragst du?«

»Ich wollt's bloß wissen. Ob die Leute hier in der Gegend ihre Haustüren abschließen?«

»Du hast doch nicht etwa vor, reinzugehen? Das ist ein Einbruch.«

»Nur, wenn auch was zu Bruch geht«, gab er zurück.

»Ach, tatsächlich? Wo hast du denn dein Juraexamen gemacht? An der Universität von Dummsdorf oder was?«

»Ich meine ja bloß, dass es nicht übel wäre, mal einen Blick hineinzuwerfen, solange Jorst nicht da ist.«

»Vielleicht schläft er ja schon. Oder er kommt nach Hause, während wir noch drin sind.«

»Nicht wir, bloß ich. Du bist schließlich eine vereidigte Gesetzeshüterin.«

»Und du bist ein Mitglied der Anwaltskammer und damit auch zur Einhaltung der Gesetze verpflichtet.«

»Schon richtig, aber wir Advokaten wissen doch, wie wir mit Formalien fertig werden. Darauf sind wir spezialisiert – oder siehst du dir im Fernsehen keine Gerichtsserien an?« Er ging zu seinem Wagen und holte sich eine Taschenlampe. Als er wieder zu Michelle zurückkam, ergriff sie ihn am Arm. »Sean, das ist doch Wahnsinn! Wenn dich nun ein Nachbar sieht und die Polizei ruft?«

»Dann sagen wir ihnen, wir hätten jemanden um Hilfe rufen hören.«

»Eine noch faulere Ausrede fällt dir wohl nicht ein, oder?«

Sie standen inzwischen vor der Hintertür, und King drehte am Türknauf. »Verdammter Mist.«

Michelle stieß einen Seufzer der Erleichterung aus. »Abgeschlossen? Na, Gott sei Dank!«

King stieß die Tür auf und grinste spitzbübisch. »War nur ein kleiner Scherz. Ich bleib nicht lange. Halt du schön die Augen offen.«

»Sean, bitte geh nicht da…«

Bevor sie den Satz beenden konnte, war er schon im Haus. Michelle schob die Hände in die Taschen und begann auf und ab zu schlendern. Sie wollte einen ganz und gar sorglosen Eindruck erwecken, spürte aber geradezu, wie sich die Säure in ihre Magenwand fraß. Sie versuchte sogar zu pfeifen, stellte aber schnell fest, dass es nicht klappte, weil ihre Lippen vor lauter Angst viel zu trocken waren.

»Verflucht seist du, Sean King«, murmelte sie vor sich hin.

Im Haus stellte King fest, dass er in der Küche gelandet war. Sie entpuppte sich, wie er im Licht der Taschenlampe erkannte, als ziemlich klein und kaum benutzt. Jorst schien eher der Typ zu sein, der außer Haus aß. King ging weiter und kam in ein Wohnzimmer, das ebenso bescheiden wie ordentlich eingerichtet war. Dass die Wände voller Bücherschränke standen, konnte ihn ebenso wenig überraschen wie die Tatsache, dass lauter Klassiker hier vertreten waren: Goethe, Francis Bacon, John Locke. Auch der allzeit beliebte Machiavelli fehlte nicht.

Jorsts Arbeitszimmer lag gleich neben dem Wohnraum und spiegelte seinen Charakter sehr viel deutlicher wider. Schreibtisch und Boden waren übersät mit Stapeln von Büchern und Papieren, und selbst das schmale Ledersofa war voll gepackt. Es roch durchdringend nach Zigaretten- und Zigarrenrauch, und auf dem Boden stand ein randvoll mit Kippen gefüllter Aschenbecher. Die Wände waren mit billigen Regalen zugestellt, deren Bretter sich unter der Bücherlast bogen. King durchsuchte den Schreibtisch, zog alle Schubladen auf und hielt Ausschau nach Geheimfächern und doppelten Böden, fand jedoch nichts, was in diese Kategorie gepasst hätte. Er hatte große Zweifel, dass er einen versteckten Durchgang finden würde, wenn er ein Buch aus dem Regal nahm – dennoch versuchte er es pflichtbewusst gleich mehrfach. Nichts rührte sich.

Jorst hatte behauptet, er schreibe gerade an einem Buch, und der Zustand seines Arbeitszimmers schien das zu bestätigen. Überall fanden sich haufenweise Notizen, Skizzen und Entwürfe. Ordnung gehörte offenkundig nicht zu seinen starken Seiten, und King betrachtete das Durcheinander mit Abscheu. Er selbst hielt es keine zehn Minuten in einem solchen Chaos aus. In seiner Jugend hatte seine Wohnung allerdings noch viel schlimmer ausgesehen, aber er war immerhin der pubertären Schlamperei entwachsen, was Jorst anscheinend nicht gelungen war. King dachte kurz daran, Michelle hereinzubitten und ihr einen Blick auf den Verhau zu ermöglichen. Wahrscheinlich würde es ihr gut tun.

Unter den Stapeln auf dem Schreibtisch grub er einen Terminkalender aus, der sich jedoch als völlig unergiebig erwies. Im Obergeschoss gab es zwei Schlafzimmer, von denen augenscheinlich nur eines benutzt wurde. Hier achtete Jorst mehr auf Ordnung. Die Kleidung in dem schmalen Kleiderschrank hing sorgfältig über Bügeln, die Schuhe waren fein säuberlich auf einem Gestell aus Zedernholz aufgereiht. King warf einen Blick unters Bett, wo ihn aber nur große Staubflusen begrüßten. Das angrenzende Bad enthielt nicht viel mehr als ein feuchtes Handtuch auf dem Fußboden und ein paar Toilettenartikel über dem Waschbecken. Das zweite Schlafzimmer auf der anderen Seite des Flurs diente offenbar als Gästezimmer. Auch hier fand sich ein angrenzendes kleines Bad, das jedoch weder Handtücher noch Toilettenartikel enthielt. An einer Wand war ein Regalbrett angebracht, auf dem keine Bücher, sondern Fotografien standen. King beleuchtete eine nach der anderen mit seiner Taschenlampe. Auf allen war Jorst selbst abgebildet, immer wieder mit anderen Leuten, von denen King niemanden kannte – bis er zum letzten Bild kam.

Die Stimme von unten ließ ihn zusammenfahren. »Sean, mach, dass du runterkommst! Jorst ist da!«

Er warf einen Blick aus dem Fenster und sah, wie Jorst mit seinem unförmigen alten Auto in die Einfahrt bog. King knipste seine Taschenlampe aus, steckte das Foto in die Tasche und schlich schnell und vorsichtig die Treppe hinunter. Michelle wartete in der Küche. Sie verschwanden durch die Hintertür, bogen um die Ecke, warteten, bis Jorst das Haus betreten hatte und klopften dann an die Vordertür.

Der Professor öffnete, fuhr zusammen, als er sie sah, und warf dann einen misstrauischen Blick auf die Straße. »Ist das Ihr Lexus da vorne an der Straße?« King nickte. »Ich hab niemanden drin gesehen, als ich vorbeifuhr. Und ich hab auch keinen von Ihnen auf dem Gehweg stehen sehen.«

»Konnten Sie auch nicht«, log King unverfroren. »Ich lag auf der Rückbank und hab auf Sie gewartet, und Michelle war gerade bei einem Ihrer Nachbarn, um dort zu fragen, wann Sie wohl nach Hause kämen.«

Jorst nahm ihm diese Geschichte offensichtlich nicht ab, doch bat er die beiden herein. Sie gingen ins Wohnzimmer und nahmen dort Platz.

»Sie haben also mit Kate gesprochen?«, fragte Jorst.

»Ja. Sie sagte, Sie hätten sie bereits über unseren Besuch informiert.«

»Hatten Sie das Gegenteil erwartet?«

»Sie scheinen sich sehr nahe zu stehen.«

Jorst bedachte King mit einem durchdringenden Blick. »Anfangs war sie die Tochter eines Kollegen und später eine meiner Studentinnen. Es wäre absolut danebengegriffen, da etwas anderes hineinzugeheimnissen.«

»Na ja, wenn Sie und ihre Mutter geheiratet hätten, dann wäre Kate immerhin Ihre Stieftochter geworden«, erwiderte King. »Und von diesen Plänen hatten wir keinen blassen Schimmer.«

Jorst war das Thema sichtlich unangenehm. »Warum auch? Es geht Sie ja schließlich nichts an. So, und wenn Sie mich jetzt bitte entschuldigen – ich habe eine Menge zu tun.«

»Richtig, Sie schreiben ja an einem Buch. Worum geht's dabei übrigens?«

»Interessieren Sie sich für Politikwissenschaft, Mr King?«

»Ich interessiere mich für alles Mögliche.«

»Schön, wenn Sie 's unbedingt wissen müssen. Es handelt sich um eine Untersuchung des Wählerverhaltens im Süden, vom Ende des Zweiten Weltkriegs bis zur Gegenwart, sowie deren Einfluss auf die landesweiten Wahlen. Nach meiner These entspricht der heutige Süden längst nicht mehr dem, was wir einst unter dem ›Alten Süden‹ verstanden. Es handelt sich vielmehr um ein Sammelsurium höchst heterogener Einwanderergruppen, wie sie das Land seit der Wende vom neunzehnten zum zwanzigsten Jahrhundert nicht mehr gesehen hat. Ich würde nicht so weit gehen zu behaupten, dass der Süden zu einer Bastion des Liberalismus oder gar linksradikalen Gedankenguts geworden ist, aber es ist auch nicht mehr der Süden, wie wir ihn aus *Vom Winde verweht* oder *Wer die Nachtigall stört* kennen. In Georgia zum Beispiel stellen Einwanderer aus dem Nahen Osten die derzeit am schnellsten wachsende Bevölkerungsgruppe dar.«

»Die Koexistenz zwischen Hindus und Moslems mit erzkonservativen Südstaatlern und Baptisten zu erforschen muss ein faszinierendes Thema sein«, meinte King. »Aber kommen wir wieder zur Sache. Sie haben die Ramseys nicht gekannt, bevor Sie ans Atticus kamen, oder?«

»Nein. Arnold Ramsey war ungefähr zwei Jahre vor mir gekommen. Ich war bis dahin Professor an einem College in Kentucky.«

»Als ich von den Ramseys sprach, meinte ich beide, Arnold und Regina.«

»Das ändert nichts an meiner Antwort. Ich kannte sie beide nicht, bevor ich hierher kam. Oder hat Ihnen Kate was anderes erzählt?«

»Nein«, warf Michelle rasch ein. »Sie hat uns nur gesagt, Sie seien mit ihrer Mutter gut befreundet gewesen.«

»Ich war mit *beiden* gut befreundet. Ich glaube, Regina hat mich als hoffnungslosen Junggesellen gesehen und es sich zur Aufgabe gemacht, mir das Gefühl zu geben, dass ich hier willkommen bin und dass es mir gut geht. Sie war wirklich eine bemerkenswerte Frau. Am College hat sie Schauspielunterricht gegeben und ist sogar in mehreren Inszenierungen aufgetreten. Sie war eine großartige Schauspielerin, wirklich und wahrhaftig. Arnold hatte mir gegenüber ihre Begabung erwähnt, sich dabei aber immer auf die junge Regina bezogen. Deshalb nahm ich an, er übertreibe. Doch wenn man sie auf der Bühne sah, dann war sie hinreißend. Und sie war ebenso freundlich und gütig wie talentiert. Viele Menschen haben sie geliebt.«

»Das glaube ich gerne«, sagte King. »Und nachdem Arnold Ramsey tot war, haben Sie beide …«

»So war es ganz und gar nicht«, unterbrach ihn Jorst. »Arnold war schon sehr lange tot, bevor wir erkannten, dass zwischen uns etwas war, das über die Freundschaft hinausging.«

»Und das ging dann so weit, dass Sie von Heirat sprachen.«

»Ich hatte ihr einen Antrag gemacht, und sie hatte ihn angenommen«, sagte Jorst kühl.

»Und dann ist sie gestorben?«

Jorsts Miene verzog sich schmerzvoll. »Ja.«

»Sie hat sich umgebracht?«

»Angeblich.«

»Sie glauben das nicht?«, hakte Michelle rasch nach.

»Sie war glücklich. Sie hatte meinen Heiratsantrag angenommen. Also, ich glaube nicht, dass es übermäßig eitel klingt, wenn ich meine, dass die Folgerung, Regina sollte die Aussicht, in absehbarer Zeit meine Frau zu sein, in den Selbstmord getrieben haben, an den Haaren herbeigezogen ist.«

»Sie glauben also, sie wurde umgebracht?«

»Also, hören Sie!«, fauchte Jorst. »*Sie* sind doch diejenigen, die überall rumrennen und Fragen stellen! Finden Sie 's selber raus, Sie sind schließlich die Experten darin, nicht ich.«

»Wie hat Kate auf die Nachricht von Ihrer bevorstehenden Hochzeit mit Regina reagiert?«

»Das war kein Problem für sie. Sie liebte ihren Vater. Mich mochte sie. Sie wusste, dass ich nicht drauf aus war, seinen Platz bei ihr einzunehmen. Sie wollte meines Erachtens vor allem, dass ihre Mutter glücklich war.«

»Haben Sie auch gegen den Vietnamkrieg demonstriert?«

Jorst schien den abrupten Themenwechsel gut zu verkraften. »Ja, ebenso wie Millionen anderer.«

»Immer in Kalifornien? Waren Sie jemals in Kalifornien?«

»Worauf wollen Sie eigentlich hinaus?«

»Was sagen Sie zu Folgendem?«, sagte King. »Angenommen, wir haben Informationen über einen Besucher, der Arnold Ramsey um Unterstützung bei der geplanten Ermordung Ritters bat, und im Verlauf dieses Gesprächs Ihren Namen erwähnte?«

Jorst sah King ungerührt ins Gesicht. »Meine Antwort lautet: Wer immer Ihnen das erzählt hat, täuscht sich gewaltig. Wenn Ihre Geschichte allerdings stimmt, dann kann ich nur sagen, dass ich nichts dran ändern kann, wenn andere Leute im Laufe eines Gesprächs meinen Namen erwähnen, nicht wahr?«

»Da haben Sie Recht. Glauben Sie, dass Arnold Ramsey das Attentat allein begangen hat?«

»Solange mir niemand überzeugende Beweise fürs Gegenteil liefert, ja.«

»Nach unseren Erkenntnissen war er alles andere als

ein Mann, der zu Gewalttätigkeiten neigte. Und doch hat er die schlimmste aller denkbaren Gewalttaten begangen – einen Mord.«

Jorst zuckte mit den Achseln. »Wer kennt schon die seelischen Abgründe der Menschen?«

»Immerhin hat Arnold Ramsey in seiner Jugend an einigen ziemlich rabiaten Protestmärschen teilgenommen. Dabei ist es in einem Fall sogar zu einem Todesfall durch Gewaltanwendung gekommen.«

Jorst musterte King durchdringend. »Wovon reden Sie?«

King hatte diese Information nur preisgegeben, weil ihn Jorsts Reaktion darauf interessierte. »Noch eins. Sind Sie an dem Vormittag, als Ramsey Ritter umbrachte, allein oder gemeinsam mit ihm zum Fairmount-Hotel gefahren?«

Es sprach für Jorst, dass er keine Miene verzog. »Wollen Sie damit behaupten, ich wäre an jenem Vormittag im Fairmount gewesen?«

King sah ihn unverwandt an. »Wollen Sie das Gegenteil behaupten?«

Jorst dachte kurz nach. »Na schön«, sagte er dann, »ich war tatsächlich dort. Zusammen mit Hunderten von anderen Leuten. Na und?«

»Na und? Das ist schließlich – abgesehen von Ihrer engen Beziehung zu Regina Ramsey – eine ziemlich wichtige Einzelheit, die Sie uns zu erzählen vergessen haben.«

»Warum hätte ich das tun sollen? Ich habe mir nichts zuschulden kommen lassen. Und um Ihre Frage zu beantworten: Ich bin allein zum Fairmount gefahren.«

»Auf jeden Fall müssen Sie unmittelbar nach den Schüssen aus dem Hotel geprescht sein, denn sonst hätten Sie nicht die Zeit gehabt, Regina Ramsey abzuholen, mit ihr zur Schule zu fahren und Kate aus der Mathematikstunde zu holen.«

Jorst erwiderte die Blicke der beiden ungerührt. Auf seiner breiten Stirn erschienen nun allerdings Schweißtropfen. »Da liefen Hunderte von Menschen wild durcheinander. Ich war genauso entsetzt wie alle anderen auch. Ich hatte gesehen, wie es passierte, und wollte nicht, dass Regina und Kate aus den Nachrichten davon erfuhren. Also bin ich, so schnell ich konnte, zu ihnen gefahren, aus reiner Rücksicht auf die beiden. Ihre offenbar negativen Rückschlüsse aus meiner selbstlosen Handlungsweise halte ich für völlig unangebracht.«

King schob sich dicht an den Mann heran. »Warum sind Sie an jenem Vormittag zum Hotel gefahren? Hatten Sie auch eine kleine Abrechung mit Ritter vor?«

»Nein, natürlich nicht.«

»Warum also?«, fragte King nach.

»Er war ein Präsidentschaftskandidat. Von denen lässt sich bei uns hier nur selten jemand blicken. Ich wollte mir selbst einen Eindruck von ihm verschaffen. Das gehört schließlich zu meinem Fach.«

»Und wenn ich nun behaupte, dass Sie uns einen totalen Bockmist auftischen?«, konterte King.

»Ich schulde Ihnen keine Erklärung«, schoss Jorst zurück.

King zuckte mit der Schulter. »Da haben Sie Recht. Wir schicken Ihnen das FBI und den Secret Service her, dann können Sie 's denen erzählen. Dürfen wir mal Ihr Telefon benutzen?«

»Moment mal!«

King und Michelle sahen Jorst erwartungsvoll an.

»Also gut, also gut«, sagte der Professor rasch und schluckte mehrmals nervös, während seine Blicke von einer zum anderen glitten. »Sehen Sie, ich machte mir Sorgen um Arnold. Er hatte sich unglaublich aufgeregt über Ritter. Ich hatte Angst, er könne Dummheiten machen. Bitte glauben Sie mir, dass ich dabei keine Sekunde lang dachte, er könne den Mann töten wollen. Bevor der Schuss fiel, hatte ich nicht mal gewusst, dass er eine Waffe besaß. Das kann ich beschwören.«

»Weiter«, sagte King.

»Er wusste gar nicht, dass ich auch da war. Ich bin ihm nachgefahren, denn er hatte mir erst am Abend zuvor erzählt, dass er sich Ritters Auftritt ansehen wolle. Ich hab mich im Hintergrund gehalten. Es waren so viele Leute da, dass er mich gar nicht bemerkt hat. Arnold hielt sich fern von Ritter, und ich dachte schon, meine Sorgen wären übertrieben gewesen. Ich wollte schon wieder gehen und drängte mich zur Tür durch. Und da muss er, ohne dass ich davon etwas mitbekam, auf Ritter zugegangen sein. Ich habe mich nur einmal umgedreht und zwar, als ich schon an der Tür stand. Genau in diesem Augenblick sah ich Arnold die Waffe ziehen und schießen. Ich sah, wie Ritter zu Boden ging, und dann sah ich, wie Sie geschossen und Arnold getötet haben. Danach geriet alles außer Rand und Band. Ich bin losgerannt, so schnell ich konnte. Und ich bin deshalb so schnell aus dem Hotel gekommen, weil ich ja schon an der Tür stand. Ich erinnere mich, dass ich dabei beinahe ein Zimmermädchen über den Haufen gerannt hätte. Das stand ebenfalls an der Tür.«

Michelle und King wechselten unwillkürlich einen Blick: Das war Loretta Baldwin.

Jorsts Gesicht war mittlerweile aschfahl, doch er fuhr fort: »Ich konnte zuerst gar nicht begreifen, was da passiert war. Es kam mir vor wie ein Alptraum. Ich bin einfach zu meinem Wagen gerannt und davongerast. Und ich war nicht der Einzige. Viele andere haben sich ebenfalls aus dem Staub gemacht.«

»Sie haben der Polizei niemals davon erzählt?«

»Was hätte ich ihr denn erzählen sollen? Ich war dort, sah, was passierte, und lief davon, genau wie Hunderte anderer. Es ist ja nicht so, dass die Behörden auf meine Aussagen angewiesen gewesen wären.«

»Sie sind dann also zu Mrs Ramsey gefahren und haben ihr alles erzählt. Warum?«

»Warum! Um Himmels willen, ihr Mann hatte grade einen Präsidentschaftskandidaten ermordet und war gleich drauf selber erschossen worden! Natürlich musste ich ihr das sagen. Können Sie das denn nicht verstehen?«

King zog die Fotografie aus der Tasche, die er im Gästebad gefunden und mitgenommen hatte, und reichte sie Jorst. Dessen Hände zitterten, als er sie entgegennahm und auf das lächelnde Gesicht Regina Ramseys hinabsah.

»Doch, ich glaube schon, dass ich es verstehen kann«, sagte King ruhig. »Vor allem, wenn Sie damals in Regina Ramsey verliebt waren.«

KAPITEL 54

»Also, was meinst du?«, fragte Michelle, als sie sich in Kings Wagen auf den Heimweg machten.

»Durchaus möglich, dass er die Wahrheit sagt. Und durchaus möglich, dass er auch dran dachte, als Erster die schöne arme Witwe zu trösten. Er konnte vom Tod seines Freundes profitieren und gleichzeitig den barmherzigen Samariter spielen.«

»Dann ist er ein schamloser Opportunist. Aber nicht unbedingt ein Mörder.«

»Ich weiß nicht recht. Man muss ihn auf jeden Fall im Auge behalten. Es gefällt mir gar nicht, dass er so viele Jahre lang verschwiegen hat, dass er am Tatort war und dass er Regina Ramsey heiraten wollte. Allein dadurch klettert er auf die vorderen Ränge meiner Verdächtigenliste.«

Michelle zuckte zusammen, als habe man ihr einen Stich versetzt. »Warte mal, Sean! Vielleicht ist es ja völlig absurd, aber hör erst mal zu.« Er sah sie erwartungsvoll an. »Also: Jorst gibt zu, dass er im Fairmount war. Er ist verliebt in Regina Ramsey. Könnte er nicht derjenige gewesen sein, der Ramsey zu dem Attentat auf Ritter überredet hat? Er wusste schließlich genau, wie sehr Ramsey Ritter hasste. Er war sein Freund und Kollege. Ramsey hätte auf ihn gehört.«

»Aber Kate meinte, der Mann, den sie gehört hat, sei nicht Jorst gewesen.«

»Diese Aussage ist nicht hundertprozentig sicher. Jorst könnte seine Stimme ein wenig verstellt haben, weil er wusste, dass Kate im Haus war. Gehen wir also mal davon aus, Jorst und Ramsey haben sich verbündet. Beide fahren zum Hotel, beide sind bewaffnet.«

King nahm den Faden auf und spann ihn weiter. »Und Ramsey schießt, Jorst aber nicht. Er macht sich davon, versteckt seine Waffe in der Besenkammer, wobei er von Loretta Baldwin beobachtet wird, und dann rast er los und erzählt alles brühwarm Mutter und Tochter Ramsey.«

»Mit dem Hintergedanken, eines Tages die Witwe zu heiraten.«

»Allerdings hat er sich mit seinem Antrag ziemlich lange Zeit gelassen«, wandte King ein.

»Vielleicht hat er sie ja schon früher mal gefragt, und sie hat Nein gesagt. Oder er hat absichtlich so lange gewartet, um keinen Verdacht mehr zu erregen. Kann auch sein, dass es so lange gedauert hat, bis Regina seine Liebe erwiderte.« Michelle sah King nervös an. »Also, was hältst du davon?«

»Klingt schlüssig, Michelle, wirklich. Aber dann ist Regina gestorben. Jorst hat sie am Ende doch nicht bekommen.«

»Glaubst du wirklich, sie wurde ermordet?«

»Wenn man Jorst Glauben schenkt und sie wirklich heiraten wollten – dann stellt sich in der Tat die Frage, warum sie sich hätte umbringen sollen.« Langsam fuhr er fort: »Außerdem wusste Kate von der geplanten Heirat. Und Jorst behauptet, sie sei damit einverstanden gewesen.«

»Und wenn sie 's doch nicht war?«, überlegte Michelle.

»Wie meinst du das?«

»Kate hat ihren Vater geliebt. Wenn ihre Mutter ihn nicht verlassen hätte, dann hätte er Ritter möglicherweise gar nicht erschossen. Das hat sie mir erzählt. Aber er hat es nun mal getan, und nun ist er tot. Dann will ihre Mutter plötzlich einen Kollegen ihres Vaters heiraten – doch ehe es dazu kommt, stirbt sie.«

»Soll das heißen, Kate hätte ihre Mutter umgebracht?«

Michelle hob die Hände. »Ich stelle es als These in den Raum, das ist alles. Ich will es eigentlich nicht glauben. Ich mag Kate.«

King seufzte. »Das Ganze kommt mir vor wie ein aufgeblasener Luftballon. Du schlägst auf einer Seite drauf, und auf der anderen erscheint eine Beule.« Er sah Michelle an. »Hast du die Chronologie zusammengestellt, um die ich dich gebeten hatte?«

Michelle nickte und zog einen Notizblock aus ihrer Handtasche. »Arnold Ramsey wurde 1949 geboren. Er hat 1967 die Schule abgeschlossen und im gleichen Jahr noch in Berkeley mit dem Studium angefangen. Dort hat er 1974 promoviert und im selben Jahr auch Regina geheiratet. Dann haben sich die beiden mehr schlecht als recht durchgeschlagen, bis er 1982 den Lehrstuhl am Atticus bekam. Da war Kate ein Jahr alt.« Michelle hielt inne und sah King an. Er grübelte über irgendetwas nach. »Was geht dir im Kopf herum?«

»Also, nach allem, was Kate uns erzählt hat, soll Ramsey in einen Zwischenfall bei einer Vietnam-Demo verwickelt gewesen sein, bei dem angeblich ein Polizist ums Leben kam. Damit fingen Ramseys Probleme an. Außerdem hat sie uns erzählt, Berkeley hätte ihn sozusagen widerwillig promovieren lassen müssen, weil er schon alle Scheine hatte und seine Doktorarbeit fertig war. Der besagte Zwischenfall müsste sich also um die Zeit seiner Promotion ereignet haben.«

»Richtig. Und?«

»Aber wenn er erst 1974 promoviert wurde, dann hätte er nicht mehr gegen den Vietnamkrieg demonstriert. Anfang 1973 hat Nixon das Waffenstillstandsabkommen unterzeichnet, und obwohl es auf beiden Seiten immer wieder von Heckenschützen gebrochen wurde, ist der Krieg erst 1975 wieder aufgeflammt. Wenn sich aber der Zwischenfall deutlich vor Ramseys Promotion ereignet hat, dann hätte ihn Berkeley garantiert ohne viel Federlesens rausgeworfen.«

Michelle ließ sich in ihrem Sitz zurücksinken. »Wahrscheinlich hast du Recht.«

»Wenn aber Ramsey 1974, als der Polizist getötet wurde, *nicht* gegen den Vietnamkrieg demonstriert hat – wogegen dann?«

Michelle überlegte, dann schnippte sie mit den Fingern. »Neunzehnhundertvierundsiebzig? Du hast doch Nixon erwähnt. Das müsste dann das Jahr mit dem Watergate-Skandal gewesen sein. Stimmt's?«

King nickte nachdenklich. »Ja, Ramsey hätte selbstverständlich gegen einen Kerl wie Nixon demonstriert und seinen Rücktritt gefordert. Im August war es dann ja auch so weit.«

»Aber Kate sprach von einer Antikriegsdemonstration in Los Angeles.«

»Nein, sie sagte, ihre Mutter hätte davon gesprochen. Und sie sagte, ihre Mutter hätte in dieser Zeit ziemlich viel getrunken. Sie könnte sich also leicht im Jahr, im Anlass und sogar im Ort geirrt haben.«

»Das hieße also, der Zwischenfall mit dem getöteten Polizisten hätte sich in Washington und nicht in Los Angeles ereignet, und es wäre dabei um Nixon und nicht um Vietnam gegangen?«

»Wenn's zutrifft, dann sollten wir die genaueren Umstände eruieren können.«

»Und die Anwaltskanzlei, die Ramsey unterstützt hat. Ob die auch in Washington angesiedelt ist?«

»Das lässt sich bestimmt auch rausfinden.« King zog sein Handy aus der Tasche und drückte mehrere Tasten. »Ich werd mal Joan fragen. Im Ausgraben von solchen Sachen ist sie großartig.«

Doch Joan meldete sich nicht, und er hinterließ ihr eine Nachricht. Dann sagte er: »Wenn jemand ihn da rausgeholt hat und bei der Geschichte auch noch eine Anwaltskanzlei mitgemischt hat, dann hätten wir immerhin was Greifbares, was sich belegen lassen müsste.«

»Nicht unbedingt. Du wirst kaum beweisen können,

wer sich damals wann und wo aufgehalten hat. Verflixt, Ramsey hätte das Rathaus von L. A. mit Steinen beschmeißen können, und es würde uns nie gelingen, das zu beweisen. Zeugen lassen sich da bestimmt keine finden. Und wenn's keine anderen Aufzeichnungen darüber gibt, dann Gute Nacht.«

King nickte. »Absolut logisch. Trotzdem müssen wir 's nachprüfen. Das kostet uns nichts als Zeit.«

»Ja«, sagte Michelle. »Aber ich hab so ein dummes Gefühl, dass die uns buchstäblich davonläuft.«

KAPITEL 55

King und Michelle übernachteten in einem Motel unweit von Atticus und fuhren erst am nächsten Morgen nach Wrightsburg zurück. Vor Kings Haus wartete Parks bereits auf sie.

»Haben Sie was von Joan gehört?«, fragte King ihn, während sie ins Haus gingen. »Ich hab gestern Abend versucht, sie zu erreichen, aber sie ging nicht ans Telefon.«

»Ich hab gestern Abend noch mit ihr gesprochen. Sie hat in den Unterlagen, die ich mitgebracht hatte, was über Bob Scott gefunden.« Er berichtete von dem Haftbefehl aus Tennessee.

»Wenn es sich dabei um unseren Bob Scott handelt, dann hilft uns das vielleicht weiter und beantwortet uns ein paar Fragen«, sagte King.

»Ruf Joan doch noch mal an, dann arbeiten wir eine Strategie aus«, sagte Michelle.

King wählte Joans Nummer, doch es meldete sich immer noch niemand. Dann wählte er die Nummer des Hotels, in dem Joan wohnte. Während King dem Bericht der Dame an der Rezeption lauschte, wurde er blasser und blasser, und seine Knie begannen zu zittern. Schließlich schmiss er den Hörer auf die Gabel und brüllte: »Verfluchter Mist!«

Parks und Michelle starrten ihn verwundert an.

Dann fragte Michelle ruhig: »Was ist los, Sean?«

King schüttelte fassungslos den Kopf. »Joan«, sagte er. »Sie ist entführt worden.«

Joan war in einem Gästebungalow hinter dem Cedars Inn untergebracht gewesen. Ihr Portemonnaie und ihr Handy lagen auf dem Fußboden. Das Tablett mit Kaffee und Imbiss war unangetastet. Die Schuhe, die sie tags zuvor getragen hatte, lagen auf dem Boden, an einem davon war der Absatz abgebrochen.

Der Bungalow besaß eine Hintertür, die auf ein Gelände hinausführte, in dem sich unschwer ein Wagen abstellen ließ. Von hier hätte Joan abtransportiert werden können, ohne dass es irgendjemand mitbekommen hätte. Als King mit Michelle und Parks eintrafen, war Polizeichef Williams mit einigen seiner Männer bereits da, nahm Aussagen auf und sicherte die spärlichen Beweise, die es gab.

Der junge Mann vom Zimmerservice, der Joan etwas zu essen hatte bringen wollen, war bereits gründlich vernommen worden. Er war seit zwei Jahren im Hotel angestellt und sichtlich erschüttert von den Ereignissen. Nach seiner Aussage war er auf dem Weg zu Joans Bungalow von einer jungen Frau angesprochen worden. Nachdem sie sich vergewissert hatte, dass das Tablett für Joan bestimmt war, hatte sie ihm gesagt, sie sei Joans Schwester und wolle sie besuchen; es wäre lustig, sie gleich mit dem Tablett zu überraschen. Es hatte alles ganz unverfänglich geklungen. Außerdem war das Mädchen sehr hübsch und hatte ihm einen Zwanzig-Dollar-Schein zugesteckt. Er hatte ihr das Tablett überlassen und war ins Hotel zurückgekehrt. Mehr wusste er nicht.

Polizeichef Williams trat zu ihnen. »Verdammt, hört das denn gar nicht mehr auf mit diesen Entführungen und Morden! Bis vor kurzem war das hier noch ein ganz friedliches Fleckchen Erde!«

Er gestattete ihnen, den Karton mit den Unterlagen zu Bob Scott mitzunehmen. Dann hielten sie auf dem Parkplatz eine Blitzkonferenz ab.

Parks wiederholte wortwörtlich seine Diskussion mit

Joan. »Sie muss kurz nach dem Ende unseres Telefongesprächs gekidnappt worden sein. Sie hatte mir mitgeteilt, was sie über Bob Scott gefunden hatte. Ich sagte daraufhin, Scott könne sich durchaus zum Verräter entwickelt haben und hätte bei einer eventuellen Verschwörung zum Mord an Ritter einen perfekten Maulwurf abgegeben... Doch, doch, ich weiß, dass Sie davon nicht überzeugt sind. Wir wollten nach Ihrer Rückkehr von Ihrem Treffen mit Kate Ramsey die nächsten Schritte gemeinsam planen.«

Während Parks im Haus verschwand, um mit Polizeichef Williams zu sprechen, ging King zu Joans BMW hinüber und inspizierte ihn. Die Polizei hatte den Wagen bereits unter die Lupe genommen und keine Spuren gefunden.

Michelle trat neben ihn und legte ihm die Hand auf die Schulter. »Alles okay mit dir?«

»Ich hätte das alles kommen sehen müssen«, antwortete er.

»Wie denn? Du bist doch kein Hellseher.«

»Wir haben mit einer ganzen Reihe von Leuten gesprochen. Mildred Martin wurde unmittelbar nach unserem Besuch ermordet. So abwegig ist das wirklich nicht, dass sie sich als Nächste Joan schnappen.«

»Oder *dich!* Was hättest du denn dagegen unternehmen sollen? Joans Babysitter spielen? Ich kenne sie ja nicht besonders gut, aber ich glaube nicht, dass sie sich das hätte gefallen lassen.«

»Ich hab's ja gar nicht erst versucht, Michelle. Ich hab überhaupt nicht über ihre Sicherheit nachgedacht. Und jetzt...«

»Wir haben immer noch eine Chance, sie zu finden. Und zwar lebendig.«

»Entschuldige, aber unsere Erfolgsbilanz im Auffinden von lebendigen Menschen ist derzeit nicht grade eindrucksvoll.«

Parks gesellte sich zu ihnen. »Also, ich kümmere mich

mal um diesen Bob Scott in Tennessee«, sagte er. »Und wenn es sich tatsächlich um ›unseren‹ Bob Scott handelt, dann zieh ich mit ein paar Leuten los und unterhalte mich mit ihm. Sie können ja mitkommen, wenn Sie wollen.«

»Wir wollen«, antwortete Michelle für sich und King.

KAPITEL 56

Während Parks aufbrach, fuhren die beiden anderen zu King nach Hause. Michelle bereitete ein Mittagessen zu und machte sich dann auf die Suche nach King. Sie fand ihn schließlich auf dem Anleger sitzen und gesellte sich zu ihm.

»Ich hab eine Suppe und ein paar belegte Brote gemacht. Ich bin keine dolle Köchin, aber die Sachen sind essbar.«

»Danke«, sagte King geistesabwesend. »Ich komme gleich.«

Michelle setzte sich neben ihn. »Denkst du immer noch an Joan?«

Er wandte ihr den Kopf zu, dann zuckte er die Achseln.

»Ich hatte nicht den Eindruck, dass ihr zwei noch dick befreundet seid.«

»Sind wir auch nicht!«, fuhr er auf und wiederholte es gleich noch einmal in ruhigerem Ton: »Sind wir auch nicht. Aber vor vielen Jahren waren wir mehr als Freunde.«

»Es ist schwer für dich, Sean, das ist mir schon klar.«

Eine Weile lang saßen sie schweigend da, bis King sagte: »Sie hat mich geblitzt.«

»Was?«, fragte Michelle in scharfem Tonfall.

»In dem Fahrstuhl, da hat sie mich geblitzt.«

»Dich geblitzt? Wie denn?«

»Regenmantel und nicht viel drunter. Komm schon, du kannst ruhig zugeben, dass du dir so was schon gedacht hast, nachdem du das mit dem Höschen an der Lampe rausgefunden hattest.«

»Okay, hab ich wohl. Aber warum tut sie so was? Du warst doch im Dienst.«

»Weil jemand ihr einen Zettel hat zukommen lassen, von dem sie glaubte, er käme von mir. Auf dem stand, sie solle mich in dem verdammten Fahrstuhl ›überraschen‹. Und nach der gemeinsamen Nacht hat sie wohl geglaubt, Fortsetzung folgt…«

»Wenn die Täter dich also mithilfe Joans ablenken wollten – wie konnten sie wissen, wann sie nach unten kam?«

»Das Bad in der Menge mit den örtlichen Honoratioren war auf 10.00 bis 10.35 Uhr angesetzt. Joan wusste das, und zumindest der Chefplaner des Attentats kannte dieses Zeitfenster auch. Auf dem Zettel stand, dass Joan gegen 10.30 Uhr herunterkommen sollte. Aber selbst wenn das nicht geklappt hätte, hätten sie immer noch versucht, Ritter zu ermorden, davon bin ich überzeugt.«

»Für Joan war dieser Auftritt ein erhebliches Risiko. Niemand konnte sie zwingen, sich darauf einzulassen.«

»Nun ja, Liebe verleitet einen manchmal eben zu den verrücktesten Dingen.«

»Du meinst, das war der Grund?«

»Das hat sie mir praktisch gesagt, ja. Die ganzen Jahre lang hat sie sich mit dem Verdacht geplagt, ich könne etwas mit dem Mord an Ritter zu tun haben. Sie dachte, ich hätte sie reingelegt, weiß der Geier, auf welche Weise. Erst als sie den Zettel sah, der an Susan Whiteheads Leiche gefunden wurde, ging ihr auf, dass wir wahrscheinlich alle beide reingelegt worden waren. Dieser Zettel war ein klarer Hinweis darauf, dass der Schreiber etwas mit dem Mord an Ritter zu tun hatte. Der Zettel, den man unter Joans Tür durchgeschoben hatte und dessen Text angeblich von mir verfasst worden war, sollte sie dazu veranlassen, mich abzulenken. Joan konnte jedoch niemandem von der Notiz und von ihrem Auftritt im Fahrstuhl erzählen, denn das hätte ihre Karriere ruiniert.« King machte eine Pause. »Sie hat mich auch gefragt, aus welchem Grund ich, der ich doch selber eine weiße Weste hatte und ihr Verhalten nicht unverdächtig fand, niemandem von dem Vorfall erzählt habe.«

»Und was hast du ihr geantwortet?«

»Gar nichts. Vielleicht weiß ich den Grund selber nicht.«

»Ich glaube, du hast nie ernsthaft daran geglaubt, dass sie wirklich schuldig war. Außer einer argen Fehleinschätzung war da nichts.«

»Ich hab in ihre Augen gesehen, als der Schuss fiel. Der Schock war unverkennbar. Nein, sie hatte nichts mit der Mordverschwörung zu tun.« King zuckte mit der Schulter. »Aber was spielt das heute schon noch für eine Rolle?«

»Es sieht so aus, als hätten die Täter genau gewusst, was du für Joan empfandest. Dass du sie nicht verraten würdest. Unter dem Strich waren sowohl dir als auch ihr die Hände gebunden.« Sie warf ihm einen fragenden Blick zu. »Es ist kein Verbrechen, jemanden gern zu haben, Sean.«

»Kommt einem aber manchmal so vor. Außerdem ist es ein bisschen beunruhigend, wenn ein Mensch, von dem du dachtest, er wäre auf Nimmerwiedersehen verschwunden, plötzlich wieder in dein Leben tritt.«

»Vor allem, wenn sich das, was du vor acht Jahren von ihm gedacht hast, als falsch herausstellt.«

»Ich bin nicht in Joan verliebt«, erklärte King. »Aber es ist mir nicht gleichgültig, was aus ihr wird. Ich will sie wieder bei uns haben und in Sicherheit wissen.«

»Wir werden tun, was wir können.«

»Das wird möglicherweise nicht ausreichen«, bemerkte King grimmig. Dann erhob er sich und ging aufs Haus zu.

Sie waren gerade mit dem Mittagessen fertig, als Kings Telefon klingelte. Er meldete sich, und ein fragender Ausdruck erschien auf seinem Gesicht. »Für dich«, sagte er zu Michelle. »Er sagt, er sei dein Vater.«

»Danke. Ich hab ihm deine Nummer gegeben. Ich hoffe, es macht dir nichts aus. Der Handy-Empfang ist hier draußen öfters gestört.«

»Kein Problem.« Er reichte ihr den Hörer über den Tisch.

Michelle und ihr Vater unterhielten sich ungefähr fünf Minuten lang. Sie schrieb sich einige Informationen auf ein Blatt Papier, bedankte sich und legte auf.

King war gerade dabei, die Teller abzuspülen und in die Spülmaschine zu stellen. »Worum ging's denn?«

»Ich hab dir doch erzählt, dass die meisten Männer in meiner Familie Polizisten sind. Mein Vater, der Polizeichef von Nashville, ist Mitglied in allen überregionalen Polizei-Organisationen und in vielen von ihnen sogar an ziemlich hoher Stelle. Ich hab ihn gebeten, wegen dieses Vorfalls in Washington einmal ein bisschen nachzugraben. Ob sich Näheres über den Kollegen herausfinden lässt, der so um das Jahr 1974 herum bei einer Demonstration getötet wurde.«

King trocknete sich die Hände ab, dann ging er zu Michelle und stellte sich neben sie. »Und was hat er zu Tage gefördert?«

»Einen Namen. Nur einen einzigen Namen, aber der könnte uns ja möglicherweise schon weiterhelfen.« Sie blickte auf ihre Notizen. »Paul Summers war damals Polizist in Washington. Er ist inzwischen pensioniert, lebt aber in Manassas. Mein Dad kennt ihn und sagt, Summers sei gewillt, mit uns zu reden. Er könnte uns wertvolle Informationen liefern.«

King zog seine Jacke an. »Gehen wir.«

Auf dem Weg hinaus sagte Michelle: »Sean, ich kann nicht gutheißen, dass du das, was Joan getan hat, all die Jahre für dich behalten hast. Trotzdem bewundere ich es. Treue ist ein Wert für sich.«

»Wirklich? Ich weiß nicht, ob ich dir da zustimmen kann. Manchmal denke ich mir sogar, wer treu ist, den beißen die Hunde.«

KAPITEL 57

Paul Summers in Manassas, Virginia, wohnte in einem dreißig Jahre alten Bungalow mit versetzten Geschossen, der auf allen Seiten von neuen Wohnsiedlungen belagert wurde. Er kam in Jeans und einem burgunderfarbenen Football-T-Shirt der Redskins an die Tür und führte Michelle und King in das kleine Wohnzimmer. Sie nahmen Platz, und er bot ihnen etwas zu trinken an, was Michelle und King jedoch dankend ablehnten. Summers war ungefähr Mitte sechzig. Er hatte feines weißes Haar, ein breites Lächeln, fleckige Haut, mächtige Unterarme und einen noch mächtigeren Bauch.

»Dann sind Sie also Frank Maxwells Tochter«, sagte er zu Michelle. »Wenn ich Ihnen erzählen würde, wie Ihr Vater auf unseren Landesversammlungen immer mit Ihnen angegeben hat, würden Sie röter als mein T-Shirt.«

Michelle grinste. »Daddys kleines Mädchen, ich weiß. Manchmal ist es wirklich arg peinlich.«

»Aber, Menschenskind, wie viele Väter haben schon eine Tochter wie Sie? Ich würde genauso angeben.«

»Am Anfang fühlt man sich in ihrer Gegenwart wirklich etwas minderbemittelt«, sagte King mit einem spitzbübischen Seitenblick auf Michelle. »Aber dann lernt man sie besser kennen und entdeckt, dass sie auch nur ein Mensch ist.«

Summers setzte eine ernste Miene auf. »Ich hab diesen ganzen Zirkus um Bruno verfolgt. Die Sache stinkt zum Himmel. Früher hab ich oft mit dem Secret Service zu tun gehabt – und was hab ich da für Geschichten gehört! Schutzpersonen, die die verrücktesten Dinge anstellten und dann den Jungs vom Service den schwarzen Peter zuschoben. Sie sind angeschmiert worden, Michelle, schlicht und ergreifend angeschmiert.«

»Vielen Dank für Ihr Verständnis. Mein Vater meinte, Sie hätten möglicherweise Informationen, die uns weiterhelfen könnten.«

»Richtig. Ich war so was wie der inoffizielle Polizeihistoriker, als ich noch bei der Truppe war, und da gab's aufregende Zeiten, das kann ich Ihnen sagen. Wenn die Leute heutzutage glauben, Amerika ginge vor die Hunde, dann sollten sie mal die Sechziger- und Siebzigerjahre genauer unter die Lupe nehmen.« Er zog unterm Sprechen einen Hefter hervor. »Ich hab hier 'n bisschen was, das Ihnen vielleicht helfen könnte.« Er setzte eine Lesebrille auf. »1974 hat der Watergate-Skandal das Land schier zerrissen. Die Leute sahen rot, wenn sie bloß den Namen Nixon hörten.«

»Ich glaube, ein paar von den großen Demonstrationen sind damals ein bisschen aus dem Ruder gelaufen«, sagte King.

»Das kann man wohl sagen! Die Polizeitruppe in Washington hatte sich zwar damals schon einigermaßen an Massendemonstrationen gewöhnt, aber es kommt doch jedes Mal anders, als man denkt.« Er rückte seine Brille zurecht und überflog kurz seine Aufzeichnungen. »Der Einbruch im Watergate-Hotel fand im Sommer 1972 statt. Etwa ein Jahr später erfuhr das Land von Nixons Tonbändern. Er berief sich auf seine Immunität und wollte sie um keinen Preis rausrücken. Nachdem er im Oktober 1973 den Sonderermittler entlassen hatte, brach die Lawine erst richtig los, und erste Rufe nach einem Impeachment, einer Amtsenthebung, ertönten. Im Juli 1974 entschied der Oberste Gerichtshof in Sachen Tonbänder gegen Nixon, und im August ist er dann zurückgetreten. Doch bevor der Supreme Court seinen Spruch fällte, wurde Washington – so im Mai 1974 – ein richtig heißes

Pflaster. Ein Massenprotest mit Tausenden von Demonstranten war geplant und sollte durch die Pennsylvania Avenue führen. Die Bereitschaftspolizei zog auf, mit Dutzenden von berittenen Polizisten, der Nationalgarde, Hunderten von Secret-Service-Agenten, Sondereinsatzkommandos… Sie wissen schon, das ganze Arsenal. Ja, sogar ein verdammter Panzer fuhr auf. Ich war schon zehn Jahre dabei und hatte eine Menge Unruhen erlebt, aber so was… Ich weiß noch, dass mir schwer die Muffe ging. Man hätte glauben können, wir wären in einem Dritte-Welt-Land und nicht in den Vereinigten Staaten.«

»Und bei dieser Demonstration ist ein Polizist zu Tode gekommen?«, hakte Michelle nach.

»Nein, einer von der Nationalgarde«, erwiderte Summers. »Man fand ihn mit eingeschlagenem Schädel in einer Seitengasse.«

»Und jemand wurde für die Tat verhaftet«, sagte King. »Ich frage mich nur: Woher wollte man den Täter so genau kennen? Da muss doch das reinste Chaos geherrscht haben.«

»Wie dem auch sei, man hat eben einen Verdächtigen verhaftet, gegen den dann auch Anklage erhoben werden sollte, doch am Ende verlief alles im Sande. Ich habe keine Ahnung, warum. Ich meine, der Nationalgardist war tot, ganz eindeutig, und irgendwer hatte ihn umgebracht. Die Zeitungen berichteten über den Fall, doch dann sprach sich der Supreme Court gegen den Präsidenten aus, Nixon trat im August zurück, und alles andere war auf einmal uninteressant. Der Tod des jungen Nationalgardisten geriet mehr oder weniger in Vergessenheit. Nach den Morden an Robert Kennedy und Martin Luther King, nach Vietnam und Watergate hatten die Leute wohl einfach die Schnauze voll.«

King beugte sich vor. »Können Sie uns die Namen des Beschuldigten, der Polizisten, die den Verdächtigten damals verhafteten, und der mit dem Fall befassten Staatsanwälte nennen?«

»Nein, tut mir Leid. Wir reden von einer Zeit, die dreißig Jahre zurückliegt. Und ich selber hatte überhaupt nichts mit dem Fall zu tun. Ich habe erst später davon erfahren. Deshalb würde ich auch keinen Namen wieder erkennen, wenn Sie mir einen nennen.«

»Was ist mit den Zeitungen? Sie sagten, es hätte Berichte gegeben.«

»Ja, schon, aber ich glaube nicht, dass die Namen der Beteiligten erwähnt wurden. Das war eine Zeit, in der es einem manchmal angst und bange wurde. Ehrlich gesagt, die Medien trauten der Regierung nicht mehr über den Weg. Vieles ging nicht mit rechten Dingen zu. Ich sage das ungern, weil ich selber zur Truppe gehört habe, aber so manch einer von den blau Uniformierten hat sich damals zu Dingen hinreißen lassen, die nicht ganz koscher waren. Da wurden immer wieder Grenzen überschritten, vor allem, wenn die langhaarigen Hippies in die Stadt kamen. Unter den Kollegen gab es einige, die da schnell die Geduld verloren. Es herrschte eine Lagermentalität – wir gegen die.«

»Das könnte auch in unserem Fall zutreffen. Man ließ die Vorwürfe stillschweigend unter den Tisch fallen«, erklärte Michelle. »Vielleicht waren die Beweise ja gefälscht.«

»Kann schon sein. Aber ich weiß es wirklich nicht genau.«

»Okay«, sagte King. »Wir bedanken uns für Ihre Hilfe.«

Summers grinste. »Sie werden sich gleich noch ein bisschen mehr bedanken.« Er hielt einen Zettel hoch. »Einen Namen hab ich nämlich für Sie: Donald Holmgren.«

»Wer ist das?«, fragte Michelle.

»Er war damals Pflichtverteidiger. Viele Demonstranten waren ja noch ganz jung, und die Hälfte von ihnen war ständig high. Es war, als hätten die ganzen Kriegsgegner – die Hippies und all diese Leute – jetzt Nixon aufs Korn genommen. Deshalb denke ich, dass man den Tod des Nationalgardisten wohl einem von denen zur Last gelegt hat. Wenn diese Leute kein Geld für einen Anwalt hatten, wurden sie zunächst mal von einem Pflichtverteidiger vertreten. Holmgren kann Ihnen da sicher mehr sagen. Er ist auch schon pensioniert und lebt jetzt in Maryland. Ich habe selbst nicht mit ihm gesprochen, doch wenn Sie die Sache richtig angehen, wird er Ihnen einiges erzählen können.«

»Vielen Dank, Paul«, sagte Michelle. »Wir stehen in Ihrer Schuld.« Sie umarmte ihn.

»He, Mädchen, sagen Sie Ihrem alten Herrn, dass er vollkommen richtig lag mit all dem, was er über Sie behauptet hat! Ich wünschte, meine Kinder wären wenigstens halb so gut geraten wie Sie.«

KAPITEL 58

Donald Holmgren wohnte in einem Haus am Stadtrand von Rockville, Maryland. Es war voll gestopft mit Büchern, Zeitschriften und Katzen. Der Witwer war um die siebzig, hatte dichtes graues Haar und trug zu seinen Hosen einen leichten Pullover. Im Wohnzimmer verjagte er ein paar Katzen vom Sofa und räumte auch einige Bücher weg, damit Michelle und King Platz nehmen konnten.

»Wir sind Ihnen dankbar, dass Sie uns empfangen, obwohl wir uns so kurzfristig angemeldet haben«, sagte King.

»Schon in Ordnung. Ich habe ja längst nicht mehr so viel zu tun wie früher.«

»In Ihrer Zeit als Pflichtverteidiger sah das bestimmt anders aus«, meinte Michelle.

»Das können Sie laut sagen. Meine berufliche Tätigkeit fiel in interessante Zeiten.«

»Ich sagte Ihnen ja schon am Telefon«, begann King, »dass es sich bei dem Zwischenfall, über den wir gegenwärtig Nachforschungen anstellen, um den Tod eines Nationalgardisten handelte. Es muss ungefähr im Mai 1974 gewesen sein.«

»Richtig, ich erinnere mich sehr gut an den Fall. Es kommt bei uns ja Gott sei Dank nicht jeden Tag ein Nationalgardist ums Leben. An jenem Tag vertrat ich einen Fall vor dem Bundesgericht, als die Demonstration anfing. Die Verhandlung wurde unterbrochen, und alle setzten sich vor die Fernsehgeräte und schauten zu. Ich hatte so etwas nie zuvor gesehen – und ich hoffe, ich muss es auch nie wieder sehen. Mir kam es vor, als wäre ich mitten in den Sturm auf die Bastille geraten.«

»Soweit wir wissen, wurde das Verbrechen ursprünglich einer bestimmten Person zur Last gelegt.«

»Das trifft zu. Der Vorwurf lautete zunächst auf Mord ersten Grades, doch als dann die Einzelheiten herauskamen, bemühten wir uns um die Niederschlagung des Verfahrens.«

»Sie wissen also, wer mit dem Fall betraut war?«

»Ich selbst«, sagte Holmgren, und Michelle und King wechselten überraschte Blicke. »Ich war damals schon sechzehn Jahre als öffentlicher Pflichtverteidiger tätig«, fuhr Holmgren fort. »Als ich anfing, gab es den Public Defender's Service noch gar nicht, sondern nur seine Vorgängerorganisation, die Legal Aid Agency. Ich hatte schon in ein paar ziemlich hochkarätigen Fällen die Verteidigung übernommen – nur, wenn ich ehrlich sein soll, zu diesem speziellen Fall kam ich wohl, weil niemand sonst ihn haben wollte.«

»Sie meinen, die Beweise gegen den Beklagten waren so eindeutig«, warf Michelle ein.

»Nein, die Beweislage war alles andere als überwältigend. Wenn ich mich richtig erinnere, dann wurde der Beklagte deswegen verhaftet, weil er aus der Gasse gekommen war, wo das Verbrechen stattgefunden hatte. Eine Leiche, dazu noch in Uniform, und ein Haufen Hippies, die Steine werfend durch die Gegend rennen – also, das ist das Patentrezept für eine Katastrophe. Ich glaube, sie haben einfach die erstbeste Person verhaftet, die ihnen unter die Augen kam. Sie müssen wissen, die Stadt befand sich praktisch im Belagerungszustand, und die Nerven waren zum Zerreißen gespannt. Wenn ich mich korrekt erinnere, war der Beschuldigte ein Student. Ich war alles andere als überzeugt, dass er die Tat begangen hatte, und wenn doch, dann nicht unbedingt in Tötungsabsicht. Vielleicht hatte es ein Handgemenge gegeben, in dessen Verlauf der Gardist stürzte und auf den Kopf fiel.

Außerdem stand die Generalstaatsanwaltschaft damals in dem Ruf, bestimmte Fälle einfach zu erfinden. Mein Gott, wir hatten damals Polizisten, die Meineide schworen, falsche Beschuldigungen erhoben, Beweise fälschten, alles, was Sie sich nur vorstellen können.«

»Erinnern Sie sich noch an den Namen des Beklagten?«

»Ich denke schon drüber nach, seit Sie angerufen haben, aber ich komme nicht drauf. Er war ein junger Mann und sehr intelligent, das weiß ich noch. Tut mir Leid, seit damals hatte ich Tausende von anderen Fällen, und mit diesem war ich ohnehin nicht lange beschäftigt. An Fälle kann ich mich besser erinnern als an Namen. Außerdem ist es ja schon dreißig Jahre her.«

King versuchte es mit einem Schuss ins Blaue. »Hieß er vielleicht Arnold Ramsey?«

Holmgrens Lippen teilten sich. »O la la! Nein, beschwören könnte ich 's nicht, aber ich glaube, Sie haben Recht. Woher wissen Sie das?«

»Es würde zu lang dauern, das zu erklären. Derselbe Arnold Ramsey hat vor acht Jahren Clyde Ritter erschossen.«

Holmgren blieb der Mund offen stehen. »Das war derselbe Mann?«

»Jawohl.«

»Na, dann tut's mir vielleicht doch Leid, dass er damals davongekommen ist.«

»Aber damals tat es Ihnen nicht Leid?«

»Nein, ganz und gar nicht. Ich sagte ja schon, dass es Leute gab, die um jeden Preis Verurteilungen erreichen wollte. Mit der Wahrheit nahmen sie es nicht so genau.«

»In Ramseys Fall kam es zu keiner Verurteilung?«

»Nein. Ich hielt den Fall zwar für eher unwichtig, was aber nichts an der Tatsache änderte, dass ich mit den Fakten arbeiten musste, und die waren nicht eben überwältigend. Die Regierung stellte sich damals stur. Sie wollte unbedingt ein Exempel statuieren. Ich glaube, ich kann ihr nicht mal einen Vorwurf draus machen. Ja, und dann wurde ich von dem Fall abgezogen.«

»Warum?«

»Der Angeklagte erhielt anderen Rechtsbeistand. Eine Kanzlei aus dem Westen, glaube ich. Wahrscheinlich stammte Ramsey von dort. Ich dachte damals, seine Familie hätte Wind von der Sache bekommen und käme ihm nun zu Hilfe.«

»Wissen Sie noch, wie die Kanzlei hieß?«, fragte Michelle.

Holmgren dachte kurz nach. »Nein. Zwischen damals und heute liegen einfach zu viele Jahre und zu viele Fälle.«

»Und diese Kanzlei hat es irgendwie erreicht, dass die Anklage fallen gelassen wurde?«

»Nicht nur das. Soweit ich hörte, haben sie es sogar geschafft, dass Akten und Aufzeichnungen über die Verhaftung vernichtet wurden, sämtliche Einzelheiten. Die Leute müssen echt gut gewesen sein. Wenn ich es damals mit der Regierung zu tun hatte, kam so etwas nur selten vor.«

»Sie sagten, bei der Staatsanwaltschaft habe es in jener Zeit einige Figuren gegeben, die nicht ganz sauber waren«, sagte King. »Vielleicht wurden ja ein paar Leute geschmiert, Anwälte und Polizisten.«

»Das könnte durchaus sein«, erwiderte Holmgren. »Ich meine, wer sich Fälle aus den Fingern saugt, ist sich sicher auch nicht zu schade, Bestechungsgelder zu nehmen und dafür einen Fall in der Versenkung verschwinden zu lassen. Der mit diesem Fall befasste Staatsanwalt war noch jung, wahnsinnig ehrgeizig, und mir kam er immer ein bisschen zu glatt vor. Aber er beherrschte das Spiel aus dem Effeff und hatte immer die nächsthöhere Stufe auf der Karriereleiter im Visier. Ich habe nie erlebt, dass er die Grenzen des Erlaubten überschritten hätte. Bei manchen seiner Kollegen war das durchaus nicht so. Ich weiß noch, wie sehr ich seinen Boss bedauert habe, der Jahre später, als der ganze Skandal aufflog, seinen Buckel dafür hingehalten hat. Billy Martin war ein guter Kerl. Der hatte das nicht verdient.«

Sprachlos vor Verblüffung starrten Michelle und King den einstigen Pflichtverteidiger an. King war der Erste, der seine Stimme wieder fand: »Und wie hieß der Staatsanwalt, der die Anklage gegen Arnold Ramsey erheben sollte?«

»Oh, den werde ich nie vergessen. Das war der Typ, der Präsident werden wollte und dann gekidnappt wurde. John Bruno.«

KAPITEL 59

Von Holmgren aus fuhren King und Michelle direkt zur Universität in Richmond. Im Center for Public Policy trafen sie Kate nicht an, aber es gelang ihnen, die Dame am Empfang zur Herausgabe von Kates Privatnummer zu bewegen. Sie riefen dort an, doch die Frau, die sich meldete, war Kates Mitbewohnerin. Sie hatte Kate seit dem Morgen nicht mehr gesehen und wusste nicht, wo sie war. Als Michelle fragte, ob sie vorbeikommen dürften, stimmte sie zögernd zu.

Unterwegs fragte Michelle King: »Glaubst du, Kate weiß über die Verbindung zwischen John Bruno und ihrem Vater Bescheid? Sag jetzt bitte nicht Ja. Das darf doch nicht wahr sein!«

»Ich habe das unangenehme Gefühl, dass du dich irrst.«

Sie fuhren zu Kates Wohnung und sprachen mit der Mitbewohnerin, die Sharon hieß. Zuerst wollte sie kaum den Mund aufmachen, doch als ihr Michelle ihre Dienstmarke unter die Nase hielt, zeigte sie sich deutlich kooperativer. Mit ihrer Erlaubnis sahen sie sich in Kates kleinem Schlafzimmer um, fanden jedoch nichts, das ihnen hätte weiterhelfen können. Kate las anspruchsvolle Werke. Die vielen Bücher in ihrem Zimmer hätten selbst die meisten Akademiker als zu anstrengend empfunden. Aber King fand auch noch etwas anderes: Auf dem obersten Ablagebrett im Schrank stand ein Karton, in dem sich ein komplettes Waffenreinigungsset sowie eine Schachtel mit Neun-Millimeter-Patronen befanden. Er warf Michelle einen ominösen Blick zu, und sie schüttelte traurig den Kopf.

»Wissen Sie, warum Kate eine Waffe besitzt?«, fragte er Sharon.

»Sie wurde mal überfallen. Zumindest hat sie mir das erzählt. Die Waffe hat sie vor sieben oder acht Monaten gekauft. Ich hasse es, so ein Ding im Haus zu haben, aber sie hat einen Waffenschein dafür und all das. Außerdem geht sie regelmäßig zum Schießtraining. Sie ist eine gute Schützin.«

»Tröstlich zu wissen. Hatte sie die Waffe bei sich, als sie heute Morgen das Haus verließ?«, fragte King.

»Das weiß ich nicht.«

»Sind hier mal Besucher für Kate aufgetaucht, die nichts mit der Uni zu tun hatten? Ein Mann zum Beispiel?«

»Soweit ich weiß, geht sie überhaupt nicht mit Männern aus. Sie ist ständig auf irgendwelchen Kundgebungen und Demonstrationen oder geht zu Stadtratssitzungen, um gegen irgendwas zu protestieren. Manchmal wird mir ganz schwindlig von all dem Zeug, das ihr im Kopf herumspukt. Ich schaffe es kaum, neben dem Studium noch meinen Freund glücklich zu machen, da kann ich mir nicht auch noch den Kopf über den Zustand der Welt zerbrechen, wissen Sie.«

»Das kann ich verstehen. Wir dachten vor allem an einen älteren Typ, schon über fünfzig vielleicht.« King beschrieb Thornton Jorst, doch Sharon schüttelte den Kopf.

»Glaub ich nicht. Obwohl ich sie ein paar Mal vor dem Haus aus einem Auto aussteigen sah. Den Fahrer konnte ich nicht erkennen, aber ich glaube, es war ein Mann. Als ich sie danach gefragt hab, war sie nicht sehr auskunftsfreudig.«

»Können Sie den Wagen beschreiben?«

»Ein Mercedes. Ein großer.«

»Also ein reicher Typ. Wann haben Sie das zum ersten Mal beobachtet?«, fragte Michelle.

»Vor neun oder zehn Monaten vielleicht. Ich erinnere mich deshalb noch daran, weil Kate nach ihrer Prüfung gerade angefangen hatte zu arbeiten. Sie hat nicht viele Freunde. Wenn sie sich mit irgendwem getroffen hat, dann bestimmt nicht hier. Aber sie ist ohnehin kaum zu Hause.«

Während des Gesprächs hielt Michelle das Waffenreinigungsset ans Ohr und schüttelte es. Sie hörte ein leises Klingeln. Sie schob ihre Finger hinein, zog einen kleinen Schlüssel heraus und zeigte ihn Sharon. »Haben Sie eine Ahnung, wofür der ist? Sieht aus wie für einen Speicher.«

»Es gibt so ein paar Verschläge im Keller«, antwortete Sharon. »Ich wusste gar nicht, dass Kate einen hat.«

Michelle und King gingen in den Keller, fanden die Verschläge, die nummeriert und mit Schlössern gesichert waren, verglichen die Nummern mit der Zahl auf dem Schlüssel und fanden schließlich den passenden. King knipste das Licht an, und sie sahen sich einem Stapel von Schachteln gegenüber.

King holte tief Luft und sagte: »Okay, das ist entweder ein totaler Reinfall oder eine Goldmine.«

Vier Schachteln später hatten sie ihre Antwort: Ordentlich geführte Alben zu zwei verschiedenen Themen. In dem einen ging es um das Attentat auf Clyde Ritter. King und Michelle fanden Dutzende von Zeitungsartikeln, auch einige Fotos, darunter mehrere von King selbst, zwei von einer viel jüngeren Kate Ramsey, die traurig und einsam aussah, und sogar eines von Regina Ramsey. Der Text auf den Seiten war mit Tinte unterstrichen.

»Nicht so ungewöhnlich, dass sie das alles gesammelt hat«, meinte Michelle. »Schließlich ging's um ihren Vater.«

Das zweite Album erwies sich als sehr viel brisanter, denn es war eine ausführliche Dokumentation über John Bruno von seiner Zeit als junger Staatsanwalt bis hin zu seiner Präsidentschaftskandidatur. Zwei vergilbte Zeitungsartikel befassten sich mit den Untersuchungen zu den Korruptionsfällen, die der Generalstaatsanwaltschaft in Washington vorgeworfen wurden. Bill Martin war mehrmals genannt, John Bruno wurde mit keinem Wort erwähnt. Dennoch hatte Kate oben auf jede Seite »John Bruno« geschrieben.

»Au Backe«, sagte King, »es scheint, unsere kleine politische Aktivistin hat sich da auf eine ziemlich unappetitliche Sache eingelassen. Egal, ob zu Recht oder zu Unrecht – sie hat John Bruno das Etikett eines korrupten Strafverfolgers angehängt, der das Leben ihres Vaters zerstört hat.«

»Was mir nicht ganz einleuchtet«, sagte Michelle, »ist der Umstand, dass diese Artikel schon lange vor Kates Geburt gedruckt wurden. Wo hat sie die denn her?«

»Von dem Mann in dem Mercedes. Dem Kerl, der ihren Hass auf Bruno geschürt hat für das, was er ihrem Vater angetan hat…« King unterbrach sich, bevor er fortfuhr: »… oder nicht angetan hat. Vielleicht gibt sie Bruno sogar die Schuld an ihres Vaters Tod, so nach dem Motto: Als Professor in Harvard oder Stanford wäre er glücklich gewesen, seine Frau hätte ihn nicht verlassen, und er wäre niemals losgezogen, um einen Kerl wie Ritter zu erschießen.«

»Aber wozu das alles?«

»Aus Rache? Für Kate, für jemand anders, was weiß ich.«

»Wie passt das denn zu Ritter und Loretta Baldwin und all dem anderen?«

Frustriert hob King die Hände. »Verflixt, woher soll ich das wissen? Nur eines weiß ich genau: Kate ist nur die Spitze des Eisbergs. Und noch etwas wird mir jetzt klar.« Michelle sah ihn erwartungsvoll an. »Kate hat dieses Treffen mit uns inszeniert, um Thornton Jorst wieder ins Spiel zu bringen.«

»Du meinst, man hat sie dazu veranlasst? Um uns in die falsche Richtung ermitteln zu lassen?«

»Vielleicht. Vielleicht geschah es aber auch aus eigenem Antrieb und aus einem anderen Grund.«

»Vielleicht hat sie ja auch die Wahrheit gesagt«, ergänzte Michelle.

»Machst du Witze? Kein Mensch hat das bisher getan. Warum sollten jetzt plötzlich andere Spielregeln gelten?«

»Also, eines muss ich ihr lassen – sie ist eine begnadete Schauspielerin. Ich wäre niemals auf die Idee gekommen, dass sie in diese undurchsichtige Sache verwickelt sein könnte.«

»Nun ja, ihre Mutter galt als kommender Superstar in diesem Beruf. Vielleicht hat Kate ja diese Gene geerbt.« King machte ein nachdenkliches Gesicht, dann sagte er: »Hol Parks an die Strippe und frag ihn, was er in Sachen Bob Scott erreicht hat. Ich verspüre plötzlich ein großes Interesse an meinem ehemaligen Einsatzleiter.«

Wie sich herausstellte, war Parks in den vergangenen Stunden sehr fleißig gewesen. Er hatte festgestellt, dass die Adresse in Tennessee tatsächlich Bob Scott gehörte, und teilte Michelle mit, dass bei der Überprüfung gleich mehrere rätselhafte Umstände zu Tage getreten seien. Das Grundstück war eine etwas über zwölf Hektar umfassende Parzelle und lag im landwirtschaftlich orientierten, gebirgigen Osten des Bundesstaats. Während des Zweiten Weltkriegs und zwanzig Jahre darüber hinaus hatte es zu einem Armeelager gehört, bevor es in Privathände überging. Seit damals hatte es mehrmals den Besitzer gewechselt.

»Als ich rausfand«, sagte Parks zu Michelle, »dass das Grundstück früher Militärbesitz war, fing ich an mich zu fragen, was Scott wohl für ein Interesse an einem so weitläufigen Grundstück haben sollte. Er hat eine Weile in Montana gelebt und war in einer Bürgermiliz engagiert, warum also der Umzug nach Tennessee? Ich habe mich dann über Landkarten, Blaupausen und Diagramme hergemacht und dabei entdeckt, dass dieses

Grundstück einen in einen Berg hinein gebauten Bunker besitzt. Während des Kalten Krieges haben Regierung und Militär Tausende von diesen Dingern bauen lassen, von kleinen, einfachen bis hin zu dem gigantischen im Greenbrier Resort in West Virginia, in dem im Falle eines Atomkriegs der ganze Kongress untergebracht werden sollte. Der Bunker auf Scotts Grund ist ziemlich gut ausgestattet mit Kojen, Kombüse, Badezimmern, Schießstand, Filtereinrichtungen für Wasser und Luft. Die Armee hatte das offenbar völlig vergessen, als sie das Grundstück verkauft hat. Und noch was Interessantes: Der Bunker enthält Zellen zur Unterbringung von Kriegsgefangenen – für den Fall einer Invasion, nehme ich an.«

»Ein unterirdisches Gefängnis«, sagte Michelle. »Sehr praktisch, wenn man eine Unterkunft für entführte Präsidentschaftskandidaten sucht.«

»Genau das denke ich mir auch. Außerdem liegt dieses Fleckchen Land in Tennessee gerade mal knapp zwei Autostunden von Bowlington entfernt, wo Ritter erschossen wurde. Ungefähr genauso weit ist es zum Schauplatz der Entführung Brunos. Die drei Orte bilden eine Art Dreieck auf der Landkarte.«

»Und Sie sind ganz sicher, dass es sich dabei um ›unseren‹ Bob Scott handelt?«, fragte Michelle.

»Bombensicher sogar. Ohne diesen alten Haftbefehl hätten wir ihn aber wohl kaum aufgespürt. Er ist abgetaucht – und zwar ziemlich gründlich, wie's scheint.«

»Und Sie wollen immer noch dort hinfahren?«, fragte Michelle.

»Wir haben einen freundlichen Richter in Tennessee ausfindig gemacht, der uns einen Durchsuchungsbefehl ausgestellt hat. Wir werden diesem Stück Land also einen Besuch abstatten – aber wohlgemerkt unter einem Vorwand, denn ich will nicht, dass es dabei eine Schießerei und womöglich noch Tote gibt. Wenn wir erst mal drin sind, sehen wir weiter. Vom rechtlichen Standpunkt aus ist es ein bisschen heikel, aber ich denke mir, wenn wir

Bruno rausholen können, bevor ihm was zustößt, und Scott einsacken, dann lohnt es sich allemal. Über den Rest sollen sich später die Anwälte die Köpfe zerbrechen.«

»Wann brechen Sie auf?«

»Es wird noch eine Weile dauern, bis wir alles beisammen haben. Ich möchte, dass wir dort bei hellem Tageslicht auftauchen, denn ich will nicht, dass dieser verrückte Scott das Feuer auf uns eröffnet, weil er uns für Einbrecher hält. Die Fahrt wird vier bis fünf Stunden dauern, wir brechen also morgen ganz früh auf. Wollen Sie immer noch mitkommen?«

»Ja«, sagte Michelle mit einem Seitenblick auf King. »Und vielleicht finden wir dort noch jemanden.«

»Wen denn?«, fragte Parks.

»Eine Dozentin mit einem uralten Groll.« Michelle schaltete das Handy ab und brachte King aufs Laufende. Dann zog sie ein Blatt Papier hervor und fing an, eine Liste aufzustellen.

»Okay, hier ist also meine brillante Theorie Nummer zwei, die davon ausgeht, dass Jorst nicht in die Sache verwickelt ist. Gehen wir sie mal Punkt für Punkt durch: Scott plant mit Ramsey den Mord an Ritter; er ist der Maulwurf beim Secret Service. Das Motiv kenne ich nicht, vielleicht ging es um Geld, vielleicht um eine private Abrechnung mit Ritter.« Sie schnippte mit den Fingern. »Warte mal. Ich weiß, es klingt verrückt, aber vielleicht haben ja Scotts Eltern Ritter ihr ganzes Geld gegeben, als der noch als Prediger durch die Lande zog? Erinnerst du dich noch, was Jorst darüber sagte? Und als ich Ritters Hintergrund untersucht habe, fand ich raus, dass er ein schwerreicher Mann war, vor allem aufgrund dieser ›Donationen‹ an seine Kirche – eine Kirche, deren einziger Nutznießer er selbst war.«

»Daran hab ich auch schon gedacht. Schade, dass diese Theorie nicht zu den Fakten passt. Ich hab jahrelang mit Scott zusammengearbeitet und weiß über seine

Herkunft Bescheid. Seine Eltern starben, als er noch ein Kind war, und haben ihm nicht einen Cent hinterlassen.«

Enttäuscht lehnte sich Michelle zurück. »Schade! Das wäre so ein tolles Motiv gewesen. He, was ist mit Sidney Morse? Dessen Eltern waren doch wohlhabend. Vielleicht haben die ihr Geld Ritter in den Rachen geworfen. Dann war vielleicht Morse an dem Attentat beteiligt.«

»Nein. Seine Mutter hat bei ihrem Tod ihr ganzes Geld Morse hinterlassen. Das sprach sich damals rum, als Morse zu Ritters Wahlkampagne stieß, denn sie war wohl erst kurz zuvor gestorben. Außerdem wissen wir jetzt mit Gewissheit, dass es Querverbindungen zwischen dem Fall Ritter und dem Fall Bruno gibt. Sidney kann höchstens was mit Ritters Tod zu tun haben, aber an der Entführung Brunos ist er mit Sicherheit nicht beteiligt gewesen. Es sei denn, er hätte ihn mit einem Tennisball k. o. geschlagen.«

»Okay, das stimmt. Nehmen wir also einfach mal weiter an, dass Bob Scott hinter allem steckt. Das ist der erste Teil. Sagen wir einfach, er wurde für seine Hilfe bei dem Attentat bezahlt. Das hat ihn zwar seine Karriere gekostet, aber lassen wir 's mal dabei. Er haut ab und zieht sich in die Wildnis von Montana zurück.«

»Und was ist mit Bruno? Wo ist da die Verbindung zu Scott?«

»Also, wenn er Ritter ans Messer geliefert hat, dann tat er das, weil er und Ramsey irgendwie befreundet waren. Die Frage ist nur, seit wann? Ich weiß, es klingt verrückt. Scott hat im Vietnamkrieg gekämpft und Ramsey dagegen demonstriert, aber es sollen schon merkwürdigere Dinge vorgekommen sein. Vielleicht haben sie sich bei irgendeiner Demo kennen gelernt. Du weißt schon, Scott hatte die Schnauze voll vom Krieg und sprang auf Ramseys Vorstellungen sofort an. Wenn er Arnold Ramsey bei der Planung des Attentats auf Ritter geholfen hat, dann kennt er auch Kate Ramsey. Und außerdem weiß er, dass Bruno die Karriere ihres Vaters mit getürkten Beschuldigungen ruiniert hat, und das erzählt er Kate. Kate wächst also voller Hass auf John Bruno heran. Irgendwann taucht Scott dann wieder bei ihr auf, sie schließen sich kurz und entführen Bruno aus Rache für sein damaliges Verhalten. Damit wäre doch alles erklärt.«

»Und der Mann, der Arnold Ramsey in der Nacht besucht hat und von dem Kate behauptet, er habe Thornton Jorsts Namen genannt – soll das auch Scott gewesen sein?«

»Also, wenn Kate wirklich mit drinhängt, dann könnte sie uns darüber einfach belogen haben, um uns von der Wahrheit abzulenken – das hatten wir doch schon mal. Also, was meinst du?«

»Diese Schlussfolgerungen klingen ziemlich plausibel.«

»Ja, ich denke auch, dass wir zwei ein ziemlich gutes Team bilden.«

King holte tief Luft. »Und nun warten wir am besten ab und sehen, was uns der morgige Tag bringt.«

KAPITEL 60

Am folgenden Morgen brachen sie bereits im ersten Tageslicht in drei Fahrzeugen auf. Parks fuhr mit King und Michelle in seinem Wagen, gefolgt von zwei schweren Transportern mit grimmig dreinschauenden, bis auf die Zähne bewaffneten FBI-Agenten.

King und Michelle hatten Parks über die neuesten Entwicklungen mit Kate Ramsey unterrichtet und ihm auch Michelles – wenngleich noch etwas vage – Theorien über die möglichen Verbindungen zwischen den einzelnen Punkten erklärt.

Parks wirkte nicht überzeugt. »So, wie das in diesem Fall bisher läuft, warte ich jetzt schon auf die nächste unangenehme Überraschung.«

In einer Kaffeepause erläuterte Parks seinen Angriffsplan: »Ein Transporter wird als Fahrzeug von Landvermessern getarnt. Wir schicken ihn zum Haus vor. Einer von unseren Jungs geht mit seinem Klemmbrett an die Haustür, während ein anderer die Geräte auslädt. Ein paar Männer bleiben im Transporter. Die anderen haben inzwischen das Gelände umstellt. Unser Klemmbrett-Knabe klopft an die Tür, und wenn jemand öffnet, springen alle aus ihren Verstecken, und wir gehen in die Vollen. Wenn keiner daheim ist, gehen wir ganz normal rein und führen unseren Durchsuchungsbefehl aus. Wenn wir ein bisschen Glück haben, fällt kein Schuss, und wir kommen alle wieder glücklich und gesund nach Hause.«

King, der auf dem Rücksitz saß, legte Parks von hinten die Hand auf die Schulter. »Sie wissen ja, Bob Scott ist ein

Waffenfreak. Er ist aber außerdem ein Nahkampfspezialist. Auf diese Weise ist er dem Vietcong entronnen. Es heißt, er hat sechs Monate an einer Metallschnalle herumgefeilt, bis sie dünn wie eine Rasierklinge war, und dann damit seinen beiden Bewachern die Kehle durchgeschnitten. Scott ist also keiner, bei dem man sich einen Schnitzer leisten kann.«

»Ich verstehe. Aber wir kommen überraschend und sind klar überlegen. Wie im Lehrbuch. Das ist meines Wissens die beste Art.« Nach einer Pause fügte Parks noch hinzu: »Glauben Sie wirklich, dass wir dort John Bruno und womöglich auch Joan Dillinger finden?«

»Vielleicht«, sagte King. »Aber ich weiß nicht, ob sie dann noch atmen.«

Buick-Mann und Simmons legten letzte Hand an ihre Vorbereitungen. Die Generatoren standen an den vorgesehenen Plätzen und waren einsatzbereit. Die Kabel waren verlegt, die Sprengsätze angeschlossen, die Zünder eingestellt. Alle Einzelheiten, die Buick-Mann mit so großer Sorgfalt vorbereitet hatte, befanden sich an Ort und Stelle und warteten nur auf den großen Augenblick. Sämtliche Gerätschaften waren ein Dutzend Mal getestet und überprüft worden. Nun musste es auch noch beim dreizehnten Mal so perfekt klappen, und der Sieg gehörte ihnen.

Buick-Mann ließ den Blick noch einmal über sein Werk gleiten, in das er so viel Planung und Mühe gesteckt hatte, gestattete sich selbst aber nicht einmal einen zufriedenen Gesichtsausdruck. Simmons fiel das auf, und er stellte die Kiste beiseite, die er noch einmal überprüft hatte.

»Na, jetzt ist es ja bald so weit. Sieht aus, als könnten wir es tatsächlich durchziehen. Das sollte dich eigentlich freuen.«

»Geh und sieh nach ihnen«, befahl Buick-Mann kurz angebunden. Dann setzte er sich auf einen Stuhl und ging im Kopf noch einmal jeden einzelnen Schritt durch.

Simmons ging zu den Gefangenen und beäugte sie durch die jeweiligen Zellentüren. Im Moment waren sie alle bewusstlos – ihr Essen war mit Drogen versetzt gewesen –, aber sie würden rechtzeitig aufwachen. Und wenn alles nach Plan ging, dann wäre er, Simmons, bald auf dem Weg ins Ausland – mit so viel Geld, dass er es selbst in mehreren Leben nicht würde ausgeben können.

Er kehrte zurück und fand Buick-Mann noch immer mit geschlossenen Augen und gesenktem Kopf auf dem Stuhl sitzen.

»Was meinst du, wie lange es noch dauert, bis sie hier anklopfen?«, fragte Simmons, obwohl er das Schweigen nur ungern brach, weil er wusste, wie sehr Buick-Mann die Ruhe schätzte.

»Bald«, antwortete Buick-Mann. »Sie sollten jetzt jede Minute auf den Bunker in Tennessee stoßen.«

»Sie werden sich wundern.«

Buick-Mann betrachtete ihn missbilligend. »Darum geht's doch letztlich. Hast du eigentlich irgendeine Vorstellung davon, wie viel Überlegung und Planung dafür nötig war? Glaubst du, das geschieht alles nur zu deinem Amüsement?«

Nervös senkte Simmons den Blick. »Wann kommt sie denn nun zurück?«

»Sie wird rechtzeitig da sein. Sie wird sich den nächsten Akt nicht entgehen lassen wollen. Ich freue mich ja selbst schon drauf.« Er sah den Gefährten an. »Bist *du* denn bereit?«

Simmons straffte die Schultern und setzte eine selbstbewusste Miene auf. »Ich bin geboren für so was.«

Buick-Mann starrte ihn sekundenlang intensiv an, dann senkte er den Kopf und schloss erneut die Augen.

KAPITEL 61

Mit dem Fernglas beobachteten Michelle und King aus der Sicherheit des Geländewagens heraus, wie einer der Transporter mit sechs von Parks' Männern an Bord den holperigen Weg hinunter auf das Haus zu rollte oder, besser gesagt, auf die Hütte. King sah sich in der weiteren Umgebung um und dachte bei sich, dass es kaum eine abgelegenere Gegend geben könne als diese. Sie befanden sich auf einem Berggrat der Great Smoky Mountains. In der schwierigen Topographie war sogar der Vierradantrieb des Geländewagens an seine Grenzen gestoßen. Um sie herum bildeten hohe Kiefern, Eschen und Eichen eine Mauer, die ihnen zwei Stunden früher als normal die Dunkelheit bringen würde. Selbst jetzt, um elf Uhr vormittags, schien sich Dämmerung über das Land herabzusenken, und die Luft war von einer feuchten Kühle, die sich auch im Wagen noch bis auf die Knochen durchzufressen schien.

King und Michelle schauten zu, wie der Transporter vor der Hütte anhielt und der Fahrer ausstieg. Andere Fahrzeuge waren nicht zu sehen. Aus dem Schornstein der Hütte stieg kein Rauch auf, und nicht einmal ein Hund, eine Katze oder ein Huhn belebte den unbebauten Vorgarten. Die schwer bewaffneten Agenten im Innern des Transporters blieben hinter den getönten Scheiben unsichtbar. Die Taktik mit dem Trojanischen Pferd bewährt sich seit Tausenden von Jahren immer wieder, dachte King – hoffentlich auch hier. Er stellte sich die auf der Lauer liegenden Agenten vor, während sich ein weiterer Gedanke in seinem Kopf formte: *Trojanisches Pferd?* Er schob ihn beiseite und konzentrierte sich wieder auf die bevorstehende Belagerung.

Die Hütte war umzingelt. Die Agenten lagen auf der Erde, im Gras oder hinter Felsnasen und hielten ihre Gewehre auf bestimmte Ziele gerichtet – die Türen, die Fenster sowie andere kritische Zonen. Wer immer sich in der Hütte aufhält, dachte King, müsste ein Zauberer sein, wenn er diesem dichten Netz entkommen will. Der unterirdische Bunker allerdings blieb ein Problem. Er hatte mit Parks darüber diskutiert. Die Blaupausen, die sich der Marshal hatte beschaffen können, wiesen einen wesentlichen Mangel auf: Es waren keine Außenzugänge und/oder Belüftungsschächte eingezeichnet, die aber vorhanden sein mussten. Um ein Entkommen durch diese Ausgänge zu vermeiden, hatte Parks überall dort Posten aufgestellt, wo der Bunker nach menschlichem Ermessen Zugänge haben konnte.

Einer der Agenten ging jetzt auf die Vordertür der Hütte zu, während ein zweiter aus dem Laster kletterte und ein Landvermesserstativ herauszog. Unter ihren unförmigen Jacken trugen die Männer kugelsichere Westen, und ihre Pistolen hingen an Gürtelklammern, sodass sie jederzeit gezogen werden konnten. Die anderen Männer im Fahrzeug verfügten über ausreichend Feuerwaffen, um es mit einem ganzen Regiment aufzunehmen.

King und Michelle hielten den Atem an, als der Agent an die Tür klopfte. Dreißig Sekunden verstrichen, schließlich eine ganze Minute. Der Mann klopfte erneut und machte sich mit Rufen bemerkbar. Eine weitere Minute verging. Der Mann ging seitlich um die Hütte herum und tauchte eine Minute später auf der anderen Seite wieder auf. Als er nun wieder auf den Laster zuging, schien er Selbstgespräche zu führen. Doch er holte sich, wie King wusste, von Parks die Ermächtigung, das Objekt anzugreifen. Die musste er erhalten haben, denn nun knallten die Türen des Lasters auf und die Männer stürmten heraus, auf die Haustür zu, die durch einen gezielten Schuss des Mannes an der Spitze aufgesprengt wurde. Sieben Männer verschwanden im Innern der Hütte. King und Michelle sahen nun, wie von allen Seiten aus dem die Hütte umgebenden Wald Männer auftauchten und mit schussbereit angelegtem Gewehr darauf zu marschierten.

Alles wartete gespannt auf den Schuss, mit dem der Feind seine Anwesenheit bestätigte – und seine Bereitschaft, in einem Flammenmeer unterzugehen. Doch es war nichts weiter zu hören als der Wind, der im Laub der Bäume raschelte, und hin und wieder das Zwitschern eines Vogels.

Dreißig Minuten später wurde der Alarm abgeblasen. Michelle und King fuhren hinunter und schlossen sich Parks und seinen Jägern an.

Die Hütte war klein und enthielt nur wenige rustikale Möbelstücke. Der Kamin war leer, in den Schränken fanden sich nur ein paar abgestandene und verdorbene Lebensmittel, und auch der Kühlschrank enthielt nichts Erwähnenswertes. Zum Bunkereingang gelangte man durch eine Tür im Keller.

Der Bunker war um ein Vielfaches größer als die Hütte. Er war hell beleuchtet und sauber und erst noch vor kurzem benutzt worden. Es gab Vorratskammern mit leeren Regalen, doch auf den Brettern wiesen die Staubmuster darauf hin, dass hier vor nicht allzu langer Zeit Dinge gelagert worden waren. Es gab einen Schießstand, dessen Geruch verriet, dass auch er noch vor kurzem benutzt worden war. Als sie zu den Gefängniszellen kamen, nickte Parks King und Michelle zu, und sie folgten ihm den Flur hinunter zu einer der Zellen, deren Tür offen stand. Parks stieß sie mit dem Fuß vollends auf.

Die Zelle war leer.

»Sie sind alle leer«, polterte Parks. »Hier ist auf einen Schlag alles geräumt worden. Aber diese Zelle *war* kürzlich noch belegt, und wir werden sie penibel genau durchkämmen.«

Er stapfte davon, um die Techniker von der Spurensuche in Marsch zu setzen. King musterte das Zelleninnere, leuchtete dann mit seiner Taschenlampe in jede Ritze und zuckte zusammen, als etwas zurückfunkelte. Erst jetzt trat er ein, warf einen Blick unter das schmale Feldbett und fragte Michelle: »Hast du mal ein Taschentuch?«

Sie reichte ihm eines, und er benutzte es, um einen schimmernden kleinen Gegenstand hervorzuziehen: einen Ohrring.

Michelle besah ihn sich genau. »Der gehört Joan.«

King betrachtete sie skeptisch. »Woran erkennst du das? Er sieht doch aus wie jeder Ohrring.«

»Für einen Mann schon. Frauen fällt der Stil von Kleidung, Haaren, Schmuck, Nägeln und Schuhen auf, so ungefähr alles, was eine andere Frau am Körper haben kann. Männern fallen bloß Titten und Hintern auf, meistens in dieser Reihenfolge, und manchmal noch die Haarfarbe. Dieser Ohrring gehört Joan; sie trug ihn, als ich sie das letzte Mal sah.«

»Sie war also hier.«

»Aber jetzt ist sie 's nicht mehr. Immerhin, die Chancen, dass sie noch am Leben ist, stehen nicht ungünstig«, kommentierte Michelle.

»Vielleicht hat sie ihn mit Absicht fallen lassen«, meinte King.

»Richtig. Damit wir erfahren, dass sie hier war.«

Während Michelle sich aufmachte, um den Ohrring Parks zu bringen, ging King in die nächste Zelle und leuchtete mit seiner Taschenlampe in alle Ecken. Er ging methodisch vor, entdeckte jedoch nichts von Bedeutung. Er beugte sich unters Bett und stieß sich den Kopf an, als er sich wieder aufrichten wollte. Er blieb stehen und rieb sich die Birne, wobei ihm auffiel, dass er die schmale Matratze verrückt hatte. Er beugte sich vor, um sie wieder gerade zu rücken, denn er wollte nicht riskieren, dass man ihm auf die Finger klopfte, weil er an einem Tatort etwas verändert hatte.

Im selben Moment fiel ihm die Inschrift ins Auge. Sie war direkt dort in die Wand geritzt, wo eben noch die Matratze sie bedeckt hatte. King beugte sich vor und strahlte sie mit seiner Lampe an. Es musste eine mühsame Arbeit gewesen sein, die Buchstaben – vermutlich mit dem Fingernagel – in die Betonwand zu ritzen.

CAMP HOPE II.

»Was machst du da?«

Er drehte sich schnell um. Michelle stand hinter ihm und starrte ihn an.

»Ich hab Sherlock Holmes gespielt, aber ohne Erfolg«, sagte er mit dümmlicher Miene und warf einen Blick über Michelles Schulter. »Wie geht's draußen voran?«

»Die Spurensucher sind auf dem Weg hierher. Ich glaube nicht, dass sie uns gerne hier drin sehen werden.«

»Schon kapiert. Geh doch schon vor und sag Parks, dass wir nach Wrightsburg zurückfahren. Er kann uns dann bei mir zu Hause treffen.«

Michelle sah sich um. »Ich hatte wirklich gehofft, dass wir heute die Antwort auf alle unsere Fragen bekämen. Stattdessen haben wir noch mehr Fragen.«

Nachdem sie gegangen war, wandte sich King wieder der in die Wand geritzten Botschaft zu. Er erwog, den anderen davon zu berichten, hielt es dann aber für besser, sie die Entdeckung selber machen zu lassen – falls sie ihnen nicht entging.

Wenn er Recht hatte, mussten sie vollkommen umdenken.

KAPITEL 62

Auf der Rückfahrt nach Wrightsburg brütete King schweigend vor sich hin – und zwar so konsequent, dass Michelle schließlich jeden Versuch, ihn aufzuheitern, aufgab. Sie setzte ihn vor seinem Haus ab.

»Ich bleibe eine Zeit lang im Hotel«, sagte sie, »und überprüfe noch ein paar Dinge. Außerdem muss ich wohl auch mal beim Service anrufen – schließlich bin ich dort immer noch angestellt.«

»Gute Idee, fein«, sagte King geistesabwesend, ohne Michelle anzusehen.

»Da du deine Gedanken für einen Penny nicht preisgeben willst, geh ich höher und biete zehn Cent.« Sie lächelte und berührte leicht seinen Arm. »Komm schon, Sean, gib's auf.«

»Das könnte schon viel zu teuer sein. Ich habe keine Ahnung, wie viel meine Gedanken zurzeit wert sind.«

»Du hast dort etwas entdeckt, oder?«

»Nicht jetzt, Michelle. Ich muss erst über Verschiedenes nachdenken.«

»Na schön, aber ich dachte, wir wären Partner«, sagte sie. Dass er an ihrer Hilfe offenkundig nicht interessiert war, empfand sie als persönlichen Affront.

»Warte«, erwiderte er, »du könntest mir einen Gefallen tun. Hast du immer noch Zugang zur Datenbank des Secret Service?«

»Ich glaube schon. Ein Freund von mir hat meine Entlassungspapiere auf den langen Dienstweg geschickt. Nachdem man mir nun doch Urlaub gewährt hat, kenne ich meinen eigenen Status nicht mehr so genau. Aber das lässt sich schnell herausfinden. Ich hab meinen Laptop im Hotel, also kann ich mich einloggen und die Sache überprüfen. Was willst du denn wissen?« Als er es ihr sagte, wirkte sie sehr überrascht. »Was hat das denn mit unserem Fall zu tun?«

»Vielleicht gar nichts, vielleicht alles.«

»Also, ich weiß nicht, ob sich so etwas in der Datenbank des Service finden lässt.«

»Dann such's anderswo. Du bist doch eine gute Detektivin.«

»Ich glaube nicht, dass du das ernst meinst«, erwiderte sie. »Bis jetzt hat sich keine meiner großartigen Theorien länger gehalten.«

»Wenn du diese Antwort für mich rausfindest, sind alle meine Zweifel beseitigt.«

Michelle kletterte wieder in ihren Wagen. »Hast du übrigens eine Waffe?«

Er schüttelte den Kopf. »Die haben sie mir bisher noch nicht zurückgegeben.«

Sie zog ihre Pistole aus dem Holster und reichte sie ihm. »Hier. Wenn ich du wäre, würde ich sie mit ins Bett nehmen.«

»Und was ist mit dir?«

»Secret-Service-Agenten haben immer eine in Reserve. Das weißt du doch.«

Zwanzig Minuten nach Michelles Abfahrt stieg King in seinen Lexus und fuhr zu seinem Anwaltsbüro. Jahrelang war er dort fünfmal die Woche hingefahren, bis er die Leiche von Howard Jennings auf dem Teppich gefunden hatte. Nun kam es ihm vor, als betrete er ein fremdes Land zum ersten Mal. Das Büro war kalt und lag im Dunkeln. King knipste das Licht an, stellte die Heizung auf die höchste Stufe und sah sich in der ihm vertrauten Umgebung um. Sie war eine Art Maßstab dafür, wie weit er sich aus dem Abgrund, in den ihn das Attentat auf Ritter gestürzt hatte, wieder herausgezogen hatte. Doch während er das geschmackvolle Ölgemälde an der Wand bewunderte, mit der Hand über die feine Mahagonivertäfelung strich und die Ordnung und Ruhe betrachtete, die in gewisser Weise ein Spiegelbild seines Hauses am See war, empfand er zum ersten Mal nicht das übliche Gefühl von Erfüllung und Ruhe, sondern eine gewisse Leere. Was hatte Michelle gleich gesagt? Sein Haus sei kalt, ja, die reinste Heuchelei. Hatte er sich denn so sehr verändert? Nun ja, sagte er zu sich selbst, ich wurde dazu gezwungen. Wenn's dich aus der Bahn trägt, dann passt du dich entweder an, oder du bleibst als jammerndes Wrack am Straßenrand liegen.

Er trottete hinunter in den kleinen Raum, in dem seine juristische Bibliothek untergebracht war. Obwohl es die meisten Nachschlagewerke mittlerweile auf CD gab, sah King doch lieber die richtigen Bücher im Regal stehen. Er ging zum »Martindale Hubbell«, einem umfangreichen Branchenverzeichnis, in dem, nach Bundesstaaten getrennt, alle zugelassenen Anwälte des ganzen Landes aufgeführt waren. Er zog den Band für Kalifornien heraus, wo unglücklicherweise die meisten Anwälte registriert waren. Er fand nicht, was er suchte – und begriff plötzlich, warum. Seine Martindale-Ausgabe war die neueste. Der Name, den er suchte, war vielleicht in einer älteren Auflage zu finden. Er hatte ein bestimmtes Datum im Kopf – aber wo gab es das entsprechende Verzeichnis dazu zu finden? Kaum war ihm diese Frage durch den Kopf gegangen, fiel ihm auch schon die Antwort darauf ein.

Eine gute halbe Stunde später parkte er seinen Wagen auf dem Besucherparkplatz der eindrucksvollen juristischen Fakultät im Norden des Campusgeländes der Universität von Virginia. Er ging direkt in die Seminarbücherei und stieß dort auf die Bibliothekarin, die ihm schon früher des Öfteren weitergeholfen hatte, wenn er Nachschlagewerke brauchte, für die weder der Platz noch die finanzielle Ausstattung einer kleinen Anwaltskanzlei ausreichten. Als er der Dame sagte, was er brauchte, nickte sie. »O ja, die haben wir alle auf Diskette, doch inzwischen haben wir auch den Online-Dienst abonniert. Soll ich Sie eintragen, Sean? Die Kosten kann ich auf Ihr Konto bei uns buchen, wenn es Ihnen recht ist.«

»Wunderbar. Danke.«

Sie führte ihn in einen Nebenraum der Hauptbibliothek, die das ganze Stockwerk einnahm. Sie kamen an Studenten vorbei, die an kleinen Tischen vor ihren Laptops saßen und pflichtbewusst lernten, dass die Juristerei sowohl ihre erheiternden wie ihre verblödenden Seiten haben kann.

»Manchmal wünschte ich, ich könnte hier auch noch mal studieren«, sagte King.

»Da sind Sie nicht der Einzige. Wenn man mit dem Studieren Geld verdienen würde, hätten wir hier Dauerstudenten en masse.«

Die Bibliothekarin loggte ihn in das System ein und ließ ihn dann allein. King setzte sich vor den Bildschirm und machte sich ans Werk. Die Geschwindigkeit des Computers und die einfache Bedienung des Online-Dienstes machten ihm die Recherche sehr viel leichter als bei den Nachschlagewerken in seinem Büro. Nach mehreren Fehlversuchen fand er, was er suchte: den Namen eines bestimmten Anwalts in Kalifornien. Der Mann war bereits verstorben, weshalb King ihn im jüngsten Branchenverzeichnis nicht hatte finden können. Doch in der Ausgabe von 1974 stand er noch groß und mächtig drin.

Jetzt musste King nur noch verifizieren, dass es sich bei diesem Anwalt wirklich um den von ihm gesuchten Mann handelte, doch das konnte er mit dieser Datenbank nicht. Glücklicherweise wusste er, wo er sich diese Bestätigung holen konnte. Er rief Donald Holmgren an, den pensionierten Pflichtverteidiger, der sich als Erster um Arnold Ramseys Verteidigung gekümmert hatte. Als

Holmgren bei der Nennung der Kanzlei und des Anwalts hörbar aufjapste, hätte King am liebsten einen Siegesschrei ausgestoßen.

»Ganz sicher, das ist er«, sagte Holmgren. »Das ist der Mann, der Arnold Ramseys Verteidigung übernahm und diesen merkwürdigen Vergleich aushandelte.«

Als King sein Handy wieder ausschaltete, erschien ihm vieles, das vorher rätselhaft gewesen war, logisch. Dennoch blieb noch einiges im Dunkeln.

Hoffentlich meldet sich Michelle bald mit der Antwort auf meine Frage, dachte er. Wenn ihre Antwort zu der Inschrift in der Zellenwand passt, dann bin ich der Wahrheit wahrscheinlich ganz nah auf der Spur. Und wenn ich mich wirklich nicht getäuscht habe, und das alles stimmt…?

Dieser Gedanke ließ ihm kalte Schauer den Rücken hinablaufen, denn die logische Erklärung hieß, dass es die Dunkelmänner von einem bestimmten Punkt an auf *ihn selbst* abgesehen hatten.

KAPITEL 63

Als Michelle vor dem Hotel hielt, in dem sie untergebracht war, warf sie einen Blick auf die Schachtel, die auf der Ladefläche ihres Geländewagens stand. Sie enthielt die Unterlagen über Bob Scott, die sie in Joans Zimmer im Cedar gefunden hatten. Michelle nahm die Schachtel mit in ihr Zimmer und beschloss, die Unterlagen sicherheitshalber noch einmal durchzugehen; es war ja möglich, dass Joan etwas übersehen hatte. Sie machte sich gleich ans Werk und stellte fest, dass Joans Aufzeichnungen ebenfalls in der Schachtel lagen.

Das unberechenbare Wetter hatte umgeschlagen, und es war wieder kalt geworden. Michelle schichtete Ansteckholz und mehrere größere Scheite in den Kamin und steckte sie mit Hilfe von Streichhölzern und zusammengeknülltem Zeitungspapier an. Dann bestellte sie in der Küche heißen Tee und etwas zu essen. Als das Tablett gebracht wurde, legte Michelle, die Joans Entführung noch nicht vergessen hatte, eine Hand auf ihre Pistole und ließ die Bedienung keine Sekunde lang aus den Augen. Das Zimmer war groß und hübsch, wenngleich so üppig möbliert, dass es Thomas Jefferson ein Lächeln entlockt hätte. Das lustig brennende Feuer trug seinen Teil zu der heiteren, gemütlichen Atmosphäre bei. Allerdings hätte Michelle das Zimmer trotz seiner Annehmlichkeiten des hohen Preises wegen längst aufgeben müssen, hätte der Service ihr nicht angeboten, die Kosten für Unterbringung und Mahlzeiten wenigstens ein paar Tage lang zu übernehmen. Michelle war sich darüber im Klaren, dass dafür eine entsprechende Gegenleistung von ihr erwartet wurde – nämlich eine vernünftige Lösung dieses undurchsichtigen, verrückten Falls. Bestimmt war im Service längst bekannt, dass sie – gemeinsam mit King – schon einige viel versprechende Spuren erkundet hatte. Allerdings war sie nicht so naiv, dass sie die Großzügigkeit ihrer Vorgesetzten falsch interpretiert hätte. Die Übernahme ihrer Spesen war nämlich auch eine fabelhafte Möglichkeit, sie im Auge zu behalten.

Sie setzte sich mit gekreuzten Beinen auf den Boden, stöpselte ihren Computer in die nagelneu aussehende Online-Steckdose an der Wand hinter dem Schreibtisch im Stil des 18. Jahrhunderts und machte sich an die Aufgabe, Kings ungewöhnliche Bitte zu erfüllen. Ihre Vermutung, dass die Antwort auf seine Frage nicht in der Datenbank des Secret Service zu finden sei, bestätigte sich rasch. Sie probierte es daher telefonisch bei mehreren Kollegen und hatte beim fünften Versuch Erfolg. Sie gab dem Mann die Information weiter, die sie von King bekommen hatte.

»Ja, verdammt noch mal!«, sagte der Agent. »Das weiß ich, weil mein Cousin in dem gleichen verfluchten Lager war und dort zum Skelett abgemagert ist, bevor er wieder rauskam.«

Michelle bedankte sich und legte auf. Dann wählte sie Kings Nummer. King meldete sich sofort.

»Okay«, sagte sie und gab sich keine sonderliche Mühe, ihren Triumph zu verbergen. »Jetzt ist es deine verdammte Pflicht und Schuldigkeit, mich zur besten Detektivin seit Miss Marple zu ernennen.«

»Miss Marple? Ich dachte, du würdest es unter Sherlock Holmes oder Hercule Poirot nicht tun«, konterte er.

»Die waren vielleicht ganz gut – dafür, dass sie Männer waren –, aber Jane Marple ist einzigartig und steht weit über ihnen.«

»Na schön, betrachten Sie sich als ernannt und gesalbt, Fräulein Neunmalklug. Was hast du rausgefunden?«

»Dass du Recht hattest. Der Name, den du mir genannt hast, ist der eines vietnamesischen Lagers – genauer gesagt, der Name, den die amerikanischen Soldaten ihm gegeben haben, die dort gefangen gehalten wurden. Kannst du mir jetzt vielleicht mal erzählen, was los ist? Wie bist du denn auf diesen Namen gekommen?«

King zögerte erst, doch dann sagte er: »Er war in die Mauer der Gefängniszelle eingeritzt, in diesem Bunker in Tennessee.«

»Mein Gott, Sean, soll das etwa heißen, dass …?«

»Hinter dem Namen war die römische Ziffer Zwei eingeritzt. Kommt mir logisch vor. Das war sein zweites Kriegsgefangenenlager – so wird er 's wohl gesehen haben. Das erste in Vietnam, das zweite in Tennessee.«

»Also wurde Bob Scott in dieser Zelle gefangen gehalten und hinterließ diese Inschrift, um das kundzutun?«

»Vielleicht. Vergiss nicht, Michelle – es könnte auch eine falsche Fährte sein, ein Hinweis, den man uns finden lassen wollte.«

»Aber ist er dazu nicht zu undeutlich?«

»Auch wieder wahr. Und noch was.«

»Was?«

»Diese Sir-Kingman-Notiz, die an Susan Whiteheads Leiche geheftet war.«

»Du glaubst nicht, dass Scott die geschrieben haben könnte? Warum nicht?«

»Aus mehreren Gründen, aber ich bin mir noch nicht ganz sicher.«

»Aber angenommen, es ist gar nicht Scott, der dahinter steckt – wer, zum Teufel, ist es dann?«

»Das versuche ich gerade rauszufinden.«

»Was hast du unternommen?«

»Ein paar Recherchen in der Bibliothek der juristischen Fakultät.«

»Hast du was rausgefunden?«

»Ja.«

»Willst du 's mir nicht erzählen?«

»Noch nicht. Ich muss erst noch ein bisschen drüber nachdenken. Aber vielen Dank für deine Klarstellung wegen des Namens… Miss Marple.« Er beendete das Gespräch, und Michelle legte den Hörer auf, nicht sonderlich erfreut darüber, dass er es erneut abgelehnt hatte, sie ins Vertrauen zu ziehen.

»Da hilfst du so einem Kerl ein Stück weiter und meinst, er revanchiert sich – aber *nein!*«, beschwerte sie sich laut bei dem ansonsten leeren Zimmer.

Sie warf noch ein paar Holzscheite auf das Kaminfeuer und fing dann an, die Schachtel mit den Unterlagen und Joans Notizen zu durchforsten.

Es war ihr ein wenig unangenehm, die persönlichen Kommentare eines Menschen zu lesen, von dem nicht sicher war, ob er noch lebte. Allerdings musste Michelle zugeben, dass Joan sehr sorgfältig vorgegangen war. Je weiter sie vorankam, desto mehr wuchs ihre Achtung vor dem Können und der Professionalität der Ex-Agentin. Dabei fiel ihr wieder der Zettel ein, den Joan am Morgen vor der Ermordung Ritters in ihrem Hotelzimmer vorgefunden hatte. Sie hatte zusehen müssen, wie der Mann, den sie liebte, beruflich ruiniert wurde, während ihre eigene Karriere zügige Fortschritte machte – was musste sie all die Jahre über für Schuldgefühle mit sich herumgeschleppt haben! Andererseits: So groß konnte ihre Liebe nun auch wieder nicht gewesen sein angesichts ihrer Entscheidung, den Mund zu halten und ihre Karriere über ihre Gefühle für Sean King zu setzen. Und wie mochte King sich gefühlt haben?

Und überhaupt, was hatte es mit den Männern ganz allgemein auf sich? Besaßen sie wirklich ein dominierendes Gen, das sie, wenn eine Frau so rücksichtslos mit ihnen umsprang, in der Not den edlen Dulder spielen ließ, so dumm der Anlass auch gewesen sein mochte? Sicher, eine verliebte Frau konnte genauso hoffnungslos nach einem Kerl schmachten. Und nur allzu oft fielen die Geschlechtsgenossinnen auf einen bösen Buben herein, der ihnen den Kopf verdrehte – und später dann das Herz brach. So eine Sache jedoch hätte eine Frau einfach unter Verluste abgebucht und von vorne angefangen … Ganz anders die Jungs. Die mussten immer und unbedingt aufs Ganze gehen, ganz egal, wie kalt das Herz unter Bluse und Busen war. Herrgott, es war wirklich frustrierend, dass ein Mann wie Sean auf eine Frau wie Joan hereinfallen konnte!

Michelle riss sich am Riemen und fragte sich, warum ihr das eigentlich so nahe ging. King und sie bearbeiteten gemeinsam einen Fall, das war alles. Und außerdem war King alles andere als perfekt. Sicher, er war intelligent, gebildet, gut aussehend und humorvoll. Allerdings auch über zehn Jahre älter als sie selbst. Eine Menge unangenehmer Eigenschaften besaß er auch: Er war launisch, eigenbrötlerisch, gelegentlich sogar grob und manchmal auch herablassend. Und außerdem so verflucht ordentlich! Und für den, dachte sie, habe ich doch tatsächlich das Chaos in meinem Wagen beseitigt – bloß um ihm zu gefallen …

Sie errötete bei diesem freimütigen Eingeständnis und konzentrierte sich schnell wieder auf die Papiere, die vor ihr lagen. Sie studierte den abgehefteten Haftbefehl gegen Bob Scott, der zur Entdeckung der Hütte und des ausgeräumten Bunkers geführt hatte. Doch dass Scott die treibende Kraft hinter der Affäre war, schien nach den Informationen, die King ihr vorhin gegeben hatte, sehr viel weniger plausibel.

Dennoch: Die Hütte *gehörte* Scott, und der Haftbefehl war wegen Verstoßes gegen das Waffengesetz erlassen worden. Michelle musterte das Formular genauer. Um welche Art von Verstoß handelte es sich eigentlich genau? Und warum war der Haftbefehl nicht ausgeführt worden? Antworten auf diese Fragen waren aus den Unterlagen leider nicht ersichtlich.

Frustriert gab Michelle auf und wandte sich wieder Joans Aufzeichnungen zu. Sie stieß auf einen weiteren Namen, der ihr zu denken gab. Die Tatsache, dass Joan diesen Namen durchgestrichen und den Mann damit offenkundig von jedem Verdacht freigesprochen hatte, war Michelle in sich nicht schlüssig genug. Denn obwohl sie es wahrscheinlich niemandem gesagt hätte, war ihr Selbstvertrauen in die eigenen detektivischen Fähigkeiten genauso groß wie Kings in die seinen.

Langsam sprach sie den Namen aus und zog dabei die beiden Silben des Familiennamens in die Länge. »Doug Denby.« Ritters Stabschef. Joans Notizen war zu entnehmen, dass Denbys Leben nach dem Mord an Ritter eine Wendung zum Besseren genommen hatte, denn er hatte in Mississippi Land und Geld geerbt. Diese Tatsache allein hatte Joan zu dem Schluss kommen lassen, Denby könne der Bösewicht nicht sein. Michelle jedoch traute dem Braten nicht. Genügten wirklich ein paar Anrufe und der generelle Hintergrundbericht, den Joans Leute zusammengetragen hatten? Joan war nicht nach Mississippi gefahren, um sich persönlich zu überzeugen. Sie hatte Doug Denby nie gesehen. Lebte er wirklich in Mississippi und spielte dort den Granden? Oder trieb er sich hier in der Gegend herum und wartete nur auf sein nächstes Opfer? King hatte berichtet, dass Sidney Morse Denby damals im Wahlkampf für Ritter mehr und mehr ins Abseits gedrängt hatte. Denby hatte Morse zunehmend gehasst. Vielleicht hatte Denby Ritter ebenso gehasst. Besaß er vielleicht Verbindungen zu Arnold Ramsey, und wenn, welche? Oder zu Kate Ramsey? Hatte er seinen Reichtum zur Finanzierung eines Rachefeldzugs benutzt? All diese Fragen blieben auch nach Joans Ermittlungen unbeantwortet.

Michelle nahm einen Stift zur Hand und schrieb Denbys Namen unter den von Joan ausgestrichenen. Sie überlegte, ob sie King anrufen und fragen sollte, woran er sich sonst noch, was Denby betraf, erinnerte. Vielleicht, dachte sie, sollte ich sogar mitsamt diesen Aufzeichnungen zu ihm fahren und ihn zwingen, sich mit mir hinzusetzen und alles genau durchzugehen...

Michelle seufzte. Vielleicht will ich einfach nur bei

ihm sein, dachte sie, schenkte sich noch eine Tasse Tee ein und sah aus dem Fenster. Draußen zogen Wolken auf, und es sah nach Regen aus.

Ihr Handy klingelte.

Parks rief an, um zu berichten. »Ich bin noch in Tennessee«, erklärte er. Er klang nicht eben frohgemut.

»Gibt's was Neues?«

»Wir haben mit den Leuten gesprochen, die hier in der näheren und weiteren Umgebung Häuser haben, aber das hätten wir uns auch sparen können. Kannten Bob Scott nicht, hatten ihn nie gesehen, immer dieselbe Leier. Mann, ich glaube, die Hälfte dieser Kerle sind selber Schwerverbrecher auf der Flucht. Das Grundstück hat tatsächlich Scott gehört. Er hat es aus der Erbmasse eines alten Mannes gekauft, der selber fünf Jahre lang dort gehaust hat, seiner Familie zufolge aber nicht einmal wusste, dass es den Bunker gab. Und der war blitzsauber. Keinerlei Spuren oder Hinweise, bloß der Ohrring, den Sie beide gefunden haben.«

»Sean hat ihn gefunden, nicht ich.« Michelle zögerte, doch dann sagte sie: »Hören Sie, er hat was anderes rausgefunden.« Sie berichtete Parks von dem Namen des vietnamesischen Lagers, der in die Wand der zweiten Gefängniszelle geritzt war.

Parks schäumte vor Wut. »Warum hat der verdammte Kerl mir das nicht gleich hier gesagt?«

»Das weiß ich nicht«, erwiderte Michelle. Dann fiel ihr ein, dass King sich auch ihr gegenüber zurückhielt. »Vielleicht traut er im Augenblick niemandem mehr über den Weg.«

»Dann haben Sie also nachgeprüft, dass Scott im Vietnamkrieg in Gefangenschaft geraten war?«

»Ja, ich hab mit einem Agenten gesprochen, der die ganze Geschichte kannte.«

»Wollen Sie mir etwa erzählen, jemand wäre hier hergekommen, hätte Scott überwältigt und zum Gefangenen in seinem eigenen Haus gemacht?«

»Sean meinte, es könne ein Trick sein, um uns aus der Spur zu werfen.«

»Wo steckt unser großer Detektiv denn?«

»Bei sich zu Hause. Er wollte noch weitere Ermittlungen anstellen. Zurzeit ist er nicht besonders kommunikativ. Offenbar will er allein sein.«

»Wen schert es, was der Kerl will?!«, brüllte Parks. »Womöglich hat er den Fall schon gelöst, ohne uns auch nur ein Wörtchen zu verraten!«

»Hören Sie, Jefferson, er gibt sich die größte Mühe, der Wahrheit auf die Spur zu kommen. Er hat dabei eben nur seine eigenen Methoden.«

»Von mir aus kann er mich mitsamt seinen Methoden mal am Arsch lecken.«

»Ich werde mit ihm sprechen. Vielleicht können wir uns später noch treffen.«

»Ich weiß nicht, wie lange ich hier noch brauche. Möglich, dass wir vor morgen gar nicht fertig werden. Also reden Sie mit King und machen Sie ihm klar, dass er einen Fehler macht, wenn er uns was vorenthält. Ich will nicht erleben müssen, dass er noch andere Beweise zurückhält. Tut er 's doch, dann schmeiße ich ihn in eine Zelle, die nicht viel anders aussieht als die, die Sie beide heute gesehen haben. Kapiert?«

»Kapiert.«

Michelle schaltete ihr Handy ab und zog das Kabel ihres Laptops aus der Steckdose, rollte es auf und steckte es in ihren Koffer. Sie blieb stehen und dachte nach, dann ging sie zur anderen Seite des Zimmers, um etwas aus ihrem Rucksack zu holen. Sie passte nicht auf, wo sie hintrat, stolperte und fiel. Als sie sich wieder aufrichtete, bedachte sie das Paddel mit einem bösen Blick. Es lag, zusammen mit all dem anderen Kram aus ihrem Wagen, unter dem Bett und schaute zur Hälfte hervor. Unter dem Bett herrschte ein solches Gedränge, dass immer wieder etwas anderes hervorrutschte und das Zimmer zur Slalomstrecke machte. Dies war nun schon das dritte Mal, dass sie über etwas gestolpert war. Höchste Zeit, dass etwas geschah.

Als Michelle ihrem Müll den Krieg erklärte, hatte sie keine Ahnung, dass ihre gesamte Unterhaltung mit Jefferson Parks von einer winzigen Menge von Schaltungen und Drähten aufgefangen worden war. In der Buchse für ihren Telefon- und Computeranschluss lauerte eine weitere Vorrichtung, die erst jüngst eingebaut worden war und von der die Besitzer des Hotels nichts wussten: ein dem neuesten Stand der Technik entsprechendes drahtloses Überwachungsgerät, das so außerordentlich empfindlich war, dass es nicht nur alles auffing, was im Zimmer oder am Telefon gesprochen wurde, sondern auch jedes Wort der Gesprächsteilnehmer am anderen Ende der Leitung.

In etwa achthundert Meter Entfernung vom Hotel stand ein Lieferwagen am Straßenrand. Darin saß Buick-Mann und hörte zum dritten Mal das Gespräch ab. Dann schaltete er das Tonbandgerät ab, griff zum Telefon und wählte eine Nummer. Er sprach mehrere Minuten lang ohne Unterbrechung und schloss dann mit der Bemerkung: »Ich kann dir gar nicht sagen, wie tief enttäuscht ich bin.«

Diese Worte jagten seinem Gesprächspartner einen kalten Schauer über den Rücken.

»Tu's«, befahl Buick-Mann. »Heute Nacht.«

Er legte auf und sah starren Blicks in Richtung Hotel. Michelle Maxwell hatte es endlich geschafft, auf den ersten Platz seiner Liste vorzudringen. Wortlos gratulierte er ihr.

KAPITEL 64

Trotz allem, was er um die Ohren hatte, war es King gelungen, einen Termin mit einem Wach- und Sicherheitsunternehmen aus Lynchburg zu vereinbaren. Er stand am Fenster und sah, wie der Lieferwagen mit der Aufschrift *A-1 Security* vorfuhr.

Er ließ den Firmenvertreter zur Vordertür herein und erklärte ihm, was er wollte. Der Mann sah sich im Haus um, dann nahm er King aufs Korn. »Sie kommen mir bekannt vor. Sind Sie nicht der Typ, der eine Leiche gefunden hat?«

»Richtig. Daran können Sie sehen, wie dringend ich eine Alarmanlage brauche.«

»Klar, aber dass wir uns auch richtig verstehen: Für so was können wir keine Garantie übernehmen. Ich meine, wenn noch 'ne Leiche auftaucht, dann können Sie bei uns keinen Schadenersatz beanspruchen. So was läuft unter höherer Gewalt, klar?«

»Okay.«

Sie besprachen die Einzelheiten.

»Wann können Sie das denn einbauen?«, fragte King.

»Also, wir sind ziemlich ausgelastet. Wenn wir eine Absage kriegen, rücken Sie auf den frei gewordenen Platz auf der Liste. Ich rufe Sie an.«

King setzte seinen Namen unter den Auftrag, schüttelte dem Mann die Hand und begleitete ihn zur Tür.

Als es Abend wurde, überlegte King, ob er Michelle anrufen und herüberbitten sollte. Er hatte sie ziemlich lange im Dunkeln gelassen, und sie hatte es tapfer ertragen. Aber so war er nun einmal. Er behielt die Dinge gerne für sich, vor allem dann, wenn er sich der richtigen Antwort nicht sicher war. Inzwischen, ja, inzwischen fühlte er sich etwas sicherer.

Er rief bei Kate Ramsey in Richmond an. Sharon, ihre Mitbewohnerin, kam ans Telefon; Kate war noch nicht wieder aufgetaucht.

»Haben Sie Geduld«, sagte er, »ich melde mich, wenn sie auftaucht. Und Sie tun das Gleiche.«

Er legte auf und starrte durch das große Fenster auf den See. Im Allgemeinen setzte er sich, wenn ihm allzu viel durch den Kopf ging, in sein Boot und dachte nach, doch dazu war es im Augenblick zu kalt und zu windig. Er stellte das Gas im Ofen an, setzte sich davor und nahm ein einfaches Abendessen zu sich. Als er sich endlich selbst dazu überredet hatte, Michelle anzurufen, hielt er inne – und stellte fest, dass es schon zu spät war.

Er dachte über die Entführung John Brunos nach. Inzwischen war ihm klar, dass der Mann deshalb gekidnappt worden war, weil er *angeblich* Arnold Ramseys Leben mit einer gefälschten Mordanklage zerstört hatte. Diese Anklage war erst fallen gelassen worden, nachdem ein Anwalt eingegriffen hatte, dessen Identität King mittlerweile ebenfalls bekannt war. Er hätte diese Erkenntnis nur allzu gerne mit Michelle geteilt. Er betrachtete nachdenklich das Telefon. Vielleicht war's doch noch nicht zu spät, sie anzurufen? Nein, das hatte Zeit. Ihm ging durch den Kopf, was Kate über das Gespräch ihres Vaters mit dem Unbekannten erzählt hatte. Vielleicht glaubte sie nur, den Namen Thornton Jorst verstanden zu haben, den der rätselhafte Fremde angeblich genannt hatte. Mittlerweile war King überzeugt, dass der Mann nicht von »Thornton Jorst«, sondern von einem »Trojanischen Pferd« gesprochen hatte. »*Trojan horse*« klang ja ganz ähnlich wie der Name des Professors.

Kate hatte noch etwas gesagt, was ihm keine Ruhe

ließ. Angeblich hatte Regina Ramsey ihrer Tochter erzählt, dass der gewaltsame Tod eines Polizisten auf einer Anti-Kriegs-Demonstration zu einem irreparablen Knick in der akademischen Karriere ihres Vaters geführt habe. Doch Kate hatte außerdem gesagt, die Universität von Berkeley habe ihren Vater promoviert, weil er seine Prüfungen *bereits bestanden* hatte. Ramsey hatte 1974 seinen Doktor gemacht, und daher konnte es sich nicht um eine Demonstration gegen den Vietnamkrieg gehandelt haben – das ließ sich leicht feststellen, und eigentlich hätte Kate das wissen müssen. Warum hatte sie es also erzählt? King fiel darauf keine Antwort ein.

Er sah auf die Uhr und stellte verblüfft fest, dass Mitternacht schon vorüber war. Nachdem er sich vergewissert hatte, dass alle Türen und Fenster fest verschlossen waren, nahm er die Pistole, die Michelle ihm gegeben hatte, mit hinauf. Er schloss seine Schlafzimmertür ab und schob sicherheitshalber noch eine Kommode davor. Er überprüfte Michelles Waffe: Sie war voll geladen, und in der Kammer steckte eine Patrone. King legte die Pistole auf den Nachttisch, zog sich aus und kroch ins Bett. Er schlief rasch ein.

KAPITEL 65

Um zwei Uhr in der Nacht hob die Gestalt am Fenster eine Waffe, zielte auf die Schläferin im Bett und schoss durchs Fenster. Klirrend barst das Glas, und die Kugeln, die ins Bett trafen, zerrissen die Daunendecke. Federchen flatterten durch die Luft.

Von den Schüssen aus dem Schlaf gerissen, fiel Michelle von der Couch auf den Fußboden. Sie war über Joans Aufzeichnungen eingeschlafen, nun aber schlagartig hellwach. Sofort war ihr klar, dass eben jemand versucht hatte, sie umzubringen. Sie zog ihre Waffe und schoss zurück durchs Fenster. Dann hörte sie jemanden weglaufen und kroch zum Fenster. An der Wand zog sie sich ein Stück hoch und lugte vorsichtig über den Sims. Sie konnte immer noch hören, wie sich die Schritte des Attentäters entfernten. Der Atem des Fliehenden klang pfeifend, und für Michelles geschulte Ohren klang auch sein Gang merkwürdig, als ob die Person irgendwie verletzt oder behindert wäre, jedenfalls nicht normal. Als wären die Schritte ungleichmäßig lang. Entweder hatte sie den Kerl noch getroffen, oder er war schon vor seinem Anschlag verletzt gewesen. War es womöglich derselbe Mann, den sie angeschossen hatte, als er sie in ihrem Wagen erdrosseln wollte? Vielleicht der Kerl, der sich Simmons nannte?

Sie hörte einen Wagen anfahren und davonbrausen und machte gar nicht erst den Versuch, selber zum Wagen zu laufen und die Verfolgung aufzunehmen. Womöglich lauerte ihr da draußen noch ein zweiter Killer auf.

Einmal war sie mit King schon in eine solche Falle getappt. Sie hatte keine Lust, diesen Fehler zu wiederholen.

Sie ging zu ihrem Bett und betrachtete die Bescherung. Vor einigen Stunden hatte sie sich hingelegt und ein kurzes Schläfchen gemacht, daher waren Deckbett und Kissen noch zusammengeschoben. Für den Attentäter musste es ausgesehen haben, als läge Michelle im Bett und schliefe.

Aber warum waren sie plötzlich hinter ihr her? Kam sie der Lösung des Rätsels zu nahe? So viel hatte sie schließlich gar nicht herausgefunden. Das Meiste ging ja auf Seans Konto und…

Michelle erstarrte. King! Sie schnappte sich das Telefon und wählte seine Nummer. Es klingelte und klingelte, doch niemand hob ab. Sollte sie die Polizei rufen? Parks? Vielleicht hatte King ja einen besonders tiefen Schlaf? Nein, sagte ihr eine innere Stimme.

Michelle rannte hinaus zu ihrem Wagen.

Der Rauchmelder weckte King. Im ersten Moment fühlte er sich noch benommen, doch dann wurde er mit einem Schlag hellwach und setzte sich auf. Überall war Rauch. Er sprang auf und stürzte gleich darauf, nach Luft ringend, zu Boden. Er schleppte sich zum Badezimmer, durchtränkte einen Waschlappen mit Wasser und legte ihn sich aufs Gesicht. Dann krabbelte er wieder hinaus, drückte sich mit dem Rücken an der Wand entlang und hebelte mit den Beinen die Kommode von der Tür fort. Er berührte die Tür mit den Fingerspitzen, stellte fest, dass sie nicht heiß war, und machte sie vorsichtig auf.

Der Flur draußen war voller Qualm, und der Rauchmelder schrillte unentwegt weiter. Leider war er nicht mit einer zentralen Überwachungsstelle verbunden, und die Freiwillige Feuerwehr – die einzige ihrer Art im ganzen Bezirk – war viel zu weit entfernt. Dass ein Außenstehender das Feuer bemerkt hatte, war bei der abgeschiedenen Lage des Hauses nicht zu erwarten. King kroch wieder ins Schlafzimmer zurück mit dem vagen Gedanken, von dort aus zu telefonieren, aber der Raum war so voller Qualm, dass er es kaum aushielt und Angst hatte, weiter hinein zu gehen. Er glitt wieder in den Flur hinaus und dann die Galerie entlang. Im Erdgeschoss sah er Funken und rote Flammen züngeln und hoffte zu Gott, dass die Treppe noch benutzbar war. Wenn nicht, würde er springen müssen, womöglich mitten in ein Inferno, und das war kein sonderlich reizvoller Gedanke.

Jetzt hörte er Geräusche von unten. Der Rauch brachte ihn zum Husten, und er hatte keinen größeren Wunsch, als möglichst schnell ins Freie zu kommen. Gleichzeitig war ihm bewusst, dass es eine Falle sein konnte. Er umklammerte die Pistole und schrie hinunter: »Wer ist da? Ich bin bewaffnet und schieße!«

Es kam keine Antwort, was sein Misstrauen noch erhöhte, bis er durch das Vorderfenster sehen konnte. Im Vorgarten erblickte er die blitzenden roten Lichter, und dann hörte er auch die Sirenen von anderen Feuerwehrautos, die sich näherten. Gott sei Dank, Hilfe war unterwegs.

King erreichte die Treppe und warf einen Blick hinunter. Durch den Qualm konnte er mehrere Feuerwehrmänner in dicken Schutzanzügen erkennen. Auf dem Kopf trugen sie Helme, vor dem Gesicht Masken und auf dem Rücken Kanister.

»Ich bin hier oben!«, schrie er. »Hierher!«

»Schaffen Sie 's alleine nach unten?«, rief einer der Männer zurück.

»Glaub ich nicht, hier oben ist alles Rauch und Qualm!«

»Okay, bleiben Sie, wo Sie sind! Wir kommen und holen Sie. Bleiben Sie und legen Sie sich auf den Boden. Wir kommen jetzt mit den Schläuchen. Das ganze Haus brennt.«

King hörte das Sprühgeräusch von Feuerlöschern, als die Männer die Treppe heraufkamen. Ihm war speiübel, und er konnte vor lauter Rauch in seinen Augen kaum noch etwas sehen. Dann fühlte er, wie er aufgehoben und geschwind die Treppe hinuntergeschleppt wurde. Gleich darauf war er im Freien und spürte, wie sich mehrere Leute über ihn neigten.

»Alles in Ordnung?«, fragte einer.

»Gib ihm doch Sauerstoff, verdammt«, sagte ein anderer. »Er muss doch eine ganze Tonne Kohlenmonoxid eingeatmet haben.«

King spürte, wie ihm die Sauerstoffmaske aufs Gesicht gedrückt wurde, und dann hatte er das Gefühl, er würde in einen Rettungswagen gehoben. Einen Moment lang glaubte er, Michelle riefe nach ihm, doch dann wurde alles um ihn herum schwarz.

Die flackernden Lichter, das Sirenengeheul, das Sprechfunkstakkato – die ganze »Geräuschkulisse« erstarb abrupt, als der Feuerwehrmann mit der einen Hand den Hauptschalter seiner Fernbedienung umlegte und mit der anderen die Pistole aus Kings schlaffen Fingern nahm. Nun herrschte wieder absolute Stille. Der Feuerwehrmann wandte sich ab und ging zurück zum Haus, wo der Rauch bereits sichtbar nachließ. Es war ein sehr sorgfältig kontrolliertes, künstliches »Feuer« gewesen, das alle Elemente eines echten Infernos enthielt. Der Mann ging in den Keller, setzte den Zeitzünder an dem kleinen Gerät neben dem Gasrohr in Gang und verließ das Haus. Er stieg hinten in einen Lieferwagen, der sofort anfuhr. Kurze Zeit später bog das Fahrzeug auf die Hauptstraße ein, beschleunigte und fuhr in südlicher Richtung davon.

Zwei Minuten später detonierte die kleine Sprengladung in Kings Keller. Sie zerstörte das Gasrohr, und die folgende Explosion legte Sean Kings schönes Haus in Schutt und Asche, und diesmal war es kein Theaterdonner.

Der Feuerwehrmann nahm Helm und Maske ab und wischte sich den Schweiß vom Gesicht.

Buick-Mann sah auf den Bewusstlosen hinunter. Der »Sauerstoff«, den Sean King bekommen hatte, war mit einem Betäubungsmittel versetzt.

»Schön, Sie endlich zu sehen, Agent King. Darauf habe ich lange warten müssen.«

Rasch verschwand der Lieferwagen in der Dunkelheit.

KAPITEL 66

Die Explosion erschütterte die Nacht, als Michelle gerade in die lange Auffahrt zu Kings Haus eingebogen war. Sie trat die Bremse durch, Kies und Erde flogen auf, der schwere Geländewagen kam schlitternd zum Stehen. Bretter, Glas und andere Teile des zerstörten Hauses regneten herab und blockierten den Weg. Michelle sprang aus dem Wagen, noch während sie auf ihrem Handy die Notrufnummer eintippte. Sie schrie der Frau am anderen Ende zu, was passiert war und dass sofort sämtliche verfügbaren Einsatzkräfte geschickt werden müssten.

Dann rannte sie durch die Ruine, vorbei an Flammen und Rauch, und schrie ununterbrochen seinen Namen: »Sean! *Sean!*«

Sie holte sich eine Decke aus ihrem Wagen, hängte sie sich um und stürmte durch die Haustür – oder besser: durch das Loch, wo einst die Haustür gewesen war. Die Wand aus Rauch, die sie empfing, war undurchdringlich, und so stolperte sie, halb erstickt, wieder hinaus und fiel auf die Knie. Tief sog sie die frische Luft ein und fand einen anderen Zugang in Gestalt eines klaffenden Lochs in der Außenmauer. Drinnen bewegte sie sich kriechend vorwärts und rief alle paar Sekunden Kings Namen. Sie machte sich auf die Suche nach der Treppe, weil sie glaubte, er könne in seinem Schlafzimmer sein, aber die Treppe gab es nicht mehr. Ihre Lungen pumpten wild und taten so weh, dass sie wieder hinausgehen und saubere Luft schnappen musste.

Eine zweite Explosion erschütterte das Gebäude, und

Michelle sprang, Sekunden bevor sie zusammenstürzte, von der vorderen Terrasse herunter. Die Druckwelle einer dritten Explosion warf sie in die Luft, und als sie hart auf dem Boden aufkam, presste es ihr den Atem ab. Um sie herum krachten schwere Gegenstände aller Art auf den Boden; es kam ihr vor, als wäre sie unter Mörserbeschuss geraten. Sie lag im Dreck, hatte sich den Kopf aufgeschlagen, die Lungen voller giftiger Dämpfe, Arme und Beine zerschunden und zerschlagen. Das Nächste, was sie wahrnahm, waren Sirenen von allen Seiten und die Geräusche schwerer Einsatzfahrzeuge. Ein Mann in unförmiger Kleidung kniete neben ihr nieder, gab ihr Sauerstoff und fragte, wie es ihr ging.

Sie brachte kein Wort heraus, während immer mehr Lastkraftwagen und Autos die Auffahrt hinaufrumpelten und die Männer von der Freiwilligen Feuerwehr gegen das Inferno ankämpften. Kurze Zeit später fielen auch die letzten Reste von Sean Kings Haus in sich zusammen, allein der gemauerte Kamin blieb aufrecht stehen. Mit diesem herzzerreißenden Bild vor Augen fiel Michelle in Ohnmacht.

Als sie wieder zu sich kam, brauchte sie eine Weile, bis ihr klar wurde, dass sie in einem Krankenhausbett lag. Neben ihr erschien ein Mann mit einer Kaffeetasse in der Hand, dem sichtlich ein Stein vom Herzen fiel, als sie die Augen aufschlug.

»Verflucht, Sie wären uns beinah hopsgegangen«, sagte Jefferson Parks. »Der Feuerwehrmann sagte, nur eine Hand breit von Ihrem Kopf entfernt hätte ein 500 Kilo schwerer Stahlträger gelegen.«

Michelle versuchte sich aufzusetzen, doch Parks legte ihr die Hand auf die Schulter und drückte sie zurück. »Immer mit der Ruhe, Mädchen! Es hat Sie wirklich böse erwischt. Nach so einem Schock können Sie nicht einfach aufstehen und davonmarschieren.«

Sie sah sich hektisch um. »Sean, wo ist Sean?« Parks

antwortete nicht gleich, und Michelle spürte, wie ihr die Tränen kamen. »Bitte, Jefferson, bitte sagen Sie mir nicht…« Ihre Stimme brach.

»Ich kann Ihnen gar nichts sagen, weil ich nichts weiß. Niemand weiß etwas über ihn, Michelle. Leichen wurden keine gefunden. Es gab nicht einmal einen Hinweis darauf, dass Sean überhaupt im Haus war. Aber die Suche ist noch nicht abgeschlossen. Es ist – na ja – es war ein gewaltiges Feuer, und das Gas war auch explodiert. Ich meine… ich will damit nur sagen, da wird wohl nicht mehr viel zu finden sein.«

»Ich hab ihn gestern Abend angerufen, aber er ging nicht ans Telefon. Vielleicht war er ja gar nicht zu Hause.«

»Oder vielleicht war das Haus schon in die Luft gegangen.«

»Nein, ich hab die Explosion gehört, als ich zu ihm fuhr.«

Parks zog sich einen Stuhl neben das Bett und setzte sich. »Okay, erzählen Sie mir genau, was passiert ist.«

Das tat sie, und zwar mit allen Einzelheiten, an die sie sich erinnern konnte. Und dann fiel ihr plötzlich ein, was außerdem passiert war, ein Ereignis, das durch die Katastrophe mit Kings Haus in den Hintergrund gedrängt worden war.

»Gestern Nacht im Hotel, bevor ich zu Sean gefahren bin, hat jemand versucht, mich umzubringen. Er hat durchs Fenster in mein Bett geschossen. Ein Glück, dass ich auf der Couch eingeschlafen war.«

Parks' Gesicht lief rot an. »Warum, zum Teufel, haben Sie mich da nicht gerufen? Aber nein, lieber rennen Sie in ein Haus, das gerade in die Luft geht! Sie leiden wohl unter Todessehnsucht?«

Michelle lehnte sich zurück und zerrte ihre Bettdecke zurecht. Der Kopf tat ihr weh, und nun erst fiel ihr auf, dass ihre Arme verbunden waren.

»Habe ich Brandwunden?«, fragte sie matt.

»Nein, nur Schnitte und Prellungen. Die sind bald wieder verheilt. Was mit Ihrem Kopf ist, weiß ich allerdings nicht, aber wenn Sie so weitermachen mit Ihren Dummheiten und Ihr Glück Sie verlässt, dann verlieren Sie ihn endgültig.«

»Ich wollte doch bloß nachschauen, ob Sean okay ist. Ich dachte, wenn sie hinter mir her sind, dann sind sie bestimmt auch hinter ihm her. Und ich hatte Recht. Diese Explosion war kein Unfall, nicht wahr?«

»Nein. Man hat eine Zündvorrichtung gefunden. Ein ganz raffiniertes Ding, heißt es, gleich neben der Gasleitung im Keller. Hat alles in die Luft gejagt.«

»Aber warum bloß? Vor allem, wenn Sean nicht mal zu Hause war?«

»Ich wünschte, ich hätte eine Antwort darauf, aber ich habe keine.«

»Lassen Sie nach ihm suchen?«

»Überall und mit allem, was uns zur Verfügung steht. Das FBI ist dabei, der Marshals Service, der Secret Service, die Staatspolizei von Virginia, die Polizei hier vor Ort. Doch bis jetzt hat sich noch nichts ergeben.«

»Und sonst? Was ist mit Joan? Gibt's da eine Spur?«

»Nein.« Parks klang mutlos. »Gar nichts.«

»Also, ich will hier raus und an die Arbeit.« Michelle versuchte erneut aufzustehen.

»Sie bleiben gefälligst hier im Bett und erholen sich.«

»Das können Sie nicht von mir verlangen, das ist unmöglich!«, schrie sie ihn wütend an.

»Das kann ich verlangen, weil es vernünftig ist! Wenn Sie hier die Flatter machen, so zerschlagen und durcheinander, wie Sie sind, fallen Sie am Steuer womöglich in Ohnmacht und bringen sich um und andere Leute vielleicht auch noch. Daran kann ich nichts Positives erkennen. Vergessen Sie nicht, dass das schon Ihr zweiter Krankenhausaufenthalt innerhalb weniger Tage ist. Beim dritten Mal kann's auch das Leichenschauhaus sein!«

Michelle sah aus, als wolle sie lauthals protestieren,

doch dann lehnte sie sich nur zurück. »Okay, diese Runde gewinnen Sie. Aber Sie rufen mich an, sobald sich etwas ergibt. Tun Sie 's nicht, dann jage ich Sie, bis ich Sie erwischt habe, und das wird garantiert kein Spaß.«

Parks hob die Hände in gespieltem Protest. »Okay, okay, ich brauch keine neuen Feinde, ich hab schon genug.« Er erhob sich. An der Tür drehte er sich noch einmal um. »Ich will Ihnen keine falschen Hoffnungen machen. Die Chance, dass wir Sean King wiedersehen, ist verschwindend gering. Aber solange es diese Chance noch gibt, werde ich kein Auge zutun.«

Michelle brachte ein Lächeln zuwege. »Okay. Vielen Dank.«

Fünf Minuten später warf sie hastig ihre Kleider über, schlich sich an den Schwestern vorbei und entfloh dem Krankenhaus durch einen Hinterausgang.

KAPITEL 67

Als King erwachte, war es vollkommen dunkel. Und es war kühl hier – wo immer es sein mochte. Allerdings glaubte er zu ahnen, wo er sich befand, und es gab Anhaltspunkte, die seinen Verdacht zu bestätigen schienen. Er holte tief Luft und versuchte sich aufzusetzen. Es war wie vermutet: Er konnte es nicht. Er war festgebunden, mit Lederbändern, wie es sich anfühlte. Er drehte den Kopf hin und her, wollte seine Augen an die Schwärze gewöhnen, doch es gab nirgendwo Licht, er sah absolut nichts. Er hätte ebenso gut mitten im Ozean treiben können.

Er horchte auf, als von irgendwoher ein Gemurmel an sein Ohr drang; es war so leise, dass er nicht einmal hätte sagen können, ob es von Menschen stammte. Dann vernahm er Schritte, die auf ihn zukamen. Sekunden später spürte er, dass er nicht mehr allein war. Jemand stand neben ihm. Dann fühlte er eine Berührung an der Schulter, sanft, keineswegs bedrohlich. Doch aus der Berührung wurde allmählich eine Umklammerung. Der Druck verstärkte sich, und als ihn etwas in die Haut stach, biss sich King auf die Unterlippe, fest entschlossen, nicht vor Schmerz aufzuschreien.

Schließlich gelang es ihm, ganz ruhig zu sagen: »Es wird dir ohnehin nicht gelingen, mich mit bloßen Händen totzuquetschen, also verpiss dich!«

Sofort hörte der Druck auf, und die Schritte entfernten sich. King spürte, wie ihm der Schweiß auf die Stirn trat. Kurze Zeit später begann er zu frieren, und ihm war speiübel. Sie mussten ihm irgendwas gespritzt haben. Er drehte den Kopf zur Seite und übergab sich.

Das Kotzen hatte zumindest den Vorteil, dass er sich wieder lebendig fühlte. »Tut mir Leid wegen des Teppichs«, murmelte er, schloss die Augen und schlummerte allmählich ein.

Michelles erstes Ziel war die Ruine von Kings Haus. Während sie durch den Schutt watete, inspizierten Feuerwehrleute, Polizisten und andere den Schaden und löschten immer wieder neu aufflackernde Flammen und Glutnester. Sie sprach mit mehreren der Männer, und alle bestätigten, dass keine menschlichen Überreste gefunden worden waren. Der desolate Anblick des Schutthaufens, der noch vor kurzem Sean Kings »perfektes« Heim gewesen war, machte Michelle immer mutloser. Hier konnte sie nichts Wissenswertes erfahren. Sie ging zum Anleger und setzte sich für eine Weile auf Kings Segelboot. Sie blickte hinaus auf den stillen See und versuchte, neue Kraft und Inspiration daraus zu ziehen, dass sie, wenn schon nicht dem Mann selber, so doch wenigstens einigen ihm lieb gewordenen Gegenständen nahe war.

Zwei Fragen beschäftigten sie besonders: der auf Bob Scott ausgestellte Haftbefehl und die Überprüfung des Aufenthaltsorts von Doug Denby. Sie beschloss, in beiden Angelegenheiten etwas zu unternehmen. Sie fuhr zu ihrem Hotel und rief noch auf dem Weg dorthin ihren Vater an. Ein allseits respektierter Polizeichef wie Frank Maxwell kannte schließlich jeden in Tennessee, den zu kennen sich lohnte. Michelle erklärte ihrem Vater, was sie brauchte.

»Alles in Ordnung mit dir? Du klingst nicht gerade wie's blühende Leben.«

»Wahrscheinlich hast du es noch nicht gehört, Dad. Gestern Nacht haben sie Sean Kings Haus in die Luft gejagt, und er wird vermisst.«

»Mein Gott! Aber *dir* ist hoffentlich nichts passiert?«

»Mir geht's gut.« Den Mordanschlag auf sie selbst erwähnte sie nicht. Schon vor Jahren hatte sie beschlossen, ihrem Vater nicht allzu viel aus ihrem Berufsleben zu erzählen. Seine Söhne konnten sich in die größten Gefahren begeben – Vater würde nur sagen, das gehöre zu ihrem Job. Einen Mordversuch an seiner Tochter würde er nicht so gleichmütig hinnehmen. »Dad, ich brauche diese Auskunft so schnell wie möglich.«

»Schon kapiert. Ich melde mich bald.« Er legte auf.

Im Hotel schnappte Michelle sich Joans Aufzeichnungen und führte mehrere Telefongespräche in Sachen Doug Denby, das letzte mit seinem Haus in Jackson, Mississippi. Die Frau, die sich meldete, wollte keinerlei Auskunft über Denby geben, ja, sie war nicht einmal bereit zu bestätigen, dass er dort wohnte. Ein solches Verhalten war nicht ungewöhnlich, zumal Michelle für sie eine Unbekannte war. Dennoch: Wenn Denby Geld hatte und nicht verpflichtet war, irgendwo regelmäßig zur Arbeit zu erscheinen, dann konnte er sich sonst wo herumtreiben. Und niemand, mit dem Michelle gesprochen hatte, konnte Denby ein Alibi für die in Frage kommenden Zeiten geben. Seine Position in Ritters Wahlkampfmannschaft machte ihn definitiv verdächtig – offen blieb nur die Frage nach dem Motiv.

Das Klingeln des Telefons riss sie aus ihren Gedanken. Es war ihr Vater. Er fasste sich kurz, und Michelle notierte sich die Information.

»Dad, du bist doch der Beste. Ich liebe dich.«

»Schön, schön, aber es wäre nett, wenn du dich öfter mal hier blicken ließest …« Er zögerte kurz, dann fügte er rasch hinzu: »Deine *Mutter* fragt ständig nach dir.«

»Abgemacht. Sobald ich diese Geschichte hier in trockenen Tüchern habe, komme ich heim.«

Sie wählte die Nummer, die sie von ihrem Vater bekommen hatte. Sie gehörte dem Notariat, über das der Verkauf des Grundstücks in Tennessee an Bob Scott abgewickelt worden war. Michelles Vater hatte den Notar bereits telefonisch auf den Anruf seiner Tochter vorbereitet.

»Ich kenne Ihren Vater nicht persönlich, habe aber von gemeinsamen Bekannten wahre Wunderdinge über ihn gehört«, sagte der Mann. »Soweit ich verstanden habe, geht es um einen Grundstücksverkauf.«

»Richtig. Sie haben damals den Verkauf eines aus einem Nachlass stammenden Grundstücks an einen gewissen Robert Scott beurkundet.«

»Ja, das hat Ihr Vater bereits erwähnt, und ich hab mir die Akte herausgesucht. Robert Scott war der Käufer. Er bezahlte bar; die Summe war ohnehin nicht hoch. Das einzige Gebäude war eine alte Hütte. Ansonsten ist es ein ziemlich großes Stück Land, aber zum allergrößten Teil dicht bewaldet und in unzugänglicher Gebirgslage.«

»Soweit mir bekannt, wusste der vormalige Besitzer nichts von dem Bunker auf seinem Grund.«

»Ihr Vater hat mich schon auf diesen Bunker angesprochen. Ehrlich gesagt, ich wusste auch nichts davon. Bei der rechtlichen Überprüfung der Besitzansprüche wurde er nicht erwähnt, und es gab für mich auch sonst keinen Grund zu der Annahme, dass ein solcher Bunker existierte. Andernfalls hätte ich mich wahrscheinlich an die Armee gewandt. Ich meine, was soll man mit einem Bunker schon anfangen?«

»Kennen Sie das Grundstück aus persönlicher Anschauung?«

»Nein.«

»Aber ich. In den Bunker gelangt man durch eine Tür im Keller.«

»Das ist unmöglich!«

»Warum?«

»Dort gab es keinen Keller. Der Grundriss der Hütte liegt vor mir.«

»Na, vielleicht gab es noch keinen Keller, als sie noch Ihrem Klienten gehörte. Heute gibt es aber einen. Vielleicht wusste dieser Bob Scott von dem Bunker und baute den Keller, um von der Hütte aus einen Zugang zu bekommen.«

»Das könnte möglich sein. Ich bin sämtliche Eigentumsurkunden durchgegangen. Seit es nicht mehr im Besitz der Armee ist, hat das Grundstück häufig den Eigentümer gewechselt. Auch die Hütte hat erst einer der späteren Eigentümer gebaut, die gab es zur Zeit des Militärs noch gar nicht.«

»Sie haben nicht zufällig ein Foto von Bob Scott, oder? Das wäre sehr wichtig für mich«, sagte Michelle.

»Nun, normalerweise fotokopieren wir die Führerscheine der Verhandlungspartner bei Grundstücksverkäufen – Sie wissen schon, damit die Identität eindeutig belegt ist, denn es werden ja juristische Dokumente unterzeichnet.«

Michelle wäre vor Aufregung beinahe aufgesprungen. »Können Sie mir dieses Bild faxen, möglichst sofort?«

»Nein, leider nicht.«

»Aber das unterliegt doch nicht dem Datenschutz.«

»Nein. Darum geht es auch nicht.« Er seufzte und sagte dann: »Sehen Sie, als ich vorhin diese Akte aufschlug, geschah dies zum ersten Mal seit dem Abschluss der Transaktion. Und – was soll ich sagen –, na ja, also die Kopie von Mr Scotts Führerschein habe ich darin nicht vorgefunden.«

»Vielleicht wurde vergessen, eine zu machen.«

»Meine Sekretärin ist schon seit dreißig Jahren bei mir tätig und hat so etwas noch nie vergessen.«

»Also hat vielleicht jemand die Kopie aus der Akte entfernt.«

»Ich weiß nicht, was ich denken soll. Sie ist einfach nicht da.«

»Erinnern Sie sich noch, wie dieser Bob Scott aussah?«

»Ich habe ihn nur einmal zu Gesicht bekommen, und das nur kurz, nämlich bei Vertragsabschluss. Und davon gibt es bei mir jedes Jahr Hunderte.«

»Könnten Sie eine Minute darüber nachdenken und ihn mir dann beschreiben?«

Der Notar tat ihr den Gefallen. Michelle bedankte sich für das Gespräch und legte auf.

Die vage Personenbeschreibung ließ beim besten Willen keinen sicheren Rückschluss auf die Identität jenes Bob Scott zu. Abgesehen davon, konnte sich die äußere Erscheinung eines Menschen innerhalb von acht Jahren sehr verändern, vor allem, wenn es sich, wie in Scotts Fall, um einen Aussteiger handelte. Auch wie Denby aussah, konnte Michelle nicht sagen. Himmel, ich bewege mich nur noch im Kreis, dachte sie, atmete mehrmals tief durch und rief sich ins Bewusstsein, dass es Sean mit Sicherheit nicht helfen würde, wenn sie jetzt in Panik geriet.

Da sie bei ihren eigenen Ermittlungen im Augenblick nicht weiterkam, zerbrach sie sich den Kopf über die Spuren, die King zum Schluss verfolgt hatte. Er sei auf etwas gestoßen, hatte er gesagt, das zusätzliche Recherchen erfordere. Aber was *genau* hatte er gesagt? Er war extra irgendwo hingefahren ... nur, wohin? Michelle zermarterte sich ihren angeschlagenen Kopf.

Und dann fiel es ihr plötzlich wieder ein. Sie schnappte sich ihr Schlüsselbund und rannte hinaus zu ihrem Wagen.

KAPITEL 68

Auf dem Campus der Universität von Virginia betrat Michelle mit schnellen Schritten die Bibliothek der Juristischen Fakultät und begab sich direkt zum Informationsschalter. Die Frau, die dort Dienst tat, war nicht dieselbe, die King geholfen hatte, doch Michelle wurde von ihr an die entsprechende Bibliothekarin verwiesen.

Michelle zeigte ihre Dienstmarke vor und erklärte der Frau, sie müsse wissen, welche Nachforschungen King hier betrieben hatte.

»Ich habe in den Nachrichten gehört, dass sein Haus abgebrannt ist. Ist er wohlauf? Darüber wurde nichts gesagt.«

»Das wissen wir bis jetzt noch nicht. Und deshalb brauche ich Ihre Hilfe.«

Die Frau berichtete Michelle, wonach King gefragt hatte, ging dann mit ihr in denselben Nebenraum und loggte sie in das entsprechende Programm ein.

»Es war das Martindale-Hubbell-Branchenverzeichnis«, sagte sie.

»Tut mir Leid, ich bin keine Juristin. Was ist das denn?«

»Ein Verzeichnis, das alle in den Vereinigten Staaten zugelassenen Anwälte enthält. Sean hat selber eine Ausgabe in seinem Büro, aber eben nur die neueste. Er brauchte eine ältere Auflage.«

»Hat er erwähnt, wie alt?«

»Aus den frühen Siebzigern.«

»Hat er sonst noch was dazu gesagt? Irgendwas, das

mir einen genaueren Hinweis geben könnte?« Michelle wusste nicht genau, wie viele Anwälte in den Vereinigten Staaten zugelassen waren, aber sie hatte so eine Ahnung, dass ihre Zeit bei weitem nicht ausreichen würde, alle genau durchzugehen.

Die Bibliothekarin schüttelte den Kopf. »Tut mir Leid, mehr weiß ich auch nicht.«

Sie ging, und Michelle blickte niedergeschlagen auf den Bildschirm, als sie sah, dass das Verzeichnis weit über eine Million Namen enthielt. Meine Güte, dachte sie, wir haben über eine Million Anwälte? Kein Wunder, dass das Land allmählich auf den Hund kommt.

Da sie keinen blassen Schimmer hatte, womit sie beginnen sollte, ließ sie ihren Blick über die Homepage gleiten und fand ein Drop-Down-Menü, bei dessen Anblick sie sich unwillkürlich wieder aufrichtete. »Letzte Suchvorgänge« lautete die Überschrift, und darunter waren einige wenige Dokumente aufgelistet, die der letzte Nutzer sich via Internet heruntergeladen hatte.

Michelle klickte das erste Dokument an. Kaum hatte sie den Namen des Anwalts und seine Adresse erblickt, sprang sie auch schon auf und sprintete, vorbei an zahllosen verblüfft aufblickenden Anwälten in spe, quer durch den Lesesaal der Bibliothek.

Längst bevor sie ihren Wagen erreichte, hielt sie ihr Handy am Ohr. Ihre Gedanken überschlugen sich geradezu und beantworteten all die ungelösten Fragen mit einer solchen Geschwindigkeit, dass ihr Gesprächspartner schon dreimal »Hallo!« gerufen hatte, bevor sie es überhaupt merkte.

»Parks!«, schrie sie ins Telefon. »Hier ist Michelle Maxwell! Ich glaube, ich weiß, wo Sean ist. Und ich weiß auch, wer hinter der ganzen verdammten Sache steckt.«

»Wie? Was? Immer mit der Ruhe … Können Sie sich etwas genauer ausdrücken?«

»Wir treffen uns vor der Cafeteria Greenberry im Barracks-Road-Einkaufszentrum. Kommen Sie, so schnell

Sie können. Und alarmieren Sie die Kavallerie. Wir müssen uns beeilen.«

»In der Barracks Road? Sind Sie denn nicht mehr im Krankenhaus?«

Ohne eine Antwort zu geben, schaltete Michelle das Handy ab.

Als sie davonfuhr, hoffte sie zu Gott, dass sie nicht zu spät kamen.

Parks sah Michelle vor der Cafeteria stehen und ging auf sie zu. Er war allein und wirkte alles andere als begeistert. »Was, zum Teufel, haben Sie hier zu suchen? Sollten Sie nicht im Krankenhaus bleiben?«

»Wo sind Ihre Leute?«, fragte sie zurück.

Der Marshal war offensichtlich schlechter Laune. »Was bilden Sie sich eigentlich ein? Dass ich mit der gesamten Kavallerie am Lagerfeuer hocke und bloß drauf warte, dass Sie das Horn zum Aufbruch blasen? Sie rufen mich an, schreien mir was ins Ohr, verraten mit keinem Wort, was eigentlich los ist, und erwarten dann von mir, dass ich eine komplette Armee herbeizaubere, ohne die geringste Ahnung, gegen wen wir marschieren werden! Ich arbeite für die Regierung der Vereinigten Staaten von Amerika, meine Dame, genau wie Sie, und unsere Budgets sind sowohl in finanzieller wie in personeller Hinsicht begrenzt. Ich bin doch nicht James Bond!«

»Schon gut, schon gut, ich entschuldige mich. Ich war bloß so fürchterlich aufgeregt. Und wir haben nicht viel Zeit.«

»Jetzt holen Sie erst mal tief Luft, konzentrieren sich und erzählen mir genau, was los ist. Und wenn Sie wirklich das Ei des Kolumbus gefunden haben und wir Leute brauchen, dann sorge ich dafür. Kostet mich nur einen Anruf. Okay?« In seinem Blick lag eine ausgewogene Mischung aus Hoffnung und Skepsis.

Michelle atmete tief durch und zwang sich zur Ruhe. »Sean hat in der Bibliothek nach dem Namen eines

Rechtsanwalts gesucht, der höchstwahrscheinlich Arnold Ramsey nach seiner damaligen Verhaftung vertreten hat.«

»Ramsey wurde verhaftet? Wo haben Sie das denn her?«

»Da sind Sean und ich mehr oder weniger zufällig drauf gekommen.«

Parks sah sie neugierig an. »Wie hieß dieser Anwalt denn?«

»Roland Morse, er war Anwalt in Kalifornien und muss der Vater von Sidney Morse sein. Und Sidney Morse muss Arnold Ramsey schon ewig gekannt haben, vielleicht schon seit Collegezeiten. Aber das ist nebensächlich, Jefferson. Denn natürlich steckt nicht Sidney dahinter, sondern Peter Morse, sein jüngerer Bruder. Ich weiß, es klingt an den Haaren herbeigezogen, aber ich bin mir fast hundertprozentig sicher, dass er der Kerl ist, hinter dem wir her sind. Sean passt einen Augenblick lang nicht auf, da wird Clyde Ritter erschossen, und Sidneys Leben ist ruiniert. Peter Morse verfügt über das Geld und den kriminellen Hintergrund, um so eine Sache auszubaldowern. Er rächt seinen Bruder, der in einer psychiatrischen Klinik sitzt und nur noch Tennisbälle fängt. Und wir hatten den Kerl noch nicht einmal auf der Liste unserer Verdächtigen. Er hält Sean und Joan und Bruno gefangen. Und ich weiß auch wo.«

Als sie es ihm verriet, erwiderte Parks: »Schön, worauf warten wir dann noch, Teufel auch! Ab geht die Post!« Sie kletterten in Michelles Wagen, und sie schoss mit einem Reifen mordenden Kavalierstart aus der Parklücke. Währenddessen trommelte Parks über sein Handy »die Kavallerie« zusammen.

Hoffentlich ist es noch nicht zu spät, dachte Michelle.

KAPITEL 69

King erwachte mit einem furchtbaren Brummschädel und war sich jetzt absolut sicher, dass man ihn unter Drogen gesetzt hatte. Es dauerte eine ganze Weile, bis er wieder einigermaßen klar denken konnte, und so fiel ihm auch erst mit Verspätung auf, dass er Arme und Beine bewegen konnte. Vorsichtig tastete er seine Umgebung ab. Keine Fesseln. Ganz langsam und jederzeit auf einen Angriff gefasst, richtete er sich auf. Er streckte einen Fuß aus, bis er festen Grund darunter spürte. Dann stand er auf. Er hatte irgendetwas im Ohr, etwas anderes scheuerte ihn im Nacken, und an seiner Hüfte spürte er eine Ausbuchtung.

Schlagartig flammte helles Licht auf, und King starrte auf die Reflexion seiner selbst in einem großen Spiegel an der gegenüberliegenden Wand. Er trug einen dunklen Anzug mit gemusterter Krawatte und an den Füßen schwarze Lederschuhe mit Gummisohlen. Seine tastende Hand hatte soeben eine Pistole vom Kaliber .357 aus dem Schulterholster gezogen. Sogar sein Haar war anders frisiert als sonst. Genau so, wie es damals im… Verflucht! Sogar seine grau melierten Schläfen waren dunkel gefärbt.

Er versuchte, das Magazin der Waffe zu überprüfen, aber es war irgendwie versiegelt und ließ sich nicht öffnen. Das Gewicht der Pistole verriet ihm, dass sie geladen war, wenn auch sicher nur mit Platzpatronen. Die Waffe entsprach haargenau jener, die er 1996 getragen hatte. Er schob sie ins Holster zurück und betrachtete sein Spiegelbild, das *genau* acht Jahre jünger zu sein schien als er selbst. Er trat näher an den Spiegel heran. An seinem Revers steckte, wie ihm jetzt auffiel, seine Secret-Service-Nadel – und zwar die rote, die er am Morgen des 26. September 1996 angesteckt hatte. In der Brusttasche des Jacketts entdeckte er eine Sonnenbrille.

Er drehte den Kopf ein wenig und sah das spiralig gedrehte Kabel des Kopfhörers in seinem linken Ohr. Es war nicht zu leugnen: Er war wieder der Secret-Service-Agent Sean Ignatius King von einst. Unglaublich, was alles geschehen war seit jenem Mord an Howard Jennings in seinem Büro! Der schiere Zufall... Er starrte auf sein verblüfftes Gesicht im Spiegel. Die getürkte Anklage gegen Ramsey – nein, sie war nicht John Brunos Werk gewesen. Endlich fiel das letzte Puzzleteil an seinen Platz. Er wusste Bescheid – und konnte nichts mehr damit anfangen. Und die Chancen, dass er nie mehr die Gelegenheit zu einer Richtigstellung bekommen würde, standen außerordentlich hoch.

Plötzlich hörte er ein Geräusch. Es kam von weither und klang wie das gedämpfte Gemurmel Hunderter von Stimmen. Die Tür am anderen Ende des Raumes stand offen. King zögerte erst, dann ging er hinaus. Auf dem Weg durch den Flur fühlte er sich wie eine Versuchsratte im Labyrinth, und je weiter er ging, desto stärker wurde dieses Gefühl. Es war alles andere als beruhigend – aber was blieb ihm übrig?

Am Ende des Korridors glitt eine Tür auf, und aus der Öffnung drang helles Licht. Das Stimmengewirr war nun viel lauter. King straffte die Schultern und schritt hindurch.

Der Stonewall-Jackson-Saal des Fairmount-Hotels sah ganz anders aus als bei Kings letztem Besuch – und kam ihm dennoch ungemein vertraut vor. Der Saal war hell erleuchtet, das samtene Absperrseil mit den Pfosten verlief exakt auf der gleichen Linie wie vor acht Jahren. Die Menschenmenge – dargestellt durch Hunderte von sorgfältig bemalten, auf Metallständern befestigten Pappfiguren, die Wimpel und Poster mit der Aufschrift »Wählt Clyde Ritter« in die Höhe hielten – stand hinter der Absperrung. Das simulierte Stimmengemurmel kam aus verborgenen Lautsprechern. Die Inszenierung war bemerkenswert.

Während King sich umsah, stürzten Erinnerungen auf ihn ein. Er sah die Pappgesichter seiner Secret-Service-Kollegen, genau an jenen Stellen, wo sie vor all den Jahren tatsächlich gestanden hatten – äußerst schlecht positioniert, wie sich später erwiesen hatte. Es gab noch andere Gesichter, die er wieder erkannte. Unter den bemalten Pappkameraden waren einige, die Kleinkinder hochhielten, sie dem Kandidaten zum Küssen entgegenstreckten; andere schwenkten Notizblöcke und Kugelschreiber in der Hoffnung auf ein Autogramm; wieder andere fielen allein durch ihr breites Grinsen auf. An der Wand hing wieder die große Uhr. Die Zeiger standen auf 10.15 Uhr. Wenn ich das alles richtig interpretiere, dachte King, dann bleiben mir noch etwa siebzehn Minuten.

Sein Blick glitt hinüber zu den Aufzügen. Unwillkürlich runzelte er die Stirn. Wie authentisch soll das denn alles werden, dachte er. Genau so wie damals geht es kaum, weil das Überraschungsmoment fehlt. Aber sie haben sich trotzdem Joan geschnappt – warum …? King spürte, wie sein Puls sich beschleunigte und seine Hände leicht zu zittern begannen. Seine Zeit beim Secret Service war schon so lange her! In den Jahren, die seitdem vergangen waren, hatte er nichts Anstrengenderes getan, als langweilige, wenn auch fintenreiche juristische Schriftsätze mit pompösem Wortgeklingel zu befrachten. Und nun sollte er, wenn ihn sein Gefühl nicht trog, in sechzehn Minuten den erfahrenen Agenten mimen, der er einst gewesen war. Beim Anblick der leblosen Pappkameraden hinter der purpurroten Absperrung fragte er sich unwillkürlich, wann und wo denn nun der wahre Mörder in Fleisch und Blut auftauchen würde.

Die Lichter wurden gedimmt, die Geräusche der Menge erstarben. Schritte näherten sich. Der Mann hatte sich so stark verändert, dass King ihn, wäre er nicht auf sein Erscheinen gefasst gewesen, wohl kaum erkannt hätte.

»Guten Morgen, Agent King«, sagte Buick-Mann. »Ich hoffe, Sie sind bereit für Ihren großen Tag.«

KAPITEL 70

Gleich nach ihrer Ankunft sprachen Parks und Michelle mit dem Einsatzleiter der Polizeitruppen vor Ort, die Parks zum Schauplatz des Geschehens beordert hatte. Zur Verstärkung hatte er Marshals und andere Sicherheitskräfte aus dem angrenzenden Bundesstaat North Carolina angefordert. »Die werden noch vor uns dort sein«, hatte er Michelle während der Fahrt erklärt, worauf sie vorschlug: »Lassen Sie die am Waldrand aufmarschieren. So können sie fast einen Kreis um das Hotel bilden, ohne selbst gesehen zu werden.«

Inzwischen knieten sie beide am Waldrand hinter dem Fairmount-Hotel. Ein Streifenwagen blockierte die Zufahrt zum Hotel, ohne dass er von dort aus gesehen werden konnte. Auf einem Baum entdeckte Michelle einen Scharfschützen mit Zielfernrohrgewehr, der den Haupteingang des Hotels im Visier hielt.

»Haben Sie auch wirklich genug Leute hier?«, fragte sie Parks.

Der deutete auf verschiedene andere Stellen in der Dunkelheit, wo sich weitere Gesetzeshüter verbargen. Michelle konnte sie zwar nicht sehen, empfand ihre Anwesenheit aber trotzdem als beruhigend.

»Wir haben mehr als genug Leute für diesen Job«, erklärte Parks. »Fragt sich nur, ob wir Sean und die anderen alle noch lebendig rausholen können.« Er legte sein Gewehr auf den Boden und griff nach seinem Walkie-Talkie. »Michelle, Sie waren schon mal in diesem Hotel und kennen den Grundriss. Wie kommen wir am besten rein?«

»Beim letzten Mal, als Sean und ich diese Ausbrecher schnappten, haben wir auf dem Rückzug ein Loch in den Zaun geschnitten. Das war leichter als drüberzuklettern. Wenn der Zaun inzwischen nicht repariert wurde, kommen wir auf diesem Weg rein. Der Haupteingang ist mit Ketten versperrt, doch ungefähr zehn Meter weiter befindet sich ein großes, eingeschlagenes Fenster. Wenn wir dort einsteigen, sind wir innerhalb von Sekunden im Foyer.«

»Es ist ein Riesenkasten. Haben Sie eine Ahnung, wo wir mit der Suche beginnen sollten?«

»Ich habe eine Vermutung, für die aber einiges spricht: im Stonewell-Jackson-Saal. Das ist ein Innenraum, der direkt vom Foyer abgeht. Es gibt nur einen Eingang. Drinnen sind mehrere Fahrstühle.«

»Warum sind Sie so sicher, dass sich die Gesuchten dort aufhalten?«

»Das Hotel ist alt, alles quietscht und knarrt, und überall gibt's Ratten und anderes Ungeziefer. Aber in diesem Saal habe ich bei geschlossener Tür keinen Laut gehört. Es war still, allzu still. Kaum machte ich die Tür wieder auf, kehrte die übliche Geräuschkulisse wieder zurück.«

»Ich verstehe nicht, worauf Sie hinauswollen.«

»Ich glaube, der Saal ist schalldicht gemacht worden, Jefferson.«

Er starrte sie an. »Allmählich geht mir ein Licht auf.«

»Sind Ihre Männer alle auf ihren Plätzen?« Er nickte, und Michelle sah auf ihre Uhr. »Es ist schon fast Mitternacht, aber wir haben Vollmond. Zwischen hier und dem Zaun gibt es keine Deckung. Aber wenn der Zugriff von innen her erfolgt, haben wir vielleicht eine größere Chance, ohne Verluste davonzukommen.«

»Klingt vernünftig. Aber Sie gehen voran. Ich kenne mich hier nicht aus.« Parks sprach in sein Walkie-Talkie und befahl seinen Männern, den Kreis enger zu ziehen.

Michelle wollte losrennen, doch Parks packte sie am Arm.

»Mädchen, als junger Mann war ich ein guter Sportler, auch wenn's für die Olympischen Spiele nie gereicht hat. Aber jetzt sind meine Knie kaputt. Also bitte nicht so schnell, damit ich mitkomme.«

Michelle lächelte. »Keine Sorge, Sie sind in guten Händen.«

Am Rand der schützenden Baumschatten machten sie kurz Rast. Vor ihnen lag die freie Fläche vor dem Zaun. Parks keuchte, trotz der relativ kurzen Strecke, die sie zurückgelegt hatten. Michelle sah ihn an.

»Bereit?«, fragte sie.

Er nickte und hob den Daumen.

Sie sprang unter den Bäumen hervor und rannte zum Zaun, Parks dicht hinter sich. Zunächst konzentrierte sie sich allein auf das, was vor ihr lag, doch dann registrierte sie auch das, was hinter ihr geschah. Und plötzlich lief ihr ein kalter Schauer über den Rücken.

Die Schritte hinter ihr waren unregelmäßig, hatten dieselben ungleichen Längen, wie sie sie bei dem Mann gehört hatte, der versucht hatte, sie durch das Hotelfenster zu erschießen. Sie hatte geglaubt, es handle sich um einen Mann mit einer Verwundung – stattdessen war es einer mit arthritischen Knien. Und nun hörte sie auch den pfeifenden Atem.

Mit einem Satz verschwand sie hinter einem umgestürzten Baum. Einen Sekundenbruchteil darauf fegte ein Schrotschuss über sie hinweg. Sie rollte sich ab, zog ihre Waffe und erwiderte das Feuer mit einer Reihe von Schüssen, die einen tödlichen Bogen umspannten.

Parks fluchte über seinen Fehlschuss und warf sich gerade noch rechtzeitig zu Boden. Dann feuerte er zurück.

»Verdammt, Mädchen!«, schrie er. »Du bist schneller, als dir gut tut.«

»Scheißkerl!«, kreischte Michelle, während sie nach einem Fluchtweg und möglichen Komplizen von Parks Ausschau hielt. Dann schoss sie wieder; die beiden

Schüsse fetzten Splitter von dem Felsblock, hinter dem Parks kauerte.

Er schoss zurück, ohne Michelle zu treffen. »Tut mir Leid«, schrie er, »aber ich hatte keine andere Wahl.«

Wie schaffe ich es so schnell wie möglich zurück zum Wald, ohne dass er mich erwischt, fragte sie sich. Es war nicht allzu weit, und die Bäume standen dort dicht an dicht. »Herzlichen Dank!«, rief sie. »Da fühl ich mich doch gleich viel besser! Was ist los, zahlt Ihnen der Marshals Service nicht genug?«

»Das tut er tatsächlich nicht. Aber ich hab vor vielen Jahren, als ich noch Bulle in Washington war, einen großen Fehler gemacht, und der hat mich jetzt wieder eingeholt.«

»Könnten Sie sich vielleicht etwas deutlicher ausdrücken, bevor Sie mich abknallen?« Halt ihn am Reden, befahl sich Michelle. Solange er quatscht, schießt er nicht. Vielleicht findet sich ja doch noch ein Ausweg.

Nach kurzem Zögern rief Parks zurück: »Sagt Ihnen das Jahr 1974 was?«

»Die Demonstration gegen Nixon?« Michelle dachte scharf nach, dann fiel es ihr ein. »Sie waren es, der damals Arnold Ramsey verhaftet hat!« Parks schwieg. »Aber Ramsey war unschuldig. Er hat diesen Nationalgardisten nicht getötet…« Die Wahrheit traf sie wie ein Blitz. »*Sie* haben den Mord begangen und ihn Ramsey in die Schuhe geschoben! Und *Sie* wurden dafür bezahlt.«

»Waren verrückte Zeiten damals. Ich glaube, ich war ein ganz anderer Mensch. Und es lief auch ganz anders als geplant. Ich nehme an, ich hab einfach zu fest zugeschlagen. Ja, es stimmt, ich wurde dafür bezahlt, aber das Geld reichte, wie sich bald herausstellte, hinten und vorne nicht.«

»Und Ihr damaliger Auftraggeber erpresst Sie jetzt, was? Sie tun das alles hier nur, weil er es von Ihnen verlangt?«

»Sag ich ja, es ist mich viel zu teuer gekommen. Bei Mord gibt's keine Verjährung, Michelle.«

Sie hörte ihm nicht mehr zu, weil sie jetzt damit rechnete, dass er sich auf dieselbe Taktik verlegt hatte wie sie selbst: Er ließ sie reden und versuchte dabei, seine Position zu verbessern und sie zu überrumpeln. Michelle versuchte sich möglichst genau an Parks' Waffe zu erinnern. Was war es doch gleich für ein Modell? Ja, richtig, eine fünfschüssige Remington-Schrotflinte …

Sie hoffte, dass ihr Gedächtnis ihr keinen Streich spielte. Vier Schüsse hatte Parks abgegeben, und so still, wie es hier draußen war, hätte sie hören müssen, wenn er nachgeladen hätte.

»Hey, Michelle, sind Sie noch da?«

Statt zu antworten, gab sie drei Schüsse auf den Felsblock ab, und Parks feuerte zurück. Kaum war der Rehposten an ihr vorbeigeflogen, sprang sie auch schon auf und rannte in den Wald.

Parks lud hastig seine Waffe nach und fluchte dabei vor sich hin. Bis er wieder auf Michelle anlegen konnte, war sie schon zu weit entfernt für seine Schrotladungen und rannte immer schneller. Er schrie in sein Sprechfunkgerät.

Michelle sah ihn kommen. Sie schlug einen Haken nach links, übersprang einen Baumstamm und lag, Sekundenbruchteile bevor die Kugel in die Rinde einschlug, flach am Boden.

Der Mann auf dem Baum, den sie für einen Scharfschützen der Polizei gehalten hatte, war nun ebenfalls hinter ihr her. Sie gab mehrere Schüsse in seine Richtung ab und robbte dann auf dem Bauch etwa zehn Meter weiter, bevor sie wieder aufsprang.

Wie konnte sie nur so blind gewesen sein? Eine weitere Kugel krachte direkt neben ihrem Kopf in einen Baum, und sofort lag sie wieder flach, rang um Luft und wog ihre erbärmlichen Chancen ab. Im Grunde hatte sie überhaupt keine, ihr gewaltsamer Tod war beschlossene Sache. Die Kerle konnten systematisch die Gegend absuchen und würden sie zwangsläufig finden …

Doch, halt – das Handy! Rasch griff sie danach, aber die Gürteltasche war leer; es musste herausgerutscht sein. Sie war also von jeglicher Hilfe abgeschnitten und wurde von zwei Killern durch diese nächtliche Wildnis gehetzt – ein Horror, der die schlimmsten Albträume ihrer Kindheit übertraf!

Sie feuerte ein paar Mal in die Richtung, in der sie ihre Verfolger vermutete, sprang dann auf und rannte um ihr Leben. Der Vollmond war Segen und Fluch zugleich. Einerseits konnte sie sehen, wohin sie trat – andererseits machte er sie sichtbar für ihre Verfolger.

Schlagartig war der Wald zu Ende. Michelle stürmte hinaus auf die Lichtung – und schaffte es gerade noch rechtzeitig, stehen zu bleiben.

Vor ihr gähnte ein Abgrund. Sie stand unmittelbar an der Abbruchkante des Steilufers. Tief unter ihr strömte der Fluss, den sie bei ihrer ersten Geländeerkundung hier draußen entdeckt hatte – einen Schritt weiter, und sie wäre ins Bodenlose gestürzt. Eile war geboten: Parks und sein Kumpan waren ihr dicht auf den Fersen.

Michelle überprüfte das Magazin ihrer Pistole: Fünf Kugeln waren noch im Magazin, außerdem hatte sie ein Ersatzmagazin dabei. Okay, dachte sie, in spätestens dreißig Sekunden sind Parks und der andere Schütze am Waldrand und haben freies Schussfeld, es sei denn, ich finde irgendwo Deckung und kann sie ausschalten, bevor sie mich erwischen … Ihr war allerdings auch klar, dass sie mit dem ersten Schuss ihr Versteck verraten und damit dem zweiten Verfolger ein leichtes Ziel bieten würde.

Hastig sah sie sich um. Gab es noch irgendeinen Ausweg mit einer realistischen Überlebenschance für sie? Der Fluss …

Binnen Sekunden war ihr Plan gefasst. Manche hätten ihn idiotisch genannt, die meisten selbstmörderisch – aber zum Teufel damit! Du hast doch immer die Extreme im Leben geliebt, sagte sie sich, steckte ihre Waffe ins Holster, holte tief Luft und wartete.

Kaum hörte sie, dass die beiden Männer die Lichtung betraten, kreischte sie laut auf und sprang. Sie hatte sich ihr Ziel genau ausgesucht: Ungefähr sechs Meter unterhalb der Kante war ein kleiner Felsvorsprung. Dort landete sie, alle viere von sich gestreckt, und suchte nach einem Halt. Dennoch wäre sie beinahe abgerutscht – zwei Finger, die sich in den Boden gekrallt hatten, verhinderten ihren Absturz in den Fluss.

Über ihr an der Kante tauchten Parks und sein Kumpan auf und blickten hinunter. Sie konnte von Glück reden, dass ein hervorspringender Felsen links von ihr sie vor den Blicken der Verfolger schützte. Der Mond stand hinter ihnen und zeichnete ihre Silhouetten wunderschön nach. Michelle hätte jetzt beide ohne Mühe erschießen können und spürte in der Tat eine große Versuchung dazu. Aber sie dachte inzwischen längst weiter und verfolgte einen anderen Plan. Mit dem Fuß schob sie einen schmalen Baumstamm, der sich auf ihrem Felsvorsprung verfangen hatte, dem Abgrund zu. Die beiden Männer hatten unterdessen damit begonnen, mit ihren Taschenlampen die Gegend abzusuchen und deuteten hierhin und dorthin. In einem Augenblick, als sie gerade in eine andere Richtung blickten, versetzte Michelle dem Baumstamm einen kraftvollen Stoß, sodass er in die Tiefe stürzte. Gleichzeitig schrie sie auf – so laut und so lange sie konnte.

Sie sah, wie der Stamm auf die Wasseroberfläche klatschte. Sofort richteten Parks & Co. ihre Stablampen auf die entsprechende Stelle. Michelle hielt den Atem an und hoffte zu Gott, die beiden würden glauben, dass sie beim Sprung in den Fluss den Tod gefunden hatte, doch Sekunde um Sekunde verging, und die Männer standen immer noch da. Michelle rechnete schon damit, sie doch noch erschießen zu müssen, da drehten sich die beiden endlich um und verschwanden wieder Richtung Wald.

Ungefähr zehn Minuten wartete Michelle ab, bis sie sicher sein konnte, dass ihre Verfolger wirklich fort waren. Dann griff sie nach einem aus der Wand ragenden Felsen und begann mit dem Aufstieg.

Hätten Parks und sein Begleiter den Gesichtsausdruck der jungen Frau gesehen, die sich selbst aus der Vergessenheit zog – sie wären trotz Waffen und Überzahl von Todesangst befallen worden.

KAPITEL 71

»Sie haben sich aber sehr verändert, *Sidney*«, sagte King. »Ganz schön abgenommen! Ich hätte Sie beinahe gar nicht erkannt. Steht Ihnen aber gut. Ihrem Bruder ist das Älterwerden nicht so gut bekommen.«

Sidney Morse, Clyde Ritters brillanter Wahlkampfmanager, der angeblich in einer Psychiatrischen Klinik in Ohio lebte, betrachtete King mit amüsierter Miene. Die Pistole in seiner Hand war auf Kings Brust gerichtet. Er trug einen teuren Anzug, sein Gesicht war glatt rasiert, sein grau meliertes, schütteres Haar gut gestylt – alles in allem ein schlanker, distinguiert wirkender Herr.

»Ich bin beeindruckt. Wie sind Sie darauf gekommen, dass jemand anders als der unglückselige Mr Scott hinter dieser Geschichte steckt?«

»Die Notiz, die Sie an meiner Badezimmertür hinterließen. Ein echter Agent des Secret Service hätte niemals den Ausdruck ›Wache schieben‹ verwendet, sondern ›Dienst schieben‹. Außerdem sprach Bob Scott als ehemaliger Soldat bei der Angabe der Uhrzeit niemals von ›vormittags‹ oder ›nachmittags‹, sondern benutzte ausschließlich die Ziffern von 0 bis 24 Uhr. Und noch etwas gab mir zu denken: Warum Bowlington? Warum ausgerechnet das Fairmount-Hotel? Weil es nur dreißig Autominuten von Arnold Ramseys Wohnort entfernt liegt, deshalb. Ein Wahlkampfmanager kann so etwas leicht arrangieren.«

»Andere könnten das auch, darunter Doug Denby und Ritter selber. Ich bin für die Außenwelt ein Zombie in Ohio.«

»Das können Sie einem Secret-Service-Agenten nicht vormachen. Es hat zwar eine Weile gedauert, aber letztlich bin ich doch dahinter gekommen.« King deutete mit dem Kopf auf die Pistole, die Morse im Anschlag hielt. »Sie sind Linkshänder. Mir fiel irgendwann wieder ein, wie Sie damals immer Ihre Schokoriegel gemampft haben. Wir Agenten haben die Angewohnheit, uns auf Kleinigkeiten zu konzentrieren. Der ›Zombie‹ in Ohio fängt seine Tennisbälle mit der rechten Hand. Auf einem der Fotos in seinem Zimmer ist Peter Morse mit einem Baseballschläger in der rechten Hand zu sehen – das bestätigte meine Vermutung.«

»Mein geliebter Bruder – er hat leider nie viel getaugt.«

»Aber für Ihren Plan war er gut genug«, erwiderte King in herausforderndem Ton.

Morse lächelte. »Ich sehe, Ihnen fehlt die Geistesgröße, sich das alles richtig vorzustellen. Sie wollen, dass ich Ihnen meine Arbeitsweise selbst erläutere. Na schön, Sie werden ohnehin keine Zeugenaussage mehr darüber machen. Die unregistrierten Waffen, die Arnold und ich im Fairmount benutzten, waren mir von meinem Bruder beschafft worden, der ja schon immer eine kriminelle Ader hatte.«

»Und Sie haben Ihre Waffe nach dem Mord an Ritter in der Besenkammer versteckt.«

»... wo mich dieses Zimmermädchen gesehen und daraufhin sieben Jahre lang erpresst hat, bis zu dem Zeitpunkt, da ›ich‹ in die Anstalt eingeliefert wurde. Ihre Freundin Maxwell hat mir, ohne es zu ahnen, die Identität der Erpresserin verraten. Und daraufhin hab ich ’s ihr heimgezahlt. Mit Zinsen.«

»So, wie Sie ’s auch mit Mildred Martin gemacht haben.«

»Diese Frau war außerstande, sich an meine Anweisungen zu halten. Dummköpfe kann ich nun mal nicht ausstehen.«

»Ich nehme an, das gilt auch für Ihren Bruder.«

»Wahrscheinlich war's ein Fehler, ihn mit einzubeziehen, aber er gehört schließlich zur Familie und hat mir gerne geholfen. Aber mein armer Bruder kam von den Drogen nicht los, sodass ich mir allmählich Sorgen machte, er könne den Mund nicht halten. Außerdem verfügte ich über das ganze Geld der Familie und lebte von daher ständig mit dem Risiko, erpresst zu werden. Das Beste ist immer, mit ›Problemen‹ ganz offen umzugehen. Also hab ich drauf geachtet, dass er immer in meiner Nähe blieb, und habe ihn unterstützt. Als schließlich die Zeit reif war, habe ich einfach unsere Identitäten getauscht und ihn einliefern lassen.«

»Wozu sollte dieser Tausch eigentlich gut sein?«

»Ich bitte Sie, das liegt doch auf der Hand: Während alle Welt der Meinung war, ich säße in der Klapsmühle, konnte ich in aller Ruhe meinen kleinen Plan ausarbeiten und in die Tat umsetzen. Andernfalls wären einige Leute vielleicht neugierig geworden.« Morse streckte die Arme aus. »Denken Sie doch mal drüber nach! Gleich mehrere Darsteller aus der Ritter-Geschichte gemeinsam auf einer raffinierten Bühne wie dieser hier? Ich wäre unweigerlich in Verdacht geraten. Geistesgestört und weggeschlossen – das war die Ideallösung, viel besser als ›verstorben‹! Jeder Trottel kann sich für tot erklären lassen, das lässt sich doch manipulieren! Nein, dass Peter von mir eingeliefert wurde statt ich von ihm, war äußerst klug eingefädelt, und ich war sehr zuversichtlich, dass mir niemand auf die Schliche kommen würde.« Morse lächelte. »Und wenn man schon etwas tut, dann aber bitte gleich mit Grandezza, sonst lohnt es sich doch gar nicht.«

King schüttelte den Kopf. Wenn ich es schaffe, ihn weiterreden zu lassen, gewinne ich Zeit, dachte er. Der Mann gierte offenbar danach, sich mit seinem pompösen Plan zu brüsten, und King konnte sich währenddessen eine Strategie ausdenken. »Ich hätte es anders gemacht«, sagte er. »Ich hätte Peter erst eingeliefert und ihn dann umgebracht. Damit hätten Sie alle Welt von Ihrem Tod überzeugt.«

»Aber das hätte womöglich eine Autopsie nach sich gezogen. Beim Vergleich mit alten medizinischen und zahnmedizinischen Unterlagen wäre der Schwindel wahrscheinlich aufgeflogen. Stirbt er dagegen eines natürlichen Todes, ist alles in Ordnung. Überdies sahen wir uns ziemlich ähnlich, sodass ein paar kleinere Veränderungen hier und da genügten, um alle an der Nase herumzuführen. Mein Genie liegt ohnehin im Detail. So ist dieser Saal zum Beispiel schalldicht. Was soll das in einem aufgelassenen Hotel? Nun, der Schall ist unberechenbar: Es lässt sich nicht voraussehen, wohin er trägt, und Störungen kann ich nun wirklich nicht gebrauchen. Das würde die ganze Aufführung ruinieren, und bisher habe ich mein Publikum noch nie enttäuscht. Außerdem ist mir ein gewisser Stil eigen. Nehmen Sie nur die Notiz, die Sie vorhin erwähnten. Ich hätte sie Ihnen natürlich einfach in den Briefkasten werfen können. Aber eine Leiche an der Badezimmertür – das ist klassisch. Oder denken Sie an den Brand in Ihrem Haus … So arbeite ich eben.«

»Aber warum mussten Sie Bob Scott hineinziehen? Sie sagten doch selbst, dass niemand Sie verdächtigen würde.«

»Denken Sie doch nach, Agent King, so denken Sie doch bitte nach! Jedes Drama braucht seinen Bösewicht. Im Übrigen hat Agent Scott mir niemals den mir gebührenden Respekt erwiesen, als wir mit Ritter unterwegs waren. Er hat das noch bitter bereut.«

»Okay, Sie haben also das Gehirn Ihres Bruders verschrumpeln lassen, sein Gesicht verstümmelt und ihn gemästet, während Sie selber abgenommen haben. Dann sind Sie nach Ohio gezogen, wo man weder Sie noch Ihren Bruder kannte, und haben schließlich die Identität Ihres Bruders angenommen. Das ist echt ein starkes Stück! Perfekt inszeniert – genau wie der Wahlkampf von Clyde Ritter.«

»Clyde Ritter war nur das Mittel zum Zweck.«

»Richtig. Clyde Ritter spielte dabei gar keine Rolle, Arnold Ramsey dafür eine umso größere. Er besaß etwas, das Sie haben wollten – und zwar so sehr, dass Sie ihn in den Tod geschickt haben, um es in Ihren Besitz zu bekommen.«

»Ich habe ihm einen Gefallen getan. Ich wusste, dass Arnold Ritter hasste. Seine akademische Karriere hatte ihren Höhepunkt längst überschritten. Er war völlig am Boden und reif für mein Angebot. Ich habe ihn seine glorreiche Vergangenheit als radikaler Demonstrant noch einmal erleben und ihn als Mörder eines unmoralischen, abstoßenden Mannes in die Geschichte eingehen lassen – ein Märtyrer auf Jahrhunderte hinaus! Was konnte es Schöneres geben?«

»Was Schöneres *für Sie* hätte es schon gegeben! Nur allzu gerne wären Sie mit jener Trophäe davongezogen, hinter der Sie schon dreißig Jahre zuvor her waren, als Sie Ramsey den Mord an einem Nationalgardisten in die Schuhe schieben wollten. Aber dieser Versuch war fehlgeschlagen, genauso wie der Ritter-Plan fehlschlug. Obwohl Ramsey aus dem Weg geräumt war, blieb der angestrebte Preis unerreichbar für Sie.«

Morse gab sich amüsiert. »Nur zu, fahren Sie fort, Agent King, Sie machen das ganz gut. Was war denn das für ein Preis?«

»Die Frau, die Sie liebten, Regina Ramsey, die Schauspielerin, der man eine fantastische Zukunft voraussagte. Ich wette, sie ist damals in einigen Ihrer Theaterinszenierungen aufgetreten. Es war keine reine Geschäftsbeziehung. Sie liebten Regina – nur liebte Regina eben Arnold Ramsey.«

»Die Ironie der Geschichte liegt darin, dass ich es war, der die beiden miteinander bekannt gemacht hat. Ich hatte Arnold anlässlich der Inszenierung eines Stückes kennen gelernt, in dem es um die Bürgerrechtsdemonstrationen ging. Ich hätte mir nie vorstellen können, dass zwei so ge-

gensätzliche Charaktere... Nun ja, er hatte sie natürlich nicht verdient. Regina und ich *waren* ein Team, ein wirklich brillantes Team, dem die ganze Welt offen stand. Wir waren drauf und dran, ganz groß herauszukommen. Mit ihrer dominierenden Bühnenpräsenz wäre sie am Broadway ein Star geworden, einer der größten aller Zeiten.«

»Und hätte Sie ebenfalls zum Star gemacht.«

»Jeder große Theatermann braucht eine Muse! Und lassen Sie sich nicht täuschen – ich habe das Beste aus ihr herausgeholt. Gemeinsam wären wir nicht aufzuhalten gewesen. Aber was geschah? Sie heiratete Arnold – und meine künstlerische Kraft löste sich praktisch in Luft auf. Meine Karriere war ruiniert – und ihr Leben verkümmerte an der Seite eines Mannes, der ihr außer einer jämmerlichen Professorenexistenz an einem drittklassigen College nichts zu bieten hatte.«

»Aber daran sind Sie doch selber schuld! Sie hatten doch *seine* Karriere ruiniert.«

»Sie haben mir jetzt eine Menge Fragen gestellt, jetzt will ich Ihnen mal eine stellen. Wie sind Sie denn nun wirklich auf mich gekommen?«

»Ich bekam einen Hinweis, der mich auf Sie aufmerksam machte. Daher fing ich an, mich näher mit Ihrer Herkunft zu beschäftigen. Ich fand heraus, dass Ihr Vater jener Anwalt gewesen war, der damals in Washington dafür sorgte, dass die Mordanklage gegen Ramsey fallen gelassen wurde. Wenn ich mich nicht irre, bestand Ihr Plan darin, dass Sie Regina von Ramseys Schuld überzeugen wollten. Ihre Liebe zu Arnold sollte erkalten. Und wenn es dann so weit war, wollten Sie wie ein Ritter in schimmernder Rüstung angesprengt kommen, Arnold retten und zur Belohnung Regina mitnehmen. Klingt wie das Drehbuch zu einem Film.«

Morse schob die Lippen vor. »Nur dass das Drehbuch nicht funktionierte.«

»Stimmt. Also haben Sie auf eine neue Gelegenheit gewartet.«

Morse nickte und lächelte. »Ich bin ein sehr geduldiger Mensch. Als Ritter seine Präsidentschaftskandidatur verkündete, wusste ich, dass meine Chance gekommen war.«

»Warum haben Sie Ihren Rivalen um Reginas Gunst nicht einfach umgebracht?«

»Wo bleibt denn da das Vergnügen? Die Dramatik? Ich sagte doch, das ist nicht meine Art. Und ganz abgesehen davon – wenn ich ihn einfach aus dem Weg geräumt hätte, wäre Reginas Liebe zu ihm nur noch gewachsen. Sicher, am Ende musste ich Arnold beseitigen, aber ich wollte nicht, dass Regina ihn betrauert. Sie sollte ihn hassen, ihn verabscheuen. Dann wären wir wieder ein Team geworden. Natürlich war Regina inzwischen älter geworden, aber ihre große Begabung – so etwas verliert sich nicht. Wir hätten den Zauber immer noch zu neuem Leben erwecken können. Das wusste ich einfach.«

»Und deshalb wurde das Attentat auf Ritter Ihre nächste große Inszenierung.«

»Es war eigentlich ganz einfach, Arnold dazu zu überreden. Regina und er hatten sich zwar endlich getrennt, aber mir war klar, dass sie ihn immer noch liebte. Jetzt war es an der Zeit, ihn als ausgerasteten Killer vorzuführen, nicht als den edlen, blitzgescheiten Polit-Aktivisten, den sie geheiratet hatte. Ich habe mich viele Male heimlich mit Arnold getroffen. Ich hatte ihm durch die mageren Zeiten geholfen, er hielt mich für seinen Freund. Ich erinnerte ihn an frühere Zeiten, als er noch die Welt hatte verändern wollen. Ich habe ihn dazu aufgefordert, wieder zum Helden zu werden. Und als ich ihm dann sagte, ich würde mitmachen und Regina wäre bestimmt stolz auf uns – da wusste ich, dass ich ihn hatte. Und danach hat mein Plan vorzüglich funktioniert.«

»Abgesehen davon, dass die trauernde Witwe Sie ein weiteres Mal abgewiesen hat. Und diesmal traf es Sie bestimmt viel härter, denn sie sagte Ihnen ins Gesicht, dass sie Sie nicht liebte.«

»Das war allerdings nicht die ganze Geschichte, und das ist auch der Grund, aus dem wir heute hier sind.«

King sah ihn fragend an. »Und dann hat sie Selbstmord begangen – oder etwa nicht?«

»Sie stand im Begriff, ein zweites Mal zu heiraten, und zwar einen Mann, der Arnold Ramsey bemerkenswert ähnlich war.«

»Thornton Jorst.«

»Es muss an einem fehlerhaften Gen gelegen haben, dass sie immer wieder auf solche Leute hereinfiel. Ich sah ein, dass mein ›Star‹ doch nicht perfekt war. Aber wenn ich sie nach all diesen Jahren nicht haben konnte, dann sollte auch kein anderer sie haben.«

»Also haben Sie Regina ebenfalls umgebracht.«

»Drücken wir das mal so aus: Ich habe sie mit ihrem erbärmlichen Gatten wiedervereint.«

»Und nun kommen wir zu John Bruno.«

»Sehen Sie, Agent King, jedes große Theaterstück hat mindestens drei Akte. Der erste Akt war der Nationalgardist, der zweite Ritter.«

»Und wir hier sind die Schlussszene, die Szene, bevor der Vorhang fällt – John Bruno und ich. Aber wozu? Regina ist tot. Was versprechen Sie sich denn von alldem noch?«

»Agent King, Ihnen fehlt einfach die visionäre Kraft, um zu erkennen, was ich hier geschaffen habe.«

»Tut mir Leid, Sid, ich gehöre eher zu den Leuten, die mit beiden Beinen auf dem Boden der Tatsachen stehen. Und da ich dem Secret Service schon lange nicht mehr angehöre, können Sie auch die Anrede ›Agent‹ weglassen.«

»Nein, nein, heute sind Sie wieder Secret-Service-Agent«, widersprach Morse mit fester Stimme.

»Richtig. Und Sie sind ein Psychopath. Und wenn das alles hier vorbei ist, dann sorge ich persönlich für eine Familienzusammenführung. Sie landen bei Ihrem Bruder in der Klapse und können ihm dann nach Herzenslust Tennisbälle zuwerfen.«

Morse richtete seine Pistole auf Kings Kopf. »Ich sage Ihnen jetzt ganz genau, was Sie tun werden. Sobald der Uhrzeiger auf zehn Uhr dreißig rückt, nehmen Sie Ihre Position hinter dem Absperrseil ein. Für alles andere wird dann gesorgt. Sie spielen eine der Hauptrollen in diesem Stück – eine Rolle, die Ihnen bestens vertraut sein dürfte. Ich wünsche Ihnen viel Glück bei Ihrem Auftritt – oder besser gesagt: Unglück…«

»Sie haben also ein exaktes Remake der Ereignisse von 1996 vor?«

»Nein, nicht ganz exakt. Sie sollen sich schließlich dabei nicht langweilen.«

»He, vielleicht hab ich ja auch noch die eine oder andere Überraschung *für Sie* im Ärmel.«

Morse lachte. »Sie spielen noch nicht in meiner Liga, Agent King. Und denken Sie dran, es handelt sich nicht um eine Kostümprobe. Es ist eine echte Vorstellung, verpassen Sie also Ihre Stichworte nicht. Und damit Sie Bescheid wissen: Dieses Stück läuft nur an diesem einen Abend.«

Morse verschwand in den Schatten, und King holte tief Luft. Morse war genauso Furcht erregend und brillant wie früher. King war drauf und dran, die Nerven zu verlieren. Ich gegen wer weiß wie viele, heißt dieses Spiel, dachte er. Er hatte eine Pistole, die jedoch mit Sicherheit nur Platzpatronen enthielt. Er warf einen Blick auf die große Uhr an der Wand. Noch zehn Minuten bis zum Beginn. Auf seiner Armbanduhr war es kurz vor 12.30 Uhr, und er hatte keine Ahnung, ob es kurz nach Mittag oder kurz nach Mitternacht war. Morse hatte seine Wanduhr natürlich nach Lust und Laune stellen können.

King sah sich um. Gab es in diesem Saal denn nichts, was dazu beitragen konnte, seine minimalen Überlebenschancen zu erhöhen? Nein, wohin er auch schaute, alles gehörte zur Reinszenierung eines entsetzlichen Ereignisses, an das er niemals wieder hatte denken wollen, geschweige denn, es noch einmal erleben.

Die Frage traf ihn wie ein Schlag: Wer sollte die Rolle von Arnold Ramsey übernehmen? Und blitzartig fiel ihm auch die Antwort ein: Wie der Vater, so die Tochter! Morse, dieser Schweinehund – er wollte doch tatsächlich genau das Gleiche noch einmal tun.

Michelle huschte am Waldrand von Baum zu Baum und ließ das Hotel und seine nähere Umgebung nicht aus dem Auge. So bekam sie mit, wie Jefferson Parks in einen Transporter stieg und mit einem Kavalierstart davonraste. Umso besser, dachte sie, ein Gegner weniger, um den ich mir Sorgen machen muss. Die Luft schien jetzt einigermaßen rein zu sein. Sie bückte sich und überwand die letzten Meter bis zum Zaun im Krebsgang. Schon wollte sie ihn überklettern, als ein leises Summen sie davon abhielt, und gleich darauf sah sie auch das Kabel, das zum Zaun führte. Sie trat einen Schritt zurück, hob ein Ästchen auf und warf es gegen die Maschen. Kaum traf es ins Ziel, da wurde es auch schon versengt. Na toll, dachte Michelle, der Zaun steht unter Strom! Der Weg durch das Loch war ihr ebenfalls versperrt, weil sie Parks davon erzählt hatte – womöglich waren er und sein Begleiter von ihrem Tod durch Ertrinken doch noch nicht ganz überzeugt und ließen daher die Lücke im Zaun überwachen. Davon abgesehen, war das Loch so eng, dass man den Zaun beim Durchsteigen zwangsläufig berühren musste.

Michelle zog sich wieder in den Wald zurück und überlegte, ob es nicht doch einen Weg ins Hotel gab. Schließlich erinnerte sie sich an ihren ersten Besuch. Schon damals hatte sie überlegt, wie sich der Zaun überwinden ließe, und war auf eine ganz bestimmte Idee gekommen. Sie lief zur Rückseite des Gebäudes, wo das Gelände außerhalb des Zauns leicht anstieg und eine perfekte Absprungmöglichkeit bot. Auf der High School war sie die beste Weit- und Hochspringerin gewesen, aber das lag natürlich schon einige Jahre zurück. Sie schritt die Entfernung ab, machte ein paar Übungssprünge und kalkulierte den Höhenunterschied zwischen der Oberkante des Zauns und der geplanten Absprungstelle. Dann zog sie ihre Schuhe mit den niedrigen Absätzen aus, warf sie über den Zaun und nahm ihre Startposition ein. Sie sprach ein lautloses Gebet, holte tief Luft, rannte los und zählte dabei ihre Schritte, genau so, wie sie es im Sportunterricht gelernt hatte. Als der unter Strom stehende Zaun immer näher rückte, hätte sie den Anlauf um ein Haar abgebrochen, denn wenn sie hier versagte, ließ sich die Niederlage nicht wie zu Schulzeiten mit ein paar Tränen wegstecken. Es ging vielmehr um alles oder nichts.

Und dann hob sie ab. Arme, Beine und Rücken arbeiteten im Takt, und die Erinnerung kehrte gerade noch rechtzeitig, als sie ihren Körper in der Luft drehte und den Rücken durchbog, in ihre Muskeln zurück. Sie überquerte den Zaun mit gut fünfzehn Zentimetern Luft zwischen sich und seiner Oberkante. Auf dem Boden lag natürlich kein Schaumstoff, der den Aufprall auf der anderen Seite gemildert hätte. Ihr Körper schmerzte von oben bis unten. Langsam erhob sie sich, schlüpfte in ihre Schuhe, lief zum Hotel und stieg durch ein weiteres zerbrochenes Fenster in das Gebäude ein.

KAPITEL 72

Als die Uhrzeiger 10.26 Uhr anzeigten, tauchte in demselben Flur, durch den King hereingekommen war, ein Mann auf. John Bruno wirkte verwirrt und verängstigt und sah aus, als wolle er sich jeden Augenblick übergeben. King konnte ihm das nachfühlen, denn ihm ging es genauso. Er und Bruno spielten die Rolle der Christen im alten Rom, die man den Löwen zum Fraß vorgeworfen hatte, während eine blutrünstige Zuschauermenge das bevorstehende Schlachtfest kaum erwarten konnte. Als King auf Bruno zutrat, wich der umgehend zurück. »Bitte, bitte, tun Sie mir nichts!«

»Ich will Ihnen nichts tun. Ich will Ihnen helfen.«

Bruno sah ihn verwundert an. »Wer sind Sie?«

King setzte schon zu einer Erklärung an, stockte dann aber und beschränkte sich auf einen Satz: »Ich bin Ihr Secret-Service-Agent.« Wie hätte er in dieser Situation lange Erklärungen abgeben können?

Bruno schien sich mit dieser Auskunft erstaunlicherweise zufrieden zu geben. »Was ist los?«, fragte er. »Wo sind wir hier?«

»Wir sind in einem Hotel. Und es wird bald etwas passieren. Ich weiß nur nicht genau, was.«

»Wo sind denn Ihre Kollegen?«

King sah ihn ausdruckslos an. »Das wüsste ich auch gerne, Sir…« Das war schon mehr als verrückt, aber was konnte oder sollte er anderes tun? Die alte Agentenrolle hatte schneller wieder von ihm Besitz ergriffen, als er es je für möglich gehalten hätte.

Bruno warf einen Blick zur Tür. »Können wir nicht einfach gehen?«

»Äh, nein, das wäre wohl nicht gut.« King hatte die Uhr im Auge, als die Zeiger auf 10.29 Uhr rückten. Vor acht Jahren hatte Ritter vor ihm gestanden und sozusagen ein Bad in der Menge genommen. Bei Bruno würde ihm dieser Fehler nicht unterlaufen. Er nahm ihn beim Arm und führte ihn zum Absperrseil. »Ich möchte, dass Sie sich hinter mich stellen. Was immer auch passiert, Sie bleiben hinter mir.«

»Gut, verstanden.«

Eigentlich hätte sich King lieber hinter Bruno gestellt. Nun war er nach all diesen Jahren zum Ausgangspunkt zurückgekehrt und wieder nur ein verdammter menschlicher Schutzschild …

Er zog die Waffe aus dem Holster. Wenn die Kugeln nicht echt waren, hatte er nicht die geringste Chance. Er musterte das samtene Absperrseil und machte einen Schritt nach vorn. Jetzt war er nur noch ein paar Zentimeter davon entfernt und stand ironischerweise fast genau auf demselben Fleck wie damals Ritter, als Ramsey ihn erschossen hatte. Der Zeiger rückte auf 10.30 Uhr, und King ließ eine Patrone in den Lauf klicken.

»So, nun könnt ihr die drallen Babys bringen, damit er sie küssen kann«, murmelte er. »Na los, her damit.«

Michelle lugte um die Ecke und sah einen Mann vor dem Eingang zum Stonewall-Jackson-Saal stehen. Er war mit einer Pistole und einem Gewehr bewaffnet und sah aus wie der Typ, der den Polizeischarfschützen gemimt und dann gemeinsam mit Parks versucht hatte, sie umzubringen. Sein Gesicht war nicht deutlich zu erkennen, doch Michelle hatte den Verdacht, dass es dieser Simmons war. Wenn das stimmte, dann war sie im Vorteil. Sollte sie einfach vorspringen und »Keine Bewegung!« schreien? Aber wenn sie Pech hatte, schaffte er es doch noch, einen Schuss abzugeben, und traf sie womöglich sogar… In diesem Moment sah Michelle, wie der Posten auf seine Uhr schaute und grinste. Das konnte nur bedeuten, dass…

Sie sprang vor, die Pistole auf seine Brust gerichtet. Zwar rief sie tatsächlich: »Keine Bewegung!«, relativierte die Warnung jedoch, indem sie gleichzeitig abdrückte. Die Kugeln trafen ihn in die Brust; er schrie auf und fiel zu Boden. Michelle rannte zu ihm, kickte seine Waffen außer Reichweite, kniete nieder und fühlte nach dem Puls des Mannes. In diesem Augenblick trat er zu und traf sie mit dem Stiefel an der Schulter. Michelle verlor ihre Pistole und taumelte zurück.

Der Kerl rappelte sich auf und griff sich an die Brust. Wie war das möglich? Sie hatte ihn doch genau in die Brust getroffen! Während sie sich selbst rasch aufrappelte, fiel ihr die Antwort ein: Er trug eine kugelsichere Weste. Sie machte einen Satz nach ihrer Waffe, doch der Kerl tat das Gleiche. Sie krachten zusammen, und er bekam sie in den Schwitzkasten.

»Diesmal«, zischte er ihr ins Ohr, »diesmal wirst du sterben, du Hexe.« Das war der Kerl, der versucht hatte, sie in ihrem Wagen umzubringen!

Kräftemäßig hatte sie keine Chance gegen ihn, daher beschloss sie, ihren Vorteil auszunutzen. Sie rammte ihm den Ellbogen in die linke Seite – genau dorthin, wo sie ihn in jener Nacht mit ihrem Schuss verwundet haben musste. Prompt stöhnte der Mann auf, lockerte seinen Griff und ging in die Knie. Michelle strampelte sich von ihm frei, schlitterte über den Boden und fingerte nach ihrer Pistole. Ihre Hand schloss sich um den Griff, und als sie sich umdrehte, sah sie, wie Simmons sich aufrichtete und ein Messer aus seinem Gürtel zog.

Michelle zielte, schoss und traf ihn mitten in die Stirn. Dann schleppte sie sich zu ihm hin. Und als sie auf die vor ihr liegende Leiche starrte, kam ihr eine Idee.

Vielleicht klappt es ja, dachte sie.

KAPITEL 73

Punkt 10.31 Uhr ging Sean King auf, dass er ein großes Problem hatte – oder besser: ein weiteres großes Problem, das zu den vielen anderen noch hinzukam. Er warf einen Blick auf den Fahrstuhl. Wenn sich die Gegenwart an die Vergangenheit hielt, würde dort etwas passieren. Problematisch dabei war Folgendes: Wenn sich die Fahrstuhltüren öffneten und King nicht hinsah und daher auch nicht erfuhr, was dort vor sich ging, dann bestand die Gefahr, dass er und Bruno aus dieser Richtung angegriffen wurden. Sah er jedoch hin – wie vor acht Jahren –, so konnte sich diese kurze Ablenkung ebenso verhängnisvoll auswirken. King stellte sich vor, wie Sidney Morse ihn beim Nachdenken über dieses Dilemma beobachtete und sich dabei schier kaputtlachte.

Als der Uhrzeiger die schicksalsträchtige Minute erreichte, fasste King hinter sich und packte Bruno. »Wenn ich Ihnen sage, Sie sollen sich fallen lassen«, flüsterte er in einem Ton, der keinen Widerspruch zuließ, »dann lassen Sie sich sofort fallen!«

King war, als könne er jeden winzigen Ruck sehen, mit dem sich der Zeiger auf 10.32 Uhr zubewegte. Er hielt seine Pistole bereit. Er erwog, einen Probeschuss abzugeben, um zu sehen, ob die Waffe vielleicht doch geladen war – aber wenn Morse ihm, was dem Mann durchaus zuzutrauen war, nur eine einzige echte Kugel gegeben hatte, dann wäre diese sinnlos vertan. Auch diese Überlegung hatte Morse sicher schon in sein Konzept mit einbezogen.

Er schwenkte die Pistole in weiten Bögen, und sein Griff um John Brunos Jackett wurde fester. Der Kandidat atmete so heftig, dass King befürchtete, er könne jeden Augenblick in Ohnmacht fallen. Er glaubte, Brunos Herz schlagen zu hören, bis ihm klar wurde, dass es sein eigenes war. Nun gut, er war so bereit wie nur möglich.

Der Zeiger glitt auf 10.32. Kings Waffenarm rotierte geradezu bei dem verzweifelten Versuch, jeden Zentimeter des Saals abzudecken. Schlagartig gingen die Lichter aus, und es herrschte absolute Dunkelheit. Dann plötzlich explodierte der Saal in einem Kaleidoskop aus Lichtern, das jeder Diskothek Ehre gemacht hätte. Sie fegten durch den Saal wie Blinklichter, und dann kamen laute Stimmen dazu. Der Lärm war ohrenbetäubend, die Lichter blendeten so sehr, dass King eine Hand über die Augen legen musste. Dann erinnerte er sich an die Sonnenbrille in seiner Brusttasche, und er setzte sie auf. Eins zu null für die Jungs im Schatten, dachte er.

Dann klingelte die Fahrstuhltür.

»Zur Hölle mit dir, Morse!«, schrie King laut.

Die Fahrstuhltür glitt auf, oder war das nur ein optischer Trick? King wurde von seiner Unentschlossenheit schier auseinander gerissen. Sollte er nun einen Blick riskieren oder nicht?

»Auf den Boden!«, befahl er Bruno, und der ließ sich umgehend fallen. King wandte den Kopf, fest entschlossen, nur für den Bruchteil einer Sekunde auf den Fahrstuhl zu blicken.

Aber er brauchte seinen Kopf gar nicht so weit zu drehen.

Joan Dillinger war unmittelbar vor ihm, höchstens einen halben Meter entfernt. Es schien, als hinge sie von der Decke herab, mit ausgebreiteten Armen wie eine Gekreuzigte, mit bleichem Gesicht und geschlossenen Augen. King hätte nicht sagen können, ob es die echte Joan war oder nur ein Trugbild. Er ging zwei Schritt vor, streckte die Hand aus – und griff buchstäblich durch die

Gestalt hindurch. Jetzt sah er sich doch nach dem Fahrstuhl um – und dort war Joan tatsächlich, gefesselt und an Kabeln aufgehängt. Das Bild, das er gesehen hatte, war nichts als eine Projektion gewesen. Allem Anschein nach war sie tot.

King überkam bei diesem Anblick eine ungeheure Wut. Sie entsprach vermutlich genau Morses Kalkül – und allein dieser Gedanke ließ King sich gleich wieder beruhigen.

Er hatte den Kopf gerade wieder nach vorne gedreht, als er erstarrte. Direkt vor ihm stand zwischen zwei Pappkameraden Kate Ramsey und richtete ihre Pistole auf seine Brust. »Legen Sie Ihre Waffe auf den Boden!«, befahl sie.

King zögerte zunächst, dann befolgte er den Befehl. Die Lichtorgel verwandelte sich wieder in ganz normale Raumbeleuchtung, und auch die Geräuschkulisse war verstummt.

»Stehen Sie auf!«, befahl Kate Bruno und brüllte gleich darauf: »Los, steh auf, du Scheißkerl!«

John Bruno gehorchte und stand dann mit schlotternden Knien da. King hielt nach wie vor die Stellung zwischen dem Kandidaten und seiner Möchtegern-Mörderin.

»Hören Sie, Kate, Sie wollen das doch gar nicht.«

Von irgendwoher dröhnte eine Stimme dazwischen – Sidney Morse gab seine nächste »Regieanweisung«: »Mach weiter, Kate! Ich habe dir die beiden wie versprochen ausgeliefert: den Mann, der die Karriere deines Vaters zerstört hat, und den Mann, der ihm das Leben genommen hat. Deine Kugeln haben einen Stahlmantel. Du kannst alle beide mit einem Schuss töten. Tu's, Kate! Tu's für deinen armen Vater! Diese beiden Männer haben ihn auf dem Gewissen.«

Kates Finger spannte sich um den Abzug.

»Hören Sie nicht auf ihn, Kate«, sagte King. »*Er* ist derjenige, der Ihrem Vater eine Falle gestellt hat. Er hat ihn dazu gebracht, Ritter zu erschießen. Bruno hatte mit alldem gar nichts zu tun.«

»Sie lügen«, erwiderte sie.

»Der Mann, den Sie damals in der Nacht mit Ihrem Vater sprechen hörten, war Sidney Morse.«

»Das stimmt nicht. Der einzige Name, den ich gehört habe, war Thornton Jorst.«

»Den haben Sie nicht gehört, Kate, Sie dachten nur, Sie hätten ihn gehört. Was Sie wirklich gehört haben, war nicht Thornton Jorst, sondern *Trojan horse.*«

Kate wirkte plötzlich nicht mehr ganz so überzeugt.

King erkannte seinen winzigen Vorteil und nutzte ihn. »Morse hat Ihnen sicher genau vorgegeben, was Sie Michelle und mir erzählen sollten. Aber dieser Teil Ihrer Geschichte war echt, Kate. Sie haben nur seine Bedeutung nicht erkannt.«

Kate wirkte nun deutlich verunsichert. Ihr Finger am Abzug entspannte sich ein wenig.

Rasch fuhr King fort: »Und das Trojanische Pferd war Morse, der Insider aus dem Wahlkampfteam von Clyde Ritter. So hat er es Ihrem Vater erklärt. Er wusste, dass Ihr Vater Ritter und das, was dieser Mann unserem Land antat, hasste. Ihm selber war Ritters Politik völlig gleichgültig. Wollen Sie wissen, warum Morse trotzdem für ihn gearbeitet hat? Ich sage es Ihnen: Er liebte Ihre Mutter. Er wollte einen großen Broadway-Star aus ihr machen und bildete sich ein, sie würde ihm gehören, sobald Ihr Vater erst einmal aus dem Weg war! Als das nicht so klappte, wie er sich das vorstellte, hat er Ihre Mutter umgebracht, Kate – und jetzt benutzt er Sie genau so, wie er einst Ihren Vater benutzt hat.«

»Das ist doch verrückt!«, protestierte Kate. »Und selbst wenn es stimmen würde, warum dann diese Inszenierung hier?«

»Ich weiß es nicht. Der Mann ist wahnsinnig. Wer anders als ein Wahnsinniger könnte sich eine solche Inszenierung einfallen lassen?«

»Jedes Wort, das er sagt, ist gelogen, Kate«, dröhnte Morses Stimme wieder aus dem Off. »Ich tue das alles nur für dich. Um dir Gerechtigkeit widerfahren zu lassen. Und jetzt erschieß die beiden!«

King hielt Kates Blick stand. »Ihr Vater hat gemordet, aber er glaubte, damit einer gerechten Sache zu dienen. Dieser Mann…«, King deutete in die Richtung, aus der Morses Stimme gekommen war, »… dieser Mann ist ein kaltblütiger Mörder, und er hat seine Taten aus reiner Eifersucht begangen.«

»Sie haben meinen Vater getötet«, sagte Kate schroff.

»Das war mein Job. Mir blieb keine Wahl. Sie haben das Gesicht Ihres Vaters an jenem Tag nicht gesehen, aber ich. Wissen Sie, wie er aussah? Wollen Sie das wirklich wissen?«

Kate blickte ihn mit Tränen in den Augen an, dann nickte sie langsam.

»Er war total überrascht, Kate. Überrascht. Damals dachte ich, in seiner Miene spiegele sich das Erschrecken über die eigene Tat wider. Auf den eigentlichen Grund bin ich erst sehr viel später gekommen: Er war überrascht, weil Morse nicht ebenfalls auf Ritter geschossen hatte. Morse stand ganz in meiner Nähe. Die beiden hatten einen Pakt geschlossen. Ihr Vater hat nicht mich, sondern Morse angesehen, und in diesem Moment erkannt, dass er betrogen worden war.«

Morse dröhnte: »Das ist jetzt deine letzte Chance, Kate! Entweder du erschießt die beiden jetzt, oder ich werde es tun!«

King sah sie mit flehenden Augen an. »Kate, das können Sie nicht tun. Sie können es einfach nicht. Ich habe Ihnen die Wahrheit gesagt, das wissen Sie genau. Egal, welche Lügen er Ihnen aufgetischt hat – Sie sind keine Mörderin und lassen sich auch von Sidney Morse nicht zu einer machen.«

»Jetzt!«, kreischte Morse.

Aber Kate hörte nicht auf ihn, sondern ließ ihre Pistole langsam sinken. In diesem Moment krachte plötzlich die Saaltür auf. Kate war vorübergehend abgelenkt. King packte kurz entschlossen das samtene Seil der Absperrung, schwang es hoch und schlug Kate damit die Waffe aus der Hand. Sie schrie auf und stürzte zu Boden.

»Schnell!«, rief King Bruno zu. »Raus aus dem Saal!«

Bruno drehte sich um und rannte zur Tür, durch die Michelle gerade hereinkam.

Auf einmal flammten die Lichter wieder auf und blendeten sie alle. Michelle sah die Gefahr noch vor allen anderen. »Runter, Bruno!«, schrie sie und sprang gleichzeitig auf ihn zu.

Ein Schuss fiel. Michelle war zwischen den Schützen und den Präsidentschaftskandidaten geraten. Die Kugel traf sie in die Brust.

King zielte in die Richtung, aus der der Schuss gekommen war, und drückte ab – nur um sofort erkennen zu müssen, dass Morse ihm nie auch nur die geringste Chance eingeräumt hatte: Die Waffe war tatsächlich nur mit Platzpatronen geladen.

»Michelle!«, schrie er, doch die junge Frau rührte sich nicht einmal, als Bruno durch die offene Tür hinauslief.

Dann gingen die Lichter wieder aus, und es wurde Nacht.

KAPITEL 74

King kauerte im Dunkel und suchte verzweifelt den Boden ab. Dann gingen die Lichter wieder an, wenn auch nicht ganz so hell wie vorher. King spürte etwas hinter sich und drehte sich um. Sidney Morse stand hinter ihm und richtete seine Pistole auf ihn.

»Wusste ich doch, dass sie für so was zu feige ist«, sagte Morse und wies mit seiner Pistole auf die Stelle, wo Kate noch immer auf dem Boden lag. »Dein *Vater* war das nicht!« Er umfasste den ganzen Saal mit einer ausladenden Armbewegung. »Ich habe dir für deinen Auftritt eine große Bühne geschaffen, Kate, und dir ein perfektes Drehbuch geschrieben. Das hier war das große Finale. Deine Mutter hätte sich die Gelegenheit zu einer grandiosen Vorstellung nicht nehmen lassen – du aber hast kläglich versagt.«

King half Kate vom Boden auf und stellte sich dann zwischen sie und Morse.

»Mal wieder ein menschlicher Schutzschild, was, Sean?«, stellte Morse grinsend fest. »Das scheint Ihr klägliches Los in diesem Leben zu sein.«

»Bruno ist entkommen – und so wahr mir Gott helfe: Für den Mord an Michelle werde ich Sie umbringen!«

Morse starrte ihn selbstsicher an. »Bruno wird dieses Hotel nicht lebend verlassen. Und was Maxwell betrifft, so hat sie einfach Pech gehabt. Wenigstens ist sie in offener Feldschlacht gefallen. Mehr kann sich eine Agentin des Secret Service doch nicht wünschen, oder?«

Er wandte sich wieder an Kate. »Du hast eine Frage gestellt. Warum geschieht dies alles ausgerechnet jetzt? Ich will sie dir beantworten: Es geht heute ebenso wenig um John Bruno, wie es damals um Clyde Ritter ging.« Er richtete seine Pistole auf Kate. »Vor acht Jahren ging es um deinen Vater. Und heute geht es allein um dich, meine liebe, süße Kate.«

Ihre Brust hob und senkte sich schwer, und Tränen liefen ihr übers Gesicht. »Um mich?«, fragte sie.

Morse lachte. »Du bist doch wirklich genauso töricht wie dein Vater.« Er sah King an. »Sie haben behauptet, Regina hätte mich abgewiesen, weil sie mich nicht liebte und die Magie der Bühne sie nicht mehr lockte. Das ist aber nur die halbe Wahrheit. Ich glaube, dass sie mich sehr wohl geliebt hat – nur kam für sie nach Arnolds Tod eine Rückkehr auf die Bühne nicht mehr in Frage. Sie konnte nicht noch einmal *mein* Star werden, weil es da jemanden gab, der sie dringender brauchte.« Jetzt wandte er sich wieder an Kate. »Und zwar dich. *Dich* konnte deine Mutter nicht verlassen. Sie hat mir gesagt, du brauchtest sie, du wärest ihr Lebensinhalt. Was für ein unglaublicher Fehler von ihr! Was ist schon ein kleiner, armseliger Teenager gegen eine legendäre Karriere am Broadway, gegen ein Leben mit *mir?*«

»Das können Sie nicht begreifen, weil ein Mann wie Sie keine Ahnung von wahrer Liebe hat«, sagte King. »Und wie können Sie Kate die Schuld daran geben? Sie wusste doch von alldem gar nichts.«

»Ich kann ihr die Schuld geben an allem, was mir passt!«, brüllte Morse. »Und das Beste kommt ja erst noch: Als Regina diesen Idioten Jorst heiraten wollte, war sie voll und ganz dafür! O ja, ich hatte meine Spione. Kate wollte jemanden, der genauso war wie ihr Vater. Allein das rechtfertigt schon ihren Tod. Aber das ist noch längst nicht alles. Ich habe deine Laufbahn verfolgt, Kate. Du bist genauso geworden wie dein elender Vater, diese ewige erbärmliche Protestiererei und diese Demonstrationen, dieses ach so edle Gutmenschentum! Für mich war das nur ein Déjà-vu. Arnold hatte ich umgebracht, aber da war er wieder, einfach nicht totzukriegen, wie eine Hydra.« Morse musterte die junge Frau mit zusammengekniffenen Augen und fügte mit etwas ruhigerer Stimme hinzu: »Dein Vater hat mein Leben ruiniert, indem er die Frau, die ich brauchte, die Frau, die ich *verdient hatte,* von mir fern hielt. Und nach seinem Tod hast du da weitergemacht, wo er aufgehört hatte. Ohne dich hätte Regina mir gehört.«

»Ich glaube nicht, dass meine Mutter einen Mann wie Sie jemals hätte lieben können«, widersprach Kate. »Ich kann es ja selbst kaum fassen, dass ich Ihnen vertraut habe.«

»Ich bin durchaus selber ein Schauspieler von Format, meine Liebe. Und du warst so leichtgläubig! Als John Bruno seine Kandidatur ankündigte, habe ich sofort an dich gedacht. Was für ein Glücksfall! Ausgerechnet der Mann, der deinen Vater wegen eines Verbrechens anklagen wollte, das ich ihm in die Schuhe geschoben hatte – ausgerechnet der bewirbt sich um das gleiche Amt wie der Mann, den dein Vater erschossen hat! Das war so perfekt, dass mir sofort der Gedanke an eine Neuinszenierung kam. Also hab ich dich besucht, dir die ganze traurige Geschichte über deinen armen Vater aufgetischt, und du hast sie mir Wort für Wort abgekauft.«

Kate wollte auf Morse losgehen, doch King hielt sie zurück. »Sie haben mir erzählt, Sie seien ein guter Freund meiner Eltern gewesen!«, schrie sie. »Und dass Sie meinem Vater geholfen hätten, als er wegen Mordes im Gefängnis saß, und dass Bruno an Vaters Karriereknick schuld wäre!« Sie wandte sich an King. »Er hat mir einen Haufen Zeitungsausschnitte darüber gebracht. Er hat behauptet, er kenne meine Eltern und hätte ihnen geholfen, lange vor meiner Geburt. Mir gegenüber haben sie ihn allerdings nie erwähnt. Und dann kam er noch mit dieser Geschichte aus dem Fairmount-Hotel: Er wäre an jenem Tag dort gewesen und hätte gesehen, dass Sie meinen Vater keineswegs hätten erschießen müssen, weil der seine Waffe schon gesenkt hatte, als Sie abdrückten. Morse hat Sie als ausgemachten Killer bezeichnet.« Kate wandte sich wieder an Sidney Morse. »Alles Lügen.«

Morse schüttelte den Kopf. »Natürlich. Das gehörte doch zum Stück!«

»Es ist gefährlich, einem Wahnsinnigen Glauben zu schenken, Kate«, sagte King.

»Aber, aber, Agent King! Ich bin kein Wahnsinniger, sondern ein Visionär. Doch ich kann Ihnen versichern, dass die Grenzlinie zwischen beiden nur sehr dünn ist. Und jetzt...«, sagte Morse mit einer weit ausholenden, theatralischen Geste, »... jetzt kommt der dritte und letzte Akt. Der tragische Tod der Kate Ramsey, die, unterstützt und ermutigt von dem armen, geistesgestörten Ex-Secret-Service-Agenten Bob Scott, ihren geliebten Vater rächt und dabei John Bruno und Sean King mit sich in den Tod nimmt... Die Beweise, die man dafür finden wird, werden natürlich mir zu verdanken sein. Denken Sie nur einmal an diese atemberaubende Symmetrie: Vater und Tochter, die Mörder zweier Präsidentschaftskandidaten, finden an ein und derselben Stelle den Tod. Das ist wirklich eines der besten Stücke, die ich je geschrieben habe.«

»Und Sie sind wirklich vollkommen wahnsinnig«, sagte King.

»Das Mittelmaß wirft immer mit Steinen nach dem Genie«, erwiderte Morse aalglatt. »Und nun wird das letzte Mitglied der Familie Ramsey – der reizenden, liebevollen Familie Ramsey – endgültig vom Erdboden verschwinden. Du wirst wunderschön sterben, Kate, das weiß ich – und wenn du tot bist, kann ich endlich wieder aufleben. Meine künstlerische Potenz ist wiederhergestellt. Eine neue Identität und Europa winken mir bereits. Meine Möglichkeiten sind grenzenlos, sogar ohne deine *Mutter.*« Er richtete seinen Revolver auf Kate.

King hob ebenfalls die Waffe. »Sie träumen, Sid. Fakt ist, dass ich Ihre Chancen auf eine einzige reduziert habe.«

»Da sind nur Platzpatronen drin«, sagte Morse. »Das haben Sie doch selber vorhin erst festgestellt.«

»Aus diesem Grund habe ich Kate ihre Waffe aus der Hand geschlagen und sie dann aufgehoben, als die Lichter ausgingen.«

»Sie bluffen.«

»Meinen Sie wirklich? Meine Pistole liegt auf dem Boden. Aber prüfen Sie es bitte nicht nach, weil ich Sie dann sofort erschießen werde. Ein Trick von mir, so ganz nach Ihrem Geschmack – ich erinnere an den Fahrstuhl. Außerdem sehen beide Waffen gleich aus, Sie werden sie also ohnehin nicht voneinander unterscheiden können … Aber bitte sehr, schauen Sie nach. Wenn die Kugel dann in Ihren Schädel kracht, dürfte Ihnen endgültig klar sein, dass Sie sich geirrt haben. Sie haben versagt, Sid. Im Theater darf man die Bühnenwaffen nie aus den Augen lassen. Ein *genialer* Regisseur wie Sie sollte das eigentlich wissen.«

Morses Selbstsicherheit schien zu schwinden.

King hakte sofort nach. »Was ist los, Sid? Sind Sie nervös geworden? Einen unbewaffneten Mann zu erschießen und alte Damen in Badewannen zu ertränken – das erfordert keinen Mut. Aber jetzt wollen wir mal sehen, ob Sie wirklich mutig sind. Jetzt hocken Sie nicht mehr als Strippenzieher in den Kulissen, sondern sind selbst der Hauptdarsteller. Sie stehen allein im Rampenlicht, und Ihr Publikum wartet.«

»Sie sind ein lausiger Schauspieler, King«, gab Morse zurück, »und Ihr Maulheldentum ist wenig überzeugend.« Aber seine Stimme klang angespannt.

»Da gebe ich Ihnen Recht, ich bin kein Schauspieler. Aber das muss ich auch nicht sein, denn hier geht es ja nicht um eine Inszenierung. Die Pistolenkugeln sind absolut real, und mindestens einer von uns wird sterben und nicht wieder aufstehen, um eine Zugabe zu geben. Ich mache Ihnen einen Vorschlag, Sid: Duelle sind doch tolle Theaterszenen – also los. Nur wir beide.« King krümmte den Finger um den Abzug. »Ich zähle bis drei.« Morse war kreidebleich geworden. Sein Atem beschleunigte sich.

King schien ihn mit seinem Blick zu durchbohren. »Na, nun kommen Sie schon, flippen Sie mir nicht aus. Ich bin doch bloß ein ehemaliger Secret-Service-Agent. Sicher, ich habe schon Kerle umgelegt, die auf mich geschossen haben, aber dazu gehört schließlich nicht viel, oder? Sie sagten ja, in Ihrer Liga hab ich nichts zu melden.« King machte eine kurze Pause, dann fing er an zu zählen: »Eins…«

Morses Hände zitterten, und er trat einen Schritt zurück.

»Seit acht Jahren hab ich keinen einzigen Schuss abgegeben«, fuhr King fort. »An den letzten können Sie sich doch noch erinnern, nicht wahr? Seitdem bin ich ziemlich eingerostet. Bei dieser Beleuchtung kann ich selbst auf diese kurze Entfernung wahrscheinlich nur Ihren Körper treffen – aber sei's drum. Töten wird der Schuss Sie trotzdem.«

Morse keuchte nun heftig und trat einen weiteren Schritt zurück.

»Zwei.« King ließ Morses Gesicht keine Sekunde lang aus den Augen. »Sehen Sie zu, dass Sie ins Schwarze treffen, Sid, und vergessen Sie nicht Ihre Verbeugung vor dem Publikum, wenn Sie mit einem großen Loch in der Brust zu Boden sinken. Aber machen Sie sich keine Sorgen, der Tod tritt sofort ein.«

Als King den Mund öffnete, um »Drei« zu sagen, kreischte Morse auf. Die Lichter gingen aus. King duckte sich sofort, sodass der Schuss über seinen Kopf hinwegjagte. Erleichtert seufzte er auf. Seine List hatte funktioniert.

Eine Minute später schlängelte sich die Frau, die Michelle niedergeschossen hatte, in der Dunkelheit an den Pappfiguren vorbei und nahm Kurs auf King. Kaum waren die Lichter ausgegangen, hatte Tasha sich eine Nachtsichtbrille aufgesetzt, sodass sie alles deutlich erkennen konnte, während King gar nichts sah. Sie ging an der auf dem Boden liegenden Michelle vorbei und duckte sich zwischen zwei Holzrahmen. Von dieser Stelle aus bot sich ihr freies Schussfeld auf King und Kate, die sich in eine Ecke zurückgezogen hatten. Tashas Befehle waren unmissverständlich: Egal, was sonst noch passieren mochte – Sean King und Kate Ramsey mussten sterben.

Sie nahm ihre Opfer ins Visier und lächelte dabei. Menschen zu töten war ihr Beruf. Gleich würde sie ihrer Abschussliste zwei weitere Namen hinzufügen können.

Ein leises Geräusch hinter ihrem Rücken ließ sie herumfahren. Der gleißende Lichtstrahl einer Taschenlampe traf sie genau in die Augen und blendete sie. Und unmittelbar darauf traf sie ein wesentlich härterer Gegenstand. Die Kugel schlug in Tashas Kopf ein und setzte ihrer mörderischen Karriere ein abruptes Ende.

Michelle erhob sich mühevoll, und als sie endlich stand, war sie noch immer etwas wackelig auf den Beinen. Sie rieb sich die Brust an jener Stelle, an der Simmons' schusssichere Weste die Kugel abgefangen hatte. Die Wucht des Schusses hatte sie regelrecht k. o. geschlagen. Die Prellung schmerzte höllisch, aber Michelle hatte überlebt. Welch ein Glück, dass ich gerade noch rechtzeitig wieder zu mir gekommen bin, dachte sie.

Mit Hilfe der Taschenlampe arbeitete sie sich zu Kate und King vor. »Tut mir Leid, ich war vorübergehend außer Gefecht, sonst wäre ich euch schon eher zu Hilfe gekommen. Alles in Ordnung mit euch?«

King nickte. »Hast du Sidney Morse gesehen?«

»Sidney ist der Drahtzieher hinter dem allem?« King nickte, und sie sah ihn verwirrt an. »Ich dachte, es wäre Peter Morse.«

»Ich weiß es auch erst seit kurzem. Hast du ein Messer bei dir?«

Sie gab ihm eines. »Das hab ich Simmons abgenommen, genauso wie diese Taschenlampe. Was willst du damit?«

»Nimm Kate mit raus und wartet auf mich vor der Saaltür.«

Die beiden Frauen gingen zur Tür, während King den Fahrstuhl ansteuerte, wo Joan noch immer festgebunden war. Er fühlte ihren Puls. Sie lebte. Er schnitt sie ab, hievte sie über seine Schulter und schloss sich wieder Michelle und Kate an, die draußen vor der Tür auf ihn warteten. Doch kaum war er bei ihnen, legte er Joan auf den Boden, beugte sich vor und atmete mehrfach tief durch. Die riskante Konfrontation mit Morse verlangte ihren Tribut.

»Was ist los?«, fragte Michelle.

»Nichts weiter. Ich glaube bloß, mir wird schlecht«, fauchte er.

»Sie haben geblufft, nicht wahr?«, fragte Kate. »Das war gar nicht meine Pistole. Sie hatten nur Platzpatronen.«

»Richtig, es war ein Bluff«, presste er zwischen zusammengebissenen Zähnen hervor.

Michelle legte ihm die Hand auf den Rücken. »Das vergeht, gleich geht's dir wieder besser.«

»Ich bin einfach zu alt für so einen Macho-Scheiß.« Er holte noch ein paarmal tief Luft, dann richtete er sich wieder auf und fragte: »Riecht ihr den Rauch auch?«

Sie rannten los. Ehe sie jedoch den Ausgang erreichten, kam ihnen John Bruno entgegen; das nackte Entsetzen sprach aus seiner Miene. Er deutete auf das Ende des Flurs, wo es bereits lichterloh brannte und kein Durchkommen mehr möglich war. Eine zweite Flammenwand versperrte ihnen die Treppe zu den oberen Stockwerken.

Michelle entdeckte ein schwarzes Kabel auf dem Fußboden und machte King darauf aufmerksam. »Täusche ich mich oder ist das…?«

King sah sich das Kabel näher an. Als er wieder aufblickte, war sein Gesicht aschfahl. »Morse hat das Gebäude mit Sprengstoff verkabelt.« Er sah sich rasch um. »Also, raus können wir nicht und rauf auch nicht.« Er blickte in die andere Richtung. »Und wenn ich mich recht erinnere, geht's dort in den Keller. Aber da gibt es auch keinen Ausgang.«

»Moment mal«, sagte Michelle. »Doch, es *gibt* eine Möglichkeit, durch den Keller rauszukommen.«

KAPITEL 75

Auch im Keller war ihnen der Rauch des rasch um sich greifenden Infernos bereits auf den Fersen. Immerhin funktionierte das Licht, sodass sie recht gut sehen konnten.

»Schön, und nun?«, fragte King, während er seinen Blick durch den langen Flur schweifen ließ, dessen hintere Hälfte mit Schutt angefüllt zu sein schien. »Ich sagte doch, hier unten gibt's keinen Ausgang. Wir haben das Gebäude damals überprüft, bevor wir mit Ritter hierher kamen.«

»Nicht dort, hier drüben«, erklärte Michelle und öffnete die Tür des großen Warenaufzugs. »Damit fahren wir in den zweiten Stock.«

»In den zweiten Stock?«, rief Bruno wütend aus. »Und von dort aus springen wir dann runter, was? Großartig, Agentin Maxwell, wirklich großartig!«

Michelle stemmte die Hände in die Hüften und knöpfte sich Bruno vor. »Diesmal tun Sie haargenau, was ich Ihnen sage, Sir! Also halten Sie die Klappe und steigen Sie ein!« Sie stieß Bruno in den Warenaufzug und wandte sich dann Kate zu.

King trat einen Schritt vor. »Fahr du mit Bruno hinauf, Michelle, und schick uns das Ding wieder runter. Ich komme dann mit Joan und Kate nach.«

Michelle nickte und gab ihm ihre Pistole. »Echte Kugeln. Pass auf dich auf.«

Sie stieg ein und begann zusammen mit Bruno an den Seilen zu ziehen. Langsam setzte sich die Kabine in Bewegung.

Während King versuchte, Joan aus ihrer Ohnmacht zu erwecken, sackte Kate Ramsey auf dem Boden zusammen.

»Mich können Sie einfach hier lassen«, sagte sie. »Ich mag nicht mehr leben.«

Er kniete sich neben sie. »Hören Sie mir mal zu, Mädchen! Morse hat ein übles Spiel mit Ihrem Hirn und Ihrem Herzen getrieben. Dagegen ist kaum ein Kraut gewachsen – aber Sie haben es trotz alledem nicht über sich gebracht, abzudrücken.«

»Ich komme mir wie die letzte Idiotin vor. Ich möchte nur noch sterben.«

»Nein, das wollen Sie nicht! Sie haben noch ein langes Leben vor sich.«

»Stimmt. Im Gefängnis, oder?«

»Was haben Sie denn verbrochen? Umgebracht haben Sie jedenfalls niemanden, und soweit ich weiß, hat Morse Sie ebenfalls gekidnappt und hier festgehalten.«

Sie sah ihn an. »Warum tun Sie das für mich?«

King zögerte, dann sagte er: »Weil ich Ihnen Ihren Vater weggenommen habe. Ich hab zwar bloß getan, was meine beruflichen Pflichten von mir verlangten, aber wenn man einem Menschen das Leben nimmt, ist so eine Erklärung einfach unzulänglich.« Er machte eine kurze Pause. »Außerdem haben Sie ja wirklich versucht, uns zu helfen. Sie wussten, dass wir Ihnen das Märchen über die Antikriegsdemonstration 1974 nicht abkaufen würden, nicht wahr? Und Ihnen war klar, dass Sie bis über die Ohren in einer ganz üblen Geschichte steckten, stimmt's?«

»Ja«, sagte sie leise.

Sie hörten den Warenaufzug wieder herunterkommen.

»Also, dann sehen wir zu, dass wir schleunigst von hier wegkommen«, sagte King.

Er half Kate auf die Beine. Im gleichen Augenblick stieß sie einen gellenden Schrei aus, und er fuhr herum.

Aus dem immer dichter werdenden Qualm kam Sidney Morse auf sie zu. Er hatte es auf King abgesehen und holte mit seiner Eisenstange aus. King warf sich jedoch rechtzeitig zu Boden, sodass Morse ihn verfehlte.

King zog Michelles Pistole und richtete sie auf Morse.

»Keine Bluffs mehr«, sagte Morse mit höhnischem Unterton.

»Keine Bluffs mehr«, wiederholte King.

Die Kugel traf Morse in die Brust. Morse sah King an, als könne er nicht glauben, was ihm gerade widerfahren war. Er fiel auf die Knie, und die Eisenstange entglitt seinen Händen. Er sah an sich hinab, berührte das Blut, das aus der Wunde strömte, dann hob er den Blick wieder und starrte King wortlos an.

Der erhob sich langsam und richtete die Waffe jetzt direkt auf Morses Herz. »Die erste Kugel war für mich. Diese hier ist für Arnold Ramsey.« Er schoss, und Morse sackte tot zusammen.

»Ein bisschen mehr Respekt vor dem Secret Service hätte Ihnen sicher nicht geschadet«, sagte King, als er neben der Leiche stand.

Jetzt erst entdeckte er das Blut an der Spitze der Eisenstange und erstarrte unwillkürlich. Als er sich langsam umdrehte, bot sich ihm ein grauenhaftes Bild: Mit eingeschlagener Schläfe lehnte Kate an der Wand. Morse hatte King zwar verfehlt, dafür aber Kate getroffen. Die leblosen Augen der jungen Frau starrten ihn an. Morse hatte also beide auf dem Gewissen, Vater und Tochter. King kniete nieder und schloss ihr sachte die Augen.

Durch den Aufzugsschacht rief jemand seinen Namen. Es war Michelle.

King konnte seinen Blick nicht von der jungen Frau lösen. »Es tut mir Leid, Kate«, sagte er nach einer Weile. »Es tut mir schrecklich Leid.«

Dann nahm er Joan vom Boden auf, legte sie vorsichtig in den Aufzug, stieg selber ein und zog mit aller Kraft am Seil.

In einem Kellerraum erreichte der Zeitzünder, den

Morse vor seiner mörderischen Attacke eingestellt hatte, die Dreißig-Sekunden-Marke vor Ablauf des Countdowns.

Im zweiten Stock hob King Joan aus dem Warenaufzug und berichtete Michelle, was mit Kate und Morse passiert war.

»Wir verschwenden nur Zeit«, unterbrach ihn Bruno, dem offenbar nichts gleichgültiger war als der Tod der jungen Frau. »Wie kommen wir hier raus?«

»Hier entlang«, sagte Michelle und lief den Flur hinunter. Am Ende deutete sie auf die Müllrutsche vor der Fensteröffnung. »Sie endet unten in einem Müllcontainer.«

»Ich springe doch nicht in einen Abfallhaufen«, sagte Bruno indigniert.

»Doch«, sagte Michelle, »Sie springen.«

Einen Moment lang sah es aus, als wolle Bruno vor Wut explodieren, doch dann erkannte er die tödliche Entschlossenheit in Michelles Blick. Er stieg auf die Rutsche und jagte, nachdem ihm Michelle einen kräftigen Schubs versetzt hatte, hinunter, wobei er ununterbrochen schrie.

»Jetzt du, Michelle«, sagte King.

Sie kletterte auf die Rutsche und verschwand.

King, mit Joan über der Schulter, stieg nun selbst auf die Rutsche.

Es waren noch fünf Sekunden bis zur Zündung.

Die Implosion des Fairmount-Hotels setzte im gleichen Augenblick ein, als King und Joan im Müllcontainer landeten. Die gewaltige Energie, die mit dem Einsturz des Hotels freigesetzt wurde, ließ den Müllcontainer umkippen, was sich allerdings als Vorteil für die Entkommenen erwies, denn der Metallboden schützte sie vor der Wucht der Erschütterung, vor dem Rauch und dem umherfliegenden Schutt. Der schwere Container wurde sogar gut drei Meter weit übers Pflaster geschoben und kam erst kurz vor dem elektrischen Zaun zum Stehen.

Nachdem sich der Staub gelegt hatte, stiegen sie alle

heraus und betrachteten den Schuttberg, der einst das Fairmount-Hotel gewesen war. Mit ihm waren auch die Geister von Arnold Ramsey und Clyde Ritter untergegangen, ebenso wie das Gespenst der Schuld, das King seit acht Jahren verfolgt hatte.

Joan stöhnte, setzte sich langsam auf und schaute sich um. Es dauerte eine Weile, bis sich ihre Augen zurechtfanden. Als sie John Bruno erblickte, zuckte sie unwillkürlich zurück. Sie drehte sich um, erkannte King und schien überhaupt nichts mehr zu begreifen.

King zuckte die Achseln und sagte: »Du meldest dich am besten gleich zum Segelkurs auf einem Katamaran an.«

Er suchte Michelle und sah sie an. Sie lächelte schwach und sagte: »Es ist vorbei, Sean.«

Sein Blick glitt über den Trümmerhaufen. »Ja«, sagte er, »vielleicht ist es endlich vorbei.«

EPILOG

Einige Tage später saß King auf einem verkohlten Holzbalken, der einst Teil seiner schönen Küche gewesen war, und betrachtete den Platz, an dem sein Haus gestanden hatte. Als er einen Wagen vorfahren hörte, drehte er sich um.

Joan Dillinger stieg aus ihrem BMW.

»Du siehst ja schon wieder vollkommen gesund aus«, sagte er.

»Ich weiß nicht, ob ich das jemals wieder sein werde.« Sie setzte sich neben ihn. »Hör mal, Sean, warum willst du denn das Geld nicht nehmen? Abmachung ist Abmachung. Du hast es dir doch verdient.«

»Gemessen an dem, was du hast durchmachen müssen, hast du es viel mehr verdient als ich.«

»Was *ich* alles hab durchmachen müssen? Mein Gott, ich stand unter Drogen, während du bei vollem Bewusstsein einen Albtraum durchlebt hast!«

»Steck dein Geld ein und genieß dein Leben, Joan«, sagte er.

Sie ergriff seine Hand. »Na, schön – aber kommst du denn auch mit? Da kann ich dich wenigstens auf diese Weise in deinem neuen Leben unterstützen.« Sie bemühte sich um ein tapferes Lächeln.

»Danke, ich bleibe lieber hier.«

Ihr Blick wanderte über den Trümmerhaufen. »Hier? Was heißt hier, Sean?«

»Na ja, es ist nun mal mein Leben«, sagte er und entzog ihr langsam seine Hand.

Joan wirkte verlegen und stand auf. »Es gab einen Augenblick, da dachte ich tatsächlich, am Ende würde alles so ausgehen wie im Märchen.«

»Wir würden uns nur ständig streiten.«

»Und das wäre schlimm, oder?«

»Halt mich auf dem Laufenden«, sagte er ruhig. »Ich möchte wissen, wie es dir ergeht.«

Sie holte tief Luft, tupfte sich die Augen und richtete dann den Blick auf das Bergpanorama. »Ich glaube, ich hab mich noch gar nicht dafür bedankt, dass du mir das Leben gerettet hast.«

»Doch, hast du. Und du hättest das Gleiche für mich getan.«

»Ja, das hätte ich«, erwiderte sie ernst. Sie wandte sich ab und sah dabei so elend aus, dass King aufstand und sie umarmte. Sie gab ihm einen Kuss auf die Wange.

»Pass gut auf dich auf«, sagte sie. »Sei so glücklich, wie du nur sein kannst.« Sie wandte sich zum Gehen.

»Joan?« Sie drehte sich um. »Weißt du, warum ich nie verraten habe, dass du in diesem Fahrstuhl warst? Weil ich dich gemocht habe, sehr gemocht sogar.«

Eine Zeit lang blieb King allein, bis Michelle vorfuhr und sich zu ihm gesellte.

»Ich würde ja fragen, wie's dir geht«, sagte sie, »aber ich glaube, ich kenne die Antwort schon.« Sie hob ein Stück Trockenmauer auf. »Du kannst es wieder aufbauen, Sean, und noch schöner als vorher.«

»Ja, schon, nur 'n bisschen kleiner. Ich bin in einer Lebensphase, in der ich alles ein bisschen reduzieren möchte. Klare, einfache Linien, hier und da vielleicht sogar ein bisschen Unordnung.«

»Du willst mich wohl auf den Arm nehmen? Aber sag mal, wo willst du denn in der nächsten Zeit wohnen?«

»Ich denke daran, mir im Jachthafen ein Hausboot zu mieten und es hier festzumachen. Das heißt, während des Wiederaufbaus im Winter und vielleicht auch noch im nächsten Frühjahr könnte ich auf dem Wasser leben.«

»Klingt gut.« Michelle sah ihn nervös an. »Und wie geht's Joan?«

»Sie ist auf und davon in ihr neues Leben.«

»Mit ihren neuen Millionen. Warum hast du denn auf deinen Anteil verzichtet?«

»Vertragsknechtschaft ist auch nicht das Gelbe vom Ei.« King zuckte die Achseln. »Wenn du hinter die titangehärtete Fassade schaust, ist Joan eigentlich ein prima Kerl. Und ich glaube, sie liebt mich wirklich. Unter anderen Umständen hätte es mit uns beiden vielleicht sogar funktioniert.«

Michelle schien wissen zu wollen, welche Umstände das Happyend verhindert hatten, hielt es dann aber doch für besser, keine weiteren Fragen zu stellen.

»Und wo kommst du her? Aus Washington?«, fragte King.

»Ja, ich musste da noch ein paar Dinge erledigen. John Bruno hat – welch ein Glück für unser Land – seine Präsidentschaftskandidatur zurückgezogen. Jefferson Parks hat man übrigens an der kanadischen Grenze erwischt. Du warst ihm auch schon auf die Schliche gekommen?«

»Erst gegen Ende. Schließlich fing die ganze Sache damit an, dass Howard Jennings unter dem Zeugenschutzprogramm nach Wrightsburg kam und ich ihn einstellte. Parks war der Mann, der für ihn verantwortlich war – und der Einzige, der das alles hatte arrangieren können.«

»Das war's also, was ich immer gesucht habe! Ich habe den Wald vor lauter Bäumen nicht gesehen!« Michelle schüttelte den Kopf und fuhr dann fort: »Parks hat Simmons und Tasha Reed angeworben, die Frau, die ich im Hotel erschossen habe; er kannte sie ebenfalls aus dem Zeugenschutz. Morse hat sie alle bezahlt. Der Haftbefehl für Bob Scott war eine Fälschung. Parks hat ihn in die Schachtel gesteckt, die er dann Joan gab. Wir sollten auf diese Weise zu dem Bunker geführt werden, den Morse in Scotts Namen gekauft hat. Scotts Leiche wurde in den Trümmern des Fairmount gefunden.«

»Und das alles im Namen der Liebe«, sagte King matt.

»Ja, jedenfalls im Namen jener kranken, verkorksten Vorstellung, die Sidney Morse davon hatte.« Michelle setzte sich neben King. »Und was hast du als Nächstes vor?«

»Na, was schon? Zurück in die Kanzlei, als Anwalt und Notar.«

»Willst du etwa behaupten, dass du nach all der Aufregung wieder Pachtverträge und Testamente abfassen willst?«

»Man kann davon leben.«

»Ja, aber das ist doch kein *richtiges* Leben, oder?«

»Und was ist mit dir? Der Secret Service hat dich doch sicher wieder eingestellt.«

»Trotzdem hab ich heute Morgen gekündigt. Hauptsächlich deswegen war ich in Washington.«

»Michelle, bist du verrückt? Wirfst Jahre deines Lebens einfach weg!«

»Nein, ich erspare mir viele Jahre einer Tätigkeit, die ich eigentlich gar nicht mag.« Sie rieb sich den Brustkorb an der Stelle, wo sie die Kugel, die eigentlich für Bruno gedacht gewesen war, getroffen hatte. »Ich war nichts als ein menschlicher Schutzschild. Das ist nicht gerade die gesündeste Lebensweise. Ich glaube, ich habe mir eine Lunge geprellt.«

»Und was hast du jetzt vor?«

»Ich möchte dir einen Antrag machen.«

»Noch ein Antrag von einer hübschen Frau! Womit hab ich das verdient?«

Bevor Michelle antworten konnte, fuhr ein Lieferwagen mit der Aufschrift A-1 *Security* vor. Zwei Männer in Arbeitskluft und mit umgeschnallten Werkzeuggürteln stiegen aus.

»Jesus, Maria und Josef!«, japste der Ältere der beiden, als er den Berg von Trümmern und Brandschutt sah. »Was ist denn hier passiert?«

»War wohl schlechtes Timing, mir ausgerechnet jetzt das A-1-System zu bestellen«, meinte King.

»Das kann man wohl sagen. Da werden Sie uns heute wohl kaum brauchen können.«

»Nein, aber wenn das neue Haus steht, sind Sie der Erste, den ich anrufe.«

»Was ist passiert? Ein Feuer in der Küche?«

»Nein, eine Bombe im Keller.«

Der Ältere glotzte King wortlos an, dann gab er seinem Helfer nervös ein Zeichen, die beiden stiegen wieder in ihren Lieferwagen und verließen fluchtartig das Gelände.

King nickte Michelle zu. »Okay, der ›Antrag‹ …?«

»Bitte sehr.« Sie machte eine Pause und verkündete dann in theatralischem Tonfall: »Wir gründen eine private Ermittlungsfirma!«

King starrte sie verständnislos an. »Fängst jetzt auch du mit diesem Kram an?«

»Wir gründen eine eigene Detektei, Sean.«

»Wir sind aber keine Detektive.«

»Und ob wir das sind! Wir haben gerade erst einen großen, äußerst mysteriösen und komplizierten Fall gelöst.«

»Woher sollen wir denn Klienten kriegen?«

»Kein Problem. Mein Telefon hört gar nicht mehr auf zu klingeln: ein Angebot nach dem anderen. Sogar Joans alte Firma hat angerufen – die wollten, dass ich ihre Stelle übernehme. Aber ich sag mir, pfeif drauf, machen wir uns lieber selbstständig.«

»Du meinst das wirklich ernst, was?«

»So ernst, dass ich immerhin schon eine Anzahlung auf ein kleines Häuschen geleistet hab, das etwa anderthalb Kilometer von hier entfernt liegt. Direkt am See. Ich kann rudern, soviel ich will, und ich denke sogar daran, mir eine Jacht und ein flottes Motorboot zuzulegen. Vielleicht lade ich dich mal ein, dann können wir ein Wettrennen veranstalten.«

Voller Erstaunen sah er sie an und schüttelte den Kopf. »Erledigst du eigentlich alles in Lichtgeschwindigkeit?«

»Wenn du zu viel über die Dinge nachdenkst, besteht meines Erachtens die Gefahr, dass das Leben einfach an dir vorbeirauscht. Meine besten Entscheidungen hab ich immer spontan getroffen.« Michelle streckte die Hand aus. »Machst du mit?«

»Du willst die Antwort sofort?«

»Sofort ist besser als irgendwann.«

»Na schön, wenn ich mich sofort entscheiden muss, dann lautet die Antwort wohl eher …« Er sah ihr lächelndes Gesicht und den kleinen Funken, der stets in ihren Augen glomm, und hatte plötzlich eine sehr realistische Vorstellung von der Alternative zu Michelles Vorschlag: weitere dreißig Jahre hirnlähmenden Juristenjargons und eine Bezahlung in Viertelstundenhäppchen nach der Gebührenordnung. Er zuckte mit den Schultern und sagte: »… dann lautet die Antwort wohl eher Ja.« Sie schüttelten sich die Hände.

»Okay«, sagte Michelle aufgeregt. »Rühr dich nicht von der Stelle. Wir müssen das richtig besiegeln.«

Sie lief zu ihrem Wagen, öffnete die Tür, und prompt fielen ein Paar Skistöcke und ein Snowboard heraus.

»Ich hoffe, in deinem Büro wird mehr Ordnung herrschen als in deinem Fahrzeug.«

»Bestimmt, Sean! Im Beruf bin ich immer sehr ordentlich.«

»Aha«, sagte er, ohne dass es überzeugt geklungen hätte.

Sie warf ihren Kram wieder ins Auto und kehrte mit einer Flasche Champagner und zwei Gläsern zu Sean zurück.

»Die Honneurs überlasse ich dir«, sagte sie und reichte ihm die Flasche.

Er musterte das Etikett, dann ließ er den Korken knallen. »Gute Marke.«

»Hoffentlich – bei dem Preis.«

»Und wie nennen wir unsere nagelneue Firma?«

»King und Maxwell – was hältst du davon?«

Er lächelte. »Alter vor Schönheit?«
»So ungefähr.«
Er reichte ihr ein gefülltes Glas.
»Auf King und Maxwell«, sagte Michelle.
Und sie stießen offiziell darauf an.

DANKSAGUNG

Für Michelle, meinen Fan Nummer eins, meine beste Freundin und große Liebe. Ohne dich hätte ich 's nicht so weit gebracht.

Für Rick Horgan, der seine hervorragenden Fähigkeiten als Lektor einmal mehr unter Beweis gestellt hat. Ich glaube, wir schulden uns gegenseitig noch ein Bier.

Für Maureen, Jamie und Larry. Ihr wart mir eine große Hilfe.

Für Tina, Martha, Bob, Tom, Conan, Judy, Jackie, Emi, Jerry, Karen, Katharine, Michele, Candace und all die anderen in der Warner-Books-Familie, die jedes Mal Sonderschichten für mich einlegen.

Für Aaron Priest – meinen Leitstern nicht nur auf diesem Weg.

Für Maria Rejt und ihre klugen Kommentare.

Für Lucy Childs und Lisa Erbach Vance und eure Arbeit hinter den Kulissen.

Für Donna, Robert, Ike, Bob und Rick – für eure Hilfe und unschätzbaren Beiträge.

Für Neal Schiff, sein großes Wissen und seine Hilfe.

Für Dr. Monica Smiddy, ihre Einfälle und ihr Spezialwissen. Ihre mitreißende Begeisterung habe ich sehr zu schätzen gewusst.

Für Dr. Marina Stajic und ihre Hilfe. Wir hatten faszinierende Gespräche.

Für Jennifer Steinberg, die wieder einmal viele Antworten fand.

Für meine wunderbare Freundin Dr. Catherine Broome, die geduldig alle meine Fragen beantwortete.

Für Bob Schule, der ein großartiger Freund und erstklassiger Berater ist. Er las die ersten Entwürfe und gab mir eine Menge guter Ratschläge.

Für Lynette und Deborah, die das Projekt streng auf Kurs hielten.

Und schließlich bitte ich alle Passagiere des Amtrak-Acela-Zuges um Entschuldigung, die unfreiwillig Zeugen eines Expertengesprächs wurden, in dem es um verschiedene Methoden des Giftmords ging und wie sie sich am besten in die Geschichte einflechten ließen. Meine scheinbar diabolischen Absichten haben einige der Mitreisenden wahrscheinlich das Fürchten gelehrt.

David Baldacci

Mit jedem Schlag der Stunde

Roman

Aus dem Amerikanischen von
Uwe Anton

BASTEI
LÜBBE
STARS

Diesen Roman widme ich
Harry L. Carrico,
Jane Giles
und dem Gedenken an Mary Rose Tatum –
drei der großartigsten Menschen,
die ich je gekannt habe.

KAPITEL 1

Der Mann in der Regenjacke ging leicht gebückt. Er atmete schwer, und sein Körper war verschwitzt. Das Gewicht, das er auf der Schulter trug, war nicht übermäßig, doch die Last war sperrig und der Boden uneben. Es war nie einfach, mitten in der Nacht eine Leiche durch den Wald zu schleppen. Der Mann wechselte das zusammengeschnürte Bündel auf die linke Schulter und stapfte weiter. Seine Schuhsohlen wiesen kein charakteristisches Muster auf, was im Grunde auch gar keine Rolle spielte, da der Regen binnen kürzester Zeit jeden Fußabdruck fortgewaschen hätte. Der Mann hatte den Wetterbericht verfolgt; er war hier, weil es regnete. Das unfreundliche Wetter war der beste Freund, den er sich wünschen konnte.

Abgesehen von der Leiche auf seiner kräftigen Schulter wies der Mann eine weitere Auffälligkeit auf: Er trug eine schwarze Sturmhaube, die mit einem esoterischen Symbol bestickt war, einem Kreis mit einem Fadenkreuz. Jeder über fünfzig hätte das Zeichen vermutlich sofort wiedererkannt. Einst hatte es Angst und Schrecken verbreitet, doch mit den Jahren war diese Wirkung verblasst. Es spielte auch keine Rolle, dass kein Lebender ihn mit der Sturmhaube sehen würde; die tödliche Symbolik verschaffte dem Mann sogar eine gewisse Befriedigung.

Nach zehn Minuten hatte er die Stelle erreicht, die er bei einem früheren Besuch sorgfältig ausgewählt hatte. Dort legte er die Leiche mit einer Ehrfurcht ab, die im Widerspruch zu dem gewaltsamen Tod stand, den die Person erlitten hatte. Er holte tief Luft und hielt den Atem an, als er den Knoten im Telefonkabel löste, mit dem das Bündel umwickelt war. Dann schlug er die Plastikfolie auseinander. Die Frau war jung, und ihre Züge waren vor zwei Tagen noch sehr hübsch gewesen. Nun bot sie keinen schönen Anblick mehr. Das blonde Haar fiel aus dem Gesicht mit der grünlichen Haut, den geschlossenen Augen und den gedunsenen Wangen. Wären die Augen geöffnet gewesen, hätte noch der Ausdruck maßlosen Erstaunens darin gestanden, den die Frau im Augenblick ihres gewaltsamen Todes gezeigt hatte – eine Erfahrung, die in den USA jedes Jahr ungefähr dreißigtausend Menschen machten.

Der Mann entfernte die Plastikfolie und legte die Frau auf den Rücken. Er stieß den Atem aus und kämpfte gegen den Würgereiz an, den der Gestank der Leiche auslöste, als er seine Lungen erneut füllte. Im Licht der Taschenlampe suchte er nach dem kleinen gegabelten Ast, den er zuvor im Gestrüpp bereitgelegt hatte, und drückte ihn in die Erde. Er zog seine Handschuhe straff, packte den Unterarm der Frau, legte ihn in die Astgabel und richtete den Arm der Toten so aus, dass er zum Himmel zeigte. Die Leichenstarre erschwerte ihm die Arbeit, aber der Mann war kräftig und schaffte es schließlich, den steifen Arm in den gewünschten Winkel zu biegen. Er zog eine Armbanduhr aus der Tasche, überzeugte sich mittels seiner Taschenlampe, dass sie auf die richtige Zeit eingestellt war, und legte sie um das Handgelenk der Toten.

Obwohl er kein gläubiger Mensch war, kniete der Mann vor der Leiche nieder und murmelte ein kurzes Gebet, wobei er sich Mund und Nase mit einer Hand zuhielt.

»Du warst nicht direkt verantwortlich, aber du warst alles, was ich hatte. Du bist nicht umsonst gestorben. Und ich glaube, du bist jetzt besser dran.«

Glaubte er wirklich, was er da gerade gesagt hatte? Vielleicht ja, vielleicht nein. Vielleicht spielte es auch gar keine Rolle.

Er blickte ins Gesicht der Toten, musterte eingehend ihre Züge, wie ein Wissenschaftler, der ein faszinierendes Experiment beobachtet. Er hatte nie zuvor einen Menschen getötet. Er hatte es schnell und, wie er hoffte, schmerzlos getan. Im matten, dunstigen Licht schien die Frau von einer gelblichen Aura umgeben zu sein, als wäre sie bereits zu einem Geist geworden.

Der Mann suchte die Umgebung ab, ob er Spuren hinterlassen hatte, die Hinweise auf seine Person geben konnten. Er fand nur ein Stückchen Stoff von seiner Sturmhaube, das sich in der Nähe der Leiche an einem Ast verfangen hatte. *Eine solche Nachlässigkeit darfst du dir nicht erlauben.* Er steckte den Stofffetzen in die Tasche und suchte weiter, verbrachte mehrere Minuten damit, mit nahezu mikroskopischem Blick nach anderen verräterischen Spuren Ausschau zu halten.

Oft waren es fast unsichtbare Details, die der Spurensicherung den Täter verrieten. Ein einziger Tropfen Blut, Sperma oder Speichel, ein verwischter Fingerabdruck, ein Haarbalg mit ein paar Wurzelzellen, die eine DNA-Analyse erlaubten – mehr brauchte es nicht, und schon wurde man von der Polizei über seine Rechte belehrt, während die Staatsanwälte hungrig in der Nähe lauerten. Leider bot es einem nur wenig Sicherheit, wenn man sich dieser Gefahren bewusst war. Ein Verbrecher konnte noch so vorsichtig sein, er hinterließ an jedem Tatort Spuren, die ihn belasten konnten. Deshalb hatte der Mann sorgsam darauf geachtet, jeden körperlichen Kontakt mit der Leiche zu vermeiden, als bestünde die Gefahr, sich bei der kleinsten Berührung mit einer tödlichen Krankheit anzustecken.

Der Mann legte die Plastikfolie zusammen und steckte das Telefonkabel ein, blickte noch einmal auf die Uhr und machte sich dann langsam auf den Rückweg zu seinem Wagen.

Hinter ihm lag die Tote und reckte die Hand zum verregneten Himmel. Ihre Armbanduhr schimmerte in der

Dunkelheit und markierte ihren neuen Ruheplatz. Sie würde nicht lange unbemerkt bleiben. Leichen, die nicht vergraben waren, wurden fast immer nach kurzer Zeit gefunden, selbst an abgelegenen Orten wie diesem.

Bevor der Mann losfuhr, zeichnete er mit dem Finger das Fadenkreuz-Symbol auf der Sturmhaube nach, das sich auch auf der Uhr befand, die er der Toten angelegt hatte. *Das müsste genügen, um sie aufzurütteln.* Er atmete tief durch und verspürte Erregung und Furcht zugleich, als er den Motor anließ und losfuhr. Seit Jahren hatte er geglaubt, dieser Tag würde nie kommen. Seit Jahren hatte ihn immer wieder der Mut verlassen. Nachdem er nun den ersten Schritt getan hatte, empfand er ein überwältigendes Gefühl der Macht und Befreiung.

Er legte den Gang ein und gab Gas. Die Reifen griffen auf dem feuchten Straßenbelag; dann verschluckte die Dunkelheit die Rücklichter seines blauen VW. Er wollte sein Ziel so schnell wie möglich erreichen.

Er musste einen Brief schreiben.

KAPITEL 2

Michelle Maxwell steigerte das Tempo. Sie hatte den ebenen Teil ihrer Joggingstrecke durch die Hügel um Wrightsburg, Virginia, hinter sich gelassen; nun wurde das Gelände steiler. Michelle war Olympiateilnehmerin im Rudern gewesen und hatte anschließend neun sehr intensive Jahre beim Secret Service gearbeitet. Deshalb war die eins fünfundsiebzig große Frau in hervorragender körperlicher Verfassung. Allerdings herrschte an diesem Frühlingstag eine ungewöhnlich hohe Luftfeuchtigkeit, denn über dem Mittelatlantik hatte sich ein Hochdrucksystem festgesetzt. Michelle spürte die Belastung in den Muskeln und Lungen, als sie eine Steigung hinauflief. Nach einem Viertel der Strecke hatte sie ihr schulterlanges schwarzes Haar zu einem Pferdeschwanz zusammengebunden; dennoch fanden widerspenstige Strähnen immer wieder den Weg in ihr Gesicht.

Sie hatte den Secret Service verlassen, um sich als Privatdetektivin in dieser kleinen Stadt in Virginia selbstständig zu machen. Ihr Partner war Sean King, Rechtsanwalt und ebenfalls einstiger Mitarbeiter des Secret Service, der sich in Wrightsburg eine neue Existenz aufgebaut hatte. Michelle und King hatten sich erst im vergangenen Jahr zusammengetan, als Michelle noch für den Service gearbeitet hatte und King mit einer Serie von Morden in der näheren Umgebung beschäftigt gewesen war. Nachdem der Fall erfolgreich abgeschlossen war und beide zu trauriger Berühmtheit gelangt waren, hatte Michelle den Vorschlag gemacht, eine Detektei zu eröffnen. King hatte sich nach einigem Zögern einverstanden erklärt.

Beide waren erstklassige Ermittler, sodass die Detektei anfangs großen geschäftlichen Erfolg verbuchen konnte. Dann war es zu einer Flaute gekommen, doch Michelle war beinahe dankbar dafür. Sie liebte es, sich im Freien aufzuhalten, und eine Trekkingtour oder ein Marathonlauf verschaffte ihr genauso viel Befriedigung, wie eine Fälscherbande hochgehen zu lassen oder einem Wirtschaftsspion die Daumenschrauben anzulegen.

Es war still im Wald; nur das Rascheln der Zweige und der toten Blätter des vergangenen Winters, die eine feuchte Brise zu Mini-Zyklonen verwirbelte, war zu vernehmen. Plötzlich weckte das Knacken von Ästen Michelles Aufmerksamkeit. Sie hatte gehört, dass man in dieser Gegend gelegentlich Schwarzbären sah, aber wenn ihr tatsächlich ein Tier über den Weg lief, war es eher ein Hirsch, Eichhörnchen oder Fuchs. Sie dachte nicht weiter darüber nach, beruhigte sich allerdings mit dem Gedanken, dass eine Pistole im Halfter am Gürtel ihrer Bauchtasche steckte. Schon als Agentin des Secret Service hatte sie ihre Waffe überall dabeigehabt, sogar auf der Toilette. Man konnte nie wissen, wann sich die SIG mit ihren vierzehn Neun-Millimeter-Patronen als praktisch erweisen mochte.

Augenblicke später hörte Michelle ein weiteres Geräusch – das von schnellen Schritten. Während ihrer Dienstzeit hatte sie gelernt, auf die unterschiedlichsten Schrittgeräusche zu achten. Manche verrieten Angst oder Panik, andere Vorsicht oder Verstohlenheit, wieder andere Entschlossenheit oder Aggressivität. Michelle war sich noch nicht sicher, wie sie die Schritte einordnen sollte, die sie nun hörte. Waren sie harmlos, oder verhießen sie Gefahr? Michelle lief ein wenig langsamer und schirmte die Augen mit einer Hand vor dem Sonnenlicht ab, das durchs Blätterdach fiel. Ein paar Sekunden herrschte völlige Stille, dann waren wieder die raschen

Schritte zu hören, diesmal wesentlich näher. Jetzt erkannte Michelle, dass es nicht die rhythmischen Schritte eines Joggers waren: Sie klangen eilig und unregelmäßig und verrieten Angst. Der oder die Unbekannte schien sich jetzt links von ihr zu befinden, doch sicher war Michelle sich nicht. Der Wald streute sämtliche Geräusche, sodass die Richtung schwer zu schätzen war.

»Ist da jemand?«, rief Michelle und zog ihre Pistole aus dem Halfter. Sie rechnete nicht mit einer Antwort und erhielt auch keine. Ein Anflug von Furcht überkam sie, als die Geräusche, die zweifellos von einem Menschen stammten, immer näher kamen. Rasch ließ sie den Blick in die Runde schweifen, da es sich um eine Falle handeln konnte: Eine Person lenkte ihre Aufmerksamkeit ab, sodass eine zweite sie von hinten attackieren konnte.

Michelle lächelte verzerrt. Wenn das der Fall war, würde es den Typen verdammt Leid tun. Dann hatten sie sich die Falsche ausgesucht.

Sie blieb stehen, als sie die Quelle der Geräusche nun deutlich ausmachen konnte. Sie kamen von rechts, von der Rückseite des kleinen Hügels genau vor ihr. Wer immer dort rannte – sein Atem ging keuchend, und seine schnellen Schritte durchs Unterholz verrieten Hektik. In wenigen Sekunden würde der Unbekannte hinter der Kuppe aus Erde und Fels erscheinen.

Michelle entsicherte ihre Waffe und brachte sich hinter einem dicken Eichenstamm in Stellung. Wider besseres Wissen hoffte sie, dass es doch nur ein Jogger war; er würde nicht einmal bemerken, dass sie ihn mit einer Waffe in der Hand erwartete. Erde und Steinchen rieselten über die Hügelkuppe. Jede Sekunde würde der Unbekannte erscheinen. Michelle wappnete sich, beide Hände fest um den Griff der Pistole gelegt und bereit, dem Ankömmling nötigenfalls eine Kugel zwischen die Augen zu jagen.

Ein kleiner Junge kam über die Hügelkuppe gerannt, machte einen langen Satz durch die Luft und purzelte dann mit einem Schrei den steilen Abhang hinunter. Bevor er am Fuß des Hügels war, tauchte ein zweiter, etwas älterer Junge auf. Er konnte rechtzeitig abbremsen und rutschte den Abhang auf dem Hosenboden hinunter, bis er neben dem kleineren Jungen zu liegen kam.

Michelle hätte erleichtert aufgeatmet, hätten die Gesichter der Kinder nicht einen Ausdruck nackten Entsetzens gezeigt. Der Jüngere, dessen Gesicht mit Dreck und Tränen verschmiert war, schluchzte. Der Ältere zog ihn am Hemdkragen hoch; dann rannten beide Jungen weiter, genau in Michelles Richtung, die Gesichter vor Angst und Anstrengung gerötet.

Michelle steckte ihre Waffe ins Halfter, trat hinter dem Baum hervor und hob eine Hand. »Halt, ihr beiden!«

Die Jungen schrien vor Schreck und huschten in panischem Entsetzen rechts und links an ihr vorbei. Michelle wirbelte herum und griff nach einem der Jungen, verfehlte ihn aber. »Was ist denn?«, rief sie ihnen nach. »Ich will euch helfen!«

Sie überlegte kurz, ob sie die Verfolgung aufnehmen sollte, war aber nicht sicher, ob sie die Jungen, deren Beine offensichtlich von nackter Angst angetrieben wurden, trotz ihrer olympischen Vergangenheit einholen konnte. Sie drehte sich wieder um und blickte zur Hügelkuppe hinauf. Was konnte den beiden einen solchen Schrecken eingejagt haben? Oder *wer*?

Michelle schaute sich noch einmal in die Richtung um, in die die Jungen geflüchtet waren. Dann bewegte sie sich vorsichtig zum Hügel. *Okay, jetzt wird es riskant*. Sie überlegte, ob sie per Handy Hilfe herbeirufen sollte, beschloss dann aber, sich die Sache zuerst genauer anzusehen. Sie wollte nicht die Polizei alarmieren, wenn sich herausstellte, dass die Jungen bloß einen Bären gesehen hatten.

Oben auf dem Hügel erkannte Michelle sofort, welchen Weg die Jungen genommen hatten. Sie folgte dem schmalen Pfad durch den Wald, den die zwei sich bei ihrer panischen Flucht gebahnt hatten. Nach etwa dreißig Metern stieß Michelle auf eine kleine Lichtung. Von hier aus war die Spur nicht mehr so deutlich zu erkennen; dann aber entdeckte sie einen Fetzen Stoff, der am untersten Ast eines Hartriegelstrauchs hing. Also drang sie an dieser Stelle wieder in den Wald ein. Nach fünfzehn Metern kam eine weitere Lichtung, größer als die erste, auf der sich die Reste eines erloschenen Lagerfeuers befanden.

Michelle fragte sich, ob die Jungen hier gelagert hatten und von einem Tier aufgeschreckt worden waren. Aber sie hatten keine Campingausrüstung dabeigehabt, und auch hier auf der Lichtung war nichts zu sehen. Außerdem hatte das Feuer schon vor längerer Zeit gebrannt.

Nein, hier geht etwas anderes vor sich.

Unvermittelt änderte sich die Windrichtung und trieb Michelle den Geruch tief in die Nasenhöhlen. Sie würgte, und ein Ausdruck des Entsetzens erschien in ihren Augen. Sie kannte diesen unverwechselbaren Geruch genau.

Es war verwesendes Fleisch.

Menschenfleisch.

Michelle zog sich ihr T-Shirt über Mund und Nase und konzentrierte sich darauf, ihren eigenen Schweißgeruch einzuatmen, um den üblen Gestank einer in Fäulnis übergegangenen Leiche zu überdecken. Sie hatte die Lichtung zu ungefähr einem Drittel umrundet, da fand sie es. Beziehungsweise *sie*. Im Gestrüpp am Rand der Lichtung sah sie die ausgestreckte Hand, als würde die Tote ihr zur Begrüßung winken – oder in diesem Fall zum Abschied. Selbst aus dieser Entfernung konnte Michelle erkennen, dass die grünliche Haut bereits ein Stück vom Armknochen heruntergerutscht war. Sie bewegte sich zur Windseite der Leiche und füllte ihre Lungen wieder mit frischer Luft.

Dann sah sie sich die Leiche genau an, hielt dabei jedoch die Waffe bereit. Obwohl der Gestank sowie die Verfärbung und Auflösung der Haut erkennen ließen, dass die Frau schon seit einiger Zeit tot war, konnte es sein, dass sie erst vor kurzem hier deponiert worden war und der Mörder sich noch in der Nähe aufhielt. Und Michelle legte keinen Wert darauf, dass ihr das gleiche Schicksal widerfuhr wie dieser Frau.

Das Sonnenlicht spiegelte sich auf etwas, das sich am Handgelenk der Toten befand. Michelle ging einen Schritt näher heran und sah, dass es eine Armbanduhr war. Sie schaute auf ihre eigene Uhr: Es war halb drei. Sie ging in die Hocke und vergrub ihre Nase in der Armbeuge. Dann rief sie die 911 an und erklärte dem Mitarbeiter der Notrufzentrale, was sie gefunden hatte und wo genau sie sich befand. Anschließend wählte sie die Nummer von Sean King.

»Kannst du die Frau erkennen?«, fragte er.

»Ich glaube, nicht einmal ihre eigene Mutter würde sie wiedererkennen, Sean.«

»Bin schon unterwegs. Pass auf dich auf. Wer das getan hat, könnte zurückkehren, um sein Werk zu bewundern. Ach ja, noch was, Michelle.«

»Ja?«

»Wäre es nicht besser, wenn du im Fitnessstudio auf dem Laufband joggen würdest?«

Michelle trennte die Verbindung und suchte sich eine Stelle, möglichst weit von der Leiche entfernt, von der aus die Tote aber immer noch zu sehen war. Sie behielt die Umgebung aufmerksam im Auge. Der schöne Tag, der Endorphin spendende Lauf in der malerischen Hügellandschaft – alles hatte plötzlich eine düstere Stimmung angenommen.

Seltsam, wie sehr ein Mord die Wahrnehmung verändern konnte.

KAPITEL 3

Auf der kleinen Lichtung herrschte ungewöhnliche Aktivität. Ein großer Bereich war von der Polizei mit gelbem Plastikband abgesperrt worden, das sich zwischen den Bäumen hindurchschlängelte. Ein zweiköpfiges Spurensicherungsteam suchte in unmittelbarer Umgebung des Tatorts nach Hinweisen und analysierte Dinge, die viel zu klein erschienen, um irgendeine Bedeutung besitzen zu können. Andere Ermittler beschäftigten sich mit der Frauenleiche, während wieder andere den Wald und das Unterholz durchkämmten, da der Mörder auf dem Weg zum Tatort und zurück möglicherweise irgendetwas zurückgelassen hatte. Ein Polizist in Uniform hatte die gesamte Umgebung zuerst fotografiert und dann auf Video aufgenommen. Alle Polizeibeamten trugen Masken, die sie vor dem Gestank schützten. Trotzdem wechselten sie sich damit ab, tiefer in den Wald zu flüchten, um ihren Magen zu entleeren.

Alles wirkte geordnet und eingespielt, doch für einen erfahrenen Beobachter wurde rasch deutlich, dass es eins zu null für den Täter stand. Bislang war kein Hinweis gefunden worden.

Michelle schaute sich alles aus einiger Entfernung an. An ihrer Seite stand Sean King, ihr Partner in der Detektei King & Maxwell. King war in den Vierzigern, einen halben Kopf größer als Michelle, gut gebaut und breitschultrig, mit kurzem schwarzem Haar, das an den Schläfen bereits ergraut war. Er hatte ein steifes Knie und eine Schussverletzung in der Schulter, wo ihn vor Jahren eine Kugel getroffen hatte, als bei einer Verhaftung etwas schief gegangen war, während er als Agent des Secret Service in einem Fälschungsfall ermittelt hatte. Eine Zeit lang hatte er als Deputy Sheriff in Wrightsburg gearbeitet, dann aber gekündigt und dem bewaffneten Polizeidienst ein für alle Mal abgeschworen.

Sean King war im Laufe seines Lebens von mehreren Tragödien heimgesucht worden. Er war in Ungnaden aus dem Secret Service entlassen worden, nachdem jemand, dem man King als Personenschützer zugeteilt hatte, vor seinen Augen ermordet worden war. Dann war seine Ehe gescheitert und nach einem erbitterten Prozess geschieden worden. Und erst vor kurzem war er zum Opfer einer Verschwörung geworden, als man ihm eine Serie von Morden in die Schuhe schieben wollte, wobei einige unangenehme Einzelheiten aus seinen letzten Diensttagen beim Secret Service ans Licht gekommen waren. Nach diesen Ereignissen war King zu einem vorsichtigen und misstrauischen Menschen geworden – bis das Leben ihm Michelle Maxwell vor die Füße geworfen hatte. Obwohl ihre Beziehung unter ziemlich ungünstigen Bedingungen ihren Anfang genommen hatte, war sie mittlerweile der einzige Mensch, auf den er sich zu hundert Prozent verlassen konnte.

Michelle hatte ihr Leben mit Vollgas gestartet. Sie hatte in drei Jahren das College absolviert, eine olympische Silbermedaille im Rudern gewonnen und war in Tennessee, ihrem Heimatstaat, Polizistin geworden, bevor sie zum Secret Service gewechselt war. Genau wie bei King war ihr Ausstieg aus dem Service unerfreulich verlaufen, nachdem sie bei einer hinterhältigen Entführung einen Schützling verloren hatte. Damals war sie zum ersten Mal im Leben gescheitert, und diese neue und bittere Erfahrung hätte sie beinahe aus der Bahn geworfen.

Während der Ermittlungen in dem Entführungsfall war sie Sean King begegnet. Anfangs war er ihr unsympathisch gewesen; dann aber hatte sie Kings Stärken erkannt. Von allen Ermittlern, mit denen sie je zu tun gehabt hatte, war er mit Abstand der klügste Kopf. Mittlerweile war er ihr Partner und bester Freund.

Doch es gab kaum zwei Menschen, die unterschiedlicher hätten sein können. Während Michelle adrenalinsüchtig war und ihren Körper durch physische Anstrengungen immer wieder bis an seine Grenzen trieb, zog King es vor, seine Freizeit mit der Suche nach guten Weinen für seine Sammlung zu verbringen, die Werke von Künstlern aus der näheren Umgebung zu erwerben, gute Bücher zu lesen und mit seinem Boot zum Angeln auf den See hinter seinem Haus hinauszufahren. Er war von Natur aus ein in sich gekehrter Mann, der erst gründlich nachdachte, bevor er handelte. Michelle hingegen neigte dazu, sich mit Warpgeschwindigkeit zu bewegen und den Dingen ihren Lauf zu lassen. Diese Partnerschaft zwischen einer Supernova und einem Gletscher hatte sich als äußerst fruchtbar erwiesen.

»Hat man die beiden Jungen gefunden?«, fragte Michelle nun.

King nickte. »Sie sind traumatisiert.«

»Traumatisiert? Wahrscheinlich brauchen sie eine Dauertherapie, mindestens bis zum College.«

Michelle hatte bereits eine ausführliche Aussage gemacht, die von Todd Williams aufgenommen worden war, dem Polizeichef der Stadt. Williams' Haar war sichtlich weißer geworden, seit Michelle und King ihr erstes Abenteuer in Wrightsburg erlebt hatten. Heute lag ein resignierter Ausdruck auf Williams' Gesicht, als hätte er sich damit abgefunden, dass in seiner kleinen Stadt Mord und Totschlag nun an der Tagesordnung waren.

Michelle beobachtete, wie eine schlanke, attraktive rothaarige Frau Ende dreißig eintraf. Sie hatte einen Arztkoffer dabei. Die Frau kniete sich vor der Leiche hin und begann mit der Untersuchung.

»Das ist die Rechtsmedizinerin, die für diese Gegend zuständig ist«, erklärte King. »Sylvia Diaz.«

»Diaz? Sie sieht eher wie Maureen O'Hara aus.«

»George Diaz, ein bekannter Chirurg, war ihr Ehemann. Er ist vor ein paar Jahren gestorben. Ein Autounfall. Sylvia war früher Professorin für Rechtsmedizin an der UVA. Jetzt führt sie eine private Arztpraxis.«

»Und nebenbei ist sie Rechtsmedizinerin. Eine sehr beschäftigte Frau. Hat sie Kinder?«

»Nein. Ich glaube, die Arbeit ist ihr Leben«, sagte King.

Michelle hielt sich die Nase zu, als der Wind wieder die Richtung wechselte und den Leichengestank zu ihnen trug. »Ein tolles Leben«, sagte sie. »Mein Gott, sie trägt nicht mal eine Maske, und ich halte es schon in dieser Entfernung kaum aus.«

Zwanzig Minuten später erhob sich Diaz, unterhielt sich mit den Polizisten, zog ihre Gummihandschuhe aus und machte Fotos von der Leiche und der Umgebung. Als sie damit fertig war, verstaute sie die Kamera und wollte gehen, als sie King bemerkte. Sie lächelte und kam zu ihm und Michelle herüber.

»Hast du vergessen, mir zu sagen, dass ihr mal was miteinander hattet?«, flüsterte Michelle.

King warf ihr einen überraschten Blick zu. »Wir sind vor längerer Zeit ein paar Mal zusammen ausgegangen. Woher weißt du davon?«

»Wenn jemand sich einige Zeit in unmittelbarer Nähe einer Leiche aufgehalten hat und dann so strahlend lächelt, muss eine frühere Beziehung im Spiel sein.«

»Danke für die scharfsinnige Beobachtung. Aber sei nett zu ihr. Sylvia ist eine wunderbare Frau.«

»Davon bin ich überzeugt. Aber erspar mir nähere Einzelheiten.«

»Zu diesem Thema wirst du kein Sterbenswörtchen von mir hören, solange ich atme.«

»Der typische Virginia-Gentleman, was?«

»Nein, ich möchte nur keine Kritik hören.«

KAPITEL 4

Sylvia Diaz begrüßte King mit einer Umarmung, die für Michelles Geschmack ein bisschen inniger ausfiel als zwischen bloßen Freunden. Dann machte King die beiden Frauen miteinander bekannt.

Sylvia bedachte Michelle mit einem Blick, den diese als ausgesprochen unfreundlich empfand.

Dann wandte sie sich wieder King zu. »Wir haben uns lange nicht gesehen, Sean.«

»Michelle und ich haben bis über beide Ohren in Aufträgen gesteckt, aber jetzt hat die Lage sich ein wenig beruhigt.«

»Haben Sie schon einen Hinweis auf die Todesursache?«, meldete Michelle sich zu Wort.

Erstaunt blickte Sylvia sie an. »Ich glaube nicht, dass ich mit Ihnen darüber reden sollte.«

»Es hat mich nur interessiert«, sagte Michelle mit Unschuldsmiene, »da ich zufällig die erste Person am Tatort war. Ich nehme an, Sie können es erst mit Sicherheit sagen, wenn Sie die Obduktion vorgenommen haben?«

»Machst du die Autopsie?«, fragte King.

Sylvia nickte. »Ja. Obwohl verdächtige Todesfälle früher immer von den Kollegen in Roanoke übernommen wurden.«

»Warum jetzt nicht mehr?«, fragte Michelle.

»Früher gab es vier offizielle Einrichtungen, die in diesem Staat Autopsien vornehmen durften: Fairfax, Richmond, Tidewater und Roanoke. Aber dank der Großzügigkeit von John Poindexter, einem sehr wohlhabenden

Gentleman, besitzen wir hier jetzt ein weiteres forensisches Zentrum.«

»Ein bisschen seltsam, ein Leichenschauhaus zu stiften«, sagte Michelle.

»Poindexters Tochter wurde hier vor Jahren ermordet. Wrightsburg liegt genau auf der Grenze zwischen der Zuständigkeit des Rechtsmediziners in Richmond und der Verwaltung des westlichen Distrikts in Roanoke. Deshalb kam es zum Streit, welche Stelle die Autopsie vornehmen sollte. Schließlich setzte Roanoke sich durch. Aber während der Überführung der Leiche wurde das Fahrzeug in einen Verkehrsunfall verwickelt, und wichtige Spuren gingen verloren, was zur Folge hatte, dass der Mörder des Mädchens nie gefasst wurde. Wie Sie sich vorstellen können, war Poindexter gar nicht glücklich darüber. Deshalb verfügte er in seinem Testament, nach seinem Tod eine hochmoderne Einrichtung zu bauen, was dann auch geschehen ist.« Sylvia blickte kurz zu der Leiche. »Aber selbst mit den modernsten Geräten dürfte es schwierig sein, in diesem Fall die Todesursache zu ermitteln.«

»Hast du eine Ahnung, wie lange sie schon tot ist?«, fragte King.

»Das hängt sehr von individuellen Faktoren, Umwelteinflüssen und dem Verwesungszustand ab. Wenn der Todeszeitpunkt schon so lange zurückliegt wie in diesem Fall, können wir durch die Obduktion nur einen ungefähren Zeitrahmen erhalten.«

»Ich habe gesehen, dass der Toten ein paar Finger fehlen«, sagte King.

»Eindeutig von Tieren abgenagt.« Nachdenklich setzte Sylvia hinzu: »Trotzdem hätte die Leiche schlimmer zugerichtet sein müssen. Die Kollegen versuchen gerade, Identifikationsmerkmale zu ermitteln.«

»Was hältst du von der Position, in der die Hand fixiert wurde?«, fragte King.

»Ich fürchte, das ist nicht mein Metier, sondern Sache

der offiziellen Ermittler. Ich sage denen nur, wie das Opfer starb, und sammle während der Obduktion weitere Beweise, die nützlich sein könnten. Zu Anfang habe ich mal Sherlock Holmes gespielt, wurde aber schnell in meine Schranken verwiesen.«

»Es kann doch nicht falsch sein, wenn Sie Ihr Fachwissen einsetzen, um bei der Aufklärung eines Verbrechens zu helfen«, bemerkte Michelle.

»Das sollte man meinen, nicht wahr?« Sylvia wandte sich wieder der Toten zu. »Nun, der Arm wurde absichtlich auf dem Ast in dieser Position fixiert. Mehr kann ich nicht dazu sagen.« Sie wandte sich an King. »Es hat mich gefreut, dich wiederzusehen, auch wenn die Begleitumstände nicht gerade angenehm waren.« Dann reichte sie Michelle die Hand, die den Händedruck erwiderte.

Als Sylvia davonging, sagte Michelle: »Hast du nicht gesagt, du hättest *vor einiger Zeit* etwas mit ihr gehabt?«

»Ja. Das ist jetzt über ein Jahr her.«

»Ich bin mir nicht ganz sicher, ob die Botschaft bei ihr angekommen ist.«

»Vielen Dank für diese Erkenntnis. Vielleicht könntest du mir als Nächstes aus der Hand lesen. Kommst du mit? Oder möchtest du deine Joggingrunde fortsetzen?«

»Ich glaube, das war für heute Anregung genug.«

Als sie an der Leiche vorbeikamen, blieb King plötzlich stehen und starrte auf die Hand, die immer noch in den Himmel zeigte.

»Was ist?«, fragte Michelle, der Kings angespannte Miene nicht entgangen war.

»Die Uhr«, sagte er.

Erst jetzt erkannte Michelle, dass der Zeiger auf ein Uhr eingestellt und offenbar stehen geblieben war. »Was ist damit?«

»Es ist eine Zodiac-Uhr.«

»Zodiac?«

»Irgendetwas sagt mir, dass wir nicht das letzte Mal mit diesem Täter zu tun haben«, sagte King.

KAPITEL 5

Die abgelegene Stelle an der Böschung über einem der Hauptzuflusskanäle des Cardinal Lake war schon seit längerer Zeit ein bevorzugter Treffpunkt für die Teenager Wrightsburgs. Hier konnten sie Dinge tun, mit denen ihre Eltern gar nicht einverstanden gewesen wären. An diesem Abend war der Himmel bedeckt, Wind rauschte durch die Bäume, und gelegentlich nieselte es. Deshalb stand heute nur ein einziger Wagen an der Böschung, doch die Insassen trieben es umso lebhafter.

Das Mädchen war bereits nackt. Ihr Kleid und die Unterwäsche lagen ordentlich zusammengelegt neben den Schuhen auf dem Rücksitz. Der junge Mann war hektisch damit beschäftigt, sich das Shirt über den Kopf zu ziehen, während das Mädchen seine Hose öffnete, was in der Enge nicht leicht war. Endlich hatte er das Hemd ausgezogen, während ihm von der schwer atmenden jungen Dame gleichzeitig Hose und Slip heruntergerissen wurden. Geduld schien – zumindest in dieser Situation – nicht ihre Stärke zu sein.

Er schob sich zur Mitte des Vordersitzes, nachdem er sich ein Kondom übergestreift hatte; dann hockte das Mädchen sich auf ihn. Rasch beschlugen die Wagenfenster vom keuchenden Atem der Teenager. Der Blick des Jungen schweifte ganz kurz hinaus in die Nacht hinter der Windschutzscheibe, bis er vor Lust die Augen schloss. Es war sein erstes Mal; seine Partnerin dagegen schien bereits über mehr Erfahrung zu verfügen. Der junge Mann stöhnte, als das Mädchen nun keuchend auf ihm ritt.

Dann öffnete er die Augen – und erstarrte.

Die Gestalt unter der schwarzen Sturmhaube blickte ihn durch die beschlagene Windschutzscheibe an. Verschwommen sah der junge Mann, wie der Lauf der Schrotflinte sich hob. Er wollte das Mädchen von sich herunterstoßen, um den Wagen zu starten, schaffte es aber nicht mehr. Das Glas explodierte nach innen. Die Schrotladung traf das Mädchen in den Rücken und schleuderte es auf den jungen Mann, der durch ihren Körper vor den Kugeln abgeschirmt wurde. Sein Nasenbein brach, als ihr Kopf gegen sein Gesicht prallte. Ihm wurde schwarz vor Augen, doch er blieb bei Bewusstsein. Feucht vom Blut des Mädchens, aber nicht ernsthaft verletzt, drückte er die Tote an seine Brust, als wäre sie ein Schutzschild, stark genug, um den Tod von ihm fern zu halten. Er wollte schreien, brachte aber keinen Laut hervor. Schließlich ließ er das Mädchen los und schob sich auf die Fahrerseite. Er war benommen, seine Bewegungen unbeholfen. Er wusste nicht, ob er selbst angeschossen war, hatte aber einen Schock erlitten, sodass sein Blutdruck verrückt spielte und seinen Körper zusätzlich unter Stress setzte.

Der junge Mann wollte gerade den Zündschlüssel drehen, als die Fahrertür aufgerissen wurde und die schwarze Sturmhaube wieder auftauchte. Hilflos beobachtete der Teenager, wie sich der Lauf der Schrotflinte auf ihn zuschob, einer tödlichen Schlange gleich. Der Junge flehte, schrie und jammerte, während ihm das Blut aus der gebrochenen Nase lief. Er wich vor dem Mann mit der Waffe zurück, bis er gegen die Leiche des Mädchens stieß.

»Bitte nicht. Bitte, bitte nicht!«

Die Schrotkugeln schlugen mit der Wucht eines Vorschlaghammers in seinen Kopf, und er wurde neben das tote Mädchen geschleudert. Die Vorderseite ihres Körpers war völlig unversehrt. Ein Betrachter hätte keinen Hinweis entdeckt, wodurch die junge Frau zu Tode gekommen war. Bei ihrem Freund dagegen war es offensichtlich: Er hatte kein Gesicht mehr.

Der Mörder lehnte die Schrotflinte gegen den Wagen, befestigte eine Armbanduhr am Handgelenk des jungen Mannes und klemmte den Arm des Toten zwischen Armaturenbrett und Tür fest. Als Nächstes fummelte er an der Uhr des toten Mädchens herum. Dann zog er ihr den billigen Amethystring vom Finger und steckte ihn sich in die Tasche. Dort verschwand auch der Christophorus-Anhänger, den er vom Hals des Jungen nahm.

»Tut mir Leid«, sagte er dann zu der Leiche des Jungen. »Dich persönlich trifft keine Schuld, aber du warst Teil der ursprünglichen Sünde. Dein Tod war nicht umsonst. Du hast einen Fehler wieder gutgemacht, der vor langer Zeit begangen wurde. Das ist ein Trost für dich, nicht wahr?«

Er machte sich nicht die Mühe, auch ein paar Worte an das Mädchen zu richten. Stattdessen nahm er einen Gegenstand aus der Tasche und legte ihn in den Fußraum des Wagens. Dann schlug er die Tür zu und stapfte davon. Als der Regen durch die zerborstene Windschutzscheibe drang, schien es, als würden sich die beiden nackten, toten Teenager aneinander klammern.

Auf dem Boden des Wagens lag der Gegenstand, den der Mörder zurückgelassen hatte.

Es war ein Hundehalsband.

KAPITEL 6

Todd Williams hielt vor dem Büro von King & Maxwell, das sich in einem zweistöckigen Klinkerhaus im Herzen der kleinen, aber feinen Innenstadt von Wrightsburg befand. In diesem Haus hatte auch Kings Anwaltskanzlei ihren Sitz gehabt, bevor er die Juristerei an den Nagel gehängt hatte. Der Polizeichef setzte sich, legte seine Mütze in den Schoß und informierte King und Michelle mit verquollenen Augen und abgespannten Gesichtszügen über die grausigen Einzelheiten des Doppelmordes.

»Ich bin aus der Polizeitruppe von Norfolk ausgeschieden, weil ich nicht mehr mit dieser Scheiße zu tun haben wollte«, fügte Williams hinzu. »Meine Exfrau hat mich überredet, hierher zu ziehen, wo es ruhig und friedlich ist. Eine ziemliche Fehleinschätzung, was? Kein Wunder, dass unsere Ehe kaputtgegangen ist.«

King reichte ihm einen Becher Kaffee und nahm ihm gegenüber Platz, während Michelle auf der Kante einer Ledercouch sitzen blieb. »Warten Sie mal ab, bis die Zeitungen Wind von der Sache bekommen«, fuhr Williams fort. »Und die arme Sylvia. Kaum hat sie die Autopsie der Toten aus dem Wald abgeschlossen, bekommt sie zwei neue Kunden auf den Tisch.«

»Wer waren die beiden?«, fragte King.

»Sie gingen zur Wrightsburg High School. Steve Canney und Janice Pembroke. Dem Mädchen wurde in den Rücken geschossen, der Junge hat eine Ladung ins Gesicht gekriegt. Mit einer Schrotflinte. Kaum hatte ich die

Wagentür aufgemacht, hab ich mein Frühstück ausgespuckt. Verdammt, ich werde noch Monate von diesem Anblick träumen.«

»Keine Zeugen?«

»Zumindest sind uns keine bekannt. Es war eine Regennacht. Die einzigen Reifenspuren stammten von dem Wagen der Teenager.«

Michelle wurde hellhörig. »Ja, stimmt, es hat geregnet. Wenn es also keine weiteren Reifenspuren gibt, muss der Mörder zu Fuß gekommen sein. Haben Sie Spuren von ihm gefunden?«

»Das meiste wurde vom Regen weggespült. Im Fußraum des Wagens stand das blutige Wasser drei Zentimeter hoch. Ich begreife das nicht. Steve gehörte zu den beliebtesten Jungen der Schule. Mädchenschwarm, viele Kumpels, Star der Footballmannschaft…«

»Und das Mädchen?«, fragte Michelle.

Williams zögerte. »Janice Pembroke hat sich einen ziemlichen Ruf bei den Jungs erworben.«

»War sie leicht zu haben?«, fragte King.

»Ja.«

»Wurde irgendetwas mitgenommen? Könnte es Raubmord gewesen sein?«

»Unwahrscheinlich, obwohl tatsächlich zwei Gegenstände vermisst werden. Ein billiger Ring, den Janice die meiste Zeit trug, und Steves Christophorus-Anhänger. Aber wir wissen nicht, ob der Mörder beides mitgenommen hat.«

»Sie sagten, Sylvia wäre mit der Autopsie fertig. Ich nehme an, Sie waren dabei.«

Williams wirkte verlegen. »Ich hatte ein kleines Magenproblem, als die Tote aus dem Wald obduziert wurde. Und als Sylvia mit den anderen beiden beschäftigt war, hatte ich zu tun«, sagte er. »Ich warte auf Sylvias Bericht. Tja, wir haben keinen offiziellen Mordspezialisten in unserer Truppe, deshalb dachte ich mir, dass ich mal vorbeischaue und Sie frage.«

»Gibt es weitere Hinweise?«, wollte Michelle wissen.

»Nicht zum ersten Mordfall. Wir haben die Tote noch nicht mal identifizieren können, obwohl es uns gelungen ist, Fingerabdrücke zu nehmen, die zurzeit überprüft werden. Und wir haben ihr Gesicht am Computer rekonstruiert. Das Bild wird gerade rausgegeben.«

»Gibt es Hinweise, dass eine Verbindung zwischen beiden Morden besteht?«, fragte Michelle.

Williams schüttelte den Kopf. »Bei Janice Pembroke und Steve Canney werden wir vermutlich bald auf irgendeine Dreiecksgeschichte stoßen. Heutzutage ballern die Kids los, ohne sich was dabei zu denken. Zu viel Mist im Fernsehen.«

King und Michelle tauschten einen Blick. Dann sagte King: »Im ersten Fall hat der Mörder die Frau entweder in den Wald gelockt oder sie gezwungen, ihn dorthin zu begleiten. Oder er hat sie anderswo getötet und anschließend in den Wald gebracht.«

Michelle nickte. »Wenn Letzteres stimmt, ist er ein kräftiger Mann. Bei dem Mord an den Teenagern könnte der Täter den beiden gefolgt sein oder auf der Böschung gewartet haben.«

»Die Stelle ist allgemein als Knutschecke bekannt, falls man so was heute noch so nennt«, sagte Williams. »Beide Opfer waren nackt. Der Täter könnte ein Junge gewesen sein, den Janice abserviert hatte oder der auf Steve eifersüchtig war. Die Unbekannte aus dem Wald ist vermutlich der schwierigere Fall. Deshalb könnte ich Ihre Hilfe gut gebrauchen.«

King überlegte einen Moment; dann sagte er: »Haben Sie sich die Uhr im ersten Mordfall mal genauer angeschaut, Todd?«

»Sie kam mir zu klobig für eine junge Frau vor.«

»Sylvia sagte, der Arm, an dem sich die Uhr befand, wäre absichtlich in diese ungewöhnliche Stellung gebracht worden.«

»Das kann sie doch nicht mit Sicherheit wissen.«

»Ich habe gesehen, dass die Zeiger auf ein Uhr eingestellt waren«, fuhr King fort.

»Richtig, aber die Uhr ist stehen geblieben, oder das Rädchen wurde herausgezogen.«

King warf Michelle einen kurzen Blick zu. »Ist Ihnen die Marke der Uhr aufgefallen?«

William sah ihn neugierig an. »Die Marke?«

»Es war eine Zodiac. Ein Kreis mit Fadenkreuz.«

Williams hätte beinahe seinen Kaffee verschüttet. »Zodiac!«

King nickte. »Außerdem war es eine Männeruhr. Ich glaube, der Mörder hat sie der Frau angelegt.«

»Zodiac«, wiederholte Williams. »Wollen Sie damit sagen…?«

»Der ursprüngliche Zodiac-Killer hat 1968 und 1969 in der Bay Area gemordet, in San Francisco und Vallejo«, sagte King. »*Dieser* Täter dürfte inzwischen viel zu alt sein. Aber es hat mindestens zwei Nachahmer gegeben, einen in New York und einen weiteren in Kobe, Japan. Der Zodiac-Killer von San Francisco trug eine schwarze Henkerkapuze oder Sturmhaube, die mit einem weißen Fadenkreuz im Kreis versehen war – das gleiche Symbol wie auf einer Zodiac-Uhr. Auch er ließ bei seinem letzten Opfer, einem Taxifahrer, eine Uhr zurück, obwohl es eine andere Marke war. Doch der Mann, der als Killer von San Francisco verdächtigt wurde, besaß eine Zodiac-Uhr. Die Psychologen vermuten, dass diese Uhr ihn dazu angeregt hatte, das Fadenkreuz-Symbol zu benutzen, dem er seinen Spitznamen ›Zodiac-Killer‹ verdankte. Der Fall wurde nie gelöst.«

Williams beugte sich vor. »Das alles ist ziemlich weit hergeholt.«

Michelle blickte ihren Partner an. »Glaubst du wirklich, dass es ein Nachahmungstäter ist, Sean?«

King zuckte mit den Schultern. »Wenn zwei Personen das Original kopiert haben, warum nicht auch ein Dritter? Der Zodiac-Killer von San Francisco schrieb kodierte

Nachrichten an die Zeitungen, bis der Kode schließlich geknackt wurde. Die Briefe zeigten, dass der Mörder sich durch einen Film mit dem Titel *Graf Zaroff, Genie des Bösen* inspirieren ließ. In dem Film geht es um die Jagd auf Menschen.«

»Ein Massenmörder, der auf Menschenjagd geht«, sagte Michelle leise.

»Trug eine der Leichen im Auto eine Armbanduhr?«, fragte King.

Williams runzelte die Stirn. »Moment mal, Sean. Wie ich bereits sagte, sind es zwei völlig unterschiedliche Morde. Einmal mit einer Schrotflinte und… Okay, wir wissen immer noch nicht, wie die Unbekannte gestorben ist, aber es war keine Schrotladung, so viel steht fest.«

»Und was ist mit den Uhren?«

»Beide Jugendliche trugen Armbanduhren. Na und? Ist das ein Verbrechen?«

»Und Sie haben nicht darauf geachtet, ob es Zodiac-Uhren waren?«

»Nein. Bei der Unbekannten habe ich auch nicht darauf geachtet.« Plötzlich wurde er nachdenklich. »Obwohl Steve Canneys Arm ein bisschen seltsam am Armaturenbrett lehnte…«

»Als wäre der Arm absichtlich so fixiert worden?«

»Schon möglich«, sagte Williams. »Andererseits wurde der Junge mit einer Schrotflinte erschossen. Niemand kann vorhersagen, in welcher Körperhaltung ein Opfer liegen bleibt, wenn es eine volle Ladung ins Gesicht bekommt.«

»Liefen beide Uhren?«

»Nein.«

»Wie spät war es auf Janice Pembrokes Uhr?«

»Zwei.«

»Punkt zwei?«

»Ich glaube, ja.«

»Und auf Steves Uhr?«

Williams zog seinen Notizblock hervor und blätterte

darin, bis er gefunden hatte, wonach er suchte. »Die stand auf drei«, sagte er nervös.

»Hat die Uhr etwas von der Schrotladung abbekommen?«

»Da bin ich mir nicht sicher«, erwiderte Williams. »Ich nehme an, Sylvia kann es uns sagen.«

»Und die Uhr von dem Mädchen?«

»Es scheint, als wäre sie von einem Splitter der Windschutzscheibe getroffen worden.«

»Trotzdem steht ihre Uhr auf zwei und Steves auf drei«, sagte Michelle. »Wenn Janices Uhr um zwei stehen geblieben ist, als das Mädchen getötet wurde, wie kann die Uhr des Jungen dann um drei stehen geblieben sein, obwohl sie *nicht* getroffen wurde?«

»Kommen Sie«, sagte Williams, »bis auf diese Uhrensache, die nicht besonders überzeugend klingt, gibt es nicht die geringste Verbindung.«

Michelle schüttelte störrisch den Kopf. »Das erste Mordopfer war die Unbekannte, Janice Pembroke das zweite, und Steve Canney war Nummer drei. Das kann kein Zufall sein.«

»Sie müssen unbedingt nachsehen, ob auch Steve und Janice Zodiac-Uhren getragen haben«, sagte King eindringlich.

Der Polizeichef machte ein paar Anrufe per Handy. Als er die Verbindung schließlich unterbrach, wirkte er verwirrt.

»Die Uhr, die an Janices Arm gefunden wurde, war ihre eigene – eine Casio. Ihre Mutter hat bestätigt, dass es die Armbanduhr ihrer Tochter war. Steve Canneys Vater sagte mir, dass sein Sohn überhaupt keine Uhr getragen hat. Tja, und gerade erfahre ich, dass an Steves Leiche eine Timex gefunden wurde.«

King legte die Stirn in Falten. »Also keine Zodiac. Aber die Uhr wurde Steve möglicherweise vom Mörder angelegt, vermutlich genauso wie beim ersten Fall. Und ich kann mich erinnern, dass auch der Killer von San Francisco ein Liebespaar im Auto ermordet hat. Und die meisten seiner Morde fanden in der Nähe von Gewässern statt oder an Orten, die nach Gewässern benannt sind.«

»Canney und Pembroke wurden am Ufer des Cardinal Lake ermordet«, sagte Williams widerstrebend.

»Und die Unbekannte lag auch nicht weit vom See entfernt«, sagte Michelle. »Man muss nur den Hügel hinaufsteigen, und man kann eine der Buchten sehen.«

»An Ihrer Stelle«, sagte King zu Todd Williams, »würde ich an dieser Zodiac-Sache weiterarbeiten. Der Mörder muss sich die Uhr ja irgendwo besorgt haben.«

Williams blickte auf seine Hände und runzelte die Stirn.

»Was gibt's?«, fragte Michelle.

»Im Fußraum von Steve Canneys Wagen haben wir ein Hundehalsband gefunden. Wir sind davon ausgegangen, dass es Steve gehört. Aber sein Vater sagte mir, dass sie keinen Hund haben.«

»Könnte es von Janice stammen?«, fragte King.

Williams schüttelte den Kopf. »Nein, auch nicht…«

Das Klingeln des Bürotelefons unterbrach ihn. King nahm den Anruf entgegen und kehrte mit zufriedener Miene zurück. »Das war Harry Carrick, der Anwalt. Er hat einen Mandanten, der schwerer Vergehen angeklagt wird, und braucht unsere Hilfe. Er hat nicht gesagt, um wen oder was es geht.«

Williams stand auf und räusperte sich. »Es dürfte sich um Junior Deaver handeln.«

»Junior Deaver?«, fragte King.

»Ja. Er hat gelegentlich für die Battles gearbeitet. Der Fall liegt außerhalb meines Zuständigkeitsbereichs. Junior sitzt im Bezirksgefängnis in Untersuchungshaft.«

»Was hat er angestellt?«, fragte King.

»Das müssen Sie Harry fragen.« Williams ging zur Tür. »Ich werde die State Police um Unterstützung bitten.«

»Sie sollten sich überlegen, ob Sie nicht auch das FBI einschalten«, sagte Michelle. »Wenn es sich wirklich um einen Serienmörder handelt, kann VICAP ein Profil erstellen.« Die Abkürzung stand für Violent Criminal Apprehension Program, das Fahndungsprogramm der Bundespolizei für Gewaltverbrecher.

»O Mann. Ich hätte nie gedacht, dass ich in Wrightsburg mal ein VICAP-Formular ausfüllen muss.«

»Die Bürokratie wurde erheblich vereinfacht«, versuchte Michelle ihn zu trösten.

Nachdem der Polizeichef gegangen war, wandte Michelle sich an King. »Und wer sind Junior Deaver und die Battles?«

»Junior ist im Grunde ein prima Kerl, der sein ganzes Leben hier verbracht hat. Leider ist er auf die schiefe Bahn geraten. Die Battles sind eine ganz andere Geschichte. Sie sind die bei weitem reichsten Leute in der Gegend. Eine alteingesessene Südstaatenfamilie.«

»Und was genau bedeutet das?«

»Sie sind ein bisschen eingebildet, ein bisschen verschroben, ein bisschen exzentrisch …«

»Du meinst, ein bisschen verrückt«, sagte Michelle.

»Nun ja …«

»Jede Familie ist verrückt. Manche zeigen es nur deutlicher als andere.«

»Ich glaube, du wirst feststellen, dass die Battles in dieser Hinsicht ganz oben auf der Liste stehen.«

KAPITEL 7

Harry Lee Carrick lebte auf einem großen Anwesen am östlichen Rand von Wrightsburg. Als sie zu ihm fuhren, erzählte King seiner Partnerin alles, was sie über ihn wissen musste.

»Er hat schon vor Jahren hier als Anwalt gearbeitet. Dann ging er an das hiesige Berufungsgericht und später zum Obersten Gericht des Bundesstaates, wo er die letzten zwanzig Jahre verbracht hat. Er hat mir sogar den Eid abgenommen, als ich in Virginia als Anwalt zugelassen wurde. Seine Familie nimmt seit gut dreihundert Jahren eine wichtige Stellung ein. Nachdem er das Richteramt aufgegeben hatte, kehrte er in unsere Stadt zurück und ließ sich auf dem Anwesen der Familie nieder.«

»Und dieser Junior? Du hast gesagt, er sei auf die schiefe Bahn geraten.«

»Sagen wir mal, er hat gelegentliche Ausflüge in die Illegalität gemacht. Aber er war lange nicht mehr in Schwierigkeiten.«

»Bis jetzt.«

Sie passierten ein gusseisernes Tor, dessen zwei Flügel mit dem Buchstaben C geschmückt waren.

Michelle blickte sich auf dem weitläufigen Grundstück um. »Nettes Plätzchen.«

»Harry hat sich ganz gut durchs Leben geschlagen, und seine Familie hat sowieso genug Geld.«

»Verheiratet?«

»Seine Frau starb in jungen Jahren. Er hat sich nie auf

eine neue Ehe eingelassen und hat keine Kinder. Er ist der letzte Carrick, soviel ich weiß.«

Sie sahen aus der Ferne ein großes Ziegelhaus mit weißen Säulen zwischen den hohen Bäumen. Doch King bog ab und fuhr einen schmalen Kiesweg entlang, bis er vor einem kleinen, weiß gestrichenen Schindelgebäude hielt.

»Was ist das?«, fragte Michelle.

»Das feudale Anwaltsbüro von Harry Lee Carrick.«

Sie klopften an. Eine angenehme Stimme sagte: »Herein!«

Der Mann erhob sich hinter dem großen Schreibtisch und streckte ihnen die Hand entgegen. Harry Carrick war eins achtzig groß und schlank, hatte gepflegtes silbriges Haar und eine rötliche Gesichtsfarbe. Er trug eine graue Hose, einen blauen Blazer, ein weißes Button-down-Hemd und eine rot-weiß gestreifte Krawatte. Seine Augen hatten die Farbe von Immergrün und strahlten Verschmitztheit aus. Die Augenbrauen waren buschig und von der gleichen Farbe wie das Haar. Sein Händedruck war fest, und sein melodischer Südstaatenakzent war so angenehm wie eine freundliche Umarmung oder ein Schluck Whisky, den man in einem bequemen Sessel genießt. Er hatte die Energie und Beweglichkeit eines Mannes, der mindestens zwanzig Jahre jünger war, als er an Jahren zählte. Kurz, er war die Hollywood-Version des Idealbildes, das man von einem Richter hatte.

»Ich hatte mich schon gefragt«, sagte Harry zu Michelle, »wann Sean dazu kommt, Sie mir vorzustellen. Also fühlte ich mich genötigt, diese Angelegenheit persönlich zu übernehmen.«

Er führte sie zu einer Sitzecke. Stabile Bücherregale nahmen fast die gesamte Wandfläche des kleinen Raumes ein. Die Möbel sahen antik und häufig benutzt aus. Wie Miniaturzirruswolken schwebte Zigarrenrauch im Zimmer, und Michelle entdeckte eine alte Remington-Schreibmaschine auf einem kleinen Tisch, obwohl Harrys kunstvoll geschnitzter Schreibtisch mit PC und Laserdrucker ausgestattet war.

»Ich habe mich völlig den Notwendigkeiten des modernen Zeitalters ergeben«, sagte er, als seine wachsamen Augen die Richtung ihres Blickes verfolgten. »Ich habe mich so lange wie möglich gegen Computer gewehrt, um mich dann bedingungslos ihrer Macht zu unterwerfen. Die Remington habe ich für die Korrespondenz mit Freunden in fortgeschrittenem Alter behalten, die es als entwürdigend betrachten würden, ein Schreiben zu bekommen, das nicht mit einer manuellen Schreibmaschine auf Büttenpapier mit Monogramm verfasst wurde, oder besser noch von Hand, obwohl meine Klaue bedauerlicherweise kaum noch zu entziffern ist. Deshalb würde ich empfehlen, immer jung und schön zu bleiben, so wie Sie, Michelle.«

Michelle lächelte. Harry war ein Gentleman und Charmeur der alten Schule.

Er bestand darauf, einen Tee für sie zuzubereiten, und servierte das Getränk in hauchdünnen, abgenutzten Porzellantassen. Dann nahm er zwischen ihnen Platz.

»Junior Deaver«, gab King das Stichwort.

»Und die Battles«, sagte Harry.

»Klingt wie eine ziemlich exzentrische Band«, bemerkte Michelle.

»Äußerst exzentrisch«, pflichtete Harry ihr bei. »Bobby Battle war ein bemerkenswerter Mensch. Zäh wie Leder. Sein Vermögen hat er sich im Schweiße seines Angesichts und mit viel Grips erworben. Seine Frau Remmy ist eine wirkliche Dame. Auch sie ist ein ziemlich zäher Brocken. Das muss sie auch sein, wenn sie mit Bobby verheiratet ist.«

Michelle warf ihm einen neugierigen Blick zu. »Sie sagten *war*. Ist Bobby Battle gestorben?«

»Nein, aber er hat vor nicht allzu langer Zeit einen schweren Schlaganfall erlitten. Kurz bevor es zu dem Vorfall kam, für den Junior verantwortlich gemacht wird.

Es ist immer noch nicht klar, ob Bobby sich jemals erholen wird.«

»Gibt es noch weitere Familienangehörige?«, fragte Michelle.

»Ja, einen Sohn, Edward Lee Battle, der von allen nur Eddie genannt wird. Er ist um die vierzig. Es gab noch einen zweiten Sohn, Bobby junior, Eddies Zwillingsbruder. Er starb als Jugendlicher an Krebs.«

»Dann gibt es noch Eddies Frau Dorothea und seine jüngere Schwester Savannah«, fügte King hinzu. »Sie hat soeben das College abgeschlossen, wie ich hörte.«

»Eddie ist um die vierzig, und Savannah hat gerade ihren College-Abschluss gemacht?«, wunderte sich Michelle.

»Nun, Savannah war so etwas wie eine Überraschung«, sagte Harry. »Remmy war schon über vierzig, als sich unverhofft der neue Nachwuchs einstellte. Ironischerweise waren Remmy und Bobby eine Zeit lang getrennt, bevor Savannah geboren wurde, und schienen geradewegs auf die Scheidung zuzusteuern.«

»Was hatten sie für ein Problem?«, fragte King.

»Remmy hatte Bobby mit einer anderen Frau erwischt, einer Prostituierten. Es war nicht das erste Mal. Bobby hatte eine Vorliebe für solche Frauen. Aber dann ist es ihnen gelungen, ihre Ehe wieder zu flicken.«

»Ein Baby kann manchmal Wunder bewirken«, sagte King.

»Leben sie alle noch zusammen?«, fragte Michelle.

Harry schüttelte den Kopf. »Bobby, Remmy und Savannah wohnen im Herrenhaus. Eddie und Dorothea sind nebenan ins ehemalige Kutschenhaus eingezogen, das heute ein eigenständiger Teil des Anwesens ist. Ich habe Gerüchte gehört, dass Savannah demnächst vielleicht auszieht.«

»Ich könnte mir vorstellen, dass ein Teil ihres Treuhandvermögens nach dem College-Abschluss fällig geworden ist«, sagte King.

»Was sie vermutlich kaum erwarten konnte«, sagte Harry.

»Wie meinen Sie das?«, fragte Michelle. »Versteht sie sich nicht mit ihren Eltern?«

»Ich möchte es mal so ausdrücken: Bobby war als Vater oft nicht da, und Remmy und Savannah sind starke, unabhängige Frauen, die nur selten einer Meinung sind.«

»Was machen Eddie und Dorothea beruflich?«, fragte Michelle.

»Eddie ist Künstler und passionierter Teilnehmer an historischen Wiederaufführungen des Bürgerkriegs. Dorothea hat ein Immobilienbüro, das recht gut läuft.« Harry sah Michelle mit einem schelmischen Grinsen an. »In den gesellschaftlichen Kreisen der Battles wechseln die Lebenspartner mit besorgniserregender Schnelligkeit, sodass ein großer Bedarf an neuen und noch luxuriöseren Wohnungen besteht. Das dürfte nicht nur gut für Dorotheas Brieftasche sein, sondern ihr auch einen aktuellen Überblick geben, wer gerade mit wem zusammen ist.«

»Klingt ein bisschen nach Peyton Place«, sagte Michelle.

»Das haben wir schon lange hinter uns«, sagte Harry. »Wir nähern uns eher den Zuständen in Twin Peaks.«

»Und jetzt reden wir über Junior«, sagte King.

Harry stellte seine Teetasse ab und holte sich eine Akte vom Schreibtisch. »Junior hatte verschiedene Bauarbeiten für die Battles erledigt, insbesondere im Ankleideraum neben Remmys Schlafzimmer. Junior ist ein tüchtiger Bursche. Er hat auch hier für mich einiges getan, und für viele andere Leute in der Gegend.«

»Und was wirft man ihm vor?«, fragte King.

»Einbruchdiebstahl. In Remmys Ankleidezimmer gibt es einen versteckten Wandschrank, in dem sie ihren Schmuck, Bargeld und andere Wertgegenstände aufbewahrt. Er wurde aufgebrochen und ausgeräumt. Auch in Bobbys Ankleidezimmer gab es ein Geheimfach. Es wurde ebenfalls ausgeraubt. Der Schaden beträgt etwa zweihunderttausend Dollar, wie ich hörte. Bedauerlicherweise befindet sich unter den geraubten Gegenständen auch Remmys Ehering.« Harry blätterte in der Akte. »Was ist die Hölle gegen den Zorn einer Frau, die ihres Eherings verlustig ging?«, fügte er hinzu.

»Und nun wird Junior verdächtigt, weil er dort gearbeitet hat?«, fragte Michelle.

»Es gibt gewisse Hinweise, die ihn mit dem Verbrechen in Verbindung zu bringen scheinen.«

»Zum Beispiel?«, fragte King.

Harry zählte die Punkte an den Fingern ab. »Der Einbrecher ist durch ein Fenster im dritten Stock eingestiegen. Das Fenster wurde aufgebrochen, und man hat Werkzeugspuren sowie einen Metallsplitter gefunden, der zu einem Brecheisen passt, das Junior gehört. Außerdem besitzt er eine Leiter, die lang genug ist, um an das Fenster heranzukommen. Und man hat Glasscherben im Aufschlag seiner Hose gefunden. Sie lassen sich nicht eindeutig dem Glas zuordnen, aus dem das Fenster der Battles besteht, aber die Beschaffenheit ist sehr ähnlich. Beide Glassorten sind gefärbt.«

»Sie sagten, das Fenster wurde aufgebrochen. Woher kamen dann die Glassplitter?«, fragte King.

»Ein Teil des Fensters ist beim Aufbrechen zersplittert. Wahrscheinlich nimmt die Polizei an, dass die Splitter an Juniors Hose kamen, als er durch die Fensteröffnung stieg. Außerdem wurden Schuhabdrücke auf dem Holzfußboden in Remmys Schlafzimmer entdeckt. Sie passen zu einem Paar Stiefel, das bei Junior gefunden wurde. Auf dem Fußboden in Remmys Ankleidezimmer waren Spuren von Rigips-Pulver, Zement, Sägespänen – all das, was ein Mann wie Junior an Kleidung und Schuhen haben müsste, wegen seines Jobs. Und es wurde etwas Erde gefunden, die vom Boden vor Juniors Haus stammen könnte. Ähnliche Spuren gab es in Bobbys Schlaf- und Ankleidezimmer.«

»Die beiden schlafen getrennt?«, fragte Michelle.

Harry hob eine buschige Augenbraue. »Ich bin überzeugt, dass Remmy es vorziehen würde, wenn Sie diese Information vertraulich behandeln.«

»Nun, das alles sind belastende Fakten«, sagte King, »aber letztlich nur Indizien.«

»Es gibt da noch ein weiteres Beweisstück. Beziehungsweise zwei Stücke. Ein Handschuhabdruck und ein Fingerabdruck, der von Junior stammt.«

»Ein Handschuhabdruck?«, fragte Michelle.

»Es war ein Lederhandschuh«, erwiderte Harry, »und die haben individuelle Linienmuster, ähnlich wie bei einem Fingerabdruck. Hat man mir zumindest so erklärt.«

»Wenn Junior Handschuhe getragen hat, wie kann er dann einen Fingerabdruck hinterlassen haben?«, fragte King.

»Offenbar war ein Loch in einem der Finger. Und genau einen solchen Handschuh besitzt Junior.«

King sah Harry an. »Was sagt Junior selbst dazu?«

»Er beteuert energisch seine Unschuld. Er hat drüben in Albemarle County bis in die frühen Morgenstunden am neuen Haus für seine Familie gearbeitet. Leider hat er niemanden gesehen, und niemand hat ihn gesehen. Also hat er kein Alibi.«

»Wann wurde der Einbruch entdeckt?«, fragte King.

»Gegen fünf Uhr morgens, als Remmy vom Krankenhaus zurückkam. Sie war am Vorabend bis acht Uhr in ihrem Schlafzimmer, und bis gegen elf waren Leute im Haus. Also wurde der Einbruch wahrscheinlich zwischen Mitternacht und vier Uhr morgens verübt.«

»In der Zeit, als Junior allein an seinem Haus gearbeitet haben will«, murmelte King.

»Trotz allem halten Sie ihn für unschuldig, nicht wahr?«, sagte Michelle.

Harry erwiderte ihren Blick. »Ich habe schon mehrere Mandanten vertreten, die schuldig waren. Das gehört zu meinem Job. Als Richter habe ich erlebt, wie Schuldige freigesprochen wurden und Unschuldige hinter Schloss und Riegel kamen, und meist konnte ich nichts dagegen tun. Im Fall von Junior gründet sich meine feste Überzeugung, dass er dieses Verbrechen nicht begangen hat, auf einen simplen Grund: Der arme Kerl würde überhaupt nicht wissen, was er mit Bargeld, Inhaberschuldverschreibungen und Schmuck im Wert von zweihunderttausend Dollar anfangen sollte, genauso wenig, wie ich in einem Vierer mit Steuermann zur olympischen Silbermedaille rudern könnte.«

Michelle sah ihn überrascht an, weil ihr genau das gelungen war.

»Ja, meine Liebe«, sagte Harry, »ich habe mich über Sie informiert. Ich hoffe, das stört Sie nicht.« Er tätschelte ihre Hand. »Auf jeden Fall ist unzweifelhaft erwiesen, dass Junior als Dieb ein Stümper ist. Vor Jahren hat er Autobatterien für Lastwagen aus einer Werkstatt gestohlen, ließ sie aber dummerweise auf der Ladefläche seines Pick-ups stehen, als er zu derselben Werkstatt fuhr, um das Fahrzeug reparieren zu lassen. Dieser kleine Patzer brachte ihm sechs Monate Haft ein und beweist seinen Mangel an Begabung für das Diebstahlgewerbe.«

»Vielleicht hat er im Laufe der Jahre dazugelernt«, sagte King.

»Als selbstständiger Handwerker geht es ihm so gut wie nie. Auch seine Frau verdient ordentlich. Sonst könnten sie sich das neue Haus in Albemarle gar nicht leisten. Warum also sollte er versuchen, die Battles auszurauben?«

»Vielleicht sind ihm die Kosten für sein neues Haus über den Kopf gewachsen. Aber selbst wenn Junior es nicht war, gibt jemand sich alle Mühe, ihn zu belasten. Warum?«, sagte King.

Harry war auf diese Frage vorbereitet. »Er hat dort gearbeitet, also würde der Verdacht ohnehin sofort auf ihn fallen. Die betreffende Person hätte sich jederzeit sein

Werkzeug, seine Schuhe, seine Arbeitshose und die Handschuhe aus dem Wohnwagen besorgen können, in dem Junior mit seiner Familie lebt. Der Wohnwagen steht mitten im Nirgendwo, und häufig ist keiner zu Hause.« Nachdenklich setzte er hinzu: »Allerdings ist der Fingerabdruck beunruhigend. Nur ein Routinier konnte so etwas fingieren.«

»Wie groß ist seine Familie?«, fragte Michelle.

»Drei Kinder, das älteste zwölf, soviel ich weiß. Seine Frau heißt Lulu Oxley.«

»Lulu Oxley?«, wiederholte Michelle.

»Sie leitet einen Nachtclub namens *Aphrodisia*. Sie hat mir gesagt, dass sie inzwischen sogar einen Anteil an dem Etablissement besitzt.«

»Wollen Sie mich auf den Arm nehmen?«, sagte Michelle. »Das *Aphrodisia?*«

»Ich selbst war natürlich noch nie dort, aber es soll keine schmuddelige Bar mit Nackttänzerinnen, Separées und dergleichen sein. Angeblich ist es dort recht nett.«

»Stimmt«, sagte King.

Michelle sah ihn an. »*Du* warst schon mal dort?«

Er wand sich. »Nur ein einziges Mal. Bei einer Junggesellenparty für einen Freund.«

»Aha«, sagte Michelle.

King beugte sich vor. »Junior kann die Aktion also nicht allein bewältigt haben. Aber was ist, wenn jemand anders die Planung übernommen hat? Jemand, der wusste, dass Junior Zugang zum Haus der Battles besitzt, und der ihn dazu angestiftet hat? Die Beweise sind eindeutig.«

Harry ließ sich nicht beirren. »Viele Beweise sprechen gegen ihn. Zu viele.«

King wirkte nicht überzeugt. »Okay. Also, was sollen wir für Sie tun?«

»Reden Sie mit Junior. Hören Sie sich seine Geschichte an. Besuchen Sie die Battles.«

»Und wenn wir nichts Entlastendes finden?«

»Dann rede ich selbst mit Junior. Wenn er dann immer noch behauptet, unschuldig zu sein, bleibt mir keine andere Wahl, als die Sache durchzuziehen. Aber wenn die Staatsanwaltschaft ein vernünftiges Angebot zur Strafminderung macht, werde ich mit Junior darüber sprechen müssen. Er war schon einmal im Gefängnis und möchte diese Erfahrung nicht wiederholen.«

Er gab King eine Aktenmappe mit sämtlichen Unterlagen. Sie besiegelten den Auftrag, und Harry nahm Michelles Hand. »Dass ich endlich diese reizende junge Frau kennen gelernt habe, Sean, rechtfertigt jedes Honorar, das Sie mir in Rechnung stellen.«

»Wenn Sie so weitermachen, werde ich rot, Harry.«

»Das fasse ich als Kompliment auf.«

»Ich liebe diesen Mann«, sagte Michelle, als sie das Büro verließen.

»Sehr gut. Denn die Begegnung mit ihm könnte das einzig Angenehme sein, das wir von diesem Fall zu erwarten haben.«

Kings Handy klingelte. Nachdem er die Verbindung getrennt hatte, sagte er: »Das war Todd. Fahren wir.«

»Wohin?«, fragte Michelle.

»Zu einem Ort, an dem uns jede Menge Spaß erwartet – zum Leichenschauhaus.«

KAPITEL 8

Der blassblaue VW-Käfer, Baujahr 1969, tuckerte über eine der Zubringerstraßen, die ins Zentrum von Wrightsburg führten. Der Fahrer trug ein weißes Button-down-Hemd, Jeans und Halbschuhe. Außerdem hatte er sich eine Baseballkappe tief in die Stirn gezogen, und seine Augen wurden von einer dunklen Sonnenbrille verdeckt. Er wusste, dass er es höchstwahrscheinlich übertrieb, denn die meisten Leute waren so sehr mit ihren eigenen Gedanken beschäftigt, dass sie nicht einmal hätten sagen können, was sie zehn Sekunden vorher im Vorbeigehen gesehen hatten.

Aus der Gegenrichtung kam ein Lexus-Cabrio. Als Sean King und Michelle Maxwell den Mann auf dem Weg zum Leichenschauhaus passierten, warf er ihnen nicht einmal einen flüchtigen Blick zu. Er fuhr in seinem VW weiter, der schon über 300000 Kilometer auf dem Tacho hatte. Der Käfer war seinerzeit in Kanariengelb ausgeliefert worden, hatte aber mehrere Farbwechsel über sich ergehen lassen, seit er vor Jahren zum ersten Mal gestohlen worden war, und hatte schon mindestens zehn verschiedene Nummernschilder getragen. Irgendwann hatte jemand die Fahrgestellnummer professionell verändert, sodass die wahre Herkunft des Wagens nun praktisch nicht mehr zu bestimmen war. Der Mann liebte den VW.

Auch der Serienmörder Theodore »Ted« Bundy hatte am liebsten Käfer benutzt, wenn seine Mordzüge ihn von Küste zu Küste führten. Er hatte oft von der großen »Frachtmenge« gesprochen, die man im Käfer transportieren konnte, wenn die Rückbank ausgebaut war – Fracht, die zuvor gelebt hatte und menschlich und weiblich gewesen war. Bundy hatte auch den günstigen Benzinverbrauch des Volkswagens gelobt. Nach einem Mord konnte er sich mit einer Tankfüllung sehr weit vom Tatort entfernen.

Der Mann bog nach rechts auf den Parkplatz des mondänen Einkaufszentrums ab, das von vielen Einwohnern des kleinen, aber recht wohlhabenden Wrightsburg besucht wurde. Es hieß, dass Bundy und ähnliche Serienmörder vierundzwanzig Stunden am Tag damit zubrachten, ihren nächsten Mord zu planen. Für Menschen seines Schlages musste das ein Kinderspiel gewesen sein. Bundy hatte angeblich einen IQ von 120 gehabt. Bei dem Mann hinter dem Lenkrad des VW lag er deutlich über 160.

Doch in Wirklichkeit musste man kein Genie sein, um geeignete Opfer ausfindig zu machen. Sie waren überall. Und heutzutage war es noch viel leichter als zu Bundys Zeiten, aus Gründen, die für die meisten Menschen nicht offensichtlich waren.

Er beobachtete, wie ein altes Ehepaar aus dem Supermarkt kam und sich in einen Mercedes-Kombi setzte. Er notierte sich das Nummernschild. Später würde er im Internet nachsehen und ihre Adresse ermitteln. Sie tätigten ihre Einkäufe selbst, also hatten sie wahrscheinlich keine Hilfe durch Betreuer oder Kinder, die in der Nähe wohnten. Ihr Wagen war ein verhältnismäßig neues Modell; offenbar ging es ihnen finanziell ziemlich gut. Der Mann trug eine Mütze mit dem Logo des städtischen Country Clubs. Das war eine weitere potenzielle Goldmine, die er später für Informationen nutzen konnte.

Der Mann lehnte sich zurück und wartete geduldig. In diesem gut besuchten Einkaufszentrum liefen mit Sicherheit noch weitere aussichtsreiche Kandidaten herum. Er konnte ausgiebig konsumieren, ohne ein einziges Mal seine Brieftasche zücken zu müssen.

Wenige Minuten später verließ eine attraktive Frau in den Dreißigern eine Apotheke. Sie trug eine große Tüte. Sein Blick wurde von ihr angezogen, und sein Mordinstinkt erwachte. Die Frau blieb am Geldautomaten neben der Apotheke stehen, hob Bargeld ab und beging anschließend die Todsünde des Tages: Sie warf den Auszahlungsbeleg in den Müll, bevor sie in ein nagelneues rotes Chrysler-Sebring-Cabrio stieg. Auf dem Nummerschild stand »DEH JD«.

Er erkannte sofort, dass es sich um ihre Initialen handelte und dass sie Anwältin war, da »JD« für »Juris Doctor« stehen musste. Ihre Kleidung verriet ihm, dass sie großen Wert auf ihre äußere Erscheinung legte. Gesicht, Arme und Beine waren tief gebräunt. Wenn sie Rechtsanwältin war, hatte sie entweder vor kurzem Urlaub gemacht oder im Winter regelmäßig das Solarium besucht. Sie wirkte sehr sportlich; vermutlich trainierte sie regelmäßig oder joggte in den Wäldern der Umgebung. Während sie in den Wagen stieg, fixierte sein Blick die goldene Fußkette, die sie am linken Knöchel trug. *Ein faszinierendes Detail*, dachte er.

Der Wagen trug einen Aufkleber der amerikanischen Anwaltsvereinigung aus dem laufenden Jahr, was darauf hindeutete, dass sie tatsächlich Juristin war. Und sie war Single, da sie keinen Ehering trug. Und gleich rechts neben dem Aufkleber befand sich die Parkerlaubnis für ein sehr teures Wohnviertel, das etwa drei Kilometer von hier entfernt lag. Er nickte zufrieden. Diese Aufkleber waren äußerst informativ.

Er suchte sich einen Parkplatz, stieg aus dem Käfer, ging zum Abfallbehälter, tat so, als würde er etwas hineinwerfen, und nahm mit der gleichen Handbewegung den Auszahlungsbeleg heraus. Die Frau hätte es eigentlich besser wissen müssen. Sie hätte genauso gut ihre Einkommenssteuererklärung herumliegen lassen können. Jetzt war sie völlig nackt. Er konnte alles über sie in Erfahrung bringen, was er wissen wollte.

Als er zu seinem Wagen zurückkehrte, warf er einen Blick auf den Beleg. Ihr Name war mit D. Hinson angegeben; aber das konnte er später im Telefonbuch nachschlagen. Sie musste auch im Branchenbuch stehen, wodurch sich herausfinden ließ, in welcher Anwaltskanzlei sie arbeitete. Damit hatte er bereits zwei potenzielle Angriffspunkte. Neuerdings ließen die Banken einen Teil der Kontonummer weg, weil sie wussten, dass ihre Kunden ständig die Dummheit begingen, ihre Belege fortzuwerfen, wodurch Leute wie er leichtes Spiel hatten. Doch das Geld der Frau interessierte ihn gar nicht; ihm ging es um etwas viel Persönlicheres.

Entspannt genoss er die zunehmend wärmere Sonne. Es schien ein angenehmer Tag zu werden. Er lehnte sich im Sitz zurück und blickte erst wieder auf, als rechts von ihm eine typische Ganztagsmutter ihre Einkäufe in einen Van lud. Er musste nicht lange raten, da sie ein T-Shirt trug, das unmissverständlich ihren Status verkündete. Ein Kleinkind saß auf dem Rücksitz. Ein grüner Sticker am Heck teilte aller Welt mit, dass die Besitzerin die Mutter eines Schülers war, der es auf die Bestenliste des laufenden Schuljahrs an der Wrightsburg Middle School geschafft hatte.

Gut zu wissen, dachte er. Ein Kind in der siebten oder achten Klasse und ein Baby. Er fuhr in die Parkbucht neben dem Van und wartete. Als die Frau den Einkaufswagen zurückbrachte, ließ sie ihren Säugling völlig unbeaufsichtigt.

Er stieg aus seinem Käfer, beugte sich durch das offene Fenster auf der Fahrerseite und sah das Kind lächelnd an, das zurückgrinste und gluckste. Im Van sah es ziemlich chaotisch aus. Wahrscheinlich herrschte im Haus dieser Frau eine ähnliche Unordnung. Wenn sie eine Alarmanlage hatte, war diese vermutlich nie eingeschaltet. Wahrscheinlich dachte die Frau auch nie daran, sämtliche Türen und Fenster zu verschließen. Es verwunderte ihn immer wieder, dass die Verbrechensrate in diesem

Land, in dem Millionen Idioten genauso blind wie diese Frau durchs Leben tappten, nicht deutlich höher war.

Auf dem Rücksitz lagen ein Algebra-Lehrbuch, das ohne Zweifel dem Musterschüler gehörte, und ein Bilderbuch für Kinder. Also gab es zumindest noch ein drittes Kind. Diese Schlussfolgerung wurde durch ein Paar Tennisschuhe mit Grasflecken im hinteren Fußraum bestätigt. Die Schuhe schienen einem fünf- oder sechsjährigen Jungen zu gehören.

Der Mann sah sich auf dem Fahrersitz um. Da war es: eine Ausgabe der Zeitschrift *People*. Er blickte auf. Die Frau hatte soeben den Einkaufswagen in die Schlange zurückgeschoben und unterhielt sich jetzt mit jemandem, der gerade aus dem Geschäft kam. Der Mann griff nach der Zeitschrift. Auf dem Versandetikett waren Name und Adresse angegeben. Ihre Telefonnummer hatte er sich längst notiert, da die Frau sie freundlicherweise auf dem Zettel mit der Aufschrift »Zu verkaufen« angegeben hatte.

Noch ein Volltreffer. Ihre Schlüssel steckten im Zündschloss. Der Mann drückte die Hausschlüssel, die ebenfalls am Bund hingen, in ein Stück Kitt, um einen Abdruck zu erhalten. Ein Einbruch wurde viel einfacher, wenn man gar nicht einbrechen, sondern nur eintreten musste.

Und noch ein Hauptgewinn. Ihr Handy steckte in der Halterung. Der Mann schaute auf und sah, dass die Frau noch immer tratschte. Er hätte ohne Schwierigkeiten ihr Baby töten, ihre sämtlichen Einkäufe stehlen und den Wagen in Brand setzen können – die Frau hätte es erst bemerkt, wenn andere Leute die Flammen gesehen und geschrien hätten. Er blickte sich um. Die Leute in seiner Nähe waren viel zu sehr mit sich selbst beschäftigt, um ihn zu bemerken.

Er holte das Handy heraus, drückte den Knopf für die Menüauswahl und rief ihre Nummer auf. Dann öffnete er ihr privates Telefonbuch, zog eine fingergroße Digitalkamera hervor und fotografierte die Liste ab, bis er sämtliche Namen und Nummern ihres Bekanntenkreises besaß. Er steckte das Handy zurück, winkte dem Baby zum Abschied und setzte sich wieder in seinen Wagen.

Sofort sah er sich die Aufnahmen an. Er hatte jetzt ihren Namen und ihre Adresse und wusste, dass sie mindestens drei Kinder hatte und verheiratet war. Das Zeitschriftenabo lief auf Jean und Harold Robinson. Außerdem hatte er ihre Telefonnummern und die Namen und Nummern zahlreicher Leute, die von Bedeutung für sie waren, sowie einen Abdruck ihres Haustürschlüssels.

Sie und ihre reizende Familie gehörten jetzt ihm.

Die Frau kehrte zum Van zurück, stieg ein und fuhr los. Er beobachtete, wie sie den Parkplatz verließ, ohne zu ahnen, dass er binnen weniger Minuten einen tiefen Einblick in ihr Privatleben erhalten hatte. Er winkte ihr zum Abschied.

Vielleicht sehen wir uns wieder, wenn du großes Pech hast.

Er blickte auf die Uhr. Drei potenzielle Opfer in weniger als zwanzig Minuten. Tief atmete er die frische Luft des wohlhabenden Städtchens Wrightsburg ein, das in kürzester Zeit eine Serie von drei brutalen Morden erlebt hatte.

Die Menschen ahnten nicht, dass es erst der Anfang gewesen war.

KAPITEL 9

Das Leichenschauhaus von Wrightsburg lag an einer ruhigen, von Bäumen gesäumten Straße ungefähr drei Kilometer vom Stadtzentrum entfernt. Es war in einem kleinen, einstöckigen Gebäude untergebracht, das mit einer Bepflanzung aus dem Gartencenter versehen war; die Pflanzen waren im feuchten Wetter der letzten Zeit prächtig gediehen. Von außen wirkte das Gebäude völlig normal. Wer hier vorbeikam, wäre nie darauf gekommen, dass in diesem Haus Leichen geöffnet wurden. Ein Schild auf dem Platz neben dem Gebäude wies darauf hin, dass sich hier außerdem die Arztpraxis von Dr. Sylvia Diaz befand.

King steuerte seinen Lexus auf den Parkplatz; dann stiegen er und Michelle aus. Kurz darauf hielt neben ihnen ein Streifenwagen der Polizei, und Polizeichef Williams wuchtete seinen massigen Körper hinaus. Er machte keinen glücklichen Eindruck, als er sein Hemd in die Hose stopfte und den Sitz seiner Pistole überprüfte.

»Bringen wir's hinter uns«, brummte er und marschierte voraus.

»Was ist mit ihm?«, flüsterte Michelle.

»Ich vermute, es gefällt ihm nicht, sich Leichen ansehen zu müssen.«

Sie fragten am Empfang nach Sylvia Diaz. Die Sekretärin telefonierte kurz, worauf ein schlanker Mann mit Brille erschien. Er war Ende zwanzig, trug einen Spitzbart und war in einen Medizinerkittel gekleidet. Er stellte sich als Kyle Montgomery vor, Sylvias Assistent.

»Sie ist gleich fertig«, sagte er mit gelangweilter Stimme, obwohl er Michelle mit Blicken verschlang. »Sie hat gesagt, ich soll Sie in ihr Büro bringen.«

»Wie lange arbeiten Sie schon hier?«, fragte King.

Montgomery sah ihn mit misstrauisch zusammengekniffenen Augen an. »Was spielt das für eine Rolle?«

»Ich bin bloß neugierig«, sagte er.

»Und ich habe das Recht auf meine Privatsphäre«, gab Montgomery zurück.

»Ich wette, Sie waren an der UVA«, sagte Michelle. »Eine ausgezeichnete Hochschule«, fügte sie lächelnd hinzu und trat ein Stück näher an ihn heran.

King beobachtete amüsiert, wie seine Partnerin ihren weiblichen Charme einsetzte, um Montgomery weitere Informationen zu entlocken. Das tat sie nur selten, aber es konnte sehr wirkungsvoll sein. Montgomery wusste vermutlich gar nichts Wichtiges, aber es war nicht verkehrt, Informationen über sämtliche Personen zu haben, die auf irgendeine Weise an den Ermittlungen beteiligt waren.

Montgomery wandte ihr sofort seine gesamte Aufmerksamkeit zu. »Ja, ich habe meinen Abschluss mit einem guten Schnitt gemacht«, prahlte er. »Ich wollte in der Gegend bleiben, also arbeitete ich ein paar Jahre lang am Uni-Krankenhaus, bis ich meine Zulassung als medizinischer Assistent bekam. Aber dann musste ich mit dem Onkologie-Praktikum aufhören und konnte meine Rechnungen nicht mehr bezahlen, als plötzlich diese Stelle angeboten wurde. Tja, und jetzt bin ich pathologischer Assistent. Dafür danke ich dir, Gott«, fügte er sarkastisch hinzu.

»Für diese Art von Arbeit muss man sehr spezielle Voraussetzungen mitbringen«, sagte Michelle.

»Das kann man wohl sagen«, erwiderte Montgomery großspurig. »Außerdem arbeite ich als Dr. Diaz' Assistent in der Arztpraxis nebenan. Es ist ein ganz schöner Balanceakt, immer zwischen Leichenhalle und Praxis hin und her pendeln zu müssen, aber wenigstens liegen beide Arbeitsplätze direkt nebeneinander. Außerdem haben wir hier nicht viele Todesfälle, die eine Autopsie erforderlich machen. Aber das scheint sich ja zu ändern. Plötzlich gibt's jede Menge Action. Wrightsburg wird endlich erwachsen!« Montgomery lächelte bei diesem Gedanken.

Michelle, Williams und King tauschten angewiderte Blicke, als sie ihm folgten.

Sylvias Büro war genauso, wie Michelle es sich vorgestellt hatte. Sehr ordentlich und geschmackvoll ausgestattet, jedenfalls im Vergleich zu anderen rechtsmedizinischen Einrichtungen. Sylvia hatte hier und dort warme, feminine Akzente gesetzt, um die kalte, antiseptische Atmosphäre zurückzudrängen, die das gesamte Gebäude beherrschte. An der Garderobe neben der Tür hingen eine Damenjacke, eine übergroße Tasche und ein Hut. Auf dem Boden stand ein Paar elegante Schuhe.

»Eine Frau mit Geschmack.«

Michelle blickte sich um und sah, dass Kyle Montgomery sie anlächelte. »In ihrer Arztpraxis sieht es genauso aus. Frau Doktor mag es nicht, wenn Schmutz in den Obduktionsraum gelangt, obwohl es da nicht gerade steril ist. Eher das Gegenteil. Wir haben hier einen Umkleideraum, wo wir Kittel und Mundschutz anlegen können, aber manchmal glaube ich, sie würde sich lieber hier umziehen, aus Angst, irgendein Beweisstück zu kontaminieren. Ich finde, sie könnte ein bisschen mehr Realitätssinn entwickeln.«

»Und ich finde es großartig, dass es noch Menschen gibt, die mit Leib und Seele an ihrem Beruf hängen«, sagte King steif.

Während Montgomery zurückblieb, um auf seine Chefin zu warten, ließ Michelle den Blick durchs Zimmer schweifen. Auf dem Regal hinter Sylvias Schreibtisch standen mehrere Fotos von einem Mann, der entweder allein oder zusammen mit Sylvia aufgenommen worden war. Michelle nahm eins der Porträts und zeigte es King mit fragendem Blick.

»Das ist George Diaz, ihr verstorbener Ehemann«, erklärte er.

»Sie hat immer noch Bilder von ihm an ihrem Arbeitsplatz?«

»Ich nehme an, sie hat ihn wirklich geliebt.«

»Wie kommt es, dass ihr euch nicht mehr trefft? Gab es Probleme?«, fragte Michelle.

»Du bist meine Geschäftspartnerin, nicht meine Psychiaterin«, gab er zurück.

Kaum hatte Michelle das Foto zurückgestellt, trat Sylvia durch die Tür.

»Vielen Dank, Kyle«, sagte sie knapp.

»Schon gut.« Montgomery entfernte sich zusammen mit seinem überheblichen Lächeln.

»Kann es sein, dass dein Assistent sich ein bisschen seltsam benimmt, oder liegt es an uns?«, fragte King.

Sylvia zog ihren Arztkittel aus und hängte ihn an einen Haken neben der Tür. Michelle nahm sich einen Moment Zeit, um die Frau eingehender zu betrachten. Sie war mittelgroß und mit einer schwarzen Hose und einem weißen Leinenhemd bekleidet. Sie trug keinen Schmuck, wahrscheinlich wegen ihrer Arbeit. Es wäre wohl nicht sehr günstig, wenn ein Ohrring im aufgeschlitzten Magen einer Leiche landete. Sylvias Haut war glatt, die Wangen mit ein paar Sommersprossen gesprenkelt. Ihr rotes Haar war zusammengebunden und legte die perfekt geformten Ohren und einen langen, schlanken Hals frei. Ihr Blick wirkte gedankenverloren, als sie nun hinter ihrem Schreibtisch Platz nahm.

»Kyle ist gerade dreißig geworden und hat sich seine berufliche Laufbahn ein bisschen anders vorgestellt«, sagte sie.

»Ich schätze, mit dem Spruch ›Willst du mal eine richtig tolle Leiche sehen?‹ dürfte es nicht einfach sein, in einer Bar Frauen aufzureißen«, sagte Michelle.

»Ich glaube, Kyle träumt eher davon, in einer berühmten Rockband zu spielen«, sagte Sylvia.

»So wie zwanzig Millionen andere Jungs«, sagte King. »Er wird darüber hinwegkommen. Ich hab's mit siebzehn auch geschafft.«

Sylvia blätterte in Papieren auf ihrem Schreibtisch, unterschrieb sie, schloss die Akte, streckte sich und gähnte. »Tut mir Leid. Drei Autopsien nacheinander, das schlaucht. Außerdem grassiert derzeit wieder die Frühlingsgrippe, um die ich mich nebenan in der Praxis kümmern muss.« Sie schüttelte erschöpft den Kopf. »Es ist schon verrückt. Vor ein paar Minuten erst habe ich einer fünfzigjährigen Frau Halstropfen verschrieben, und gleich werde ich jemanden aufschneiden, um festzustellen, wie die Person ermordet wurde. Manchmal habe ich das Leichenschauhaus monatelang nicht betreten. In letzter Zeit ist das anders.«

Sie wandte sich an Todd Williams, der immer blasser zu werden schien. »Ich hoffe, Sie haben sich von der ersten Autopsie erholt.«

»Mein Kopf schon, aber mein Magen noch nicht.«

»Ich hatte damit gerechnet, Sie am Tatort zu sehen, wo das junge Pärchen gefunden wurde. Es ist hilfreich, wenn der leitende Ermittler dabei ist.« Ihr tadelnder Tonfall machte deutlich, was sie von seinem Verhalten hielt.

Todd Williams warf ihr einen leidenden Blick zu. »Ich wollte vorbeikommen, wurde dann aber zu anderen Pflichten gerufen.«

»Natürlich.« Sylvia blickte zu King und Michelle auf. »Ich hoffe, wenigstens ihr habt einen guten Magen.«

Michelle und King sahen sich an. »Gut genug«, antwortete King.

Sylvia wandte sich wieder an Todd Williams. »Haben Sie irgendwelche Einwände, dass die beiden die Leichen sehen, Todd? Außerdem möchte ich, dass auch Sie dabei sind, oder einer von Ihren Leuten. Vor Gericht könnte es einen merkwürdigen Eindruck machen, wenn kein Vertreter der Polizei die Leichen während oder nach der Autopsie begutachtet hätte.«

Williams seufzte tief. »Gehen wir. Ich kann's kaum erwarten.«

KAPITEL 10

Der Obduktionsraum machte einen ähnlichen Eindruck wie Sylvias Büro. Alles war sauber und ordentlich. Auf der einen Seite des Raumes standen zwei Arbeitsplätze mit eingebauten Schreibtischen; auf der anderen Seite befanden sich zwei blitzblanke Untersuchungstische mit Abflusslöchern, Wasserhähnen und Schläuchen, einem kleinen Seziertisch, Schalen und Instrumenten.

Im Umkleideraum hatten Michelle und die anderen Kittel, Handschuhe und Gesichtsmasken angelegt. Nun sahen sie aus wie Statisten in einem zweitklassigen Spielfilm über Bioterrorismus.

Als Sylvia vorausging, um mit Montgomery zu sprechen, wandte Michelle sich flüsternd an King. »Ich kann verstehen, warum ihr zwei eine Affäre hattet. Ihr habt beide das Ordnungsfimmel-Gen. Aber mach dir keine Sorgen, es wird gerade eine Therapie entwickelt.«

»Und mach du dir keine großen Hoffnungen«, flüsterte King durch den Mundschutz zurück. »Ich werde niemals auf die dunkle Seite wechseln.«

Sylvia kam zu ihnen zurück. »Ich werde euch zuerst die Unbekannte zeigen«, sagte sie.

Eine große Stahltür schwang auf, und Montgomery schob eine Bahre herein, auf der die Tote unter einem Laken lag. Ein Schwall eiskalter Luft wehte aus dem Kühlraum.

Montgomery ging. Bevor Sylvia das Laken zurückzog, warf sie Todd Williams einen etwas freundlicheren Blick zu. »Tun Sie einfach, was ich Ihnen beim ersten Mal gesagt habe, dann wird's schon gehen. Das Schlimmste haben Sie bereits gesehen. Ich verspreche Ihnen, dass es keine weiteren Überraschungen gibt.«

Williams nickte, zog sich die Hose hoch und schien den Atem anzuhalten, während er betete, dass sich eine Naturkatastrophe ereignete, damit er einen Grund hatte, fluchtartig von hier zu verschwinden.

Sylvia zog das Laken zurück.

Der lange Schnitt, der von der Brust der Toten bis zum Schambein verlief, erweckte den Anschein, als wäre die Leiche mit einem Reißverschluss geöffnet worden. Die Organe waren entfernt, gewogen und analysiert worden; dann hatte man den Haufen aus Eingeweiden, Muskeln und Gewebe in einen Beutel gepackt und formlos in die Körperhöhle zurückgedrückt. Den Schnitt, mit dem der Schädel geöffnet worden war, konnten sie von ihrem Standort aus nicht ohne weiteres sehen, obwohl das Gesicht merkwürdig erschlafft wirkte, wie bei einer Puppe, deren Nähte geplatzt waren.

»Der Y-Schnitt ist jedes Mal aufs Neue ein erhebender Anblick«, bemerkte King trocken.

»Ich bin beeindruckt, Sean«, sagte Sylvia.

Todd Williams starrte King an, als hätte er ihn am liebsten erdrosselt, hätte er nicht alle Energie dafür aufbringen müssen, gegen die Ohnmacht anzukämpfen.

Der Leichengeruch war in dem kleinen Raum sehr intensiv. Michelle wollte sich trotz ihrer Maske eine Hand auf Mund und Nase legen, doch Sylvia hielt sie rasch davon ab.

»Nein. Hier wimmelt es von Krankheitskeimen, also sollten Sie Ihr Gesicht auf keinen Fall berühren. Und versuchen Sie nicht, den Geruch zu unterdrücken. Damit machen Sie es nur schlimmer. In zwei Minuten werden Ihre Riechzellen den Gestank nicht mehr wahrnehmen. Atmen Sie einfach normal weiter.« Sie warf einen Blick zu Todd Williams, der vorbildlich tief und schnell ein- und ausatmete, während er sich eine Hand auf den

Bauch hielt, als wollte er versuchen, dessen Inhalt festzuhalten. »Am Tatort sind Ihre Deputys ständig weggerannt, um frische Luft zu schnappen, mit dem einzigen Erfolg, dass ihr Geruchssinn sich immer wieder normalisieren konnte.«

»Ich weiß«, sagte Williams zwischen zwei keuchenden Atemzügen. »Sie haben sich sämtliche Uniformen voll gekotzt. Wir haben unser Wäschereibudget für einen ganzen Monat verbraten.« Der Polizeichef wurde vorübergehend grün im Gesicht, doch er hielt sich wacker.

Michelle bemerkte, dass auch sie schnell und unregelmäßig atmete. Doch wie Sylvia angekündigt hatte, wurde ihr Geruchssinn bereits schwächer. Sie warf einen neuerlichen Blick auf die Leiche.

»Ich sehe keine offensichtlichen Verletzungen. Wurde sie stranguliert?«

Sylvia schüttelte den Kopf. »Das habe ich zuerst überprüft. Ich habe mir den Hals im Laserlicht angesehen und nach Ligaturen gesucht, die im normalen Licht nicht zu erkennen sind. Ich dachte, es wäre zu Hämatomen in den Halsmuskeln gekommen, aber ich habe keine Anzeichen gefunden. Und das Zungenbein sowie der Schilddrüsen- und Luftröhrenknorpel waren nicht gebrochen, wie es bei Strangulationen häufig geschieht.« Sie betrachtete die unbekannte Tote. »Wir haben sie auf Vergewaltigung und andere sexuelle Übergriffe untersucht. Negativ. Wer immer sie getötet hat, hat ihr keine sexuelle Gewalt angetan. Bedingt durch den üblichen Ablauf einer Autopsie bin ich erst gegen Ende auf die Todesursache gestoßen. Bis dahin war mir dieser Fall ein Rätsel.« Sie warf Todd Williams einen strengen Blick zu. »Zu diesem Zeitpunkt waren Sie bereits gegangen, Todd.«

Williams sah sie Hilfe suchend an. »Verdammt, ich gebe mir schon alle Mühe, Doc!«

»Mach es nicht so spannend, Sylvia«, sagte King. »Wie ist sie gestorben? Und sag es bitte so, dass auch ein Normalsterblicher es versteht.«

Sylvia nahm einen langen Metallstab und hebelte den Mund der Unbekannten auf.

»Man hat ihr einen Revolver vom Kaliber zwoundzwanzig in den Mund gesteckt und abgedrückt. Der Schusswinkel beträgt etwa fünfundsiebzig Grad. Die Kugel blieb mitten im Gehirn stecken. Mir sind seltsame Rückstände auf ihren Zähnen aufgefallen. Sie stammten nicht von der Waffe, das hätte ich sofort erkannt. Der Mörder muss Zähne und Mundhöhle mit einer Reinigungsflüssigkeit ausgespült haben, um die Beweise zu beseitigen. Die Wunde im Gaumen wurde durch die heißen Gase versiegelt, die beim Abfeuern der Waffe austraten. Sie wurde praktisch kauterisiert. Auf der Röntgenaufnahme ist die Kugel zu sehen. Wir machen immer Röntgenbilder, bevor wir eine Leiche öffnen, aber diesmal kamen die Bilder erst später, weil wir Probleme mit der Entwicklung hatten. Deshalb hatte ich ohne Röntgenbefund mit der Autopsie angefangen und sofort den Wundkanal und die Kugel gefunden. Als die Röntgenbilder schließlich kamen, war die Kugel auf dem Film sofort zu erkennen.«

»Ist es nicht eine typische Selbstmordmethode, sich eine Waffe in den Mund zu stecken?«, fragte Michelle.

»Nicht für Frauen«, entgegnete Sylvia. »Eine klassische Mars-und-Venus-Geschichte, Testosteron kontra Östrogen. Männer bringen sich um, indem sie sich erschießen oder aufhängen. Frauen ziehen Gift oder eine Überdosis Medikamente vor, oder sie schneiden sich die Pulsadern auf oder stülpen sich eine Plastiktüte über den Kopf. Außerdem gab es keinerlei Schmauchspuren an ihren Händen.«

»Der Mörder muss gewusst haben«, sagte King nachdenklich, »dass die Todesursache irgendwann ermittelt wird, obwohl er versucht hat, sie zu verschleiern.«

»Es gibt noch einen interessanten Punkt«, sagte Sylvia. »Die Frau wurde nicht im Wald getötet, sondern in einem Gebäude. Ihre Leiche wurde später in den Wald gebracht. Wahrscheinlich in einem Auto. Und die Leiche war in Plastik gewickelt.«

»Wie kannst du dir so sicher sein?«, fragte King.

»Nun, die Leichenstarre ist ein einfacher chemischer Prozess, der nach dem Tod eintritt. Sie beginnt in den kleinen Muskeln an Kiefer und Hals und breitet sich dann zu den größeren Muskelgruppen und über den Rumpf und die Extremitäten aus. Üblicherweise ist dieser Prozess nach sechs bis zwölf Stunden abgeschlossen. Doch es gibt verschiedene Ausnahmen von dieser Regel. Der körperliche Zustand und Umweltbedingungen können den zeitlichen Ablauf verändern. Bei einer fettleibigen Person beispielsweise tritt die Leichenstarre manchmal gar nicht erst ein. Außerdem wird sie durch Kälte verzögert und durch Wärme beschleunigt. Die Erstarrung hält zwischen dreißig Stunden und drei Tagen an und verschwindet anschließend so, wie sie eingetreten ist.«

»Und was sagt uns das?«, fragte Michelle.

»Eine ganze Menge. Die Unbekannte war eine junge Frau, gut genährt, aber nicht übergewichtig. Die Leichenstarre hätte sich bei ihr innerhalb der normalen Parameter entwickelt. Die Außentemperatur in der Nacht, bevor sie gefunden wurde, war auf unter zehn Grad Celsius gesunken, was den Fortschritt der Leichenstarre ein wenig verzögert hätte. Bei der Unbekannten war die Starre jedoch voll entwickelt, und als ich sie am Fundort untersuchte, war die Leiche schon wieder erschlafft. Das bedeutet, dass sie zu diesem Zeitpunkt seit höchstens drei Tagen oder mindestens dreißig Stunden tot war. Da der Rigor mortis trotz des kühlen Wetters vollständig ausgebildet war, neige ich eher zu der Einschätzung, dass der Todeszeitpunkt drei Tage zurücklag.«

»Aber Sie haben gesagt, dass die Leichenstarre keine präzise Angabe ermöglicht. Vielleicht hat ein anderer Faktor den Verlauf beeinflusst«, warf Michelle ein.

»Was das betrifft, habe ich weitere Untersuchungen vorgenommen. Am Fundort im Wald habe ich festgestellt, dass die Leiche bereits verfärbt und der Körper vom Gas aufgebläht war, das von den Fäulnisbakterien erzeugt wird. Die Haut warf schon Blasen, und aus sämtlichen Körperöffnungen trat Flüssigkeit aus – ein Vorgang, der in der Regel erst drei Tage nach dem Tod eintritt.« Sie hielt kurz inne. »Und wenn sie auch nur dreißig Stunden im Wald gelegen hätte – ganz zu schweigen von drei Tagen –, hätte sich der Insektenbefall erheblich von dem unterschieden, was ich gesehen habe. Ich hätte einen starken Befall von Gold- und Schmeißfliegen erwartet. Fliegen legen ihre Eier fast unmittelbar nach dem Tod in eine Leiche. Nach zwei Tagen schlüpfen die Larven, und dann geht der Zyklus immer weiter. Bei der Untersuchung von Mund, Nase und Augen habe ich tatsächlich geschlüpfte Fliegenlarven gefunden, aber es stellte sich heraus, dass es Stubenfliegen waren. Die Larven der Freilandfliegen waren noch gar nicht geschlüpft. Außerdem hätte es auf der Leiche vor Totengräbern und anderen Aaskäfern wimmeln müssen, als wir sie gefunden haben. Darüber hinaus wären nach drei Tagen im Wald größere Teile der Extremitäten von Wildtieren gefressen worden. Aber es fehlten nur ein paar Finger.«

Sie drehte die Leiche auf die Seite und zeigte auf dunkelrote Stellen auf der Vorderseite, wo sich nach dem Eintritt des Todes das Blut gesammelt hatte. »Ich konnte meine Theorie, dass die Leiche bewegt wurde, auch noch auf andere Weise bestätigen. Die Lage der Leichenflecke verriet mir bereits alles, was ich wissen musste. Sie sehen fast genauso aus wie blaue Flecke. Doch hier können Sie außerdem erkennen, dass die Verfärbungen sich auf der Vorderseite des Rumpfs und an den Oberschenkeln und Schienbeinen befinden. Die weißen Streifen auf der unteren Rumpfhälfte und an den Beinen sind Stellen, an denen etwas Hartes gegen die Haut gedrückt hat, sodass dort ein Blutstau verhindert wurde.«

Sie drehte die Leiche erneut, sodass sie nun die Rückseite betrachten konnten.

»Wie Sie sehen, keine Verfärbungen. Schlussfolgerung: Die Frau wurde getötet und lag anschließend mit dem Gesicht nach unten. In dieser Stellung setzte die Bildung der Leichenflecke ein. Der Vorgang beginnt gewöhnlich eine Stunde nach dem Tod und ist nach drei bis vier Stunden abgeschlossen. Wenn die Leiche innerhalb dieses Zeitraums bewegt wird, kann die ursprüngliche Verfärbung teilweise verschwinden und an anderen Stellen auftreten, wenn das Blut sich verlagert. Wird die Position zwölf Stunden nach dem Tod verändert, entstehen keine neue Leichenflecke mehr, weil das Blut sich zu diesem Zeitpunkt verfestigt hat.«

Behutsam legte sie die Leiche zurück. »Meiner Ansicht nach wurde sie in einem Haus oder vielleicht in einem Auto durch den Schuss in den Mund getötet. Vermutlich blieb die Leiche über einen Zeitraum von vierundzwanzig bis achtundvierzig Stunden am ursprünglichen Tatort und wurde dann an die Stelle gebracht, wo man sie fand. Sie kann nicht länger als zehn oder zwölf Stunden im Wald gelegen haben.«

»Und der Transport im Wagen? Und das Plastik?«, fragte King.

»Was hätte der Täter denn tun sollen? Sie auf den Armen über die Straße tragen?«, entgegnete Sylvia. »Weder ich noch die Polizei haben irgendwelche Fasern an ihrer Kleidung gefunden, wie sie typisch sind, wenn jemand im Fußraum oder Kofferraum eines Autos gelegen hat. Und auf den Körperoberflächen der Leiche habe ich auch nichts entdeckt. Plastik hinterlässt nicht allzu viele Spuren, wenn überhaupt.«

»Ich habe sie etwa um halb drei gefunden«, sagte Michelle. »Die beiden Jungen müssten sie ein paar Minuten früher gesehen haben.«

»Wenn wir zurückrechnen«, sagte King, »heißt das, die Leiche kann dort nicht früher als halb drei Uhr nachts abgeladen worden sein, wenn wir deine Zwölf-Stunden-Frist zugrunde legen.«

Williams hatte sich die ganze Zeit im Hintergrund gehalten; nun trat er vor. »Gute Arbeit, Sylvia«, sagte er. »Wrightsburg kann sich glücklich schätzen, jemanden wie Sie zu haben.«

Sie lächelte zurückhaltend über das Lob. »Eine Obduktion verrät nicht, wer das Verbrechen begangen hat, es sei denn, der Mörder hinterlässt Sperma, Speichel oder Urin, das wir untersuchen können. Mit einer Obduktion können wir nur erkennen, was und wie es geschehen ist.« Sylvia warf einen Blick auf ihre Notizen. »Wie ich bereits sagte, gibt es keine Hinweise auf eine Vergewaltigung, keine Verletzungen an Rektum oder Vagina, und sie hat nie ein Kind zur Welt gebracht. Ich würde ihr Alter auf Mitte zwanzig schätzen, und sie war körperlich gesund, eine gut gebaute Frau, etwa eins fünfundsechzig groß. Sie hatte Brustimplantate und Kollagen-Injektionen in den Lippen. Außerdem wurde irgendwann ihr Blinddarm entfernt. Wir werden mehr wissen, wenn in ein paar Wochen die Ergebnisse der toxikologischen Untersuchungen vorliegen.« Sylvia zeigte auf den offenen Bauch der Unbekannten. »Sie war am Bauchnabel gepierct und hat vermutlich einen Nabelring getragen, aber nicht, als sie gefunden wurde. Das könnte Ihnen helfen, Sie zu identifizieren, Todd.«

»Danke. Ich werde es überprüfen.«

»Das einzige hilfreiche Identifikationsmerkmal war das hier.« Sie nahm eine Lupe, zog das Laken vom unteren Teil der Leiche weg und hob ein Bein an. Sie zeigte auf eine Stelle an der Innenseite der Oberschenkel. »Aufgrund der extremen Verfärbung der Haut ist es nicht leicht zu erkennen, aber hier befindet sich eine Tätowierung, die eine Katze zeigt.«

Michelle sah sich das Tattoo an und dachte daran, wie nahe es den Genitalien dieser Frau war. Abrupt richtete sie sich wieder auf. »Ich möchte wirklich nicht genauer über diesen Zusammenhang nachdenken.«

»Verdammt«, sagte Williams und errötete.

»Ich weiß. Das ist nicht sehr damenhaft«, sagte Sylvia. Sie blickte auf, als Montgomery den Raum betrat.

»Da draußen ist noch ein Typ von der Polizei, der mit dem Chief reden möchte, Doc.«

»Ein *Typ* von der Polizei?«, wiederholte sie in scharfem Tonfall. »Versuchen Sie es mal mit *Polizist.*«

»Okay, dieser *Polizist* möchte den *Polizeichef* sprechen.«

»Könnten Sie ihn zu uns hereinbitten?«

Die Züge des jungen Mannes verzogen sich zu einem boshaften Grinsen. »Das habe ich bereits, Doc. Der *Polizist* lehnte das Angebot ohne weitere Erklärung ab, wurde allerdings grün im Gesicht, als ich ihm den Vorschlag unterbreitete.«

»Ich gehe zu ihm«, sagte Todd Williams und eilte hinaus, gefolgt von Montgomery.

Fünf Minuten später kehrte der Polizeichef mit einem nervös wirkenden Streifenpolizisten in Uniform zurück, den er als Officer Dan Clancy vorstellte. »Wir scheinen eine Identifikation des Mädchens erhalten zu haben«, sagte Clancy mit leicht zitternder Stimme. »Anhand des Bildes, das wir herausgegeben haben. Wie es aussieht, hat die Frau für kurze Zeit im *Aphrodisia* gearbeitet.«

»Im *Aphrodisia?*«, rief King.

Todd Williams nickte. »Als Nackttänzerin. Ihr Bühnenname war Tawny Blaze. Nicht sehr phantasievoll, was? Ihr richtiger Name ist Rhonda Tyler.« Er warf einen Blick auf einen Zettel, den er in der Hand hielt. »Nachdem ihr Vertrag abgelaufen war, hat Tyler ihren Job im *Aphrodisia* aufgegeben.«

»Würde die Person, die sie auf dem Bild erkannt hat, zu mir kommen und versuchen, sie eindeutig zu identifizieren?«, fragte Sylvia. »Auch wenn ich mir nicht sicher bin, ob das in Anbetracht des Zustands der Leiche noch möglich ist. Aber wenn …«

»Das wird nicht nötig sein, Sylvia«, unterbrach Todd Williams sie.

»Warum?«, fragte sie.

»Man hat uns gesagt, dass sie ein eindeutiges Merkmal besitzt«, erklärte Williams und blickte verlegen zu Boden.

Michelle war sofort alles klar. »Das Tattoo einer Katze in der Nähe ihrer ...?«

Williams nickte.

»Von wem stammt die Identifikation?«, fragte King.

»Von der Geschäftsführerin des *Aphrodisia*, Lulu Oxley.«

King riss erstaunt die Augen auf. »Lulu Oxley! Junior Deavers Lulu Oxley?«

»Wie viele Lulu Oxleys kennen Sie, Sean?«, fragte Todd Williams.

»Ich kenne die Frau ebenfalls«, sagte Sylvia. »Wir sind früher zum selben Gynäkologen gegangen.«

»Das ist noch nicht alles«, sagte Williams. »Wir haben einen Anruf von der *Wrightsburg Gazette* erhalten. In der Redaktion ist ein Brief eingetroffen.«

»Was für ein Brief?«, fragte Michelle ungeduldig.

»Ein verschlüsseltes Schreiben«, erklärte Todd Williams, der blass geworden war. »Mit dem Zodiac-Zeichen auf dem Umschlag.«

KAPITEL 11

King begleitete Todd Williams zum Polizeirevier, um sich den Brief anzuschauen, während Michelle bei Sylvia blieb und zusammen mit Clancy die Berichte der Autopsien durchging, die bereits an Steve Canney und Janice Pembroke vorgenommen worden waren.

Auf der Fahrt zum Revier rief King Bill Jenkins an, einen alten Kumpel, der in San Francisco lebte. Als er ihm seine Bitte vortrug, reagierte Jenkins verständlicherweise überrascht.

»Wozu brauchst du das?«, fragte er.

King warf Todd Williams einen Seitenblick zu. »Für ein Kriminalistikseminar, das ich hier an der Abendschule gebe«, sagte er.

»Ach so«, sagte Jenkins. »Nach der ganzen Aufregung, die du und deine Partnerin letztes Jahr ausgelöst habt, dachte ich schon, ihr hättet schon wieder mit so einer Sache zu tun.«

»Nein, Wrightsburg ist wieder ein ruhiges, verschlafenes Südstaatenstädtchen. Wie schnell kannst du mir die Unterlagen beschaffen?«

»Du hast Glück. In dieser Woche läuft hier eine Veranstaltung über berühmte Serienmörder. In dreißig Minuten hast du die Sachen. Gib mir eine Nummer, an die ich faxen kann – und die deiner Kreditkarte«, fügte er lachend hinzu.

King ließ sich von Williams die Faxnummer des Polizeireviers geben und nannte sie seinem Freund.

»Wieso geht das so schnell?«, wollte er dann von Jenkins wissen.

»Weil du dir einen idealen Zeitpunkt für deinen Anruf ausgesucht hast. Wir haben gerade eine seit langem überfällige Aufräumaktion im Büro durchgezogen und genau diese Akte letzte Woche für die Archivierung vorbereitet. Sie enthält auch die Notizen des Lehrers. Ich habe erst vor kurzem darin geblättert. Ich schicke dir die Sachen. Auch den Schlüssel, den der Lehrer ausgearbeitet hatte, um die kodierten Briefe zu entziffern.«

King dankte ihm und unterbrach die Verbindung.

Schließlich betraten er und Williams das Polizeirevier.

Als Williams sich wieder auf heimischem Boden befand, machte er eine erstaunliche Verwandlung durch. Er rief nach dem Deputy, der ihn wegen des Briefes angerufen hatte, und ließ sich von seiner Sekretärin eine Packung Kopfschmerztabletten geben. Dann betraten die Männer Williams' Büro, wo der Polizeichef sich hinter seinen Schreibtisch fallen ließ und ohne etwas zum Hinunterspülen drei Tabletten schluckte. Bevor er Brief und Umschlag vom Deputy entgegennahm, sagte er: »Ich hoffe, dass beides auf Fingerabdrücke untersucht wurde…«

»Selbstverständlich«, sagte der Deputy. »Allerdings hat Virgil Dyles von der *Gazette* das Ganze anfangs für einen Scherz gehalten. Wir hätten nie davon erfahren, hätte mich nicht eine Freundin angerufen, die als Reporterin für die Zeitung arbeitet. Ich bin sofort rübergegangen und habe den Brief sichergestellt. Aber für mich sind das Hieroglyphen.«

»Was hat Virgil getan? Den Brief in der Redaktion herumgereicht?«, brüllte Williams.

»So ungefähr«, erwiderte der Deputy nervös. »Wahrscheinlich haben ihn etliche Leute in den Fingern gehabt. Ich hatte zu meiner Freundin gesagt, dass sie nichts davon sagen soll, aber sie hatte wohl schon einigen Leuten erzählt, dass sie den Brief für eine ernste Sache hält.«

Todd Williams' kräftige Faust knallte mit solcher Wucht auf den Schreibtisch, dass King und der Deputy zusammenzuckten. »Verdammt! Die Geschichte gerät immer mehr außer Kontrolle. Wie sollen wir die Ermittlungen geheim halten, wenn schon die Bewohner von Wrightsburg tun und lassen, was sie wollen?«

»Am besten, wir sehen uns jetzt den Brief an«, sagte King. »Über die Medien können wir uns später Gedanken machen.«

Er schaute Todd Williams über die Schulter, als dieser den Umschlag inspizierte. Der Poststempel stammte aus Wrightsburg; das Datum lag vier Tage zurück. Die Briefmarke war sehr exakt aufgeklebt worden. Als Adresse war in Blockschrift Virgil Dyles von der *Wrightsburg Gazette* angegeben. In der unteren rechten Ecke des Umschlags war der Kreis mit Fadenkreuz zu erkennen. Auf dem Feld für den Absender stand nichts.

»Das gibt nicht viel her«, sagte Williams, als er den Brief auseinander faltete. »Vielleicht könnte ein Experte etwas dazu sagen, wie die Buchstaben geschrieben sind, wo die Briefmarke aufgeklebt wurde und so weiter, aber mir fällt nichts dazu ein.«

Die Nachricht war in verwaschener schwarzer Tinte geschrieben, ebenfalls in Großbuchstaben, die in exakten horizontalen und vertikalen Reihen angeordnet waren.

»Es liegt am Ninhydrin, dass die Schrift so verwischt ist«, erklärte der Deputy. »Mit der Substanz werden Briefe bedampft, um sie auf Fingerabdrücke zu untersuchen.«

»Danke. Darauf wäre ich nie gekommen«, sagte Todd Williams gereizt.

Neben den erkennbaren Buchstaben gab es auch andere Zeichen und Symbole, doch auf den ersten Blick ergab die Abfolge keinen Sinn. Todd Williams studierte den Text ein paar Minuten lang, bis er sich schließlich mit einem Seufzer zurücklehnte.

»Sie kennen sich nicht zufällig mit der Entschlüsselung kodierter Botschaften aus?«, fragte er King.

In diesem Moment klopfte Deputy Rogers an – ein einstiger Kollege von King, als dieser eine Zeit lang in Wrightsburg als Polizist gearbeitet hatte – und trat ein. Er hielt mehrere Blätter in der Hand. »Dieses Fax ist gerade für dich hereingekommen, Sean.«

King nahm ihm die Ausdrucke ab und sagte zu Williams: »Jetzt kann ich den Kode knacken.«

Er ging mit dem Brief und den gefaxten Blättern zu einem kleinen Tisch in einer Ecke, setzte sich und machte sich an die Arbeit. Zehn Minuten später blickte er auf.

»Haben Sie es entziffert?«, fragte Williams.

King nickte. »Mir fiel ein, dass ein Lehrer aus Salinas damals den Kode der Briefe des Killers von San Francisco geknackt hatte. Ich habe einen Freund bei der dortigen Polizei, der Zugang zu den Unterlagen hat. Das hier hat er mir gefaxt – den Schlüssel zur Entzifferung. Dadurch war die Sache ziemlich einfach.«

»Und wie lautet die Botschaft?«, fragte Todd Williams und schluckte nervös.

King blickte auf seine Notizen. »Sie enthält jede Menge Rechtschreib- und Grammatikfehler, aber die könnten Absicht sein. Genauso war es beim ursprünglichen Zodiac.«

Deputy Rogers blickte Williams an. »Zodiac?«

»Ein Serienmörder aus Kalifornien«, erklärte Williams. »Lange bevor Sie geboren wurden. Man hat ihn nie gefasst.«

Ein Ausdruck des Entsetzens trat in Rogers' blaue Augen.

King las die Nachricht vor: »Jetzt habt ihr das Mädchen bestimmt gefunden. Es ist ziemlich kaputt, aber ich war's nicht. Schneidet sie auf und sucht nach Hinweisen. Werdet keine finden. Glaubt mir. Die Uhr lügt nicht. Sie war *numero uno*. Aber es kommen noch mehr. Viele. Und noch etwas. Ich bin nicht der Zodiac oder seine Wiedergeburt. Ich bin ich. Aber stellt es euch nicht zu einfach vor. Wenn ich fertig bin, werdet ihr euch wünschen, ich wäre der Zodiac gewesen.«

»Also ist es noch nicht zu Ende«, sagte Todd Williams nachdenklich.

»Ich fürchte, jetzt geht es erst richtig los«, erwiderte King.

KAPITEL 12

Deputy Clancy war groß und kräftig und gab sich alle Mühe, keinen verunsicherten Eindruck zu machen.

»Kommen Sie damit klar?«, fragte Sylvia und musterte ihn aufmerksam. »Nicht, dass Sie mir in Ohnmacht fallen.«

»Ich schaff das schon, Doc«, erwiderte er tapfer.

»Haben Sie schon mal eine obduzierte Leiche gesehen?«

»Na klar«, antwortete er.

»Der Kopf wurde von einer Schrotladung getroffen«, sagte Sylvia und sah dabei auch Michelle an.

Michelle nahm einen tiefen Atemzug. »Ich bin bereit.«

»Das gehört zu meinem Job«, sagte Clancy in dem Versuch, Selbstsicherheit zu verbreiten. »Es trifft sich sogar ganz gut, weil Chief Williams mich nächsten Monat zu einem rechtsmedizinischen Lehrgang schickt.«

»Das ist ein vorbildliches Programm. Sie werden dort eine Menge lernen. Lassen Sie sich von dem, was Sie gleich sehen werden, nicht davon abhalten, den Kurs zu besuchen.«

Sylvia ging zu einer Doppeltür aus rostfreiem Stahl. »Das hier nennen wir inoffiziell unser Gruselkabinett. Hier bewahren wir Leichen auf, die extremen Situationen ausgesetzt waren – Feuer, Explosionen, längerer Verbleib unter Wasser. Und Schrotschussverletzungen des Kopfes«, betonte sie und drückte auf einen Knopf an der Wand, worauf die Türflügel sich öffneten. Sylvia ging in den Raum dahinter und kehrte mit einer Rollbahre zurück, auf der eine Leiche lag. Nachdem sie die Bahre zu ihrem Arbeitsplatz gerollt hatte, schaltete sie die große Lampe an der Decke ein.

Clancy hüstelte und legte eine Hand auf seinen Mundschutz. Sylvia erteilte ihm die übliche Lektion über die Gewöhnung des Geruchssinns. Er zog widerstrebend die Hand zurück, doch seine Beine schienen plötzlich einen Teil ihrer Standfestigkeit verloren zu haben. Sylvia schob einen Stuhl zu ihm hinüber. Michelle sah es, Clancy nicht. Die beiden Frauen verständigten sich durch einen stummen Blick.

»Das ist Steve Canney.« Als sie die Leiche enthüllte, reagierte Michelle blitzschnell und schob den Stuhl rechtzeitig hinter den Deputy, um ihn auffangen zu können, als er zusammenklappte.

Sie rollten ihn mit dem Stuhl in eine Ecke des Raumes, wo Sylvia eine Ammoniakampulle öffnete und ihm unter die Nase hielt. Clancy wachte auf, fuhr erschrocken hoch und schüttelte benommen den Kopf.

»Wenn Sie sich nicht gut fühlen – gleich nebenan ist ein Raum, in dem Sie sich ausruhen können«, sagte Sylvia.

Der Deputy errötete. »Tut mir Leid, Doc. Ich weiß nicht, wieso…«

»Es braucht Ihnen nicht Leid zu tun, Deputy. Es ist ein schrecklicher Anblick. Als ich das erste Mal so etwas gesehen habe, bin ich auch aus den Latschen gekippt.«

Er sah sie verblüfft an. »Wirklich?«

»Wirklich«, versicherte sie ihm. »Wenn Sie gehen möchten, gehen Sie einfach. Wenn Sie später wieder dazukommen möchten, sobald Sie sich erholt haben, auch gut. Und wenn Sie einfach hier sitzen bleiben möchten, geht das auch in Ordnung.«

Clancy entschied sich für Letzteres. Doch sobald die Frauen sich von ihm abgewandt hatten, schlug er die Hände vors Gesicht und stützte die Ellbogen auf den Tisch.

Sylvia und Michelle kehrten zu Steve Canneys Leiche zurück.

»Sind Sie beim ersten Mal wirklich ohnmächtig geworden?«, fragte Michelle leise.

»Natürlich nicht. Aber es tut ihm gut, dass ich es gesagt habe. Bis jetzt hat noch jeder Kerl schlappgemacht. Je größer und stärker sie waren, desto schneller.«

Sylvia zeigte mit einem langen Stahlstab auf verschiedene Stellen. »Wie Sie sehen, wurde der supratentorielle Bereich des Gehirns größtenteils zerstört, was bei einer Schrotschussverletzung nicht ungewöhnlich ist.«

Sie legte den Stab weg, und ihre Miene wurde ernst. »Steve Canneys Vater war hier, um den Jungen zu sehen. Ich hatte ihm davon abgeraten, weil die Verletzungen fürchterlich sind, aber er hat darauf bestanden. Das ist immer der schwierigste Teil dieser Arbeit. Jedenfalls, Canney konnte ihn auf Indizienbasis identifizieren, aufgrund eines Muttermals und einer Narbe am Knie, die Steve von einer Verletzung beim Football zurückbehalten hatte. Anhand des Zahnstatus und der Fingerabdrücke konnten wir die Identifikation bestätigen.«

Sylvia atmete tief durch. »Ich hatte Mitleid mit ihm, aber er hat es ziemlich gefasst aufgenommen. Ich habe selbst keine Kinder, aber ich kann mir vorstellen, wie es sein muss, hierher zu kommen und…« Sie verstummte.

Michelle fragte leise: »Und was ist mit Steves Mutter?«

»Sie ist vor ein paar Jahren gestorben. In gewisser Weise ein Segen, würde ich sagen.« Sylvia wandte sich wieder der Leiche zu. »Es ist nicht einfach, den Abstand zu bestimmen, aus dem eine Schrotflinte abgefeuert wurde. Am zuverlässigsten ist es, die gleiche Munition aus genau derselben Waffe mit identischem Choke abzufeuern. Diesen Luxus können wir uns hier nicht erlauben, aber Ihnen dürfte nicht entgangen sein, dass die Eintrittswunde keine Bogenränder aufweist und dass es keine sekundären Verletzungen gibt. Also dürfte der Abstand zwischen Mündung und Opfer höchstens fünfzig

Zentimeter betragen haben.« Sie bedeckte das, was von Steve Canneys Kopf übrig war, mit einem kleinen Tuch.

»Ich habe den Pfropfen der Schrotpatrone in der Wunde gefunden. Alle Schrotkugeln steckten noch im Kopf. Deshalb war die Verletzung so schwer. Die gesamte kinetische Energie hat sich im Gewebe verteilt.«

»Und Janice Pembroke starb auf die gleiche Weise?«

»Durch einen Schuss in den Rücken. Die Verletzungen waren sofort tödlich, aber nicht so verheerend. In ihrem Gewebe steckten außer den Schotkugeln noch Splitter der zerborstenen Windschutzscheibe. Schlussfolgerung: Der Mörder gab den ersten Schuss durch die Frontscheibe ab. Wenn man nur die Wunde betrachtet, könnte man meinen, dass der Abstand zwischen Waffe und Opfer wesentlich größer war. Aber ich glaube, dass die Mündung der Schrotflinte sich unmittelbar vor der Windschutzscheibe befand, als die Waffe abgefeuert wurde, oder in einer Gesamtentfernung von etwa einem Meter zum Opfer. Die Eintrittswunde im Rücken weist die charakteristischen Bogenränder auf, und es gibt zusätzliche sekundäre Einschüsse, da einzelne Schrotkugeln weiter von der Hauptmasse abgewichen sind. Da die Ladung zuerst das Glas durchschlagen hat, scheint der Schuss aus größerer Entfernung abgegeben worden zu sein, als es tatsächlich der Fall war.«

»Haben Sie eine Ahnung, warum das Mädchen mit dem Rücken zur Windschutzscheibe saß?«

»Sie hatte Sex mit dem Jungen«, sagte Sylvia. »In ihrer Vagina befanden sich Rückstände der Spermizidbeschichtung des Kondoms, das Steve Canney benutzt hat. Wahrscheinlich saß sie auf seinem Schoß, als es geschah, mit dem Rücken zur Windschutzscheibe. Das ist eine übliche Stellung für den Verkehr im beengten Innenraum eines Autos. Ihr Körper hat Steve vor dem Schuss abgeschirmt, andernfalls wäre er ebenfalls durch die erste Patrone getötet worden.«

»Sind Sie sicher?«

»Insgesamt wurden zwei Patronen abgefeuert. Das zeigt die Anzahl der gefundenen Schrotkugeln. Neun in jeder Leiche. Die Symmetrie des Todes.«

»Ich vermute, es wurden keine leeren Patronen gefunden.«

Sylvia schüttelte den Kopf. »Entweder hat der Mörder die ausgeworfenen Patronen eingesammelt, oder es war keine Pumpgun, sondern eine Waffe, aus der die abgefeuerten Hülsen manuell entfernt werden müssen.«

»Wenn es eine Schrotflinte mit glattem Lauf war, besteht wohl keine Möglichkeit, eine ballistische Untersuchung vorzunehmen, falls wir eine mutmaßliche Tatwaffe finden.«

»Manchmal hinterlassen Unregelmäßigkeiten am Ende des Laufs Kratzspuren am Plastikpfropfen. Das ist hier der Fall. Ich bin keine Expertin für Ballistik, aber die Polizei könnte in der Lage sein, Vergleiche anzustellen. Außerdem können wir die Kugel aus Rhonda Tylers Leiche für eine Analyse verwenden.«

»Es gab die Vermutung, dass die Schrotladung, die Steve Canney getötet hat, dazu geführt haben könnte, dass seine Uhr stehen geblieben ist, was ein Hinweis auf den Todeszeitpunkt wäre.«

»Nein. Die Uhr wurde ihm post mortem angelegt. Sie blieb stehen, weil das Rädchen herausgezogen wurde. Das ist mir bereits am Tatort aufgefallen. Ich fand ein Stück Glas in seinem linken Handgelenk, genau dort, wo sich die Uhr hätte befinden müssen.«

»Irgendeine Idee, warum die Uhr ihm nach seinem Tod angelegt wurde?«

»Vielleicht als Visitenkarte? Ich habe gesehen, dass sie auf drei Uhr stand. Die Armbanduhr des Mädchens war auf etwa zwei Uhr eingestellt. Wenn das ein Zeichen sein soll, würde es die Reihenfolge ihres Todes bestätigen.«

»Und Rhonda Tyler trug eine Uhr, die ebenfalls nicht ihr gehörte und die auf ein Uhr stand. Und es war eine Zodiac.«

Sylvia sah sie an. »Und nun haben wir einen Brief im Zodiac-Stil.«

»Und drei Mordopfer.«

»Also dürften die Zeiger beim nächsten Mal auf vier Uhr stehen.«

»Wenn es ein nächstes Mal gibt.«

»Daran besteht wenig Zweifel«, sagte Sylvia. »Das erste Opfer war Tänzerin in einem Nachtclub. Die nächsten beiden waren Jugendliche, die es im Auto miteinander getrieben haben. Serienmörder konzentrieren sich für gewöhnlich auf einen Personenkreis mit einem gemeinsamen Merkmal. Aber dieser Kerl hier hat uns jetzt schon bewiesen, dass er sich nicht an die Regeln hält.« Sie überlegte kurz und fügte dann hinzu: »Also lautet die eigentliche Frage: Wer wird das nächste Opfer sein?«

KAPITEL 13

Der blassblaue VW Käfer fuhr langsam am Polizeirevier vorbei und hielt an der Kreuzung. Der Fahrer blickte zu dem einstöckigen Gebäude hinüber. Inzwischen musste die Polizei den Brief erhalten haben. Vielleicht war die Botschaft sogar schon entziffert worden. Er hatte es den Ermittlern schließlich nicht allzu schwer gemacht. Das würde sich später ändern, wenn sie versuchten, ihn aufzuhalten. *Keine Chance, Bulle.*

Nun würden sie das Morddezernat der State Police einschalten. Man würde versuchen, die Angelegenheit unter Verschluss zu halten, um keine Panik in der Bevölkerung auszulösen. Zweifellos würde man auch einen Antrag auf Erstellung eines Profils an das hoch gelobte VICAP des FBI schicken. Man würde wichtige Personen kontaktieren, um dafür zu sorgen, dass die Angelegenheit beschleunigt wurde, und bald schon hätten sie ein Profil des Killers – *sein* Profil – in der Hand.

Natürlich würde es völlig falsch sein.

Er war bereits am Leichenschauhaus vorbeigefahren, wo die Rechtsmedizinerin sich vermutlich ihr rotes Haar über den drei Leichen raufte, die sehr unterschiedliche Fälle darstellten, aber doch ein paar Gemeinsamkeiten aufwiesen. Man würde nur minimale Hinweise finden. Er wusste, worauf er achten und was er entfernen musste, aber niemand war unfehlbar, und die Rechtsmedizin und die Spurensicherung konnten selbst aus mikroskopischen Resten eine Menge herauslesen. Die Ärztin würde etwas finden und ein paar zutreffende Schlussfolgerungen ziehen. Aber sie würde nichts Bedeutsames in der Hand haben. Es gab keine Spuren, die ihn verraten konnten.

Er fuhr über die Kreuzung, als mehrere Polizisten aus dem Gebäude gerannt kamen, in die Streifenwagen sprangen und losjagten. Sie folgten vermutlich einer Spur, die ins Leere führte, und verschwendeten nur Energie und Zeit, was ihn nicht überraschte, wenn er die schwache Persönlichkeit von Polizeichef Todd Williams in Betracht zog. Sylvia Diaz hingegen war eine Koryphäe auf ihrem Gebiet. Und wenn die Morde sich häuften, würde irgendwann das FBI die Ermittlungen übernehmen. Er genoss diese Herausforderung.

Er fuhr zu einer anderen Kreuzung, hielt an einem Briefkasten, warf den Brief ein und gab wieder Gas. Wenn sie seine nächste Nachricht erhielten, in der die Umstände des Todes der beiden Teenager erklärt wurden, würden die Polizisten wissen, dass sie den größten Kampf ihres Lebens aufgenommen hatten.

King holte Michelle vom Leichenschauhaus ab und berichtete ihr alles über den Zodiac-Brief. Michelle wiederum teilte ihm die Ergebnisse der Obduktion der beiden jungen Leute mit. Leider trug die Aufzählung der Details nicht dazu bei, mehr Licht in die Angelegenheit zu bringen.

»Also scheint der Mörder nicht der Zodiac zu sein, auch wenn er den Zodiac-Killer beim Mord an Rhonda Tyler in gewisser Weise kopiert hat«, sagte Michelle. »Was hältst du davon?«

King schüttelte den Kopf. »Offenbar sind diese Morde nur so etwas wie ein Auftakt.«

»Meinst du, wir bekommen einen weiteren Brief?«

»Ja, schon bald. Obwohl Todd nicht davon überzeugt ist, wird es in diesem Brief um Steve und Janice gehen. Er wird mit Lulu Oxley reden und mehr über Rhonda Tyler in Erfahrung bringen.«

Michelle starrte durch die Windschutzscheibe. »Und wohin fahren wir?«

»Zu den Battles. Ich habe angerufen und einen Termin vereinbart.« Er warf ihr einen kurzen Blick zu. »Wir haben noch einen Auftrag, der Geld bringt. Schon vergessen?« Er schwieg eine Weile; dann fügte er hinzu: »Du hast heute eine Menge durchgemacht. Meinst du, du schaffst es?«

»Es kann nicht schlimmer als das sein, was ich bereits gesehen habe.«

»Wenn du da mal keine Überraschung erlebst.«

KAPITEL 14

Das Anwesen der Battles lag auf einem Hügel. Es war ein weitläufiges, dreistöckiges Haus aus Ziegeln, Stein und Schindeln, umgeben von ausgedehnten Wiesen mit smaragdgrünem Gras und vereinzelten alten Bäumen. Hier stank es nach Geld, nach altem Familienvermögen, obwohl der Reichtum, dem das Haus seine Existenz verdankte, erst in den letzten Jahrzehnten angehäuft worden war. King und Michelle hielten vor einem massiven gusseisernen Tor. Auf einem kurzen schwarzen Pfeiler neben der asphaltierten Zufahrt war eine Sprechanlage montiert. King fuhr das Seitenfenster herunter und drückte den weißen Knopf. Eine dienstfertige Stimme antwortete ihm. Wenig später schwang das Tor auf, und King fuhr hindurch.

»Willkommen in Casa Battle«, sagte er.

»Nennt man es so?«

»Nein, war nur ein Scherz.«

»Du hast gesagt, du kennst Remmy Battle?«

»So gut wie die meisten Leute in der Stadt. Außerdem habe ich früher gelegentlich mit Bobby Golf gespielt. Er ist sehr gesellig, kann aber ziemlich unangenehm werden, wenn man ihm in die Quere kommt. Remmy dagegen ist eine Frau, die einem nur flüchtige Einblicke gewährt und zusieht, dass alles nach ihren Bedingungen läuft. Und wenn man *ihr* in die Quere kommt, braucht man ein kleines Wunder, um zu überleben.«

»Wie ist sie zu diesem ungewöhnlichen Namen gekommen?«

»Die Kurzform von Remington. Angeblich die Lieblingsschrotflinte ihres Vaters. Wer Remmy kennt, der weiß, dass kaum ein anderer Name besser zu ihr passen würde.«

»Wer hätte gedacht, dass so viele interessante Menschen in einer so kleinen Stadt leben?« Michelle betrachtete das Anwesen. »Wirklich beeindruckend.«

»Von außen. Warte mal ab, bis du das Innenleben gesehen hast.«

Kaum hatten sie an die Vordertür geklopft, wurde ihnen von einem großen, muskulösen Mann mittleren Alters geöffnet. Er trug einen gelben Cardigan-Pullover, ein weißes Hemd, eine dezente Krawatte und eine schwarze Freizeithose. Er stellte sich als Mason vor. Mrs Battle sei noch einen Moment beschäftigt und werde sie in Kürze auf der hinteren Terrasse empfangen, teilte er ihnen mit.

Als Mason sie durchs Haus führte, bestaunte Michelle das atemberaubende Interieur. Dass die Dinge, die sie sah, ein Vermögen kosteten, stand außer Zweifel. Trotzdem wirkten sie nicht protzig, sondern verbreiteten eine Atmosphäre eleganter Bescheidenheit.

»Die Einrichtung ist eine Wucht«, flüsterte sie.

»Das hatte ich nicht mit dem Innenleben gemeint«, erwiderte King ebenso leise, »eher das atmende Inventar des Hauses.«

Sie betraten die hintere Terrasse, auf der ein Tisch stand, der mit heißem und kaltem Tee und verschiedenen Knabbereien gedeckt war. Mason schenkte ihnen ein, nachdem sie ihre Wünsche geäußert hatten, und ging, wobei er behutsam die Schiebetüren hinter sich zuzog. Die Sonne war warm; die Temperatur war auf über zwanzig Grad gestiegen, und die Luft war ein wenig schwül nach den Regenfällen der letzten Tage.

Michelle nippte am Eistee. »Ist Mason so etwas wie ein Butler?«

»Ja, er lebt schon seit Ewigkeiten bei den Battles. Eigentlich ist er viel mehr als nur ein Butler.«

»Ein intimer Vertrauter? Jemand, der uns vielleicht weiterhelfen könnte?«

»Dazu ist er zu loyal«, erwiderte King. »Aber letztlich weiß man nie, wie die Loyalitäten gelagert sind, solange man nicht fragt und vielleicht ein Gegengeschäft vorschlägt.«

Als sie ein Plantschen hörten, gingen sie zum Geländer hinüber, das einen Teil der Terrasse begrenzte, und blickten über das geschmackvoll angelegte Grundstück.

Der weitläufige Freizeitbereich, der von hier aus zu sehen war, bestand aus einem steinernen Poolhaus, einem Becken, in dem sich mühelos ein Dutzend Erwachsene tummeln konnten, einem überdachten Speisesaal und einem wuchtigen ovalen Swimmingpool, der von Ziegeln und Fliesen umrahmt wurde.

»Ich wollte immer schon wissen, wie die Superreichen leben«, sagte Michelle.

»Genauso wie du und ich, nur sehr viel besser.«

Aus dem klaren blauen, offensichtlich beheizten Wasser des Pools tauchte eine junge Frau auf, die einen sehr knappen Stringbikini trug. Sie hatte langes blondes Haar, war etwa einen Meter siebzig groß, und ihre Kurven waren so ausgeprägt, dass sie sofort ins Auge sprangen. Sie hatte kräftige Muskeln an Beinen, Armen und Schultern und trug einen Ring im gepiercten Nabel ihres flachen Bauchs. Als sie sich bückte, um ein Handtuch aufzuheben, konnten sie sehen, dass sich ein großes Tattoo auf einer teilweise entblößten Pobacke befand.

»Sind das Buchstaben auf ihrem Hintern?«, fragte Michelle.

»Ja, ihr Name«, antwortete King. »Savannah.« Er beobachtete, wie die junge Frau sich abtrocknete. »Es ist erstaunlich, was man alles auf Haut schreiben kann, und sogar in Kursivschrift.«

»Das kannst du von hier aus erkennen?«, fragte Michelle, die Stirn gerunzelt.

»Nein, ich habe es mal aus der Nähe gesehen.« Hastig fügte er hinzu: »Bei einer Poolparty.«

»Aha. Warum trägt eine Frau ihren Namen auf dem Hintern? Damit die Kerle sie nicht vergessen?«

»Ich gebe mir alle Mühe, nicht genauer über die Gründe nachzudenken.«

Savannah blickte auf und winkte ihnen zu. Sie hüllte sich in einen kurzen, durchscheinenden Bademantel, stieg in ein Paar Sandalen und kam über die gemauerte Treppe zu ihnen herauf. Sie begrüßte King mit einer Umarmung und schien es darauf abgesehen zu haben, ihn mit ihrem enormen Busen zu erdrücken. Aus der Nähe betrachtet waren ihre Gesichtszüge nicht so makellos wie ihr Körper. Die Nase, das Kinn und die Kiefer waren etwas zu scharf und unregelmäßig geschnitten. Doch Michelle wusste, dass sie mit ihrer Kritik übermäßig pingelig war. Savannah Battle war eine sehr hübsche Frau.

Savannah musterte King bewundernd von oben bis unten. »Sean King, ich schwöre, dass du jedes Mal, wenn ich dir begegne, besser aussiehst. Das ist unfair! Wir Frauen werden immer älter, sosehr wir uns dagegen wehren.« Sie sprach mit einem schleppenden Südstaatenakzent, den Michelle ein wenig affektiert fand.

»Darüber müssen Sie sich nun wirklich keine Sorgen machen«, sagte Michelle und reichte ihr die Hand. »Ich bin Michelle Maxwell.«

»Oh, das ist sehr charmant von Ihnen«, sagte Savannah in einem Tonfall, der alles andere als charmant war.

»Meinen Glückwunsch zum bestandenen College«, sagte King. »William and Mary, nicht wahr?«

»Daddy wollte unbedingt, dass ich aufs College gehe, aber ich kann nicht behaupten, dass es mir Spaß gemacht hat.« Sie setzte sich und trocknete ihre wohlgeformten Beine mit langsamen Bewegungen ab, die aufreizend wirkten und eindeutig an Kings Adresse gerichtet waren, wie Michelle fand. Dann nahm sie sich ein kleines Sandwich und biss hinein.

»In welchem Hauptfach haben Sie Ihren Abschluss gemacht?«, fragte Michelle, die sich nur vorstellen konnte, dass diese junge Frau Cheerleader- oder Partyveranstalter-Kurse belegt hatte.

»Chemieingenieurwesen«, lautete ihre kaum verständliche, aber überraschende Antwort. Offenbar hatte niemand diesem Mädchen beigebracht, dass man nicht mit vollem Mund sprach. »Daddy hat als Ingenieur ein Vermögen gemacht, und ich scheine nach ihm zu kommen.«

»Es hat uns tief getroffen, als wir hörten, was mit Bobby geschehen ist«, sagte King.

»Er ist ein zäher Bursche, er wird es überstehen«, erklärte sie zuversichtlich.

»Ich habe gehört, dass du demnächst allein in die weite Welt ziehen willst«, sagte King.

»Es scheint den Leuten großen Spaß zu machen, sich zu überlegen, was das Battle-Baby mit seinem Treuhandvermögen anstellen wird«, erwiderte sie verbittert.

»So habe ich das nicht gemeint, Savannah«, sagte King behutsam.

Sie tat seine Entschuldigung mit einem abfälligen Karateschlag durch die Luft ab. »Damit habe ich mich mein Leben lang auseinander setzen müssen. Warum sollte es jetzt anders werden? Ich muss meinen eigenen Weg gehen, und das ist nicht ganz einfach, wenn man solche Eltern hat wie ich. Aber ich werde etwas aus mir machen. Ich werde nicht durchs Leben gehen und meine Kreditkarte dazu benutzen, mir Glück zu kaufen.«

Michelle stellte fest, dass ihre Meinung über die junge Frau ein wenig positiver geworden war.

Savannah wischte sich den Mund mit der Hand ab. »Ich weiß, warum du hier bist. Es geht um Junior Deaver, nicht wahr? Ich kann mir nicht vorstellen, warum er etwas so Dämliches getan hat. Als würde meine Mutter beide Augen zudrücken, wenn er einfach mit ihrem Ehering davonspaziert!«

»Vielleicht hat er das gar nicht getan«, sagte King.

»Natürlich hat er es getan«, sagte Savannah, wobei sie sich das Haar abtrocknete. »Wie ich hörte, hat er so viele Beweise hinterlassen, dass er genauso gut hätte dableiben können, um zu warten, bis die Polizei kommt und ihn festnimmt.« Sie steckte sich ein weiteres Stück Sandwich in den Mund und schob gleich darauf eine Hand voll Kartoffelchips hinterher.

»Hör sofort auf, wie ein Schwein zu essen!«, rief eine strenge Stimme. »Und wenn wir schon dabei sind – könntest du versuchen, halbwegs wie eine Dame zu sitzen, falls du dir ungefähr vorstellen kannst, was damit gemeint ist?«

Savannah hatte sich in den Stuhl geflegelt und die Beine weit gespreizt, als wäre sie eine Hure auf Kundenfang, doch nun setzte sie sich gerade, drückte die Knie fest zusammen und zog sich den Bademantel über die Schenkel.

Remington Battle betrat die Terrasse mit der Präsenz einer Broadway-Legende, die ganz und gar von ihrer Fähigkeit überzeugt ist, ein Publikum zu fesseln.

Remmy war tadellos gekleidet. Sie trug einen blendend weißen Faltenrock, der mehrere Zentimeter unter dem Knie endete, und modische, wenn auch recht konservative Pumps mit niedrigen Absätzen. Über einer gemusterten Bluse in kühlem Blau hatte sie sich einen weißen Pullover um die Schultern gelegt. Sie war ein gutes Stück größer als ihre Tochter, ungefähr so groß wie Michelle, und ihr rotbraunes Haar war kunstvoll hochgesteckt. Michelle vermutete, dass Remmy in ihrer Jugend wahrscheinlich noch hübscher als ihre Tochter gewesen war. Aber selbst mit über sechzig war sie immer noch eine gut aussehende Frau. Doch in erster Linie waren es die Augen, die einen gefesselt hielten – wie die Augen eines Raubvogels, die durch einen bloßen Blick Respekt einflößten.

Remmy schüttelte King die Hand, der sie daraufhin Michelle vorstellte, die genau spürte, wie die Frau sie von oben bis unten musterte. Sie vermutete, dass Remmy Battle eine Menge fand, an dem es etwas auszusetzen gab – an ihrer lässigen Kleidung, dem nicht vorhandenen Make-up, den windzerzausten Haaren. Doch Michelle blieb nicht viel Zeit, darüber nachzugrübeln, da Remmy sich sofort wieder an ihre Tochter wandte.

»Zu meiner Zeit hat man Gäste nicht unbekleidet empfangen«, sagte sie mit eisiger Stimme.

»Ich war schwimmen, Mama. Normalerweise springe ich nicht mit meinem Debütantinnenkleid in den Pool«, gab Savannah zurück, doch sofort riss sie eine Hand hoch und kaute nervös an einem Fingernagel.

Remmy bedachte die junge Frau mit einem so durchdringenden Blick, dass Savannah sich schließlich ein weiteres Stück Sandwich und eine Hand voll Chips schnappte, aufsprang, Michelle leise etwas zumurmelte, das verdächtig nach »alte Hexe« klang, und davonhuschte, wobei ihre feuchten Sandalen eine Reihe von Ausrufezeichen auf die Steinfliesen klatschten.

Jetzt nahm Remmy Battle Platz und wandte King und Michelle ihre ganze Aufmerksamkeit zu.

Beide holten tief Luft, als Remmys Blick sie geradezu durchbohrte. Für Michelle war es eine spektakuläre Einführung ins Casa Battle. Jetzt verstand sie, was King mit dem »Innenleben« des Hauses gemeint hatte.

KAPITEL 15

»Ich muss mich für Savannah entschuldigen«, sagte Remmy. »Ich liebe sie, aber an manchen Tagen kann ich nicht glauben, dass wir tatsächlich blutsverwandt sind oder sonst irgendeine Gemeinsamkeit haben.«

»Das geht schon in Ordnung, Mrs Battle, sie ist ja noch ein Kind«, sagte Michelle. »In diesem Alter tut jeder verrückte Sachen.«

»Sie ist kein Kind!«, gab Remmy zurück. »Sie ist zweiundzwanzig! Sie hat einen Abschluss von einer der besten Schulen an der Ostküste. Ringe im Bauchnabel und Tätowierungen am Po! Ich habe das Mädchen nicht zum College geschickt, damit es völlig den Verstand verliert!«

Michelle blickte King Hilfe suchend an.

»Remmy... Wir haben mit Erschütterung gehört, was mit Bobby geschehen ist. Wie geht es ihm?«, fragte er.

»Sein Zustand ist nach wie vor kritisch«, antwortete Remmy im gleichen strengen Tonfall, legte dann aber eine Hand an die Stirn. »Tut mir Leid«, fügte sie leiser und sanfter hinzu. »Da beklage ich mich über Savannah und verhalte mich Besuchern gegenüber wie ein Trampel.« Sie hielt einen Moment inne. »Bobby lag ziemlich lange im Koma, und die verfluchten Ärzte konnten nicht sagen, wann oder ob er daraus erwachen würde. Aber dann kam er doch wieder zu sich. Sie konnten sogar die künstliche Beatmung abschalten. Vor zwei Tagen hat er seine ersten Worte gesprochen.«

»Ein hoffnungsvolles Zeichen«, sagte King.

»Sollte man meinen, nicht wahr? Nur hat er leider keinen zusammenhängenden Satz herausgebracht. Er rasselte bloß ein paar Namen herunter, hat aber nichts gesagt, das irgendeinen Sinn ergeben hätte. Die Ärzte wissen nicht einmal genau, ob er wieder ins Koma gefallen ist oder nicht.«

»Ich nehme an, dass so etwas schwer zu diagnostizieren ist.«

»Wenn ich bedenke, was die Quacksalber mir abknöpfen, müssten sie eigentlich auf dem Wasser wandeln können und eine Direktverbindung zu Gott haben«, sagte sie verbittert.

»Gibt es etwas, das *wir* für Sie tun könnten?«, fragte Michelle.

»Ein gelegentliches Gebet würde nicht schaden.«

Mason kehrte mit einem Kaffeetablett zurück. Er schenkte Remmy eine Tasse ein und bot auch Michelle und King Kaffee an. Sie lehnten dankend ab, und Mason zog sich wieder zurück.

»Es gibt nichts Besseres als eine beruhigende Tasse Kaffee am Nachmittag.« Remmy nahm einen kräftigen Schluck und lehnte sich im Stuhl zurück. »Harry Carrick ist ein sehr guter Anwalt. Junior kann sich glücklich schätzen, dass er von ihm vertreten wird.« Sie nahm einen weiteren Schluck. »Aber Junior ist schuldig«, fügte sie dann hinzu. »Ich weiß es, als hätte ich ihn bei seiner Tat beobachtet.«

»Aber genau das ist der Punkt, Remmy«, schlug King in die Kerbe. »Sie haben ihn *nicht* gesehen. Niemand hat ihn gesehen.«

Sie tat seinen Einwand mit einer Geste ab, die Michelle an Savannahs Handkantenschlag erinnerte. »Die Beweise sind erdrückend.«

»Ja, *zu* erdrückend. Es könnte sein, dass man ihm die Sache in die Schuhe schieben will.«

Remmy blickte King an, als würde er in einer Sprache reden, die nicht von dieser Welt war. »Welcher halbwegs vernünftige Mensch sollte ein Interesse daran haben, jemandem wie Junior Deaver etwas in die Schuhe zu schieben?«

»Zum Beispiel derjenige, der tatsächlich in Ihr Haus eingebrochen ist und Ihre Wertsachen gestohlen hat«, antwortete King. »Können Sie sich wirklich vorstellen, dass Junior versucht, Inhaberschuldverschreibungen und kostbaren Schmuck zu Geld zu machen?«

»Er hat nicht gewusst, was sich in den Geheimfächern befand. Außerdem hat er sehr viel Bargeld mitgehen lassen. Man muss kein Einstein sein, um Bargeld auszugeben, oder sehe ich das falsch?«, gab sie zurück.

»Wir beide möchten uns nur ein wenig umsehen und mit ein paar Leuten reden. Auch wenn wir für Harry und Junior arbeiten – auch Sie möchten doch sicher, dass der wahre Schuldige gefasst wird?«

Remmy lächelte, doch in ihren Augen stand ein gefährliches Funkeln. »Das möchten wir in der Tat, Mr King, aber wir sind der Ansicht, dass der wahre Schuldige bereits gefasst wurde.« Plötzlich wurde sie lauter und feuerte ihre nächsten Worte wie eine auf Dauerbeschuss eingestellte Automatikpistole ab. »Und wenn dieser blöde Mistkerl mir endlich sagen würde, wo mein Ehering ist, würde ich den Staatsanwalt vielleicht überreden, die Anklage fallen zu lassen! *Das* sollten Sie Harry sagen! Dann könnten wir diesen ganzen Blödsinn einfach vergessen!«

Michelle bemerkte, dass der Südstaatenakzent der Frau viel ausgeprägter war, wenn sie sich aufregte, und im Gegensatz zu ihrer Tochter klang er kein bisschen affektiert. Michelle stellte ihre Tasse Eistee ab, weil sie sie vor Schreck über Remmys Zornesausbruch beinahe hätte fallen lassen. Stumm dankte sie Gott, dass Remington Battle nicht *ihre* Mutter war.

»Das werden wir weitergeben, Remmy«, erwiderte King völlig gelassen. »Können wir uns jetzt trotzdem umsehen?«

Remmy blickte ihn eine Weile schweigend an. Ihre

Lippen zuckten, als sie sich bemühte, ihren Zorn im Zaum zu halten. Einen Moment rechnete Michelle damit, die Frau würde King die Kaffeetasse an den Kopf werfen.

Schließlich erhob sich Remmy und winkte Michelle und King, ihr zu folgen. »Ach, was soll's. Ich werde es Ihnen selber zeigen.«

KAPITEL 16

Remmy Battle führte King und Michelle ins Haus und über die große Treppe in den dritten Stock. Das Haus war offenbar immer wieder ausgebaut und erweitert worden, wie die neuen Flügel zeigten.

Remmy schien die Gedanken ihrer Besucher gelesen zu haben. »Dieses Haus ist schon seit Jahrzehnten eine Baustelle«, sagte sie. »Viele unserer Freunde haben Villen auf der ganzen Welt, aber Bobby und ich wollten immer nur hier leben. Es ist ein ziemlicher Wirrwarr hier drinnen, und manche Flure enden vor einer Wand, aber ich…« Sie verbesserte sich. »Wir lieben das Haus!«

Schließlich öffnete Remmy eine Tür und forderte sie auf, einzutreten.

Dahinter befand sich ein großes, geschmackvoll möbliertes, gemütliches Zimmer, das in gedeckten Farben gestaltet war. Eins der Fenster sah neu aus.

Remmy deutete darauf. »Da ist er eingestiegen. Die Polizei sagt, er habe ein Brecheisen benutzt. Inzwischen habe ich die Erlaubnis, alles reparieren zu lassen.«

King betrachtete einen beschädigten Bilderrahmen, der auf einem Nachttisch stand. Das Glas war entfernt worden. Er hob den Rahmen auf. »Was ist hiermit geschehen?«

Remmys Gesicht verfinsterte sich. »Das Bild stand auf einem Tisch drüben am Fenster. Offenbar hat Junior es heruntergestoßen, als er ins Zimmer einstieg. Ich habe es noch nicht richten lassen.«

Im Rahmen steckte die Zeichnung eines kleinen Jungen. Sie war in der Mitte zerrissen.

»Wer ist das?«, fragte King.

»Das ist eine Zeichnung von Bobby. Ich werde es Junior niemals verzeihen, dass er das Bild zerstört hat.«

King stellte das Porträt wieder auf den Nachttisch. »In Ihrem Ankleidezimmer gibt es so etwas wie ein Geheimfach?«

Remmy nickte und winkte ihnen, ihr zu folgen. Das Ankleidezimmer war mit geschmackvollen Mahagonischränken ausgestattet, und in den Fächern lagen in penibler Ordnung Kleidungsstücke, Taschen, Schuhe, Hüte und andere Accessoires.

King sah sich die exakte Anordnung mit offener Bewunderung an. Auch bei ihm war es stets aufgeräumt, wie Michelle wusste. Sein Ausdruck totalen Entzückens entging ihr nicht, und als Remmy in eine andere Richtung sah, tippte sie King auf die Schulter, verdrehte die Augen und ahmte stumm ein orgiastisches Stöhnen nach.

»Wo befindet sich das versteckte Fach, wenn ich fragen darf?«, sagte King, nachdem er seiner Partnerin einen tadelnden Blick zugeworfen hatte.

Remmy zog eine Schublade ein kleines Stück heraus und drückte dann auf einen Hebel genau darunter. Daraufhin klappte es auf und offenbarte ein Fach von etwa fünfzig Zentimetern Breite und Tiefe. »Es sieht wie ein Stück der Verkleidung aus«, erklärte Remmy, »aber wenn man die Schublade herauszieht, wird ein Hebel in Stellung gebracht. Man bewegt ihn, indem man gegen die rechte obere Ecke der Verkleidung drückt, worauf die Klappe sich öffnet.«

King inspizierte den Mechanismus. »Sehr clever.«

»Ich wollte schon immer ein Geheimfach in meiner Garderobe haben«, sagte Remmy. »Seit ich ein kleines Mädchen war.«

»Aber die Person, die Sie ausgeraubt hat, wusste nicht, wie man das Fach öffnet?«, sagte Michelle.

»*Junior Deaver* wusste nicht, wie man es öffnet«, stellte sie richtig. »Fast jede Schublade hier drinnen wurde aufgebrochen. Es hat mich ein Vermögen gekostet, alles reparieren zu lassen. Dafür wird er vor Gericht büßen! Das können Sie Harry sagen.«

»Aber wie konnte jemand außer Ihnen überhaupt wissen, dass es hier ein Geheimfach gibt?«, erkundigte sich Michelle.

»Kann sein, dass ich es irgendwann einmal erwähnt habe. Ich habe mir nichts dabei gedacht, weil wir mit einem erstklassigen Alarmsystem ausgestattet sind – zumindest hielt ich es für erstklassig.«

»War es eingeschaltet?«, fragte King.

»Ja. Nur gibt es hier im dritten Stock leider keine Bewegungsmelder, und die Fenster sind auch nicht angeschlossen. Das System wurde vor Jahren installiert, nachdem es fast zu einer Katastrophe gekommen wäre. Vermutlich ging man damals davon aus, dass Einbrecher nicht bis zum Dachgeschoss hinaufsteigen«, fügte sie unwillig hinzu.

»Was für eine Katastrophe?«, fragte King.

Remmy drehte sich zu ihm um. »Mein Sohn Eddie wurde gekidnappt.«

»Davon habe ich nie gehört«, sagte er.

»Es ist schon über zwanzig Jahre her. Er ging noch aufs College.«

»Aber wie es scheint, ist die Sache gut ausgegangen«, sagte King.

»Ja, Gott sei Dank. Wir mussten nicht einmal das Lösegeld in Höhe von fünf Millionen Dollar zahlen.«

»Warum nicht?«, fragte Michelle.

»Das FBI kam dem Kidnapper auf die Spur und erschoss ihn bei einem Feuergefecht. Chip Bailey, der FBI-Agent, der Eddie damals rettete und den Entführer getötet hat, wohnt sogar ganz in der Nähe. Er arbeitet immer noch für das FBI in Charlottesville.«

»Es war also niemand hier, als der Einbruch verübt wurde«, sagte King.

Remmy setzte sich auf das große Himmelbett und trommelte mit ihren langen, schlanken Fingern gegen den gedrechselten Pfosten. »Savannah war noch am College. Sie hatte bereits im Winter ihren Abschluss gemacht, wollte aber noch eine Weile zum Feiern und Ausspannen bleiben. Ihnen dürfte nicht entgangen sein, dass mein kleines Mädchen kein Kind von Traurigkeit ist. Eddie und Dorothea waren in der Stadt. Mason, unsere Haushaltshilfe, und Sally, das Mädchen, das sich um die Ställe kümmert, wohnen im Haus am hinteren Ende des Grundstücks. Sie hätten sowieso nichts bemerkt. Mein Schlafzimmerfenster geht auf einen ziemlich abgelegenen Teil des Anwesens hinaus.«

»Also bewohnen Sie das Haus im Grunde ganz allein?«, fragte Michelle.

»Bobby und ich!«, sagte sie mit trotzigem Unterton. »Unsere Kinder sind erwachsen. Oft genug haben wir Freunden und Verwandten Unterkunft gewährt. Zeitweise herrschte in diesem großen alten Haus ein ständiges Kommen und Gehen. Jetzt ist es nur noch unser Heim.«

»Aber in der Nacht, als der Einbruch verübt wurde, war das Haus leer, wenn ich Sie richtig verstanden habe«, sagte King. »Sie waren bei Bobby im Krankenhaus, nicht wahr?«

»Richtig. Im Wrightsburg General Hospital.«

»Wir haben gehört, dass Sie erst gegen fünf Uhr morgens zurückgekehrt sind«, sagte Michelle. »Das ist eine ziemlich lange Besuchszeit.«

»Das Krankenhaus hat mir einen kleinen Raum zur Verfügung gestellt, genau gegenüber vom Zimmer meines Mannes«, erklärte Remmy.

»Eine sehr entgegenkommende Geste«, sagte Michelle.

»Unser Name steht auf der Stiftertafel für das Gebäude, meine Gute«, sagte Remmy mit falscher Höflichkeit. Dann fügte sie wesentlich unverblümter hinzu: »Das ist das Mindeste, was ich als Gegenleistung für fünfzehn Millionen Dollar Spendengelder erwarten kann.«

»Oh«, sagte Michelle verlegen.

»Die Polizei hat mir gesagt, alle Beweise würden Junior belasten, einschließlich seiner Fingerabdrücke.«

»Die könnten noch aus der Zeit stammen, als er hier gearbeitet hat«, sagte King.

»Man hat sie auf der Außenseite des aufgebrochenen Fensters gefunden. Ich habe Junior beauftragt, *in* meinem Schlafzimmer zu arbeiten, nicht draußen vor dem verdammten Fenster!«

»Wie ich hörte, wurde auch Bobbys Ankleidezimmer ausgeraubt.«

»So ist es.«

»Und was wurde mitgenommen?«, fragte Michelle.

»Kommen Sie, dann können Sie es sich selbst anschauen.«

Remmy führte sie hinaus und ein Stück durch den Korridor, bis sie eine andere Tür öffnete. Sie betraten einen Raum, in dem schwer der Geruch nach Zigarren- und Pfeifenrauch hing. Das Zimmer strahlte etwas Maskulines aus, fand Michelle. An einer Wand hing ein Waffenregal, doch es war leer. Gegenüber waren zwei antike Schwerter angebracht, die sich kreuzten und ein großes X bildeten. Außerdem gab es mehrere Ölgemälde, die Rassepferde zeigten. In einer Ecke stand ein Pfeifenregal mit mehreren sichtlich benutzten Pfeifen. In einer anderen Ecke standen ein Wandtisch und ein Stuhl. Das Bett war klein, und auf dem Nachttisch lag ein Stapel Zeitschriften zu den Themen Angeln, Jagd und Wissenschaft. Eine Wand war vollständig mit Fotos von Bobby Battle behangen. Er war ein großer Mann mit kräftigem Brustkorb, dunklem, gewelltem Haar und einem Gesicht, dessen Züge aus Eisen gegossen schienen. Auf den meisten Fotos war er als Angler oder Jäger zu sehen, aber es gab auch ein Bild, auf dem er aus einem Flugzeug sprang, und ein weiteres, das ihn als Pilot eines Hubschraubers zeigte.

Remmy fächelte sich mit der Hand Luft zu. »Es tut mir Leid wegen des Gestanks. Wir haben tagelang gelüftet, aber der Geruch will einfach nicht verschwinden. Er scheint inzwischen schon im Teppich und in den Möbeln zu stecken. Bobby liebt seine Pfeifen und Zigarren.«

Als Michelle sich in Robert E. Lee Battles Allerheiligstem umschaute, schien es, als würde er plötzlich in voller Lebensgröße aus den Fotos treten: ein Bär von einem Mann, der ein abenteuerliches Leben führte und keine Gefangenen machte. Dass ein solcher Mann nun im Koma lag und vielleicht nie mehr daraus erwachte, deprimierte sie zutiefst, obwohl sie ihm nie begegnet war und keine gute Meinung über seinen Ruf als Frauenheld hatte.

Michelle zeigte auf mehrere Fotos, die Bobby inmitten größerer Gruppen zeigten. »Was sind das für Leute?«

»Einige von Bobbys Angestellten. Er war Ingenieur und hat sich später als Geschäftsmann selbstständig gemacht. Er besitzt über hundert Patente. Wenn man sich dieses Zimmer ansieht, könnte man meinen, er hätte nur gefaulenzt und nie gearbeitet, aber Bobby ist ein Arbeitstier. Jede seiner Erfindungen brachte ihm eine Menge Geld ein.«

»Wie haben Sie sich kennen gelernt?«, fragte Michelle. »Ich weiß, es ist eine sehr persönliche Frage«, fügte sie rasch hinzu, »aber er scheint ein faszinierender Mann zu sein.«

Remmy musste lächeln. »Er kam eines Tages vor fünfundvierzig Jahren in das Bekleidungsgeschäft meines Vaters in Birmingham, Alabama spaziert und verkündete, dass ich ihm bei mehreren Gelegenheiten aufgefallen sei. Er sagte, ich sei das hübscheste Wesen, das er je gesehen habe, und wolle mich heiraten. Er hat meinen Vater lediglich über eine Tatsache in Kenntnis gesetzt und ihn keineswegs um Erlaubnis gefragt, wie es in gewissen Kreisen bis heute in dieser Gegend Tradition ist. Er sagte, ich sei die einzige Person, die er von seinen Absichten überzeugen müsse. Was soll ich sagen? Es ist ihm gelungen. Ich war damals erst achtzehn und hatte noch nichts von der Welt gesehen, aber ich war kein leichtes Opfer. Trotzdem hat er mich schließlich erobert.«

»Bobby, wie er leibt und lebt«, sagte King.

»Er war zehn Jahre älter als ich. Als wir heirateten, hatte er noch nicht viel Geld gemacht, aber er hatte Köpfchen und Tatkraft. Er war etwas Besonderes. Und trotzdem wollte er *mich.*« Sie sagte es mit überraschender Bescheidenheit.

»Sie waren schließlich auch nicht von schlechten Eltern«, sagte King völlig ernst.

»Ich vermute, ich war eine der wenigen Frauen, die es wirklich mit ihm aufnehmen konnten. Natürlich hatten wir unsere Höhen und Tiefen, genauso wie die meisten Leute«, fügte sie leise hinzu. Dann öffnete sie eine Tür und winkte ihre Besucher heran. »Bobbys Ankleidezimmer.«

Der Raum war deutlich kleiner als die Garderobe seiner Frau, aber nicht weniger geschmackvoll eingerichtet.

Remmy schob einige Hosen zurück, die an einer Stange hingen, und zeigte auf die Seite eines Schranks, an der die Holzverkleidung aufgebrochen war.

»Dort befindet sich ein Geheimfach, ungefähr so groß wie das in meinem Zimmer. Eine der Schubladen in diesem großen Schrank reicht nicht ganz bis nach hinten, wie Sie sehen. Eine geschickte Lösung, da man von vorn unmöglich einschätzen kann, wie tief die Schubladen sind. Und das kleine Schlüsselloch an der Seite sieht man erst, wenn man danach sucht. Ich war schon zigtausend Mal hier drinnen, aber es ist mir nie aufgefallen.«

King warf ihr einen Blick zu. »Also wussten Sie nicht, dass Bobby ein Geheimversteck hatte?«

Remmy machte den Eindruck, als hätte sie viel zu spät erkannt, dass sie viel zu viel gesagt hatte.

»Nein«, antwortete sie.

»Was wurde gestohlen?«

»Was spielt das für eine Rolle?«, gab Remmy zurück. »Ich weiß, was aus meinem Fach geraubt wurde.«

»Soll das heißen, Sie haben keine Ahnung, was Bobby darin aufbewahrt hat?«, fragte King.

Eine Zeit lang sagte sie gar nichts. Als sie schließlich sprach, war ihre Stimme viel leiser als zuvor. »Nein, ich weiß es nicht.«

KAPITEL 17

»Na schön«, sagte Michelle, nachdem sie das Haus verlassen hatten. »Ein Psychologe könnte ein vollständiges Lehrbuch verfassen, indem er ausschließlich die Beziehung zwischen Savannah und Remmy als Fallbeispiel heranzieht.«

»Es macht Remmy schwer zu schaffen, dass sie nicht weiß, was in Bobbys geheimer Schublade gewesen ist«, sagte King und drehte sich noch einmal zum Anwesen um.

»In ihrem Ankleidezimmer war alles aufgebrochen, in Bobbys Zimmer jedoch nicht. Ein auffälliger Unterschied.«

»Stimmt. Der Einbrecher wusste, wo sich Bobbys Versteck befand, hatte aber keinen Schlüssel, um es zu öffnen.«

Kurz zuvor hatten sie noch mit Mason und der zweiten Haushaltshilfe gesprochen. Ihre Antworten deckten sich auf erstaunliche Weise. Beide hatten sich im hinteren Teil des Hauses aufgehalten und nichts gesehen oder gehört, als der Einbruch verübt worden war.

King und Michelle stiegen in den Wagen, doch King steuerte seinen Lexus nicht zurück zur Straße, sondern auf den asphaltierten Weg, der zur Rückseite des Grundstücks führte.

»Wohin fahren wir?«, fragte Michelle.

»Zu Sally Wainwright. Sie ist für die Ställe verantwortlich. Ich habe sie letztes Jahr bei einer Reitveranstaltung kennen gelernt. Ich würde sie gern fragen, ob auch sie in jener Nacht nichts gesehen und gehört hat.«

Sally war Mitte zwanzig, süß und zierlich, mit drahtigem braunem Haar, das sie zu einem Pferdeschwanz gebunden hatte. Sie mistete gerade einen Stall aus, als King und Michelle mit dem Wagen hielten. Sally wischte sich mit einem Tuch den Schweiß von der Stirn und kam zu ihnen.

»Du erinnerst dich wahrscheinlich nicht an mich«, sagte King. »Wir sind uns letztes Jahr in Charlottesville begegnet, bei einem Dressurwettbewerb für wohltätige Zwecke.«

Sally lächelte. »Natürlich erinnere ich mich an dich, Sean.« Sie warf Michelle einen Blick zu. »Ihr zwei seid hier inzwischen ziemlich berühmt geworden.«

»Eher berüchtigt«, erwiderte King und sah zu den Ställen hinüber. »Reiten immer noch viele von den Battles?«

»Dorothea nie. Eddie sattelt des Öfteren auf, wenn er Szenen aus dem Bürgerkrieg nachstellt.«

»Machen Sie auch mit?«, fragte Michelle.

Sally lachte. »Ich bin aus Arizona. Mit dem Bürgerkrieg habe ich nichts zu tun.«

»Savannah hat früher an Pferderennen teilgenommen, nicht wahr?«, fragte King.

Auf Sallys Gesicht erschien ein leicht verärgerter Ausdruck. »Früher.«

King wartete, dass Sally dieser Bemerkung eine genauere Erklärung hinzufügte.

»Sie ist eine gute Reiterin. Aber sie ist nicht besonders geschickt im Ausmisten, Füttern, Striegeln und im Umgang mit Menschen, die nicht mit einem silbernen Löffel im Mund aufgewachsen sind.« Plötzlich wirkte Sally besorgt, als hätte sie sich zu viel herausgenommen.

»Keine Bange, Sally«, sagte King beruhigend. »Ich verstehe sehr gut, was du meinst. Reitet Mrs Battle gelegentlich?«

»Ich arbeite hier seit fünf Jahren«, sagte Sally. »In dieser Zeit hat sie nicht ein einziges Mal aufgesattelt.« Sie lehnte sich auf den Stiel der Mistgabel. »Ich habe vor einer Weile gesehen, wie ihr gekommen seid. Ist es nur ein Freundschaftsbesuch?«

King nannte ihr den Grund ihres Erscheinens, worauf Sally die Stirn in düstere Falten legte, während sie mit besorgter Miene zum Haupthaus schaute.

»Ich weiß nichts darüber«, sagte sie.

»Du warst die ganze Zeit in eurem Haus, mit Mason und den anderen, nehme ich an.«

»Genau«, sagte Sally. »Ich bin früh schlafen gegangen, weil ich beim ersten Tageslicht aufstehen muss.«

»Gut, wenn dir noch was einfällt, sag mir Bescheid.« Er reichte ihr eine Visitenkarte. Sie warf nicht einmal einen flüchtigen Blick darauf.

»Ich weiß nichts, Sean, wirklich nicht.«

»Okay. Hast du Junior Deaver mal gesehen, als er hier gearbeitet hat?«

Sally zögerte kurz. »Ein paar Mal.«

»Hast du mit ihm gesprochen?«

»Einmal vielleicht«, sagte sie ausweichend.

»Gut. Dann wünsche ich dir noch einen schönen Tag, Sally.«

Sie stiegen wieder in den Wagen. Im Innenspiegel warf King einen letzten Blick auf Sally, die sehr nervös geworden war.

»Sie hat uns nicht alles erzählt«, sagte Michelle.

»Stimmt.«

»Wohin jetzt?«

King zeigte auf ein großes Haus auf der anderen Seite des Bretterzauns. »Noch zwei Battles, dann haben wir es hinter uns.«

KAPITEL 18

»Das also ist ein Kutschenhaus«, sagte Michelle, als sie aus Kings Auto stieg und auf das ungefähr fünfhundert Quadratmeter große Gebäude aus roten Ziegeln blickte. »Ich habe mir so etwas immer viel größer vorgestellt«, fügte sie ironisch hinzu.

»Das dürfte von der Größe deines Wagens abhängen.« King betrachtete den silbernen Volvo-Kombi neueren Baujahrs, der im Fahrzeughof parkte. »Das ist Eddies Auto.«

»Lass mich raten. Du bist Hellseher?«

»Ich sehe nur, dass sich im Wagen die Uniform eines Soldaten der Konföderierten und eine Staffelei befinden.«

Eddie Battle öffnete ihnen die Tür und forderte sie auf, einzutreten. Er war ein großer Mann, fast eins neunzig, und mehr als zwei Zentner schwer, dabei aber sehr muskulös. Er hatte widerspenstiges dunkles Haar und strahlend blaue Augen, und sein Gesicht war kräftig und wettergegerbt. Das Haar hatte er vom Vater, den Mund und die Augen zweifellos von der Mutter, stellte Michelle fest. Doch er hatte nichts von ihrer Strenge und Kühle geerbt; seine jungenhafte Art hatte sogar etwas Sympathisches. Er wirkte wie ein in Würde gealterter kalifornischer Surfer.

Er schüttelte ihnen die Hand und führte sie ins Wohnzimmer. Seine muskelbepackten, geäderten Unterarme waren mit Farbe bekleckert, und er trug Kavalleriestiefel, in denen die verblassten Jeans steckten. Sein weißes Arbeitshemd wies mehrere Löcher und zahllose Farbflecken auf, und er war unrasiert. Er wirkte wie das genaue Gegenteil des Sohns eines reichen Mannes.

Er lachte leise, als Michelle auf seine Fußbekleidung starrte. »Ich wurde letzte Woche getötet, während eines schlecht geplanten Angriffs auf eine Stellung der Union in Maryland. Ich wollte in meinen Stiefeln sterben, und nun bringe ich offenbar nicht mehr die Energie auf, sie auszuziehen. Ich fürchte, die arme Dorothea ist inzwischen sehr böse auf mich.«

Michelle lächelte, und King sagte: »Sie fragen sich wahrscheinlich, was wir von Ihnen wollen…«

»Nein. Meine Mutter hat vor ein paar Minuten angerufen und mich über alles informiert. Ich fürchte, ich kann Ihnen nicht weiterhelfen. Wir waren nicht hier, als der Einbruch geschah. Dorothea war auf einem Maklertreffen in Richmond, und ich habe bei einer zweitägigen Großoffensive in Appomattox mitgekämpft. Anschließend bin ich nach Tennessee gefahren, um das erste Tageslicht über den Smoky Mountains zu erwischen. Ich habe dort ein Landschaftsbild gemalt«, erklärte er.

»Klingt ziemlich anstrengend«, sagte Michelle.

»Ist es aber nicht. Ich reite gern durch die Gegend, spiele Soldat und bekleckere mich mit Farbe. Ich bin ein kleiner Junge, der nie erwachsen werden musste. Ich glaube, es macht meinen Eltern Kummer, wenn sie sehen, was aus mir geworden ist, aber ich bin ein guter Künstler, auch wenn ich nie ein großer Künstler sein werde. Und an den Wochenenden stelle ich Kriegsszenen nach. Ich bin privilegiert und habe Glück gehabt, und das weiß ich auch. Deshalb versuche ich, anspruchslos und bescheiden zu sein. Und ich habe sehr viele Möglichkeiten dazu.« Er lächelte wieder und zeigte seine Zähne, die in Form und Farbe so makellos waren, dass Michelle zu dem Schluss gelangte, dass alle überkront waren.

»Sie sind sehr ehrlich, was Ihre Person betrifft«, sagte sie.

»Nun, ich bin der Sohn sagenhaft reicher Eltern und

musste nie für meinen Lebensunterhalt arbeiten. Ich leiste mir keine Allüren, und was ich tue, das tue ich, so gut ich kann. Aber ich weiß, dass Sie nicht deswegen zu mir gekommen sind. Also stellen Sie Ihre Fragen.«

»Haben Sie Junior Deaver manchmal auf dem Anwesen gesehen?«, fragte King.

»Klar, er hat oft für meine Eltern gearbeitet. Junior hat auch einiges für Dorothea und mich getan, und wir hatten nie die geringsten Schwierigkeiten mit ihm. Deshalb verstehe ich nicht, warum er den Einbruch begangen hat. Er hat mit unserer Familie gutes Geld verdient, aber vielleicht war es trotzdem nicht genug. Ich habe gehört, dass es viele Beweise gibt, die Junior belasten.«

»Vielleicht zu viele«, erwiderte King.

Eddie sah ihn nachdenklich an. »Ich verstehe, was Sie meinen. Wahrscheinlich habe ich der Sache nicht genügend Aufmerksamkeit geschenkt. Wir waren in letzter Zeit sehr mit Familienangelegenheiten beschäftigt.«

»Ja. Tut uns Leid, was mit Ihrem Vater geschehen ist.«

»Es ist seltsam. Ich hatte immer gedacht, er würde uns alle überleben. Aber wer weiß, vielleicht schafft er's ja wirklich. Der Alte versteht sich durchzusetzen.«

King zögerte kurz, bevor er sagte: »Meine nächste Frage könnte ein wenig seltsam erscheinen, aber ich muss sie stellen.«

»Wie es scheint, ist die ganze Sache ein wenig seltsam. Also fragen Sie einfach.«

»Ihr Vater hatte in seinem Schrank ein Geheimfach, aus dem etwas entwendet wurde. Ihre Mutter wusste nichts von diesem Fach und kann uns deshalb auch nicht sagen, was darin gewesen ist. Wussten Sie etwas darüber?«

»Nein. Soweit mir bekannt ist, haben meine Eltern keine Geheimnisse voreinander.«

»Und warum haben sie getrennte Schlafzimmer?«, warf Michelle ein.

Eddies strahlendes Lächeln verschwand. »Das ist ihre Sache. Es bedeutet nicht, dass sie nicht miteinander geschlafen oder sich nicht geliebt haben. Dad hat Zigarren geraucht und sein Zimmer nach seinen Vorlieben eingerichtet. Mutter kann Zigarrenrauch nicht ausstehen und hat ihre eigenen Vorlieben. Es ist ein großes Haus, und sie können darin tun und lassen, was sie wollen.«

King hob entschuldigend die Hände. »Ich habe Sie vor dieser Frage gewarnt.«

Eddie machte den Eindruck, als wollte er sie erneut anfahren, schien sich dann aber zusammenzureißen. »Ich weiß nichts von einem Geheimfach. Aber ich bin auch nichts Dads Vertrauter.«

»Hat er einen Vertrauten? Savannah vielleicht?«

»Savannah? Nein, meine kleine Schwester können Sie als potenzielle Informationsquelle von Ihrer Liste streichen.«

»Ich nehme an, sie war zu diesem Zeitpunkt auf dem College«, hakte Michelle nach.

»So ist es, aber das hat nichts damit zu tun.«

»Sie beide standen sich nicht besonders nahe, oder?«, fragte Michelle.

Eddie zuckte mit den Schultern. »Das sollte eigentlich niemanden verwundern. Ich bin fast doppelt so alt wie sie, und wir haben keine Gemeinsamkeiten. *Ich* war auf dem College, als sie geboren wurde.«

»Ihre Mutter erwähnte, was damals mit Ihnen geschehen ist«, sagte King.

»Ich erinnere mich kaum noch an Einzelheiten, um ehrlich zu sein«, erwiderte Eddie. »Ich habe den Mann, der mich entführt hat, nie gesehen, bis man mir seine Leiche zeigte.« Er stieß einen langen Atemzug aus. »Ich hatte verdammtes Glück. Als ich zurückkam, waren meine Eltern so glücklich, dass sie Savannah zeugten. Zumindest ist das die offizielle Familienanekdote.«

»Ihre Mutter hat gesagt, Chip Bailey wäre zu einem guten Freund der Familie geworden.«

»Er hat mir das Leben gerettet. Wie soll man eine solche Schuld jemals abtragen?«

King warf Michelle einen kurzen Blick zu. »Ich verstehe, was Sie meinen.«

Sie hörten, wie sich ein Wagen näherte, der mit quietschenden Reifen vor dem Haus hielt.

»Das dürfte Dorothea sein. Sie vergeudet nicht gern ihre Zeit, um von einem Ort zum anderen zu gelangen«, sagte Eddie.

Michelle blickte aus dem Fenster und sah den großen schwarzen BMW. Die Frau, die aus dem Wagen stieg, trug ein enges, kurzes schwarzes Kleid mit schwarzen Schuhen und schwarzen Strümpfen. Das Kostüm passte farblich sehr gut zum gewellten Haar. Sie nahm ihre Sonnenbrille ab, musterte kritisch Kings Wagen und marschierte dann zur Tür.

Als Dorothea den Raum betrat, wirkte sie – trotz des Schwarz – wie eine blasse Imitation von Remmy Battle. Michelle fragte sich, ob die jüngere Frau bewusst ihrer Schwiegermutter nachgeeifert hatte. Sie war modisch schlank mit runden Hüften, knackigem Hintern und langen, schlanken Beinen. Ihr Busen war unverhältnismäßig groß, was sie zweifellos professionellen Bemühungen verdankte. Ihr Mund war ein wenig zu breit für ihr Gesicht und der Lippenstift etwas zu rot für ihre blasse Haut. Die Augen waren mattgrün und besaßen einen durchdringenden Blick.

Nachdem sie die Begrüßungen und Vorstellungen hinter sich gebracht hatten, nahm Dorothea sich eine Zigarette und steckte sie an, während Eddie erklärte, weshalb King und Michelle gekommen waren.

»Ich fürchte«, sagte sie, »ich kann Ihnen nicht helfen, Sean.« Dorothea konzentrierte sich auf ihn und schien gewillt, Michelle völlig zu ignorieren. »Ich war verreist, als es geschah.«

»Richtig. Alle waren entweder nicht hier oder scheinen nichts bemerkt zu haben«, sagte Michelle, um die Frau zu reizen.

Deren mattgrüne Augen wanderten langsam in Michelles Richtung. »Tut mir Leid, wenn die Familie und das Personal ihre Zeitpläne nicht auf Junior Deavers kriminelle Machenschaften abgestimmt haben«, sagte sie in eisigem, herablassendem Tonfall. Hätte Michelle die Augen geschlossen, wäre sie überzeugt gewesen, dass Remmy Battle gesprochen hatte. Bevor Michelle das Feuer erwidern konnte, hatte Dorothea sich wieder an King gewandt. »Ich glaube, Sie sind auf der falschen Fährte.«

»Wir wollen nur dafür sorgen, dass kein Unschuldiger ins Gefängnis wandert.«

»Trotzdem glaube ich, dass Sie bloß Ihre Zeit vergeuden«, gab Dorothea zurück.

King stand auf. »Dann möchte ich Sie nicht länger belästigen«, sagte er freundlich.

Als Michelle und King durch die Tür getreten waren, hörten sie laute Stimmen aus dem Haus.

Michelle blickte ihren Partner an. »Ich wette, die Familienfeiern der Battles sind ein Riesenspaß.«

»Ich bin nicht versessen darauf, bei einer mitzumachen.«

»Haben wir es jetzt hinter uns?«, fragte Michelle.

»Nein, ich habe gelogen«, antwortete King. »Jetzt steht Lulu Oxley auf der Liste.«

KAPITEL 19

King und Michelle hielten vor einem überbreiten Wohnwagen, der am Ende eines Kieswegs auf Ziegelsteinen aufgebockt war. Strom- und Telefonkabel waren die einzigen Anzeichen einer Verbindung zur Außenwelt. Dürre Kiefern und verkümmerter wilder Berglorbeer bildeten einen tristen Hintergrund für das sehr bescheidene Heim von Junior Deaver und Lulu Oxley. Ein uralter, verrosteter Ford LTD mit eingerissenem Vinylverdeck, einem Aschenbecher voller Kippen, einer leeren Flasche Beefeater-Gin auf dem Vordersitz und verdreckten Nummernschildern aus West Virginia stand wie ein vergessener Wachposten vor dem Wohnanhänger.

Als sie aus dem Lexus stiegen, bemerkte Michelle jedoch, dass Blumenkästen vor den Fenstern hingen und Töpfe mit bunten Frühlingsblumen neben der kleinen Holztreppe standen, die hinauf zur Eingangstür führte. Der Wohnwagen selbst wirkte alt, alles andere aber war sauber und gut in Schuss.

King blickte zum Himmel.

»Wonach suchst du?«

»Nach einem Tornado. Ich hab mal einen erlebt. Da war ich in einem Wohnwagen in Kansas. In der Umgebung hat sich kein Grashalm bewegt, aber der Wirbelsturm hat den Wohnwagen mitgenommen und irgendwo in Missouri wieder abgesetzt. Zum Glück bin ich rechtzeitig rausgekommen, bevor es losging. Der Typ, den ich wegen eines Fälscherrings befragen wollte, hat den Flug mitgemacht. Man hat ihn zehn Kilometer entfernt in einem Maisfeld gefunden.«

King ging nicht zur Tür, sondern zur Rückseite des Wohnwagens. Genau dahinter, ungefähr fünfzehn Meter entfernt und auf drei Seiten von Laubbäumen umgeben, stand ein großer Holzschuppen. Die Vorderseite war offen; drinnen hing Werkzeug an den Wänden, und ein großer Luftgenerator stand auf dem Boden. Als sie sich dem Schuppen näherten, sprang ein ungepflegter Hund mit mageren Rippen heraus, bellte sie an und bleckte die vergilbten Zähne. Zum Glück war das Tier an einen stabilen Pfosten angekettet.

»Okay, genug herumgeschnüffelt«, sagte King.

Als er und Michelle die Treppe zur Wohnwagentür hinaufstiegen, erschien eine übergewichtige Frau hinter dem Fliegengitter.

Ihr Haar war voll und schwarz und mit silbernen Strähnen durchsetzt. Ihr Kleid sah aus, als hätte man eine rote Reklametafel auf ihren gewaltigen Körper gepappt. Ihr Gesicht bestand aus käsigen Wangen, drei Kinnbacken, dünnen Lippen und eng zusammenstehenden Augen. Die Haut war blass und nahezu faltenlos. Abgesehen von ihrem ergrauten Haar war es schwierig, ihr Alter zu schätzen.

»Mrs Oxley?«, sagte King und streckte eine Hand aus. Die Frau beachtete sie nicht.

»Wer zum Teufel will das wissen?«

»Ich bin Sean King, und das ist Michelle Maxwell. Wir wurden von Harry Carrick beauftragt, Ermittlungen anzustellen, die Ihrem Ehemann helfen könnten.«

»Das wäre eine stramme Leistung, wenn man bedenkt, dass mein Mann vor Jahren gestorben ist«, lautete ihre überraschende Erwiderung. »Wahrscheinlich wollen Sie mit meiner Tochter Lulu reden. Ich bin Priscilla.«

»Das tut mir Leid, Priscilla«, sagte King und warf Michelle einen Seitenblick zu.

»Sie ist losgefahren, um ihn abzuholen. Junior, meine ich.« Sie nahm einen Schluck aus einem Kaffeebecher von Disney World.

»Ich dachte, Junior wäre im Gefängnis«, sagte Michelle.

Die Frau richtete ihren Blick auf sie. »War er. Es gibt so was wie Kaution, Dummchen. Ich bin extra aus West Virginia rübergekommen, um Lulu mit den Kindern zu helfen, bis Junior wieder aus dem Schlamassel raus ist. *Falls* er wieder rauskommt.« Sie schüttelte den großen Kopf. »Bei reichen Leuten einbrechen! Kann man sich was Dümmeres vorstellen? Aber Junior hat ja schon sein Leben lang Blödsinn gemacht.«

»Wissen Sie, wann sie zurück sein werden?«, fragte King.

»Sie wollten die Kinder aus der Schule abholen, also kann es nicht mehr lange dauern.« Priscilla musterte sie misstrauisch. »Was genau wollen Sie hier?«

»Wir wurden von Juniors Anwalt beauftragt, nach Beweisen für seine Unschuld zu suchen«, erklärte King.

»Da haben Sie sich ja einiges vorgenommen.«

»Sie halten ihn also für schuldig?«, fragte Michelle und lehnte sich gegen das Geländer.

Priscilla sah sie mit unverhohlener Abscheu an. »So 'ne Scheiße hat er schon öfter gemacht.«

»Aber vielleicht hat Junior wirklich nichts mit dieser Sache zu tun«, sagte King.

»Klar, und vielleicht bin ich superschlank und krieg demnächst meine eigene Fernsehshow.«

»Wenn sie bald zurück sind… Könnten wir hereinkommen und auf sie warten?«

Priscilla hob die Pistole, die sie in der anderen Hand hielt und hinter ihren vollen Hüften verborgen hatte. »Lulu mag es nicht, wenn ich Fremde hereinlasse. Und ich weiß nicht, ob es stimmt, was Sie sagen.« Sie richtete die Waffe auf King. »Ich möchte Sie wirklich nicht erschießen, weil Sie anscheinend ein ganz netter Kerl sind, aber ich knall Sie über den Haufen, wenn Sie irgendwelche Kinkerlitzchen machen, und Ihr kleines mageres Püppchen gleich mit.«

King hob die Hände. »Kein Problem, Priscilla.« Dann fügte er hinzu: »Das ist eine prima Pistole, die Sie da haben. Eine H und K, neun Millimeter, nicht wahr?«

»Woher soll ich das wissen?«, sagte Priscilla. »Sie hat meinem Mann gehört. Ich weiß nur, wie man damit schießt.«

»Wir werden hier draußen einen kleinen Spaziergang machen, während wir warten«, sagte King, stieg rückwärts die Treppe hinunter und zog Michelle mit sich.

»Nur zu. Aber klauen Sie mir nicht meinen Mercedes«, sagte Priscilla, als sie die Tür schloss.

»Mageres Püppchen?«, sagte Michelle. »Ich würde ihr gern ihre Pistole mitten in ihren …«

King legte eine Hand auf ihre Schulter und zog sie vom Wohnwagen weg. »Lass uns cool bleiben und ein andermal Detektiv spielen.«

Nachdem sie sich ein Stück entfernt hatten, hob King einen kleinen Stein auf und schleuderte ihn davon. »Was glaubst du, warum Remmy Battle das Loch in Bobbys Schrank nicht hat reparieren lassen? Immerhin war jemand da, der ihren eigenen Schrank wieder in Ordnung gebracht hat. Warum hat sie nicht gleichzeitig den Schaden in Bobbys Zimmer beseitigen lassen?«

»Vielleicht ist sie sauer auf ihn und wollte nichts damit zu tun haben.«

»Und du glaubst, sie ist wütend, weil sie nichts vom Geheimfach und seinem Inhalt gewusst hat?«

»Wo wir gerade dabei sind, da ist noch etwas anderes, das mich irritiert«, sagte sie. »Warum hat sie ihren *Ehering* in dieser Schublade aufbewahrt? Sie erzählt uns, was für ein toller Kerl ihr Mann ist, aber sie trägt den Ehering nicht. Das kann nichts mit dem Geheimfach zu tun haben. Davon hat sie erst erfahren, *nachdem* ihr Ring und die anderen Sachen gestohlen wurden.«

»Sie könnte Bobby verdächtigen, dass er etwas vor ihr versteckt hat. Vielleicht hatten sie auch andere Probleme. Wie Harry schon sagte, hat Bobby sich etliche

Affären geleistet. Oder sie hat uns die ganze Zeit belogen.«

Plötzlich fiel Michelle etwas ein. »Könnte es sein, dass Junior von jemandem angeheuert wurde, in das Haus einzubrechen und das zu stehlen, was sich in Bobbys Geheimfach befand?«

»Wer außer Bobby könnte davon gewusst haben?«

»Zum Beispiel die Person, die den Schrank mit dem Geheimfach gebaut hat.«

King nickte. »Und diese Person kann davon ausgehen, dass Bobby dort Wertsachen aufbewahrt. Vielleicht ist es sogar dieselbe Person, die Remmys versteckte Schublade eingebaut hat. Bobby könnte diese Person damit beauftragt haben, ohne seiner Frau etwas davon zu sagen.«

»Ich glaube, wir können ausschließen«, sagte Michelle, »dass Junior von Remmy angeheuert wurde, um in das Haus einzubrechen und den Inhalt von Bobbys Fach zu stehlen. Hätte sie davon gewusst, hätte sie es selbst tun können.«

»Wenn sie gewusst hätte, *wo* es sich befindet. Vielleicht hat sie es selbst nicht gefunden und Junior beauftragt, danach zu suchen und es wie einen Einbruch aussehen zu lassen.«

»Aber in diesem Fall hätte sie niemals die Polizei gerufen.«

King schüttelte den Kopf. »Nicht, wenn Junior sie hintergangen und ihre Sachen gestohlen hat, während er nach Bobbys Geheimfach suchte. Und vielleicht will Junior noch nicht offen darüber reden, weil er zunächst abwarten möchte, wie die Sache sich entwickelt.«

»Warum glaube ich auf einmal, dass dieser Fall viel komplizierter ist, als alle denken?«, sagte Michelle mürrisch.

»Ich habe ihn nie für einfach gehalten.«

Beide drehten sich um, als ein Van sich über den Kiesweg dem Wohnwagen näherte.

King versuchte die Insassen zu erkennen und drehte

sich dann zu Michelle um. »Lulu scheint mit dem Kautionsantrag durchgekommen zu sein. Das ist Junior Deaver auf dem Beifahrersitz. Schauen wir mal, ob wir aus ihm die Wahrheit herausbekommen.«

»Wenn ich bedenke, wie es bisher gelaufen ist, würde ich keinen Cent darauf wetten. Klare Antworten scheinen zurzeit Mangelware zu sein.«

KAPITEL 20

Junior Deaver sah aus wie ein Mann, der sein Geld mit den Händen verdiente. Seine Jeans und sein T-Shirt waren voller Farbflecken und schienen dauerhaft mit Zementstaub imprägniert zu sein. Er war über eins neunzig groß, mit dicken, muskelbepackten Armen – ein sonnengebräunter Hüne voller Narben, Schorf und mindestens fünf Tattoos, soweit Michelle zählen konnte, die verschiedene Themen abdeckten, von Müttern über Lulu bis zu Harley-Davidson. Sein Haar war braun und bereits etwas ausgedünnt, und er trug es lang und zu einem Pferdeschwanz zusammengebunden, der seinen angegrauten und zurückweichenden Haaransatz unvorteilhaft betonte. Hinzu kamen ein kleiner, borstiger Spitzbart und buschige Koteletten, die seine Weihnachtsmannpausbacken umrahmten. Doch er hob sein jüngstes Kind, ein sechsjähriges Mädchen mit Zöpfen und wunderschönen braunen Augen, mit einer Zärtlichkeit aus dem Van, die Michelle ihm niemals zugetraut hätte.

Lulu Oxley war sehr schlank und trug einen nüchternen schwarzen Geschäftsanzug, Schuhe mit flachen Absätzen und eine modische Sonnenbrille mit dünnem Goldrahmen. Ihr braunes Haar war professionell zu einem komplizierten Knoten hochgesteckt. In einer Hand hielt sie eine Aktentasche und in der anderen die kleine Hand eines ungefähr achtjährigen Jungen. Das dritte Kind, ein Mädchen von etwa zwölf Jahren, folgte ihnen mit einer großen Schultasche. Alle Kinder trugen die Uniform einer städtischen katholischen Schule.

King trat vor und reichte Junior die Hand.

»Junior, ich bin Sean King. Harry Carrick hat uns beauftragt, an Ihrem Fall zu arbeiten.«

Junior warf Lulu einen Blick zu. Als sie nickte, nahm er widerstrebend Kings Hand und drückte sie. Michelle sah, wie ihr Partner leicht zusammenzuckte, bevor der große Mann ihn wieder losließ.

»Das ist meine Partnerin Michelle Maxwell.«

Lulu sah sich die beiden sehr genau an. »Harry sagte, dass Sie vorbeischauen würden. Ich habe Junior gerade aus dem Gefängnis geholt, und ich möchte nicht, dass er wieder hineinkommt.«

»Das wird nicht passieren«, brummte Junior. »Weil ich nichts Unrechtes getan habe.«

Das Mädchen in seinen Armen fing leise zu weinen an.

»Ach, Mensch«, sagte Junior, »hör endlich auf zu jammern, Mary Margaret. Daddy ist jetzt wieder zu Hause.« Doch das kleine Mädchen schluchzte immer noch.

»Mama«, rief Lulu, »komm und hol die Kinder rein!«

Priscilla erschien in der Tür, diesmal ohne die Waffe, und rief die älteren Kinder in den Wohnwagen, bevor sie Mary Margaret von Junior entgegennahm.

Sie bedachte ihren Schwiegersohn mit einem strengen Blick. »Wie ich sehe, lassen sie heutzutage jeden aus dem Knast.«

»Mutter!«, rief Lulu. »Geh bitte rein und kümmere dich um die Kinder.«

Priscilla stellte Mary Margaret ab, die sich sofort in den Wohnwagen flüchtete. Priscilla nickte in Kings und Michelles Richtung. »Dieser gewiefte Typ und seine Tussi sind gekommen, um Fragen zu stellen. Sie sagen, sie würden für Junior arbeiten. Ich schlage vor, du machst ihnen mit einem Warnschuss klar, dass sie dahin zurücksollen, woher sie gekommen sind.«

Beim Wort »Tussi« griff King automatisch nach Michelles Arm, um sie davon abzuhalten, der älteren Frau an die Gurgel zu gehen. »Mrs Oxley«, sagte er. »Wie ich bereits erwähnte, sind wir hier, um Junior zu helfen. Wir haben schon mit Remmy Battle gesprochen.«

»Hei-ti-tei!«, sagte Priscilla Oxley und setzte diesem Kommentar ein Schnauben hinzu. »Und wie ist das werte Befinden der Königin?«

»Sie kennen Remmy?«, fragte King.

»Ich hab früher im Greenbrier Resort drüben in West Virginia gearbeitet. Sie und ihre Familie waren dort regelmäßig zu Besuch.«

»Und sie war… anspruchsvoll?«

»Sie ist mir königlich auf den Sack gegangen«, erklärte Priscilla. »Und wenn Junior so bescheuert war, bei einer solchen Hexe einzubrechen, hat er jede Strafe verdient.«

Lulu zeigte mit dem Finger auf die Frau. »Mutter, wir müssen mit diesen Leuten ein paar Dinge besprechen.« Sie blickte zur Tür des Wohnwagens, wo die zitternde Mary Margaret stand und zuhörte. »Dinge, die nicht für die Ohren der Kinder bestimmt sind.«

»Mach dir deswegen keine Sorgen, Schätzchen«, sagte Priscilla. »Ich werde sie sowieso über alle Fehler ihres Daddys informieren. Dazu brauche ich allerdings ein paar Monate.«

»Mutter, das solltest du nicht tun«, sagte Junior und starrte auf seine großen Füße. Er war fast einen Kopf größer als Priscilla Oxley, obwohl er vermutlich kaum mehr auf die Waage brachte als sie. Trotzdem bestand für King und Michelle kein Zweifel, dass der Mann Angst vor seiner Schwiegermutter hatte.

»Nenn mich nicht Mutter! Denk dran, was Lulu und ich alles für dich getan haben! Willst du uns so dafür danken? Indem du dich in Schwierigkeiten bringst – vielleicht sogar auf den elektrischen Stuhl?«

In diesem Moment verwandelte sich Mary Margarets Schluchzen in ohrenbetäubendes Geheul. Lulu trat sofort in Aktion.

»Entschuldigen Sie mich«, sagte sie höflich, aber entschieden zu King und Michelle.

Sie marschierte zum Wohnwagen, krallte die Finger in Priscillas Kleid und zerrte ihre Mutter mit sich, um sie zusammen mit Mary Margaret in den Wagen zu drängen. Hinter der geschlossenen Tür hörten sie gedämpfte Schreie und wütende Stimmen, bis es plötzlich still wurde. Ein paar Sekunden darauf kam Lulu wieder heraus und schloss die Tür hinter sich.

»Mama weiß manchmal nicht, was sie sagt, wenn sie getrunken hat. Tut mir Leid.«

»Sie mag mich nicht besonders«, sagte Junior überflüssigerweise.

»Warum setzen wir uns nicht?«, schlug Lulu vor und zeigte auf einen alten Picknicktisch ein Stück rechts vom Wohnanhänger.

Als sie Platz genommen hatten, informierte King die beiden über ihren Besuch bei den Battles.

»*Das* ist das eigentliche Problem«, sagte Lulu und zeigte auf den großen Schuppen hinter dem Wohnwagen. »Ich habe Junior schon tausendmal gesagt, dass er das Ding mit einer abschließbaren Tür versehen soll.«

»Die alte Geschichte«, sagte er verlegen. »Wenn man ständig an den Häusern anderer Leute arbeitet, hat man keine Zeit mehr für sein eigenes.«

»Aber der Punkt ist, dass jeder problemlos hineingehen kann«, erklärte Lulu.

»Nicht, solange der alte Luther aufpasst«, sagte Junior und zeigte auf den Hund, der wieder aus dem Schuppen hervorgekommen war und bellte, erfreut über den Anblick seiner Besitzer.

»Luther?«, sagte Lulu fassungslos. »Klar, er bellt, aber er beißt nicht, und er ist der liebste Hund der Welt, wenn ihm jemand etwas zu fressen mitbringt.« Sie wandte sich an King und Michelle. »Ständig kommen Kumpel von Junior vorbei und borgen sich Werkzeug aus. Wenn wir nicht zu Hause sind, lassen sie Zettel zurück, auf denen steht, wann sie die Sachen zurückbringen – was manchmal allerdings nie passiert. Und Luther hat noch keinen von ihnen davon abgehalten, sich zu bedienen.«

»Sie lassen oft ein Sixpack Bier als Dankeschön da«, sagte Junior rasch. »Es sind gute Freunde von mir.«

»Ich weiß nicht, ob sie wirklich alle gut sind«, erwiderte Lulu heftig. »Einer von denen könnte dich reingelegt haben.«

»Komm schon, Baby. So was würde mir keiner antun.«

»Es reicht, wenn wir zeigen können, dass es begründete Zweifel gibt«, warf King ein. »Wenn die Geschworenen auch nur erkennen, dass es eine andere Erklärung geben *könnte*, ist das gut für Sie.«

»Das stimmt, Junior«, sagte seine Frau.

»Aber es sind meine Freunde. Ich will sie nicht in Schwierigkeiten bringen. Ich weiß, dass sie nichts tun würden, was mir schaden könnte. Verdammt, sie hätten überhaupt keine Möglichkeit gehabt, ins Haus der Battles einzubrechen. Und ich sag Ihnen, sie würden sich niemals mit Mrs Battle anlegen, ganz bestimmt nicht. Ich hab zwar keinen College-Abschluss, aber ich bin klug genug, um zu erkennen, dass man ihr niemals den Ehering klauen darf. Scheiße, darauf kann ich verzichten.«

»Sie würden Ihre Freunde nicht in Schwierigkeiten bringen«, sagte King nachdrücklich. »Geben Sie uns die Namen und Adressen, und wir werden diskrete Erkundigungen einziehen. Wahrscheinlich haben die alle bombensichere Alibis. Aber eins müssen Sie sich klar machen, Junior. Ganz gleich, ob es Ihre Freunde sind oder nicht, solange wir keine anderen Verdächtigen finden, sprechen die Beweise gegen Sie.«

»Hör auf ihn, Junior«, sagte seine Frau. »Oder willst du wieder ins Gefängnis?«

»Natürlich nicht, Baby.«

»Also…?« Sie sah ihn erwartungsvoll an.

Junior sträubte sich noch eine Zeit lang, dann gab er ihnen die Namen.

»Jetzt möchte ich, dass Sie ganz ehrlich zu mir sind,

Junior«, sagte King vorsichtig. »Wir arbeiten für Ihren Anwalt. Deshalb werden wir alles, was Sie sagen, vertraulich behandeln. Niemand sonst wird davon erfahren.« Er hielt inne und wählte seine nächsten Worte mit Bedacht. »Haben Sie irgendwas mit diesem Einbruch zu tun? Haben Sie vielleicht unwissentlich oder unabsichtlich etwas getan, das jemand anderem geholfen haben könnte, den Einbruch zu begehen?«

Junior stand auf und ballte die großen Hände zu Fäusten. »Okay, du Arschloch! Wie wär's, wenn ich dir mal gründlich die Fresse poliere?«, brüllte er.

Michelle erhob sich ebenfalls und legte eine Hand an ihre Waffe, doch King gab ihr durch ein Zeichen zu verstehen, dass sie sich zurückhalten sollte. »Junior«, sagte er gelassen, »meine Partnerin hat mehrere schwarze Gürtel und könnte uns beide mit einem Fußtritt in den Arsch in die Umlaufbahn schießen. Außerdem trägt sie eine geladene Pistole und könnte Ihnen aus zwanzig und erst recht aus zwei Metern Entfernung mit einem Schuss zwischen die Augen das Hirn wegpusten. Es war ein langer Tag, und ich bin ziemlich kaputt. Also setzen Sie sich wieder und benutzen Sie Ihren Verstand, bevor Sie etwas tun, das Sie später bereuen.«

Junior musterte Michelle erstaunt. Sie erwiderte seinen Blick ohne eine Spur von Besorgnis oder Furcht. Er setzte sich, doch seine Blicke huschten immer wieder in ihre Richtung, während King fortfuhr: »Es geht nur darum, dass wir keine Überraschungen erleben wollen. Wenn es also etwas gibt, das Sie Harry oder uns noch nicht gesagt haben, sollten Sie es jetzt tun.«

Nach längerem Schweigen schüttelte Junior den Kopf. »Ich hab Ihnen die Wahrheit gesagt. Ich war's nicht, und ich hab keine Ahnung, wer es getan haben könnte. Und jetzt will ich meine Kinder sehen.« Er stand auf und stapfte zum Wohnwagen.

KAPITEL 21

Als King und Michelle zurück zu ihrem Wagen gingen, wurden sie von Lulu begleitet.

»Junior ist ein feiner Kerl. Er liebt die Kinder und mich«, sagte sie. »Er arbeitet hart, aber er weiß, dass es nicht gut für ihn aussieht, und das macht ihm schwer zu schaffen.« Sie stieß einen Seufzer aus. »Dabei lief alles so gut – vielleicht zu gut. Ich habe einen prima Job, und Junior hat mehr Aufträge, als er bewältigen kann. Wir bauen uns ein eigenes Haus, und die Kinder kommen in der Schule gut zurecht. Ja, vielleicht ist alles viel zu gut gelaufen.«

»Sie haben Ihren Mädchennamen behalten?«, fragte Michelle.

»Ich habe keine Brüder«, erklärte Lulu. »Und meine Schwestern haben die Namen ihrer Männer angenommen. Ich wollte die Oxleys noch eine Weile am Leben erhalten, zumindest so lange, wie *ich* lebe.«

»Sie arbeiten im *Aphrodisia*, nicht wahr?«, sagte King.

Sie sah ihn verblüfft an. »Woher wissen Sie das?« Dann lächelte sie. »Erzählen Sie mir nicht, dass Sie schon mal dort waren.«

King erwiderte das Lächeln. »Einmal. Vor Jahren.«

»Als ich dort anfing, war es kaum mehr als ein Bordell. Damals hieß es Love Shack, nach dem Song von B-52. Aber ich habe erkannt, dass der Laden wesentlich mehr Potenzial hat. Im Laufe der Jahre haben wir ihn in einen netten Club verwandelt. Okay, wir haben immer noch die Tänzerinnen und das ganze Drum und Dran, aber das ist nur ein Teil des Geschäfts, das im alten Gebäude läuft. Junior hat sich um die Neubauten gekümmert. Sie sollten sich mal die Einrichtung ansehen. Jetzt gibt es Holzsäulen, hübsche Stuckarbeiten, feine Vorhänge und Tapeten. Wir haben ein richtig gutes Restaurant, einen Billardraum und ein Kartenspielzimmer, ein Kino und eine erstklassige Bar mit Raucherecke. Und wir haben gerade einen Club für Geschäftsleute aus der Umgebung eröffnet. Sie wissen schon, einen Treffpunkt, an dem sie Netzwerke knüpfen können. Wir haben Internetzugang und ein Business-Center. Unsere Einnahmen sind im letzten Jahr um sechsundachtzig Prozent gestiegen. Und ich habe auch schon darauf gedrängt, den Namen zu ändern. Er soll etwas …«

»Geschmackvoller klingen?«, schlug Michelle vor.

»Ja«, sagte Lulu. »Mir gehört ein Anteil, also ist der Laden die Altersvorsorge für Junior und mich. Ich möchte, dass der Club so viel Gewinn wie möglich abwirft. Ich habe die Kosten und die Verschuldung im Griff, einen satten Umsatz und praktisch keine direkte Konkurrenz. Und unsere Zielgruppe ist Gold wert: gut verdienende Männer, die sich nicht groß Gedanken darüber machen, wie viel sie ausgeben. Sie sollten sich mal unseren Umsatz im Vergleich zu früheren Zeiten ansehen.«

»Sie reden wie eine echte Geschäftsfrau«, sagte Michelle.

»So habe ich aber nicht angefangen. Ich hab nicht mal die Highschool abgeschlossen. Mein Vater hatte eine Gehirnblutung, als ich sechzehn war. Ich musste zu Hause bleiben, um ihn zu pflegen. Ich war wohl keine gute Krankenschwester, denn er starb bald darauf. Aber dann heiratete ich Junior, holte meinen Abschluss nach und belegte Kurse in Betriebswirtschaft an der Abendschule. In dieser Zeit hatte ich einen Nebenjob im Love Shack. Als Kellnerin«, fügte sie rasch hinzu. »Ich besitze nicht die nötige körperliche Ausstattung, um als Tänzerin arbeiten zu können. Ich hab mich nach oben gekämpft, alles über das Geschäft gelernt, und irgendwann hatte ich's geschafft.«

»Vor kurzem wurde eine Ihrer Tänzerinnen ermordet«, sagte King.

Lulu erstarrte. »Woher wissen Sie davon?«

»Wir sind so etwas wie Berater für Todd Williams«, erklärte King.

»Sie war eine unserer *ehemaligen* Tänzerinnen«, stellte Lulu richtig.

»Haben Sie sie gekannt?«, fragte Michelle.

»Kaum. Die Mädchen wechseln häufig. Die meisten bleiben nicht sehr lange, was wohl in der Natur des Jobs liegt. Und wir halten uns an die Regeln. Wir erlauben ihnen nur zu tanzen. Wir wollen unsere Lizenz nicht verlieren, nur weil ein Mädchen sich nebenbei etwas dazuverdienen möchte und die Beine breit macht.«

»Gehörte Rhonda Tyler zu diesen Mädchen? Hatte sie deshalb aufgehört?«, fragte Michelle.

»Ich habe der Polizei schon alles gesagt. Gibt es einen Grund, dass ich Ihnen noch mal dasselbe erzähle?«

»Nein«, sagte King.

»Gut, weil ich nämlich genügend eigene Probleme habe und mich nicht zusätzlich um irgendeine Frau kümmern kann, die sich ermorden lässt.«

»Ich bezweifle, dass der Mord mit ihrer Einwilligung geschehen ist«, sagte Michelle.

»Schätzchen«, sagte Lulu. »Ich bin schon lange genug in diesem Geschäft und habe genug gesehen, dass mich nichts mehr überraschen kann.«

»Ich habe genau dasselbe gedacht«, sagte King.

Als sie mit dem Lexus losfuhren, blickte Lulu ihnen nach und ging dann in den Wohnwagen.

Michelle beobachtete sie im Seitenspiegel. »Sie sagt, sie hätte die Frau kaum gekannt, aber sie konnte sie anhand eines Phantombilds identifizieren, und sie wusste von der Tätowierung am Oberschenkel. Findest du nicht auch, dass das widersprüchlich klingt?«

»Könnte sein«, sagte King.

»Und Junior mag zwar zu blöd sein, um etwas mit Schuldverschreibungen und Schmuck anfangen zu können, aber seine Frau ist gerissen genug, um so was zu verkaufen und einen ordentlichen Gewinn einzustreichen.«

»Wenn das stimmt, wäre unser Mandant schuldig.«

Michelle zuckte die Schultern. »Das kann einem in unserem Job manchmal passieren. Was kommt jetzt?«

»Wir versuchen herauszufinden, wer die Geheimfächer in den Ankleidezimmern der Battles eingebaut hat. Wir überprüfen die Alibis von Juniors Freunden, und wir informieren Harry darüber, was wir bisher erreicht haben.«

»Und warten darauf, dass der nächste Mord geschieht«, fügte Michelle mit einem Seufzer hinzu.

KAPITEL 22

Diane Hinson verließ ihre Anwaltskanzlei in der Innenstadt gegen sieben Uhr abends, wie fast jeden Tag. Sie stieg in ihren neuen Chrysler Sebring und fuhr los. In einem Restaurant nahm sie sich etwas zu essen mit, fuhr zu ihrem bewachten Wohnviertel, winkte dem älteren Wachmann zu – der keine Waffe trug und mühelos von ein paar stämmigen Zwölfjährigen hätte überwältigt werden können – und hielt schließlich vor ihrem Haus am Ende einer Sackgasse.

Es war ein gutes Jahr für Diane Hinson gewesen. Sie war vor kurzem zur neuen Partnerin von Goodrich, Browder & Knight ernannt worden, Wrightsburgs zweitgrößter Kanzlei, und hatte endlich einen Mann kennen gelernt, von dem sie glaubte, er könnte der Richtige für sie sein. Er war Steuerberater, eins neunzig groß, vier Jahre jünger als sie und sportlich. Sie hatte das Gefühl, dass er ihr schon bald die Frage stellte, ob sie seine Frau werden wolle, und sie würde ohne zu zögern mit Ja antworten. Außerdem hatte sie für die Kanzlei einen neuen Mandanten gewonnen, dessen Umsätze sich im sechsstelligen Bereich bewegten und ihr persönliches Einkommen beträchtlich steigern würden. Wenn sie jetzt noch mit einem Ring am Finger und einem Ehemann, an dessen Seite sie alt werden konnte, in eine Villa ziehen würde, wäre das Glück für die dreiunddreißigjährige Anwältin perfekt.

Sie fuhr ihren Wagen in die Garage und ging ins Haus, stellte das Abendessen in die Mikrowelle, zog ihre Joggingsachen an und lief los. Fünf Kilometer und etwas mehr als zwanzig Minuten später kehrte sie leicht verschwitzt, aber kaum außer Atem zurück. Sie war im College eine gute Mittelstreckenläuferin gewesen und immer noch begeisterte Tennisspielerin, wodurch sie sich in den letzten Jahren in Form gehalten hatte.

Sie duschte, aß ihre Mahlzeit und sah sich eine Fernsehsendung an, auf die sie sich bereits gefreut hatte. Dann erhielt sie einen Telefonanruf von ihrem Verehrer, der sich zu einer Firmentagung in Houston aufhielt. Nach dem gehauchten Versprechen einer unvergesslichen heißen Nacht, sobald er wieder in der Stadt war, legte sie auf, sah sich die Spätnachrichten an, stellte fest, dass es schon fast Mitternacht war, und schaltete den Fernseher aus. Im Badezimmer entkleidete sie sich bis auf das Höschen, zog sich ein langes T-Shirt an, das dort wie immer an der Tür hing, und ging zu ihrem Bett.

Sie spürte, dass jemand hinter ihr war, doch bevor sie schreien konnte, hatte sich ein Handschuh um ihren Hals gelegt und schnitt ihr die Atemluft und damit auch die Stimme ab. Ein kräftiger Arm schlang sich um ihren Körper und hielt sie in eisernem Griff. Benommen spürte Diane, dass sie mit dem Gesicht nach unten auf den Boden gestoßen wurde. Sie konnte weder schreien noch sich bewegen, als ihr ein Knebel in den Mund gesteckt und ihre Hände mit einem Telefonkabel hinter dem Rücken gefesselt wurden.

Als Anwältin hatte Diane bereits mehrere mutmaßliche Vergewaltiger verteidigt, von denen sie einige freibekommen hatte, obwohl sie im Gefängnis besser aufgehoben wären. Sie hatte diese Freisprüche als berufliche Erfolge gewertet. Als sie nun auf dem Boden lag und eine schwere Last auf ihren Rücken drückte, machte sie sich darauf gefasst, vergewaltigt zu werden. Mit erstickender Furcht machte sie sich klar, dass der Unbekannte ihr jeden Augenblick den Slip ausziehen und mit der erniedrigenden und schmerzhaften Verletzung beginnen würde.

Obwohl Diane übel vor Angst war, sagte sie sich, dass sie keinen Widerstand leisten und es über sich ergehen lassen sollte, um eine Überlebenschance zu haben. Sie hatte sein Gesicht nicht gesehen und konnte ihn unmöglich identifizieren. Er hätte also keinen Grund, sie zu töten. Sie versuchte, durch den Knebel zu sprechen.

»Bitte, tun Sie mir nicht weh«, sagte sie dumpf.

Ihre Bitte verklang ungehört.

Das Messer fuhr in ihren Rücken und streifte die linke Seite ihres Herzens. Die Klinge wurde herausgezogen und erneut hineingestoßen. Diesmal hinterließ sie einen fünf Zentimeter langen Riss in der Lunge und zerschnitt die Aorta. Als er von Diane abließ, war ihr Rücken mit einem Dutzend Wunden übersät. Diane Hinson jedoch war schon am vierten Stich gestorben.

Der Mann mit der schwarzen Sturmhaube beugte sich über sie, wobei er darauf achtete, nicht in die Blutlache zu treten, die sich auf dem Teppich bildete, und drehte Diane auf den Rücken. Er zog ihr T-Shirt hoch, nahm einen Filzstift aus der Tasche und zeichnete ein Symbol auf Dianes flache Bauchdecke. Auf der Wand über ihrem Bett hinterließ er das gleiche Zeichen – übergroß, damit es nicht übersehen wurde. Die Polizisten waren manchmal schwer von Begriff.

Er kehrte zur Leiche zurück, löste vorsichtig die Fußkette, die er bereits auf dem Parkplatz des Einkaufszentrums bewundert hatte, und steckte sie ein.

Das Messer ließ er neben der Toten liegen, da es unmöglich bis zum ihm zurückverfolgt werden konnte. Er hatte es aus einer Küchenschublade genommen, als er vor einiger Zeit das Haus betreten hatte. Vorher hatte er sich im dunklen Gebüsch neben der Garagentür versteckt und darauf gewartet, dass Diane nach Hause kam. Er hatte sich ins Haus geschlichen, nachdem sie aus dem Wagen gestiegen war. Die meisten Leute schlossen ihre Garage, indem sie auf den Knopf neben der Tür drückten, die ins Haus führte. Diane hatte ihn nicht bemerkt.

Er befreite ihre Hände von den Fesseln und lehnte ihren Arm gegen eine Schublade, die er ein Stück geöffnet hatte. Im Einkaufszentrum hatte er gesehen, dass sie eine Armbanduhr trug, sodass er keine Uhr mitgebracht hatte. Er stellte die Zeiger so ein, wie er sie haben wollte, und drückte das Rädchen nicht wieder hinein, sodass die Zeiger stehen blieben. Er sprach kein Gebet für die Tote. Stattdessen murmelte er etwas von einer Lektion, keine Belege über Bargeldabhebungen wegzuwerfen.

Systematisch durchsuchte er das Zimmer, ob er Hinweise hinterlassen hatte. Finger- und Handabdrücke waren kein Thema. Er trug Handschuhe, die er außerdem mit Filz beklebt hatte. Dann zog er einen kleinen Handstaubsauger aus der Manteltasche und säuberte den Boden, auch unter dem Bett, wo er sich versteckt hatte. Anschließend reinigte er den Wandschrank, in dem er sich zuvor verborgen hatte. Auf dieselbe Weise beseitigte er mögliche Spuren auf der Treppe bis hinein in die Garage.

Nachdem er seine Sturmhaube abgenommen hatte, klebte er sich einen Bart an und setzte sich einen Hut auf. Dann verließ er das Haus durch die Hintertür. Er ging zu seinem Wagen, den er auf einer Nebenstraße außerhalb des schicken Wohnviertels mit dem ältlichen, unbewaffneten Wachmann abgestellt hatte. Er startete den VW. Er fuhr schnell, hielt sich aber an die vorgeschriebene Höchstgeschwindigkeit. Er musste einen weiteren Brief schreiben. Und er wusste schon genau, was er mitteilen wollte.

KAPITEL 23

Sean King erwachte früh auf dem fünfzehn Meter langen Hausboot, das an seinem Pier lag. Das gemietete Boot war sein Heim, zumindest so lange, bis er sich ein neues Haus gebaut hatte, nachdem sein altes in einem tiefen Krater verschwunden war. Er streifte einen Neopren-Anzug über, holte tief Luft und tauchte kopfüber ins Wasser. Mit kräftigen Zügen schwamm er ein paar Runden und kehrte zum Hausboot zurück, wo er in seinen Loon-Kajak stieg und drei Kilometer paddelte. Offenbar färbten die sportlichen Angewohnheiten seiner Partnerin auf ihn ab, wie er sich widerwillig eingestehen musste.

Als er bei diesem Gedanken aufblickte, sah er sie auf dem Wasser. Er war nicht überrascht, nicht einmal zu dieser frühen Morgenstunde. Er fragte sich manchmal, ob sie überhaupt schlief. War sie in Wahrheit eine Vampirin, die zufällig kein Problem mit Sonnenlicht hatte?

Michelle saß in ihrem Skullboot und ruderte mit einer Geschicklichkeit und Kraft, von der King nur träumen konnte. Sie bewegte sich so schnell, dass es schien, ihr Boot würde von einem Motor angetrieben.

»Zeit für einen Kaffee, oder willst du heute früh bis zum Atlantik schippern?«

Auf dem ruhigen Wasser wurden seine Worte mühelos bis zu ihr getragen.

Sie lächelte, winkte ihm zu und kehrte zurück. Beide erreichten den Pier und machten ihre Boote fest.

Auf dem Hausboot kochte King Kaffee, während

Michelle einen Müsliriegel aus ihrer Bauchtasche zog und verzehrte. Sie blickte sich in der aufgeräumten Wohnkabine um.

»Weißt du, dass dieses Boot fast größer ist als mein Häuschen?«, stellte sie zwischen zwei Bissen fest.

»Und viel ordentlicher«, sagte er und schenkte Fruchtsaft und Kaffee ein.

Seit ihrem Gespräch mit Lulu und Junior waren zwei Tage vergangen. Sie hatten Harry Carrick Bericht erstattet. Der Anwalt schien mit ihren Fortschritten zufrieden zu sein, hatte ihnen aber zugleich mitgeteilt, dass das Geschworenengericht gegen seinen Mandanten Anklage erhoben hatte, was allerdings keine Überraschung war. King und Michelle hatten den Mann ausfindig gemacht, der die Geheimfächer der Battles eingerichtet hatte. Er war bereits im Ruhestand, und es gab keinen ersichtlichen Grund, warum er in das Haus seiner ehemaligen Auftraggeber hätte einbrechen sollen. Die Spur schien in einer Sackgasse zu enden, bis King den Mann gefragt hatte, wann Robert Battle ihn mit dem Einbau des Geheimfachs beauftragt hatte.

Der alte Mann hatte ein wenig unruhig auf die Frage reagiert. »Ich mag es nicht, wenn man vor anderen Geheimnisse hat«, sagte er. »Mrs Battle ist eine feine Dame. Ich kenne keine Frau, die anständiger wäre.«

»Also wollte Robert Battle nicht, dass seine Frau davon erfährt?«, hakte Michelle nach, als der alte Mann offenbar nichts mehr dazu sagen wollte.

»Musste mich rein- und rausschleichen, wenn sie nicht da war. Hat mir nicht gefallen, nein, Sir«, sagte er, ohne eine direkte Antwort auf ihre Frage zu geben.

»Haben Sie eine Ahnung, zu welchem Zweck Mr Battle dieses Geheimfach nutzen wollte?«, fragte King.

»Hab nicht danach gefragt, weil es mich nichts angeht«, sagte er störrisch.

»Wann war das ungefähr?«, wollte Michelle wissen.

Der Mann dachte nach. »Muss fünf Jahre her sein oder

so«, sagte er dann. »Mrs Battles Geheimfach hab ich ein paar Jahre davor eingebaut.«

»Und Mr Battle wusste vom Geheimfach seiner Frau?«, fragte King.

»Keine Ahnung. Wie ich höre, steht er an der Schwelle des Todes.«

»Bei einem Mann wie ihm kann man nie wissen«, erwiderte King.

Anschließend hatten sie die Alibis von Juniors Freunden überprüft. Zum fraglichen Zeitpunkt waren die Männer entweder in einer Bar gewesen oder im Bett mit ihren Frauen, Freundinnen oder Geliebten. Natürlich war es denkbar, dass nicht alle Frauen die Wahrheit sagten, aber es wäre nicht einfach, ihre Aussagen ohne gründliche Nachforschungen zu widerlegen. Auf jeden Fall hatte King nicht das Gefühl, dass sie logen. Und keiner von Juniors Freunden schien auch nur ansatzweise die Fähigkeit zu besitzen, einen solchen Einbruch zu verüben und gleichzeitig so geschickt die Beweise zu fälschen, dass Junior in Verdacht geriet. Ihre Fachkenntnisse beschränkten sich darauf, Nägel in Wände zu schlagen, Bier zu trinken und Frauen flachzulegen.

»Willst du die ganze Zeit auf diesem Hausboot leben, während du dir ein neues Domizil baust?«, fragte Michelle.

»Wie es aussieht, bleibt mir kaum etwas anderes übrig.«

»Ich habe ein zweites Schlafzimmer.«

»Danke, aber ich glaube nicht, dass ich dort mit meinen Ordnungsgenen überleben könnte.«

»Ich habe mich gebessert.«

»Gebessert! Als ich das letzte Mal bei dir war, hattest du alles Mögliche, von Wasserskiern bis hin zu Schrotflinten, auf einem Tisch in deinem Esszimmer gestapelt, ein Berg schmutziger Wäsche lag in der Küchenspüle, und benutztes Geschirr stand auf einem Stuhl im Wohnzimmer. Du hast das Abendessen auf Papptellern serviert, die auf einem Wakeboard standen, das von zwei Stühlen gestützt wurde. So was hatte ich noch nie gesehen.«

»Ich dachte, du hättest dich gefreut, dass ich für dich gekocht habe«, sagte sie verletzt. »Weißt du, wie viele Konservendosen ich öffnen musste?«

»Ich bin sicher, dass es ein Martyrium gewesen ist.«

Er wollte noch etwas sagen, doch in diesem Moment klingelte sein Handy. Es war Todd Williams. Das Gespräch war kurz, doch als King die Verbindung beendete, wirkte er erschüttert.

»Wieder ein Mord?«, fragte Michelle, während sie ihre Kaffeetasse abstellte.

»Ja.«

»O Gott. Wer ist es diesmal?«

»Jemand, den ich zufällig kenne«, sagte er.

KAPITEL 24

Der brutale Mord an Diane Hinson hatte in ihrem exklusiven und angeblich gut bewachten Wohnviertel tiefe Bestürzung ausgelöst. Als Michelle und King dort eintrafen, bedrängte eine kleine, aber lautstarke Menge eine Gruppe von Männern in Anzügen, die die Verwaltung der Siedlung repräsentierten. Unter ihnen befand sich ein älterer Wachmann, der einen völlig verzweifelten Eindruck machte und den Tränen nahe schien.

Polizeifahrzeuge und Ambulanzwagen säumten die Sackgasse, die zu Diane Hinsons Haus führte, und das kleine Rasenstück vor dem Gebäude war mit gelbem Plastikband abgesperrt. Allerdings waren nur wenige Leute gewillt, sich die Sache aus der Nähe anzusehen. Uniformierte Polizisten gingen durch die Vorder- und Garagentür ein und aus. King und Michelle stiegen aus dem Wagen.

Polizeichef Williams stand an der Treppe vor dem Haus und begrüßte sie, bevor sie das Gebäude betraten.

Williams wirkte noch tiefer erschüttert als im Leichenschauhaus. Er ging gekrümmt wie ein alter Mann, und seine Schritte waren schwer. »Verdammt«, sagte er. »Womit habe ich das verdient?«

»Wurde Diane Hinson eindeutig identifiziert?«, fragte King.

»Ja. Wieso? Kennen Sie die Frau?«

»Wir sind beide Anwälte, und die Stadt ist klein.«

»Haben Sie sie näher gekannt?«

»Nicht genug, um bei den Ermittlungen helfen zu können. Wer hat sie gefunden?«

»Sie sollte heute früh in ihrer Kanzlei eine eidesstattliche Erklärung vorbereiten. Als sie nicht erschien, haben ihre Kollegen sie zu Hause und über Handy angerufen. Sie ging nicht ran. Daraufhin haben sie jemanden vorbeigeschickt. Ihr Auto stand in der Garage, aber niemand schien das Klingeln an der Tür zu hören. Weil sie sich Sorgen machten, haben sie die Polizei gerufen.« Williams schüttelte den Kopf. »Es war derselbe Täter, der auch Tyler, Pembroke und Canney auf dem Gewissen hat, kein Zweifel.«

Michelle entging nicht, wie sicher er sich war. »Haben Sie einen Brief bekommen, in dem es um das Pärchen geht?«

Williams nickte, zog einen Zettel aus einer Tasche und reichte ihn Michelle. »Hier ist eine Fotokopie. Verdammte Zeitung! Offenbar hat niemand sich getraut, den Brief zu öffnen, weil er an Virgil adressiert war, der aber ein paar Tage nicht in der Stadt war. Und so was nennt sich Reporter!«

»War der Brief genauso kodiert wie das erste Schreiben?«, fragte King.

»Nein, er kam so an, wie er ist. Und ohne Symbol auf dem Umschlag.«

»Das war's dann also mit der Zodiac-Theorie.« King blickte Michelle an. »Was steht drin?«

Sie überflog den Brief und las dann vor: »›So, das war die Nächste. Es kommen noch mehr. Ich habe euch schon beim ersten Mal gesagt, dass ich nicht der Z-Mann bin. Aber ihr glaubt wahrscheinlich, dass der Junge im Zeichen des Z dran glauben musste. Überlegt noch mal genau. Ich habe das Hundehalsband nicht deshalb dagelassen, weil der Hund mich dazu getrieben hat. Ich habe nicht mal einen Hund. Ich wollte es ganz allein machen. Und noch mal nein, er bin ich auch nicht. Bis zum nächsten Mal. Es wird nicht lange dauern. Kein SOS.‹«

Sie blickte King verwirrt an.

»Hundehalsband? Wozu sollte der Hund ihn getrieben haben?«

»Dafür bist du zu jung, Michelle«, erwiderte King. »›SOS‹ und ›der Hund hat mich dazu getrieben‹. Das steht für Son of Sam, David Berkowitz, den Killer von New York City in den Siebzigern. Er wurde auch der Knutschecken-Killer genannt, weil einige seiner Opfer junge Paare waren, die in ihren Autos getötet wurden.«

»Genauso wie Steve Canney und Janice Pembroke«, sagte Michelle.

Williams nickte. »Berkowitz sagte, sein Nachbar wäre eine Art Dämon, der seine Mordbefehle durch seinen Haushund übermitteln ließ. Was natürlich völliger Blödsinn war.«

»Aber unser Mann weiß genau, was er tut«, sagte King. »Er hat es erklärt.«

Michelle schüttelte den Kopf. »Ich verstehe es immer noch nicht. Warum kopiert er den Stil früherer Morde wie ein Nachahmungstäter und schreibt dann Briefe, in denen er klarstellt, dass er sich *nicht* damit identifiziert? Ich meine, die Nachahmung ist doch die aufrichtigste Form der Schmeichelei, nicht wahr?«

»Wer weiß«, sagte Todd Williams. »Jedenfalls hat er die beiden Teenager getötet.«

King sah den Polizeichef an und blickte dann wieder auf den Brief. »Moment mal … Das hat er nicht gesagt. Er hat ›das war die Nächste‹ geschrieben.«

»Vielleicht hat er nur die letzten Buchstaben vergessen und ›das waren die Nächsten‹ gemeint«, sagte Williams.

»Der Singular ist ziemlich eindeutig. Außerdem schreibt er später ausdrücklich ›der Junge‹.«

William kratzte sich an der Wange. »Ich weiß nicht, ob Sie einem Psycho-Killer mit solcher grammatischen Haarspalterei kommen können.«

»Wenn es Absicht war – warum unterscheidet er dann zwischen den beiden?«, fragte Michelle.

Williams stieß einen tiefen Seufzer aus und zeigte auf die Treppe. »Kommen Sie mit nach oben, und sehen Sie's sich an. Ich glaube aber nicht, dass dadurch irgendetwas klarer wird. Und ich brauche keinen verdammten Brief, um mir erklären zu lassen, wen er diesmal *nicht* nachzuahmen versucht.«

Sie stiegen ins Obergeschoss und betraten das Schlafzimmer. Diane Hinson lag noch genauso da, wie man sie gefunden hatte. Überall waren Leute von der Spurensicherung, Männer in FBI-Jacken und Ermittler der Virginia State Police damit beschäftigt, den Tatort zu sichern. Doch falls ihre mürrischen Mienen ein Hinweis waren, hatten sie bislang keine aussagekräftigen Spuren gefunden.

King beobachtete Sylvia Diaz, die sich in einer Ecke angeregt mit einem korpulenten Mann in einem schlecht sitzenden Anzug unterhielt. Sie blickte auf, begrüßte King mit einem erschöpften Lächeln und wandte sich wieder ab. Als Kings Blick auf das Symbol an der Wand fiel, schrak er zurück.

Es war ein fünfzackiger Stern, der jedoch mit der Spitze nach unten gezeichnet war.

»Ja, genauso habe ich auch reagiert.«

King drehte sich zu Todd Williams um, der ihn aufmerksam musterte. Dann bückte sich der Polizeichef und hob Diane Hinsons T-Shirt hoch. »Hier ist es noch einmal.« Sie betrachteten gemeinsam die Zeichnung auf dem Bauch der Toten.

Michelle hatte es ebenfalls gesehen. »Es ist ein auf dem Kopf stehendes Pentagramm«, sagte sie, holte tief Luft und blickte King und Williams an. »Dieses Zeichen kenne ich. Richard Ramirez, nicht wahr?«

King nickte. »Der Night Stalker. Der zurzeit in einem Gefängnis fünftausend Kilometer von hier entfernt auf seine Hinrichtung wartet, wenn ich mich nicht irre. Er hat ein umgekehrtes Pentagramm auf die Haut einiger seiner Opfer gezeichnet – und in mindestens einem Fall auch an eine Schlafzimmerwand, genauso wie hier.«

Todd Williams drehte Diane Hinson auf die Seite, sodass sie sich die zahlreichen blutigen Stichwunden im Rücken der Toten ansehen konnten.

»Sylvia sagt, dass sie offenbar mit dem Gesicht nach unten festgehalten wurde, während der Mörder ihr in den Rücken stach. Anschließend wurde sie umgedreht und ihre Hand gegen die Schublade gelehnt.«

Der Polizeichef legte die Tote wieder in die ursprüngliche Position zurück, ohne den Eindruck zu erwecken, sein Frühstück käme ihm wieder hoch. Williams schien sich allmählich an albtraumhafte Szenen zu gewöhnen.

»Irgendwelche Hinweise?«, fragte Michelle.

»Der Mörder hat ein Messer aus Hinsons Küche als Tatwaffe benutzt, und er hat sie mit einem Telefonkabel aus dem Haus gefesselt. Es gibt Spuren an ihren Handgelenken, die darauf hindeuten. Dann hat er die Fessel wieder entfernt, um ihren Arm in Position bringen zu können. Hier gibt es jede Menge Fingerabdrücke, aber es würde mich ziemlich überraschen, wenn der Mistkerl keine Handschuhe getragen hat.«

»Steht fest, dass es ein Mann war?«

»Es gibt keine Anzeichen für einen Kampf. Sie muss sehr schnell überwältigt worden sein. Und selbst wenn es eine Frau mit einer Waffe war, hätte es für sie schwierig werden können, das Opfer zu fesseln. Diane Hinson hätte es vielleicht geschafft, sich zu wehren. Sie war in guter körperlicher Verfassung.«

King runzelte verwirrt die Stirn. »Und niemand hat etwas gehört oder gesehen? Diese Wohneinheiten grenzen unmittelbar aneinander. Jemand muss doch etwas bemerkt haben.«

»Das untersuchen wir natürlich, aber zum jetzigen Zeitpunkt lässt sich noch nichts dazu sagen. Wir wissen nur, dass die Wohnung rechts von Hinsons Haus leer steht.«

»Wann wurde Hinson getötet?«, fragte Michelle.

»Das müssen Sie Sylvia fragen, wenn dieser FBI-Typ sie irgendwann freigibt.«

King schaute erneut in Sylvias Richtung. »Gehört er zum VICAP?«

»Um Ihnen die Wahrheit und nichts als die Wahrheit zu sagen: Ich bin mir nicht sicher. Hier drinnen sind so viele Leute, dass ich nicht weiß, wer wozu gehört.«

»Todd«, sagte King, »passen Sie auf, dass Sie so was nicht in Hörweite einer Strafverteidigerin sagen.«

Todd Williams wirkte für einen Moment irritiert. »Alles klar«, sagte er dann. »Verstanden.«

Sie sahen sich die Armbanduhr an.

»Sie steht auf vier«, sagte Williams mit deprimierter Miene.

King beugte sich hinunter und sah sich die Sache genauer an. »Nein.«

»Wie bitte?«

»Sie steht auf eine Minute *nach* vier.«

Williams ging neben ihm in die Knie. »Ich glaube, in Anbetracht der Umstände kann man von vier Uhr sprechen.«

»Der Killer hat bisher immer großen Wert auf Details gelegt, Todd.«

Todd Williams war skeptisch. »Er hat gerade eine Frau getötet und will so schnell wie möglich verschwinden. Wahrscheinlich musste er im Dunkeln hantieren. Im Gegensatz zu den anderen Tatorten halten sich hier eine Menge potenzieller Zeugen in der Nähe auf. In der Eile hat er wahrscheinlich gar nicht bemerkt, dass ihm der Zeiger um eine Minute verrutscht ist.«

»Möglich«, entgegnete King genauso skeptisch. »Aber einem Killer, der darauf achtet, keine verwertbare Spur zu hinterlassen, traue ich nicht zu, dass er *Nächste* schreibt, obwohl er eigentlich *Nächsten* meinte, oder dass er eine Uhr auf eins nach vier stellt, obwohl er vier meint.«

»Und wenn er tatsächlich vier Uhr eins meinte, was wollte er damit sagen?«, fragte Michelle.

Darauf hatte King keine Antwort. Er betrachtete längere Zeit die Tote, während Williams sich entfernte, um etwas anderes zu überprüfen.

Michelle legte King eine Hand auf die Schulter. »Tut mir Leid, Sean. Ich habe ganz vergessen, dass du sie gekannt hast.«

»Sie war ein guter Mensch und eine hervorragende Anwältin. So etwas hat sie nicht verdient… Keiner hat so was verdient.«

Als sie auf dem Weg nach draußen an Sylvia vorbeikamen, hielt die Ärztin sie auf. Der Mann im Anzug hatte sich einer anderen Gruppe angeschlossen, die sich mit der Leiche beschäftigte. Er war etwas kleiner als King, aber wesentlich stämmiger. Es schien, als würden seine Schultern jeden Moment aus seinem Anzug platzen. Er hatte ausgedünntes, graubraunes Haar, Blumenkohlohren und eine platte Boxernase zwischen zwei braunen Augen mit aufmerksamem Blick.

»Damit hätten wir die Nummer vier«, sagte Sylvia. »Der Night Stalker. Wer hätte das gedacht?« Sie schüttelte den Kopf.

»Wer ist der Mann, mit dem du gerade gesprochen hast?«, fragte King.

»Ein FBI-Agent. Chip Bailey aus Charlottesville.«

»Chip Bailey…«, wiederholte King langsam.

»Du kennst ihn?«, fragte Sylvia.

»Nein, aber ich würde ihn gern kennen lernen.«

»Das ließe sich arrangieren. Natürlich erst später. Im Moment sind hier alle ziemlich beschäftigt.«

»Kein Problem.« Er hielt einen Moment inne. »Hast du gesehen, was ihre Uhr anzeigt?«

Sylvia nickte. »Eine Minute nach vier. Genauso wie bei Janice Pembroke.«

»Was?«, riefen King und Michelle gleichzeitig.

»Pembrokes Uhr stand auf eine Minute nach zwei. Habe ich euch das nicht gesagt?«

»Nein«, erwiderte Michelle. »Und Todd auch nicht. Wahrscheinlich hat er dem Detail keine besondere Bedeutung beigemessen.«

»Was hältst du davon?«, fragte King.

»Ich halte es für wichtig. Ich weiß nur noch nicht, was es bedeuten soll.«

»Ist dir noch etwas anderes aufgefallen, Sylvia?«, fragte King.

»Ich habe eine Rektaluntersuchung bei Diane Hinson gemacht, nachdem ich nach Hinweisen auf ein sexuelles Vergehen gesucht habe. Auch in diesem Fall mit negativem Ergebnis. Sie ist seit acht oder neun Stunden tot. Allerdings handelt es sich um *zwölf* Stichwunden.«

Michelle bemerkte Sylvias Tonfall. »Das wäre ein Overkill.«

»Ja. Und es ist ein Zeichen für entfesselte Wut«, sagte Sylvia. »Die Hände und Unterarme des Opfers weisen keine Anzeichen einer Gegenwehr auf. Offenbar wurde sie überrascht und sehr schnell überwältigt.«

Sie hob ihre Tasche auf und zeigte auf die Tür. »Ich gehe jetzt zurück in meine Praxis. Ich habe Sprechstunde. Anschließend werde ich Diane Hinson obduzieren.«

»Wir begleiten dich«, sagte King.

Sie traten hinaus in die kühle Luft, die sich in der Sonne jedoch schnell erwärmte.

»Ich wollte euch noch fragen, wie ihr mit der Ermittlung in Sachen Junior Deaver vorankommt.«

King blickte Sylvia überrascht an. »Woher weißt du davon?«

»Im Supermarkt ist mir Harry Carrick über den Weg gelaufen. Ich habe ihm gesagt, dass ihr beiden euch um diese Morde kümmert, und er sagte mir, dass ihr einen Auftrag für ihn erledigt. Ich kann noch immer nicht glauben, dass Junior Deaver den Einbruch begangen haben soll. Er hat einige Reparaturen an meinem Haus vorgenommen. Ich fand ihn immer sehr höflich und entgegenkommend, wenn auch ein wenig ungeschliffen.«

»Wir haben mit Remmy, Eddie, Dorothea und dem Personal gesprochen.«

»Und nicht allzu viel herausgefunden, nehme ich an«, sagte Sylvia.

»Remmy ist wegen Bobby ziemlich in Sorge«, sagte King.

»Ich habe gehört, dass es ihm nicht gut geht.«

»Aber es besteht noch Hoffnung«, sagte Michelle. »Er hat vor kurzem das Bewusstsein wiedererlangt und sogar ein paar Worte gesprochen. Allerdings nur wirres Zeug. Aber ich denke, das ist trotzdem ein gutes Zeichen.«

»Bei einem Schlaganfall kann man nie wissen«, sagte Sylvia. »Gerade wenn man glaubt, der Patient würde sich erholen, kann er plötzlich sterben. Oder umgekehrt.«

King schüttelte den Kopf. »Jedenfalls wünsche ich Remmy, dass Bobby es schafft.« Er sah Sylvia an. »Du teilst uns mit, was du über Diane Hinson herausfindest?«

»Todd hat mir gesagt, dass ich euch informieren soll, und er ist der Chef. Zumindest so lange, bis das FBI oder die State Police den Fall übernimmt.«

»Halten Sie das für wahrscheinlich?«, fragte Michelle.

»Wenn dieser Wahnsinnige gefasst werden soll, wäre das wohl zu begrüßen«, sagte Sylvia nachdrücklich.

KAPITEL 25

Die vier Serienmorde in Wrightsburg gelangten an diesem Nachmittag in die nationalen Nachrichtenkanäle und waren bis zum Abend immer wieder Thema der Sendungen. Die meisten Bürger der kleinen Stadt saßen vor ihren Fernsehern, während ernste Sprecher pflichtbewusst erklärten, wo genau die ländliche Siedlung in Virginia lag und wie sie von einer Serie gewalttätiger Morde heimgesucht worden war. Die örtliche Polizei habe Unterstützung durch das FBI erhalten, hieß es, und man hoffe, dass dem Killer bald das Handwerk gelegt werde. Unerwähnt blieb, dass niemand, der an den Ermittlungen beteiligt war, dies für realistisch hielt.

Genauso wie die übrigen Bewohner der Stadt saßen auch King und Michelle vor dem Fernseher in Kings Büro und sahen sich die Berichte an, die dokumentierten, wie Wrightsburg sich in ein Schlachthaus verwandelt hatte. Als der Nation bekannt gegeben wurde, dass die *Gazette* zwei Briefe des Serienmörders erhalten hatte, rief King: »Scheiße!«

Michelle nickte. »Kann man wohl sagen. Glaubst du, dass der Killer jetzt auch vor dem Fernseher sitzt?«

»Natürlich«, sagte King. »Der Medienrummel ist für ihn der vielleicht größte Reiz an der Sache.«

»Glaubst du wirklich, dass er sich die Mordopfer wahllos aussucht?«

»Jedenfalls gibt es keine offensichtliche Verbindung zwischen den bisherigen Opfern.« King verstummte für einen Moment. »Abgesehen von dem Hinweis auf den einen Jungen in dem Brief zu Steve Canney und Janice Pembroke.«

»Ich kann dir nicht ganz folgen.«

Er sah sie an. »Wenn zum Beispiel Janice Pembroke das eigentliche Opfer war und Steve Canney nur zufällig dabei gewesen ist, als der Mord geschah, muss es einen Grund geben, warum gerade Janice sterben musste. Und dann gibt es vielleicht auch ein Motiv für den Mord an den anderen. Und zwischen diesen Motiven könnte es eine Verbindung geben.«

»Und die Uhren?«

»Offenbar so was wie das Markenzeichen des Killers, aber vielleicht steckt mehr dahinter.«

»Hoffentlich fördert Sylvia bald ein paar Antworten zutage.«

King blickte auf seine Uhr. »Ich muss los. Ich bin zum Essen verabredet.«

»Wo?«

»Im Sage Gentleman, mit Leuten von außerhalb. Willst du mitkommen?«

»Nein. Ich habe auch noch einen Termin.«

»Ein Rendezvous?«

»Ja, mit meinem Kickbox-Lehrer. Wir werden kräftig schwitzen und keuchen, ohne unsere Kleidung abzulegen.«

Sie machten sich in entgegengesetzte Richtungen auf den Weg. Wie üblich überschritt Michelle mit ihrem weißen Toyota Sequoia, dem sie den Spitznamen »Wal« verliehen hatte – zu Ehren von Moby Dick, Melvilles literarischer Schöpfung –, die zulässige Höchstgeschwindigkeit um durchschnittlich dreißig Stundenkilometer. Sie kam an der letzten, wenig befahrenen Kreuzung vorbei, etwa dreißig Sekunden, bevor sie den Sandweg erreichte, der sich durch den Wald bis zu ihrem Häuschen schlängelte.

Sobald sie die Kreuzung hinter sich gelassen hatte, leuchteten die Scheinwerfer des blassblauen VW Käfer auf. Der Fahrer legte den Gang ein, bog nach rechts ab und folgte ihr.

Auf dem Sandweg wurde er langsamer und beobachtete, wie die Reifen des Toyota Staub aufwirbelten, bis der Wagen in der anbrechenden Dunkelheit außer Sichtweite geriet. Er wusste, dass es einen halben Kilometer weiter und dann nach rechts ging, da er sich dort schon umgesehen hatte, als Michelle nicht zu Hause gewesen war. Im Umkreis von einem Kilometer gab es keine anderen Häuser. Ihr Grundstück grenzte auf der Rückseite an den See, wo ihr Skullboot, ihr Kajak und ihr Jetski an einem kleinen Schwimmkai lagen. Ihr Haus war etwa 150 Quadratmeter groß und ohne feste Raumeinteilung eingerichtet. Er hatte sich vergewissert, dass sie allein lebte und nicht mal einen Hund hatte, der ihr Gesellschaft leistete. Allerdings war sie ehemalige Secret-Service-Agentin mit speziellen Fähigkeiten, sodass man sie auf keinen Fall unterschätzen durfte. Er fuhr ein kleines Stück auf der Hauptstraße weiter, stellte den Wagen auf einem kleinen Platz hinter einer Baumgruppe ab und machte sich zu Fuß auf den Weg durch den Wald und zum Haus.

Als er dort eintraf, sah er, dass der Toyota auf dem Wendeplatz vor der Eingangstür parkte. Im Haus war die Beleuchtung eingeschaltet. Er warf einen Blick durch sein Fernglas. Nichts von ihr zu sehen. Er blieb in Deckung der Bäume und bewegte sich zur Rückseite des Hauses. Hier war nur ein Fenster im Obergeschoss erleuchtet. Ihr Schlafzimmer, vermutete er. Vor dem Fenster hing eine Gardine, aber er sah zweimal ihre Silhouette. Die Bewegungen waren eindeutig: Sie entkleidete sich. Er ließ das Fernglas sinken. Ein paar Minuten später verließ sie das Haus in Trainingskleidung, schwang sich in ihren Wagen und fuhr los.

Er kam gerade noch rechtzeitig, um ihre Rücklichter zu sehen, bevor sie in der Dunkelheit hinter einer Kurve verschwand. Sie schien in jeder Hinsicht ein flottes Tempo vorzulegen. Er betrachtete die Vordertür. Sie war verschlossen, aber das konnte kein allzu großes Problem sein. Es gab keine Alarmanlage; auch das hatte er schon überprüft. Er nahm ein passendes Werkzeug aus der Tasche, in der er alles Nötige mit sich führte.

Ein paar Minuten später hatte er das Schloss geknackt, befand sich im Haus und sah sich um. Die Wohnung war ein einziges Chaos. Es erstaunte ihn, wie diese Frau sich in einem solchen Durcheinander zurechtfinden konnte. Er legte das Gerät hinter einem Stapel aus Büchern und CDs ab, die in einer Ecke des Wohnzimmers Staub ansetzten. Es war ein UKW-Testsender, der ungefähr die Größe einer Münze besaß. Er hatte ein Mikrofon an den Sender gelötet, was nach den Gesetzen der Vereinigten Staaten illegal war, weil das Gerät damit zu einer Abhörvorrichtung wurde. Doch wegen dieser Verletzung der Privatsphäre machte er sich keine Sorgen. Er schlich sich nach oben in Michelles Schlafzimmer, wo er einen Blick in ihren Schrank warf, in dem mehrere schwarze Hosenanzüge hingen, zwei weiße Blusen, drei ramponierte Pumps und eine große Auswahl von Jeans, Pullovern, Trainingskleidung sowie verschiedene Sportschuhe.

Er ging wieder ins Untergeschoss. Sie hatte keinen gesonderten Bürobereich, doch auf dem Küchentisch lag ein unordentlicher Haufen Post, den er durchsah. Nichts Ungewöhnliches – sofern man Abos von Zeitschriften wie *Shooting Magazine* und *Iron Women* als normal betrachtete.

Er verließ das Haus. Nun hatte er nur noch eine letzte Aufgabe zu erledigen. Da er die Wanzen an verschiedenen Stellen versteckt hatte, war er nicht in der Lage, sie alle gleichzeitig abzuhören. Deshalb hatte er den Sender so modifiziert, dass er per Funk mit einem stimmaktivierten Mikrodigitalrecorder Kontakt aufnahm, den er nun außerhalb von Michelles Haus platzierte. Der Sender hatte innerhalb eines Gebäudes eine Reichweite von hundert Metern, und der Recorder besaß einen Festspeicher, der mehrere hundert Stunden Tonmaterial aufnehmen konnte. Dann kehrte er ins Haus zurück, sprach ein paar Worte und eilte wieder nach draußen, um den Mikrorecorder zu überprüfen. Zufrieden hörte er seine Stimme ab und machte sich auf den Rückweg zu seinem Wagen. Kings Hausboot hatte er bereits verwanzt, genauso wie das Büro der Privatdetektive und die Telefone. Er hatte schnell herausgefunden, dass Polizeichef Williams die beiden für die Ermittlungen eingespannt hatte, und erkannt, wie hilfreich dieser Umstand für ihn sein konnte. Nun würden mindestens zwei der Personen, die nach ihm fahndeten, ihn unwissentlich mit wertvollen Informationen versorgen. Er hatte sich tatsächlich die Nachrichten angesehen, wie King vermutet hatte. Und er wusste, dass sich eine ganze Armee von Polizisten versammelte, um ihn zu jagen. Doch zuvor würde er sterben. Und so viele wie möglich mitnehmen.

KAPITEL 26

Etwas später an diesem Abend stellte Kyle Montgomery, Sylvias Assistent und Möchtegern-Rockstar, seinen Jeep vor dem Leichenschauhaus ab und stieg aus. Er trug einen dunklen Mantel mit Sturmhaube und der Aufschrift »UVA«, zerknitterte Latzhosen und Wanderstiefel ohne Socken. Er bemerkte, dass Sylvias navyblaues Audi-Cabrio ebenfalls vor dem Gebäude stand. Er sah auf die Uhr. Fast zehn. So spät war sie normalerweise nicht mehr hier, aber sie musste ja noch das letzte Opfer sezieren. Diese Anwältin, erinnerte sich Kyle. Seine Chefin hatte ihn nicht gebeten, ihr dabei zu helfen, wofür er ihr zutiefst dankbar war. Doch aufgrund ihrer Anwesenheit konnte die Sache, wegen der Kyle gekommen war, ein wenig heikel werden, weil er nicht wusste, in welchem Raum Sylvia sich aufhielt. Wahrscheinlich in der Leichenhalle. Und falls sie in der Arztpraxis war und er ihr über den Weg lief, konnte er sich jederzeit eine Ausrede ausdenken. Kyle Montgomery zog seine Sicherheitskarte durch den Schlitz neben der Eingangstür, hörte, wie das Schloss sich klickend öffnete, und betrat Sylvias Praxis.

Nur die schwache Notbeleuchtung brannte. Er bewegte sich vorsichtig durch die vertraute Umgebung und hielt nur kurz inne, als er an Sylvias Büro vorbeikam. Auch hier brannte Licht, aber es hielt sich niemand im Zimmer auf.

Er betrat das Medikamentenlager des Büros, öffnete mit seinem Schlüssel einen Schrank und holte mehrere Fläschchen heraus. Aus jeder nahm er eine Pille und tat sie in verschiedene Plastiktütchen, die er zuvor mit einem schwarzen Filzstift beschriftet hatte. Später würde er sich ins Computersystem der Praxis hacken und die Inventarlisten fälschen, um seinen Diebstahl zu vertuschen. Kyle Montgomery nahm jedes Mal nur ein paar Pillen mit, sodass es nicht allzu schwierig war, seine Spuren zu verwischen.

Er wollte bereits gehen, als ihm einfiel, dass er während des Tages seine Brieftasche in seinem Spind in der Leichenhalle vergessen hatte. Er verstaute die Pillen in seinem Rucksack und schloss leise die Tür zwischen Praxis und Leichenhalle. Wenn er Sylvia begegnete, würde er einfach die Wahrheit sagen – dass er seine Brieftasche vergessen hatte. Montgomery kam an ihrem Büro im Leichenschauhaus vorbei. Es war leer. Er würde einen großen Bogen um den Obduktionssaal machen, der sich auf der Rückseite des Gebäudes befand, wo Sylvia mit ihrem stummen Patienten beschäftigt war. Er lauschte ein paar Sekunden, versuchte, das Geräusch der Stryker-Säge zu hören, oder fließendes Wasser, oder wie sterile Instrumente auf Metall klapperten, doch alles blieb still. Das war ein wenig seltsam, obwohl es bei einer Autopsie häufig sehr leise zuging. Schließlich beklagten die Toten sich nicht über das, was mit ihren Körpern angestellt wurde.

Dann aber war ein Geräusch zu hören. Kyle war sicher, dass es aus dem hinteren Bereich des Gebäudes kam. Vielleicht näherte sich seine Chefin. Er griff sich schnell seine Brieftasche und zog sich in den Schatten zurück. Plötzlich hatte er Angst, ihr zu begegnen, weil sie ihm möglicherweise unangenehme Fragen stellte. Sie konnte manchmal sehr direkt und unverblümt sein. Was war, wenn sie ihn aufforderte, seinen Rucksack zu öffnen? Er zog sich tiefer in die Nische zurück, während sein Puls in seinen Ohren rauschte. Stumm verfluchte er seine Unsicherheit. Einige Minuten vergingen. Schließlich fasste er den Mut, wieder ins schwache Licht hinauszutreten. Dreißig Sekunden später hatte er das Gebäude verlassen und fuhr los. Die gestohlenen Medikamente waren sicher in seinem Rucksack verwahrt.

Als er sein nächstes Ziel erreichte, stellte er fest, dass der Parkplatz ziemlich voll war. Er zwängte seinen Jeep zwischen zwei SUVs und stieg aus.

Im *Aphrodisia* pulsierte das Leben, und fast sämtliche Tische und Barhocker waren besetzt. Montgomery zeigte dem verschlafen wirkenden Türsteher seinen Ausweis und durfte den Raum mit den Tänzerinnen betreten. Dort hielt er sich ein paar Minuten lang auf, um die Damen zu bewundern. Die gut aussehenden, kaum bekleideten Frauen vollführten solch anzügliche Bewegungen an den Metallstangen, dass ihre Mütter vor Scham tot umgefallen wären – aber erst, nachdem sie ihre Töchter erdrosselt hätten. Montgomery genoss den Anblick in vollen Zügen.

Schließlich sah er auf die Uhr und ging dann zur Treppe, die in den zweiten Stock führte. Im Korridor trat er durch einen roten Vorhang, hinter dem sich ein Labyrinth aus kleinen Zimmern befand. Er blieb vor der ersten Tür stehen, klopfte in einem zuvor vereinbarten Rhythmus an und wurde unverzüglich zum Eintreten aufgefordert.

Montgomery verschloss die Tür und zögerte, weil er sich nicht zu weit in den dunklen Raum vorwagen wollte. Er war nicht zum ersten Mal hier, aber es war immer wieder ein riskantes Unterfangen.

»Hast du sie?«, fragte die Frau so leise, dass Montgomery sie kaum hörte.

Er nickte. »Hier drin. Alles, was du magst.« Er holte die Plastiktütchen hervor und hielt sie hoch, wie ein kleiner Junge, der seiner Mutter stolz einen toten Vogel zeigte.

Wie immer trug die Frau ein langes, fließendes Kleid und ein Kopftuch. Ihre Augen wurden von einer dunklen Sonnenbrille verdeckt, obwohl der Raum sehr schwach beleuchtet war. Offenbar wollte sie nicht erkannt werden. Montgomery hatte sich schon oft gefragt, wer sie sein mochte, hatte aber nie den Mut aufgebracht, sie zu fragen. Die Stimme klang vertraut, doch er konnte sie nicht zuordnen.

Eines Abends hatte er in seinem Jeep einen Zettel gefunden, auf dem stand, dass er eine bestimmte Nummer anrufen sollte, wenn er sich ein paar Dollar dazuverdienen wollte. Wer hätte ein solches Angebot ausgeschlagen? Er hatte sofort reagiert und den Hinweis erhalten, dass der Medikamentenvorrat in Sylvias Praxis zu einer lukrativen Einkommensquelle für ihn werden konnte. Auf dem Einkaufszettel standen starke Schmerzmittel und bewusstseinsverändernde Substanzen.

Da Montgomery keine Skrupel kannte, hatte er sich einverstanden erklärt, einen Versuch zu wagen. Er hatte seine Hausaufgaben gemacht, um die optimale Methode zu finden, wie er Zugang zu dieser Goldader erhalten konnte, und erkannt, dass es machbar war. Die Bedingungen wurden ausgehandelt; dann hatte Montgomery die Lieferungen aufgenommen und sein Einkommen beträchtlich gesteigert.

Das lange Kleid verhüllte die attraktive Figur der Frau nicht vollständig. Die intime Umgebung, das Bett im Hintergrund des Zimmers und die Tatsache, dass sie sich in einem Nachtclub befanden, brachten Montgomerys Blut wie jedes Mal in Wallung. In einer stets wiederkehrenden Phantasie betrat er selbstbewusst das Zimmer, viel größer und männlicher, als er in Wirklichkeit war. Er hielt der Frau die Pillen hin, wie er es auch jetzt tat, doch als die Frau sie nehmen wollte, packte er sie, lachte über ihren armseligen Versuch, sich zu wehren, und warf sie rücksichtslos aufs Bett. Dann fiel er über sie her und nahm sie immer wieder, bis tief in die Nacht. Ihre ängstlichen Schreie feuerten seine sexuelle Wildheit umso mehr an, bis sie ihm schließlich ins Ohr keuchte, dass sie es brauchte, dass sie *ihn* brauchte, ihren großen, starken Kyle …

Sogar jetzt spürte er, wie sich etwas in seiner Hose

regte, als die erregenden Szenen in seinem Kopf abliefen. Er fragte sich, ob er jemals den Mut aufbringen würde, diese Phantasie auszuleben, bezweifelte es aber. Dazu war er viel zu feige. Die Frau legte das Bargeld auf den Tisch und nahm die Pillen entgegen. Dann gab sie ihm mit einem Handzeichen zu verstehen, dass er gehen konnte.

Er verschwand, während er die Scheine zweimal zusammenfaltete und in seiner Hosentasche verschwinden ließ.

Montgomery würde erst später erkennen, dass er etwas Bedeutsames gesehen hatte, und zwar hauptsächlich deshalb, weil es keinen Sinn ergab. Aber bald schon würde er sich darüber wundern. Und irgendwann würde sein Erstaunen ihn zur Tat schreiten lassen. Doch in diesem Moment ging ihm nur die Frage durch den Kopf, was er mit dem Geld anstellen wollte, das er sich soeben verdient hatte. Montgomery neigte nicht zur Sparsamkeit, sondern gab sein Geld mit vollen Händen aus. Diesmal vielleicht für eine neue Gitarre? Oder einen neuen Fernseher mit kombiniertem CD-DVD-Player für seine kleine Wohnung? Als er schließlich in seinen Jeep stieg, hatte die Gitarre den Sieg davongetragen. Er würde sie gleich morgen bestellen.

Im Zimmer verschloss die Frau die Tür und nahm das Kopftuch und die Sonnenbrille ab. Sie zog die Schuhe aus und legte ihr Kleid ab. Darunter trug sie ein seidenes Mieder. Sie studierte die Aufschrift der Plastikbeutel, nahm eine Pille heraus, zerkleinerte sie und kippte das Pulver mit einem Glas Wasser hinunter, gefolgt von einem Schluck purem Bombay Sapphire zum Nachspülen.

Sie legte Musik ein, streckte sich auf dem Bett aus, verschränkte die Arme über der Brust und ließ sich von der Wirkung des Medikaments an einen anderen Ort versetzen, an dem sie, zumindest für einen kurzen Augenblick, glücklich sein konnte. Zumindest bis morgen, wenn die Realität des Lebens erneut auf sie einstürzen würde.

Sie zitterte, zuckte, stöhnte und lag dann wieder still. Schweiß drang aus jeder Pore ihres Körpers, als sie die volle Rauschwirkung erlebte und dann vom absoluten Hoch ins absolute Tief abstürzte. Während eines erhitzten Krampfanfalls riss sie sich das schweißgetränkte Mieder vom Leib und brach auf dem Boden zusammen, nur mit einem Slip bekleidet. Ihr Atem ging in schweren Stößen, ihre Brüste schlugen klatschend zusammen, als sie sich in künstlich hervorgerufener Ekstase hin und her wälzte. Ihre Nerven feuerten unter dem Stress der Überdosis wilde Impulse ab.

Trotzdem war sie glücklich. Zumindest bis morgen.

KAPITEL 27

Nachdem King das Essen mit seinen Freunden gegen halb zehn beendet hatte, beschloss er, Michelle anzurufen und sie zu fragen, ob sie Lust hätte, auf einen Absacker ins Sage Gentleman zu kommen und noch ein wenig über den Fall zu diskutieren. Als seine Partnerin eintraf, beobachtete er amüsiert, wie alle männlichen Köpfe in der Bar sich zu der großen, hübschen Brünetten drehten, die selbstbewusst in Jeans, Rollkragenpullover, Stiefeln und einer Jacke des Secret Service durch den Raum schritt. King dachte an die Phantasien, die diesen Männern durch den Kopf gehen mussten. *Wenn sie wüssten, dass sie bewaffnet und gefährlich und verdammt unabhängig ist…*

»Wie war das Essen?«, fragte Michelle.

»Langweilig, wie ich's mir gedacht habe. Und wie war es beim Kickboxen?«

»Ich brauche einen neuen Lehrer.«

»Was ist mit deinem alten?«

»Er fordert mich nicht genug.«

Als sie sich im Barbereich nach einem Tisch umsahen, entdeckte Michelle ein bekanntes Gesicht. »Ist das da drüben nicht Eddie Battle?«

In diesem Moment blickte Eddie auf, erkannte sie und winkte sie herüber.

»Hatte Dorothea heute Abend keine Lust zum Kochen?«, fragte King lächelnd.

»So ist es. Und so war es sogar die meiste Zeit, seit wir verheiratet sind. Ich bin es, der für gewöhnlich das Kochen übernimmt«, fügte Eddie mit einem jungenhaften Grinsen hinzu.

»Ein Mann mit vielen Talenten«, sagte Michelle.

Eddie trug Kordhosen und einen schwarzen Pullover mit braunen Ellbogenschonern. Michelle blickte auf seine Halbschuhe.

»Wie ich sehe, haben Sie die Kavalleriestiefel nun doch ausgezogen.«

»Nicht ohne Schwierigkeiten. In diesen Dingern können die Füße ganz schön anschwellen.«

»Wann treten Sie das nächste Mal in einem Historiendrama auf?«, fragte King.

»An diesem Wochenende. Zumindest das Wetter scheint es gut mit uns zu meinen. Diese Wolluniformen sind ziemlich kratzig, und wenn es sehr warm ist, bringen sie einen um. Allerdings überlege ich, ob ich mich aus der Sache zurückziehen soll. Mein Rücken ist vom vielen Reiten ziemlich hinüber.«

»Haben Sie in letzter Zeit Bilder verkaufen können?«, fragte Michelle.

»Zwei. Beide an einen Sammler in Pennsylvania, der zufällig auch an historischen Inszenierungen teilnimmt. Nur dass er für die Union kämpft, was ich ihm allerdings nicht zum Vorwurf machen will. Geschäft ist Geschäft.«

»Ich würde mir gern mal Ihre Arbeiten ansehen«, sagte King. Michelle äußerte den gleichen Wunsch.

»Ich bewahre sie alle im Studio hinter dem Haus auf. Rufen Sie mich einfach an. Ich mache gern eine Führung für Sie.« Er winkte einen Kellner heran. »Sie beide sehen aus, als wären Sie durstig. Und es ist ein Zeichen für schlechte Manieren und eine Schande obendrein, alleine zu trinken, wie meine Mutter sagen würde.«

Während sie auf ihre Cocktails warteten, fragte Eddie: »Und? Haben Sie den Fall gelöst und Junior Deavers Unschuld bewiesen?« Nach einer kurzen Pause fügte er hinzu: »Wobei ich glaube, dass Sie mir vielleicht nichts darüber erzählen möchten. Schließlich stehe ich sozusagen auf der Gegenseite.«

»Die Sache ist offenbar nicht allzu leicht zu knacken«, sagte King. »Wir werden sehen.«

Ihre Drinks kamen. King probierte seinen Whiskey Sour. »Und wie geht es Ihrer Mutter?«, fragte er.

Eddie schaute auf die Uhr. »Sie ist im Krankenhaus, aber es ist schon fast zehn, also wird man sie bald aus Daddys Zimmer rauswerfen. Wahrscheinlich wird sie trotzdem dort schlafen, wie meistens.«

»Wie macht sich Ihr Vater?«

»Wie es scheint, geht es ihm schon wesentlich besser. Die Ärzte glauben, dass er das Schlimmste überstanden hat.«

»Das ist eine gute Neuigkeit«, sagte Michelle.

Eddie nahm einen Schluck von seinem Drink. »Er wird es schaffen. Er muss es einfach schaffen.« Er blickte King und Michelle an. »Ich weiß nicht, ob Mutter es überleben würde, wenn er stirbt. Der Tod wird zwar irgendwann jeden von uns holen, aber ich kann mir nicht vorstellen, dass Dad jetzt schon in den Sonnenuntergang reitet.« Verlegen senkte er den Blick. »Entschuldigung. Ich hatte ein paar Gins, und schon rede ich in sentimentalen Klischees. Das ist wahrscheinlich der Grund, warum es keine gute Idee ist, allein mit seinen Problemen zu trinken.«

»Wo wir vom Alleintrinken reden«, sagte Michelle, »was macht Dorothea?«

»Sie ist auf irgendeinem Empfang«, sagte Eddie erschöpft. »Eine Maklerin muss sich hier und da blicken lassen«, fügte er rasch hinzu. »Aber man kann nicht abstreiten, dass sie erfolgreich ist.«

»Stimmt. Dorothea hat viel geleistet«, sagte King leise.

Eddie hob sein Glas. »Auf Dorothea, die größte Immobilienmaklerin der Welt.«

Michelle und King warfen sich einen unbehaglichen Blick zu.

Eddie ließ das Glas sinken. »Dorothea zieht ihr Ding durch und ich meins. Damit ist alles im Gleichgewicht.«

»Haben Sie Kinder?«, fragte Michelle.

»Dorothea wollte nie welche, also habe ich mich damit arrangiert.« Eddie zuckte die Schultern. »Vielleicht wollte ich selber keine. Ich wäre wahrscheinlich ein ziemlich mieser Vater gewesen.«

»Sie hätten Ihren Kindern viel beibringen können«, sagte Michelle. »Malen, Reiten… Vielleicht hätten sie sogar bei den Historiendramen mitgemacht.«

»Sie könnten immer noch Kinder haben«, sagte King.

»Dazu müsste ich mir eine neue Frau zulegen«, erwiderte Eddie mit einem resignierten Lächeln, »und ich bin mir nicht sicher, ob ich die nötige Kraft aufbringen würde. Außerdem lassen Battles sich nicht scheiden. Das schickt sich nicht. Verdammt, wenn Dorothea mich nicht umbringt, würde es wahrscheinlich meine Mutter tun.«

»Es ist Ihr Leben«, sagte Michelle.

Er warf ihr einen seltsamen Blick zu. »Meinen Sie?« Er trank sein Glas leer und wechselte das Thema. »Ich habe in den Nachrichten gehört, dass man die ganz harten Jungs zu Hilfe gerufen hat.«

»Einschließlich Ihres alten Freundes Chip Bailey.«

»Ich wäre nicht hier, wenn er nicht gewesen wäre.«

»Ich bin sicher, Ihre Eltern sind ihm sehr dankbar.«

»Aber ja. Mein Vater hat ihm einen Job als Sicherheitschef in einer seiner Firmen angeboten. Mit richtig dicker Kohle.«

»Das wusste ich gar nicht«, sagte King. »Aber wie es scheint, wollte Bailey das Geld nicht.«

»Nein. Ich glaube, er ist gern Polizist.« Eddie schlug mit einem Löffel auf eine Gabel. »Ich weiß noch, dass es in meiner Kindheit hier nur Hügel und Wälder gab. Es war toll. Wir haben uns nie Sorgen gemacht, dass etwas passieren könnte.«

»Und jetzt?«, fragte Michelle.

»Und jetzt werden Menschen in ihren Häusern ermordet, im Wald abgeladen oder in ihren Autos abgeknallt. Wenn ich jemals eine Familie gründen wollte, würde ich es nicht hier tun.«

»Sie könnten wahrscheinlich überall leben«, sagte King.

»Ich weißt nicht, ob meine Mutter glücklich darüber wäre.«

»Wie gesagt, es ist Ihr Leben, Eddie«, warf Michelle ein.

Diesmal verzichtete Eddie Battle auf eine Erwiderung.

KAPITEL 28

Während Kyle Montgomery seinen kriminellen Machenschaften nachging und King und Michelle sich in der Bar mit Eddie unterhielten, lag Bobby Battle im Krankenbett unter zahllosen Kabeln und Schläuchen. Remmy saß neben ihm und hatte ihre Rechte in die reglose, blasse Hand ihres Ehemannes gelegt.

Remmys Blick war auf die Staffel der Monitore gerichtet, die anschaulich zeigten, wie mühsam ihr Mann sich ans Leben klammerte. Er hatte einen kleinen Rückfall erlitten und wurde nun wieder künstlich beatmet. Die Maschine stieß jedes Mal ein entnervendes, schrilles Kreischen aus, wenn Bobbys Atem von der Norm abwich. Auch Remmy atmete unregelmäßig, wenn das Höllengerät protestierte.

Die Krankenschwester kam herein. »Hallo, Mrs Battle. Alles in Ordnung?«

»Nein. Er erkennt mich nicht mehr«, gab sie zurück. »Er erkennt niemanden mehr.«

»Aber er kommt wieder zu Kräften, haben die Ärzte gesagt. Doch so was braucht Zeit. Seine Werte sind aber schon viel besser. Auch wenn er wieder beatmet wird, sein Gesamtzustand hat sich verbessert.«

Remmys Tonfall änderte sich. »Ich bin Ihnen dankbar, dass Sie das sagen. Wirklich, meine Gute.« Sie blickte auf den großen Mann im Bett.

Die Krankenschwester lächelte; dann aber legte sich ein sorgenvoller Ausdruck auf ihr Gesicht. »Mrs Battle …«, begann sie in jenem ehrfürchtigen Tonfall, der zweifellos nur Menschen vorbehalten war, deren Name an der Front eines Gebäudes zu lesen stand.

»Ich weiß«, sagte Remmy leise.

»Wollen Sie heute Nacht hier schlafen?«, fragte die Schwester. »Wenn ja, mache ich Ihnen jetzt Ihr Bett.«

»Heute nicht. Ich komme morgen wieder. Trotzdem vielen Dank.«

Remmy stand auf und ging. Die Krankenschwester sah noch einmal nach dem Patienten und verließ ein paar Minuten später das Zimmer.

Battle war der einzige Patient in diesem Trakt. An dem kurzen Korridor lagen hauptsächlich Lagerräume. Hinter den anderen zehn Betten öffnete sich ein zentraler Bereich gegenüber dem Schwesternzimmer. Remmy Battle hatte darauf bestanden, dass ihr Mann hier untergebracht wurde, wo es mehr Privatsphäre gab. Am Ende des Korridors befand sich außerdem ein Hintereingang, den sie mit einem speziellen Zugangskode benutzen konnte, um zu kommen und zu gehen, ohne an vielen anderen Zimmern vorbei und sich neugierigen Blicken aussetzen zu müssen. Der kleine Raum, in dem sie gelegentlich übernachtete, lag an diesem Korridor, gegenüber dem Zimmer ihres Mannes.

Es war wenige Minuten nach zehn, als dieser vom Rest des Krankenhauses isolierte Teil vom Personal der Nachtschicht übernommen wurde. Die Schwester, die sich um Battle kümmerte, würde die nächsten fünfundvierzig Minuten im Personalraum mit ihrer Kollegin verbringen, um sie über den Zustand der Patienten und neue ärztliche Anweisungen zu informieren.

Alle Patientenzimmer in diesem Trakt wurden mit Kameras überwacht; die Bilder wurden an die Hauptstation der Krankenschwestern übermittelt. Eigentlich sollten die Monitore ständig beobachtet werden, doch während des Schichtwechsels kam es zu einer Unterbrechung von etwa zwanzig Minuten, wenn die erschöpften Schwestern die Arbeit einer Stunde in einem Drittel der Zeit erledigen mussten. Die Maschinen, die die Patienten in den Zimmern am Leben erhielten, waren jedoch mit Warnsystemen ausgestattet, die das Personal sofort alarmierten, sollte es zu dramatischen Verschlimmerungen kommen.

Kurz nachdem Remmy gegangen war, trat jemand durch den Hintereingang, den die Frau wenige Minuten zuvor benutzt hatte. Diese Person trug einen weißen Krankenhauskittel und einen Atemschutz über der unteren Gesichtshälfte, sodass sie den Eindruck erweckte, zum Personal zu gehören. Sie ging an der Tür zu Bobby Battles Zimmer vorbei, warf einen kurzen Blick hinein und sah, dass es bis auf den Patienten leer war. Mit einem weiteren Blick um die Ecke vergewisserte sich die Person, dass sich niemand in der Schwesternstation aufhielt.

Der Eindringling betrat das Patientenzimmer und schloss die Tür. Er verlor keine Zeit und drehte die Kamera an der Wand ein Stück zur Seite, sodass der Bereich unmittelbar links neben dem Bett nicht mehr erfasst wurde. Dann ging die maskierte Gestalt zum Infusionsständer, holte eine Spritze aus einer Kitteltasche hervor, stach mit der Nadel oberhalb des Flüssigkeitsstandes in einen Infusionsbeutel und leerte den gesamten Inhalt der Spritze. Die Person warf noch einen kurzen Blick auf Bobby Battle, der mit friedlichem Gesichtsausdruck dalag, obwohl ein Schlauch in seiner Kehle steckte. Der Eindringling nahm Bobbys Hand, legte dem Bewusstlosen eine Armbanduhr an und stellte sie auf fünf Uhr. Schließlich nahm er einen anderen Gegenstand aus einer anderen Kitteltasche und legte ihn behutsam auf Bobbys Brust.

Es war eine weiße Vogelfeder.

Kurz darauf hatte die Person den Trakt durch den Hintereingang verlassen, begab sich zum Parkplatz und stieg dort in einen Wagen. Das Fahrzeug entfernte sich schnell vom Krankenhaus.

Der Fahrer musste einen Brief schreiben und abschicken.

Knapp zehn Minuten später ließ eines der Geräte in Bobby Battles Zimmer ein Warnsignal ertönen. Unmittelbar darauf folgte ein zweites. Binnen weniger Sekunden schrien sämtliche Geräte durcheinander.

Gleich mehrere Krankenschwestern eilten herbei. Eine Minute später erfolgte eine verschlüsselte Durchsage über das Lautsprechersystem der Klinik, und schon bald stürmte ein erfahrenes Notfallteam ins Zimmer. Doch die Ärzte kamen zu spät. Um 22.23 Uhr wurde Robert E. Lee Battle offiziell für tot erklärt.

KAPITEL 29

Zunächst wurde vermutet, dass Battle an den Nachwirkungen seines Schlaganfalls verstorben war. Die weiße Feder auf seiner Brust, die der Killer zurückgelassen hatte, war unbemerkt zu Boden gefallen, als das Notfallteam ihn wieder zu beleben versucht hatte. Als die Feder später von einem Techniker des Krankenhauses gefunden wurde, legte er sie auf den Tisch neben dem Bett des Toten. Vielleicht ging er davon aus, dass sie aus einem Kissen stammte. Die Uhr an Battles Handgelenk fiel unter den Infusionsschläuchen und dem Schild mit den Patientendaten zunächst nicht weiter auf. Als Remmy Battle bestürzt und wütend das Zimmer betrat und wieder ging, bemerkte sie ebenfalls nichts von der Feder und der Armbanduhr. Erst als eine Krankenschwester sich über die Feder wunderte, wurden Fragen gestellt. Sie konnte nicht aus einem Kissen stammen, da diese keine Federn enthielten. Zudem stellte die rasche und unerwartete Änderung von Bobby Battles Zustand die Ärzte vor ein Rätsel, das eine genauere Untersuchung rechtfertigte.

Erst als man gegen drei Uhr am nächsten Morgen den Verstorbenen in die Leichenhalle der Klinik schaffen wollte, wurde die Armbanduhr am Handgelenk des Toten bemerkt. Dies führte zu einer gründlicheren Untersuchung der Leiche und der Infusionsbeutel. Nun entdeckte der anwesende Arzt das kleine Loch, das die Nadel hinterlassen hatte.

»Großer Gott!« war alles, was er dazu sagen konnte. Polizeichef Williams wurde aus dem Bett geholt. Während er sich auf den Weg machte, rief er King an, der wiederum Michelle benachrichtigte. Alle drei trafen fast gleichzeitig vor der Klinik ein. Überrascht stellten sie fest, dass Chip Bailey ebenfalls anwesend war. Williams machte King und Michelle in aller Eile mit dem FBI-Agenten bekannt.

»Ich hatte mich in einem Motel in der Nähe einquartiert und den Polizeifunk eingeschaltet«, erklärte Bailey.

»Verdammt, Todd, Sie scheinen Ihre gesamte Streitmacht zur Klinik beordert zu haben.«

»Hier geht es um Bobby Battle«, gab Todd Williams zurück. »Er ist ein bedeutender Bürger der Stadt.«

King formulierte stumm den unausgesprochenen Gedanken: Und jetzt wird der ungebändigte Zorn der Witwe über dich kommen.

Das Krankenhauspersonal führte sie zu Battles Zimmer. Man hatte den Toten noch nicht von den Infusionsschläuchen und der künstlichen Beatmung befreit, aber die Geräte zur Lebenserhaltung und Überwachung waren abgeschaltet worden, da ihre Warnsignale und digitalen Anzeigen nun nicht mehr benötigt wurden. Unwillkürlich blickte Michelle immer wieder zu Battle hinüber, einem Mann, von dem sie viel gehört hatte, dem sie aber nie persönlich begegnet war. Aus irgendeinem Grund, der nicht nur mit den Umständen seines Todes zusammenhing, schien er als Verstorbener genauso faszinierend zu sein wie im Leben.

Die Oberschwester und der anwesende Arzt gaben einen knappen Bericht ab, wie sie die Feder, die Uhr und den Einstich im Infusionsbeutel entdeckt hatten.

»Das alles ist äußerst ungewöhnlich«, sagte der Arzt und gab damit die Untertreibung des Jahres zum Besten.

»Ja, wir sind überzeugt, dass so etwas nicht jede Nacht geschieht«, sagte King.

Williams untersuchte die Uhr. »Keine Zodiac«, sagte er leise zu Michelle und King. »Aber sie steht auf Punkt fünf.«

Als Williams die Vogelfeder Chip Bailey zeigte, blickte der Agent erstaunt, sagte aber nichts, bis der Arzt und die Oberschwester das Zimmer verlassen hatten.

»Mary Martin Speck«, sagte er, als sie allein waren. »Eine Krankenschwester. Sie hatte den Spitznamen Florence Nightinghell. Die Dame hat in zehn Jahren dreiundzwanzig Patienten in sechs Bundesstaaten getötet. Jetzt verbüßt sie eine lebenslange Haftstrafe in einem Bundesgefängnis in Georgia. Ihre Visitenkarte war eine weiße Feder. Sie behauptete, im Auftrag des Herrn zu handeln.«

»Also können wir mit einem weiteren Brief rechnen«, sagte King.

»Wir haben noch nicht einmal den Brief zu Diane Hinson erhalten«, beklagte sich Williams. »Warum ausgerechnet Bobby Battle? Warum wollte der Killer ihn auf seiner Liste haben? Es war riskant, sich hier hineinzuschleichen.«

Doch nach einem weiteren Gespräch mit der Oberschwester wurde ihnen schnell klar, dass es gar nicht so schwierig war, durch den Hintereingang zu kommen, wie sie ursprünglich gedacht hatten. Der Kode bestand aus der simplen Zahlenfolge 4–3–2–1 und war seit Jahren nicht geändert worden. Es gab zahlreiche Mitarbeiter des Krankenhauses, die ihn kannten und wahrscheinlich an viele andere Personen weitergegeben hatten.

»Wurde schon festgestellt, was in den Infusionsbeutel injiziert wurde?«, fragte Michelle.

»Das Labor wird den Inhalt toxikologisch analysieren«, sagte Williams. »Zum Glück hat jemand das Loch entdeckt, bevor alles entsorgt worden wäre.«

»Wo ist Sylvia?«, fragte King.

Williams schüttelte den Kopf. »Zu Hause. Es geht ihr nicht gut. Als sie letzte Nacht mit Diane Hinson fertig war, hat sie sich irgendwas eingefangen und kotzt sich nun die Seele aus dem Leib. Zumindest hatte sie genau das vor, als wir unser Telefonat beendeten. Sie wird hier sein, sobald sie dazu in der Lage ist.«

»Das FBI ebenfalls«, sagte Bailey. »Das ist der fünfte Mord in einer Serie, zumindest nach unserem Wissensstand. Wir werden hier unsere Präsenz und Aktivität verstärken, Todd. Tut mir Leid.«

»Dann könnten *Sie* vielleicht mit Remmy reden. Wenn diese Frau erfährt, was hier passiert ist, wird sie nach meinem Skalp verlangen.«

»Damit sollten wir noch warten«, schlug King vor, »bis wir einen Brief vom Killer erhalten haben. Die Armbanduhr und die Feder machen es wahrscheinlich, dass Bobby das fünfte Opfer war, aber wir müssen uns zunächst Gewissheit verschaffen, bevor wir Remmy damit konfrontieren.«

»Gutes Argument«, stimmte Bailey zu.

»Werden irgendwelche Gegenstände aus Bobbys Zimmer vermisst?«, fragte Michelle. »Der Kerl, nach dem wir suchen, hat bisher immer irgendwas mitgehen lassen, das den Opfern gehörte.«

»Das können wir erst mit Sicherheit sagen, wenn wir mit Remmy gesprochen haben«, antwortete Williams. »Jetzt würde ich gern die Abfolge der Ereignisse rekonstruieren.« Er entfernte sich und kehrte kurz darauf mit dem Arzt und der Oberschwester zurück.

»Können Sie uns noch einmal den zeitlichen Ablauf schildern?«, fragte Williams.

»Sicher«, sagte die Schwester. »Mrs Battle war von sechzehn bis gegen zweiundzwanzig Uhr hier. Sie war die ganze Zeit im Krankenzimmer. Um kurz nach zehn war sie in relativ guter Verfassung, als die Stationsschwester das letzte Mal nach ihrem Mann sah. Während dieser Zeit gab es keine anderen Besucher.«

»Und vor dem Eintreffen von Mrs Battle?«, fragte Michelle.

»Seine Tochter Savannah kam am frühen Nachmittag und war eine Zeit lang bei ihm. Die genauen Zeiten kann ich Ihnen nicht sagen. Später war auch noch Dorothea Battle hier, schätzungsweise um halb drei.«

»Sind sie durch den Hintereingang gekommen?«, fragte Bailey.

»Savannah ja, Dorothea nein. Sie kam durch den Vordereingang.«

»Wir brauchen genaue Zeitangaben für diese Besuche«, sagte Williams.

»Wir werden uns darum kümmern«, sagte der Arzt steif. »Würden Sie mich jetzt bitte entschuldigen? Ich muss nach meinen anderen Patienten sehen.« Er machte sich zweifellos Sorgen wegen der Klage, die das Konto des Krankenhauses ebenso belasten würde wie sein eigenes.

»Ich hoffe, dass Sie mit denen mehr Glück haben«, sagte Todd Williams gereizt, der offenbar dieselbe Botschaft aus dem Tonfall des Arztes herausgehört hatte.

Nachdem der Arzt gegangen war, setzte Williams die Befragung der Oberschwester fort. »Also hat Battles Zustand sich um zweiundzwanzig Uhr fünfzehn verändert.«

Die Schwester nickte. »Er erlitt einen Herzstillstand. Als die erste Schwester eintraf, zeigten die Instrumente keine Herzaktivität mehr an. Das Notfallteam hat versucht, ihn wieder zu beleben, doch ohne Erfolg.«

»Also hat der Killer in den ungefähr zehn Minuten zwischen dem letzten Check der Stationsschwester und dem Herzstillstand zugeschlagen. Und in diesem Zeitraum entfaltete auch das Gift seine Wirkung, falls wir es damit zu tun haben«, fasste King zusammen.

Bailey nickte. »Sieht ganz danach aus.«

»Ich habe gesehen, dass es in diesem Zimmer eine Videokamera gibt«, sagte King.

»Die gibt es in jedem Zimmer. Auf diese Weise können wir sämtliche Patienten von der Schwesternstation aus überwachen.«

»Aber niemand hat gesehen, dass nach Mrs Battle jemand den Raum betreten hat?«

Die Schwester wurde ein wenig nervös. »Die Station ist manchmal nicht besetzt.«

»Zum Beispiel während des Schichtwechsels?«, sagte King.

»Ja. Und wenn jemand nach Mrs Battle gekommen ist, muss diese Person die Hintertür benutzt haben, sonst wäre sie von den Schwestern bemerkt worden.«

»Verstanden«, sagte King.

»Ziemlich dreist, wo hier überall Leute herumlaufen«, stellte Williams fest.

»Zumindest scheint die Person sich den günstigsten Zeitpunkt für ein solches Vorhaben ausgesucht zu haben«, sagte die Schwester.

»So sieht es aus«, sagte King.

Nachdem King und Michelle den Trakt verlassen hatten, machte King an der Schwesternstation Halt.

»Dürfte ich mir das mal anschauen?«, fragte er die Oberschwester. Er trat hinter den großen Tresen und betrachtete die Bilder auf den Monitoren. »Davon gibt es keine Aufzeichnungen, oder?«, fragte er.

»Nein. Die Überwachung erfolgt nicht zu Sicherheitszwecken, sondern zum Wohl der Patienten.«

»Vielleicht sollten Sie noch einmal über dieses Prinzip nachdenken.«

»Was hatte das zu bedeuten?«, erkundigte sich Michelle, nachdem sie weitergegangen waren.

»Ich habe darüber nachgedacht, dass jemand, der mit dem Dienstplan des Krankenhauses vertraut ist, auch über die Kameras Bescheid wissen muss. Schließlich will man nicht gefilmt werden, wenn man jemanden ermordet, weil das die Verteidigung bei einem Prozess erheblich erschwert. In allen anderen Zimmern waren die Kameras so ausgerichtet, dass das gesamte Bett und die Apparate zu beiden Seiten zu sehen sind. Von Battles Zimmer ist nur die rechte Seite des Bettes zu erkennen.«

»Der Killer hat die Kamera verstellt, damit er nicht bei seinem Tun beobachtet wird«, sagte Michelle. »Falls zufällig jemand auf den Monitor geschaut hätte.«

»Richtig.«

Auf dem Weg nach draußen trafen sie am Ausgang Harry Carrick. Obwohl es sehr früh am Morgen war, trug Carrick eine elegante Tweedjacke und ein Frackhemd mit offenem Kragen.

»Harry, was machen Sie denn hier?«, fragte King.

»Bobby Battle und ich waren alte Freunde. Außerdem arbeite ich als Anwalt für das Krankenhaus. Man hat mich angerufen und aus dem Bett geholt. Ich bin gerade mit der Beratung fertig. Ich gebe offen zu, dass es hier einen Konflikt gibt. Aber so ist das Leben. Haben Sie Remmy gesehen?«

»Nein, sie war schon gegangen, als wir kamen.«

»Ich habe gehört, dass in Bobbys Zimmer gewisse Dinge gefunden wurden«, sagte Carrick. »Ich vermute, es steckt mehr hinter der Sache.«

»So ist es. Wir wissen nur noch nicht genau, was.«

»Ich will Sie nicht aufhalten. Aber wir müssen uns demnächst noch einmal über den Fall Junior unterhalten.«

»Wie läuft es?«

»Was Sie bisher herausgefunden haben, sind interessante Informationen für mich, auch wenn sie uns noch nicht weiterhelfen. Ich habe mal vorsichtig beim Staatsanwalt angefragt, ob sich vielleicht so etwas wie ein Vergleich schließen lässt, bin aber gegen eine Mauer gerannt. Remmy hält eindeutig die Fäden in der Hand. Sie war schon vorher in Rage. Und nachdem jetzt Bobby tot ist, kann ich mir nicht vorstellen, dass ihre Wut verraucht.«

»Eher das Gegenteil«, sagte Michelle.

»Eher das Gegenteil«, bestätigte Carrick missmutig. »Wie gesagt, ich will Sie nicht länger aufhalten. Wenn Sie etwas Neues über Bobbys Tod erfahren, geben Sie mir sofort Bescheid.«

Er ließ sie allein. Sie beobachteten, wie er in einen perfekt restaurierten British MG stieg und in den rötlichen Schein der aufgehenden Sonne davonfuhr.

Michelle drehte sich zu King um. »Harry tut mir irgendwie Leid. Er ist ein Freund der Battles, und trotzdem vertritt er Junior Deaver *und* die Klinik, in der Bobby starb.«

King nickte. »Das Krankenhaus von Wrightsburg kann sich auf einen harten Prozess gefasst machen. Es hat schon eine gewisse Ironie, eine Einrichtung zu verklagen, der man zuvor sehr viel Geld gestiftet hat.«

»Ich glaube kaum, dass Remmy Battle sich dadurch von ihrem Vorhaben abbringen lässt.«

»Ich auch nicht.« King streckte sich und gähnte. »Tja, soll ich ins Büro gehen oder mich in meinem Boot noch mal schlafen legen?«

»Ich werde eine Runde joggen«, sagte Michelle. »Wie wär's, wenn du mitmachst? Endorphine sind gut fürs Gehirn.«

»Joggen! Du warst doch gerade erst beim Kickboxen!«

»Das war gestern, Sean.«

»Selbst Gott hat sich einen freien Tag genommen.«

»Wäre er eine Frau gewesen, hätte er das nicht nötig gehabt.«

»Okay, du hast mich überredet.«

Sie sah ihn zufrieden an. »Du leistest mir beim Joggen Gesellschaft?«

»Nein, ich gehe zurück auf mein Boot, um zu schlafen. Wenn selbst Gott sich eine Auszeit gegönnt hat, kann ich es erst recht tun.«

KAPITEL 30

Das Postamt hatte die strikte Anweisung, jeden verdächtigen Brief, der an die *Gazette* adressiert war, unverzüglich an die Polizei weiterzuleiten. Der Hinson-Brief kam einen Tag nach dem Mord an Bobby Battle. Diesmal war es eine kurze Botschaft.

Ein Anwalt weniger, na und? Ich schätze, ihr wisst, wer ich dieses Mal nicht bin. Wir sehen uns bald wieder.

Inzwischen hatte Sylvia Diaz sich von ihrer Unpässlichkeit erholt und endlich die Autopsie an Robert Battle vorgenommen.

King und Michelle trafen sie in ihrem Büro an. Sie erfuhren, dass Polizeichef Williams und Chip Bailey der Autopsie beigewohnt hatten.

»Ich glaube, Todd hat jetzt keine Probleme mehr mit Leichen. Eine Sache der Gewöhnung. In letzter Zeit hat er einfach zu viele Tote gesehen«, bemerkte Sylvia.

»Woran ist Bobby gestorben?«, fragte King.

»Das lässt sich erst mit Sicherheit sagen, wenn in ungefähr einer Woche die Ergebnisse der toxikologischen Untersuchungen kommen. Aber es sieht ganz danach aus, als hätte jemand eine größere Menge Kaliumchlorid in den Infusionsbeutel mit der Nährlösung gespritzt. Die Substanz dürfte sich in weniger als zehn Minuten in der Lösung ausgebreitet haben, ist durch die Schläuche in den Körper eingedrungen und hat ein sofortiges Herzflimmern ausgelöst. In Bobbys bereits geschwächtem Zustand muss das Ende schnell und schmerzlos gewesen sein.«

»Das deutet auf gute medizinische Kenntnisse hin«, sagte King.

Sylvia dachte einen Moment darüber nach. »Sicher, Kaliumchlorid wird nicht häufig benutzt, um jemanden zu ermorden. Doch wenn der Täter wirklich medizinische Kenntnisse besitzt, hat er ziemlich nachlässig gehandelt.«

»Wie meinst du das?«

»Battle wurde mit den üblichen Infusionen versorgt – Heparin zur Blutverdünnung, eine Salz-Zucker-Lösung, eine Einheit zur parenteralen Ernährung, ein Antibiotikum zur Bekämpfung der Lungenentzündung, die er sich durch die lange künstliche Beatmung zugezogen hat, und Dopamin zur Stabilisierung des Blutdrucks.«

»Und was soll uns das sagen?«, fragte King.

»Wenn die unbekannte Person das Kaliumchlorid nicht in den Infusionsbeutel, sondern direkt in den Schlauch injiziert hätte, wäre die tödliche Wirkung dieselbe gewesen, aber nicht mehr nachzuweisen. Dazu muss man wissen, dass sich in der Nährlösung bereits Kaliumchlorid befindet – und damit auch in Battles Körper. Dass jemand der Lösung zusätzliches Kaliumchlorid beigefügt haben muss, konnte ich nur feststellen, indem ich die tatsächliche Konzentration mit dem üblichen Mischungsverhältnis in einem Infusionsbeutel verglichen habe. In diesem Fall war die Konzentration dreimal so hoch – mehr als genug, um ihn zu töten.«

»Du willst damit sagen, dass du nichts bemerkt hättest, wenn der Mörder das Kaliumchlorid in den Infusionsschlauch gespritzt hätte?«

»Ja. Die Rückstände im Schlauch wären zu gering gewesen, um Verdacht zu erregen. Es wäre viel verdächtiger gewesen, wäre dort kein Kaliumchlorid nachweisbar. Wie gesagt, es befand sich bereits in Battles Körper. Es wird auf natürliche Weise absorbiert; deshalb hätte durch die Autopsie allein niemals eine Überdosierung bestätigt werden können.«

»Also hat diese Person gewisse medizinische Kenntnisse, kann aber kein Experte sein«, sagte King.

»Oder er wollte, dass der Mord an Battle entdeckt wird«, gab Michelle zu bedenken. »Als wären die Uhr und die Feder noch nicht genug.«

»Sie wären beinahe nicht genug gewesen«, erwiderte King. »Die Feder ist zu Boden geschwebt, und die Uhr ist unter den Schläuchen und Schildern gar nicht aufgefallen.«

»Das ergibt keinen Sinn«, sagte Sylvia. »Die erste Regel für Mörder lautet doch, dass man stets versuchen sollte, einen perfekten Mord zu begehen. Und man kann es kaum perfekter machen, als dafür zu sorgen, dass alles so aussieht, als wäre gar kein Mord begangen worden.«

Michelle und King schüttelten gleichzeitig den Kopf. Keiner hatte eine Idee, die das Verhalten des Killers erklärt hätte.

Sylvia seufzte. »Es spielt zwar keine Rolle mehr, aber ich habe bei Battle Symptome einer Arteriosklerose festgestellt. Und die Oberfläche der Aorta war ungewöhnlich stark gerunzelt. Außerdem hatte er einen kleinen Tumor im rechten Lungenflügel, möglicherweise der Anfang von Lungenkrebs. Nichts Ungewöhnliches für einen Raucher in seinem Alter.«

»Wie steht es mit Diane Hinsons Todesursache?«, fragte King. »Auch wenn sie offensichtlich erscheint.«

»Sie starb an schweren inneren Blutungen durch die zahlreichen Stichverletzungen. Die Klinge hatte die Aorta, die Herzkammer und die linke Lunge beschädigt. Auch für sie dürfte es nach wenigen Minuten vorbei gewesen sein – allerdings nicht annähernd so schmerzlos wie bei Battle.«

»Wurde sie vergewaltigt oder sonst wie sexuell missbraucht?«, fragte King.

»Die Autopsie hat keinen Hinweis darauf geliefert, aber die Laborergebnisse stehen noch aus. Ich habe von der Parallele zu Florence Nightinghell gehört. Also werden wir wohl einen Brief zu diesem Thema erhalten.«

»Der Hinson-Brief deutete an, dass wir ihn bald wiedersehen würden, und so war es«, sagte Michelle. »Immerhin, er steht zu seinem Wort.«

»Zuerst eine Nackttänzerin«, sagte King, »dann zwei Teenager, dann eine Anwältin und nun Bobby Battle.«

»Es scheint, als würde der Killer mit jedem Mord ein höheres Risiko eingehen«, stellte Sylvia fest.

»Mit einer Nackttänzerin anzufangen, die er vielleicht in einer Bar ausfindig gemacht, erschossen und in den Wald geschafft hat, und dann einen schwerreichen Geschäftsmann zu vergiften, der im Krankenhaus im Koma liegt, kann man wohl nicht als zusammenhängend bezeichnen«, sagte King. »Ich möchte nicht gefühllos erscheinen, aber wie sucht der Kerl sich seine Opfer aus? Nach One-Night-Stands oder nach der sozialen Hierarchie?«

»Wie ich bereits sagte, er scheint außerhalb des üblichen Schemas zu handeln«, erklärte Sylvia und rieb sich die blutunterlaufenen Augen.

King musterte sie aufmerksam. »Du siehst ziemlich schlimm aus«, sagte er mit einem entwaffnenden Lächeln. »Du solltest ins Bett gehen.«

»Danke für die Anteilnahme. Ich werde versuchen, deinen Rat zu befolgen – irgendwann in den nächsten Wochen.«

»Wo ist Kyle Montgomery?«, fragte Michelle. »Könnte er nicht deine Arbeit übernehmen?«

»Er ist kein Pathologe und kann keine Autopsien vornehmen. Und um deine erste Frage zu beantworten: Er hat sich krankgemeldet. Wäre schön, wenn auch ich mir das erlauben könnte. Ich habe fast die ganze letzte Nacht auf Knien vor der Kloschüssel verbracht, und drüben warten jede Menge Patienten auf mich. Gott sei Dank gibt es Antibiotika.«

»Was hältst du davon, dass der Killer diesmal Mary Martin Speck nachgeahmt hat?«, fragte Michelle.

»Du meinst, dass er sich keinen Mörder, sondern eine Mörderin ausgesucht hat?«

Michelle nickte.

»Ich weiß nicht, was ich davon halten soll«, sagte Sylvia. »Jede Frau hätte Battle mühelos töten können. Es ist keine besondere Körperkraft nötig, um den Inhalt einer Spritze in einen Infusionsbeutel zu entleeren. Aber ich würde jederzeit meinen professionellen Ruf darauf verwetten, dass Rhonda Tyler und Diane Hinson von einem Mann ermordet wurden. Eine Frau hätte Tyler nicht über eine so weite Strecke durch den Wald schleppen können, und die Stichwunden in Diane Hinsons Körper waren sehr tief. Es war entweder ein Mann oder eine Frau, die so kräftig ist, dass ich ihr nicht in einer dunklen Gasse begegnen möchte.«

»Also wäre es möglich, dass wir es mit zwei Mördern zu tun haben, einem Mann und einer Frau«, sagte Michelle.

»Nicht unbedingt«, wandte King ein. »Der einzige Beweis dafür wäre die Anspielung auf Speck und die Vogelfeder, wie Bailey richtig bemerkt hat. Erst wenn wir den Brief bekommen, werden wir wissen, ob der Killer Speck imitiert hat. Die Feder könnte für diesen Täter etwas ganz anderes symbolisieren.«

»Stimmt«, räumte Michelle ein. Sylvia nickte ebenfalls.

King sah die beiden Frauen an. »Wollt ihr einen ziemlich abwegigen Gedanken hören?«

»Warum nicht?«, sagte Michelle.

»Bobby Battle war ein sehr reicher Mann. Ich frage mich, wer von seinem Testament begünstigt wird.«

Nach längerem Schweigen sagte Sylvia: »Willst du damit andeuten, ein Familienmitglied könnte ihn aus Geldgier getötet haben? Und dass diese Person sich bemüht hat, es wie einen der Serienmorde aussehen zu lassen?«

»Eddie kann es nicht gewesen sein«, sagte Michelle. »Er war mit uns bis nach elf Uhr im *Sage Gentleman*.«

»So ist es«, sagte King. »Aber Dorothea und Savannah waren vor Remmy in der Klinik. Bei der Gelegenheit können sie zwar nicht das Gift injiziert haben, weil Bobby dann schon vor Remmys Ankunft tot gewesen wäre, aber wenn eine von ihnen während ihres früheren Besuchs das Kaliumchlorid im Zimmer versteckt hat, könnte sie sich zurückgeschlichen haben, nachdem Remmy gegangen war, um nach der Tat sofort wieder zu verschwinden.«

»Eddie sagte, dass Dorothea auf irgendeinem Empfang war«, gab Michelle zu bedenken.

»Das werden wir überprüfen.«

»Viele Morde werden aus finanziellen Motiven begangen«, sagte Sylvia. »Das könnte tatsächlich eine Spur sein, Sean.«

»Wenn ich schon dabei bin – hier ist noch eine Überlegung: Remmy hat sich stundenlang in Bobbys Zimmer aufgehalten. Sie könnte das Zeug in den Beutel gespritzt haben, bevor sie gegangen ist.«

»Welches Motiv sollte Remmy gehabt haben?«, fragte Sylvia. »Sie ist reich genug.«

»Was wäre, wenn Bobby sich wieder als Schürzenjäger betätigt hat und sie dieses Spielchen nicht mehr mitmachen wollte? So was lässt sich durch kein Geld der Welt gutmachen.«

»Das wäre natürlich etwas anderes. Hast du Beweise, die deine Theorie stützen?«

King dachte an Battles Geheimfach und den Ehering, den Remmy nicht am Finger getragen hatte, doch er beschloss, dies Sylvia gegenüber nicht zu erwähnen. »Ich behaupte nicht, dass wir es beweisen könnten. Ich deute nur auf Möglichkeiten hin. Und eine Frau zu verschmähen ist eines der ältesten Mordmotive, die es gibt. Also entfernt sie sich mit einem eingebauten Alibi vom Tatort und lässt zur Irreführung die Feder und die Uhr zurück. Da die Vorgehensweise des Serienmörders in sämtlichen Medien breitgetreten wurde, weiß sie über diese Einzelheiten Bescheid.«

»Aber ihre bloße Anwesenheit macht sie zu einer Verdächtigen, vor allem, wenn Gift mit zeitlich verzögerter Wirkung im Spiel ist«, warf Sylvia ein. »Wenn sie einen solchen Plan hätte durchführen wollen, wäre es sinnvoller für sie gewesen, sich zu einem anderen Zeitpunkt hineinzuschleichen und wieder zu verschwinden, bevor irgendwer sie sieht. Beim jetzigen Stand der Dinge hat sie überhaupt kein Alibi.«

»Wenn ich Battles Mörder wäre«, sagte Michelle, »und versucht hätte, die Tat unserem Serienmörder aus der Nachbarschaft in die Schuhe zu schieben, würde ich jetzt höllisch aufpassen.«

»Wie meinst du das?«, fragte Sylvia.

»Weil der Serienmörder jetzt ziemlich verärgert sein dürfte.«

»Ich kann dir immer noch nicht folgen«, sagte Sylvia.

»Betrachte es mal aus folgender Perspektive. Die Serienmorde wurden penibel geplant und ausgeführt. Wir haben Briefe, in denen der Killer sich über die Polizei lustig macht. Dieser Typ ist ein Kontrollfreak und verfolgt irgendeinen umfassenden Generalplan. Wenn jemand anders Bobby Battle getötet hat und die Schuld auf den Serientäter schieben will, könnte unser Kontrollfreak das als Störung seines Meisterwerks betrachten. Er könnte sich am Mörder Battles rächen wollen.«

»Also haben wir es jetzt vielleicht mit einem Mörder zu tun, der auf einen anderen Mörder losgeht«, sagte King.

»Genau«, sagte Michelle.

KAPITEL 31

»Ich stelle Sie beide als Deputys ein«, sagte Todd Williams, als er King und Michelle am nächsten Tag in ihrem Büro besuchte. Sie erwiderten seinen Blick mit Fassungslosigkeit.

»Wie bitte?«, sagte King. »Ich war Ihnen schon einmal als Deputy unterstellt und habe nicht den Wunsch, in meinen alten Job zurückzukehren, Todd.«

»Ich hab Sie nicht vor die Wahl gestellt. Ich brauche Sie!«

»Zwangsarbeit ist seit längerer Zeit illegal«, erwiderte King.

»Was ist los, Todd?«, fragte Michelle.

»Die Leute vom FBI wollen mich aus dem Zug schubsen. Das ist los.«

»Aber Sie selbst haben ihre Unterstützung angefordert«, warf King ein.

»Aber ich wollte nicht, dass ich hier in meiner eigenen Stadt gar nichts mehr machen kann. Natürlich bin ich bereit, mit den FBI-Leuten zusammenzuarbeiten. Ich habe auch nichts dagegen, wenn sie gemeinsam mit mir die Ermittlungen leiten. Aber ich werde auf keinen Fall zulassen, dass sie mich bei der Arbeit an meiner Mordserie behindern.«

King schüttelte verwirrt den Kopf. »Todd, ich glaube, Sie haben an zu vielen Obduktionen teilgenommen. Warum überlassen Sie diesen Leuten nicht einfach den Fall? Sie haben das nötige Personal und die nötige Erfahrung. Sollen die anderen sich doch den Kopf darüber zerbrechen.«

»Hier geht es auch um meinen Stolz, Sean«, erwiderte Williams beleidigt. »Und Sie beide haben schon eine Menge Zeit in den Fall investiert. Wenn wir zusammenarbeiten, können wir die Nuss vielleicht sogar schneller knacken als das allmächtige FBI! Scheiße, Chip Bailey läuft schon herum, als wäre er hier der King! Ich warte nur darauf, dass er mich auffordert, ihm einen Kaffee zu kochen. Lieber würde ich den Mistkerl erschießen!« Er sah die beiden mit flehendem Blick an. »Na los, ihr habt doch mindestens so viel Erfahrung wie jeder von diesen Typen. Ich weiß, dass wir es zusammen schaffen können. Und denkt daran, dass wir hier leben. Wir müssen dafür sorgen, dass Wrightsburg wieder zu einer sicheren Stadt wird. Es ist unsere Heimat. Die Leute verlassen sich auf uns.«

Michelle und King wechselten einen nachdenklichen Blick.

»Dieser Vorschlag ist zumindest eine interessante Herausforderung«, sagte Michelle.

»Das ist Gleitschirmfliegen auch. Trotzdem sollte man es nicht tun«, entgegnete King.

»Komm schon, Sean, du findest diesen Fall doch auch faszinierend. Das kannst du nicht abstreiten. Du denkst die ganze Zeit darüber nach, ob du nun daran arbeitest oder nicht. Und wenn wir zu Deputys ernannt werden, haben wir als Ermittler wenigstens einen gewissen offiziellen Status. Vielleicht kommen wir dann sogar besser voran.«

»Und was ist mit unserer Detektei?«

»Ihr könnt eure normale Arbeit trotzdem fortsetzen«, antwortete Williams ohne jedes Zögern. »Ich verlange ja nicht, dass ihr eure gesamte Zeit mit dem Fall verbringt. Aber ich bin bereit, euch Zugang zu allem zu geben, was ihr braucht. Dann müsst ihr mich nicht ständig um Erlaubnis fragen. Ihr könnt in meinem offiziellen Auftrag ganz allein mit Leuten reden und herumschnüffeln. Ich habe hier das Sagen. Ich kann jeden zum Deputy machen.«

»Und Bailey wird damit kein Problem haben?«, sagte King skeptisch. »Kommen Sie, Todd!«

»Und was soll passieren, wenn er sich auf die Hinterbeine stellt? Gegen eure Referenzen kann er nichts sagen. Aber keine Sorge, ich werde mich um ihn kümmern. Dafür werde ich einstehen, und wenn ich bis zum Gouverneur gehen muss.«

»Ich weiß nicht recht«, sagte King. »Das könnte sich zu einem Albtraum entwickeln, und davon hatte ich im Secret Service genug.«

Michelle boxte ihm gegen den Arm. »Na komm! Was soll schon Schlimmes passieren?«

»Dieser Psycho könnte uns umbringen! Das würde ich als ziemlich schlimm bezeichnen.«

Michelle sah Williams an und zwinkerte. »Ich bin dabei.«

Der Polizeichef musterte King nervös. »Sean?«

Er schwieg eine Weile. »In Ordnung«, murmelte er schließlich.

»Gut«, sagte Williams mit hörbarer Erleichterung. Er nahm zwei silberne Sterne aus der Tasche, leierte zweimal dieselbe Formel in juristischem Jargon herunter und reichte ihnen die Abzeichen. »Okay, jetzt seid ihr meine offiziellen Deputys. Dann können wir jetzt auch die förmliche Anrede lassen. Und nun seht euch mal das hier an.«

Er zog ein Stück Papier hervor und gab es an sie weiter. King und Michelle lasen es gleichzeitig.

»Der Brief von Bobbys Mörder, dem Nicht-Imitator von Mary Martin Speck«, sagte Michelle, als sie wieder aufblickte.

King las den Text laut vor: »Und wieder einer. Das war der Fünfte. Diesmal war es ein großer Brocken, aber es kommen noch mehr. Trotzdem bin ich nicht Mary, keine Florence Nightinghell. Die Feder war einfach nur eine Feder. Eine Feder für die Federgewichte, die ihr seid! Wir sehen uns bald wieder. Nicht-MMS.«

Er blickte mit nachdenklicher Miene auf. »War ein Zodiac-Symbol auf dem Umschlag, in dem dieser Brief eintraf?«

»Nein. Genauso wie die Briefe zu Steve Canney, Janice Pembroke und zu Diane Hinson. Wir haben ihn bereits auf Fingerabdrücke und andere Spuren untersucht. Nichts.«

»In diesem Brief heißt es, dass Battle das Opfer Nummer fünf war«, sagte King.

»Weil er die Nummer fünf *ist*, Sean«, erwiderte Williams.

»Aber im Pembroke-Canney-Brief wurde nur der Tod *einer* Person erwähnt. Wenn man das wörtlich nimmt, wäre Battle erst das vierte Opfer. Das ist eine Umgereimtheit, die im Moment nicht zu erklären ist.«

Williams schlug sich mit der Hand auf den Oberschenkel. »Siehst du, deshalb wollte ich euch beide mit an Bord nehmen. Ihr erkennt solche Dinge und zieht daraus eure Schlussfolgerungen.«

»Wir könnten damit aber auch völlig danebenliegen«, entgegnete King.

»Oder völlig richtig«, sagte Williams. »Es gibt da noch etwas, das ihr wissen solltet. Diane Hinson trug ein goldenes Fußkettchen. Es wurde weder an der Leiche noch im Haus gefunden.«

»Janice Pembrokes Fingerring, Steve Canneys Christophorus-Anhänger, möglicherweise Tylers Nabelring und nun Diane Hinsons Fußkettchen«, fasste King zusammen.

»Vielleicht hat der Täter die Gegenstände als Trophäen seiner Opfer an sich genommen«, sagte Michelle.

»Mag sein. Hat er auch irgendwas von Bobby Battle?«

»Nicht dass wir wüssten.« Williams sah King aufmerksam an. »Was werdet ihr als Nächstes unternehmen?«

King dachte einen Moment darüber nach. »Es wird Zeit«, sagte er schließlich, »dass wir ein für alle Mal klären, ob es eine Verbindung zwischen den Morden gibt.«

»Aber Sean!«, sagte Williams. »Wir wissen, dass die Morde von ein und derselben Person begangen wurden.«

»Nein, das wissen wir nicht«, widersprach King entschieden. »Aber das habe ich gar nicht gemeint. Ich würde gern herausfinden, ob die Opfer eine Gemeinsamkeit haben, ob es irgendeine Verbindung zwischen ihnen gibt.«

»Die gibt es bei Serienmorden nicht«, warf Williams ein.

»Dieser Fall könnte die Ausnahme von der Regel sein«, sagte King. »Und zu diesem Zweck werden wir noch einmal in die Höhle des Löwen zurückkehren müssen.«

»Höhle des Löwen?«, sagte Michelle. »Was meinst du damit?«

»Wir müssen uns noch einmal bei den Battles umsehen.«

»Ich glaube, ich würde mir lieber Priscilla Oxley vornehmen«, sagte Michelle. »Und ich schwöre dir, wenn diese Frau mich noch einmal Püppchen oder so ähnlich nennt, wird sie es bitter bereuen.«

Nachdem Williams gegangen war, fragte Michelle: »Was hoffst du wirklich bei den Battles in Erfahrung zu bringen?«

»Mit ein wenig Glück die Antwort auf deine Frage, warum Remmy ihren Ehering nicht getragen hat«, sagte King. »Und eine Lösung des Rätsels, was in Bobbys Geheimfach gewesen ist.«

»Aber das alles hängt mit dem Einbruch zusammen, nicht mit den Morden.«

»Stimmt. Nur dass der Grund, warum Battle ermordet wurde, vielleicht im Geheimfach verborgen war. Selbst wenn er von jemand anderem getötet wurde, müssen wir auch diesen Jemand finden.«

»Okay, aber wenn er wirklich von einem Mitglied der Battle-Sippe vergiftet wurde, kann es sein, dass wir irgendwann einem Mörder gegenüberstehen.«

»Und je früher wir herausfinden, wer es ist, desto besser.«

»Auf wen würdest du dein Geld setzen, wenn es einer von ihnen war? Eddie war mit uns zusammen. War es die eiserne Lady, die missratene Tochter oder die schlangenzüngige Schwiegertochter?«

»Ich werde mich vorläufig mit einem Urteil zurückhalten. Aber wenn Battles Tod nur eine Nachahmungstat mit einem ganz anderen Motiv war, wird uns das jener Person, die bisher vier Menschen umgebracht hat, kein Stück näher bringen.«

»Du glaubst also, dass es weitere Opfer geben wird?«

»Wer weiß?« Er schlug ihr auf die Schulter. »Sei vorsichtig da draußen.«

»Du weißt, dass ich sehr gut auf mich aufpassen kann, Sean.«

»Das habe ich nicht gemeint. Ich möchte dich in meiner Nähe haben, damit du *mich* beschützt.«

KAPITEL 32

Der Mord an Bobby Battle war in sämtlichen Zeitungen der Gegend der große Aufmacher. Die Schlagzeilen klangen besonders sensationell aufgrund der Tatsache, dass Bobbys Tod dem Serienmörder zugeschrieben wurde. Was man der Presse und Öffentlichkeit vorenthalten hatte, waren die gestohlenen Gegenstände und der genaue Inhalt der Briefe.

Die Bürger von Wrightsburg verschlossen ihre Türen, reinigten ihre Waffen, schalteten ihre Alarmanlagen ein und beobachteten ihre Mitbürger. Ihre Blicke ließen keinen Zweifel, was sie dachten: Wenn jemand wie Bobby Battle mitten in einem belebten Krankenhaus ermordet werden konnte, war keiner mehr sicher.

Und mit dieser Vermutung hatten sie völlig Recht.

Die Höhle lag tief in den Hügeln östlich von Wrightsburg, in Richtung Charlottesville. Der Eingang lag hinter umgestürzten Kiefern und einem dichten Vorhang aus Efeu, und es führte kein erkennbarer Pfad darauf zu. Das Loch in den Felsen war groß genug, um mehrere Schwarzbärfamilien zu beherbergen, was in der Vergangenheit sogar häufig geschehen war. Doch nun gab es nur einen einzigen Höhlenbewohner, der obendrein auf zwei Beinen ging. Trotzdem handelte es sich um ein Raubtier.

Er saß an einem grob gefertigten Tisch mitten in der Höhle und grübelte. Der Unterschlupf war mit genügend Vorräten ausgestattet, um für einen längeren Zeitraum überleben zu können. Das einzige Licht kam von einer batteriebetriebenen Lampe. Der Mann hielt die Sturmhaube in der Hand, die er bei den Morden an vier Personen getragen hatte. Vorsichtig betastete er den Stoff. Er war ein Henker. Doch Henker vollstreckten gewöhnlich nur Todesurteile, die rechtmäßig gesprochen worden waren.

Er betrachtete die Zeitung. Von der Titelseite blickte ihm ein körniges Foto von Robert Battle entgegen, das vor Jahren aufgenommen worden war. Die Schlagzeile lautete: *Millionär und Wohltäter Robert E. Lee Battle in Klinik ermordet, Serienkiller verdächtigt.*

Serienkiller! Das Wort brannte sich in sein Hirn ein, bis er die Zeitung zusammenknüllte und wütend fortwarf. Dann griff er nach der Lampe und schleuderte sie gegen die Felswand, sodass es stockdunkel wurde. Er stand auf und tappte herum, stieß immer wieder an etwas an, stürzte, rappelte sich auf und trommelte mit den Fäusten gegen die Wand aus Gestein und Erde, bis seine Hände taub waren. Als er sich ausgetobt hatte, brach er erschöpft auf dem kalten Boden zusammen.

Plötzlich schrie er so laut, dass er das Gefühl hatte, sein Herz würde platzen. Schließlich kühlte der Schweiß auf seiner Haut sich ab, sein Atem ging regelmäßiger, und er beruhigte sich allmählich. Er kroch zu einem Koffer, der vor einer Wand stand, öffnete ihn und holte eine andere Lampe hervor, eine Petroleumlaterne. Er kramte in seiner Hosentasche nach Streichhölzern, entzündete den Docht und drehte das Licht auf. Dann sah er sich um und suchte nach der Zeitung. Er setzte sich wieder an den Tisch und las den Artikel. Diesmal ließ er sich nicht vom Foto des Toten ablenken.

Es war ein Rückschlag für ihn, ein schwerer Rückschlag, aber schließlich war das Leben voller Enttäuschungen. Er musste einfach nur das tun, was er schon immer getan hatte: ein Hindernis zu seinem Vorteil nutzen. Auch wenn der große Bobby Battle tot war, gab es noch viel zu tun. Es gab noch einige Menschen, die getötet werden mussten – nein, *exekutiert*, verbesserte er sich.

Er starrte auf die Schlagzeile, insbesondere auf die letzten beiden Worte. *Serienkiller verdächtigt.* Dieser Nachahmer hatte seinen Ruhm auf schlimmste Art missbraucht. Er hatte seinen Triumph gestohlen und dann ihm die Schuld gegeben. Doch er verspürte eine gewisse Bewunderung für das Geschick dieses Betrügers. Er bewunderte ihn, würde ihm aber nicht verzeihen.

Er zog einen Zettel hervor, auf dem verschlüsselt die Liste der Namen seiner Opfer stand – sowohl jener, die bereits tot waren, als auch derer, die er noch umbringen würde. Mit einem Stift schrieb er ein Fragezeichen hinter die letzte Zeile auf dem Blatt. Er würde diesen Nachahmer finden, bevor die Polizei ihn fassen konnte, und er würde ihn töten. Das verlangte die Gerechtigkeit.

KAPITEL 33

»Kyle, was tun Sie da?«, fragte Sylvia, als sie das Verwaltungsbüro ihrer Arztpraxis betrat und sah, dass Montgomery vor dem Computer saß.

Er drehte sich mit dem Stuhl zu ihr herum. »Oh, hallo, Doc. So früh hab ich Sie noch gar nicht erwartet.«

»Das sehe ich. Was tun Sie da?«

»Ich bin im Internet.«

»Ich habe Ihnen schon einmal gesagt, dass Sie den Computer nicht für private Zwecke benutzen dürfen.«

»Das tue ich auch gar nicht. Ich wollte ein paar neue Kittel und Mundschutze bestellen, die wir für die Praxis und die Pathologie brauchen. Ich habe einen Anbieter gefunden, der viel günstiger ist als unser derzeitiger Lieferant.«

»Kyle, für die Praxis ist das kein Problem, aber die Leichenhalle ist eine staatliche Einrichtung. Dafür gelten strenge Vorschriften. Sie können nicht einfach irgendwas bestellen und die Staatskasse damit belasten.«

»Mensch, Doc, ich will doch nur unsere Kosten senken!«

»Das ist gut gemeint von Ihnen. Aber es gibt nun mal bestimmte Vorgehensweisen, an die wir uns halten müssen.«

»Manchmal frage ich mich, warum ich mir überhaupt die Mühe mache. Überall nur Verbotsschilder.«

»Glauben Sie, mir macht das Spaß? Schicken Sie mir einfach eine E-Mail mit einem Vergleich der Kosten, und ich schleuse die Sache ins System ein. Wenn es wirklich ein gutes Angebot ist, machen wir's, sowohl hier als auch nebenan.«

Montgomerys Laune besserte sich. »Prima, Doc. Toller Vorschlag.«

Sie verschränkte die Arme über der Brust und sah ihn an. »Sie machen den Eindruck, als hätten Sie sich vollständig von Ihrer Erkrankung erholt. Muss eine ziemlich kurze Infektion gewesen sein.«

»War es auch. Und was ist mit Ihnen? Fühlen Sie sich wieder besser?«

»Nein. Aber ich kann es mir nicht leisten, zu Hause zu bleiben.«

»Kommen Sie, Doc. Die Toten werden sich schon nicht beklagen, wenn Sie ein bisschen zu spät kommen.«

»In den Leichenschauhäusern des ganzen Landes stapeln sich die Toten, und in jeder Minute geht der Verwesungsprozess weiter, Beweise gehen verloren, und die Chance, dass Verbrecher ungestraft davonkommen, nimmt dramatisch zu. Ich will nicht, dass so etwas auch hier geschieht.«

»Verstanden, Doc. Sie sind die Beste.«

»Hmm. Machen Sie hier Schluss. Wir müssen die Obduktionsberichte über Hinson und Battle fertig stellen, und heute steht eine lange Patientenliste auf unserem Terminkalender.«

»Alles klar.«

Nachdem Sylvia gegangen war, schloss Montgomery rasch die Arbeit ab, mit der er in Wirklichkeit beschäftigt gewesen war: Er hatte die Dateien mit den Medikamentenbeständen manipuliert, um seinen Diebstahl zu vertuschen. Anschließend prägte er sich ein, unbedingt einen günstigen Anbieter für Kittel im Internet zu suchen, um Sylvia etwas vorlegen zu können. Eins hatte er sehr schnell gelernt: Diese Frau vergaß nie etwas. Wenn er sich nicht darum kümmerte, würde sie ihn irgendwann danach fragen, und wenn er dann keine Antwort parat hatte, würde das ihren Verdacht erregen. Eigentlich durfte er das Passwort gar nicht kennen, das ihm Zugang zu diesen Dateien verschafft hatte, doch er hatte es der Frau abgeluchst, die für diese Arbeit zuständig war. Sie kam nur an drei Tagen die Woche in die Praxis, wodurch Kyle jede Menge Zeit hatte, seine Spuren zu verwischen, wenn er für einen »Schwund« des Medikamentenbestandes gesorgt hatte.

Doch Kyle Montgomery hatte Sylvia unterschätzt. Sie hatte bereits Verdacht geschöpft. Und ihr Misstrauen konnte im Laufe der Zeit nur stärker werden.

Als Montgomery aufstand, um ihr zu folgen, fiel sein Blick auf die Zeitung, die auf dem Schreibtisch neben dem Computer lag. Die Schlagzeile war dieselbe, über die der Mann in der Höhle sich so erregt hatte. Montgomery überflog den Artikel. Der Mord war am gleichen Abend geschehen, als er der Frau im *Aphrodisia* die Medikamente geliefert hatte. Nach Angaben der Zeitung hatte die Tat sich in genau der Stunde ereignet, als Montgomery auf dem Weg zum Nachtclub am Krankenhaus vorbeigefahren war. Vielleicht war er dem Mörder unterwegs sogar begegnet. Diese Erkenntnis verursachte ihm eine Gänsehaut. Während er sich an den Abend erinnerte, wurde ihm plötzlich klar, was er gesehen hatte. Und wie Kyle Montgomery es schon sein Leben lang getan hatte, überlegte er sich sofort, wie er dieses Wissen am besten zu seinem eigenen Vorteil nutzen konnte.

KAPITEL 34

Junior Deaver wuchtete eine Palette mit Asphaltschindeln von der Ladefläche seines Pick-ups. Sie landeten mit einem Krachen auf dem Boden, das laut durch die Stille des frühen Morgens hallte. Junior sprang vom Pick-up und betrachtete das Haus, das er für seine Familie baute. Die Wände standen, der Dachstuhl war fertig, und schon bald würde es gedeckt sein. Aber es war eine langwierige Arbeit gewesen. Das meiste hatte er selbst gemacht und nur gelegentlich Kumpel zu Hilfe geholt. Es war kein großes Haus, aber sehr viel geräumiger als der überbreite Wohnwagen, in dem sie derzeit lebten. Junior nahm seinen Werkzeuggürtel von der Ladefläche, legte ihn um und wollte den Benzingenerator anwerfen, der die Luftdruckpistole antrieb, mit der er die Schindeln festnageln wollte.

Erst jetzt hörte er die verstohlenen Schritte, die sich ihm leise näherten. Er wirbelte herum. Auf dieser abgelegenen Baustelle rechnete er nicht mit Besuchern. Außer seiner Frau wusste niemand, dass er hier war. Und er hatte kein Auto gehört.

Beim Anblick der Frau wich ihm das Blut aus dem Gesicht.

Remmy Battle trug einen langen schwarzen Ledermantel mit hochgeschlagenem Kragen und eine große Sonnenbrille. Ihre Füße steckten in Stiefeln, ihre Hände in Handschuhen, obwohl es nicht besonders kalt war.

»Mrs Battle? Was tun Sie denn hier?«

Sie blieb einen halben Meter vor ihm stehen. »Ich will mit Ihnen reden, Junior. Nur Sie und ich.«

»Woher wussten Sie, dass ich hier bin?«

»Ich weiß sehr viel, Junior. Viel mehr, als die meisten Leute glauben. Deshalb will ich mit Ihnen reden.«

Junior hob die Hände. »Ich habe mir einen Anwalt besorgt. Sie sollten sich lieber mit dem unterhalten.«

»Das habe ich schon. Und jetzt will ich mit Ihnen reden, Junior.«

Er betrachtete sie misstrauisch und blickte sich dann um, als rechnete er damit, dass plötzlich ein Trupp Polizisten auftauchte und ihn festnahm. Seine Miene wurde abweisend. »Ich wüsste nicht, worüber wir reden sollten. Sie haben mich schon einmal ins Gefängnis gebracht.«

»Aber jetzt sind Sie wieder draußen, nicht wahr?«

»Ja, aber dazu mussten wir eine Kaution zahlen. Jetzt sind wir fast pleite. So viel Geld haben wir nicht.«

»Kommen Sie, Junior, Ihre Frau verdient doch sehr gut in diesem *Club*. Das weiß ich. Mein Mann hat das Etablissement gelegentlich aufgesucht. Wahrscheinlich hat sie allein mit ihm ein kleines Vermögen gemacht.«

»Davon weiß ich nichts.«

Sie ging nicht darauf ein. »Mein *toter* Mann.«

»Ich hab davon gehört«, murmelte Junior.

»Dann wissen Sie auch, dass er ermordet wurde«, sagte sie mit seltsam tonloser Stimme.

»Ja.«

»Sie kommen aus dem Gefängnis, und kurz darauf ist er tot.«

Er sah sie mit weit aufgerissenen Augen an. »Moment mal! Das können Sie mir nicht anhängen, Lady!«

»Nein? Dann haben Sie bestimmt ein Alibi.«

»Davon können Sie ausgehen.«

»Gut für Sie. Aber deswegen bin ich nicht hier.« Sie kam noch näher und nahm die Sonnenbrille ab. Ihre Augen waren gerötet und geschwollen.

»Und warum sind Sie hier?«, fragte er.

»Ich will meine Sachen wiederhaben, Junior. Und zwar sofort.«

»Verdammt noch mal, ich habe Ihren Ehering nicht gestohlen.«

Plötzlich schrie sie ihn an. »Ich scheiß auf den verdammten Ring! Ich will die anderen Sachen zurück! Auf der Stelle!«

Junior schlug sich in hilflosem Zorn mit der Hand auf den Oberschenkel. »Wie oft muss ich es Ihnen noch sagen? Ich habe das Zeug nicht, weil ich nicht in Ihr Haus eingebrochen bin!«

»Ich zahle jeden Preis, den Sie verlangen«, bohrte sie weiter, ohne auf seine Unschuldsbeteuerungen einzugehen, und warf einen Blick auf das halbfertige Haus. »Ich bezahle Ihnen eine erstklassige Arbeitertruppe, die das Haus für Sie fertig stellt. Ich lasse es doppelt so groß bauen. Ich gebe Ihnen noch einen Swimmingpool dazu, was immer Sie wollen.« Sie stand jetzt genau vor ihm und hielt mit einer Hand seine verblasste Jeansjacke gepackt. »Ich gebe Ihnen alles, was Sie oder Lulu haben möchten. Aber als Gegenleistung will ich meine Sachen wiederhaben. Dann lasse ich alle Anklagen fallen, und Sie können in ein sehr luxuriöses Heim einziehen. Und den verdammten Ring können Sie meinetwegen behalten.«

»Mrs Battle, ich...«

Sie schlug ihm ins Gesicht, worauf er verstummte. Hätte ein Mann ihm eine runtergehauen, hätte er ihn auf der Stelle getötet. Nun aber reagierte er gar nicht.

»Wenn Sie mir die Sachen nicht geben, werden Sie sich wünschen, für zwanzig Jahre ins Gefängnis zu wandern. Sie werden darum betteln, wenn ich mit Ihnen fertig bin! Ich kenne gewisse Leute, Junior, die zu Ihnen kommen. Und Sie werden den Besuch dieser Leute niemals vergessen.« Sie ließ seine Jacke los. »Ich gebe Ihnen ein wenig Zeit, darüber nachzudenken, aber nicht sehr lange.«

Sie wandte sich zum Gehen, drehte sich dann aber noch einmal zu ihm um. »Noch etwas, Junior. Wenn Sie versuchen, etwas von den Sachen zu benutzen, auf welche Weise auch immer, oder wenn Sie sie einem anderen Menschen zeigen, komme ich vorbei und werde mich persönlich um Sie kümmern. Mit einer Schrotflinte, die mein Vater mir kurz vor seinem Tod vererbt hat. Dann werde ich Ihnen den großen, hässlichen Kopf von den Schultern pusten. Haben Sie verstanden?« Sie sprach in ruhigem, aber eiskaltem Tonfall, während jeder Schlag seines Herzens laut in Juniors Ohren dröhnte.

Remmy Battle schien eine Antwort auf ihre Frage für überflüssig zu halten. Sie setzte die Sonnenbrille wieder auf, drehte sich um und entfernte sich genauso leise, wie sie gekommen war.

Junior stand nur da und blickte ihr nach, während sein voller Bauch sich hob und senkte. Er war in seinem Leben schon in viele Barschlägereien gegen kräftige Männer verwickelt worden, die ihn ohne Rücksicht angegriffen hatten. Er hatte sich sogar einige Male schwere Verletzungen zugezogen. Während dieser Zwischenfälle hatte er jedes Mal Angst gehabt. Doch das war nichts im Vergleich zu der Panik, die er in diesem Moment empfand, denn er zweifelte nicht daran, dass diese Verrückte jedes ihrer Worte todernst gemeint hatte.

KAPITEL 35

Einige Tage später rief Chip Bailey vom FBI alle polizeilichen Mitarbeiter zusammen, die an der Suche nach dem Mörder von fünf Menschen beteiligt waren. Das Treffen fand am frühen Morgen im Polizeirevier von Wrightsburg statt. Die Wahl des Ortes empfand King – der neben Michelle, Todd Williams, verschiedenen Angehörigen der State Police Virginia und des FBI daran teilnahm – als kaum verhohlenen Versuch, davon abzulenken, wer nun das Sagen hatte. Schließlich brachte das FBI am meisten Gewicht auf die Waage. Die schlechte Laune Kings, die sich daraus ergab, machte sich schnell bemerkbar.

»Wir haben ein Profil«, sagte Bailey, während sein Assistent Schnellhefter an die Personen austeilte, die um den Tisch herum Platz genommen hatten.

»Lassen Sie mich raten«, sagte King. »Ein männlicher Weißer in den Zwanzigern oder Dreißigern, mindestens High-School-Abschluss, vielleicht sogar College. Überdurchschnittlicher IQ, hat trotzdem Probleme, über längere Zeit einen Job zu halten. Das älteste Kind von Eltern aus der Arbeiterschicht, mit Kindheitstrauma, einer dominanten Mutter, möglicherweise unehelich. Hat sich immer sehr für Polizeiarbeit interessiert und ist ein einzelgängerischer Kontrollfreak, der schon früh Interesse an sadomasochistischer Pornographie, Voyeurismus und der Misshandlung von kleinen Tieren gezeigt hat.«

»Haben Sie schon ein Exemplar des Berichts gesehen?«, brummte Bailey.

»Nein. Aber in den meisten steht so ziemlich dasselbe.«

»Das liegt daran, dass die meisten Serienmörder ein solches Profil haben. Das wurde immer wieder bestätigt«, gab Bailey zurück. »Und alles in diesem Bericht wird durch eine solide Datenbasis untermauert. Bedauerlicherweise haben wir sehr viel Erfahrung mit solchen Fällen. Mehr als drei Viertel aller Serienmörder weltweit waren in den USA aktiv. Seit 1977 gehen über eintausend Morde auf ihr Konto, und zwei Drittel der Opfer waren Frauen. Das einzig Interessante an unserem Kerl ist, dass seine Vorgehensweise eine Mischung aus dem organisierten und dem desorganisierten Muster darzustellen scheint. In einem Fall legte er Zurückhaltung an den Tag, in den anderen Fällen nicht. Ein Opfer wurde transportiert, die anderen nicht. Ein Opfer wurde im Wald versteckt, die anderen ließ er am Tatort zurück. In einem Fall wurde keine Waffe benutzt, in den anderen sehr wohl. Das alles basiert auf eindeutigen Daten, Sean.«

»Die meisten Täter passen recht gut in dieses Profil, aber nicht alle. Und manche lassen sich überhaupt keinen Kategorien zuordnen.«

»Und Sie glauben, dass wir es hier mit solch einem Ausnahmefall zu tun haben?«, fragte Williams.

»Denken Sie nach. Keines der Opfer wurde sexuell missbraucht oder verstümmelt – eine Komponente, die bei Serienmorden fast immer im Spiel ist. Und sehen Sie sich die Opfer an. Die meisten Serienkiller zeichnen sich nicht durch Mut aus. Sie greifen lieber nach tief hängenden Früchten wie Kindern, Ausreißern, Prostituierten, jungen Homosexuellen und geistig Behinderten.«

»Eines der Opfer war Nackttänzerin und zeitweise vielleicht auch Prostituierte«, konterte Bailey. »Zwei weitere waren Jugendliche. Und das letzte Opfer lag im Krankenhausbett im Koma. Damit hat er es sich verhältnismäßig leicht gemacht, wenn Sie mich fragen.«

»Wir wissen nicht, ob Rhonda Tyler als Prostituierte

gearbeitet hat. Und selbst wenn – wurde sie ermordet, weil sie Prostituierte war, oder aus einem ganz anderen Grund? Und Steve Canney und Janice Pembroke waren keine Ausreißer. Und glauben Sie wirklich, dass sich ein Killer vom Typ Ted Bundy in ein Krankenzimmer schleicht und dem Opfer eines Schlaganfalls Gift in den Infusionsbeutel spritzt?« Er machte eine kurze Pause, um seine Worte wirken zu lassen. »Außerdem war Bobby Battle ein sehr reicher Mann«, fügte er dann hinzu. »Es könnte Leute geben, die ein Interesse an seinem Tod hatten.«

»Sie meinen, da draußen laufen *zwei* Killer herum?«, fragte Bailey skeptisch.

»Wir wissen es nicht, dürfen diese Möglichkeit aber nicht außer Acht lassen«, gab King zurück.

Bailey ließ sich nicht beirren. »Ich habe mehr Erfahrung mit solchen Fällen als Sie, Sean, und solange wir nichts finden, das mich dazu veranlasst, meine Ansicht zu ändern, werden wir mit diesem Profil arbeiten und davon ausgehen, dass hier nur *ein* Mörder am Werk ist.« Er sah King und Michelle aufmerksam an. »Wie ich höre, wurden Sie beide zu Deputys ernannt. Damit habe ich kein Problem. Ich begrüße es sogar, dass zwei weitere erfahrene Profis an diesem Fall arbeiten.«

Aber, dachte King stumm.

»Aber«, sagte Bailey, »wir haben festgelegt, wie wir bestimmte Dinge tun werden. Wir müssen uns absprechen und gegenseitig informieren. Wir alle müssen auf dem gleichen Stand sein.«

»Und natürlich wird das FBI als zentrale Clearingstelle dienen«, sagte Williams zähneknirschend.

»Genau. Wenn es neue Hinweise gibt, will ich unverzüglich davon erfahren. Dann werden wir entscheiden, wer am besten geeignet ist, diese Hinweise weiterzuverfolgen.«

King und Michelle tauschten einen kurzen Blick. Sie schienen gegenseitig ihre Gedanken zu lesen: Baileys Anweisungen bedeuteten, dass das FBI den Überblick behalten, die Verhaftungen vornehmen und den Ruhm einheimsen konnte.

»Apropos Hinweise«, sagte King. »Haben Sie etwas Neues?«

Bailey lehnte sich im Sessel zurück. »Es ist noch ein wenig zu früh, aber nachdem wir jetzt genug Personal haben, wird sicher schon bald etwas auftauchen.«

»Haben Sie etwas über die Zodiac-Uhr herausgefunden?«, wollte Michelle wissen.

»Das war eine Sackgasse«, sagte Bailey. »Es gab keine anderen aussagekräftigen Spuren an den Tatorten oder den Leichen. Wir haben Diane Hinsons Nachbarn befragt. Niemand hat etwas gesehen. Wir haben mit den Familien und Mitschülern von Steve Canney und Janice Pembroke gesprochen. Es gibt keinen eifersüchtigen Rivalen mit schlechtem Gewissen.«

»Und Rhonda Tyler?«, fragte King. »Was wissen wir über sie?«

Bailey blätterte in seinen Notizen. »Im Gegensatz zu Ihrem Vorurteil ist das FBI sehr wohl in der Lage, Fakten zu sammeln, Sean«, sagte er. »Rhonda Tyler wurde in Dublin, Ohio geboren. Hat die Highschool verlassen und ist nach L.A. gegangen, um Schauspielerin zu werden. Nachdem dieser Traum geplatzt war, wurde sie drogenabhängig, ging nach Osten, verbrachte wegen diverser Vergehen einige Zeit im Gefängnis und ging dann nach Süden. Sie hat seit etwa vier Jahren als Nackttänzerin gearbeitet, in verschiedenen Clubs von Virginia bis Florida. Ihr Vertrag mit dem *Aphrodisia* lief etwa zwei Wochen vor ihrem Tod ab.«

»Wo hat sie gewohnt, als sie verschwand?«, fragte Michelle.

»Das ist nicht ganz klar. Im Club gibt es ein paar Zimmer, in denen die Mädchen wohnen können, wenn sie dort auftreten. Die Miete geht aufs Haus, und es gibt drei Mahlzeiten pro Tag. Diese Zimmer sind bei den Mädchen recht beliebt. Ich habe mit Lulu Oxley gesprochen, der

Geschäftsführerin. Sie sagte, dass Rhonda Tyler eine Zeit lang in einem der Zimmer gewohnt hat, sich dann aber eine andere Unterkunft gesucht hat.«

»Während der Zeit, als sie noch im Club gearbeitet hat?«, fragte King.

»Ja. Warum?«

»Diese Tänzerinnen können nicht allzu viel Geld verdienen, also werden sie freie Kost und Logis nicht einfach so aufgeben. Hatte sie Freunde oder Verwandte in der Umgebung, bei denen sie gewohnt haben könnte?«

»Nein. Aber wir gehen der Frage nach, wo sie sich während dieser Zeit aufgehalten hat.«

»Das könnte ein wichtiger Punkt sein, Chip«, sagte King. »Wenn Rhonda jemanden gefunden hatte, der sie aushielt, müssen wir herausfinden, um wen es sich handelt. Vielleicht ist es sogar der Typ, der ihr eine Pistole in den Mund gesteckt und sie den Wölfen zum Fraß vorgeworfen hat.«

»Komisch. Wir beide scheinen den gleichen Gedanken gehabt zu haben«, sagte Bailey, der sich ein ironisches Grinsen nicht verkneifen konnte.

»Haben Sie schon mit den Battles gesprochen?«, fragte Todd Williams.

»Ich werde heute zu ihnen fahren«, sagte der FBI-Agent. »Möchten Sie mich begleiten?«

»Warum nehmen Sie nicht Sean und Michelle mit?«

»Gut«, sagte Bailey, wenn auch stirnrunzelnd.

Nachdem sie über einige weitere Aspekte der Ermittlungen gesprochen hatten, wurde die Konferenz vertagt. Während Bailey seinen Männern zusätzliche Anweisungen erteilte, knöpfte Williams sich King und Michelle vor. »Ich hatte also Recht. Die FBI-Typen übernehmen das Kommando und heimsen die Lorbeeren ein.«

»Nicht unbedingt, Todd«, sagte Michelle. »Ich kann nicht behaupten, dass sie schlechte Arbeit leisten. Außerdem ist es viel wichtiger, dass dieser Irre geschnappt wird. Ganz gleich, wer ihm letztlich das Handwerk legt.«

»Klar. Trotzdem wäre es nicht schlecht, wenn wir es uns auf die Fahne schreiben könnten.«

»Wir fahren zu den Battles. Mal sehen, was wir herausfinden«, sagte King. »Aber erwarte keine Wunder von uns, Todd. Dieser Typ weiß genau, was er tut.«

»Der Killer oder Bailey?«, sagte Williams mürrisch.

Sie machten sich mit zwei Fahrzeugen auf den Weg zu den Battles – King und Michelle im Wal und Bailey in seinem großen Dienstwagen.

»Das FBI hatte schon immer bessere Autos als der Secret Service«, sagte King, als er Baileys Fahrzeug betrachtete.

»Ja, aber wir haben die besseren Boote.«

»Nur, weil wir sie der Drogenpolizei abgeluchst haben, die sie von der südamerikanischen Rauschgiftmafia beschlagnahmt hat.«

»Man muss halt sehen, wo man bleibt.« Sie warf ihm einen Blick zu. »Welche Laus ist dir eigentlich vorhin bei der Besprechung über die Leber gelaufen? Bailey war bis heute früh doch sehr kooperativ. Es kam mir so vor, als wolltest du ihn absichtlich verärgern.«

»Manchmal ist das die einzige Möglichkeit, wenn man herausfinden will, wie jemand wirklich ist.«

Als das große Eingangstor zum Anwesen der Battles sich hinter ihnen schloss, sagte King: »Die größten Sorgen mache ich mir um Savannah.«

»Savannah? Miss Partygirl? Wie kommst du darauf?«

»Warst du Papas Lieblingstochter?«

»Ich glaube, ich bin es immer noch.«

»Genau. Wer es einmal ist, ist es immer. Und nun ist Savannahs Lieblingspapa nicht mehr da.«

KAPITEL 36

Als sie sich dem Haus näherten, sahen sie, dass mehrere Fahrzeuge auf dem Parkplatz standen. Mason öffnete ihnen. Während sie ihm folgten, flüsterte Michelle ihrem Partner zu: »Findest du nicht auch, dass Mason irgendwie zufrieden aussieht?«

»Nein«, flüsterte King zurück. »Er ist überglücklich.«

Remmy empfing sie in der großen Bibliothek. Sie nahmen auf Ledersofas Platz, während die Dame des Hauses wie eine Königin vor ihrem Hof auftrat. Auf King wirkte sie ganz und gar nicht wie eine Frau, die vor kurzem ihren Mann durch einen Mordanschlag verloren hatte. Doch Remmy unterschied sich in vieler Hinsicht von anderen Menschen.

»Ich weiß, dass es ein trauriger Tag für Sie ist, Remmy«, begann Chip Bailey in angemessen mitfühlendem Tonfall.

»Ich werde darüber hinwegkommen«, erwiderte Remmy.

»Wir werden nicht allzu viel von Ihrer Zeit beanspruchen. Ich glaube, Sean und Michelle kennen Sie bereits.«

»Ja. Ihr letzter Besuch ist mir im Gedächtnis geblieben.«

King hörte den Beiklang in Remmys Stimme. *Was genau ist ihr im Gedächtnis geblieben?*

Bailey räusperte sich. »Ihnen ist bewusst, dass Bobbys Tod keine natürliche Ursache hatte?«

»Ach, steht das fest? Es war kein Versehen bei der Dosierung der Medikamente?«

King fragte sich, ob sie daran dachte, das Krankenhaus zu verklagen, sagte sich dann aber, dass sie etwas anderes im Sinn haben musste. Aber was?

»Nein, die Überdosis wurde ihm gezielt verabreicht. Die Wirkung muss schnell eingetreten sein. Der Täter muss das Zimmer Ihres Mannes betreten haben, unmittelbar nachdem Sie es verlassen hatten.«

»Es kann wirklich nicht viel Zeit vergangen sein, Remmy«, fügte King hinzu. »Sind Sie auf dem Weg nach draußen jemandem begegnet?«

»Ich bin wie immer durch den Hintereingang hinaus. Auf dem Parkplatz habe ich mehrere Leute gesehen, aber niemanden, der verdächtig wirkte oder mir aus sonst einem Grund aufgefallen ist.«

»Sie haben auch niemanden erkannt?«, fragte Michelle.

»Nein.«

»Um welche Uhrzeit waren Sie wieder hier?«, fragte Bailey.

Remmy warf ihm einen strengen Blick zu. »Soll ich diese Frage etwa so verstehen, Chip, dass *ich* verdächtigt werde, für den Tod meines Mannes verantwortlich zu sein?«

Bedrücktes Schweigen breitete sich aus, bis King in die Bresche sprang. »Wir ermitteln in einem Mordfall, Remmy. Agent Bailey tut nur seine Arbeit.«

»Ich kann mir selber helfen, Mr King, wenn es Ihnen nichts ausmacht«, sagte Bailey selbstsicher.

Okay, dachte King. *Ich wollte nur nett sein. Jetzt kannst du sehen, wie du allein klarkommst.*

»Remmy, ich muss ermitteln, wo jeder gewesen ist, als der Mord an Bobby geschah. Beantworten Sie meine Frage, dann können wir weitermachen.«

In diesem Moment kam Mason mit einem Tablett herein.

King bemerkte, dass er Remmy bereits eine Tasse Kaffee eingeschenkt hatte, die er ihr nun reichte.

»Vielen Dank, Mason«, sagte sie.

Mason lächelte, deutete eine Verbeugung an und ging wieder.

»Ich habe das Krankenhaus gegen zehn verlassen und bin nach Hause gefahren«, sagte Remmy.

»Okay«, sagte Bailey, während er sich eine Notiz machte. »Wann ungefähr waren Sie hier?«

»Gegen elf.«

»Aber von der Klinik bis zu Ihrem Haus sind es höchstens dreißig Minuten«, warf King ein.

»Ich bin einen Umweg gefahren. Ich brauchte frische Luft. Und ich bin langsam gefahren, weil ich Zeit zum Nachdenken haben wollte.«

»Kann jemand bestätigen, wann Sie hier eingetroffen sind?«, fragte Bailey.

Remmy schien sich gegen diese Frage zu sträuben, sagte dann aber: »Mason war noch wach und hat mir die Tür geöffnet.« Sie nahm einen großen Schluck Kaffee. »Bevor ich mich ausziehen und zu Bett gehen konnte, klingelte das Telefon, und ich erfuhr, dass mein Mann tot ist.« Sie hielt kurz inne und schien den Inhalt ihrer Kaffeetasse zu studieren. »Ich habe Eddie angerufen, aber er war nicht zu Hause.«

»Bis kurz nach elf war er mit uns im *Sage Gentleman*«, sagte King. »Er hatte dort gegessen. Anschließend haben wir uns auf einen Drink zu ihm gesetzt.«

Remmys linke Augenbraue hob sich, als sie diese Information vernahm. »Wo war Dorothea?«

»Auf einem Empfang in Richmond, sagte Eddie.«

Remmy schnaufte. »Ein Empfang? Sie geht ziemlich oft zu solchen Veranstaltungen.« In ruhigerem Tonfall fuhr sie fort: »Nun, ich bin sofort wieder zum Krankenhaus gefahren, zu meinem toten Mann.« Sie sah ihre Besucher der Reihe nach an, wie eine stumme Mahnung, an keinem ihrer Worte zu zweifeln. »Das war das Ende des längsten Tages in meinem Leben.«

»Fehlten irgendwelche von Bobbys persönlichen Dingen, die er im Krankenhaus dabeihatte?«

»Nein. Was so etwas angeht, bin ich pingelig. Ich habe sogar veranlasst, dass eine Inventarliste erstellt wird.«

Bailey räusperte sich. »Remmy, ich werde Ihnen jetzt eine schwierige Frage stellen, aber ich möchte, dass Sie trotzdem versuchen, mir eine Antwort darauf zu geben.«

»Worum geht es?«, fragte sie in herrischem Tonfall.

Bailey warf King einen kurzen Seitenblick zu, bevor er sagte: »Es könnte sein, dass Bobbys Tod gar keine direkte Verbindung zu den anderen Morden hat. Es ist möglich, dass er von jemand anderem umgebracht wurde.«

Remmy stellte ihre Tasse ab, beugte sich vor und stemmte die Hände auf die Knie. »Auf welche Frage wollen Sie hinaus?«

»Kennen Sie jemanden, der Interesse daran haben könnte, Bobby zu schaden?«

Sie wirkte enttäuscht, als sie sich wieder zurücklehnte. »Jeder Mann hat Feinde. Und ein reicher, erfolgreicher Mann hat noch mehr Gegner als andere.«

»Haben Sie jemand Bestimmten im Sinn?«

»Nein.«

»Remmy, wir versuchen nur, die Wahrheit herauszufinden.«

»Genauso wie ich«, gab sie zurück.

»Als Sie von Feinden sprachen«, sagte King, »meinten Sie da geschäftliche oder persönliche?«

Remmy wandte ihm ihre Aufmerksamkeit zu. »Das kann ich Ihnen wirklich nicht sagen. Wenn Sie mich jetzt bitte entschuldigen würden, ich muss mich um die Vorbereitungen der Beerdigung kümmern, nachdem ich endlich die Leiche meines Mannes von dieser … *Institution* zurückerhalten habe.« Damit spielte sie zweifellos auf die entwürdigende Untersuchung ihres Mannes im Leichenschauhaus an.

»Wir haben noch ein paar Fragen, Remmy«, sagte Bailey.

»Sie wissen, wo Sie mich finden, wenn Sie mir diese Fragen stellen möchten«, sagte sie.

»Okay. Wir müssen auch noch mit Savannah reden. Ist sie zu Hause?«

Remmy erstarrte, nachdem sie sich erhoben hatte. »Was wollen Sie von ihr?«

»Sie war an dem Tag, als Bobby starb, im Krankenhaus.«

»Und?«

»Das bedeutet, dass ich mich auch mit ihr unterhalten muss«, sagte Bailey. »Remmy, ich habe Ihrem Sohn das Leben gerettet. Ich dachte, damit steht außer Frage, dass ich weiß, was ich tue.«

King wartete darauf, dass Remmy einen Wutanfall erlitt, doch sie erwiderte nur: »Es könnte eine Weile dauern. Meine Tochter ist keine Frühaufsteherin.« Sie verließ das Zimmer.

King konnte sich die Frage nicht verkneifen. »Also haben Sie die Möglichkeit, dass es zwei Mörder gibt, doch nicht verworfen, Chip?«

»Bei Ermittlungen in einem Mordfall verwerfe ich grundsätzlich keine Möglichkeit. Die Tatsache, dass nichts aus Bobbys Zimmer gestohlen wurde, passt nicht zu den anderen Morden.« Er sah King und Michelle an. »Was halten Sie davon?«

»Ich glaube, diese Frau verfolgt ihre eigenen Interessen und versucht uns genauso viele Informationen zu entlocken wie wir ihr«, antwortete Michelle ohne Zögern.

»Und ich glaube, dass sie diese Runde spielend für sich entschieden hat«, sagte King, wobei er Bailey ansah.

KAPITEL 37

Als die Battles am Vormittag zum Tathergang befragt wurden, saß Kyle Montgomery in seiner Wohnung und zupfte auf der neuen akustischen Gitarre, die er sich vom Gewinn aus seinem Medikamentengeschäft gekauft hatte. Er schlug ein paar Akkorde an und sang ein paar Worte dazu, wie er es häufig tat, wenn er angestrengt nachdachte. Schließlich legte er die Gitarre beiseite, zog sich Handschuhe an, nahm sich einen Stift und einen Bogen Papier und setzte sich an den Küchentisch. Er überlegte, was er schreiben sollte, und dann, wie er es schreiben sollte. Nach einigen Minuten des Grübelns entschied er sich für Großbuchstaben. Nachdem er ein paar Sätze geschrieben hatte, zerknüllte er das Blatt und warf es fort. Das tat er noch zwei weitere Male, bis er mit dem Wortlaut zufrieden war und den Schreibstift zerkaut hatte.

Er lehnte sich zurück und las den Text dreimal durch. Mit dem Brief würde er zweifellos die Aufmerksamkeit des Adressaten wecken, doch Kyles Problem bestand darin, dass er nicht wusste, ob er tatsächlich Informationen besaß, die sich für eine Erpressung benutzen ließen. Doch das Schöne war, dass der Wortlaut des Briefes seine volle Wirkung entfalten würde, wenn die betreffende Person wirklich schuldig war. Und in seiner nächsten Botschaft würde er Geld verlangen, das auf eine gefahrlose Weise übergeben werden sollte, die er sich noch überlegen musste. Er fragte sich, wie viel die Angelegenheit wert sein könnte, und gelangte zu der Erkenntnis, es jetzt noch nicht sagen zu können. Er warf einen Blick auf seine neue Gitarre, die er sich mit einer Stunde Arbeit verdient hatte. Eine Stunde! Während er im Job für Peanuts schuftete! Aber das gehörte vielleicht schon bald der Vergangenheit an.

Er steckte den Brief in einen Umschlag, adressierte ihn, ging zum Briefkasten an der nächsten Ecke und warf das Schreiben ein. Als die Metallklappe zurückfiel, überlegte Kyle eine Schrecksekunde lang, ob er gerade einen schrecklichen Fehler begangen hatte. Dann aber verflogen alle Sorgen, als sich ein viel stärkeres Gefühl in den Vordergrund schob: Habgier.

Sie warteten fünfundvierzig Minuten. Bailey wollte sich schon auf den Weg machen, um jemanden vom Hauspersonal zu suchen, als Savannah endlich in die Bibliothek geschlurft kam.

Im Gegensatz zur Mutter, die wie Stein und Eis gewesen war, wirkte die Tochter wie ein brennendes Foto, das sich im nächsten Moment einrollen und auflösen würde.

»Hallo, Savannah«, sagte King. »Wir müssen uns für die erneute Belästigung entschuldigen.«

Falls sie etwas darauf erwiderte, hatte es niemand gehört. Sie stand nur da, in ausgebeulter Jogginghose und einem T-Shirt von William and Mary, unter dem sie keinen BH trug. Sie war barfuß, ihr Haar zerzaust. Ihre Nase und die Wangen waren gerötet, sodass es den Anschein hatte, sie wäre mit dem Gesicht in ein Rouge-Döschen gefallen. Und sie kaute auf den Fingernägeln.

»Möchten Sie sich nicht setzen, Savannah?«, fragte Bailey.

Die junge Frau hatte sich nicht von der Stelle gerührt und starrte auf den Boden. Schließlich stand Michelle auf, führte sie zur Couch, goss ihr eine Tasse Kaffee ein und reichte sie ihr. »Trinken Sie«, sagte sie mit Nachdruck.

Savannah umschloss die Tasse mit beiden Händen und nahm einen kleinen Schluck.

Die darauf folgende Befragung erwies sich als unergiebig. Wenn Savannah auf eine Frage antwortete, waren ihre Worte ein kaum verständliches Gemurmel. Wenn sie aufgefordert wurde, ihre Antwort zu wiederholen, murmelte sie erneut. Sie war an dem Tag, als ihr Vater gestorben war, gegen Mittag ins Krankenhaus gefahren, um ihn zu besuchen. Zumindest das konnten sie nach mehreren mühsamen Anläufen in Erfahrung bringen. Savannah war etwa eine halbe Stunde geblieben und wieder gegangen, ohne jemanden gesehen zu haben. Ihr Vater war während dieser Zeit nicht bei Bewusstsein gewesen. Bailey und die anderen machten sich gar nicht erst die Mühe, Savannah zu fragen, ob sie sich vorstellen könne, dass jemand ein Motiv haben könnte, ihren Vater zu töten. Dazu wäre eine geistige Klarheit nötig gewesen, zu der das Mädchen im Moment nicht in der Lage war. In der Nacht, als Bobby Battle starb, war sie zu Hause gewesen, konnte aber nicht sagen, ob jemand sie gesehen hatte.

Als Savannah das Zimmer verließ, berührte Michelle Kings Arm. »Du hattest Recht. Papas Lieblingstochter ist schwer erschüttert.«

»Fragt sich nur, aus welchem Grund.«

Kurz drauf erhielt Chip Bailey einen Anruf, der ihn zu einem raschen Aufbruch veranlasste.

King und Michelle folgten ihm zur Haustür, wo King zu ihm sagte: »Wir bleiben noch eine Weile hier. Sie wissen schon, Kleinkram für Deputys.«

Bailey wirkte nicht gerade begeistert, hatte aber keinen Grund zum Widerspruch.

»Es macht dir Spaß, ihn zu ärgern, nicht wahr?«, sagte Michelle, nachdem der FBI-Agent gegangen war.

»Ich versuche die kleinen Freuden des Lebens zu genießen, wo es mir möglich ist.«

King und Michelle kehrten in die Bibliothek zurück. Mason räumte gerade das Geschirr ab.

»Ich helfe Ihnen«, sagte King und schob die Kaffeetassen zusammen, wobei er eine umstieß und den Inhalt verschüttete. »Tut mir Leid«, sagte er und wischte die Bescherung mit einer Serviette auf.

»Vielen Dank«, sagte Mason, als er das Tablett aufnahm. Sie folgten ihm in die riesige Küche, die mit allem Zubehör ausgestattet war, das ein Koch benötigte, um gewöhnliche Nahrungsmittel in Kunstwerke zu verwandeln.

King pfiff leise. »Ich habe mich bei den Feiern, an denen ich teilgenommen habe, schon öfter gefragt, wie die Battles es schaffen, all die wundervollen Gerichte aufzutischen.«

Mason lächelte. »Mrs Battle legt größten Wert darauf, dass alles nur vom Feinsten ist.«

King hockte sich auf eine Tischkante. »Es ist gut, dass Sie noch wach waren, als Remmy an jenem Abend nach Hause kam. Nach allem, was sie durchgemacht hat.«

»Es ist für die ganze Familie nicht einfach«, sagte Mason.

»Das kann ich mir vorstellen. Sie ist also gegen elf gekommen?«

»So ungefähr. Ich erinnere mich, dass ich auf die Uhr geschaut habe, als ich ihren Wagen hörte.«

Michelle machte sich eine Notiz, während King das Gespräch weiterführte. »Waren Sie noch im Haus, als Remmy die telefonische Mitteilung von Bobbys Tod erhielt?«

Er nickte. »Ich war gerade mit dem Aufräumen fertig und wollte gehen, als sie die Treppe hinunterstürmte. Sie war völlig außer sich, nur halb angekleidet, und brachte kaum einen zusammenhängenden Satz heraus. Es dauerte eine Weile, bis ich sie so weit beruhigt hatte, dass ich sie verstehen konnte.«

»Sie hat gesagt, sie hätte Eddie angerufen, damit er sie abholt.«

»Aber er war nicht zu Hause. Ich wollte sie zum Krankenhaus fahren, aber sie meinte, ich solle hier bleiben, falls jemand anruft. Etwa zehn Minuten später fuhr sie los. Als sie zurückkam, sah sie aus wie ein Gespenst. Ihre Augen wirkten wie erloschen.« Mason schlug den Blick nieder. Anscheinend war ihm seine Wortwahl peinlich. »Wie dem auch sei – kurz darauf stellte sich heraus, dass er ermordet worden war. Mrs Battle ist eine sehr starke Persönlichkeit. Sie kann eine Menge einstecken. Aber zwei Schicksalsschläge so kurz hintereinander …«

»Heute früh wirkte sie ziemlich gefasst«, sagte Michelle.

»Sie ist zäh«, erwiderte Mason. »Und sie muss stellvertretend für alle anderen stark sein.«

»Ja, Savannah schien verstört zu sein. Sie und ihr Vater standen sich ziemlich nahe, nehme ich an«, sagte Michelle.

Mason sagte nichts dazu.

»Auch wenn sie in den letzten paar Jahren nicht allzu oft zu Hause war.«

»Kaum«, sagte Mason. »Aber ich kann nicht beurteilen, ob das gut oder schlecht ist.«

Das hast du bereits getan, Mason, dachte King. »Anscheinend war Savannah in jener Nacht zu Hause«, sagte er. »Es überrascht mich, dass sie nicht mit Remmy zum Krankenhaus gefahren ist.«

»Ich weiß nicht, ob sie zu Hause war. Wenn sie hier gewesen ist, habe ich sie jedenfalls nicht gesehen.«

»Darf ich offen sprechen, Mason?«, fragte King.

Auf Masons Gesicht spiegelte sich leichtes Erstaunen. »Nur zu.«

»Bobbys Tod hat möglicherweise nichts mit den anderen Morden zu tun.«

»Verstehe …«, sagte Mason langsam.

»Falls er also von jemand anderem getötet wurde«, sagte Bobby, »müssen wir nach Motiven suchen.«

Mason schwieg eine Weile. »Sie meinen, von jemandem aus der *Familie*?«

»Nicht zwangsläufig, aber die Möglichkeit dürfen wir nicht grundsätzlich verwerfen.« Er sah den Mann aufmerksam an. »Sie leben schon ziemlich lange mit den Battles zusammen. Es ist nicht zu übersehen, dass Sie weit mehr sind als nur ein Angestellter.«

»Ich habe mit den Battles gute und schlechte Zeiten durchgemacht«, sagte Mason.

»Erzählen Sie uns von den schlechten«, sagte King.

»Wenn Sie von mir etwas hören wollen, das Mrs Battle in Misskredit bringt…«

King fiel ihm ins Wort. »Mich interessiert nur die Wahrheit, Mason.«

»So etwas würde sie niemals tun!«, sagte er energisch. »Sie hat Mr Battle geliebt.«

»Trotzdem hat sie ihren Ehering nicht getragen.«

Mason starrte ihn an. »Ich glaube, er musste repariert werden«, sagte er. »Sie wollte nicht riskieren, dass er noch schlimmer beschädigt wird. Mehr würde ich da nicht hineininterpretieren.«

Gut gekontert, dachte King. »Gibt es noch etwas, das interessant sein könnte?«

Mason dachte nach; dann schüttelte er den Kopf. »Das kann ich nicht sagen. Ich meine, mir fällt nichts weiter ein«, fügte er hastig hinzu.

Ersteres oder Letzteres?, fragte sich King und zog eine Visitenkarte hervor. »Wenn Ihnen doch noch etwas einfällt, rufen Sie uns an. Wir sind viel netter als die Leute vom FBI.«

Als Mason sie nach draußen begleitete, blieb King vor einem Regal stehen, in dem mehrere Fotos aufgestellt waren. Ihm war ein bestimmtes Bild aufgefallen, das er Mason zeigte.

»Das ist Bobby junior, Eddies Zwillingsbruder. Er war ungefähr vierzehn, als diese Aufnahme entstand. Er wurde ein paar Minuten vor Eddie geboren, deshalb wurde er nach seinem Vater genannt.«

»So lange können Sie doch noch gar nicht bei den Battles gewesen sein«, sagte Michelle.

»Nein. Sie haben dieses Grundstück gekauft und das

Haus gebaut. Nachdem die Jungen geboren waren, brauchten sie Hilfe. Ich habe mich auf eine Annonce gemeldet, und seitdem arbeite ich hier. Andere Haushaltshilfen sind gekommen und gegangen, aber ich war die ganze Zeit hier.« Er schien sich in Erinnerungen zu verlieren; dann blickte er auf und sah, dass King und Michelle ihn beobachteten. »Sie haben mich immer gut behandelt. Ich könnte in den Ruhestand gehen, wenn ich wollte.«

»Haben Sie in dieser Hinsicht schon Pläne?«, fragte Michelle.

»Ich kann Mrs Battle jetzt schwerlich im Stich lassen.«

»Ich bin überzeugt, dass Ihre Anwesenheit Mrs Battle sehr viel bedeutet«, sagte King.

Michelle betrachtete die unnatürlichen Gesichtszüge des Jungen auf dem Foto. »Was war mit Bobby junior?«

»Er war geistig zurückgeblieben und schon in sehr schlechter Verfassung, als ich angefangen habe, für die Familie zu arbeiten. Dann bekam er Krebs und starb kurz nach seinem achtzehnten Geburtstag.«

»Er war Eddies Zwillingsbruder, aber Eddie ist gesundheitlich völlig in Ordnung«, sagte King. »Ist das nicht ziemlich ungewöhnlich?«

»Schicksal. Sie waren zweieiige Zwillinge.«

»Wie ist Eddie mit seinem Bruder zurechtgekommen?«

»Er hat alles für ihn getan. Eddie wusste wohl, dass er es nur Gottes Gnade zu verdanken hatte, dass es nicht ihn erwischt hat.«

»Und Bobby senior?«

»Mr Battle war damals sehr beschäftigt und die meiste Zeit auf Reisen. Er war nicht mal hier, als Bobby junior starb.« Rasch fügte er hinzu: »Aber ich zweifle nicht daran, dass er den Jungen geliebt hat.«

»Es muss ein ziemlicher Schock für Remmy gewesen sein, als Eddie entführt wurde.«

»Wäre Agent Bailey nicht gewesen, hätte sie vielleicht beide Söhne verloren.«

»Ein Glück, dass er wieder an dem Fall arbeitet«, sagte King.

Sie verließen das Haus. Als Michelle zum Wagen gehen wollte, hielt King sie zurück. »Es ist ein wunderschöner Tag. Ich hätte Lust auf einen Spaziergang«, sagte er und warf ihr einen bedeutungsvollen Blick zu.

»Wohin?«

»Das wirst du schon sehen.« Er nahm die Serviette aus der Tasche, mit der er den verschütteten Kaffee aufgewischt hatte, und schnupperte daran. Dann lächelte er.

»Was ist los?«, fragte Michelle.

»Keine große Überraschung, aber Remmy nimmt ihren Kaffee gern mit einem Schuss Bourbon.«

KAPITEL 38

King entschied sich für einen Weg, der sie zum hinteren Bereich des Grundstücks führte. Sie gingen zu einer Stelle, von der aus sie Remmys Schlafzimmerfenster sehen konnten. King blickte zu dem Haus hinüber, in dem die Angestellten wohnten, und dann wieder zum Fenster ihrer Arbeitgeberin.

»Wenn jemand wirklich darauf geachtet hätte…«, sagte er unbestimmt.

»Mason hat eindeutig etwas für Remmy übrig«, sagte Michelle. »Vielleicht hofft er, der neue Hausherr zu werden.«

King sah Sally, die zu den Ställen ging. »Komm«, sagte er zu Michelle. In diesem Moment erweckte irgendetwas in einem der Fenster im zweiten Stock seine Aufmerksamkeit.

Es war Savannah, die sie beobachtete. Doch sie war so schnell wieder verschwunden, dass King sich für einen Moment nicht sicher war, ob sie wirklich da gewesen war. Doch er *hatte* sie gesehen. Und ihr Gesichtsausdruck war eindeutig gewesen: Sie hatte Angst gezeigt.

Als sie die Ställe erreichten, begrüßten sie Sally Wainwright. An diesem Tag war der jungen Frau nichts von ihrer gewohnten Fröhlichkeit anzumerken.

»Ich überlege, ob ich kündige«, sagte sie.

»Weil Battle ermordet wurde?«, fragte King.

»Und vier weitere Menschen«, sagte Sally, wobei sie über die Schulter schaute, als würde sie mit einem Angreifer rechnen. »Es war eine schöne, ruhige Stadt, als ich hierher kam. Im Augenblick aber würde ich mich im Nahen Osten sicherer fühlen.«

»Sie sollten nichts überstürzen«, sagte Michelle. »Es könnte sein, dass Sie es schnell bereuen.«

»Ich will überleben«, gab Sally zurück.

King nickte. »Dann wäre es gut, wenn du uns dabei helfen könntest, den Mörder zu finden, bevor er ein weiteres Mal zuschlägt.«

Sally sah ihn schockiert an. »Ich? Ich weiß doch überhaupt nichts!«

»Vielleicht weißt du etwas Wichtiges, ohne davon zu ahnen«, sagte King. »Du könntest uns zum Beispiel jemanden nennen, der ein Interesse daran haben könnte, Bobby Battle zu schaden.«

Sally schüttelte den Kopf – etwas zu schnell, wie King fand.

»Komm schon, Sally. Alles, was du sagst, bleibt unter uns.«

»Ich weiß wirklich nichts, Sean.«

Er versuchte es auf andere Weise. »Ich könnte dir ein paar Möglichkeiten nennen, und du sagst einfach nur, was dir dazu einfällt.«

Sie sah ihn zweifelnd an. »Und?«

»Battle war ein sehr reicher Mann. Es gibt Leute, die von seinem Tod profitieren, nicht wahr?«

»Aber Mrs Battle wird wohl das meiste erben. Und Savannah hat ihr Treuhandvermögen. Ich glaube kaum, dass sie noch mehr Geld braucht.«

»Und Eddie?«

Sally blickte sich zum ehemaligen Kutschenhaus um. »Sie machen nicht den Eindruck, als müssten sie mit ihren Dollars knausern. Und ich weiß definitiv, dass Dorothea Battle eine Menge verdient.«

»Woher wissen Sie das?«, fragte Michelle.

»Meine beste Freundin macht bei ihr die Pediküre, und Dorothea gibt gern an.«

»Manche Leute können nie genug Geld bekommen«, warf King ein.

Sally blieb störrisch. »Das kann ich mir bei ihr nicht vorstellen.«

»Wenn es nicht um Geld geht, worum dann?« Kings Augen fixierten die junge Frau. »Ich glaube, du arbeitest hier noch nicht lange genug, um von Bobbys Vergangenheit als notorischer Ehebrecher zu wissen.«

»Oh, ich weiß mehr, als du denkst«, platzte es aus Sally heraus. »Ich meine…« Sie verstummte und blickte auf ihre schmutzigen Stiefel.

»Schon gut, Sally«, beruhigte King sie und verbarg seine Genugtuung, dass sie seinen Köder so schnell geschluckt hatte. »Weißt du vielleicht deshalb so viel darüber, weil Bobby sich auch an dich herangemacht hat?«

Sally schüttelte den Kopf. »Nein, so war es nicht.«

»Wie war es denn?«, hakte King nach. »Das könnte wichtig sein, Sally.«

Wieder schwieg sie eine Zeit lang; dann sagte sie: »Kommt mit.«

Sie gingen an den Ställen und Angestelltenwohnungen vorbei, bogen auf einen gepflasterten Weg ein und erreichten schließlich ein gemauertes zweistöckiges Gebäude mit acht altertümlichen Garagentoren aus Holz. Davor stand eine ebenso veraltete Benzinzapfsäule mit gläsernem Aufsatz.

»Das ist Mr Battles persönliche Garage. Er hat… hatte eine Sammlung von Oldtimern. Ich glaube, jetzt gehören sie Mrs Battle.« Sie zog einen Schlüssel aus der Tasche, und sie betraten das Gebäude.

Der Boden war mit einem schwarz-weißen Schachbrettmuster ausgelegt. Auf den Regalen standen verstaubte Pokale von Oldtimer-Shows. Vor sieben Türen waren klassische Automobile in perfekter Anordnung aufgereiht, von einem Stutz Bearcat bis zu einem imposanten Fahrzeug mit Stoffverdeck und rundem Kühlergrill. Nach dem Schild, das davor aufgestellt war, handelte es sich um einen Franklin-Sechszylinder aus dem Jahre 1906.

»Ich habe gehört, dass Bobby Oldtimer sammelt, aber ich wusste nicht, dass seine Sammlung so umfangreich ist«, sagte King und schaute sich um.

»Im oberen Stockwerk sind noch mehr. Es gibt einen speziellen Aufzug, mit dem die Autos sich nach oben und unten befördern lassen«, sagte Sally. »Früher hatte er einen Mechaniker, der sich nur um die Fahrzeuge gekümmert hat.« Sie ging zum letzten Stellplatz und blieb dort stehen. King und Michelle folgten ihr. Hier stand kein Auto. Sie blickten Sally fragend an.

Sie zögerte kurz. »Ihr habt das nie von mir gehört, okay?«, sagte sie dann. Beide nickten. »Auch hier stand früher mal ein Wagen. Ein ziemlich großer, so ein wuchtiger Rolls-Royce, wie man sie in alten Filmen sieht.«

»Was ist damit passiert?«, fragte Michelle.

Wieder zögerte Sally, als wäre sie nicht sicher, ob sie es sagen sollte.

»Sally«, sagte King, »du kannst ehrlich zu uns sein.«

»Gut. Es war vor über drei Jahren. An einem späten Abend. Ich hatte mich hier heimlich umgesehen. Eigentlich sollte ich gar keinen Schlüssel haben, aber der Mechaniker, der hier gearbeitet hat, mochte mich und hatte mir einen gegeben. Als ich hier drinnen war, hörte ich, wie ein Auto kam. Erst da fiel mir auf, dass ein Fahrzeug fehlte. Das Garagentor öffnete sich, und ich sah die Scheinwerfer. Ich hatte Todesangst und war sicher, dass man auf mich schießen würde, wenn man mich hier fand. Also versteckte ich mich da drüben.« Sie zeigte auf einen Turm großer Benzinfässer in einer Ecke. »Der Rolls fuhr in die Garage, und der Motor wurde abgestellt. Dann stieg Mr Battle aus. Er sah ziemlich schlimm aus. Ich meine, wirklich schlimm.«

»Wie konntest du das erkennen? War es nicht dunkel?«, fragte King.

»An den Toren gibt es automatische Sensoren. Wenn sie sich nachts öffnen, geht hier drinnen das Licht an.«

»Was genau haben Sie gemeint, als Sie sagten, dass Mr Battle schlimm aussah?«, fragte Michelle. »War er krank? Oder betrunken?«

»Nein, als hätte er sich furchtbar aufgeregt.«

»Hast du herausgefunden, was das zu bedeuten hatte?«, fragte King.

»Nein. Aber plötzlich fing er an zu grinsen, und dann lachte er laut. Er lachte! Jedenfalls so lange, bis sie aufkreuzte.«

»Sie? Meinst du Remmy?«, fragte King.

Sally nickte und fügte leise hinzu: »Wenn sie eine Waffe gehabt hätte, wäre Mr Battle wohl schon damals gestorben.«

»Was ist dann passiert?«, fragte Michelle.

»Sie haben sich gestritten. Das heißt, zuerst hat sie ihn nur angeschrien. Ich habe nicht allzu viel verstanden. Nur, dass es um eine andere Frau ging.«

»Hattest du den Eindruck, dass Remmy wusste, wer diese Frau war?«, fragte King.

»Schwer zu sagen. Jedenfalls hat sie keinen Namen genannt, den ich verstanden hätte.«

»Was hat Bobby getan?«

»Er brüllte herum, es würde sie nichts angehen, mit wem er ins Bett geht.«

»Und ich war auf dem besten Weg, ein Bewunderer dieses Mannes zu werden«, sagte Michelle angewidert.

»Er hat noch etwas gesagt, das ich nie vergessen werde.« Sally verstummte, atmete tief ein und sah die beiden verunsichert an.

»Erzähl weiter«, sagte King. »Ich glaube kaum, dass uns jetzt noch etwas überraschen kann.«

»Mr Battle sagte, er wäre nicht der Einzige in der Familie, der nach dieser Philosophie lebt.«

»Mit anderen ins Bett zu gehen?«, fragte King. Sally nickte.

»Und Sie glauben, damit hat er Remmy gemeint?«, fragte Michelle.

»Ich bin davon ausgegangen. Aber Mrs Battle wirkte immer so anständig und …«

»… schien ihrem Ehemann treu zu sein?«, sagte King.

»Genau.«

»Der Schein kann manchmal trügen«, bemerkte er.

»Und der Rolls?«, fragte Michelle.

»Er verschwand nach dieser Nacht. Ich weiß nicht, was damit geschehen ist. Billy Edwards – der Mechaniker, der sich um die Oldtimer kümmerte – war von da an ebenfalls verschwunden, und Mr Battle verlor das Interesse an seiner Sammlung. Danach hat er nie wieder nach den Fahrzeugen gesehen, soweit ich weiß.«

»Du hast diesen Billy Edwards anschließend nie mehr zu Gesicht bekommen?«

»Nein. Seine Wohnung war am nächsten Tag ausgeräumt. Ich weiß nicht, wer die Sachen oder seinen Wagen mitgenommen hat. Es muss in der Nacht gewesen sein, sonst hätte ich gesehen, wie er wegfuhr.«

»Vielen Dank, Sally. Du warst uns eine große Hilfe.«

Sie verabschiedeten sich von der jungen Frau und kehrten zur Vorderseite des Hauses zurück.

»Was hältst du davon?«, fragte Michelle.

»Es wirft eine Menge Fragen auf. Mit wem hat Bobby sich in dieser Nacht getroffen? War der Vorwurf der Untreue wirklich gegen Remmy gerichtet? Und warum wurde der Rolls entsorgt?« King dachte nach. »Ich frage mich, ob es eine Möglichkeit gibt, diesen Billy Edwards ausfindig zu machen und ihm ein paar Fragen zu stellen.«

»Warum gehen wir nicht direkt zu Remmy?«

»Sie würde wissen wollen, wie wir von der Sache erfahren haben. Und Sally kann ihre Gefühle offenbar nicht allzu gut verbergen. Ein strenger Blick von Remmy, und ihr Wille ist gebrochen. Irgendwann müssen wir vielleicht zu ihr gehen, aber vorläufig werden wir nach anderen Möglichkeiten suchen.«

»Wir graben hier immer neue Fragen aus, finden aber keine Antworten«, sagte Michelle.

»Ja, das muss sich ändern. Aber es könnte sein, dass uns die Antworten, auf die wir dann stoßen, nicht gefallen werden.«

KAPITEL 39

Dorothea und Eddie Battle waren nicht zu Hause, also fuhren King und Michelle an diesem Nachmittag ins *Aphrodisia* weiter, um mit Lulu Oxley über die ermordete Nackttänzerin zu sprechen.

Der Parkplatz füllte sich bereits, als sie eintrafen. Sie konnten einen kurzen Blick in den Barbereich werfen, wo die fast nackten Damen tanzten, begafft von johlenden Männern.

»Ich verstehe einfach nicht, was daran so reizvoll sein soll«, sagte Michelle.

»Dieses Angebot richtet sich auch nicht unbedingt an jemanden wie dich.«

»Willst du damit sagen, dass es dir Spaß machen würde, dir so etwas anzusehen?«

»Nein, aber ich fürchte, da gehöre ich zu einer Minderheit unter meinen Geschlechtsgenossen.« Er lächelte. »Das hängt mit einer gewissen Intelligenz, Kultiviertheit und Empfindsamkeit zusammen.«

Sie wurden zu Lulus kleinem, überfülltem Büro geführt. Die Geschäftsführerin schien sehr beschäftigt und keineswegs glücklich über die Unterbrechung zu sein.

»Ich habe dem FBI und Polizeichef Williams schon alles erzählt«, sagte Lulu, als sie ihr Feuerzeug zuklappen ließ und den ersten Zug von der Zigarette nahm.

»Wir sind jetzt Deputys, also können Sie es auch uns erzählen«, sagte King freundlich und zeigte ihr seinen Stern.

Sie seufzte, nahm einen weiteren Zug und lehnte sich im Schreibtischsessel zurück.

»Falls es Ihnen entgangen sein sollte, der Gesundheitsminister hat mehrmals darauf hingewiesen, dass Rauchen schädlich ist«, sagte Michelle und wedelte mit der Hand, um die Rauchschwaden vor ihrem Gesicht zu vertreiben.

»Der Gesundheitsminister ist nicht für das Management eines Nachtclubs verantwortlich«, gab Lulu zurück.

»Wir betätigen uns gern als Passivraucher, solange Sie uns etwas über Rhonda Tyler erzählen«, sagte King.

»Okay, also, zum dritten Mal: Rhonda Tyler alias wie auch immer ihr Bühnenname war …«

»Tawny Blaze«, warf Michelle hilfsbereit ein.

»Richtig, gutes Gedächtnis«, sagte Lulu und musterte Michelle aufmerksam. »Auf jeden Fall hat sie hier mit einem Vertrag gearbeitet. Sie wohnte in einem der Clubzimmer, doch kurz vor Ablauf der Zeit sagte sie uns, sie würde anderswo unterkommen. Sie blieb bis zum Ende ihrer Vertragszeit. Danach habe ich sie nicht mehr gesehen. Wir hatten sie schon einmal beschäftigt, und sie hat sich immer wie ein Profi verhalten. Es gab nie Probleme.«

»Hat sie erwähnt, ob sie Freunde oder Verwandte in der Gegend hatte?«

»Mir gegenüber nicht. Aber in diesem Gewerbe hat man nicht allzu viel Kontakt zur Verwandtschaft.«

»Könnte sie einen Mann kennen gelernt haben?«, hakte Michelle nach.

Lulu schnippte die Asche von ihrer Zigarette in einen Pappkaffeebecher auf ihrem Schreibtisch. »Nicht dass ich wüsste.«

»Gibt es sonst jemanden, dem sie sich anvertraut haben könnte?«, fragte King.

»Vielleicht hat sie mit einem der Mädchen gesprochen.«

»Könnten wir uns mit ihnen unterhalten?«

»Wenn Sie es schaffen, sie zu wecken … Die Mädchen von der Nachtschicht stehen meist nicht vor dem Nachmittag auf. Und die von der Tagschicht sind jetzt auf der Bühne.«

»Wir versuchen es einfach«, erklärte King.

»Tun Sie das«, sagte Lulu und sah Michelle fest an.

Als sie zur Tür gingen, blickte Michelle sich kurz um und sah, dass Lulus Hand in einer Schreibtischschublade verschwand. Doch als Lulu die Hand wieder hervorzog, war sie leer. Michelle nahm den Blick von ihr, bevor die Frau bemerken konnte, dass sie beobachtet wurde.

»Ach, übrigens…«, sagte Lulu. »Es gibt da etwas, das von Interesse für Sie sein könnte. Die große und allmächtige Remmy Battle hat Junior bedroht.«

King und Michelle starrten sie an, während sie eine Zusammenfassung der Begegnung zwischen den beiden gab, einschließlich Remmys Angebot, Junior auszuzahlen, wenn er ihr die gestohlenen Gegenstände zurückgab.

»Also wollte sie etwas, das sich im Geheimfach befunden hat, aber an ihrem Ehering war sie gar nicht interessiert?«, fragte King verwirrt.

»Anscheinend hat die Dame etwas zu verbergen.«

»Wo hält Junior sich heute auf?«

»Er hat einen Auftrag in Lynchburg, da können Sie ihn nicht erreichen. Aber heute Abend wird er an unserem Haus weiterarbeiten.«

»Sagen Sie uns, wie wir das Haus finden. Und geben Sie uns Juniors Handynummer.« Während Michelle sie aufschrieb, stellte King eine weitere Frage. »War Bobby Battle jemals in diesem Club?«

Lulu schien sich zu bemühen, keine Überraschung zu zeigen. »Ich glaube, ich habe ihn hier ein paar Mal gesehen.«

»In letzter Zeit?«

»Was verstehen Sie darunter?«

»In den letzten paar Jahren.«

»Das kann ich nicht genau sagen.«

Davon bin ich überzeugt, dachte King. »Gut. Vielen Dank für Ihre Hilfe.«

»Ich zeige Ihnen, wo die Zimmer sind«, bot Lulu ihnen an.

Sie führte sie nach oben und wies in den Korridor, der hinter dem roten Vorhang begann.

»Viel Glück«, sagte sie in einem Tonfall, der vermuten ließ, dass sie es nicht so meinte.

Bevor King und Michelle sich auf den Weg machten, legte Lulu eine Hand auf Michelles Arm. »Äh… Dürfte ich Sie etwas fragen?«

»Nachdem wir Ihnen so viele Fragen gestellt haben, bitte!«

»Könnten Sie sich vorstellen, an der Stange zu tanzen?«

»Wie bitte?«, sagte Michelle entgeistert.

»Nun, Sie haben den Reiz des perfekten Mädchens von nebenan. Das ist in diesem Gewerbe ziemlich selten. Sie sind schlanker als die anderen Frauen und oben herum nicht ganz so kräftig gebaut, aber ich glaube nicht, dass die Männer sich daran stören werden, sobald sie mitbekommen haben, was an Ihnen dran ist.«

Michelle errötete. »Wollen Sie mich auf den Arm nehmen?«

»Die Bezahlung ist viel besser, als Sie glauben, und Sie können Ihr ganzes Trinkgeld behalten. Sie können die Nachtschicht machen und weiterhin Ihren normalen Job während des Tages behalten. Die Gesetze dieses Staates verbieten völlige Nacktheit in einem Stripclub, also dürfen Sie Ihren G-String anbehalten. Aber der BH muss runter, das ist unsere Regel. Keine Titten, keine Kohle.«

Michelle lächelte gepresst. »Lassen Sie es mich so ausdrücken: Der Tag, an dem ich nackt bis auf einen G-String vor einer Horde besoffener Idioten an der Stange tanze, ist der Tag, an dem der Himmel einstürzt und uns alle unter sich begräbt.«

»Ich weiß nicht recht…«, sagte King, der dem Dialog aufmerksam zugehört hatte. »Aber um das zu erleben, würde ich mindestens zwanzig Dollar Trinkgeld springen lassen.«

KAPITEL 40

King und Michelle betraten den Korridor, schoben sich durch den schweren roten Vorhang und klopften der Reihe nach an die Türen. Mehrere Zimmer waren unverschlossen und leer. Aus den anderen kam eine Abfolge von Schimpfworten oder verschlafenes Murren. Jedes Mal, wenn eine Tür aufgeschlossen und geöffnet wurde – stets von einer dürftig bekleideten jungen Frau mit müden Augen –, stellte Michelle die gleiche Frage, während King den Blick abwandte.

»Hab sie nicht näher gekannt«, lautete der allgemeine Refrain. Doch an der vorletzten Tür wurde Michelle zum Eintreten aufgefordert. Als sie ein paar Minuten später wieder herauskam, wirkte sie aufgewühlt.

»Alles in Ordnung?«, fragte King.

»Ich habe gerade ein recht eindeutiges Angebot von einer eins achtzig großen, völlig nackten Frau namens Heidi erhalten.«

»Wenn du möchtest, kann ich draußen im Wagen warten.«

»Halt die Klappe!«

»Muss an deinem Mädchen-von-nebenan-Charme liegen.«

Die letzte Tür wurde von einer jungen Frau geöffnet, die einen langen Morgenmantel trug, der ihre vollen Rundungen und ihren üppigen Busen jedoch nicht vollständig verhüllte. Ihr blond gefärbtes Haar hatte sie zu einem Pferdeschwanz zusammengebunden, und sie war barfuß. Sie nahm einen Schluck aus einer Tasse mit schwarzem Kaffee und stellte sich nur mit dem Namen Pam vor. Nachdem sie ihr gesagt hatten, was sie wollten, wurden sie zum Eintreten aufgefordert.

Sie nahmen an einem kleinen Tisch mit vier Stühlen Platz. Das Zimmer wirkte gemütlich, doch King erwischte sich dabei, wie er auf das zerwühlte Bett in einer Ecke und den Haufen Unterwäsche starrte. Als er den Blick abwandte, bemerkte er, dass Michelle ihn durchdringend musterte.

»Sie haben Rhonda also gekannt?«, fragte King.

»Ja, Sir.«

King musterte sie. Die Frau sah so jung aus, dass er wahrscheinlich eine Decke über sie geworfen und ihren Vater angerufen hätte, damit er sie abholte, wenn er gesehen hätte, wie sie sich halb nackt an einer Stange rieb. »Hat die Polizei schon mit Ihnen gesprochen?«

»Ja, Sir. Das heißt, eigentlich das FBI. Jedenfalls haben sie gesagt, dass sie vom FBI sind.«

»Können Sie uns dasselbe sagen, was Sie denen gesagt haben?«

»Ja, sicher, Sir.«

»Sie müssen mich nicht Sir nennen, Pam. Ich bin Sean, und das ist Michelle.«

Pam blickte auf ihre kurzen Zehen mit dem abgeblätterten Nagellack und legte einen Fuß über den anderen. »Entschuldigung. Ich bin wohl ein bisschen nervös, Sean.«

Michelle tätschelte ihre Hand. »Es gibt keinen Grund, nervös zu sein.«

»Ich meine, weil Rhonda ermordet wurde und so. Ich glaube, es hätte jede von uns erwischen können, obwohl Rhonda Risiken eingegangen ist, zu denen ich niemals bereit gewesen wäre.«

»Was für Risiken?«, fragte King.

»Wir haben in mehreren Clubs zusammengearbeitet. Sie ist manchmal mit Männern losgezogen, von denen sie überhaupt nicht wusste, ob sie nett zu ihr sein würden. Ich mache das erst seit wenigen Jahren, aber selbst mir ist klar, dass man so was nicht tun sollte. Aber Rhonda ist jedes Mal zurückgekommen.« Pam wischte eine Träne weg. »Nur dieses Mal nicht.«

»Haben Sie eine Ahnung, mit wem sie weggegangen ist?«, fragte Michelle.

»Nein. Wie ich schon den anderen erzählt habe, manchmal hat sie mir Bescheid gesagt, wenn sie gegangen ist, manchmal nicht. Und diesmal nicht.« Sie nahm einen Schluck Kaffee und wischte sich mit einer zitternden Hand über die vollen Lippen. King bemerkte, dass auch ihre lackierten Fingernägel abblätterten.

»Wann haben Sie Rhonda zum letzten Mal gesehen?«

»Ein paar Wochen bevor man sie gefunden hat. Unsere Verträge für diesen Club waren abgelaufen, aber ich habe für einen weiteren Monat unterschrieben. Mir gefällt es hier. Die Bezahlung ist gut, und die Leute sind sehr nett zu uns. Nicht überall bekommt man ein Zimmer und Mahlzeiten und so.«

»Und es gibt keine Gäste, die Sie hier belästigen, wie ich hörte«, sagte King.

»Nein, Sir, das kommt nicht in Frage«, sagte sie. »Darauf wird in diesem Club großen Wert gelegt.«

»Haben Sie Rhonda jemals mit einem Mann gesehen, den Sie nicht kannten? Hat sie jemanden erwähnt, mit dem sie sich getroffen hat?«

»Nein. Tut mir Leid.«

Er reichte ihr eine Visitenkarte. »Falls Ihnen noch irgendetwas einfällt, rufen Sie uns an.«

King und Michelle hingen ihren Gedanken nach, als sie zu ihrem Wagen gingen.

King sah sich auf dem vollen Parkplatz um. »Kaum zu glauben, dass so viele Leute tagsüber Zeit haben, hierher zu kommen.«

»Ich finde das ziemlich krank, wenn du mich fragst«, sagte Michelle. Ihre Stirn war immer noch gerunzelt, als sie sich hinters Lenkrad setzte. »Wusstest du, dass man einundzwanzig Jahre alt sein muss, um Stripperinnen zuzuschauen, aber schon mit achtzehn als Stripperin arbeiten kann? Was soll daran sinnvoll sein?«

King ließ sich auf dem Beifahrersitz nieder. »Das ist wirklich lächerlich und entwürdigend. Hast du deswegen so schlechte Laune?«

»Nein. Das legendäre *Aphrodisia* war völlige Zeitverschwendung. Das ist der Grund.«

»Wie kannst du so etwas sagen? Du hast nicht nur ein Jobangebot als Tänzerin bekommen, was sehr nützlich sein könnte, wenn sich die Auftragslage für unsere Firma verschlechtern sollte, du hast obendrein mit Heidi eine wahre Freundin gefunden.«

Im nächsten Moment rieb King sich den Arm, wo Michelle ihn geschlagen hatte. »He, das hat wehgetan!«, beklagte er sich.

»Und es wird noch viel mehr wehtun, wenn du so weitermachst.«

KAPITEL 41

Junior Deaver trat vor sein halb fertiges Haus und blickte zum dunklen Himmel. Er war erschöpft, nachdem er den ganzen Tag für andere Leute gearbeitet hatte, bevor er hierher gekommen war, um Nägel in Schindeln und Sperrholz zu treiben. Unmittelbar vor Anbruch der Dämmerung war er damit fertig geworden; dann hatte er Innenarbeiten erledigt. Seine ganze Familie freute sich bereits darauf, endlich aus dem engen Wohnwagen zu kommen.

Doch der bevorstehende Strafprozess lastete schwer auf seinen Schultern. Lulu lag ihm damit ständig in den Ohren. Vielleicht sei es das Ende all ihrer Träume, sagte sie. Was war, wenn Mrs Battle sie verklagte? Dann wäre alles vorbei. Juniors Schwiegermutter schlug in die gleiche Kerbe, und wenn Priscilla einmal loslegte, konnte sie nicht mehr aufhören. Junior hatte in seinem Leben schon viele Tiefen durchgemacht. Doch seine derzeitige Situation zählte zu den schlimmsten.

Er dachte an Remmy Battles Angebot. Wenn er nur etwas hätte, das er ihr geben könnte! Es machte ihn fertig, dass ihm offenbar niemand glauben wollte. Doch wenn er die vielen Beweise bedachte, die gegen ihn sprachen, konnte er verstehen, warum die Frau ihn für schuldig hielt.

Während er ein Sandwich aß und ein Bier trank, das er sich aus der Kühltasche geholt hatte, ließ er sich verschiedene Dinge durch den Kopf gehen. Er hätte die Schwierigkeiten auf einen Schlag beenden können, wenn er wollte – indem er die Wahrheit sagte, was er in jener Nacht getan hatte. Aber eher würde er ins Gefängnis gehen. Das konnte er Lulu einfach nicht antun. Es war eine Dummheit gewesen, eine verdammt große Dummheit. Aber er konnte es nicht mehr ungeschehen machen.

Er aß das Sandwich auf. Sein Handy vibrierte, obwohl die Mailbox bereits mit Nachrichten voll gepackt war. Er hasste das verdammte Ding. Im Augenblick wollte jeder irgendetwas von ihm. Junior sah die Liste der Anrufe durch. Bei einem Namen stutzte er: Sean King. Was wollte der denn von ihm? Egal, was es war, er würde damit warten müssen.

Junior ging wieder ins Haus. Es war kurz vor acht und an der Zeit, Feierabend zu machen. Er war seit vier Uhr früh auf den Beinen. Sein Rücken schmerzte, nachdem er immer wieder mit den Dachschindeln die Leiter rauf- und runtergestiegen war. Für diese Art von Plackerei wurde er allmählich zu alt. Trotzdem würde er damit weitermachen, bis er irgendwann tot umfiel. Was sollte jemand wie er sonst tun?

Der Schlag kam genau von hinten. Er zertrümmerte ihm den Schädel und brachte den großen Mann ins Wanken. Junior fasste sich an den Kopf und fuhr im gleichen Moment herum. Durch das Blut, das ihm übers Gesicht lief, sah er, wie der Mann mit der schwarzen Sturmhaube und der erhobenen Schaufel auf ihn zukam. Es gelang Junior, den nächsten Schlag mit dem Unterarm abzufangen, der dabei jedoch gebrochen wurde. Junior wurde nach hinten geworfen, prallte auf den Rücken und schrie vor Schmerz. Als er auf dem kalten Holzboden lag, sah er, wie die Schaufel sich ein weiteres Mal näherte. Verzweifelt trat er mit dem rechten Bein zu und brachte den Angreifer aus dem Gleichgewicht.

Der stürzte, sprang aber schon im nächsten Moment wieder auf. Junior setzte sich auf und hielt sich den zertrümmerten Arm. Mit keuchenden Atemzügen trat er immer wieder nach dem Angreifer, um ihn von sich fern zu halten, während er auf dem Hintern zurückwich. Das Sandwich und das Bier kamen ihm wieder hoch und verteilten sich auf dem Boden. Es gelang ihm, sich halb aufzurichten; dann bekam er einen weiteren Schlag in den Rücken und stürzte wieder der Länge nach hin.

Junior Deaver war über eins neunzig groß und wog 120 Kilo. Wenn er seinen kleineren Gegner nur einmal erwischen konnte, hätte die Lage sich sehr schnell geändert. Er würde den Dreckskerl mit bloßen Händen töten. Doch er war bereits so schwer verletzt, dass er vermutlich nur eine einzige Chance erhalten würde. Nach etlichen Kneipenschlägereien besaß Junior genügend Erfahrung, auf die er zurückgreifen konnte. Er überlegte, wie er den Angreifer täuschen konnte.

Er ging auf die Knie, wobei sein Kopf fast den Boden berührte, als hätten ihn die Kräfte verlassen. Als er die Schaufel sah, katapultierte er sich nach vorn und traf seinen Gegner genau in die Magengrube. Beide Männer wurden quer durch den Raum geschleudert und krachten durch eine Rigipswand.

Sie landeten auf dem Boden, und Junior versuchte den kleineren Mann festzuhalten, aber die Schmerzen in seinem Arm und in der Schulter waren zu groß. Außerdem strömte Blut aus dem Riss in seinem Schädel, wodurch Druck auf sein Gehirn ausgeübt wurde, was seine motorischen Fähigkeiten immer stärker beeinträchtigte. Junior wollte sich aufrappeln, aber der andere war schneller. Er rollte sich zur Seite, hob eine Latte auf, an der noch ein Stück Rigips hing, und schlug Junior damit immer wieder auf den Schädel. Seine Hiebe wurden härter und wilder. Das Holz splitterte, verbogene Nägel wurden herausgetrieben, und schließlich zerbrach die Latte in zwei Teile. Junior stöhnte, ging zu Boden und stand nicht mehr auf. Sein Bauch hob und senkte sich. Blut floss aus mehreren Kopfwunden, und er lag reglos und mit geschlossenen Augen da.

Der Mann mit der Sturmhaube näherte sich vorsichtig, da er mit einem neuen Trick rechnete. Zuerst verfluchte er Junior und dann sich selbst, weil er sein Opfer deutlich unterschätzt hatte. Er war überzeugt gewesen, dass der Mann nach einem gezielten Schlag mit der Schaufel gegen den Hinterkopf außer Gefecht gesetzt war. Er beruhigte sich, versuchte klaren Kopf zu bekommen und sagte sich, dass er sein Werk zu Ende bringen musste.

Ihm war schwindlig, als er schwer atmend, mit trockener Kehle und schmerzenden Muskeln neben Junior niederkniete und ein rundes Stück Holz, das an einem Seil befestigt war, aus dem Mantel zog. Er legte das Tourniquet über Juniors Kopf, schob es bis zum dicken Hals herunter und zog es langsam zu, bis er hörte, wie Junior röchelnd nach Luft schnappte. Er drehte immer weiter und erhöhte den Druck. Ein paar Minuten später hob Juniors großer Bauch sich ein letztes Mal, dann war Ruhe.

Der Mann ließ das Stück Holz los und ging in die Hocke. Er spürte seine Schulter, die beim Zusammenstoß mit Junior und der Wand verletzt worden war. Doch damit konnte er leben. Viel problematischer war, dass der Kampf möglicherweise aussagekräftige Spuren hinterlassen hatte.

Mit Juniors Generatorlampe leuchtete er sich ganz genau ab. Er war mit dem Blut, dem Schleim und dem Erbrochenen des Mannes besudelt. Zum Glück trug er seine Sturmhaube, Handschuhe und lange Ärmel, denn schon ein einziges ausgerissenes Haar mit seiner DNA konnte ihm zum Verhängnis werden.

Er suchte die Umgebung und den Toten systematisch nach sämtlichen Spuren ab, die Sylvia Diaz oder ihren Kollegen einen Hinweis auf seine Identität geben konnten. Besonders gründlich inspizierte er Juniors Fingernägel, ob sich verräterisches Material darunter festgesetzt hatte. Als er überzeugt war, keine Spuren hinterlassen zu haben, zog er die Clownmaske aus der anderen Manteltasche und legte sie neben die Leiche. Sie war beim Kampf zerknittert worden, aber die Polizei würde trotzdem erkennen, welche Bedeutung dahinter steckte.

Er fühlte nach Juniors Puls, um sich zu vergewissern, dass der Mann tot war. Dann wartete er fünf Minuten und fühlte erneut nach dem Puls. Die subtilen Veränderungen eines Körpers nach dem Tod waren ihm gut bekannt, und zu seiner Zufriedenheit traten sie wie erwartet ein. Junior war hinüber. Vorsichtig griff er nach Juniors linker Hand und hob sie an, zog das Rädchen der Armbanduhr heraus und stellte die Uhr auf exakt fünf – dieselbe Zeit, die der Nachahmer auf Bobbys Uhr eingestellt hatte. Es war eine deutliche Botschaft an die Polizei und den Imitator. Er wollte, dass beide Parteien Bescheid wussten. Statt den Arm aufzurichten, legte er die Hand auf den Boden und zog dann einen schwarzen Filzschreiber aus Juniors Werkzeuggürtel, um damit einen Pfeil auf den Holzfußboden zu zeichnen, der genau auf die Uhr zeigte. Schließlich entfernte er Juniors große Gürtelschnalle mit dem NASCAR-Logo und steckte sie in seine Tasche.

Das Geräusch erschreckte ihn fast zu Tode, bis er erkannte, worum es sich handelte. Juniors Handy klingelte. Es war während des Kampfes heruntergefallen. Der Mann betrachtete die Anzeige. Jemand versuchte, von zu Hause anzurufen. Na, die konnten lange auf eine Antwort warten. Junior würde nie mehr nach Hause kommen.

Er richtete sich auf zittrigen Beinen auf, blickte auf den Mann mit der Aderpresse um den Hals und auf die Clownmaske, die neben ihm lag. Seine Lippen verzogen sich zu einem Lächeln. Ein weiteres Werk der Gerechtigkeit war vollbracht. Er hatte nicht vor, ein Gebet für Junior zu sprechen. Mit einem Fußtritt schaltete er den batteriebetriebenen Generator ab, worauf die Umgebung schlagartig in Dunkelheit getaucht wurde. Der Tote verschwand wie weggezaubert.

Das nächste Geräusch jagte dem Mann einen eisigen Schrecken ein.

Es war das Geräusch eines sich nähernden Autos. Er huschte zu einem der vorderen Fenster. Scheinwerfer durchschnitten die Dunkelheit und zielten genau auf ihn.

KAPITEL 42

King und Michelle stiegen aus dem Lexus und sahen sich um. Sie hatten an Kings Hausboot das Fahrzeug gewechselt, weil an Michelles Wagen ein Scheinwerfer defekt war. King zog eine Taschenlampe hervor, doch der schwache Strahl konnte nur wenig gegen die Finsternis ausrichten.

»Sein Auto ist hier«, sagte Michelle, als sie gegen den ramponierten Pick-up klopfte, auf dessen Ladefläche sich Werkzeug und Baustoffe türmten.

»Junior!«, rief King. »Ich bin's, Sean King! Wir wollen mit Ihnen reden!«

Michelle legte die Hände wie einen Schalltrichter an die Lippen. »Junior! Junior Deaver!«

Sie sahen sich an.

»Vielleicht ist er im Haus.«

»Glaubst du, er arbeitet im Dunkeln?«, fragte King.

»Vielleicht in den Kellerräumen. Könnte sein, dass wir das Licht von hier aus nicht sehen.«

»Na gut, schauen wir nach.«

»Hast du noch eine zweite Taschenlampe im Wagen?«

»Nein, aber vielleicht können wir uns eine von Junior borgen.«

Sie durchsuchten den Pick-up und fanden eine Lampe im Fußraum der Fahrgastzelle. Jetzt bewegten sich zwei Lichtstrahlen durch die Dunkelheit.

Sie traten durch die Vordertür und blickten sich um.

»Junior!«, rief King noch einmal.

Sie suchten das Zimmer mit den Taschenlampen ab.

In einer Ecke bedeckte eine große Plane etwas, das wie ein Stapel Rigipsplatten aussah. Rundherum waren Holz und andere Baumaterialien sowie Werkzeug, Eimer und Zementsäcke gestapelt. Ein ziemliches Durcheinander.

»Mensch, hier sieht es genauso aus wie bei dir zu Hause«, sagte King.

»Du scheinst heute gut in Form zu sein. Sieh mal, da drüben ist die Treppe in den Keller.«

Michelle rief nach unten. Niemand antwortete.

»Ob er einen Unfall hatte?«, überlegte Michelle.

King blickte sich um. »Allmählich kommt mir die Sache seltsam vor.«

Michelle zog ihre Waffe. Vorsichtig stiegen sie und King die Treppe hinunter.

In der hintersten Ecke des Kellers waren Kanister gestapelt. Sie sahen sich dort um, fanden aber nichts Auffälliges. Die Heizungs- und Klimaanlage stand in einer anderen Ecke. Sie tasteten den Metallklotz mit den Strahlen der Taschenlampen ab, aber auch dort war nichts zu sehen.

In einem Bereich hinter einem großen Lüftungsrohr, den das Licht ausgespart hatte, beobachtete der Mann mit der Sturmhaube, wie die beiden schließlich wieder nach oben stiegen. Langsam verließ er sein Versteck.

Im Erdgeschoss sahen King und Michelle sich nun gründlicher um. Michelle entdeckte es zuerst.

»O nein!«, stieß sie hervor, griff nach Kings Hand und zog ihn näher heran.

»Blut«, flüsterte sie ihm ins Ohr. Sie richtete ihre Taschenlampe auf den Boden. Die rötlichen Flecken waren deutlich zu erkennen. Das Licht folgte der Spur bis zu der Stelle, wo sie an einer Plane endete.

Sie rückten weiter vor und gaben Acht, nicht auf die Blutflecken zu treten. King hockte sich hin und hob die Plane an, und nun sahen sie, dass es Junior war. King suchte nach dem Puls, doch Juniors Herz schlug nicht mehr.

»Er ist tot.« King suchte die Leiche im Licht der Taschenlampe ab. »Ach du Scheiße!«

»Was ist?«

»Er wurde mit einem Tourniquet erdrosselt.« King zog die Plane ein Stück weiter zurück und betrachtete den Arm des Toten. »Und seine Uhr steht auf fünf. Außerdem wurde ein schwarzer Pfeil auf den Boden gemalt, der genau darauf zeigt.«

Michelle sah sich Juniors Gesicht eingehender an. »Er ist noch nicht lange tot, Sean.«

»Ich weiß. Er ist noch warm.« Plötzlich erstarrte er. »Was war das?«

Michelle blickte sich um. Der Schein ihrer Taschenlampe zuckte wild durch die Dunkelheit. »Was?«

»Ich glaube, ich habe Schritte gehört.«

»Ich hab nichts …« Ihr stockte der Atem, als sie den roten Laserpunkt auf Kings Stirn sah. Sie wusste sofort, was das zu bedeuten hatte. »Sean, nicht bewegen«, sagte sie heiser. »Jemand hat dich im Visier.«

»Was?« Dann dämmerte ihm, was sie damit sagen wollte. Dem Laserstrahl konnte jeden Augenblick eine Kugel folgen, die genau dort einschlagen würde, wo sich der rote Punkt befand – in diesem Fall in seinem Gehirn.

Dann beobachtete Michelle, wie der rote Punkt langsam zu ihrer Waffe wanderte, wo er wie eine zum Stechen bereite Wespe hin und her schwirrte. Auch diese Botschaft war eindeutig. Michelle zögerte und überlegte, ob sie es riskieren sollte, herumzuwirbeln und zu feuern. Sie warf einen Blick zu King. Offensichtlich hatte auch er den Punkt gesehen und Michelles Gedanken gelesen. Er schüttelte unmissverständlich den Kopf.

Widerstrebend legte sie ihre Waffe auf den Boden und stieß sie mit dem Fuß von sich weg. Als der rote Punkt auf ihrer Taschenlampe erschien, knipste Michelle sie aus und legte sie ebenfalls auf den Boden. King tat es ihr langsam gleich. Dann erschien der rote Punkt auf Michelles Brust und bewegte sich an ihrem Körper auf und ab, auf beinahe spielerische Weise, als wolle die Person mit der Laserzielvorrichtung sie zärtlich streicheln.

Michelles Wut wurde immer stärker, und sie versuchte einzuschätzen, wie weit sie springen musste, um sich ihre Waffe schnappen zu können. Während sie die Chancen abschätzte, einen Schuss abzugeben, bevor der andere dazu kam, entging ihr, dass der rote Punkt verschwunden war.

Als sie es bemerkte, blickte sie zu Kings dunkler Silhouette in der Finsternis auf.

»Ist er weg?«, fragte sie leise.

»Keine Ahnung«, gab King flüsternd zurück. »Ich höre nichts.«

Das änderte sich Augenblicke später, als die Schüsse peitschten. Beide warfen sich gleichzeitig zu Boden, und Michelle kroch verzweifelt zu der Stelle, wo sie ihre Waffe vermutete, und tastete sie systematisch ab. *Na los!* Als ihre Finger sich um das Metall schlossen, erstarrte sie und horchte.

»Sean, alles in Ordnung mit dir?«

Sekunden verstrichen, in denen nichts geschah.

»Sean!«, flüsterte sie eindringlich und geriet beinahe in Panik, als er nicht antwortete.

»Alles klar«, sagte er schließlich.

»Mensch, ich hätte vor Schreck fast einen Herzinfarkt bekommen! Warum hast du nichts gesagt?«

»Weil ich genau auf Junior gefallen bin!«

»Oh.«

»Das kannst du laut sagen.«

Sie warteten noch ein paar Minuten. Als sie hörten, wie in der Ferne ein Wagen angelassen wurde, sprang Michelle auf, schnappte sich eine Taschenlampe und rannte nach draußen, gefolgt von King.

Sie schwangen sich in den Lexus.

»Ruf die Polizei«, sagte King. »Sag ihnen, sie sollen die Straßen in der Umgebung absperren, so schnell wie möglich. Und dann versuch Todd zu erwischen.«

Michelle war bereits am Handy.

King trat aufs Gaspedal, und der Wagen setzte sich ruckend in Bewegung. Sie wurden so heftig durchgeschüttelt, dass Michelle das Handy aus der Hand geschleudert wurde. King trat auf die Bremse.

Sie sahen sich an.

»Verdammt, er hat die Reifen zerschossen«, sagte King fassungslos. »Das war der Grund für die Schüsse. Aber vielleicht können wir trotzdem fahren.« Nach dreißig Metern war klar, dass sie mit einem Achsenbruch rechnen mussten, wenn sie schneller als zehn Stundenkilometer fuhren.

Michelle sprang aus dem Wagen und richtete den Strahl der Taschenlampe auf die platten Vorder- und Hinterreifen. Sie lief zurück und inspizierte Juniors Pick-up. Auch an seinem Fahrzeug waren zwei Reifen zerschossen. Michelle rief die Polizei an, gab der Notrufzentrale alle nötigen Informationen und wählte schließlich Todds Nummer, während King erschöpft an seinem Wagen zusammenbrach.

Als Michelle fertig war, kam sie zu ihm. »Todd und seine Leute sind unterwegs.«

»Schön zu wissen«, sagte er leise.

»Vielleicht haben sie Glück und schnappen den Kerl.«

»Die Guten haben selten so viel Glück.« Er verschränkte die Arme über der Brust und starrte auf das halb fertige Haus.

Michelle schlug mit der flachen Hand auf die Motorhaube. »Mann! Ich komme mir wie ein absoluter Volltrottel vor, weil der Kerl uns durch die Lappen gegangen ist! Ich kann's kaum glauben, dass wir wahrscheinlich keine fünf Meter von dem Irren entfernt waren. Keine fünf Meter! Und er entwischt uns!« Sie starrte auf den Boden, blickte dann wieder zu ihrem Partner auf. »Na los, sag schon. Was denkst du?«

King antwortete nicht sofort. Als er schließlich sprach, zitterte seine Stimme leicht. »Ich muss daran denken, dass heute Nacht drei Kinder ihren Vater und eine Frau ihren Mann verloren haben. Und ich frage mich, wann das endlich aufhören wird.«

»Frühestens, wenn jemand dem Kerl das Handwerk legt.«

King ließ das unfertige Haus keinen Moment aus den Augen. »Und spätestens von jetzt an wird das unser Vollzeitjob sein.«

KAPITEL 43

Wie King vorhergesagt hatte, traf die Polizei zu spät ein, um Juniors Mörder zu fassen. Als die Neuigkeit eines weiteren Mordes an die Öffentlichkeit drang, geriet die ganze Gegend in helle Aufregung. Der Bürgermeister von Wrightsburg demonstrierte in einem eindrucksvollen Auftritt sein mangelndes Vertrauen in Polizeichef Williams und das FBI und verlangte, dass die Nationalgarde mobilisiert und das Kriegsrecht ausgerufen wurde. Zum Glück reagierte niemand auf diese Forderungen. Die nationale Nachrichtenmaschinerie hatte sich auf Wrightsburg und Umgebung gestürzt und stillte ihren unersättlichen Hunger nach Einzelheiten, ganz gleich, wie banal oder unbedeutend sie für die Ermittlungen sein mochten. Die großen Übertragungswagen und die Nachrichtensprecher mit drahtlosen Mikros in den Händen wurden so allgegenwärtig wie die sprießenden Frühlingsknospen. Die einzigen Menschen, die sich über diese Entwicklungen freuten, waren die einheimischen Gaststättenbesitzer und Verschwörungstheoretiker, die mit immer neuen Spekulationen aufwarteten. Fast jeder versuchte, die Gelegenheit zu fünfzehn Minuten Ruhm zu nutzen.

Todd Williams wurde von der journalistischen Sintflut überschwemmt, genauso wie Chip Bailey. Selbst King und Michelle gelang es nicht, sich vollständig dem Ansturm zu entziehen. Bestürzt mussten sie mit ansehen, wie Details aus ihren bislang geheimen Ermittlungen ans Licht gezerrt und zu Sensationszwecken ausgeschlachtet wurden.

Weiteres Personal wurde von nationalen und bundesstaatlichen Polizeibehörden angefordert, doch King war nicht sicher, ob die Ermittlungen dadurch unterstützt oder behindert wurden. Eher schien Letzteres der Fall zu sein, da fast alle um die besten Posten rangelten.

Schließlich traf der Brief ein. Er offenbarte, dass der Mörder von Junior Deaver nun den Clownprinzen der Dunkelheit imitierte, wie er in Serienkillerkreisen bekannt war: John Wayne Gacy. *Und ihr habt gedacht, er hätte nur junge Männer getötet*, hieß es spöttisch in der Nachricht. *Jetzt wisst ihr, dass er sich traut, große fette Rednecks wie Junior Deaver zu erledigen.*

Alle trafen sich zu einer weiteren morgendlichen Einsatzbesprechung in der Polizeiwache. Der große Konferenzraum war in eine Art Krisenzentrum verwandelt worden, mit Computern und Telefonen, die rund um die Uhr besetzt waren, Karten und Diagrammen an den Wänden, Aktenstapeln, hoch spezialisierten Mitarbeitern, die jedem Hinweis nachgingen, und tonnenweise Kaffee und Doughnuts. Nur ein mutmaßlicher Verdächtiger war nicht in Sichtweite.

»Gacy hat viele seiner Opfer mit dieser Erdrosselungstechnik getötet«, erklärte Chip Bailey.

»Sie scheinen Ihre Serienmörder gut studiert zu haben«, sagte Michelle.

»Das sollte man meinen. Ich habe Jahre damit verbracht, ihnen auf die Schliche zu kommen.«

»Und im Gefängnis hat dieser große, fröhliche Kerl angefangen, Clowns zu malen«, fügte King hinzu. »Deshalb die Maske, nur für den Fall, dass wir durch das Tourniquet nicht darauf gekommen wären.«

»Und Juniors Uhr stand definitiv auf fünf«, sagte Michelle. »Also kann unser Serienmörder entweder nicht richtig zählen, oder der Mord an Bobby Battle wurde von einem Nachahmungstäter begangen.«

»Ich glaube, wir können davon ausgehen, dass wir es mit zwei Mördern zu tun haben«, räumte Bailey ein. »Obwohl die abwegige Möglichkeit besteht, dass es doch nur ein Mörder ist, der aus irgendeinem Grund ein verwirrendes Zahlenspiel betreibt.«

»Sie meinen, er möchte nur für fünf statt sechs Morde zur Rechenschaft gezogen werden?«, fragte King. »Ich weiß nicht, wie es anderswo gehandhabt wird, aber in Virginia werden Mörder nur *einmal* hingerichtet.«

Williams stöhnte und griff nach einer Tablette. »Verdammt, mir tut schon wieder der Schädel weh.«

»Haben Sie Bobby Battles Testament gesehen, Todd?«, fragte Michelle.

Williams schluckte die Tablette und nickte. »Der überwiegende Teil seines Nachlasses geht an Remmy.«

»Waren die beiden gemeinschaftliche Eigentümer des Besitzes?«, fragte King.

»Nein. Vieles lief nur auf Bobbys Namen, einschließlich all seiner Patente. Das Haus ging automatisch an Remmy, und sie hat selbst einen umfangreichen Besitz.«

»Sie sprachen vom überwiegenden Teil. Wohin geht der Rest?«

»Verschiedene soziale Einrichtungen. Ein bisschen an Eddie und Dorothea. Aber nicht annähernd genug, um dafür zum Mörder zu werden.«

»Und Savannah?«, fragte King.

»Sie hat nichts bekommen. Schließlich hat sie schon ein sattes Treuhandvermögen.«

»Trotzdem klingt es ziemlich herzlos, ihr gar nichts zu hinterlassen.«

»Vielleicht haben sie und Bobby sich nicht verstanden«, sagte Bailey.

King sah ihn an. »Wie gut kennen Sie die Familie?«

»Mit Eddie treffe ich mich mehr oder weniger regelmäßig. Wir gehen zusammen auf die Jagd, und ich war bei einigen seiner Historiendramen dabei. Als Gegenleistung ist er nach Quantico gekommen und durfte die FBI-Akademie besichtigen. Remmy und Bobby haben übrigens dieselbe Tour gemacht, und auch Mason, der Butler.

Ich besitze ein paar von Eddies Kunstwerken. Dorothea hat mir dabei geholfen, ein Haus in Charlottesville zu finden. Ich war einen Nachmittag bei ihnen, nachdem sein Vater getötet wurde. Es hat ihn schwer mitgenommen, das kann ich Ihnen versichern. Aber ich glaube, er hat sich die meisten Sorgen gemacht, welche Auswirkungen die Tragödie auf seine Mutter haben wird.«

King nickte. »Er kommt sowieso nicht als Mörder seines Vaters in Frage. Er war zur Tatzeit mit uns zusammen.«

»Und er hat im Bürgerkrieg gekämpft, als Rhonda Tyler, Steve Canney und Janice Pembroke getötet wurden«, sagte Bailey.

»Was ist mit Dorothea?«, fragte Michelle.

»Wir haben sie überprüft. Sie ist sauber.«

»Auch zu dem Zeitpunkt, als Bobby Battle starb?«, fragte King.

»Sie sagte, sie wäre nach Richmond gefahren, weil sie dort am nächsten Morgen einen Termin hatte.«

»Allein?«

»Ja.«

»Also hat sie streng genommen kein Alibi«, sagte King. »Wie gut kennen Sie Dorothea?«

»Wie ich bereits sagte, sie hat als Maklerin für mich gearbeitet. Aber ich glaube nicht, dass sie viele Tränen vergießen wird, weil Bobby tot ist.«

»Ist die Ehe glücklich?«, fragte Michelle.

»Eddie liebt sie, das weiß ich. Aber ich bin mir nicht sicher, wie stark seine Gefühle erwidert werden. Unter uns gesagt könnte ich mir sogar vorstellen, dass Dorothea sich nebenbei ein bisschen Abwechslung verschafft.«

»Und Savannah behauptet, sie wäre zu Hause gewesen, als ihr Vater starb. Stimmt das?«

»Ich habe die Haushaltshilfen danach gefragt, aber alle hatten sich zu diesem Zeitpunkt in ihre Quartiere zurückgezogen, außer Mason, und der erinnert sich nicht, Savannah gesehen zu haben. Allerdings war sie nicht gerade in Topform, als wir mit ihr geredet haben. Ich werde sie noch einmal befragen müssen.«

»Also zählt auch sie weiterhin zum Kreis der Verdächtigen«, sagte King. »Was ist mit Bobby und Remmy?«

»Was meinen Sie?«

»Wären Sie überrascht, wenn ich Ihnen sage, dass wir eine Information haben, nach der die beiden vor drei oder vier Jahren einen heftigen Streit wegen Bobbys notorischer Untreue hatten?«

»Nein. Er hat sich diesen Ruf redlich erworben. Manche Leute haben gedacht, diese Zeit wäre für ihn vorbei, aber alte Hunde pinkeln immer wieder an die gleiche Stelle.«

»Was ein ziemlich gutes Motiv sein könnte, den Ehemann umzubringen«, sagte Michelle.

»Möglicherweise«, sagte Bailey.

»Was ist mit Remmy?«, fragte King.

»Was? Ob auch sie sich Seitensprünge genehmigt hat?«

King nickte.

»Niemals«, sagte Bailey im Brustton der Überzeugung.

»Mason scheint sehr viel von Remmy zu halten«, sagte King.

»Daran zweifle ich nicht, aber er spielt nicht in ihrer Liga und wird es auch niemals tun, falls Sie etwas in dieser Richtung andeuten wollen.«

King blickte Bailey ein paar Sekunden lang an; dann beschloss er, das Thema zu wechseln. Er wandte sich an Williams. »Hat Sylvia die Obduktion von Junior schon abgeschlossen?«

»Ja«, antwortete Williams, dem es schon wieder so gut ging, dass er sich einen Doughnut und Kaffee geholt hatte. »Er starb durch Erdrosselung, obwohl er zuvor schwere Schläge auf den Kopf erhalten hat, zuerst mit einer Schaufel, dann mit einem Stück Holz. Hat sehr viel Blut verloren.«

»Das wissen wir«, entgegnete King trocken.

»Gut«, sagte der Polizeichef. »Auf jeden Fall glaubt Sylvia, dass sie diesmal vielleicht ein paar Spuren vom Täter sichergestellt hat. Und die Jungs haben Fasern gefunden, die nicht zu Juniors Kleidung passen. Außerdem haben wir in der Nähe ein Stück einer Reifenspur entdeckt. Könnte das Fahrzeug sein, mit dem er geflohen ist.«

»Sie sollten diese Fasern lieber mit meiner Kleidung vergleichen«, sagte King. »Ich hatte Kontakt mit Junior, als die Schüsse fielen.«

»Apropos, haben Sie die Kugeln aus den Reifen untersucht?«, fragte Michelle.

»Kaliber vierundvierzig«, sagte Williams. »Nichts Besonderes. Wir können nur hoffen, dass wir irgendwann eine Waffe haben, der wir sie zuordnen können.«

»Der Typ hat ein Laserzielgerät«, sagte King. »Das ist ziemlich spezialisiert.«

»Außerdem fehlte Juniors Gürtelschnalle«, warf Williams ein.

»Eine weitere Trophäe«, sagte Michelle.

»Wie es scheint, hat Junior dem Mörder einen harten Kampf geliefert«, sagte Bailey. »Er hat viele Verletzungen an Händen und Unterarmen, die auf heftige Gegenwehr schließen lassen. Und eine Rigipswand ging zu Bruch, vermutlich während des Kampfes.«

»Der Angreifer hat offensichtlich ein paar Fehler gemacht«, sagte Williams. »Obendrein seid ihr beide auf der Bildfläche erschienen und habt ihm das Spiel verdorben.«

»Ich glaube kaum, dass wir irgendetwas bewirken konnten«, sagte Michelle, »außer dass wir ihn entkommen ließen.«

King schaute sich noch einmal die Kopie des Briefes an. »Das ist das erste Mal, dass er ein Opfer namentlich erwähnt.«

»Das ist mir auch aufgefallen«, sagte Bailey.

»Warum sollte ein Mörder so etwas tun?«, fragte Todd Williams.

»Er spielt mit uns. Er will uns an der Nase herumführen.«

»Zu welchem Zweck?«, fragte Michelle.

»Weil alles Teil von etwas viel Größerem ist, das wir im Augenblick noch nicht erkennen«, antwortete King.

»Und was könnte das sein?«, fragte Bailey skeptisch.

»Wenn ich das herausgefunden habe, werden Sie es als Zweiter erfahren«, sagte King und warf Williams einen bedeutungsvollen Blick zu. »Wie hat Lulu es aufgenommen, Todd?«

Williams lehnte sich zurück und zuckte mit den Schultern. »Sie hat nicht geweint, aber die Kinder waren dabei. Allerdings wurde ihre Mutter völlig hysterisch. Sie schrie herum, wie sehr sie Junior liebt und was in aller Welt sie nun ohne ihn machen sollen. Schließlich musste Lulu sie aus dem Zimmer befördern. Sie ist schon eine Marke.«

King und Michelle sahen sich an und schüttelten gleichzeitig die Köpfe.

»Jetzt kommen wir zu einem interessanten Punkt«, sagte Williams. »Sie haben uns gesagt, dass Junior von Remmy bedroht wurde. Dass sie ihre Sachen zurückhaben wollte und Junior sie niemandem zeigen sollte.«

King nickte. »Das zumindest hat Lulu uns erzählt. Aber nicht Remmy Battle hat Junior zusammengeschlagen und anschließend erdrosselt.«

»Aber Lulu zufolge hat Remmy zu Junior gesagt, sie würde gewisse Leute kennen.«

King schüttelte den Kopf. »Ich wüsste nicht, warum Remmy an seinem Tod interessiert sein sollte. Zumindest nicht zum jetzigen Zeitpunkt. Angeblich wollte sie Junior Bedenkzeit geben. Wenn er tot ist, kann er ihr nicht mehr sagen, wo ihre Sachen sind. Was er sowieso nicht hätte tun können, weil er sie meiner Meinung nach nicht gestohlen hat.«

»Aber wenn er tot ist«, sagte Bailey, »kann er die Sachen niemand anderem mehr zeigen.«

King ließ sich nicht überzeugen. »Da könnte Remmy sich nicht sicher sein. Er hätte Vorkehrungen treffen können für den Fall, dass ihm etwas zustößt.«

»Das klingt einleuchtend«, sagte Williams. »Aber wir sollten dieser Angelegenheit trotzdem nachgehen. Nicht, dass ich mich darauf freue, mit Remmy über dieses Thema zu sprechen.«

»Wir beide werden mit ein paar anderen Personen reden«, sagte King.

»Mit wem?«, fragte Bailey streng.

»Steve Canneys Vater und Janice Pembrokes Eltern.«

»Wir haben schon mit ihnen gesprochen. Und auch mit allen, die in Verbindung zu Diane Hinson standen.«

»Aber Sie haben sicher nichts dagegen, wenn wir ebenfalls mit ihnen reden«, sagte Michelle.

»Nur zu«, sagte Williams. »Meine Erlaubnis habt ihr.«

»Aber melden Sie sich, falls Sie etwas Interessantes herausfinden sollten«, sagte Bailey.

»Ich zähle schon die Minuten«, murmelte King.

KAPITEL 44

King und Michelle fuhren zu ihrem Büro, um ein paar Arbeiten zu erledigen, bevor sie sich auf den Weg zu Janice Pembrokes und Steve Canneys Eltern machen wollten. Ein silberner Volvo-Kombi und ein BMW aus der 8er-Serie parkten vor dem Gebäude.

»Eddie und Dorothea«, sagte Michelle, als sie ausstieg. Als hätten sie auf dieses Stichwort gewartet, öffneten sich die Türen beider Fahrzeuge, und das Ehepaar stieg aus.

»Sie fahren in verschiedenen Wagen«, bemerkte Michelle leise.

»Und vielleicht sind sie in verschiedene Richtungen unterwegs.«

Eddie trug eine graue Hose, ein weißes Hemd und einen blauen Blazer und hatte einen Lederkoffer in der Hand. Mit der tief gebräunten Haut und den kräftigen, verwitterten Gesichtszügen sah er ziemlich gut aus, wie Michelle anerkennend bemerkte.

Dorothea war ganz in Schwarz gekleidet, was in Anbetracht der Umstände angemessen schien. Aber King wusste, dass es nichts mit Trauer um den Verlust des Familienpatriarchen zu tun hatte. Die Netzstrümpfe, die Stöckelschuhe und das großzügige Dekolleté ließen keinen Zweifel daran.

King schloss die Tür zum Bürogebäude auf; dann traten alle ein.

Als sie sich gesetzt hatten, sagte King: »Es tut uns sehr Leid, was mit Ihrem Vater geschehen ist, Eddie.« Er warf einen Blick zu Dorothea, sagte aber nichts, da ihrer Miene zu entnehmen war, dass sie kein Beileid erwartete.

»Ich kann es immer noch nicht fassen«, sagte Eddie. »Mutter war noch um zehn Uhr bei ihm, und um halb elf war er tot.«

»Remmy sagte, sie hätte niemanden gesehen, als sie die Klinik verlassen hat«, sagte Michelle.

»Ich kann mir auch nicht vorstellen«, warf Dorothea gereizt ein, »dass der Betreffende mit wedelnden Armen vor Remmy herumgesprungen ist, um zu rufen: ›Hallo, ich werde jetzt gleich Ihren Ehemann töten!‹«

»Danke für den Hinweis, Dorothea«, sagte Eddie. »Wenn du weiter nichts Hilfreiches beizutragen hast, schlage ich vor, dass du einfach still dasitzt und weiterschmollst.«

Gut gekontert, Eddie, dachte Michelle.

Dorothea erweckte den Eindruck, als wolle sie etwas ähnlich Scharfzüngiges erwidern, doch sie riss sich zusammen, saß mit verschränkten Armen da und starrte mit finsterer Miene auf den Fußboden.

»Was können wir für Sie tun, Eddie?«, fragte King.

Eddie zog eine Zeitung aus seinem Aktenkoffer und zeigte auf einen Artikel auf der ersten Seite. King überflog den Text, während Michelle ihm über die Schulter blickte und mitlas.

Als er fertig war, wirkte King verärgert. »Wie zum Teufel konnte die Geschichte, dass Remmy Junior bedroht hat, an die Presse durchsickern?«

»Vielleicht durch Lulu«, spekulierte Michelle. »Oder ihre Mutter Priscilla. Das würde ihr ähnlich sehen.«

»Wie dem auch sei«, sagte Eddie, »jetzt glaubt die ganze Stadt, dass Mutter für den Mord an Junior verantwortlich ist.«

»Aber die *Gazette* hat auch berichtet, dass Juniors Tod mit den anderen Serienmorden in Verbindung gebracht wird«, warf Michelle ein.

Eddie sank im Sessel in sich zusammen. »Das spielt

keine Rolle. Die Leute denken, sie hätte jemanden bezahlt, damit es danach aussieht.«

»Und wie hat Remmy es aufgenommen?«

»Sie ist am Boden zerstört.«

»Aber sie streitet nicht ab, dass sie Junior bedroht hat?«, fragte King.

Nun wirkte Eddie misstrauisch. »Ich will mich nicht über semantische Nuancen mit Ihnen streiten, Sean, aber selbst wenn sie ihn bedroht hat, hat das nichts mit dem Mord an diesem Mann zu tun.«

»Ich habe keinen Einfluss darauf, was die Leute glauben.«

»Das ist mir klar, aber ich dachte auch nur...«

»Was sollten wir Ihrer Meinung nach tun, Eddie?«, fragte Michelle behutsam.

»Ja, es wäre nett, wenn du allmählich auf den Punkt kommen würdest«, sagte Dorothea. »Ich habe heute noch zwei Besichtigungstermine.«

Eddie ging nicht auf sie ein. »Könnten Sie vielleicht noch einmal mit Mutter reden? Ich weiß, dass Sie erst neulich mit Chip bei ihr waren und dass sie nicht sehr freundlich zu Ihnen gewesen ist. Aber wenn Sie noch einmal vorbeifahren, wird sie mit Ihnen reden. Sie braucht jetzt jemanden, mit dem sie reden kann.«

»Worüber genau will sie mit uns reden?«, fragte King.

»Ich bin mir nicht ganz sicher«, räumte Eddie ein. »Aber Sie könnten sich ihre Version der Geschichte anhören, im Gegensatz zu dem Blödsinn, der in der Zeitung steht.«

»Ich bin sicher, Chip und seine Leute werden sich darum kümmern.«

»Aber mit Ihnen beiden würde sie sich wohler fühlen. Unter uns gesagt, Mutter und Chip kommen nicht besonders gut miteinander aus.«

»Obwohl er Ihnen das Leben gerettet hat?«

»Ich kann es Ihnen nicht erklären. Ich weiß nur, dass es so ist.«

»Er hat eine sehr hohe Meinung von Ihrer Mutter.«

»Vielleicht habe ich mich nicht klar genug ausgedrückt. Mutter hält nicht viel von ihm.«

»Okay, wir reden mit ihr. Trotzdem wird das die Leute nicht davon abhalten, Gerüchte zu verbreiten.«

Dorothea mischte sich ein. »Da Eddie nur wie die Katze um den heißen Brei herumschleicht, will ich es ohne Umschweife sagen. Es steht völlig außer Frage, dass Remmy etwas mit dem Tod dieses Mannes zu tun hatte. Aber wenn Sie denjenigen finden, der wirklich Juniors Mörder ist, hätten all die Gerüchte schlagartig ein Ende.«

»Stimmt«, sagte Eddie. »Und dann haben Sie vielleicht auch den gefunden, der Vater ermordet hat.«

»Sie glauben also, dass es sich um dieselbe Person handelt?«, fragte King.

»Es ist ein seltsamer Zufall, dass Junior verdächtigt wurde, ins Haus meiner Eltern eingebrochen zu sein, und wenig später mein Vater und er kurz hintereinander getötet wurden.«

»Das war eigentlich meine Idee«, sagte Dorothea stolz. »Deshalb bin ich hier. Ich habe letzte Nacht gründlich darüber nachgedacht. Wäre es möglich, dass jemand diese Mordserie ausgenutzt hat, um Bobby und Junior zu töten? Wenn es so ist, muss die Sache etwas mit den gestohlenen Gegenständen zu tun haben.«

»Über diese Möglichkeiten haben auch wir bereits nachgedacht«, räumte King ein.

»Siehst du!«, rief Dorothea und zeigte mit dem Finger auf ihren Mann. »Ich habe es dir gleich gesagt!«

»Schon gut, Dorothea, schon gut«, sagte Eddie. »Sie halten es also für möglich, Sean?«

»Vieles ist möglich«, sagte King unbestimmt. »Ist Ihre Mutter heute zu Hause?«

»Ja, aber morgen ist die Beerdigung. Zu diesem Anlass schauen viele Leute bei ihr vorbei.«

»Dann reden wir später mit ihr. Wann geht es morgen los?«

»Um zwei. Die Trauerfeier findet in der Christ Church statt, die Beerdigung auf dem Kensington-Friedhof. Sie sind natürlich ebenfalls eingeladen.«

Dorothea beugte sich vor. »Haben Sie schon irgendwelche Spuren? Einen Verdächtigen?«

»Die Ermittlungen sind noch im Gange, Dorothea. Dazu können wir Ihnen keine Auskunft erteilen«, erwiderte King.

»Ich dachte nur, wenn wir Ihnen helfen, könnten Sie uns im Gegenzug auch ein paar Informationen geben«, sagte sie unverblümt.

»Tut mir Leid, aber so läuft das nicht. Aber da Sie schon einmal hier sind, hätte ich noch eine Frage an Sie. Stimmt es, dass Sie Bobby am Nachmittag vor seiner Ermordung besucht haben?«

Dorothea starrte ihn mit leerem Blick an. »Ja. Warum?«

»Was war der Zweck Ihres Besuchs?«

»Er war mein Schwiegervater. Ich wollte sehen, wie es ihm geht. Es war nicht mein erster Besuch, und der Mord geschah erst viele Stunden später.«

»Und an jenem Abend fuhren Sie nach Richmond. Um welche Uhrzeit sind Sie dort eingetroffen?«

»Das weiß ich nicht mehr. Es war spät. Ich bin sofort ins Bett gegangen.«

»In welchem Hotel?«

»Im Jefferson. Da übernachte ich immer.«

»Ich bin überzeugt, dass das Personal uns sagen kann, wann genau Sie dort eingetroffen sind.«

»Worauf wollen Sie eigentlich hinaus? Ich bin zu Ihnen gekommen, um Ihnen zu helfen, und nicht, um von Ihnen verhört zu werden!«

»Und ich versuche Ihnen zu helfen. Wenn Sie über hundert Kilometer entfernt in einem Hotel waren, als Ihr Schwiegervater ermordet wurde, haben Sie ein hieb- und stichfestes Alibi. Zweifellos hat auch das FBI diesen Punkt längst überprüft.«

Dorothea starrte King eine Weile an; dann stand sie auf und marschierte nach draußen. Eddie dankte ihnen und folgte ihr gleich darauf. King und Michelle beobachteten durchs Fenster, wie die beiden zu ihren Wagen gingen.

»Lass mich raten«, sagte Michelle. »Du glaubst nicht, dass sie um zehn Uhr in ihrem Hotel war.«

»Ich glaube, dass sie ihrem Ehemann verheimlichen möchte, wo sie wirklich war. Und ich bin überzeugt, dass Bailey es bereits weiß, aber bislang darauf verzichtet hat, uns zu informieren. Was sie über ihren Besuch bei Bobby erzählt hat, war völliger Blödsinn. Ich habe mich beim Krankenhaus erkundigt.«

Michelle beobachtete, wie Eddie in seinen Wagen stieg. »Ich frage mich, wie ein so netter Kerl an so eine Hexe geraten konnte.«

King sah sie an und lächelte. »Hast du dich in Eddie Battle verguckt?«

Michelle errötete. »Red keinen Unsinn, Sean.«

»Hast du dir für morgen Nachmittag schon was vorgenommen?«

»Vielleicht gehe ich joggen.«

»Der Termin ist gestrichen. Wir gehen zu einer Beerdigung.«

»Warum?«

»Es ist eine wenig bekannte Tatsache, dass Mörder häufig an den Beerdigungen ihrer Opfer teilnehmen.«

»Wir sind auch nicht bei den anderen dabei gewesen.«

»Die anderen waren auch nicht der Rede wert. Rhonda Tylers Eltern wollten eine kleine Beisetzung, also wurde sie auf einem Urnenfeld in der Nähe von Lynchburg bestattet. Ich war dabei. Sonst waren nur noch die Totengräber anwesend.«

»Es überrascht mich, dass niemand vom *Aphrodisia* hingegangen ist. Pam zum Beispiel.«

»Ich glaube, sie wollen am liebsten ganz schnell vergessen, was passiert ist.«

»Aus den Augen, aus dem Sinn.«

»Und Steve Canney wurde ohne Trauerfeier eingeäschert.«

»Das ist ziemlich ungewöhnlich für einen Football-Star.«

»Sein Vater wollte es so.«

»Und Janice Pembroke?«, fragte Michelle.

»Ihren Eltern war es peinlich, was sie im Augenblick ihres Todes mit Steve Canney getrieben hat. Deshalb haben sie das Mädchen an einem nicht bekannten Ort außerhalb der Stadt begraben lassen.«

»Und Diane Hinson?«

»Die Eltern haben ihre sterblichen Überreste nach New York überführen lassen, wo Diane geboren wurde.«

»Was hältst du von Eddies und Dorotheas Überraschungsbesuch?«, fragte Michelle.

»Eddies Motiv verstehe ich. Wahrscheinlich hat seine Mutter ihn dazu angestachelt. Ihr treu ergebener Sohn ist das perfekte Werkzeug für sie. Dorotheas Anwesenheit aber war viel interessanter. Sie behauptete, dass sie uns ihre Theorie über den Killer präsentieren wollte. Es überrascht mich, dass sie tatsächlich so viele Gedanken an die Sache verschwendet hat. Ich glaube, in Wirklichkeit war sie hier, um Informationen aus uns herauszukitzeln.«

»Vielleicht hofft sie nur auf ein größeres Stück vom Erbe, auch wenn sie es gar nicht nötig hätte.«

»Vielleicht doch«, erwiderte King.

»Wie meinst du das? Ich denke, sie ist die Königin unter den hiesigen Immobilienmaklern.«

»Dorothea war an einigen sehr fragwürdigen Immobiliengeschäften beteiligt, die vor kurzem den Bach runtergegangen sind.«

»Du hast Nachforschungen angestellt?«

»Ich hatte keine Lust mehr, Chip Bailey den ganzen Spaß allein zu überlassen.«

»Und du hast ihm nichts davon gesagt?«

»Er ist vom FBI. Er kann es selber rauskriegen.«

»Also braucht Dorothea Geld, und nun versucht sie, sich mit Remmy gut zu stellen.«

»Das könnte sein.« Er sah auf seine Uhr. »In etwa einer Stunde beginnen meine Gespräche mit Roger Canney und Janice Pembrokes Eltern. Wenn wir damit fertig sind, solltest du einkaufen gehen.«

»Wieso einkaufen?«

Er musterte sie von oben bis unten. »Jeans und eine Jacke vom Secret Service sind nicht unbedingt die geeignete Garderobe für eine Trauerfeier.«

KAPITEL 45

Sylvia Diaz zählte die Tabletten durch, dann noch einmal. Dann rechnete sie zusammen, wie viele Pillen sie in den letzten drei Wochen verschrieben hatte, und verglich diese Zahl mit der Inventarliste ihres Medikamentenbestands. Schließlich setzte sie sich an den Computer und ermittelte die gespeicherten Zahlen. Die Computerdaten stimmten mit dem tatsächlich vorhandenen Bestand überein, aber nicht mit der Menge, die nach den Rezepten noch da sein musste. Und Sylvia vertraute den Angaben auf ihren von Hand geschriebenen Rezepten. Offensichtlich gab es einen nicht dokumentierten Schwund an Medikamenten. Sie rief ihre Sekretärin an und unterhielt sich ausführlich mit ihr. Dann gingen sie die Listen noch einmal gemeinsam durch. Danach sprach sie mit ihrer Arzthelferin, die im Büro Rezepte für die Patienten ausstellte. Nach dem Gespräch war Sylvia überzeugt, genau zu wissen, wo das Problem lag.

Sie überlegte, was sie tun sollte. Sie hatte keinen eindeutigen Beweis in der Hand, nur Indizien. Sie fragte sich, wann der Diebstahl stattgefunden hatte. Es gab nur eine Möglichkeit, das zu überprüfen. Die Eingangstür zur Leichenhalle und zur Arztpraxis war außerhalb der Öffnungszeiten nur mit einer Schlüsselkarte zugänglich. Das System speicherte die Daten, welche Personen zu welchem Zeitpunkt das Haus betreten oder verlassen hatten. Sylvia rief die Sicherheitsfirma an, gab die nötigen Informationen und ihr Passwort durch und stellte Fragen. Sie erfuhr, dass innerhalb des vergangenen Monats außer ihr nur eine Person die Arztpraxis außerhalb der Öffnungszeiten betreten hatte: Kyle Montgomery. Und Sylvia fand heraus, dass sein letzter Besuch gegen zehn Uhr an dem Abend stattgefunden hatte, bevor Bobby Battle ermordet worden war.

Janice Pembrokes Mutter war älter, als King erwartet hatte. Janice war das Baby gewesen, das jüngste von acht Kindern, wie Mrs Pembroke erklärte. Sie war einundvierzig gewesen, als sie Janice zur Welt gebracht hatte. Sie und ihr zweiter Ehemann, der Stiefvater von Janice, wohnten in einem baufälligen einstöckigen Ziegelhaus in einer heruntergekommenen Gegend. Janice hatte als einziges Kind noch zu Hause gewohnt. Ihr Stiefvater war ein untersetzter Mann mit Bierbauch und mürrischer Miene. Um neun Uhr morgens saß er mit einer Zigarette hinter dem Ohr und einem Bud in der Hand da. Offenbar ging er spät zur Arbeit, falls überhaupt. Er grinste Michelle anzüglich an und wandte den Blick auch nicht von ihr ab, nachdem sie sich im überfüllten Wohnzimmer gesetzt hatten. Seine Frau war ein zierliches, erschöpftes Wesen, was kein Wunder war, wenn sie acht Kinder großgezogen und nun eins auf so schreckliche Weise verloren hatte. An den Armen und im Gesicht hatte sie mehrere blaue Flecke.

»Ich bin die Treppe runtergefallen«, erklärte sie, als King und Michelle sie darauf ansprachen.

Die Frau sprach stockend von ihrer verstorbenen Tochter und musste sich immer wieder mit einem Papiertaschentuch Tränen aus den Augen wischen. Sie hatte nicht einmal gewusst, dass Janice sich mit Steve Canney traf, sagte sie.

»Die beiden stammten aus ganz verschiedenen Gesellschaftsschichten«, brummte der Stiefvater. »Und sie hat wild in der Gegend herumgevögelt, die dreckige kleine Hure. Das hat sie nun davon. Wahrscheinlich hat sie gedacht, sie könnte sich schwängern lassen und würde so an einen reichen Jungen wie Canney rankommen. Ich hab ihr gesagt, dass sie Abschaum ist und bloß Abschaum vom Leben erwarten kann. Tja, jetzt hat sie bekommen, was sie verdient hat.« Er sah King mit triumphierendem Blick an.

Überraschenderweise versuchte die Mutter nicht, ihre Tochter zu verteidigen, woraus King den Schluss zog, dass die Verletzungen der Grund dafür waren.

Janice hatte keine Feinde gehabt, soweit die beiden wussten, und sie konnten sich auch keinen Grund denken, warum jemand sie töten wollte. Es war dieselbe Geschichte, die sie auch der Polizei und anschließend dem FBI erzählt hatten.

»Und ich hoffe, das ist jetzt das letzte Mal, dass wir damit behelligt werden«, sagte der Stiefvater. »Wenn sie loszieht und sich abknallen lässt, ist das ihre eigene Schuld. Ich hab keine Zeit, hier rumzusitzen und den Bullen immer wieder dasselbe zu erzählen.«

»Oh, halten wir Sie von etwas Wichtigem ab?«, fragte Michelle. »Von einem weiteren Bier vielleicht?«

Er zündete seine Zigarette an, nahm einen Zug und grinste sie an. »Sie gefallen mir, Lady.«

»Wo waren übrigens *Sie* in der Nacht, als Janice ermordet wurde?«, fragte Michelle, die sich offensichtlich zusammenreißen musste, um dem Mann keine schweren Verletzungen zuzufügen.

Sein Grinsen verschwand. »Was zum Teufel soll das bedeuten?«

»Das bedeutet, dass ich wissen möchte, wo Sie waren, als Ihre Stieftochter getötet wurde.«

»Das hab ich den Bullen schon gesagt.«

»Auch wir sind Bullen. Also werden Sie es uns noch einmal sagen.«

»Ich war mit ein paar Kumpels unterwegs.«

»Haben diese Kumpels Namen und Adressen?«

Ja, die hatten sie, und Michelle notierte sie sich, während der Mann nervös zuschaute.

»Ich hab nichts mit dem Mord an ihr zu tun«, beteuerte er, als er ihnen nach draußen folgte.

»Dann haben Sie auch nichts zu befürchten«, erwiderte Michelle.

»Darauf können Sie Gift nehmen, Baby.«

Michelle fuhr herum. »Mein Name ist Maxwell. Deputy Maxwell. Und falls Sie es noch nicht wussten: Wer seine Frau schlägt, begeht eine Straftat.«

Er schnaufte. »Hab keine Ahnung, wovon Sie reden.«

»Ich glaube, Ihre Frau würde das anders sehen.« Michelle deutete mit einem Nicken auf Mrs Pembroke, die sie von drinnen durch die Gardinen beobachtete.

Er lachte. »Sie wird nichts sagen. Ich bin der Herr im Haus. Warum kommen Sie nicht einfach mal vorbei, dann beweise ich es Ihnen, Schätzchen.«

Michelles Körper spannte sich.

»Tu es nicht, Michelle«, warnte King, der sie genau im Auge behielt. »Lass ihn reden.«

»Du kannst mich mal, Sean!«

Sie stapfte zu dem Mann hinüber und redete mit leiser, aber sehr deutlicher Stimme auf ihn ein. »Hören Sie mir zu, Sie armseliger kleiner Schwachkopf. Ihre Frau muss Sie gar nicht mehr persönlich anzeigen. Das kann der Staat für sie übernehmen. Wenn ich das nächste Mal hier vorbeischaue – und das werde ich – und sie auch nur einen *einzigen* blauen Fleck hat, werde ich Ihren schlaffen Arsch hinter Gitter schleifen, nachdem ich Ihnen gezeigt habe, wie sich Schläge anfühlen.«

Dem Mann fiel die Zigarette aus dem Mund. »Das können Sie gar nicht. Sie sind bloß Polizistin.«

»Ich werde sagen, dass Sie die Treppe runtergefallen sind.«

Der Mann blickte King an. »Diese Frau hat mich bedroht«, rief er.

»Ich habe nichts gehört«, sagte King.

»So soll das also laufen, was? Nun, ich hab keine Angst vor einer Hungerharke wie Ihnen.«

Vor dem Haus stand ein anderthalb Meter hoher, dicker Holzpfosten, an dem eine altertümliche Laterne hing. Michelle ging hinüber und zerbrach den Pfosten mit einem kräftigen Fußtritt in der Mitte.

Danach lag plötzlich auch die Bierdose neben der Zigarette auf dem Boden, während der Mann offenen Mundes auf das Ergebnis dieser Demonstration starrte.

»Ich freue mich auch schon auf unser Wiedersehen, *Schätzchen*!«, sagte Michelle, als sie zum Wagen ging.

King bückte sich und hob einen Splitter vom Holzpfahl auf. »Stellen Sie sich mal vor«, sagte er zu dem erschütterten Mann, »das wäre Ihr Rückgrat gewesen.« Er gab ihm vierzig Dollar, um den Schaden zu begleichen, und folgte Michelle.

»Ich glaube, er hat sich in die Hose gemacht«, sagte King, als sie in den Wagen stiegen.

»'tschuldigung. Ich war wütend. Aber man kann nicht immer die andere Wange hinhalten.«

»Um ehrlich zu sein, ich bin richtig stolz auf dich.«

»Danke. Aber wenn ich ihm drohe, wird sich nichts an der Situation seiner Frau ändern. Bei einem solchen Kerl weiß man nie, was er als Nächstes tut. Wahrscheinlich hätte ich lieber die Klappe halten sollen.«

»Aber du wirst wiederkommen und nachsehen, wie es der Frau geht?«

»Verlass dich drauf.«

»Sag mir vorher Bescheid.«

»Warum? Damit du es mir ausreden kannst?«

»Nein. Damit ich den Drecksack festhalten kann, während du ihn windelweich prügelst.«

KAPITEL 46

Er war King und Michelle zu den Pembrokes gefolgt und fuhr nun hinter ihnen her, als sie zu Roger Canneys Haus unterwegs waren. Heute benutzte er nicht den blauen VW Käfer, sondern einen alten Pick-up. Ein schweißfleckiger Cowboyhut, eine Sonnenbrille und ein aufgeklebter Bart, den er selbst angefertigt hatte, sorgten für die nötige Tarnung. Die zwei Detektive wurden allmählich zu einem Problem, und er war sich nicht sicher, was er in der Sache unternehmen sollte. In Janice Pembrokes Umfeld würden sie keine Spuren finden, genauso wenig wie bei Diane Hinson. Und für sich genommen führte auch der Mord an Rhonda Tyler in eine Sackgasse. Steve Canney jedoch war eine andere Geschichte. Der Junge war der Schlüssel; er konnte alles zum Einsturz bringen.

Er hatte keine Zeit, Roger Canney, den Vater des Jungen, zu töten. Außerdem würde das nur neue Fragen aufwerfen, warum Steve hatte sterben müssen. Er hatte keine andere Wahl, er konnte die Befragung nicht verhindern. Dann musste er analysieren, welche Schlüsse die Detektive daraus zogen, und entsprechend reagieren. Zum Glück hatte er die Voraussicht besessen, Canneys Haus zu verwanzen, bevor er den Jungen getötet hatte. Alles war nur eine Frage der Taktik.

Er rieb sich den Rücken, wo er im Kampf mit Junior Deaver verletzt worden war. Eine weitere Begegnung dieser Art durfte er sich nicht erlauben. Er hatte gesehen, wie Michelle Maxwell den Holzpfosten ohne sichtliche Anstrengung zerbrochen hatte. Sie war eine gefährliche

Frau. Und King war auf seine Art noch viel gefährlicher. Er war sogar der einzige Mensch, vor dem er wirklich Angst hatte, dem er zutraute, dass er ihm im Kampf überlegen war. Vielleicht sollte er in der Sache etwas unternehmen. Und vielleicht würde er dann auch Michelle töten müssen, um zu vermeiden, dass die Frau sich für den Tod ihres Partners an ihm rächte.

Als der Wagen vor ihm in eine lange Auffahrt einbog, die zu einem großen Ziegelhaus im Kolonialstil führte, schwenkte er in eine Seitenstraße, wo er den Pick-up parkte und die Kopfhörer aufsetzte, die er unter seinem Hut versteckt hatte. Er hantierte mit einem Empfänger, der auf dem Beifahrersitz lag, und fand schließlich die Frequenz des Senders, den er im Haus von Canney versteckt hatte. Er lehnte sich zurück und wartete, dass die Show begann.

KAPITEL 47

»Und was macht Roger Canney?«, fragte Michelle, als sie sich in dem eindrucksvollen Haus umsah. Eine Haushälterin hatte sie hereingelassen und war nun unterwegs, um ihren Arbeitgeber zu holen.

»Keine Ahnung«, antwortete King. »Aber er scheint es ziemlich gut zu machen.«

»Woran ist seine Frau gestorben?«

»Auch das ist mir nicht bekannt. Ich bin nicht mit Canney befreundet.«

Michelle blickte sich immer noch um. »Weißt du, was ich hier nicht sehe?«

King nickte. »Familienporträts.«

»Was hältst du davon?«

»Entweder wurden sie vor kurzem entfernt, weil dem Vater in seiner überwältigenden Trauer der Anblick unerträglich war, oder es gab hier nie welche.«

»Überwältigende Trauer? Er hat seinen Sohn praktisch im Schutz der Dunkelheit beerdigt.«

»Jeder drückt seine Gefühle auf unterschiedliche Art aus, Michelle. Manche Leute sollen sogar Holzpfosten mit einem Fußtritt zertrümmern, wenn sie wütend sind.«

Roger erschien eine Minute später – ein großer, herber Mann mit krummen Schultern und unglücklichem, blassem Gesicht. Er bedeutete ihnen, sich auf die Couch im Wohnzimmer zu setzen; dann nahm er ihnen gegenüber Platz. Er sah sie nicht an, wenn er sprach, sondern hatte den Blick auf die Deckenbalken gerichtet.

»Mir ist nicht klar, warum eine weitere Befragung notwendig ist«, begann er.

»Ich weiß, dass es eine sehr schwierige Zeit für Sie ist«, sagte King, »aber…«

»Ja, schon gut«, unterbrach Canney ihn. »Bringen wir es hinter uns.«

Sie gingen die Standardfragen durch, die Canney einsilbig beantwortete.

»Also gab es keine Feinde an der Schule«, sagte King. »Zumindest keine, über die Ihr Sohn gesprochen hat.«

»Steve war sehr beliebt. Alle haben ihn gemocht. Er konnte niemandem etwas Böses antun.«

Er sagte es nicht wie ein stolzer Vater, sondern eher in ironischem Tonfall. King und Michelle warfen sich einen irritierten Blick zu.

»Hat er jemals erwähnt, dass er sich mit Janice Pembroke trifft?«, fragte Michelle.

»Steve hat mir nichts über sein Privatleben anvertraut. Wenn der Junge mit irgendeiner Schlampe rumgevögelt hat, war das seine Sache. Er war siebzehn und voller aufgestauter Hormone. Aber wenn er ein Mädchen geschwängert hätte, wäre ich ziemlich sauer geworden.«

»Wie lange ist Ihre Frau schon tot?«, fragte Michelle.

Canneys Blick löste sich von der Decke und richtete sich auf sie. »Was tut das zur Sache?«

»Ich bin nur neugierig.«

»Dann sollten Sie Ihre Neugier auf den Fall beschränken, an dem Sie arbeiten.«

»Okay. Fällt Ihnen etwas ein, das Steve Ihnen gesagt hat, oder irgendetwas, das Sie zufällig mitgehört haben? Vielleicht auch nur eine Bemerkung seiner Freunde, die in irgendeiner Weise relevant für den Mord sein könnte?«

»Hören Sie, ich habe Ihnen schon gesagt, dass wir nicht gerade dicke Kumpel waren. Wir haben im selben Haus gewohnt, aber das war's auch schon.«

»Gibt es einen Grund, warum Sie und Ihr Sohn sich nicht gut verstanden haben?«, fragte King.

»Wir hatten beide unsere Gründe, aber die haben nichts mit seinem Tod zu tun.«

»Ich fürchte, es liegt an uns, das zu entscheiden. Wenn Sie also bitte die Frage beantworten würden …«

»Ich fürchte, diese Bitte muss ich ablehnen«, erwiderte Canney ätzend.

»Wie Sie meinen. Dann wollen wir noch einmal durchgehen, was Sie gesagt haben. Das Verhältnis zwischen Ihnen und Ihrem Sohn lässt sich als offene Feindseligkeit beschreiben. Sie waren möglicherweise wütend, weil er sich mit einer ›Schlampe‹ traf, wie Sie es ausgedrückt haben, und Sie haben sich Sorgen gemacht, dass Sie möglicherweise irgendwann für ein Kind zahlen müssen. Dann wurden Steve und die ›Schlampe‹ mit einer Schrotladung getötet. Besitzen Sie eine Schrotflinte?«

Canney stand auf. Sein blasses Gesicht war plötzlich rot. »Was wollen Sie damit andeuten? Wie können Sie es wagen? Sie haben mir die Worte im Mund verdreht!«

King blieb völlig ruhig. »Nein. Ich habe Ihre Aussage lediglich so interpretiert, wie es jeder halbwegs kompetente Staatsanwalt tun würde. Was Sie uns erzählt haben, macht Sie zu einem Verdächtigen. Ich bin sicher, dass man Sie bereits gefragt hat, wo Sie waren, als Ihr Sohn ermordet wurde. Ich möchte, dass Sie es auch uns sagen.«

»Ich war zu Hause und habe geschlafen.«

»Allein?«

»Ja!«

»Also haben Sie kein Alibi«, erklärte King. »Nun …« Er sah Michelle an. »Wir werden jetzt zurückfahren und Bericht erstatten. Das ist zumindest ein Hinweis, den das FBI gezielt weiterverfolgen kann.« Er wandte sich wieder Canney zu. »Die Kollegen werden sich in Kürze bei Ihnen melden. Bitte bleiben Sie während der nächsten Zeit in der näheren Umgebung.« Er erhob sich.

Canney war wieder blass geworden. »Warten Sie! Einen Moment! Einen Moment noch! Ich habe nichts mit dem Mord an Steve zu tun.«

»Bei allem gebührenden Respekt, Mr Canney, aber ich bin noch nie einem Mörder begegnet, der etwas anderes behauptet hat«, erwiderte King.

Canney stand da und ballte immer wieder die Hände zu Fäusten, während King ihn erwartungsvoll beobachtete. Schließlich setzte der Mann sich wieder.

Er schwieg eine Weile, als müsste er zuerst nach den richtigen Worten suchen; dann sagte er: »Steve war schlicht und einfach das Kind seiner Mutter. Er hat sie bewundert, sie angebetet. Als sie starb, hat er irgendwie mir die Schuld an ihrem Tod gegeben.«

»Ich erinnere mich nicht, wie sie gestorben ist«, sagte King.

Canney rieb sich nervös die Hände.

»Bei einem Verkehrsunfall. Das ist jetzt über drei Jahre her. Sie fuhr von der Straße in eine Schlucht und war auf der Stelle tot.«

»Wie konnte Ihr Sohn Sie dafür verantwortlich machen?«, fragte Michelle.

»Woher soll ich das wissen?«, brüllte Canney unvermittelt, doch genauso schnell hatte er sich wieder beruhigt. »Tut mir Leid. Sie können sich vielleicht denken, dass das alles nicht einfach für mich ist.« Alle schwiegen eine Zeit lang. »Offenbar war Alkohol im Spiel«, sagte Canney schließlich leise.

»Ihre Frau war betrunken, als sie starb?«

»Es scheint so. Das war ungewöhnlich, weil sie ansonsten kaum getrunken hat.«

»Und Ihre Ehe war glücklich?«, fragte Michelle.

»Es war eine Ehe wie viele andere«, sagte Canney abwehrend.

»Und das bedeutet?«, hakte Michelle nach.

»Das bedeutet, dass sie ihre Höhen und Tiefen hatte.«

In diesem Moment betrat die Haushälterin das Zimmer und teilte Canney mit, dass er am Telefon verlangt wurde. Er entschuldigte sich und ging hinaus.

Michelle wandte sich ihrem Partner zu. »Das war nicht

unbedingt das, was ich erwartet habe. Ob er irgendwie für den Tod seiner Frau verantwortlich ist?«

»Das würde ich nicht ausschließen.«

»Er verschweigt uns etwas. Glaubst du, dass er seinen Sohn getötet hat?«

»Sohn. Das ist ein interessantes Wort.«

Sie blickte ihn verwirrt an. »Wie meinst du das?«

»Canney hat ihn kein einziges Mal als seinen Sohn bezeichnet. Er hat immer nur von Steve geredet.«

»Stimmt. Obwohl es daran liegen könnte, dass Steve fast erwachsen war und ihr Verhältnis ziemlich angespannt gewesen ist.«

»Nein. Ich glaube, er hat uns die Frage bereits beantwortet.«

»Ach? Dann sag es mir bitte!«

»Als er erzählt hat, was in ihrem Verhältnis nicht stimmt, sagte er, dass Steve ihm die Schuld am Tod seiner Mutter gegeben hat.«

»Und?«

»Nun, unmittelbar davor hat er gesagt…« King zog sein Notizbuch hervor und las vor: »›Steve war schlicht und einfach das Kind seiner Mutter.‹«

»Der Junge hatte ein besseres Verhältnis zu seiner Mutter als zum Vater.«

»Es lässt sich auch wörtlicher verstehen. Dass sie zwar seine Mutter war…« King sprach nicht weiter, sondern sah Michelle an.

Nun dämmerte ihr, worauf er hinauswollte. »Aber Roger Canney war *nicht* sein Vater.«

Draußen sprang der Motor des Pick-ups an. Der Mann hatte genug gehört. Es war Zeit zum Handeln. Aber zuerst musste er die nötigen Vorbereitungen treffen.

KAPITEL 48

Kyle Montgomery hatte noch keine Antwort auf seinen Erpresserbrief bekommen. Vor einiger Zeit hatte er ein Postfach gemietet und der Person die Adresse gegeben. Natürlich hatte er den Brief anonym abgeschickt. Das Schreiben verhüllte auf sehr geschickte Weise, wie er fand, dass er so gut wie gar nichts wusste. Er hoffte auf ein schlechtes Gewissen, das irgendetwas ans Tageslicht beförderte, das er finanziell ausnutzen konnte. Trotzdem kam ihm der Gedanke, dass er sich möglicherweise geirrt hatte. In diesem Fall hätte er zumindest keinen Schaden angerichtet. Hoffte er wenigstens.

Er war auf dem Weg zum *Aphrodisia*, um seiner »Mandantin« eine neue Lieferung zu bringen. Dazu war keine weitere Medikamentenentnahme aus der Praxis notwendig gewesen, weil er beim letzten Mal klugerweise eine bestimmte Menge auf Vorrat mitgenommen hatte. Es gab keinen Grund, unnötige Risiken einzugehen.

Er stellte seinen Wagen auf dem überfüllten Parkplatz ab und ging hinein. Er bemerkte nicht, dass ihm ein anderer Wagen folgte. Montgomery dachte nur an das viele Geld, das in Kürze ihm gehören würde, und ahnte nicht, dass er verfolgt wurde, seit er seine Wohnung verlassen hatte.

Drinnen verbrachte er wie gewohnt ein paar Minuten damit, die Tänzerinnen zu beobachten. Es gab eine, die ihm besonders gut gefiel, auch wenn er keine großen Chancen bei ihr hatte. Zum einen sah er nicht gut genug aus, zum anderen – und das war der entscheidende

Punkt – fehlte ihm das nötige Geld, das diese Mädchen verlangten, wenn sie nett zu ihm sein sollten.

Er ging nach oben und wollte sich durch den roten Vorhang schieben, als neben ihm eine Frau auftauchte. Sie wirkte verhärmt und schien ein bisschen wacklig auf den Beinen zu sein.

»Wohin wollen Sie?«, fragte sie.

»Ich treffe mich mit jemandem«, antwortete er nervös. »Ich werde erwartet.«

»Stimmt das auch?«, sagte die offensichtlich angetrunkene Frau schleppend. »Haben Sie einen Ausweis?«

»Ausweis? Wozu? Ich trinke nicht, und ich schaue keinen Mädels beim Tanzen zu. Sehe ich vielleicht minderjährig aus? In diesem Fall möchte ich Sie auf das graue Haar in meinem Bart hinweisen.«

»Verarsch mich nicht, sonst fliegst du sofort raus!«

»Wo liegt das Problem, Madam?«, fragte Montgomery in etwas höflicherem Tonfall. »Ich war schon öfters hier hinten.«

»Ich weiß. Ich hab Sie gesehen«, sagte die Frau.

»Sind Sie oft hier?«, fragte Montgomery nervös. Plötzlich wurde ihm klar, dass es nicht gut war, wenn er sich den Ruf eines regelmäßigen Clubbesuchers erwarb.

»Ich bin jeden Tag hier«, antwortete Lulu Oxley. »Na dann, viel Spaß, Klugscheißer.«

Lulu wankte die Treppe hinunter, während Montgomery hastig durch den roten Vorhang trat.

Er klopfte wieder an die bekannte Tür und erhielt die gewohnte Antwort. Er trat ein. Die Frau lag auf dem Bett unter einer Decke. Das Zimmer war so dunkel, dass er sie kaum erkennen konnte.

Er zeigte die Tüte mit den Pillen. »Hier ist es.«

Sie warf ihm etwas zu. Er versuchte es zu fangen, griff jedoch daneben, sodass es zu Boden fiel. Er hob es auf. Zehn zusammengerollte Hunderter, die von einem Gummiband gehalten wurden. Er stellte die Tüte auf den Tisch und wartete, während er sie nervös anstarrte.

Nachdem ein paar Sekunden vergangen waren und sie nichts gesagt hatte, wandte er sich zum Gehen. Er hielt inne, als er hörte, wie die Bettfedern quietschten und das Licht aufflammte. Blinzelnd schaute er sich um und sah, wie sie auf ihn zukam. Sie trug das Kopftuch und die dunkle Sonnenbrille und hatte sich in die Decke gehüllt. Als sie näher kam, erkannte er, dass ihre Schultern nackt waren und sie nur Strümpfe trug.

Als sie unmittelbar vor ihm stand, ließ sie die Decke fallen. Sie trug lediglich einen schwarzen Spitzenslip, einen dazu passenden BH und die schenkellangen Strümpfe, mehr nicht. Sein Atem ging schwerer, und er spürte, wie seine Muskeln sich anspannten. Ihr Körper war phantastisch: flacher Bauch, runde Hüften und Brüste, die sich unter dem dünnen schwarzen Stoff spannten. Er hätte ihr am liebsten die letzten winzigen Reste ihrer Kleidung heruntergerissen.

Als hätte sie seine Gedanken gelesen, die allerdings nicht schwer zu erraten waren, griff sie hinter sich, öffnete den Clip und ließ den BH zu Boden gleiten, sodass ihre Brüste heraussprangen.

Montgomery stöhnte und wäre beinahe auf die Knie gesunken. Das war ohne Zweifel die wunderbarste Nacht seines Lebens.

Sie streckte eine Hand aus, als wollte sie ihn berühren, nahm dann aber nur die Tüte, hob die Decke auf und hüllte sich wieder hinein.

Montgomery trat vor. »Das ist nicht nötig, Baby«, sagte er, so cool er konnte. »Die Decke wäre nur im Weg.« Er war noch nie so nahe dran gewesen. Eintausend Dollar und eine so tolle Frau gratis dazu. Was konnte er sich sonst noch wünschen? Er wollte die Arme um sie legen, doch sie stieß ihn mit einer Kraft zurück, die ihn überraschte.

Er wurde rot, als sie lachte.

Sie ging zum Bett zurück, ließ die Decke unterwegs wieder fallen, legte sich auf die Matratze und streckte sich wie eine Katze. Dann drehte sie sich um, kroch auf allen vieren ein Stück vor und legte die Tüte mit aufreizender Langsamkeit auf den Nachttisch, sodass er sie ausgiebig und ungehindert von hinten betrachten konnte. Jetzt war er so hart, dass es schmerzte.

Sie rollte sich auf den Rücken, streckte die Beine in die Luft und streifte langsam die Strümpfe ab, drückte sie zu einem Knäuel zusammen und warf sie in seine Richtung. Dann zeigte sie mit dem Finger auf ihn und lachte wieder. Montgomery spürte, wie sein Blutdruck in die Höhe schnellte, während andere Teile seines Körpers erschlafften.

»Du kleine Schlampe!« Endlich wurde seine Phantasie zur Realität, und gleichzeitig konnte er ihr eine Lektion erteilen. Er bewegte sich auf sie zu und blieb abrupt stehen, als die Pistole auf ihn zeigte. Offenbar war die Waffe unter dem Kopfkissen versteckt gewesen.

»Raus.« Es war das erste Mal, dass sie ihn in normalem Tonfall ansprach. Er erkannte die Stimme nicht wieder. Allerdings achtete er auch gar nicht darauf. Sein Blick konzentrierte sich auf die Waffe, die sich nach oben und unten bewegte. Zuerst zielte sie auf seinen Kopf, dann auf seinen Unterleib.

Montgomery wich langsam zurück und hielt die Hände erhoben, als könnte er damit eine Kugel abwehren. »He, ganz ruhig bleiben, Lady. Ich geh ja schon.«

»Schneller«, sagte sie, wickelte sich in die Decke und baute sich vor ihm auf. Sie hielt die Pistole mit beiden Händen, als wüsste sie genau, wie sie damit umzugehen hatte.

Er hob die Hände ein Stück höher. »Ich gehe ja schon! Keine Panik!«

Er drehte sich um.

»Leg das Geld auf den Tisch«, sagte sie.

Langsam drehte er sich wieder zu ihr um. »Wie bitte?«

»Das Geld. Auf den Tisch.« Sie winkte mit der Waffe.

»Ich habe Ihnen gebracht, was Sie bestellt haben. Und das kostet Geld.«

Ein weiteres Mal ließ sie die Decke zu Boden fallen und strich mit einer Hand die Kurven ihres fast nackten Körpers entlang. »Das hier auch«, sagte sie. »Schau dir alles ganz genau an, mein Kleiner, denn so was wirst du nie wieder sehen.«

Er ärgerte sich über die Beleidigung. »Tausend Dollar? Wofür? Für eine beschissene Peepshow? Ich würde nicht mal tausend Dollar zahlen, um mit dir zu ficken.«

»Für kein Geld der Welt würde ich mich auch nur von dir anfassen lassen«, sagte sie unverblümt.

»Ach ja? Du scheinst ja die ganz große Nummer zu sein. Eine Exhibitionistin auf Drogen, die in einem Stripclub wohnt? Die sich unter Kopftuch und Sonnenbrille versteckt? Die mit dem nackten Arsch vor mir herumwedelt und noch lange nicht genug hat? Wofür hältst du dich eigentlich?«

»Du langweilst mich. Verschwinde.«

»Weißt du was? Ich glaube nicht, dass du wirklich schießt, wo so viele Leute in der Nähe sind.« Er sah sie triumphierend an, jedoch nur kurz. Sie steckte ein zylindrisches Objekt auf den Lauf der Pistole. »Das ist ein Schalldämpfer. Damit ist der Schuss praktisch nicht mehr zu hören.« Sie richtete die Waffe wieder zwischen seine Beine. »Möchtest du eine kleine Demonstration?«

»Nein!«, schrie er und sprang zurück. »Nein!« Er warf das Geld auf den Tisch, drehte sich um, flüchtete aus dem Zimmer und ließ die Tür hinter sich zufallen.

Die Frau schloss die Tür ab, kehrte zum Bett zurück und schluckte mehrere Tabletten auf einmal. Ein paar Minuten später lag sie stöhnend auf dem Boden, wieder glücklich im Drogenrausch.

Draußen vor der Tür ging Sylvia gerade noch rechtzeitig in Deckung, bevor Montgomery herausgestürmt kam. Sie hatte alles mitgehört. Sie folgte ihm und sah die Staubwolke, die von den durchdrehenden Reifen aufgewirbelt wurde, als sein Jeep vom Parkplatz raste. Sylvia nahm den Hut ab und ließ ihr Haar herunterfallen. Ihr Verdacht hatte sich bestätigt. Montgomery hatte Medikamente gestohlen und sie an die Frau in dem Zimmer verkauft. Sie beschloss, so lange auf dem Parkplatz zu warten, bis die Frau herauskam.

Stunden vergingen. Als es dämmerte, hatte Sylvia mindestens hundert Personen beobachtet, hauptsächlich Männer, die das Gebäude verlassen hatten. Sie wollte gerade aufgeben, als wieder jemand aus dem Haus kam. Es war eine Frau. Sie hatte sich in ein Kopftuch gehüllt und trug eine Sonnenbrille, obwohl es draußen noch ziemlich dunkel war. Ihr Gang wirkte ein wenig unsicher, als sie zu einem Wagen ging, der auf der Hinterseite des Gebäudes stand. Sie stieg ein und fuhr davon. Sylvia folgte ihr nicht, weil die Frau sie zu leicht bemerkt hätte. Aber sie hatte das Auto gesehen.

Sylvia fuhr nach Hause. In dieser Nacht hatte sie einige Antworten erhalten; gleichzeitig aber waren neue, sehr beunruhigende Fragen aufgetaucht.

KAPITEL 49

Der Tag, an dem Robert E. Lee Battle beerdigt werden sollte, begann mit einem klaren blauen Himmel, der sich jedoch bald bezog. Als die Prozession den Friedhof erreicht hatte, fiel leichter, warmer Regen. Die schwarz uniformierte Armee der Trauergäste versammelte sich unter einem riesigen weißen Zelt um das frisch ausgehobene Loch.

King sah viele bekannte, aber auch etliche unbekannte Gesichter. Es hieß, dass sich auf den Privatflugplätzen von Charlottesville und Lynchburg die Learjets drängten, mit denen Freunde der Battles gekommen waren, um dem Patriarchen die letzte Ehre zu erweisen. Doch viele waren vermutlich durch morbide Neugier angelockt worden.

Michelle saß neben King. Sie trug tatsächlich ein Kleid! King verkniff sich jeden Kommentar. Von seiner letzten Stichelei tat ihm immer noch der Arm weh.

Die Battles saßen in der ersten Reihe, Eddie und Savannah zu beiden Seiten ihrer Mutter. Neben Eddie kam Chip Bailey und am Ende der Reihe Dorothea mit verschränkten Armen. Mason stand ein Stück daneben, den Blick auf die verschleierte Remmy gerichtet. *Stets der treue Diener*, dachte King.

Auf der anderen Seite Kings saß Harry Carrick. Er war so gepflegt wie immer gekleidet, und sein weißes Haar kam vor dem Hintergrund seines schwarzen Anzugs noch besser zur Geltung. Er hatte Michelle mit einem Küsschen auf die Wange und King mit einem festen Händedruck begrüßt, bevor er Platz genommen hatte.

»Ziemlich viele Leute«, flüsterte King ihm zu. Michelle beugte sich herüber, um mithören zu können.

»Bobby und Remmy hatten viele Freunde und Geschäftspartner. Rechnen wir die Neugierigen und Schadenfrohen hinzu, kommt eine beachtliche Menge zusammen.«

»Also kann ich davon ausgehen, dass der Fall Junior Deaver abgeschlossen ist«, sagte King.

»Darauf läuft es praktisch hinaus. Schließlich wäre es sinnlos, einen Toten wegen Einbruchs zu verurteilen.«

»Praktisch, aber …«, sagte King und beobachtete seinen Freund aufmerksam.

»Aber wenn meine Vermutung zutrifft und Junior unschuldig war, würde ich gern den wahren Dieb zur Strecke bringen.«

»Sie möchten, dass wir die Ermittlungen fortsetzen?«

»Ja, Sean. Schließlich geht es auch um seine Familie. Warum sollten seine Kinder in dem Glauben aufwachsen, dass ihr Vater ein Dieb war, wenn es gar nicht stimmt?«

»Jetzt haben wir sogar ein gesteigertes persönliches Interesse, den Fall aufzuklären.«

»Das verstehe ich. Nachdem Junior ermordet wurde …«

»Genau. Was machen Sie nach der Trauerfeier?«

»Ich bin bei den Battles eingeladen«, antwortete Harry.

»Wir auch. Vielleicht können wir uns dort in einer ruhigen Ecke zusammensetzen und unsere weitere Vorgehensweise diskutieren.«

»Ich freue mich schon darauf.« Dann lehnten sie sich zurück und hörten zu, wie der Pfarrer über den Toten sprach, über die Wiederauferstehung und das ewige Leben. Es regnete weiter, wodurch die düstere Stimmung des Nachmittags noch deprimierender wurde.

Als die langatmige Predigt endlich vorbei war, trat der Pfarrer vor, um der Familie sein Beileid auszusprechen.

Kings Blick wanderte über die Gruppe hinaus, die sich um das Grab versammelt hatte, und suchte systematisch die Umgebung ab. Er benutzte dieselbe Technik, die er im Secret Service beim Personenschutz angewendet hatte. Damals hatte er nach potenziellen Attentätern gesucht, nun hielt er nach jemandem Ausschau, der bereits zum Mörder geworden war.

King entdeckte sie, als sie hinter der kleinen Anhöhe auf der rechten Seite auftauchte.

Lulu Oxley war ganz in Schwarz gekleidet, trug im Gegensatz zu Remmy Battle aber keinen Schleier. Dann fiel es King plötzlich wieder ein. Heute war auch Juniors Beerdigung. Und in der näheren Umgebung gab es nur diesen Friedhof. Dann kamen hinter Lulu auch Priscilla Oxley und die drei Deaver-Kinder zum Vorschein.

»Ach du Scheiße«, flüsterte King. Michelle hatte sie ebenfalls gesehen. Harry bemerkte sie erst, als King ihn darauf hinwies, und zuckte zurück. »Großer Gott!«, entfuhr es ihm.

Lulu drehte sich um und gab ihrer Mutter und den Kindern ein Zeichen, dass sie zurückbleiben sollten. Sie gehorchten sofort. Lulu ging weiter. King, Michelle und Harry erhoben sich gleichzeitig, um ihr den Weg abzuschneiden. Andere Gäste waren ebenfalls auf sie aufmerksam geworden, wie das Raunen verriet, das durch die Menge ging.

Als sie die Frau erreichten, etwa zwanzig Meter von den Battles entfernt, sagte King: »Lulu, das sollten Sie auf keinen Fall tun.«

»Gehen Sie mir aus dem Weg, verdammt!«, erwiderte Lulu in einem Tonfall, der King verriet, dass sie getrunken hatte.

Harry griff nach ihrem Arm. »Lulu, hören Sie zu. Sie werden mir jetzt zuhören!«

»Warum sollte ich? Ich habe Ihnen schon mal zugehört, und jetzt ist Junior tot!« Auf King machte sie den Eindruck, als würde sie im nächsten Moment zusammenbrechen oder eine Waffe ziehen und auf alles feuern, was Kleidung trug.

»Sie erreichen überhaupt nichts, wenn Sie sich hier einmischen«, sagte Harry. »Mrs Battle ist ebenfalls in Trauer.«

»Sie sollte in der Hölle schmoren für das, was sie getan hat!« Sie versuchte ihren Arm aus Harrys Griff zu befreien, doch irgendwie gelang es dem älteren Mann, sie festzuhalten.

Seine Stimme war ganz ruhig. »Es gibt nicht den geringsten Beweis, dass sie etwas mit Juniors Tod zu tun hatte. Im Gegenteil, alles deutet darauf hin, dass er von derselben Person ermordet wurde, die auch all die anderen auf dem Gewissen hat, einschließlich Bobby Battle. Mrs Battles Ehemann wurde vom selben Mörder getötet wie der Ihre.«

»Dann hat sie vielleicht auch ihren Mann umbringen lassen. Ich weiß es nicht. Aber sie hat Junior bedroht, und nun ist er tot.«

King blickte sich um und sah, dass Remmy Battle ihren Schleier gehoben hatte und in ihre Richtung schaute. Dann wurden Kings schlimmste Befürchtungen wahr. Remmy ging zu Mason, sagte etwas zu ihm, zeigte auf die Gruppe und kam dann im Schutz eines Regenschirms zu ihnen herüber.

»O Mann, das wird ja immer besser«, murmelte King. Alle anderen Trauergäste sahen zu und warteten auf den folgenschweren Zusammenstoß der Witwen.

Remmy hatte sie mit langen, zielstrebigen Schritten schnell erreicht. King trat ihr sofort in den Weg, um sie vor Lulu abzuschirmen.

»Gehen Sie mir aus dem Weg, Sean! Das hier geht Sie nichts an.« Ihr Südstaatenakzent war so ausgeprägt wie nie zuvor. Zumindest hatte King sie noch nie so erlebt. Ihre Haltung und ihr Tonfall duldeten keinen Widerspruch, und King tat widerstrebend, was sie von ihm verlangte.

Harry war die nächste Barriere, doch es brauchte nur einen strengen Blick von Remmy, um auch ihn zur Seite zu scheuchen. Michelle versuchte es gar nicht erst, weil sie sofort die Sinnlosigkeit eines solchen Unterfangens erkannte.

Nun stand Remmy genau vor Lulu, die ihren Blick erwiderte und mit leicht zitternden Beinen dastand. Tränen liefen ihr übers Gesicht, das zu einer hasserfüllten Fratze verzerrt war.

Ohne sich zu den anderen umzudrehen, sagte Remmy: »Ich möchte unter vier Augen mit Mrs Oxley reden. Wir müssen uns über Dinge unterhalten, die nur uns beide etwas angehen.«

»Ich habe nichts mit dieser…«, begann Lulu.

Remmy hob eine Hand, doch King, der ihr Gesicht nicht sehen konnte, vermutete, dass es wahrscheinlich der Blick der älteren Frau war, der die normalerweise unbeugsame Lulu davon abhielt, ihre Schimpfkanonade abzufeuern.

»Bitte lassen Sie uns miteinander reden«, sagte Remmy mit deutlich ruhigerer Stimme.

Die drei entfernten sich zögernd. King blieb in der Nähe und hielt sich bereit, falls die Frauen übereinander herfallen sollten.

Remmy nahm Lulus Arm und hielt ihn fest. Zuerst wollte die andere Frau sich ihr entziehen, dann aber beugte Remmy sich vor und redete auf sie ein, obwohl keiner der anderen mithören konnte, was gesprochen wurde. So ging es längere Zeit weiter, und King beobachtete verwundert, wie Lulus Miene sich entspannte. Noch erstaunlicher war, dass Lulu sich nach ein paar Minuten an Remmy festhielt, um sich zu stützen. Schließlich beendeten die beiden Frauen ihr Gespräch und kamen auf King zu.

»Die Oxleys werden an der Trauergesellschaft in unserem Haus teilnehmen«, sagte Remmy. »Aber vorher werde ich Junior noch die letzte Ehre erweisen.«

Als sie sich gemeinsam entfernten, sah King, dass Mason zu Priscilla und den Kindern gegangen war und sie zur Limousine der Battles führte.

»In meinen mehr als siebzig Lebensjahren habe ich noch nie etwas so Seltsames und Unerklärliches wie das hier erlebt«, sagte Harry verdutzt.

Als die beiden Frauen hinter der Anhöhe verschwanden, sagte King zu seinen zwei Begleitern: »Ihr bleibt hier.« Dann folgte er den beiden Witwen im Dauerlauf.

Über Juniors Grab war kein Zelt gespannt worden, und es war in jeder Hinsicht wesentlich bescheidener als die letzte Ruhestätte von Bobby Battle. Es war wie das Hilton im Vergleich zu einem Billigmotel, ungeachtet der Tatsache, dass beide Männer gleichermaßen tot waren.

Die einzigen Anwesenden waren die zwei Männer, deren Aufgabe darin bestand, den Holzsarg im Loch zu versenken und ihn mit zwei Metern Erde zu bedecken. King beobachtete das Geschehen aus der Deckung einer großen Statue, die eine Mutter mit Kind darstellte. Er sah, wie Remmy mit den Totengräbern sprach, die respektvoll nickten und sich zurückzogen. Dann knieten beide Frauen auf dem grünen Kunstrasen vor dem Sarg, hielten sich an den Händen und beteten gemeinsam. Sie blieben mehrere Minuten lang am Grab. Als sie sich erhoben, trat Remmy an den Sarg und legte eine rote Rose darauf ab. Lulu nickte den Männern zu, die wieder vortraten, während die beiden Frauen Arm in Arm davongingen.

King blieb in Deckung, als sie an der Grabstelle mit der Statue vorbeikamen, und beobachtete, wie sie hinter der Anhöhe verschwanden. Dann wandte er sich wieder Juniors Grab zu. Die Friedhofsarbeiter waren zu ihrem Pick-up gegangen, vermutlich um ihre Schaufeln zu holen. King überlegte, ob er hinübergehen sollte, um Junior die letzte Ehre zu erweisen. Er hatte den Mann nicht besonders gut gekannt, doch seine Frau und seine Kinder hatten ihn offenbar sehr geliebt. Jeder Mann sollte ein solches Erbe hinterlassen. Auf Bobby Battles Beerdigung hatte King nicht viele Tränen gesehen, obwohl die Veranstaltung wesentlich kostspieliger gewesen war.

Er wollte sich gerade entfernen, als er plötzlich innehielt und sich tiefer hinter die Statue duckte. Jemand war aus einer Baumgruppe in der Nähe hervorgekommen. Die Person näherte sich mit schnellen Schritten dem Grab und schaute sich die ganze Zeit nervös um. Das verstohlene Auftreten der Gestalt deutete auf Schuldgefühle hin. King konnte nicht erkennen, wer es war, nicht einmal, ob es sich um einen Mann oder eine Frau handelte, da die Person eine Hose, eine lange Jacke und einen tief ins Gesicht gezogenen Cowboyhut trug.

Als die Person vor dem Grab kniete, wagte King sich näher heran, um mehr erkennen zu können. Dann nahm die Person den Hut ab, um den Kopf im Gebet zu senken. Es schien sich um eine Frau zu handeln, wenn man nach dem langen, hochgebundenen Haar ging. Doch aus dieser Perspektive konnte King das Gesicht nicht erkennen. Sollte er hinübergehen und die Person ansprechen? Das wollte er nicht riskieren. Er dachte kurz nach; dann zog er sich wieder hinter die Statue zurück. Er hob einen kleinen Stein auf, zielte und warf ihn auf einen großen Grabstein, der mehrere Meter rechts von ihm stand. Das Ergebnis war so, wie er gehofft hatte.

Die Frau blickte sich um, als sie das Geräusch hörte, mit dem der Stein die Grabstelle traf, sodass King ihr Gesicht sah. Sie setzte den Hut wieder auf und lief zur Baumgruppe zurück.

Für King gab es keinen Grund, ihr zu folgen. Er wusste, wer sie war.

Aber warum in aller Welt betete Sally Wainwright, die Pferdepflegerin der Battles, an Junior Deavers Grab?

KAPITEL 50

Trotz seiner Größe war das Casa Battle überfüllt. Im Erdgeschoss hatte man lange Tische aufgestellt und mit Speisen und Getränken beladen. Als King und Michelle ihre Teller und Gläser gefüllt hatten, führte Harry sie ins Arbeitszimmer der zweiten Etage, um noch einmal alles durchzusprechen.

»Ich glaube, hier sind wir ungestört«, erklärte er. »Wir sind weit genug vom Essen und vor allem vom Alkohol entfernt. Der Tod macht die Menschen besonders durstig, habe ich herausgefunden.«

King betrachtete den antiken Schreibtisch, der auf einer Seite des Zimmers stand. Er sah teures Schreibzeug, dickes Büttenpapier mit den Initialen REB, einen ledernen Tintenlöscher und mehrere altmodische Tintenfässer.

»Remmy ist genau wie ich eine Briefschreiberin der alten Schule«, sagte Harry, der King musterte. »Sie hält nichts von E-Mail, nicht mal von Schreibmaschinen. Und sie erwartet gleichartige Antworten.«

»Wie schön, dass sie genügend Zeit hat, auf diese Weise zu kommunizieren«, meinte King. »Anscheinend ist das einer der Vorteile des Reichtums. Eben habe ich gesehen, dass Remmy und Lulu sich auch abgesondert haben.«

»Remmy hat im dritten Stock, unweit ihres Schlafzimmers, ein Privatzimmer«, sagte Harry. »Da würde ich gern mal Mäuschen spielen.«

»Was hat Remmy bloß zu Lulu gesagt, dass die beiden

sofort Frieden geschlossen haben?«, sagte Michelle. »Das grenzt an ein Wunder. Mir war, als würde mir die Jungfrau Maria erscheinen.«

King trank einen Schluck Wein und lächelte wohlgefällig. »Valandraud Saint Emilion. Remmy geizt nicht mit edlen Dingen.« Er blickte Harry an. »Was Remmy und Lulu angeht, könnte ich mir durchaus vorstellen, was sie geredet haben. Wie steht's mit Ihnen, Harry?«

Harry rückte seine Fliege zurecht und strich sich das Haar glatt, bevor er den Wein kostete und vom Teller auf seinen Knien ein Stück Krabbenbrot nahm. »Ich glaube, wir dürfen getrost wörtlich auffassen, was Michelle gesagt hat. Mit anderen Worten, sie hat gewissermaßen über den Gartenzaun hinweg Frieden geschlossen.«

»Und wie genau?«, fragte Michelle.

»Sie hat Lulu beteuert, sie gehe nicht davon aus, dass Junior den Einbruch verübt hat, und wird nicht auf Herausgabe der verschwundenen Gegenstände klagen. Da nach Juniors Tod keine strafrechtliche Verfolgung mehr möglich ist, ist die Angelegenheit offiziell beendet.«

»Und Remmy hat Lulu bestimmt versichert, nichts mit Juniors Tod zu tun zu haben«, sagte King, »und ihr tiefes Bedauern darüber zum Ausdruck gebracht, dass Lulu ihren Ehemann verloren hat.«

»Und wahrscheinlich ist auch darüber gesprochen worden«, mutmaßte Harry, »dass Remmy den Oxley-Kindern den College-Besuch finanziert.«

»Außerdem wurde vielleicht über eine Finanzspritze für Lulu geredet, damit das Haus fertig gestellt werden kann«, sagte King. »Dieses Angebot hatte Remmy ja schon Junior gemacht, als sie ihn noch für den Einbrecher hielt. Möglicherweise plagt sie ein schlechtes Gewissen, weil die Familie Oxley ihretwegen so viele Scherereien hatte.«

Verwirrt blickte Michelle die beiden Männer an. »Das alles soll binnen weniger Minuten auf dem Friedhof besprochen worden sein?«

Harry hob das Weinglas, als wollte er ihr zutrinken. »Remmy fackelt nicht lange. Vielleicht trifft sie nicht immer die richtigen Entscheidungen, aber wenn sie handelt, dann mit Nachdruck. Was das angeht, ist sie einer gewissen, mir gut bekannten Ermittlerin nicht unähnlich.«

Michelle schmunzelte über seine Bemerkung, wurde aber rasch wieder ernst. »Und auf was soll Remmys Sinneswandel zurückzuführen sein?«

»Wie gesagt, sie weiß oder ist zumindest der Meinung, dass Junior den Einbruch nicht begangen hat«, gab King zur Antwort. »Außerdem ist es völlig ausgeschlossen, Junior den Mord an Bobby anzulasten. Selbst wenn er die erforderlichen medizinischen Kenntnisse gehabt hätte – was allerdings nicht der Fall ist –, wäre er in der Klinik sofort aufgefallen. Außerdem hat meine Überprüfung ergeben, dass er für den Zeitpunkt der Ermordung Bobbys ein Alibi hatte.«

»Also musste Remmy einsehen, dass zwischen dem Mord an ihrem Ehemann und dem Verschwinden bestimmter Dinge aus dem Haus ein Zusammenhang besteht«, folgerte Michelle. »Wenn Junior das eine nicht getan hat, konnte er auch das andere nicht getan haben.«

»So ist es«, sagte Harry. »Das beweist uns, der Verdacht wurde absichtlich auf ihn gelenkt.«

King ließ den Blick über die Bücherwände des Zimmers schweifen und schaute anschließend durchs Fenster hinaus in den düsteren Nachmittag. Der Regen war stärker geworden. King sah, wie die Tropfen auf den Dächern der auf dem vorderen Parkplatz abgestellten Autos zerstoben.

»Als ich Remmy und Lulu zu Juniors Grab gefolgt bin«, sagte King, »habe ich dort einen dritten Trauergast bemerkt. Jemanden, mit dem ich nicht gerechnet hätte.«

»Wen?«, fragten Harry und Michelle wie aus einem Munde.

»Sally Wainwright.«

»Die Pferdepflegerin?« Auf Harrys Gesicht spiegelte sich Ratlosigkeit.

Michelle schnippte mit den Fingern. »Sean, an dem Tag, als wir das erste Mal mit Sally gesprochen haben, hast du sie gefragt, ob sie Junior kennt. Sie sagte, sie würde ihn vom Sehen kennen, aber du hast gleich gemerkt, wie nervös und ausweichend sie geredet hat.«

»Stimmt«, bestätigte King.

»Sie geht ans Grab eines Menschen, den sie nur *vom Sehen* kannte?«

»Ich muss mich wohl ein zweites Mal mit Sally unterhalten«, sagte King.

Harry gab mit einer Geste zu verstehen, King und Michelle sollten auf der Couch gegenüber vom Kamin Platz nehmen. Er selbst blieb vor ihnen stehen. »Für meine Begriffe steht eindeutig fest, dass der falsche Verdacht auf Junior gelenkt worden ist – und zwar von jemandem, der sich mit polizeilichen Ermittlungsmethoden auskennt.«

»Wie gehen wir weiter vor?«, fragte Michelle.

Ohne die Frage zu beantworten, blickte Harry auf eine altmodische Taschenuhr, die an einer dünnen Kette über seiner Weste hing.

»Das ist ein schönes Stück, Harry«, sagte Michelle.

»Sie hat meinem Großvater gehört. Da ich keinen Sohn habe, verwahre ich sie für meinen ältesten Neffen.« Liebevoll betastete er die schwere Uhr. »In dieser verworrenen Welt ist es ein Trost, die Tageszeit noch auf die gleiche Weise wie vor hundert Jahren ablesen zu können.« Er klappte den Deckel der Uhr zu und sah Michelle und King scharf an. »Also, inzwischen wird unten jeder ein paar Gläschen getrunken haben«, sagte er und kam dann auf Michelles Frage zurück. »Darum schlage ich vor, wir mischen uns unter die beschwipste Gesellschaft, um zu beobachten und zu lauschen. Es ist keineswegs ausgeschlossen, dass der Mörder sich im Haus aufhält. Vielleicht können wir an Informationen gelangen, durch die sich weitere Morde verhindern lassen.«

Sie beendeten die Besprechung und kehrten ins Erdgeschoss zurück.

KAPITEL 51

Unten hatten sich währenddessen mehrere seltsame Paarungen ergeben. Auf der verglasten rückwärtigen Terrasse konnte man Savannah mit den beiden jüngsten Oxley-Kindern sehen. Anscheinend spielte sie mit ihnen ein Spiel, bei dem es unter anderem darum ging, sich am Ohr zu ziehen und Grimassen zu schneiden. Die ältere Oxley-Tochter lehnte in der Ecke und sah zu, ohne zu lächeln.

»Scharade«, lautete Michelles Schluss. »Ich hätte nicht gedacht, dass Savannah es versteht, kleinen Kindern die Zeit zu vertreiben.«

»Ich habe den Eindruck«, sagte King, »in ihrem Innern ist sie in mancher Hinsicht jünger, als die Leute glauben.«

In einer hinteren Ecke des Wohnzimmers waren Chip Bailey und Dorothea in ein leises Gespräch vertieft. In der Nähe stand Eddie und führte eine anscheinend tiefsinnige Unterhaltung mit Todd Williams, der zwar nicht am Begräbnis teilgenommen hatte, aber offensichtlich die anschließende Verköstigung nicht versäumen wollte.

Plötzlich kamen Remmy und Lulu Arm in Arm die Treppe herunter. Alle Blicke richteten sich auf die Frauen.

»Wieso fühle ich mich bloß an Lee und Grant nach der Schlacht bei Appomattox erinnert?«, raunte Harry.

Chip Bailey ließ unverzüglich Dorothea stehen und schnürte zur Treppe, zu Remmy. Mason, der sich bislang mit Servieren beschäftigt hatte, folgte ihm auf den Fersen.

»Kaum liegt der Hausherr unter der Erde«, merkte Harry an, »tauchen die Hyänen auf.«

»Auch Chip Bailey?«, fragte Michelle. »Hätte ich nicht gedacht. Eddie sagte, seine Mutter könne den Kerl nicht ausstehen.«

»Zum Ehemann einer steinreichen Frau aufzusteigen ist eine Aussicht«, erklärte King mit trockenem Humor, »die zumindest den Versuch lohnt, die Dame für sich einzunehmen.«

Remmy jedoch hegte offenbar ganz andere Absichten. Sie rauschte an beiden Männern vorüber, strebte auf King und seine Korona zu und bedachte Harry mit einem Nicken, als sie vor ihnen stand. »Ich weiß, dass Sie und Lulu sich kennen, Harry, darum spare ich mir die Vorstellung.«

King glaubte, ein Augenzwinkern bei Remmy zu beobachten.

»Es freut mich, dass *Sie* mit ihr Bekanntschaft geschlossen haben, Remmy«, erwiderte Harry. »Und wie es scheint, eine durchaus angenehme.«

»Sagen wir mal, Lulu und ich sind zu einer Übereinkunft gelangt.« Remmy schaute Lulu an und drückte ihr die Hand. »Ich war dumm, verblendet und ungerecht, und ich habe es Lulu eingestanden.« Sie blickte der Frau fest ins Gesicht. »Keine von uns kann den Ehemann ins Leben zurückholen, aber ich verspreche Ihnen, dass es Ihren wunderbaren Kindern gut gehen wird, solange ich lebe.«

»Das weiß ich sehr zu schätzen, Mrs Battle.« Inzwischen wirkte Lulu regelrecht gefügig und redete auch so.

»Bitte nennen Sie mich Remmy.« Sie wandte sich an King und Michelle. »Ich hoffe, Sie machen bei Ihren Ermittlungen Fortschritte.«

»Täglich«, antwortete King.

Sie warf ihm einen neugierigen Blick zu, sagte aber nichts.

»Wir würden Sie gern noch einmal aufsuchen«, fügte King hinzu, »um mit Ihnen zu sprechen.«

»Ja, Eddie hat es schon erwähnt. Meinetwegen, ich bin ja ständig da.«

»Lassen Sie sich von der Presse nicht deprimieren, Remmy«, empfahl King.

»Presse? Wenn ich wissen möchte, was mit mir los ist, frage ich keine Fremden, sondern mich selbst.«

Unversehens gesellte Priscilla Oxley sich zu dem Grüppchen, balancierte einen großen, mit Speisen behäuften Teller und ein Glas Wein. »Ganz vielen, herzlichen Dank für alles, meine Liebe«, ließ sie einen Wortschwall über Remmy niedergehen. »Also, was mich angeht, ich habe Lulu immer gesagt, dass Sie im Grunde eine wahre Heilige sind. Nicht wahr, Liebchen, erst kürzlich habe ich gesagt, wie schön es auf der Welt wäre, gäbe es mehr Menschen wie Remmy Battle.«

»Bitte, Mutter …«, setzte Lulu zu einer Entgegnung an, doch Priscilla ließ sich nicht mehr zurückhalten.

»Und jetzt sind Sie und Lulu Freundinnen geworden, und Sie haben uns in Ihr wundervolles Haus eingeladen und den Kindern eine Zukunft versprochen. Also, als wir damals *unseren* armen Vater verloren haben, wusste ich nicht, was aus meiner Tochter werden soll.« Ihr riesiger Busen wogte, die raue Stimme erstickte in der Kehle. Ihr Auftritt war hervorragend, musste King ihr zugestehen.

»Mutter, ich habe einen Job, und keinen schlechten. Es ist ja nicht so, dass die Kinder hungern müssten.«

Doch Priscilla hatte sich zu sehr in ihre Darbietung hineingesteigert, um sich bremsen zu lassen. »Und jetzt weiß ich, dass endlich alles gut wird, da ich ja bei Lulu bleibe, um ihr zu helfen, und weil das neue Haus fertig gebaut wird und von Ihnen laufend Unterstützung kommt.« Zwei Tränen rannen ihr über die erschlafften Wangen. »Unter uns Müttern, ich kann Ihnen gar nicht sagen, was für eine Erleichterung das ist.« Zum Abschluss leerte sie mit einem Zug das ganze Weinglas.

Für den Feinschmecker King war das ein schrecklicher Anblick. Doch er musste einräumen, dass die Frau nach dieser rührseligen Nummer wohl eine eigene Fernsehshow verdiente.

»Ich bin froh, dass ich helfen kann, Priscilla«, versicherte Remmy höflich.

Schüchtern sah Priscilla sie an. »Wahrscheinlich entsinnen Sie sich nicht, aber als Sie noch in West-Virginia im *Greenbrier* verkehrt haben, bin ich dort Kellnerin gewesen…«

»Oh, ich erinnere mich sehr gut an Sie, Priscilla.«

Priscilla erstarrte. »Echt? Also wirklich, nochmals vielen Dank.« Mit einem Mal war sie so schnell verschwunden, wie sie erschienen war.

Als Nächste fanden sich Eddie und Bailey ein.

»Die Trauerfeier war ergreifend, Remmy«, sagte Bailey.

»Reverend Kelly versteht sein Handwerk«, antwortete Remmy. »Und er hatte umfangreiches Material. Bobby hat ein sehr ungewöhnliches Leben geführt.«

»Am Samstag sehe ich mir eine von Eddies Reenactment-Veranstaltungen an«, sagte Bailey.

»Was läuft da ab?«, erkundigte sich Michelle.

»Die Schlacht am Cedar Creek bei Middleton«, gab Eddie ihr Auskunft. »Phil Sheridans Shenandoah-Armee gegen Jubal Earlys Valley-Armee. Normalerweise findet die Veranstaltung im Oktober statt, aber dieses Jahr musste sie verschoben werden.«

»War der alte Jubal nicht der einzige Konföderierten-General, der nie offiziell kapituliert hat?«, fragte Harry.

»So ist es«, bestätigte Eddie. »Später war er als Anwalt in Rocky Mount tätig, in Virginia.«

»Na, wenigstens hat er nach dem Krieg einen ehrbaren Beruf ergriffen«, sagte Harry.

»Ich glaube, Eddie und ich werden in Zukunft erheblich mehr Zeit miteinander verbringen«, kündigte Bailey an. King fand, dass der Mann nicht aufdringlicher hätte sein können.

»Ich freue mich darauf«, sagte Eddie mit scheinbar aufrichtiger Begeisterung.

Du bist ein guter Lügner, Eddie, dachte King.

Remmy nahm ihren Sohn bei der Hand. »Wie geht es dir?«

»Ich hoffe auf glücklichere Zeiten, Mutter.«

»Vielleicht solltest du mit Dorothea eine Reise machen, um Luftveränderung zu haben.«

»Mal sehen«, entgegnete Eddie ohne jede Spur von Interesse.

King bemerkte, dass die Oxley-Sprösslinge ins Haus zurückgekehrt waren, als sie ihre Mutter gesehen hatten. Während Lulu sich ihrer annahm, entschuldigte sich King, ging zur Bar, ließ sich zwei Gläser Wein geben und schlenderte zur hinteren Veranda, um mit Savannah zu reden, solange sie dort noch allein blieb.

Die junge Frau saß auf der Couch und blickte in das Feuer, das an einer Seite des Zimmers in einem Kamin loderte.

»Das war ein langer Tag für dich, Savannah«, meinte King mit gedämpfter Stimme.

Sie erschrak und hob den Blick, lächelte aber, als sie sah, wer sie angesprochen hatte. King reichte ihr ein Glas und nahm neben ihr Platz. »Ein Glas Château Palmer kann für das Gemüt wahre Wunder wirken. Ein köstlicher französischer Wein.«

»Palmer klingt nicht nach Frankreich«, sagte Savannah und betrachtete das Glas, als könnte sie Bilder darin sehen.

»Palmer war englischer General unter Wellington. Er kam achtzehnhundertvierzehn mit seinen Truppen nach Bordeaux und hat sich dort niedergelassen. Er erwarb einen Wohnsitz, der schließlich als Château Palmer bekannt wurde, und gründete eine Winzerei. Für mich ein Beweis, dass die Traube, so wie der Schreibstift, stärker ist als das Schwert.«

»Ich verstehe kaum etwas von Wein«, gab Savannah zu. »Ich bin mehr der Typ, der Jack Daniels und Cola trinkt.«

»Mit Jack und Cola kann man nie was verkehrt machen, aber falls du an Wein interessiert bist, berate ich dich gern, obwohl du dir ja mühelos hier im Haus Kenntnisse aneignen könntest. Im Weinkeller deiner Eltern liegen zehntausend Flaschen. Als ich das gesehen habe, bin ich vor Neid fast in Ohnmacht gefallen.« King trank ein Schlückchen und beobachtete, wie Savannah ins Kaminfeuer starrte. »Mir ist aufgefallen, du hast dich mit dem Oxley-Nachwuchs befasst.«

»Es sind nette Kinder«, sagte sie, während sie ihre Perlenkette befingerte. »Die Kleine, Mary Margret, hat geflennt, als sie eintraf. Die Ärmste … Sie vermisst ihren Vati sehr. Ich habe mich um die Kinder gekümmert, weil Mutter und Mrs Oxley sich aussprechen wollten.«

»Anscheinend haben sie alles geklärt.«

»Ich habe wirklich geglaubt, Junior wäre der Täter.« Mit einem Mal schimmerten Tränen in Savannahs Augen.

»Das dachte ich anfangs auch.«

»Ich war dir kürzlich keine große Hilfe.«

»Dir hat noch der Schreck in den Gliedern gesteckt. Wenn du irgendwann zu einer Unterredung imstande bist, stehe ich dir zur Verfügung.«

Savannah hob den Kopf und ergriff seine Hand. »Wieso bist du nicht verheiratet?«

Zuerst dachte King, sie flirte mit ihm, erkannte dann aber, dass sie die Frage im Ernst stellte.

»Ich war mal verheiratet«, sagte er, »aber es ist schief gegangen.«

»Ich glaube, es ist das Schicksal mancher Menschen, allein zu sein.«

»Für so jemanden hältst du dich doch nicht, oder?«

Sie schüttelte den Kopf. »Nein. Aber ich glaube, mein Vater war so ein Mensch.«

Verdutzt lehnte King sich zurück. »Wie kommst du darauf?«

Ehe Savannah die Frage beantworten konnte, erklang Remmys Stimme. »Es gibt Leute, Savannah, die gern noch mit dir sprechen möchten.«

Savannah und King drehten sich um. Remmy stand auf der Schwelle und musterte sie.

Gehorsam schwang Savannah sich von der Couch. »Man sieht sich, Sean.«

Einige Augenblicke lang schaute King Mutter und Tochter nach, bevor er im Salon wieder zu Michelle stieß. Harry hatte Remmy und Savannah abgefangen, als sie ins Haus zurückkehrten, und unterhielt sich jetzt in einer Ecke mit ihnen.

Quetsch sie aus, so gut du kannst, Harry, dachte King, *denn ich muss die Fahne streichen.*

»Interessante Neuigkeiten?«, fragte Michelle.

»Savannah wird von Sorgen zerfressen. Sie weiß etwas, kriegt's aber nicht über die Lippen.«

»Lass deinen Charme spielen, Sean. Sie ist ganz scharf auf dich.«

»Glaubst du?«

»Also wirklich, Männer können in solchen Angelegenheiten dermaßen blind sein …«

»Und wie lief es bei dir?«

»Ich bin zu Eddies nächster Reenactment-Aufführung eingeladen. Ich fahre mit Chip hin.«

King verschränkte die Arme und betrachtete Michelle. »So?«

Trotzig erwiderte sie seinen Blick. »Ja. Warum?«

»In solchen Angelegenheiten können anscheinend auch *Frauen* dermaßen blind sein …«

»Hör auf, Sean, er ist verheiratet.«

»Eben.«

KAPITEL 52

Michelle fuhr mit Chip Bailey an den Stadtrand von Middleton in Virginia. Der Morgen war klar, der Himmel strahlend blau, und ein mildes Lüftchen linderte die zunehmende Hitze.

»Ein schöner Tag zum Kämpfen«, behauptete Bailey.

Ist es jemals ein schöner Tag, dachte Michelle, *wenn man sich gegenseitig niedermetzelt?*

Der FBI-Fleischklops schlürfte Kaffee und mampfte ein Eier-Sandwich von McDonald's. Michelle knabberte an einem sportiven Müsliriegel und hatte sich dazu eine Flasche O-Saft besorgt. Sie trug Jeans, Wanderstiefel und ihre Secret-Service-Windjacke. Bailey hatte Flattershorts, einen Pullover und eine Weichplastik-Sonnenbrille angezogen.

»Haben Sie schon mal so eine Veranstaltung besucht?«, fragte Bailey.

»Nein.«

»Das ist jedes Mal 'ne mächtig beeindruckende Sache. Da findet alles Mögliche statt, Infanterie-Exerzieren, Feldlazarett-Besichtigungen, Volkstänze – sogar Bälle, Teestündchen und abendliche Führungen bei Kerzenschein, Blaskapellen inbegriffen. Am aufsehenerregendsten sind die Kavallerie-Attacken. Hunderte von Jungs knien sich da voll rein. Im richtigen Krieg hatten die Heere natürlich Zehntausende von Soldaten. Aber es ist immer ein tolles Schauspiel.«

»Wie ist Eddie denn auf so was verfallen? Für mich hört es sich nicht so an, als könnte so etwas für einen empfindsamen Künstler verlockend sein.«

»Ich glaube, ursprünglich hatte sein Vater eine Schwäche dafür. Er hatte einen ausgeprägten Hang zum Historischen. Für die ersten Reenactments hat er sogar finanzielle Beiträge geleistet.«

»Stand Eddie seinem Vater nahe?«

»Meines Erachtens hätte er es gern so gesehen. Das ist einer der Gründe, weshalb er sich im Reenactment engagiert hat. Aber Bobby Battle war ein undurchschaubarer Mann. Und er war selten zu Hause. Wahrscheinlich ist er lieber im Heißluftballon um die Welt geflogen oder hat in Asien eine Fabrik gebaut, statt sich um seine Kinder zu kümmern.«

»Soviel ich weiß, hat er Ihnen eine Anstellung angeboten, nachdem Sie Eddie gerettet hatten.«

Bailey schien überrascht, dass Michelle Bescheid darüber wusste.

»Ja, aber ich hatte kein Interesse.«

»Darf ich fragen, warum nicht?«

»Ist kein großes Geheimnis. Ich bin gern FBI-Agent. Damals war ich noch nicht lange dabei, und ich wollte dort meine Laufbahn fortsetzen.«

»Wie haben Sie den Fall gelöst?«

»Ich bin durch einen Tipp auf den Täter aufmerksam geworden. Damals ging Eddie noch aufs College, darum hab ich mich dort ein bisschen umgehört. Dabei kam mir zu Ohren, ein Typ in demselben Wohnblock war ein ehemaliger Schwerverbrecher.«

»Warum wohnte Eddie nicht zu Hause? Ging er nicht an die UVA?«

»Nein, er besuchte die Virginia Tech drüben in Blacksburg, ein paar Fahrtstunden von hier entfernt. Auf jeden Fall hatte dieser Bursche herausgefunden, wer Eddie war, oder vielmehr, welche Eltern Eddie hatte. Eines Abends kam Eddie spät heim – und als Nächstes liegt er gefesselt in einer Hütte irgendwo in der Pampa.«

»Wie haben Sie von der Hütte erfahren?«

»Der Entführer hatte sie bis dahin zum Angeln benutzt. Ich behaupte nicht, dass er der größte Schlaukopf der Nation war, doch er galt als gefährlich. Die Battles zahlten das Lösegeld, aber wir lauerten in Sichtweite, als die Übergabe erfolgte.«

»Ich dachte immer, die Battles hätten nicht gezahlt.«

»Doch. Aber sie haben das Geld zurückerhalten, zumindest einen großen Teil davon.«

»Das kapier ich nicht.«

»Bei einer Entführung ist es das Hauptanliegen des Verbrechers, Lösegeld zu erpressen. Heutzutage können auch solche Zahlungen per telefonischer oder Computer-Überweisung getätigt werden, obwohl es auch dann für den Erpresser riskant bleibt. Aber vor zwanzig Jahren war alles noch schwieriger. Dieser Täter bildete sich ein, ihm wäre der beste Trick eingefallen. Die Übergabe sollte an einem Samstag in einem Einkaufszentrum erfolgen, wenn es von Leuten nur so wimmelt. Er musste sich die Örtlichkeit ganz genau angesehen haben, denn er kannte einen fluchttauglichen Hinterausgang. Kaum hatte er die Tasche in Händen, verschwand er im Gewirr.«

»Wie haben Sie ihn ausfindig machen können?«

»Wir hatten seine Beute mit Peilsendern gespickt. So gelang es uns, ihn zu dem Schuppen zu verfolgen.«

»War es kein Risiko, ihn nicht sofort festzunehmen?«

»Wir sahen das größere Risiko darin, Eddie nicht zu finden. Aus der kriminellen Vergangenheit des Erpressers wussten wir, dass er Einzelgänger war. Falls Eddie noch lebte, kehrte er vermutlich zu ihm zurück, um ihn freizulassen oder umzubringen, was wir für wahrscheinlich hielten.«

»Und dann kam es zur Schießerei?«

»Er musste uns bemerkt haben und eröffnete das Feuer. Wir hatten einen Scharfschützen dabei, der dem Entführer eine Kugel in den Kopf jagte.«

»Sie haben gesagt, sie hätten lediglich einen ›großen Teil‹ des Geldes zurückbekommen?«

Bailey lachte. »Nachdem dieser Idiot uns bemerkt und

das Feuer eröffnet hatte, steckte er von den insgesamt fünf Millionen Kröten rund fünfhunderttausend in den Kanonenofen des Schuppens. Er hat sich wohl gedacht, wir sollten nicht ihn *und* das Geld kriegen.«

»Was für ein Glück«, sagte Michelle, »dass Sie Eddie nicht getroffen haben.«

Ernst schaute Bailey sie an. »Auf der Reservebank zu sitzen ist leicht.«

»Ich will überhaupt kein Urteil darüber abgeben, wie Sie damals gehandelt haben. Ich bin schon in ähnlichen Situationen gewesen. So was ist nie einfach. Hauptsache, Eddie ist mit dem Leben davongekommen.«

»So habe ich es auch immer gesehen.« Bailey streckte den Arm aus. »Und da ist er auch schon, wie er leibt und lebt.«

Von der Landstraße waren sie inzwischen auf einen Parkplatz abgebogen, den Lieferwagen, Kleinbusse, Pferdetransporter und Camping-Fahrzeuge füllten. An einer Seite des Parkplatzes hatte man zahlreiche Zelte aufgeschlagen. Michelle winkte Eddie zu, der gerade seine Ausrüstung zusammensuchte. Sie und Bailey stiegen aus dem Wagen und gingen zu Eddie.

»Welche Rolle haben Sie diesmal übernommen?«, erkundigte sich Bailey.

Eddie grinste. »Ich bin ein Multitalent, deshalb übernehme ich mehrere Rollen. Zuerst bin ich Major in der 52. Virginia-Brigade, die zu General John Pegrams Division gehört. Danach schwinge ich mich für das 36. Virginia-Kavalleriebataillon in den Sattel, das ein Teil von Johnsons Brigade ist. Ich mache in etlichen Einheiten mit – Aktivisten sind überall gefragt. Ich habe in Konföderierten-Armeen in Tennessee, Kentucky, Alabama und sogar Texas gekämpft. Ich war bei der Artillerie, Kavallerie und Infanterie, und einmal bin ich in einem Beobachtungsballon aufgestiegen. Erzählen Sie's bloß nicht meiner Mutter, aber gelegentlich hab ich auch die blaue Uniform der Union getragen.«

»Hört sich an«, sagte Michelle, »als würden Sie sich da richtig engagieren.«

»Nun, man muss eine Menge beachten. Es gibt gewisse Muster, nach denen man solche Veranstaltungen organisiert, samt Haushaltsplanung, Marketing, Logistik, Sponsorenwerbung und dergleichen.«

Michelle zeigte auf die Zeltreihen. »Was sind das für Leute?«

»Marketender«, erklärte Eddie. »Damals, im wirklichen Bürgerkrieg, sind Krämer den Armeen gefolgt und haben den Soldaten diese und jene Bedarfsgegenstände verkauft. Heutzutage bieten die Händler den Reenactment-Aktivisten und dem Publikum einschlägiges Material aus der Bürgerkriegszeit an. Es gibt drei Arten von Aktivisten. Eine Sorte wird ›Fadenzähler‹ genannt, weil es ihnen wichtig ist, so authentische Uniformen zu haben, dass der Stoff die gleiche Fadendichte aufweist wie das Original – daher der Spitzname. Manchmal nennen wir sie auch ›Nähte-Nazis‹.« Bailey und Michelle lachten. »Am anderen Ende des Spektrums stehen die Pfuschniks. Das sind Typen, die sich nicht scheuen, Kunstfaser-Uniformen anzuziehen oder während eines Reenactments Plastikgeschirr zu benutzen, obwohl es so was zur Zeit des Bürgerkriegs gar nicht gegeben hat. Statt *Johnny* Reb nenne ich sie *Yuppie* Reb.«

»Und was sind Sie?«, fragte Michelle. »Yuppie oder Nazi?«

Eddie schmunzelte. »Ich bewege mich irgendwo dazwischen. Meine Ausstattung ist überwiegend authentisch, aber bei Gelegenheit gebe auch ich dem Bedürfnis nach Komfort nach.« Er senkte die Stimme. »Sagen Sie keinem was, aber in meiner Uniform ist ein bisschen Rayon. Lieber Himmel, sogar Lycra. Und wenn Sie mir Daumenschrauben ansetzen, werde ich wahrscheinlich nicht leugnen, dass ich ein paar Plastik-Utensilien verwende.«

»Ihr Geheimnis ist bei mir gut behütet.«

»Ich will heute bei den ›Marketendern‹ einiges Neue kaufen. Eigentlich haben alle vor, sich für die Schlacht von Gettysburg – in Pennsylvania im Juli – richtig fesch aufzumotzen. Danach ist Spotsylvania in Virginia an der Reihe, und im Herbst stehen der Vorstoß nach Atlanta und die Schlacht bei Franklin bevor. Aber die heutige Schlacht ist ein wirklich großes Ereignis. Die Union war den Rebellen an Infanterie und Kavallerie um ein Drittel überlegen und hatte doppelt so viele Geschütze, trotzdem hatten die Yankees zweimal so viele Tote und Verwundete.«

Während Michelle ihm Gewehr, Feldflasche und Decke trug, schaute sie sich das Treiben ringsum aufmerksam an. »Es sieht so aus, als würde hier ein Monumentalfilm gedreht.«

»Ja, aber leider folgt kein Zahltag.«

»Ich glaube, das sind alles kleine Jungs, die nie erwachsen geworden sind«, meinte Bailey, grinste und schüttelte den Kopf. »Nur ist das Spielzeug jetzt größer und teurer.«

»Ist Dorothea auch da?«, fragte Michelle.

Eddie hob die Schultern. »Meine liebe Frau ließe sich lieber die Zehennägel einzeln ausreißen, als sich anzusehen, wie ich Soldat spiele.« Jemand blies in ein Signalhorn. »Aha, das Heerlager ist eröffnet. Angefangen wird mit Referaten über die Schlacht, kurzem Infanterie-Exerzieren, Blasmusik und einer Kavallerie-Darbietung.«

»Sie sind auch beritten, haben Sie erwähnt. Wo ist denn Ihr Pferd?«

Eddie wies auf einen etwa eins dreißig hohen, behände wirkenden Tennessee-Traber, der neben seinem Fahrzeug an einen Pferdetransport-Anhänger gebunden stand. »Das ist Jonas. Sally hat ihn gut gepflegt, aber heute muss er mal zeigen, was er kann.«

Gemeinsam strebten sie ins Heerlager. Voller Bewunderung schaute Michelle zu, als Eddie am Infanterie-Exerzieren teilnahm und anschließend bei der Kavallerie-Aufführung mit Jonas einige ziemlich verwickelte Manöver bewältigte. Dann bat man die Zuschauer, vor Beginn des Artillerie-Duells das Heerlager zu verlassen. Bei der ersten Salve drückte Michelle die Hände auf die Ohren.

Damit war der erste Tag der Schlacht eingeleitet.

Eddie zeigte Michelle und Bailey eine Stelle, von wo aus sie ihn »glorreich fallen sehen« könnten. Außerdem erklärte er ihnen den Weg zu den Verpflegungszelten. »Da kriegt man heiße Würstchen und kaltes Budweiser. So was Feines hat kein Bürgerkriegssoldat je zu sehen bekommen.«

»Ich habe gehört, es werden tatsächlich Filmaufnahmen gemacht«, sagte Bailey.

»Stimmt, für die Nachwelt«, bestätigte Eddie ein wenig sarkastisch. »Es wird vieles aufgezeichnet.«

»Ich gehe davon aus«, sagte Michelle, »dass sämtliche Knarren und Kanonen keine scharfe Munition verschießen.«

»Mein Gewehr auf jeden Fall nicht. Ich will verdammt hoffen, dass alle anderen Beteiligten sich ebenfalls an diese Regel halten.« Eddie lächelte. »Keine Bange, wir sind ausnahmslos Profis. Es schwirren bestimmt keine Musketenkugeln durch die Gegend.« Er rückte sein Gepäck zurecht, brachte es ins Gleichgewicht. »Manchmal begreife ich nicht, wie die Kerle damals mit diesem ganzen Krempel laufen, geschweige denn kämpfen konnten. Wir sehen uns später. Wünschen Sie mir Glück.«

»Viel Glück«, sagte Michelle, als er sich umdrehte und davoneilte.

KAPITEL 53

Als Kyle Montgomery die Wohnung verließ, fand er die Nachricht unter einen Scheibenwischer des Jeeps geklemmt vor. Er riss den Umschlag auf, las den Inhalt und lächelte breit. Der Brief stammte von seiner Pillenkundin, der verrückten Exhibitionistin mit der Vorliebe für schallgedämpfte Knarren. Sie wollte sich zu sehr später Abendstunde in einem örtlichen Hotel mit ihm treffen. Sie bat ihn um Entschuldigung für ihr Verhalten und schlug ihm Wiedergutmachung vor. Außer fünftausend Dollar bot sie ihm die sexuelle Gunst an – für Montgomery noch verlockender als das Geld –, die er beim letzten Mal erwartet, aber nicht genossen hatte. Sie begehrte ihn, hieß es in dem Schreiben. Sie schmachtete regelrecht. Dieses Erlebnis sollte er nie vergessen. Und beigefügt hatte sie der Mitteilung einen zusätzlichen Köder: zehn Hundertdollarscheine. Wahrscheinlich dasselbe Geld, das er notgedrungen hatte zurücklassen müssen.

Er steckte die Scheine ein, stieg in den Jeep und fuhr los. Sein Erpressungsplan hatte sich nicht bewährt; anscheinend war er getäuscht worden durch das, was er gesehen hatte. Jetzt ergab sich eine neue Gelegenheit. Und wie könnte noch etwas schief gehen, da er den Tausender schon in der Tasche hatte? Klar, sie spielte wahrscheinlich nicht mit offenen Karten, doch er unterstellte, dass sie kein zweites Mal die Knarre zückte. Weshalb sollte sie ihm so viel Kohle zukommen lassen, wenn sie ihr Angebot nicht ernst meinte? Bestimmt empfahl es sich, vorsichtig zu sein, und doch beurteilte Montgomery den heutigen Tag als den vielleicht glücklichsten seines Lebens. Und er nahm sich vor, derb mit ihr umzuspringen, sie ein wenig dafür zu bestrafen, dass sie ihm einen solchen Schreck eingejagt hatte. Er hätte darauf gewettet, dass sie es auf die harte Tour mochte. Nun, das konnte sie haben. Häuptling Kyle war auf dem Kriegspfad.

Michelle und Bailey schauten durch Ferngläser zu, als die Schlacht tobte, oder vielmehr eine Reihe von Scharmützeln: Angriffe, Gegenangriffe und Nahkämpfe, die unglaublich echt aussahen. Jedes Mal, wenn ein Geschütz donnerte, zuckte Michelle zusammen, und Bailey lachte.

»Anfängerin«, schalt er sie zum Spaß.

Kolonnen von Männern in Grau und Erdnussbutterbraun zogen auf und prallten mit Phalangen ihrer in Blau gekleideten Widersacher zusammen. Während Schüsse peitschten, Kanonen donnerten, Gebrüll erscholl, Rauch wehte, ein wildes Durcheinander herrschte, Stiefel trampelten und Säbel gegen Säbel klirrten, führte Michelle sich vor Augen, dass wirkliche Gefechte dieser Art weit schlimmer abgelaufen sein mussten. Kein Blut bildete Lachen auf dem Untergrund, keine abgetrennten Gliedmaßen übersäten die Erde, kein Schluchzen vermischte sich mit dem Todesstöhnen Sterbender. Die schlimmste Verletzung war ein verstauchter Fußknöchel.

Michelle wurde hellwach, als sie sah, wie Eddie und seine buntscheckige Schar aus dem Wald gesprengt kamen, wobei sie das berühmte Rebellen-Feldgeschrei ausstießen. Ihre Nordstaaten-Gegenspieler feuerten ihnen einen »Geschosshagel« entgegen, sodass die Hälfte »tot« oder »sterbend« in den Staub stürzte. Eddie fiel dem Abwehrfeuer nicht zum Opfer; er und ein Dutzend Gefährten setzten die Attacke fort. An der feindlichen Schanze sprang Eddie zwischen die Faschinen und geriet in ein wildes Handgemenge mit drei Unionssoldaten, von denen er vor den Augen Michelles, die wie gebannt alles mit verfolgte, zwei bezwang. Er stemmte wahrhaftig einen Gegner empor und schleuderte ihn in ein Gesträuch. Während rundum seine Kameraden »niedergemacht« wurden, zog Eddie den Säbel und kreuzte die Klinge mit einem Hauptmann der Union, den er schließlich »erstach«.

Immerhin bot sich ein so realistisches Schauspiel, dass Michelle unwillkürlich der Atem stockte, als Eddie sich nach dem nächsten Gegner umblickte und plötzlich aus einer Muskete einen »Treffer« in den Leib erhielt. Als Eddie zusammenbrach, verspürte Michelle das beinahe unbezähmbare Verlangen, die Waffe herauszureißen und den Mann zu erschießen, der Eddie soeben »getötet« hatte.

Sie drehte den Kopf und sah, dass Bailey sie betrachtete. »Ich weiß, wie Ihnen zumute ist. Als ich ihn zum ersten Mal ›fallen‹ sah, hatte ich das gleiche Gefühl.«

Eine Zeit lang rührte sich keiner der Männer, sodass Michelles Nervosität wuchs. Endlich setzte Eddie sich auf, sagte etwas zu dem »Gefallenen« neben ihm, erhob sich und kam zu Michelle und Bailey, die ihn erleichtert begrüßten.

Eddie nahm den Hut ab und wischte sich den Schweiß von der Stirn.

»Das war toll, Eddie«, sagte Michelle.

»Ach was, Ma'am. Sie hätten mich bei Gettysburg oder Antietam sehen sollen. Da war ich wirklich in Form.«

Du hast auch heute ziemlich gut ausgesehen, dachte Michelle, rief sich aber sofort zur Ordnung, als ihr Kings Hinweis einfiel: Eddie war verheiratet. Und er blieb es, auch wenn seine Frau sich anscheinend nicht um ihn kümmerte.

»Woher weiß man, wer ›fällt‹ und wer nicht?«, fragte Michelle.

»Im Wesentlichen wird vorher alles festgelegt. Meistens finden Reenactments von Freitag bis Sonntag statt. Freitags kommen die Leute zusammen, und die Generale machen die Runde und erklären ihnen, was passieren soll, wer wo zu sein hat, wer ›stirbt‹ und wer nicht. Vieles hängt davon ab, wer erscheint und was er mitbringt – Pferde, Geschütze und dergleichen. Hier«, er zeigte in die Runde, »ist die Mehrzahl der Teilnehmer erfahren, also musste kaum jemand eingewiesen werden. Und die Gefechte werden zum größten Teil im Voraus choreographiert, aber es bleibt ein gewisser Spielraum zum Improvisieren. Haben Sie den Burschen gesehen, den ich gepackt und ins Gesträuch geworfen habe? Das war eine kleine Retourkutsche. Während der letzten Schlacht hat der kleine Scheißer mir mit dem Degengriff eins auf den Schädel verpasst. ›Ein Unfall‹, hat er behauptet. Eine Woche lang hatte ich eine Beule an der Birne. Darum hab ich ihn mir heute ›rein zufällig‹ geschnappt und in den Dornbusch geworfen.«

Michelle richtete den Blick auf das Schlachtfeld und sah dort noch zahlreiche »Tote« liegen. »Gibt es eine Regel, die bestimmt, wie lange man da liegen muss?«

»Ja, aber sie ist dehnbar. Manches Mal erfährt man vorher von den Generalen, dass man bis zum Ende der Schlacht liegen bleiben muss. Oder es kommen Sanis mit Tragen und holen einen vom Schlachtfeld. Heute wird gefilmt, deshalb ist die Sache ein wenig heikel, aber nachdem ich ›gefallen‹ war, wurde die Kamera auf einen anderen Abschnitt gerichtet. Also habe ich ein bisschen gepfuscht und mich fortgeschlichen.« Sein Gesicht zeigte ein schüchternes Grinsen. »Hier gibt's ja Netteres zu sehen.«

»Im Vergleich zu Leichen?«, fragte Michelle und lächelte ihrerseits. »Ich weiß nicht, ob ich das als Kompliment auffassen soll.«

Später konnte man Eddie nochmals im Sattel sehen. Er und seine Männer unternahmen einen Erkundungsvorstoß gegen die Frontlinie der Union. Die Reiter preschten vorüber, galoppierten Anhöhen hinauf und hinunter und setzten in weitem Sprung über Hindernisse hinweg.

Michelle wandte sich an Bailey. »Wo hat er so gut reiten gelernt?«

»Sie wären überrascht, wenn Sie wüssten, was der Mann alles draufhat. Haben Sie schon welche von seinen Gemälden gesehen?«

»Nein, würde ich aber gern.«

Einige Zeit später ritt Eddie heran und warf Michelle seinen mit einem Federbusch geschmückten Hut zu.

»Wofür ist denn das?«, rief sie, indem sie den Hut fing.

»Ich bin nicht ›gefallen‹«, rief er zurück. »Offenbar bringen Sie mir tatsächlich Glück.« Dann sprengte er erneut davon.

Es folgte eine Damen-Modeshow mitsamt Teeparty. Anschließend gab es Unterricht in Tänzen der Bürgerkriegsära. Eddie suchte sich als Partnerin Michelle und brachte ihr die komplizierte Schrittfolge mehrerer Tänze bei. Zum Abschluss des Tages gab es einen Tanzball, der eigentlich auf Reenactment-Teilnehmer beschränkt sein sollte, doch Eddie hatte bei einem der Händler ein Kleid aus der Bürgerkriegszeit erworben und reichte es Michelle.

Verdutzt schaute sie ihn an. »Was soll ich damit?«

»Nun, wenn wir auf dem Ball tanzen wollen, müssen Sie einen passenden Fummel tragen. Kommen Sie, Sie können sich in meinem Bus umziehen. Ich stehe Wache, damit Ihr Ruf unbescholten bleibt.«

Eddie hatte zudem für Chip Bailey einen geeigneten Anzug besorgt, doch der FBI-Agent erklärte, sich verabschieden zu müssen.

»Dann fahren Sie mit mir«, sagte Eddie. »Für den zweiten Tag der Schlacht kann ich sowieso nicht bleiben. Heute Abend fahre ich ebenfalls.« Ihm entging nicht, dass Michelle sich bei dieser Aussicht ein wenig unbehaglich fühlte. »Ich verspreche Ihnen«, fügte er daher hinzu, »mich wie ein Gentleman zu verhalten. Außerdem haben wir ja im Anhänger Jonas als Anstandsdame dabei.«

Die beiden folgenden Stunden verbrachten er und Michelle mit Tanzen, Essen und Trinken.

Zuletzt musste Eddie sich setzen. Seine breite Brust wogte; Michelle hingegen war noch lange nicht außer Atem.

»Heiliger Strohsack, Mädchen, Sie haben Kondition, das muss ich Ihnen lassen.«

»Tja, ich habe heute auch nicht im Krieg gekämpft.«

»Ich fühle mich total zerschlagen, und mein Rücken bringt mich noch um. Ich reite schon zu lange und rackere mich mit diesen Kriegsspielen ab. Sind Sie mit dem heutigen Tag zufrieden?«

»O ja.«

Ehe sie aufbrachen, knipste Eddie von Michelle in ihrem Ballkleid ein Polaroidfoto. »Wahrscheinlich sehe ich Sie nie wieder in diesem Aufzug«, sagte er. »Deshalb ist es besser, ich halte es für die Nachwelt fest.«

Bevor sie die Rückfahrt antraten, legte Michelle wieder die Alltagskleidung an. Unterwegs unterhielten sie sich zunächst über die Schlacht im Besonderen und Reenactment-Veranstaltungen im Allgemeinen, dann über Michelles Herkunft und Familie.

»Sie hatten also mehrere Brüder?«, fragte Eddie.

»Zu viele, dachte ich gelegentlich. Ich bin die Jüngste, und mein Vater hat früher von mir geschwärmt, auch wenn er es nie zugeben würde. Er und meine Brüder sind allesamt Polizisten. Als ich beschloss, ebenfalls diesen Beruf zu ergreifen, war er nicht sonderlich erfreut. Er hat den Frosch noch immer nicht ganz geschluckt.«

»Ich hatte auch mal einen Bruder«, sagte Eddie halblaut. »Er hieß Bobby. Wir waren Zwillinge.«

»Ich weiß, ich habe davon gehört. Wirklich traurig.«

»Ein prächtiges Kerlchen war er. Total nett, hat alles für einen getan. Bloß hatte er zuletzt nicht mehr alle auf dem Ladestreifen. Ich hatte ihn gern, das können Sie mir glauben. Ich vermisse ihn noch heute schmerzlich.«

»Ihre Familie hat bestimmt sehr darunter gelitten.«

»Ja«, bestätigte Eddie, »das kann man wohl sagen.«

»Und mir scheint, dass Sie und Savannah nicht viel gemeinsam haben…«

»Sie ist auf ihre Weise auch ein gutes Mädchen, und sie hat schwer was auf dem Kasten, aber irgendwie weiß sie nichts mit sich anzufangen. Aber ich kann ihr keinen Vorwurf machen – sehen Sie mich an.«

»Ich glaube, Sie haben das Leben im Griff.«

Eddie schaute Michelle von der Seite an. »Von einer Frau, die Olympionikin und Secret-Service-Agentin war und heute erfolgreiche Privatdetektivin, ist das ein großes Lob. Gefällt Ihnen die Zusammenarbeit mit Sean?«

»Sehr. Ich könnte mir keinen besseren Geschäftspartner und Mentor wünschen.«

»Klar, er ist ein gewiefter Kerl. Aber er kann von Glück reden, Sie zu haben.« Verlegen blickte Michelle zum Seitenfenster hinaus. »Nicht dass Sie mich für zudringlich halten, Michelle. Aber Sie arbeiten offensichtlich ausgezeichnet zusammen. Es muss schön sein, unter solchen Voraussetzungen tätig sein zu dürfen. Vermutlich bin ich bloß neidisch.«

Michelle sah ihn an. »Wenn Sie unzufrieden sind, können Sie etwas ändern, Eddie.«

»In mancher Hinsicht bin ich unzufrieden«, sagte er. »Aber ich bezweifle, dass ich je den Mut aufbringe, etwas Entscheidendes zu ändern. Es geht nicht allein um Dorothea. Sie lebt ihr Leben, ich lebe meins. Viele Ehen sind so, und ich komme damit zurecht. Aber ich muss auch an meine Mutter denken. Stellen Sie sich vor, ich würde fortziehen. Was soll dann aus ihr werden?«

»Auf mich macht sie den Eindruck, selbst auf sich aufpassen zu können.«

»Da könnten Sie eine Überraschung erleben, vor allem zurzeit, da jeder mit dem Finger auf sie zeigt.«

»Sean und ich wollen uns noch mal mit ihr zusammensetzen und die ganze Angelegenheit durchsprechen. Offenkundig ist es ihr ja gelungen, Lulu für sich einzunehmen. Wenn Lulu jetzt davon überzeugt ist, dass sie mit Juniors Tod nichts zu tun hat, werden es mit der Zeit auch die anderen glauben.«

»Das Problem umfasst nicht nur Juniors Tod, sondern auch den Tod meines Vaters. Es ist kein Geheimnis, dass es in ihrer Ehe bisweilen hoch herging, deshalb glauben manche Leute, sie hätte ihn abgemurkst. Ich bin mir nicht sicher, ob sie damit leben kann.«

»Sie könnten ja mal versuchen, von ihr zu erfahren, was aus ihrem Wandschrank entwendet wurde, bevor wir mit ihr reden.«

Eddie setzte eine ratlose Miene auf. »Ich dachte, es waren ihr Ehering, Bargeld und so was.«

»Nein, es muss mehr gewesen sein. Irgendetwas war dabei, das sie so dringend zurückhaben wollte, dass sie Junior für die Herausgabe eine ganze Stange Geld bot.«

Eddies Fäuste packten das Lenkrad fester. »Verdammt, was kann das sein?«

»Ich hoffe, Sie finden es heraus. Wenn sie es überhaupt jemandem verrät, dann vermutlich Ihnen.«

»Ich versuch's, Michelle. Ich werde mir alle Mühe geben.«

Eddie fuhr Michelle heim und begleitete sie zur Haustür.

»Wenn Sie bei meiner Mutter sind und mit ihr reden, schauen Sie doch anschließend bei mir rein, dann zeig ich Ihnen und Sean ein paar meiner Bilder.«

»Gern, Eddie. Und vielen Dank für den wundervollen Abend.«

Er machte eine tiefe Verbeugung. Als er sich aufrichtete, reichte er ihr den mit einem Federbusch verzierten Hut. »Für Sie, Milady«, sagte er. »So schön war es in den letzten zwanzig Jahren nicht mehr.«

Für einen langen Moment standen beide verlegen da; dann streckte Eddie die Hand aus, und Michelle ergriff sie. »Gute Nacht«, sagte er.

»Gute Nacht, Eddie.«

Als er abfuhr – hinter dem Kleinbus den Pferdeanhänger –, schaute Michelle ihm nach und drehte den Kavalleristen-Hut in den Händen.

Bisher hatte sie nur selten an eine langfristige Beziehung zu einem Mann gedacht. Erst hatte sie das Ziel gehabt, Olympionikin zu werden, dann Polizistin; im darauf folgenden Jahrzehnt hatte sie sich durch die Härten des Daseins einer Secret-Service-Agentin geackert. Damit hatte sie sich *ihre* Erwartungen, *ihre* Karriereziele erfüllt, hatte die Herausforderungen entschlossen in Angriff genommen und gemeistert. Doch jetzt, da sie zweiunddreißig war, sich in einer kleinen Ortschaft niedergelassen und eine neue Laufbahn begonnen hatte, beschlichen sie Gedanken daran, sich außer der Arbeit, dem beharrlichen Überwinden der Hürden ihrer dritten Karriere, noch anderen Lebenszielen zu widmen. Mutter zu werden, hatte sie sich noch nie konkret gewünscht – allerdings wusste sie keinen Grund, weshalb sie keine gute Mutter werden sollte –, aber sie konnte sich durchaus vorstellen, Ehefrau zu sein.

Sie starrte in die von Eddies Fahrzeug aufgewirbelte Staubwolke.

Abermals hatte sie Seans Mahnung in den Ohren. Eddie *war* verheiratet, wenn auch unglücklich. Also musste sie einen Schlussstrich ziehen.

Sie ging ins Haus und verbrachte die nächste Stunde damit, ihren Sandsack durchzuprügeln.

KAPITEL 54

Während Michelle die Reenactment-Veranstaltung besuchte, erhielt King auf seinem Hausboot einen Anruf von Sylvia Diaz.

»Wir haben dich auf dem Begräbnis und der Trauerfeier vermisst«, sagte er.

»Ach, ich kenne die Battles nicht näher, und zu der Trauerfeier war ich nicht eingeladen. Mich da aufzudrängen wäre bestimmt keine gute Idee gewesen.«

»Du hast einige interessante Entwicklungen verpasst.« King erzählt ihr von der Aussöhnung zwischen Remmy und Lulu Oxley, verschwieg aber, dass er an Juniors Grab Sally Wainwright gesehen hatte. Je weniger Leute derzeit davon wussten, umso besser.

»Ich muss mit dir reden«, sagte Sylvia. »Hast du heute Zeit, mit mir essen zu gehen?«

»Du hörst dich ziemlich gestresst an. Stimmt was nicht?«

»Ich glaube, hier stimmt eine ganze Menge nicht, Sean.«

Am Abend fuhr King zu einem Restaurant am Ortsrand von Charlottesville. Sylvia hatte sich nicht in Wrightsburg mit ihm treffen wollen. Die rätselhafte Antwort auf seine Frage hatte beträchtliche Neugier bei ihm hervorgerufen. Als sie im hinteren Teil des Lokals an einem ruhigen Tisch saßen, verlor er keine Zeit. »Also, was ist vorgefallen?«

Sylvia enthüllte ihm ihre Entdeckung, dass Kyle Montgomery verschreibungspflichtige Medikamente stahl und dass sie ihn im *Aphrodisia* mit einer mysteriösen Frau gesehen hatte.

Verwundert lehnte King sich zurück. »Ihre Stimme hast du nicht erkannt?«

»Nein, durch die Tür klang sie zu dumpf. Kyle wusste offenbar ebenso wenig, mit wem er sich da abgab. Und sie war bewaffnet, daher wollte ich mein Glück nicht durch Aberwitzigkeit auf die Probe stellen.«

»Da hast du dich vollkommen richtig verhalten. Tausend Dollar für einen Tip, das dürfte den Kreis der Anwärter sehr eingrenzen.«

»Eine offenbar wohlhabende Frau, oder sie hat Zugriff auf Geld.«

»Ich dachte, in den Zimmern wohnen ausschließlich die Tänzerinnen.«

»Ich bin mir nicht sicher, dass es *keine* Tänzerin war«, antwortete Sylvia. »Nach dem, was ich belauschen konnte, hat sie ihm eine Art Striptease vorgeführt, aber als es dann nicht zum Geschlechtsverkehr kam, wurde er sauer. Ich erinnere mich deutlich, dass er zeterte, sie hätte ›mit dem nackten Arsch‹ vor ihm gewackelt und ihn trotzdem nicht ›rangelassen‹, irgend so was Vulgäres. Während der Arbeit habe ich ihn Gott sei Dank nie von dieser Seite kennen gelernt.«

»Von was für Medikamenten ist hier eigentlich die Rede?«

»Hauptsächlich sehr starke Schmerzmittel. Darunter sind welche, die bei unsachgemäßer Einnahme oder überhöhter Dosis gefährliche, manchmal lebensbedrohende Schockzustände auslösen können.«

»Und du hast die Frau wegfahren sehen?«

»Ich glaube, sie war es. Hundertprozentig sicher bin ich mir allerdings nicht. Falls sie es war, fuhr sie einen Mercedes mit Klappverdeck, ein älteres Modell, fast ein Oldie. Das Nummernschild konnte ich nicht erkennen, die Farbe auch nicht genau, aber sie war dunkel – grün oder dunkelblau. Wenn sie diesen Wagen gefahren hat, ist sie vermutlich keine Tänzerin, sonst wäre sie im Club geblieben.«

»Es müsste möglich sein, den Wagen ausfindig zu machen.«

»Was soll ich bezüglich Kyle Montgomery unternehmen?«

»Das ist ein Fall für die Polizei. Du hast Beweise und bist Augenzeugin.«

»Meinst du, ich sollte ihn zur Rede stellen?«

»Nein, es lässt sich nicht abschätzen, wie er darauf reagiert. Ich spreche morgen mit Todd und höre mir an, was er davon hält. Aber du solltest dich schon mal mit dem Gedanken vertraut machen, dass du einen neuen Mitarbeiter brauchst.«

Sylvia nickte. »Ich hätte es kommen sehen müssen. Kyle hat immer schon zu Unkorrektheiten geneigt. Kürzlich habe ich ihn ertappt, wie er in der Verwaltung unerlaubt am Computer saß, und er hat mir irgendwelchen Quatsch über die Aufstockung des Praxisbedarfs erzählt. Wahrscheinlich hat er vor meinen Augen die BTM-Bestandsliste frisiert.«

»Offenbar ist er ein begabter Lügner, und selbst wenn er augenscheinlich zu den Gaunern zählt, die keinen Hang zur Gewalttätigkeit haben, sind genau das die Typen, bei denen man auf der Hut sein muss. Ich befasse mich gleich morgen früh mit der Sache.«

Sylvia lächelte ihm zu. »Wie schön, dass sich zur Abwechslung mal jemand um mich kümmert.«

King erwiderte ihr Lächeln und blickte sich um. »Hier gibt's einen vorzüglichen Weinkeller. Hättest du was dagegen, wenn ich etwas Besonderes bestelle?«

»Wie gesagt, es ist schön, dass jemand sich mal um mich kümmert.«

»Wenn mein Gedächtnis nicht trügt, hat man einen 1982er Château Ducru-Beaucaillou auf Lager.«

»Ducru-Beaucaillou? Leider ist mein Französisch ein bisschen angestaubt.«

»Die Bezeichnung bedeutet ›schöner Kieselstein‹«, sagte King und sah ihr in die Augen. »Kommt mir genau passend vor.«

Die nächsten zwei Stunden verstrichen schnell, und die Unterhaltung verlagerte sich von Kyle Montgomery zu eher persönlichen Dingen.

»In diesem Restaurant haben George und ich jedes Jahr unseren Hochzeitstag gefeiert«, sagte Sylvia, während sie durchs Fenster den Vollmond betrachtete.

»Ein angenehmes Lokal für stille Feiern«, erwiderte King. »Ich war mit Michelle hier, als wir unsere Detektei gegründet haben.«

»Ich lag in der Klinik und war dermaßen mit Medikamenten abgefüllt, dass ich erst nach Tagen mitgekriegt habe, dass er ums Leben gekommen war.«

»Warum hattest du im Krankenhaus gelegen?«

»Dickdarmriss infolge Divertikulitis. George hatte die Operation selbst vorgenommen. Sobald er sich damit befasste, fiel sie gründlicher aus. Außerdem hatte die Anästhesie Nachwirkungen, und mein Blutdruck war tief im Keller.«

»Es muss für einen Arzt eine schwere Belastung sein, die eigene Frau zu operieren.«

»Solche Eingriffe waren sein Fachgebiet. Ich glaube, er hat geahnt, dass der Fall komplizierter war, als die Untersuchungen zeigten, und er behielt Recht. George war weit und breit der tüchtigste Chirurg, hatte sogar überregionale Reputation. Ich war also in den besten Händen.« Sylvia tupfte sich mit der Serviette eine Träne fort.

King ergriff ihre Hand. »Ich kann mir vorstellen, dass dir das alles sehr wehgetan hat, Sylvia. Tut mir Leid, dass du das durchmachen musstest.«

Sie schöpfte tief Atem und wischte sich die Augen. »Man sollte meinen, irgendwann kommt man darüber hinweg. Ich sag mir immerzu, dass solche Ereignisse zum Leben gehören. Ich sag es mir jedes Mal, wenn ich die Autopsie eines Mordopfers vornehme. Der Tod, auch ein gewaltsamer Tod, ist Teil des Lebens. Würde ich diesen Standpunkt nicht einnehmen, könnte ich meinen Job wohl nicht erledigen.«

King hob ihr sein Glas entgegen. »Aber du erledigst ihn mit Bravour.«

»Danke. Es ist erfreulich, wenn jemand es zu schätzen versteht.« Sie musterte ihn scheu.

»Was ist?«, fragte King.

»Gerade habe ich mich gefragt, warum wir uns eigentlich nicht mehr treffen.«

»Ich habe das Gleiche gedacht.«

Sanft berührte sie seine Hand. »Vielleicht sollten wir das wieder ändern.«

»Vielleicht«, sagte King.

KAPITEL 55

Kyle Montgomery war außer sich vor Wut. Er hatte pünktlich vor dem Motelzimmer gestanden und angeklopft, doch ihm war nicht geöffnet worden. Dreißig Minuten lang hatte er gewartet, dass die Unbekannte erschien, doch sie kam nicht. Dann hatte er noch einmal geklopft. Vielleicht war sie ja eingeschlafen. Möglicherweise hatten die Pillen sie betäubt. Er rüttelte am Türgriff. Das Zimmer war abgesperrt.

Er schaute sich auf dem Parkplatz um. Außer seinem Jeep standen dort nur zwei Fahrzeuge, jedoch weitab von diesem Flügel des Motels. Als er sich in den Jeep schwang, bog ein Wagen auf den Parkplatz ein und hielt. Montgomery sah einen großen fetten Mann und eine zierliche Frau aussteigen. Die Frau trug einen winzigen Minirock und hochhackige Schuhe, auf denen sie mühevoll daherstelzte. Ohne dass sie ihn beachteten, gingen beide ins Motel. Wenigstens ein Stecher bekam heute, was er brauchte. Montgomery fuhr los.

Während der gesamten Heimfahrt sann er über verschiedene Möglichkeiten nach, das Weibsstück aufzuspüren und für diese neuerliche Unverschämtheit grausam zu bestrafen. Am meisten aber machte ihm der Fortfall der Fünftausend-Dollar-Zahlung zu schaffen.

Montgomery lenkte den Wagen auf den Parkplatz, knallte den Wagenschlag des Jeeps zu und eilte die Treppe hinauf. Inzwischen war es ein Uhr morgens durch, und außer versäumtem Schlaf hatte der Abend ihm nichts gebracht. Aber er wollte es diesem Miststück zeigen. Er hatte, wonach sie lechzte: Pillen. Damit konnte er das Blatt wenden. Er nahm sich vor, erneut das *Aphrodisia* aufzusuchen. Falls sie dort arbeitete, musste herauszufinden sein, wer sie war; falls nicht, wollte er in dem gewohnten Zimmer Rechtfertigung von ihr fordern, danach Rückzug vorspiegeln und warten, bis sie den Club verließ. Anschließend konnte er ihr nach Hause folgen und Namen und Anschrift herausfinden. Mit diesen Informationen konnte er sie dann unter Druck setzen. Wenn sie tausend Mäuse für Pillen verschleuderte, die fünfzig wert waren, sollte es ihr nicht schwer fallen, ein bisschen Schweigegeld herauszurücken.

Als Montgomery die Wohnungstür aufschloss, hatte er den Plan im Wesentlichen ausgeheckt. Morgen wollte er sich an die Verwirklichung machen.

Er ging ins Schlafzimmer und betätigte den Lichtschalter, doch die verdammte Glühbirne musste wieder mal kaputt sein. Da bemerkte er am Bett Bewegung. Sie war es! Sie erwartete ihn hier, in seiner eigenen Wohnung. Sie lag auf dem Bett und hatte nur eine Decke über sich gebreitet. Selbst im Dunkeln konnte er erkennen, dass sie sogar jetzt nicht auf Kopftuch und Sonnenbrille verzichtete.

»Verdammt, was tun Sie hier? Ich habe im Motel fast eine Stunde lang auf Sie gewartet!« Die Frage, woher sie seine Wohnung kannte, kam ihm gar nicht in den Sinn.

Zur Antwort setzte sie sich auf und ließ die Decke ein wenig von den Schultern rutschen, die sich als nackt erwiesen. Der Anblick brachte Montgomerys Blut in Wallung; sein Zorn verflog. Dann zog die Frau die Decke verführerisch bis weit auf die ebenfalls nackten Oberschenkel herunter. Mit einem Wink gab sie ihm zu verstehen, dass er zum Bett kommen sollte. Er spürte seine Erregung wachsen.

»Aber diesmal ohne Knarre, ja?«, gelang es ihm zu stammeln.

Sie nickte und deutete auf den Sekretär an der Wand.

Montgomery ging hinüber und sah dort das Geld liegen.

Als er sich nach der Frau umblickte, stand sie plötzlich hinter ihm. Die Decke verhüllte kaum ihre Gestalt. Mit einer Handbewegung zeigte sie aufs Bett.

Die Decke fiel.

Sie hob die Hand, und Montgomery erstarrte. Was sie in der Faust hielt, ähnelte sehr einem Schießeisen. Als sie feuerte, riss Montgomery die Unterarme hoch, als könnte er so die Kugel fern halten.

Zwei Druckluft-Pfeile, an viereinhalb Meter langen Drähten befestigt, jagten aus dem Taser und durchbohrten Montgomerys dünnes Hemd. Ein Fünfzigtausend-Volt-Schock fuhr in seinen Oberkörper, der auch einen 150 Kilo schweren Footballstürmer gefällt hätte und deshalb allemal ausreichte, um einen hühnerbrüstigen Leichenschauhaus-Angestellten niederzustrecken. Augenblicklich lähmte der Stromschlag das Zentralnervensystem. Montgomery kippte rücklings aufs Bett, wo Muskelkrämpfe ihn zur Fötalhaltung zusammenkrümmten.

Obwohl er damit für eine ganze Weile handlungsunfähig geworden war, sprang die Frau sofort zum Bett und entfernte die Pfeile. Sie schob den Taser in ihre Tasche, die auf dem Fußboden lag, zog ein Paar Handschuhe an und holte eine Spritze heraus.

Hilflos und voller Furcht musste Montgomery zuschauen, wie sie seinen verkrampften Arm zurechtbog, ein Gummiband straff um den Unterarm schlang, sodass die Venen deutlich hervortraten, eine gute Vene ertastete und den Inhalt der Spritze injizierte. Rasch nahm sie das Gummiband ab und legte es zusammen mit der Spritze auf das Nachttischchen.

Während Montgomery auf dem Bett von Zuckungen geschüttelt wurde, betrachtete ihn die Frau. Was sie ihm gespritzt hatte, tat rasch seine Wirkung. Die Konvulsionen wurden noch stärker, aber damit gab die Frau sich nicht zufrieden. Sie packte das Kopfkissen, breitete es über Montgomerys Gesicht und drückte es nieder. Zwei Minuten später war alles vorbei. Sie warf das Kissen beiseite und musterte Montgomery ein letztes Mal, fühlte nach dem Puls und spürte nichts. Kyle Montgomery war tot.

Obgleich die Frau den Eindruck erweckt hatte, splitternackt zu sein, trug sie in Wahrheit Slip und BH. Nun zog sie ein Kleid aus der Tasche, streifte es rasch über und steckte das Geld in die Tasche zurück; dann durchsuchte sie Montgomerys Kleidung und fand den Brief, den sie ihm geschrieben hatte. Auch das Schreiben und die Decke, in die sie sich gewickelt hatte, stopfte sie in die Tasche. Nachdem sie sich vergewissert hatte, dass sie außer der Spritze und dem Gummiband nichts zurückließ, verschwand sie aus dem Haus.

Sie jagte in ihrem Auto davon und tröstete sich unterwegs mit dem Gedanken, dass sie jetzt ein Problem weniger hatte.

KAPITEL 56

Am nächsten Morgen fuhren King und Michelle zu Remmy.

King setzte Michelle von seinem Gespräch mit Sylvia in Kenntnis. »Ich habe mich schon in aller Frühe mit Todd verständigt. Er knöpft sich Kyle noch heute vor.«

»Gibt es einen Verdacht, wer die geheimnisvolle Unbekannte sein könnte?«

»Es wird am einfachsten sein, den Club aufzusuchen und Erkundigungen einzuziehen. Wenn sie sich öfters dort aufhält oder dort arbeitet, muss ja irgendwer über sie Bescheid wissen.«

Michelle wiederum erzählte King von der Reenactment-Veranstaltung. »Ich fand es bemerkenswert. Hunderte von Leuten haben mitgewirkt, und ständig war was los. Natürlich war es ein Chaos, als beobachtete man eine richtige Schlacht. Eddie meint, dass Ausschnitte von den Filmen im Regionalfernsehen gezeigt werden.«

»Ich hab schon mal Berichte darüber gesehen. Der Bruder einer Bekannten hatte ein wahres Museum voller Andenken und Gegenstände aus dem Bürgerkrieg. Musketen. Uniformen, Degen, sogar Amputationswerkzeug.«

»Eddie hat sich großartig geschlagen. Der Mann besitzt erstaunliche Fähigkeiten. Trotzdem leidet er unter einem erheblichen Mangel an Selbstbewusstsein.«

»Tja, sein Vater war ein Vorbild, das sich kaum übertreffen lässt.«

»Sicher, aber es ist doch nicht so, dass Eddie im Leben

nichts erreicht hätte. Und du hättest mal dabei sein sollen, wie gefühlvoll er über seinen toten Zwillingsbruder geredet hat. Vielleicht ist er in mancher Hinsicht das außergewöhnlichste Familienmitglied der Battles.«

King sah sie an, forschte aufmerksam in ihrer Miene. »Er hat dich nach Hause gefahren, hast du gesagt? Ihr zwei wart allein?«

»Wirst du wohl mit diesen Verdächtigungen aufhören? Zwischen uns ist nichts passiert, und es wird auch nichts passieren.«

»Das beruhigt mich«, erwiderte King, »denn dass sich Dorothea – oder gar Remmy Battle, was Gott verhüten möge – auf uns einschießt, könnten wir jetzt am wenigsten gebrauchen.«

Am Haupteingang des Herrenhauses wurden beide von Eddie empfangen.

»Die ganze letzte Stunde habe ich sie zu überreden versucht, mir zu verraten, was in dem Geheimfach war«, sagte er, »aber ohne Erfolg.«

»Wenn sie es nicht einmal Ihnen anvertraut«, meinte King, »wird es uns wohl kaum gelingen, es aus ihr herauszuquetschen.«

»Vielleicht habe ich sie wenigstens ein bisschen weich geklopft. Sie sitzt hinten auf der Terrasse und erwartet Sie. Heißer Kaffee ist fertig. Mason hat ihn gerade serviert. Dazu gibt's Speckbrötli.«

Eddie begleitete King und Michelle zur Terrasse. Beim Erscheinen des Trios klappte Remmy etwas zu, das wie ein Tagebuch aussah, in das sie bis zu diesem Augenblick etwas geschrieben hatte. Das Tagebuch war ein altmodisches Ding mit Flanschverschluss und Schloss. Remmy steckte es in eine Tasche ihres Jäckchens.

Während King die Hausherrin begrüßte, winkte Eddie verstohlen Michelle zu sich. »Wenn Sie hier fertig sind, kommen Sie in mein Atelier«, flüsterte er. »Es liegt gleich hinter dem Kutschenhaus. Ich muss Ihnen unbedingt etwas zeigen.«

Er ging davon, doch als Michelle sich umdrehte, sah sie Remmys scharfen Blick auf sich gerichtet.

»Ich habe gehört«, sagte Remmy bedächtig, »Sie hätten Eddie beim Soldatspielen zugeschaut.«

»Er legt sich dabei kräftig ins Zeug«, gab Michelle zur Antwort. »Ich wusste gar nicht, dass er ein solches Interesse daran hat.«

»Eddie hat sich so sehr engagiert, weil sein Vater sich für diese Dinge interessierte. Ich glaube nicht, dass ihm selbst allzu viel daran liegt.«

»Für mich sah es aus, als wäre er mit ganzem Herzen bei der Sache.«

»Äußerliches kann trügen, nicht wahr?«

Für einen unbehaglich langen Moment maßen die beiden Frauen sich mit festen Blicken.

Schließlich griff King ein. »Sie sind eine wahre Wundertäterin, Remmy.«

»Was wollen Sie damit sagen?«

»Dass Sie Lulu mit nichts als Worten von der Feindin zur Freundin gemacht haben.«

Remmy vollführte mit der Hand eine abschätzige Geste. »Ich habe einen Irrtum eingestanden. Machen Sie keinen großartigen Wohltätigkeitsakt daraus.«

»Wie sind Sie zu der Einsicht gelangt, sich geirrt zu haben?«, fragte Michelle, wobei sie nach Kaffee und Brötli griff.

Remmy hob die Tasse und trank ein Schlückchen, bevor sie antwortete. »Ich hatte Junior ein Angebot unterbreitet, das er eigentlich nicht abweisen konnte. Trotzdem hat er abgelehnt. Und dann wurde er ermordet. Man muss kein Genie sein, um auf den Gedanken zu kommen, dass hinter dem Vorfall mehr steckt, als ich ursprünglich angenommen habe.«

»Aber Junior könnte dennoch in den Fall verwickelt gewesen sein«, sagte King. »Vielleicht ist er sogar eben deswegen ermordet worden.«

Remmy heftete ihren strengen Blick auf ihn. »Haben Sie nicht erst vor kurzem noch alles darangesetzt, mich von seiner Unschuld zu überzeugen? Oder verwechsle ich Sie mit einem anderen Sean King?«

»Ich spiele lediglich den Advokaten des Teufels.«

»Ach ja, ich habe vergessen, dass Sie Anwalt sind. Sie erinnern mich daran, weshalb ich diese Brut nicht ausstehen kann.«

»Dann bin ich froh über meinen Rückzieher. Sie möchte ich nämlich nicht zum Feind haben.«

»Das wäre auch nicht ratsam«, sagte Remmy unverblümt.

»So wie ich die Sache sehe, sind Sie sehr darauf aus, außer den Juwelen und dem Bargeld noch anderes Eigentum zurückzuerhalten.«

»Eddie hat mich schon auszufragen versucht, Sean«, entgegnete Remmy. »Wenn ich ihm schon nichts sage, sag ich Ihnen ganz bestimmt nichts.«

»Ist es etwas so Heikles?«, fragte King. »So brisant, dass Sie noch mehr Morde riskieren?«

»Ich habe meine Gründe.«

»Ich hoffe, es sind verdammt gute Gründe. Allerdings bin ich der Auffassung, dass Sie sich nicht bloß selbstsüchtig, sondern auch kurzsichtig verhalten.«

»Ich bin es nicht gewohnt, dass jemand so zu mir spricht!«, gab Remmy schroff zurück.

»Leider neige ich in Mordfällen dazu, bei den Ermittlungen die Geduld zu verlieren«, erwiderte King mit Nachdruck.

»Was sich in meinem Schrank befand, kann mit den Morden nichts zu tun haben.«

»Ihr Gatte und Junior sind möglicherweise von ein und derselben Person umgebracht worden. Wenn es so ist, erkenne ich nur einen Zusammenhang, nämlich den Einbruch.«

»Das ist völlig ausgeschlossen«, widersprach Remmy stur.

»Wollen Sie die Beurteilung nicht lieber uns überlassen?«

»Nein«, sagte Remmy starrsinnig.

»Also gut, sprechen wir über den eigentlichen Grund unseres Besuchs. Eddie hat erwähnt, die Leute würden darüber tratschen, Sie hätten Bobby und Junior auf dem Gewissen. Er befürchtet, dadurch könnte Ihnen das Leben versaut werden.«

»Eddie redet zu viel. Ich dachte, ich hätte ihn gelehrt, dass Zurückhaltung und Gleichmut zwei der bedeutendsten Eigenschaften sind, durch die ein Mensch sich auszeichnen kann.«

»Sie sind aber nicht bedeutsamer als Liebe«, sagte Michelle. »Und er liebt Sie.«

»Das weiß ich«, erklärte Remmy unwirsch.

»Wenn er sich um Sie Sorgen macht«, hakte Michelle nach, »muss es doch einen Grund dafür geben.«

»Eddie macht sich zu viele Sorgen aus den verkehrten Gründen.«

»Remmy, wenn Sie kein Vertrauen zu uns haben, können wir Ihnen nicht helfen«, sagte King.

»Ich habe nie behauptet, dass ich Ihre Hilfe benötige.«

»Na schön. Wo waren Sie, als Junior ermordet wurde?«

»Niemand hat mir je mitgeteilt, wann der Mord verübt wurde.« King nannte ihr den zeitlichen Rahmen, und sie überlegte einen Moment. »Da war ich hier. Ich habe in meinem Zimmer gesessen und gelesen.«

»Kann jemand das bestätigen?«

»Ich kann es bezeugen.« An der Tür stand Mason. »Ich bin an dem Abend bis zweiundzwanzig Uhr im Haus gewesen. Bis dahin hatte Mrs Battle ihr Zimmer nicht verlassen.«

King musterte den Butler. »Danke, Mason.« Als Mason sich entfernte, sah er wieder Remmy an. »Wie gut es doch ist, einen so treuen, verlässlichen Helfer im Haus zu haben, nicht wahr? Eine letzte Frage: Warum steckte Ihr Ehering nicht an Ihrem Finger, sondern lag in dem Geheimfach?«

Remmy antwortete nicht sofort. King musterte sie abwartend. »Ein Ehering«, sagte Remmy endlich, »ist ein Symbol der Liebe und Hingabe.«

»Ja, sicher«, meinte King.

»Sie haben gesagt, das ist Ihre letzte Frage. Bestimmt finden Sie allein hinaus.«

»Sean«, wandte Michelle sich an ihn, sobald sie das Hauptgebäude verlassen hatten, »du weißt doch genau, dass Remmy Junior nicht ermordet hat.«

»Ja. Ich hatte gemerkt, dass Mason auf die Terrasse kam. Ich wollte von ihm hören, wo *er* zur Tatzeit gewesen ist.«

»Du bist ganz schön gerissen.«

»Umso gerissener, als er ausgesagt hat, Remmy hätte ihr Zimmer nicht verlassen.«

»Und das heißt?«

»Dass Mason für den Zeitpunkt der Ermordung Juniors kein Alibi hat.«

»Du hältst ihn für einen möglichen Verdächtigen?«

»Natürlich. Er ist älter, als Junior war, aber groß und kräftig. Er hätte es durchaus mit ihm aufnehmen können. Und sicher ist dir nicht entgangen, dass der Mörder kein Wort von sich gegeben hat. Er hat ausschließlich sein Laser-Zielgerät benutzt, um uns seinen Willen zu vermitteln.«

»Du meinst, andernfalls hätten wir seine Stimme erkannt?«

»Haargenau. Und Mason hat uns belogen, was den Grund betraf, weshalb Remmy ihren Ehering nicht trug.«

»Apropos Ehering – unsere gleichmütige Mrs Battle hat sich ziemlich offenherzig geäußert. Keine Liebe, keine Hingabe, kein Ehering. Dennoch ist sie mit dem Mann verheiratet geblieben.«

»Bedauerlicherweise sind viele Ehen in diesem Zustand. Tja, inzwischen ist sie ihn ja los.«

Sie erreichten Kings Auto.

»Ich gehe noch rüber in Eddies Atelier«, sagte Michelle.

»Und ich suche Sally. Mal sehen, ob sie mitteilsamer ist als ihre Dienstherrin. Wenn ich mit ihr gesprochen habe, hole ich dich bei Eddie ab.«

»Was für Auskünfte erwartest du eigentlich von Sally?«

»Ich hab's satt, wie in diesem Fall sämtliche Beteiligten mauern«, sagte King mit aufkeimendem Zorn. »Sie soll mir bloß eine *verdammt* gute Erklärung nennen, warum sie an Juniors Grab gebetet hat.«

»Sean, weißt du eigentlich, wie aufregend sexy du wirkst, wenn du wütend bist?«

»Du kannst mir viel erzählen.« King schlug die Richtung zu den Stallungen ein.

KAPITEL 57

Auf dem Weg zu den Ställen sah King, dass sich ihm eine Reiterin näherte. Allerdings war es nicht Sally, sondern Savannah, die auf einem großen Wallach mit zwei weißfleckigen Vorderbeinen saß.

Savannah zügelte das Pferd und saß ab. Sie trug Jeans, Reitstiefel und eine Kordjacke.

»Ein schöner Tag zum Ausreiten«, stellte King fest.

»Ich kann dir ein Pferd satteln.«

»Ich bin seit langem nicht mehr geritten.«

»Ach, hör auf. Mit dem Reiten ist es doch wie mit dem Radfahren.«

King wies auf sein Sakko und die lange Stoffhose. »Dummerweise bin ich unpassend gekleidet. Wie wär's ein andermal?«

»Na klar«, antwortete Savannah, obwohl sie sichtlich bezweifelte, dass er auf das Angebot zurückkommen würde.

»Ich schwatze nicht nur so daher, Savannah. Es ist mir ernst.«

»Fein. Willst du zu meiner Mutter?«

»Ich war schon bei ihr. Leider war es ein kurzes Gespräch.«

Savannah konnte sich ein Schmunzeln nicht verkneifen. »Und das wundert dich?«

»Nein, aber ich bin wohl ein unverbesserlicher Optimist.« Er schaute sich um. »Hast du Sally gesehen?«

»Sie ist drüben in der Stallung«, antwortete Savannah und zeigte über Kings linke Schulter hinweg. »Warum?«

»Ich habe mich bloß gefragt, wo sie steckt.«

Argwöhnisch betrachtete Savannah ihn; dann zuckte sie mit den Schultern. »Vielen Dank, dass du dich nach der Bestattung ein wenig mit mir zusammengesetzt hast.«

»War mir ein Vergnügen. Ich weiß, wie schwer das alles für dich gewesen ist.«

»Wahrscheinlich wird es noch schwieriger. Der FBI-Agent war wieder hier.«

»Chip Bailey? Was wollte er?«

»Natürlich erfahren, wo ich war, als Vater ermordet wurde.«

»Das ist bloß eine Standardfrage. Was hast du ihm gesagt?«

»Dass ich daheim war, in meinem Zimmer. Gesehen hat mich niemand, soviel ich weiß. Ich bin wohl eingeschlafen. Jedenfalls habe ich nicht gehört, dass meine Mutter hereingekommen wäre. Erst nach ihrer Rückkehr aus der Klinik wurde ich über Vaters Tod informiert.«

»Es erstaunt mich, dass sie dich nicht mitgenommen hat, nachdem die Klinik angerufen hatte.«

»Mein Schlafzimmer ist im zweiten Stock – im Verhältnis zu ihrem Zimmer praktisch am anderen Ende des Gebäudes. Und ich gehe oft abends aus und komme erst spät heim. Sie wird angenommen haben, ich sei fort, und hat sich die Suche erspart.«

»Du solltest dir nicht so viele Nächte um die Ohren hauen. Das ist schlecht für den Teint.«

»Macht nichts, solange ich noch den Schwung dazu habe. Schlapp und langweilig kann ich noch viele Jahre lang sein.«

»Ich bezweifle sehr, dass dich irgendwer jemals für schlapp halten wird. Hast du für die Zukunft denn schon irgendwelche Entscheidungen getroffen?«

»Mir liegt ein Stellenangebot einer großen Ölfirma vor, als Außentechnikerin tätig zu werden. Allerdings müsste ich nach Übersee. Ich denke noch darüber nach.«

»Auf alle Fälle wärst du die schönste Außentechnikerin, die man je gesehen hat.«

»Wenn du weiter so redest, komme ich noch auf den Verdacht, dass du ein Auge auf mich geworfen hast.«

»Ich bezweifle, dass ich dir gewachsen bin.«

»Vielleicht würdest du eine Überraschung erleben, Sean.«

Während Savannah ihres Weges ritt, folgten ihr Kings Blicke. Zeitweilig hatte er ihr besonderes Talent vergessen: Chemie. Und sie hatte – wie viele andere Beteiligte dieses bizarren Falls – kein Alibi für den Zeitpunkt, als man ihren Vater ermordet hatte. Und doch betraf dieser Fall nur einen Mord und einen Mörder. Was trieb der andere Täter zurzeit? Arbeitete er darauf hin, die Liste seiner Opfer zu verlängern?

King traf Sally im Stallgebäude an, wo sie gerade Mist aus den Boxen schaufelte.

Sie stützte sich auf den Stiel und wischte sich die schweißnasse Stirn.

»Wie ich gesehen habe«, sagte King, »reitet Savannah wieder.«

Sally senkte den Blick auf die Schaufel. »Ich habe nie erlebt, dass sie sich um diesen Teil der Pferdehaltung gekümmert hätte.«

King beschloss, unumwunden zur Sache zu kommen. »Ich habe dich am Grab beobachtet.«

»Mr Battle hatte einen großen Bekanntenkreis. Es waren massenhaft Leute da.«

»Nein, ich meine Junior Deavers Grab.«

Sally erstarrte. »Junior Deavers Grab?«, wiederholte sie.

»Wenn du keine eineiige Zwillingsschwester hast, hast du an seinem Grab gebetet.« Sally schaufelte weiter, während King sie musterte. »Du kannst es mir oder dem FBI erklären, es liegt ganz bei dir.«

»Ich habe keinen blassen Schimmer, wovon du redest, Sean. Weshalb sollte ich an Junior Deavers Grab beten?

Ich habe dir doch erzählt, dass ich den Mann kaum kannte.«

»Darum frage ich dich ja ein zweites Mal, denn offenbar hast du ihn *doch* gekannt.«

»Du irrst dich.«

»Bist du sicher?«

»Ich habe heute noch einen Berg Arbeit vor mir.«

»Na gut, es ist deine Sache. Kennst du einen guten Anwalt?«

Sally stellte das Schaufeln wieder ein und sah King furchtsam an. »Wozu brauche ich einen Anwalt? Ich habe nichts Unrechtes getan.«

King nahm ihr die Schaufel aus der Hand und stellte sie zur Seite. Dann rückte er dicht an Sally heran und drängte sie gegen den Schlag einer Pferdebox. »Lass mich die Sache ganz klar ausdrücken: Wenn du wissentlich Informationen über Junior Deavers Tod oder den Einbruch verschweigst und nicht den Behörden meldest, begehst du ein Verbrechen, auf das Gefängnis steht. Und sobald du angeklagt wirst, brauchst du einen Rechtsanwalt. Falls du keinen Anwalt kennst, kann ich dir ein paar fähige Leute empfehlen.«

Sally schien jeden Moment in Tränen auszubrechen.

»Ich weiß nichts, Sean«, jammerte sie.

»Dann hast du auch keinen Grund zur Besorgnis. Aber wenn du mich anlügst, könntest du im Knast enden.« King reichte ihr die Schaufel zurück. »Da gibt's zwar keine Pferde, aber auch viel Dreck, allerdings von der menschlichen Sorte.« Er zückte ein Kärtchen und steckte es Sally unter das Schweißband des Hutes. »Solltest du einsehen, dass ich Recht habe, wenn du darüber nachgedacht hast, ruf mich an. Ich kann dir helfen.«

Als er sich abwandte, nahm Sally das Kärtchen zur Hand und warf einen Blick darauf. Ihre Miene spiegelte Ratlosigkeit.

KAPITEL 58

Eddies Atelier befand sich hinter dem Kutschenhaus in einer zweistöckigen, umgebauten Scheune. »Eddie?«, rief Michelle, als sie das Gebäude durch eine Seitentür betrat.

Das Innere der Scheune war offenkundig sehr verändert worden. Im Obergeschoss gab es Fenster und ein Oberlicht, da ein Künstler für seine Arbeit Licht brauchte; ordentlich aufgereiht standen Werkbänke, Staffeleien, Eimer voller Pinsel und anderes Werkzeug bereit. An den Wänden hingen große und kleine Gemälde in unterschiedlichen Phasen der Vollendung. Die Luft roch nach Farbe und Terpentin. Stufen führten hinauf zu einem Treppenabsatz, wo sich hinter einer Tür ein kleines, fensterloses Zimmer verbarg.

»Eddie?«, rief Michelle noch einmal, während sie sich einige Bilder genauer anschaute. Die Porträts und Landschaften waren mit außerordentlicher Detailtreue gemalt worden, darunter die nahezu fertige Darstellung einer Bürgerkriegsschlacht, die nach Michelles Auffassung – obwohl sie zugeben musste, für Malerei kein geschultes Auge zu haben – in einem Museum hängen müsste.

An einer Wand waren eine Anzahl mit beschrifteten Schildchen versehene Gegenstände angebracht, offensichtlich eine im Zusammenhang mit Eddies Reenactment-Hobby angelegte Sammlung von Bürgerkriegsandenken.

Michelle drehte sich um, als sie Schritte die Treppe herunterpoltern hörte. Eddie trug eine mit blauer Farbe beschmierte Malerschürze und hatte auf reizende Weise zerzaustes Haar. Unter dem Arm trug er eine kleine, in ein Tuch gewickelte Leinwand, wie es schien.

»Ich habe gerade etwas fertig gestellt«, sagte er.

Michelle zeigte auf die Gemälde. »Ich bin keine Expertin, aber ein so hohes Niveau Ihrer Arbeiten hätte ich nicht erwartet.«

Eddie winkte ab, doch sein Lächeln verriet, wie sehr die Bemerkung ihn freute. »Technisch gesehen bin ich auf der Höhe, glaube ich. Aber die wirklich bedeutenden Künstler haben etwas, das mir fehlt. Ich bezweifle, dass ich es näher bezeichnen könnte. Aber das macht nichts. Ich bin mit dem zufrieden, was ich kann, und meine Kunden ebenfalls.« Er stellte das verhüllte Bild, das er bei sich hatte, auf eine Staffelei, deckte es aber nicht auf. »Haben Sie bei Mutter Erfolg gehabt?«

»Wenn Ihre Mutter etwas nicht will, will sie es nicht. Dann könnte man ebenso gut versuchen, einen Berg zu versetzen. Aber wir bleiben dran. Was ist das für ein Bild?«

Eddie hatte sich ihr mit breitem Lächeln zugewandt. »Schließen Sie die Augen.«

»Was?«

»Machen Sie einfach die Augen zu.« Michelle zögerte, tat dann aber wie geheißen. »So, nun öffnen Sie sie wieder.«

Als Michelle die Augen aufschlug, erblickte sie auf der Leinwand eine Version ihrer selbst, die das Ballkleid der Reenactment-Veranstaltung trug. Sie trat näher und betrachtete das Bild genauer, ehe sie sich erstaunt wieder Eddie zuwandte.

»Deshalb wollte ich das Polaroidfoto haben«, erklärte er.

»Ein schönes Bild. Wie haben Sie es so schnell fertig stellen können?«

»Ich habe die ganze Nacht durchgearbeitet. Mit der richtigen Motivation kann man alles schaffen. Aber eigentlich wird es Ihnen nicht gerecht, Michelle, wirklich nicht.« Er hüllte das Bild in braunes Packpapier und umwickelte es mit Kreppband. »Sie dürfen es mitnehmen.«

»Warum haben Sie mich gemalt?«

»Sie haben mir einen vollen Tag lang beim Soldatspielen zugeschaut, also dachte ich mir, zum Dank sollte ich Sie wenigstens malen.«

»Das Zuschauen hat mir Spaß gemacht, es war keine Zumutung.«

»Dennoch weiß ich Ihr Interesse zu würdigen.«

Michelle legte die Hand auf das eingepackte Gemälde. »Und ich weiß Ihre Dankesgeste zu schätzen.«

Sie umarmte ihn, und es überraschte sie, wie fest er sie in die Arme nahm und wie viel Kraft er hatte. Für einen langen Augenblick hielten sie einander umschlungen. Er roch nach Farbe, Schweiß und etwas anderem, ausgesprochen Männlichem. Zärtlich strich Michelles Hand über die harte Muskulatur seines Rückens und der Schultern. Obwohl sie es ungern tat, löste sie sich schließlich mit gesenktem Blick aus seinen Armen.

Er schob ihr die Hand unters Kinn und hob es an. »Hören Sie, es ist wahrscheinlich alles ein bisschen peinlich für Sie. Ich werfe mich Ihnen keinesfalls an den Hals. Sie haben morgen, wenn Sie aufwachen, kein neues Auto in der Einfahrt stehen. Aber …«

»Eddie …«, setzte Michelle zu einem Einspruch an, doch er hob die Hand.

»Aber es ist einfach nett, wollte ich sagen, mit jemandem befreundet zu sein.«

»Ich dachte, Sie wären mit vielen Menschen befreundet, Frauen wie Männern.«

»Ich bin eher ein Sonderling. Ich male und beteilige mich an Schaukämpfen.«

»Und beides können Sie außergewöhnlich gut«, sagte Michelle.

»Ja, das ist wahr«, sagte eine dritte Stimme. King kam herein. Eddie und Michelle blickten ihm entgegen. »Hallo, Eddie«, sagte King.

Die beiden Männer schüttelten sich die Hand, während Michelle beklommen zusah.

Kings Blick schweifte über die Kunstwerke an den Wänden. »Sie haben wirklich ein scharfes Auge fürs Detail.«

»Hat meine Mutter Sie dafür bezahlt, dass Sie das sagen?«

King betrachtete die Bürgerkriegsandenken. »Eine bemerkenswerte Sammlung.«

»Eines meiner wenigen Hobbys.« Eddie lächelte Michelle an. »Wissen Sie was, Sean? Wir müssen Sie unbedingt fürs Reenactment gewinnen. Ich kann Sie mir gut vorstellen, wie Sie auf einem kräftigen Hengst auf eine Artilleriestellung der Union zusprengen, inmitten von Mückenschwärmen übernachten und Kommissbrot futtern, bis Ihnen die Schwarte kracht.«

King sah Michelle an und schmunzelte. »Eher stürzt der Himmel ein«, sagte er und wiederholte damit Michelles Antwort auf Lulus Angebot, an der Stange zu tanzen.

Eddie wollte etwas entgegnen, als Kings Handy klingelte. Er meldete sich, lauschte und trennte dann mit betroffener Miene die Verbindung.

»Das war Sylvia. Kyle Montgomery wurde tot aufgefunden.«

»Was?«, entfuhr es Michelle.

»Wer ist Kyle Montgomery?«, fragte Eddie verwirrt.

»Ein Mitarbeiter von Sylvia Diaz«, erklärte Michelle. »Hat man ihn ermordet?«

»Sylvia sagt, es sieht nach einer Drogen-Überdosis aus, aber gänzlich überzeugt ist sie nicht. Sie möchte, dass wir uns in Montgomerys Wohnung mit ihr treffen. Todd ist auch dort.«

King und Michelle eilten hinaus. »Eddie«, rief Michelle über die Schulter, »ich rufe Sie an. Danke.«

Eddies Blick fiel auf das verpackte Porträt, während das Paar ins Freie lief. »Aber Sie haben Ihr Bild vergessen …« Doch die beiden befanden sich schon außer Hörweite. Enttäuscht zuckte Eddie mit den Schultern und brachte das Gemälde ins Obergeschoss.

KAPITEL 59

Als sie Kyle Montgomerys Wohnung erreichten, hatte die Spurensicherung ihre Arbeit soeben aufgenommen. Der Tote lag noch auf dem Bett; der Blick aus seinen leeren Augen war starr an die Decke der kleinen, muffigen Wohnung gerichtet.

Sylvia stand da und betrachtete ihn, als King sie an der Schulter berührte. Sie drehte sich um. In ihren Augen schimmerten Tränen. Sie tupfte sie mit der Hand fort und straffte sich.

»Ihr wart nicht gerade dicke Freunde«, sagte King, »aber weh tut's trotzdem, das ist mir klar.«

Sie schnäuzte sich in ein Papiertaschentuch und nickte mehreren Männern zu, die in der Nähe warteten. »Sie können ihn mitnehmen.«

Die Männer steckten Montgomery in einen Leichensack und schafften ihn hinaus.

Todd Williams kam herein.

»War es eine Überdosis?«, erkundigte sich Michelle. »Oder ist auch er dem Serienmörder zum Opfer gefallen?«

Der Polizeichef schüttelte den Kopf. »Keine Uhr, kein Hundehalsband, nichts dergleichen.«

King heftete den Blick auf Sylvia. »Aber am Telefon hast du erwähnt, du wärst nicht sicher, was die Überdosis betrifft.«

»Nun, es sind Hinweise darauf gefunden worden«, sagte sie nachdenklich.

»Eine Spritze, ein Gummiband und ein Einstich am Unterarm«, zählte Williams auf.

»Wir müssen die Reste in der Spritze untersuchen, um zu ermitteln, was darin gewesen ist«, erklärte Sylvia. »Darüber werden ein paar Tage vergehen. Und ich will die Körperflüssigkeiten toxikologisch analysieren, aber die Ergebnisse dürften frühestens in zwei Wochen vorliegen.«

»Anhand der Autopsie können Sie nicht feststellen, was gespritzt wurde?«, fragte Williams.

»Ja und nein. Falls es beispielsweise Heroin war, das die Atmung hemmt, könnte eine leichte Verdickung oder Verstopfung in den Lungen feststellbar sein, auch Schaum in den Atemwegen, aber das wären bei weitem keine ausreichenden Beweise. Tatsache ist, falls eine Überdosis ihn das Leben gekostet hat, kann die Autopsie allein keine Gewissheit verschaffen. Um Klarheit zu gewinnen, müssen wir die Ergebnisse der toxikologischen Untersuchung abwarten. War es Kokain, lässt es sich feststellen. War es Heroin, wird Monoacetylmorphin-Sechs im Leichnam gefunden, ein Metabolit des Heroins. Das wäre ein ziemlich klarer Beweis für eine Heroin-Überdosis.«

»Vielleicht war es ein Mittel aus Ihrer Praxis.«

»Kann sein. Aber wenn die Analyse Monoacetylmorphin-Sechs in Montgomerys Blut oder Urin ergibt, Aspirin oder Paracetamol jedoch fehlen, gibt es keinen Zweifel daran, dass kein verschreibungspflichtiges Betäubungsmittel verwendet wurde.«

»Aspirin oder Paracetamol?«, wiederholte Williams.

»Ja, es ist üblich, verschreibungspflichtige Betäubungsmittel mit diesen Medikamenten zu kombinieren. Mit Heroin, Kokain oder anderen illegalen Drogen geschieht das nicht.«

»Wer hat ihn gefunden?«, fragte Michelle.

»Ich«, sagte Williams. »Nachdem Sean mich heute früh angerufen hatte, wollte ich mich persönlich um den Vorgang kümmern. Ich bin mit einem Deputy hergefahren. Wir haben geklopft, aber nichts tat sich. Sein Jeep stand auf dem Parkplatz, also dachten wir uns, er muss daheim sein. Dann haben wir ihn auf dem Telefon und dem Handy angerufen, wieder vergeblich. Wir hatten zwar keinen Durchsuchungsbefehl, aber ich war so misstrauisch, dass wir den Hausmeister verständigt haben. Er hat uns die Tür geöffnet, und da haben wir ihn gefunden.«

»Die Körpertemperatur und die Totenstarre legen nahe, dass er noch keine zwölf Stunden tot ist«, meinte Sylvia.

King blickte auf die Uhr. »Also muss der Tod ungefähr um Mitternacht eingetreten sein?«

»Ja.«

»Und niemand hat gesehen, dass jemand die Wohnung betreten oder verlassen hat?«, fragte King.

»In dieser Richtung wird noch ermittelt«, erklärte Williams.

»Tja, dann sollten wir schleunigst diese geheimnisvolle Frau aus dem *Aphrodisia* ausfindig machen«, meinte King.

»Ich fahre noch heute hin«, sagte Williams.

»Wir wären gern dabei, Todd«, sagte King. »Kannst du den Besuch ein paar Stunden aufschieben und dich anschließend dort mit uns treffen? Wir rufen dich an.«

»Kann wohl nicht schaden.«

»Wann nimmst du die Autopsie vor, Sylvia?«, fragte Michelle.

»Sofort. Ich habe meinen heutigen Patienten abgesagt.«

»Kannst du dir nicht Hilfe besorgen, da Montgomery tot ist?«, fragte King. »Vielleicht schicken sie jemanden aus Richmond oder Roanoke.«

»So kurzfristig dürfte niemand abkömmlich sein«, gab Sylvia zur Antwort.

»Aber wenn er an einer Drogen-Überdosis gestorben ist, kann die Sache doch nicht so eilig sein«, sagte Williams. »Sie haben selbst erwähnt, dass mit endgültigen Ergebnissen erst in zwei Wochen zu rechnen ist.«

»Nur könnten schon zur Stunde andere Beweise allmählich verschwinden«, entgegnete Sylvia mit Nachdruck. »Eine Leiche spricht nach dem Tod zu uns, Todd, aber je länger man wartet, umso leiser wird die Stimme.«

»Gut, ich helfe Ihnen«, versprach Todd. »Ich muss bei der Autopsie sowieso anwesend sein. Langsam wird es zur Routine.«

Während alle die Wohnung verließen, hielt King Sylvia an. »Geht es dir gut?«

Sie schaute ihn mit betrübter Miene an. »Ich halte es für möglich, dass Montgomery Suizid begangen hat.«

»Selbstmord? Warum?«

»Vielleicht hat er mitbekommen, dass ich hinter seine Medikamenten-Schieberei gekommen bin.«

»Aber sich deswegen gleich umzubringen wäre doch wohl ein bisschen drastisch. Und ich hatte immer das Gefühl, der Kerl hat kein Rückgrat. Außerdem gibt es keinen Abschiedsbrief.«

»Gerade Memmen bringen sich um, Sean. Sie scheuen die Folgen ihres Handelns.«

»Und nun? Machst du dir Vorwürfe?«

»Falls es Freitod war, kann ich mir keinen anderen Grund als meinen Verdacht denken.«

»Du tust dir Unrecht, Sylvia. Du hast den Knaben nicht aufgefordert, Medikamente zu klauen.«

»Nein, aber …«

»Warum führst du nicht erst die Autopsie durch, bevor du dir das Hirn zermarterst? Egal, wie fähig du bist – vorher kannst du nicht wissen, was geschehen ist.«

»Aber auch die Autopsie kann nicht klären, ob die Überdosis ein Unfall war oder Absicht.«

»Aber es war Montgomerys Entscheidung, und darauf kommt es an. Du hattest keinen Einfluss darauf. Das Leben beschert uns genug Gewissensbisse, da brauchen wir uns nicht auch noch die Schuld anderer Leute aufzubürden.«

Sylvia lächelte matt. »Du bist ein sehr kluger Mann.«

»Ich habe viel Erfahrung. Hauptsächlich in der Bewältigung meiner eigenen blödsinnigen Fehler.«

»Ich ruf dich an, wenn ich mit der Autopsie fertig bin.«

»Ich hoffe aufrichtig, es bleibt für lange Zeit das letzte Mal.«

»Gestern hatte ich den schönsten Abend seit Jahren«, sagte Sylvia, als King sich abwandte.

»Das kann ich auch behaupten.«

Als King und Michelle abfuhren, musterte sie ihn von der Seite. »Täusche ich mich, oder hast du die Romanze mit Sylvia erneuert?« Er warf ihr einen Blick zu, gab aber keine Antwort. »Komm, Sean, halte mir bloß nicht wieder vor, dass ich deine Geschäftspartnerin bin und nicht deine Hirnklempnerin.«

»Wieso nicht? Es ist nach wie vor eine Tatsache.«

Michelle ließ sich niedergeschlagen in den Sitz sinken. »Na schön. Also gut.«

»Wieso interessiert es dich überhaupt?«

»Es interessiert mich, weil wir mitten in komplizierten Ermittlungen in mehreren Mordfällen stecken, und da wäre es ungünstig, wenn der beste mitwirkende Detektiv und die brillante mitbetroffene Rechtsmedizinerin durch eine Romanze abgelenkt werden.«

»Wüsste ich es nicht besser, würde ich sagen, du bist eifersüchtig.«

»Na, hör mal!«

»Wie gesagt, wenn ich es nicht besser wüsste... Aber deine Sorge ist unbegründet. Für mich hat der Fall Vorrang vor allem anderen.« King schwieg kurz. »Ich habe gesehen, dass du und Eddie euch in den Armen gelegen habt.«

Verärgert schaute Michelle ihn an. »Du hast uns belauert!«

»Nein, ich habe auf dem Weg zum Eingang durchs Fenster gelinst, um nachzusehen, ob ihr da seid. Ich wusste ja nicht, dass ihr gerade eine Kuschelstunde einlegt.«

»Das ist Unsinn, Sean. Ich habe ihm bloß für ein Gemälde gedankt, das er von mir gemalt hat.«

»Ach, er hat ein Porträt von dir gemalt? Damit sind seine Absichten doch wohl eindeutig.«

»Er ist unglücklich.«

»Aber es ist nicht deine Aufgabe, etwas daran zu ändern«, erwiderte King. »Also lass die Finger von ihm, Michelle. Dein Urteilsvermögen zu trüben wäre das Dümmste, was jetzt geschehen könnte.« Michelle schien widersprechen zu wollen, schwieg dann aber. »Er ist ein attraktiver, netter Kerl, obwohl er in seinem Leben schon manche Tragödie zu verwinden hatte. Außerdem steckt er in einer gescheiterten Ehe. Du wärst nicht die erste Frau, die es dazu drängt, so einem Mann zur Seite zu stehen.«

»Das hört sich an, als hättest du in diesen Dingen schon allerhand Erfahrung gesammelt.«

»Die Welt ist voll mit solchen *Dingen*. Und keiner von uns ist dagegen gefeit.«

»Gut, gut, ich habe verstanden. Wohin fahren wir eigentlich?«

»Wir statten Roger Canney einen Besuch ab. Ungefähr zu der Zeit, als seine Frau starb, ist er zu einem beträchtlichen Vermögen gelangt. Die Herkunft ist unklar.«

»Interessant.«

»Das Interessanteste weißt du noch gar nicht. Die selige Mrs Canney hatte eine Stelle.«

»So? Wo denn?«

»Bei der Firma Battle. Möchtest du raten, wer ihr unmittelbarer Vorgesetzter war?«

»Bobby Battle.«

»Volltreffer.«

KAPITEL 60

Als sie an die Eingangstür von Canneys Villa klopften, öffnete niemand.

»Merkwürdig«, sagte King. »Ich habe uns telefonisch angekündigt. Er hat versichert, er wäre daheim.«

»Zumindest müsste die Haushälterin da sein.«

Michelle ging zur Garage und spähte durchs Fenster. »Da stehen zwei Autos, ein großer Beemer und ein Land Rover. Ich bezweifle, dass sie der Haushälterin gehören, es sei denn, Canney bezahlt sie ungewöhnlich gut.«

King drückte die Hand gegen die Haustür, und sie schwang nach innen. Michelle sah es, zückte sofort die Pistole und kam zu ihm.

»Ich schwöre bei Gott«, flüsterte sie, »wenn er tot im Haus liegt, ein Hundehalsband trägt und an der Hand eine Uhr hat, die auf sechs zeigt, werde ich eine Woche lang aus vollem Hals schreien.«

Lautlos huschten sie ins Haus. Im Flur war niemand zu sehen. Wachsam eilten sie von Zimmer zu Zimmer.

Zuerst hörte Michelle das Geräusch, eine Art Ächzen, das aus dem rückwärtigen Teil der Villa kam. Sie eilten dorthin und sahen sich um. Sie erblickten keine Menschenseele, doch das Geräusch wiederholte sich, und diesmal folgte ihm das Klirren von Metall an Metall.

Michelle deutete auf eine Tür ganz am Ende des Flurs. King nickte, schlich dorthin und schob die Tür mit dem Fuß langsam auf, während Michelle ihm Deckung gab. King spähte ins Zimmer und blieb angespannt; dann aber lockerte sich seine Haltung. Er öffnete die Tür und winkte Michelle zu sich.

Canney saß, ihnen den Rücken zugewandt, in seinem vorzüglich ausgestatteten privaten Fitnessstudio, hatte einen Kopfhörer auf und machte Beinbeugen. King hämmerte gegen die Tür, sodass Canney herumfuhr und sich den Kopfhörer herunterzerrte.

»Verdammt, was tun denn Sie hier?«, fragte er.

»Ich habe heute früh angerufen. Dreizehn Uhr wäre recht, haben Sie gesagt. Es ist dreizehn Uhr. Niemand hat uns eingelassen, aber die Haustür war offen.«

Canney richtete sich auf, legte den CD-Player beiseite und wischte sich mit einem Handtuch den Schweiß ab. »Entschuldigen Sie. Meine Haushälterin hat heute frei, und ich habe wohl den zeitlichen Überblick verloren.«

»Kann jedem mal passieren«, meinte King. »Wir können warten, wenn Sie erst duschen möchten.«

»Nein, bringen wir es hinter uns. Ich kann mir nicht vorstellen, dass es lange dauert. Setzen wir uns draußen hin. Limonade steht bereit.«

Sie betraten einen ausgedehnten Garten an der Rückseite der Villa, in dem es außer Zeugnissen ausgeklügelter Landschaftsgärtnerei einen Swimmingpool, einen Brunnen und ein Gartenhäuschen im Stil einer Blockhütte gab.

»Schön haben Sie's hier«, bemerkte Michelle.

»Ja, im Garten fühle ich mich am wohlsten.«

»Es sieht alles noch ziemlich neu aus«, stellte King fest. »Sie wohnen noch nicht lange in diesem Haus, oder? Erst seit rund drei Jahren, stimmt's?«

Canney musterte ihn mit scharfem Blick, während er an der Limonade nippte. »Woher wissen Sie das?«

»Amtliche Unterlagen sind genau das, was ihr Name sagt, nämlich amtlich. Und was Sie betrifft, haben Sie sich inzwischen vom Buchhalterdasein zur Ruhe gesetzt.«

»Mich zwanzig Jahre lang mit anderer Leute Geld befassen zu müssen kam mir lange genug vor.«

»Na, heute haben Sie ja selbst reichlich Geld, mit dem Sie sich befassen können. Als Buchhalter verdient man anscheinend besser, als ich dachte.«

»Im Laufe der Jahre habe ich ein paar einträgliche Investitionen getätigt.«

»Ihre Frau war ebenfalls berufstätig – bei der Firma Battle. Als Bobby Battles Chefsekretärin, stimmt's? Als sie bei dem Verkehrsunfall ums Leben kam, war sie dort noch angestellt, nicht wahr?«

»Ja. Das ist wohl kaum ein Geheimnis.«

»Ich habe Sie nicht auf Battles Beisetzung gesehen.«

»Ich war nicht dort.«

»Sind Sie mit der Familie Battle nicht in Kontakt geblieben?«

»Nur weil meine Frau bei Battle gearbeitet hat, müssen wir keine Freunde gewesen sein.«

»Bei meinen Nachforschungen bin ich auf ein Bild Ihrer Frau gestoßen. Sie war sehr schön, hatte sogar einige örtliche Schönheitswettbewerbe gewonnen.«

»Megan war außerordentlich attraktiv, ja. Hat diese Unterhaltung eigentlich irgendwie einen tieferen Sinn?«

»Der Sinn ist, dass ich nach einem Bild Ihrer Frau recherchieren musste, weil es in Ihrer Villa keine Bilder gibt. Auch keine Bilder Ihres Sohnes.«

»Sie meinen, nicht in den allgemein zugänglichen Räumen.«

»Nein. Als uns niemand geöffnet hat und wir die Tür unverschlossen vorfanden, haben wir befürchtet, es könnte etwas nicht stimmen, und sind von Zimmer zu Zimmer gegangen, auch ins Schlafzimmer. Es gibt im ganzen Haus keine Fotos von Ihrer Familie.«

Wütend stand Canney auf. »Wie können Sie sich so etwas erlauben?«

King blieb seelenruhig. »Gestatten Sie mir, ganz offen zu sprechen, Roger. Sie sind vor ungefähr drei Jahren zu Ihrem Vermögen gelangt, genau genommen kurz nach dem Tod Ihrer Frau. Damals haben Sie dieses Anwesen gekauft. Davor waren Sie eine normale Buchhalternase mit normalem Verdienst, kamen aber zurecht, weil Ihre Frau ebenfalls berufstätig war. Solche Männer setzen sich nicht zur Ruhe, *nachdem* plötzlich die Einkünfte ihrer Ehefrau entfallen, und erwerben ein Anwesen, das Millionen kostet.«

»Sie hatte eine Lebensversicherung.«

»Über fünfzigtausend Dollar. Auch das habe ich überprüft.«

»Was wollen Sie mir eigentlich unterstellen?«

»Ich habe kein Interesse an Unterstellungen. Ich ziehe die Wahrheit vor.«

»Das Gespräch ist beendet. Da Sie mein Haus schon durchsucht haben, finden Sie bestimmt allein hinaus.«

King und Michelle erhoben sich. »Schön, wir können es auch auf die harte Tour durchziehen.«

»Wenden Sie sich an Giles Kinney, meinen Anwalt. Er reißt Ihnen den Arsch auf.«

King lächelte. »Giles? Auf dem Golfplatz schlage ich ihn wenigstens einmal die Woche.«

KAPITEL 61

King und Michelle trafen sich mit Todd Williams und zwei seiner Deputys vor dem *Aphrodisia*. Wenig später saßen sie in Lulus Büro und erkundigten sich nach der Benutzerin des Zimmers und Kyle Montgomerys Besuchen. Anfangs stritt Lulu ab, etwas darüber zu wissen, räumte aber schließlich ein, Montgomery kürzlich im Club gesehen zu haben.

»Aber über diese Dame weiß ich wirklich nichts«, behauptete Lulu. »Sie arbeitet nicht bei uns, so viel steht fest.«

»Was denn, haben Sie sich in eine Wohltäterin verwandelt, dass Sie reichen Drogenkonsumentinnen kostenlos ein Zimmer zur Verfügung stellen?«, fragte Williams spöttisch.

»Ich wusste nicht, dass da so was im Gange ist. Sie hat das Zimmer bar bezahlt. Ich dachte, sie braucht bloß eine zeitweilige Unterkunft.«

»War sie jeden Abend hier?«

»Ich habe nicht Buch geführt. Man muss sich bei uns nur ausweisen, wenn man an die Bar oder die Erotik-Abteilung will, wo die Mädels tanzen. Darüber hinaus haben wir auch ein Restaurant und Veranstaltungsräume und obendrein ein Business-Center. Da kann jeder nach Belieben kommen und gehen.« Lulu schlug zunehmend barschere Töne an. »Wir sind ein Dienstleistungsunternehmen.«

King schüttelte den Kopf. »Also wirklich, Lulu, wollen Sie vorgeben, Sie hätten mit der Frau kein Wort gewechselt, als sie das erste Mal bei Ihnen aufgekreuzt ist? Verdammt, woher wussten Sie denn überhaupt, was sie wollte?«

»Sie hat Bargeld und einen Zettel mit dem Hinweis hinterlegt, welches Zimmer sie gern haben würde, und zwar ausschließlich dieses Zimmer.«

»Und was haben Sie getan? Sich ohne weiteres darauf eingelassen?«

»Es ging bloß um ein Zimmer, Sean. Und Bargeld lacht. Es war ja nicht so, dass sie dort verbotene Dinge getrieben hätte. Sie kam immer abends. Am Tag wurde das Zimmer geputzt, genau wie alle anderen. Es wurde nie etwas vorgefunden. Ich weiß, das alles klingt ein bisschen sonderbar, und zu Anfang war ich auch neugierig und habe ein Auge aufgesperrt. Aber es hat in dem Zimmer nie Lärm oder sonst etwas Auffälliges gegeben. Und abgesehen von diesem Montgomery hat sich niemand mit ihr getroffen.«

»Haben Sie die Frau gesehen, wenn sie kam oder verschwand?«

»Manchmal. Aber sie hat immer ein Kopftuch, einen langen Mantel und eine Sonnenbrille getragen.«

»Und das hat bei Ihnen keinen Verdacht erregt? Haben Sie nie herauszufinden versucht, wer sie ist? Sie abgepasst, um ihr zu folgen?«

»Natürlich war ich misstrauisch. Ich schnüffele aber nicht in den Verhältnissen anderer Menschen herum. Leben und leben lassen, das ist meine Devise. Wenn die Frau ein Zimmer mieten und keine Sau wissen lassen wollte, wer sie ist – von mir aus. Hauptsache, sie hat gezahlt. Mehr interessiert mich nicht.« Lulus Stimme klang trotzig. »Ich verscheuche doch keine zahlenden Kunden.«

»Tja, aber jetzt ist Kyle Montgomery tot, wurde vielleicht ermordet«, sagte Williams, »und darum müssen wir alles in einem etwas anderen Licht betrachten.«

Nervös sah Lulu ihn an. »Davon habe ich keinen blassen Schimmer. Hier ist er bestimmt nicht umgebracht worden. Deshalb begreife ich nicht, was unser Club damit zu schaffen haben soll.«

»Gut, dann will ich Sie mal aufklären«, sagte der Polizeichef. »Der Aussage eines Zeugen zufolge gab es zwischen Montgomery und der bewussten Frau eine hitzige Auseinandersetzung. Wir wissen, dass er die Frau widerrechtlich mit verschreibungspflichtigen Medikamenten versorgte, die er aus dem Büro der Rechtsmedizinerin entwendet hat, bei der er angestellt war.«

»Davon weiß ich nichts.«

»Jedenfalls hatten sie kürzlich einen Streit«, stellte Williams klar, »und vergangene Nacht hat Montgomery plötzlich den Geist aufgegeben.«

»Ich hab ihn bestimmt nicht umgebracht! Und wer die Dame ist, weiß ich nicht.«

»War sie gestern Abend hier?«

»Nicht dass ich wüsste. Jedenfalls habe ich sie nicht bemerkt.«

»Wann haben Sie die Frau zum letzten Mal gesehen?«

»Da bin ich mir nicht sicher«, antwortete Lulu gereizt. »Ich musste mich mit anderen Dingen befassen. Unter anderem musste ich meinen Mann begraben.«

»Wir müssen jeden vernehmen, der gestern Abend hier war und die Frau gesehen haben könnte.«

»Einige der Leute, die in Frage kommen, erscheinen erst später zur Arbeit.«

»Dann möchte ich mir als Erstes das Zimmer anschauen und die Personen vernehmen, die derzeit hier *sind*, ob sie jemandem aufgefallen ist.«

Lulu wurde immer unruhiger. »Jetzt sofort?«

»Gibt's da ein Problem?«

»Nein, bloß schlafen einige von den Spätschicht-Tänzerinnen noch.«

»Schlafen? Es ist vierzehn Uhr dreißig.«

»Ihre Auftritte dauern bis in den frühen Morgen.«

»Na gut, fangen wir mit dem Personal an, das nicht tanzt. Aber währenddessen wecken Sie die Mädels und bereiten sie darauf vor, Aussagen zu machen. Alles klar, Lulu?«

»Alles klar«, versicherte Lulu augenblicklich.

Beim Gehen schaute Michelle sich um und sah Lulus Hand in einer Schreibtischschublade verschwinden, genau wie bei ihrem vorherigen Besuch.

»Todd«, meinte Michelle, als sie im Korridor standen, »warum holen Sie nicht schon mal die Leute zusammen und fangen mit der Vernehmung an? Sean und ich schauen uns hier so lange noch ein bisschen um.«

»Gute Idee. Nachher tauschen wir unsere Erkenntnisse aus.«

»Was ist los?«, fragte King, nachdem der Polizeichef und seine Mitarbeiter sich entfernt hatten.

»Komm mal schnell mit.«

Michelle begab sich mit King ins Freie und zur Rückseite des Gebäudes, wo aus der zweiten Etage eine Treppe herunterführte. Sie versteckten sich hinter einem Abfallcontainer und warteten. Schon nach einer knappen Minute wurde ihre Geduld belohnt. Aus einer Außentür der zweiten Etage kamen mehrere Männer zum Vorschein, die teils Mäntel über dem Arm trugen, teils nicht zugeknöpfte Hemden über der Hose. Sie stiegen die Treppe herunter, verschwanden in ihren Autos und fuhren davon.

King und Michelle sahen sich an.

»Anscheinend macht das *Aphrodisia* seinem Namen alle Ehre«, sagte King. »Gut aufgepasst, Michelle.«

»Prostitution ist im Dienstleistungsgewerbe immer eine Möglichkeit zum Dazuverdienen«, stellte Michelle fest. »Wie gehen wir nun vor?«

»Ein weiteres Gespräch mit Lulu wäre wohl angebracht.«

»Der Mann tot und drei Kinder… Ich weiß, es ist ein Gesetzesverstoß, aber ich bin nicht scharf darauf, sie ins Gefängnis zu bringen.«

»Vielleicht können wir ihr klar machen, dass sie unrechtmäßig gehandelt hat.«

Als Lulu wenig später in ihr Büro zurückkehrte, saß King an ihrem Schreibtisch. Neben ihm stand Michelle.

»Was tun Sie denn hier?«, schnauzte Lulu.

Zur Antwort langte King in die Schublade und drückte auf die darin entdeckte Taste.

»Ich hoffe, dieser zweite Alarm verwirrt die Mädels nicht, aber inzwischen sind ja sämtliche Freier aus dem Bau abgehauen.«

Lulu wurde blass, fasste sich aber rasch wieder. »Was soll das heißen?«

»Setzen Sie sich«, forderte King sie streng auf. »Wir sind hier, um Ihnen zu helfen. Aber wenn Sie versuchen, uns zu verarschen, rufen wir den Polizeichef und überlassen ihm die Angelegenheit. Dann haben wir keinen Einfluss mehr darauf.«

Erbittert starrte Lulu die beiden an, nahm aber Platz. Ruhelos rang sie die Hände im Schoß.

»Wenn Sie sich eine Zigarette anstecken wollen, von mir aus. Kann sein, dass es ein Weilchen dauert.«

Lulu zündete sich eine Zigarette an, inhalierte den Rauch und blies ihn aus der Nase aus.

King lehnte sich in den Sessel. »Also, erläutern Sie uns das Arrangement.«

»Es ist nicht so, wie Sie denken«, beteuerte Lulu.

»Sie sind eine kluge Frau. Ich bin sicher, Sie haben sich irgendetwas Neues einfallen lassen, und ich brenne darauf, Näheres zu erfahren.«

Nervös blickte Lulu zwischen ihnen hin und her. »Jahrelang hab ich schwer dafür geschuftet, dieses Etablissement aufzubauen, sodass ich manchmal die Kinder vernachlässigen musste, und Junior ebenfalls. Ich hab Magengeschwüre und qualme jeden Tag zwei Päckchen Lungentorpedos. Klar, ich hab nur eine Minderheitsbeteiligung, aber in Wirklichkeit halte ich den Laden am Laufen. Meine Kompagnons genießen einen Großteil ihrer Zeit in Florida. Aber ständig üben sie Druck auf mich aus, den Gewinn zu erhöhen, damit sie sich größere Yachten und schönere Frauen leisten können. Mehr, mehr, mehr – das ist alles, was ich von denen zu hören kriege.«

»Deshalb sind Sie auf den Einfall gekommen, die Tänzerinnen für Zusatzeinnahmen einzuspannen?«

»Der Vorschlag stammt von meinen Kompagnons. Erst wollte ich nicht mitziehen, aber sie haben darauf bestanden. Andernfalls wollten sie mich ausbooten und eine andere Geschäftsführerin einstellen. Aber kein Mädchen, das nicht mitmachen möchte, wird gezwungen, und es werden keine dummen Fragen gestellt. Diese Bedingung hab ich mir nicht abhandeln lassen.« Sie zögerte. »Wenn ich Ihnen erkläre, wie …«

»Lulu, es stimmt, was Sean gesagt hat«, versicherte Michelle. »Wir sind hier, um Ihnen zu helfen.«

»Warum?«, rief Lulu plötzlich heftig. »Warum interessiere ich Sie denn?«

»Weil wir wissen, dass Sie im Grunde ein anständiger Mensch sind«, antwortete King, »und zudem Mutter von drei Kindern, die Sie brauchen. Sie haben unter starkem Druck gestanden und gerade erst Ihren Mann verloren. Was Sie uns erzählen, bleibt unter uns, Ehrenwort.«

Lulu holte tief Luft und lieferte die gewünschten Aufschlüsse. »Zwischen den Mädchen und den Männern fließt kein Bargeld. Wir … Wir haben eine Art Verein gegründet. Die Mitglieder zahlen eine Eintrittsgebühr und danach einen Monatsbeitrag, der sich nach … na ja, nach den jeweiligen Ansprüchen richtet. Die Einnahmen verbuchen wir über das Konto der Business-Center-Kontaktbörse.«

»Hm, auf jeden Fall ist es eine originelle Spielart der Kontaktbörse«, sagte King. »Weiter.«

»Wir verlangen ziemlich hohe Beiträge, also bleibt der Kreis der Stammkunden begrenzt und hat ein gewisses Niveau.«

»Mit anderen Worten«, meinte King, »es sind wohlhabende Stecher, die im Bett was erleben wollen.«

»Auf alle Fälle erlaubt die Mitgliedschaft den Umgang

mit den Mädchen ausschließlich per Verabredung. Die Mitglieder erhalten jedes Mal Passwörter, anhand derer die Mädels erkennen können, dass die Sache in Ordnung geht. Es werden immer Kondome benutzt, und es ist nichts Gefährliches erlaubt. Wer den Mädchen gegenüber ruppig wird, verliert unwiderruflich die Mitgliedschaft. Es sind aber noch nie Probleme aufgetreten. Die Tänzerinnen, die sich beteiligen, erhalten zusätzlichen Lohn.«

»Ganz schön einfallsreich, aber trotzdem illegal, Lulu. Es könnte zur Schließung des Clubs führen und Sie in den Knast bringen.«

Lulu zündete sich die nächste Zigarette an. Sie sah aus, als müsste sie sich übergeben. »Ich weiß«, sagte sie. Ihre Stimme zitterte. »Herrgott, mir war von Anfang an klar, dass die ganze Sache Blödsinn ist.«

»Und die Taste im Büro löst in den Zimmern Alarm aus, damit die Mädchen und die Freier gewarnt sind, falls irgendwelche Schwierigkeiten drohen, und dann verduften die Typen durch den Hinterausgang.«

»Ja«, bestätigte Lulu mit kläglicher Stimme. »Und ich lasse den Zugang zu den Korridoren ab und zu von Angestellten überwachen.«

»Wie ist Kyle Montgomery dann reingekommen?«

»Die Dame hat einen Zettel und ein Foto Montgomerys hinterlegt und mir auf diese Weise mitgeteilt, er wäre unbedenklich.« Sie drückte die Zigarette aus. »Eines kann ich Ihnen sagen: In der Nacht, als ich Montgomery gesehen habe, ist ihm jemand gefolgt. Einer der Aufpasser hatte es bemerkt.«

»Das war Sylvia Diaz, die Ärztin, für die Montgomery gearbeitet hat.«

»Der Name kommt mir bekannt vor.«

»Sie ist die hiesige Rechtsmedizinerin. Sie hatte dieselbe Gynäkologin wie Sie, bevor Sie gewechselt haben.«

»Ich habe die Gynäkologin nicht gewechselt.«

»Ist ja auch egal. Sie ist die Zeugin, die Montgomery hier beobachtet und den Streit zwischen ihm und der

Frau belauscht hat.« Einen Augenblick lang schwieg King. »Sie müssen einen Schlussstrich ziehen, Lulu«, fuhr er schließlich fort. »Machen Sie noch heute ein Ende, oder es kommt zu einer Katastrophe.«

»Dann müsste ich die Beiträge erstatten. Das ist eine Menge Geld.«

»Nein, müssen Sie nicht. Diese Männer haben wissentlich gegen das Gesetz verstoßen. Sagen Sie ihnen, sie wären heute um ein Haar aufgeflogen und dass deswegen nun Feierabend ist. Erklären Sie ihnen, wenn die Beiträge erstattet werden, könnte man sie im Rahmen einer späteren Ermittlung entlarven. Ich bin sicher, dass die Typen auf die Kohle verzichten, um auf diese Weise ein Risiko zu vermeiden.« King schaute Lulu eindringlich an. »Das ist Ihr einziger Ausweg, Lulu.«

Endlich hatte sie ein Einsehen und nickte. »Ich werde sie alle noch heute verständigen.«

»Und sprechen Sie mit Ihren Kompagnons in Florida. Machen Sie denen klar, dass das Gesetz in Virginia einen langen Arm hat, der bis weit in den Süden reicht. Wenn diese Leute ihre Yachten und Liebchen nicht abschreiben wollen, sollten sie Ihnen erlauben, den Laden nach Ihren Vorstellungen zu schmeißen, ihn also auf Pole-Dancing und Bierzapfen zu beschränken. Das wirft auch einiges ab.«

King stand auf und winkte Michelle, damit sie sich ihm anschloss. »Und wenn Remmy Ihnen bezüglich der Kinder und der Fertigstellung des Hauses finanziell unter die Arme greift, kann es ja sein, dass Sie künftig mehr Zeit zu Hause verbringen möchten. Ich sage das nur so zur Anregung.«

»Danke«, rief Lulu, als sie das Büro verließen. »Ich stehe in Ihrer Schuld.«

King drehte sich um. »Ich dachte mir, dass für Sie die Zeit reif ist für einen Umschwung.« Er und Michelle wandten sich erneut zum Gehen, doch Lulu hatte noch etwas zu sagen.

»Ich weiß, was für ein Auto die Frau fährt. Einmal hab ich's gesehen.«

»Wir wissen es auch. Einen alten Mercedes mit Klappdach.«

»Es ist ein echter Klassiker. Ein 300 SL-Sportwagen, Baujahr neunundfünfzig.«

»Woher kennen Sie so etwas?«, fragte Michelle.

»Einer meiner Kompagnons ist Auto-Fan. Er hat in Naples einen ganzen Fahrzeugpark solcher Oldies. Von ihm habe ich viel über Autos gelernt. Der Wagen, den die Frau fährt, ist ein Schmuckstück. Er ist ein Vermögen wert.«

King nuschelte etwas Unverständliches. »Lulu, betrachten Sie die Schuld als vollauf beglichen. Komm, Michelle.« Er fasste sie am Arm und schob sie zur Tür hinaus.

»Was soll die plötzliche Eile?«, fragte Michelle.

»Ich glaube, ich weiß, wo wir diesen Wagen finden.«

KAPITEL 62

King parkte den Lexus in einer Nebenstraße und stieg aus.

»Den Rest des Weges gehen wir zu Fuß. Ich möchte nicht, dass jemand uns sieht, wenn es sich vermeiden lässt.«

»Wohin geht's denn?«

»Nur Geduld. Du wirst es gleich merken.«

Sie kletterten über ein Gartentor und schritten über einen Kiesweg. Durch eine Lücke in den Reihen der beiderseits gepflanzten, drei Meter fünfzig hohen Hecken erspähte Michelle in einiger Entfernung ein Gebäude. »Wir sind auf dem Anwesen der Battles«, stellte sie fest. Doch King nahm nicht die Richtung zu dem Haus. »Sean«, sagte Michelle, »das Wohnhaus steht da drüben.«

»Da will ich nicht hin.«

»Wohin denn?«

King deutete voraus. »Zur Garage.«

Sie erreichten das große Garagengebäude, ohne gesehen zu werden. Es gelang King, einen Nebeneingang zu öffnen, und sie huschten hinein. Er sah sich nacheinander die im Erdgeschoss abgestellten Wagen an und lugte unter jede Plane. Nachdem er sich unten sämtliche Fahrzeuge angeschaut hatte, nahmen er und Michelle die Treppe ins Obergeschoss.

Auch dort standen mehrere Autos, denen King seine Aufmerksamkeit schenkte. Als er die dritte Plane angehoben hatte, zog er sie völlig herunter und ließ sie auf den Fußboden sinken. Er richtete den Blick auf die Typenbezeichnung des Wagens.

»300 SL.« Er kniete sich hin und untersuchte die Reifen, indem er mit der Hand über das Profil strich. Dann streckte er Michelle einen Finger entgegen.

»Schlamm«, sagte sie. »Aber wie konnte jemand diesen Wagen benutzen, ohne dass es aufgefallen ist?«

»Ganz einfach. Von Sally wissen wir, dass sich niemand mehr für diese Fahrzeugsammlung interessiert. Und vom Wohngebäude aus ist die Garage nicht zu sehen. Der Kiesweg, den wir eben entlanggegangen sind, führt zur Seitenstraße. Wenn sie sich das Auto erst am späten Abend holt, ist die Wahrscheinlichkeit hoch, dass niemand es beobachtet.«

»*Sie*. Dann steht es für dich wohl mit ziemlicher Sicherheit fest, wer unsere Stripperin und Drogensüchtige ist.«

King richtete sich auf. »Ja, allerdings. Also dürfte es sich empfehlen, dass wir sie uns vorknöpfen.«

»Das wird keine angenehme Begegnung.«

»Glaub mir, über die Wahrheit im Unklaren zu bleiben ist viel unangenehmer.«

Sie schlugen die Richtung zum Wohnhaus ein. Doch bevor sie dort eintrafen, bog King ab, strebte an der Stallung vorüber und zu der Pforte zwischen Kutschenhaus und Torgebäude des Anwesens.

»Sean, wohin willst du? Savannah ist bestimmt im Casa Battle.«

King beachtete sie nicht, blieb nicht einmal stehen. Michelle eilte ihm nach. King sah das Auto, das vor dem Eingang des Kutschenhauses stand, sprang die Stufen empor und klopfte an die Tür. Gleich darauf hörte man Schritte, und jemand öffnete die Tür.

»Was wollen Sie?«

»Dürfen wir eintreten, Dorothea?«, fragte King. Für den Fall, dass er die Antwort bekam, die er nicht zu hören wünschte, stellte er einen Fuß in die Tür.

»Warum?«, fragte Dorothea.

»Kyle Montgomery ist tot.«

Eine Hand Dorotheas zuckte an ihren Busen, und sie taumelte rückwärts, als hätte sie einen Stoß gegen die Brust erhalten. »Ich … Ich weiß nicht, wer das ist.«

»Wir wissen alles, Dorothea. Wir haben den Wagen entdeckt.«

»Welchen Wagen?«

»Den 300 SL in der Garage, mit dem Sie immer zum *Aphrodisia* gefahren sind.«

Trotzig starrte Dorothea die beiden an. »Sie irren sich.«

»Wir vergeuden Zeit«, entgegnete King ungeduldig. »Sie sind beim Verlassen des Clubs beobachtet worden. Es gibt eine Zeugin, die Sie kürzlich gegen fünf Uhr morgens in den Wagen steigen und wegfahren sah.«

Dorotheas trotzige Miene verfiel.

»Dieselbe Person hat gehört, wie Sie und Montgomery sich gestritten haben. Bei diesem Streit haben Sie eine Schusswaffe gezogen. Sie haben ihn bedroht …«

»Ich habe ihn niemals bedroht, diesen kleinen …« Dorothea verstummte. Sie schien einer Ohnmacht nahe.

»Ich dachte, Sie wollen vielleicht erst mit uns reden und später mit der Polizei«, sagte King leise. »Aber wenn Sie ablehnen, können wir auch sofort die Polizei verständigen.«

»O Gott …« Binnen weniger Augenblicke zerbröckelte Dorotheas Fassade, und Tränen rannen ihr über die Wangen. King schob die Tür auf, und sie gingen gemeinsam ins Haus.

KAPITEL 63

»Ich habe ihn nicht umgebracht, Sean. Ich war es nicht.«

»Aber Sie haben verbotenerweise Betäubungsmittel von ihm gekauft?«

Sie saßen im Wohnzimmer. King und Michelle hatten in Ohrensesseln Platz genommen. Ihnen gegenüber saß Dorothea auf dem kleinen Sofa und klammerte sich an die Armlehne des Möbels, als müsste sie ohne diesen Halt auf den Fußboden sinken.

»In letzter Zeit habe ich unter fürchterlichem Druck gestanden«, sagte sie langsam. »Ich … hatte ein paar finanzielle Rückschläge.«

»In einer Nacht tausend Dollar für Drogen zu verplempern ist nicht eben der vernünftigste Weg, um monetäre Schwierigkeiten zu beheben.«

Betroffen blickte Dorothea King ins Gesicht. »Sie haben den mickrigen Schrat ausgehorcht.«

»Vorsicht, man soll über Tote nichts Schlechtes reden. Erzählen Sie mir, was sich an dem bewussten Abend zugetragen hat.«

»Was wissen Sie denn schon?«

»Genug, um es sofort zu merken, wenn Sie mich belügen, und darüber wäre ich nicht sehr erfreut.«

»Ich verstehe selbst nicht, was über mich gekommen war. Montgomery wollte mit mir schlafen, das habe ich gemerkt. Männer sind leicht zu durchschauen.«

»Aber Sie wollten nicht mit *ihm* schlafen?«

»Natürlich nicht. Aber ich hatte viel getrunken. Und ich hatte den Vorsatz gefasst, dass es an diesem Abend das letzte Mal sein sollte. Selbstverständlich war es so, wie Sie sagen... Drogen konnten meine Probleme nicht lösen. Dazu zählten keineswegs nur finanzielle Schwierigkeiten. Es lag auch an der Familie. In die Battle-Sippschaft einzuheiraten bedeutet eine Menge Stress.«

»Ich kann durchaus nachvollziehen, dass es kein Kinderspiel ist, Remmy zur Schwiegermutter zu haben«, meinte Michelle mit trockenem Humor.

»Es war ein Albtraum! Alles was ich tat, trug, aß, trank oder sagte, wurde einem Urteil unterworfen. Und man war nicht gerade taktvoll, wenn man Kritik äußerte. Bobby war viel schlimmer als Remmy, ein richtiger Tyrann. Und er hatte schreckliche Stimmungsschwankungen. Im einen Moment war er guter Laune und lächelte, im nächsten Moment brüllte er herum und schikanierte seine Umgebung. Bei ihm konnte jeder plötzlich zum Sündenbock werden, sogar Remmy. Seit einiger Zeit gehe ich zu einem Therapeuten und versuche zu lernen, mein Leben optimistischer anzupacken.«

»Sehr gut«, sagte King. »Aber Sie wollten uns etwas über Kyle erzählen.«

»Ja. Also, als Kyle mit den Pillen aufkreuzte, war ich beschwipst und beschloss, ihn über den Tisch zu ziehen. Darum habe ich... Also, ich...« Sie schwieg, und ihr Gesicht lief rot an. »Es war idiotisch, ich weiß.«

»Wir wissen über den Striptease Bescheid, daher brauchen Sie nicht auf Einzelheiten einzugehen. Aber Sie haben eine Schusswaffe auf ihn gerichtet.«

»Er wollte über mich herfallen. Ich musste mich wehren.«

»Und Sie haben das Geld zurückverlangt.«

»Ich hatte ihm genug gezahlt. Schließlich kam er durch Diebstahl an die Pillen. Er machte hundert Prozent Gewinn. Mir ging es nur darum, das Geschäft für mich ein wenig erträglicher zu gestalten.«

»Sie haben das Geld dann wieder an sich gebracht?«

»Ja. Ich habe ihm vorgespiegelt, dass ich ihn umlegen

wollte, und er hat Fersengeld gegeben. Das war das letzte Mal, dass ich ihn gesehen habe. Ich schwör's.«

»Wie sind Sie überhaupt mit ihm in Kontakt gekommen?«

»Ich wusste, dass er in Sylvias Praxis arbeitete, aber wir hatten keinen direkten Umgang. Ich war wegen einer Rückenverletzung bei ihr in Behandlung. Von den Schmerzmitteln, die sie mir verschrieb, bin ich schnell abhängig geworden, doch nach Ende der Behandlung hat sie sich geweigert, mir weiterhin welche zu verschreiben. Da war ich aber schon pillensüchtig. Mir war bekannt, dass Sylvia die Medikamente, die ich brauchte, in ihrer Praxis verwahrt. Kyle ließ sich auf den ersten Blick anmerken, dass er käuflich und zu allem bereit war, wenn er an Geld kam. Und mir war klar, dass verschreibungspflichtige Mittel aus der Praxis einer Rechtsmedizinerin viel ungefährlicher sind als der Dreck, den man auf der Straße kaufen kann. Außerdem hatte ich keine Lust, mich mit echten Drogenhändlern einzulassen. Das *Aphrodisia* habe ich mir als Treffpunkt ausgesucht, weil ich es von Geschäftsessen kannte. Ich wusste, dass man dort Zimmer mieten kann, ohne dass Fragen gestellt werden.«

»Und Sie sind der Ansicht, er hat Sie nie erkannt? Offenbar hatte er Sie doch in Sylvias Praxis gesehen.«

»Ich habe immer Sonnenbrille und Kopftuch getragen, für gedämpfte Beleuchtung gesorgt und wenig gesprochen. Hätte er mich erkannt, wäre ich bestimmt von ihm erpresst worden.«

Während sie den letzten Satz sprach, fasste King sie scharf ins Auge. Sie bemerkte seinen Blick und wurde blass.

»Ich weiß, es hört sich alles ziemlich sonderbar an…«

»Dorothea, die Lage ist sehr ernst. Weiß Eddie darüber Bescheid?«

»Nein. Bitte, Sie dürfen ihm nichts verraten! Wir führen zwar nicht die großartigste Ehe der Welt, aber irgendwie mag ich ihn, und das könnte er nicht verwinden.«

»Versprechen kann ich Ihnen nichts, Dorothea. Und nun möchte ich wissen, wo Sie gestern Abend gewesen sind.«

»Ich war hier.«

»Kann Eddie das bezeugen?«, fragte Michelle. »Er ist ja früh von der Reenactment-Veranstaltung nach Hause gekommen.«

»Woher wissen Sie das?«

Michelle schaute leicht verlegen drein. »Ich bin mit Chip Bailey nach Middleton gefahren, um mir die ›Schlacht‹ anzuschauen. Chip musste vorzeitig fort, deshalb hat Eddie mich nach Hause gebracht. Er sagte, für den zweiten Tag des Reenactments könnte er nicht bleiben.«

Dorothea warf ihr einen argwöhnischen Blick zu. »Also, im Haus war er letzte Nacht nicht«, erklärte sie schließlich. »Wahrscheinlich war er in seinem Atelier. Manchmal schläft er dort.«

Michelle setzte zu einer Antwort an, verkniff sie sich aber.

»Dann fehlt Ihnen ein Alibi«, stellte King fest. »Übrigens habe ich das Hotel Jefferson in Richmond angerufen. Im Gegensatz zu Ihrer Aussage haben Sie in der Nacht, als Bobby ermordet wurde, nicht dort übernachtet. Das wird das FBI auch schon ermittelt haben. Waren Sie in der Nacht im *Aphrodisia?*«

»Ja. Kyle hat mir ungefähr um zweiundzwanzig Uhr die Pillen gebracht.«

»Das ist ja eine Ironie des Schicksals.«

»Wieso?«

»Dann war Kyle im Fall der Ermordung Ihres Schwiegervaters Ihr Alibi, aber jetzt ist er tot. Falls also niemand sonst Sie im Club bemerkt hat, haben Sie auch für diesen Mord kein Alibi.«

Dorothea senkte den Kopf und brach in Schluchzen

aus. Nach einer Weile stand Michelle auf, ging in die Küche und kam mit einem feuchten Tuch zurück, das sie Dorothea reichte.

»Machen Sie sich nicht verrückt, Dorothea«, sagte King. »Noch ist Kyles Ableben gar nicht als Mord eingestuft. Möglicherweise ist er an einer Drogen-Überdosis gestorben. Oder es war Selbstmord.«

»Dass so ein Typ sich das Leben nimmt, kann ich mir nicht vorstellen. Das Wenige, das ich von ihm weiß, spricht eher dafür, dass er immer nur auf den eigenen Vorteil aus war.« Dorothea wischte sich mit dem Tuch die Augen ab; dann heftete sie den Blick auf King. »Und was geschieht nun?«

»Wir können Ihr Verhalten unmöglich vertuschen.«

Dorotheas Lippen zitterten. »Damit durfte ich wohl nicht rechnen.«

»Allerdings bleibt noch offen, in welchem Umfang es aktenkundig gemacht werden muss.«

»Ich habe Kyle Montgomery nicht ermordet, und auch nicht meinen Schwiegervater.«

»Apropos Schwiegervater – warum sind Sie eigentlich an dem Tag in der Klinik gewesen?«

»Ist das jetzt noch von Belang?«

»Möglicherweise.«

Dorothea atmete tief durch. »Bobby hatte mir Geld zugesagt, einen größeren Anteil von seinem Vermögen. Dafür hätte allerdings sein Testament geändert werden müssen. Er hatte mir angekündigt, für die Änderung zu sorgen, aber mir wurde nie ein Nachweis vorgelegt.«

»Sie haben ihn also besucht, um sich danach zu erkundigen?«

»Ich hatte gehört, dass er bei Bewusstsein war und sprechen konnte. Ob sich eine zweite Gelegenheit bot, wusste ich ja nicht. Meine finanziellen Schwierigkeiten wären behoben gewesen, hätte Bobby seine Ankündigung wahr gemacht und sein Testament geändert.«

»Nein. Die Schwierigkeiten wären behoben worden,

wäre er nach der Testamentsänderung *gestorben* und hätten Sie das Geld tatsächlich erhalten«, berichtigte Michelle.

»Ja«, bestätigte Dorothea leise und senkte den Blick.

»Weiß Eddie etwas von dieser angeblich versprochenen Testamentsänderung?«, fragte King.

»Nein. Eddie glaubt, wir stünden finanziell glänzend da. Er lebt in einer anderen Welt. Er kümmert sich um nichts.«

»Ich glaube, da täuschen Sie sich«, sagte Michelle. »Weshalb hätte Bobby sein Testament so ändern sollen, dass Sie und Eddie im Vergleich zu Remmy bevorzugt werden? Soviel ich weiß, hat er für Sie beide längst vorgesorgt.«

Dorothea lächelte verkniffen. »Kann man jemals genug Geld haben? *Ich* nicht. Und Bobby hatte verdammt viel Zaster.«

King beobachtete sie mit festem Blick. »Bobby war ein harter Verhandlungspartner. Worum also ging es beim *quid pro quo*, Dorothea?«

»Da halte ich lieber den Mund«, antwortete sie nach längerem Zögern. »Ich bin nicht sonderlich stolz darauf.«

»Kann ich mir denken. Dagegen war der kleine Strip, den Sie für Kyle hingelegt haben, wahrscheinlich gar nichts. Weshalb haben Sie eigentlich einen von Bobbys Oldies benutzt, um zum *Aphrodisia* zu fahren?«

Ein Lächeln des Triumphs legte sich auf Dorotheas Lippen. »Ich fand, er wäre mir mindestens das schuldig. Und er fuhr die Wagen ja sowieso nicht mehr.«

»Wissen Sie warum?«

»Er war sie leid geworden, nehme ich an. Für so was war der großmächtige Bobby Battle bekannt. Irgendwann hatte er alles satt, was er einmal begehrt hatte, und vergaß es.« Sie unterdrückte einen Schluchzer.

King erhob sich und betrachtete Dorothea, jedoch mit wenig Mitgefühl. »Wenn man Kyles Tod als Mord einstuft, wird die Polizei Sie verhören.«

»Das dürfte keine Rolle mehr spielen. Schlimmer kann es wohl nicht kommen.«

»O doch, Dorothea, es kann noch erheblich schlimmer kommen.«

»Woher hast du gewusst, dass sie es ist?«, fragte Michelle, als sie und King das Haus verließen. »Ich dachte, Savannah ist unsere Pillen schluckende Amateur-Stripperin.«

»Sie kam überhaupt nicht in Frage.«

»Wieso nicht? Sicherlich erinnerst du dich noch daran, wie sie sich damals am Pool geräkelt hat.«

»Genau. Eben das hat für mich zur Klärung beigetragen. Als Sylvia im *Aphrodisia* war, hat sie Kyle sagen hören, die Frau würde ›den nackten Hintern‹ herzeigen.«

»Und?«

»Savannah hat doch ihren Namen auf den Hintern tätowiert. Alle sonstigen Verdachtsmomente mögen gleich sein, aber ich bezweifle, dass sie diese Tätowierung Kyle gezeigt hätte, wenn sie unerkannt bleiben wollte. In Wrightsburg gibt es nur eine Savannah mit einem solchen Merkmal.«

KAPITEL 64

Im Laufe des Tages traf von Sylvia die Nachricht ein, dass sie die Autopsie Kyle Montgomerys beendet habe. Eine Zusammenkunft in Kings Büro wurde verabredet. Sylvia kam in Todd Williams' Begleitung. Eine Minute später fuhr auch Chip Bailey auf den Parkplatz.

»Ich habe ihn angerufen«, erklärte Williams, »da ich es für angebracht halte, ihn einzubeziehen, auch wenn Montgomerys Tod in keinem Zusammenhang zu den Serienmorden steht.«

»Bist du ganz sicher?«, fragte King.

Williams musterte ihn scharf. »Willst du mich etwa in den Wahnsinn treiben?«

Als alle sich im Konferenzzimmer gesetzt hatten, klappte Sylvia den Schnellhefter auf.

»Wie ich schon sagte, wird die genaue Todesursache erst feststehen, wenn uns die Ergebnisse der toxikologischen Untersuchung vorliegen«, sagte sie zur Einleitung. »Dennoch hat die äußerliche Untersuchung zu ungewöhnlichen Feststellungen geführt, die mich zu dem Schluss veranlassen, dass Montgomerys Tod unter fragwürdigen Umständen eingetreten ist.«

»Durch Suizid mittels Überdosis?«, fragte King.

»Nein, durch Mord. Montgomery war nicht als Drogenabhängiger bekannt. In seiner Wohnung wurden keine Drogen und oder Drogenzubehör entdeckt, und es gab an seinem gesamten Körper keinen zweiten Kanülen-Einstich.«

»Gefunden wurden allerdings eine benutzte Spritze

mit Resten des Inhalts, ein Gummiband sowie ein Einstich im Arm«, rief Bailey in Erinnerung.

»Das Zeug in der Spritze ist als Heroin identifiziert worden. Gut, unterstellen wir mal, Kyle hatte den Vorsatz, sich das Leben zu nehmen. Heroin ist eine auf der Straße erhältliche Droge, deshalb kennt man nie die genaue Dosis, die man sich spritzt. Und es bleibt die Frage offen, woher er das Zeug bezogen haben soll. In meiner Apotheke jedenfalls lagert kein Heroin.«

»Aber er hat ja wohl mehr als einen Apotheker gekannt«, wandte Williams ein. »Und es ist eine traurige Wahrheit, dass es praktisch überall Bezugsquellen für illegale Betäubungsmittel gibt.«

»Wenn man sich wirklich umbringen will, stellt man doch sicher, dass es beim ersten Mal klappt. Das Resümee meiner Darlegungen lautet: Heroin ist für einen Selbstmord keine gute Wahl. Als wichtiger erachte ich jedoch, dass ich in Kyles Brust zwei kleine, oberflächliche Punkturen festgestellt habe. In seiner Wohnung waren sie mir wegen der mangelhaften Beleuchtung nicht aufgefallen.«

»Was für Punkturen?«, fragte Bailey.

»Wie von einem Paar winziger Nädelchen mit kaum zwei Zentimetern Zwischenabstand. Sie bilden so etwas wie ein Verletzungsmuster.«

»Könnten sie von einer Spritze stammen?«, fragte Michelle.

»Ausgeschlossen. Und eine Fixe setzt man nicht auf der Brust. Für Injektionen sind Arme und Beine am besten geeignet.«

»Und was hältst du für die Ursache?«, stellte King die entscheidende Frage.

»Ich habe so etwas schon mal in Richmond gesehen, nach einem Krawall. Nachdem die Polizei einen Mann mit einem Taser außer Gefecht gesetzt hatte, erlitt er einen Herzstillstand und starb. Das Verletzungsmuster, das ich bei Kyle festgestellt habe, könnte ebenfalls von einem Taser stammen – die Stelle, wo die elektrischen Pfeile ihn in die Brust trafen.«

»Dann hat jemand ihn mit einem Taser niedergestreckt und ihm anschließend eine Überdosis Heroin injiziert«, folgerte Bailey. »Deshalb waren keine Kampfspuren zu erkennen.«

»Ganz sicher bin ich mir hinsichtlich des Tasers nicht, aber es gibt noch etwas. Ich habe in den Augen und im Mund kleine Petechien und Blutgerinnsel gefunden.«

»Das sind Anzeichen der Atemnot«, erklärte Michelle, »des Erstickens.«

»Genau. Die Blutungen entstehen, wenn jemand nach Luft ringt. Allerdings hat die Autopsie keinerlei Hinweise auf eine Strangulation ergeben, daher vermute ich, Kyle könnte mit einem Gegenstand erstickt worden sein, der keine Spuren hinterlässt, etwa einem Kissen. Und Heroin schränkt die Atmung ein, deshalb muss er ohnehin schon sehr flach geatmet haben. Dadurch dürfte der Person, die ihn erstickt hat, die Tat ziemlich leicht gefallen sein.«

»Wer hat denn ein Motiv, falls Kyle tatsächlich ermordet wurde und der Täter es wie Selbstmord aussehen lassen wollte?«, fragte Bailey.

»Auf jeden Fall die Frau, der er im *Aphrodisia* Pillen verscherbelt hat«, antwortete Williams. Bailey warf ihm einen fragenden Blick zu, und der Polizeichef informierte ihn kurz darüber.

»Wieso sollte die Frau ihn umbringen«, meinte Bailey, »obwohl sie das Geld schließlich behalten konnte?«

»Und wenn Kyle sie erkannt hatte und erpresst hat?«, lautete Sylvias Überlegung. »Furcht vor Bloßstellung ist ein häufiges Mordmotiv.«

»Dann müssen wir diese Frau finden, und zwar schnell«, sagte Williams.

Michelle und King wechselten einen Blick.

»Wir wissen, wer sie ist«, sagte King.

Außer Michelle schauten alle Anwesenden ihn verblüfft an.

»Wer?«, hakte Williams nach.

»Dorothea Battle. Und ihr fehlt für die Zeit, in der Montgomery ermordet wurde, ein Alibi.«

»Dorothea Battle?« Der Polizeichef erhob sich aus dem Sessel. »Warum zum Teufel hast du mich nicht unverzüglich informiert, Sean?«

»Wir haben es selbst vorhin erst erfahren. Sie hat es vor Michelle und mir zugegeben.«

Williams holte sein Handy hervor. »Na, dann wollen wir sie uns mal schleunigst greifen.«

»Sie ist zu Hause.«

»Du *hoffst*, dass sie noch daheim ist. Sollte sie ausgeflogen sein, mache ich dich dafür verantwortlich.«

»Ich glaube nicht, dass sie Montgomerys Mörderin ist, Todd.«

Williams überhörte die Bemerkung und ordnete telefonisch Dorothea Battles Festnahme an. Erst dann wandte er sich wieder an den Privatdetektiv. »Und worauf stützt du diese Schlussfolgerung?«

»Ich habe es im Urin.«

»Danke, diese Methode werd ich mir merken.«

»Falls Dorothea ihn getötet hat, hätten wir es mit sage und schreibe drei Mördern zu schaffen«, sagte Bailey. »Dem Serienmörder, dem Mörder Bobby Battles und der Mörderin Montgomerys.«

»Oder Dorothea hat auch Bobby umgebracht«, hielt Williams ihm entgegen. Er schaute King an. »Hat sie sich dazu geäußert, warum sie Battle in der Klinik besucht hat?«

»Dorothea hoffte, Bobby hätte sein Testament geändert, um ihr mehr Geld zuzuschanzen. Sie sagt, sie wäre zu ihm in die Klinik gegangen, um sich davon zu überzeugen, dass er die Testamentsänderung erledigt hatte. Wie sich herausstellte, ist nichts dergleichen geschehen. Remmy erbt alles. Deshalb hat Dorothea keinen Nutzen an Bobbys Tod.«

Noch einmal ergriff Michelle das Wort. »Und wenn sie

ihn besucht und von ihm erfahren hat, sein Testament ist unverändert geblieben, und dann hat sie ihn aus Wut vergiftet?«

»Ich bezweifle, dass Bobby Battle imstande war, Fragen zu beantworten«, sagte Sylvia. »Er musste beatmet werden, als er starb, und in einer solchen Situation ist das Sprechen weitgehend unmöglich.«

Bailey schaute King an. »Welche Theorie haben Sie, der zufolge zwischen den Opfern irgendeine Verbindung bestehen könnte?«

King zuckte mit den Schultern. »Darüber denke ich noch nach.«

Nachdem bis auf Michelle die Teilnehmer der Besprechung gegangen waren, griff King zum Telefon und wählte eine Nummer. Doch es dauerte nicht lange, bis er den Hörer auflegte.

»Wen wolltest du anrufen?«, fragte Michelle.

»Harry Carrick. Aber er hat sich nicht gemeldet. Ich versuche es später noch mal. Wenn Dorothea festgenommen wird, ist der Teufel los. Harry ist mit Remmy befreundet, also würde ich ihn gern vorher unterrichten. Vielleicht will er Remmy aufsuchen. Und Dorothea braucht einen Anwalt.«

»Ich überlege, ob ich Eddie suchen und ihn informieren soll.«

»Es ist besser, er wird von jemand anders benachrichtigt. Wahrscheinlich behält Bailey es sich vor.«

»Wieso hast du Bailey nichts von Canneys früherem Verhältnis zu den Battles erzählt?«

»Noch weiß ich nicht, ob da wirklich Zusammenhänge bestehen. Ich will mir erst sicher sein.«

»Aber du hast einen Verdacht?«

»Ja, und zwar einen starken.«

»Möchtest du damit rausrücken?«

»Meine Vermutung ist, dass Mrs Canney von Bobby Battle ein Kind bekam, nämlich Steve. Und dass Roger Canney nach dem Tod seiner Frau den Alten dafür hat zahlen lassen. Dadurch ließe sich Canneys plötzlicher Reichtum erklären, ebenso die Tatsache, dass es im ganzen Haus weder Fotos von seiner Frau noch von dem Sohn gibt, der gar nicht sein Sohn war.«

»Es wundert mich, dass er mit der Erpressung Battles gewartet haben soll, bis seine Frau bei dem Verkehrsunfall starb«, sagte Michelle.

King richtete den Blick auf seine Partnerin. »Verkehrsunfall?«, wiederholte er gedehnt.

»Ja, sie hatte getrunken und den Wagen zu Schrott gefahren. Erinnerst du dich nicht?«

»Doch, danke der Nachfrage. Ich erinnere mich gut.«

Michelle bemerkte den Ausdruck der Versonnenheit in Kings Augen. »Irgendwas gibt dir zu denken. Was ist es?«

Er sah sie wieder an. »Wenn Canneys Frau gar nicht bei einem Unfall ums Leben kam?«

»Ist sie aber. Sie wurde in einem Hohlweg im Autowrack aufgefunden. Ich habe dir doch erzählt, dass ich bei Todd Erkundigungen eingeholt habe.«

»Na schön, sie ist in einem Autowrack gestorben. Trotzdem muss es nicht zwangsläufig ein Unfall gewesen sein, oder?«

KAPITEL 65

Endlich gelang es King, Harry telefonisch zu erreichen und ihm mitzuteilen, was sich ereignet hatte.

»Ich fahre sofort zu den Battles«, erklärte Harry. »Am besten, Sie und Michelle treffen mich dort.«

Am Herrenhaus der Battles öffnete Remmy persönlich ihnen die Tür. »Mason ist gerade außer Haus«, erklärte sie.

»Sie wissen Bescheid?«, fragte King.

»Ja. Ich habe meine Zweifel, ob sie es schafft, sich da herauszuwinden.«

Überrascht fasste King die alte Dame ins Auge. »Ich habe gemerkt, Remmy, dass Sie und Dorothea nicht die dicksten Freundinnen sind, aber immerhin ist sie mit Ihrem Sohn verheiratet.«

»Das ist der einzige Grund, weshalb ich überhaupt einen Gedanken an sie verschwende.«

»Wo ist Eddie?«

»Im Ort. Er redet mit den Anwälten. Hat man schon offiziell Anklage gegen Dorothea erhoben?«

»Bisher steht nicht mal die Todesursache eindeutig fest«, erklärte Michelle. »Solange die nicht ermittelt ist, kann es zu keiner Anklageerhebung kommen.«

»Sie glauben doch nicht, dass sie den Mann ermordet hat?«, fragte Harry.

Remmy musterte ihn mit festem Blick. »Nein, aber ich hätte auch nicht von ihr geglaubt, dass sie gestohlene Medikamente kauft.«

»Zwischen Pillenhehlerei und einem Mord besteht ein erheblicher Unterschied«, stellte King fest.

Remmy winkte die Ankömmlinge ins Haus. »Warum setzen wir diese faszinierende Diskussion nicht beim Abendessen fort?«

Auch Savannah erschien zum Essen. Sie trug einen langen Rock, eine weiße Bluse, einen dunkelblauen Pullover, Nylons und flache Pumps. Sie hatte sich ordentlich frisiert und geschmackvoll wenig Make-up aufgetragen.

Ein Moment verstrich, bis King begriff, was er da sah. Dann erkannte er es: Die Tochter hatte sich ganz ähnlich wie ihre Mutter gekleidet. Er warf Michelle einen verdutzten Blick zu und entnahm ihrer Miene, dass auch ihr diese Eigentümlichkeit aufgefallen war.

Harry nahm neben Savannah Platz und knüpfte eine Unterhaltung mit ihr an, während King und Michelle sich mit Remmy besprachen.

»Dorothea hat durch Bobbys Tod überhaupt keinen Vorteil«, stellte King fest. »Also fehlt ihr ein Motiv.«

»Ein Mordmotiv muss nicht immer finanzieller Natur sein«, antwortete Remmy, während sie Butter auf ein Brötchen strich.

So wie das Motiv für den Mord an deinem Ehemann?, überlegte King.

»Denken Sie an etwas Bestimmtes?«, fragte Michelle.

»Nein, ich habe lediglich einen für mein Verständnis offenkundigen Sachverhalt ausgesprochen.«

»Sie hatten keine Ahnung, dass Dorothea einen der Oldtimer Bobbys benutzte und im *Aphrodisia* stets dasselbe Zimmer gemietet hat? Und dass sie ein Drogenproblem hatte?«

Remmy schüttelte den Kopf. »Bin ich die Hüterin meiner Schwiegertochter?«

»Ich wusste von dem Drogenproblem.« Sämtliche Anwesenden richteten den Blick auf Savannah.

»Hat sie sich dir anvertraut?«, fragte King.

»Nein, aber ich habe sie mal gesehen, als sie vermutlich von diesem Etablissement nach Hause kam. An einem frühen Morgen. Ich war zeitig zu einem Spaziergang aufgestanden. Sie kam aus Richtung der Garage. Ganz übel sah sie aus. Es hat mich gewundert, dass sie überhaupt fahren konnte.«

»Sie sind nicht von Trunkenheit ausgegangen?«, fragte Michelle.

»Nach vier Jahren am College kenne ich den Unterschied zwischen Trunkenheit und Drogensymptomen.«

»Ich bin überaus erfreut, dass unser Geld dir zu so unersetzlicher Bildung verhilft«, sagte Remmy zynisch.

»Hast du sie zur Rede gestellt, Savannah?«, fragte King.

»Nein. Ich sagte mir, die Sache geht mich nichts an.«

»Und hast du auch niemanden eingeweiht? Eddie vielleicht?«

»Auch das habe ich nicht als meine Aufgabe betrachtet. Dorothea und ich stehen uns nicht sehr nahe, falls du es noch nicht bemerkt hast.«

Nach dem Essen entschuldigte sich Remmy mit dem Hinweis, sie müsse ein paar Briefe schreiben, und überließ es Savannah, die Gäste zu verabschieden. Bevor sie gingen, bat King die anderen, sich noch einen Moment zu gedulden, und suchte das Bad auf. Während Harry und Michelle warteten, zog er Savannah in eine Ecke und wechselte ein paar vertrauliche Worte mit ihr. Dann gesellte er sich wieder zu Michelle und Harry. Gemeinsam verabschiedeten sie sich und gingen.

»Tut mir Leid, dass ich dich warten ließ, Michelle«, sagte King, »aber ich mache mir Sorgen um Savannah und wollte privat ein paar Worte mit ihr wechseln.«

»Ist dir aufgefallen, dass sie sich wie ihre Mutter kleidet?«, fragte Michelle.

»Für mich ein Zeichen, dass etwas nicht stimmt«, meinte Harry. »Remmy ist eine sehr dominante Person. Ich nehme an, nicht mal ein so unabhängiger Mensch wie Savannah kann auf Dauer gegen ihre Willenskraft gefeit bleiben.«

»Und Remmy schreibt zahlreiche Briefe, führt ein Tagebuch und erhält ihrerseits viel Post von Freunden«, meinte King.

Harry musterte ihn fragend. »Inwiefern könnte das wichtig sein?«

»Auf dem Weg zum Bad bin ich an ihrem Arbeitszimmer vorbeigekommen. Remmy saß dort und schrieb Briefe, genau wie sie gesagt hat.«

»Na und?«, fragte Michelle.

»Mir geht der Gedanke nicht aus dem Kopf, dass wir noch immer nicht wissen, was aus ihrem und Bobbys Geheimfächern entwendet wurde. Wenn es nun Briefe oder ein Tagebuch oder etwas Vergleichbares waren?«

»Gut möglich«, meinte Harry. »Frauen wie Remmy legen häufig Wert auf einen sicheren Aufbewahrungsort für ihre Privatkorrespondenz.«

»Briefe, die irgendwie belastend sein könnten«, sagte King. »Nicht unbedingt in juristischer Hinsicht, aber in persönlicher Beziehung. Jedenfalls dürfen wir diese Möglichkeit nicht außer Acht lassen.«

Sie erreichten ihre geparkten Fahrzeuge. Michelle war mit dem eigenen Wagen gekommen. Sie verabschiedete sich von Harry und King und fuhr los. Harry schwang sich in sein Cabrio und winkte an der Ausfahrt noch einmal zum Gruß.

King setzte sich ins Auto, als er auf dem Fahrersitz einen Zettel bemerkte.

Die Mitteilung war kurz und unumwunden.

Ich möchte mit dir reden. Heute Abend um zehn bin ich bei dir. Sally.

KAPITEL 66

King empfing Sally an der Einmündung der Zufahrt, führte sie an der Baustelle seines künftigen neuen Hauses vorüber und die kurze Treppe zum Hausboot hinunter.

Die junge Frau war nervös. »Du tust das Richtige, Sally«, versicherte King ihr beruhigend. »Sobald du dein Herz erleichtert hast, wirst du dich besser fühlen.«

Während das Wasser des Sees träge gegen den Rumpf des Hausboots schwappte, nahmen King und Sally an dem kleinen Küchentisch Platz. Er brachte ihr einen Becher heißen Tee und blickte sie erwartungsvoll an.

»Du möchtest mir etwas über Junior erzählen?«, sagte er schließlich.

Langsam atmete Sally aus. »Ich war mit ihm zusammen, als der Einbruch geschah.«

»Du hast ihm beim Einbruch geholfen?«, fragte King erstaunt.

»Nein, ich war nicht im Haus der Battles bei ihm, sondern in seinem eigenen Haus – dem neuen Wohnhaus, an dem er gebaut hat.«

»Er hat den Einbruch also nicht verübt?«

»Er hätte ihn gar nicht verüben können. Wir waren von abends zwanzig Uhr bis vier Uhr morgens zusammen. Und bis zu den Battles ist es eine gute Stunde Fahrt.«

»Was hast du denn mit Junior in dem Rohbau gemacht?«

Sally trank einen Schluck Tee und lehnte sich zurück. Ihr Gesicht war gerötet, und Tränen liefen ihr über die

Wangen. »O Gott, ich kann gar nicht glauben, dass ich dir so was erzähle…«

»Sally«, drängte King, »warum warst du mit ihm zusammen?«

»Als er bei den Battles gearbeitet hat, haben wir uns näher kennen gelernt. Wir waren… Ich glaube, wir waren beide einsam.«

»Du hattest eine Affäre mit Junior?«

»So war es nicht!«, widersprach Sally hitzig. »So war es wirklich nicht.«

»Dann erklär mir, *wie* es war.«

»Wir waren bloß… Bekannte. Anfangs jedenfalls.« Sally stellte den Teebecher ab. »Er hatte mir gegenüber erwähnt, dass er bis spät in die Nacht am Haus arbeiten wollte. Seine Frau hatte sich freigenommen und war mit den Kindern zusammen. Ich fuhr zu ihm und habe ihn verführt. Mehr war da nicht.«

»*Du* hast *ihn* verführt?«

Sally wirkte gekränkt. »Ich laufe nicht immer in Jeans und Arbeitsklamotten durch die Gegend, Sean. Im Kleid sehe ich hübsch aus. Natürlich hat es ihn überrascht, dass ich dort aufkreuzte. Aber ich habe an meinen Wünschen keinen Zweifel aufkommen lassen.«

»Bisher dachte ich immer, Junior hätte Lulu wirklich geliebt.«

»Hat er auch, aber er war auch nur ein Mann. Außerdem trug ich fast nichts am Leib. Mein Angebot ließ sich schwer zurückweisen. Ich wollte ja nur bumsen, sonst nichts – keine Fragen, keine Bindung. Und nach allem, was er mir gegenüber erwähnt hatte, schenkte Lulu ihm schon eine ganze Weile kaum noch Beachtung. Sie war oft stundenlang im Club beschäftigt.«

»Daher hast du Junior willig und bereit angetroffen?«

»Ich will es mal so ausdrücken: Er wäre körperlich gar nicht mehr imstande gewesen, einen Einbruch zu begehen. Mann, ich selbst konnte danach kaum noch laufen.«

King hob die Hand. »Schon gut, Einzelheiten muss ich nicht wissen.«

Sally rieb sich die Augen. »Das Schlimme ist, ich hatte ihn wirklich gern. Er war ein bisschen grobschlächtig, aber in der rauen Schale steckte ein weicher Kern.«

»Weshalb hast du keine Aussage gemacht, als Junior wegen des Einbruchs festgenommen wurde?«

»Er wollte es nicht. Er sagte, er würde lieber in den Knast gehen, als dass Lulu etwas erfährt.«

»Das leuchtet mir ein. Was gibt es sonst noch zu erzählen?«

»Das wär's. Von der Battles-Beerdigung habe ich mich fortgeschlichen, um von Junior an seinem Grab Abschied zu nehmen. Ich hätte nicht gedacht, dass ich beobachtet wurde.« Sie senkte den Blick auf die Tischplatte. »Wird das alles nun an die Öffentlichkeit gezerrt?«

»Ich glaube nicht. Junior ist tot, und Remmy ist inzwischen von seiner Unschuld überzeugt. Und ich wüsste keinen Grund, Lulus Erinnerungen an ihren Mann zu trüben.«

»Er hat sie geliebt, Sean, ich war nur ein Ausrutscher.« Sallys Stimme wurde kleinlaut. »Wahrscheinlich werde ich es immer bleiben.«

Nachdem Sally fort war, überlegte King, ob er Michelle verständigen sollte, beschloss dann aber, den Anruf bis zum Morgen zu verschieben. Der Tag war lang gewesen. King legte sich ins Bett.

In der Nähe des Hausboots hatte der Mann beobachtet, dass Sally den Privatdetektiv verließ. Dank des im Hausboot versteckten Abhörgeräts hatte er das gesamte Gespräch belauschen können. Der Mann behielt das Hausboot im Auge, bis dort das letzte Licht erlosch. Er wollte abwarten, bis Sean King fest schlief, und ihm dann einen allerletzten, endgültigen Besuch abstatten.

KAPITEL 67

Michelle war nach Hause gefahren, hatte eine Zeit lang auf den Sandsack im Keller eingedroschen, hatte Wäsche eingeräumt und zum Schluss Ordnung in der Küche geschaffen. Danach duschte sie und dachte daran, ins Bett zu gehen, doch inzwischen hatte eine innere Unruhe sie gepackt. Ihre Gedanken kehrten stets zu den Morden zurück. Übersahen sie etwas? King hatte sogar angedeutet, dass Mrs Canney gar nicht bei einem Verkehrsunfall ums Leben gekommen sei, sondern ermordet worden war. Aber falls das stimmte – wer war dann ihr Mörder gewesen?

Da ihr vom Grübeln der Kopf schwirrte, entschloss Michelle sich zu einer Spritztour, ein Mittel, das ihr bisher noch jedes Mal geholfen hatte. Die Fahrt führte sie an ihrer und Kings Detektei vorbei. Kurz entschlossen parkte sie und ging hinein, um die Aufzeichnungen, die sie im Verlauf der bisherigen Ermittlungen angefertigt hatte, ein weiteres Mal durchzuschauen.

Als sie das kleine Foyer der Detektei durchquerte, sah sie auf dem Tisch der Teilzeit-Vorzimmerdame mehrere Telefonnotizen liegen. Eine betraf den Anruf eines Billy Edwards für King. Michelle kam der Name bekannt vor, doch im Moment wusste sie nichts damit anzufangen. Kurz entschlossen rief sie an. Nach dem dritten Freizeichen nahm jemand ab.

»Mr Edwards?«

»Am Apparat. Wer ist da?«

»Michelle Maxwell. Ich bin Sean Kings Partnerin und

rufe aus Wrightsburg in Virginia an. Soviel ich weiß, ist Sean mit Ihnen in Verbindung getreten …«

»Ja.«

»Er hat mich gebeten, mich bei Ihnen zu melden, weil er derzeit außer Haus ist.«

»Soll mir recht sein. Was möchten Sie denn über die Zeit meiner Tätigkeit bei den Battles wissen?«

Nun wusste Michelle den Namen einzuordnen. Billy Edwards war der Automechaniker gewesen, der Bobby Battles Oldtimer-Sammlung betreut hatte. Nach einem Krach zwischen Bobby und Remmy Battle – dem einzigen Ehestreit, den Sally Wainwright gehört hatte – war er am Tag darauf entlassen worden.

»Genau darum geht es«, sagte Michelle. »Uns ist aufgefallen, dass Sie eine sehr plötzliche Entlassung hinnehmen mussten.«

Edwards lachte. »So kann man es auch nennen. Ich wurde ohne jede Vorwarnung hochkant rausgeworfen.«

»Von Bobby Battle?«

»Dem einen und einzigartigen Bobby Battle. Aus den Nachrichten habe ich erfahren, er soll gestorben sein. Ist da was dran?«

»Ja. Hat er Ihnen für den Rausschmiss einen Grund genannt?«

»Nein. Es wäre auch überflüssig gewesen. Mit meiner Arbeit hing es nicht zusammen, das weiß ich genau. Allerdings war ich sauer, wie er mit mir umgesprungen ist. Ansonsten aber hatte er mich bis zum Schluss gut behandelt. Er hat mir eine anständige Abfindung gezahlt und eine ausgezeichnete Empfehlung ausgestellt, die mir eine Hilfe war, bei einem anderen reichen Pinkel in Ohio, der eine noch größere Oldtimer-Sammlung besitzt, eine neue Anstellung zu finden.«

»Schön für Sie. Wir wissen außerdem, dass es an dem Abend, bevor Sie entlassen wurden, in der Garage zwischen Bobby und Mrs Battle eine heftige Auseinandersetzung gab.«

»Remmy Battle. Ja, die ist eine Furie. Aber die beiden standen sich in nichts nach. Es war wie ein Kampf zwischen Godzilla und King Kong.«

»Haben Sie etwas über den Grund des Streits mitgekriegt?«

»Nein. Woher wissen Sie überhaupt davon?«

»Leider kann ich Ihnen die Quelle nicht nennen, sie ist vertraulich.«

»Hm-hm. Ich würde wetten, es war Sally Wainwright, stimmt's?«

»Wie kommen Sie darauf?«

»Weil sie gelegentlich in der Garage herumgehangen hat. Mit mir, Sie verstehen?« Edwards lachte auf. »O ja, ich und Sally haben uns da so manche schöne Stunde gegönnt.«

»Sie hatten dort… Rendezvous?«

»Nein. Es ging uns bloß ums Bumsen. Sie war eine wilde Braut, das können Sie mir glauben. Hätte Battle gewusst, was wir in einigen seiner Oldies getrieben haben…«

»Tatsache?«

»Klar. Aber ich war nicht der Einzige.«

»Wer denn noch?«

»Arbeitet Mason noch bei den Battles?«

»Ja.«

»Na, dann wissen Sie Bescheid.«

Michelle konnte ihr Erstaunen nicht verbergen. »Mason hat mit Sally geschlafen?«

»Jedenfalls hat sie es behauptet. Persönlich gesehen hab ich es nie. Aber sie ist ein hübsches Mädchen. Wahrscheinlich sollte ich einer Frau gegenüber so was nicht erwähnen, aber wenn alle im selben Haushalt leben, passiert so was nun mal. Man sieht sie in spärlicher Kleidung herumlaufen oder mit nichts als einem Badetuch aus der Dusche kommen, und… Na ja, wir sind doch alle nur Menschen. Ich hab deswegen kein schlechtes Gewissen.«

»Kommt sonst noch wer in Frage?«

»Wahrscheinlich, aber ich kann Ihnen keine Namen nennen.«

»Sally sagte, Bobby hätte den Rolls-Royce gerade in die Garage gefahren, als es zwischen ihm und Remmy zu dem Streit kam.«

»Der Rolls war ein Prachtauto. Auf der ganzen Welt gibt es davon höchstens noch fünf Exemplare. Hat Bobby ihn verkauft?«

»Anscheinend schon am folgenden Tag.«

»Das dachte ich mir.«

Michelle stutzte. »Inwiefern?«

»An dem Morgen, als er mich gefeuert hat, bin ich in die Garage gegangen, um mein Werkzeug und den übrigen Kram zu holen. Ich hatte immer eine Schwäche für den Rolls. Ein herrliches Auto. Es war das letzte Mal, dass ich ihn sehen durfte. Und es ist ja nicht so, dass ich mir inzwischen selbst einen gekauft hätte.« Edwards lachte.

»Was dann?«, drängte Michelle.

»Nun, ich wollte mir den Rolls noch mal anschauen. Ich hab die Abdeckplane entfernt, mich reingesetzt und mir vorgestellt, er würde mir gehören.«

»Okay«, sagte Michelle ungeduldig. »Aber wieso haben Sie damit gerechnet, dass Battle den Wagen verkauft?«

»Als ich ihn wieder mit der Plane zudeckte, fiel mir auf, dass der linke vordere Kotflügel eine Beule und ein Scheinwerferglas einen Sprung hatte. Der Schaden musste am Abend zuvor entstanden sein, denn am vorherigen Nachmittag hatte ich den Wagen noch überprüft, und da war er unbeschädigt. Eigentlich war es kein großer Schaden, aber bei einem so wertvollen Fahrzeug gehen selbst die kleinsten Reparaturen in die Tausende. Und man kriegt für solche Fahrzeuge keine Ersatzteile mehr. Es war eine Schande. Ich nehme an, Battle hatte irgendwo einen Blechschaden gebaut und war deshalb mieser Laune. Wenn nicht alles seine Richtigkeit hatte, war der Mann ein Kotzbrocken. Ab und zu kam er in die Garage und hat mich angeschissen, weil er auf dem Boden Öl sah oder ein Nummernschild ein bisschen schief hing. Wahrscheinlich hat es ihm gestunken, dass der Rolls den Schaden abgekriegt hatte. Wenn er ihn nicht reparieren konnte, wollte er ihn nicht mehr haben. So war der Mann.«

»Haben Sie jemandem von der Beschädigung des Rolls-Royce erzählt?«

»Nein, es war ja sein Auto. Er konnte damit anstellen, was er wollte.«

»Erinnern Sie sich an den genauen Zeitpunkt der Beschädigung?«

»Wie gesagt, es muss am Abend vor meiner Entlassung passiert sein. Am Vortag hatte ich nachmittags ja noch keine Schäden bemerkt.«

»Wissen Sie noch das Datum?«

Einen Moment lang schwieg Edwards. »Es ist über drei Jahre her, so viel kann ich noch sagen«, meinte er schließlich. »Im Herbst. Bis ich die Stelle in Ohio bekam, musste ich eine Zeit lang für eine Firma in North Carolina arbeiten. Vielleicht war's im September ... nein, eher Oktober oder November.« Seine Stimme bezeugte Unsicherheit. »Glaub ich wenigstens.«

»Genauer können Sie es nicht eingrenzen?«

»Hören Sie, ich kann mich kaum daran erinnern, wo ich letzte Woche war, gar nicht davon zu reden, was vor drei Jahren gewesen ist. Seitdem bin ich ganz schön herumgekommen.«

»Könnten Sie mal auf den Gehaltsabrechnungen aus Ihrer Zeit bei den Battles nachschauen? Oder von den Jobs in North Carolina und Ohio? Dann kommen wir vielleicht weiter.«

»Gnädigste, ich wohne in einer Schlafbude in West Hollywood. Mir fehlt der Platz, um solchen Krempel aufzubewahren. Ich kann mit Mühe und Not meine Klamotten unterbringen.«

»Aber würden Sie anrufen, falls es Ihnen doch noch einfällt?«

»Klar, wenn's wichtig ist.«

»Es ist sehr wichtig.«

Michelle legte auf und setzte sich an ihren Schreibtisch. Vor über drei Jahren im Herbst. Aber war es *wirklich* im Herbst geschehen? Dann musste es vor etwa dreieinhalb Jahren gewesen sein, weil derzeit Frühling war. Vielleicht erinnerte sich Sally Wainwright an das genaue Datum … Michelle sah auf die Uhr. Inzwischen war es zu spät, um Sally anzurufen. Sie musste das Telefonat auf den Morgen verschieben. Doch sie beschloss, sofort mit King zu reden und ihn über die neuen Erkenntnisse zu informieren.

Sie rief ihn auf dem Handy an, doch er meldete sich nicht. Sie sprach ihm eine Mitteilung auf die Mailbox. Ein anderes Telefon hatte er auf dem Hausboot nicht.

Schlief er schon?

Während Michelle auf das Telefon starrte, überkam sie ein sonderbares Gefühl. Sean hatte einen leichten Schlaf. Warum also hatte er sich nicht gemeldet? Dass sie die Anruferin war, hätte er anhand der Anzeige sehen müssen. War er gar nicht imstande, das Handy zu bedienen?

Michelle schnappte sich ihren Schlüsselbund und rannte zum Auto.

KAPITEL 68

King wälzte sich unruhig im Bett und stöhnte leise, während das Hausboot kaum merklich schaukelte. Glut tobte in seinem Hirn. Dennoch erwachte er nicht. Aber ihn quälte kein Albtraum. Sein Körper wurde nach und nach der Fähigkeit beraubt, Sauerstoff aufzunehmen. Langsam und lautlos nahte der Tod.

Michelles Scheinwerfer durchstachen die Dunkelheit, als sie den Wagen zur Anlegestelle lenkte, hielt und ausstieg. Dann eilte sie die Treppe zum Hausboot hinunter.

»Sean?«, rief sie und klopfte an die Tür des Boots. »Sean?« Sie blickte sich um. Sein Auto stand am Ufer. Er musste daheim sein. »Sean?«

Michelle rüttelte am Türgriff. Die Tür war abgesperrt. Auf dem Laufgang umrundete sie das Hausboot und spähte durch ein Fenster ins Innere. Sehen konnte sie allerdings nichts. Sie pochte an das Fenster, von dem sie wusste, dahinter lag sein Schlafzimmer.

»Sean?« Sie glaubte, Geräusche zu hören, und lauschte angestrengter.

Es war ein Stöhnen.

Michelle rannte zurück zur Tür und stemmte die Schulter dagegen, doch das Schloss gab nicht nach. Sie trat zurück und versetzte der Tür einen wuchtigen Tritt, sodass das Schloss aus dem Türrahmen gesprengt wurde. Mit gezückter Waffe stürmte Michelle ins Innere. Sofort verspürte sie Beklemmung, und ihre Furcht wuchs sich zur Panik aus. Während sie durch das dunkle Hausboot irrte, fühlte sie plötzliche Kälte in den Gliedern. Mehrere Male stolperte sie, bis sie einen Kippschalter fand. Schlagartig vertrieb helles Licht die Finsternis.

»Sean?«, rief Michelle. »Sean?«

Sie fand ihn und versuchte ihn zu wecken, doch er kam nicht zu sich. Obwohl sie selbst immer mühsamer atmete, zerrte sie ihn aus dem Bett, durchs Schlafzimmer und durch das Hausboot ins Freie. Dann lag er reglos auf dem Deck, das Gesicht kirschrot verfärbt. *Kohlenmonoxidvergiftung.* Sie beugte sich über ihn, strich sich das Haar aus der Stirn und machte sich an eine Mund-zu-Mund-Beatmung.

»Atme, Sean, atme! Du sollst atmen!«

Unaufhörlich blies sie ihm Luft in die Lungen, bis ihr vor Anstrengung schwindelte. Trotzdem ließ sie nicht nach.

»Atme! Los doch, Sean, bitte! Tu's für mich! Tu mir das nicht an! Komm schon, du Mistkerl, atme!«

Sie fühlte seinen Puls; dann streifte sie sein T-Shirt hoch und lauschte auf seinen Herzschlag. Er war kaum noch zu hören. Nochmals blies sie Luft in seine Lungen; dann opferte sie wertvolle Sekunden, um die Polizei anzurufen. Anschließend mühte sie sich weiter mit der Beatmung ab. Für den Fall eines Herzstillstands bereitete sie sich innerlich auf Herzmassage vor. Aber noch schlug das Herz, sie konnte es hören. Würden nur seine Lungen wieder arbeiten! Michelle beatmete ihn, bis sie selbst das Bewusstsein zu verlieren drohte.

Endlich zeigte sich Wirkung. Sein Brustkorb hob und senkte sich, unmerklich zuerst, dann kräftiger und regelmäßiger, und allmählich wich die rote Färbung aus seinem Gesicht. Michelle eilte ins Hausboot, holte Wasser und spritzte ihm etwas auf die Wangen. Wo blieb der Notarzt? Eigentlich müsste er schon da sein. Kings Zustand besserte sich zwar, doch jederzeit konnte es zu einem Rückfall kommen. Und wenn er längere Zeit unter Sauerstoffmangel gelitten hatte, bestand die Gefahr, dass er sich eine Hirnschädigung zugezogen hatte. Rasch verdrängte Michelle diesen erschreckenden Gedanken.

Sie schüttete ihm das restliche Wasser ins Gesicht, richtete sich auf, um neues zu holen, senkte den Blick – und erstarrte. Zwischen ihren Brüsten sah sie den Laser-Punkt einer Waffe, die auf ihr Herz zielte.

Doch nun kannte sie kein Zögern mehr. Sie war es leid, sich von einem Mörder, der ihnen stets einen Schritt vorausblieb, zur Närrin machen zu lassen. Blitzartig sprang sie zur Seite, riss gleichzeitig die Pistole heraus und feuerte. Sie leerte das ganze Magazin, streute die Schüsse in weitem Umkreis, um auf diese Weise den Killer zu treffen, der so vielen Menschen so viel genommen hatte.

Michelle rollte sich ab und kam hinter dem Schanzkleid des Hausboots zu liegen. Mit fliegenden Fingern zog sie das leere Magazin aus der Waffe und schob ein Reservemagazin hinein. Mit einem Ruck lud sie durch und spähte übers Schanzkleid. In diesem Moment hörte sie Schritte, die sich rasch entfernten. Gerade wollte sie die Verfolgung aufnehmen, als King ein lautes Stöhnen ausstieß. Michelle eilte an seine Seite. Sämtliche Gedanken an den fliehenden Mörder verflogen. King versuchte sich aufzusetzen. Er atmete stoßweise. Einen Moment später musste er sich heftig übergeben. Michelle tauchte einen Lappen ins Wasser des Sees und wischte ihm das Gesicht ab, während sie ihn fest an sich drückte.

»Bleib sitzen, Sean, bleib sitzen, es wird alles gut. Ich bin da. Lehn dich an. Ich passe auf dich auf.« Sie versuchte die Tränen des Glücks zurückzuhalten, ließ ihnen dann aber freien Lauf, während sie ihren Partner in den Armen hielt.

»Was ist geschehen?«, fragte King mit matter Stimme. »Verdammt, was ist passiert…?«

»Später. Der Notarzt ist unterwegs.«

Benommen schaute King sie an, während sie seinen Kopf in ihren Schoß bettete.

»Bist du wohlauf?«, fragte er matt.

Da erst bemerkte Michelle, dass ein Schuss sie getroffen hatte. Sie spürte keinen Schmerz – noch nicht –, sah aber das Blut, das an ihrem Arm hinunterrann. Sie betastete das Loch im Ärmel der Bluse, wo das Geschoss eingedrungen war. Offenbar nur ein Streifschuss; die Kugel schien nicht im Arm zu stecken. Michelle riss den unteren Teil des Ärmels ab und wickelte den Fetzen straff um den Arm, um die Blutung zu stillen.

»Michelle – alles klar?«, fragte King, diesmal dringlicher, obwohl er inzwischen die Augen geschlossen hatte.

»Mir ging es noch nie besser«, log sie.

KAPITEL 69

»Irgendwer hat den Abzug der Heizungsanlage verstopft, Sean«, erklärte Todd Williams. Er und Michelle hatten sich bei King in der Klinik eingefunden. Auch zwei seiner Deputys und Sylvia waren erschienen. »Sämtliche Abgase wurden ins Hausboot geleitet. Du hast verdammtes Glück gehabt, dass Michelle rechtzeitig aufgekreuzt ist.«

»Fast wäre es nicht dazu gekommen«, meinte Michelle und rieb sich den verletzten Arm, den sie mittlerweile in einer Schlinge trug.

Vom Krankenbett aus warf King ihr einen bösen Blick zu. »Du hast behauptet, wohlauf zu sein«, maulte er. »Ich bezweifle, dass jemand ›wohlauf‹ ist, der gerade angeschossen wurde.«

»Ist nur eine Schramme.«

»Nicht ganz, Michelle«, widersprach Sylvia. »Die Wunde ist an der Innenseite des Arms. Ein paar Zentimeter weiter links, und das Geschoss hätte den Oberkörper getroffen. Dann wären die Folgen erheblich schlimmer gewesen.«

Michelle tat die Bemerkung mit einem Schulterzucken ab. »Ist der Schütze gefunden worden, oder wenigstens die Kugel?«

»Weder noch«, antwortete Williams. »Das Projektil liegt wahrscheinlich im See. Und über den Schützen wissen wir überhaupt nichts.«

»Ein Gutes hat die Sache«, sagte King. »Wenn der Mörder mich beseitigen will, müssen wir ihm ziemlich nah auf die Pelle gerückt sein.«

»Tja, indem wir hier herumhocken, schnappen wir ihn bestimmt nicht«, sagte Williams.

»Du darfst auf gar keinen Fall auf dem Hausboot bleiben«, wandte Sylvia sich an King, nachdem der Polizeichef und die Deputys sich verabschiedet hatten. »Du kannst zeitweilig bei mir unterschlüpfen. Ich habe viel Platz.«

»Er kommt bei mir unter«, sagte Michelle mit Nachdruck und erhob sich. »Da kann ich ein Auge auf ihn haben.«

Verlegen blickte King zwischen den beiden Frauen hin und her. »Sie hat Recht, Sylvia. Außerdem bist zu viel zu beschäftigt. Du kannst es dir nicht leisten, zu Hause zu sitzen und mich zu bemuttern. Davon abgesehen geht es mir wieder ausgezeichnet.«

Michelle schüttelte den Kopf. »Du hast gehört, was die Ärztin sagt, Sean. Du musst dich ein paar Tage ausruhen.«

»So ist es«, bestätigte Sylvia. »Der zusätzliche Sauerstoff bewirkt, dass du dich gut fühlst, aber dein Körper befand sich im Schockzustand, und wenn du ihn zu früh forderst, liegst du schneller wieder in der Klinik, als dir lieb ist.« Sie sah Michelle an. »Und auch du solltest besser auf dich Acht geben.«

»Ich komme schon klar.«

Sylvia umarmte King zum Abschied, ehe sie das Krankenzimmer verließ, und flüsterte ihm etwas ins Ohr.

»Was hat sie gesagt?«, fragte Michelle.

»Darf ich keine Geheimnisse haben?«

»Mir gegenüber nicht. Ich habe dir das Leben gerettet. Und nicht zum ersten Mal.«

King seufzte. »Na schön. Sie hat gesagt, ich soll ihr nie wieder so einen Schrecken einjagen.«

»Sonst nichts?«

»Tut mir Leid, wenn du enttäuscht bist. Hast du vielleicht erwartet, dass sie mir ihre ewige Liebe gesteht? Da müsste vorher noch einiges passieren. Mindestens dreimal zum Essen ausgehen, ein Kinobesuch und munteres Petting. Hab ich jedenfalls mal so gehört.«

»Deine Klugscheißerei lässt darauf schließen, dass dein Zustand sich tatsächlich bessert.«

»Können wir nun abhauen?«

»Man will dich noch eine Zeit lang zur Beobachtung hier behalten.«

»Verdammt, ich brauche nichts als frische Luft, und die gibt's bestimmt nicht in einer Klinik.«

»Also gut, ich tue, was ich kann. Wir fahren dann bei dir vorbei, damit du ein paar Sachen einpacken kannst.«

»Kannst du mit dem Arm fahren?«

»Fahren *und* schießen. Und so wie's aussieht, wird beides noch nötig sein.«

»Wenigstens ist diesmal nicht mein Wohnsitz in die Luft gesprengt worden«, meinte King mürrisch, als sie eine Stunde später in Michelles Wagen vom Klinik-Parkplatz abbogen.

»Ich bewundere Menschen, die jeder Situation etwas Positives abgewinnen.«

»Nun stehe ich vor einer gänzlich neuartigen Herausforderung.«

Verwirrt schaute Michelle ihn an. »Welcher Herausforderung?«

»Deinen Haushalt zu überleben.«

Es wurde gerade erst hell, als Sally Wainwright aus dem Bett stieg, um sich an die Arbeit zu machen. Die Pferde mussten gefüttert, gestriegelt und ausgeritten werden; die Stallung musste ausgemistet werden; am Sattelzeug gab es Gurte und Schnallen zu reparieren, und es war noch eine Vielzahl anderer Aufgaben zu erledigen, über denen die Stunden wie im Flug verstrichen. Meist stand Sally als Erste auf und ging als Erste zu Bett. Doch nachdem es gestern spät geworden war, ging sie an diesem Morgen alles etwas langsamer an.

Nachdem sie angekleidet war, trat sie hinaus in die frische Morgenluft. Mit raschen Schritten ging sie zu den

Stallungen und strebte zur Box des ersten Pferdes – ein Tier, das sie noch zureiten musste. Beiläufig fragte sie sich, wie lange sie diesen Job wohl noch behalten konnte. Nur Savannah und Eddie ritten. Wenn Savannah tatsächlich eine Stelle im Ausland antrat, bestand dann überhaupt noch Bedarf an den Stallungen und den Pferden? Vielleicht empfahl es sich, dass sie sich nach neuen Möglichkeiten umschaute. Hier häuften sich die Tragödien, die Todesfälle. Es graute sie, wenn sie nur daran dachte.

Das Sägeklingen-Messer durchschnitt ihren Hals und durchtrennte die Halsschlag- und Drosseladern. Die Klinge drang so tief ein, dass sie auf ihrem halbmondförmigen Weg vom linken zum rechten Ohr sogar die Halswirbelsäule ritzte. Sally röchelte, wollte etwas sagen, fühlte das Blut auf ihr Hemd spritzen und riss in einer Mischung aus Schmerz und Fassungslosigkeit die Augen auf. Sie fiel auf die Knie; dann kippte sie vornüber aufs Gesicht. Im letzten Sekundenbruchteil ihres Lebens begriff Sally Wainwright voller Schrecken, dass jemand sie ermordete.

Der Mörder benutzte eine Harke, um Sally auf den Rücken zu drehen. Ihre toten Augen starrten den Täter an, ohne ihn wahrzunehmen. Die Harke sauste auf Sallys Gesicht hinunter und brach ihr das Nasenbein. Der zweite Hieb zerschmetterte einen Backenknochen; der dritte Schlag zertrümmerte die linke Augenhöhle. Als der Täter endlich von ihr abließ, hätte nicht einmal Sallys Mutter sie wieder erkannt.

Der Mörder verweilte noch einen Augenblick und warf Harke und Messer neben seinem Opfer auf den Boden. Seine Miene spiegelte Wut, ja Hass auf die Tote. Einen Moment später war Sally allein, während um sie herum ihr Blut das Stroh tränkte. Das einzige Geräusch stammte von dem Pferd, das gegen die Schwingtür der Box drängte und ungeduldig auf den Morgenausritt wartete – einen Ritt, der nun ausbleiben würde.

KAPITEL 70

Im winzigen Gästezimmer in Michelles kleinem Häuschen räkelte King sich im Bett. Während der Himmel aufhellte, hörte er Michelle in der Küche mit Geschirr klappern. Bei der Vorstellung, welchen Mischmasch sie jetzt wieder für ihn fabrizierte, schauderte es ihn. Ständig wollte sie ihn überreden, ihre Sportlerdrinks zu schlucken und Energieriegel mit wenig Kohlehydraten, keinen Kohlehydraten oder den richtigen Kohlehydraten zu futtern, wobei sie ihm verhieß, über Nacht eine wundersame Veränderung zu spüren.

Während in der Küche Töpfe schepperten, Wasser gluckerte und ein Mixer heulte, dachte King über die Mordfälle nach.

Sieben Tote, angefangen mit Rhonda Tyler bis hin zu Kyle Montgomery als letztem Opfer. Vorerst. King vermutete, dass in fünf Fällen derselbe Täter zugeschlagen hatte. Die Ermordung Bobby Battles und Kyle Montgomerys schrieb er jemand anderem zu. Ob beide wiederum von ein und derselben Person umgebracht worden waren, wusste er vorerst nicht.

Und jetzt wäre er beinahe selbst getötet worden – ebenso Michelle. Allem Anschein nach gab es eine Überfülle möglicher Verdächtiger, aber einen ausgesprochenen Mangel an Spuren. Im Zuge der Ermittlungen blieb der Täter ihnen offenbar stets um einen Schritt voraus: Sie hatten mit Junior reden wollen, doch der Mörder war ihnen zuvorgekommen. Sylvia hatte King über Montgomerys Tablettendiebstähle und die geheimnisvolle Frau im *Aphrodisia* informiert; als sie in dieser Sache Ermittlungen aufnahmen, war auch Montgomery getötet worden. Sally hatte King ein sexuelles Abenteuer mit Junior gestanden – kurz darauf hatte ein Anschlag auf sein Leben stattgefunden.

Mit einem Mal saß King kerzengerade im Bett.

Sally!

»Michelle«, rief er, doch das Geklapper übertönte seine Stimme. Er stand auf und wankte in die Küche. Sein Gleichgewichtssinn war noch gestört. Michelle stand am Spülbecken, zerschnitt eine Zwiebel und füllte sie in den Mixer, in dem sich eine gelblich grüne Brühe befand.

Sie drehte sich um und sah King. »Was treibst du da?«, fragte sie erschrocken.

»Wir müssen uns mit Sally befassen.«

»Sally? Warum?«

»Sie war gestern Abend bei mir und hat mir etwas gebeichtet. Nachdem sie fort war, habe ich mich gleich ins Bett gelegt. Danach muss jemand sich an meiner Heizung zu schaffen gemacht haben.« King klärte Michelle darüber auf, dass Sally sich in der Nacht des Einbruchs mit Junior vergnügt hatte.

»Das ist wahrhaftig eine bemerkenswerte Enthüllung. Und du sorgst dich, dass die Person, die uns abmurksen wollte, Sally bei dir gesehen haben könnte?«

»Bei diesem Mistkerl kann mich nichts mehr überraschen. Er scheint immer vorher über alles Bescheid zu wissen.«

Michelle rief Todd Williams übers Handy an. »Er fährt sofort mit ein paar Leuten zu Sally, um nach dem Rechten zu sehen«, ließ sie King wissen.

»Vielleicht sollten wir auch hin.«

»Du gehörst ins Bett. Außerdem ist bei Sally bestimmt alles in Ordnung. Todd wird sich schon darum kümmern.«

Widerwillig befolgte King Michelles Rat.

Savannah hämmerte die Fäuste mit solcher Wucht gegen die Tür des Hauses, dass sie sich blaue Flecken holte. Schließlich öffnete Dorothea im Morgenmantel. Savannah fiel beinahe ins Haus.

Dorothea packte grelles Entsetzen, als sie Savannahs Gesichtsausdruck sah. »Mein Gott«, rief sie, »was ist denn los?«

Savannah deutete in Richtung der nahen Stallung. »Ich habe… habe Sally gefunden. Im Stall. Sie ist tot. Jemand hat ihr… das Gesicht zertrümmert.« Sie brach in hysterisches Geschrei aus.

Entsetzt blickte Dorothea umher, als könnte der Täter sich im Hausflur verstecken. Dann stürmte sie die Treppe zum Schlafzimmer hinauf, wo Eddie noch im Schlummer lag.

»Eddie! Savannah hat Sally tot im Stall aufgefunden. Eddie!«

Er lag reglos im Bett. Dorothea trat näher. »Eddie!« Sie fasste ihn an den Schultern und schüttelte ihn kräftig. »Eddie, wach auf!«

Er reagierte lediglich mit leisem Stöhnen. Dorothea prüfte seinen Puls. Er ging nur schwach. Als ähnlich schwach erwies sich zu Dorotheas Erschrecken seine Atmung. Sie nahm ein Glas Wasser vom Nachttisch und goss es ihm ins Gesicht. Es bewirkte nichts. Sie hob sein rechtes Lid an. Die Pupille war klein wie ein Stecknadelkopf. Die drogenerfahrene Dorothea wusste, was das bedeutete. Sie eilte ans Telefon und wählte 911; dann lief sie die Treppe hinunter und zur Tür, wo Savannah kauerte und schluchzte. Sie trug ihre Reitkleidung, und ihre Stiefel hatten den ganzen Flur mit Lehm verdreckt.

Todd Williams, der neben Sallys Leiche gekauert hatte, erhob sich und nickte. Sylvia machte sich daran, Sally zu untersuchen. Auch die Spurensicherung nahm ihre Arbeit auf. Am Tor der Stallung stand Chip Bailey und beobachtete das Geschehen. Williams gesellte sich zu ihm.

»Wie geht es Eddie?«, erkundigte sich Bailey.

»Er ist noch bewusstlos. Ich weiß nicht, ob er vergiftet worden ist oder was es mit der Sache auf sich hat. Eigentlich weiß ich überhaupt nicht mehr, was hier los ist. Ich meine, wer könnte Interesse daran haben, Sally und Eddie zu ermorden?«

»Ich hätte nicht gedacht, dass das Mädchen mit drinhängt.«

Einige Minuten später kam Sylvia zu den beiden Beamten.

»Sally wurde die Kehle von einem Ohr bis zum anderen aufgeschlitzt. Der Tod dürfte innerhalb von fünfzehn Sekunden eingetreten sein. Anschließend wurde ihr Gesicht verstümmelt.«

»Sie sind sicher, dass ihr zuerst die Kehle aufgeschlitzt wurde?«, fragte Bailey.

»Ja. Als man ihr das Gesicht zerschmettert hat, war sie schon tot.«

»Und der Todeszeitpunkt?«

»Liegt höchstens vier Stunden zurück. Ich habe rektal die Körpertemperatur gemessen, und auch der Grad der Leichenstarre spricht dafür.«

Williams schaute auf die Armbanduhr. »Demnach muss die Tat sich ungefähr um fünf Uhr dreißig zugetragen haben.«

»Sieht ganz so aus. Es gibt keine Anzeichen einer Vergewaltigung oder anderer sexueller Misshandlungen. Der Mörder hat sie hinterrücks angegriffen. Er ist Rechtshänder, denn er hat den Schnitt durch die Kehle von links nach rechts geführt.«

»Und Savannah hat sie gefunden?«, vergewisserte sich Bailey.

»Sie wollte ausreiten und hat dabei die Tote entdeckt«, erklärte Williams. »Wenigstens glaube ich, dass ihre Aussage so lautet. Sie hat dermaßen geschluchzt, dass ich kaum ein Wort verstehen konnte.«

»Und um Hilfe zu holen, ist sie zum Kutschenhaus gelaufen?«, fragte Bailey.

»Es liegt näher an der Stallung als das Hauptgebäude oder das Haus, in dem Sally wohnte«, stellte Williams klar.

»Dann öffnete Dorothea ihr die Tür, versuchte vergeblich, Eddie zu wecken, und ließ den Notarzt kommen.«

»Genau.«

Bailey überlegte. »Folglich lagen Dorothea und Eddie zusammen im Bett. Dorothea fehlte nichts, Eddie hingegen muss irgendein Gift untergejubelt worden sein.«

»Von Dorothea habe ich noch keine vollständige Aussage«, sagte Williams.

»Sie sollten die Vernehmung schleunigst nachholen.«

»Nein, ich halte es für sinnvoller, King und Michelle Maxwell zu verständigen«, erwiderte Williams. »Sie hatten heute früh wegen Sally angerufen, bevor Dorotheas Anruf uns erreichte. Offenbar wissen sie etwas, von dem wir keine Ahnung haben.«

KAPITEL 71

Während King auf Williams' Rückruf wartete, kam Michelle herein und balancierte dabei ein Tablett auf dem gesunden Arm.

King zog ein grimmiges Gesicht. »Eigentlich müsste ich dir Frühstück machen.«

»Hier, das wird dir gut bekommen.« Michelle schob das Tablett zurecht und erklärte ihm die Zusammensetzung des Frühstücks. »Mein berühmter Megapower-Shake, Müsli mit Bananenscheiben, und als besonderer Leckerbissen kohlenhydratarmes Brot mit Avocado-Aufstrich.«

»Woraus besteht die Power in dem Shake? Nein, sag es nicht, ich will es gar nicht wissen.« King nahm einen winzigen Schluck vom Shake und stellte ihn sofort weg. »Ich glaube, er muss noch ein bisschen chambrieren.«

»Das ist doch kein Wein, Sean!«

»Nein, allerdings nicht«, antwortete King mit Betonung und wischte sich mit einer Serviette den Mund ab. »Ich habe dich noch gar nicht fragen können, weshalb du gestern so spät bei mir aufgekreuzt bist.«

»Oh, das habe ich ganz vergessen. Aus Los Angeles hat Billy Edwards angerufen, Battles früherer Kraftfahrzeugmechaniker.«

King setzte sich auf. »Was hat er gesagt?«

Michelle erzählte ihm von dem Blechschaden am Rolls-Royce. Sie war noch nicht ganz fertig, da hatte King schon das Bett verlassen und griff nach seiner Kleidung.

»Was hast du vor?«, fragte sie verwundert.

»Wir müssen jemandem einen Besuch abstatten, und zwar sofort.«

»Wem?«

»Roger Canney.«

Als sie Canneys Villa erreichten, trafen sie dort niemanden an. Sie spähten in die dunklen Fenster und rüttelten an sämtlichen Türen, aber das ganze Haus war rundum verschlossen. Auf den Stufen der Haustür lag die Morgenzeitung. Sie standen noch in der Einfahrt, als ein Mann sich näherte, der zwei große Bassets spazieren führte – vielmehr führten die Hunde ihn spazieren.

»Er ist nicht zu Hause«, rief der Mann, der eine Basketballmütze der Maryland Terrapins trug. »Als ich vor zwei Stunden joggen war, hab ich ihn abfahren sehen.«

King warf einen Blick auf die Armbanduhr. »Ziemlich früh also.«

»Er hat mehrere Reisetaschen ins Auto geladen. Vermutlich bleibt er länger weg.«

»Welches Auto?«, fragte Michelle. »Den Beemer oder den Range Rover?«

»Den Range Rover.«

»Hat er erwähnt, wohin es gehen soll?«

»Nee. Er hat einen Kavaliersstart hingelegt, dass er mich fast überfahren hätte.«

Sie bedankten sich bei dem Mann, stiegen wieder in Michelles Wagen und fuhren los.

»Ich rufe Todd an und bitte ihn, Canney zur Fahndung auszuschreiben«, sagte King.

»Mit welcher Begründung, Sean?«

»Denk daran, wie Mrs Canney umgekommen ist.«

»Sie hatte getrunken und starb bei einem Verkehrsunfall. Aber du hast den Verdacht geäußert, es könnte Mord gewesen sein.«

»Genau. Meines Erachtens wurde sie ermordet und mit ihrem Auto in den Hohlweg gestürzt, und zwar von einem Rolls-Royce, an dessen Steuer Bobby Battle saß. Das muss vor ungefähr dreieinhalb Jahren passiert sein.«

»Du meinst, Battle hätte Mrs Canney ermordet? Welches Motiv sollte er gehabt haben?«

»Was, wenn gar nicht Roger Canney als Erster die Idee hatte, Battle zu erpressen? Vielleicht war es Mrs Canney, die Battle androhte, ihn als Vater ihres Sohnes bloßzustellen, und entweder hat Battle sich wider Erwarten nicht darauf eingelassen, oder er wurde die Erpressung leid. Später wurde Battle wegen Mrs Canneys Tod von deren Mann erpresst.«

»Aber woher soll Roger Canney gewusst haben, dass Battle hinter dem Tod seiner Frau steckte?«

»Canney ist möglicherweise über die Absicht seiner Frau, Battle zu erpressen, informiert gewesen. Es ist auch denkbar, dass ursprünglich er die Idee hatte und dass seine Frau ihm lediglich dabei geholfen hat, Battle unter Druck zu setzen. Dann kommt sie – wie günstig – ums Leben. Canney ist ein cleverer Bursche. Selbst wenn er keine faktischen Beweise für einen Mord hatte, konnte er doch zwei und zwei zusammenzählen.«

»Also wendet er sich an Battle, sagt ihm ins Gesicht, dass er nicht nur Steve gezeugt, sondern auch seine Frau ermordet hat, und fordert Schweigegeld.«

King nickte. »Es wäre eine Ironie des Schicksals, wenn sich Battle, um nicht wegen eines unehelichen Kindes erpresst zu werden, durch die Ermordung Mrs Canneys in die Lage gebracht hätte, wegen Mordes erpresst werden zu können.«

»Aber hätte Battle nicht klar sein müssen, dass Canney seine Mittäterschaft bei der Erpressung einräumen müsste, hätte er sich an die Polizei gewandt und Battle des Mordes an seiner Frau beschuldigt? Er hätte doch ein glaubhaftes Motiv nennen müssen.«

»Canney hätte sich schlichtweg auf die Existenz des unehelichen Sohns berufen. Was die Erpressung betrifft, hätte er Unkenntnis vorgetäuscht und alles seiner toten Frau in die Schuhe geschoben.«

»Nett.«

»Und wie.«

»Sieht ganz so aus, als hätten wir ihn verscheucht.«

»Wollen wir hoffen, dass er noch nicht weit gekommen ist. Wir brauchen ihn, um jede Menge Informationslücken zu schließen.«

Gerade als King den Polizeichef anrufen wollte, rief Williams ihn an. King teilte ihm mit, was Sally ihm am Vorabend anvertraut hatte, und setzte ihn über seinen gegen Roger Canney gerichteten Verdacht in Kenntnis. Williams sagte zu, Canney zur Fahndung auszuschreiben, und bat King und Michelle, sich bei den Battles mit ihm zu treffen. Er weigerte sich, den Grund zu nennen, und beantwortete auch bezüglich Sallys keine Fragen.

Mit bedrückter Miene ließ King sich in den Sitz sinken. *Sie ist tot.*

KAPITEL 72

Als King und Michelle bei den Battles eintrafen, führten Williams und Chip Bailey sie sofort zur Stallung. Unterwegs berichtete Williams, was Sally zugestoßen war und was sich mit Eddie ereignet hatte. King wurde bleich, und er musste sich an den Zaun lehnen. Michelle stützte ihn mit ihrem heilen Arm.

»Du darfst jetzt nicht zusammenklappen.«

»Das Messer, mit dem Sally getötet wurde, stammt aus dem Werkzeugbestand der Stallung und ist am Tatort zurückgeblieben«, erklärte Bailey. »Gleiches gilt für die Harke. Sylvia ist gerade gefahren, aber nach ihrer Einschätzung muss Sally sehr schnell tot gewesen sein.«

»Können wir die Leiche sehen?«, fragte King.

»Das ist kein schöner Anblick, Sean«, gab Williams zur Antwort. »An deiner Stelle würde ich darauf verzichten.«

»Ich muss sie sehen«, beharrte King.

Widerwillig begleitete Williams ihn und Michelle zu der Toten.

»Mein Gott«, entfuhr es Michelle.

»Man könnte meinen, der Mörder hätte sie aus irgendeinem Grund gehasst«, sagte Williams. »Er hat immer wieder mit der Harke auf sie eingeschlagen.« Er blickte King an. »Vielleicht wusste Sally doch mehr, als sie zugegeben hat.«

»Kann sein«, murmelte King und drehte sich um. Während man Sallys Leichnam in einem schwarzen Leichensack fortbrachte, verharrte er vor dem Eingang der Stallung, in Gedanken versunken.

Als die Hecktüren des Ambulanzfahrzeugs sich mit blechernem Knall schlossen, wandte er sich erneut an Williams. »Dafür trage ich die Verantwortung. Ich habe sie gedrängt, mit der Wahrheit herauszurücken, und gar nicht in Erwägung gezogen, sie könnte deshalb in Gefahr geraten.«

»Für dich stand es gestern Abend auf Leben und Tod, Sean«, entgegnete Williams. »Du hattest gar keine Gelegenheit, die Sache gründlich zu durchdenken.«

»Wie geht es Eddie?«, erkundigte sich Michelle.

»Vorhin habe ich mit der Klinik telefoniert«, antwortete Bailey. »Er ist noch bewusstlos, aber über den Berg.«

»Weiß man schon, was es war?«

»Nein. Falls Sie mitkommen möchten, ich will nachher noch zur Klinik. Aber erst will ich noch einmal mit Dorothea sprechen. Und mit Savannah, obwohl ich gehört habe, sie wäre mit den Nerven am Ende.«

»Wenn du Recht behältst, was Canney betrifft, Sean, stehe ich in deiner Schuld«, sagte Williams auf dem Weg zum Kutschenhaus. »Ich wäre ihm nie auf die Schliche gekommen.«

»Das ist nur ein Teil des Puzzles, Todd«, versicherte King.

Dorothea empfing sie an der Haustür. Sie sah blass und verhärmt aus. Während Williams, King und Michelle ein paar tröstliche Worte sagten, musterte Chip Bailey Dorothea mit einer Mischung aus Zorn und Entschlossenheit. Alle versammelten sich im Wohnzimmer.

»Um welche Uhrzeit sind Sie und Eddie zu Bett gegangen?«, fragte Williams.

»Gegen halb eins. Eddie hatte im Atelier gearbeitet. Aber wir haben nicht sofort geschlafen, erst etwa eine Stunde später.« Dorothea lächelte verlegen. »Ich hätte nie geglaubt, dass die Aufregungen, die mit Mordermittlungen einhergehen, sich dermaßen vorteilhaft auf das Sexualleben auswirken können. Aber Eddie zeigt sich von seiner besten Seite, seit wir in diesem Schlamassel stecken.«

»In schwierigen Zeiten ist ein tüchtiger Mann schwer zu finden«, sagte Michelle gepresst.

»Genau das wird mir allmählich klar«, sagte Dorothea mit überraschender Offenheit.

»Er ist betäubt worden, Dorothea«, meldete Bailey sich zu Wort. »Ich habe mit den Klinikärzten geredet. Ihrer Aussage zufolge steht er unter dem Einfluss eines starken Betäubungsmittels.«

Plötzlich spiegelte sich Furcht auf Dorotheas Miene. »Diese Sache kann ich absolut nicht verstehen. Ich … Ich muss Ihnen sagen, dass ich völlig benommen war, als Savannah an die Tür hämmerte und ich aufwachte, und selbst jetzt fühle mich noch nicht richtig beieinander.«

Bailey musterte sie argwöhnisch. »Davon haben Sie heute früh aber nichts erwähnt.«

»Es ging alles so schnell«, erwiderte Dorothea. »Savannah war völlig verstört, Sally war tot, und ich konnte Eddie nicht wecken. Es war wie ein Albtraum.«

»Wann stand Savannah vor der Tür?«, fragte Bailey.

»Kurz nach acht. Ich weiß noch, dass ich im Flur auf die Uhr geschaut habe. Eddie und ich haben gestern zusammen zu Abend gegessen. Nach dem Essen haben wir uns ein Glas Wein gegönnt. Anschließend war er in seinem Atelier, um zu malen, und ich habe in meinem Büro Papierkram erledigt.«

»Können Sie uns die Reste der Mahlzeit und die Weinflasche zur Verfügung stellen?«, lautete Baileys nächste Frage.

»Reste gab es keine. Die Flasche steht hier noch irgendwo, glaube ich.«

»Ich wüsste es zu schätzen«, sagte Bailey, »wenn Sie mir die Flasche aushändigen, bevor ich gehe.«

Trotz erschien in Dorotheas Miene. »Was wollen Sie denn damit beweisen?«

Bailey maß sie mit kühlem Blick. »Irgendjemand hat Eddie gestern etwas untergejubelt, von dem er so stark betäubt wurde, dass er sich bis zur Stunde nicht davon erholt hat. Und noch wissen wir nicht, auf welchem Wege er das Betäubungsmittel unwissentlich eingenommen hat.«

»Ich kann mir nicht vorstellen, wie das geschehen sein soll«, sagte Dorothea aufgebracht.

»Das herauszufinden ist meine Aufgabe«, sagte Bailey. »Sind von den Pillen, die Sie von Montgomery gekauft haben, welche im Haus?«

»Ich ... Ich bin mir nicht sicher. Ich kann nachschauen.«

»Nein. Ich sage Ihnen, wie wir vorgehen. Ich lasse eine Hausdurchsuchung vornehmen. Haben Sie Einwände?«

Auf wackligen Beinen erhob sich Dorothea. »Ich möchte zuvor meinen Anwalt hinzuziehen.«

Auch Bailey stand auf. »Tun Sie das. Unterdessen besorge ich mir einen Durchsuchungsbeschluss. Für den Fall, dass Personen, die von den Ermittlungen betroffen sind, ausfliegen möchten, postiere ich einen meiner Agenten vor dem Haus. Und wir kennen Methoden, um Abflussrohre genau zu untersuchen und alles zu entdecken, was fortgeschüttet oder fortgespült wird.«

»Ihre Unterstellungen sind lachhaft«, rief Dorothea. »Ich habe Sally nicht ermordet, und ich habe auch meinen Mann nicht betäubt!«

»Zu dumm, dass bei Kyle Montgomery die Todesursache bisher nicht endgültig feststeht. Andernfalls säßen Sie jetzt vielleicht hinter Gittern. Dann hätten Sie ein lupenreines Alibi.«

Während Bailey das Zimmer verließ, richtete Dorothea einen kläglichen Blick auf King. »Sean, was geht hier vor?« Sie schwankte, doch King sprang vor und hielt sie fest, ehe sie auf den Fußboden stürzen konnte. King ließ sie auf die Couch sinken.

Er wandte sich an Michelle. »Hol Wasser!«

Michelle eilte aus dem Wohnzimmer. King hielt Dorothea unter aufmerksamer Beobachtung. Sie klammerte sich an seinen Arm.

»O Gott, mir ist so elend…«

»Ich werde Mason bitten, dass er sich um Sie kümmert.«

Dorothea krallte sich noch fester an Kings Arm. »Ich habe nichts verbrochen, Sean. Sie müssen mir glauben.«

Michelle kehrte mit Wasser zurück, und Dorothea trank es.

»Sie glauben mir doch?«, fragte sie kläglich.

»Ich will es mal so ausdrücken: Ich glaube Ihnen so weit, wie ich derzeit jedem glaube.«

Beim Hinausgehen bemerkten King, Michelle und Williams, dass Bailey mit einem seiner Kollegen sprach und auf das Kutschenhaus deutete. Sie gingen zu Bailey hinüber.

»Sie haben Dorothea wahrhaftig nichts geschenkt, Chip«, meinte Williams.

»Ich wusste nicht, dass sie besondere Rücksichtnahme verdient«, erwiderte der FBI-Agent.

»Sie hat einen scheußlichen Morgen hinter sich, und die vergangenen Tage waren auch nicht viel besser.«

»Warum sollte ich Mitleid für diese Frau aufbringen, wenn sie eine Verbrecherin ist?«

»Sie vermuten, dass sie ihren Ehemann betäubt, sich aus dem Haus geschlichen und Sally ermordet hat?«, fragte King.

»Ich halte es für durchaus möglich, dass sie Eddie betäubt und ein Mittäter Sally umgebracht hat, während er besinnungslos war. Die Stallung liegt so nahe am Kutschenhaus, dass Eddie es wahrscheinlich gehört hätte, wäre es zu einem Kampf gekommen. Er wäre Sally zu Hilfe geeilt, wenn sie geschrien hätte. Weil er betäubt war, konnte er das allerdings nicht.«

»Und wer soll Ihrer Ansicht nach Dorotheas Komplize gewesen sein?«

»Wenn ich das wüsste, könnten wir alle nach Hause gehen.«

»Und das Motiv für den Mord an Sally?«

»Sie wusste mehr, als sie irgendwem erzählt hat, Sie eingeschlossen. Sie wäre Juniors Alibi, hat sie behauptet. Dafür steht jedoch nur ihre eigene Aussage, die sie allerdings erst nach Juniors Tod gemacht hat. Er kann sie nicht mehr bestätigen. Aber mal angenommen, sie war in der Nacht des Einbruchs *nicht* mit Junior zusammen? Mal angenommen, sie hat in Wahrheit jemandem beim Einbruch Beihilfe geleistet oder den Einbruch selbst verübt?«

»Wenn es so war, weshalb hätte sie dann die Geschichte auftischen sollen, mit Junior zusammen gewesen zu sein?«, fragte Williams.

»Weil dadurch *sie* für die Zeit des Einbruchs ein Alibi hatte«, sagte King.

»Genau«, bekräftigte Bailey, wobei er Williams einen triumphierenden Blick zuwarf.

»Keine schlechte Theorie, Chip«, meinte King.

»Danke. Ich habe auch meine lichten Momente.« Bailey stieg ins Auto und fuhr davon.

KAPITEL 73

Gegen drei Uhr am Nachmittag kam Eddie wieder zu sich.

Williams, Bailey, King und Michelle hatten sich in seinem Krankenzimmer eingefunden. Fahl, zerzaust und von Zuckungen geplagt, blickte Eddie vom Krankenbett zu ihnen auf. Remmy saß neben ihrem Sohn, hielt seine Hand fest und wischte ihm mit einem feuchten Tuch über die Stirn. »Mein Gott, Eddie, jag mir nie wieder einen solchen Schrecken ein.«

»Es war nicht gerade meine Idee«, antwortete er mit todmüder Stimme.

»An welche Ereignisse des gestrigen Abends können Sie sich erinnern?«, fragte King.

»Dorothea und ich haben zu Abend gegessen und dabei über die jüngsten Geschehnisse gesprochen. Ich war vorher eine ganze Weile beim Anwalt gewesen.«

»Warum hat Dorothea Sie nicht zum Anwalt begleitet?«, fragte Michelle.

»Ich wollte es, sie aber nicht. Dorothea scheint zu glauben, dass all diese Dinge ein Ende nehmen, wenn sie sie ignoriert… Nach dem Essen jedenfalls habe ich mich in mein Atelier zurückgezogen, um den Kopf von allem freizukriegen.« Bevor er weitersprach, warf er Michelle einen Seitenblick zu. »Gegen Mitternacht bin ich ins Haus zurückgekehrt und ins Bett gegangen. Da war Dorothea noch wach.« Unversehens merkte man ihm Verlegenheit an. »Sie war sogar noch *sehr* wach, wenn Sie verstehen, was ich meine.«

Remmy schnaubte. »Für mich unbegreiflich unter solchen Umständen, aber ich habe es schon vor Jahren aufgegeben, deine Frau verstehen zu wollen.«

»Es lag so gut an mir wie an ihr, ja?«, sagte Eddie ziemlich unfreundlich zu seiner Mutter, doch sein Blick galt nach wie vor Michelle. »Vermutlich hatten wir beide das Bedürfnis, uns einfach von allem abzulenken. Aber der Zeitpunkt war seltsam, das gebe ich zu.«

»Was ist danach passiert?«, fragte King.

»Ich bin eingeschlafen. Und als Nächstes erwache ich in der Klinik. Was *war* das für ein Zeug, um Himmels willen?«

»Den Ärzten zufolge Morphinsulfat, auch bekannt als MS Contin«, sagte Williams. »Davon wird man unter Garantie für acht, neun Stunden oder länger schlafen gelegt.«

»Aber warum?«, fragte Eddie. »Was ist dadurch erreicht worden?«

King sah Williams an. »Du hast ihm noch nichts gesagt?«

»Was gesagt?«, fragte Eddie.

Williams sah ihn an. »Heute Morgen gegen fünf Uhr dreißig hat jemand Sally Wainwright ermordet.«

Eddie setzte sich so ruckartig auf, dass er sich fast die Schläuche zog. »Was?«, rief er. »Sally?«

»Eddie«, seine Mutter drückte ihn zurück aufs Kissen, »du tust dir noch was an.«

Sofort trat ein wilder Ausdruck in Eddies Augen, und er bäumte sich ein zweites Mal auf. »Mein Gott! Dorothea! Ist sie wohlauf?«

»Ihr fehlt nichts«, beruhigte Williams ihn.

»Bis auf weiteres«, murmelte Bailey.

Eddie ließ sich zurücksinken, klammerte sich jedoch an den Arm seiner Mutter. »Wurde Sally im Schlaf ermordet?«

»Nein«, sagte King, »der Mord wurde in der Stallung verübt.«

»Aber … wieso Sally?«, fragte Eddie.

Williams blickte King an. »Sie hat gestern wichtige Informationen preisgegeben«, erklärte dieser, »durch die endgültig ausgeschlossen werden konnte, dass Junior den Einbruch im Haus Ihrer Mutter begangen hat.«

Remmy wirkte überrascht. »Ich hatte mir ja selbst schon zusammengereimt, dass er es nicht gewesen ist. Aber inwiefern hatte Sally Beweise dafür?«

»Es war so«, entgegnete Williams. »Dabei wollen wir es vorerst bewenden lassen.«

»Hat ihre neue Aussage jemanden belastet?«, erkundigte sich Eddie.

»Nein«, gestand King.

»Warum musste sie dann umgebracht werden?«

»Darüber habe ich noch keinen Aufschluss. Ich habe auf zahlreiche Fragen noch keine Antwort.«

Bailey ergriff das Wort. »Wir wissen allerdings zweifelsfrei, dass Sie in der Nacht betäubt worden sind, Eddie, und während Sie bewusstlos waren, hat jemand Sally ermordet. Der Täter kannte ihren Tagesablauf und wusste, dass sie sich in aller Frühe in der Stallung aufhält.«

Unbehagliches Schweigen schloss sich diesen Worten an. »Wollen Sie etwa andeuten«, sagte Eddie schließlich, »dass meine Frau …«

Williams unterbrach ihn. »Wir deuten gar nichts an. Wir stellen lediglich Tatsachen fest. Aber Dorothea steht unter Verdacht.«

Eddie schüttelte den Kopf. »Sie ist eine angesehene Geschäftsfrau.«

»Mit einem Drogenproblem«, sagte Remmy scharf. »Und jetzt steht sie unter *Mordverdacht*.«

»Halt den Mund, Mutter!«, rief Eddie mit einer plötzlichen Vehemenz, die alle Anwesenden erstaunte. Langsam entzog Remmy ihm ihre Hand.

Vorwurfsvoll deutete Eddie mit dem Finger auf Williams. »Wenn Sie auch nur im Entferntesten glauben, Dorothea hätte mich betäubt und dann Sally ermordet, verschwenden Sie unser aller Zeit, während der wahre Mörder unbehelligt bleibt.«

»Es ist unsere Pflicht, sämtlichen Hinweisen nachzugehen«, stellte Bailey klar.

»Auch Lächerlichkeiten?«

»Sie sollten sich lieber ein wenig Ruhe gönnen, Eddie«, empfahl King mit ruhiger Stimme. »Sie haben eine schwere Nacht hinter sich.«

»Na schön, ich möchte jetzt sowieso lieber allein sein.«

Eddie drehte den Kopf zur Seite und legte sich den Unterarm über die Augen.

Remmy stand auf und ging zur Tür. »Ich sehe später noch mal nach dir, mein Sohn.«

»Wenn es unbedingt sein muss«, antwortete er kurz angebunden.

An der Tür wandte Remmy sich an Polizeichef Williams. »Ich habe den Eindruck, wir sind nicht weiter als am ersten Tag. Etliche Menschen werden ermordet, aber die Polizei macht bei der Aufklärung keine Fortschritte.« Sie streifte Bailey mit einem bitterbösen Blick. »Das gilt auch für das famose FBI. Verflixt, ich frage mich, wofür ich eigentlich Steuern zahle.« Sie verließ das Krankenzimmer.

Die übrigen Anwesenden, Eddie ausgenommen, folgten ihr auf den Flur.

Auf der Schwelle drehte Michelle sich nach Eddie um. Er lag noch in derselben Haltung im Bett und hielt die Augen bedeckt. Lautlos huschte Michelle hinaus.

KAPITEL 74

Zwei Tage verstrichen, ohne dass sich eine Spur von Roger Canney fand, obwohl Chip Bailey und Polizeichef Williams auf den Straßen der ganzen Umgegend Polizeikontrollen vornehmen ließen.

»Als wäre er in einem Scheißloch verschwunden«, klagte der enttäuschte FBI-Agent auf einer Sitzung der Ermittlungskommission.

Nach insgesamt acht Morden sowie den Mordanschlägen auf King und Michelle wimmelte es in Wrightsburg von Gesetzesvertretern, die um Zuständigkeiten stritten, um Beweise rangen und sich um die richtige Vorgehensweise stritten, um die Horden der Medienvertreter zufrieden zu stellen, die wie Heuschrecken über den Ort herfielen. Kaum ein Bürger war noch nicht von einem Reporter befragt worden. Man konnte unmöglich die Fernsehnachrichten sehen, nicht die *Washington Post*, die *New York Times* oder *USA Today* lesen, ohne auf einen Bericht über das »Wrightsburg-Massaker« zu stoßen. Schlaumeier um Schlaumeier schlug Lösung um Lösung vor, aber keine hing mit den Fakten des Falls zusammen. Mit beunruhigend wachsender Häufigkeit stellten Einwohner ihre Häuser zum Verkauf. Das Geschäftsleben kam beinahe zum Erliegen. Befürchtungen wurden laut, die Ortschaft könnte sterben, wenn man nicht bald den oder die Mörder fasste. Führungspersönlichkeiten aus Wirtschaft und Politik forderten Polizeichef Williams' Kopf und dazu (obwohl sie erst kürzlich ernannt worden waren) die Köpfe seiner wichtigsten Deputys Sean King und

Michelle Maxwell. Auch Bailey bekam seitens seiner Vorgesetzten Druck zu spüren, konzentrierte sich aber auf seine Aufgaben und verfolgte systematisch jede Erfolg versprechende Spur. Die Mehrzahl jedoch verlief im Sande.

Ungefähr um die Zeit, als Sylvia Sallys Autopsie beendete, wurde Eddie aus der Klinik entlassen. Man stieß auf keine neuen Spuren, doch zumindest ereignete sich auch kein neuer Mord.

Als man inmitten dieses Wirrwarrs den Eindruck gewinnen konnte, Wrightsburg stünde der Zusammenbruch bevor, entnahm Sean King seinem tragbaren Weinkühler zwei Flaschen und stellte sich gemeinsam mit Michelle bei Harry Carrick zum Abendessen ein.

Als Michelle ihr Häuschen verließ, um in das Lexus-Cabrio zu steigen, machte King bei ihrem Anblick große Augen. »Du siehst wundervoll aus«, sagte er und bestaunte das enge Kleid, dessen Saum sich etwa in mittlerer Höhe der Oberschenkel befand und daher einen beträchtlichen Teil ihrer Olympionikinnen-Beine zeigte. Um die Schultern hatte sie einen modischen Schal geschlungen; auf die Armschlinge konnte sie inzwischen verzichten. Sie hatte Make-up aufgetragen und anscheinend sogar die Haare gewaschen, sodass ihr kaum Strähnen ins Gesicht hingen. Damit bildete sie einen verblüffenden Kontrast zu ihrer gewohnten Bekleidung: Jeans, Windjacke, Segeltuchschuhe, Trainingsanzug und lose Zierbänder.

King trug Anzug und Schlips, hatte sogar ein Tuch in die Brusttasche des Jacketts gesteckt.

»Ich möchte einen guten Eindruck bei Harry hinterlassen«, beteuerte Michelle. »Bei dir kann ich ja nicht mal mit dem Essen landen.«

»Wie meinst du das?«

»Ich habe Frühstück und Mittagessen, die ich für dich zubereitet hatte, wieder im Mülleimer gefunden. Wenn dir mein Essen nicht schmeckt, brauchst du es nur zu sagen. Ich bin bestimmt nicht beleidigt.«

»Du solltest keine Zeit in der Küche verschwenden, Kleines«, antwortete King in der besten Bogart-Imitation, die er zustande brachte. »Schau mir lieber in die Augen.«

Michelle lächelte. »Man muss im Leben wohl oft mit kleinen Freuden zufrieden sein.«

»Außerdem muss ich sagen, dass der Thunfisch-Salat, den du vorgestern gemacht hast, wirklich gut geschmeckt hat.«

»Aus deinem Munde ist das ein großes Lob.«

»Die nächste Mahlzeit kochen wir gemeinsam. Ich kenne da ein paar Tricks.«

»Einverstanden, das ist ein Wort.«

»Wie steht's mit dem Arm?«

»Ach, bloß eine Schramme.«

Als sie an diesem lauen, angenehmen Abend mit offenem Verdeck über die gewundene Landstraße fuhren, warf Michelle ihrerseits einen bewundernden Blick auf King. »Du siehst nicht übel aus.«

»Auch ich verstehe mich bei Gelegenheit anzuhübschen«, sagte King lachend.

»Sind wir die einzigen Gäste?«

»Ja, weil ich es war, der das Beisammensein vorgeschlagen hat.«

»Du? Warum?«

»Weil es meines Erachtens höchste Zeit ist, dass wir uns mal zusammensetzen und den Fall in aller Ruhe diskutieren, und nachdenken kann ich am besten bei ein, zwei Flaschen Wein.«

»Bist du sicher, dass du nicht nur vermeiden möchtest, nochmals bei mir essen zu müssen?«

»Auf den Gedanken wäre ich nie gekommen.«

Harry wohnte in einem großen alten Haus mit reich verziertem Interieur.

Er empfing seine Gäste an der Haustür und führte sie in die Bibliothek, in der trotz der Wärme des Abends ein behagliches Kaminfeuer brannte. Der Anwalt trug einen eleganten Dreiteiler mit modisch diskretem Karomuster. Ans Revers hatte er eine Nelke geheftet. Er schenkte Getränke ein. King und Michelle nahmen vor dem Kamin auf einem weichen Ledersofa Platz. Die Couch wirkte, als hätte sie schon das Gewicht von wenigstens fünf Generationen tragen müssen.

Harry hob das Glas. »Auf meine zwei guten Freunde.« Sie tranken; dann richtete Harry den Blick auf Michelle. »Ich bin der Meinung«, fuhr er fort, »wir müssen noch einmal anstoßen.« Er hob das Glas ein zweites Mal. »Auf eine der entzückendsten Frauen, denen ich je begegnet bin. Michelle, Sie sehen heute Abend blendend aus.«

Michelle lächelte und sah King an. »Tja, wenn ich auch noch kochen könnte…«

King setzte zu einer Antwort an, verkniff sie sich aber und trank überstürzt einen Schluck von seinem Cocktail.

»Was für ein interessantes Zimmer das hier ist«, sagte Michelle und besah sich die wurmstichigen, mit alten Büchern voll gestellten Einbauregale.

Harry nickte, während Michelle den Blick durch die Bibliothek schweifen ließ. »Und natürlich spukt es hier«, sagte er. »An einer Stätte, die schon das siebzehnte Jahrhundert gesehen hat, kann es gar nicht anders sein.«

»Es spukt?«, vergewisserte sich Michelle.

»O ja. Im Laufe der Jahre habe ich etliche Gespenster gesehen. Mehrere betrachte ich als Mitbewohner. Seit ich wieder hier wohne, empfinde ich es als Verpflichtung, mich mit ihnen vertraut zu machen, zumal ich mich ja in nicht allzu ferner Zukunft zu ihnen gesellen muss.«

»Ihnen bleibt noch viel Zeit, Harry«, versicherte King.

»Ja, was sollten wir ohne Sie anfangen?« Michelle stieß mit ihrem Whiskey-Glas gegen Harrys Glas Bourbon.

»Meine Vorfahren haben die Ziegel und den Mörtel für diesen Stammsitz schon fabriziert, bevor die Familie Lee ihr Bollwerk zu Stratford Hall baute.« Harry blickte auf seine Taschenuhr. »Pünktlich um sieben Uhr dreißig serviert Calpurnia das Essen. Uns bleibt also noch etwas

Zeit, um die Diskussion vor der Mahlzeit anzufangen, obwohl ich mir längst den abendlichen Gesprächsstoff vorstellen kann.«

»Calpurnia?«, wiederholte Michelle.

»Meine Köchin und Haushälterin. Eine reizende Dame, die schon seit Jahren bei mir angestellt ist. Ich habe sie kennen gelernt, als ich am Obersten Gerichtshof in Richmond tätig war, und sie ist dankenswerterweise bereit gewesen, mich nach Hause zu begleiten. Ohne Calpurnia wäre ich vollkommen hilflos.«

Er trank ein Schlückchen Bourbon, stellte das Glas ab, faltete die Hände und setzte eine ernste Miene auf.

»Wissen Sie, wir müssen den Fall aufklären, und zwar schnell. Die Morde werden ja nicht deshalb enden, weil wir es uns wünschen.«

»Allerdings«, sagte King, stand auf und kehrte dem Feuer den Rücken zu. »Ich habe ausgiebig über alles nachgedacht, weil ich kaum etwas anderes tun konnte, als ich mich von der Kohlenmonoxidvergiftung erholen musste. Bis jetzt hat es acht Morde gegeben.« Er streckte die Finger einer Hand empor. »Derzeit möchte ich allerdings nur fünf davon erörtern, vorerst jedenfalls. Und den Anfang würde ich gern mit Rhonda Tyler machen.«

»Der Tänzerin«, sagte Harry.

»Der Prostituierten.«

»Bist du dir sicher?«, fragte Michelle.

»Ich habe mich bei Lulu erkundigt. Rhonda Tyler zählte zu den Mädchen, die für den Zusatzverdienst-Verein optiert hatten.«

»Den *was?*«, fragte Harry.

»Eine kleine Nebenerwerbsregelung des *Aphrodisia*«, erwiderte King unbestimmt. »Inzwischen ist sie abgeschafft worden.«

Harry wusste, was gemeint war, und nickte. »Ich habe immer schon vermutet, dass da so etwas abläuft. Ich meine, man kann Männern keinen Alkohol vorsetzen und sie nackte Mädchen angaffen lassen, ohne dass sie schließlich mehr wollen, als nur den Voyeur zu spielen.«

»Ganz meine Meinung. Rhonda hat also nebenher als Prostituierte gearbeitet. Wurde sie deshalb ermordet?«

»Prostituierte sind wahrscheinlich der Personenkreis, aus dem Serienmörder bevorzugt ihre Opfer auswählen«, meinte Michelle.

»Auch dieser Ansicht schließe ich mich an. Haben wir es also mit einem gewöhnlichen Serienmörder zu tun, der seine Opfer in diesem klassischen Personenkreis auswählt, oder geht da etwas ganz anderes ab?«

»Wie ist das zu verstehen, Sean?«, fragte Michelle.

»War Rhondas Ermordung persönlich motiviert, oder sollte sie ein Symbol sein?«

»Wie sollen wir diese Frage beantworten? Unsere Informationen sind zu spärlich.«

»Ich will an diese Frage eine weitere Frage knüpfen. Könnte Bobby Battle die Liebesdienste Rhonda Tylers in Anspruch genommen haben? Sie war schon im *Aphrodisia* tätig, bevor Bobby den Schlaganfall erlitt. Er ist dort öfters gewesen, obwohl Lulu sich nur vage darüber geäußert hat, wann sie ihn dort zum letzten Mal gesehen haben will.«

»Diesen Ansatz habe ich noch gar nicht in Betracht gezogen«, gestand Harry. »Aber unterstellen wir mal, Bobby hat in dem Club sexuell mit ihr verkehrt. Inwiefern hätte sie deswegen zur Zielperson des Mörders werden sollen, zumal gemeinsam mit vier anderen Leuten, die in keinem erkennbaren Zusammenhang dazu stehen?«

»Und wenn einige der anderen Opfer *doch* in einer gewissen Beziehung zu Bobby Battle standen?«

»Zum Beispiel?«

»Sean hält Steve Canney für Bobby Battles außerehelichen Sohn«, antwortete Michelle an Kings Stelle. »Seine Mutter hatte bei Battle gearbeitet und wurde wahrscheinlich von ihm geschwängert, sodass wir davon ausgehen, Roger Canney hat Bobby erpresst. Ferner vermuten wir, Bobby könnte bei Mrs Canneys Unfalltod vor dreieinhalb Jahren die Hand im Spiel gehabt haben, und dass dort der Ursprung der Erpressung zu sehen ist.«

»Mein Gott«, stieß Harry hervor.

»Aber ich habe inzwischen ebenfalls über diese Möglichkeit nachgedacht, Sean«, sagte Michelle. »Bobby hatte ganz offen Affären mit Frauen und gab sich mit Prostituierten ab. Vorausgesetzt, es stimmt, was du annimmst: Weshalb hätte es Bobby stören sollen, wenn die Wahrheit über einen unehelichen Sohn an die Öffentlichkeit gelangt wäre? Warum hätte er sich wegen eines seiner vielen sexuellen Abenteuer erpressen lassen sollen?«

»Vielleicht habe ich eine Erklärung dafür«, sagte Harry. »Ungefähr in dem Zeitraum, von dem Sie reden, befand sich Bobby mitten im Verkauf seines Unternehmens. Viele örtliche Anwälte, die ich kannte, waren im Auftrag der Battles mit der Angelegenheit beschäftigt, darum habe ich praktisch sämtliche Kriegsberichte über die laufenden Verhandlungen zu hören bekommen. Der Käufer war ein großer multinationaler Konzern mit erstklassiger Reputation. Und Bobby galt als Aushängeschild seiner Firma.«

»Daher hätte die Enthüllung, dass er einen unehelichen Sohn hat, den Verhandlungen geschadet«, folgerte King.

»Genau. Wie es sich dann ergab, kam der Geschäftsabschluss zustande, und Bobby besaß mehr Geld, als er jemals ausgeben konnte. Wahrscheinlich war es für ihn so am vorteilhaftesten.«

»Inwiefern?«, fragte King.

»Exzentrisch war er immer schon gewesen, aber in den letzten Lebensjahren wurde sein Verhalten zunehmend… auffällig. Er unterlag heftigen Stimmungsschwankungen. Anfälle von Depression wechselten sich ab mit Anwandlungen realitätsferner Euphorie. Und sein Verstand funktionierte nicht mehr so gut wie früher. Seinerzeit zählte er zu den brillantesten Ingenieuren und

Geschäftsleuten, aber dann vergaß er Namen und wichtige Vorgänge. Sein Schlaganfall war keine Überraschung für mich. Ich vermute sogar, dass er davor schon eine Reihe kleinerer, unbemerkter Schlaganfälle erlitten hatte, die seine geistige Leistungsfähigkeit beeinträchtigt haben. Aber wir sind jetzt erheblich vom Thema Erpressung abgewichen.« Harry sah King an. »Entschuldigen Sie meine Weitschweifigkeit.«

»Nein, nein, wir brauchen sämtliche Informationen, die wir bekommen können. Der Zeitpunkt, an dem Bobby die Firma verkauft hat, führt mich zu dem Schluss, dass es Roger Canney allein gewesen sein muss, der den Erpressungsvorsatz fasste. Vermutlich kannte Mrs Canney den Vater ihres Sohnes, oder sie schloss eine Vaterschaft Bobbys zumindest nicht aus. Steve Canney war siebzehn, als er starb. Hätte sie den Vorsatz gehabt, irgendwelche Ansprüche geltend zu machen, hätte sie damit bestimmt nicht so viele Jahre gewartet. Es ist ja nicht so, dass Bobby vor siebzehn Jahren ein armer Schlucker gewesen wäre.«

Harry knüpfte an diese Überlegungen an. »Allerdings kann Roger Canney gewusst haben, dass Steve nicht sein leiblicher Sohn war, und auf den Tod seiner Frau gewartet haben, um Bobby erst danach zu rupfen. Oder er hat deshalb gewartet, weil seine Frau nicht mitgemacht hätte. Mit Sicherheit hat er gewusst, dass Bobby den Verkauf des Unternehmens plant. Diese Absicht war ja in der Öffentlichkeit bekannt.«

»Oder Canney wollte nicht warten, bis seine Frau eines ›natürlichen Todes‹ starb«, mutmaßte Michelle. »Also hat er nachgeholfen, hat sie in den Hohlweg gedrängt und auf diese Weise Bobbys Erpressung ermöglicht.«

»Aber es war Bobbys Auto, das damals den Blechschaden aufwies«, gab King zu bedenken. »Daher ist es viel wahrscheinlicher, dass Bobby die Frau umgebracht hat.«

»Ich mache ja auch nur darauf aufmerksam«, sagte Michelle, »dass Roger Canney ebenfalls ein Motiv für die Ermordung seiner Frau gehabt haben könnte.«

King streifte sie mit einem bewundernden Blick. »Das ist ein bedeutsamer Punkt, Michelle. Daran hatte ich noch gar nicht gedacht.«

»Und wohin führen diese Gedankengänge?«, fragte Michelle.

Das Läuten einer Essensglocke unterbrach die Erörterungen.

»Ich habe Calpurnia gesagt, dass eine Essensglocke altmodisch ist, aber sie behauptet, ich höre nicht mehr so gut und die Glocke sei das einzige Mittel, meine Aufmerksamkeit zu wecken, ohne dass sie auf der Suche nach mir durchs ganze Haus laufen muss. Wollen wir zu Tisch gehen?«

KAPITEL 75

Gleich nach der Ankunft hatte King beide Flaschen Wein entkorkt, sodass sie hinlänglich hatten chambrieren können. Bei Tisch schenkte er aus der ersten Flasche ein. »Das ist ein La Croix de Peyrolie vom Weingut Lussac Saint Emilion.«

»Und bestimmt verbirgt sich dahinter eine nette Geschichte«, meinte Michelle, während sie an dem Tropfen schnupperte.

»Der Wein wird von einer Dame mit dem passenden Namen Carole Bouquet hergestellt, die früher ein bekanntes Model war und einmal das Bond-Girl spielen durfte, in *In tödlicher Mission*, glaube ich. In der anderen Flasche ist ein Ma Vérité de Gérard Depardieu, Haut Médoc.«

»Lassen Sie mich raten«, sagte Harry. »Ein Produkt des gleichnamigen Schauspielers.«

»Ja. Diese Weine sind hoch bewertet, und ich hole sie nur zu besonderen Anlässen herauf.«

»Harry und ich fühlen uns sehr geehrt«, bemerkte Michelle und schmunzelte.

Sie stießen an und begannen mit der Mahlzeit, die Calpurnia servierte. Die Frau war ungefähr sechzig Jahre, gut eins neunzig groß, von grobknochiger Statur und hatte dichtes graues Haar, das sie zu einem struppigen Knoten gebunden trug. Sie sah aus wie der ärgste Albtraum einer Schulkantinen-Mitarbeiterin, den ein Kind erleben konnte. Aber das Essen war köstlich.

»So«, sagte Harry, nachdem Calpurnia gegangen war,

»Michelle hatte die Frage aufgeworfen, wohin Ihre Spekulationen über Steve Canneys Herkunft und Rhonda Tylers mögliche Affäre mit Bobby Battle uns führen könnten.«

»Nicht zu vergessen, dass möglicherweise auch zwischen zwei Mordopfern und Bobby Battle eine Verbindung bestand. Ist es denkbar, dass das auch für weitere Opfer zutrifft?«

»Janice Pembroke?«, warf Michelle ein.

»Nein«, widersprach King. »Meines Erachtens war sie nur zur falschen Zeit am falschen Ort.«

»Diane Hinson?«, fragte Michelle. »Sie war Anwältin. Vielleicht hat sie mit Bobby irgendeine geschäftliche Angelegenheit bearbeitet.«

King schüttelte den Kopf. »Das ist zu bezweifeln. Sie war bei Gericht tätig, überwiegend in Kriminalprozessen. Ich habe zahlreiche Nachforschungen angestellt und niemanden gefunden, der Berührungspunkte zwischen ihr und Bobby gesehen hätte. Lassen wir Hinson also vorerst beiseite. Als Nächster käme Junior Deaver an die Reihe. Er hatte eine eindeutige Verbindung zu den Battles.«

»Na klar«, sagte Michelle. »Er hat für sie gearbeitet und wurde beschuldigt, sie bestohlen zu haben.«

»Allerdings wurde der Einbruch verübt«, merkte Harry an, »*nachdem* Bobby den Schlaganfall erlitten hatte.«

»Ich bin nie davon ausgegangen, dass Bobby jemanden ermordet hat«, erklärte King. »Außer vielleicht Mrs Canney. Auf alle Fälle haben wir drei Personen, die in möglicher Beziehung zu Bobby Battle standen. Jede von ihnen wurde nach dem Muster eines berüchtigten Serienmörders umgebracht, jede hatte eine Uhr am Handgelenk, und jedes Mal ging anschließend ein Schreiben ein.«

Michelle wirkte nicht überzeugt. »Sicher, Janice Pembroke mag ermordet worden sein, nur weil sie gerade mit Steve Canney zusammen war, Diane Hinson dagegen wurde nach dem Vorbild des Night Stalker umgebracht.

Und doch sagst du selbst, in ihrem Fall gibt es keine Verbindung zu Battle.«

»Bei ihr war die Uhr auf eine Minute nach vier gestellt worden«, sagte King. »Und man beachte – bei Janice Pembroke stand die Uhr auf eine Minute nach zwei. Die anderen Uhren waren genau auf die volle Stunde gestellt.«

»Also befanden sich Diane Hinson und Janice Pembroke jeweils einen Tick daneben«, fasste Michelle zusammen.

»Richtig.« King stutzte und schaute sie an. »Einen Tick daneben? Irgendwie sagt dieser Ausdruck mir etwas, aber momentan fällt mir nichts dazu ein.«

»Also weist der Mörder uns mit den Armbanduhren bewusst darauf hin, dass mit einigen der Opfer ... ja, was? Dass mit ihnen etwas nicht stimmt?«

»Ich glaube, er will uns sagen, dass Tyler, Canney und Junior absichtlich aufgrund ihrer Verbindung zu Bobby ermordet wurden. Pembroke und Hinson hatten keine solche Verbindung und waren deshalb keine eigens ausgesuchten Zielpersonen.«

»Gut«, sagte Michelle, »nehmen wir einmal an, er hat Janice Pembroke nur ermordet, weil sie gerade mit Steve Canney zusammen war. Aber warum hat er Diane Hinson umgebracht?«

»Damit wir nach verschiedenen Seiten ermitteln und hinter allem einen Sinn zu entdecken versuchen, den es gar nicht gibt. Janice Pembroke zugleich mit Steve Canney zu töten diente lediglich dem Zweck, die Hintergründe zu verschleiern. Dadurch sollte uns der Blick getrübt werden. Wäre Steve Canney allein gewesen, wäre ein zweiter Mord wie der an Diane Hinson geschehen, um die Verbindung zu Bobby zu vernebeln. So erklärt sich auch, dass der Mörder in dem Brief, den er nach Ermordung der Teenager geschrieben hat, den Begriff ›Junge‹ statt ›Jugendliche‹ benutzt. Er hatte es nämlich nur auf einen abgesehen: Steve Canney.«

»Aber wenn der Mörder uns tatsächlich auf diese

Weise von den richtigen Spuren ablenken will, warum hat er dann einige der Armbanduhren um eine Minute später gestellt?«, sagte Michelle. »Hätten alle auf der vollen Stunde gestanden, wärst du wahrscheinlich nie auf diese Gedanken gekommen.«

»Irgendwie habe ich das Gefühl, der Bursche möchte fair sein und uns wenigstens einen kleinen Hinweis geben.«

»Oder er veräppelt uns«, sagte Michelle.

»Kann sein, aber das bezweifle ich.«

Nach wie vor wirkte Michelle skeptisch. »Na schön, gehen wir mal davon aus, das alles stimmt so. Dann haben wir Bobby als möglichen gemeinsamen Nenner. Du nimmst jedoch an, dass er nicht von demselben Mörder getötet wurde. Wäre es nicht ein zu großer Zufall, wenn wir es mit einem weiteren Täter zu tun hätten? Außerdem bleiben Kyle Montgomery und Sally. Wie passen diese Todesfälle ins Bild?«

»Kyle könnte Selbstmord begangen haben, auch wenn Sylvias Feststellungen dagegen sprechen. Und Sally könnte ermordet worden sein, weil sie mit Juniors Alibi hinterm Berg gehalten hat.«

»Diese Überlegung kann ich nicht nachvollziehen, Sean«, gestand Harry.

»Falls Junior umgebracht wurde, weil er die Battles bestohlen hat, musste der Täter erkennen, dass er Junior grundlos ermordet hat, als er von dessen Unschuld erfuhr. Der Mörder rächte sich, indem er Sally tötete, und in seiner krankhaften Vorstellung übte er damit gleichzeitig Rache für Junior. Vielleicht hat er auf seine Erkennungszeichen – die Armbanduhr und die Nachahmung berüchtigter Serienmörder – verzichtet, weil er zu wütend war, oder weil er Sally für zu unwichtig hielt, und weil ihm für die Planung nur wenig Zeit geblieben ist. Sally hatte mir die Wahrheit kaum sieben Stunden vor ihrer Ermordung gebeichtet.«

»Tja, dass er ihr das Gesicht zerschmettert hat«, folgerte Michelle, »passt durchaus zur Rache-Theorie. So handelt jemand, der sich in rasende Wut steigert.«

»Genau. Ein Mann, der zu roher Gewalt fähig ist und…« King verstummte. »Sieben Stunden…«

»Was denn, Sean?«, fragte Harry.

»Ich bin mir nicht sicher«, erwiderte King nach kurzem Nachdenken. »Die Erwähnung dieser sieben Stunden hat bei mir irgendetwas ausgelöst…« Er überlegte noch einen Augenblick angestrengt; dann schüttelte er den Kopf. »Tut mir Leid, ist wahrscheinlich bloß ein vorzeitiges Symptom der Verkalkung.«

»Und wie stehen wir zu Chip Baileys Theorie«, fragte Michelle, »dass Sally hinsichtlich ihres Zusammenseins mit Junior gelogen und in Wahrheit den Einbruch selbst begangen oder dabei geholfen hat?«

Harry runzelte die Stirn. »Eine bemerkenswerte Vorstellung.«

»Sicher«, bestätigte King. »Und wir können sie bis auf weiteres nicht verwerfen. Aber er irrt sich, ich hab's im Urin.«

Sie setzten die Mahlzeit fort und leerten auch die zweite Flasche Wein. Danach tranken sie in der Bibliothek Kaffee, den Harry selbst einschenkte. Er bot Kognak dazu an, doch King und Michelle lehnten ab.

»Ich muss noch nach Hause fahren«, sagte King. »Der Wein hat mir gereicht.«

»Und ich muss auf ihn aufpassen, während er fährt«, fügte Michelle mit einem Lächeln hinzu.

In der Bibliothek war es kühl geworden, und Michelle stellte sich an den Kamin, um ihre langen Beine zu wärmen. »In einem Kleid kann einem ziemlich kalt werden«, sagte sie verlegen.

Harry wandte sich an King. »Was halten Sie von Dorothea?«

»Die Droge, die Eddie außer Gefecht gesetzt hat, war weder im Wein, noch sind im Haus irgendwelche von den Pillen gefunden worden, die Dorothea von Kyle Montgomery bekommen hat«, erklärte King. »Aber ich habe mit Sylvia Rücksprache genommen. Das Eddie verabreichte Morphinsulfat ist in ihrer Apotheke auf Lager, daher lässt sich nicht ausschließen, dass Montgomery auch dieses Zeug im *Aphrodisia* an Dorothea verscherbelt hat. Und Dorothea fehlt für Montgomerys Todeszeitpunkt ein Alibi. Sie behauptet, daheim gewesen zu sein, aber Eddie hat sie nicht gesehen.«

»Er war die ganze Nacht im Atelier«, sagte Michelle in einem Tonfall, der erkennen ließ, wie peinlich ihr die Einlassung war, »und hat ein Porträt von mir gemalt.«

Aufmerksam betrachtete King sie, wahrte aber Schweigen.

Auch Harry musterte sie flüchtig mit einem verwunderten Blick. »Sie hat also illegal Drogen gekauft, und sie ist Tatverdächtige sowohl bei Bobby Battle wie auch bei Kyle Montgomery. Außerdem hatte niemand sonst eine so günstige Gelegenheit, Eddie zu betäuben, und sie wohnt nicht weit von dem Ort, wo der Mord an Sally geschah. Alles viel zu offensichtlich und trotzdem unmöglich zu ignorieren.«

»Und aufgrund der finanziellen Rückschläge und der familiären Situation, von denen sie uns erzählt hat, ist sie tief deprimiert«, rief Michelle in Erinnerung. »Eine arg gebeutelte Frau.«

»Allerdings«, sagte King. »Aber es fällt mir schwer, bei ihr ein Motiv zu entdecken. Sie hat ausgesagt, Bobby habe ihr versprochen, sein Testament zu ihren Gunsten zu ändern, es dann aber unterlassen …«

»Das *ist* doch ein Motiv«, hielt Michelle ihm entgegen. »Vielleicht war sie über seinen Wortbruch so wütend, dass sie ihn ermordet hat.«

Harry erhob sich und stellte sich zu Michelle ans Kaminfeuer. »Wenn man mehr als siebzig Jahre auf dem Buckel hat, kühlt der Körper ab«, sagte er, »egal, wie viel Kleidung man anzieht oder wie hoch die Zimmertemperatur ist.« Dann wandte er sich wieder der Diskussion zu.

»Es könnte eine dritte Möglichkeit geben. Wir haben uns darüber unterhalten, was aus Remmys Geheimfach entwendet wurde. Aber was hat man aus Bobbys Geheimfach gestohlen?« King und Michelle musterten ihn schweigend. »Das Testament, das Bobbys gesamtes Erbe an Remmy übergehen lässt«, fügte Harry hinzu, »stammt aus der Anwaltskanzlei. Es wurde schon vor vielen Jahren aufgesetzt.«

»Woher wissen Sie darüber Bescheid?«, fragte Michelle.

»Der Anwalt, der den Entwurf aufgesetzt hat, war früher mein Angestellter, heute ist er Mitinhaber einer Firma in Charlottesville. Die Anwälte hatten von Anfang an das Original, und dieses Testament wird als gültig vollstreckt.«

»Hat jemand nach einem anderen, neueren Testament gesucht?«, erkundigte sich King.

»Das ist es ja eben – ich glaube nicht. Und wenn es nun ein neueres Testament war, das bei dem Einbruch aus Bobbys Geheimfach gestohlen wurde?«

»Aber wenn es in Bobbys Geheimfach lag, von dem Remmy ihrer Aussage zufolge nichts wusste«, gab King zu bedenken, »hatte sie keine Gelegenheit, es zu vernichten.«

»Ich habe nicht behauptet, dass Remmy dahinter steckt«, stellte Harry klar. »Bobby hatte einen Schlaganfall und faselte in der Klinik wirres Zeug…«

»Und dabei könnte er ein neues Testament erwähnt haben«, sagte King und schnippte mit den Fingern.

»Folglich kann praktisch jeder, der es gehört hat«, zog Harry den nächsten Schluss, »den Einbruch verübt haben.«

»Aber wäre Dorothea im Besitz des zweiten Testaments, würde sie es doch vorlegen, oder?«

»Dann müsste sie aber erklären, wie sie in den Besitz gelangt ist«, sagte Harry. »Und ich glaube, sie würde sich ungern zu einem Einbruchdiebstahl bekennen.«

King blickte ratlos drein. »Aber eines übersehen wir,

Harry. Bobbys Tod ist in den Medien breitgetreten worden. Egal, wer ein etwaiges neues Testament beurkundet hat – er hätte sich inzwischen gemeldet.«

»Vielleicht hat Bobby keine notariellen Dienste in Anspruch genommen.«

»Hätte er das Testament selbst aufgesetzt, müsste er Zeugen gehabt haben.«

»Nicht, wenn er es von vorn bis hinten handschriftlich verfasst hat.«

»Also, wer hat ein solches Testament, falls es existiert, und warum rückt er nicht damit heraus?«

»Auf diese Frage wüsste ich liebend gern eine Antwort«, sagte Harry und trank seinen Kognak aus.

KAPITEL 76

King und Michelle verabschiedeten sich von Harry und fuhren los. Es war noch warm genug, um offen zu fahren, doch Michelle schlang sich den Schal straffer um die Schultern.

»Ich kann das Verdeck schließen, wenn du möchtest«, sagte Harry.

»Nein, der Wind tut gut, und die Luft duftet herrlich.«

»Ja, der Frühling im ländlichen Virginia ist kaum zu überbieten.«

»Ich glaube, wir haben heute Fortschritte gemacht.«

»Zumindest haben wir uns die Zeit genommen, verschiedene Ansätze zu besprechen. Das ist immer nützlich.«

Michelle musterte ihn misstrauisch. »Du verrätst weniger, als du weißt – wie immer.«

King tat so, als kränkte ihre Bemerkung ihn, doch sein Lächeln verriet ihn. »Ich sage mir keineswegs nach, alles zu *wissen*. Aber ich hege diesen und jenen Verdacht, über den ich bisher nicht geredet habe.«

»Zum Beispiel, *Kollege?*«

»Zum Beispiel, dass ich einen wundervollen Abend mit zwei Flaschen hervorragenden Weins und einer attraktiven jungen Frau verbracht habe, ohne über etwas anderes als Mord und Totschlag zu sprechen.«

»Du weichst mir aus. Und dass du an erster Stelle den Wein erwähnst und nicht mich, spricht ja wohl Bände.«

»Das liegt nur daran, dass ich die beiden Flaschen Wein länger kannte als dich.«

»Vielen Dank, aber du weichst trotzdem aus.«

Der SUV rammte sie mit solcher Wucht von hinten, dass beide kopfüber durch die Windschutzscheibe geflogen wären, wären sie nicht angeschnallt gewesen.

»Verdammt!«, brüllte King und starrte in den Innenspiegel. »Wo kommt der auf einmal her?« Kaum hatte er das letzte Wort hervorgestoßen, rammte das Fahrzeug sie ein zweites Mal. King kurbelte wild am Lenkrad und versuchte, das Lexus-Cabrio auf der gewundenen Landstraße zu halten.

Michelle schüttelte die Pumps ab und setzte die bloßen Füße auf den Fahrzeugboden, um sich besser abstemmen zu können. Sie griff in die Handtasche, holte die Waffe heraus, lud durch und entsicherte – alles in einer einzigen, fließenden Bewegung.

»Kannst du den Fahrer erkennen?«, fragte King.

»Nein, die Scheinwerfer blenden. Aber es muss der Mörder sein.«

King holte das Handy hervor. »Diesmal schnappen wir uns den Mistkerl.«

»Achtung«, rief Michelle, »da kommt er wieder!«

Der nächste Anprall des viel schwereren Fahrzeugs hob beinahe das Heck des Lexus von der Straße. King wurde das Handy aus den Fingern geprellt. Es knallte gegen die Windschutzscheibe, flog nach hinten, prallte auf die Motorhaube des Verfolgers, fiel auf die Straße und zerbrach.

Erneut kämpfte King mit dem Lenkrad. Es gelang ihm, den schlingernden Lexus auf der Straße zu halten, als beide Wagen wieder auf Abstand gingen. Kings Auto war gut eine Tonne leichter als der SUV. Dafür war das Lexus-Cabrio bedeutend schnittiger als der bullige Verfolger, und es hatte 300 PS unter der Haube. Als sie einen geraden Streckenabschnitt der Landstraße erreichten, setzte King auf diese Vorteile und trat aufs Gaspedal, sodass der Lexus vorwärts schoss und den anderen Wagen weit hinter sich ließ.

Michelle öffnete ihren Sicherheitsgurt.

»He, was tust du?«, rief King.

»Auf diesen Serpentinen wirst du ihn nicht abhängen, und solange der Sicherheitsgurt mich behindert, kann ich nicht richtig zielen. Sieh zu, dass du vor ihm bleibst.«

»Ruf erst die Polizei an!«

»Geht nicht. Ich hab mein Handy nicht dabei. Die Handtasche ist zu klein für Handy *und* Pistole.«

King warf ihr einen fassungslosen Blick zu. »Du hast dein Handy nicht eingesteckt, aber die Pistole?«

»Ich glaube, meine Prioritäten sind ganz sinnvoll. Was sollte ich jetzt mit dem Handy? Den Kerl zu Tode telefonieren?«

Sie drehte sich im Sitz um, beugte sich übers Polster und senkte die Ellbogen auf die Kopfstütze der Rückbank. »Sieh zu, dass du vor ihm bleibst«, wiederholte sie.

»Ja, zum Teufel. Und du pass auf, dass du dir nicht das Genick brichst«, schnauzte King.

In den Kurven holte der Verfolger von neuem auf, um einen weiteren Rammstoß zu vollführen, doch bevor es dazu kommen konnte, wich King auf die Gegenfahrbahn aus, riss das Steuer sofort wieder herum und schoss über das kiesige Bankett hinweg, ehe er wieder über den harten Asphalt jagte. Er schaltete herunter und nahm die nächste Haarnadelkurve mit achtzig. Plötzlich spürte er, dass die Reifen auf der rechten Wagenseite die Bodenhaftung verloren, verlagerte augenblicklich seine neunzig Kilo auf diese Seite, packte gleichzeitig Michelle an der Hüfte und schubste sie seitwärts gegen die Beifahrertür.

»Das ist keine sexuelle Belästigung!«, rief er über den Motorenlärm hinweg. »Ich brauche dich als Gegengewicht!«

Er verringerte die Geschwindigkeit und stieß einen erleichterten Seufzer aus, als alle vier Reifen wieder über festen Boden surrten.

Nochmals gelangten sie auf einen geraden Streckenabschnitt, von dem King wusste, dass er mehrere hundert Meter lang war, bevor er in die nächste Kehre bog. Er drückte das Gaspedal so fest durch, dass er glaubte, sein Mokassin müsste jeden Moment den Straßenbelag streifen. Als die Tachonadel immer höher kletterte, huschten die Bäume mit solch schwindelerregender Geschwindigkeit vorüber, dass er sich übergeben hätte, wäre ihm Gelegenheit zu näherem Hinschauen geblieben.

Hinter ihm trat auch der Verfolger so entschlossen aufs Gas, dass er gut 180 fuhr und sich in gefährlich geringem Abstand hielt. Auf längeren Geraden zog King jedes Mal davon, doch der Verfolger ließ sich nicht abschütteln, sondern schoss in den Kurven immer wieder mit dröhnendem Motor heran. King fuhr am Limit. Verringerte er die Geschwindigkeit, drohte der Verfolger sie umzubringen; behielt er das Tempo bei, brachte der Wagen sie früher oder später um.

Michelle fasste die Scheinwerfer des Verfolgers ins Auge und ließ den Blick dann hinauf zum Umriss des Fahrers gleiten. Sie schob sich vorwärts, stützte den rechten Ellbogen auf den Oberrand des Kofferraums, nahm die Pistole in beide Hände und zielte.

Beim Erreichen eines weiteren kurvigen Straßenabschnitts bremste King energisch und verlangsamte auf 80, obwohl die Verkehrsschilder 40 vorschrieben, doch die Straßenplaner hatten bei ihren Sicherheitsberechnungen vermutlich keine mordlüsternen SUV-Fahrer in Betracht gezogen. Die Geschwindigkeitsverringerung ermöglichte dem Verfolger ein zügiges Aufholen. »Er rückt uns wieder auf die Pelle«, warnte King. »Und schneller kann ich nicht, sonst überschlagen wir uns.«

»Versuch den Wagen ruhig zu halten. Wenn er nicht aufgibt, zerschieße ich ihm die Vorderreifen.«

Der SUV kam auf zehn, dann auf fünf Meter heran. Der Fahrer musste sehen, dass Michelle ihn ins Visier genommen hatte, und doch ließ er nicht locker, sondern trat abermals aufs Gas. Das Fahrzeug röhrte heran.

King bemerkte es und folgte dem Beispiel des Verfolgers. Wieder schoss der Lexus vorwärts, doch der SUV blieb dicht hinter seinem Heck. King krümmte sich vor Anspannung und presste beide Füße aufs Gaspedal, als glaubte er, auf diese Weise die so dringend benötigte Beschleunigung erzwingen zu können.

Was er nicht erwartet hatte, war ein Rudel Wild, das sich in genau diesem Augenblick zum gemächlichen Überqueren der Landstraße entschloss.

»Achtung!«, brüllte King. Er riss das Lenkrad wild nach links, dann nach rechts. Während die Rehe fluchtartig auseinander stoben, kam der Lexus von der Straße ab und schrammte an einer Leitplanke entlang. Das schrille Kreischen des Metalls ging King durch Mark und Bein. Schlitternd gelangte der Lexus zurück auf die Fahrbahn. King, zitternd und schweißüberströmt, warf einen gehetzten Blick nach hinten. Der SUV-Fahrer hatte auf die Bremse getreten, um nicht mit den Rehen zu kollidieren, war jedoch auf der Straße geblieben. Nun jagte er von neuem auf den Lexus zu.

King blieb nicht mehr genug Zeit, um ausreichend zu beschleunigen. Zudem weckte das sonderbare Heulen des Motors den Verdacht, dass die Leitplanke mehr Unheil angerichtet hatte als bloß einen Blechschaden. Die Tachonadel war auf unter 160 gefallen, und das Tempo ließ sich nicht mehr erhöhen.

»Halt dich fest«, rief Michelle. »Da kommt der Drecksack!«

Sie feuerte zweimal, als der SUV den Lexus erneut rammte und den zerbeulten Überrest der Heckstoßstange neben die Fahrbahn schleuderte. Der Anprall warf Michelle in Richtung des Fahrzeughecks. King sah neben sich ihre Beine nach hinten fliegen, bekam mit der freien Hand einen Fußknöchel zu fassen, schlang mit aller Kraft den Arm um Michelles Wade und hielt sie eisern fest. Augenblicke später gelangten sie erneut auf einen geraden Straßenabschnitt, und irgendwie schaffte es King, dem Wagen eine wieder etwas höhere Geschwindigkeit zu entlocken und den SUV nochmals abzuhängen.

»Scheiße!«, schrie Michelle.

»Bist du verletzt?«

»Nein, ich hab auf ihn geschossen und meine Pistole verloren. Verdammter Mist, ich hatte die SIG fünf Jahre lang.«

»Vergiss die Knarre. Der Kerl will uns ins Jenseits befördern.«

»Aber hätte ich noch meine Pistole, könnte ich ihm zuvorkommen! Ich weiß nicht, ob er getroffen ist, aber er hat uns genau in dem Augenblick gerammt, als ich abgedrückt habe und… Moment mal…«

»Was ist?«

»Da ist sie! Meine Pistole ist an der Kante des Heckspoilers. Sie hat sich da verkeilt.«

»Komm bloß nicht auf die Idee…«

»Halt mein Bein fest, ich komme fast ran!«

»Verflucht noch mal, Michelle, das ist Selbstmord!«

King konzentrierte sich so sehr auf seine Partnerin, dass er erst im letzten Augenblick bemerkte, dass der SUV sie einholte und plötzlich neben ihnen erschien.

»Festhalten!«, brüllte er und schaltete so brutal herunter, dass das Getriebe krachte. Fast glaubte er zu hören, wie es auseinander gerissen wurde und seine Einzelteile sich auf der Straße verteilten. Er verringerte die Geschwindigkeit auf 40 und trat mit beiden Füßen auf die Bremse. Der Wagen schlingerte, die Reifen qualmten, und King spürte den Anpressdruck bis in die Zehen. Michelle hatte sich mit aller Kraft an eine hintere Kopfstütze geklammert und die nackten Füße gegen den Fahrersitz gestemmt.

Kings Körper nahm die Misshandlungen so übel, dass er vermutete, ein Herzinfarkt könnte noch die harmloseste Auswirkung sein. Wieder knirschte und krachte das Getriebe, als er den Rückwärtsgang einlegte; dann trat er das Gaspedal durch, brachte den Motor – oder was davon übrig war – auf Hochtouren und fuhr in einem Höllentempo in Gegenrichtung.

Auch der SUV hatte so hart gebremst, dass seine Reifen in Flammen zu stehen schienen, solche Rauchwolken stiegen auf. Der Fahrer wendete den Wagen um 180 Grad, beschleunigte und hielt mit rasanter Schnelligkeit auf den Lexus zu. Der Kühlergrill des SUV ähnelte gebleckten Zähnen, die den Sportwagen verschlingen wollten. Jede Umdrehung der Räder brachte ihn näher heran.

Michelle stellte ihre Bemühungen ein, an die verkeilte Pistole heranzukommen, und schaute ihren Partner an, der beim Fahren nach hinten blickte. »Du kannst unmöglich rückwärts schneller fahren als er vorwärts, Sean!«

»Gut, dass du mich daran erinnerst.« Seine Fingerknöchel verfärbten sich rotblau, so krampfhaft packte er das Lenkrad. »Halt dich ganz fest! Wenn ich ›jetzt‹ rufe, schlag ich seitwärts ein.«

»Du bist verrückt!«

»Ja!«

King hatte die Absicht, aus der schnellen Rückwärtsfahrt heraus eine Hundertachtziggraddrehung zu vollführen – voraussichtlich auf zwei Rädern –, blitzschnell den Gang zu wechseln und in Gegenrichtung davonzujagen. Und das alles musste binnen weniger Sekunden ablaufen, vorzugsweise, ohne dass es sie das Leben kostete.

Der Schweiß lief King übers Gesicht, als er nun all seine Hoffnung darauf setzte, dass seine Secret-Service-Ausbildung sich so viele Jahre später noch auszahlte. Mit einer Hand klammerte er sich an die Wagentür, um das Gleichgewicht zu halten, stemmte zur Absicherung den linken Fuß auf den Fahrzeugboden, schätzte den richtigen Augenblick ein, rief: »Jetzt!« und drehte ruckartig das Lenkrad, ließ es dann für einen Augenblick los und packte es wieder mit beiden Händen. Das Manöver gelang ihm perfekt. Er übersprang die ersten beiden Gänge, gab Gas und jagte den Wagen vorwärts.

Doch es dauerte bloß fünf Sekunden, bis der SUV ihm wieder im Nacken saß und aufholte.

Inzwischen drang Qualm aus der Motorhaube des Lexus, und jede Anzeige des Armaturenbretts, auf die Kings Blick fiel, kündete vom nahenden Ende. Das Tempo sank auf 100, dann auf 80. Es war aus.

»Sean, da kommt er wieder!«, schrie Michelle.

»Ich kann nichts mehr machen, verflucht!«, brüllte King, dessen Hoffnungslosigkeit von einem Moment zum anderen in Wut umschlug.

Der SUV röhrte vorbei, verlangsamte und rammte sie mit seinen zweieinhalb Tonnen Gewicht von der Seite. King ließ eine Faust am Lenkrad und die andere Hand fest um den Fußknöchel Michelles, die sich erneut bemühte, an die Waffe zu kommen. Kings Fingernägel ritzten Blut aus ihrer Haut, so fest hielt er ihr Bein gepackt. Sein Arm und die Schulter wurden fast unerträglich verrenkt, und er biss vor Schmerz die Zähne zusammen, weil Michelles volles Körpergewicht seine Sehnen dehnte.

»Ich hab die Waffe!«, schrie sie plötzlich.

»Umso besser, der Schweinehund kommt wieder ran. Halt dich fest!«

Er drehte den Kopf und sah den schwarzen SUV im selben Augenblick heranrasen, als Michelles Fuß sich in seiner Faust drehte.

»Was soll…« King blieb keine Zeit, den Satz zu beenden. Der SUV knallte gegen das Heck des Lexus, und nun trat das ein, was King seit langem befürchtete. Der Wagen begann zu schlingern; dann geriet das Fahrzeug außer Kontrolle und schleuderte um 360 Grad.

»Festhalten!«, brüllte King mit heiserer Stimme, als ihm ein Schwall Magensäure bis hinauf zur Gurgel schwappte. Als Secret-Service-Agent hatte er das Manövrieren verschiedenster Fahrzeuge unter schwierigsten Bedingungen trainiert. Ermutigt durch das geglückte Wendemanöver, ließ er sich nun vom Gespür leiten. Anstatt zu versuchen, gegen die Eigenbewegung des Autos anzukämpfen, passte er sich ihr an, drehte das Lenkrad so, wie der Wagen schleuderte, und kämpfte das instinktive Verlangen nieder, auf die Bremse zu steigen. Am meisten sorgte er sich, das Auto könnte sich überschlagen, was mit Sicherheit Michelles Tod bedeuten würde – und seinen wahrscheinlich auch. King wusste nicht, wie viele Drehungen der Wagen vollführte, doch dank seines tiefen Schwerpunkts blieb der Lexus auf der Straße, wobei er einen Großteil des Reifenprofils verschliss und an der Fahrzeugunterseite etliche Metallteile verlor. Endlich kam der Wagen in der ursprünglichen Fahrtrichtung zum Stehen. Der schwarze SUV war ein Stück voraus und entfernte sich in zügigem Tempo. Es hatte den Anschein, als gäbe der Fahrer sein Vorhaben auf.

Michelle feuerte. Die Kugeln trafen und ließen die Hinterreifen des SUV platzen. Das Fahrzeug kam ins Schleudern, machte eine komplette Drehung und überschlug sich. Dreimal krachte der Wagen auf den harten Untergrund und blieb dann ein gutes Stück voraus am rechten Straßenrand auf dem zerbeulten Dach liegen. Auf seinem turbulenten Fahrtweg hatte der SUV vielfältiges Strandgut aus Blech, Glas und Gummi hinterlassen.

King lenkte sein schrottreifes Auto so schnell zu dem SUV, wie der Wagen es zuließ, während Michelle wieder neben ihn auf den Beifahrersitz rutschte.

»Sean?«

»Was ist?«

»Du kannst mein Bein loslassen.«

»Was? Ach ja.« Er löste den Griff um ihr Fußgelenk. Michelle drückte seine Hand, sah ihn an und atmete auf. »Das war eine verdammt gute fahrerische Leistung, Agent King«, sagte sie mit ehrlicher Dankbarkeit.

»Und ich hoffe aufrichtig, das letzte Mal so gefordert worden zu sein.«

Sie stoppten neben dem Wrack des SUV und stiegen aus. Michelle hielt die Waffe schussbereit, als sie sich dem Wagen näherten. Mit einiger Mühe gelang es King, die Fahrertür aufzuzerren.

Der Oberkörper des Fahrers schwang ihnen entgegen.

Fast hätte Michelle gefeuert; dann entspannte sich ihr Finger am Abzug.

Der Mann baumelte kopfüber im Sicherheitsgurt. Sein blutiger Schädel war dermaßen entstellt, dass King es sich sparte, nach dem Puls zu fühlen.

»Mein Gott… wer ist das?«, fragte Michelle.

»Ich glaube«, sagte King, »das ist Roger Canney.«

KAPITEL 77

Um zehn Uhr morgens war im überbreiten Wohnwagen der Deavers niemand anzutreffen. Die Kinder waren in der Schule, und Lulu arbeitete im Club. Priscilla Oxley war zu einem Tante-Emma-Laden gefahren, um sich Zigaretten und den Sprudel zu besorgen, mit dem sie den geliebten Wodka hinunterspülte. Währenddessen parkte ein Lieferwagen hinter dem Hain am gepflasterten Zufahrtsweg, der auf den Platz mündete, auf dem der Wohnwagen stand. Der Mann im Lieferwagen hatte beobachtet, wie Priscilla weggefahren war, wobei sie das Auto mit den Knien steuerte, in einer Hand eine Zigarette, in der anderen das Handy.

Kaum war sie verschwunden, stieg der Mann aus und durchquerte den Hain, bis er auf der Seite, wo der Wohnwagen stand, an den Rand der Lichtung gelangte. Luther, der alte Hund, kam aus seiner Hütte hinter dem Wohnwagen geschlichen, hob den Kopf in die Richtung des Mannes, als er dessen Geruch schnupperte, gab ein müdes Bellen von sich und trat den Rückzug in die Hütte an. Einen Moment später huschte der Mann, nachdem er das Türschloss aufgestochert hatte, ins Innere des Wohnwagens und suchte rasch das am einen Ende gelegene Schlafbüro auf.

Junior Deaver war nie ein begabter Geschäftsmann gewesen und hatte noch weniger von Aktenführung verstanden. Zum Glück hatte seine verstorbene Frau sich auf beiden Gebieten als tüchtig erwiesen. Juniors Baukunden-Verzeichnis war gut geordnet und leicht durchzusehen. Während der Mann mit einem Ohr horchte, um nicht durch irgendjemanden überrascht zu werden, sichtete er die Unterlagen, deren chronologische Anordnung ihm sehr gelegen kam. Nach kurzer Zeit hatte er anhand der Papiere eine ziemlich lange Liste aufgestellt.

Einer dieser Leute musste es sein.

Der Mann faltete die Liste zusammen, steckte sie in die Tasche und ließ die Unterlagen genauso zurück, wie er sie vorgefunden hatte. Dann entfernte er sich auf dem Weg, den er gekommen war. Gerade als er den Lieferwagen erreichte, sah er Priscilla Oxley mit den Zigaretten und dem Sprudel zum Wohnwagen fahren. Die Frau konnte von Glück reden. Fünf Minuten früher, und sie wäre jetzt tot.

Mit der kostbaren Liste in der Tasche fuhr der Mann los. Er dachte über den Einbruch nach, der unbegründet Junior Deaver in die Schuhe geschoben worden war, und versuchte sich auf jede Einzelheit zu besinnen, die er über die Tat gehört hatte. Irgendetwas stimmte da nicht. Und dann war da noch Bobby Battle … Wen übersah er, der den Tod dieses Mistkerls gewollt haben könnte? Es gab mehrere Verdächtige, doch von keinem glaubte der Mann, dass er den Alten umgebracht hatte. Für den Mord waren Mumm und Fachkenntnisse erforderlich gewesen – Eigenschaften, die er selbst in reichlichem Maße besaß und deshalb auch bei anderen Menschen respektierte. Der Mann hoffte, dass er seinem Nachahmer eines Tages seine Bewunderung zum Ausdruck bringen durfte, bevor er ihm die Kehle aufschlitzte.

Vielleicht hätte er Sally zum Reden zwingen sollen, ehe er sie getötet hatte. Aber was hatte sie schon wissen können? Sie wäre mit Junior zusammen gewesen, hatte sie ausgesagt. Sie hätten Geschlechtsverkehr gehabt. Ein strohdummes Weibsbild war sie gewesen, das sich die Tage mit vierbeinigem und die Nächte mit zweibeinigem Vieh vertrieb. Sie hatte einen so schnellen Tod verdient gehabt. Welche Bedeutung hatte es überhaupt, wenn auf diesem Planeten eine Sally Wainwright weniger lebte?

Bis jetzt hatte der Mann sechs Personen getötet, eine davon irrtümlich – ein Fehler, den er allerdings auf seine Weise wieder gutgemacht hatte. Nicht, dass er deswegen zum Rosenkranz gegriffen hätte; keine Beichte konnte ihn von seinen Sünden befreien. Doch es war ihm nicht gelungen, Sean King und Michelle Maxwell zu beseitigen, was ihn mit Wut erfüllte. Wahrscheinlich schnüffelten sie jetzt wieder herum und zerbrachen sich die Köpfe, um die wirklichen Geschehnisse zu durchschauen, und vielleicht kam tatsächlich der Tag, an dem sie auf die richtige Lösung stießen, die Wahrheit aufdeckten und ihm alles verdarben.

Es war riskant, aber er musste noch einmal versuchen, die beiden auszuschalten, und diesmal dafür sorgen, dass es klappte. Natürlich brauchte das eine gewisse Zeit der Vorbereitung; bis dahin würde er die Informationen sammeln, die ihm die Abhörgeräte verschafften, und den Detektiven stets einen Schritt vorausbleiben. Es konnte eng werden, doch wenn er klaren Kopf bewahrte und an seinem Plan festhielt, würde alles gut gehen.

Er war zuversichtlich, Sieger zu bleiben, zumal er über den gewichtigsten aller Vorteile verfügte: Er fürchtete sich nicht davor, für den letztendlichen Triumph zu sterben. Er bezweifelte, dass seine Widersacher ebenso empfanden.

Nun aber galt es erst einmal, einen weiteren Teil seines Plans in die Tat umzusetzen.

Einen grandiosen Abgang.

KAPITEL 78

»Sie glauben doch nicht ernsthaft, dass Roger Canney der lang gesuchte Täter ist«, sagte King hitzig.

Sie saßen im Polizeirevier um einen langen Konferenztisch. Williams und Bailey musterten King mit skeptischen Blicken, während Michelle auf einem Notizblock kritzelte und gleichzeitig aufmerksam ihren Partner betrachtete.

»Er hat versucht, Sie beide abzuservieren«, sagte Bailey.

»Weil wir darauf gestoßen waren, dass er Bobby Battle erpresst hat«, entgegnete King. »Wir haben es Canney ziemlich unverblümt unter die Nase gerieben. Und falls er seine Frau ermordet hat, musste er befürchten, dass wir auch das herausfinden. Wir dachten, er hätte das Weite gesucht. In Wirklichkeit war er noch in der Gegend und wollte uns aus dem Weg räumen. Das heißt aber nicht, dass er auch sämtliche anderen Morde begangen hat.«

Bailey schüttelte den Kopf. »Entweder hat er gewusst oder zumindest vermutet, dass Sie uns über Ihren Verdacht informieren. Und sein Versuch, Sie zu beseitigen, war reichlich amateurhaft. Er hat für den Mordanschlag sein eigenes Fahrzeug benutzt.«

»Ich habe nicht behauptet, er wäre ein besonders gerissener Krimineller«, sagte King. »Ich glaube, er hat die Nerven verloren. Jahrelang hat er sich in Sicherheit gewiegt und ein schönes Leben geführt. Und dann wird plötzlich sein Sohn umgebracht, und wir entdecken seine Erpressungen. Vielleicht ist er ausgerastet. Wenn

Sie sowohl bei den Canneys wie auch bei Bobby einen Vaterschaftstest vornehmen lassen, dürften wir meines Erachtens bald wissen, wer Steve Canneys leiblicher Vater war.«

»Na schön, unter Umständen hat Canney seinen Sohn, dessen Liebchen und Bobby Battle abgemurkst und danach diese Prostituierte und Diane Hinson ermordet, um alles zu verschleiern.«

»Und Junior Deaver?«, fragte King. »Wie passt der ins Bild?«

»Canney könnte ihn angeheuert haben, damit er ins Haus der Battles einbricht«, meinte Bailey.

»Zu welchem Zweck?«, lautete Kings nächste Frage.

»Hmm. Falls Battle und Mrs Canney *tatsächlich* eine Affäre gehabt hatten, besaß Battle möglicherweise irgendeine Hinterlassenschaft seiner Geliebten, die Roger Canney haben wollte. Oder Canney befürchtete, Battle könnte etwas aufbewahren, das ihn belastet. Doch Junior bestiehlt auch Remmy, weil sich die Gelegenheit bietet. Deshalb dreht Canney durch, oder er befürchtet, dass Junior ihn verrät. Also macht er ihn kalt. Mit dem Anschlag auf Sie hat er doch bewiesen, dass er nicht davor zurückschreckt, Menschen zu ermorden, die ihm im Weg stehen.«

»Und der Mord an Sally?«, fragte Michelle. »Wie soll der damit zusammenhängen?«

»Nach allem, was Sie uns erzählt haben«, erwiderte Bailey, »war Sally Wainwright – ohne über Tote etwas Schlechtes sagen zu wollen – ein Mädel, das mit jedem Kerl ins Bett sprang. Vielleicht hat Junior ihr einiges über Canney erzählt, und Canney hat davon erfahren, sodass er es für nötig hielt, Sally ebenfalls umzubringen.« Bailey lächelte selbstzufrieden.

King lehnte sich zurück und schüttelte den Kopf.

»Das passt zusammen, Sean«, meinte Williams.

»Nein, es ist falsch, Todd«, erwiderte King mit Nachdruck. »Vollkommen falsch.«

»Dann erläutern Sie mir eine andere Theorie, die den Tatsachen entspricht«, forderte Bailey ihn auf.

»Das kann ich noch nicht. Aber eines kann ich Ihnen sagen: Wenn Sie jetzt die Suche nach dem wahren Mörder einstellen – oder den wahren Mördern, was ich für wahrscheinlicher halte –, könnte es noch mehr Tote geben.«

»Wir stellen die Ermittlungen keineswegs ein, Sean«, versicherte Todd Williams, »aber wenn es keine weiteren Morde mehr gibt, muss das als ziemlich eindeutiger Beweis dafür gelten, dass Canney der Täter war.«

»Das glaubst du doch selbst nicht, Todd, ganz gleich, wie gern du es möchtest.« King stand auf. »Komm, Michelle, ich brauche frische Luft.«

Vor dem Polizeirevier lehnte King sich an Michelles Wagen, steckte die Hände in die Taschen und kickte verärgert mit dem Fuß in den Kiesbelag.

»Entweder ist Chip Bailey der größte Idiot, dem ich je begegnet bin, oder ...«

»Oder er hat Recht«, beendete Michelle den Satz, »und du kannst es bloß nicht zugeben.«

»Ach, glaubst du?« Resigniert schmunzelte King. »Verdammt, meine eigene Partnerin konspiriert gegen mich ... Tja, vielleicht irre ich mich wirklich.«

Michelle zuckte mit den Schultern. »Auch ich halte es für ziemlich weit hergeholt, sämtliche Verbrechen Canney anzulasten, aber wie Bailey vorhin gesagt hat – es gibt keine andere schlüssige Theorie.«

»Trotzdem habe ich das Gefühl, dass irgendetwas gewissermaßen vor unserer Nase baumelt, ohne dass wir es sehen. Etwas, das uns den Weg weisen würde. Aber ich kann nicht erkennen, was es ist, und dieser Gedanke macht mich wahnsinnig.«

»Ich glaube, wir sollten uns mal ein bisschen Ablenkung gönnen.«

King blickte sie skeptisch an. »Wenn du mich zu einem gemütlichen kleinen Marathonlauf oder zum fröhlichen

Bungee-Springen überreden willst, nur weil du glaubst, dass mein Gehirn dann besser funktioniert…«

»Ich denke da an etwas, das keine körperliche Anstrengung erfordert.«

»So was aus deinem Mund zu hören verschlägt mir fast die Sprache.«

Michelle hob den Blick zum strahlend blauen Himmel.

»Ich würde sagen, es ist die richtige Zeit zum Bootfahren. Nichts bringt den Verstand so wirksam wieder auf Touren wie ein Aufenthalt auf dem Wasser, vor allem an einem Tag wie heute.«

»Wir haben jetzt keine Zeit, um…« King verstummte. »Na gut, nachdem wir zweimal fast ermordet worden sind, kann es vielleicht nicht schaden, ein wenig auszuspannen.«

»Ich sehe, du verstehst, was ich meine. Sea-Doos oder Motorboot?«

»Motorboot. Ich bin's satt, dass du mit den Sea-Doos immer Rennen fahren willst.«

»Nur weil ich jedes Mal gewinne.«

KAPITEL 79

King saß am Steuer des sieben Meter langen Bombardier-Motorboots, als er und Michelle mit 30 Knoten auf dem ruhigen See kreuzten. Der Sommer war noch fern; deshalb hatten sie den Cardinal Lake fast für sich allein. Der See war entstanden, indem man an zwei Flüssen Dämme errichtet hatte und das Wasser zehn Jahre lang sich stauen ließ. Das Ergebnis war ein sehr tiefer, mehr als fünfzig Kilometer langer See mit über zweihundert großen und kleinen Buchten.

Sie hielten auf das Wehr des Wasserkraftwerks zu und wandten sich nach Westen. Wo die beiden Flüsse zusammenströmten, steuerte King das Boot nordwärts, bis sie zu einem kleineren Kanal gelangten, der erst nach Norden verlief und dann nach Osten abknickte. Sie passierten flussaufwärts die roten, geraden Zahlenmarken des Kanals und erreichten schließlich eine kleine, einsame Bucht. Wenige Minuten später ankerten sie in sechs Meter tiefem, klarem Wasser. King brachte einen Korb mit Essen und eine Kühltasche mit Mineralwasser zum Vorschein.

»Ich möchte vor dem Essen schwimmen«, sagte Michelle.

»Und dein Arm?«

»Dem geht's gut. War doch nur ein Kratzer.«

»Wie kommt es bloß, dass ich mir mühelos vorstellen kann, wie du ein Dreiunddreißiger-Projektil in die Brust bekommst und dann nach einem Pflaster fragst, und zwar einem kleinen?«

Michelle entkleidete sich bis auf den einteiligen Badeanzug und sprang ins Wasser.

»Mann«, rief sie gleich nach dem Auftauchen, »das Wasser ist herrlich!«

King blickte aufs Armaturenbrett. »Die Temperatur beträgt einundzwanzig Grad, für meinen Geschmack noch etwas kühl. Mir sind fünfundzwanzig Grad lieber.«

»Mit anderen Worten, du bist ein Warmduscher.«

»Wenn man's so ausdrücken will.«

Nachdem sie gegessen hatten, holte King den Anker ein, und sie setzten die Fahrt fort. Schließlich zeigte Michelle auf ein langes, breites Pfahlbauwerk, das voraus am Ufer in Sicht kam und einen eindrucksvollen Anblick bot: Es gab dort eine Anlegestelle für sechs Boote sowie auf mehr als 500 Quadratmetern Holzboden eine Bar mit Terrasse, eine Speiselaube sowie Schuppen für Ausrüstung und Gerätschaften, alles in Zedernholz-Außenwandung mit Rieddach. Das Ganze schrie nach einem bebilderten Artikel im *Architectural Digest*.

»Mensch, das haut einen ja um. Wessen Anlage ist das?«

»Was denn, verlierst du auf dem Wasser die Orientierung? Das gehört zum Casa Battle.«

»Ich wusste gar nicht, dass die Battles sich auch auf dem See tummeln.«

»In Wrightsburg baut man kein hochherrschaftliches Haus ohne Zugang zum See. Die gesamte Landzunge und gut zwanzig Morgen Umland zählen mit zum Anwesen. Aber du hast schon Recht, die Anlage ist ziemlich weit vom Hauptgebäude entfernt. Man kann es vom See aus nicht mal sehen. Ich nehme an, die Battles haben darauf geachtet, dass nicht ständig Gaffer auf Booten aufkreuzen, um den Herrensitz zu bestaunen. Die Battles verwenden zum Hin- und Herfahren Golfplatz-Wägelchen.«

»Was für ein Leben.« Michelle blinzelte in den Sonnenschein. »Wer ist das da auf dem Segelboot?«

King nahm das Fernglas, setzte es an die Augen und stellte es auf das andere Boot ein. »Savannah.« Er überlegte einen Moment; dann schob er den Gashebel nach vorn und steuerte auf das Segelboot zu.

»Was hast du vor?«

»Angeln.«

Sie tuckerten längsseits neben das Segelboot, das kaum mehr war als ein Faltboot. Savannah hatte eine Hand am Steuerruder; in der anderen hielt sie eine Dose Cola. Als sie King und Michelle erkannte, winkte sie.

»Bedeutende Geister denken ähnlich«, rief King ihr zu.

Über dem Bikini trug Savannah ein Tank-Shirt. Ihr Haar war feucht und zu einem Pferdeschwanz gebunden; die Sonne hatte ihr Gesicht und die Schultern bereits gerötet.

»Das Wasser ist wundervoll«, sagte sie.

»Sean will erst hinein, wenn es seine gewohnte Badewassertemperatur hat«, sagte Michelle.

»Du weißt gar nicht, was du verpasst, Sean«, hielt Savannah ihm vor.

»Nun ja, wenn du und Michelle im Wasser wärt, könnte ich in Versuchung geraten.«

Es dauerte eine Minute, die beiden Anker zu werfen; dann hechtete erst Savannah und anschließend Michelle in die Fluten. Als sie auftauchten, hockte King noch immer auf dem Sprungbrett des Motorboots, nur baumelten jetzt seine Füße im Wasser.

»Wo bleibst du, Sean?«, fragte Michelle.

»Ich habe gesagt, ich könnte in *Versuchung* kommen, aber nicht, dass ich wirklich ins Wasser gehe.«

Michelle und Savannah sahen sich an. Nach einem stummen Gedankenaustausch tauchten beide unter. Als sie vor King an die Oberfläche kamen, packte jede einen seiner Füße.

»O nein...«, setzte King zum Einspruch an, konnte ihn aber nicht zu Ende führen, weil die Frauen ihn mit einem Ruck vom Sprungbrett zogen. Er spuckte Wasser und schimpfte laut, als sein Kopf wieder die Oberfläche durchstieß. »Das ist keine Badehose!«, rief er.

»Jetzt schon«, sagte Savannah voller Genugtuung.

Nachdem sie eine halbe Stunde geschwommen waren, steuerten sie die Boote zum Anlegesteg und nahmen auf der Terrasse Platz, wo Savannah ihnen aus dem Kühlschrank der Bar Bier holte.

Michelle genoss die Aussicht auf die Berge und den See. »Das Panorama ist phantastisch.«

»Ja, hier ist mein Lieblingsplatz auf dem ganzen Anwesen«, sagte Savannah.

Kings Augenmerk galt mehr den Booten der Battles. »Auf dem großen Sea-Ray-Cruiser bin ich schon gefahren, aber an das Rennboot kann ich mich nicht erinnern. Ist ja ein toller Kahn.«

»Ein Formula 353 FasTech. Vater hatte es letzten Winter gekauft. Die Leute vom Yachtclub waren schon da und haben es für den Sommer in Schuss gebracht. Wir sind noch nie damit gefahren. Aber Eddie will bald die Jungfernfahrt machen. In unserer Familie ist er der Bootskenner. Ich fahre bloß gerne mit, leg mich in die Sonne und trinke Bier. Wenn ich Eddie richtig verstanden habe, ist das Boot sehr schnell und hat bärenstarke Motoren.«

»Ja, zwei Mercury EFI mit je fünfhundert PS, nehme ich an«, erklärte King. »Höchstgeschwindigkeit über siebzig und eine Reisegeschwindigkeit von knapp über vierzig. Richte Eddie aus, ich bin ihm gern beim Einfahren behilflich.«

»Du meine Güte«, nölte Savannah mit übertriebenem Südstaaten-Akzent, »und ich hatte es hier sooo schön beschaulich auf meinem kleinen, alten, PS-losen Segelboot.«

»Rennboote sind ein beliebtes Männerspielzeug, Savannah«, sagte Michelle und warf ihrem Partner einen belustigten Blick zu. »Ich wusste gar nicht, dass du dich für so etwas interessierst.«

»Solange man sich so was nicht leisten kann, macht's

keine Probleme, sich dafür zu interessieren«, sagte King, nahm einen Schluck Bier und richtete einen ernsten Blick auf das jüngste Mitglied der Familie Battle.

»Du bist nicht nur gekommen, um mich im Bikini zu bewundern und unsere Boote zu bestaunen, nicht wahr?«, fragte Savannah und erwiderte seinen Blick mit einer Miene, in der die Hoffnung stand, dass sein Interesse ausschließlich ihr galt.

»Wir müssen dir ein paar Fragen stellen.«

Sofort schaute Savannah zur Seite, und ein trauriger Ausdruck legte sich auf ihr Gesicht. »Wegen Sally?«

»Unter anderem.«

»Eben darum bin ich Segeln gegangen. Ich wollte von allem Abstand gewinnen.« Savannah schüttelte den Kopf. »Den Anblick werde ich nie vergessen. Es war so scheußlich, Sean, so grausam ...«

King legte eine Hand auf ihre und drückte sie. »Es wird alles nur noch schlimmer, wenn wir den Mörder nicht schnappen.«

»Ich habe Todd Williams und Agent Bailey alles erzählt, was ich weiß. Ich hatte keine Ahnung, dass Sally in der Stallung war, bis ich ...«

»Danach sind Sie zum Wohnhaus Ihres Bruders gelaufen, nicht wahr?«, fragte Michelle. Savannah nickte. »Und Dorothea hat Ihnen geöffnet. Welchen Eindruck hatten Sie von ihr?«

»Ich kann mich nicht genau erinnern«, sagte Savannah. »Ich war völlig hysterisch. Ich weiß noch, dass sie Eddie holen wollte, aber sie bekam ihn nicht wach. Von da an war die Hölle los. Die ganze Zeit habe ich an der Tür gestanden und konnte mich vor Angst nicht vom Fleck rühren. Erst als der Notarzt kam und Eddie in die Klinik bringen ließ, bin ich auf mein Zimmer geflüchtet und hab mir die Bettdecke über den Kopf gezogen.« Savannah stand auf, ging zum Rand der Terrasse und ließ die Beine ins Wasser baumeln.

King war stutzig geworden und beobachtete sie. Was

war es nur, das seinen Verstand belagerte und förmlich danach schrie, entschlüsselt zu werden? Schließlich aber schüttelte er frustriert den Kopf. Es kam einfach nicht darauf.

»Ist deine Mutter daheim?«, erkundigte er sich.

»Nein, sie ist außer Haus. Es geht um die Anwälte und den Nachlass.«

»Hättest du was dagegen, wenn wir uns noch einmal die Wandschränke in den Zimmern deiner Eltern ansehen?«

Auf dem Gesäß drehte Savannah sich um und blickte King ins Gesicht. »Ich dachte, das wäre längst erledigt.«

»Aber es kann nicht schaden, wenn wir's ein zweites Mal überprüfen. Es könnte sich als nützlich erweisen.«

Zu dritt bestiegen sie den Golfplatz-Elektrowagen, mit dem Savannah zum See gekommen war, und fuhren zum Wohnhaus. Savannah führte King und Michelle durch den Hintereingang und hinauf in die dritte Etage.

»Ich rate Mutter immer wieder, einen Aufzug einbauen zu lassen, wenn sie weiterhin hier wohnen will.«

»Treppensteigen ist gesund«, sagte Michelle.

»Hör nicht auf sie«, sagte King. »Das mit dem Lift ist 'ne gute Idee.«

Savannah öffnete die Tür zum Schlafzimmer ihrer Mutter und blieb wie angewurzelt stehen. »Oh«, rief sie, »was machen Sie denn hier?«

King blickte argwöhnisch auf Mason.

Der Butler ließ sich nicht aus der Ruhe bringen. »Ich räume ein bisschen auf, Savannah. Die Hausmädchen stellen das Ordnungsbedürfnis Ihrer Mutter in den seltensten Fällen zufrieden.« Misstrauisch musterte er King und Michelle. »Kann ich Ihnen irgendwie behilflich sein?«

»Äh…«, machte Savannah und kaute mit den Schneidezähnen auf der Unterlippe.

»Sie tropfen Wasser auf den Teppich«, stellte Mason fest.

»Wir sind im See geschwommen«, erklärte Michelle.

»Heute ist genau der richtige Tag dafür.« Unverwandt maß der Butler die Ankömmlinge mit festem Blick.

»Wir sind hier, um nochmals einen Blick in Remmys Wandschrank zu werfen, Mason«, sagte King. »Im Zuge der Ermittlungen.«

»Ich dachte, nach Mr Deavers Tod seien die Ermittlungen eingestellt worden.«

»Der Gedanke liegt nahe«, entgegnete King höflich. »Aber dem ist nicht so.«

Mason wandte sich an Savannah. »Haben Sie das mit Ihrer Mutter abgesprochen?«

»Remmy hat es uns schon einmal erlaubt, Mason«, antwortete King an Savannahs Stelle. »Ich kann mir nicht vorstellen, dass sie Einwände hätte.«

»In solchen Fragen habe ich immer gern Gewissheit.«

»Da inzwischen feststeht, dass Junior nicht der Einbrecher war«, erwiderte King, »und Remmy jetzt mit seiner Witwe befreundet ist, fühlen wir uns erst recht verpflichtet, den Einbruch aufzuklären. Es ist ja in Remmys Interesse, Klarheit darüber zu erhalten. Aber wenn Sie sie anrufen und stören möchten, während sie sich bei den Anwälten mit der Nachlassregelung befasst – nur zu. Wir warten hier, bis Sie ihre Einwilligung eingeholt haben.«

King konnte Mason ansehen, dass er über die Situation nachdachte. Schließlich zuckte er die Achseln. »Also gut. Ich wüsste nicht, welcher Schaden entstehen sollte. Aber achten Sie bitte darauf, dass keine Unordnung entsteht. Mrs Battle ist sehr eigen.«

»Ja, das stimmt«, sagte King.

Mason entfernte sich. Unverzüglich nahmen King und Michelle sich Remmys Wandschrank vor und öffneten das Geheimfach. Sie untersuchten es mit größter Sorgfalt, entdeckten aber nichts Besonderes.

»Vielleicht habt ihr in Vaters Zimmer mehr Glück«, meinte Savannah.

Als sie sich zum Gehen wandten, fiel Kings Blick auf einige Fotos, die gegenüber von Remmys Bett auf einem Regal standen. Savannah trat an Kings Seite.

»Das bin ich, als ich zwölf war und noch dick und hässlich. Mir ist, als könnte ich die Zahnspange noch heute im Mund spüren.«

King nahm ein anderes altes Foto zur Hand, das zwei Säuglinge zeigte.

Savannah tippte mit dem Finger auf das Bild. »Das sind Eddie und sein Bruder Bobby. Bobby habe ich natürlich nie gekannt, er ist ja vor meiner Geburt gestorben … Nein, Entschuldigung, links ist Eddie, rechts Bobby.« Sie wirkte unsicher. »Peinlich, wenn man nicht mal sein eigen Fleisch und Blut kennt, was?«

»Nun, sie waren Zwillinge«, sagte King und stellte das Foto zurück aufs Regal.

Sie begaben sich in Bobby Battles Zimmer, hatten aber auch dort zunächst keinen Erfolg. Doch als King die Schublade Zentimeter um Zentimeter absuchte, stutzte er mit einem Mal. »Kannst du mir eine Taschenlampe besorgen?«, fragte er Savannah.

»Klar.« Rasch holte sie das Gewünschte aus Remmys Nachtschränkchen.

King leuchtete in die Schublade. »Nun sieh sich das einer an …« Alle spähten hinein.

»Sieht aus wie Buchstaben«, konstatierte Michelle.

»Das ist eindeutig ein K, und das da entweder ein C oder ein O.«

Michelle kniff die Augen zusammen. »Dann kommt ein Zwischenraum, und dahinter ist ein P … Dann kommt etwas, das ein A oder ein O sein könnte …«

Nachdenklich richtete King sich auf. »Anscheinend hat da ein Schriftstück gelegen, und die Buchstaben haben dauerhaft aufs Holz abgefärbt.«

»Es könnte feucht geworden sein«, mutmaßte Savannah.

King beugte sich vor, schnupperte in der Schublade

und blickte Savannah an. »Hat Bobby sich in seinem Zimmer schon mal einen genehmigt?«

»Gleich gegenüber vom Bett, in dem Möbel, das wie eine Anrichte aussieht, ist eine Hausbar. Warum?«

»Weil es in der Schublade nach Scotch riecht.«

Michelle schnüffelte ebenfalls. »Das wäre eine Erklärung für die Feuchtigkeit. Er hat einen Blick auf das Schriftstück geworfen und dabei Scotch aus seinem Glas in die Schublade verschüttet. Dann sind die Buchstaben wegen der Nässe vom Papier auf den Boden der Schublade abgefärbt.«

King besorgte sich von Bobbys Schreibtisch Papier und einen Stift. Er schrieb die Buchstaben auf und ließ dazwischen angemessenen Abstand.

Kc ___ pa, Ko ___ pa, Ko ___ po

»Kc-pa, Ko-pa oder Ko-po«, las er langsam ab. »Fällt dir dazu etwas ein?«

Savannah schüttelte den Kopf.

»Offensichtlich fehlen Buchstaben«, sagte Michelle. »Würden wir Glücksrad spielen, müssten wir jetzt ein paar Selbstlaute einfügen. Was hältst du davon, Sean?«

King ließ sich einen Moment Zeit, ehe er antwortete. »Es könnte sein, dass wir hier des Rätsels Lösung vor uns haben, nur müssen wir es zu deuten verstehen.«

Plötzlich kam Michelle ein Gedanke. Während Savannah auf die Buchstaben starrte, die King notiert hatte, flüsterte Michelle ihm ins Ohr: »Vielleicht stammt das von dem Testament, dessen Existenz Harry für möglich gehalten hat…«

Niemand hörte, wie sich leise die Schlafzimmertür hinter der Person schloss, die gelauscht hatte. Ebenso wenig bemerkten King und die beiden Frauen die fast lautlosen Schritte, die sich durch den Flur zur Treppe bewegten.

KAPITEL 80

Ruckartig fuhr King im Bett empor, als hätte jemand ihn mit einem Elektroschocker gekitzelt.

Sieben Stunden! Mein Gott! Aber nicht genau sieben Stunden; wahrscheinlich war in Wirklichkeit mehr Zeit verstrichen. Der Siebenstundenabstand hatte ihn dazu bewogen, abermals in aller Ausführlichkeit über Sallys Ermordung nachzudenken. Knapp sieben Stunden nachdem sie ihm von ihrer Liebesnacht mit Junior erzählt hatte, war sie umgebracht worden. Das war ein wichtiger Sachverhalt. Soeben jedoch hatten die sieben Stunden Zeitunterschied ihn auf eine verblüffende Tatsache verwiesen – ein so bedeutsames Faktum, dass plötzlich alles Sinn ergab.

King tastete im Dunkeln und fand auf dem Nachttisch seine Armbanduhr. Es war ein Uhr morgens. Er raffte sich aus dem Bett hoch, stieß mit dem Fuß gegen etwas, das Michelle achtlos im Gästezimmer hatte liegen lassen, ging in die Hocke und umklammerte leise fluchend seine große Zehe. Dann betastete er den Gegenstand: eine wohl zehn Kilo schwere Hantel.

»Heiliges Kanonenrohr«, wetterte er, obwohl niemand sich in Hörweite aufhielt. Er rieb sich den Fuß, stand auf und humpelte durch den Flur zu Michelles Schlafzimmer. Fast wäre er spontan hineingestapft, überlegte es sich dann aber rechtzeitig anders. Michelle in der Nacht zu erschrecken konnte ihn geradewegs in die Leichenhalle befördern.

Er klopfte an die Tür. »Bist du angezogen?«

Durch das dicke Türblatt drang eine schläfrige Stimme. »Was?«

»Falls du noch das Fünfziger-Maschinengewehr unterm Bett hast, lass es liegen. Ich komme in Frieden.«

King trat ein und knipste das Licht an. Michelle setzte sich im Bett auf und rieb sich die Augen.

»Deine Dessous gefallen mir«, sagte King, als sein Blick auf ihr ausgebeultes graues Sweatshirt fiel, auf dem die Abkürzung WIFLE stand, das Kürzel für *Women in Federal Law Enforcement*. »Zieh das Ding in den Flitterwochen an, und dein Stenz lässt dich nicht mehr aus dem Bett.«

Gereizt sah Michelle ihm ins Gesicht. »Hast du mich geweckt, um mein Nachthemd zu bekritteln?«

King hockte sich neben ihr auf die Bettkante. »Nein, du musst etwas erledigen, während ich fort bin.«

»Fort? Wohin fort?«

»Ich will etwas nachprüfen.«

»Dann komme ich mit.«

»Nein, ich möchte, dass du die Battles im Auge behältst.«

»Welchen Battle?«

»Alle.«

»Wie soll ich das denn schaffen?«

»Ich rufe Remmy an und sag ihr, du hättest noch ein paar Fragen an die Familie. Dann versammelt sie die ganze Sippschaft in ihrem Haus. Dadurch wird die Aufgabe leichter für dich.«

»Und welche Fragen soll ich ihnen stellen?«

»Dir wird schon was einfallen.«

Michelle verschränkte die Arme und maß King mit trotzigem Blick. »Verflixt noch mal, was ist eigentlich los?«

»Ich bin mir selbst noch nicht sicher, aber du musst unbedingt tun, was ich sage.«

»Du verschweigst mir doch wieder etwas. Du weißt, dass mir so was gegen den Strich geht.«

»Ich blicke noch nicht ganz durch. Aber ich schwöre, wenn es so weit ist, weihe ich dich als Erste ein.«

»Verrätst du mir wenigstens, was du nachprüfen möchtest?«

»Ich lasse jemanden die Ergebnisse der an Bobby vorgenommenen Autopsie überprüfen.«

»Weshalb?«

»Anschließend suche ich die UVA-Klinik auf«, überging King ihre Frage, »und informiere mich über gewisse Betäubungsmittel. Anschließend will ich mich ein bisschen nach Antiquitäten umsehen.«

»Antiquitäten?«

»Danach werde ich Bobby Battles Hausarzt einen Besuch abstatten. Ich habe ein paar Fragen an ihn, deren Beantwortung manches klären könnte. Und schließlich fahre ich nach D.C., um ein Gerät anzuschaffen, das uns möglicherweise von großem Nutzen ist.«

»Und mehr willst du mir nicht sagen?«

»Nein.«

»Toll. Vielen Dank für dein Vertrauen.«

King erhob sich vom Bett. »Hör zu, Michelle. Wenn ich dir lang und breit erkläre, was ich vermute, und es erweist sich als verkehrt, könnte es dazu führen, dass du der falschen Person vertraust. Bis ich weiß, ob ich Recht habe oder nicht, gilt die Regel: Solange wir den Täter nicht gefasst haben, ist niemand dein Freund. Und das meine ich wörtlich.«

Michelle starrte ihn an. »Willst du mir Angst einjagen?«

»Nein, ich versuche uns beide am Leben zu halten. Zwei Attentate auf uns sind schon fehlgeschlagen. Ich will nicht, dass Nummer drei ein Volltreffer wird.«

KAPITEL 81

Während King seine nächtliche Beratung mit Michelle hatte, war ein Mann mit Mordabsichten in den Wohnsitz der Familie Jean und Harold Robinson eingedrungen. Eine schwarze Sturmhaube auf dem Kopf, hatte er die Kellertür geöffnet und war ins Haus gehuscht. Da er einen Schlüssel hatte, war er dabei auf keinerlei Schwierigkeiten gestoßen. Die vor dem Einkaufszentrum gemachten Schlüsselabdrücke hatten ihm die Anfertigung des Nachschlüssels ermöglicht. Vor Betreten des Hauses hatte er das Telefonkabel durchtrennt.

Die Aufteilung der Räumlichkeiten war ihm so gut bekannt, dass er zielstrebig die Kellertreppe hinaufstieg. Derzeit befanden sich vier Bewohner im Haus. Weil der Mann sich mehrmals gründlich umgeschaut hatte, wusste er von allen, wo sie sich nachts aufhielten. Um ganz sicherzugehen, hatte er sich den Grundriss des Gebäudes eingeprägt, der sich bequem auf der Webseite der Baufirma hatte finden lassen.

Wie er schon vermutete, als er vor dem Einkaufszentrum die Ganztagsmutter Jean Robinson das erste Mal gesehen hatte, verfügte das Einfamilienhaus über eine Alarmanlage, die stets außer Betrieb war. Alle drei Kinder – der Kleine, dem er im Auto zugewinkt hatte, und die zwei älteren Jungs – schliefen im Obergeschoss. Im Erdgeschoss hatten die Eltern ihr Schlafzimmer. Allerdings war Harold Robinson in dieser Nacht nicht daheim; aus eben diesem Grund hatte der Mann sich ins Haus des Ehepaars eingeschlichen.

Mit einem dumpfen Laut sprang die Gasheizung an. Da ihr Rumoren jedes leisere Geräusch übertönte, nutzte der Mann die Gelegenheit, schleunigst zum Elternschlafzimmer zu huschen. Drei Herzschläge lang lauschte er an der Tür. Er hörte lediglich das leise Schnarchen Mrs Robinsons, die auf ihn wartete, ohne es zu wissen. Lautlos öffnete er die Tür und schloss sie von innen. Seine Augen hatten sich längst der Dunkelheit angepasst. Er gewahrte Jean Robinson als schmalen Schemen auf dem California-King-Bett. Sie trug ein schneeweißes Nachthemd. Der Mann hatte in ihr Fenster gespäht, als sie es angezogen hatte. Sie hatte die schlechte Angewohnheit, die Rollläden nie ganz zu schließen und beim Ausziehen das Licht brennen zu lassen. Wahrscheinlich vermutete sie, trotzdem eine ungestörte Privatsphäre zu haben, weil das Schlafzimmerfenster sich an der Rückseite des Hauses befand. Natürlich irrte sie sich, so wie die meisten Leute sich irren, was die Ungestörtheit ihrer Privatsphäre angeht. Es schaute immer irgendwer hin. Immer.

Nach der dritten Entbindung war sie rasch wieder in Form gekommen. Ihr Bauch war wieder flach, die Brüste hingegen hatten vom Stillen noch eine gewisse Übergröße, die Beine sahen schlank aus, das Gesäß wirkte prall, aber auf sehr reizvolle Art. Ohne Zweifel liebte ihr Mann sie, und das Paar führte ein gesundes Sexualleben. Doch was kümmerte ihn das alles? Er war nicht hier, um die Frau zu vergewaltigen. Er wollte sie bloß töten.

Im Handumdrehen stopfte er ihr einen Knebel in den Mund, der jeden Laut dämpfte, den sie ausstoßen mochte. Nach einer Sekunde tiefster Verwirrung, in der sie nicht wusste, wie ihr geschah, verkrampfte sie plötzlich sämtliche Muskeln ihres Körpers. Brutal drückte der Mann sie nieder, presste sie aufs Bett. Doch sie war stärker, als er es für möglich gehalten hätte, leistete erbitterte Gegenwehr, bekam die Sturmhaube zu fassen und riss sie ihm vom Kopf.

Panik erfasste ihn, und er stieß ihren Schädel gegen

das Hartholz des Bettes am Kopfende, einmal, zweimal, dreimal, bis er spürte, wie sie erschlaffte. Zur Sicherheit hämmerte er ihren Kopf ein viertes Mal gegen das Holz, und diesmal glaubte er, ihre Hirnschale brechen zu hören, falls man so etwas überhaupt hören konnte. Er ließ einen Unterarm auf ihren Nacken gestützt und suchte mit der freien Hand hastig nach seiner Sturmhaube. Er fand sie in ihrer fest darin verkrallten Faust, riss sie heraus und zog sie sich wieder über den Kopf. Dann schob er den Arm unter die schmale Taille der Frau, hob sie vollständig vom Bett hoch und rammte sie mit dem Kopf ein letztes Mal gegen das Holz.

Dann warf er sie herum und sah ihr in die Augen. Sie standen offen und starrten leblos nach oben; vom zertrümmerten Schädeldach sickerte Blut über ihr Gesicht bis auf die entblößten Brüste. Er zerrte ihr das Nachthemd vollends vom Leib und schleuderte es neben das Bett. Anschließend hob er den nackten Leichnam noch einmal an und streckte ihn auf dem Fußboden aus. Dann zückte er das Steakmesser, das er in der Küche der Robinsons an sich gebracht hatte, und ritzte in die Haut der Toten höchst aufschlussreiche Kerben ein. Sie zu deuten sollte der Polizei nicht schwer fallen. Er ging das Risiko ein, die kleine Nachttischlampe anzuknipsen, schabte mit der Messerspitze unter den Fingernägeln der Toten, holte winzige Fetzen der Sturmhaube hervor und steckte sie in die Tasche.

Er nahm Jean Robinsons Armbanduhr vom Nachtschränkchen, stellte sie auf sechs, zog das Rändelrad heraus und legte ihr die Uhr ums Handgelenk.

Nachdem er seinen Plan so weit verwirklicht hatte, fühlte er sicherheitshalber nach ihrem Puls. Es war nichts mehr zu spüren. Jean Robinson war unwiderruflich dahin. Die nächste Station der Frau war die staatlich geprüfte Fleischbeschauerin Dr. Diaz. Harold Robinson war von nun an Witwer und hatte für drei kleine Jungs zu sorgen. Und die Welt drehte sich weiter und bewies ganz und gar, dass eigentlich nichts eine Bedeutung hatte. *Jeder ist zu ersetzen*.

Er knüllte das Nachthemd zusammen, weil die Gefahr bestand, dass sich Spuren daran finden ließen, und steckte es ebenfalls in die Tasche. Den Vorzug des Staubsaugens durfte er sich wegen der schlafenden Kinder nicht gestatten; er konnte von Glück sagen, dass der Lärm, der entstanden war, als er ihre Mutter totschlug, die zwei älteren Jungen nicht geweckt hatte.

Er wandte sich um und betrachtete ein letztes Mal sein Werk. Es war recht hübsch gelungen – nein, sogar erstklassig.

Alles Gute, Mrs Robinson.

Er suchte die Küche auf, fand dort ihre Handtasche, nahm das Handy heraus, schaute im Nummernverzeichnis nach, entdeckte die gewünschte Rufnummer und rief den geliebten Ehemann an, der irgendwo, noch nicht allzu weit entfernt, auf der Straße unterwegs war. Er sagte nur vier schlichte Worte: »Ihre Frau ist tot.« Dann trennte er die Verbindung und schaltete das Handy aus. Er langte auf die Oberseite des Küchenschranks und entfernte die Wanze, die er bei einem vorherigen heimlichen Aufenthalt im Haus der Robinsons dort versteckt hatte. Er brauchte sie nicht mehr.

Nun musste er nur noch eines erledigen, dann war es vorüber; zumindest für heute Nacht. Er schlich zurück zur Kellertreppe.

»Mama?«

Als im Obergeschoss die Beleuchtung aufflammte, verharrte der Mörder mitten im Flur. Schritte näherten sich. Kurze, zögernde Schritte kleiner nackter Füße auf dem Holzfußboden.

»Mama?«

Der kleine Junge erschien auf dem Treppenabsatz des Obergeschosses und spähte herunter. In einer Hand schleifte er einen Plüschhund mit sich. Er trug eine weiße Unterhose und ein Spiderman-T-Shirt. Verschlafen rieb er sich mit der kleinen, pummeligen Faust die Augen.

»Mutti?«, rief er. Endlich sah er am Fuß der Treppe die schattenhafte Gestalt mit der Sturmhaube.

»Vati?«

Der Mörder stand da und blickte hinauf zu dem Kind. Seine vom Handschuh umhüllte Faust glitt in die Tasche; die Finger umschlossen einen Messergriff. Binnen eines Augenblicks wäre es vorbei. Ein Doppelmord statt Mord, warum nicht? *Mutter und Sohn, na und?* Es drängte ihn zu der Tat. Doch er rührte sich nicht von der Stelle. Stattdessen betrachtete er stumm das Kind, dessen Umrisse sich im schwachen Licht abzeichneten; den möglichen Augenzeugen.

»Vati?«, wiederholte der Junge, dessen Stimme jetzt aus Furcht lauter wurde, weil er keine Antwort bekam.

Gerade noch rechtzeitig riss der Mörder sich zusammen. »Ich bin's, mein Sohn, dein Vati. Geh wieder schlafen.«

»Ich dachte, du wärst fort, Vati.«

»Ich hatte was vergessen, Tommy. Leg dich wieder schlafen, bevor du deine Brüder weckst. Du weißt doch, wenn der Kleine aufwacht und plärrt, ist die Nacht gelaufen. Und gib Bucky einen Kuss von mir.« Er meinte Tommys Teddybär. Obwohl es ihm nicht gelang, die Stimme des Vaters genau zu treffen, wirkte es sicher beruhigend auf Tommy, dass er dessen Namen, die seiner Brüder und weitere familiäre Einzelheiten kannte.

Er hatte sich gründlich über die Robinsons informiert, wusste alles über sie, von den Spitznamen über die Sozialversicherungsnummern und ihr Lieblingsrestaurant bis hin zu den Sportarten, denen die beiden älteren Söhne, Tommy und Jeff, sich widmeten: Tommy spielte Baseball, Jeff Fußball. Er wusste, dass Harold Robinson das Haus kurz vor Mitternacht verlassen hatte, um nach Washington zu fahren; dass ihre Mutter die Kinder sehr liebte; dass er sie ihnen heute für immer genommen hatte. Es war allein aus dem Grund geschehen, weil Mrs Robinson das Pech gehabt hatte, in sein Blickfeld zu geraten, als sie Milch und Eier eingekauft hatte. Es hätte jeden x-Beliebigen treffen können. Irgendeine andere Mutter. Doch zufällig war es Tommys Mutter gewesen, Mutter auch des zwölfjährigen Jeff. Und des kleinen, einjährigen Andy, der in den ersten sechs Lebensmonaten unter Nierenkoliken gelitten hatte. Wie viel Persönliches die Leute doch ausplauderten, wenn man nur zuhörte. Es war erstaunlich. Aber heutzutage hörte niemand mehr zu, außer vielleicht Priester. Und Mörder wie er.

Seine Hand löste sich vom Messer in der Tasche. Tommy bekam die Chance, aufzuwachsen. Ein Robinson war genug für diese Nacht.

»Geh wieder ins Bett, mein Sohn«, sagte er mit Nachdruck.

»Ist gut. Ich hab dich lieb, Vati.« Der kleine Junge drehte sich um und entschwand in den oberen Flur.

Viel zu lange verweilte der Mann mit der Sturmhaube und starrte in die leere Luft, wo vorhin Tommy gestanden und den Satz gesprochen hatte: Ich hab dich lieb, Vati. Nun musste er die abschließende Aufgabe erledigen und sich absetzen. *Ich hab dich lieb, Vati.*

Mit einem Mal beschämte es ihn, sich im selben Haus mit dem Kind aufzuhalten, das so etwas zu ihm gesagt hatte, wenn auch irrtümlich. Er schalt sich selbst.

Nichts wie weg! Wahrscheinlich ruft der Ehemann gerade die Polizei an. Hau ab, du Idiot!

Im noch unfertigen Keller richtete er den Lichtkegel der Taschenlampe auf ein verdeckeltes Rohr, das den Standort einer künftigen Toilette kennzeichnete. Er schraubte den Deckel ab, entnahm seiner Tasche den Plastik-Einkaufsbeutel, der eine Anzahl verschiedenartiger Gegenstände enthielt, steckte den Beutel in das Rohr und schraubte den Deckel wieder auf. Wenn man Beweise hinterließ, durfte man weder zu offensichtlich noch zu geheimnistuerisch vorgehen.

Er schlüpfte zurück ins Freie, huschte durch den hinteren Teil des Gartens und strebte zu seinem mehrere Häuserblocks weiter geparkten VW. Erst als er abfuhr, zog er die Sturmhaube vom Kopf. Dann tat er etwas, das ihm noch nie in den Sinn gekommen war: Er fuhr geradewegs zu dem Haus, in dem er eben das vielleicht heimtückischste seiner Verbrechen verübt hatte. Die ermordete Mutter lag im Elternschlafzimmer. Tommy schlief in seinem Zimmer, hinter dem dritten Fenster von links. Um sieben Uhr standen die Kinder auf, um sich für die Schule fertig zu machen. War ihre Mutter dann noch nicht aus den Federn, gingen die Kinder zu ihr und weckten sie.

Er schaute auf die Armbanduhr. Es war ein Uhr morgens. Vor Tommy lagen vielleicht noch sechs Stunden der Normalität. »Genieße sie, Tommy«, murmelte der Mann in Richtung des dunklen Fensters. »*Genieße sie… Es tut mir Leid.*«

Während er davonfuhr, leckte er sich salzige Tränen aus den Mundwinkeln.

KAPITEL 82

Als Todd Williams mit Michelle telefonierte und ihr die Nachricht von Jean Robinsons Ermordung durchgab, war King bereits in einem Mietwagen abgefahren. Rings um das Horrorhaus standen etliche Polizei- und Ambulanzfahrzeuge, als Michelle dort eintraf. Entsetzte Nachbarn starrten aus Fenstern und von Terrassen herüber. Weit und breit war kein Kind zu sehen. Die drei Robinson-Sprösslinge und ihren Vater hatte man inzwischen ins Haus eines in der Nähe wohnenden Verwandten gebracht.

Michelle traf Todd Williams, Sylvia Diaz und Agent Bailey im Elternschlafzimmer an; alle drei hatten den Blick auf die tote Hausherrin gerichtet.

Michelle prallte zurück, als sie sah, was man der Frau angetan hatte.

Sylvia schaute sie an und nickte. »Stigmata.«

Jean Robinsons Handflächen und Füße waren auf eine Art und Weise verletzt worden, dass die Wunden den Kreuzigungsmalen Jesu glichen. Auch lag ihr Leichnam so, wie der Gottessohn am Kreuz gehangen haben musste.

»Bobby Joe Lucas«, sagte Bailey matt. »Anfang der Siebziger hat er in Kansas und Missouri das Gleiche mit vierzehn Frauen gemacht, nachdem er sie vergewaltigt hatte.«

»Ich bin sicher«, meinte Sylvia, »dass hier keine Vergewaltigung vorliegt.«

»Ich habe nichts dergleichen behauptet. Lucas ist 1987 im Gefängnis an Herzstillstand gestorben. Und nach Aussagen des Ehemanns fehlt das Nachthemd. Das passt zum Profil unseres Mörders.«

»Wo ist Sean?«, erkundigte sich Williams.

»Unterwegs, um ein paar Fragen zu klären.«

Misstrauisch blickte Bailey sie an. »Wo?«

»Ich weiß es nicht genau.«

»Ich hätte nicht gedacht, dass Batman sich ohne Robin in ein Abenteuer stürzt«, sagte der FBI-Agent spöttisch.

»Willst du ihn nicht anrufen?«, fragte Williams, bevor Michelle eine unfreundliche Erwiderung von sich geben konnte. »Er möchte bestimmt Bescheid wissen.«

»Als Roger Canney auf uns Jagd gemacht hat, ist Seans Handy kaputtgegangen.«

»Er erfährt sowieso bald davon«, sagte Sylvia. »Schlechte Nachrichten verbreiten sich jedes Mal schneller als gute.«

»Wo steckt der Ehemann?«

»Bei den Kindern«, antwortete Williams. »Zur Tatzeit war er auf der Autobahn unterwegs. Er ist Vertreter einer Hightechfirma. Er sagt, er hat kurz nach ein Uhr morgens über das Handy seiner Frau einen Anruf erhalten. Die Stimme teilte ihm mit, seine Frau wäre tot. Er hat das Handy zurückgerufen, doch ohne Erfolg. Als er über den Festnetzanschluss anrief, war die Leitung tot. Das Kabel ist zerschnitten worden, haben wir inzwischen entdeckt. Robinson hat daraufhin die Polizei verständigt.«

»Wann ist er hier angekommen?«

»Ungefähr eine Stunde nach meinen Leuten. Er war auf dem Weg zu einer Vertreterkonferenz in Washington.«

»Er fährt wohl gern spätnachts durch die Gegend?«

»Seiner Aussage zufolge wollte er vor der Abfahrt die Kinder zu Bett bringen und noch ein wenig mit seiner Frau zusammen sein«, erklärte Bailey.

»Gibt es irgendeinen Grund, ihn zu verdächtigen?«, fragte Michelle.

»Abgesehen davon, dass sich keine Hinweise auf ein gewaltsames Eindringen finden lassen, eigentlich nicht«, antwortete Williams.

»Und niemand hat etwas beobachtet?«, lautete Michelles nächste Frage.

»Nur die drei Kinder waren im Haus. Der Jüngste kann uns natürlich keine Hilfe sein. Der Älteste…«

Ein weiblicher Deputy kam ins Zimmer. »Chef, ich habe gerade die Befragung Tommys abgeschlossen, des zweitältesten Jungen. Er sagt, er sei in der Nacht aufgewacht und habe seinen Vater im Haus gesehen. Um welche Uhrzeit, weiß er nicht. Sein Vater soll ihm gesagt haben, er hätte etwas vergessen und Tommy sollte wieder ins Bett gehen.«

Kaum hatte sie ausgesprochen, kam ein anderer Deputy ins Zimmer geeilt. »Das hier haben wir im Keller gefunden, in einem Abflussrohr.«

Sie legten den Plastik-Einkaufsbeutel auf den Esstisch und betrachteten durch das Klarsichtmaterial den Inhalt.

»Eine Christophorus-Medaille, ein Nabelring, ein goldenes Fußkettchen und ein Amethystring«, zählte Williams die Gegenstände auf.

»Sämtliche Gegenstände, die den ersten fünf Opfern weggenommen wurden«, sagte Bailey.

Unverzüglich wandte Williams sich an einen der Deputys. »Harold Robinson ist sofort festzunehmen.«

KAPITEL 83

Kings erster Besuch galt einem befreundeten Arzt in Lynchburg, der auch als angesehener Pathologe galt. Eingehend besprachen sie die Ergebnisse der an Battle durchgeführten Autopsie. Mittlerweile lag ein detaillierter Bericht Sylvias vor, der auch die Ergebnisse der toxikologischen Untersuchung sowie der mikroskopischen Begutachtung des Battle'schen Hirngewebes einschloss.

»In Anbetracht des festgestellten Umfangs der ungewöhnlichen Verrunzlung der Halsschlagader und der mikroskopisch feinen, krankhaften Veränderungen des Gehirns kann ich es keinesfalls verneinen, Sean«, fasste Kings gelehrter Freund zu guter Letzt zusammen. »Auf alle Fälle sind es bekannte Symptome dieser Krankheit.«

»Kann es auf einen Fötus übergreifen?«

»Du meinst, durch die Gebärmutter? Ohne weiteres.«

Anschließend suchte King die Uniklinik auf, wo er sich mit einem Professor der pharmakologischen Abteilung zusammensetzte, denn pharmakologische Aspekte des Falls hatten den Stein ins Rollen gebracht, was seine neuen Nachforschungen betraf.

Rasch erhielt er eine Bestätigung seines Verdachts.

Der Professor klärte ihn darüber auf, dass »eine Person, die starke Betäubungsmittel missbräuchlich einnimmt«, eine immer größere Toleranzgrenze entwickelte. »Mit der Zeit wird die erwünschte Wirkung schwächer, und um sie zu erreichen, sind höhere Dosen erforderlich.«

King bedankte sich und kehrte zum Mietwagen zurück. *Nun, ich kenne da jemanden, der den Missbrauch starker Betäubungsmittel betrieben hat: Dorothea.*

Sein nächstes Ziel war ein Antiquitätenladen in der kleinen Altstadt von Charlottesville, den er schon früher mehrmals aufgesucht hatte. Dank der Beratung durch den Händler fand er den Gegenstand, der ihn interessierte.

»Das ist eine Dechiffrierscheibe«, erklärte der Händler, wobei er auf das runde Stück Metall deutete, das einen äußeren und einen inneren, mit Buchstaben versehenen Ring aufwies. »Damit kann man verschlüsselte Texte in Klartext übertragen. Man dreht die Ringe so, dass sich jeweils zwei Buchstaben gegenüberstehen: A für E, S für W, und so weiter.«

»Und wenn es bei einem Buchstaben nicht stimmt? Wenn man um einen *Tick* daneben ist? Verändert der Text dann seinen Sinn?«

»Das ist nicht schlecht ausgedrückt. Ja, ein Tick daneben verändert den Text.«

»Sie ahnen gar nicht, wie wichtig Ihre Auskünfte für mich sind.« King erwarb die Dechiffrierscheibe und verabschiedete sich. Verwundert blickte der Antiquitätenhändler ihm nach.

Wenig später unterhielt er sich mit Bobby Battles Hausarzt, einem in der Gegend weithin bekannten Mediziner, mit dem er auf gutem Fuß stand.

Er diskutierte mit ihm die Resultate der Autopsie. Der Arzt sah die Berichte genau durch und setzte dann seine Drahtgestell-Brille ab. »Wissen Sie«, sagte er vorsichtig, »ich bin nur in den letzten zwanzig Jahren sein Arzt gewesen.«

»Aber Sie haben Auffälligkeiten beobachtet?«

»Bezüglich seiner Persönlichkeit, ja, durchaus. Aber er kam auch in die Jahre. In diesem Alter entstehen bei der Hälfte meiner Patienten Persönlichkeitsveränderungen.«

»Und hatten Sie in Bobbys Fall einen Verdacht, was die Ursache betrifft?«

»Nicht unbedingt. Im Allgemeinen ist dafür leichte Demenz oder Alzheimer im Anfangsstadium verantwortlich. Autopsie-Ergebnisse lagen mir allerdings nicht vor.«

»Haben Sie Bobby in diesem Zusammenhang irgendwelchen Untersuchungen unterzogen, als er Ihr Patient war?«

»Wirklich kritische Symptome waren nicht zu erkennen, und was für ein Mensch er war, wissen Sie ja selbst. Wenn er Untersuchungen abgelehnt hat, konnte niemand ihn umstimmen. Die Ergebnisse der Autopsie könnten allerdings dafür sprechen, dass er sich in einem fortgeschrittenen Stadium befand. Ich betone: *könnten.*«

»Haben Sie je mit Remmy darüber gesprochen?«

»Das war weder meine Aufgabe, noch hatte ich eindeutige Beweise. Aber ich nehme an, sie wusste, dass etwas faul war.«

»Trotzdem wurde Savannah geboren.«

»Ja. In der Regel ist Penizillin ein wirksames Mittel gegen die Erkrankung. Und dass Savannah gesund und munter ist, lässt sich nicht bestreiten.«

»Wenn Bobby die Krankheit hatte – wie lange kann er sie im Körper gehabt haben?«

»Jahrzehntelang. Sie ist chronischer Natur. Bleibt sie unbehandelt, kann sie im menschlichen Körper eine lange Entwicklung durchlaufen.«

»Er könnte sie sich also erst nach Savannahs Geburt zugezogen haben?«

»Oder er hat vorher schon daran gelitten. Im Spätstadium ist sie nicht mehr durch Geschlechtsverkehr übertragbar, darum hätte es nach Savannahs Zeugung keine Gefahr für den Fötus gegeben.«

»Aber Remmy hätte sich längst angesteckt haben können.«

»Ich kenne ihren Arzt nicht, aber ich kann mir vorstellen, dass sie sich hat behandeln lassen.«

Das Gespräch dauerte noch einige Minuten; schließlich bedankte King sich bei dem Arzt und verließ die Praxis.

Eine letzte Besorgung hatte er noch zu machen. Um sich zu vergewissern, dass das Geschäft geöffnet hatte, rief er vorher dort an. Zwei Stunden später fuhr er in D.C. in ein Innenstadt-Parkhaus. Kurz darauf betrat er ein hoch spezialisiertes Einzelhandelsgeschäft, wo er sich ausführlich von einem Verkäufer beraten ließ.

»Das tut's?«, fragte King den Angestellten und hob das Gerät hoch, das der Mann ihm auf seine Nachfrage gebracht hatte.

»Ohne jeden Zweifel.«

Mit zufriedenem Lächeln kehrte King zu seinem Hausboot zurück. Wer die richtigen Informationen besaß, lautete seine Erfahrung aus vielen Jahren, war König.

Kaum befand er sich im Hausboot, als er draußen Schritte hörte. Er schaute zum Fenster hinaus und sah Michelle zum Ufer eilen.

Er ging ihr entgegen.

»Ich habe dich überall gesucht«, sagte sie außer Atem.

»Was ist los?«

»Sie glauben, sie haben den Mörder geschnappt.«

Verwirrt blickte King sie an. »Was? Wo?«

»Komm mit, ich muss dir eine Menge erzählen.«

Die beiden liefen zu Michelles Wagen.

KAPITEL 84

»Und der Junge ist *sicher*, dass es sein Vater war?«, fragte King zum dritten Mal.

Die Ermittler saßen im Polizeirevier und erörterten die Ereignisse, die sich in der Nacht zuvor im Haus der Robinsons zugetragen hatten.

»Seiner Aussage nach ja«, antwortete Williams. »Und ich wüsste nicht, weshalb er lügen sollte.«

»Aber er hat auch gesagt, er hätte im Obergeschoss auf dem Treppenabsatz gestanden und hinunter ins Dunkel geschaut.«

»Sein Vater hat ein paar Worte mit ihm gewechselt«, erwiderte Williams. »Er nannte den Namen des Jungen, wusste über die Brüder Bescheid, dass einer von ihnen noch ein Kleinkind ist, und kannte sogar den Namen von Tommys Teddybär. Wer anders als der Vater soll es gewesen sein?« King gab keine Antwort; er lehnte sich zurück und spielte mit dem Stift in seiner Hand. »Und wir haben im Haus sämtliche Gegenstände gefunden, die man den vorherigen Mordopfern weggenommen hat«, fügte Williams hinzu.

»Sind Fingerabdrücke darauf?«, fragte King.

»Nein. Aber das überrascht mich nicht. Auch an den anderen Tatorten wurden keine Fingerabdrücke entdeckt.«

»Kommt mir seltsam vor, alle Beweise im eigenen Haus aufzubewahren. Warum sollte jemand es der Polizei so leicht machen?«

»Es war nicht leicht. Wir hatten verdammtes Glück,

dass wir darauf gestoßen sind. Der Deputy hat die Sachen nur deshalb gefunden, weil auf dem Rohr die Abdeckung schief aufgeschraubt war, während sie bei den anderen Rohren korrekt saß. Er hatte im Keller nach Hinweisen gesucht, wie der Täter ins Haus gelangt sein könnte. Dabei ist ihm diese Unregelmäßigkeit aufgefallen.«

»Und welche Angaben macht Robinson?«

»Er habe das Haus um Mitternacht verlassen und sei auf halber Strecke nach D.C. gewesen, als der Anruf kam.«

»Hat er nirgends gehalten?«

»Nein. Ungefähr um die Tatzeit wurde er angeblich über das Handy seiner Frau auf seinem eigenen Handy angerufen. Wir haben das nachgeprüft. Es stimmt. Aber er könnte im Haus gewesen sein und selbst beide Handys benutzt haben.«

»Aber eingetroffen ist er erst eine Stunde später als die Polizei?«, meinte King mit hartnäckiger Skepsis.

»Er kann durch die Gegend gefahren sein, um sich ein Alibi zu verschaffen. Und er machte nicht den Eindruck, als würde der Tod seiner Frau ihm das Herz zerreißen. Er ist mit den Kindern ins Haus eines Verwandten abgezogen.«

»Und was für ein Motiv sollte er haben, alle diese Leute umzubringen?«

»Nun, er ist ein Serienmörder in Gestalt eines biederen Vaters und Ehemanns. Es wäre nicht der erste derartige Fall. Er hat seine Opfer ausgewählt und sie ermordet.«

»Und was ist mit der Beziehung zwischen Deaver, Canney und Battle?«

»Entweder purer Zufall, oder dieser Zusammenhang besteht gar nicht.«

»Und wie lautet die Theorie«, fragte King, »weshalb er seine Frau erschlagen hat?«

»Vielleicht war sie misstrauisch geworden«, gab Bailey zur Antwort. »Darum musste er sie beseitigen, bevor ihr Argwohn ihm gefährlich werden und sie ihn als Serienkiller entlarven konnte. Der Mann war häufig nachts auf den Straßen unterwegs – überaus günstig für einen Serienmörder. Gegenwärtig überprüfen wir, wo er sich während der verschiedenen Tatzeiten aufgehalten hat. Sicher, es war riskant, die Frau im eigenen Haus zu töten. Aber möglicherweise hatte er das Gefühl, keine andere Wahl zu haben. Hätte der kleine Junge ihn nicht gesehen, wäre nie ein Verdacht auf ihn gefallen.«

»Für mich ist die Sache klar«, sagte Williams. »Er ist der Täter.«

»Warum hat er seinen Sohn am Leben gelassen, obwohl der Junge ihn gesehen hat?«, fragte King.

»Vielleicht hat sogar ein solches Ungeheuer noch gewisse Hemmschwellen«, erwiderte Bailey. »Oder er dachte sich, sein Sohn ist im Halbschlaf und vergisst die kurze Unterhaltung. Oder dass niemand dem Jungen Glauben schenkt, wenn er davon redet. Sie sind doch Anwalt. Ein Strafverteidiger könnte mit einem kindlichen Zeugen Schlitten fahren.«

King schwieg verdrossen. Bailey beobachtete ihn aufmerksam. »Ihre Partnerin hat erwähnt, Sie hätten gesonderte Nachforschungen betrieben. Haben Sie was herausgefunden?«

In der Frage des FBI-Agenten klang gerade genug Häme an, um bei King den Wunsch zu wecken, den Mann zu erwürgen. Als würde Michelle es spüren, legte sie ihm beschwichtigend eine Hand auf die Schulter. »Nur die Ruhe«, flüsterte sie.

»Ist das die Stelle, wo ich sagen muss: Du kannst mich mal, Michelle?«, raunte King, stand auf und sagte: »Nun, wenn er der Täter ist, gratuliere ich Ihnen. Halten Sie uns auf dem Laufenden.« Er holte sein Deputy-Abzeichen heraus. »Soll ich die Dienstmarke abgeben, *Chef?*«

»Nein. Offiziell ist der Fall noch nicht abgeschlossen. Erst brauchen wir ein Geständnis oder weitere Indizien.«

»Gut, momentan ist es mir nämlich recht, Deputy zu sein. Es könnte sich vorteilhaft auswirken.«

Er verließ das Konferenzzimmer.

»So was nennt man kollegial«, sagte Bailey.

Sofort fühlte Michelle sich zu Kings Verteidigung bemüßigt. »Es steht noch nicht mit absoluter Sicherheit fest, dass Robinson der Täter ist.«

»Aber es kann nicht mehr lange dauern«, entgegnete Bailey.

Michelle stand auf, um ebenfalls zu gehen.

»Ach, Michelle«, fügte Bailey hinzu, »seien Sie doch so nett und informieren Sie uns auch weiterhin über die Fortschritte, die Sie beide machen. Ganz bestimmt erweisen sie sich als bahnbrechend für die Ermittlungen.«

»Das ist die geistreichste Bemerkung, die ich von Ihnen gehört habe, seit ich Sie kenne, Chip.«

Michelle folgte King auf dem Weg nach draußen. »Was denkst du?«, fragte sie ihn.

»Sollen sie Robinson doch einsperren. Im Gefängnis ist er wahrscheinlich sicherer.«

»Aber du hältst ihn nicht für den Täter?«

»Ich *weiß*, dass er nicht der Täter ist.«

»Dann kennst den wahren Mörder?«

»Ich komme ihm allmählich auf die Spur. Hast du eine Gelegenheit gefunden, noch mal mit den Battles zu sprechen?«

»Bis jetzt nicht. Soll ich es trotzdem versuchen?«

King überlegte einen Moment, wobei er mit den Fingern auf die Motorhaube ihres Wagens trommelte.

»Nein, wir kürzen das Verfahren ab. Die Zeit wird immer knapper.«

»Du meinst, dass der Kerl weitermordet?«

»Er hat alles so arrangiert, dass die Polizei denkt, der Mörder säße im Knast. Das ist sozusagen sein Abgesang. Allerdings besteht eine gewisse Wahrscheinlichkeit, dass Robinson für mindestens einen der Morde ein Alibi hat. Aber je länger wir warten, umso geringer wird die Aussicht, den wahren Mörder zu überführen.«

»Warum soll Robinson hinter Gittern bleiben, wenn

der wahre Täter deiner Meinung nach nicht die Absicht hat, weitere Morde zu begehen?«

»Würde man Robinson freilassen, würde man ihn sehr bald mit einer Kugel im Kopf in einer Gasse finden, da bin ich sicher. Und in seiner kalten, toten Hand hält er gut sichtbar einen Zettel, auf dem fein säuberlich steht: *Ich war es.*«

»Und was fangen wir nun an?«

King öffnete die Tür des Wagens. »Es ist höchste Zeit, dass wir zuschlagen. Wollen wir hoffen, wir treffen ins Schwarze.«

KAPITEL 85

Die Liste, die er in Junior Deavers Wohnwagen abgeschrieben hatte, war halb durchgearbeitet. Der Rest brauchte Zeit, doch er hatte sich eine Atempause verschafft. Harold Robinson war von der Polizei verhaftet worden. Insofern war es tatsächlich ein Glücksfall gewesen, dass Tommy aufgewacht war und im Elternhaus, wie die Zeitungen berichteten, seinen Vater zu sehen geglaubt hatte. Diese Aussage und das Auffinden der Gegenstände aus dem Besitz der ersten fünf Opfer galten als Bestätigung dafür, dass nur Harold Robinson als Täter für die Mordserie in Frage kam. Genau das war die Absicht des wahren Killers gewesen. Ob es dabei blieb, wusste er nicht. Falls Robinson auch nur für einen der Morde ein Alibi hatte, konnte das gesamte Täuschungsmanöver misslingen, doch bis dahin hatte er Zeit, seine Ziele zu verfolgen. Immerhin war Robinsons Frau tot, und sie wäre zur wichtigsten Zeugin für das Bewegungsprofil ihres Mannes geworden. Infolgedessen würde es schwierig für die Polizei werden, seine Alibis zu überprüfen. Eine Tötung plante der Mörder noch. Doch es sorgte ihn nicht, dass die Polizei ihn mit den vorherigen Morden in Verbindung bringen und Robinson aus der Untersuchungshaft entlassen könnte. Die Leiche des nächsten Opfers sollte nicht entdeckt werden. Er hatte nicht vor, irgendetwas übrig zu lassen, das gefunden werden könnte.

Kürzlich war er zu einer hochinteressanten Erkenntnis gelangt. Dank des im Büro der Detektei King & Maxwell versteckten Abhörgeräts hatte er sich eine Aufzeichnung des Telefonats zwischen Michelle Maxwell und dem Automechaniker Billy Edwards anhören können. Vor gut dreieinhalb Jahren hatten der großmächtige Bobby Battle und seine herrschsüchtige Frau in der Garage einen Streit gehabt. Und der Rolls-Royce war beschädigt gewesen. Vor über dreieinhalb Jahren. Genau an dem Tag, bevor Edwards hinausgeworfen wurde.

Er dachte über diese vergangenen Geschehnisse nach. Irgendetwas hatte es damit auf sich... Wenn er sich nur daran erinnern könnte! Schließlich richtete er seine Aufmerksamkeit wieder auf die Liste, auf der Personen standen, für die Junior Deaver in letzter Zeit Arbeiten erledigt hatte. Seines Erachtens musste derjenige, der Junior den Einbruch in die Schuhe geschoben hatte, Zugang zu seinem Wohnwagen und seinen Sachen gehabt haben. Außerdem hatte er den Schluss gezogen, dass dieselbe Person, zu deren Lasten der Einbruch ging, aller Wahrscheinlichkeit nach auch Bobby Battle ermordet hatte. Diese Schweinerei hatte ihn nicht nur um den Ruhm gebracht, sie hatte alles ruiniert, für das er sich so sehr ins Zeug gelegt hatte. Für diese Sünde gab es nur eine Strafe: den Tod.

Michelle und King hatten es sich in ihrem Büro bequem gemacht.

»Also, Sean, ich will keine ausweichenden Antworten und keine dummen Sprüche mehr hören. Ich bin es leid, im Unklaren gelassen zu werden. Du hast gesagt, wir müssen nun zuschlagen und hoffen, ins Schwarze zu treffen. Ich will alles wissen, was du weißt, und zwar sofort.«

»Michelle...«

»Rück sofort mit der Sprache raus, oder du kannst dir für die Detektei eine neue Partnerin suchen!«

King lehnte sich in den Sessel und stieß einen tiefen Seufzer aus. »Ist ja gut, ist ja gut. Ja, ich weiß, wer Bobby Battle umgebracht hat. Ich habe mit mehreren Ärzten gesprochen, eine Antiquität erworben, anderweitige Erkundigungen eingezogen und auf diese Weise jede Menge Teile ins Puzzle eingefügt. Es passt alles zusammen.«

»Wer ist es?«

»Du wirst es nicht glauben.«

»Schön, ich werde es also nicht glauben.«

King fummelte auf seinem Schreibtisch an einer Büroklammer herum. »Bobby Battle wurde von Harry Carrick getötet.«

»Bist du verrückt? Welches Motiv sollte Harry …?«

King fiel ihr ins Wort. »Das älteste aller Mordmotive. Er liebt Remmy. Seit Jahrzehnten schon.«

»Soll das heißen, er ist auch ins Haus der Battles eingebrochen?«

»O ja. Vergiss nicht, er ist ein alter Freund der Familie. Für ihn muss es vergleichsweise einfach gewesen sein, an einen Hausschlüssel und den Kode der Alarmanlage heranzukommen. Dann schlägt er einfach das Fenster ein und täuscht auf diese Weise einen Einbruch vor. Harry hat erwähnt, Junior hätte Arbeiten für ihn erledigt. Du hast Juniors Lieferwagen gesehen. Er war voller Werkzeug und Material. Da hat Harry sich reichlich bedienen können, um Junior zu belasten. Obendrein war er jahrelang als Staatsanwalt und Anwalt tätig und ist kein Anfänger, was Fingerabdrücke angeht. Gut möglich, dass er bei den Battles einen Fingerabdruck Juniors hinterlassen hat.«

»Aber was hätte er bei den Battles stehlen sollen?«

»Ich glaube, Bobby hatte bezüglich der Affäre belastende Beweise in seinem Geheimfach. Falls ich Recht habe, hat er wahrscheinlich vorspiegeln wollen, er hätte es auf Remmys Geheimfach abgesehen gehabt, während er in Wahrheit etwas aus Bobbys Fach an sich bringen wollte.«

»Was für belastende Beweise hätte Bobby denn haben können?«

Als Antwort öffnete King seine Schublade und holte ein Foto heraus. Er drehte es um und zeigte auf die Rückseite.

»Kc-pa? Ko-pa? Warum nicht Kodakpapier?«

Bedächtig streckte Michelle die Hand aus und nahm das Foto an sich. Mit den Fingern strich sie über das auf der Rückseite mehrfach aufgedruckte Wort *Kodakpapier*. »Ein Teil davon hat also auf den Boden der Schublade abgefärbt…«, sagte sie. King nickte. »Er hatte ein Foto, das Remmy und Harry in irgendeiner kompromittierenden Situation zeigt?«

»Es muss so sein«, sagte King. »Deshalb hat Harry uns die Theorie aufgetischt, aus Bobbys Geheimfach könnte jemand ein Testament entwendet haben – nämlich um uns irrezuführen. Nach meiner Auffassung haben Harry und Remmy eng zusammengearbeitet. Sie wollten an das Foto gelangen, mussten aber den Eindruck eines Einbruchs erwecken, bei dem Remmys Wertsachen gestohlen wurden. Meiner Theorie zufolge hat Remmy ihm den Hausschlüssel und den Kode des Sicherheitssystems überlassen. Wahrscheinlich wussten sie nicht, dass die Alarmanlage einen digitalen Speicher hat. Diesen Speicher habe ich ohne Remmys Wissen eingesehen. Um ein Uhr dreißig an dem Morgen, an dem der Einbruch verübt wurde, hat jemand, der den Zugriffscode kannte, die Anlage abgeschaltet. Bisher hat niemand sich für den Speicher interessiert, weil jeder davon ausging, es wäre ein Einbrecher am Werk gewesen.«

»Sie haben also das Foto an sich gebracht…«

»… und mussten dann nur noch eines tun.«

»Bobby Battle töten«, folgerte Michelle. Ihre Stimme klang plötzlich brüchig. »Ich kann's nicht fassen, Sean. Ich kann es einfach nicht glauben. Doch nicht Harry…«

»Betrachte die Sache mal aus Harrys Warte. Die Frau, die er liebte, war mit einem Scheißkerl verheiratet. Denk daran, dass Harry sich am Morgen nach Bobbys Ermordung in der Klinik aufgehalten hat. Er hat uns weisgemacht, die Klinik hätte ihn hinbestellt, weil er sie als Anwalt vertritt.«

»Soll das heißen, er ist gar nicht ihr Rechtsberater?«

»Doch, aber er ist nicht in die Klinik bestellt worden. Er war unaufgefordert dort und hat es so eingerichtet, dass wir ihm begegnet sind, als wir gehen wollten. Er sei ein alter Freund Bobbys, hat er uns gesagt. Und gefragt, ob wir Remmy gesehen hätten. Alles nur, um jeden möglichen Verdacht im Keim zu ersticken.«

»Was hat sich deiner Meinung nach in der Mordnacht abgespielt?«

»Remmy hat die Klinik gegen zweiundzwanzig Uhr verlassen. Sie gab Harry ein Zeichen, der vermutlich auf dem Parkplatz im Auto saß und Klinikkleidung trug. Als Rechtsberater der Klinik kennt er die Uhrzeiten des Schichtwechsels. Er geht hinein, verstellt die Kamera, spritzt das Gift in den Beutel, legt falsche Fährten und verschwindet.«

»Aber Remmys Anwesenheit wirft doch einen Verdacht auf sie. Wieso hätten sie es auf diese Weise machen sollen? Warum hat Remmy sich dort blicken lassen?«

»Deshalb haben sie ja vorgetäuscht, der Serienmörder wäre der Täter. Ich habe mich kundig gemacht. Remmy war schon reich, bevor sie Bobby beerbte. Insofern hatte sie kein Motiv. Und ihre Anwesenheit sollte der Allgemeinheit vorspiegeln, sie wäre in eine Falle gelockt worden. Anfangs konnte man sie für verdächtig halten, aber mit der Zeit hätten die Leute anders gedacht. Hätte Remmy es getan, hätten sie sich gesagt, wäre sie bestimmt nicht so dumm gewesen, sich in der Mordnacht in der Nähe des Krankenzimmers erwischen zu lassen.«

»Und welche Pläne verfolgen Remmy und Harry? Eine Zeit lang abzuwarten und dann zu heiraten?«

»Nein, ich könnte mir vorstellen, dass Remmy nach einer gewissen Zeit fortzieht. Später folgt Harry ihr, und am Ende treffen sie sich vielleicht auf einer privaten Insel in Griechenland.«

Michelle atmete tief ein und ließ den Atem langsam entweichen. »Und was sollen wir jetzt unternehmen?«

»Wir essen mit Remmy und Harry zu Abend.«

»Was? Soll das ein Witz sein?«

»Nein, wir essen wieder bei Harry.« King beugte sich vor. »Ihnen ist ein Fehler unterlaufen, Michelle, ein belangloser Fehler zwar, aber es reicht. Dank eines kleinen Überwachungsgeräts, das ich in D.C. gekauft habe, liegen mir alle erforderlichen Beweise vor.«

»Wissen Todd oder Bailey darüber Bescheid?«

»Nein, wir sind die Einzigen. Natürlich kann ich niemals billigen, was Harry und Remmy getan haben, aber ich finde, sie haben es verdient, dass wir den Fall so diskret und anständig wie möglich handhaben.«

»Wann?«, fragte Michelle.

»Morgen um neunzehn Uhr. Harry ist bis morgen Nachmittag auswärts beschäftigt. Wir werden nur zu viert sein. Sobald sie erkennen, dass wir die Wahrheit wissen und Beweise haben, werden sie zweifellos ein Geständnis ablegen und ohne Aufsehen mit uns kommen, und dann übergeben wir sie Todd.«

»Irgendwie habe ich ein schlechtes Gefühl dabei, Sean. Ein richtig schlechtes Gefühl…«

»Glaubst du, mir gefällt das? Harry war in Virginia am Obersten Gerichtshof tätig und über Jahre hinweg ein guter Bekannter.«

»Ich weiß, aber…«

»Wie sympathisch Harry uns auch sein mag, wir müssen darüber hinweggehen. Bobby Battle war in mancher Hinsicht ein Mistkerl. Außerdem habe ich erfahren, dass er an einer chronischen Erkrankung litt, mit der er vielleicht Remmy angesteckt hat.«

»O Gott…«

»Aber ungeachtet dessen hatte er es nicht verdient, ermordet zu werden.« Fest blickte er Michelle an. »So, jetzt habe ich dir alles gesagt, was ich weiß.« Er schwieg einen Moment. »Ziehst du mit?«

»Ich ziehe mit«, antwortete sie ruhig.

KAPITEL 86

King hatte Harry gebeten, Calpurnia freizugeben, damit er selbst für alle vier Personen kochen konnte.

»Sie haben eine tolle Küche, Harry«, sagte King, als er und Michelle das Essen auftrugen. »Es war mir eine Freude, dass ich frühzeitig kommen und sie benutzen durfte, um die Speisen vorzubereiten.«

Harry betrachtete das gediegen arrangierte Mahl. »Nicht doch, Sean«, sagte er. »*Ich* habe den größeren Vorteil davon.«

Harry trug seinen besten Anzug, der allerdings ein wenig spannte. »Mein Gewicht hat sich in vierzig Jahren nicht verändert, es hat sich bloß verschoben«, hatte er gescherzt.

»Tja, so ist das Leben«, erklärte Remmy, die sich ebenfalls mit bemerkenswertem Chic gekleidet hatte. Sie und Harry saßen in dem geräumigen Esszimmer Seite an Seite Sean und Michelle gegenüber.

»Ich hoffe nur, heute verläuft Ihre Heimfahrt angenehmer als nach dem letzten Mal, als Sie bei mir gegessen haben.«

»Auch heute Abend wird es voraussichtlich einige interessante Entwicklungen geben«, erwiderte King vage, während er sich anschickte, das Essen aufzutragen. Unterdessen hatte Michelle eine zerstreute Miene aufgesetzt.

»Was beschäftigt Sie, Michelle?«, fragte Harry.

Beinahe erschrocken sah sie ihn an. »Oh, nichts. Ich fühle mich heute nur ein bisschen unwohl. Hoffentlich kriege ich keine Frühlingsgrippe.«

Die Mahlzeit verlief ohne sonderliche Ereignisse. Nach dem Nachtisch wechselte das Quartett zum Kaffee hinüber in die Bibliothek. King schlenderte zu einem riesigen, aus Holz und geprägtem Zinn gefertigten Raumteiler, der schräg in einer Ecke stand.

»Ein schönes Stück«, sagte er.

»Achtzehntes Jahrhundert«, klärte Harry ihn auf. »Es wurde hier im Haus in Handarbeit hergestellt.«

Vor dem Kaminfeuer blieb King stehen. Nervös streifte sein Blick Michelle. »Leider muss ich gestehen«, bekannte er, »dass ich nicht ganz ehrlich gewesen bin, was den Zweck unserer Zusammenkunft am heutigen Abend angeht.«

Harry und Remmy unterbrachen ihr Geplauder und schauten ihn verwundert an.

»Wie meinen Sie das?«, fragte Remmy.

»Es ging mir nicht ausschließlich um ein gemütliches Beisammensein.«

Harry stellte die Kaffeetasse ab und sah erst Remmy an und dann Michelle, die den Kopf gesenkt hielt und plötzlich eine Hand in der Jackentasche hatte. »Ich verstehe nicht, was Sie damit sagen wollen, Sean. Möchten Sie doch noch einmal über die Mordserie diskutieren?«

»Nein, denn ich glaube, wir wissen alles darüber, was wir wissen müssen.«

Befremdet blickten Harry und Remmy in Kings Gesicht.

»Nun sag es endlich, Sean«, verlangte Michelle.

»Was soll er sagen?«, fragte Harry.

Die Hand, in der Remmy Tasse und Untertasse hielt, begann zu zittern.

Alle wandten sich um, als der Mann mit der schwarzen Sturmhaube ins Zimmer kam und der Laser-Zielpunkt seiner gezückten Waffe genau auf Harrys Herzgegend zeigte.

Sofort trat King zwischen den Maskierten und Harry.

»Damit ist Schluss!«, sagte King mit fester Stimme. »Das Morden hat ein Ende.«

»Aus dem Weg, oder Sie sind als Erster dran!«

Remmy sprang auf. Die Pistole schwenkte in ihre Richtung. »Hinsetzen!«, befahl der Mann mit scharfer Stimme.

King tat einen Schritt auf ihn zu, blieb jedoch stehen, als die Waffe wieder auf ihn zeigte. »Michelle«, sagte der Maskierte, »legen Sie Ihre Pistole auf den Tisch. Und versuchen Sie keine Heldentaten!«

Michelle fasste die Waffe am Lauf und kam dem Befehl nach.

»Sie können uns nicht alle umbringen«, sagte King.

»O doch. Ich denke sogar ernsthaft darüber nach«, erwiderte der Mann.

»Na, dann ist es wohl an der Zeit, Sie auf einen Irrtum hinzuweisen«, sagte King gelassen. »Harry und Remmy haben mit Bobbys Tod nichts zu tun. Das Ganze hier ist eine Falle. Eine Falle, um Sie zu fangen.« Er schwieg kurz. »Ich habe die Wanze gefunden«, fügte er dann hinzu.

Der Maskierte wich einen Schritt zurück und ließ die Mündung seiner Waffe ein Stückchen sinken. »Was?«

»Die Unterhaltung zwischen Michelle und mir, die Sie belauscht haben, war gespielt. Also dann!«

King schnippte mit den Fingern. Mit einem Mal wimmelte es in der Bibliothek von schwer bewaffneten Polizisten und FBI-Agenten. Sie kamen hinter dem riesigen Raumteiler hervor, hinter den dicken Vorhängen und aus einem übergroßen Eckschrank. Von einem Dutzend Waffen bedroht, wich der Maskierte bis an die Wand zurück.

»Lassen Sie die Waffe fallen«, verlangte Todd Williams, dessen Pistole direkt auf das Fadenkreuz wies, das auf der Sturmhaube aufgenäht war.

Auch Michelle hielt ihre Waffe in der Hand und zielte auf diese Stelle. Dennoch spannte die Gestalt des Maskierten sich an; er schien mit dem Gedanken zu spielen, es auf einen Schusswechsel ankommen zu lassen.

»Fallen lassen!«, brüllte Williams, der offenbar spürte, was in dem Mann vorging.

»Sie sollten auf ihn hören«, sagte King mit ruhiger Stimme. »Dann können Sie uns wenigstens noch Aufschluss über ein paar Unklarheiten geben. Ich glaube, das sind Sie uns schuldig.«

»So, glauben Sie?« Trotz des Sarkasmus ließ der Mann die Waffe auf den Fußboden fallen. Sofort packten ihn die Polizeibeamten und legten ihm Handschellen an.

»Das Haus ist schon den ganzen Tag umstellt gewesen«, sagte King zu dem Maskierten. »Wir wussten jederzeit, wo Sie sind. Als ich vorhin den Raumteiler bewundert habe, war das in Wahrheit ein Zeichen an die Beamten, dass Sie im Haus sind und ich ein bisschen Theater spielen konnte.« Er schwieg einen Moment. »Wir hatten Harry und Remmy an sichere Orte gebracht, damit Sie uns nicht auf unliebsame Weise quer schießen. Dieses Mal haben wir die Ereignisse nach *unseren* Bedingungen ablaufen lassen. Hat mir richtig Spaß gemacht.« King trat vor den Gefangenen hin. »Darf ich Ihnen die Kopfbedeckung abnehmen?« Er senkte den Blick auf die Handschellen. »Sie selbst sind ja nicht mehr in der Lage dazu.«

»Jetzt ist es doch egal, oder?«

Harry drehte sich zu Remmy um. »Mir ist klar, dass Sie ihn längst an der Stimme erkannt haben, Remmy, aber es dürfte doch besser sein, Harry, Sie geben ihr ein bisschen Halt, damit sie uns nicht umkippt.«

Beschützend legte Harry einen Arm um Remmys bebende Schultern. Sie presste sich eine Hand auf den Mund und unterdrückte ein Aufschluchzen.

King zog dem Festgenommenen die Sturmhaube vom Kopf. Der Mann zuckte leicht zusammen, als der Stoff über seine markanten Gesichtszüge strich.

»Es ist aus, Eddie«, sagte King.

Obwohl man ihn auf frischer Tat ertappt hatte, Bewaffnete ihn umringten und er Handschellen trug, verstieg Eddie Battle sich zu einem dreisten Lächeln. »Glauben Sie wirklich, Sean?«

»O ja.«

»Ich würde nicht darauf wetten, alter Freund.«

KAPITEL 87

»Ich begreife noch immer nicht, wie du dir das alles zusammengereimt hast, Sean«, gestand Williams.

Der Polizeichef, Sylvia und Chip Bailey saßen mit den Betreibern der Detektei im Büro von King & Maxwell.

King verbog eine Büroklammer zu einem Dreieck, ehe er antwortete. »Sieben Stunden«, sagte er. »Sieben Stunden. Dadurch bin ich darauf gekommen, mir über Eddie Gedanken zu machen.«

»Das hast du schon erwähnt«, sagte Williams.

»Allerdings war es kein Hinweis im wortwörtlichen Sinn. Aber es brachte mich auf den Gedanken an das Eddie verabreichte Betäubungsmittel – oder vielmehr, das er sich selbst verabreicht hatte.«

»Morphinsulfat«, stellte Michelle fest.

»Genau. Ich habe mit einem Betäubungsmittelexperten gesprochen. Er sagte mir, dass eine durchschnittliche Dosis jemanden für acht bis neun Stunden umhaut, es sei denn, die Person ist die Einnahme starker Drogen gewöhnt. Dann fällt die Wirkung schwächer aus. Dorothea nahm gewohnheitsmäßig Drogen. Ich gehe davon aus, dass Eddie ihr das Mittel heimlich etwa um zwei Uhr nachts gegeben hat, also im Anschluss an den Geschlechtsverkehr. Doch weil Dorothea an Drogen gewöhnt war, wurde die Wirkung abgeschwächt. Keine sechs Stunden später hatte sie sich fast vollständig erholt, jedenfalls vor acht Uhr – der Zeit, als Savannah völlig aufgelöst bei ihr erschien und ihr sagte, dass man Sally ermordet hatte.«

»Sie hat aber doch erwähnt, sie hätte sich benommen gefühlt«, warf Bailey ein.

»Das war wohl tatsächlich so, nur war die Wirkung eben schon weitgehend verflogen. Wir dachten, sie hätte gelogen, um etwas zu verbergen. Eddie dagegen konnte das Morphinsulfat erst eingenommen haben, nachdem er Sally umgebracht hatte… sagen wir, um sechs. Ungefähr um fünfzehn Uhr hat die Wirkung nachgelassen, etwa *neun* Stunden nach der Einnahme, also im Rahmen der durchschnittlichen Wirkungsdauer. Das aber konnte nur möglich sein, wenn er es *nach* Sallys Tod eingenommen hatte. Sally wurde weniger als sieben Stunden nach dem Gespräch mit mir ermordet. Deshalb fiel mir Eddies lange Bewusstlosigkeit auf. Sie passte einfach nicht ins Gesamtbild, zumal wir davon ausgingen, dass auch Dorothea betäubt worden war, sich aber viel früher davon erholte. Selbst unter Berücksichtigung ihrer Resistenz war die Abweichung viel zu groß.«

Williams schlug sich auf den Schenkel. »Verdammt, daran hab ich überhaupt nicht gedacht.« Er zeigte mit dem Finger auf Bailey. »Und Sie auch nicht.«

Bailey zuckte die Schultern.

»Sicher war es vorstellbar«, fuhr King fort, »dass der Mörder Eddie betäubt hätte, wäre es nicht Eddie selbst gewesen, aber dann wäre es einige Zeit vor Sallys Ermordung geschehen, sodass Eddie zum Zeitpunkt der Tat ganz bestimmt außer Gefecht gewesen wäre. Er hätte damit keinesfalls bis *nach* Sallys Ermordung gewartet. Welchen Sinn hätte es denn da noch gehabt? Im Normalfall will ein Mörder den Tatort schnellstens unbemerkt verlassen und nimmt sich nicht die Zeit, völlig grundlos jemanden zu betäuben.«

»Das leuchtet mir ein«, gab Bailey zu.

»Und die sieben Stunden Diskrepanz haben mich noch auf etwas anderes gebracht. Wenn Sally wegen der Informationen getötet worden war, die sie mir kaum sieben Stunden vorher gegeben hatte, musste in meinem

Hausboot eine Wanze versteckt sein. Wie sonst hätte Eddie so rasch davon erfahren können? Vermutlich ist er Sally bis zu mir gefolgt und hat im Auto gelauscht. Ich musste etwas dagegen unternehmen, darum habe ich mir dieses Ding hier besorgt.«

Er hielt ein kleines Gerät in die Höhe. »Ein Sendemessgerät und Frequenzsucher mit einem Messbereich von ein bis drei Megahertz. Außerdem hat es eine sechzehnfach abgestufte Anzeige, auf der man die Frequenzstärke ablesen kann. Dadurch war es mir möglich, das Versteck der Wanze zu finden.«

»Sie haben die Wanze entdeckt, aber nicht entfernt?«, fragte Bailey.

»Genau. Solange Eddie glaubte, dass die Informationen stimmten, konnte ich die Wanze ja verwenden, um ihn aufs Eis zu locken.«

»Es war mutig von Harry und Remmy, bei dieser Sache mitzumachen«, meinte Michelle.

»Keiner der beiden ahnte, dass Eddie der Täter ist, bevor er etwas gesagt hat. Ich bedaure, dass ich Remmy eine so böse Überraschung bereitet habe, aber ich glaube, sie vorher darin einzuweihen, dass ihr Sohn der Gesuchte ist, wäre für sie noch viel schlimmer gewesen.«

»Ich war ziemlich nervös«, gestand Williams. »Klar, wir hatten das Haus umstellt, aber er hätte trotzdem jemanden erschießen können.«

»Ich war mir sicher, dass das nicht geschieht, wenn ihm deutlich wird, dass Harry an Bobbys Tod unschuldig ist. Eddie hat sich fair verhalten, das muss ich ihm lassen. Er hat gemordet, jedoch aus ganz speziellen Gründen. Für alle Fälle trug Harry eine kugelsichere Weste. Dadurch saß sein Anzug ein bisschen eng, aber Sicherheit musste vor Bequemlichkeit gehen. Und natürlich war es klug, in der Bibliothek ein Dutzend Bewaffneter zu verstecken.« King griff in den Schreibtisch und nahm einen anderen Gegenstand heraus.

»Was ist denn das?«, fragte Sylvia neugierig.

»Eine Dechiffrierscheibe, um verschlüsselte Nachrichten in Klartext zu übertragen. Diese Version haben während des Bürgerkriegs die Konföderierten benutzt. Eddie hat ein Exemplar in seinem Atelier.« Er drehte die Scheibe in den Händen. »Verstellt man die Scheibe um nur eine einzige Drehung, etwa so wie eine Minute auf einem Uhrenziffernblatt, verändert sich die gesamte Bedeutung der Nachricht. Dazu braucht es nur einen Tick Abweichung. Ich bin sicher, dass Eddie dadurch auf die Idee mit den je nach Opfer abgewandelten Uhrzeiten gekommen ist. So was entspricht seiner Kreativität und seiner Vorliebe für die Bürgerkriegsgeschichte.«

»Aber ich begreife nicht, dass er Alibis hat«, wandte Bailey ein. »Wir haben ihn dahingehend überprüft. Als Steve Canney, Janice Pembroke und Diane Hinson ermordet wurden, hat er an Bürgerkrieg-Reenactments teilgenommen.«

»Ja, sicher, aber die Teilnehmer übernachten in ihren Autos oder in Zelten. Eddie konnte ohne Schwierigkeiten über Nacht fort sein, ohne dass irgendwer es merkte. Ich habe es mir auf der Landkarte angesehen. Bei keinem der Morde war er mehr als zwei Fahrstunden entfernt. Er konnte mühelos am nächsten Tag wieder zur Stelle sein, um weiter Krieg zu spielen.«

»Moment mal«, sagte Bailey. »Es wurden auch andere Teilnehmer der Reenactments befragt. Sie konnten sich daran erinnern, dass Eddies Lieferwagen die ganze Zeit in der Nähe gestanden hat. Das ist bewiesen.«

»Bestimmt *hat* sein Wagen dort gestanden. Allerdings hat das Fahrzeug eine Anhängervorrichtung. Auch ich habe nachgeforscht. Bei zwei der fraglichen Reenactment-Veranstaltungen hatte er seinen Pferdetransport-Anhänger nicht dabei. Er kann also ein zweites Auto mitgeschleppt und es unweit des Veranstaltungsorts im Wald versteckt haben. Mit diesem zweiten Wagen ist er zu den Morden und zurück gefahren. Nur haben alle geglaubt, er sei nicht fort gewesen, weil sein Lieferwagen auf dem Gelände parkte. Wir werden das zweite Fahrzeug wohl noch irgendwo finden.«

»Großer Gott«, sagte Sylvia und stieß den Atem aus. »Wie blind wir alle waren…«

»Also gut, Sean, jetzt wissen wir, wie du ihn entlarvt hast«, meinte Williams. »Nun erklär uns, warum Eddie all diese Leute umgebracht hat.«

»Und bitte in Worten, die auch ein Normalsterblicher verstehen kann.« Sylvia lächelte, als sie wiederholte, was King im Leichenschauhaus zu ihr gesagt hatte, als sie ihm Ronda Tylers Todesursache erläuterte.

King erwiderte ihr Lächeln nicht. »Eddie Battle ist ein sehr komplizierter Mensch. Und sein Plan muss lange in ihm herangereift sein. Am Anfang stand, glaube ich, der Tod seines Zwillingsbruders.«

»Bobby Junior, der schwerbehindert zur Welt kam«, sagte Bailey.

»Nein, er wurde nicht so geboren. Allerdings war er bei der Geburt bereits mit Syphilis infiziert. Die Hirnschädigung entwickelte sich erst später.«

»Syphilis?«, rief Bailey.

King nahm zwei Fotos vom Schreibtisch. »Als Michelle und ich in Remmys Schlafzimmer waren, hat Savannah uns dieses Bild der Zwillinge im Kindesalter gezeigt. Sie konnte sie nicht unterscheiden.« Er hob das andere Foto hoch. »Das ist ein Bild von Bobby kurz vor seinem Tod. Wir haben es von Mason. Die Entstellung seiner Gesichtszüge, das Entstehen des Wasserkopfs und die Zahn- und Augenprobleme sind deutlich zu erkennen. Er war im Leib seiner Mutter angesteckt worden.«

»Verkümmerter Kauapparat und Atrophie der Sehnerven«, stellte Sylvia fest, während sie das Foto des jungen Mannes betrachtete. »Wie hatte Remmy sich die Syphilis zugezogen?«

»Von ihrem Mann. Er muss krank gewesen sein, als er mit Remmy die Zwillinge zeugte, oder er hatte während des ersten oder zweiten Quartals der Schwangerschaft mit ihr Geschlechtsverkehr.«

»Und Syphilis kann durch die Plazenta übertragen werden«, sagte Sylvia mit gedämpfter Stimme.

»Ja. Da die Erkrankung nicht behandelt wurde, erlitt Bobby Junior die Hirnschädigung und die anderen Beeinträchtigungen. Später ist er an Krebs gestorben, aber ohne Zweifel hatte die Syphilis seinen Körper erheblich geschwächt.«

»Wieso ist keine Behandlung erfolgt?«, fragte Sylvia.

»Darüber hatte ich ein überaus peinliches Gespräch mit Remmy. Ihr zufolge hat Bobby es abgelehnt, mit dem Jungen zum Arzt zu gehen, als er sonderbare Symptome zeigte. Er wollte nicht wahrhaben, dass sein Sohn an einer Krankheit litt. Wahrscheinlich wollte er nicht einmal sich selbst eingestehen, dass er Syphilis hatte, denn anscheinend war auch er selbst nie in Behandlung. Als Remmy sich dann doch um medizinischen Beistand gekümmert hat, war es zu spät. Die Erkrankung hatte unwiderrufliche Schäden angerichtet. Man muss berücksichtigen, dass all das über dreißig Jahre her ist; das medizinische Wissen hatte damals längst nicht das heutige Niveau. Remmy lebt seit vielen Jahren mit dieser Schuld.«

»Man kann kaum glauben«, meinte Michelle, »dass eine Frau wie Remmy mit ihrem kranken Sohn nicht sofort zum Arzt gegangen ist.«

»Genau das dachte ich auch gerade«, sagte Sylvia.

»Was Remmy und das Verhältnis zu ihrem Mann betrifft, sind noch viele Fragen offen«, fuhr King fort. »Diese Frau spricht voller Bewunderung und Stolz über ihren Mann, trägt aber keinen Ehering, und es ist ihr einerlei, ob sie den Ring zurückbekommt. Ein solch merkwürdiges Verhalten werden wir wohl nie begreifen können.«

»Aber später wurde Savannah geboren«, wechselte Bailey das Thema, »und sie ist gesund.«

»Da war Bobbys Syphilis nicht mehr ansteckend, und

Remmy hatte sich schon Jahre zuvor einer Behandlung unterzogen.« King legte die Fotos beiseite. »Es ist bekannt, dass eine der Hauptursachen für die Verbreitung der Syphilis der Geschlechtsverkehr mit Prostituierten ist. Wie wir wissen, stand Bobby in dem Ruf, sich mit solchen Frauen abzugeben. Er infizierte sich bei einer Prostituierten mit der Krankheit und steckte Remmy an, die die Krankheit ihrerseits unwissentlich auf Bobby Junior übertrug. Er und Eddie waren keine eineiigen Zwillinge, sondern hatten getrenntes Fruchtwasser. Wahrscheinlich wurde Eddie deshalb nicht angesteckt.«

»Und Eddie hat alles herausgefunden?«, fragte Bailey.

»Ja. Aber ich bin mir noch nicht sicher, wie er dahinter kam. Ich glaube allerdings, dass er schon seit langem Bescheid wusste. Die Situation glich einem Pulverfass. Ich glaube, auch Eddie hatte schreckliche Schuldgefühle. Er wusste, dass ihm nur durch pures Glück das Schicksal seines Zwillingsbruders erspart geblieben war. Und er scheint ihn sehr geliebt zu haben.«

»Also war Rhonda Tyler…«, begann Williams.

»Sie musste gewissermaßen zur symbolischen Bestrafung jener Prostituierten herhalten, die vor vielen Jahren Eddies Vater angesteckt hatte und so letztendlich das Verderben über seinen Bruder brachte. Rhonda hatte bloß Pech, Eddie über den Weg zu laufen.«

»Die ungewöhnlichen Runzeln an Bobbys Hauptschlagader und die krankhaften Veränderungen des Gehirns…«, sagte Sylvia bedrückt. »Das alles verweist auf Syphilis, ohne dass ich es bemerkt habe.«

»Du hast nicht danach gesucht, Sylvia«, tröstete King sie. »Diese Veränderungen könnten auch durch andere Erkrankungen hervorgerufen worden sein.«

Michelle setzte die Erklärungen fort. »Steve Canney musste sterben, weil seine Mutter eine Affäre mit Bobby hatte, aus der Steve hervorging. Seine Mutter war tot, darum musste Steve an ihrer Stelle sterben.«

»Eddie ist Remmy ergeben«, sagte King. »Sicher hat er

den Bankert als Beleidigung Remmys empfunden. Janice Pembroke war einfach zur falschen Zeit am falschen Ort.«

»Um einen Tick zur falschen Zeit«, sagte Bailey.

»Ganz recht. Gleiches gilt für Diane Hinson. Einen Tick Abweichung, um die Fährte zu verwischen und den Zusammenhang mit den anderen Morden zu verschleiern.«

»Und Junior Deaver?«

»Eddie dachte, er hätte seine Mutter bestohlen. Das war ihm Grund genug, Deaver zu töten. Als er seinen Irrtum erkannte, ließ er seine Wut an Sally aus. Die Schuhabdrücke im Flur hätten mich sofort auf Eddie bringen müssen. Savannah hatte ausgesagt, sie wäre an der Tür geblieben, doch überall im Flur waren Schuhabdrücke. Sie stammten aber nicht von Savannahs Stiefeln, sondern von Eddies. Er stand unter Zeitdruck. Er wusste ja nicht, wann Dorothea aus der Betäubung erwachte, und er selbst musste das Mittel erst noch einnehmen. Wahrscheinlich hat er den Schmutz gar nicht bemerkt. Wenn man bedenkt, wie er mit Sally umgesprungen ist, dürfte er ziemlich ausgerastet sein.«

»Vorsichtig ausgedrückt«, sagte Todd Williams.

»Und dann hat er Harold Robinson in eine Falle gelockt, um alles ihm in die Schuhe zu schieben. Warum er sich ausgerechnet Robinson ausgesucht hat, weiß ich auch nicht.«

»Moment mal«, sagte Michelle. »Der Mann, den der kleine Junge gesehen hat, war demnach Eddie?«

»Ja.«

»Wieso hat Eddie ihn nicht auch umgebracht?«

»Er könnte davon ausgegangen sein, dass Robinsons Schicksal besiegelt ist, wenn der Junge aussagt, seinen Vater gesehen zu haben. So wäre es ja fast auch gekommen. Oder er brachte es nicht über sich, ein Kind zu töten. Wie gesagt, Eddie ist ein sehr komplizierter Mensch.«

»Du meinst, ein Ungeheuer«, sagte Williams.

»Weiß Dorothea schon Bescheid?«, erkundigte sich Sylvia.

Bailey nickte. »Ich habe ihr alles berichtet. Remmy und Savannah standen mir dabei zur Seite. Diese Familie hat es verdammt hart getroffen.«

»Warum hat Eddie berühmte Serienmörder nachgeahmt?«, fragte Williams.

King nickte Bailey zu. »Ich glaube, das war gegen Sie gerichtet, Chip.«

»Gegen mich?«

»Unterstellt man, dass Eddie sich mit seiner Überlegenheit schmeicheln wollte, ergibt es einen Sinn. Ihm kam es darauf an, Sie auf Ihrem eigenen Gebiet zu übertrumpfen.«

»Aber warum? Wir waren doch Freunde. Ich habe ihm damals das Leben gerettet.«

»Nein, Sie haben ihm seinen Entführungsplan verdorben.«

Bailey sprang auf. »Was?«

»Ich bin sicher, dass er seine Entführung nur vorgetäuscht hatte. Der Mann, den Sie erschossen haben, war sein Komplize. Eddie wollte seinen Vater für den Tod des Bruders bestrafen, der zwei Jahre zuvor verstorben war. Die einzige Strafe, die dem zwanzigjährigen College-Studenten einfiel, bestand darin, seinem Vater ein Loch von fünf Millionen Dollar in die Brieftasche zu reißen. Ich bin sicher, dass er selbst nach dem Tod seines Komplizen das Geld verbrannt hat. Er wollte nicht, dass sein Vater es zurückbekommt. Aber ihm lief die Zeit davon. Er musste sich Fesseln anlegen und vor Ihnen den Dummen spielen. Wie gesagt, er hasste seinen Vater schon seit langem.«

»Das ist unglaublich«, sagte Bailey und setzte sich wieder. »All die Jahre hat er mir vorgespielt, mir ein Freund zu sein, obwohl er mich in Wahrheit hasst?«

»Eddie ist ein begabter Schauspieler und ein geschickter Lügner. Seien Sie froh, dass man Sie nicht tot und mit einer Armbanduhr am Handgelenk aufgefunden hat.«

»Großer Gott«, entfuhr es dem FBI-Agenten.

»Aber es sind zwanzig Jahre zwischen der Entführung und den jetzigen Morden verstrichen, Sean«, wandte Williams sich an King. »Was hat Eddie so plötzlich zum Loslegen veranlasst?«

»Ich halte den Schlaganfall seines Vaters für den Grund. Vielleicht sorgte er sich, Bobby könnte sterben, ehe er Gelegenheit bekommt, ihm sein Verständnis von Gerechtigkeit zu zeigen. Aber es könnte auch andere Gründe geben. Jedenfalls bin ich der Auffassung, dass der Zeitpunkt kein Zufall war.«

»Und was nun?«, fragte Michelle.

»Eddie wird morgen im Gericht zur Anklage vernommen«, erklärte Williams.

»Der Prozess wird Aufsehen erregen«, sagte King. »Falls es dazu kommt.«

»Zweifelst du daran? Glaubst du, Eddie könnte für geisteskrank erklärt werden?«, fragte Williams und schüttelte gleich selbst den Kopf. »Ausgeschlossen. Der Mistkerl wusste genau, was er tat.«

»In gewisser Weise hat er Dämonen ausgetrieben, die ihn sein Leben lang verfolgten«, erklärte King. »Ich will keineswegs rechtfertigen, was er getan hat, aber wäre nicht Bobby Battle sein Vater gewesen, wäre meines Erachtens nichts von alledem geschehen.«

Stumm blickten die Anwesenden einander an.

»Aber Gottes Gnade währt ewig«, sagte Sylvia mit kaum vernehmlicher Stimme.

KAPITEL 88

Als Eddie Battle am nächsten Morgen in einer Fahrzeugkolonne der Polizei und des FBI zum Gericht gebracht wurde, hatte sich dort eine solche Menschenmenge aus Einwohnern und Medienvertretern versammelt, dass die Kolonne nicht zum Gebäude vordringen konnte. Es schien, als wären die Leute aus fünf Bundesstaaten herbeigeströmt, angelockt durch die überregionale Berichterstattung. Und die Menschenmenge machte einen aggressiven Eindruck.

»Scheiße«, stieß Todd Williams hervor, als er vom ersten Wagen aus das Gedränge beobachtete. »Das hatte ich befürchtet. Seit die Meldung über Battles Verhaftung durch die Medien gegangen ist, haben wir ständig Morddrohungen gegen ihn erhalten.« Sein Blick schweifte über das Gewimmel. »Wer weiß, ob nicht jemand von denen gleich eine Knarre zückt.« Er musterte eine Gruppe derber Kerle, die neben Kleinlastern standen, die mit Baumaterial beladen waren. »Das sind wahrscheinlich ein paar alte Kumpel von Junior Deaver. Die sehen mir nicht aus, als wollten sie Eddie nur die Hand schütteln.«

»Gibt es keinen unterirdischen Eingang zum Gerichtsgebäude?«, fragte Bailey, der hinter Williams auf der Rückbank saß.

»Wenn es einen gäbe, wäre ich längst dorthin unterwegs. Vielleicht sollten wir Eddie ins Gefängnis zurückschaffen und warten, bis die Lage sich beruhigt.«

»Die Lage wird sich monatelang nicht beruhigen. Es ist

besser, wir bringen es hinter uns, solange uns genügend Männer zur Verfügung stehen.«

Einen Moment lang hielt Williams die Menschenmenge noch im Auge, dann erteilte er über Sprechfunkgerät Befehle. »Also, wir fahren mitten auf der Straße. Und zwar langsam. Ich will nicht, dass wir jemanden überrollen und deshalb verklagt werden. Wir halten auf dem Rasen direkt vor der Eingangstreppe. Sorgt dafür, dass der Zugangsbereich frei und geschützt bleibt. Ich will eine Absperrung aus Leibern, klar? Dann öffnen wir die Fahrzeugtür und bringen ihn schleunigst zu seinem Termin. Aber bevor wir die Rückfahrt mit ihm antreten, muss dieser verdammte Menschenauflauf zerstreut sein. Außerdem müssen die Übertragungswagen das Gelände verlassen.«

»Dann kriegen Sie wegen der Pressefreiheit ernste Schwierigkeiten, Todd«, sagte Bailey.

»Zum Teufel mit der Pressefreiheit! Ich muss einen Untersuchungsgefangenen am Leben erhalten, und sei es nur zu dem Zweck, dass er hingerichtet werden kann.«

Der Eingang zum Gerichtsgebäude wurde im Halbkreis abgeriegelt; der Wagen fuhr vor, und man führte Eddie Battle eilig ins Gebäude, während es auf die Männer, die ihn abschirmten, Zurufe und Schmähungen hagelte, zusammen mit Flaschen, Getränkedosen und Steinen. Schüsse fielen Gott sei Dank nicht.

Vor dem Gerichtssaal wurde Eddie von den Pflichtverteidigern erwartet. Sie besprachen sich kurz mit ihm; dann gingen alle in den Saal, wo Eddie sich als »unschuldig« bezeichnete. Seine Verteidiger beantragten keine Kaution und hatten einen solchen Antrag wohl auch nicht ernsthaft in Erwägung gezogen. Ihnen schauderte eher bei der Vorstellung, Eddie könnte ihnen als freier Mann mitten in der Nacht einen Besuch abstatten.

»Wir bleiben in Verbindung«, sagte seine Chefverteidigerin zu ihm, eine große, stattliche Frau mit unvorteilhafter Frisur.

»Na klar«, antwortete Eddie, dessen muskulöser Körper beinahe die Nähte seines engen, orangefarbenen Gefängnisoveralls sprengte. »Glauben Sie, Sie können mich bei guter Führung raushauen?«

Eddie und seine Aufpasser kehrten um, doch weit vor dem Ausgang fingen Williams und Bailey sie ab.

»Wir stehen da draußen kurz vor einem Krawall«, sagte Williams. »Wir müssen die Situation bereinigen, bevor wir Eddie zurückbefördern können. Ich habe für den Fall, dass die Leute die Belagerung nicht freiwillig aufgeben, Pfefferspray und Tränengas bestellt.«

Eddie schmunzelte. »Sieht so aus, als hätte ich endlich mal ein bisschen Leben in unser stinklangweiliges Wrightsburg gebracht, Todd.«

»Halten Sie den Mund!«, schnauzte Williams, erreichte damit aber nur, dass Eddies Lächeln noch breiter wurde.

»Nun müssen Sie mich wohl oder übel beschützen, *Todd*. Sie dürfen nicht zulassen, dass man mich lyncht. Das würde den Medien gar nicht gefallen. Sie können denen doch nicht die Schau stehlen. Denken Sie an die Einschaltquoten. Denken Sie an die zusätzlichen Dollars.«

»Sie sollen die Fresse halten!« Williams trat auf Eddie zu, doch Bailey ging dazwischen.

»Machen Sie keinen Unsinn, Todd, lassen Sie sich zu nichts hinreißen.«

»Mann, Chippy, vielen Dank«, sagte Eddie. »Du bist mir immer ein guter Freund gewesen.«

Bailey wirbelte herum, und seine Hand schnappte nach der Waffe.

Diesmal griff Williams ein. »Nichts da, Chip, den Gefallen tun wir ihm nicht.« Mit rauer Stimme erteilte er zwei seiner Deputys neue Anweisungen. »Sperren Sie ihn in die Durchgangszelle im zweiten Stock. Wir holen ihn ab, wenn wir mit dem Pöbel fertig sind.«

»Viel Glück!«, rief Eddie, während die beiden Deputys ihn abführten. »Lasst mich jetzt bloß nicht im Stich!«

KAPITEL 89

Der eine Deputy stand an der Tür, der andere am Fenster.

»Das wird ein richtiger Scheißkrawall«, sagte der Deputy, der zum Fenster hinausschaute; er hatte Eddies Größe, lockiges Haar und einen muskulösen Körper. »Da fliegt das Tränengas.«

»Tränengas«, wiederholte der zweite Polizist, ein Mann mit einer Brust wie eine Bulldogge, dicker Taille und breiten Hüften, was zur Folge hatten, dass die Gegenstände an seinem Gürtel zu beiden Seiten herausstanden. »Ich wäre lieber auch da unten und würde den Pennern ein bisschen von dem Zeug verpassen.«

»Dann geh doch. Ich hab hier alles im Griff.«

»Nee, ist nicht drin. Der Chef hat befohlen, wir sollen hier bleiben.« Der Mann blickte in die Richtung der Durchgangszelle, in der Eddie hockte und sie stumm beobachtete. »Der Hurensohn hat 'ne Menge Leute abgemurkst. Wahrscheinlich hat er einen an der Waffel.«

»Wegen unvorsichtiger Passanten gibt es keinen Krawall, Jungs«, sagte Eddie.

Beide Deputys blickten ihn an. Der Hochgewachsene lachte. »Den muss ich mir merken. ›Wegen unvorsichtiger Passanten gibt es keinen Krawall.‹«

Der Kleinere blickte seinen Kollegen fragend an.

»Geh ruhig«, sagte der. »Unser Freund macht sich bestimmt nicht dünne.«

»Okay, aber wenn du den Chef kommen siehst, funk mich an. Dann bin ich wie ein Blitz wieder da.«

»Geht klar.«

Der Mann verließ den Raum, und Eddie war mit dem zweiten Deputy allein.

Er stand auf und schlenderte zur Zellentür. »Hast du mal 'ne Zigarette?«

»Für wie blöd hältst du mich? Meine Mutter hat doch keinen Idioten großgezogen. Du bleibst da, und ich bleibe hier.«

»Komm schon, Mann, an mir sind sämtliche Löcher durchsucht worden, die ich habe, und einige, von denen ich noch gar nichts wusste. Ich habe nichts, womit ich dir was tun könnte. Ich will nur gern eine rauchen.«

»Hm-hmm.« Unverwandt spähte der hoch gewachsene Polizist zum Fenster hinaus. Ab und zu fiel sein Blick auf Eddie, doch seine Aufmerksamkeit galt fast ausschließlich den Ereignissen vor dem Gebäude.

Eddie Battle hatte starke Unterarme mit dicken Venen. Eine dieser Venen war größer und dicker als die anderen – eine Tatsache, die den Polizisten, die ihn durchsucht hatten, wahrscheinlich aufgefallen war, doch ohne ihren Verdacht zu erregen. Denn die vermeintliche Vene bestand aus Plastik, Kunstharz und Gummi und war hohl. Während seiner Reenactment-Laufbahn hatte Eddie beachtliche Geschicklichkeit im Gebrauch von Schminke, Kostümierungen und Verkleidungen sowie dem Nachahmen von Wunden und Narben erworben. Er setzte sich eine Weile in den Schatten und schabte mit dem Fingernagel an der falschen Vene. Schließlich barst sie, und er zog die sehr dünnen Gegenstände hervor, die er darin versteckt hatte. Eddie hatte das Risiko, erwischt zu werden, immer sehr ernst genommen; deshalb hatte er gewisse Vorkehrungen getroffen, um sich auch unter solchen Umständen helfen zu können. Durch keine noch so gründliche Durchsuchung wäre die in der hohlen Kunstvene verborgene Pinzette entdeckt worden.

Während Eddie den hoch gewachsenen Deputy, der nach wie vor aus dem Fenster schaute, im Auge behielt, schlich er sich lautlos zur Gittertür der Zelle und schob die mit Handschellen gefesselten Hände so durch die Stangen, dass sie das Türschloss verdeckten. Dann schob er das Werkzeug ins Schloss und machte sich behutsam daran, es zu öffnen. Stundenlang hatte er dies an einer alten, aus der Ruine eines abgebrochenen Zuchthauses geborgenen Zellentür geübt. Endlich spürte er, wie die Nocken sich bewegten. Der Lärm draußen wurde stärker, was Eddie nutzte, um das Knacken des Schlosses zu übertönen. Er hielt die Gittertür fest und zwängte das Werkzeug zwischen Handgelenk und Handschelle.

»He, Blödmann!«, sagte er. »Ich rede mit dir, du dämlicher Arsch!«

Der Deputy wandte sich um und musterte ihn. »Warum hältst du nicht endlich die Klappe? Mach dir ein paar warme Gedanken und denk an den elektrischen Stuhl.«

»Heutzutage nimmt man die Giftspritze, Schwachkopf.«

»Tot ist tot. Also, wer von uns beiden ist hier der Blödmann?«

»Aus meiner Sicht bist du es.« *Komm, Langer, komm her.*

»Red du nur.«

»Was denn? Glaubst du, du kannst hier den harten Hund spielen? Mann, ich weiß genau, was für ein Weichei du bist. Wie ist jemand wie du bloß Polizist geworden? Aber du bist ja gar kein richtiger Bulle. Du bist bloß so was wie 'n Landgendarm.« *Komm schon, du Arsch! Du würdest mir doch gern Saures geben. Na los, komm!*

»Wir Landgendarmen haben dich aber geschnappt.«

»Das war ein ehemaliger Secret-Service-Agent, Blödmann. Euren Polizeichef hätte ich in der Pfeife geraucht.« Eddie schaute auf die Hand des Deputys und sah einen Ehering. »Das heißt, nachdem ich deine Alte gepimpert hätte. O Mann, dann hätte die mal 'nen richtigen Kerl im Bett gehabt…«

Im Nacken des Deputys bildete sich eine Schweißschicht. Seine Waffenhand spannte und lockerte sich unentwegt.

Gleich ist es so weit.

»Sind eure Bälger so hässlich wie du, oder hast du mit deiner fettärschigen Trulla welche adoptiert, damit ihr keine kleinen Scheusale in die Welt setzt?«

Der Deputy fuhr herum und stapfte auf die Zelle zu. Seine flachen Kindersärge dröhnten bei jedem Schritt auf dem gestrichenen Betonboden. »Hör zu, du Stück Scheiße, du hast ein Riesenglück, dass du hinter...«

Eddie trat die Tür auf, und das schwere Gitter krachte dem Deputy mitten ins Gesicht. Mit voller Wucht prallte er auf den Fußboden. Eddie sprang aus der Zelle, schlang die Kette der Handschellen um den Hals des Mannes und spannte die kraftvollen Arme. Nach dreißig Sekunden war es vorbei. Eddie durchsuchte den Toten, fand die Schlüssel für die Handschellen und löste sie. Rasch verschloss er die Tür zum Korridor, schleifte den toten Deputy in die Zelle, tauschte die Kleidung mit ihm und setzte ihn auf die Pritsche, mit dem Rücken an die Wand gelehnt.

Eddie setzte sich die Sonnenbrille und den breitkrempigen Diensthut des Deputys auf, sperrte die Tür auf und spähte hinaus. Im Flur waren Polizisten postiert.

Kein Problem. Er konnte jederzeit den Weg durchs Fenster nehmen. Eddie schloss die Tür, eilte zum Fenster und blickte hinaus. Es erwies sich als Glück für ihn, dass die Polizeikräfte mittlerweile die Menschenmenge zur anderen Seite des Gerichtsgebäudes abgedrängt hatten. Eddie blickte nach unten. Es war nicht ganz ungefährlich, aber er sah keine andere Möglichkeit. Und er hatte eine Aufgabe zu vollenden.

Eddie öffnete das Fenster, kletterte ins Freie und ertastete mit den Füßen das unterhalb des Fensters umlaufende Sims. Er kauerte sich nieder, ergriff die schmale Ziegelkante mit seinen starken Fingern, hielt sich am Sims fest und ließ sich herab. Sein Blick fiel nach rechts und links, als sein Körper am Fenstersims baumelte. Eddie verstärkte die Pendelbewegung. Beim vierten Mal ließ er los und flog wie ein Trapezartist durch die Luft. Er landete auf dem Dachvorsprung des Erdgeschosses, gewann das Gleichgewicht zurück und kletterte hinunter. Als er auf festem Boden stand, klopfte er den Schmutz von der Polizeiuniform.

Statt fortzulaufen, umrundete er das Gebäude, mischte sich unter die Leute und bahnte sich einen Weg durch das Getümmel. Er erreichte eine Anzahl leerer Polizeifahrzeuge und spähte in eines nach dem anderen, bis er in einem bulligen Ford Mercury den Zündschlüssel stecken sah. Eddie stieg ein und fuhr davon. Er grinste, als er daran dachte, dass den Medienvertretern das größte Ereignis entging: Eddie Lee Battles erfolgreiche Flucht.

Im Aschenbecher fand er ein Päckchen Kaugummi, steckte sich ein Stück Juicy Fruit in den Mund und schaltete den Polizeifunk ein, um sofort zu erfahren, wenn man seine Flucht entdeckte. Als er einen Jungen sah, der sein Fahrrad über den Bürgersteig schob, verlangsamte er den Wagen und ließ das Seitenfenster herunter.

»Na, mein Freund? Bist du auch schön artig? Oder klaust du und belügst deine Eltern?«

»Nein, Sir«, rief der kleine Junge eingeschüchtert. »Ich will genauso werden Sie, Sir.«

Eddie warf dem Jungen ein Stück Kaugummi zu. »Nee, bestimmt nicht, mein Sohn.« *So wie ich willst du nicht werden. Mit mir geht es zu Ende. Von meinem Leben bleiben mir nur noch ein paar Tage.*

Doch Eddie betrachtete die Situation von der positiven Seite. Er war wieder frei und handlungsfähig. Und er hatte nur noch eine Sache zu erledigen. Eine letzte Sache.

Eddie fühlte sich sauwohl.

KAPITEL 90

»Wer hat denn nun Bobby Battle und Kyle Montgomery umgebracht?«, fragte Michelle.

Nachdem sie mit den Sea-Doos eine morgendliche Spritztour über den See unternommen hatten, saß sie mit King auf dessen Ufergrundstück in der Sonne.

»In der Hinsicht ist bei mir noch kein Groschen gefallen. Vielleicht hat es meine kleinen grauen Zellen zu sehr strapaziert, Eddie zu überführen.«

»Dorothea hätte jedenfalls das schlüssigste Motiv gehabt, Montgomery zu töten.«

»Und auch die Gelegenheit, Bobby zu ermorden. Vielleicht sogar ein Motiv. Schließlich hat er sein Versprechen nicht eingelöst, ihr einen größeren Vermögensanteil zu vererben.«

Michelle sagte besorgt: »Ich weiß, eigentlich hast du die Komplizenschaft zwischen Harry und Remmy frei erfunden, aber findest du nicht, dass vielleicht doch …«

»Harry hat ein bombensicheres Alibi. Zu der Zeit, als Battle ermordet wurde, hat er in Charlottesville bei der Anwaltskammer von Virginia einen Vortrag gehalten.«

Michelle wirkte erleichtert. »Und Remmy?«

King blickte sorgenvoll. »Ich weiß es nicht, Michelle … Auf alle Fälle hatte sie gute Gründe, seinen Tod zu wünschen.«

»Oder es war jemand, der gern der nächste Hausherr geworden wäre.«

King blickte sie verdutzt an und wollte gerade eine Antwort geben, als sein Handy läutete.

Er meldete sich, lauschte und wurde aschfahl im Gesicht. Dann trennte er die Verbindung.

»Diesmal ist es etwas Schlimmes, nicht wahr?«, fragte Michelle erschrocken.

»Eddie ist geflohen.«

Die gesamte Familie Battle wurde an ihrem Wohnsitz rund um die Uhr unter Polizeischutz gestellt. Carrick, King und Michelle gesellten sich zu ihnen, weil nicht auszuschließen war, dass auch sie in Lebensgefahr schwebten. In drei Bundesstaaten fahndeten FBI und Polizei mit allem erdenklichen Aufwand nach dem Flüchtigen, doch zwei Tage später hatten sie von Eddie noch immer keine Spur gefunden.

King und Michelle saßen mit Sylvia, Bailey und Todd Williams im Esszimmer beim Kaffee und diskutierten den Fall.

»Eddie ist ein erfahrener Naturliebhaber«, erklärte Bailey. »Er kennt diese Gegend weit besser als die meisten anderen. Sein Leben lang hat er sie erkundet und ist auf Jagd gegangen. Er kann sich wochenlang von dem ernähren, was die Natur bietet.«

»Danke, Chip, das klingt richtig ermutigend«, sagte Williams mürrisch. »Aber wir werden den Halunken schon aufspüren. Nur kann ich nicht versprechen, dass er lebend gefasst wird.«

»Ich rechne nicht damit, dass Eddie es ein zweites Mal dazu kommen lässt«, sagte King.

»Müssen wir nicht davon ausgehen, dass er die Gegend so schnell wie möglich verlassen hat?«, fragte Michelle.

King schüttelte den Kopf. »Es gibt zu viele Straßensperren, zu viel Polizei in den Bahnhöfen und Bus-Bahnhöfen. Den gestohlenen Streifenwagen hat er in einer Gasse zurückgelassen. Ich glaube, er hat sich in die Wälder geschlagen.«

Williams nickte. »Die größte Chance hat er, wenn er sich irgendwo in der Nähe versteckt hält, sein Aussehen so gründlich verändert, wie er nur kann, und endgültig das Weite sucht, sobald die Aufregung sich ein wenig gelegt hat.«

King wirkte wenig überzeugt, was Williams nicht entging. »Du bist anderer Meinung?«

»Ich glaube auch, dass er in der Nähe lauert, aber nicht zu dem Zweck, den du unterstellst.«

»Wieso dann?«

»Man muss bedenken, dass jemand seinen Vater ermordet hat«, sagte King.

»Und?«

»Und ich glaube, Eddie wollte alles selbst erledigen. Meines Erachtens sollte Bobby in Eddies großem Plan das letzte Opfer sein, wäre er nicht zuvor am Schlaganfall gestorben.« King sah Michelle an. »Bestimmt erinnerst du dich noch daran, wie wir im *Sage Gentleman* ein Glas mit ihm getrunken haben. Damals sagte er, sein Vater müsse am Leben bleiben.«

»Damit er ihn umbringen kann«, folgerte Michelle.

»Und was hat er nun vor?«, fragte Williams. »Will er sich denjenigen vorknöpfen, der Bobby ermordet hat? Wir wissen doch gar nicht, wer es war, Sean.«

»Aber wenn wir den Täter finden, bestehen gute Aussichten, auch Eddie wieder zu schnappen.«

»Ich wäre Ihnen dankbar, wenn Sie die Gefangennahme und Hinrichtung des einzigen Sohnes, der mir geblieben ist, nicht in meinem eigenen Haus planen.«

Alle Anwesenden drehten die Köpfe und sahen Remmy vor sich stehen. In letzter Zeit zeigte sie sich wenig. Wenn sie sich blicken ließ, sprach sie mit niemandem, nicht einmal mit Harry. Die Mahlzeiten nahm sie in ihrem Zimmer ein.

King erhob sich. »Tut mir Leid, Remmy, wir haben Sie nicht bemerkt.«

»Nun, wieso sollte ich auch hier erscheinen? Es ist ja nur mein Haus, mein Esszimmer, und es sind auch meine Tassen, aus denen Sie da trinken.«

King schaute Williams an. »Ich weiß, das Arrangement ist ein bisschen peinlich…«

»Um es milde auszudrücken«, fuhr Remmy dazwischen.

»Der Polizeischutz ist viel leichter zu gewährleisten, wenn alle sich am gleichen Ort aufhalten, Remmy«, sagte Williams.

»Freut mich, dass es für einige einfacher ist. Für mich leider nicht.«

»Wir können in ein Hotel ziehen«, meinte Michelle, doch Remmy wies den Vorschlag mit einem verächtlichen Wink ab.

»Niemand soll mir nachsagen, ich hätte meine Bürgerpflicht gescheut, selbst wenn es bedeutet, meinen Sohn zu verlieren.« Sie verließ das Esszimmer mit schlurfenden Schritten.

Nervös blickten die anderen ihr nach.

»Das ist wirklich eine unerträgliche Situation für sie«, sagte Sylvia.

»Glauben Sie, wir fühlen uns wohl dabei?«, fragte Michelle. »Aber Eddie ist ein Serienmörder. Damit muss sie sich abfinden.«

King blickte nachdenklich drein, während er sich mehr Zucker in den Kaffee tat. »Da wir gerade davon sprechen… Allen Beteiligten ist hoffentlich klar, dass die Anklage gegen Eddie vorerst auf tönernen Füßen steht.«

»Was redest du denn da?«, brauste Williams auf. »Er hat sich mit einer Sturmhaube auf dem Kopf bei Harry eingeschlichen und wollte jeden umbringen, der im Haus war. Und jetzt hat er auf der Flucht einen Deputy ermordet.«

»Stimmt. Aber weil wir nicht wissen, was sich zwischen ihm und dem Deputy abgespielt hat, könnte er sich auf Notwehr berufen. Die Zellentür stand offen, und ein Verteidiger könnte darauf plädieren, dass der Deputy den Lauf der Gerechtigkeit beschleunigen wollte und Eddie sich bloß gewehrt hat. Ich bin mir allerdings sicher, dass er sämtliche Morde verübt hat – so sicher, als hätte ich es mit eigenen Augen gesehen. Mich braucht keiner zu überzeugen. Aber es gilt, ein neutrales Schöffengericht zu überzeugen, dessen Mitglieder vielleicht von auswärts oder sogar aus einem anderen Bundesstaat kommen. Wo also sind die hieb- und stichfesten Beweise, dass Eddie die Morde begangen hat?«

»Alles, was du dargelegt hast«, entgegnete Williams, »spricht doch dafür. Seine Motive, die Dechiffrierscheibe, dass er Dorothea betäubt hat…«

»Das sind Spekulationen, Todd«, sagte King mit Nachdruck. »Wir brauchen handfeste Indizien, die ihn eindeutig als Täter entlarven. Haben wir welche?«

Sylvia ergriff das Wort. »Wäre ich vor dem Mord an Jean Robinson gefragt worden, hätte ich wahrscheinlich verneint. Allerdings habe ich neben ihrem Bett ein Haar mitsamt Haarwurzel gefunden. Wie es dorthin kam, weiß ich nicht, aber nach Farbe und Beschaffenheit schließe ich aus, dass es von den Eheleuten stammt. Ich habe es zusammen mit einer DNA-Probe Eddies zur Untersuchung eingeschickt. Falls eine Übereinstimmung festgestellt wird, haben wir ihn, zumindest für diesen Mord.«

»Ich muss ihn nur in die Finger kriegen«, sagte Williams. »Dann liegt uns im Handumdrehen ein Geständnis vor.«

»*Falls* wir ihn fassen«, sagte Michelle.

»Vielleicht kann er sich eine Zeit lang verstecken, aber irgendwann geht er uns ins Netz«, meinte der Polizeichef zuversichtlich.

»Die Person, auf die er es abgesehen hat, ist der Schlüssel«, sagte King. »Ermitteln wir diese Person, erwischen wir Eddie.«

»Glauben Sie wirklich?«, fragte Bailey.

»Nein«, antwortete King. »Ich *weiß* es. Einmal muss Eddie noch zuschlagen. Nur einmal. Und wir müssen die Person finden, bevor Eddie sie findet.«

KAPITEL 91

Eddie kauerte in seiner Höhle auf dem schmalen Feldbett. Er hatte sich ausgeruht, etwas gegessen und an seinem Plan gefeilt. Anhand eines batteriebetriebenen TV-, Rundfunk- und Polizeifunk-Suchgeräts hatte er sich darüber informiert, wie die Großfahndung sich entwickelte; Neuigkeiten aber blieben aus. Außerdem war Eddie in seiner Beweglichkeit doch ziemlich eingeschränkt. Er hatte nur des Nachts marschieren können, und es war ein langer Weg zu dem alten, verbeulten Lieferwagen gewesen, den er für einen solchen Notfall in einem Gehölz versteckt hatte.

Nach all den Jahren des Hin und Her, in denen er nie irgendwo eine echte Identität erlangt hatte, hatte er endlich seine Nische gefunden: flüchtiger Mörder. Er lachte, streckte sich auf dem Boden aus und machte erst einhundert Liegestütze, dann die gleiche Anzahl von Situps. Zwischen zwei zerklüftete Gesteinsvorsprünge tiefer im Innern der Höhle hatte er eine Eisenstange geklemmt. Daran machte er fünfundzwanzig rasche Klimmzüge und anschließend noch fünf mit jedem einzelnen Arm. Als er auf den Boden sprang, atmete er schwer. Er war keine zwanzig mehr, aber für sein Alter schnitt er gar nicht mal so übel ab. Das hätte ihm zweifellos auch der Deputy zugestanden, den er ins Jenseits befördert hatte.

Er zog die Pistole aus dem Halfter und lud sie mit panzerbrechenden Geschossen, die er sich auf dem Schwarzmarkt beschafft hatte. Er grinste, als er daran dachte, dass kugelsichere Westen gegen diese Geschosse nichts ausrichten konnten. Das Internet war schon eine tolle Sache. Man konnte sich fast alles besorgen: Waffen, Munition, Frauen, Kinder, Ehen, Scheidungen, Glück, Tod…

Tod, ja. Man würde ihn aufspüren und töten; da war er sicher. Aber das zählte nicht, wenn er nur vorher den Mörder seines Vaters umbrachte. Alles andere hatte keine Bedeutung mehr für ihn. Er hatte sein Leben auf Schmalspur reduziert. Wieder musste er grinsen.

Er holte die Liste aus der Tasche. Die Namen wurden weniger, doch inzwischen bezweifelte er, dass es ihm noch gelingen würde, sie sich alle vorzunehmen. Nach intensivem Nachdenken war er allerdings auf eine möglicherweise gangbare Abkürzung bekommen, die er heute Nacht erproben wollte.

Noch zwei Tote würde es geben: den Mörder seines Vaters und ihn selbst. Dann durfte in Wrightsburg wieder der Alltag einkehren und seine Familie ohne den monströsen Patriarchen ihr Leben erneuern.

Er legte sich zurück aufs Feldbett, lauschte mit einem Ohr auf den Rundfunk und mit dem anderen auf jedes Geräusch, das von draußen, aus dem Freien, zu ihm drang. Die Abgeschiedenheit der Höhle und der gut versteckte Eingang machten es unwahrscheinlich, dass in der Nähe jemand aufkreuzte. Aber sollte irgendjemand doch dieses Pech haben, wollte Eddie ihm ein anständiges Grab schaufeln. Er war schließlich kein Unmensch. Bei ihm war der Apfel weit vom Stamm gefallen. *Ich bin nicht meines Vaters Sohn. Und dafür danke ich Gott. Aber ich sehe dich bald wieder, Vater. Vielleicht quartiert der Satan uns zusammen ein. Für alle Ewigkeit. Dann können wir uns mal richtig aussprechen.*

Er lockerte seine dicken Fingerknöchel, dass sie knackten, und träumte von einem solchen Wiedersehen, während der Nachmittag in den Abend überging und die Nacht näher rückte, in der Eddie sich auf den Weg machen wollte. Auf die Abkürzung. Zu seiner letzten Zielperson. Und dann konnte bei der Eddie-Lee-Battle-Show der letzte Vorhang fallen. Eine Wiederauflage stand außer Frage.

Er wurde müde. *Lebt wohl, ihr alle, es war eine tolle Vorstellung. Und sie ist noch nicht ganz zu Ende. Nur noch einmal … oder vielleicht doch noch mehr? Ja, vielleicht noch mehr. Was spielt es schon für eine Rolle?*

KAPITEL 92

Das kleine Redaktionsgebäude der *Wrightsburg Gazette* lag um diese späte Stunde dunkel und verlassen da. Es gab weder eine Alarmanlage noch einen Nachtwächter, denn was hätte man der altehrwürdigen, jedoch im Abwärtstrend befindlichen *Gazette* außer Papier schon klauen können? Im journalistischen Tagesgeschäft blieb das Geld stets knapp, und der Inhaber der Zeitung sah nicht ein, dass er seine Dollars für den Schutz von Gegenständen vergeudete, die seiner Meinung nach keines Schutzes bedurften.

Das Schloss der Hintertür knarrte und öffnete sich. Eddie huschte in die Redaktionsräume und zog die Tür zu. Er flitzte zu dem kleinen, fensterlosen Zimmer hinter der Druckerei, schwang die Tür auf, leuchtete mit seiner Stablampe umher, sah in deren Schein die flachen Aktenschränke, die man übereinander gestapelt hatte, und las die an den Vorderseiten angebrachten Schildchen.

Er entdeckte das gesuchte Fach, zog es heraus, entnahm die altmodische Rolle Mikrofilm und setzte sich damit an eines der Lesegeräte an der Rückwand der Kammer. Er legte den Mikrofilm ein und schaltete die Beleuchtung des Lesegeräts ein. Eddie suchte ein bestimmtes Datum und fand daher schnell den Bericht, der ihn interessierte. Wie sich herausstellte, passte alles zusammen: die Gerüchte, die er im Laufe der vergangenen Jahre gehört hatte, all die winzigen Hinweise. Ihm kam eine neue Erkenntnis, als er sich an etwas erinnerte, das Chip Bailey ihm einmal erzählt hatte. Etwas Ähnliches hatte sich schon mal zugetragen, allerdings in einem anderen Bundesstaat.

Ja, jetzt fügte sich alles ineinander. Aber würde es jemand glauben?

Eddie legte die Filmrolle in den Aktenschrank zurück und wandte sich zum Gehen, als er plötzlich verharrte und kurz überlegte, wobei sich ein Schmunzeln auf sein Gesicht stahl. *Warum nicht?* Aus dem Stifthalter eines der Schreibtische nahm er einen Filzstift, ging damit zur Wand und schrieb vier große Buchstaben auf den Beton. Nicht, dass irgendwem die wahre Bedeutung ersichtlich werden konnte. Schließlich wollte er ja als Erster bei der Zielperson sein. Später, wenn alles vorüber war, sollten sie getrost kommen und hinter ihm aufräumen.

Einen Augenblick bewunderte er sein Werk; dann schlüpfte er hinaus. Sein Lieferwagen parkte anderthalb Kilometer entfernt auf einem Feldweg, an dem die Polizei mit Sicherheit keine Streife fuhr. Auf dem Rückweg zum Wagen hielt Eddie sich dicht am Waldrand.

Chip Bailey schreckte aus dem Schlaf und war im ersten Moment verwirrt, bevor er begriff, welches Geräusch er hörte: sein Handy. Er tastete umher, fand die Nachttischlampe seines kleinen Motelzimmers und nahm den Anruf entgegen. Polizeichef Williams war am Apparat. Seine Mitteilung fiel kurz aus, riss Bailey aber aus dem Halbschlaf.

Jemand hatte soeben bei der *Wrightsburg Gazette* eingebrochen. Und die Beschreibung des Einbrechers passte zu Eddie Battle. Die Polizei riegelte derzeit das ganze Viertel ab. Im Handumdrehen hatte Bailey sich angekleidet, schnallte das Halfter um und steckte die Waffe ein. Er lief zu seinem Wagen und schwang sich hinters Steuer.

Das Messer bohrte sich mit solcher Wucht in Baileys Brust, dass das Heft ihm das Brustbein prellte. Der sterbende FBI-Agent versuchte sich umzudrehen und einen Blick auf seinen Mörder zu werfen, doch die Klinge hatte ihm das Herz fast durchschnitten. Er sank auf dem Sitz zusammen; sein Kopf kippte zur Seite.

Eddie erhob sich vom Rücksitz und ließ das Messer los. Auf dem Weg zum Lieferwagen war er an dem Motel vorbeigeschlendert. Als er auf dem Parkplatz Baileys Auto gesehen hatte, war ihm die Idee gekommen, es seinem alten Bekannten heimzuzahlen, dass dieser ihn vor Jahren »gerettet« hatte. Eine zweite Chance gab es vielleicht nie. Von einem Münztelefon hatte er Baileys Handy angerufen, dessen Nummer er kannte. Er hatte Williams' Stimme überzeugend genug nachgeahmt, dass der FBI-Agent in seiner Schlaftrunkenheit keinen Unterschied bemerkt hatte.

Das war ihn teuer zu stehen gekommen.

Tut mir Leid, Chip, du hast es vermasselt. Du warst sowieso kein so toller FBI-Agent. Ehrlich gesagt, warst du ein ziemlicher Versager, dafür aber umso anmaßender. Und du wärst gern mein Stiefvater geworden. Der Schotter hat doch eine gar zu starke Anziehungskraft, was, mein Freund? Mein alter Kumpel. Alter Junge.

Eddie stieg aus dem Auto. Eine halbe Stunde später, in deren Verlauf er abseits der Straße und außer Sichtweite blieb, gelangte er zu seinem Wagen. Nun war es Zeit, zu schlafen und neue Vorbereitungen zu treffen, um dann nach den Informationen zu handeln, die er in dieser Nacht gewonnen hatte.

»Es ist *sein* Messer«, sagte Williams im Haus der Battles zu King und Michelle. »Man hat seine Fingerabdrücke gefunden. Eddie wollte gar nicht verheimlichen, dass er es getan hat. Scheiße, wahrscheinlich ist er sogar stolz darauf.«

Chip Baileys Leiche war am Morgen von einem seiner Kollegen entdeckt worden. Der Tod des altbewährten FBI-Agenten hatte alle tief getroffen.

»Verdammt dreist von Eddie, sein Versteck zu verlassen und Chip auf diese Weise zu beseitigen«, sagte King.

»Ich bin mir nicht sicher, ob das der einzige Grund war«, entgegnete der Polizeichef. »Komm mit.«

Er fuhr mit den beiden zum Redaktionsgebäude der *Gazette* und zeigte ihnen, was Eddie an die Wand geschrieben hatte.

TEAT

King betrachtete die Buchstaben und sah dann Williams an. »Teat? Was soll damit gemeint sein? Ist das eine Abkürzung? Da steckt bestimmt Eddie dahinter. Oder ist es nur die Schmiererei eines Jugendlichen?«

»Tja, Gewissheit habe ich nicht. Klar, es sieht wie irgendein Gesudel aus. Aber die Redaktion der *Gazette* ist nicht allzu weit von dem Motel entfernt, wo Chip ermordet wurde.«

King ließ den Blick umherschweifen. »Was kann er hier gesucht haben?«

Michelle deutete auf die zahlreichen Fächer mit Mikrofilmen. »Vielleicht hatte er es auf Informationen abgesehen.«

»Das ist jede Menge Zeug, wenn man nicht weiß, worauf man beim Suchen achten muss«, sagte King. Mit besorgter Miene wandte er sich wieder an Williams. »Du solltest vorsichtig sein, Todd.«

»Ich habe nicht vor, mich abstechen zu lassen. Ich trag ’ne schuss- und stichfeste Schutzweste. Hätte Chip es doch auch getan.«

»Vielleicht dachte er, ihm könnte so was nicht passieren«, meinte Michelle. »Oder er war zu stolz.«

»Oder er dachte, Eddie wäre wirklich sein Freund«, sagte Williams.

»Schöner Freund«, brummte King. »Wie geht’s mit der Fahndung voran?«

»Man könnte meinen, inzwischen hat praktisch jeder Eddie gesehen, so viele Anrufe sind schon eingegangen. Er ist drei Meter achtzig groß und hat Krallen wie ein Bär, und aus seinem blutverkrusteten Rachen hängen Leichenteile. Ich schwöre bei allen Heiligen, ich weiß nicht, wie in diesem Land noch irgendwer überführt werden soll.«

»Wir brauchen nur eine entscheidende Spur«, rief Michelle ihm in Erinnerung.

»Vielleicht sterbe ich an Altersschwäche, bevor wir die finden«, knurrte Williams.

Michelle blickte ihren Partner an. »Was meinst du, Sean?«

Müde schüttelte King den Kopf. »Nach allem, was geschehen ist, würde ich sagen, Eddie ist auf der Zielgeraden, und wir sind zurück auf Start.«

KAPITEL 93

King war aus dem Heerlager um das Casa Battle geflohen und hatte mit Sylvia in deren Haus in Ruhe zu Abend gegessen. Auch hier stand ein Deputy auf Posten.

Sylvia spielte mit dem Reif an ihrem linken Handgelenk. »Was glaubst du, wo er sich verbirgt?«

King hob die Schultern. »Schwer zu sagen. Er kann fünfzehnhundert Kilometer weit weg sein, aber genauso gut fünf Meter.«

»Diese Brutalität«, sagte Sylvia und schüttelte den Kopf. »Er hat Jean Robinson den Schädel zertrümmert und dem Deputy die Luftröhre zerquetscht. Und bei Chip Bailey hat er mit solcher Gewalt zugestochen, dass die Messerspitze die Wirbelsäule getroffen hat. Ganz davon zu schweigen, was mit Sally Wainwright und all den anderen Opfern geschehen ist. Obendrein hätte er fast auch dich umgebracht.«

»Aber nur fast«, sagte King.

Eddie schwamm auf der Stelle, indem er Wasser trat, und verschaffte sich einen Überblick. Es war genauso, wie er erwartet hatte: Das Bootshaus und der Anlegeplatz wurden nicht bewacht.

Mit regelmäßigen Schwimmstößen legte Eddie das restliche Stück bis zum Ufer zurück. In seinem schwarzen Schwimmanzug war er nahezu unsichtbar. Er erreichte die Schwimmleiter, kletterte aus dem Wasser, blieb stehen und lauschte. Aufmerksam beobachtete er die Umgebung, ehe er sich weiter vorwärts wagte. Er nahm den wasserdichten Beutel an sich, den er sich ans Bein gebunden hatte, holte die Pistole heraus und warf einen Blick auf die Armbanduhr. Er musste sich beeilen. Lautlos konnte er seinen Weg nicht fortsetzen, doch in der Ferne hörte er bereits Donnergrollen: Ein schweres Unwetter mit Orkanböen zog heran – so, wie die Wetterfrösche es vorhergesagt hatten.

Eine vorteilhaftere Nacht hätte Eddie sich nicht wünschen können. Die Elemente schienen stets seine Freunde zu sein. Gut so, denn andere Freunde hatte er nicht.

Er ging zum Bootshaus, öffnete das Zahlenschloss, schob die Tür auf und trat ein. Im Innern trug er die Ausrüstung zusammen, die er brauchte, setzte den elektrisch betriebenen Lift in Betrieb und eilte zurück ins Freie, die Fernbedienung in der Hand.

Der Lift ließ das FasTech-Schnellboot zu Wasser. Vor seiner Festnahme hatte Eddie die Weitsicht gehabt, dafür zu sorgen, dass das Boot einsatzbereit gemacht wurde. Der Händler, der es seinem Vater verkauft hatte, hatte behauptet, es sei eins der schnellsten Wasserfahrzeuge auf dem See, wenn nicht das schnellste überhaupt. Und es war gut möglich, dass Eddie auf jeden Knoten Geschwindigkeit angewiesen war.

Er schwang sich ins Cockpit. Als das Boot mit dem gesamten Rumpf im Wasser lag, drückte er auf der Lift-Fernbedienung die Stopptaste. Am See wurde es wieder still. Die Scheinwerfer wollte Eddie, falls überhaupt, erst weit draußen auf dem Wasser einschalten. Es war ein Glück, dass in seiner Familie außer ihm niemand großes Interesse an Booten hatte. Deshalb stand nicht zu befürchten, dass um diese Stunde jemand am Bootshaus erschien.

Eddie wartete, bis das Unwetter herangezogen war. Im Krachens des Donners warf er die beiden Mercury-Motoren an. Tausend PS erwachten zum Leben. Eddie nahm Gas weg, und das Boot tuckerte vorwärts. Er drehte den

Bug in die Richtung, in der sich die Ausfahrt aus der Bucht befand, drückte den Gashebel nach vorn und lenkte das FasTech mit etwa zehn Knoten Geschwindigkeit vom Bootshaus fort. Er spürte, wie der Rumpf leicht bebte, als würden die Mercury-Motoren ungeduldig darauf warten, endlich ihre gewaltige Kraft entfalten zu können und jeden Konkurrenten abzuhängen. Eddie tätschelte das Armaturenbrett. *Das kommt später, ich verspreche es.*

Als er in eine freie Fahrrinne gelangte, schaltete er auf halbe Kraft, und die Geschwindigkeit erhöhte sich atemberaubend schnell auf fünfunddreißig Knoten, ein Tempo, das den Motoren merklich besser gefiel. Den Blick auf den GPS-Farbbildschirm in der Mitte des Armaturenbretts gerichtet, steuerte Eddie das Boot auf 150 Grad Südost. Andere Fahrzeuge verkehrten derzeit nicht auf dem See, den Eddie in- und auswendig kannte. Die Fahrrinnen waren mit Leuchtbojen gut sichtbar markiert; an roten Bojen leuchteten gerade Zahlen flussaufwärts, während grüne Bojen mit ungeraden Zahlen flussabwärts strahlten. Untiefen hatte man mit grellweißen Leuchtbojen gekennzeichnet. Doch Eddie wusste ohnehin, wo er sich befand. In Schwierigkeiten könnte er nur in Buchten geraten, in denen Untiefen nicht immer markiert waren und das Ufer unregelmäßige Landspitzen bildete. Aber sein Vater hatte für das FasTech zusätzlich ein Radargerät angeschafft; deshalb bestand kein Grund zu der Sorge, irgendwo auf Grund zu laufen. *Gut gemacht, Dad. Dafür bin ich dir wirklich zu Dank verpflichtet, du alter Drecksack.*

Eddie ließ die Scheinwerfer aus, erhöhte aber die Geschwindigkeit auf fünfzig Knoten. Abwechselnd spähte er über den Bug nach vorn und blickte auf den GPS-Monitor. Inzwischen liefen die Motoren rund, und der Rumpf zitterte nicht mehr. Obwohl das Gewitter nun heftig tobte, hielt Eddie das Boot mit steter Fahrt gleichmäßig auf Kurs. Er schaltete das Hochfrequenz-Funkgerät ein und hörte sich den Wetterbericht an. Man forderte die Fahrer sämtlicher kleinen Wasserfahrzeuge zur Umkehr ans Ufer auf und empfahl den Leuten, die Schotten dichtzumachen.

Hab Dank, lieber Gott. Nun hatte Eddie seine Einmannshow. Nach Erreichen der Hauptfahrrinne wechselte er den Kurs nach Südwesten. Auf dem Wasser war der Weg gar nicht so weit. Mit dem Auto brauchte man länger; deshalb hatte er ja das Boot genommen. Außerdem waren auf den Straßen ganze Kolonnen von Streifenwagen unterwegs. Auf dem See dagegen gab es nur ein Polizeiboot, das ausschließlich am Wochenende zum Einsatz kam, wenn der meiste Freizeitbetrieb herrschte. In dieser Nacht kam ihm bestimmt keiner in die Quere.

Eddie stand am Steuerrad, ließ sich den Wind ins Gesicht peitschen und in seinen Haaren zerren. Der Wind schwoll an; die Wellen wurden höher. Gischt krönte die dunklen Wogen, doch das FasTech teilte unbeeindruckt die Fluten. Eddie blickte zum unheilvoll düsteren Himmel hinauf. Er hatte sich immer gern im Freien aufgehalten: Reiten, Soldat spielen, unter dem weiten Himmel kampieren, atemberaubende Sonnenuntergänge malen, Jagen, Fischen, Einsichten gewinnen, wie eines mit dem anderen harmonierte, wie sich eines vom anderen ernährte …

Nun aber bewegte sich alles dem Ende entgegen. Heute unternahm er seine letzte Spritztour. Es überraschte ihn, wie schnell der Schlusspunkt heranrückte. Er war gesund und kräftig; dennoch endete sein Leben mit knapp vierzig Jahren. Doch wenn es vorbei war, hatte er alles verwirklicht, was ihm etwas bedeutete. Wie viele Menschen konnten das von sich behaupten? Er hatte sein Leben zu seinen eigenen Bedingungen geführt, nicht nach denen seines Vaters, den Wünschen seiner Mutter oder dem Willen irgendeines anderen.

Das war die Lüge, die Eddie sich jeden Tag selbst auftischte.

Er stieß den Gashebel ganz nach vorn. Die Motoren brüllten auf, und das Boot beschleunigte auf über siebzig Seemeilen. Die Hügel, die den von Menschen geschaffenen See säumten, schienen nur so vorüberzusausen, und die Bäume, die auf den Anhöhen wuchsen, waren stumme Zeugen für Eddies letztes Hurra. *Angriff von Eddie Lee Battle und seiner getreuen Brigade.* Großer Gott, er war ganz und gar in seinem Element!

»Und von neuem in die Bresche geworfen!«, rief er in den finsteren, vom Flackern der Blitze durchzuckten Himmel, als der Regen einsetzte, und leckte sich die Tropfen vom Gesicht. »Die größte Tugend eines Mannes ist der Mut des Einen gegen alle!«, rief er die schwülstigen Worte eines Dichters der Bürgerkriegszeit, der wahrscheinlich nie eine Muskete geschultert hatte. »Wenn die Welt am dunkelsten ist, erscheint uns Licht, und sei es nur aus dem Pulsschlag eines lebendigen Herzens!« Wie auf ein Stichwort krachten Donnerschläge, und als das Gewitter seine ganze Kraft entfaltete, gleißte ein Milliarden Watt heller Blitz.

Das Heulen der Mercury-Motoren wetteiferte mit dem Tosen des Unwetters. Das dahinjagende Boot erzeugte eine riesige Bugwelle, doch die Fahrt blieb gleichmäßig, sicher und ruhig – ruhiger als Eddie selbst. Fast drei Viertel des elf Meter langen Rumpfes jagten *über* dem Wasser dahin, durchschnitten die fast meterhohen Wogen. Das Schnellboot erschien Eddie wie ein gewaltiges Projektil. Niemand konnte ihn einholen.

Niemand!

KAPITEL 94

Im Casa Battle stapfte Michelle in ihrem Zimmer auf und ab wie ein eingesperrtes Tier, das verzweifelt nach einer Lücke sucht, um in die Freiheit zu entfliehen. King war zum Abendessen bei Sylvia. Michelle war nicht eingeladen worden. Aber sollte sie das wundern?

Schließlich verließ sie das Zimmer, eilte die Haupttreppe hinunter, indem sie immer zwei Stufen auf einmal nahm, und betrat den Salon. Sie hatte Remmy den ganzen Tag nicht gesehen. Und Dorothea schlief wahrscheinlich, wie so oft in letzter Zeit. Wer hätte es ihr verübeln können? Sie war finanziell ruiniert, hatte ein Drogenproblem, man verdächtigte sie noch immer, Kyle Montgomery ermordet zu haben, und ihr Ehemann hatte sich als irrer Serienmörder erwiesen, der sich auf der Flucht befand.

Michelle blieb stehen, als sie Savannah über den Flur gehen sah. Die junge Frau kleidete sich nicht mehr nach dem Vorbild ihrer Mutter; vielleicht schwand Remmys bislang so unantastbare Autorität. Stattdessen trug Savannah eine tief sitzende Jeans, die den oberen Rand ihres schwarzen Tangas frei ließ, und ein kurzes Top, aber keine Schuhe; die Zehennägel hatte sie in Bratapfelrot lackiert.

Als sie Michelle bemerkte, hob sie verdutzt den Blick, als wäre sie sich gar nicht bewusst, dass sie schon seit Tagen im selben Haus mit ihr wohnte.

»Wie geht's?«, fragte Michelle.

Savannah zog ein missmutiges Gesicht. »Einfach toll.

Vater tot, Schwägerin zerrüttet, Mutter fix und fertig, Bruder ein Serienmörder. Und wie geht es Ihnen?«

»Entschuldigung, war eine blöde Frage.«

»Schon gut. Es ist ja nicht so, dass Sie es in letzter Zeit leicht gehabt hätten.«

»Im Vergleich zu Ihrer Familie hat es vermutlich jeder auf Erden in letzter Zeit leicht gehabt«, erwiderte Michelle. »Ich wollte mir Kaffee aufbrühen. Möchten Sie auch welchen?«

Savannah zögerte, bevor sie antwortete. »Klar, ich hab nichts Besonderes vor.«

Die beiden Frauen nahmen im Salon Platz.

Michelle blickte aus dem Fenster; draußen prasselten soeben die ersten Regentropfen gegen die Scheibe. »Hört sich an, als würde ein Unwetter aufziehen«, sagte sie. »Hoffentlich ist Sean bald wieder da.«

»Ist er bei Sylvia?«

»Ja, zum Abendessen.«

»Schlafen Sie beide miteinander?«

Bei dieser unverblümten Frage zuckte Michelle zusammen. »Sylvia und ich?«, scherzte sie.

»Sie wissen, wen ich meine.«

»Nein, tun wir nicht. Nicht, dass es Sie etwas anginge.«

»Wäre Sean mein Kollege, würde ich mit ihm schlafen.«

»Das wäre schön für Sie persönlich, aber einer guten Zusammenarbeit wär's abträglich.«

»Sie haben ihn doch gern, oder?«

»Ja, und ich respektiere ihn. Und ich bin froh, dass wir Geschäftspartner sind.«

»Und sonst nichts?«

»Wieso interessieren Sie sich so dafür?«

»Weil ich wohl niemals erleben werde, dass ich einen mir teuren und lieben Menschen habe.«

»Unsinn, Savannah. Sie sind jung, schön und reich. Sie können sich jeden Mann Ihrer Wahl aussuchen.«

Savannah seufzte tief. »Nein, so kommt es nicht.«

Aufmerksam musterte Michelle sie. »Was soll diese Mitleidsnummer?«

Unerwartet fuhr Savannah aus der Haut. »Mitleidsnummer? Was soll denn werden, wenn ich so wahnsinnig bin wie der Rest der Familie? Mein Vater war übergeschnappt. Mein Bruder ist ein Mörder. Inzwischen weiß ich, dass mein anderer Bruder Syphilis hatte. Meine Mutter ist eine alte Hexe. Sogar meine Schwägerin hat einen an der Waffel. Es ist wie eine Seuche. Kommt man mit den Battles in Kontakt, ist man verloren. Unter solchen Voraussetzungen habe ich keine Chance.« Sie zerschmetterte die Kaffeetasse auf dem Fußboden, krümmte sich zusammen und schluchzte.

Michelle zögerte, nahm Savannah dann aber fest in die Arme und redete besänftigend auf sie ein. Während draußen das Unwetter tobte, verebbte Savannahs Schluchzen allmählich, und sie klammerte sich an Michelle, als wäre sie die einzige Freundin, die sie jemals gehabt hatte und jemals haben würde.

Eigentlich wollte Michelle nichts anderes, als aus diesem Haus verschwinden, wollte sich Eddie zum Kampf stellen, statt noch länger im Casa Battle herumzutrödeln. Und doch blieb sie und hielt Savannah in den Armen, als wäre sie ihre kleine Schwester. Doch insgeheim dankte sie dem Himmel, dass dem nicht so war. Denn wer wusste, ob Savannah nicht mit allem, was sie eben gesagt hatte, Recht hatte? Vielleicht waren die Battles tatsächlich verflucht.

KAPITEL 95

»Das war ein wunderschöner Abend, Sean.«

King und Sylvia saßen in dem kleinen, verglasten Innenhof neben der Küche und blickten den dunklen Unwetterwolken entgegen, die rasch näher kamen.

»Ich schaue mir gern Gewitter über dem See an«, sagte Sylvia. »Tagsüber ist es noch schöner, weil man die dunklen Wolken dann über dem Bergkamm heranziehen sieht.«

Sie drehte den Kopf und sah, dass King sie anschaute. »Was ist?«

»Ich habe gerade gedacht, dass ich hier etwas viel Reizvolleres sehe als das Unwetter, und es sitzt gleich neben mir.«

Sie lächelte. »Ist das eine deiner eingeübten Schmeicheleien aus der College-Zeit?«

»Ja, aber der große Unterschied ist, dass ich es dieses Mal ernst meine.«

Sie rückten näher zusammen. King legte einen Arm um ihre Schultern, und sie bettete den Kopf an seiner Brust.

»Es ist zur Abwechslung mal richtig nett, wenn jemand sich um einen kümmert«, murmelte Sylvia.

»Ihr zwei gebt ein niedliches Paar ab.«

Sylvia stieß einen gellenden Schrei aus und sprang auf. King erhob sich halb von der Couch, ehe er einsah, dass er angesichts der auf ihn gerichteten Waffe keine Chance hatte. Er setzte sich wieder.

Am Türrahmen lehnte Eddie Battle in einem nass glänzenden Schwimmanzug und zielte mit der Waffe erst auf King, dann auf Sylvia. Der Laserzielpunkt huschte zwischen ihren Oberkörpern hin und her.

»Ich würde glatt ein Foto von euch Turteltauben machen, hätte ich eine Kamera dabei.«

»Verdammt, was wollen Sie, Eddie?«

»Was ich will, Sean?«

Als Eddie den Innenhof betrat, schützte King Sylvia mit dem Körper.

»Ich mag Sie, Sean, wirklich. Ich bin nicht sauer auf Sie, weil Sie es waren, der mich überlistet hat. Wir haben einen netten kleinen Zweikampf der Gehirne ausgetragen. Ich hatte mir schon gedacht, dass nur Sie in Frage kämen. Deshalb habe ich versucht, auf Ihrem Hausboot Sie und Michelle aus dem Weg zu räumen.«

»Warum ersparen Sie uns nicht eine Menge Aufwand und stellen sich der Polizei? Gleich vor der Haustür steht ein Deputy.«

»Nein«, berichtigte Eddie. »Er sitzt vor der Zufahrt in seinem Streifenwagen. Solange das Gewitter tobt, kann ich Sie beide erschießen und danach eine Party feiern, ohne dass der Bursche etwas merkt.«

»Na schön, und wohin führt das Ganze?«

»Es führt dahin, dass Sie mich begleiten. Wir machen einen Ausflug auf den See.«

Langsam senkte King eine Hand und presste sie auf die Seitentasche seines Jacketts, in der sich sein neues Handy befand.

»Auf den See?«, fragte Sylvia. »Bei dem Gewitter ist das Selbstmord!«

Durch den Stoff spürte King das Tastenfeld. *Beschäftige ihn, Sylvia. Lenk ihn ab.*

»Und über den See können Sie nirgendwohin fliehen«, fügte Sylvia hinzu, als hätte sie Kings Gedanken gelesen.

»Ich will nicht fliehen«, sagte Eddie. »Diese Absicht habe ich schon lange aufgegeben.«

King drückte hastig die Kurzwahl-Rufnummer und betätigte die Anruftaste.

»Verflucht noch mal, Eddie, das ist doch Wahnsinn«, rief er, als er hörte, dass ein »Hallo?« aus dem Handy drang. »Was soll das? Verlegen Sie sich jetzt auf Entführungen?«

»Ja, ich bin es leid, immer nur zu morden. Gehen wir.«

»Wir steigen nicht in Ihr Boot. Basta.«

Eddie richtete das Laserzielgerät auf Sylvias Stirn. »Dann erschieße ich sie gleich hier an Ort und Stelle. Sie haben es in der Hand, Sean. Mir ist es wirklich scheißegal.«

»Es genügt doch«, sagte King, »wenn ich Sie begleite.«

»Mein Plan sieht es aber anders vor, alter Freund. Sie kommen *beide* mit.«

»Wollen Sie uns nicht sagen, wohin?«

»Und die Überraschung verderben?« In diesen schrecklichen Augenblicken sahen King und Sylvia sich der Kaltblütigkeit eines Mannes gegenüber, der neun Menschen ermordet hatte. »Vorwärts, und zwar sofort!«

Michelle war in Eddies Atelier gegangen, nachdem sie Savannah wieder sich selbst überlassen hatte, um sich dort ein letztes Mal umzuschauen. Natürlich glaubte sie nicht, dass der Flüchtige in der Nähe seines Wohnsitzes lauerte; hier wimmelte es von bewaffneter Polizei, und Eddie war kein Dummkopf. Doch während Michelle sich nun Bild um Bild ansah, drängte sich ihr die Frage auf, wie Eddie solch schöne Gemälde geschaffen haben konnte. Es erschien ihr unmöglich, dass ein und derselbe Geist zugleich einem begabten Künstler und irren Mörder gehörte. Michelle erschauderte, als sie daran dachte, dass sie sogar etwas für Eddie empfunden hatte. Was sagte das über ihr Urteilsvermögen aus? Über ihre Wahrnehmung anderer Menschen? Konnte sie jemals wieder ihrem Gespür trauen? Diese Gedanken schlugen ihr auf den Magen. Mit einem Mal verspürte sie Schwindel und Übelkeit; sie stützte die Unterarme auf die Knie und kämpfte gegen das Verlangen, sich einfach auf den Boden sinken zu lassen.

Wie konnte ich nur so blind sein?

Doch sie wusste, was für einige der berüchtigtsten Mörder der Weltgeschichte galt: Dass sie nicht wie Killer aussahen und auch keine Verhaltensauffälligkeiten zeigten. Dass sie charmant und humorvoll waren; Menschen, die man spontan gern mochte. Das war der furchterregendste Aspekt. *Sie sind Menschen wie du und ich.*

Michelle richtete sich auf, als ihr Handy läutete. Sie meldete sich, erhielt aber keine Antwort. Doch plötzlich hörte sie Kings Stimme etwas rufen. Obwohl sie nur ein einziges Wort verstand, fuhr es ihr durch Mark und Bein.

»Eddie!«

Während Michelle ins Handy lauschte und sich darüber klar zu werden versuchte, was am anderen Ende der Verbindung geschah, sah sie sich um, bemerkte neben einer Staffelei ein Telefon und rief sofort Todd Williams an.

»Um Gottes willen!«, stieß Williams hervor, als Michelle geendet hatte. »Aber Sean wurde doch von einem Deputy begleitet.«

»Der Mann kann längst tot sein.«

»Bin schon unterwegs.«

»Ich auch.«

Michelle hielt das Handy ans Ohr gedrückt, während sie zurück zum Casa Battle eilte. Sie stürmte in ihr Zimmer, griff sich die Autoschlüssel und rannte ins Freie. Gerade wollte sie in den Kleintransporter steigen, als sie verharrte und noch einmal ins Haus eilte. Sie lief zu Savannahs Zimmer und riss die Tür auf. Savannah lag auf dem Bett. Sie schreckte auf, als Michelle hineinstürzte. Michelle bedeckte das Mikro ihres Handys mit der Hand, damit Eddie nichts hören konnte.

»Mein Gott, was ist los?«, rief Savannah.

»Ich brauche Ihr Handy.«

»Was?«

»Geben Sie mir Ihr Scheißhandy!«

Gleich darauf schwang sich Michelle, das eigene Handy

noch immer ans Ohr gedrückt, in ihren Wagen und lauschte angestrengt, um vielleicht zu erfahren, wo Sean sich befand. Plötzlich war von einem Boot die Rede. Sean fragte Eddie, wohin es gehen sollte. Michelle verstand die Worte ganz deutlich.

Sie tippte auf Savannahs Handy die Nummer von Todd Williams ein.

»Sie sind mit einem Boot auf den See gefahren, Todd.«

»Mit einem Boot? Woher hat Eddie ein Boot, zum Henker?«

»Die Battles haben welche. Darunter ein Schnellboot.«

»Scheiße!«

»Haben Sie ein Motorboot verfügbar, Todd?«

»Nein«, antwortete Williams. »Soviel ich weiß, hat der Jagd- und Angelverein eins, aber ich habe keine Ahnung, wo es im Moment liegt.«

»Wie schnell können Sie am Bootshaus sein?«

»In ungefähr zehn Minuten.«

»Versuchen Sie's in fünf. Es ist ein ziemliches Stück, aber Sie können einen Golfplatz-Elektrowagen benutzen. Der Weg ist beleuchtet und beschildert.«

»Und Sie, Michelle?«

»Was soll mit mir sein?«

»Brauchen Sie diesen Golfwagen nicht?«

»Zu Fuß bin ich schneller. Und nun hören Sie mir ganz genau zu. Unterwegs müssen Sie diesen Angelverein kontaktieren, das Boot beschlagnahmen und Bewaffnete auf den See schicken. Und lassen Sie sämtliche Straßen sperren, die Verbindung zum See haben. Verständigen Sie das FBI und die State Police. Die sollen schleunigst einen Hubschrauber mit Scheinwerfern einsetzen. Und sie sollen ein SWAT-Team ausrücken lassen. Außerdem brauchen wir Scharfschützen.«

»Das wird seine Zeit dauern, Michelle.«

»Wir haben aber keine Zeit, also reden Sie Klartext mit denen!«

»Der See hat über achthundert Kilometer Ufer...«

»Danke für die lehrreichen Informationen. Und jetzt beeilen Sie sich!«

Michelle unterbrach die Verbindung, sprang aus dem Wagen und rannte den beleuchteten Fußweg hinunter zum Bootshaus. Ständig lauschte sie ins Handy, um weitere Informationen aufzuschnappen, doch jetzt ließ sich nur noch ein tiefes Dröhnen vernehmen. Wahrscheinlich übertönten die Bootsmotoren alle anderen Geräusche.

Michelle erreichte den Anlegeplatz und betätigte einen Kippschalter. Sofort war die gesamte Anlage in helles Licht getaucht. Im selben Augenblick zuckte ein greller, beinahe waagerechter Blitz über den Horizont, gefolgt von einem dermaßen lauten Donnergrollen, dass Michelle sich die Hände auf die Ohren drückte.

Auf Anhieb bemerkte sie die leere Schlipp. »Scheiße, er hat das Schnellboot!«, stieß sie hervor. Noch einmal rief sie den Polizeichef an. »Todd, er hat ein FasTech. Elf Meter Länge, mit rotem …«

»Ich kenne das Modell. Haben Sie eine Vorstellung, was für Motoren der Kahn hat?«

»Ja. Zwei Mercurys mit je fünfhundert PS. Wenn Sie in drei Minuten nicht hier sind, lege ich ohne Sie ab.« Sie beendete das Telefonat.

Und was nun, fragte sie sich selbst, während sie von Schlipp zu Schlipp eilte. Die Sea-Doos waren leicht und schnell, hatten aber keine Scheinwerfer; außerdem konnte Michelle sich Todd Williams nicht auf dem Rücksitz vorstellen, während sie ein solches Gefährt steuerte, und dass Todd ein Sea-Doo lenken konnte, war nicht anzunehmen.

Michelle blieb vor der Schlipp mit dem großen Sea-Ray-Cruiser stehen. Was die Geschwindigkeit anging, konnte er es mit dem Schnellboot nicht aufnehmen, doch es war ein großes Boot mit starken Maschinen, und mehr benötigte sie im Augenblick nicht. Sie öffnete das Türschloss am Bootshaus, machte die Schlüssel des Sea

Ray und die Lift-Fernbedienung ausfindig und schickte sich an, das Boot zu Wasser zu lassen.

Ein paar Minuten später kam Todd Williams auf dem Golfwagen. Er schnappte sich eine Schwimmweste und kletterte an Bord.

»Ich hab alles im Griff. Der Verein setzt sein Boot ab Haley Point Bridge ein, rund dreißig Kilometer flussaufwärts von hier. Das FBI und die State Police bringen Hubschrauber und Scharfschützen zum Einsatz, so schnell es geht. An sämtlichen Zufahrten zum See habe ich Straßensperren errichten lassen.«

»Sehr gut. Und nun übernehmen Sie das hier und lauschen Sie aufmerksam. Vielleicht gibt Sean uns irgendwelche Hinweise auf seinen Aufenthaltsort.« Williams nahm das Handy und hielt es sich ans Ohr.

Michelle ließ den Motor an und legte den Rückwärtsgang ein. Das Boot bewegte sich so schnell aus der Schlipp, dass Williams gegen das Schanzkleid kippte und beinahe über Bord fiel.

»Verdammt!«, fluchte er und rappelte sich auf. »Wissen Sie wirklich, wie man den Kahn bedient? Der ist kein lausiges Ruderboot.«

»Ich lerne schnell. Sagen Sie mir lieber, wie weit Sylvias Haus ungefähr entfernt ist, und nennen Sie mir den Kompasskurs.«

Todd nannte ihr seine beste Schätzung, und Michelle überschlug im Kopf rasch Zeit, Entfernung und Kurs. Während ihrer Dienstzeit beim Secret Service war sie eine gute Bootsfahrerin geworden, die alle Arten von Wasserfahrzeugen beherrschte, angefangen bei ultraschnellen Rennbooten, mit dem sie einmal einen Ex-Präsidenten mit einer Vorliebe für halsbrecherische Geschwindigkeiten auf dem Wasser beschützt hatte, bis hin zu harmlosen Kajaks, in denen als Passagiere die Enkel des besagten Ex-Präsidenten saßen.

»Halten Sie sich fest!«

Michelle schwenkte den Bug in Richtung der schmalen Ausfahrtrinne und stieß den Gashebel bis zum Anschlag nach vorn. Zuerst ächzte das große Sea Ray, als müsste es noch zu sich kommen. Dann aber wühlten die Schrauben kraftvoll das Wasser auf und versprühten nach allen Seiten Gischt. Der Bug richtete sich auf, als machte ein wilder Junghengst Anstalten, seinen Reiter aus dem Sattel zu werfen; im nächsten Moment schoss das Boot vorwärts. Binnen weniger Sekunden befand es sich in voller Fahrt und jagte mit vierzig Knoten über den See. Michelle lenkte es geradewegs in den Rachen des nahen Unwetters, ohne zu wissen, wohin der Weg sie führte.

KAPITEL 96

»Kommen Sie, Eddie, rücken Sie schon damit raus. Wohin bringen Sie uns?«, rief King über das Lärmen der beiden Mercury-Motoren und des Unwetters hinweg.

Mit Angelschnur an Händen und Füßen gefesselt, lag er neben dem Kapitänssessel auf dem Deck. Sylvia, auf ähnliche Weise gefesselt, saß auf der Heck-Sitzbank. Eddie steuerte das Boot im Stehen; sein dichtes Haar stob im Wind.

»Wozu die Neugier? Wir sind auf einer Fahrt ohne Wiederkehr.«

»Warum wollen Sie uns umbringen? Sie sind mit Ihrer Liste durch. Sie haben jeden erwischt, auf den Sie es abgesehen hatten.«

»Nicht jeden, alter Freund. Übrigens habe ich die Wette gewonnen.«

»Welche Wette?«

»Bei meiner Festnahme haben Sie behauptet, es wäre aus, und ich habe erwidert, das sei nicht der Fall.«

»Herzlichen Glückwunsch.«

Eddie wechselte den Kurs nach Osten und kreuzte eine hohe Welle, die das Schnellboot merklich ins Schlingern brachte. King stieß mit dem Kopf gegen die Glasfaser-Verkleidung.

»Wenn Sie nicht langsamer fahren, werden wir alle dran glauben, bevor Sie Ihr Ziel erreichen.«

Statt auf die Warnung zu hören, drückte Eddie den Gashebel erneut nach vorn.

»Eddie, bitte«, rief Sylvia ihm von hinten zu.

»Halt's Maul!«

»Eddie…«, sagte sie ein zweites Mal.

Eddie wandte sich um und feuerte eine Kugel dicht an Sylvias linkem Ohr vorbei. Sie schrie auf und warf sich aufs Deck.

Mit ohrenbetäubendem Krachen fuhr ein Blitz in einen Baum auf einer kleinen Insel, als das Boot daran vorbeijagte. Die Eiche zerbarst. Glühendes Holz hagelte aufs Wasser. Diesmal war der Donnerschlag viel lauter als das Dröhnen der Mercury-Motoren.

King schob sich vorwärts. Wegen der Fesseln hatte er keine Chance, sich mit einem körperlich so starken Mann wie Eddie anlegen zu können. Selbst in einem fairen Kampf hätte King wahrscheinlich den Kürzeren gezogen. Er schaute sich nach Sylvia um. Sie lag noch auf dem Deck. Er sah, dass sie schluchzte. Endlich gelang es ihm, sich aufzusetzen. Er rutschte zur Seite und schaffte es zu guter Letzt, sich auf den Sitz neben Eddie zu schwingen.

Eddie schaute ihn an und lächelte. »Gefällt Ihnen die Aussicht?«

King spähte ins Dunkel. Kurz darauf passierten sie eine ihm bekannte Landmarke, ein fünfstöckiges Gebäude mit Luxus-Eigentumswohnungen, das man auf einer bis an die Hauptfahrrinne des Sees ragenden Landzunge erbaut hatte. »Sieht mir so aus, als führen wir nach Osten, zum Wehr«, rief King. Er hoffte, dass die Handy-Verbindung zu Michelle noch stand. Wenn nicht, konnte er den Anruf nicht entgegennehmen, falls Michelle ihn zurückzurufen versuchte, und außerdem hätte ihn das Klingeln sowieso verraten.

»Östlich zum Wehr?«, rief er noch lauter.

»Sie kennen den See, das muss ich Ihnen lassen«, lobte Eddie.

»Ich weiß, warum Sie alle diese Menschen ermordet haben, Eddie.«

»Nein, das wissen Sie nicht.«

»Ich habe mir auf alles einen Reim gemacht. Tyler, Canney, Junior, Sally. Und nur zur Ablenkung Diane Hinson und Janice Pembroke. Es gab da eine Minute Abweichung, nicht wahr? Einen *Tick* Abweichung.«

»Einen Scheiß wissen Sie.«

»Ihr Vater war ein schrecklicher Mensch, Eddie. Mir ist klar, dass Sie von ihm zu diesen Taten getrieben worden sind. Seinetwegen haben Sie getötet, wegen all der schlimmen Dinge, die er Ihrer Mutter und Ihrem Bruder angetan hat.«

Eddie setzte King die Pistole an den Kopf. »Sie wissen einen Dreck, weshalb ich es getan habe.«

King biss sich auf die Lippen und versuchte die Nerven zu behalten, obwohl es ihm unter den gegebenen Umständen wahrlich nicht leicht fiel. »Na schön, dann erklären Sie mir die Gründe.«

»Was soll das denn jetzt? Ich bin ein Psycho, klar? Wenn ich nicht auf dem elektrischen Stuhl gebraten werde, locht man mich ein und wirft den Schlüssel weg. Soll mir doch jemand in meiner Zelle im Schlaf den Bauch aufschlitzen. Dann kann endlich jeder aufatmen. Kein Eddie mehr. Was für eine Erleichterung. Kein Eddie mehr, und die Welt dreht sich weiter wie zuvor.« Er musterte King und grinste. »Wenn *Sie* tot sind, werden bestimmt viele Leute um Sie trauern. Ich habe niemanden.«

»Und Dorothea?«

»Na gut, von mir aus.«

»Auch Remmy würde um Sie trauern.«

»Glauben Sie?«

»Sie nicht?«

Eddie schüttelte den Kopf. »Lassen Sie uns das nicht vertiefen.«

»Erklären Sie mir die Sache mit Steve Canney.«

»Was gibt's da viel zu reden?«

»Sie sind ein Mann mit Ehrgefühl, Eddie. Sie hätten vor hundertfünfzig Jahren leben sollen. Also gewähren

Sie einem Todgeweihten seinen letzten Wunsch. Reden Sie ein bisschen mit mir.«

Wieder lächelte Eddie. »Na schön, was soll's. Ich war gerade vom College nach Hause gekommen. Meine Eltern waren außer Haus. Savannah war erst zwei Jahre alt, aber Vater war sie damals schon leid. Ich wusste, dass der Lump es wieder mit anderen Frauen trieb. Ich bin ihm gefolgt und habe ihn zusammen mit Canneys Ehefrau gesehen. Nachdem sie ihren Sohn geboren hatte, bin ich in die Klinik eingebrochen und hab mir die Unterlagen über die Blutgruppen angesehen. Roger Canney war nicht der Erzeuger. Aber ich kannte den Vater genau.«

»Ist Savannah denn Bobbys und Remmys Kind?«

»O ja. Ich glaube, Vater befürchtete, dass Remmy sich diesmal wirklich von ihm scheiden ließe. Da wurde sie ganz plötzlich schwanger. Man müsste Remmy mal fragen, ob die Zeugung einvernehmlich stattfand oder nicht.«

»Warum haben sie nicht einfach die Scheidung eingereicht?«

»Bobby Battle, von seiner Frau verlassen? So was konnte einer wie er unmöglich dulden. Er hätte es als Versagen empfunden. Und der große Bobby Battle kannte kein Scheitern. Niemals.«

»Remmy hätte auch gegen seinen Willen die Scheidung betreiben können.«

»Vermutlich wollte sie es nicht.«

King überlegte sich gründlich, ob er die nächste Frage wirklich stellen sollte. Schließlich sagte er sich, dass sich ihm vielleicht nur diese eine Gelegenheit bot. Zudem musste er berücksichtigen, dass Sylvia und er umso länger am Leben blieben, je länger er Eddie zum Sprechen brachte. Vielleicht gelang es ihm ja noch, Eddie zu überreden, sie am Leben zu lassen. »Warum haben Sie den Jungen nicht getötet, Eddie? Den kleinen Tommy Robinson.«

»Weil ich mir sagte, dass der Junge mir die Sache

leichter macht, wenn er den Verdacht auf seinen Alten lenkt.«

»Da konnten Sie doch gar nicht sicher sein.«

»Ich sah keinen Grund, den Jungen zu töten. Na und? Werde ich zum Vorbild aller Pfadfinder, bloß weil ich darauf verzichtet habe, irgendeinen Scheißbengel abzumurksen? Sie haben doch gesehen, was ich mit Sally angestellt habe. Und sie hatte mir nie was getan. Trotzdem hab ich ihr das Gesicht bis auf die Knochen zertrümmert.« Eddie senkte den Blick und zog den Gashebel zurück.

Das Gewitter wurde von Minute zu Minute heftiger, und selbst das Formula FasTech hatte nun Schwierigkeiten, die immer höheren Wellen zu durchpflügen. Formula baute einige der besten Motorboote der Welt, sodass King Grund zu der Hoffnung sah, dass die Glasfaser der Beanspruchung durch die tosenden Fluten widerstand. Doch von der Einäscherung trennte sie nur ein Blitzschlag, der den Treibstofftank entzünden konnte.

»Und Junior?«

»Wegen Junior habe ich mich echt beschissen gefühlt. Diese bescheuerte Sally… Warum hat sie keine Aussage gemacht? Mann, ich fand Junior sympathisch.«

»Er war dagegen, dass sie die Wahrheit sagte. Er wollte ihre Gefühle nicht verletzen.«

»Sehen Sie, da haben wir's. Es ist immer besser, bei der Wahrheit zu bleiben. Hätte sie sich daran gehalten, wären beide noch am Leben.« Eddie bewegte den Kopf hin und her, um die kräftigen Halsmuskeln zu lockern. »Sie haben auch schon Menschen getötet, Sean.«

»Nur wenn sie mich umbringen wollten.«

»Ich weiß. Ich wollte uns keineswegs in einen Topf werfen. Was haben Sie empfunden, unmittelbar bevor die Leute starben?«

Zuerst dachte King, Eddie redete leichtfertig daher, doch als er bemerkte, wie fest er den Blick in die Finsternis gerichtet hielt, verstand er plötzlich genau, wohin die Frage tatsächlich ging.

»Ich hatte das Gefühl, mit ihnen würde auch ein Teil von mir sterben.«

»Was das angeht, besteht zwischen uns beiden wohl ein großer Unterschied.«

»Sie hatten Vergnügen am Töten?«

»Nein. Ich will damit sagen, ich war schon tot, bevor ich mit dem Töten anfing.« Eddie spannte die Arme und schüttelte den Kopf, als wollte er trübe Gedanken verscheuchen. »Ich war nicht immer so wie heute. Ich habe keinem Menschen etwas Böses getan. Ich habe nicht zu denen gehört, die schon von Kindesbeinen an Tiere quälen und später ihren Hang zur Grausamkeit an Menschen austoben. Nie habe ich solchen Scheiß getrieben wie den, worüber Chip Bailey sich lang und breit ausgelassen hat.«

»Für einen gewöhnlichen Serienmörder habe ich Sie nie gehalten.«

»Wirklich nicht?« Eddie lächelte. »Ich hätte gern in der NFL gespielt. Gut genug war ich. Am College bin ich ein verdammt guter Spieler gewesen. Ich hätte Profi werden können. Na ja – vielleicht, vielleicht auch nicht. Ich war bärenstark, flink wie ein Windhund, und ich hasste das Verlieren. Mann, das Verlieren hat mich angekotzt! Aber es kam nicht zur Profikarriere. Das war mir vom Schicksal nicht bestimmt. Sie haben Recht. Ich bin zu spät geboren. Ich hätte besser ins neunzehnte Jahrhundert gepasst. Heutzutage bin ich nur ein auswegloser Sonderling.«

»Wann haben Sie die Wahrheit über Ihren Bruder herausgefunden?«

Eddies Blick maß King; dann schaute er zum Heck, wo Sylvia sich inzwischen wieder auf den Sitz gekauert hatte. »Warum fragen Sie danach?«, erkundigte er sich und richtete den Blick erneut auf King.

»Weil ich glaube, dass damit alles angefangen hat.«

»Ach? Sie bilden sich ein, nun komme ich Ihnen mit meinem großen Rechtfertigungsmonolog?«

»In Ihrer Lage würden die meisten Menschen darum flehen, sich rechtfertigen zu dürfen, sich zu verteidigen, eine Erklärung zu geben…«

»Ich bin anders als die meisten Menschen.«

»Wann haben Sie von der Syphilis erfahren?«

Eddie zog den Gashebel nochmals ein wenig zurück, und das FasTech verlangsamte auf dreißig Knoten, eine immer noch beachtliche Geschwindigkeit; zumindest blieben die Antriebsschrauben nach wie vor unter Wasser.

»Als ich neunzehn war«, antwortete Eddie leise und blickte wieder über den Bug in die Ferne, als stellte er über den Daumen gepeilte Berechnungen an. »Meine Eltern wussten nicht, dass ich alles herausgefunden hatte. Was die Todesursache angeht, haben sie mir nichts als Lügen aufgetischt. Aber ich kannte die Wahrheit. O ja, ich wusste über alles Bescheid. So einen Scheiß konnte mir keiner einreden.«

»Das war kurz vor dieser Entführungsgeschichte.«

Eddie lächelte. »Ich kann selbst nicht glauben, dass ich die Sache so viele Jahre lang geheim halten konnte. Vermutlich war Chip Bailey schwer überrascht.«

»Um es mild auszudrücken.« King schaute sich nach Sylvia um, doch sie blickte nur über das dunkle Wasser und zuckte bei jedem Blitz- und Donnerschlag zusammen. Der Seegang war so rau, dass King spürte, wie sein Abendessen zurück an die frische Luft wollte. Verbissen kämpfte er den Brechreiz nieder. »Haben Sie Ihren Vater jemals zur Rede gestellt?«

»Wie hätte jemand ihn zur Rede stellen dürfen? Er war doch der unvergleichliche Bobby Battle! Der Schweinehund war immer im Recht. Er konnte nicht mal dazu stehen, was er seinem eigenen Sohn angetan hatte. Und er machte sich an jede Nutte ran, die ihm über den Weg lief, schleppte zu Hause die Scheißkrankheit ein, die Bobby das Leben gekostet hat, und scherte sich um alles einen Dreck. Aber das hat mich nicht überrascht. Sein eigen

Fleisch und Blut hat er auf dem Gewissen, und es hat ihn einen Scheiß gekümmert. Gehirnerweichung, Augen kaputt, Zahnfäule ... Im letzten Lebensjahr hatte Bobby ständig Schmerzen, und ›ständig‹ können Sie wörtlich nehmen. Mir kam es vor, als hätte jemand mit Terpentin über ein wunderschönes Gemälde gewischt. Ich wusste, das ist noch Bobby, aber ich erkannte ihn nicht mehr.« Hektisch zwinkerten Eddies Lider. »O Mann, Tag für Tag musste ich mit ansehen, wie er verfiel. Als er richtig schwer krank war, sagte ich: Geht mit ihm zum Arzt. Verdammt noch mal, helft Bobby, so helft ihm doch. Aber sie taten nichts. Ich sei unreif, hieß es, ich könne das nicht verstehen. Aber ich hab gesehen, was los war, Mann, und dann hab ich alles genau durchschaut – bloß zu spät für Bobby.«

»Wie ich hörte, war Ihr Bruder trotz der Schmerzen, die er ertragen musste, ein wunderbarer Mensch.«

Plötzlich strahlte Eddie. »Sie hätten ihn erleben sollen, Sean. Ein richtig feiner Kerl. Er hatte alle Vorzüge, die mir fehlen. Ehe sein Verstand den Bach runterging, war er blitzgescheit. Hat mir alles Mögliche beigebracht, hat mir geholfen und sich meiner angenommen. Er war eben mein großer Bruder. Es gab nichts, das wir nicht füreinander getan hätten. Was für eine tolle Zeit wir hatten ...« King sah Tränen über Eddies Wangen rinnen und sich mit dem Regen vermischen. »Doch seine Krankheit wurde schlimmer. Irgendwann ist Mutter endlich mit ihm zu einem Facharzt gegangen. Sie hat mir aber nie erzählt, was der Mann gesagt hat. Jedenfalls wurde es immer noch schlimmer mit Bobby. Vier Tage nach unserem achtzehnten Geburtstag ist er gestorben. Vater war auf Geschäftsreise. Mutter hat das Sterbezimmer nicht betreten. Ich habe Bobby in den Armen gehalten, hab ihn an mich gedrückt, bis er starb, und noch danach wollte ich ihn nicht loslassen ... Ich hab ihn festgehalten, bis man mich von ihm losgerissen hat.« Eddie schwieg einen Moment. »Bobby war der einzige Freund, den ich je hatte. Er war der einzige Mensch, von dem ich weiß, er hatte mich wirklich gern.«

»Sie sagten, das Verhalten Ihres Vaters wäre keine Überraschung für Sie gewesen«, sagte King. »Hat er denn noch mehr … solche Dinge getan?«

»Sie wollen wissen, warum ich nicht überrascht war? Sie wollen es wirklich wissen?«

Jetzt wirkte Eddie wie ein kleiner Junge, den es drängte, unbedingt ein lange gehütetes Geheimnis weiterzugeben.

»Ja.«

»Dass meine Mutter, meine liebe, stahlharte Mama, keinen Finger gerührt hat, um ihrem Sohn das Leben zu retten, ihrem eigenen Sohn, verdammt noch mal … Können Sie mir so was erklären?«

»Nein, Eddie. Ich verstehe es nicht.«

Eddie nahm einen tiefen Atemzug. »Ich auch nicht.« Er verringerte weiter das Tempo. »So, wir sind da.« Während das Boot langsamer wurde, blickte King sich erneut um, um festzustellen, wo sie sich befanden. Es war stockdunkel, und er hatte die Orientierung verloren, doch irgendetwas an der Umgebung kam ihm bekannt vor.

Aus einem wasserdichten Beutel holte Eddie ein Messer und richtete die Spitze auf King, der erschrocken zurückzuckte.

»Eddie, das wollen Sie doch nicht wirklich. Wir … wir können Ihnen Hilfe vermitteln.«

»Für mich gibt's keine Hilfe mehr, Sean, aber vielen Dank für das Angebot.«

»Bitte, Eddie, tun Sie es nicht«, rief Sylvia vom Heck.

Eddie sah sie an, grinste plötzlich und winkte sie zu sich. Als sie sich nicht von der Stelle rührte, zückte er von neuem die Pistole. »Die nächste Kugel kriegen Sie direkt in den Kopf, Doc. Also kommen Sie schon.«

Sylvia zitterte vor Furcht, als sie zu ihm humpelte. Eddie durchtrennte die Angelschnüre, mit denen er sie gefesselt hatte, schob sie die Stiege hinunter in die vordere Kabine und schloss hinter ihr die Tür. Dann setzte er die Klinge an Kings Fußfesseln und schnitt auch sie durch.

»Zum Heck mit Ihnen, Sean.« Um seiner Aufforderung Nachdruck zu verleihen, drückte Eddie ihm die Pistolenmündung in den Rücken.

»Was soll das werden, Eddie?«

»Der Kreis schließt sich, Mann. Steigen Sie aufs Schanzdeck und drehen Sie sich um.«

»Wollen Sie mich auf Deck erschießen, oder wenn ich im Wasser schwimme?«

Zur Antwort nahm Eddie das Messer, durchtrennte auch Kings Handfesseln und befreite ihn vollends. Argwöhnisch forschte King in Eddies Gesicht.

»Ich kapier das nicht, Eddie.«

»Es ist ganz einfach. Sie sterben.« Unversehens stieß Eddie mit dem Unterarm gegen Kings Brust. Rücklings fiel King vom Schanzdeck und stürzte kopfüber ins Wasser.

Eddie sprang zurück ins Cockpit und drückte den Gashebel nach vorn. Das Boot nahm wieder schnellere Fahrt auf, ehe King die Chance hatte, sich Halt zu verschaffen.

Als er auftauchte, sah er, dass das FasTech eine Kurve drehte und auf ihn zuraste.

King warf sich herum und schwamm davon. Warum hatte der Mistkerl ihn nicht erschossen? Weshalb wollte er ihn mit dem Boot überfahren? Während das Schnellboot herangerast kam, glaubte King schon zu spüren, wie die scharfen Schrauben sein Fleisch zerfetzten, glaubte zu sehen, wie das Wasser sich von seinem Blut rot färbte.

Im letzten Moment drehte das Boot bei und jagte an ihm vorbei. »Danke, dass Sie sich nach meinem Bruder erkundigt haben, Sean«, rief Eddie ihm zu. »Es hat Ihnen gerade das Leben gerettet. Schönen Tag noch!«

Das Boot brauste davon und verschwand in der Finsternis.

»Sylvia!«, rief King. »Sylvia!« Doch es hatte keinen

Zweck. Er trat Wasser, blickte in die Runde und erkannte, weshalb die Umgebung ihm bekannt vorkam: Am Ufer war seine Anlegestelle zu erkennen. Er befand sich in der eigenen Bucht. Und da ruhte sein Motorboot in der Schlipp.

Doch das FasTech war längst außer Sichtweite. Wie sollte er Eddie noch rechtzeitig finden?

Plötzlich kam ihm eine Bemerkung Eddies in den Sinn. *Der Kreis schließt sich.*

Mit aller Kraft schwamm King auf den Anlegeplatz zu.

KAPITEL 97

Michelle fuhr mit dem Sea Ray durch die Dunkelheit, als Williams an ihrer Seite erschien.

»Die Verbindung Ihres Handys ist abgebrochen«, sagte er.

»Wahrscheinlich wegen des Gewitters.«

»Ja, wahrscheinlich.«

Michelle hob den Blick zum Himmel. »Ich sehe keinen Hubschrauber.«

»Verdammt, Michelle, was erwarten Sie bei diesem Wetter? Sie können doch nicht das Leben von Dutzenden Menschen aufs Spiel setzen.«

»Ich habe im Secret Service neun Jahre lang mein Leben aufs Spiel gesetzt.«

»Aber das kann man doch nicht…«

»Was ist das?«, fiel Michelle dem Polizeichef ins Wort.

»Was ist was?«

»Es ist das Handy!«, rief Michelle. »Mein Handy, wo ist es?«

»Hinten auf der Sitzbank.«

»Übernehmen Sie das Ruder!«

Hastig ergriff Michelle das Handy und drückte eine Taste. Als die Männerstimme ertönte, machte ihr Herz einen Satz.

»Konntest du was hören, Michelle?«

»Ja, Todd und ich sind gerade mit dem Boot zu Sylvia unterwegs. Wir haben alles alarmiert.«

»Hör zu. Sylvia ist noch in Eddies Gewalt. Er fährt zu

der Bucht unterhalb der Stelle, wo die erste Leiche gefunden wurde. Weißt du, wo das ist?«

»Ja.«

»Ich fahre jetzt in meinem Motorboot hin.«

Michelle eilte ins Cockpit zurück, das Handy ans Ohr gepresst, packte das Ruder und zwang das Sea Ray zu einem wilden Wendemanöver, sodass es von einer nahezu senkrechten Wassersäule übergossen wurde. Williams kam zum zweiten Mal zu Fall.

»Ich bin in zehn Minuten da. Wir leiten auch alle Einsatzkräfte um. Noch was, Sean…«

»Ja?«

»Danke, dass du noch am Leben bist.«

Eddie lenkte den Bug geradewegs auf den Halbkreis aus rotem Gestein zu, der die Bucht säumte, stellte die Motoren ab und ließ das FasTech aufs Ufer laufen. Dann öffnete er die Kabinentür.

»Also los, Doc, weiter geht's.«

Der Strahl Feuerlöschflüssigkeit traf ihn voll ins Gesicht. Er taumelte zurück und bekam mit dem Feuerlöscher einen Schlag auf den Schädel. Geblendet schlug Eddie die Hände vors Gesicht und sank auf die Knie. Doch er spürte, dass Sylvia an ihm vorbeiwollte, um die Flucht zu ergreifen. Blitzschnell streckte er einen Arm aus und brachte sie ins Stolpern.

»Mir wollen Sie ausreißen, Sie Drecksau? *Mir?*«, brüllte er.

Mit der Hand wischte Eddie sich das Gesicht ab. Seine Augen brannten wie Feuer. Er bekam Sylvia am Kragen ihrer Bluse zu fassen, hob sie in die Luft und schleuderte sie auf das harte Felsufer, wo sie mit einem dumpfen Geräusch aufprallte und reglos liegen blieb.

Eddie klappte einen Werkzeugkasten auf, nahm eine Axt mit kurzem Stiel heraus und sprang vom Bug an Land. Von dort watete er ins Wasser und tauchte den Kopf unter, um sich von der Flüssigkeit zu säubern, die

Sylvia ihm ins Gesicht gesprüht hatte. Er richtete sich auf, blickte über den See, über dem in der Ferne Blitze zuckten, atmete tief durch, drehte sich um und stapfte zu Sylvia.

»Stehen Sie auf.«

Sylvia schwieg.

»Aufstehen, verdammt!« Eddie verlieh seinem Befehl Nachdruck, indem er sie in die Rippen trat.

»Ich glaube, mein Arm ist gebrochen«, jammerte sie.

»Welcher?«

»Der linke.«

Eddie beugte sich vor, packte ihren linken Arm und zerrte sie daran hoch, obwohl sie vor Schmerzen kreischte.

»O Gott … Sie bringen mich um, Sie Mistkerl!«

»Ja«, sagte Eddie. »Genau das hab ich vor.« Er zog sie mit sich in den Wald.

Kings Motorboot pflügte durchs Wasser. Er blickte sich um und sah ungefähr 500 Meter hinter sich Lichter näher kommen. Er griff zum Handy, das irgendwie das Bad im See überstanden hatte.

»Bist du das hinter mir?«, erkundigte er sich.

»Ja, und ich hole zügig auf«, gab Michelle zur Antwort.

King verringerte das Tempo und steuerte das Boot in die kleine Bucht. Als er das aufs Ufer gelaufene FasTech sah, schaltete er die Scheinwerfer aus.

»Ich sehe das Boot«, sagte er ins Handy. »Anscheinend sind sie von Bord gegangen.«

An der Mündung der Bucht erschien Michelle mit dem Sea Ray. Sie stellte den Antrieb ab, löschte ebenfalls die Scheinwerfer und bugsierte das Fahrzeug im Flachwasser neben Kings Motorboot.

»Hast du eine Waffe?«, rief sie zu ihm herüber.

Er hielt seine Pistole in die Höhe. »Ich war noch schnell im Hausboot, bevor ich ausgelaufen bin.«

Michelle und Todd Williams holten Taschenlampen

aus der Kabine des Sea Ray; dann stieg das Trio von Bord und watete an Land, wobei sie für den Fall, dass Eddie ihnen auflauerte, die Schusswaffen auf das FasTech gerichtet hielten.

Indem sie sich gegenseitig Deckung gaben, durchsuchten sie das Boot in aller Eile, fanden aber nichts außer einem benutzten Feuerlöscher.

Sie strebten landeinwärts und in den Wald.

»Wir schwärmen aus, bleiben aber in Sichtkontakt«, sagte King. »Vorerst lassen wir das Licht aus, sonst könnte er uns leicht abknallen.«

Voraus schmetterte ein Blitz mit solcher Wucht in einen Hügel, dass es den Anschein hatte, der Untergrund geriete ins Beben.

»Falls wir nicht vorher vom Blitz erschlagen werden«, murmelte Williams.

Sie suchten sich einen Weg zur Hügelkuppe und spähten die andere Seite hinunter.

»Knapp zweihundert Meter weiter links muss die Stelle des ersten Leichenfunds sein, wenn ich nicht irre«, flüsterte King.

»Kommt ungefähr hin«, raunte Michelle.

»Wir sollten die Sache mit aller Vorsicht angehen«, riet Williams. »Der Kerl ist zwar verrückt, aber brandgefährlich. Ich habe keine Lust, ähnlich wie Chip …«

Sylvias Schrei ging allen durch Mark und Bein.

Sofort stürmten King und Michelle den Abhang hinunter. Williams folgte ihnen auf seine unbeholfene Weise.

KAPITEL 98

»O Gott… Bitte, tun Sie das nicht!« Sylvia kniete am Boden; ihr Kopf lag auf einem morschen Baumstumpf, Eddie drückte mit dem Knie ihren Rücken nieder, um sie in dieser Stellung zu halten.

»Bitte nicht!«, schrie Sylvia. »Bitte…«

»Halt die Klappe!«

»Warum tun Sie das? Warum?«

Eddie schob die Pistole unter den Werkzeuggürtel, den er auf dem Boot angelegt hatte, zog aus dem Innern des Schwimmanzugs eine schwarze Sturmhaube hervor, setzte sie auf und rückte die Gucklöcher zurecht. Zwar besaß er nicht mehr die Sturmhaube mit dem Fadenkreuz – die Polizei hatte sie beschlagnahmt –, doch die vorhandene Haube wurde dieser improvisierten Hinrichtung durchaus gerecht.

Mit starker Faust hob er die Axt.

»Möchten Sie ein letztes Wort sagen?«

Anscheinend war Sylvia vor Schmerz und Furcht fast besinnungslos und wimmerte nur vor sich hin.

Eddie lachte. »Beten Sie? Ach du Scheiße. Gut, Sie hatten Ihre Chance.«

Er hob die Axt. Doch bevor er sie auf Sylvias Nacken niedersausen lassen konnte, zerbarst ihm der Griff in der Hand.

»Teuflisch guter Schuss, Michelle«, schnaufte Williams, während er und die beiden Detektive zum Schauplatz des Geschehens rannten.

Doch falls sie geglaubt hatten, dass Eddie nun aufgab, mussten sie ihren Irrtum rasch einsehen.

Er hechtete zur Seite, sodass er eine Böschung mit starkem Gefälle erreichte, die er sich hinunterrollen ließ. Am Fuß des Hangs sprang er auf und rannte davon.

King lief zu Sylvia und nahm sie in die Arme.

»Es ist alles gut«, sagte er sanft. »Es ist vorbei.«

Etwas huschte an ihm vorüber.

»Michelle!«, rief King. »Nicht!«

Sie übersprang die Böschung, rollte sich hinunter und kam unten an; ebenso schnell wie Eddie war sie wieder auf den Beinen und setzte ihm nach.

»Verdammt noch mal!«, wetterte King. Er überließ Sylvia der Obhut von Williams und rannte seiner Partnerin nach.

Beim Laufen konnte King die Richtung nur erkennen, wenn in der Schwärze der Nacht ein Blitz die Landschaft erhellte oder wenn er voraus Schritte durchs Unterholz krachen hörte.

»Zum Teufel, warum tust du so was?«, rief er Michelle zu, obwohl ihm klar war, dass sie ihn wahrscheinlich nicht hörte.

Nachdem King die vergangene halbe Stunde in der Gesellschaft Eddie Battles verbracht hatte, verspürte er nicht den Wunsch, sich nochmals in die Nähe dieses Irren zu wagen – es sei denn, Eddie befand sich hinter Gittern und unter Aufsicht von einem Dutzend Wächter. Aber vielleicht würde King selbst dann noch einen Bogen um ihn machen.

Abrupt verharrte er, weil vor ihm die Geräusche verstummten.

»Michelle?«, zischte er. »Michelle!« Mit erhobener Pistole drehte er sich im Kreis und blickte immer wieder über die Schulter für den Fall, dass Eddie einen Haken geschlagen hatte, um seine Verfolger hinterrücks anzugreifen.

Weiter voraus starrte Michelle voller Konzentration in dichtes Gesträuch. Immer wieder schaute sie an sich hinunter, um nachzusehen, ob der winzige rote Laserzielpunkt über ihren Körper glitt. Sie schob den Pistolenlauf durch eine Lücke im Dickicht wilder Stechpalmen, hinter dem sie Deckung genommen hatte, und teilte vorsichtig die Zweige. Auf der rechten Seite bemerkte sie schwache Bewegungen, derer Verursacher sich jedoch als harmloses Eichhörnchen erwies.

Ein plötzliches Geräusch in ihrem Rücken ließ sie herumwirbeln.

»Michelle?«

Ein halbes Dutzend Schritte entfernt erschien King zwischen dichten Brombeersträuchern. Er hatte einen anderen Weg genommen.

»Bleib, wo du bist!«, zischte sie durch zusammengebissene Zähne. »Er ist gleich vor uns!«

Ein Blitz zuckte über den Nachthimmel. Wieder hörte sie auf der rechten Seite ein Geräusch. In einer einzigen, fließenden Bewegung drehte sie sich dorthin und feuerte. Dicht vor ihr ertönte ein peitschender Knall. Flüchtig sprühte ein Funke glutroten Lichts und erlosch.

Michelle konnte es nicht wissen, doch Eddie hatte sich im Halbkreis angeschlichen und im selben Augenblick geschossen wie sie. Gegen eine Wahrscheinlichkeit von einer Milliarde zu eins waren die beiden Projektile zusammengeprallt und hatten den von Michelle beobachteten feurigen Funken erzeugt.

Eddie sprang vor, prallte mit dem vollen Körpergewicht gegen sie und trieb Michelle den Atem aus dem Leib, bevor er sie packte und ihr Gesicht ins Erdreich drückte, sodass sie kaum noch Luft bekam. Sie wand sich mit aller Kraft, versuchte Eddie zu treten und abzuschütteln, doch er kauerte auf ihr und drückte sie nieder. Er besaß Bärenkräfte. Michelle hatte praktisch keine Chance, sich mit den bloßen Händen aus seinem ehernen Griff zu befreien oder sich gegen die mehr als hundert Kilo Gewicht aufzubäumen, die auf ihr lasteten.

Verdammt! Sie spie feuchte Erde und fauliges Laub. Könnte sie ihn nur von sich wälzen! Dann hätte sie die Möglichkeit gehabt, ihm ein paar wuchtige Tritte zu verpassen, die ihr vielleicht eine Chance verschafft hätten. Doch er war viel zu stark. Michelle fühlte, wie sich eine Hand um ihre Kehle schloss, während die andere ihre Unterarme festhielt. Wieder wand sie sich mit verzweifelter Wildheit, um ihn abzuwerfen, bekam ihn aber nicht zu packen, um einen Hebel anzusetzen. Sie versuchte zu schreien, brachte aber nur ein heiseres Krächzen hervor. Ihr Bewusstsein schwand, und die Kraft strömte aus ihren Gliedern.

War das ihr Ende?

Plötzlich verschwand sein Gewicht, und sie konnte sich wieder bewegen.

Stöhnend vor Schmerz und keuchend vor Erschöpfung, setzte Michelle sich auf und hob den Blick.

In der Nähe stand King. Er hielt die Pistole mit beiden Fäusten. Die Mündung zielte genau auf Eddie, der sich aufgerappelt hatte und nun einen Schritt zurückwich. Offensichtlich hatte King sich durch das Brombeergesträuch gekämpft. Sein Gesicht und die Hände waren blutig, seine Kleidung zerrissen.

»Ich hätte sie nicht umgebracht, Sean«, stieß Eddie hervor.

King bebte vor Wut. »Nein, ganz bestimmt nicht, Sie Dreckskerl.«

Die Hände erhoben, wich Eddie weiter zurück.

»Noch einen Schritt, und Sie kriegen eine Kugel zwischen die Augen, Eddie.«

Eddie blieb stehen, doch nun senkte er die Hände.

»Lassen Sie die Flossen oben!«, herrschte King ihn an.

Michelle rappelte sich auf und suchte nach ihrer Waffe.

»Na los, Sean«, sagte Eddie matt, »nun schießen Sie

schon. Sie ersparen dem Staat viel Geld, wenn ich nicht in der Todeszelle sitzen muss.«

»So läuft das nicht.«

»Doch.«

Eddie machte einen Satz zur Seite, griff auf seinen Rücken und schwang die Pistole hoch.

Michelle schrie.

Ein Schuss dröhnte.

Eddie wurde halb herumgewirbelt und stürzte schwer zu Boden.

King eilte zu ihm, trat die Waffe fort und sah das Blut, das aus Eddies Schulter strömte, wo die Kugel ihn getroffen hatte. Sie hatte die Schulter durchschlagen und war am Rücken ausgetreten.

»Dieses Mal habe ich die Wette gewonnen, Eddie.«

Schlaff lächelte Eddie ihm zu. »Nur einen Tick daneben, Mann. Nur einen Tick.«

KAPITEL 99

Eddie Battle bekannte sich sämtlicher Morde als schuldig. Er zeigte sich kooperativ und beantwortete alle Fragen. Da es seinen Anwälten gelang, ihren Antrag auf Unzurechungsfähigkeit durchzupauken, wurde eine Haftstrafe ausgehandelt – allerdings ohne Aussicht, dass Eddie je wieder ein freier Mann wurde. Dieser Handel zwischen Staatsanwaltschaft und Verteidigung löste in der Öffentlichkeit heftige Reaktionen aus. In Wrightsburgs Straßen demonstrierten Befürworter der Todesstrafe. Es gab Amtsenthebungsforderungen gegen den Gouverneur, die Staatsanwaltschaft und den Richter. Die Battles wurden mit Drohbriefen bombardiert. Eddie, so wurde ihnen prophezeit, sei binnen eines Monats tot, egal, in welches Hochsicherheitsgefängnis man ihn einwies.

King verfolgte das alles nur mit mäßigem Interesse. Nachdem er Eddie niedergeschossen hatte, hatte er dabei geholfen, ihn und Sylvia zu den Motorbooten am Ufer zu schaffen; von dort hatte man sie in die Klinik gebracht. Beide waren inzwischen vollständig genesen, wenngleich King bezweifelte, dass Sylvia nach diesem schrecklichen Erlebnis je wieder die Alte sein würde.

Mann Gottes, ging es King durch den Kopf, *vielleicht werde ich auch nie mehr der Alte sein.*

Mit seinem Motorboot hatte er lange Fahrten über den See unternommen und war am helllichten Tag die Strecken abgefahren, die er in jener schrecklichen Nacht hatte zurücklegen müssen. Er hatte mit Michelle nur noch ein letztes Mal über die ganze Angelegenheit gesprochen. Bei der Erinnerung hatte sie immer wieder den Kopf geschüttelt. »Ich habe mich noch nie so wehrlos gefühlt, Sean«, hatte sie gesagt. »Einem solchen Menschen bin ich noch nie begegnet. Es schien, als wäre er von etwas besessen, das nicht von dieser Welt ist.«

»Ich glaube«, sagte King, »so war es tatsächlich.«

Das Ganze hatte King am Ende zu jenen Überlegungen veranlasst, die ihn jetzt beschäftigten, als er an seinem Schreibtisch saß: Die Frage, was Eddie mit den Äußerungen gemeint haben mochte, als er blutend auf dem Hügel lag, ließ ihm keine Ruhe.

»Bloß einen Tick daneben …«

Immerzu kreisten diese fünf Wörter durch Kings Gedanken; er wurde sie einfach nicht los. Schließlich verließ er seinen Schreibtisch und fuhr zu den Battles. Mason empfing ihn und führte ihn zu Remmy.

Im Hausflur standen etliche Gepäckstücke.

»Will jemand verreisen?«, erkundigte sich King.

»Savannah tritt in Übersee eine Stelle an«, erklärte Mason. »Sie reist morgen ab.«

Remmy wirkte wie ein Schatten ihrer selbst. King war sicher, dass der Kaffee, den sie gerade trank, zu neunzig Prozent Jim Beam enthielt.

»Wie ich höre, verlässt Savannah das Haus«, sagte King, nachdem Mason sie beide allein gelassen hatte.

»Ja, aber vielleicht ist sie zu Weihnachten wieder da«, meinte Remmy hoffnungsvoll.

Oder auch nicht, dachte King.

»Ist Dorothea aus der Entzugsklinik zurück?«, fragte er.

»Ja. Sie sitzt nebenan. Ich werde ihr bei der Lösung ihrer finanziellen Probleme helfen.«

»Freut mich zu hören. Es gibt keinen Grund, weshalb man Reichtum nicht gleichmäßig verteilen sollte. Wird sie im Zusammenhang mit Kyle Montgomerys Tod nicht mehr von der Polizei verdächtigt?«

»Ich glaube nicht. Es steht zu bezweifeln, ob der Fall jemals aufgeklärt wird.«

»Man hat schon Pferde kotzen sehen.«

Kein Wort fiel über Eddie. Was hätte man auch noch über ihn sagen sollen?

King wollte nicht lange bleiben; daher beschloss er, gleich zur Sache zu kommen. »Remmy, ich habe Sie aufgesucht, um Ihnen noch eine einzige Frage zu stellen. Sie betrifft Ihren früheren Angestellten Billy Edwards.«

Scharf sah Remmy ihn an. »Den Automechaniker?«

»Genau den.«

»Und wie lautet Ihre Frage?«

»Ich brauche das genaue Datum seiner Entlassung.«

»Das wird sich den Gehaltsabrechnungen entnehmen lassen.«

»Darauf hatte ich gehofft.« Erwartungsvoll musterte King sie.

»Wollen Sie die Unterlagen sofort?«

»Sofort.«

Als Remmy ihm die Akten ausgehändigt hatte, wollte King sich verabschieden, als er plötzlich stutzte.

Er betrachtete »Remmy« Remington Battle, die adrett frisiert und elegant gekleidet in einem kostbaren alten Sessel saß, die Verkörperung einer aristokratischen Dame aus dem alten Geldadel der Südstaaten.

Remmy hob den Blick. »Ist noch etwas?«, fragte sie kühl.

»Hat es sich gelohnt?«

»Was soll sich gelohnt haben?«

»Bobby Battles Ehefrau zu sein. Hat es sich gelohnt, dafür beide Söhne zu verlieren?«

»Wie können Sie es wagen!«, fuhr sie ihn an. »Ist Ihnen nicht klar, dass ich durch die Hölle gegangen bin?«

»Für mich war es auch kein Spaziergang. Warum versuchen Sie nicht, meine Frage zu beantworten?«

»Warum sollte ich?«, hielt sie ihm entgegen.

»Nennen wir es die Huld einer gebildeten, würdevollen Lady.«

»Ihren Sarkasmus können Sie sich sparen.«

»Dann will ich mal Tacheles reden. Bobby junior war Ihr Sohn. Wie konnten Sie ihn verrecken lassen?«

»So war es nicht!«, rief Remmy mit schriller Stimme. »Denken Sie etwa, ich hatte eine Wahl? Glauben Sie, ich hätte meinen Sohn nicht geliebt?«

»Worte kosten nichts, aber Taten sprechen für sich, Remmy. Sie hätte sich bemühen können, sich gegen Ihren Ehemann zu behaupten. Sie hätten ihm sagen können, dass es Ihnen scheißegal sei, woher er Syphilis hatte, aber dass Ihr Sohn in Behandlung müsse. Selbst damals war die Krankheit schon leicht zu diagnostizieren. Hätten Sie dem Jungen Penicillin verabreichen lassen, hätten Sie heute noch beide Söhne. Haben Sie die Sache einmal unter diesem Aspekt betrachtet?«

Remmy setzte zu einer Entgegnung an, verkniff sie sich aber. Sie stellte die Kaffeetasse ab und faltete die Hände im Schoß. »Vielleicht war ich damals innerlich nicht so stark wie heute«, sagte sie schließlich, und King sah Tränen in ihren Augen funkeln. »Aber letzten Endes habe ich dennoch die richtige Entscheidung getroffen. Ich bin mit Bobby bei allen möglichen Fachärzten gewesen.«

»Aber zu spät.«

»Ja«, bestätigte Remmy, deren Stimme nun vollkommen ruhig war. »Dann bekam er Krebs. Und er war längst zu schwach, um diese Krankheit zu besiegen.« Sie wischte ihre Tränen fort und langte nach der Tasse, zog jedoch die Hand zurück und sah stattdessen King ins Gesicht.

»Jeder muss im Leben Entscheidungen treffen, Sean«, fügte sie hinzu.

»Und viele Menschen treffen falsche Entscheidungen.«

Remmy schien eine bissige Antwort geben zu wollen, doch King kam ihr zuvor, indem er ein Foto vom Regal nahm und es ihr hinhielt. Das Bild zeigte Eddie und Bobby als Kinder. Mit einem Ruck fuhr Remmys Hand an ihren Mund, als müsste sie ein Aufschluchzen ersticken. Wieder blickte sie in Kings Gesicht, und nun liefen ihr

Tränen über die Wangen. »Als wir geheiratet haben, war Bobby ein ganz anderer Mensch. Vielleicht war es Wunschdenken, an das ich mich geklammert habe – die Hoffnung, dass er eines Tages wieder so wird wie früher.«

King stellte das Foto zurück ins Regal. »Ein Mann, der seinen Sohn sterben lässt, ohne einen Finger zu rühren, ist einen Dreck wert. Ich würde einen solchen Mistkerl eher in die Wüste jagen, als darauf zu warten, dass er zur Vernunft kommt.«

Ohne sich umzuwenden, ging King davon.

Als er das Haus verließ, sah er, dass ein Fahrer Savannahs Gepäck in eine schwarze Limousine lud. Savannah stieg aus dem Wagen und kam zu ihm.

»Gut, dass ich dich noch sehe, bevor ich abreise«, sagte sie. »Ich habe einiges von dem gehört, was du mit meiner Mutter besprochen hast...«

»Offen gestanden, ich weiß nicht, ob ich sie bemitleiden oder verabscheuen soll.«

Savannah starrte auf das Haus. »Sie wollte immer Matriarchin unserer altehrwürdigen Südstaaten-Familie sein. Einer Art Dynastie, verstehst du...?«

»So ganz hat sie es nicht geschafft«, bemerkte King.

Savannah richtete den Blick auf ihn. »Ich glaube, sie hat sich eingeredet, sie *hätte* es geschafft. In ihrem Innern hat sie meinen Vater gehasst, ihn in der Öffentlichkeit aber zum Idol erhoben. Sie hat ihre Söhne geliebt und sie trotzdem geopfert, um ihre Ehe zu retten. Kann man so etwas begreifen?« Sie wischte sich über die Augen. »Ich weiß nur eins, ich mache mich auf und davon. Ich werde die nächsten zehn Jahre wohl mit dem Versuch verbringen, das alles irgendwie zu verstehen. Aber nicht hier, sondern weit weg.«

Sie umarmten sich, und King öffnete ihr den Wagenschlag.

»Viel Glück, Savannah.«

»Richte Michelle meinen Dank für alles aus, Sean.«

»Mach ich.«

»Und dass ich ihren Rat bezüglich meiner Tätowierung befolgt habe.«

Erstaunt forschte King in ihrer Miene, sagte aber nichts. Er winkte, als der Wagen davonfuhr.

King fuhr zur *Wrightsburg Gazette* und setzte sich, ohne es zu ahnen, an denselben Mikrofilmbetrachter, den Eddie bei seinem nächtlichen Einbruch benutzt hatte. King ging die Aufzeichnungen früherer Ausgaben der *Gazette* durch, bis er zu dem Datum gelangte, das ihn interessierte: dem Tag, an dem die Battles den Mechaniker Billy Edwards entlassen hatten. Doch er fand nicht, was er suchte. Er suchte weiter, schlug am folgenden Tag nach und entdeckte die Meldung auf der ersten Seite. Aufmerksam las er den Bericht. Schließlich lehnte er sich langsam zurück und blickte ins Leere, während sein Verstand versuchte, in Bereiche vorzudringen, die sich dem Vorstellungsvermögen entzogen.

Als er sich schließlich wieder vorbeugte, fiel sein Blick auf die von Eddie beschmierte Wand. Der Schriftzug war abgewaschen worden, doch man konnte noch Spuren erkennen.

TEAT

Einige Tage zuvor hatte King über verschiedene Bedeutungsmöglichkeiten dieser Buchstaben nachgegrübelt, doch ohne Ergebnis. Aber er konnte nicht glauben, dass Eddie das Wort an die Wand geschrieben hätte, wenn es nicht irgendeine Bedeutung besäße.

King holte die Dechiffrierscheibe aus der Tasche. Er hatte sie nicht ohne Grund dabei. Schon vor langer Zeit hatte man entdeckt, dass eine Häufigkeitsanalyse einen verschlüsselten Text mittlerer Länge einigermaßen zuverlässig in Klartext umwandeln konnte. Diese Methode war relativ unkompliziert. Manche Buchstaben des Alphabets fanden weit öfter Verwendung als anderen. Und der allerhäufigste Buchstabe war das E. Diese Erkenntnis hatte den Kode-Knackern für einige Zeit einen beträchtlichen Vorsprung verliehen, bis die Verschlüsselungsexperten wieder die Oberhand gewannen.

King drehte den äußeren Ring der Scheibe, bis der Buchstabe E dem Buchstaben A gegenüberstand. *Einen Tick daneben*. King richtete den Blick erneut auf die Wand, und in seinem Geist wechselte ein Buchstabe, das A wich einem zweiten E. Nun lautete das Wort TEET. Auch das ergab auf den ersten Blick keinen Sinn.

Resigniert verließ King die Redaktion der *Gazette*, suchte sein Büro auf, ging ins Internet und gab einer Suchmaschine die Wörter *Teet* und *Verbrechen* ein. Eigentlich erwartete er keine Ergebnisse, doch auf dem Monitor erschien eine lange Liste.

Schon beim Lesen des ersten Eintrags setzte King sich plötzlich kerzengerade hin.

»Mein Gott«, entfuhr es ihm. Er las den gesamten Text, lehnte sich zurück und betastete seine Stirn: Sie war feucht vor Schweiß, und er zitterte am ganzen Körper. »Mein Gott«, wiederholte er.

Bedächtig stand er auf. Er war froh, dass Michelle außer Haus war. Er hätte ihr nicht in die Augen schauen können. Im Moment ganz und gar nicht.

Um ganz sicher sein zu können, mussten noch einige wenige Nachforschungen angestellt werden.

Und dann musste King sich der größten Herausforderung seines Lebens stellen.

KAPITEL 100

Zwei Tage später bog King auf einen Parkplatz ab und stieg aus dem Auto. Er betrat das Verwaltungsgebäude und erkundigte sich nach Sylvia. Man wies ihm den Weg zu ihrer Praxis.

Sylvia saß an ihrem Schreibtisch, den linken Arm noch in einer Schlinge. Sie hob den Kopf und lächelte, kam um den Tisch und drückte King.

»Fühlst du dich wieder halbwegs wie ein Mensch?«, fragte sie.

»Allmählich«, antwortete King. »Wie geht's dem Arm?«

»Fast so gut wie neu.«

King nahm vor dem Schreibtisch Platz, während Sylvia sich auf die Kante setzte.

»In letzter Zeit habe ich dich wenig gesehen.«

»Ich war ziemlich beschäftigt«, gab King zur Antwort.

»Ich habe Karten für ein Spiel in D.C. am nächsten Samstag. Hättest du Lust, mich zu begleiten? Getrennte Hotelzimmer, versteht sich. Du wärst sicher vor mir.«

Kings Blick schweifte zur Garderobe. Ordentlich waren Damenmantel, Sweater und Schuhe aufgereiht.

»Stimmt was nicht, Sean?«

King richtete den Blick wieder auf Sylvia. »Was meinst du, weshalb Eddie über uns beide hergefallen ist?«

Sie sah ihn verwundert an. »Weil er verrückt ist. Wir haben zu seinem Scheitern beigetragen – du auf jeden Fall. Darum hat er dich gehasst.«

»Aber von mir hat er abgelassen. *Dich* hat er in seiner Gewalt behalten. *Deinen* Kopf hat er auf einen Baumstumpf gelegt und war drauf und dran, dich zu enthaupten. Wie ein Henker.«

Zorn verdüsterte Sylvias Miene. »Dieser Irre hatte bereits neun Menschen ermordet, die meisten davon wahllos und willkürlich.«

King nahm ein Stück Papier aus der Jackentasche und reichte es ihr. Sylvia setzte sich hinter den Schreibtisch und las den Text langsam durch.

Schließlich blickte sie auf. »Das ist der Zeitungsartikel über den Tod meines Mannes.«

»Er kam bei einem Unfall ums Leben. Der Täter war flüchtig, und der Fall wurde nie aufgeklärt.«

»Das ist mir bekannt«, sagte Sylvia mit frostiger Stimme und schob ihm das Schriftstück zu. »Und?«

»In der Nacht, als George Diaz starb, bekam Bobby Battles Rolls-Royce einen Blechschaden ab. Am folgenden Tag war der Rolls verschwunden – und ebenso der Mechaniker, der bis dahin Bobbys Oldtimer-Sammlung betreut hatte.«

»Willst du darauf hinaus, dieser Mechaniker könnte meinen Mann umgebracht haben?«

»Nein. Bobby Battle.«

Entgeistert starrte Sylvia ihm ins Gesicht. »Aber… warum?«

»Um dich zu rächen. Um die Frau zu rächen, die er liebte.«

Sylvia stand auf. »Verdammt, was versuchst du hier eigentlich abzuziehen?«

»Setz dich. Ich habe noch allerhand zu sagen.«

»Ich…«

»Setz dich!«

Langsam ließ Sylvia sich in den Sessel sinken, ohne den Blick von King zu wenden.

»Du hast bei Gelegenheit erwähnt, du hättest einmal Lulu Oxley bei eurer gemeinsamen Gynäkologin getroffen und dass Lulu die Ärztin gewechselt hätte. Aber nicht sie hat die Ärztin gewechselt, sondern du.«

»Ist das ein Verbrechen?«

»Darauf komme ich noch. Von deiner früheren Gynäkologin habe ich den Namen deiner neuen Ärztin erfahren und ihr einen Besuch abgestattet. Sie hat ihre Praxis in D.C. Warum so weit weg, Sylvia?«

»Das geht dich einen Dreck an.«

»Als du dich vor dreieinhalb Jahren operieren lassen musstest, hat dein Mann den Eingriff vorgenommen. Er war der Beste, hast du gesagt. Allerdings hatte er bei der Operation weitergehende Pläne. Ein befreundeter Chirurg sagte mir, eine Darmrissoperation biete eine der wenigen Möglichkeiten, bei denen der Chirurg etwas ›Zusätzliches‹ erledigen kann, ohne dass die anderen beteiligten Ärzte und Schwestern es merken.«

»Würdest du *bitte* zur Sache kommen?«

»Ich weiß Bescheid, Sylvia.«

»Worüber?«

»Ohne dein Wissen wurde bei dir ein Eileitereingriff vorgenommen, durch den du letzten Endes unfruchtbar geworden bist.«

Lastende Stille senkte sich herab. Dann sagte Sylvia: »Ich weiß wirklich nicht, wovon du sprichst…«

King unterbrach sie. »George Diaz hat die Divertikulitis und den dadurch entstandenen Darmriss operativ behoben, gleichzeitig aber deine Eileiter abgeklemmt. Und zwar mit voller Absicht. Danach aber konntest du unmöglich zu deiner bisherigen Gynäkologin gehen. Wie hättest du es ihr erklären sollen? Also bist du zu einer anderen Gynäkologin gewechselt, wahrscheinlich mit gefälschten Krankenunterlagen, und sie hat die Klemmen entfernt. Ich bin mit einer erfundenen Geschichte über Eileiterprobleme meiner ›Ehefrau‹ bei ihr gewesen und habe ihr gesagt, sie wäre mir von dir empfohlen worden, weil sie bei dir so hervorragende Arbeit geleistet hätte. Sie durfte mir wegen der Schweigepflicht nur wenig verraten, aber es genügte, um meinen Verdacht zu bestätigen. Der Schaden war unwiderruflich, nicht wahr? Du kannst niemals Kinder haben.«

»Du Schweinehund, was erlaubst du…«

Wieder fiel King ihr ins Wort. »Dein Mann hatte von deiner Affäre mit Bobby erfahren. So wie Hunderte von Frauen vor dir warst du dem alten Macho auf den Leim gegangen. George hat sich dafür gerächt. Und dann hast du Vergeltung geübt.« Er nahm das Foto von George Diaz, das auf dem Schreibtisch stand, und legte es auf die Vorderseite. »Mich kannst du mit der Fassade der armen, geknickten Witwe nicht täuschen.«

»Als George starb, lag ich halb betäubt im Klinikbett!«

»Stimmt. Aber ich bin sicher, dein Mann hatte dir alles offenbart. Seine Rache war ja nur süß, wenn du *wusstest*, auf welche Weise er dir die Affäre mit Bobby heimgezahlt hatte. Daraufhin hast du Bobby angerufen und ihm alles erzählt. Und Bobby stieg in seinen Rolls-Royce, fuhr zu eurem Haus, sah George herauskommen – und schon war's geschehen. Anfangs dachte ich, Bobby hätte Roger Canneys Frau von der Straße abgedrängt und sie auf diese Weise ermordet, denn sie starb ungefähr um die gleiche Zeit, als George getötet wurde. Aber sie kam tatsächlich bei einem Verkehrsunfall ums Leben. Der Tod deines Mannes dagegen war Mord.«

»Das alles sind Zufälle! Und selbst wenn es so gewesen sein sollte, wie du es dir zusammenreimst – ich habe nichts Unrechtes getan.«

»Doch. Später, als du Bobby Battle eine tödliche Dosis Kaliumchlorid in den Beutel mit der Nährflüssigkeit injiziert hast.«

»Scher dich aus meinem Büro!«

»Ich gehe, wenn ich fertig bin«, erwiderte King.

»Erst behauptest du, Bobby Battle wäre mein Geliebter gewesen, dann soll ich seine Mörderin sein. Was für ein Motiv sollte ich denn gehabt haben, ihn umzubringen?«

»Furcht vor einer möglichen Bloßstellung«, sagte King. »Am selben Tag, als Bobby getötet wurde, haben wir dich in Diane Hinsons Haus getroffen. Dort hat Michelle dir mitgeteilt, dass Bobby bei Bewusstsein war, aber wirres Zeug redete und Namen faselte. Da bekamst du es mit der Angst, denn er konnte ja auch deinen Namen nennen und von eurer Affäre reden. Und dann wäre vielleicht alles aufgeflogen. Vielleicht hatte er dich damals schon fallen lassen, und du hast dich ihm nicht mehr verbunden gefühlt. Jedenfalls steht für mich fest, dass du die Klinik aufgesucht und ihn ermordet hast. Für eine Ärztin ist das kein Problem. Du weißt, wie es in der Klinik zugeht. Du hast das Gift in den Beutel gespritzt, nicht in den Schlauch, und dann hast du die Feder und die Uhr zurückgelassen, weil du die Tat dem anderen Mörder anlasten wolltest. Meine Theorie, ein Familienmitglied hätte Bobby getötet, hast du eifrig unterstützt. Aber dir ist trotz allem ein Fehler unterlaufen. Aus dem Krankenzimmer wurde nichts entwendet. Dass bei den anderen Opfern etwas gestohlen worden war – ein Christophorus-Anhänger, ein Ring und dergleichen –, war nämlich weder der Öffentlichkeit noch dir bekannt. Darum hast du diese Eigenart des Mörders nicht nachgeahmt.«

Sylvia schüttelte den Kopf. »Du bist verrückt. Du bist genauso hirnverbrannt wie Eddie. Wenn ich mir vorstelle, dass ich unsere alte Beziehung wieder aufleben lassen wollte …«

»Ja. Da habe ich wohl noch mal Glück gehabt.«

Auf Sylvias Gesicht spiegelten sich Hass und Wut. »Gut, du hast gesagt, was du zu sagen hattest. Jetzt raus mit dir. Und wenn du irgendwo ein Wort von diesem Unsinn wiederholst, verklage ich dich wegen Verleumdung.«

»Ich bin noch nicht fertig, Sylvia.«

»Du willst noch mehr Blödsinn verzapfen?«

»Noch eine ganze Menge. Du warst es doch auch, die den Einbruch im Haus der Battles verübt hat.«

»Du findest einfach kein Ende, was?«

»Wahrscheinlich hattest du von Bobby den Kode der Alarmanlage und einen Schlüssel erhalten. Junior hatte Arbeiten für dich erledigt; du hast es uns selbst erzählt. Du konntest dir problemlos Werkzeug von ihm besorgen, um den Verdacht auf ihn zu lenken. Und wer könnte Fingerabdrücke besser fälschen als eine Rechtsmedizinerin? Wie du es hingekriegt hast, ist mir noch schleierhaft, aber ich weiß, dass so etwas möglich ist.«

»Weshalb hätte ich bei den Battles einbrechen sollen? Was sollte ich denn mit Remmys Ehering anfangen?«

»Der Ehering war dir völlig egal. Du warst hinter etwas anderem her. Bobby Battle lag in der Klinik im Koma. Du konntest nicht sicher sein, ob Remmy von Bobbys Geheimfach wusste oder nicht. Du wusstest nicht einmal genau, was du gesucht hast, aber du *musstest* nachschauen. Wo in Bobbys Wandschrank das Geheimfach ist, wusstest du, nur hattest du keinen blassen Schimmer, wie man es öffnet, also gab es keine andere Wahl, als es aufzubrechen. Und weil die Spuren sich nicht vertuschen ließen, hast du auch Remmys Wandschrank geknackt, um einen gewöhnlichen Einbruch vorzutäuschen, und den Verdacht auf Junior Deaver gelenkt. Wahrscheinlich hattest du durch Bobby von Remmys Geheimfach erfahren, hast aber nicht gewusst, wo es sich befindet, und deshalb alles zertrümmert, als du danach gesucht hast…«

»Und was soll ich geklaut haben?«

»Ein Foto von dir und Bobby. Von der Rückseite des Kodakpapiers haben ein paar Buchstaben auf den Boden der Schublade abgefärbt. Vielleicht hatte er dir anvertraut, dass er das Foto dort aufbewahrt. Auf jeden Fall musstest du es an dich bringen. Denn wäre das Foto nach seinem Tod entdeckt worden, hätten die Leute möglicherweise zwei und zwei zusammengezählt, was das Ableben deines geliebten Mannes angeht. Und selbst wenn du keine Schuld daran trägst, hätte niemand dir geglaubt. Eine Ironie, dass dir Remmys Ehering in die Hände fiel, nicht wahr? Hast du ihn zu Hause manchmal übergestreift?«

»So, das reicht! Raus mit dir!«

King ließ sich nicht einschüchtern. »Und war es wirklich nötig, Kyle Montgomery zu beseitigen? Warum hast du es getan? Hat er versucht, dich zu erpressen?«

»Ich habe ihm nichts getan, du Schwachkopf! Der Kerl hat *mich* bestohlen!«

King richtete den Blick wieder auf die Garderobe. »In der Nacht, als Bobby ermordet wurde, hast du bei Diane Hinson die Autopsie vorgenommen. Nach deinen Angaben ist Kyle in derselben Nacht im Leichenschauhaus gewesen, aber du hast nicht erwähnt, dass du ihn gesehen oder mit ihm gesprochen hättest, nur, dass er sich ordnungsgemäß Zutritt verschafft und der Speicher der Alarmanlage es registriert hatte.«

»Ich habe ihn wirklich nicht gesehen. Ich war hinten mit Diane Hinsons Leiche beschäftigt.«

»Nicht um zweiundzwanzig Uhr. Und aller Wahrscheinlichkeit nach hat Kyle Montgomery genau das gesehen. Oder vielmehr, er hat dich nicht gesehen.« King zeigte auf die säuberlich aufgehängten Kleidungsstücke an der Garderobe. »Deine Jacke, die Schuhe und das alles befinden sich *immer* dort, wenn du hier arbeitest. Außerdem ist es sehr sonderbar, eine Autopsie spätabends und ohne Mitarbeiter oder Zeugen vorzunehmen, wie du es im Fall Diane Hinson getan haben willst. Du hast Todd Williams oft kritisiert, weil er sich vor Autopsien drückt, aber bei Diane Hinson war er dir als Zeuge gar nicht erwünscht, denn in Wirklichkeit wolltest du woandershin. Um es klipp und klar zu sagen – du hattest den Vorsatz, Bobby während des Schichtwechsels in der Klinik zu ermorden. Als Todd Williams dich später angerufen und von Bobbys Tod verständigt hat, hast du Unwohlsein vorgetäuscht, weil du noch an Diane Hinson die Autopsie vornehmen musstest oder weil du es nicht über dich gebracht hast, dich so kurz nach dem Mord an Bobby mit seiner Leiche zu befassen.«

»Du bist ja verrückt. Ich wollte die Autopsie so schnell wie möglich vornehmen. Eine Leiche gibt nur innerhalb einer gewissen Frist Hinweise …«

»Heb dir die Schulmeisterei für jemand anders auf«, sagte King. »Ich bin mir sicher, Kyle Montgomery hat sich einen Reim auf seine Beobachtungen gemacht und versucht, dich zu erpressen. Also hast du mir erzählt, dass Kyle Medikamente stiehlt und illegal verkauft, womit du ausnahmsweise die Wahrheit gesagt hast. Und ich versprach dir, Todd davon zu erzählen, damit er sich Kyle am nächsten Morgen vorknöpft. Aber durch Kyles Ermordung bist du Todd zuvorgekommen. Wahrscheinlich hast du ihn gleich nach unserem Abendessen abserviert. Und bei der Autopsie hast du selbstverständlich genug Indizien für einen Mord festgestellt. Natürlich musste der Verdacht auf Dorothea fallen, ganz wie du's erwartet hattest. Ich würde sogar wetten, du hattest sie im *Aphrodisia* erkannt und wusstest daher, dass sie eine Drogenkundin Kyles war.«

Sylvia erwiderte nichts, starrte ihn nur noch ausdruckslos an.

»Hat sich das alles gelohnt, Sylvia? Für einen so miesen Kerl wie Battle? Für ihn warst du nur eine von Hunderten. Er hat dich nicht geliebt. Er hat niemanden geliebt.«

Sylvia langte nach dem Telefonhörer. »Wenn du nicht auf der Stelle verschwindest, rufe ich die Polizei.«

King stand auf. »Nur damit du Bescheid weißt – Eddie hat mich auf die richtige Fährte gebracht. Er wusste, dass du seinen Vater ermordet hast. Deshalb wollte er dich töten.«

»Glaubst du dem Geschwätz überführter Mörder?«

»Hast du jemals von einem Mann namens Teet Haerm gehört?«

»Nein.«

»Er lebte in Schweden. In den Achtzigern wurde er beschuldigt, mehrere Menschen ermordet zu haben. Man hat ihn verhaftet und verurteilt, nach einem Revisionsverfahren aber freigelassen.«

»Und was hat das mit mir zu tun?«, fragte Sylvia mit eisiger Stimme.

»Teet Haerm war *Amtsarzt* in Stockholm. Es heißt, er hätte einige seiner eigenen Opfer obduziert. Ganz schön verrückt, was? Wahrscheinlich ein einzigartiges Vorkommnis – bis jetzt. Eddie hat einen schriftlichen Hinweis hinterlassen, allerdings vorsätzlich falsch geschrieben. Schließlich wollte er dich ja selbst zuerst in die Finger kriegen.« King schwieg einen Moment. »Ob Teet schuldig war oder unschuldig, weiß ich nicht, aber ich weiß, du bist schuldig.«

»Schwachsinn. Außerdem könntest du gar nichts beweisen.«

»Stimmt«, bestätigte King. »Zurzeit jedenfalls nicht. Aber ich werde nicht lockerlassen, bis ich alles beweisen kann. Und ich hoffe, dass dir bis dahin die Gewissensbisse das Leben vermiesen.«

KAPITEL 101

King und Michelle gingen an Bord der kleinen Maschine nach South Carolina. Vom dortigen Flughafen war es eine Stunde Autofahrt zu dem Hochsicherheitsgefängnis, in dem Eddie einsaß und den Rest seines Lebens verbringen sollte. Als King ihn besuchte, zog Michelle es vor, draußen zu warten.

Vier kräftige Wärter, die Eddie nicht aus den Augen ließen, obwohl er Ketten trug, führten ihn herein. Die Haare waren ihm bis auf die Kopfhaut geschoren worden, und an Gesicht und Händen sah King Narben und Verletzungen, von denen er wusste, dass sie nach Eddies Einlieferung ins Gefängnis entstanden waren. King fragte sich, wie viele weitere Wunden sich wohl unter Eddies Sträflingsoverall verbergen mochten. Zolldickes Plexiglas trennte ihn von Eddie. King war über sämtliche Regeln informiert worden, die Besucher zu beachten hatten, darunter die, plötzliche Bewegungen zu vermeiden oder körperlichen Kontakt zum Häftling aufzunehmen.

King wusste, dass es ihm keine Mühe bereiten würde, diese Vorschriften einzuhalten.

»Ich könnte Sie jetzt fragen, wie es Ihnen geht, aber ich sehe es ja selbst.«

Eddie zuckte die Schultern. »Es ist gar nicht so schlimm. Im Grunde sind es altbekannte Verhältnisse. Töten oder getötet werden. Ich weile noch unter den Lebenden.« In seinem Blick lag Verwunderung. »Ich hätte nicht damit gerechnet, Sie wiederzusehen.«

»Ich habe noch ein paar Fragen an Sie. Außerdem

habe ich Ihnen etwas zu sagen. Was möchten Sie zuerst?«

»Erst die Fragen. Die Leute hier haben kaum welche. Die meiste Zeit verbringe ich in der Bibliothek, im Fitnessraum und mit Ballspielen. Ich versuche, ein paar Jungs zu einem Team zu formen. Malen darf ich leider nicht. Vermutlich haben die hier Angst, ich könnte jemanden in einem Farbeimer ersäufen. So ein Quatsch.«

»Erste Frage: War der Schlaganfall Ihres Vaters für Sie der Auslöser für die Mordserie?«

Eddie nickte. »Ich hatte schon längere Zeit daran gedacht. Nur hatte ich meine Zweifel, ob ich den Mumm dafür habe. Doch als mein Alter dann aus den Latschen kippte, rastete bei mir irgendwas aus, und ich sagte mir, jetzt oder nie.«

»Zweite Frage: Warum musste Steve Canney sterben? Anfangs dachte ich, Sie hätten es für Ihre Mutter getan, aber inzwischen weiß ich, dass es nicht so war.«

Eddie rückte sich auf seinem Stuhl zurecht, und die Ketten rasselten. Einer der Wärter schaute herüber. Eddie lächelte und winkte, bevor sein Blick wieder King traf. »Meinen Bruder haben unsere Eltern krepieren lassen, und mein Alter geht hin und zeugt mit irgendeiner Schlampe einen weiteren Sohn. Ich wollte und brauchte keinen neuen Bruder. Dieser Canney war zu einem gesunden und kräftigen Burschen herangewachsen. Aber so hätte es mit *Bobby* sein sollen, verstehen Sie? So hätte es *Bobby* verdient gehabt.« Seine Stimme war lauter geworden, und nun schauten alle vier Wärter ihn an. King hätte nicht sagen können, ob er sich mehr vor ihnen fürchtete oder vor Eddie.

»Dritte Frage: Heute weiß ich, dass es Ihnen egal war, ob Junior Deaver Ihre Mutter bestohlen hatte oder nicht. Stellt sich also die Frage, weshalb Sie ihn ermordet haben.«

»Beim Einbruch wurde eine Zeichnung meines Bruders zerrissen.«

»Ihre Mutter hat sie mir gezeigt.«

»Die Zeichnung ist entstanden, bevor Bobby erkrankte.« Eddie schwieg kurz und legte die geketteten Hände vor sich auf die Holzplatte. »Die Zeichnung war mir lieb und teuer. Ich wollte sie in Mutters Zimmer haben, um sie stets daran zu erinnern, was sie getan hatte. Als ich die Beschädigung sah, wusste ich sofort, dass ich den Drecksack umbringen musste, der das getan hatte.«

»Das alles hat Remmy schwer getroffen, obwohl sie versucht, sich nichts anmerken zu lassen.«

»Ach, Scheiße. Sie soll froh sein, dass ich zu viel Anstand habe, auch *sie* fertig zu machen.«

»Haben Sie wegen Chip Bailey den Plan ausgeheckt, berüchtigte Serienmörder nachzuahmen?«

Eddie feixte. »Der alte Chippy… Pausenlos hat er geprahlt, wie viel gerissener als jeder andere er doch wäre und was er nicht alles über Serienmörder wüsste und über ihr Profil. Er hat behauptet, er könne selbst den abgezocktesten Hurensohn zur Strecke bringen. Tja, da hab ich ihn beim Wort genommen. Ich würde sagen, die Ergebnisse sprechen für sich.«

»Letzte Frage: Was hätten Sie unternommen, wäre Ihr Vater nicht ermordet worden?«

»Ich selbst hätte ihn kaltgemacht und dabei alles benutzt, was ich vorher bei den anderen verwendet hatte, die ich gekillt hab. Der Alte hätte erkannt, was er angestellt hat. Er hätte zum ersten Mal im Leben Verantwortung übernehmen müssen. Doch als er krepiert war, hab ich den Kram stattdessen bei Robinson versteckt, damit der Tatverdacht auf ihn fällt.« Er runzelte die Stirn. »Vermutlich bin ich genau wie mein Dad«, fügte er dann leise hinzu.

King begriff, dass es das härteste Urteil war, das über Eddie gefällt werden konnte, und er selbst hatte es gesprochen.

»Und was wollten Sie mir sagen?«, fragte Eddie.

King senkte nun ebenfalls die Stimme. »Dass Sie

Recht haben, was Sylvia angeht. Ich habe sie zur Rede gestellt, kann allerdings nichts beweisen. Aber ich werde es weiterhin versuchen.«

»Ist Ihnen bei ›Teet‹ ein Licht aufgegangen?«

»O ja.«

»Ich hab von dem Mann erfahren, als ich mal mit Chip in Quantico beim FBI gewesen bin.«

»Sylvia ist aus Wrightsburg weggezogen. Wahrscheinlich hat sie woanders unter falschem Namen ein neues Leben angefangen.«

»Da hat sie ja echt Glück.«

»Ich habe noch niemanden eingeweiht, nicht einmal Michelle.«

»Ich glaube, das ist jetzt ohne Belang.«

»Nein, es *ist* von Bedeutung, Eddie. Nur kann ich die Situation vorerst nicht ändern. Ich habe keine Beweise. Sie hat ihre Spuren hervorragend verwischt. Aber ich bleibe dran.« King erhob sich. »Das war mein letzter Besuch hier.«

»Ist mir klar.« Auch Eddie stand auf. »Sean«, rief er King nach, »richten Sie Michelle bitte aus, ich hätte ihr damals in der Nacht nichts Schlimmes angetan. Und dass unser Tanzabend mir großes Vergnügen bereitet hat.«

Als letztes Bild Eddies sah King ihn inmitten der Wärter in Ketten davonschlurfen. Dann entschwand Eddie Battle aus seinem Blickfeld. Für immer, hoffte King.

Als er das Gefängnis verließ, wurde ihm am Besucherempfang ein Paket ausgehändigt. Es sei an die Gefängnisanschrift verschickt worden, sagte man ihm, und man habe es für ihn aufbewahrt. Doch adressiert war es an Michelle.

King stieg ins Auto.

»Was ist das?«, fragte Michelle und blickte auf das Paket.

»Ist für dich. Wir machen in dem Restaurant Halt, das wir auf der Hinfahrt gesehen haben, und essen zu Abend, dann kannst du es öffnen.«

Das »Restaurant« erwies sich als miefige Fettpfütze, in dem vorwiegend Fernfahrer verkehrten, aber das Essen war einigermaßen, und der Kaffee war stark und heiß. King und Michelle setzten sich im hinteren Teil in eine Nische.

»Willst du nicht wissen, was in dem Paket ist?«, fragte King, nachdem sie gegessen hatten.

»Nein, eigentlich nicht. Sag mal, hat Eddie sich nach mir erkundigt?«

King zögerte. »Nein«, sagte er dann. »Er hatte kein Sterbenswörtchen für dich übrig.«

Ein Ausdruck der Bitterkeit erschien aufs Michelles Gesicht. »Eine Kleinigkeit ist mir noch immer ein Rätsel«, sagte sie dann.

»Nur eine?« King versuchte ein Lächeln.

»Was war in dem Geheimfach, das Remmy so dringend zurückhaben wollte?«

»Ich glaube, es waren Briefe von einem gewissen Gentleman aus ihrem Bekanntenkreis.«

»Sie hatte also *doch* eine Affäre?«

»Nein. Es blieb eine unerwiderte Liebe. Der bewusste Gentleman wollte sich nicht mit einer verheirateten Frau einlassen. Aber Remmy wollte die Briefe zurück.«

»Ich frage mich, wer…« Michelle verstummte und machte große Augen. »Doch nicht…?«

»Doch«, sagte King rasch. »Aber das war vor langer Zeit, und er hat nichts getan, für das er sich schämen müsste. Er hat bloß Achtung vor einer Frau bewahrt, von der sich später gezeigt hat, dass sie diese Achtung gar nicht verdient hatte.«

»Gott, wie traurig.«

King half ihr, das Paket aufzureißen. Beide betrachteten den Inhalt.

Es war Eddies Gemälde, das Michelle im Ballkleid zeigte.

King sah sie an, dann das Bild, schwieg jedoch. Sie beglichen die Rechnung und verließen das Lokal. Ehe sie ins Auto stiegen, warf Michelle das Gemälde in einen Müllcontainer.

»Alles klar zur Heimfahrt?«, fragte King, als Michelle auf dem Fahrersitz Platz nahm.

»Aber sicher.«

Michelle gab Gas, und in einer Staubwolke fuhren sie los.

Danksagungen

Dank an Michelle. Es ist kaum zu fassen – der zehnte Roman, und kein Ende in Sicht. Ich hätte diese Abenteuer mit niemand anderem erleben mögen.

Dank auch an:

Rick Horgan, der mir geholfen hat, Wald *und* Bäume zu sehen, als ich es am nötigsten hatte.

An Maureen, Jamie und Larry für alles, was ihr tut, und weil ihr so patente Freunde seid.

An Tina Andreadis, die mir eine gute Freundin und zudem der Hauptgrund ist, weshalb die Leser wissen, wer ich bin.

An die anderen Mitarbeiter bei Warner Books für die mühsame Arbeit und die viele Unterstützung. Ich weiß, dass Bücher sich nicht von allein verkaufen.

An Aaron Priest, der jederzeit für mich da ist.

An Lucy Childs und Lisa Erbach für ihr Engagement.

An Maria Rejt für ihre wohl durchdachten redaktionellen Anmerkungen.

An Dr. Monica Smiddy für ihre forensischen Hexereien. Sie wäre eine großartige Lehrmeisterin.

An Dr. Marcella Fierro, die geduldig alle meine Fragen beantwortet und mir gestattet hat, in Richmond hinter die Kulissen der amtsärztlichen Berufspraxis zu blicken.

An Dr. Catherine Broome, die dafür gesorgt hat, dass der Autor auf medizinischem Gebiet viel beschlagener zu sein scheint, als es der Fall ist.

An Bob Schule, meinen örtlichen Weinberater, ausgezeichneten Korrekturleser und großartigen Freund.

An Dr. Alli Guleria und ihren Gatten Dr. Anshu Guleria, die mich über mancherlei medizinische Angelegenheiten aufgeklärt und mir erlaubt haben, ihre wundervollen Autos in die Romanhandlung einzuarbeiten, und weil sie so gute Freunde sind. Berater sind etwas sehr Nützliches, nicht wahr?

An Jennifer Steinberg für die brillanten Recherchen. Ich habe noch nicht berappt, aber ich vergesse es nicht.

An Lynette und Deborah für all den Aufwand, den sie jeden Tag treiben, um mich bei Laune zu halten. Ich weiß, das ist keine leichte Aufgabe.

»Ein gnadenlos spannender, verstörender Thriller, der einen sofort gefangen nimmt.«

TESS GERRITSEN

Richard Montanari
LUNATIC
Thriller
Aus dem Amerikanischen
von Karin Meddekis
480 Seiten
Broschur
ISBN 978-3-7857-2324-1

Eine klare Nacht in Philadelphia. Eine schöne junge Frau sitzt in einem langen, weißen Kleid am Ufer des Flusses und starrt mit großen Augen zum Mond empor. Auf den ersten Blick sieht sie aus wie eine Märchenfee, bedeckt von einer glitzernden Schicht aus Eis. Auf den zweiten Blick sieht man, dass ihre Schuhe fehlen. Und ihre Füße.

Eine Spur von Leichen führt den Schuykill River hinauf. Verzweifelt versuchen Kevin Byrne und Jessica Balzano, Detectives der Mordkommission, die Zeichen zu deuten, die der Täter hinterlässt. Was hat der Verrückte im Sinn, der im Licht des Vollmonds blutige Märchen inszeniert? Und wer tötet die Verdächtigen?

Gustav Lübbe Verlag

Drei Städte. Drei Rätsel.
Eine uralte Verschwörung.

James Twining
DAS GEHEIME SIEGEL
Thriller
512 Seiten
ISBN 978-3-404-15941-3

SEVILLA. Während die vermummten Büßer durch die Stadt ziehen, rennt ein Mann um sein Leben.

NEW YORK. Eine harmlose Fälschung weitet sich aus zu einem Skandal, der den gesamten internationalen Kunsthandel erschüttert.

PARIS. Ein Dieb plant den Raub des berühmtesten Gemäldes der Welt und stößt auf eine Serie verschlüsselter Botschaften.

Ein neuer Fall für den Ex-Dieb und Kunstdetektiv Tom Kirk.

Bastei Lübbe Taschenbuch

Der Bestseller aus Portugal über eines der größten Geheimnisse des Vatikans

Luis Miguel Rocha
DAS DRITTE GEHEIMNIS
Thriller
336 Seiten
ISBN 978-3-404-15957-4

Johannes Paul I. stirbt nach nur hundert Tagen im Amt – sein Tod umweht bis heute ein Geheimnis, die Umstände wurden nie restlos geklärt.
Jahrzehnte später findet die Journalistin Sarah Montero in ihrer Londoner Wohnung eine Liste mit Namen und eine codierte Nachricht. Für viele ist die Stunde der Wahrheit gekommen: Was geschah wirklich während des kurzen Pontifikats Johannes Paul I.? Und wer profitierte von seinem plötzlichen Tod? Sarah gerät ins Fadenkreuz einer Verschwörung skrupelloser Kleriker und Politiker, die über Leichen gehen, um zu verbergen, was damals wirklich geschah ...

Bastei Lübbe Taschenbuch

In den Tiefen des Ozeans lauert der Tod. Er ist gekommen, um die Welt auszulöschen

Peter Sasgen
CODE RED
Thriller
400 Seiten
ISBN 978-3-404-15966-6

Terroristen planen einen Anschlag auf die Zivilisation. Ihre Waffe: Ein Atom-U-Boot. Ihr Gegner: Commander Jake Scott. Für ihn beginnt ein ungleiches Rennen. Mit einem betagten russischen U-Boot jagt er die Gegner durch die Tiefen des Ozeans. Er muss alles auf eine Karte setzen, denn es gibt nur eine Alternative: Sieg oder totale Vernichtung.

»Sasgen bringt das Blut zum Kochen!« *Associated Press*

Bis dass der Tod euch scheidet. Ohne Probleme. Ohne Aufsehen. Ohne Spuren.

Greg Iles
LEISES GIFT
Thriller
608 Seiten
ISBN 978-3-404-15967-3

Dr. Chris Shepard hat die junge Frau, die in seine Arztpraxis kommt, nie zuvor gesehen. Alex Morse ist Agentin des FBI. Sie ist auf der Spur eines Scheidungsanwalts, der seinen Klienten einen ganz besonderen Dienst bietet: Ihre Ehepartner sterben auf unerklärliche Weise. Nun hat Dr. Shepards Frau diesen Anwalt aufgesucht. Ohne dass ihr Mann es weiß.

»Bevor man es merkt, hat man die letzte Seite erreicht und ist völlig außer Atem – was für ein Höllenritt.« *Booklist*

Bastei Lübbe Taschenbuch